世界经典文库

图文珍藏版

世界二十大名著

全球通俗小说的扛鼎之作 世界文学大师的经典名著

基督山伯爵

[法]大仲马⊙著

马博⊙主编 张之键⊙译

第十四册

世晙名蕾

线装书局

图书在版编目（ＣＩＰ）数据

基督山伯爵 /（法）大仲马著；马博主编. -- 北京：
线装书局, 2016.1（2021.6）
（世界二十大名著）
ISBN 978-7-5120-2006-1

Ⅰ.①基… Ⅱ.①大… ②马… Ⅲ.①长篇小说－法
国－近代 Ⅳ.①I565.44

中国版本图书馆CIP数据核字(2015)第258790号

基督山伯爵

作　　者：［法］大仲马
主　　编：马　博
责任编辑：高晓彬
出版发行：线装书局
　　　　　地　址：北京市丰台区方庄日月天地大厦B座17层（100078）
　　　　　电　话：010-58077126（发行部）010-58076938（总编室）
　　　　　网　址：www.zgxzsj.com
经　　销：新华书店
印　　制：北京彩虹伟业印刷有限公司
开　　本：710mm×1040mm　1/16
印　　张：56
字　　数：680千字
版　　次：2021年6月第1版第2次印刷
印　　数：3001－9000套

线装书局官方微信

定　　价：4980.00元（全二十册）

目　录

世界经典文库

世界二十大名著

目录

图文珍藏版

导　读

　　大仲马(1802~1870),全名亚历山大·仲马,称大仲马,法国十九世纪积极浪漫主义作家,杰出的通俗小说家。其祖父是侯爵德·拉·巴那特里,与黑奴结合生下其父,名亚历山大,受洗时用母姓仲马,大仲马三岁时父亲病故,二十岁只身闯荡巴黎,曾当过公爵的书记员、国民自卫军指挥官,拿破仑三世发动政变,他因为拥护共和而流亡,大仲马终生信守共和政见,一贯反对君主专政,憎恨复辟王朝,不满七月王朝,反对第二帝国。由于他的黑白混血身份,其一生都受种族主义的困扰,心中受到创伤,家庭出身和经历使大仲马形成了反对不平、追求正义的叛逆性格。大仲马自学成才.一生创作的各类作品达三百卷之多,主要以小说和剧作著称于世,大仲马的剧本《亨利第三及其宫廷》(一八二九年)比雨果的《欧那尼》还早问世一年。这出浪漫主义戏剧,完全破除了古典主义"三一律",他的通俗小说情节迂回曲折,结构完整巧妙,人物形象鲜明,对话精彩生动,在艺术上得到了极高的成就,是世界通俗小说中独一无二的作品,大仲马因此享有"通俗小说之王"的称号,其代表作有《三个火枪手》、《基督山伯爵》、《二十年后》、《布拉热洛纳子爵》等。他所创作的最完整的三部曲即为 达达尼昂三部曲(《三个火枪手》、《二十年后》、《布拉热洛纳子爵》)此外,大仲马的回忆录也具有一定的文学价值,比如《基督山伯爵》第75章中那份神秘的记录里关于将军和主任决斗的描写,就是作者回忆录中在土耳其的一次经历的翻版,大仲马被别林斯基称为"一名天才的小说家",他也是马克思"最喜欢"的作家之一。

　　《基督山伯爵》(又称《基度山复仇记》、《快意恩仇记》)是法国作家大仲马的杰出作品。主要讲述的是十九世纪一位名叫爱德蒙·堂泰斯的大副受到陷害后的悲惨遭遇以及日后以基督山伯爵身份成功复仇的故事,故事情节曲折生动,处处出人意料,急剧发展的故事情节,清晰明朗的完整结构,生动有力的语言,灵活机智的对话使其成为大仲马小说中的经典之作,具有浓郁的传奇色彩和很强的艺术魅力。

第一章 船抵马赛

1815 年 2 月 24 日,在避风堰瞭望塔上的守望者,看见了从士麦拿经过的里雅斯特和那不勒斯来的三桅大帆船埃及王号。瞭望塔立刻发出了讯号,并派出一位领港,绕过伊夫堡,在摩琴岬和里翁屿之间上了船。

圣·琪安堡的阳台上挤满了看热闹的人。在马赛,一艘船的进港终究是一件不小的事,特别是像埃及王号这样的船,船主是本城人,而船又是在佛喜船坞里建造装配的,这就更吸引人们的关注。

船慢慢驶近。它已安然通过了卡拉沙林屿和杰罗斯屿之间由几次火山爆发所造成的海峡,绕过波米琪,驶近港口。船上扯起中桅的上帆,前桅的三角帆和纵帆,但它驶得是如此的缓慢和无精打采,甚至那些在看热闹的人似乎感觉到了一些不幸的征兆,相互询问船上到底发生了何种不幸的事情。可是那些对航海有经验的人却明明白白地看出,如果真的发生了特别情况的话,那一定与船的本身无关。因为从任何方面来看,它没有一丝失去操纵的迹象。领港正驾驶着埃及王号通过马赛港狭窄的进口。在领港的旁边,有一个青年打着迅速地手势,用他那睿智的目光观察着这船的每一个动作,并重复领港的命令。

弥散在看客中的那种漠然的不安终于使其中的一位忍耐不住了,他来不及等帆船入港就跳上一只小艇向前迎去,那只小艇在船到里瑟夫湾对面的地方靠拢了埃及王号。

船上的那个青年看见他过来，就脱下帽子，离开领港走到船边。他是一个身材瘦长的青年，年约十九、二十岁的样子，有一对黑色的眼睛和一头乌黑的头发；外表显得极为镇定和坚毅，那种镇定和坚毅是只有从小就经历过风险的人才具有的。

"哎！是你吗，邓蒂斯？"小艇里的人喊道。"怎么回事？你们船上为什么显得这样丧气？"

"太不幸了，摩莱尔先生！"青年回答说，——"真是太不幸了，尤其是对我！在契维塔·韦基亚附近，我们失去了我们勇敢的船长黎克勒。"

"货呢？"船主焦急地问。

"货都安全，摩莱尔先生，我想那方面你是可以满意的。但可怜的黎克勒船长——"

"他怎么了？"船主带着得救的神气问。"那位可敬的船长怎么了？"

"他死了。"

"是掉在海里了吗？"

"不，先生，他是得脑膜炎死的，临终前痛苦极了。"然后他转过去对船员喊，"全体注意了！准备下锚！"

大家都遵命行事。船上一共有八到十个海员，都同时行动起来，有的奔到大帆的索链那里，有的奔到三角帆和上帆的索链那里，有的则去管理转帆索链。那青年水手环顾了一下甲板，看到他的命令已迅速确实地执行，就又将脸转向船主。

"这件不幸的事是怎么发生的？"船主等了一会儿之后，又重新拾起话头。

"唉，先生！完全没有想到。黎克勒船长在离开那不勒斯以前，曾和那不勒斯港务长谈了很久。开船的时候，头部就觉得极不舒服。二十四小时以后，他就开始发烧，三天以后就死了。我们照惯例海葬了他。我们把他缝裹在吊床里，头尾放了两块三十六磅重的铅，就葬在艾尔及里奥岛外。他也可以安心长眠了。我们把他的佩剑和铁十字荣誉章带了来留给他的太太做纪念。船长这一生总算也不虚度了。"青年的脸上露出一个忧郁的微笑，又说，"他和英国人作战了十年，到头来仍能像人那样死在床上。"

"爱德蒙，你知道，"船主回答，他显得更放心了，"我们都是凡人，老年人终究要给青年人让路。不然，你看，青年人就无法升迁了呀，而且你已向我保证货物——"

"货是安好的，摩莱尔先生，相信我好了。这次航行我想你至少可赚二万五千法郎呢。"

这时，船正在经过郎德塔，青年喊道；"注意，准备落上帆，纵帆，三角帆！"

他的命令立刻被执行，犹如在一艘大战舰上一样。

"落帆！卷帆！"最后那个字刚说完，所有的帆都落了下来，船只几乎觉察不到是在向前移动了。

"摩莱尔先生，现在请你上船来吧，"邓蒂斯说，他看到船主已经有点着急，"你的押运员邓格拉司先生已走出船舱，他会告诉你详细情形的。我还得去照顾下锚和给这只船挂丧。"

船主立即抓住邓蒂斯抛给他的一条绳子,像水手一样敏捷地爬上船边,那青年去执行他的任务,把谈话的机会留给那个他称为邓格拉司的人。邓格拉司正向船主走来。

他约莫有二十五、六岁,天生一副谄上傲下,不讨人喜爱的脸孔。他上船担任押运员本来就惹水手们讨厌,但除了工作上的关系外,他个人的作风也是惹人讨厌的一个因素,他被船员所憎恶的程度,如同爱德蒙·邓蒂斯被他们所爱戴的程度。

"摩莱尔先生你听说我们所遭到的不幸了吧?"邓格拉司说。

"唉,是的! 可怜的黎克勒船长! 他不愧是一个勇敢而又诚实的人!"

"而且是第一流的海员,是在海与天之间长大的——能担当摩莱尔父子公司的这种重要事业的最适当的人选。"邓格拉司回答。

"可是,"船主一边说着,眼光却盯在那边正在指挥下锚的邓蒂斯身上,"在我看来,邓格拉司,一个水手要懂得他的职务,实在也不必像你所说的那样的老海员才行,你看,我们这位爱德蒙朋友,不需任何人的指示,似乎也完全称职了。"

"是的,"邓格拉司向爱德蒙扫了一眼,露出憎恨的目光说,"是的,他很年轻,而年轻人总是自信心太强。船长还没有断气,他就竟自发号施令起来,跟谁都不商量一下,而且还在爱尔巴岛耽搁了一天半,并不直航回马赛。"

"说到他负责这只船的指挥权,"摩莱尔回答,"他既然是大副,这应该是他的责任。至于在爱尔巴岛耽搁了一天半的时间,是他的错误,除非这只船需要修理。"

"这艘船就像你我一样的毫无毛病,摩莱尔先生,那一天半的时间完全是浪费——只为了要去岸上玩玩,别无他事。"

"邓蒂斯!"船主转过身去喊那青年,"到这儿来!"

"等一下,先生,我就来。"邓蒂斯回答,然后他对船员喊道,"下锚"!

锚立刻抛下了,铁索擦过舷眼发出刺耳的噪声。领港虽然在场,邓蒂斯还是恪尽职守,直到完成这项工作,然后他又喊:"下旗,把旗藏好,放斜帆桁!"

"你看,"邓格拉司说,"他差不多已自命为船长啦。"

"嗯,事实上,他也的确是的。"船主说。

"不错,但还需你和你的合伙人签字才行,摩莱尔先生。"

"那并不难。"船主说,"的确,他很年轻,但依我看,他似乎已是一个经验丰富的海员了。"

邓格拉司的眼前浮过一片阴云。

"对不起,摩莱尔先生,"邓蒂斯走过来说,"船现在已经停妥,我可以听您吩咐了。刚才是您叫我吗?"

邓格拉司退后了两步。

"我想问问你为什么要在爱尔巴岛停泊?"

"究竟为什么我也不太清楚,我只是执行黎克勒船长的最后一个命令而已。他在临终的时候,要我把一包东西送给柏脱兰元帅。"

"你见到他了吗,爱德蒙?"

"见到谁?"

"元帅。"

"见到了。"

摩莱尔看了一下四周,然后把邓蒂斯拖到一边,突然说:"圣上(指被囚居于爱尔巴岛上的拿破仑)近况如何?"

"从外表上看,身体非常健康。"

"那么你见到圣上啦?"

"我在元帅房间里的时候,他自己进来的。"

"你和他讲了话吗?"

"是他先跟我讲话的,先生。"邓蒂斯微笑着说。

"他跟你说了些什么?"

"问我关于船的事——什么时候开到马赛去,从哪儿来,以及装些什么货。我明白,船上如果没有装货,而我又是船主的话,他会把它买下来的。但我告诉他,我只是大副,船是属于摩莱尔父子公司的。'哦,哦!'他说,'我知道他们!摩莱尔这一族人世世代代都是当船主的。我镇守瓦朗斯的时候,我那一联队里面也有一个姓摩莱尔的人。'"

"一点没错!"船主非常兴奋地喊道。"那是我的叔叔波立卡·摩莱尔,他后来做到上尉。邓蒂斯,你一定得告诉我的叔叔,说圣上还记着他,那个老军人会感动得掉眼泪的。好了,好了!"他慈爱地拍拍爱德蒙的肩膀继续说,"你做得非常对,邓蒂斯,是应该执行黎克勒船长的命令在爱尔巴靠一靠岸——但要是被人知道你曾带给元帅一包东西,并和圣上讲过话,那你就要受连累了。"

"这怎么能连累我呢,先生?"邓蒂斯问"带的是什么东西我根本都不知道,而圣上所问的,又是一般陌生人所问的那些普通问题。哦,对不起,海关关员和卫生署的检查员来了!"于是那青年人就向舷门那儿迎过去。

他一离开,邓格拉司就挨过来说:"哦,看来他已向你说出充分的理由解释他在费拉约港靠岸的原因了吧?"

"是的,我亲爱的邓格拉司,理由非常充足。"

"哦,那就更好,"押运员说,"看到一个同事不能尽责,总是很难受的。"

"邓蒂斯是尽忠职守的,"船主回答,"不必多说了,这次耽搁是黎克勒船长吩咐的。"

"说到黎克勒船长,邓蒂斯不是有一封他的信转给你吗?"

"给我?没有呀。是有一封吗?"

"我相信除了那包东西以外,黎克勒船长还另有一封信托他转交的。"

"你说哪一包东西,邓格拉司?"

"咦,就是邓蒂斯在费拉约港留下的那包。"

"你怎么知道他曾在费拉约港留了一包东西呢?"

邓格拉司的脸顿时涨得通红。"我经过船长室门口,那扇门是半开着的,我看见他把那包东西和信交给邓蒂斯。"

"他没有跟我谈到这件事,"船主回答,"但如果有信,他会交给我的。"

邓格拉司沉思了一会儿。"那么,摩莱尔先生,我求你,"他说,"请不必向邓蒂斯提起,这件事,或许是我弄错了。"

这时,那青年人回来了,邓格拉司就乘机退走。

"喂,我亲爱的邓蒂斯,你现在没事了吗?"船主问。

"是的,先生。"

"你没有去多久呀。"

"是的。我拿了一份我们的进港证给关员,其余的证件,我已交给领港,他们已派人和他同去了。"

"那么你在这儿还有事情吗?"

邓蒂斯向四周看了一看。

"没有了,现在一切都妥了。"

"那么你能和我一起去吃饭吗?"

"我请你原谅,摩莱尔先生。你的盛情我很感激,但我该先去看看我爹。"

"哦,邓蒂斯,很对。我早知道你是一个好儿子。"

"哦,"邓蒂斯吞吞吐吐地问,"你知道我爹的近况吗?"

"我相信很好,我亲爱的爱德蒙,不过我最近也没有见到过他。"

"是的,他总喜欢把自己关在他的小房间里。"

"但那至少证明,当你不在的时候,他的景况还过得去。"

邓蒂斯微笑了一下。"我爹是很骄傲的,先生,即使他吃不上饭,我想他除了上帝以外,也不会向谁去要些什么东西。"

"好吧,那么,先去看你的令尊吧,我们等着你。"

"我还得请你原谅,摩莱尔先生,——因为看过我爹以后,我还有一个地方要去一下。"

"真的,邓蒂斯,我差点忘了在迦太兰人家里,还有一个像你令尊一样焦急地期待着你的人呢,——那可爱的美茜蒂丝。"

邓蒂斯的脸红了。

"哈哈!"船主说,"这并不奇怪,因为她到我这儿来了三次,打听埃及王号有什么消息没有。嘻嘻!爱德蒙,你有了一位非常漂亮的情妇啦!"

"她不是我的情妇,"青年水手严肃地回答,"她是我的未婚妻。"

"有时两者是一回事。"摩莱尔微笑着说。

"我们可不是,先生。"邓蒂斯回答。

"得了,得了,我亲爱的爱德蒙,"船主又说,"我不影响你了。你把我的事办得很好,我应该让你有充分的时间去自在一下。你要用钱吗?"

"不,先生,我的工钱还都在这儿,——差不多有三个月的薪水呢。"

"你真是一个懂事的小伙子,爱德蒙。"

"我还有一位可怜的老爹呢,先生。"

"不错,不错,我知道你是一个好儿子。去吧,看看你的令尊去吧。我也有个儿子,要是他在船海三个月后回来的时候,还有人阻挠他,我就要大发脾气了。"

"那么我可以走了吗,先生?"

"走吧,假如你没有什么事情再跟我说的话。"

"没有了。"

"黎克勒船长在临终以前,没有托你交一封信给我吗?"

"他那时已经不能写字了,先生。但那倒使我想起了一件事,我还得向你请两星期的假。"

"要结婚?"

"是的,第一是结婚,然后还得去巴黎一趟。"

"好,好。邓蒂斯,就让你离开两个星期吧。船上卸货就得花六个星期,卸完货以后,总还得过三个月才能再出海,只要在三个月以内回来就得了,因为埃及王号——,"船主拍拍青年水手的背,又说,"没有船长是不能出海的呀。"

"没有船长!"邓蒂斯眼睛里闪耀着兴奋的光芒叫道,"你说什么呀,你挖到我心底最秘密的希望啦。你真的要让我当埃及王号的船长吗?"

"我亲爱的邓蒂斯,假如我是独资老板,我现在就可任命你,把事情定下来,但你知道,意大利有一句俗话,——谁有了一个合伙人,也就是有了一个主人。但这件事至少已做到一半了,因为在两票之中,你已经得到一票。我会尽力把另外那一票也给你拿过来的。"

"呀,摩莱尔先生,"青年海员含着热泪,紧握住船主的手喊道——"摩莱尔先生,我代我爹和美茜蒂丝谢谢你。"

"好,好,爱德蒙,别提了,上天保佑好心人!到令尊那儿去吧,去看看美茜蒂丝,然后再到我这儿来。"

"我摇你上岸好吗?"

"不,谢谢你。我还得留在这儿和邓格拉司查查账。在这次航行里你对他满意吗?"

"那得看你指哪一方面而言,先生。假如你的意思是:他是不是一个好同事?那么我就说不是,因为自从那次我傻乎乎地和他小小的吵了一次架,向他提议在基度山岛停泊十分钟以解决纠纷以来,我想他就开始对我不满了——本来那次的事我不该提议,而他的拒绝也是合理的。假如你是指他做押运员是否适当,我相信没有什么可反对他的地方,他的尽责是可以使你满意的。"

"但告诉我,邓蒂斯,假如由你负责埃及王号,你愿意把邓格拉司留在船上吗?"

"摩莱尔先生,"邓蒂斯回答,"不管做船长,还是做大副,凡是那些能获得我们船主信任的人,我对他们都是很尊重的。"

"好,好,邓蒂斯!我看你是一个很完美的好汉子。别让我再耽误你。去吧,我看你已经不耐烦啦。"

"那么我可以走了吗?"

"走吧。我已经告诉你啦。"

"我可以借用你的小艇吗?"

"当然可以。"

"那么，摩莱尔先生，暂时再会，真是太感谢啦！"

"我希望不久能再看到你，我亲爱的爱德蒙。祝你好运！"

青年水手跳到小艇里，坐在船尾，吩咐划到卡尼般丽街上岸。两个船夫划动起来，小船就快速地在那从港口直到奥兰码头的千百只帆船中间滑过去。

船主微笑着，目送着他，直到他跳上码头，消失在卡尼般丽街从清晨五点钟直到晚上九点钟都拥挤着的人群里。在马赛，卡尼般丽街是最有名的街道，马赛的居民是这样的以它为荣，他们甚至若有其事地庄严宣称："假如巴黎有卡尼般丽街，那巴黎就可成为马赛第二了。"船主转过身来，看见邓格拉司站在他的背后，表面上邓格拉司是在等候他的吩咐，但实际上也跟他一样，在用他的目光遥送那青年水手。这两个人虽然都在注视爱德蒙·邓蒂斯，但两人目光里的神情却大不相同。

世界经典文库

世界二十大名著

基督山伯爵

图文珍藏版

第二章　父与子

我们暂且放下不谈邓格拉司如何怀着愤恨的情绪,竭力在摩莱尔船主的耳边讲他同事的坏话。且说邓蒂斯横穿过卡尼般丽街,顺着诺黎史路折入米兰巷,走进靠左手的一家小房子里。他在黑暗的楼梯上一手扶着栏杆,一手按住他那狂跳的心脏,匆匆奔上了四层楼梯。他在一扇半掩的门前停下来,那半开的门里是一个小房间。

邓蒂斯的父亲就住在这个房间里。埃及王号到港的消息还未传到老人耳中。他这时正踩在椅子上,用颤抖的手指在窗口绑扎牵牛花和菱草花,想编成一个花棚。突然他感到一只手臂抱住他的身体,一个熟悉的声音在后面喊:"爹!亲爱的爹!"

老人叫了一声,回过身来,一看是他的儿子,顿时颤巍巍地、面无血色地倒入他的怀抱中。

"你怎么啦,我最亲爱的爹!你病了吗?"青年吃惊地问。

"不,不,我亲爱的爱德蒙——我的孩子——我的宝贝!不,我没想到你现在回来。我太激动了,这样突然地看见你反而使我吃了一惊——呀!我真觉得好像快要死了。"

"高兴点,亲爱的爹!是我——真的是我!他们说高兴绝不会有伤身体,所以我就这样悄悄地溜进来。喏,高兴地看我吧,不要这样疑惑不决地盯住我。是我又回来啦,我们现在要过快乐日子了。"

"孩子,我们要过快乐日子,——我们要过快乐日子!"老人回答。"但我们怎么会快乐呢?难道你再也不离开我了吗?来,告诉我你交了什么好运?"

"上帝宽恕我借另一家人丧亲的悲痛得来了幸福,但上天知道不是我自己去找这种好运的。事情已经发生了,我实在也假装不出哀伤的样子。爹,我们那位好心的船长黎克勒死了,承蒙摩莱尔先生的关照,我大概可以接替他的位置。你懂了吗,爹?你想想看,我二十岁就当了船长,薪水一百路易(法国金币名),还可以分红利!这不是像我这样的穷水手以前连做梦都不敢想的吗?"

"是的,我亲爱的孩子,"老人回答说,——"是的,这真是太幸运了。"

"嗯,那么,我拿到第一笔钱,就给你买一所小房子,要带一个花园的,让你种种牵牛花、菱草花和皂荚花。你怎么了,爹,你不舒服吗?"

"没有什么,没有什么,很快就过去的。"他说着,但终因年老体衰,力不从心,倒在椅子里。

"来,来,"青年说,"来一杯酒,爹,你就会好的。你的酒放在什么地方?"

"不,不,谢谢你。你不用找,我不喝。"老人说。

"喝,喝,爹,告诉我放在哪儿?"邓蒂斯一面说,一面打开两三格碗柜。

"找也无用,"老人说,"没有酒了。"

"什么!没有酒?"邓蒂斯说,他的脸色开始变得苍白,看看老人深陷的双颊,又看看空碗柜,——"什么!没有酒?爹,你要钱用吗?"

"我看见了你,就什么都不需要了。"老人说。

"可是,"邓蒂斯抹掉额头上的冷汗,自言自语地说,——"可是,三个月前我走的时候给你留下两百法郎呀。"

"是的,是的,爱德蒙,那是不错的。但你忘记那时还欠着我们邻居卡德罗斯的一笔小债啦。他跟我说起这件事,对我说,假如我不代你还,他就到摩莱尔先生那里去讨。所以,为了免得你受连累……"

"那么?"

"嗯,我还给他了。"

"可是,"邓蒂斯叫道,"我欠了卡德罗斯一百四十法郎。"

"不错。"老人低声地说。

"而你就从我留给你的两百法郎里抽出来还了他吗?"

老人做了一个肯定的表示。

"这么说,三个月来你就只靠六十个法郎生活了!"青年喃喃地说。

"你知道我是花不了好多的。"老人说。

"上帝宽恕我吧!"爱德蒙哭着跪到老人的膝前。

"你这是干什么?"

"你太使我伤心了!"

"别说了,因为我一见到你,"老人说,"现在什么都忘了,什么都又好了。"

"嗯,我来了,"青年说,"带着一个美好的前程和一点点钱回来了。看,爹,看!"他说,"拿着吧——拿着,赶紧让人去买点东西。"他翻开口袋,倒在桌子上,一共有十几块金洋,五六块艾居(法国银币名)和一些小辅币。老邓蒂斯的脸色才顿时开朗了。

"这是谁的?"他问。

"我的!你的!我们的!拿去买些吃的东西吧。愉快些,我们明天就会有更多的了。"

"轻声点,轻点,"老人微笑着说。"我还是把你的钱省俭点用吧——因为他们要是看见我一次买了太多的东西,就会说我非得等你回来才能买得起那些东西。"

"随便你吧,但最重要的是先雇一个佣人。我决不再让你独自长期孤零零地留在家里了。我还偷偷带着一些咖啡和上等烟草放在船上的小箱子里,明天早晨可以给你拿来。嘘,别出声!有人来了。"

"是卡德罗斯,他一定是听到你的消息,知道你已交了好运回来,来向你道贺的。"

"哼!口是心非的家伙,"爱德蒙喃喃地说。"不过算了,他毕竟是我们的邻居,而且还帮过我们的忙,所以他还是受欢迎的。"

爱德蒙的这句话音刚落,卡德罗斯那个黑发蓬松的头已出现在门口。他约莫是二十五、六岁左右,手里拿着一块布,他原是一个裁缝,这块布是他预备拿来做衣服的衬里的。

"怎么! 是你回来了吗,爱德蒙?"他操着浓重的马赛口音说,满口露出象牙一样白的牙齿笑着。

"是的,回来了,卡德罗斯邻居,而且正准备为你效劳呢,随你要怎么样都可以。"邓蒂斯回答,答话虽彬彬有礼却仍掩饰不住他的冷淡。

"感谢,感谢,但庆幸我倒还不需要什么帮助。有时甚至人家还需要我的帮忙哩。"卡德罗斯做了一个手势。"我指的不是你,我的孩子。不! 不! 我借钱给你,你还了我。好邻居是那样的,我们已经两清了。"

"对那些帮助我们的人我们永远还清不了的,"邓蒂斯这样回答,——"因为我们虽还清了他们的钱,却还不清对他们的谢意。"

"那还提它干什么? 过去的就过去了。我们来说说你这次幸运的回归吧,孩子。我方才到码头上去配一幅细花布,就碰到我们的朋友邓格拉司。'怎么! 你在马赛哪!'我喊了出来。他说:'是呀。''我以为你还在士麦拿呢。''不错,但现在又回来了。''我那亲爱的小爱德蒙呢?'我问他。邓格拉司就回答说'肯定在他爹那儿。'因此我就赶紧跑来了,"卡德罗斯接着说,"来高高兴兴地和一位朋友握握手。"

"可敬的卡德罗斯!"老人说,"他和我们这样的要好!"

"是呀,我当然是。我喜欢你们,并且尊敬你们,因为忠实的人太少了! 但我的孩子,你好像发了财回来啦。"裁缝一边说,一边斜眼看着邓蒂斯抛在桌子上的那一把金币和银币。

青年看出了他邻居黑眼睛里所射出的贪婪的目光。他毫不在意地说,"这些钱不是我的,我正在对我爹表示,怕他当我不在的时候缺钱买东西,他为了使我相信,就把他钱包里的钱都倒在桌子上给我看,来,爹,"邓蒂斯又接着说,"把这些钱都放回到你的箱子里去吧,——除非我们的邻居卡德罗斯要用,那自又当别论。"

"不,孩子,不,"卡德罗斯说,"我一点都不要,国家养活了我。这钱你收起来吧,——收起来吧,我说。一个人的钱不必太多,钱我虽不用你的,但你的好意我还是感激的。"

"我是真心的呀。"邓蒂斯说。

"那当然,那当然。唔,我听说你和摩莱尔先生的关系很好,你这只得宠的小狗!"

"摩莱尔先生对我一直特别和善。"邓蒂斯回答。

"那么你不该拒绝他请你吃饭。"

"什么! 你回绝他请你吃饭?"老邓蒂斯说。"他请你吃饭吗?"

"是的,我亲爱的爹。"爱德蒙回答。微笑地望着对他儿子所得的荣誉表示惊讶的父亲。

"儿呀,那你为什么拒绝呢?"老人问。

"为了快点来看你,我亲爱的爹爹,"青年回答。"我想死你了。"

"但那一定会使敬爱的摩莱尔先生不高兴的。"卡德罗斯说。"尤其是在你快要当船长的时候,是不该得罪船主的。"

"但我把谢绝的理由向他解释过了,"邓蒂斯回答,"我想他会谅解的。"

"但是当船长的就必须对船主迁就一些。"

"我希望不迁就也能当船长。"邓蒂斯说。

"那就更好,——那就更好!你这个消息老朋友听了也高兴,而我知道圣·尼古拉堡后面有一个人,也很高兴听这个好消息的。"

"美茜蒂丝吗?"老人说。

"不错,我亲爱的爹,现在我已经看到你,知道你很好,并且不缺什么,我请你允许我去一趟迦太兰村。"

"去吧,我亲爱的孩子,"老邓蒂斯说,"望上帝保佑你的妻子,就像他保佑我的儿子一样!"

"他的妻子!"卡德罗斯说,"你说得过早了吧,邓蒂斯老伯。她看来还没有成为他的妻子呢。"

"不,但据各方面看,她肯定会是的。"爱德蒙回答。

"是啊,是啊,"卡德罗斯说,"但你这次赶快回来,倒是对的,我的孩子。"

"你这是什么意思?"

"因为美茜蒂丝是一位非常漂亮的姑娘,而漂亮姑娘是不会缺少爱人的。尤其是像她,总有上打呢。"

"真的吗?"爱德蒙虽微笑着回答,但微笑里却透露出微微的不安。

"啊,是的,"卡德罗斯又说,"而且都是顶了不起的人物呢,可是你知道,你就要当船长了,那时谁还会拒绝你呢?"

"你是说,"邓蒂斯回答,他的微笑掩饰不住他的焦急,"假如我不是一个船长——"

"唉,唉。"卡德罗斯说。

"行了,行了,"年轻的邓蒂斯说,"一般而论,对于女人,我可比你知道得清楚,尤其是美茜蒂丝。我确信,不论我当不当船长,她对我总是忠心的。"

"那就更好,——那就更好,"卡德罗斯说。"一个人快要结婚的时候,有充足的自信总是好事。但别管这些,我的孩子,去报到吧,并把你的希望告诉她。"

"我就去。"爱德蒙回答他,然后和他的父亲拥抱了一下,挥挥手和卡德罗斯告辞,就走出房间去了。

卡德罗斯迟延了一会儿,也离开老邓蒂斯,下楼去会见邓格拉司,后者正在西纳克街的拐角上等候他。

"我刚从他那儿出来。"卡德罗斯回答。

"他提到他想做船长的希望了吗?"

"他说得若有其事,就像事情已经决定了似的。"

"别忙!"邓格拉司说,"依我看,他未免太急躁了。"

"怎么,这件事摩莱尔先生好像已经答应他啦。"

"那么他已经在那儿自鸣得意了吗?"

"他简直太骄傲了,已经要想照顾我,好像他已经是一个大人物似的,而且还要借钱给我,好像是一个银行家。"

"你拒绝了吗?"

"当然,虽然我受之也于心无愧,因为他第一次摸到发亮的银币,还是我放到他手里的。但现在邓蒂斯先生已不再需要人帮助了,他就要做船长啦。"

"呸!"邓格拉司说,"他现在还不是船长呢。"

"他还是做不成的好,"卡德罗斯回答,"不然我们就别想再跟他说上话。"

"假如我们不愿意让他上去,"邓格拉司答道,"他可就爬不上去,或许还要不如现在呢。"

"你这句话什么意思?"

"没有什么,我不过自己这么说说而已。他还爱着那漂亮的迦太兰人吗?"

"简直爱得发狂,但除非是我弄错,在这方面他可要有些不如意了。"

"你说明白点。"

"我凭什么要说明白?"

"这件事或许比你所想的还更重要。你不喜欢邓蒂斯吧?"

"我向来就不喜欢目空一切的人。"

"那么关于迦太兰人的事,你把所知道的都告诉我吧。"

"我知道的可都不怎么确切,只是据我所见的事情而论,不由我不相信刚才告诉你的那句话,我们那位未来的船长会在荫馥密丽村遇到烦恼。"

"你知道些什么事,告诉我!"

"唔,每次我看到美茜蒂丝进城,总有一个身材高大魁梧的迦太兰人陪着她,那个人有一对黑色的眼睛,肤色褐中透红,很威武神气,她叫他哥哥。"

"真的! 那么你以为这位堂兄在追求她吗?"

"我只是这样想。一个身材魁梧的二十一岁的小伙子,对一个芳龄才十七岁的漂亮少女还能有什么别的想法呢?"

"你说邓蒂斯到迦太兰人那儿去了吗?"

"我还没下来他就走了。"

"我们也往这条路上走吧,我们可以在里瑟夫酒家那儿候着,一面喝梅尔姬酒,一面等候消息。"

"谁告诉我们消息?"

"我们在半路等着他,看他神色怎么样。"

"走吧,"卡德罗斯说,"但我得声明,可由你会钞。"

"那当然。"邓格拉司回答。他们急忙走到所说的地点,要了一瓶酒。

邦费勒老爹在十分钟前刚看见邓蒂斯走过。他们既确知他还在迦太兰村,就在长着嫩叶的梧桐树和大枫树底下坐下来。头上的树枝间,小鸟们正在悦耳地合唱,在庆祝春天的好日子。

第三章　迦太兰村

那两位朋友一面喝着起泡的梅尔姬酒，一面竖起耳朵，关注着大约百步以外的一个地方。那儿，在一座光秃秃的、风雨剥蚀了的围墙后面，便是迦太兰人的村庄。从前有一天一群神秘的移民离开西班牙，就在这块突出在海湾里的地段安居下来，一直到现在。当时谁都不清楚他们从哪儿来，也听不明白他们的话。移民中有一位首领懂得普罗旺斯话，就恳求马赛市政府把这块荒凉的海岬赐给他们，以便他们可以像古代的航海者一样把他们的小船拖到岸上来居住。这个请求获准了。三个月后，在那十四、五艘运载这些渡海而来的流民的小帆船周围，就兴起了一个小小的村庄。这个村庄的建筑独创一格，颇为美观，半似西班牙式，半似摩尔式，现在的居民就是那些人的后代，他们还是说着他们祖先的语言。三、四百年来，他们始终依恋在这块小海岬上，像一群海鸟似的从不与马赛的人口混合，他们互相通婚，保持着他们原来的习惯和祖国的风俗，就像保持他们的语言一样。

读者们且随我走进这小村的唯一的一条街，走进其中的一间屋子里。这间屋子的墙外爬满了乡村风味的藤类植物，阳光照着那些枯死的叶子，在上面撒上一层美丽的色彩，房子里面粉饰着像西班牙旅馆里那样千篇一律的石灰。一个年轻漂亮的姑娘正斜靠在壁板上。她的头发乌黑发亮，眼睛像膻羚羊眼睛似的柔润，她那像希腊古代雕刻一样纤细的手指，正在抚弄一束石南花，把花瓣撕碎，散落在地板上。她的手臂裸到肘部，露出被日光晒成褐色的一段，这两条美得像生在阿尔的美神像身上一样的手臂，正在急躁不安地摆动着。她那柔软好看的脚上穿着足踝处绣着灰蓝色花朵的纱袜，一只脚正轻柔地拍着地板，好像故意要展露她那丰满匀称的小腿似的。离开她三步远的地方，坐着一个年约二十二岁的高大青年，他跷起椅子的两条后腿，手肘在一张虫蚀的旧桌上撑着，带着一种烦恼不安的神色注视着她。他在用眼睛询问她，但青年姑娘镇静而坚定的凝视却控制了他的目光。

"你看，美茜蒂丝，"那青年说，"复活节又到了，你说，这不正是结婚的好时候吗？"

"我已经回答过你一百次啦，弗南。你再问下去是自寻烦恼。"

"唉，再说一遍吧，我求你，再说一遍，我才敢相信！说一百遍也好，说你拒绝我的求爱。虽然那是你母亲所应承的。让我充分了解你漠视我的幸福，了解对于我的生或死你是那样的漠不关心。唉！十年来总梦想着能当你的丈夫，美茜蒂丝，而现在竟丧失了那希望，那作为我活在世上唯一目标的希望！"

"但我并没让你抱那种希望啊，弗南，"美茜蒂丝回答说，"你不能怪我曾经诱惑过你。我老是跟你说，'我只把你看作我哥哥，不必向我要求超过兄妹之爱的感情,因为我的心已是属于另外一个人的了.'我不是老跟你这样说吗,弗南?"

"是的,我很清楚,美茜蒂丝,"青年回答。"的确,你对我坦白的程度甚至有点过于残忍。但你忘记同族相婚是迦太兰人的一条神圣的法律吗?"

"你错了,弗南,那不是一条法律,只是一种风俗。我求你不要靠这种风俗来帮你的忙。你正服着兵役,弗南,只是暂时缓征,随时可能应征入伍的。一旦当了兵,你又怎么来安排我呢?我,——一个无依无靠的孤儿,又没有财产,只有一间破旧的小屋和一些破烂的渔网,就是这些可怜的遗产也还是我爹爹传给我妈妈,又由我妈妈传给我的。弗南,你也知道她老人家去世已有一年,我现在的生活几乎完全靠公家的救济。你有时装作我帮过你的忙,借此让我分享你捕鱼得来的收获,我接受了,弗南,因为你是我的嫡堂哥哥,因为我们是从小一起长大的,更因为,假如我拒绝,你会很痛苦。但我确实感到,我拿去卖的这些鱼,拿去换亚麻来纺织的这些鱼——弗南,我非常明显地觉得,这还等于是一种施舍。"

"那又有什么关系?美茜蒂丝,你虽然这样孤苦,但还是像最骄傲的船主女儿或马赛最有钱的银行家的小姐一样配得上我!除了一个忠心的女人和严谨的主妇以外我还能有何求呢?而我哪儿再能找到一个在这两方面都比你更好的人呢?"

"弗南,"美茜蒂丝摇摇头回答,"一个女人能否成为一个良好的管家妇那倒不好说,但假如她爱着另外一个人还甚过于爱她的丈夫,谁还能说她是一个忠心的女人呢?算了吧,你就满足于我的友谊吧,我再对你说一次,这是我所能允许的最大限度,我无法允许我不能给的东西。"

"我懂了,"弗南回答说,"你能够忍受你的穷困生活而毫无怨言,但你却怕我穷,那么,美茜蒂丝,得到了你的爱,我就努力去致富。你会给我带来好运,我会发财。我可以扩展我的渔业,或许可以找到一个货仓管理员的职位,到时候我就可以做一个商人了。"

"这种事办不到的,弗南。你是一个兵,只是现在没有战争,你所以还能留在迦太兰村。还是做一个渔夫吧,别胡思乱想,因为梦想会使现实更觉难受。就以我的友谊为满足吧,因为我不能给你超过友谊以上的情感。"

"那么,你说得对,美茜蒂丝。你看不起我们祖先的服装,我就抛弃它。我要去当一名水手,我要戴一顶油漆过的帽子,穿一件条纹衬衫,外加一件蓝色的短外套,要纽扣上有铁锚的那种。那套衣服你该喜欢了吧?"

"你这是什么意思?"美茜蒂丝愤愤地射了他一眼,——"我不懂你这是什么意思。"

"我的意思是,美茜蒂丝,你之所以对我这样无情和残酷,是因为你在等待着这样打扮的一个人。但或许你所等待的他是靠不住的,即使他自己可靠,大海对他可难说呢。"

"弗南!"美茜蒂丝喊道,"我以前觉得你的心地很善良,现在我才发现我错了!弗南,你想通过祈求上帝的愤怒来帮助你的嫉妒真是太卑鄙了!不错,我不否认,我是在等待着,我是爱你所指的那个人,即使他不回来,我也不相信他会像你所说的那样靠不住,我相信他至死会爱我,而且只爱我一个。"

迦太兰青年露出愤恨的神情。

"我懂得你的心思,弗南,因为我不爱你,你就会对他怀恨。你会用你的迦太兰刀去拼他的匕首。那能得到什么结果呢?假如你被打倒了,你就会丧失我的友谊,假如你打倒了他,你就会看到友谊变成了仇恨。相信我,想通过和一个男人去打架来讨好爱那个男人的女人,这种方法是太愚蠢了。不,弗南,你不能去想那些坏心思。不能娶我做你的妻子,你还能把我看作你的朋友和妹妹聊以自慰。而且,"她的眼睛里闪着泪花,茫然地说,"等着吧,弗南!你刚才说海是变幻莫测的,他已走了四个月,这四个月中,曾有过几次险恶的风暴。"

弗南没有回答,他不愿去擦掉美茜蒂丝脸上的眼泪,虽然每一滴眼泪好像流去他心上的一滴血一样,但这些眼泪是为另一个人而流的。他站起身来,在小屋里踱来踱去,然后他突然现出阴森的眼神,捏紧了拳头在美茜蒂丝面前停下来,对她说,"美茜蒂丝,"他说,"再说一句就算数,这是你最后的决定吗?"

"我爱爱德蒙·邓蒂斯,"那位姑娘平静地回答,"除了爱德蒙以外,谁都不能做我的丈夫。"

"你永远爱他吗?"

"只要我有一天活着,就爱他一天。"

弗南像一个斗败了的战士垂下了头,长长地嘘出一声像呻吟似的叹息,然后又突然抬起头望着她,咬紧牙关地说:"假如他死——"

"假如他死了,我也会去死。"

"假如他忘记你——"

"美茜蒂丝!"一个声音在屋外高兴地叫道,"美茜蒂丝!"

"咦!"青年女郎喊道,她的脸因快乐而涨得通红,满怀着爱意一跃而起,"你看,他没有忘记我,因为他已来了!"她冲到门口,打开门,说,"嗨,爱德蒙,我在这儿呢!"

弗南脸色煞白,全身颤抖,像看见了一条赤链蛇的游客似的向后退去,跌跌撞撞地靠在椅子上,沉入椅子里。爱德蒙和美茜蒂丝互相紧紧地拥抱着。耀眼的阳光从开着的门口射入房间,把他俩罩在光明里,他们最初忘掉了周围的一切。极度的快乐把他们和世界都隔离了,他们只能断断续续地讲话,这原是高兴到极点的象征,当人们极端高兴的时候,表面看来倒反而像悲伤。爱德蒙突然看见弗南那张阴沉的脸,这张埋在阴影里的脸苍白而带着威胁的神气,那迦太兰青年下意识地做了一个动作,把他的手按在腰部皮带的短刀上。

"啊!对不起!"邓蒂斯皱着眉头转过身来说,"我不知道这儿有三个人。"然后他转过去问美茜蒂丝,"这先生是谁?"

"这位将是你最好的朋友,邓蒂斯,因为他是我的朋友,我的堂兄,我的哥哥,他叫弗南,——除了你以外,爱德蒙,他就是世界上我最喜欢的人了。你不记得他了吗?"

"对了!"爱德蒙说,他没有放开美茜蒂丝的手,一只手握着美茜蒂丝,把另一只手热情地伸给那个迦太兰人。但弗南对这个友谊的表示并无反应,却依旧像一尊石像似的一动不动。爱德蒙于是把他的眼光仔细看看那焦急为难的美茜蒂丝,又看看那怀着阴郁敌意的弗南。这一下他全都明白了,他脸上不禁充满怒气。

"我来得太匆忙了,想不到在这儿遇到一个敌人。"

"一个敌人!"美茜蒂丝愤怒地扫了她堂兄一眼,喊道。"你说,爱德蒙,我的家里有一个敌人。如果真是这样,我就挽起你的手臂一同到马赛去,离开这个家,永不回来。"

弗南的眼里喷出火来。

"要是你遭到了什么不幸,亲爱的爱德蒙,"她继续镇静地说下去,使弗南觉得那青年姑娘已看出他内心深处的坏念头,——"要是你遭到不幸,我就投到摩琴岬的浪潮里,永远葬身海底。"

弗南的脸色像死人一样惨白。

"但你弄错啦,爱德蒙,"她又说,"这儿没有你的敌人——这儿只有我的哥哥弗南,他会像一个老朋友那样跟你握手的。"

年轻姑娘说到最后这一句,就把她那威严的眼光盯住那迦太兰人弗南,后者似乎被那眼光催眠了,慢慢地向爱德蒙走来,伸出他的手。他的仇恨像是一个无力的浪涛,被美茜蒂丝所说的一番话击得粉碎。但几乎还未碰到爱德蒙的手,他就已觉得无法再忍耐,赶快冲出屋子去了。

"噢!噢!"他喊着,像一个疯子似的狂奔着,双手紧紧抓住自己的头发,——"噢!谁能帮我除掉这个人?我太不幸了!"

"喂,迦太兰人!喂,弗南!你到哪儿去?"一个声音喊道。

那青年突然停下来，四顾周围，看见卡德罗斯和邓格拉司在一个凉棚里对桌而坐。

"喂，"卡德罗斯说，"你怎么不过来呀？难道你真是这样的忙，没时间对你的朋友说一声'日安'吗？"

"尤其是当他们面前还放着一满瓶酒的时候。"邓格拉司接上一句。

弗南麻木地望着他们，一个字都没有说。

"他像是昏了，"邓格拉司碰碰卡德罗斯的膝头说。"别是我们弄错了，倒是邓蒂斯得胜了吧？"

"唔，我们得弄个明白，卡德罗斯回答，就转过去对那青年说，"喂，迦太兰人，你决定了吗？"

弗南抹掉额角流着的冷汗，慢慢地走入凉棚，在那凉棚中，凉荫似乎使他清醒了些，清爽的空气使他那精疲力尽的身体也振作了一些。

"日安，"他说，"是你们叫我吗？"于是他重重地在桌子旁边的椅子里坐下来，像倒下来似的。

"我看你像疯了似的奔跑，所以叫你一声，怕你去跳海，"卡德罗斯大笑着说。"见鬼！一个人有了朋友，不但得请他喝酒，还得劝阻他不要无事找事地去喝三、四升水！"

弗南像呜咽似的呻吟了一声，用手掩住了脸，伏在桌子上。

"咦，弗南，我得说，"卡德罗斯一开头就提到对方的伤心事，这种人由于好奇而忘记了说话的技巧，"你的脸色看来很糟，像是谈恋爱遭到了拒绝。"他说着就爆发出一阵粗鲁的大笑。

"算了！"邓格拉司说，"像他那样的小伙子在情场上是绝不会失意的。卡德罗斯，你这未免太嘲弄他了！"

"不，"他答道，"你只要听听他叹息的声音就知道了！来，来，弗南！"卡德罗斯说，"把头抬起来，跟我们说说看。朋友们关心你的健康，你不回答可是不礼貌的呀。"

"我很好，没有生病。"弗南依旧紧握拳头，埋着脑袋说。

"啊！你看，邓格拉司，"卡德罗斯对他的朋友眨眨眼睛说，"是这么一回事：现在在你跟前的这位弗南，是一位英勇的迦太兰人，是马赛顶了不起的渔夫。他爱上了一位非常漂亮的姑娘，芳名叫美茜蒂丝，但不幸，那位漂亮姑娘却爱着埃及王号上的大副，今天埃及王号到了——你明白其中的奥秘了吧！"

"不，我不懂。"邓格拉司说。

"可怜的弗南就没人理啦。"卡德罗斯补充说。

"好，那又怎么样呢？"弗南抬起头来，眼睛盯住卡德罗斯，像要找谁来发泄似的。"谁能管美茜蒂丝？她难道不是可以想爱谁就爱谁吗？"

"哦！假如你那样说，可就又是一回事了！"卡德罗斯说。"但我以为你是一个迦太兰人，而人家告诉我说，迦太兰人是绝不会让任何东西被敌人夺去的。甚至还告诉我说，尤其是弗南，报起仇来是不饶人的。"

弗南凄然微笑了一下,"一个情人是永不会使人害怕的!"他说。

"可怜的人!"邓格拉司说,他假装感动得可怜起这个青年来。"唉,你看,他想不到邓蒂斯会这样突然回来。他以为他已死了,或许碰巧别有所恋了!这种事情突然发生的时候,的确是很让人难受的。"

"唉,真的,但无论如何,"卡德罗斯一面说话,一面喝酒,梅尔姬酒的力量已开始起作用了,——"无论如何,这次邓蒂斯交了好运回来,受打击的却不止弗南一个人,是吗,邓格拉司?"

"哦,你的话不错,但我说他自己可也得遭殃呢!"

"嗯,别提了,"卡德罗斯说,他给弗南倒了一杯酒,给自己也倒了一杯,这是他喝的第八杯也不知是第九杯了,而邓格拉司始终只是抿抿而已。"没关系,就等着瞧他娶上美茜蒂丝,娶上那个美丽的美茜蒂丝吧,——他就是回来办这件事的。"

邓格拉司这时把他那锐利的目光盯在那青年身上,卡德罗斯的话像熔解的铅似的注入那青年的心。

"什么时候结婚?"他问。

"还没决定!"弗南低声地说。

"不,快了,"卡德罗斯说,"这件事已定下来了,正像邓蒂斯肯定就要做埃及王号的船长一样。呃,是不是,邓格拉司?"

这个意外的攻击使邓格拉司吃了一惊,他转向卡德罗斯,细察他脸部的表情,看看这一击是不是故意的,但他在那张醉醺醺的脸上,看到的只有嫉妒。

"好,"他倒满三只酒杯说,"我们来为爱德蒙·邓蒂斯船长,为漂亮的迦太兰女人的丈夫干一杯!"

卡德罗斯用他那有些抖动的手把杯子举到嘴边,咕的一声一饮而尽。弗南则把他的酒杯往地下摔得粉碎。

"呃,呃,呃,"卡德罗斯结结巴巴地说。"迦太兰村那面墙边是什么东西呀?看,弗南!你的视力比我好。我的眼睛开始模糊了,你知道酒是骗人的家伙,但我敢说那是一对情人手挽手地在那儿并肩散步。老天爷!他们不知道我们能看得见他们,这会儿他们在拥抱呢!"

邓格拉司当然不会放松来给弗南多添一下痛苦。

"你认识他们吗,弗南先生?"他说。

"认识,"那个声音低低地回答。"那是爱德蒙先生和美茜蒂丝小姐!"

"呀!瞧那儿,喏!"卡德罗斯说,"现在我会认不出他们吗!喂,邓蒂斯,喂,可爱的小姐!到这儿来,告诉我们啥时候举行婚礼,因为弗南先生硬是不肯告诉我们!"

"你别嚷好吗?"邓格拉司假意去劝阻卡德罗斯,后者带着醉汉的那种牛性,已把头伸到凉棚外面去了。"为人要公道一点,让那对情人安安静静地去谈恋爱吧。看看弗南先生,学学他吧,他的态度有多克制!"

弗南大概是被邓格拉司挑弄得再也忍受不住了,他像一头被斗牛者激怒的公牛似的要冲出去,因为他已站了起来,而且似乎正在集中精力准备向敌人冲击。正当这时,美茜蒂丝带着微笑温雅地抬起她那张可爱的脸,露出她那纯洁明亮的眼睛。一看到这双眼睛,弗南就想起假如爱德蒙死了她也跟着死的威胁,于是又沉重地跌回到他的椅子上。邓格拉司看着这两个人,看看这个,又看看那个,一个是发着酒疯,另一个完全被爱所压服了。

"我不可能在这些傻瓜身上搞出什么名堂的,"他默默地自语,"我真怕这儿一个是酒鬼,一个是懦夫,可是这个迦太兰人闪光的眼睛却像西班牙人、西西里人和卡拉布兰人,而他们是一向以报仇心切闻名的。爱德蒙的确幸运,他会娶到那个漂亮姑娘,他会做船长,他可以嘲弄我们这些人,除非——"邓格拉司的嘴边浮起一个阴险的微笑——"除非我来干预这件事。"他加上一句。

"喂!"卡德罗斯继续喊,他用拳头撑住桌子,抬起半个身子,——"喂,爱德蒙!你究竟是没有看见你的朋友呢,还是不肯跟他们讲话?"

"不,我的伙计,"邓蒂斯回答,"我不是傲慢,我只是太快乐了,而我想快乐是比傲慢更易使人盲目的。"

"呀! 很好,那倒也是一种说法!"卡德罗斯说。"噢,日安,邓蒂斯夫人!"

美茜蒂丝庄重地鞠了一躬,说:"请别这么称呼我,在我们祖国,人们说,对一个尚未结婚的青年姑娘,就拿她未婚夫的姓名称呼她,是要倒霉的。所以,请你叫我美茜蒂丝吧。"

"我们应该谅解我们这位可敬的邻居卡德罗斯,"邓蒂斯说,"他不小心搞错了。"

"那么,就尽快举行婚礼吧,邓蒂斯先生。"邓格拉司向那对青年人鞠躬说。

"我也是想越快越好,邓格拉司先生。今天我先在父亲那儿准备好一切,明后天就在这儿里瑟夫酒家举行婚礼。我希望我的朋友都能来,那就是说,请你也来,邓格拉司先生,还有你,卡德罗斯。"

"弗南呢,"卡德罗斯说着格格地笑了几声,"也请弗南吗?"

"我妻子的兄长也就是我的兄长,"爱德蒙说,"假如那时候他不到,美茜蒂丝和我,就要非常不高兴了。"

弗南张开嘴想回答,但他的话刚到嘴边就不见了,一个字都没说出来。

"今天准备,明后天就行婚礼! 你太仓促啦,船长!"

"邓格拉司,"爱德蒙微笑着说,"我得像美茜蒂丝刚才对卡德罗斯所说的那样跟你说一遍,请不要给我一个不属于我的头衔,那或许会使我不幸的。"

"对不起,"邓格拉司回答,"我只是说你太仓促了一点。我们的时间很充裕呀,——埃及王号在三个月内是不会出航的。"

"幸福总是人急于想得到的,邓格拉司先生,因为我们受苦的时间太长了,实在难以相信天下有好运气这种东西。但我之所以这样匆忙,倒也并非完全出于为自己,我还得到巴黎去一次。"

"去巴黎? 真的! 你是第一次到那儿去吧,邓蒂斯?"

"是的。"

"在那儿有你的事吗?"

"不是我自己的,是可怜的黎克勒船长最后的一次差遣。你明白我指的是什么,邓格拉司,这是我应尽的义务。而且,我只要路上来去的时间就够了。"

"是,是,我知道,"邓格拉司说,然后他又低声地自言自语,"去巴黎,一定是送大元帅给他的那封信。呀!这封信倒给了我一个主意,一个好主意!唉,邓蒂斯,我的朋友呀,你还没有正式做到埃及王号的第一号人物呢,"然后他转向那走开去的爱德蒙喊道,"一路顺风!"

"谢谢你。"爱德蒙友好地点一点头说。于是那一对情人就又安静而欢喜地继续走他们的路。

第四章　阴谋

邓格拉司的眼睛一直跟踪着爱德蒙和美茜蒂丝,直到那一对情人消失在圣·尼古拉堡的一个拐角后面才回过头来,他仔细观察弗南,弗南已倒在椅子里,面无血色,全身颤抖,卡德罗斯正在结结巴巴地唱酒歌。

"唉,我亲爱的先生,"邓格拉司对弗南说,"这婚事看来似乎并不能使人人都快乐。"

"这使我感到失望。"弗南说。

"那么,你也爱美茜蒂丝吗?"

"我崇拜她!"

"你爱上她很长时间了吗?"

"我第一次认识她的时候就爱上了她。"

"可是你却坐在这儿,只会一个劲儿地抓头发,而不去想个挽回的办法。见鬼!我想不到你们迦太兰人会这样窝囊。"

"你叫我怎么办好?"弗南说。

"我怎么知道?这是我的事吗?我又没爱上美茜蒂丝小姐,——那是你。'找吧,'福音书上说,'你总会找到的。'"

"我已经找到了。"

"怎么样?"

"我要刺死那个男的,但那个女的曾说过,假如她的未婚夫遭到什么不幸,她会去自杀。"

"呸!那种事情女人说倒是会说,但决不会真的干出来的。"

"你不了解美茜蒂丝,她不光嘴里说还真干得出来的。"

"傻瓜!"邓格拉司自言自语说,"只要邓蒂斯不当船长,她自杀不自杀有什么关系?"

"假如要美茜蒂丝死,"弗南以坚定不可动摇的语气回答,"我宁愿自己死。"

"那就是我所说的爱情!"卡德罗斯说,他的话音比以前更加含糊不清。"那就是爱情,不然我就不知道爱情究竟是什么了。"

"喂,"邓格拉司说,"我看你是个老实人,算我倒霉,我倒愿意帮助你,可是——"

"嗯,"卡德罗斯说,"可是什么?"

"我的好人,"邓格拉司回答说,"你现在才三分酒意,喝完这一瓶,才够你醉了。喝吧,别来打扰我们的事情,因为那件事情是需得动一下脑筋再冷静地下判断的。"

"我喝酒!"卡德罗斯说,"好,那倒不赖!这种酒瓶并不比香水瓶子大,我能喝上四瓶。邦费勒老爹,再取些酒来!"于是卡德罗斯用他的酒杯敲起桌子来。

"先生,你刚才说——?"弗南非常焦急地等这一段插话讲完以后说。

"我刚才说什么?我忘了。卡德罗斯这个酒鬼打断了我的思路。"

"爱喝就喝,那些怕酒的人就不敢喝,因为他们心里藏着坏主意,怕被酒勾出来。"卡德罗斯于是哼起当时一首极流行的歌曲的最后两句来:

"所有的坏蛋都喝水,
　洪水可以做证人。"

"先生,你刚才说你很愿意帮助我,可是——"

"对了,可是我得附带说一句,我帮你的忙,是只要邓蒂斯不娶你所爱的那个人就算了。依我看,那桩婚事是很容易拆散的,但也不必要把邓蒂斯置于死地。"

"只有死才能够拆开他们。"弗南说。

"看你说话真像一个傻子,朋友,"卡德罗斯说,"这位是邓格拉司,他的诡计多端,他马上就可证明你的错误。证明给他看,邓格拉司。我来代你回答吧。邓蒂斯是不必死的,假如他死了,那真是太可惜了。邓蒂斯是一个好人。我喜欢邓蒂斯。邓蒂斯,祝你健康!"

弗南忍不住站起身来。"让他去说吧,"邓格拉司拦住那青年说,"他虽喝醉了,讲的话倒还有点道理。分离和死可以产生同等的效力。假如爱德蒙和美茜蒂丝之间隔着一道牢墙,那他们也就不得不分手,其效力和使他躺在坟墓里一样。"

"不错,但关在牢狱里的人总会出来的,"卡德罗斯说,他凭着尚存的一些理智还在努力倾听谈话,"而一旦他出来,像爱德蒙·邓蒂斯这样的人,他报复起来——"

"那怕什么?"弗南轻声地说。

"噢,我倒想知道,"卡德罗斯说,"有什么理由能把邓蒂斯关到牢里去?他又没有抢人,杀人,害人。"

"住口!"邓格拉司说。

"我不住口!"卡德罗斯回答。"我说,我倒想知道凭什么把邓蒂斯关到牢里去。我喜欢邓蒂斯。邓蒂斯,愿你健康!"于是他又灌了一杯酒。

邓格拉司看到那裁缝已神色恍惚,知道酒劲已经加深,就转过去对弗南说:"喂,你知道要他死实在是不必的。"

"当然不必,假如像你刚才所说的,你有办法可以使邓蒂斯被捕。你到底有没有办法?"

"只要去找办法总是有的。但那跟我有什么鬼相干?这又不是我的事。"

"我不知道这究竟是不是你的事,"弗南抓住他的手臂说,"但我知道,你一定对邓蒂斯怀有某种怨恨,因为怀恨在心的人是决不会看错别人的情绪的。"

"我？我有恨邓蒂斯的动机？不，我可以发誓！我看你很苦恼，而你的闷闷不乐使我很关心，就是这么一回事而已。但既然你认为我有私心，那么再会，我亲爱的朋友，你自己想办法解决这件事吧。"邓格拉司站起来装作要走的样子。

"不，不，"弗南拉住他说，"坐下来！你是否恨邓蒂斯和我没有什么关系。我恨他！我可以公开宣布恨他。只要你找到办法，我就来干，——只要不杀死那个男的，因为美茜蒂丝威胁过，假如邓蒂斯被杀，她也就自杀。"

卡德罗斯本来已把头伏在桌子上，现在忽然抬起头来，用他那呆滞的目光望着弗南说："杀邓蒂斯！谁说要杀邓蒂斯？我不许他死，——我不许！他是我的朋友，今天早晨还要借钱给我，像我借给他一样。我不许杀死邓蒂斯，——我不许！"

"谁说过一个要杀死他的字，你这昏头！"邓格拉司答道。"我们只是开个玩笑而已，喝杯酒祝他健康吧，"他注满卡德罗斯的酒杯，又说，"别来打扰我们。"

"对，对，祝邓蒂斯身体安康！"卡德罗斯把酒杯喝空说，"这杯祝他健康！……祝他健康！嗨！"

"但办法，——办法呢？"弗南说。

"你一点都还没想出来吗？"

"没有，办法要你想。"

"真的，"邓格拉司回答，"法国人比西班牙人强，西班牙人苦苦思考之时，法国人则已有发明创造。"

"那么你发明出来了没有？"弗南不耐烦地说。

"伙计，"邓格拉司说，"把笔和纸拿来。"

"笔和纸？"弗南咕哝地说。

"是的，我是一个押运员。笔，墨水和纸张是我的工具，没有工具我什么事都没办法。"

"把笔墨纸张拿来！"弗南大声喊道。

"都在那张桌子上。"侍者指指文具说。

"拿到这儿来。"

侍者听命给他拿了过来。

卡德罗斯用手按住纸说，"想到用这些东西杀人比躲在树林边暗杀还要牢靠，太令人寒心了！我一向就怕看见笔、墨水和纸，比怕刀剑或手枪还厉害。"

"这家伙还不像他外表看来那样醉得厉害，"邓格拉司说，"灌他再喝几杯，弗南。"

弗南给卡德罗斯斟满酒，后者原是一个酒徒，一看见酒，就放开纸，抓住酒杯。迦太兰人始终盯住卡德罗斯，直到他的知觉几乎已被这次新的进攻所征服，像掉下来似的把酒杯放到桌子上为止。

"好了！"迦太兰人看到卡德罗斯最后的一点理智也在最后的一杯酒后消失时，就重新拾起话头。

"好了，那么譬如说，"邓格拉司重又继续说，"邓蒂斯现在刚刚航海回来，中途又靠过爱尔巴岛，在这种航海以后，假如有人向检察官去告发，说他是一个拿破仑

"我去告发他!"青年连忙喊道。

"是的,但这样他们就会让你在告发书上签名,叫你和被告对质,我可以给你提供告发的资料,因为我很清楚这件事情。但邓蒂斯不能在牢里过一辈子的,有一天他终于会出来。他一出来,就必定要降祸给那个使他入狱的人。"

"嘿,我最盼望就是他找上门来和我吵架。"

"是的,可是美茜蒂丝,——美茜蒂丝,只要你碰破她心爱的爱德蒙一层皮,她就会痛恨你的哎呀!"

"一点不错!"弗南说。

"不,不!"邓格拉司继续说,"假如我们决定采用我现在这种办法,那就好得多了,只要拿起这支笔,蘸蘸这瓶墨水,用左手(那样笔迹就不会被人认出来)写一封告密信就得了。"邓格拉司边说边写,他用左手写出一篇歪歪扭扭,完全不像他自己笔迹的文字,他把那篇文字交给弗南,弗南低声念道:

> 阁下——鄙人乃拥护王室及教会的人士,兹报告检察官,有爱德蒙·邓蒂斯其人,系埃及王号之大副,今晨自士麦拿经那不勒斯抵埠,中途曾停靠费拉约港。此人受穆拉特之命给叛贼送信,并奉叛贼之命送信给巴黎拿破仑委员会。犯罪证据于将其逮捕时即可获得,该函如不在其身上,则必在其父家中,或在其埃及王号之船舱内。

"好极了,"邓格拉司说,"你这种报仇的方法就聪明多了,这封信会生效,而且一定追不到你身上来。现在再没有别的事了,只要像我现在这样把它折叠起来,写上'送皇家检察官阁下',那一切都解决了。"邓格拉司一面说,一面就把收信人的姓名地址写上。

"不错,一切都解决了!"卡德罗斯喊道,他凭着最后的一丝理智,已听到那封信的内容,知道经这样一告密,会产生怎样的后果。"不错,一切都解决了,只是这件事太可耻,太不道德了!"他伸出手想拿那封信。

"是的,"邓格拉司说,一面把信移开,使他拿不到,"我刚才所说所做的不过是开开玩笑,假如爱德蒙,尊敬的邓蒂斯遇到了什么不测,我第一个要感到难过,你看,"他拿起那封信,把它揉成一团,抛在凉棚的一个角落里。

"对了!"卡德罗斯说。"邓蒂斯是我的朋友,我不能让他遭到陷害。"

"哪一个鬼家伙想陷害他? 当然不会是我,弗南也不会!"邓格拉司说,他站起来看了看那个青年,青年依旧坐着,但眼睛却盯在那被抛在角落里的告密信上。

"既然如此,"卡德罗斯答道,"我们再来些酒吧。我想喝几杯来祝爱德蒙和那可爱的美茜蒂丝身体健康。"

"你已经喝得太多啦,酒鬼,"邓格拉司说,"你要是再喝,就得在这儿睡了,因为你连站都站不起来了。"

"我?"卡德罗斯一面说,一面带着一个醉汉被冒犯时的全部尊严站了起来,

"我会站不起来？我敢跟你打赌，我可以跑上阿歌兰史教堂的钟楼，连脚步都不会乱！"

"可以！"邓格拉司说，"我就跟你赌一下，但明天吧，——今天该回去了。我们走吧，我来扶着你。"

"很好，我们走，"卡德罗斯说，"但我可不用你来扶。走，弗南，你不和我们一块儿回马赛吗？"

"不，"弗南回答，"我回迦太兰村。"

"你错啦。跟我们到马赛去吧，走呀。"

"我不去。"

"你这是什么意思？你不去？好，随你便，我的公子爷，世界上每个人都有自由。走吧，邓格拉司，随那位青年老爷的便，他愿意就让他回迦太兰村去好了。"

邓格拉司这时乐得顺着卡德罗斯的脾气行事，就带着他跟跟跄跄地沿着胜利港向马赛走去。

他们约莫向前走了二十码左右，邓格拉司回过头来，看见弗南正在弯腰把那张揉皱的纸捡起来，塞进他的口袋，然后冲出凉棚，向皮隆方向奔去。

"咦，"卡德罗斯说，"怎么，他多会撒谎！他说他要到迦太兰村去，可是他却朝城里走。喂，弗南！"

"唔，是你弄错了，"邓格拉司说，"他一点都没走错。"

"唉，"卡德罗斯说，"我还说他走错了，酒这东西真会骗人！"

"哼，"邓格拉司心里想，"这件事我看开头得很不错，现在只要静静地看它怎么发展就得了。"

第五章　订婚宴席

　　明亮的朝阳用它那灿烂的光芒染红了天空,抚慰着那吐着白沫的波浪。

　　里瑟夫酒家已备下丰盛的酒宴(酒家的那座凉棚是读者们已熟悉的了)。摆席的那个大厅很是宽敞,并排地开着几扇大窗,每个窗口上用金字写着法国各大城市的名字。在这排窗口底下,是一条跟屋子一样长的木板走廊。宴席虽预定在十二点钟开始,但在开始前的一小时,走廊上已挤满了性急的贺客,他们有些是埃及王号上和新郎友好的船员,有些是新郎其他的私交,全都穿着他们最漂亮的衣服来给这个愉快的日子增光。大家都纷纷传说,埃及王号的船主要来参加宴席,可是大家又似乎都不敢相信邓蒂斯能有这样大的面子。

　　与卡德罗斯同来的邓格拉司终于证实了这个消息,说他刚才遇到摩莱尔先生,先生亲口说来参加他大副的订婚宴席。

　　果然不错,片刻以后,摩莱尔先生已在房内出现。水手们一起向他欢呼。在他们看来船主的光临是一个证明,这次宴席的主人翁不久就要做埃及王号的船长,而邓蒂斯又是船上所一致爱戴的人物,所以当水手们发现他们上司的意见和选择正好符合了他们的愿望,也就抑制不住内心的高兴。

　　这一阵嘈杂而亲热的欢迎过去以后,邓格拉司和卡德罗斯就被派去到未婚夫家中报告重要人物业已到达的消息,希望他赶快迎接他的贵宾。

　　二人受命急速前去,但他们还没有走出百步,就有一群人迎面向他们走来,前面是那对未婚夫妇和一群伴随新娘的青年姑娘,新娘的旁边是邓蒂斯的父亲。他们的后面跟着弗南,他的嘴唇上仍旧挂着他那惯常的阴险的微笑。

　　美茜蒂丝和爱德蒙都不曾觉察到他脸上那种异样的表情。他们是太幸福了,所以他们的眼睛除了互相对看以外,就只见到他们头上那明朗而美丽的天空。

　　交卸了他们的使命并向爱德蒙说了一声亲热的贺语以后,邓格拉司就走到弗南的身边,卡德罗斯则和老邓蒂斯留在一起。老邓蒂斯现在已成了大众注意的中心。他穿着一套剪裁合体、熨得笔挺、钉着铁纽扣的黑衣服。他那消瘦却依旧相当有力的腿上穿着一双脚踝处绣满了花的长筒袜子,一望就知是英国货;他的三角帽上垂下一长条蓝白色丝带结成的穗子;挂着一根雕刻得很奇特的手杖。卡德罗斯卑谄地跟在他身旁,由于希望分享宴席的美味,他只得仍与邓蒂斯父子重归和好,昨天晚上的事情,他脑子里还留有一个模糊的不完整的记忆,——正像人从梦中醒来时脑子里留下的模糊印象一样。

　　邓格拉司走近那个失恋的情人的时候,满含深意地朝他看了看。弗南脸色苍白,带着茫然的神情慢慢地跟在那一对幸福的人儿后面,而前面那一对满心喜欢的人却似乎已完全忘记了有他这样一个人存在。偶尔他的脸上会突然涨得通红,神经质地抽搐一下,用一种焦虑不安的眼神向马赛那方面一瞥,好像在期待某种惊人的大事似的。

邓蒂斯的衣着虽很合适,却也很简单,他穿着一套半似军服,半似便服的商船船员制服。他那英俊的脸上闪耀着喜悦和幸福的光芒,显得更加好看。

美茜蒂丝可爱得像塞浦路斯或凯奥斯的希腊美女一样,她睁大着一双乌黑明亮的眼睛,张开她那珊瑚似的嘴唇,用阿尔妈女和安达卢西亚妇女那种自由自在的步伐走着。假如她是一个城市里的姑娘,她一定会把她的喜悦掩饰起来,或至少垂下她那浓密的睫毛,以掩饰她那一对水汪汪的热情的眼睛,但美茜蒂丝只是微笑着左右顾盼,好像在说:"假如你们是我的朋友,那么请和我一起分享快乐吧,因为我确实是非常幸福的。"

当这对新人和陪伴他俩的人进入里瑟夫酒家的视线以内时,摩莱尔先生就迎上前来,后面跟随着早已聚集在那儿的士兵和水手,他们已从摩莱尔先生那儿得知他许过的诺言,知道邓蒂斯就要成为已故黎克勒船长的后继人。爱德蒙一走近雇主的前面,就把他未婚妻的手臂递给摩莱尔先生,后者就带着她踏上木头楼梯,向摆好酒席的大厅走去,来宾们嘻嘻哈哈地跟在后面,楼梯在拥挤的人群脚下吱吱地呻吟着。

"爹,"美茜蒂丝走到桌子前面停下来说,"请您坐在我的右手,左手这个位置我要让一位始终像亲兄弟那样照顾我的人坐,"她这句温柔而亲切的话像一把匕首似的刺进弗南的心。他的嘴唇苍白了,甚至在他的棕黑的皮肤之下,也可以看到血液突然退去,像是受了某种意外的压缩,把血液驱回到心脏去了一样。

这时,在桌子对面的邓蒂斯,也同样地把他最尊贵的来宾摩莱尔先生安排在他的右手位置,邓格拉司则坐在他的左手,其余的人各自找了他们认为最适当的位置坐下。

现在是开始大嚼那放满在桌子上的好东西的时候了。新鲜香美的阿尔腊肠,鲜红夺目的带壳龙虾,色彩鲜艳的大虾,外面有刺而里面细腻滑口的海胆,还有那被南方吃客所极口称赞、认为比牡蛎更香美可口的蛤蜊,——这一切,再加上无数从沙滩上投网捕来,被那些可感谢的渔夫称为"海果"的珍馐美肴,都杂陈在这次订婚宴席上。

"真安静啊!"新郎的老父说,他正把一杯色泽像黄玉那样晶莹光彩的酒举到唇边,这杯酒是美茜蒂丝亲手递到他面前的。"看看,谁能想到这儿有三十个又说又笑的人呢?"

"唉!"卡德罗斯叹息道,"一个丈夫是并不永远开心的。"

"事实是,"邓蒂斯答道,"我是太幸福了,所以反而乐不起来。假如你的看法是这个意思,我可敬的朋友,那你算说对了。有的时候,欢乐会产生一种奇怪的效果。它似乎会压住我们,几乎像悲哀一样。"

邓格拉司向弗南看了一眼,后者永远按捺不住那易于激动的本性,每一个新的感受都明显地写在脸上。

"咦,你有什么不快乐,"他问爱德蒙。"你担心难道有什么祸事降临吗?我敢说，在目前这个时候，所有的人里面，就数你最称心如意啦。"

"使我惊奇的正是这件事，"邓蒂斯答道。"在我看来，幸福似乎不应该这样轻易来临。幸福像是我们小时候书上所读到的魔宫，有凶猛毒龙守着进口，有各种各样大大小小的妖魔鬼怪挡住去路，要征服了这一切，胜利才是我们的。我现在真觉得有点奇怪，因为我发觉这区区不值的我，竟得到了一种分外的荣幸，——就是作美茜蒂丝的丈夫。"

"丈夫，丈夫？"卡德罗斯大笑着说，"还没有呢，我的船长。你试试再拿一点丈夫劲儿出来，瞧会怎么样。"

美茜蒂丝脸上不禁泛起红晕。焦躁不安的弗南略听到一点声响就显出很吃惊的样子，他时不时抹一下在额上出现的大滴汗珠，他的汗珠就像一场暴风雨报信的雨点那样粗大。

"哦，那倒不必多虑，卡德罗斯邻居，这种小事是不值得我一驳的。不错，美茜蒂丝现在还不能真正算是我的妻子，不过，"他摸出表来看了一看，又说，"再有一个半小时，她就是了。"

每一个人都惊叫了一声，只有老邓蒂斯没有叫，他张开嘴大笑，露出一排还很完美的，又大又白的牙齿。美茜蒂丝微笑了一下，不再害羞了，弗南痉挛似的紧握住他的刀柄。

"一个半小时？"邓格拉司问，他的脸色也铁青起来。"那怎么会呢，我的朋友？"

"是的，我的朋友，"邓蒂斯回答，"我这儿得特别谢谢摩莱尔先生，除了我的父亲以外，我的幸福得完全归功于他，凭了他的帮忙，一切困难都已解决了。我们已经买了结婚预告，在两点半钟的时候，马赛市长就会在维丽大酒家等候我们。现在已经是一点一刻，所以我说再过一个半小时美茜蒂丝会成为邓蒂斯夫人并不算是言之过早吧。"

弗南闭上眼睛，一种火辣辣的感觉飘过他的眉头，他不得不将身体伏在桌子上以免跌倒。但他虽努力按捺，却仍禁不住发出一声长叹，可是他的叹息声却被嘈杂的祝贺声所淹没了。

"凭良心说，"老人大声说，"你办得真快。昨天早晨才到这儿，今天三点钟就结婚！我这才相信水手办事的效率！"

"可是，"邓格拉司胆怯地问，"其他那些手续你怎么办呢，——婚书，文契？"

"噢，你真是！"邓蒂斯愉快地回答说，"我们的婚书已写好了。美茜蒂丝没有财产，我也同样没有什么。所以，你看，我们的婚书用不了多长时间就写成了，而且当然也花不了好多钱。"这个笑话又引起了一阵新的鼓掌。

"那么，我们认为只是订婚的酒倒变成了真正的结婚酒了吗？"邓格拉司说。

"不，不！"邓蒂斯回答，"别以为我会那样小气。明天我动身到巴黎去。四天去，四天回来，再加一天的时间交了我的差使，3月初旬我就可以回来了。第二天我就请吃真正的喜酒。"

想到又要有一餐大嚼的机会，宾客们高兴倍增，老邓蒂斯在筵席开始的时候曾嫌太静,现在在一片嘈杂喧哗之中,想找一个安静的时间来祝新郎新娘的康乐也甚觉为难了。

邓蒂斯察觉到他父亲那种亲热的焦急之情,愉快地报以感激的一瞥。美茜蒂丝的眼睛时不时就去看看摆在房间里的一只钟,她向爱德蒙做了一个手势示意。

席间充满了愉快的,无拘无束的气氛,这是在社交集会行将终了时常可发现的现象,大家已快乐地摆脱了一切严峻的礼仪的束缚。那些在席间觉得座位不称心的人已换了位置,找到了合意的邻座。大家都在乱哄哄地讲着,谁都不必劳神去回答与他对谈人的问话,大家都在各说各的。

弗南苍白的脸色看来好像已传染给邓格拉司。至于弗南,他似乎在强忍着死因般的痛苦。他再也坐不住了,所以首先离席,好像要躲开这一片震耳欲聋的声音里所洋溢着的喜气,一言不发地在大厅的另一端踱来踱去。

弗南似乎很想躲开邓格拉司,可是邓格拉司偏偏去找他,卡德罗斯一看见这种情形,也就向房间的那一角走去。

“凭良心,”卡德罗斯说,由于邓蒂斯的热情款待和他喝下的那些美酒的效力,他脑子里对邓蒂斯的幸运的妒忌之感,现在已一扫而光了,——“凭良心,邓蒂斯确实是一个了不起的好人,当我看到他坐在他那漂亮的太太旁边的时候,一想到你们昨天所计划的那套把戏,真觉得他是不该受的。”

“哦,反正这事也成不了,”邓格拉司回答说。“最初我对弗南受到的打击感到有点同情,但当我看到他甚至做着他情敌的伴郎而仍能完全克制住他自己的情感,我知道这件事就不必再问了。”卡德罗斯凝视着弗南,弗南的脸色却苍白得像个死人。

“当然罗,”邓格拉司又说,“新娘这样漂亮,这个牺牲可不算小。老实说,我那位未来船长真是一个走运的家伙!老天爷!我只希望让我换成他。”

“我们可以走了吧?”美茜蒂丝用那像银铃似的甜蜜的声音问,“已经过两点了,你知道我们预定要在一刻钟之内到维丽大酒家的。”

“是,不错!”邓蒂斯一面大声说,一面急切地离席而起,“我们现在就走吧!”

他的话得到了全体宾客的附和,他们一齐欢呼着站起身来,开始组成一个行列。

在这一瞬间,一直密切地注意着弗南的邓格拉司看见前者仿佛痉挛似的抽搐了一下,踉跄地退到一个打开着的窗口前面,倒在近旁的一只椅子上。同时,楼梯上发出一片嘈杂声,夹杂着军人整齐的步伐,刀剑的铿锵声和军人佩挂物的撞击声,接着又来了一片许多声音所造成的嗡嗡声,这片嗡嗡声窒息了喜事的喧哗,房间里立刻代之以一片不安的寂静。

嘈杂声愈来愈近。房门上响起了三下叩击声。每一个人都惊讶得面面相觑。

“奉法院命!”一个响亮的声音喊道,但房间里谁也没有应声。门开了,一个佩着绶带的警官走了进来,后面跟着四个兵和一个伍长。在场人的不安现在变成了极端的害怕。

“敢问贵官突然驾临,不知有何见谕?”摩莱尔先生对那警官说,显然他们是认识的。"我想一定只是为了某种很容易解释的误会吧。"

"摩莱尔先生,"警官回答,"如果是误会,可以很快澄清。现在,我只是奉命捕人,虽然极不情愿执行交给我的任务,但这是必须完成的。在这些人中哪一个叫爱德蒙·邓蒂斯?"每一只眼睛都转向青年,那青年虽很不安,却依旧很庄重地挺身而出,用坚定的口吻说:"我就是,请问有何见教?"

"爱德蒙·邓蒂斯,"警官回答说,"我凭法律的名义逮捕你!"

"我!"爱德蒙应了一声,脸上微微有点变色,"请问是为什么?"

"我不知道,但在第一次审问的时候你就可以明白。"

摩莱尔先生觉得再抗辩下去也是没用的。一个佩子执命绶带的官不是一个人,他是一尊冷酷无情的法律的化身。但老邓蒂斯却急忙向警官走去,——因为有些事情不是一个父亲或一个母亲的心所能了解的。他拼命恳切求情,他的恳求和眼泪虽然毫无用处,但他那极度的失望却打动了警官的同情心。"先生,"他说。"请你镇定一点。令郎大概是疏忽了一些海关方面或检疫所方面的条例,很可能在回答几个问题以后就释放的。"

"这是怎么一回事?"卡德罗斯横眉怒目地问邓格拉司,后者却装出一副惊讶的神气。

"我有什么可告诉你的?"他答道,"我像你一样,对于目前这件事根本莫名其妙,他们说的话我一个字都不懂。"卡德罗斯于是四顾寻找弗南,但弗南已经不见了。

前一天的情景现在极其清晰地重现在他的脑子里。他现在目击的这场滔天横祸已揭去了他昨天酒醉时在记忆上所蒙上的一层薄幕。

"哼!"他用一种嘶哑的声音向邓格拉司说,"这个,我想也是你昨天那套把戏里的一部分吧? 如果真是这样,玩把戏的那个家伙真该死! 这种行为太下流了。"

"废话!"邓格拉司反驳道,"你明明知道我把那张纸撕得粉碎了的。"

"不,你没有!"卡德罗斯答道,"你只是把它抛在一边。我看见它被抛在一个角落里的。"

"住嘴! 你能看见什么? 你那时喝醉了!"

"弗南到哪儿去了?"卡德罗斯问。

"我怎么知道?"邓格拉司回答,"大概是照料他自己的事情去了吧。别去管他,我们先去看看有什么办法可以帮帮我们那位可怜的朋友。"

在他们谈话的时候,邓蒂斯和他的朋友一一握手,然后走到那官员身边,说:"诸位放心,不过是些小误会,我去解释一下,我想大概还不至于要入狱吧。"

"唔,一定!"邓格拉司接着说,他现在已走到大家的前面"我相信不过只是一点误会而已。"

邓蒂斯夹在警官和士兵的中间走下楼去。门口已有一辆马车在等候他。他钻入车里,接着进去了两个兵和那警官,马车就朝着马赛方向驶去。

"再会,再会,最亲爱的爱德蒙!"美茜蒂丝在走廊上向他伸出手臂大喊。

囚徒听到那最后的一声呼喊,像是他未婚妻破碎的芳心里所发出的一阵呜咽,他从车厢里伸出头来喊道:"再见,美茜蒂丝。"于是马车就转过圣·尼古拉堡的一个拐角不见了。

"你们大家都在这儿等我!"摩莱尔先生喊道,"我马上找一辆马车赶到马赛去,有什么消息就回来告诉你们。"

"对了!"许多声音异口同声地喊道,"去吧,赶快回来!"

摩莱尔先生离开以后,那些留下来的人都惊呆了。老父和美茜蒂丝都满脸愁容地木然呆立,但最后,这两个在同一打击下的可怜的牺牲者终于抬起他们的双眼,万感交集地冲入对方的怀抱里。

这时弗南又出现了,他颤抖着给自己倒了一杯水,急急地吞了下去,然后在一张椅子上坐了下来。美茜蒂丝这时已从老人的怀抱里半昏迷地倒在一张椅子上,弗南的座位就在她的旁边,他本能地把他的椅子向后拖了点。

"是他!"卡德罗斯低声对邓格拉司说,他的眼睛始终没有离开过弗南。

"我倒不这么认为,"那一个回答,"他太蠢了,绝想不出这样一个计谋。我只希望那个造孽的人自作自受。"

"你怎么不说出那个出谋划策的人!"卡德罗斯说。

"当然罗,"邓格拉司说,"一个人随便讲出的话可不都应由他负责!"

"哼,随便讲话的就得首先负责。"

这时,大家都在用各种不同的方式讨论着这被捕的事。

"邓格拉司,"其中有一个人说,"你对于这件事情怎么想?"

"我想,"邓格拉司说,"可能是在船上搜出了邓蒂斯的某种在这儿被认为是违禁品的小东西。"

"但假如他这样做,你怎么会不知道呢? 邓格拉司,谁是船上的押运员呀?"

"我只知道我所负责的船上装载的货物。我知道船上装有棉花,是从亚历山大港潘斯德里先生的货仓和士麦拿潘斯考先生的货仓里装上船的。我所必须知道的不过这些,至于别的东西,我本来不必过问的。"

"我现在想起来了!"那可怜的老爹说,"昨天我的孩子告诉我,说他有一小盒咖啡和一点烟草带给我!"

"你看,可不是!"邓格拉司宣称道。"现在把祸根找出来了,一定是海关关员当我不在的时候去搜船,发现可怜的邓蒂斯所藏着的宝贝了。"

但美茜蒂丝却并不相信她爱人被捕的这种解释。她那一直努力压制着的哀愁现在猛然爆发成歇斯底里的呜咽。

"来,来,"老人说,"把心放宽点,我可怜的孩子,事情还有希望!"

"有希望!"邓格拉司也说。

"有希望!"弗南想说,但他的话哽住了,他的嘴唇动了动,却没有发出声音来。

"好消息! 好消息!"站在走廊上的人中有一个喊道。"摩莱尔先生来了。他一定会告诉我们,说我们那位朋友已经获释啦!"

美茜蒂丝和老人冲出去迎接船主,在门口碰到了他。摩莱尔先生的脸色异常惨白。

"事情怎么样?"大家异口同声地问。

"唉,诸位,"摩莱尔先生忧愁地摇摇头回答,"事情比我们想象的要严重得多。"

"呵,先生,他是无罪的呀!"美茜蒂丝抽搭着说。

"那我相信!"摩莱尔先生回答说,"可是他仍然被控为——"

"什么罪名?"老邓蒂斯问。

"指控他是一个拿破仑党的专使!"

我的读者们定能记得,在我们这个故事发生的那个时代,这样的一个罪名是多么可怕。美茜蒂丝那苍白的嘴唇里发出一声绝望的喊叫,而心碎的父亲则无力地瘫倒在一张椅子里。

"邓格拉司!"卡德罗斯低声说,"你骗了我,——昨天晚上你说的那个把戏可真玩出来了,我知道了。但我不能眼看着一个可怜的老头子和一个无辜的姑娘被你弄得活活地愁死。我于心不忍,我要把这一切都告诉他们。"

"别作声,你这傻瓜!"邓格拉司抓住他的手臂狠狠地说,"不然我不负责你本身的安全。谁能说邓蒂斯究竟无罪还是有罪?船的确在爱尔巴岛停过,他曾离船在岛上过了一整天。现在,假如在他身上找到有关的信札或其他文件,那么凡是帮他说话的人都要被算作他的从犯办理。"

凭着天生见风使舵的自私心,卡德罗斯立刻觉察到这一番话的分量。他的眼睛充满了恐惧和忧虑看了看邓格拉司,然后连忙采取进一步退两步的态度。

"那么,我们等着瞧吧。"他轻声地说。

"当然罗!"邓格拉司回答。"我们等着瞧吧。假如他是无辜的,自然会释放,假如的确有罪,那么,也犯不上为他的事情受连累。"

"那么我们走吧。我可再不能在这儿呆下去了。"

"我赞成!"邓格拉司回答,他能找到一个一同退场的同伴真是太高兴了。"我们别管这件事,其余那些人走不走可随他们的便。"

他们离开以后,弗南携了美茜蒂丝的手,领她返回迦太兰村,他现在又成了那位青年姑娘的保护人了。而邓蒂斯的一些朋友则护送那心碎的父亲回家。

爱德蒙被控为拿破仑党专使而被捕的消息很快在城里流传开了。

"你能不能相信这种事情,我亲爱的邓格拉司?"摩莱尔先生问,他在回城来打听邓蒂斯的新消息的途中,追上了他的押运员和卡德罗斯。"你相信可能有这种事情吗?"

"噢,您知道,我已经告诉过您,"邓格拉司回答说,"我认为他在爱尔巴岛下锚这件事是非常可疑的。"

"你的这种怀疑除了我以外还有没有对其他任何人提起过?"

"当然没有!"邓格拉司回答。然后又低声耳语道,"您知道,令叔波立卡·摩莱尔先生曾在先朝当过官,而且这件事又不是很隐讳,所以您也蒙着很大的嫌疑,人家以为您也不满于拿破仑的被废。假如我向人透露了我心中的怀疑,我得顾忌会伤害到爱德蒙和您。我很清楚,像我这样做下属的人,不论发生什么事情,都会先通知船主,有许多事情他实在应该极小心地掩饰,不能让其他那些人知道的。"

"很好,邓格拉司,很好!"摩莱尔先生答道。"你是好样的,本来,假如那可怜的爱德蒙做了埃及王号的船长,我也已经为你打算过了。"

"怎么样,先生?"

"我事前曾问过邓蒂斯,了解他对你有何看法,是否不大愿意让你继续任职,——因为我已经看出你们之间的关系相当冷淡。"

"他怎么说?"

"他觉得你是有可抱怨之处,至于为了哪一件事,他可没有明说,但他说无论是谁,只要被船主信任,他也必定予以尊敬。"

"伪君子!"邓格拉司低声地咒了一声。

"可怜的邓蒂斯!"卡德罗斯说。"谁都不能否认他是一个品质高贵的青年呵!"

"但在我们目前这种困难情形之下,"摩莱尔先生继续说,"我们不能忘记埃及王号现在是在没有船长管理的状态之中。"

"噢!"邓格拉司回答说,"反正三个月之内我们还不会离开这个港口,但愿在这以前,邓蒂斯会释放出来。"

"那我当然毫无疑义,但在这期间我们怎么办呢?"

"哦,这期间我反正在这儿,摩莱尔先生,"邓格拉司答道,"您知道,我管理船只的能力,并不亚于经验最丰富的现任船长。假如您接受我的效劳,对您也是很有利的,因为邓蒂斯一旦获释,埃及王号上就不必再做人事调动,只要邓蒂斯和我各做自己的本职就得了。"

"谢谢,我的好朋友,谢谢你这个好主意——这可把一切困难都解决了。我立刻授权你指挥埃及王号,并监督卸货。不论个人发生什么事情,业务总不能让它受损害。"

"请相信我的热心和谨慎吧,摩莱尔先生,但您想到什么时候我们才能允许去狱中探望我们那位可怜的朋友呢?"

"我见到维尔福先生以后,就马上可以让你知道,我当努力使他庇护爱德蒙。我知道他是一个激进的保王党。但是,除了这点和他那检察官的地位以外,他也像我们一样是一个人,我想还不至于是一个坏人!"

"或许不是坏人,"邓格拉司答道,"但据说,他野心极大,而野心是最会使人心变硬的!"

"好吧,好吧!"摩莱尔先生说,"我们等着吧!你现在赶快上船去吧,我到船上来找你好了。"说着那可敬的船主就离开那两位朋友,向法院的方向走去。

"你看,"邓格拉司对卡德罗斯说,"事情变化了吧。你现在还认为需要为他辩护吗?"

"一点没有,但我觉得开一次玩笑竟发生了这样可怕的结果似乎太怕人了。"

"但我倒要问问,是谁把那开玩笑的话信口传出去了?不是你,也不是我,而是弗南。你当然很清楚,我已把那张纸丢在房间的角落里,——真的,我还以为我已经把它撕毁了呢。"

世界经典文库

世界二十大名著

基督山伯爵

图文珍藏版

　　"噢，不！"卡德罗斯答道，"这点我倒可以说，你没有。我明明看见它是揉皱了丢在凉棚的角落里，我希望现在还会看到它在那儿。"

　　"嗯，假如你的确看到过，那就算了吧，一定是弗南把它捡了起来，另外再抄写一张，或重新改写，或许，他甚至连抄都懒得抄。现在我记起来了，天哪！他或许直接把那封信送去了！我真运气，那笔迹是伪装过的。"

　　"那么，你知道邓蒂斯是参与造反的吗？"

　　"不。我早说过，我认为这件事只不过是一个玩笑，再没有其他的意思。但似乎是，像哈里昆(意大利喜剧中的小丑)一样，我倒在玩笑中道出真理来了。"

　　"可是，"卡德罗斯驳道，"我真不愿意发生这种事情，或至少与我无关。你瞧吧，邓格拉司，这件事会给我们两个带来不幸的。"

　　"废话！假如这件事会产生什么祸害，那就应该落到那罪人头上，而那个人，你知道，是弗南。怎么会把我们搅在里面呢？我们只要自己保守秘密，不声不响的，对这件事不要泄露一个字就得了。你可以看到会风平浪静的，而我们丝毫不会受到影响。"

　　"好吧！"卡德罗斯应了一声，就挥手告别邓格拉司，迈步向米兰港走去，他摇头晃脑地一边走着，一边嘴里还念念有词，看来好像在大动脑筋。

　　"好了，现在，"邓格拉司自语说，"一切都已遂了我的心愿了。我已暂充埃及王号的船长，而且可以永远保持下去，只要卡德罗斯那个傻瓜能听话不到处说就好了。我只怕邓蒂斯会放出来。但，呸！他已经落到法院的手里了，"他又带着微笑说，"而法院自有公道。"说着，他就跳进一只小艇，叫摇到埃及王号上去，因为摩莱尔先生曾指定在那儿和他会面。

世界经典文库

世界二十大名著

基督山伯爵

图文珍藏版

36

第六章　代理检察官

差不多在邓蒂斯举行订婚宴席的同时,大高碌路密沱莎喷泉对面那一座宏大的贵族式的巨宅里,也正在请吃订婚酒。但这儿的宾客可不是水手、士兵和那些属于最低等级生活里的人;在这儿聚会的都是马赛社会的花朵和精英,——文官曾在逆贼统治的时代辞职退休;武将曾不屑在他的旗下作战而投身于外国列强;而青年人则都在咒骂逆贼的环境中教养长大,知道痛恨这个五年放逐生涯把他变成了一个殉道者,而十五年的帝政复辟使他被尊为半神的人。

贺客们依旧围坐在餐桌前,谈话的气氛热烈而紧张,话题里充满了当时激动南方居民的复仇热情,法国南部曾经过五百年的宗教斗争,所以党派的情绪极其激烈。

曾一度统治过半个世界,听惯了一亿二千万臣民用十种不同的语言高呼"拿破仑万岁!"的皇帝,现在已被贬为爱尔巴岛王,只统治着五、六千个人;在这批人看来,他已永远失去了法国,永远失去了法国的皇座。

文官们滔滔不绝地讨论着他们的政治观点;武将们在谈论莫斯科和来比锡诸役;女人们则议论着裴茜芬皇后的离婚案。这一群保王党人不但在庆祝一个人的没落,而且还在庆祝一种主义的灭亡,他们相信政治的繁荣已重新出现在他们眼前,他们已从痛苦的噩梦中醒来。

一个佩着圣路易十字章的老人举杯祝福国王路易十八健康。这位老年人是圣·米兰侯爵。这一祝酒立刻使人回想到在赫德威尔的坚忍的放逐生活和那爱好和平的法国国王,大家的热情都激发起来,纷纷学英国人举杯祝贺的那种样子把酒杯举到空中,太太小姐们拨弄着挂在她们洁白的胸膛前的花球,把散花女神的宝物撒了一桌。总之,席间充满了近乎诗意的热情。

圣·米兰侯爵夫人有一对严厉而令人可憎的眼睛,虽然已有五十岁,却仍不失高贵风雅,她说:"呀!这些革命党,他们赶走我们,抢夺我们的财产,到后来在恐怖时期却只卖了一点点钱。他们要是还在这儿,就不得不承认,真正的信仰还是在我们这一边的,因为我们自愿追随一个没落的王朝的命运,而他们却相反,他们只靠东起的朝阳升官发财。是的,是的,他们不会不承认:我们为之牺牲了爵禄财富的这位国王,真正是我们'万民爱戴的路易',而他们那个篡位的坏蛋呀,却永远只是他们的鬼天才,他们的'该死的拿破仑'。我说得没错吧,维尔福?"

"请您原谅,夫人。真的必须请您原谅我,可是——真的——我刚才实在没有留心听您的话。"

"夫人,夫人!"先前那个提议祝酒的老年人插进来说,"别去打扰那些青年人吧,他们都要结婚了,当然他们要谈也不会去谈政治了。"

"算了吧,最亲爱的妈妈,"一个可爱的,长着浓密的褐色头发,眼睛晶莹灵活得像流质的水晶似的青年姑娘说,"这都怨我不好,缠住了维尔福先生,以致妨碍了他听您说话。哪,您现在跟他说吧,您爱跟他谈多久就谈多久。维尔福先生,我请您注意,我母亲在跟您说话呢。"

"假如侯爵夫人愿意把刚才我没有完全听到的话再重复一遍,我会很乐意回答。"维尔福先生说。

"算了,丽妮,我饶了你。"侯爵夫人回答,她那严厉死板的脸上露出一种温柔慈爱的神色,使大家都觉得很惊讶。一个女人天性中的其他一切情感或许都会萎谢,但在母性的胸怀里,总会有一个角落永远保持着明朗的微笑,这是上帝给母爱所特地创造的,——"维尔福,我刚才是说:拿破仑党分子丝毫没有我们那种真诚,热情和忠心。"

"但他们倒也有代替那些好德性的一套,"青年回答说,"那就是妄想。拿破仑是西欧的穆罕默德,他那些平庸无能但却野心勃勃的信徒们很崇拜他,他们不但把他看作一个领袖和立法者,而且还把他看作平等的化身。"

"他!"侯爵夫人喊道,"拿破仑代表平等!天哪,那么,你把罗伯斯庇尔(法国资产阶级革命时代雅各宾党的领袖)叫作什么?算了,不要剥夺后者应得的权利去赐给那个科西嘉人(指拿破仑)。我看,篡夺的事情已经够多啦。"

"不,夫人,如果要给这些英雄造纪念像,我会给他们每一个人一个正确的地位,——罗伯斯庇尔的应该筑在他树立断头台的地方;拿破仑则刻在旺多姆广场的廊柱上。这两个人所代表的平等,其本质是相反的,实际其唯一的差别是在于——一个是主张压低在上的来实现平等,而另一个则提倡抬高在下的来实现平等。一个是要使国王也能上断头台,而另一个则是要把人民捧得和朝廷一样高。请注意,"维尔福微笑着说,"我的意思并非否认我们刚才所说的这两个人都是闹革命的混蛋,我承认热月9日(罗伯斯庇尔等被捕的日子)和4月4日(拿破仑退位被囚的日子)是法国的日子,是值得王朝和文明社会的每一个友人感激并牢记的,但那说明了事情的真相,我虽然相信拿破仑已永远一蹶不振,但他却依旧保有着一批帮闲的党徒。还有,侯爵夫人,其他那些大逆不道的人也都是这样的,——譬如说,克伦威尔(英国资产阶级革命的领导人)吧,他虽然还没有拿破仑的一半坏,但他有他的同党和辩护人呢。"

"你知不知道,维尔福,你满口都是革命党那种最可怕的狡辩?但这个我倒可以原谅,一个吉伦特(法国资产阶级革命时代代表大工商业资产阶级的政党)党徒的儿子,要想他身上不带一点旧影响的气味,本来是不可能的。"

维尔福涨得满脸通红。"不错,夫人,"他答道,"家父是一个吉伦特党党员,但他却并没有投票赞成处死国王。在恐怖时期,他也是一个和您一样的受难者,也几乎和您父亲一样在同一个断头台上被杀。"

"是的,"侯爵夫人回答,这个被唤醒的悲惨的记忆毫未使她动容,"假如你不嫌唐突的话,就请你记住,我们两家的父亲虽同被迫害和问罪,但其中的原因却截然相反。为了证明我这句话,我可以把旧事重提一遍:亲王(指路易十八)被放逐的时候,我的家庭依旧是他最忠诚的臣仆,而你的父亲却迫不及待地投奔新政府。一介平民的诺梯埃,自从参加了吉伦特党以后,就摇身一变而为诺梯埃伯爵,并且以上议员和政治家的姿态出现了。"

"亲爱的妈妈,"丽妮插进来说,"您知道得很清楚,大家已经说好了的,别再谈论这些可怕的往事了。"

"夫人,"维尔福回答说,"我同意圣·米兰小姐的话,恳求您把过去忘掉了吧。这些陈年旧账还翻它做什么?在我个人这方面,我不仅放弃了家父的政治主张,而且甚至还脱离了他的姓氏。他以前是——不,或许现在还是——一个拿破仑党,他叫他的诺梯埃。而我呢,是一个忠诚的保王党,我姓我的维尔福。那些残余的革命的液汁,让它随着那枯萎的老树干一起死去吧,至于那些新生的幼芽,它生长的地方已与母干保持了一定的距离,它很想和母干完全脱离关系,只是有心无力罢了。"

"好样的,维尔福!"侯爵叫道,"说得妙极了!这几年来,我总是劝侯爵夫人,请她来个皇恩大赦,把过去的事情完全忘掉,来,现在,我希望能够得到准许了吧。"

"我非常赞成,"侯爵夫人答道;"让过去的永远忘记了吧!这是我求之不得的事,一言为定。不过,维尔福将来一定不能再动摇。记住,维尔福,我们已经用我们的身家性命向皇上保证你的绝对忠顺,在我们的请求下,皇上才答应不再追究(说到这里,她把她的手伸给他吻了一下),像我现在答应你的请求一样。但你要牢牢记住:要是有谁犯了倾覆政府的罪落到你的手里,你一定得严惩罪犯,因为大家都知道,你是来自于一个可疑的家庭的。"

"唉,夫人!"维尔福回答说,"我的职业,正像我们现在所处的时代一样,是使我不得不严厉的。我已经成功地办理了几次政治性的起诉,使罪犯受了应得的惩罚。不幸的是,我们现在还没有到万事大吉的时候。"

"你真是这样想吗?"侯爵夫人问。

"我很担心。爱尔巴岛上的拿破仑,离法国是太近了,由于他近在咫尺,他的党徒因此就有了希望。马赛到处是领了半晌休养的官儿,他们成天为鸡毛蒜皮的一点小事借口和保王党吵架,所以上层阶级之间常常闹决斗,而下层阶级则时时闹暗杀。"

"你或许也听说过吧?"萨尔维欧伯爵说。萨尔维欧伯爵是圣·米兰侯爵的老朋友,也是亚托士伯爵的侍从长。"听说神圣同盟想要搬动他呢。"

"是的,我们离开巴黎的时候,他们正在研究这件事,"圣·米兰侯爵说,"他们要把他送到什么地方去?"

"到圣·爱仑。"

"到圣·爱仑?那是什么地方?"侯爵夫人问。

"是赤道那边的一个岛,离这儿有六千里。"伯爵回答。

"好极啦!正如维尔福所说的,把这样的一个人留在现在那个地方真是太蠢了,那儿一边是科西嘉,是他出生的地方,一边是那不勒斯,他的妹夫在那儿执政,而对面是意大利,他曾垂涎过那儿的主权,想给他儿子在那里建立一个王朝哩。"

"不幸,"维尔福说,"我们有 1814 年的条件束缚着,除非破坏那些条约,否则我们就无法动一动拿破仑。"

"哼,那些条约总是要破裂的,"萨尔维欧伯爵说,"不幸的邓亨公爵就是被他枪毙的,我们难道还要这样为他严守义务吗?"

"嗯,"侯爵夫人说,"凭了神圣同盟的帮助,我们还可能弄掉拿破仑,至于他在马赛的党徒,我们必须信任维尔福先生的警告来予以肃清。做国王就得像一个国王,不然就干脆不做国王,假如我们承认他是法国的至尊,就必须给他保持和平与安宁。而最好的办法就是任命一批坚贞不屈的使臣来平定每一个作乱的企图,——这是防止出乱子的最好的办法。"

"夫人,"维尔福回答说,"不幸法律之手虽强却不能防患于未然。"

"那么,法律的工作只是弥补祸患了。"

"不,夫人,我们不是在弥补,而是在以牙还牙,就是这样。"

"噢,维尔福先生!"一个年轻貌美的姑娘喊道,她是萨尔维欧伯爵的女儿,圣·米兰小姐密友,"您想想办法,乘我们在马赛的时候弄几件轰动的案子。我从来不曾到过法庭,听人说,那儿非常有趣!"

"有趣,当然罗,"青年答道,"比起在戏院里看杜撰的悲惨故事而掉泪,当然要有趣得多。在一个法院里,您所看到的案子是真实的痛苦,——一幕真正的悲剧。您在那儿所看到的犯人,脸色苍白,焦急,惊恐,而当那场悲剧的幕落下以后,却不能回家平静地和他的家人共进晚餐,然后退而休息,准备明天再来假扮一套悲哀的样子,他在离开您的视线以后,只是被带回监狱,交给刽子手。我让您自己来判断,算算您的神经能不能受得了这样的一个场面。但关于这件事,请您放心,假如有机会,我一定不会忘记通知您,至于到不到,自然由您自己决定。"

丽妮脸色苍白地说:"您难道没有看见把我们吓得怎么样了吗?可是您还笑。"

"你们想要看些什么?这是一场生死决斗。算起来,我已经判决过五六个政治犯和其他罪犯的死刑,而谁能断定有多少把匕首已磨得极锋利,而且已经在背后对准了我呢?"

"仁慈的天!维尔福先生,"丽妮说,她愈来愈害怕了,"您一定不是说真话吧?"

"我说的实在是真话,"年轻官员面带微笑回答,"碰到有趣的审问,年轻姑娘所希望满足的是她的好奇心,而我的希望是满足我的野心,所以这种案件只能越来越严重。譬如,举个例来说,如在拿破仑手下服务过的犯人。——您能不能相信,一个早已养成一听到他的命令就不怕死地向敌人冲锋的人,一个能去杀他从来没有见过的俄国人,奥国人或匈牙利人的家伙,当他一旦知道了他的私人仇敌以后,竟会畏畏缩缩地不敢用小刀刺进他的心脏?而且,这种事情主要的是敌意作用,假如不是为了敌意,我们的职业就毫无理由了。我本人也是如此,当我看到被告眼中闪耀着怒火的时候,我觉得就增加了勇气,兴奋起来。这已不再是一场诉讼,而是一场战斗。我攻击他,他还击我。我加一倍力量进攻,于是战斗就结束了,像所有的斗争一样,结果不是胜就是败。诉讼就是这么一回事,其间的危险在于讲话是否得当。假如一个被告对我的话只是微笑，我就想到，我一定说的很坏，我说的话是苍白无力且论据不足的。那么，您想，当一个检察官证实被告是有罪的，当他看到被告在他的雄辩的雷击之下脸色苍白，低头服罪的时候，他又会感到多么自豪！那个低下的头就是要被杀掉的头——"

丽妮发出一声轻微的呼喊。

"好！"一个来宾喊道，"这就是我所谓有意义的谈话。"

"您上次那件案子办得好漂亮，我亲爱的维尔福！"第三个说，"我是指那次谋杀生父的案子。说真话，他还没有落到刽子手的手里，就已经被您杀死啦。"

"噢！说到弑父的逆子，像那种可怕的人，那么重的惩处都不过分，"丽妮插进来说，"至于那些不幸的可怜虫，他们唯一的罪名只是为了参与政治阴谋的人——"

"什么，那是最大逆不道的罪名。因为，您不明白，丽妮，国王是民族之父，凡是做任何阴谋或计划想危害三千二百万人民之父的生命和安全的人，不就是一个更坏的弑父逆子吗？"

"啊，不管怎样，"丽妮说，"可是，维尔福先生，您已经答应过我——不是吗？——对那些我为他们求情的人，总是宽容一些的。"

"那一点您放心好了，"维尔福带着他最甜蜜的微笑回答。"关于我们的判决，您和我总是商量着办好了。"

"亲爱的，"侯爵夫人说，"你顾着你的鸽子，你的小狗和刺绣吧，对于那些你不懂的事别来干预。当今世道，真是武事不修，文官得道。关于这一点，有一句拉丁话说得非常深刻。"

"'Cedant arma togæ,'（拉丁文：把武器换成袍笏吧）"维尔福说，并鞠了一躬。

"我不敢说拉丁文。"侯爵夫人回答。

"嗯，"丽妮说，"我真觉得有点遗憾，您为什么不选择另外一种职业呢，——譬如说，做一个医生也好。杀人的天使，他虽然有天使之称，在我看来似乎总是可怕的。"

"可爱的，好心的丽妮！"维尔福低声说，带着说不出的温柔凝视着那可爱的姑娘。

"我的孩子，"侯爵大声说，"维尔福先生将成为这一省道德上和政治上的医生，这是一项高贵的工作。"

"而且就可以洗刷掉他父亲的行为所引起的记忆。"积习难改的侯爵夫人接上一句。

"夫人，"维尔福带着苦笑回答说，"我已很荣幸地看到家父已经——至少我希望如此——抛弃他过去的错误，他已经成为宗教和秩序的一个坚定而忠诚的友人，——一个或许比他儿子更好的保王党，因为他要偿赎过去的错误，而我的动机却仅出于热情而坚决的选择和信念。"说完这篇措辞适宜的演讲以后，维尔福就小心地四面环顾，观察他演讲的效果，如同他在法庭里对旁听席讲话似的。

"好啊，我亲爱的维尔福，"萨尔维欧伯爵大声说，"您这番话简直就和我那次在土伊勒里宫所说的话一模一样，那次是皇上的御前大臣问到我，他说，一个吉伦特党徒的儿子和一个保王党军官的女儿联姻是否有点离奇,他很了解这种政治上化敌为友的主张,也正是皇上的主张。想不到皇上却听见了我们的说话,他插口说'维尔福'——请注意,皇上并没有说'诺梯埃'这个名字,相反的,却很着重的道出'维尔福'——'维尔福,'皇上说,'是一个极有判断能力,极小心细致的青年,他在他那一行中很有前途,我很喜欢他,我很高兴听到他就要做圣·米兰侯爵夫妇的女婿。要不是高贵的侯爵预料到我的心思,先来征求我的同意,我自己也会把这一对撮合的。'"

"皇上是那样说吗,伯爵?"维尔福喜不自禁地问。

"我是把他的原话转告给您听,一个字都没有改。假如侯爵肯坦白相告,他一定会承认,我这番话和他六个月前晋谒皇上,请示您和他令嫒的婚事时皇上对他讲的话完全一致。"

"的确如此,"侯爵回答,"他说的都是实情。"

"我对这位宽宏慈悲的亲王真是负恩深重!我还敢不尽心竭力来证明我衷心地感激吗""好极啦,"侯爵夫人大声说,"这样我就更喜欢你了。现在,好了,要是一个叛党落到你的手里,那就是大可欢迎的事了。"

"至于我,亲爱的妈,"丽妮插嘴说,"我祈祷上帝千万别听您的话,请他只许那些无足轻重的小犯人,穷苦的债务人和可怜的骗子落到维尔福先生手里,那么我就满意了。"

"这样的话,"维尔福大笑着说,"您这就等于祈祷只许一个医生治头痛,麻疹,蜂蜇,或其他任何轻微的皮肤病一样。假如您希望我能做到检察官,您就必须希望我接受某些病入膏肓的病人,医好了那些病,一个医生才会声名鹊起。"

正在这时,像是维尔福的愿望一说出口就能达到似的,一个仆人走进房来,向他耳语了几句。维尔福立刻离席而起,声明有要事待办,走出房去。他不久就又回来,满脸洋溢着喜悦的神色。丽妮含情脉脉地望着他,她钦慕地凝视着她那温雅聪明的爱人。当然罗,他那漂亮的仪容,闪耀着不平凡的热情奋发的光芒,是足以使她爱慕的。

"您刚才希望我不在法律界做事而做一个医生。"维尔福向她说。"好吧,我至少有一件事倒和希腊神医亚斯古拉波司的教条很相似,——就是没有哪一刻是属于我自己的,即使在我订婚的喜宴上。"

"刚才又要叫你到哪儿去?"圣·米兰小姐微微带着不安的神色问。

"唉!假如我听到的话是真的,则有一个病人已危在旦夕了。这种病很严重,已经病得行将就木了。"

"多可怕呀!"丽妮惊喊,她那本来激动得发红的双颊渐渐变成像大理石似的苍白。

"当真来了!"凡是就近能听得到他的话的人都异口同声地说道。

"噢,假如我的消息证实是正确的话,刚才又发现一宗拿破仑党的阴谋了。"

"我能相信我的耳朵吗?"侯爵夫人喊道。

"至少,我可以把这封告密信念给你们听。"维尔福说:

"'鄙人乃拥护王室及教会之人士,兹报告检察官,有爱德蒙·邓蒂斯其人,系埃及王号之大副,今晨自士麦拿经那不勒斯抵埠,中途曾停靠费拉约港。此人受穆拉特之命送信与逆贼,后者复命他转交一信与巴黎拿破仑党委员会。犯罪证据于将其逮捕时即可获得,该函如不在其身上,则必在其父家中,或在其埃及王号之船舱内。'"

"可是,"丽妮说,"这封信只是一封乱写的匿名信,况且还不是写给你的,而是给检察官的。"

"不错,但检察官先生不在,他的秘书就受命拆开了这封信。他认为这是一件很重要的事,就派人找我,可是又找不到我。他就自己下了逮捕令,把被告抓了起来。"

"这么说,罪犯被捕了?"侯爵夫人说。

"那应该说是被告。"丽妮说。

"已经逮捕了,"维尔福回答说,"正如我刚才很荣幸地向丽妮小姐说过的那样,倘若果然搜到那封信的话,那个病人的确是病入膏肓了。"

"那个倒霉的人在哪儿?"丽妮问。

"他在我的家里。"

"去吧,我的朋友,"侯爵夫人插进来说,"不要因为和我们呆在一起而渎职。你是皇上的臣仆,职务所在,不论哪儿你都得去。"

"噢,维尔福先生!"丽妮紧握着他的双手喊道,"今天是我们订婚的日子,请宽容些吧。"

那青年绕着桌子,走到那美丽的求情者所坐的地方,靠在她的椅子上,温柔地说:

"为了使您欢喜,我亲爱的丽妮,在我的能力范围之内,我答应尽量地宽大。但假如这位拿破仑党英雄被控的证据确凿,指控成立的话,唉,那么,您一定得让我下令把他杀头。"

丽妮痉挛似的震颤了一下,把头转了过去,好像她那温柔的天性受不了听人冷酷地提及把一个同类的人杀掉似的。

"别管那个傻姑娘,维尔福,"侯爵夫人说,"她不久就会习惯这些事情的。"说着,圣·米兰夫人就把她那瘦骨嶙峋的手伸给维尔福,他一面吻,一面望着丽妮,他的眼神似乎在向她示意道,"我此刻所吻的是您的手;或至少我希望是在吻着您的。"

"这些都是不吉之兆!"可怜的丽妮叹道。

"说真的,孩子!"侯爵夫人愤愤地喊道,"你真是傻得没了边儿。我倒想问问,你这种讨厌的怪脾气和国家大事究竟有什么关系!"

"呵,妈!"丽妮低声埋怨地说。

"不,夫人,我求您饶恕她这次小小的错误,"维尔福说,"我答应您,我一定绝

世界经典文库

世界二十大名著

基督山伯爵

图文珍藏版

对严格办理以弥补她的不忠。"但当做官的维尔福在向侯爵夫人说这番话的时候，做情人的维尔福却向他的未婚妻丢了一个眼色，他的眼光说，"放心，丽妮，为了您的爱，会尽量宽容的。"丽妮用她最甜蜜的微笑回答了那一眼，于是维尔福就心里怀着无比的幸福走了出去。

第七章　审问

维尔福刚一离开客厅,他便收起那轻松欢快的面容,装出一副手握生死大权者的庄严气派。他脸部的表情虽极善于变化,——这是代理官常常对镜训练出来的,因为一个职业演说家应该善于表情,——但现在他却得花一番力量才能皱紧他的眉毛,装出一副深沉庄严的神色。维尔福唯一的遗憾,是他父亲的政治路线,假如不是他自己处事极端审慎,那过去的回忆就可能会影响到他本身的事业,但除此以外,他可说是享尽人间的幸福了。他已很富有,在二十七岁上便已获得一个很高的官位。他快要和一个年轻美丽的女人结婚,他之所以爱她,并非出于热情,而是出于理智,他用一个代理检察官所能爱的态度爱她。她的美是有目共赏的,而且他的未婚妻圣·米兰小姐还出身于当时朝廷里最显赫的名门望族。她的父母别无子女,所以他们的政治势力可以全部用来培植他们的女婿。此外,她还给她的丈夫带来一笔五万艾居的嫁妆,有朝一日大概还可加上一宗五十万遗产。这一切因素综合起来,使维尔福得到了无限的幸福。所以,当维尔福略一回省,静心地默察他的内心生活的时候,他仿佛看到太阳上的焦点似的目眩神迷起来。

维尔福在门口遇到等候着他的警官。一见这位警官,他便立即从九天之外的高处跌落到地面上来了,于是他的脸部又装出我们先前形容过的那副神色,说:"那封信我念过了,先生,你办得很对,是应该把这个人逮捕起来。现在且告诉我,你有没有发现他和造反有关的情节。"

"关于造反的情节,先生,我们还一无所知。一切找到的文件都已封起来放在您的办公桌上。犯人名叫爱德蒙·邓蒂斯,是三桅大帆船埃及王号的大副,那条船是从亚历山大和士麦拿装棉花来的,属马赛摩莱尔父子公司所有。"

"他在从事航业以前,有没有在海军里服役过?"

"唔,没有,先生,他还非常年轻呢。"

"多大年纪?"

"最多十九、二十岁。"

这时,维尔福已走到康泽尔街的拐角上,有一个人似乎在那儿等他,那人走向前来,他是摩莱尔先生。

"呀,维尔福先生,"他喊道,"看见您非常高兴! 您手下的人出于一件令人莫名其妙的误会,——方才把我船上的大副爱德蒙·邓蒂斯抓去了。"

"我已经知道了,先生,"维尔福回答,"我现在就是去审问他。"

"噢,"摩莱尔说,他对那个青年人的友谊甚笃,求情心切,他继续说道,"你不知道他,我却知道得很清楚。他是世界上最可敬最可靠的人,我敢说,在所有的商船界里,再没有一个比他更好的海员了。维尔福先生,我诚心诚意地向你担保!"

我们已经知道,维尔福是马赛贵族社会中的人,而摩莱尔只是一介平民;前者是一个保王党,后者则犯着拿破仑党的嫌疑。维尔福轻蔑地望着摩莱尔,冷冷地回答说:

"你明白,阁下,一个人在私生活上也许很善良,可以是商船界里最好的海员,可是从政治上讲,却可以是一个大罪人。是不是?"

代理检察官说这些话的语气很重,仿佛他是冲着船主本人说的,而他的眼光似乎直穿对方的心,像是说,你为旁人说情,你应该知道你本人也得需要饶恕呢。摩莱尔的脸唰地红了,因为在政治方面,他的见解也并不十分明朗;此外,邓蒂斯所告诉他谒见大元帅的事,和圣上对他所说的那番话也更增加了他的困惑。但他还是用深为关切的语气回答说:

"维尔福先生,我求您还是像您一向那样公正仁慈,早些把他送回给我们。"

这"给我们"三个字在代理检察官的耳朵里听来很有些革命的气味。"唔,唔!"他自忖道,"难道邓蒂斯是烧炭党的一分子,所以他的保护人要用这种同生共死的态度来求情吗?我记得,他是在一个酒家被捕的,有许多人同在一起。"于是他说,"阁下,你可以放心,我必定秉公办理,假如他是冤枉的,那你对我的请求一定不会落空;但倘若他真的有罪,那有罪不罚,在目前这个时期,这个例可开得太危险了,我必定要尽我的责任。"

他这时已走到他自己的家门口,他的家就在法庭隔壁,他冷冰冰地向船主行了一个礼后就进去了,只留下后者像化石似的呆立在维尔福离开他的那个地方。外客厅里挤满了警察局和宪兵司令部派来的人,在他们中间,站着那个犯人,他虽然被严加看管,却仍显得十分镇定,而且还带着微笑。维尔福穿过外客厅,向邓蒂斯瞥了一眼,从一个宪兵手里接过一包东西,一面走进去,一面说:"把犯人带进来。"

维尔福那一瞥虽很急促,但对那个他就要审问的人已有了一个初步印象。他已从那开阔的前额上认出了聪明,从那黑眼睛和弯弯的眉毛上认出了勇敢,从那半开着的,露出一排珍珠似的牙齿的厚嘴唇上认出了直率。维尔福的第一个印象很不错,但他常常听人警告说,切勿信任第一次的冲动,他把这句格言也用到印象上去,忘记了这两个名词间的差别。所以他抑制住心头的怜悯感,板起面孔,在他的办公桌前坐下来。不一会儿,邓蒂斯进来了。他很苍白,但却很镇定,还是带着微笑,他从容有礼地向他的法官鞠躬致意,四顾寻找一个座位,好像他是在摩莱尔的客厅里似的。这时他才第一次接触到维尔福的眼光,——那种法官所特有的眼光,似乎像要看透嫌疑犯脑中的罪恶思想似的。

"你是谁,干什么的?"维尔福一面问,一面翻阅一堆文件,这里面有关犯人的情报,就是他进来时一个宪兵递给他的。

"我叫爱德蒙·邓蒂斯,先生,"青年镇定地回答说,"我是埃及王号的大副,那条船是摩莱尔父子公司的。"

"年龄?"维尔福又问。

"十九岁。"邓蒂斯回答。

"你被捕时在干什么?"

"我是在请人吃喜酒,先生。"青年人说,他的声音微微有些激动,刚才那个快乐的时光和现在这个痛苦的时刻对照起来,其间的差别是太大了。维尔福先生阴沉的脸色和美茜蒂丝满面红光的面孔对照起来,其间的差别也太大了。

"你在请人吃喜酒?"代理检察官说,不由自主地战栗了一下。

"是的,先生,我正要和一位我爱了三年的青年姑娘结婚。"

维尔福虽然仍面不改色,但触动了他灵魂深处的同情心。邓蒂斯是在他的幸福中被惊扰来的,而他也快要结婚了,他也是在他自己的幸福中被人招来的,但他却要毁掉另一个人的幸福。"这种哲学感想在圣·米兰侯爵家里倒是一个极好的谈话资料。"他想,所以当邓蒂斯在等候他往下问的时候,他正在整理他的思绪,他觉得这是很好的对称话题,而演说家是常常用对称话题来获得雄辩之誉的。当这篇演讲腹稿整理好以后,维尔福想到它可能发生的效力,不禁微笑了一下,然后向邓蒂斯转过来。

"请继续说,先生。"他说。

"您要我再说些什么?"

"把你所知道的一切都讲出来。"

"告诉我您要知道哪一方面的事情,我将毫无保留地把我所知道的都讲出来。只是,"他微笑了一下,又说,"我预先告诉您,我知道得不多。"

"你有没有在逆贼手下服务过?"

"我刚要编入皇家海军的时候,他就倒台了。"

"有人说你的政见很极端。"维尔福说,他本来从未听到这一类的事情,但他偏要把这次讯问弄得好像是一场控诉。

"我的政见!我!"邓蒂斯答道。"唉,先生,我从来不曾有过什么政见。我还没有满十九岁,我什么都不懂,我根本插不进去。假如我得到了我所希望的地位,我应该归功于摩莱尔先生。所以,我的全部见解——我不愿说政见,而只是私人见解——不出这三个范围:我爱我的父亲,我尊敬摩莱尔先生,我喜欢美茜蒂丝。先生,这就是我所能告诉您的一切了。您看,这都是多么无味的事情。"

邓蒂斯说话时,维尔福凝视着他那温和而开朗的脸,并想起了丽妮的话,丽妮虽不知道谁是嫌疑犯,却曾代他求过情,请他从宽办理。据代理检察官对于犯罪和犯人的知识看来,这青年所说的每一句话都愈来愈使他相信他的无辜。这个孩子,——因为他还不能说是一个成人,——单纯,朴实,有着绝非人力所可强求的,从心底所发出的雄辩,他对每一个人都充满了爱,因为他很幸福,而即使在幸福产生了恶果的时候,他甚至还把他的好感分给他的审判官,虽然维尔福装着一副可畏的目光和严厉的口吻。

"真的!"维尔福心想,"他倒是一个可爱的家伙!看来我不难讨好丽妮,服从她给我的第一道命令。我这就可以公开亲一亲她的手,还可以在私下讨得一个甜蜜的吻。"脑子里充满了这种想法,维尔福的脸顿时变得开朗起来,所以当他转向邓蒂斯的时候,后者注意到他脸色的改变,也微笑起来。

"阁下",维尔福说,"你有什么仇人吗?"

"我没有仇人!"邓蒂斯答道,"我的地位还不够那种资格。至于我的脾气,那或许是太急躁了一点,但我已努力在克制了。我手下有十一、二个水手,假如您问他们,他们会对您说,他们爱我敬我,像对待兄长那样,我不敢说敬我若父,因为我太年轻了。"

"但即使没有仇人,你或许引起了旁人的嫉妒。你十九岁就要做船长,——这在你的环境里,是一个很好的职位了。你又将要娶一位爱你的漂亮姑娘为妻,——一种人世间稀有幸福。这两桩运气或许已引起另一个人的嫉妒了。"

"您说得对。对人的了解您一定比我深刻,我承认,您所说的可能是事实,但假如这些嫉妒的人是我的朋友,那我宁愿不知道他们,免得对他们发生仇恨。"

"你错了,你应该永远努力看清你周围的环境。你看来倒是一个心地善良的青年,我愿意越例帮你查出写这封告密信的人。信在这儿,你认不认得那笔迹?"维尔福一面说,一面从他的口袋里抽出那封信,递给邓蒂斯。邓蒂斯读了信。一片疑云浮上他的眉头,他说:

"不,先生,我不认识这笔迹。这是伪装过的,可是却写得很流利。不管是谁写的,写倒是写得很好。"他感激地望着维尔福说,"我很幸运,能得到像您这样的人来审理我的案子。至于这个嫉妒的人,倒真是一个仇人。"从那青年人眼里射出来的急速的一瞥,维尔福看出在温和的表面之下蕴藏着一种惊人的力量。

"现在,"代理检察官说,"坦白地答复我,——不要像一个犯人对一位法官,而要像一个受委屈的人对关心他的人那样,——这封匿名的告密信里究竟有几分是真情?"于是维尔福把邓蒂斯刚才交回给他的那封信厌恶地扔在他的办公桌上。

"没有一分是真的。我可以把实情告诉您。我凭我水手的名誉,凭我对美茜蒂丝的爱,凭我父亲的生命发誓——"

"讲吧,阁下,"维尔福说。接着,心里又在想,"假如丽妮看到我这个样子,我想她一定会满意,不会再叫我刽子手了。"

"唔,当我们离开那不勒斯的时候,黎克勒船长突然患了脑膜炎,一病不起。我们船上没有医生,而他又这样急于要到爱尔巴去,所以,沿途的任何港口都没有停靠,他的头脑愈来愈昏乱,在第三天快要过去的时候,他觉得自己快不行了,就叫我到他那儿去。'我亲爱的邓蒂斯,'他说,'我要你发誓完成我要告诉你的这件事,因为这是一件最最重要的大事。'

"'我发誓,船长,'我回答。

"'好,你是大副,我死以后,这船的指挥权就交给你,你把船开往爱尔巴岛,在费拉约港上岸,去找大元帅,把这封信交给他。或许他们会另外给你一封信,叫你当一次差。你一定得去完成本来该我来做的工作,并享受其中一切的荣誉和利益。'

"'我一定照办,船长,但或许我去见大元帅不像您想象的那样容易,万一不让我见到他呢?'

"'这儿有一只戒指,拿了它去求见,则一切困难都不会有了,'船长说。他说着就给我一只戒指。时间很急促——两个小时以后他就昏迷不醒,第二天他就死了。"

"你那时怎么办?"

"我做了我应该做的事,不论哪一个人处在我的地位都会那样做的。不管怎么说,一个将死的人,他最后的要求都是神圣的,对于一个水手,他上司的最后要求就是命令。我向爱尔巴岛驶去,第二天就到了。我命令所有的人都留在船上,独自上岸去。不出我之所料,我想见大元帅遇到了一些麻烦,但我把从船长那儿得来的戒指一交给他,就立刻获准了。他问我关于黎克勒船长去世的情形,而且,正如船长所说的,他交给我一封信,要我带去给一个住在巴黎的人。我接受了那封信,因为这是我的船长命令我做的事。我在这儿靠岸,安排了船上的事,就赶快去看我的未婚妻,我发觉她更可爱也更比以前爱我了。多亏摩莱尔先生的帮助,一切手续都办好了,一句话,就是刚才告诉您的,我是在请人吃喜酒。再过一个钟头,我本来就已经结了婚。我打算明天动身到巴黎去,但因为这次告密,我就被捕了。我看您现在好似也像我这样鄙视这次告密吧。"

"唔!"维尔福说,"我看这似乎是实情。你就是有错,也只能算是疏忽罪,而且既然是执行你船长的命令,连这种疏忽罪也是合法的了。你把从爱尔巴带来的这封信交给我们,记下你的话,然后回到你朋友那儿去吧,需要传你的时候你再来。"

"这么说我自由了,先生?"邓蒂斯高兴地喊道。

"是的,但先得把这封信给我。"

"已经在您这儿啦,是他们从我身上搜去的,还有其他的信,我看到就在那包东西里面。"

"等一等,"正当邓蒂斯去拿自己的帽子和手套的时候,代理检察官说。"信是写给谁的?"

"给诺梯埃先生的,地址是巴黎高海隆路。"

即使是一个霹雳打下来,也未必会使维尔福如此震惊,如此猝不及防。他倒在椅子里,匆忙地翻出他的口袋,拿了那封要命的信,带着恐怖的神色瞪着它。

"高海隆路十三号诺梯埃先生收。"他轻声地念着,脸色越来越苍白。

"是的,"邓蒂斯说,他也吃了一惊,"难道您认识他?"

"不,"维尔福回答,"一个皇上的忠仆是不认识叛徒的。"

"那么说,这是一个叛案吗?"邓蒂斯问,他本以为自己已经自由,而现在开始比当初更感惊惶了。"但是,我已经对您说过,先生,我对于信的内容是一点都不知道的。"

"不错,但是你却知道收信人的名字。"维尔福说。

"我要知道把信交给谁所以不得不记住那地址。"

"这封信你有没有给谁看过?"维尔福问,脸色愈来愈苍白。

"一个都没有,我可以发誓。"

"没人知道你从爱尔巴岛带了一封给诺梯埃先生的信吗?"

"谁都不知道,除了给我这封信的人以外。"

"这已经够啦。"维尔福轻声地说。他的脸色愈来愈阴暗,他那雪白的牙齿和紧闭的嘴唇使邓蒂斯满心疑惧。读完信以后,维尔福用双手遮住他的脸。

"噢,"邓蒂斯怯生生地问道,"怎么一回事?"维尔福没有答复,只是抬起头来嘘了一会儿气,重读那封信。

"你可以向我发誓,说绝对不知道这封信的内容吗?"

"以我名誉发誓,先生,"邓蒂斯说,"但究竟是怎么一回事?您病了。我拉铃叫人来帮忙好吗,要我叫人吗?"

"不,"维尔福迅速起来说,"你不要动,这儿发命令的人是我,不是你。"

"先生,"邓蒂斯答道,"我是叫人来照顾您。"

"我无须人照顾,这只是一时的不适而已,没什么。留心你自己吧,不用管我,回答我的话。"

邓蒂斯等着,等他提出问题,但却没有下文。维尔福倒回椅子上,用手抹一抹他那汗淋淋的额头,第三次重读那封信。"噢,要是他知道内容,"于是他用眼睛盯住爱德蒙,好像要看穿他的思想似的。

"哦!不用再怀疑了,你肯定已知道。"他突然喊道。

"天哪,"不幸的青年大声说道,"假如您怀疑我,问我吧,我可以答复您。"

维尔福强打起精神,极力想使他的声音镇定,"阁下,"他说,"这次审问的结果,你有着极严重的嫌疑。我不再能像我刚才所希望的那样立刻还你自由了。在这一步以前,我必须先得和首席推事商量,但我对你的态度如何,你是知道的。"

"噢,先生,"邓蒂斯大声说,"我很感谢您,因为您更像是一个朋友,而不像是一位法官。"

"唉,我必须要多耽搁你一点时间,但我当使它尽可能地缩短。你主要的罪状来自这封信,你看——"维尔福走近壁炉,把信投入火里,直等到它完全烧尽。

"你看,我烧毁了它。"

"噢!"邓蒂斯喊道,"您不但是公正,简直是善良的化身。"

"听着,"维尔福又说,"你看了我刚才所做的事以后,现在可以信任我了吧。"

"噢,请吩咐吧,我一定遵命!"

"听着!这不是一个命令,而是我给你的一个忠告。"

"说吧,我一定听从。"

"在今天晚上以前,我要把你扣留在法院里。假如有谁来审问你,关于这封信你不要泄漏一个字。"

"我答应。"

现在看来倒像是维尔福在求情,而安慰法官的倒是犯人了。"你看,"他又说,"信是销毁了,只有你和我知道有过这么一封信。所以,要是有人问到你,你就根本否认有这回事。"

"请放心,我一定否认。"

"你只有这一封信?"

"是的。"

"你发誓。"

"我发誓。"

维尔福拉响了铃。进来一个警官。维尔福在他的耳边低声说了几句话,那警官点头表示会意。

"跟他去。"维尔福对邓蒂斯说。邓蒂斯向维尔福敬了一个礼,走了出去。他身后的门还没有完全关上,维尔福的精力就再也支持不住了,他昏昏沉沉地倒在一张椅子里。

片刻以后,"噢,我的上帝!"他喃喃地说,"假如检察官此时在马赛,假如刚才不是来叫我而是找了首席推事,我就已完蛋啦。这封告密信差点把我推向深渊。噢,我的爹呀,你过去的行为难道一定要来干涉我的成功吗?"突然间,一道光彩掠过他的脸,一个微笑浮上他的嘴角,他那惶恐的眼光变得坚定起来,他似乎全神贯注地在盘算着一个想法。

"就这样,"他说,"就从这封本来要使我完蛋的信上,我就可以飞黄腾达起来。"他四面看看,确信犯人已经离开以后,代理检察官就赶快向他新娘的家里走去。

世界经典文库

世界二十大名著

基督山伯爵

图文珍藏版

第八章　伊夫堡

　　警官在穿过外客厅的时候对两个宪兵做了一个手势,他们就跟上来,一个贴在邓蒂斯的右边,一个贴在他的左边。一扇通到法院去的门已打开了,他们穿过一条长长的,阴森森的走廊,这条走廊的外貌,即使最胆大的人看了也会不寒而栗。法院和监狱相通,监狱是一座灰蒙蒙的大建筑物,从它铁格子的窗口望出去,可以看到阿歌兰史教堂钟楼的尖顶。拐了无数弯,邓蒂斯看见了一扇铁门。警官在门上敲了三下,响声回荡,邓蒂斯觉得每一下似乎都敲在他的心上一样。门开了,两个宪兵轻轻地把他向前一推,门发出一个很大的响声在他身后关上了。他吸到的空气已不再清新,而是浓浊恶臭,——他入狱了。他被引到一个房间,虽然门窗都装着铁栏,但还算整洁,所以它的外表倒还不使他十分害怕;而且,维尔福似乎对他这样关切,他的话还在他的耳边,像是在允许着给他自由。邓蒂斯被关入这个房间的时候是下午四点钟。我们前面说过,那天是3月1日,所以不久就到了黑夜。幽暗扩大了他听觉的敏锐。每有一个轻微的声音,他就站起来赶快走到门边,以为他们是来释放他了,但声音渐渐沉寂,邓蒂斯又再颓然倒在他的座位上。终于挨到了晚上十点钟左右,正当邓蒂斯开始绝望的时候,走廊上响起了脚步声,一只钥匙在锁里转动,门闩格格地响了一声,那笨重的橡木门突然打开,两支火把上的亮光洒遍了全房。借着火把的亮光,邓蒂斯看见了四个宪兵身佩闪光的佩刀和马枪。他迎上前去,但一看到这新增的士兵,就停下步来。

　　"你们是来接我的吗?"他问。

　　"是的。"一个宪兵回答。

　　"是代理检察官的命令?"

　　"我想是吧。"

　　"很好,"邓蒂斯说,"我跟你们去。"

　　既相信他们是维尔福先生派来的,邓蒂斯就不再担忧了。他镇定地迈步向前,自己走在护送兵的中间。门口有一辆马车等着,车夫已坐在车座上,身后坐着一位差官。

　　"这辆车是给我坐的吗?"邓蒂斯问。

　　"是给你坐的。"一个宪兵回答。

　　邓蒂斯想说话,但觉得有人在推他上去,他既无力也无心抗拒,就一屁股坐到车厢的后座,夹在两个宪兵之间,其余两个就在对面的位置上坐下来,马车开始在石路上笨重地滚动了。

　　犯人看看车窗,车窗也是钉着栅栏的。他已从牢狱里出来被护送到一个未知的地方去。车窗虽然钉着栅栏，邓蒂斯却仍能看到他们正在越过凯塞立街，沿着劳伦码头和塔拉密司街向港口驰去。不久，他又觉得灯塔上的光穿过窗上的栅栏，照到他的身上。

马车停了下来，差官下车向卫兵室走去，不久，里面走出十几个士兵，排列成两行。借着码头上的灯光，邓蒂斯看到了他们毛瑟枪上的反光。

"难道这许多兵都是为了我吗?"他想。

差官打开锁着的车门，他虽然一言不发，邓蒂斯的疑问却已得到了答复，——因为他看见两排兵夹道排成了一条甬道，从马车直排到码头。坐在他对面的两个宪兵先下来，然后他被命令下车，左右两边的宪兵跟在他后面。他们走向一艘小船，那条船是一个海关关员的，用一条铁链系在码头旁边。

士兵们带着好奇的神色望着邓蒂斯。刹那间，他已被宪兵们夹持着坐在船尾，差官坐在船头。船被一篙撑开，四个壮健的桨手推着它迅速地向皮隆方面划去。船上一声喊，封锁港口的铁索落下，转眼间，他们已在港口外面。

囚徒的第一个感觉是很高兴又呼吸到了清新的空气，——空气是自由的。他足足的吸了一口那生动的微风所吹来的夜与海的无名芳香。不过，他很快就叹了一口气，因为他正在里瑟夫酒家的前面经过，就在这天早上，他在那儿还是那样的快乐，而现在，从那些敞开着的窗口里，传来了他人在跳舞时所发出的欢笑和喧哗声。邓蒂斯双手合在胸前，仰面朝天祈祷起来。

小船继续着它的航程。他们已经过穆德峡，现在已到灯塔前面，正要绕过灯台。邓蒂斯对这条船的航线感到不可理解。

"你们押我到哪儿去?"他问。

"你不久就会知道。"

"但究竟——"

"我们奉令禁止向你做任何解释。"

邓蒂斯知道去向奉令不得作答的下属提出问题是愚蠢的举动，所以也就沉默了。

十分奇怪的一些想法穿入他的脑子。他们所乘的这只小船不能作长距离航行;港口外面也没有大帆船停泊;他想，他们或许要在某个很偏僻的地方放走他。他没有被绑，他们也从没要给他上手铐的意思，这似乎是一个好兆头。而且，那曾这样仁慈待他的代理检察官不是告诉过他，说要是他不提到诺梯埃这个可怕的名字，他就什么都不必怕的吗? 维尔福不是当他的面把那封致命的信，那对他不利的唯一证据销毁了吗? 他一言不发地等着，想努力在黑暗中看清航向。

他们已经过兰顿纽岛，那儿也有一座灯塔，竖立在他们右边，现在已到正对迦太兰村的海面。这时，犯人的眼睛倍加留神了，他好像在沙滩上隐约地辨出一个女人的身影，因为美茜蒂丝就住在那儿。美茜蒂丝怎么会不预感到她的爱人就在她的附近呢?

有一处灯光还隐约可辨，邓蒂斯认出那是未婚妻房间里的。在那个小小的殖民地上，只有美茜蒂丝还醒着。高声大喊一声就可以使她听到。但他并没有喊出来。假如宪兵听到他像一个疯子似的大喊大叫,他们会怎么想呢。

他仍然沉默不语,眼睛盯住那灯光。小船继续前进,他只是想念着美茜蒂丝。一片隆起的高地挡住了那灯光,邓蒂斯转过头来,发觉他们已划到海上。当他沉浸在思索中时,他们早已把风篷扯起。

邓蒂斯虽然极不愿意再发出提问,但他还是禁不住转向靠他最近的那个宪兵,握住他的一只手。

"朋友,"他说,"我凭一个基督徒和水手的身份请求你,请你告诉我我们究竟是到哪儿去。我是邓蒂斯船长,一个善良、诚实的法国人,虽然有人告我是叛徒,请告诉我你们究竟要押我到哪儿去,我凭人格向你担保,我一定听从命运的安排。"

那宪兵迟疑不决地望望他的同伴,他的同伴回答他一声长叹,像是说,"我看现在告诉他也无妨。"于是那宪兵回答说:

"你是马赛本地人,又是一个水手,可是你却问我们去哪儿?"

"凭良心说,我一点都不知道。"

"那是不可能的。"

"是的,我发誓我的确不知道。告诉我吧,我求你。"

"但我的命令呢?"

"你的命令并没有禁止你告诉我在十分钟,半点钟,或一点钟之后我一定会知道的事呀。别让我闷在葫芦里吧。你看,我是把你看成朋友才问你的。我又不想抗拒或逃走,而且,我也不能,我们究竟是到哪儿去?"

"除非你是瞎子或是从来没有出过海港,不然你一定知道。"

"我真的猜不出来。"

"那么,你四面看看吧。"

邓蒂斯站起来向前望去,他看到离他一百码之内,在那黑黝黝的岩石上,竖立着伊夫堡。三百多年来,这座阴气沉沉的堡垒,曾有过这么些可怕的传说,所以当它陡然呈现在邓蒂斯眼前的时候,其感觉就像死刑犯看到了断头台。

"伊夫堡?"他喊道,"我们到那儿去干什么?"

宪兵只是笑笑。

"我不是被关到那儿吧,"邓蒂斯说,"那里是关重要政治犯的。我并没有犯罪。伊夫堡里有法官吗?"

"那儿,"宪兵说,只有一位堡长,一队卫兵,一些狱卒和厚厚的围墙。算了,算了吧,这么大惊小怪的,不然你真要使我觉得你在用嘲笑来报答我的好意啦?"

邓蒂斯死命地紧捏那宪兵的手,像是要捏碎它似的。

"那么,你认为,"他说,"我是去关在那儿吗?"

"可能吧,但即使如此也没有理由把我捏得这样痛呀。"

"不经过任何手续了吗?"

"一切手续都已经办过啦。"

"不顾维尔福先生所许诺过我的话了吗?"

"我吗,"宪兵说,"可是我知道我们是押你到伊尔堡去。咦,你想干什么,朋友,抓住他!"

宪兵老练的眼睛只看见急速的一切,邓蒂斯已向前一跃,准备跳进大海,但四条有力的手臂抓住了他,以致他的脚好像钉在舱板上一样。他怒气冲冲地跌回到船舱里。

"好!"宪兵用膝头顶住他的胸口说,"你们水手的诺言原来是这样的!别再相信甜言蜜语的先生了!听着,我的朋友!我已经违背了我的第一个命令,但我不会再违背第二个。你再动一下,我马上请你的脑袋开花。于是他用枪管对住邓蒂斯,后者觉得枪口已顶住他的头。

这时,他很想违抗,以便就此了结那突然降临到他身上的厄运,但正因为那厄运是不意地到来的,邓蒂斯认为它大概很快就会过去。然后他记起了维尔福先生的许诺,他的希望又复活了,而且在船底死在一个宪兵手里,他似乎觉得太平庸太丢脸了。所以他又跌坐在船舱里,怒吼了一声,恨恨地咬他自己的手。

这当儿,一个剧烈的震动使小船全身摇晃了一下。一个水手跳上岸去,一条铁索拖过滑轮,邓蒂斯明白他们已到达航程的终点。

宪兵抓住他的两臂,硬拉他起身,拖着他踏上石级,向堡门走去,差官拿着一支上了刺刀的马枪。

邓蒂斯没有抗拒,他像是一个梦里的人,看见士兵排在两旁。他不得不提起脚步走。他觉得他过了一道门,那道门在他走过以后就关上了。他看到每一件东西都像是在雾里似的,没有哪一样是清清楚楚的。他甚至连海都看不到了,——海景在囚徒眼中是这样的令人沮丧,他望着广袤的空间,悲伤欲绝,知道自己已不能再在上面纵横驰骋了。

他们停留了一下,他乘这个时间竭力来集中他的思想。他向四周张望,发觉他是在一个高墙环绕的正方形的天井里。他听到哨兵的均匀的步伐,当他们在灯光前走过的时候,他看到他们毛瑟枪的枪筒闪闪发光。

他们待了将近十分钟。宪兵相信邓蒂斯无法再逃走,就松手放了他。他们像在等待命令。而命令终于来了。

"犯人在什么地方?"一个声音问。

"在这儿。"宪兵回答。

"让他跟我来,我这就送他到他的房间里去。"

"去!"宪兵推着邓蒂斯说。

犯人跟在他的引路人后面走,后者领他走进一个几乎埋在地下的房间,光秃秃的墙壁发出难闻的臭味,像是浸透了泪水;长凳上放着一盏灯,昏暗地照明了房间,使邓蒂斯认出了他的引路人的面貌,他是一个助理狱卒,衣着邋遢,脸色阴沉沉的。

"这是你今天晚上的房间,"他说。"时间晚啦,堡长先生已经睡下。明天,当他醒来看到关于处置你的命令的时候,他或许会给你换房间。现在,这儿有面包、水和稻草。一个犯人所能希望的不过是这些了。晚安。"邓蒂斯还没来得及张嘴答话,还没有注意到狱卒把他的面包或水放在什么地方,还不曾向屋角看一看稻草究竟在哪里,那狱卒已经提起灯走了。

邓蒂斯独自站在黑暗和寂静里,他头上的圆形拱顶发出逼人的寒气,直压到他像火一样燃烧着的额头,而他也像那拱顶似的一言不发,一动不动地站着。天一亮,狱卒就带着邓蒂斯不必调换房间的命令回来。他发觉那囚徒没有挪动过一步,好像钉在那儿似的,他的两眼都哭肿了。他是站在那儿过夜的,不曾睡过一会儿。狱卒走上前去,邓蒂斯好像没有看见他。他碰一碰他的肩头,爱德蒙一阵哆嗦。

"你没有睡觉吗?"狱卒说。

"我不知道。"邓蒂斯回答。狱卒呆呆地瞪了他一会儿。

"你不饿吗?"他又问。

"我不知道。"

"你想要什么吗?"

"我想见一见堡长。"

狱卒耸耸肩,离开房间走了。

邓蒂斯目送着他,向那半开着的门伸出手去,但那门又关上了。他的情感顿时都爆发了出来:他倒在地上,苦苦地哭着,泪水好似两道小溪泉涌而出。他再次问自己,究竟犯了什么罪,要受这样的刑罚。

这一天就那样过去了。他没有吃一点食物,只是在斗室里转来转去,像一只被困在笼中的野兽似的。最使他苦恼的就是,在这次不知去向的航程中,他竟这样的平静和呆笨,他本来要跳十次海也跳成功了的,凭他的游泳技术和潜水本领,他可以游到岸上,躲藏起来,等到有热那亚船或西班牙船到来的时候,逃到西班牙或意大利去,美茜蒂丝和他的父亲可以到那儿与他团聚。他不必担心以后的生活,好海员是到处都受欢迎的。他说意大利语说得像托斯卡纳人,说西班牙语说得像卡斯帝利亚人。那时就会很幸福了。但现在他却被幽禁在伊夫堡里,再也不能知道他父亲和美茜蒂丝的命运。而这一切都是因为他轻信了维尔福的许诺。想到这儿,他气疯了,发狂似的在稻草上打滚。第二天早晨,狱卒又来了。

"喂,"狱卒说,"你今天想通了吗?"

邓蒂斯没有回答。

"来,打起一点精神来,在我能力可以给你办到的范围以内,你有什么要求没有?"

"我想见堡长。"

"唉!"狱卒不耐烦地说,"我早已告诉你这是不可能的。"

"为什么不可能?"

"因为这是规则所不许可的。"

"那么,在这里可以允许些什么?"

"假如你付得出钱,伙食可以开得好一点,还有书,还可以让你散散步。"

"我不要书,我觉得饮食也不错,我也不在乎散步,我只希望见一见堡长。"

"假如你老是拿这件事情来纠缠我,我就不再拿东西来给你吃啦。"

"嗯,那么,"爱德蒙说,"假如你不拿来,我就饿死好了,——没什么了不起的。"

邓蒂斯这些话的口气使狱卒相信他的囚犯的确很愿意死,但由于狱卒每天从每一个犯人身上可以赚到十个苏(法国铜币名)于是他便缓和了口气说道:"你提的要求是不可能的,但假如你驯驯服服地住在这儿,就可以让你去散散步,总有一天会遇到堡长的,至于他是否高兴回答你的话,那要看他了。"

"可是,"邓蒂斯问,"我得等多久呢?"

"哦!一个月——六个月——一年。"

"这太长了。我希望立刻见他。"

"咦,"狱卒说,"别老去想那些不可能的事,不然,你不到两个星期就会发疯。"

"哦,你这么想?"

"是呀,就会发疯。疯子在开头的时候总是那样。我们这儿就有一个例子。有一个长老总想着要送一百万法郎给堡长放他自由,他就是那样开始发疯的,他以前就住在你这间牢房。"

"他离开这间牢房多久了?"

"两年了。"

"那么释放他了吗?"

"没有,他关在一间黑牢里。"

"听着,"邓蒂斯说,"我不是一个长老,也不是疯子,或许我以后会是,但目前幸而倒还不是。我另外再跟你商量一件事。"

"什么事?"

"我不给你一百万,因为我给不出来,但假如你得便到马赛去的时候,能到迦太兰村去找一个名叫美茜蒂丝的青年姑娘,替我带两行字去,我就给你一百个艾居。"

"要是我带了你的信,被人发现了,我这个饭碗可保不住了,这要值一千里弗一年呢,为了三百里弗去冒这样的一个险,我才是一个大傻瓜啦。"

"好吧,"邓蒂斯说,"那么记住:假如你拒绝把这封短信交给美茜蒂丝,又不肯告诉她我在这儿,有一天,我会躲在门背后,当你进来的时候,我就用这张长凳砸碎你的脑袋。"

"吓我!"狱卒一面喊,一面退后几步做出防备的样子,"你一定是要发疯了。那个长老一开始也像你这样,三天之内,你就要像他那样穿上一件保险衣(专门用来束缚疯子的一种衣服),好在这里还有黑牢。"邓蒂斯抓起那张长凳,在他的头上打转。

"好!"狱卒说,"好极了!既然你自愿如此,我就去禀告堡长。"

"这就对了。"邓蒂斯回答,他放下长凳,坐在上面,垂着头,瞪着眼,像是真的疯了似的。狱卒出去了,一会儿又回来,领来一个伍长和四个兵回来。

"奉堡长命,"他说,"把犯人押到下面一层去。"

"是到黑牢去吗?"伍长说。

"是的,我们必须把疯子关在一起。"士兵们过来抓住邓蒂斯,邓蒂斯已瘫软下来,毫不抗拒地随着他们去了。

他向下走了十五级楼梯,一间黑牢的门已经打开,他走了进去,口里喃喃地说:

"他说得不错,疯子应该和疯子在一起。"门关了,邓蒂斯伸出双手向前走去,一直触碰到墙壁。他于是在角落里坐下来,等候他的眼睛渐渐习惯于黑暗。那狱卒说得不错,邓蒂斯与疯子已相差无几了。

图文珍藏版

第九章　订婚之夜

维尔福急忙赶回大高碌路,当他走进屋里的时候,发觉他先前离开时的那些宾客已移坐到客厅。丽妮和所有的人都在焦急地等待他,他一进来,立刻受到大家热烈的欢呼。

"喂,杀人将军,国家柱石,布鲁特斯(古罗马政治家),究竟发生了什么事?"有一个人问。

"是不是又要来一个新的恐怖时期了?"又一个人问。

"那个科西嘉魔王逃出来了吗?"第三个人喊道。

"侯爵夫人,"维尔福走近他未来岳母说,"我请您原谅我在这样的时候离开您。侯爵阁下,我能私下和您说几句话吗?"

"呀!这件事真是很严重的吗?"侯爵问,他已看到了维尔福额际的愁云。

"十分严重,因而我不得不离开你们几天,所以,"他又转向丽妮说,"事情是否严重,您自己可想而知了。"

"您要走,先生?"丽妮掩饰不住她的情感,不禁喊道。

"唉!"维尔福答道。"我也是不得已呀。"

"那么,你到哪儿去呀?"侯爵夫人问。

"夫人,那是法院的秘密,但假如您在巴黎有什么差遣,我有一位朋友今天晚上就要到那儿去。"宾客们都不禁面面相觑。

"你要和我单独谈话?"侯爵说。

"是的,我们到您的书房里去吧。"侯爵挽住他的手臂,一同走出客厅。

"好啦!"他们一走进他的书房,他就问,"告诉我吧,发生了什么事?"

"一件最最重要的大事,我必须刻不容缓地到巴黎去一次。现在,请原谅我不能泄漏机密,侯爵,我只问您手里有没有国家证券?"

"我的全部财产都买成公债了,——有六七十万法郎吧。"

"那么卖掉它,侯爵,赶快卖掉。"

"呃!我在这儿怎么能卖呢?"

"您总有一个代理人吧?"

"是的。"

"那么写一封信给我带去,告诉他赶快卖掉,一会儿都不要耽搁,或许在我到那儿已为时过晚了。"

"见鬼!"侯爵说,"那么我们别浪费时间吧!"

于是他坐下来给他的代理人写了一封信,命令他不论什么价钱都赶快卖掉。

"唔,现在,"维尔福一面把那封信夹进他的笔记本,一面说,"再写一封!"

"写给谁?"

"给皇上。"

"我可不敢随便写信给皇上。"

"我不是要求您写信给皇上,您叫萨尔维欧伯爵写好了。我要一封使我可以径直进宫见皇上而无须经过朝见的一切正式手续,不然就会丧失许多宝贵的时间。"

"你自己去问司法大臣好了,他有进奏权,可以设法让你朝见的。"

"当然可以,但没有必要把我发现的功劳给他分享。司法大臣会把我甩在一边,功劳由他一个人独得。我告诉您,侯爵,假如我能第一个跑到土伊勒里宫,我的前程就有保障了,因为我这次替皇上所做的效劳,他今后是不会忘记的。"

"既然如此,你去准备起来吧,我自会叫萨尔维欧给你写你所要的那封信的。"

"行,别浪费时间了,再过一刻钟我必须上路。"

"你叫马车在门口停一停。"

"您代我向侯爵夫人和丽妮小姐道歉一声吧,说我在今天这样的时候离开她们,深表歉意。"

"她们都要到我这里来的,这些话你自己向她们说好了。"

"多谢多谢,您忙着写信吧。"

侯爵拉了拉铃,一个仆人走进来。

"通知萨尔维欧伯爵我在这儿等他。"

"现在,好了,走吧!"侯爵说。

"好,我马上就回来。"

维尔福急急而出,但到了门口,他又想到,假如旁人看到代理检察官如此行色匆匆,准会使全城都骚动起来,于是他又恢复他正常的步伐,官派十足地走去。在他家的门口,他看到有一个人站在阴影里,看来像是在等候他的。那是美茜蒂丝,她得不到她爱人的消息,所以亲自来探听他被捕的原因来了。

当维尔福走过去的时候,她已迎上前来,站在他的前面。邓蒂斯曾提到过他的未婚妻,所以维尔福立刻认出是她。她的美丽和高贵的仪态使他吃了一惊,当她询问她爱人的情形的时候,他觉得倒像她是法官而他是被告了。

"你所说的那个青年是一个大罪人,"维尔福态度生硬地说,"我没法帮他的忙,小姐。"美茜蒂丝再也忍不住她的眼泪,当维尔福迈开大步要走过她的时候,她又问:

"请告诉我他在哪儿,也可以让我知道他究竟是活着还是死了。"她说。

"我不知道,他已经不属我管了。"维尔福回答。

他急于想把这次会见告一结束,所以他推开她,把门重重地关上,像是要把他的痛苦关在外面似的。但内心的痛苦是不能这样被驱逐的,像维吉尔(古罗马诗人)所说的命运之箭一样,受伤的人得永远带着它。他回家后关上了门,但到了客厅,他的双脚终于支持不住了,他像呜咽似的嘘出了一声叹息,倒入一张椅子里。

然后,在那颗有病的心灵深处,产生了一个致命创伤的第一个病菌。那个由于他的野心而被他牺牲的人,那个代他父亲受过的无辜的牺牲者,现在似乎又在他的面前出现了,脸色苍白,气势汹汹,一只手携了他的未婚妻,她的脸也像他一样苍白,他们给他带来了内疚,——不是古人所说的那种猛烈可怕的内疚,而是一种缓慢的,折磨人的,到死都是与日俱增的痛苦。他犹豫了一会儿。他常常主张处犯人以极刑,由于他那先声夺人的辩才把他们判了罪,可是他的眉头从来没有蒙上过最轻微的忏悔的阴影,因为他们是有罪的,——至少,他相信是如此。但现在这件事却完全不同,他给一个清白无辜的人判了无期徒刑,——一个站在幸福之门前面的清白无辜的人。这一次,他再不是法官,而是刽子手了。

他以前从未有过这种感觉,但现在,当他这样回想的时候,这种沉重的感觉涌上他的心头,使他怀着茫然的恐惧,犹如是一个受伤的人,当一只手指接近他的伤口时会本能地颤抖起来是同样的道理,只有当创伤弥合以后这种恐惧才会消失。但维尔福的伤口是绝不会弥合的,假如一旦弥合,只会再爆发出一个更痛苦的创口来。在这个时候,假如他的耳畔响起丽妮的温柔的声音,请他从宽办理,或那美丽的美茜蒂丝进来对他说,"看上帝面上,我求您把我的未婚夫放还给我!"那他就会不顾一切,用了那冰冷而颤抖的手签署他的释放令。然而,没有任何一个声音在他耳边絮絮低语,只有维尔福的仆人推开门进来,告诉他长途旅行的马车已经准备好了。

维尔福站起身来,或更正确地说,像是一个内心的斗争的获胜者那样,从椅子里一跃而起,匆匆地打开他写字台的一个抽屉,把里面所有的金子都倒进他的口袋,用手摸着头,一动也不动地站了一会儿,然后觉得仆人已把他的大氅披到他的肩上,便出了门,跳进马车,命令车夫赶快到大高碌路侯爵府去。

不幸的邓蒂斯的命运就被这样决定了。

正如侯爵所说的,维尔福发现侯爵夫人和丽妮都在书房里。他看见丽妮,不由得战栗了一下,因为在他的想象中,她又要替邓蒂斯来求情了。唉!实际上她只在关心着维尔福的离开。

她爱维尔福,而他却在将要成为她丈夫的这一刻离她而去了。而且说不准何时方可回来,所以丽妮非但不会同情邓蒂斯,反而恨起这个人来,因为为了他的罪,她和她的爱人才这样分离。

那么,美茜蒂丝又怎么样了呢?她在碌琪路的拐角上和弗南相遇。她回到迦太兰村,绝望地倒在床上。弗南跪在床边,拿起她的手,吻遍了它,但美茜蒂丝却并没有觉得。那一夜她就是这样过去的。灯里的油燃尽了,但她并没有觉得黑暗,而当白天又回来的时候,她也没有注意到它的光明。痛苦蒙住了她的眼睛,她只能看到一样东西,那就是爱德蒙。

"呀,你在这儿!"她终于说。

"我从昨天起就没有离开过你。"弗南懊丧地回答。

摩莱尔先生并没有放弃奋斗。他打听到邓蒂斯已被投入监狱,就去找他所认识的一切朋友和城里有势力的人,但城里的消息早已传开,说邓蒂斯因为是做拿破仑党的专使而被捕的,在那个时期,即使最热情的人也认为要想使拿破仑复位是疯狂之举,因此他所得到的只是拒绝,只能失望地回家。

卡德罗斯也感到非常不安和痛苦,但他没有想办法援助邓蒂斯,只是带了两瓶酒把自己关在房间里,想用酒来忘掉他的回忆。但他却没有成功,他醉得无法再抬腿去另外找酒来喝,但却不能忘掉过去的种种回忆。

只有邓格拉司毫未感到难受或惊慌,他甚至还很高兴——他已弄掉一个对头,并保全了他在埃及王号上的地位。邓格拉司属于只替自己打算的人,这种人生下来就已在耳朵边上夹了支蘸水笔,心里藏着一瓶墨水。一切在他看来都只是加减乘除而已。他估计一个人的生命还不及一个数字那样珍贵,因为数字能使总数有所增加,而生命却只会渐渐减少。

维尔德接过萨尔维欧先生的信后,在丽妮的两颊亲了亲,吻了吻侯爵夫人的手,和侯爵握手告别,起程到巴黎去了。

邓蒂斯的老父心如刀绞,痛不欲生。

第十章　土伊勒里宫的小书房

我们暂且不提维尔福如何星夜兼程赶往巴黎,越过两三座宫殿,进入土伊勒里宫的小书房;且说土伊勒里宫这间有拱形的窗门的小书房,由于拿破仑和路易十八的宠爱而闻名于世,时下成了路易·菲力浦的书房。

在这间书房里,国王路易十八正坐在一张胡桃木的桌子前面,这张桌子还是他从赫德威尔带来的,他特别喜欢它,这原不算稀奇,因为大人物大多都有些癖好,而这就是他的癖好之一。现在,他正在漫不经心地听一个年约五十一、二岁,头发灰白,富有贵族气派,面容端庄的人讲话,而他自己则在一卷格里夫斯版的贺拉斯(古罗马诗人)诗集上做注释,皇上那种富有哲理性的远见卓识大多是从这本书上得来的。

"您说,先生——"国王说。

"我非常不安,陛下。"

"真的吗?难道您,梦见了七只肥牛和七只瘦牛吗?"

"不,陛下,因为那个梦只是预示我们将有七年丰收和七年饥荒,而有像您这样英明的国王陛下在,荒年倒并不是一件可怕的事情。"

"那么您还怕什么别的灾祸呢,我亲爱的勃拉卡斯?"

"陛下,我想,我有充分理由认为南方正在酝酿着一场大风暴。"

"唉,亲爱的公爵,"路易十八回答,"我想您错听了消息,我所知道的正好相反,我可以肯定那边正风和日丽哩。"像路易十八这样的人物他也喜欢开一个愉快的玩笑。

"陛下,"勃拉卡斯公爵又说,"就算只是为了使一个忠心的臣仆安心,陛下可否派一些忠实可靠的人去视察郎格多克,普罗旺斯和陀菲内,把这三省的民情给您带回一个可靠的报告来?"

"我们低声唱歌。"国王回答,依旧在他的贺拉斯诗集上做注解。

"陛下,"朝臣笑着,表示他似乎也懂得所引证的话,"陛下完全可以信赖法兰西人民的忠心,不过我想,提防某些人的亡命企图也不见得会错。"

"谁有亡命的企图?"

"波拿巴或至少是他的党羽。"

"我亲爱的勃拉卡斯,"国王说,"您这样惊惶使我不能工作啦。"

"而您,陛下,您这样高枕无忧让我不能安眠。"

"等一等,我亲爱的先生,且等一会儿,——因为我在:'在牧童跟着走的时候,'这一句上得了一条非常有趣的注解,——再等一会儿,我写好了以后您再往下说。"

谈话暂时中断了一会儿,这时,路易十八用细楷在他的贺拉斯诗集书边的空白上写下一个注解,然后他带着一种得意自满的神情望着公爵,好像说他已有了一个独创的见解,而对方只能复述他人的见解似的,他说:

"说吧,我亲爱的公爵,请继续说下去,我听着呢。"

"陛下,"勃拉卡斯说,他很想把维尔福的功劳占为己有,"我不得不告诉您,使我如此担忧的绝不是一些缺乏根据的传闻。我手下有一个很有机谋的人,极得我的信任,是我派他去监视南方的动静的。"公爵在说这些话时犹豫了一下,"他刚才急急忙忙地赶来告诉我一个威胁到陛下安全的大危机,所以我才急忙来见陛下的。"

"让部下养尊处优的不是好统帅,"路易十八依旧在写他的注解。

"陛下是不想叫我把这件事说下去吗?"

"没有这个意思,亲爱的公爵,请您用手找一找。"

"找什么?"

"随您的便,在左边吧。"

"这儿吗,陛下?"

"我告诉您在左边,您却往右边找。我是说在我的左边,——对了,是这儿,您可以找到警务部长昨天的报告。哟,邓德黎阁下本人来了。"在侍从官报名以后,邓德黎先生走了进来。

"请进,"路易十八微微一笑说,——"进来,男爵,把你所知道的一切都告诉公爵,——关于波拿巴阁下的最新消息。什么都不必隐讳,不论它有多严峻。爱尔巴岛是不是一个火山,那儿会不会爆发出火焰和可怕的战争来,——战争!可怕的战争!"邓德黎把双手交背在身后,非常庄重地靠在一张椅子的背上,说:

"陛下翻阅过昨天的报告了吗?"

"看过了,看过了,你把内容讲给公爵听吧,他找不到那份报告呢。对他详细谈谈关于逆贼在他小岛上的一切所作所为。"

"阁下,"男爵对公爵说,"陛下所有的臣仆在听到我们从爱尔巴岛得来的最新消息都应该感到欢欣鼓舞。波拿巴,"邓德黎说到这里,望望路易十八。后者正在写一条笔记,甚至连头都不抬起来,——"波拿巴,"男爵继续说,"快要闷死了,整天在隆江港看着矿工干活。"

"而且以搔痒取乐。"国王加上一句。

"搔痒?"公爵问,"陛下这句话是什么意思?"

"没错,我亲爱的公爵。您忘记这位伟人,这位英雄,半个神明,他得了一种使他痒得要死的皮肤病顽癣吗?"

"而且,公爵阁下,"警务部长又说,"我们几乎可以确定地说,要不了多久,逆贼就要发疯了。"

"发疯?"

"某种程度的发疯,他的头脑已很衰弱了。他时而痛哭,时而狂笑,有时他接连几小时地在海滩边上拿石片来砍水,当那石片在水面上连跳五六下的时候,他就高兴得好像又打了一次马伦戈或奥斯特利茨之役一样。您瞧,您同意这些无可争辩的事实都是脑力衰弱的象征吧。"

"或是智慧的象征,男爵阁下,——或许是智慧的象征,"路易十八笑着说。"古代最伟大的舰长们也都是在大海上砍石片取乐的,不信您可以看看普罗塔克著的《施底奥·阿菲力加弩传》。"

勃拉卡斯公爵对国王和部长这种盲目的泰然态度深深地考虑了一番。可恨维尔福不愿向他和盘托出,深恐他抢去他的全部功劳,但所吐露的一点口风,却又使他深感不安。

"喂,邓德黎,"路易十八说,"勃拉卡斯还不相信,再讲一点逆贼的转变给他听听。"

警务部长躬身致意。

"逆贼的转变?"公爵喃喃地说,眼睛只是望着那像维吉尔诗里的牧童那样一唱一答的国王和邓德黎。"逆贼转变了?"

"绝对没错,我亲爱的公爵。"

"转变得怎样?"

"变得循规蹈矩了。男爵,你说给他听听。"

"哦,是这样的,公爵阁下,"部长一本正经地说,"拿破仑最近做了一次考察,他的两三个旧臣表示要回法国的愿望,他斥退了他们,并训诫他们要'服从他们的好国王'。这些都是他亲口所说的话,公爵阁下,那倒是我可以确定的。"

"喂,勃拉卡斯,你怎么想呢?"国王得意地问,停顿了一会儿他的注解工作。

"我说,陛下,警务部长或是我,我们之间有一人肯定错了。不过警务部长是不可能错的,因为他是陛下安全和荣誉的保障,所以大概错的是我。可是,陛下,假如我可以进一谏言的话,陛下不妨问一问我跟您提起的那个人,而且我要求陛下赐给他这种光荣。"

"我很高兴,公爵,只要您赞成,我愿意接见任何您举荐的人,只要他手里不拿枪。部长阁下,你有没有比这更近的报告?这是 2 月 20 日的,而我们现在已到 3 月 3 日了。"

"没有,陛下,但我无时无刻不在等待着,说不定今天早晨我离开办公室的这一段时间内,新的报告又到了。"

"那么去走一次吧,倘若没有,——哦,哦,"路易十八又说,"造一个好了,经常不是那样做的吗?"国王笑着说。

"噢,陛下,"部长回答,"关于这点,根本无须编造。每天,我们的办公桌上都堆满了最详细确实的告密书,这些都是被革职的人员送来的,他们现在虽尚未蒙复职,但却很乐于回来给陛下效劳。他们只能依靠机遇,希望某种意外的大事能使他们的期望变成现实。"

"好吧,先生,去吧,"路易十八说,"别忘了我在等着你。"

"我只要来去的时间就够了,陛下。我在十分钟内就回来。"

世界经典文库

世界二十大名著

基督山伯爵

图文珍藏版

"那么,陛下,"勃拉卡斯公爵说,"我现在就去找我的信使。"

"等一下,先生,等一下,"路易十八说。"说真的,勃拉卡斯,我必须把您这种雄赳赳气昂昂的样子改变一下。我给你猜一个谜,有一只双翅展开的老鹰,两只鹰爪牢牢地攫着一只猎物,这只猎物想逃,但是逃不了,它的名字就叫作——固执。"

"陛下,我知道了。"勃拉卡斯公爵说,不耐烦地咬着他的指甲。

"关于这一段,我想听听您的意见:'气喘吁吁地逃跑的胆小鬼。'您知道,这是指一只逃避狼的牡鹿。您不是一个猎人和了不起的猎狼官吗? 好,那么,您觉得那只牡鹿如何?"

"妙极了,陛下,但我的信使像您所说的那只牡鹿一样,因为他只花三天多一点的时间,就跑了六百六十哩呢。"

"这可够劳累和伤神的了,我亲爱的公爵,而现在我们已经有了快报,要不了三四个钟头就可以送到了,连气都不必喘一喘。"

"呀,陛下,这个可怜的青年抱着很大的热忱,从那么远的地方跑来给陛下提供有用的情报,可您对他也太不领情了,他是萨尔维欧先生介绍给我的,就只看萨尔维欧的面上,我也得请求陛下赐恩接见他。"

"萨尔维欧先生? 是我弟弟的侍从长吗?"

"是,陛下。"

"他在马赛?"

"他就是从那儿给我写信的。"

"是他告诉您这个造反消息的吗?"

"不,但他很卖力地介绍了维尔福先生,要求我带他来见陛下的。"

"维尔福先生!"国王喊道,"这个信使的名字是叫维尔福吗?"

"是,陛下。"

"从马赛赶来的就是他吗?"

"是他本人。"

"您为什么不早提起他的名字呢?"国王回答,现出有点不安的神色。

"陛下,我以为陛下是不会知道他的名字的。"

"不,不,勃拉卡斯,这个人办事认真,有教养,而且很有野心,呀,真的! 您知道他父亲叫什么名字吗?"

"他的父亲?"

"是的,是诺梯埃。"

"是那个吉伦特党徒诺梯埃吗? 那个议员诺梯埃?"

"就是他。"

"而陛下却任用这样一个人的儿子?"

"勃拉卡斯,我的朋友,您知道得太有限了。我告诉过您维尔福是很有野心的,为了达到目的,他不惜牺牲一切,甚至他的父亲。"

"那么,陛下,我可以带他来吗?"

"马上带他来,公爵! 他在哪儿?"

"他该在下面等我,就在我的马车里。"

"立刻去叫他。"

"遵命。"

公爵像青年人那样敏捷地走了出去,他那尽忠王室的赤诚使他又年轻了。房间里只剩下了路易十八,他把眼睛转到那半开着的贺拉斯诗集上,嘴里念念有词:"一个正直而意志坚强的人。"

勃拉卡斯公爵以他下楼时的同样速度回来,但一到候见厅里,他不得不停下来等着通报让他带维尔福去觐见国王。维尔福穿的不是朝服,再加上那种风尘仆仆的外貌,很引起司仪大臣勃黎齐的怀疑,他对于这个青年竟敢穿着这样的服装来晋谒国王感到非常惊奇。但公爵终于用"奉圣命"三个字消除了一切困难,所以不管这位司仪大臣的意见如何,不管他如何尊重他的戒律,维尔福还是被通报了。

国王仍然坐在公爵方才离开他时的那个老地方。门一开,维尔福发觉他正面对着国王,那青年法官的第一个动作便是止步。

"请进,维尔福先生,"国王说,"请进。"维尔福躬身致敬,向前走了几步,等候国王问他。

"维尔福先生,"路易十八说,"勃拉卡斯公爵告诉我说,你有很重要的消息要报告。"

"陛下,公爵说得不错,我希望陛下能认识它的重要性。"

"在谈正事之前,你得先告诉我,先生,依你看,这件事有没有像他们所希望我相信的那样严重?"

"陛下,这件事的确紧急,但是我希望,由于我来得迅速,事情还不至于无法挽救。"

"你尽量说吧,先生,"国王说,他开始被勃拉卡斯脸上的神色和维尔福激动的语气所打动了。"说吧,先生,注意从头讲起,我喜欢一切都有条有理。"

"陛下,"维尔福说,"我将向陛下如实禀告,但假如由于我的焦急以致有些地方语无伦次,还求陛下恕罪。"讲完了这一段谨慎而微妙的引言以后,维尔福向国王一瞥,看到他那威严显赫的听者脸上的确露着慈祥之色,便放下心来,继续说:

"陛下,我尽可能地赶到巴黎来,是向陛下报告一件我在执行任务时所发现的事情,这不是像每天在百姓阶级或军队里所发生的那种无足轻重的、平凡的暴乱,而确实可算是一次造反,——是一次直接威胁到陛下王位的暴动。陛下,逆贼武装了三条船,他定下了某种计划,那种计划既狂妄,也可怕。在现在这个时候,他已经离开爱尔巴岛了,到——到哪儿了呢?我不知道,不过可以肯定他是想在一个地方登陆,不是在那不勒斯,便是在托斯卡纳沿岸,或竟在法国海岸也说不定。陛下不会不知道,爱尔巴岛之主与意大利和法国是保持着关系的吧?"

"我知道,阁下,"国王说,他显得十分激动,"最近我们还接到情报,知道拿破仑党分子在圣·杰克司街开会企图死灰复燃。但请你说下去吧。你怎么获得这些详细的消息呢?"

"陛下,详情是我审讯一个马赛人时得到的,这个人我已经注意了相当时候,是在我离开那一天把他抓起来的。此人是一个不安分守己的水手,我一向就怀疑他是一个拿破仑党。他最近秘密到爱尔巴岛去了一次,在那儿见到大元帅,大元帅叫他捎个口信给巴黎的一个拿破仑党,至于巴黎这个拿破仑党叫什么名字,我盘问不出来,但口信的内容我倒探听到了:是要鼓动人心,准备卷土重来(陛下,是那个人这样说的)——说时间就在最近。"

"这个人在哪儿?"

"在监狱里。"

"你似乎觉得这件事很严重!"

"严重极了,陛下,那天正是我的订婚日。家宴正在进行,我得知这事后,大吃一惊,于是离开了我的未婚妻和朋友,把一切都搁下,以便赶快来投到陛下的脚下,诉说我的恐惧,并略表我的忠心。"

"对了,"路易十八说,"你是和圣·米兰小姐订婚的吗?"

"是陛下一个最忠心的臣仆的女儿。"

"对的,对的,再谈谈这次作乱吧,维尔福先生。"

"陛下,我恐怕这不仅是一次作乱,我怕这是一次造反呢。"

"在目前形势下造反,"路易十八微笑着说,"想想倒非常容易,但想成功却要难得多。因为,我们祖先的王位恢复得还不久,我们对于过去,现在和未来都看得清清楚楚。过去十个月来,我的各部大臣已加倍警惕地中海沿岸,虽然那儿本来已经防守得很严密。假如波拿巴在那不勒斯登陆,那么在他到达皮昂比诺之前,全体联军都可以动员了,假如他在托斯卡纳登陆,他就踏上了敌对的国土,假如他在法国登陆,他只能带少数人马,像他这样被人民所深恶痛绝的人,其结果是很容易预言的。请放心,先生,但同时,也请相信我们王室仍感谢您。"

"呀,邓德黎阁下来了!"勃拉卡斯喊道。这时,警务部长已在门口出现,他脸色苍白,全身颤抖,好像就要昏过去似的。维尔福退后一步准备退出,但勃拉卡斯公爵握住他的手,留住了他。

第十一章　科西嘉的魔王

看见这张神色慌张的脸,路易十八就猛地推开那张他正在写字的桌子。

"你怎么了,男爵阁下?"他惊喊道。"你看来很不安。你这种惊慌和迟疑不决——是否和勃拉卡斯阁下所告诉我而维尔福阁下刚才又加以证实的事情有关系?"

勃拉卡斯公爵赶紧走近男爵,那大臣的惊慌神色完全吓退了这位元老的得意心情;说实在的,在这样的时刻,要是警务部长战胜了他,实在比他使部长受到屈辱对他有利得多。

"陛下,——"男爵吞吞吐吐地说。

"嗯,什么事?"路易十八问。警务部长这时做了一个绝望的手势,忙不迭地走到路易十八的跟前,后者退后了一步,并皱紧了眉头。

"请你说话好不好?"他说。

"啊,陛下,大祸临头了! 我实在该死,我决不能饶恕我自己!"

"阁下,"路易十八说,"我命令你快讲!"

"呃,陛下,逆贼 2 月 26 日已离开爱尔巴,3 月 1 日已登陆了。"

"在哪儿,——在意大利吗?"国王焦急地问。

"在法国,陛下,靠近昂蒂布的一个小港,琪恩湾那儿。"

"那逆贼于 3 月 1 日在离巴黎七百五十哩琪恩湾昂蒂布的附近登陆,而你到今天 3 月 4 日才刚刚得到这个消息! 哦,先生,你告诉我的事是不可能的。你一定得到了捏造的报告,不然就是你发疯了。"

"唉,陛下,这件事千真万确!"

路易做了一个难以形容的愤怒和惊惶的手势,然后强自镇定,像是这出其不意的一击同时打中了他的心和脸似的。

"在法国!"他喊道,"这个逆贼已经在法国了! 那么他们并没有看住这个人。谁知道,或许他们和他串通一气?"

"噢,陛下!"勃拉卡斯公爵惊喊道,"邓德黎绝不是一个会叛国的人! 陛下,我们都瞎了眼了,警务部长只是和大家一样的瞎了眼而已。"

"但是——"维尔福说了这两个字,突然又住了口。"请您原谅,陛下,"他一面说,一面鞠了一躬,"我的忠诚使我难以自制了。陛下可否赐恩恕罪?"

"说吧,先生,大胆地说吧,"路易十八回答。"只有你预先把这个险情警告了我们。现在请再忠告我们如何从中找出补救的办法吧!"

"陛下,"维尔福说,"南方很痛恶逆贼,据我看,假如他想在那儿冒险,就很容易引起朗格多克和普罗旺斯两省起来反对他。"

"对,毫无疑问,"部长回答,"但他却在顺着加普和锡斯特龙挺进。"

"挺进! 他在挺进!"路易十八说。"那么他是在向巴黎挺进吗?"

警务部长保持沉默,等于完全承认这个说法。

"陀菲内省呢,阁下?"国王问维尔福。"你觉得也可能像普罗旺斯省那样吗?"

"陛下,我很遗憾地向陛下禀告一件严酷的事实:陀菲内的民情远不如普罗旺斯或朗格多克。那些山里人是拿破仑党分子,陛下。"

"那么,"路易十八喃喃地说,"他的情报倒很正确。他带着多少人?"

"我不知道,陛下。"警务部长答道。

"什么! 你不知道? 你在这种情形之下还不留心去打听消息? 当然啦,这件事没什么了不起。"他说着,露出一个苛刻的微笑。

"陛下,这是不可能知道的,快报上只说到登陆和逆贼所取的路线。"

"你是怎么获得这个快报的?"国王问。

部长低垂了头,脸上泛出殷红色,他喃喃地说,"是信使送来的,陛下。"

路易十八向前跨一步,像拿破仑似的交叉起双臂。"哦,那么,"他喊道,气得脸色发白,"七国联军推翻了那个人。在二十五年的流亡以后,上天显示奇迹,把我送回到我父王的宝座上。在这二十五年中,我研究,探索,分析这个托付给我的法国的民情和风物,而当我实现我全部心愿的时候,我手里的权力却爆炸了,把我击成了齑粉!"

"陛下,这是劫数!"部长轻声地说,他觉得这样的一种压力,在命运之神看来不论是如何微不足道,但却已足够压倒一个人。

"那么,我们敌人所批评我们的话说得不错:什么也没有学到,什么也不会忘记! 假如我也像他那样为国人所共弃,则我还可有所自慰,但既然是大家推我为尊,他们就该爱护我胜过爱护他们自己,——因为我的命运就是他们的命运,在我接位之前,他们是一无所有的,在我逊位之后,他们也将一无所有,——而我竟因他们愚昧无能而自取灭亡! 噢,是的,阁下,你说得不错,——这是劫数!"

在这一番冷嘲热讽之下,部长一直躬身不起。勃拉卡斯公爵只是抹他额头的冷汗。维尔福心里微笑,因为他觉得他愈发显得重要了。

"亡国!"国王路易又说,他一眼就看出王朝将要坠入的深渊,——"亡国也罢,我们只是从快报上才知道那个亡国的消息! 噢! 我情愿踏上我的王兄路易十六的断头台而不愿这样丑态百出地被赶下土伊勒里宫的楼梯。丑态百出呀,阁下! 你为什么不知道他在法国的力量,而这原是你应该知道的!"

"陛下,陛下,"部长咕哝地说,"开恩吧! ……"

"过来,维尔福先生,"国王又对那青年说,后者一动不动,屏住了呼吸,在注视着这场决定一个王国命运的谈话,——"过来,告诉部长阁下。他所不知道的一切,别人就能事先知道。"

"陛下,那个人遮住了天下人的耳目,要探听到那些企图可真是不可能的。"

"真是不可能! 是啊,多么伟大的字眼,阁下。不幸,我已经想过了,天下确实有伟大的字,也有伟大的人。一位有偌大一个机关,有职员,有警察,有密探,有一百五十万秘密活动经费的部长,想知道离法国海岸一百八十哩以外的情形,难道真的不可能?"好,好吗,看吧,这儿有一位先生,他手下并没有这些工具,——这位先生只是一个普通法官,他却比你和所有警务部的人知道得更多。假如,他像你那样有权指挥情报机构的话,他早就把我这顶皇冠保住啦。"

警务部长的眼光转到了维尔福身上,神色里表示着仇恨,后者以胜利者的谦逊垂下了头。

"我并没有说您,勃拉卡斯,"路易十八继续说,"因为就算您并没有发现什么,至少您头脑清楚,曾坚持您的怀疑。要是换了一个人,就会认为维尔福阁下的发现是无足轻重的,甚至认为是出于功利的野心而杜撰的。"

这些话是针对警务部长一小时前那种极端自信的言论而发的,维尔福很明白国王的意图。要是换了别人,或许会被这一片赞誉所陶醉,而忘乎所以了,但他怕自己会成为警务部长的一个死敌,虽然他看出邓德黎的失败已是无可挽回的了。事实上,这位部长过于迷信他们的能力,没能及早洞悉拿破仑的诡计,但凭着他临死时的一阵挣扎,却可能揭穿他的(维尔福的)秘密,因为他只要问一问邓蒂斯便得了。所以维尔福不但不帮助来击毁他,反而来救一救这位一个跟斗倒下来的部长。

"陛下,"维尔福说,"事态发展之迅速足可向陛下证明:只有上帝掀起一阵风暴才能把它阻止。陛下以为我具有先见之明,其实纯粹是出于偶然,我只不过像一个忠心的臣仆那样抓住了那个偶然的机会而已。陛下,请不要赐给我不值得受以的赞誉,因为,假如陛下对我赞誉过甚,以后您再不会保留对我的最初印象了。"

警务部长以感动的一瞥谢这位青年,于是维尔福明白他的计划已经成功,那是说,既没有失去国王的感激之情,又给自己安排了一个在必要的时候或可有所依赖的朋友。

"很好!"国王又开始说。"现在,先生们,"他转向勃拉卡斯公爵和警务部长继续说,"我没有什么事对你们谈了,你们可以回去,剩下来的事现在必须由陆军部来办理了。"

"幸亏,陛下,"勃拉卡斯说,"我们可以信赖陆军,陛下知道,每一个报告都证实他们是忠贞不贰的。"

"阁下,别再向我提起报告了!因为我现在已经知道我们可以信赖它们的程度。可是,说到报告,男爵阁下,你对于圣·杰克司街那件事有什么消息?"

"圣·杰克司街的事件!"维尔福不禁惊呼了一声。然后,突然缩住口,他又说,"请您原谅,陛下,我对陛下的忠诚使我忘记——倒不是忘记我对您的尊敬,因为那已深深铭刻在我的心里,而是一时忘记了礼仪。"

"尽量说吧,先生!"国王答道,"今天你已获得提出问题的权利。"

"陛下,"警务部长回答说,"我今天就是来向陛下报告关于这方面的最新消息的,碰巧陛下的注意力都被吸引到这件可怕的大事上去了,现在,陛下对这些小事恐怕不再感兴趣了吧。"

"恰恰相反，阁下，——恰恰相反，"路易十八说，"这件事据我看和刚才我们所关心的事一定有关联，奎斯奈尔将军之死或许就会引起一次内部的大叛乱。"

提到奎斯奈尔将军的名字，维尔福发抖了。

"陛下，"警务部长说，"事实上，一切迹象表明，他这次的死，并不像我们以前所相信的那样是自杀，而是一次暗杀。看来，奎斯奈尔将军是在离开一个拿破仑党俱乐部的时候失踪的。当天早上，曾有一个不知姓名的人和他在一起，并约他在圣·杰克司街相会，正当那个怪客进来的时候，将军的贴身跟班正在梳头，不幸的是，他虽然听到所提的街名，却没有听清门牌号码。"

当警务部长向国王述说这件事的时候，维尔福全神贯注地倾听，脸上红一阵白一阵，像是他的生命就取决于这番话上似的。国王把眼光转到他身上。

"维尔福先生，这位奎斯奈尔将军，有人认为他与逆贼有瓜葛，但实际上他却完全忠心于我，我觉得他作了拿破仑党所设的一次埋伏的牺牲品，你是否同意我的看法？"

"这是可能的，陛下，"维尔福回答。"但现在所知的就只这些吗？"

"有人已经在跟踪那个和他约会的人了。"

"已经跟踪他了吗？"维尔福说。

"是的，那侍仆形容了他的特征。他是一个年纪五十一、二岁的人，肤色棕褐，浓眉下面有一对黑色的眼睛，胡子长而密。他穿着蓝色披风，钮孔上挂着荣誉团军官的蔷薇章。昨天跟踪到一个与我刚才说的那个特征酷似的人，但到裴森尼街和高海隆路的拐角上，他忽然不见了。"

维尔福将身体靠在一张圈椅的背上，因为在警务部长说话的时候，他觉得他的腿在发软，当他知道那个不知姓名的人已摆脱了密探的盯梢之后，他才敢又开始呼吸。

"继续追踪这个人，阁下，"国王对警务部长说，"奎斯奈尔将军在这个时候对我们非常有用，据各方面看来，我相信他是被谋杀的，假如确是如此，则不论是否是拿破仑党人所为，都该从严惩处。"

国王这样宣布的时候，维尔福得用全副的镇定力才能使恐怖的神色不致透露出来。

"真是咄咄怪事！"国王发火地说。"当警务部说'又发生了一件谋杀案'的时候，尤其是，当他们又加上一句'我们已经在追捕凶手'的时候，他们又以为一切都万事大吉了。"

"陛下，我相信，陛下对此已经满意。"

"我们瞧吧。我不再留你了，男爵。维尔福先生，你经过了这样长的一次旅程，一定很疲乏了，回去休息吧。你大概是在令尊那儿下榻的罗。"

维尔福微微有点昏眩。"不，陛下，"他答道，"我是在导农街的马德里饭店下榻的。"

"你去见过他了？"

"陛下，我是一来就去找勃拉卡斯公爵阁下的。"

"但你总要见见他吧?"

"我不想去,陛下。"

"呀,我忘啦,"路易十八说,随即微笑了一下,表示这一切问题是没有任何意图的,"我忘记你和诺梯埃阁下的关系并不太好,这又是为了王室利益而做出的一个牺牲,为了两个牺牲你该得到报偿。"

"陛下,陛下对我所表示的仁慈已超过了我所希望的最高报偿,我已别无所求了。"

"那算得了什么,阁下,我们不会忘记你的,你放心好了。现在(说到这里,国王摘下他佩在蓝色上装上的荣誉勋章,递给维尔福,这枚勋章原是佩在他的圣·路易十字章的旁边,圣·拉柴勋章之上的)——现在请暂时接受这个勋章吧。"

"陛下,"维尔福说,"陛下搞错了,这种勋章是军人的。"

"当然!"路易十八说,"拿着吧,就算这样吧,因为我来不及给你弄个别的。勃拉卡斯,您负责叫他们写荣誉证书送给维尔福阁下。"

维尔福的眼睛里充满了自豪和喜悦的眼泪。他接过勋章来,吻了一下。"现在,"他说,"我可不可以问:陛下还有什么命令赐我执行的吗?"

"你需要休息,先休息去吧,请记着,虽不能在这儿——巴黎为我服务,但你在马赛可大有作为啊。"

"陛下,"维尔福一面鞠躬,一面回答,"我在一个钟头之内就要离开巴黎了。"

"去吧,先生,"国王说,"假如我把你忘了(国王的记忆力都不强),就设法使我想起你来,别害怕。男爵阁下,去叫军政部长。勃拉卡斯,留在这儿。"

"啊,阁下,"在他们离开土伊勒里宫的时候,警务部长对维尔福说,"你开门大吉,前途无量啊。"

"将来不知能不能继续飞黄腾达。"维尔福心里这样自言自语,一面向部长致敬告别,他的任务已经结束了,同时用目光寻找有没有出租的马车。这时正巧有一辆经过,他喊住了它,把地址告诉了车夫,就跳到车里,躺在座位上,对前景想入非非起来。十分钟以后,维尔福已到达他的旅馆,他吩咐马车两小时之后来接他,并命令侍者准备早餐。

他正要进餐时,铃声响了,听那铃声,显然是由一只坚定而自在的手拉的。侍者打开门,维尔福听到来客提到他的名字。

"谁已经知道我在这儿呢?"青年自问说。

侍者走进来。

"咦,"维尔福说,"什么事?谁拉铃?谁想见我?"

"一个陌生人,他不愿意说出他的姓名。"

"一个不愿意说出他姓名的陌生人!他想怎么样?"

"他想跟您说话。"

"跟我?"

"是的。"

"他有没有说出我的名字?"

"说了。"

"这个陌生人什么模样。"

"唔,先生,是一个五十岁左右的人。"

"小个子还是大个子?"

"和您差不多,先生。"

"头发是黑的还是黄的?"

"黑,——黑极了,黑眼睛,黑头发,黑眉毛。"

"穿的什么衣服?"维尔福急忙问。

"穿一件蓝色的披风,排胸扣的,还挂着荣誉蔷薇勋章。"

"这是他!"维尔福脸色变得惨白,轻声说道。

"呃,一点不错!"我们形容过两次外貌的那个人走进门来说,"规矩倒不少哪!做儿子的叫他的父亲候在外客厅里,这可是马赛的规矩吗?"

"爹!"维尔福喊道,"那么我没猜错,我觉得这一定是您。"

"哦,那么,假如你觉得这样肯定,"来客一面回答,一面把他的手杖放在一个角落里,把帽子放在一张椅子上,"让我告诉你,我亲爱的杰拉,要我候在门外可是不太孝顺的。"

"你走开,茄曼。"维尔福说。侍者退出时,明显地表示出惊讶的神色。

第十二章　父与子

　　诺梯埃先生——因为进来的人的确就是他——用他的目光一直追随着那侍者，直到他重新把门关上，然后，他又走去把门打开，无疑是怕外客厅里会有人偷听，这着预防倒并不是无用的，因为，从茄曼的突然退去这个行动上看来，他显然也犯了我们的始祖因之而堕落的原罪。诺梯埃先生于是不怕麻烦地又亲自把外客厅的门关上，再返回关上卧室的门，然后把他的手伸给维尔福，后者正带着惊余未定的神色在呆望着他的一举一动。

　　"啊，我亲爱的杰拉，"来客对青年说，并很有深意地看了他一眼，"你知道吗，看样子你似乎并不高兴看到我？"

　　"我亲爱的爹，"维尔福说，"怎么会呢，正巧相反，我很高兴，但是我想不到您会来，所以有点措手不及。"

　　"可是，我的好人呀，"诺梯埃先生回答，一面找了一个地方坐下来，"我倒也要对你说这句话，怎么了，你告诉我说你是在 2 月 28 日订婚，而 3 月 3 日却已到巴黎这儿了？"

　　"我亲爱的爹，"杰拉说，一面把椅子拉拢靠近诺梯埃先生，"就算我来了，您也别埋怨，因为我是为您而来的，我这次赶来也许救了您。"

　　"啊，真的吗！"诺梯埃先生已舒舒服服地躺在椅子里说。"真的，请对我说说看，法官阁下，因为这一定是很有趣的。"

　　"爹，您听说过圣·杰克司街有一个拿破仑党俱乐部吗？"

　　"不错，在五十三号，我就是它的副主席。"

　　"爹，您的冷静简直使我有点儿怕。"

　　"噢，我的好孩子，一个曾被山岳党徒流放过，曾躲在干草车里逃出巴黎，在波尔多的旷野里被罗伯斯庇尔的暗探追逐过的人，他对许多事情都已习惯。但说下去吧，圣·杰克司街的俱乐部怎么样？"

　　"哦，有人引诱奎斯奈尔将军到那儿，奎斯奈尔将军是在晚上九点钟走出家门的，第二天找到他的时候，已在塞纳河里了。"

　　"这个故事是谁告诉你的？"

　　"国王亲自告诉我的。"

　　"好，那么，作为对你的故事的回报，"诺梯埃又说，"我也来讲个故事给你听听。"

　　"我亲爱的爹，我想我已知道您要对我说些什么了。"

　　"哦，你听到皇帝陛下登陆的消息了吗？"

"别这么大声,爹,我求求您,——为了您自己也为了我。是的,我已经知道这个消息了,而且甚至比您还先知道。三天以前,我用最快的速度,差不多像拼命似的从马赛赶到巴黎来,因为我恨不得把我脑子里所苦恼着的一个念头一下子就送到六百里前面去。"

"三天前!你疯啦?三天以前圣上还没有登陆呢。"

"那没有关系,我早知道他的计划了。"

"你怎么知道的?"

"从爱尔巴岛上送出的一封给您的信中,我知道了这个计划。"

"给我?"

"给您的,我是在那送信人的笔记本里发现的。假如那封信落入了旁人手里,您,我亲爱的爹呀,您这个时候大概早就被枪毙啦。"

维尔福的父亲大笑起来。"嗯,嗯,"他说,"看来昏君倒也从圣上那儿学到了果断速决的方法了。枪毙!我的好孩子!你这个刑罚执行得太快了吧。你所说的这封信在哪儿?我太了解你的为人了,我想你是不会让这样的一件东西漏过你的手的吧。"

"我把信烧了,就怕留下片纸只字,因为只是那封信就可以做您的判决书。"

"而且会断送你的前程,"诺梯埃回答,"是的,这一点我倒懂得。但有你保护我,我是什么都不必怕的。"

"我不只是保护您,阁下,我还救了您!"

"是吗?咦,真的,事情愈来愈戏剧化了,倒要请你再解释解释!"

"我再来说说圣·杰克司街的那个俱乐部。"

"看来这个俱乐部倒很使警务部头痛。他们为什么不再仔细地搜一搜呢？他们会找到——"

"他们没有找到，但他们已经有线索了。"

"这是一句绝妙的话，这句话的意思我知道得很清楚。当警务部没有办法的时候，他们就宣称已在追捕中，于是政府耐心地等着，等到有一天，说像一溜青烟，那个线索失踪了。"

"是的，不过他们找到了一具尸体，奎斯奈尔将军被将杀了，而在世界各国，他们都称那是一次谋杀。"

"谋杀！你这么认为？咦，根本没有任何证据可以证明将军是被谋杀的呀。塞纳河里每天都可以捞到人，或是自己跳下去的，或是因为不识游泳而淹死的。"

"爹，您很清楚将军不是因为绝望而投河的，大正月里也不会有人在塞纳河里洗澡。不，不！不要弄错，这次的死明明是一次谋杀。"

"谁定性的？"

"国王本人。"

"国王！我还以为他是一个哲学家，能懂得政治上并无谋杀这件事呢。亲爱的，你应该和我同样明白，在政治上，是没有人，只有主义，没有感情，只有利益。在政治上，我们不是杀一个人，而是清除一个障碍。你想不想知道实在的情形？好，我来告诉你。最初大家以为很可信赖奎斯奈尔将军，他是爱尔巴岛方面推荐给我们的。我们之中有一个人到他那儿去邀他到圣·杰克司街去，请他参加一次朋友间的集会。他去了，大家就把计划告诉他，——离开爱尔巴岛，登陆计划，等等。当他把情形完全弄清楚以后，他回答说他是一个保王党。那时大家都面面相觑，——我们发誓保守秘密，他发了个誓，但说的都是一派口是心非的话，以致真的激怒了上天来显示报应！但虽然如此，大家还是让将军自由离开，——完全让他自由。可是他却没有回到家里。有什么办法呢？唉，亲爱的，只是因为在离开我们以后，他迷了路。你说谋杀！真的，维尔福，你太使我奇怪了。你，一个代理检察官，你捕风捉影就给人定罪了吗。当你为王室尽责，把我党的一个成员杀头的时候，我有没有对你说过，'我的儿子，你犯了谋杀罪啦？'没有，我只是说，'好极了，阁下，你得到了胜利，明天，说不定，胜利是我们的了。'"

"但是，爹，请注意，我们胜利的时候，我们的报复是铁面无情的。"

"我不懂你的意思。"

"您是指望逆贼复辟吧？"

"我承认。"

"您错啦，他在法国境内还没有走到五里路，他就会被跟踪，追逐，像一只野兽似的被擒。"

"我亲爱的朋友，此刻圣上已到格勒诺布尔的路上了。十一、二日他就会到里昂，而在 20 日或 25 日到巴黎。"

"人民会起来——"

"是的，起来迎接他。"

世界经典文库

世界二十大名著

基督山伯爵

图文珍藏版

"他只带了一点点人来,而几支军队就要派去剿灭他了。"

"这些军队将会护送他进首都。真的,我亲爱的杰拉,你还只是一个小孩子,你自以为消息很灵通,因为登陆后三天的一个情报告诉你,'逆贼携随从数人于戛纳登陆,我们正在追击中。'但他现在在哪儿?他在干些什么?你一无所知。他在被追击中,你所知道的仅止于此。妙极了,像那个样子,他们可以不必扳一扳枪机而把他直追到巴黎。"

"格勒诺布尔和里昂都是效忠国王的城市,人民会起来反对他,变成一道插翅难渡的关隘。"

"格勒诺布尔会热情地为他敞开大门,全里昂的人都会赶快起来欢迎他。相信我,我们的消息和你们一样的灵通;我们的警务部也和你们一样的能干。要给你举一个证据吗?哪,你想把这次行程瞒过我,可是在你通过关卡的半小时以后,我就知道你已经到了。你把你的行踪只告诉你的马车夫,可是我却得到了你的住址,当你正要用餐时,我就来到这儿了,这就是证据。那么,假如你不厌弃,请拉铃再去要一副刀叉碟子来,我们一同进餐吧。"

"是啊!"维尔福惊奇地看着他的父亲回答,"你们的消息看来真是非常灵通。"

"呃,事情很简单。你们当权的人所有的,只是金钱能买到的东西,而我们在野的人,却可以拥有由信仰而产生的情报。"

"信仰?"维尔福微笑着说。

"不错,是信仰。那两个字的意思,我相信,就是有希望的雄心。"于是维尔福的父亲伸手去拉那条叫人的铃绳,想把他儿子没有叫来的侍者召来。但维尔福捉住他的手臂。

"请等等,我亲爱的爹,"青年说,"我再说一句话。"

"说吧。"

"保王党的警务部虽说无能,他们却也知道了一件可怕的事情。"

"什么事?"

"就是在奎斯奈尔将军失踪那天早晨到将军家里去的那个人的特征。"

"哦,高明的警务部倒把那一点探听出来了,是吗?那个人的特征是怎么样的呢?"

"肤色棕褐,头发,眉毛,眼睛和髭须,都是黑的。排胸扣的蓝色披风,钮孔上挂着荣誉团军官的蔷薇勋章,一顶阔边的帽子,一支藤手杖。"

"啊,啊!他们知道了吗?"诺梯埃说,"既然如此,那为什么他们不捉住那个人呢?"

"因为昨天或是前天,他们跟踪他到高海隆路拐角上的时候把他跟丢了。"

"是嘛,我不是对你说警务部是草包吗?"

"是的,但他们或许依旧会捉到他的。"

"不错,"诺梯埃说,随即漫不经心地向周围四顾了一下,——"不错,假如这个人事先没有得到警告,或许会被他们抓去,但他却已经得到警告啦。"他微笑了一下又说,"因此他要改变面貌和服装。"

说完，他站起身来，脱掉他的披风，摘下领结走到他儿子放梳妆品的桌子前面，在脸上涂上肥皂，拿起一把剃刀，用一只结实的手刮掉那捣乱的胡子，因为它给警务部提供了十分明显的标记。维尔福惊奇地注视着他，惊奇之中带着钦佩的神色。

他刮掉了胡子，诺梯埃又把他的头发重新分过，然后，拿起一条放在一只打开着的旅行皮包上面的花领巾，打了上去，用维尔福一件燕尾服式的棕黑色的上装换下他自己那件高领的蓝色披风，他又在镜子前试戴了一下他儿子的狭边帽，觉得十分合适；把手杖放在原先那个壁炉角落，拿起一支细长的竹手杖，用他那有力的手虎虎地试了一下，这支细长的竹手杖，原是文雅的代理检察官在走路时用的，拿着它更显得洒脱从容，这是他的主要特征之一。

"好了，"他转过来对着他惊讶不止的儿子说，"怎么样？你想你们的警务部现在还能认出我吗？"

"认不出了，爹，"维尔福吃惊地说，"至少，我希望不会。"

"现在，我亲爱的孩子，"诺梯埃又说，"我留给你照顾的这些东西，全要凭你的谨慎来把它灭迹了。"

"啊！放心吧，爹。"维尔福说。

"是的，是的！现在我相信你的确说得不错，你真的救了我的命，但你放心，要不了多久我就会报你的恩的。"

维尔福摇摇头。

"你还不相信？"

"至少，我希望是你错了。"

"你还见不见国王？"

"也许。"

"你希望他把你当成一个预言家吗？"

"讲祸事的预言家是不得朝廷欢心的，爹。"

"不错，但他们总有一天会得到报偿的，假如再有第二次的复辟，那时你就会被当成英雄看待了。"

"好吧，我该对国王说些什么？"

"对他这样说，'陛下，关于法国的形势，市民的舆论，军队的士气，您受骗啦。那个在巴黎被您称为科西嘉魔王，在内韦尔被加上逆贼头衔的人，已经在里昂被人欢呼为波拿巴，在格勒诺布尔被尊为皇帝了。您以为他被人围剿、追逐，或被擒获了。但他却是像他所畜养的鹰那样迅速地在前进。您所信任的士兵快要饿死，累死啦，他们随时都想开小差，像雪片附在向前滚的雪球似的赶到他那儿去。陛下，走吧！把法兰西让给它的真主，——他不是把它买到手的，而是征服得来的。走吧，陛下！倒并不是因为您会冒多少风险，——因为您的对手很强大，尽可饶恕您，——而是因为一个圣·路易的孙子，竟要那转战阿柯尔、马伦戈、奥斯特利茨的那个人来饶他一命，未免太丢脸了。'就对他这样说，或是，最好还是什么都不必告诉他。把你这次的来去保守秘密，不要胡吹你到巴黎是干什么来的，或曾干于什么。赶快回去，在黑夜里进入马赛，从后门溜进你的家，在那里，要温和谦恭，深居简出,而最重要的,是不要惹人讨厌,因为这一次,我敢向你发誓,我们要认清了谁是敌人以后会给以狠狠惩罚的。走吧,我的儿子,走吧,我亲爱的杰拉,假如你能听从父亲的命令——或是,要是你高兴,就是友谊的忠告也可以——我们还可以保留你的原职。这个,"诺梯埃微笑了一下又说,"就算是一种交换手段,假如政治上的天平有一天使你在上我在下的时候,还可以望你再救我一次命。再会,我亲爱的杰拉,下次再来,请在我的门口下车。"诺梯埃在这一场奇特而又挖苦的对话中间,态度始终非常宁静,说完了这一番话,他以同样宁静的态度走了出去。

维尔福脸色苍白,心情激动,他奔到窗口,撩开窗帷,看他泰然自若地走过街口两三个面目狰狞的人的身边,这两三个人,或许就是等候在那儿来抓一个长黑胡子,穿蓝色披风,戴阔边呢帽的人的。

维尔福屏息静气地在那儿呆望着,直到他的父亲折入了蒲赛街。然后他转过身来整理他留下来的各种东西,把他的黑领结和蓝色披风垫在旅行皮包的箱底里,把帽子拆拢,塞进一个衣柜的下层,把手杖折成几段,一把投入壁炉,戴上他的旅行便帽,叫来侍者,用目光止住他想提出的一千个问题,付了账,跳进那辆早已等候着的马车里。到里昂就听说波拿巴已进入格勒诺布尔,一路上人心惶惶,纷繁杂沓,他终于到达了马赛。在他这第一次的成功中,千万种希望和恐惧同时钻入了一个野心勃勃的人的心。

第十三章　百　日

诺梯埃先生真是一个预言家,事态的发展很快,正如他预料的那样。谁都知道从爱尔巴岛卷土重来的这件著名的史实,——那次稀奇而神妙的归来,非但是前无古人,而且大概也会后无来者。

路易十八对这一迅猛的打击只是软弱无力地抵抗了一下。这个他刚刚重建起来的君主政权,基础本来就不稳固,一向就是摇摇欲坠的,只要拿破仑一举手,这一切用旧偏见和新观念不调和地构成的上层建筑物,就都坍了下来。所以维尔福仅仅只获得了国王的感激(目下不仅无用,甚至还很危险)和荣誉十字章,这个勋章,他倒很识相,并没有佩挂,虽然勃拉卡斯公爵按时把荣誉状送了来。

诺梯埃当时权倾全朝,要不是为了他,拿破仑肯定要免除维尔福的职了。这个1793年的吉伦特党徒和1806年的上议员就这样保护着维尔福,而不久前,维尔福还是他的保护人。

在帝国复活的那个期间———这个帝国也是不能预见到其二次倾覆的——维尔福的全部力量都用来封住那几乎被邓蒂斯所泄漏的秘密。

只有检察官被解职了,因为他有忠心于王室的嫌疑。

帝国的权力刚刚重新建立,也就是说,皇帝刚刚住进土伊勒里宫,从我们已经向读者们介绍过的那间小书房里向四处发号施令,在桌子上还可找到路易十八留下的那半空的鼻烟盒还敞开在那里的时候,——在马赛,不管官员们的态度如何,人民已经感到南方始终未被扑灭的内战的余烬又重新燃烧起来;保王党党员如敢冒险外出,一定会遭到斥骂和侮辱,这时如果要挑起人民来对他们报复,也不费吹灰之力。

由于这种转变,那可敬的船主在当时虽不能说势倾全市,——因为摩莱尔像别的生意人似的向来小心谨慎,甚至可说是胆小的人,以致许多最热心的拿破仑党分子竟斥他为"温和派"——但却已有足够的势力可使他所提出的要求闻达于当局;而那个要求,我们不难猜出是与邓蒂斯有关的。

维尔福的上司虽已倒台,他本人却依旧保住了原职,但他的婚事已暂时搁在一边,以等待一个适当的时候再举办。假如皇帝在位不去,则杰拉就需要一个不同的联姻来帮助他的事业,他的父亲已负责在给他找一个。假如路易十八重登王位,则圣·米兰侯爵及他本人的影响就会倍增,那桩婚事也就变得更加实惠了。

那时,代理检察官是马赛的首席法官,有一天早晨,仆人推开门来,通报摩莱尔先生来访。

要是换了别人,就可能赶快迎接他。但维尔福是一个很能干的人,他知道这样等于是示弱。所以虽然他并没有别的客人,却仍让摩莱尔在外客厅里等候,理由只是代理检察官通常都要叫每一个人都稍候一下的,读了一刻钟的报纸以后,他吩咐请摩莱尔先生进来。

摩莱尔原以为维尔福会垂头丧气的。但看到他的时候,却发觉他仍像六个星期以前见到他的时候一样,镇定,稳重,冷漠而彬彬有礼,那种礼貌是一切隔阂中最难超越的一种,是教养有素的上等人和俗人之间的一道分界线。

他已进入维尔福的书房,满心相信那法官一见他就会发抖,可是相反,当他看到维尔福坐在那儿,手肘支在办公桌上,用手托着头的时候,他感到自己抖抖索索,局促不安了。

他在门口停了下来。维尔福注视着他,像是有点不认识他似的。在这一段短短的时间内,那诚实的船主只是困惑地把他的帽子在两手之间转动着,然后——

"我想您是摩莱尔先生吧?"维尔福说。

"是的,阁下。"

"请进来,"法官像赐恩似的摆一摆手说,"请告诉我是什么事情使我有幸见到您。"

"您猜不到吗,阁下?"摩莱尔问。

"猜不到,但假如我有能为您服务的地方,我是很高兴的。"

"阁下,"摩莱尔说,他渐渐恢复了自信,"您记得,在皇帝陛下登陆的前几天,我曾来为一个青年人说情,他是我船上的大副,被控与爱尔巴岛有关系。那种关系,在那时是一种罪名,今天却已是光荣。您那时效忠于路易十八,不能庇护他,——这是您的责任。今天您为拿破仑服务,您就应该保护他,——这同样也是您的责任。所以,我是来探问那个青年人的情形来的。"

维尔福竭力控制着自己。"他叫什么名字?"他说。"把他的姓名告诉我。"

"爱德蒙·邓蒂斯。"

维尔福当然宁愿面对一支二十五步外的枪口而不愿听人提到这个名字,不过,他连眉心都不皱一下。

"邓蒂斯?"他念道,"爱德蒙·邓蒂斯?"

"是的,阁下。"

维尔福翻开一册很大的档案,放到桌上,离开桌子走去翻另外那些档案,然后转向摩莱尔:

"您相信的确没有弄错吗,阁下?"他用世界上最最自然的口吻说。

倘若摩莱尔更细心一点,或对这种事情较有经验,那他对于代理检察官之不打发他去问监狱长,问档案官,而这样亲自答复他一定会感到惊奇。但摩莱尔这时在维尔福身上看不出半点心虚和恐惧,只觉得对方很谦恭。维尔福的做法果然不错。

"不,"摩莱尔说,"我没有弄错。我认识这个可怜的孩子已十年了,在最后那一小时,他还是在为我服务。您或许记得,在六个星期以前,我曾来请求您从宽办理。正像我今天来请求您对待他公道些一样。您那时接待我的态度非常冷淡。噢,在那些日子,保王党对拿破仑党是非常严厉的。"

"阁下,"维尔福答道,"我那时是一个保王党,因为那时我相信波旁王室不仅是王位的合法继承者,而且是国人所拥戴的君主。但拿破仑那次奇迹般的归来证明我是错了,只有万民所爱戴的人才是合法的君王。"

"那才对了。"摩莱尔爽直地大声说道。"我很喜欢听到您这样说,我相信可以从您这番话上得到爱德蒙的喜讯。"

"等一等,"维尔福说,一面翻阅一册档案,"我找到了,他是一个水手,要娶一个年轻的迦太兰姑娘为妻是吗?我现在想起来了,这是一件非常严重的案子。"

"怎么样?"

"您知道,从我这儿出去之后,他被带到法院的牢里去了。"

"那么?"

"我给巴黎当局打了报告,把从他身上找到的文件附了去。你一定得承认,这是我的责任。过了一个星期,他就被带走了。"

"带走了!"摩莱尔说。"他们把那个可怜的孩子怎么样了呢?"

"啊!请放心吧,他可能被送到费尼斯德里,壁尼罗尔,或圣·玛加里岛去了。你一定在某一天,看到他回来再给您当船长的。"

"无论他什么时候回来,那个位置永远给他留着。但他怎么还不回来呢?在我看来,拿破仑党法院所最关切的事,就该是释放那些被保王党法院关在牢里去的人了。"

"别太心急,摩莱尔阁下,"维尔福回答,"任何事情都得按法律手续进行。禁闭令是上面签下来的,他的释放令也该自上而下。拿破仑复位还没有满两个星期,那些信还没有送出去呢。"

"但是,"摩莱尔说,"现在我们得胜了,除了期待这些正式手续以外,难道没有别的办法了吗?我有几个朋友,也有一点影响,我可以弄到一张撤销逮捕的命令。"

"根本就没有逮捕令。"

"那么,在入狱登记簿上勾销他的名字。"

"政治犯入狱是不登记的。有时,政府就是用这种办法来使一个人失踪而不留任何痕迹。入了册就有查考了。"

"在波旁王室执政时,或许如此,但在目前——"

"这是始终一样的,我亲爱的摩莱尔,自路易十四那一朝以来就是这样的了。皇帝对于监狱的管理甚至比路易时还更严格,牢监里姓名不入册的犯人多得数不清。"

即使摩莱尔有任何疑惑,这番合情合理的辩解也足以使之完全消除。"那么,维尔福阁下,您可以给我什么忠告以促使可怜的邓蒂斯快点回来?"他问。

"请求部长呀。"

"噢,我知道那是怎么一回事。部长每天要收到两百封请愿书,但还看不到三封。"

"那是真的,但是有我批署,并由我呈上去的请愿书他是会看的。"

"您愿意负责送去吗?"

"非常乐意。邓蒂斯那时或许是有罪,但目前是无辜的。当时把他判罪和现在使他自由都同样是我的责任。"

这样，维尔福就避免了查究的危险，这虽然并不一定会成为事实，但却是可能的。一经查究，他就完了。

"但是我怎么对部长说呢？"

"请坐在这儿，"维尔福一面说，一面把他的座位让给摩莱尔，"我说，您写。"

"他真有这番好意？"

"当然。别浪费时间了，我们已经浪费得太多啦。"

"那是真的。想想那个可怜的青年人还在那儿等待，在受罪，或许都已经绝望了呢。"

维尔福一想到那个犯人在那黑暗寂静的牢狱里咒骂他，就不禁打了个寒战。但他却绝不至于会让步，邓蒂斯必须在他野心构成的齿轮里被碾得粉碎。

维尔福口述了一封用意美妙的请愿书，当然，他夸大了邓蒂斯的爱国心和对拿破仑党的效劳。在那封请愿书里，邓蒂斯看来简直成了使拿破仑卷土重来最活跃的使者之一。显然，如果邓蒂斯还在蒙冤受屈的话，部长读了这份东西，会立即为他伸张正义的。

请愿书写好了，维尔福把它朗诵了一遍。

"成了，"他说，"其余的事由我来办好了。"

"请愿书很快就发出去吗？"

"今天就发出去。"

"由您批署？"

"我最乐意做的事就莫过于证明您请愿书内容的事实了。"维尔福于是坐下来，在信的末端签了字。

"现在，先生，还该干什么呢？"摩莱尔问。

"去等着吧，"维尔福回答，"一切由我来好了。"

这个保证很使摩莱尔高兴，于是他告别维尔福，赶快去告诉老邓蒂斯，说不久就会重新看见他的儿子了。

但维尔福却并没有把它送到巴黎去，只是小心翼翼地把那封极易陷害邓蒂斯的请愿书保存了起来，以等待那件似乎并非不可能的事情发生，那就是：二次复辟。

所以邓蒂斯依旧还是一个囚徒，他被关在深深的黑牢里，根本没有听到路易十八的宝座垮台的风声，以及当帝国倾覆时的更可怕的骚动。

但维尔福却以戒备的目光注视着，用警觉的耳朵在倾听着。在拿破仑复位的"百日"期间，摩莱尔曾两次来重新提出他的要求，而两次都被维尔福用甜言蜜语把他哄走。最后发生了滑铁卢之役，摩莱尔就再也不到维尔福府上登门了。他已尽了他力所能及的一切，任何新的想法反而只会于事无补地连累他自己。

路易十八重登王位。对维尔福而言，马赛引起他内心愧疚的记忆太多，所以他请求并获得了调任图卢兹检察官的位置，两星期后，就和丽妮结婚，此时她的父亲在朝的地位已更加显耀了。这就说明了在"百日"期间和滑铁卢以后，邓蒂斯怎么会依旧关在牢里，好像被上帝已遗忘似的——虽然人并没有忘记他。

邓格拉司心里明白那压倒了邓蒂斯的悲惨的命运是如何的痛苦,而像所有那些耍小聪明的人一样,诿称这是天命。但当拿破仑回到巴黎以后,邓格拉司真的丧胆了,他时时刻刻都觉得邓蒂斯会来复仇,于是他把自己希望出洋的意思告诉了摩莱尔先生,得了一封介绍信,把他推荐给一个西班牙商人,就在三月底到那儿去供职,——那是在拿破仑回来后的第十一、二天。他那时就离开马赛去马德里,从此人们再也没有听到他的消息了。

弗南始终那么懵懵懂懂,邓蒂斯已离开了眼前,这就万事大吉了。至于邓蒂斯的情形怎么样,他也懒得去问。只是,在他情敌离开以后这一段闲暇期间,他时时冥想,有时是想方法说明那个离开的理由来欺骗美茜蒂丝,有时或者想迁移和拐诱的计划,所以他时时忧郁地,悲伤而木然地坐在弗罗岬的顶上,从那儿可以同时望到马赛和迦太兰村,他是在守望一个年轻英俊的人出现在他眼前,那个人也就是他的复仇使者。弗南已下定决心:他要枪杀邓蒂斯,然后自杀。但弗南却错了,他是不会自杀的,因为他抱有某种希望。

在这期间,帝国作了最后一次的呼吁,法国境内所有能拿起武器的男子都赶去服从他们的皇帝的号召,弗南和其他的人一样离开家园,心里负着一个可怕的念头,深恐他的敌人会在他离开的时候回来,而和美茜蒂丝结了婚。

假若弗南真的想自杀,则当他离开美茜蒂丝的时候就该这样做的了。

他的忠诚,再加上他对她的不幸所表示的热情,产生了那种在温和善良的人身上总是会产生的效力。美茜蒂丝始终像兄妹般地关怀弗南,现在这种关怀更因感激而加强了。

"哥哥,"她在把行囊挂在他的肩头的时候说,"你要自己小心,因为要是你再一死,我在这个世界上就只有孤零零的一个人了。"这些话在弗南心中注入一线希望。倘若邓蒂斯不回来,说不定有一天美茜蒂丝会是他的。

现在只剩下美茜蒂丝一个人孤零零地来凝视这似乎从来不曾像这样荒凉的大平原,和从来不曾像这样广大的海了。她整天以眼泪洗脸,人们有时看见她不断地在迦太兰人住的这个小村周围徘徊。有时她一动不动得像一尊石像似的站着,呆望着马赛;有时她坐在海岸边上,倾听大海的呻吟,这呻吟如同她的痛苦不绝如缕。她不断地问自己,要是投身到海洋的无底深渊里,究竟是否比这样忍受着这残酷的变化,毫无希望地等待着更好。她并不是缺乏勇气来把这个念头付诸实行,而是她的宗教观念帮了她的忙,使她避免走上自杀绝路。

卡德罗斯也像弗南一样被征入了陆军,但因为他已经结婚,而且比后者年长八岁,所以仅被派去防守边疆。

老邓蒂斯的命原只是靠希望维持着的,拿破仑一倒,全部希望都成了泡影。在和他儿子分离的五个月以后,几乎也可说就在他儿子被捕的那一刻,他就在美茜蒂丝的怀抱里咽下了最后一口气。摩莱尔先生偿付了他的丧葬费用和那可怜的老人所借的几笔小债。

这样做不仅需要慈悲心肠,而且也需要勇气,——因为像邓蒂斯这样危险的一个拿破仑党,即使你去帮助他临终的父亲,也会被人当作一桩罪行来污蔑的。

世界经典文库
世界二十大名著
基督山伯爵

第十四章 二囚徒

路易十八复位的一年以后,巡查监狱的巡察吏到伊夫堡来做了一次视察。

邓蒂斯从他那幽深的地牢里听到了准备迎接巡察吏的嘈杂的声音,——这种声音,一般人在他所躺的那样深的地方几乎是难以觉察的,只有听惯了蜘蛛在夜的静寂里织网,和每小时凝聚在黑牢顶上的水珠间歇的滴声的囚徒的耳朵才能听得出来。他猜想生活上大概要发生什么不平凡的事情了。长久以来,他没有和世界发生任何接触,以致他已把自己看作死人了。

巡察挨次地视察监房和黑牢,有几个囚徒,由于他们的顺从或愚蠢获得了政府的怜悯。巡察问他们的伙食如何,有什么要求没有。他们一致回答伙食太糟糕,他们要求自由。巡察问他们还有什么别的要求没有。

他们摇摇头!除了自由以外还能希求什么别的呢?巡察微笑着转过来向堡长说:

"我不知道政府为什么要做这些无用的视察,你见过一个犯人,就等于见到全体了,——永远是千篇一律,伙食坏啦,自己无辜啦。还有别的犯人吗?"

"有的,危险的犯人和疯犯都在黑牢里。"

"我们去看看,"巡察带着极为厌倦的神色说。"我必须完成我的使命。我们下去吧。"

"我们先派两个兵去,"堡长说。"那些犯人有时只为了活得不耐烦,想判个死刑,就会做出无用的暴行来,因此你有可能成为一次绝望行动的牺牲品。"

"必须采取一切必要的戒备。"巡察回答。

于是就派了两个兵,巡察顺着一条霉腐、散发着恶臭、潮湿的黑暗的楼梯往下走,单单在这样的地方走过就已使眼睛,鼻子和呼吸感到很难受。

"噢!"巡察走到中途停下来喊道,"活见鬼,谁能住在这个地方呀?"

"一个最危险的叛徒,一个我们奉命要特别严加看守的人,这个家伙无恶不作。"

"就他一个人吗?"

"当然。"

"他到这儿多久了?"

"将近一年了吧。"

"他一来就关在这儿吗?"

"不是的,是他想杀死狱卒以后才关进去的。"

"想杀死狱卒?"

86

"是呀,就是替我们掌灯的这一个。对不对,安多尼?"

"对,他要杀我!"狱卒回答。

"他一定发疯了。"巡察说。

"比疯子更糟糕,——他简直是一个魔鬼!"狱卒答道。

"要不要我训斥他一顿?"巡察问。

"噢,不必,这是没有用的。他像这样已经够受罪的了。而且,他现在差不多已疯了,再过一年,就会变成一个十足的疯子。"

"疯了对他还好些,——他会少些痛苦。"巡察说。正如这句话所表示的,巡察是一个人情味很足的人,而且处处都能适合他的职位。

"您说得不错,阁下,"堡长回答,"您的想法证明您对这一行很有研究,现在,大约再走二十步,下一层楼梯,我们就可以在一间黑牢里看见一个长老,他是意大利一个政党的老领袖,自从 1811 年起他就在这儿了,1813 年疯了,从那时起,他在外表上就跟从前判若两人了。他以前老是哭,他现在笑了。他以前愈来愈瘦,现在却长胖了。您最好还是去看看他,别去看那个,因为他疯得很有趣。"

"两个我都要看,"巡察回答,"我一定得本着良心完成我的责任。"

巡察第一次巡回视察,很想显一显他的权威。"我们先去看这一个。"他又说。

"卑职奉陪。"堡长回答,于是他向狱卒示意,叫他开门。听到钥匙在锁里的转动声和铰链的轧轧声,那本来蛰伏在黑牢的一角,带着难以言状的快乐在享受从铁栅里射进一线微光的邓蒂斯,便抬起头来。再看到一个生客,有两个狱卒掌着灯,还有两个兵陪着,而且堡长还脱了帽对他讲话,邓蒂斯就猜到来者是何人了,知道他向高级当局申诉的时机到了,于是抱住双手一跃向前。

两个兵把他们的刺刀向前一挺,因为他们以为他要来伤害巡察,巡察也不禁往后退了两三步。

邓蒂斯看出他已被人认为是一个危险的犯人。于是,他脸上装出一个心地最温顺,最卑微的人所能有的全部表情,用一种震惊四座的虔敬而又富有说服力的口气表白,想打动巡察的心。

巡察留神倾听,然后转向堡长,发表意见说:"他会皈依宗教的,他已经比较驯服了。瞧,他很怕,看见刺刀就退缩,疯子是什么都不怕的。这一点我在夏朗东曾为好奇心所驱使而观察过几次。"然后转向犯人,"你有什么要求?"他说。

"我希望知道我犯了什么罪,我要求公开审理我的案子,总而言之,我要求:假如我有罪,就枪毙我,假如是冤枉的,就放我自由。"

"你的伙食好吗?"巡察说。

"还可以,我也不知道,不过这没什么,重要的是一个清白无辜的人,不能被一次卑鄙的告密所牺牲,不能咒骂着他的刽子手而老死在狱中,这不仅与我这个不幸的囚犯有关,还关系着主持司法的老爷,更关系着统治我们的国王。"

"你今天倒很恭顺,"堡长说。"你一向不是这样的呀,譬如说,那一天,你就想要杀狱卒。"

"不错,先生,我向他表示深深的歉意,因为他一向对我非常好,我那时非常恼怒,我那时是疯啦。"

"你现在不怒不疯了吗?"

"不了,监狱生活已经使我低头屈膝,俯首帖耳了。我来这儿已经很久啦。"

"很久? 那么你是什么时候被捕的?"巡察问。

"1815年2月28日,下午两点半钟。"

"今天是1816年7月30日。咦,才十七个月呀。"

"才十七个月!"邓蒂斯答道。"噢,您不知道监牢里的十七个月意味着什么!它等于十七年,十七个世纪啊,尤其是像我这样一个快要取得幸福,将和他所喜欢的女子结婚的人,他看到光荣的前途在等待着他,而一霎间却完全丧失,——他从正沐浴在最美好的阳光下,突然间跌入最幽深的黑夜。他看到他的远景毁灭了,他不知道他未婚妻的命运,也不知道他年老的父亲究竟是否还活着! 十七个月的监狱生活对一个嗅惯了大海的空气,过惯了水手的自由生活,看惯了海阔天空,无拘无束的人来说是多么漫长啊! 先生,即使犯了人类史上一切最令人发指的罪行,十七个月的囚禁生活也是罚得太重了。可怜可怜我吧,我不求赦罪,只求审判。先生,我只要求见一见法官,他们是不能拒绝审问嫌疑犯的。"

"好吧,我们研究研究,"巡察说,然后转向堡长,"凭良心说,这个可怜虫真使我有点感动了。你一定得把档案给我看看。"

"遵命,不过您只会看到对他不利的可怕的记录。"

"先生,"邓蒂斯又说,"我知道您是没有权力释放我的,但您可以代我请求,您可以使我受审,我所要求的只是如此。"

"请对我再说明白些。"巡察说。

"先生,"邓蒂斯喊道,"我可以从您的声音里听出您已经被怜悯心所感动了,请告诉我有希望吧。"

"我不能对你那样说,"巡察答道,"我只能答应调查调查你的案子。"

"噢,这么说,我自由了! 我得救了!"

"是谁逮捕你的?"

"是维尔福先生。请去看看他,和他商量一下。"

"维尔福先生已不在马赛了,他现在在图卢兹。"

"怪不得迟迟不放我,"邓蒂斯喃喃地说,"原来我唯一的保护人调走了。"

"他对你没有什么仇恨的动机吗?"

"一点没有,正相反,他对我非常好。"

"那么,我可以相信他所留下来的有关你的记录或给我的意见了?"

"完全可以相信,先生。"

"那很好,那么,耐心等着吧。"

邓蒂斯跪下,喃喃地祷告,他祈祷上帝赐福于这个像救世主去拯救地狱里的灵魂一样到地狱中来的这个人。

地牢的门又重新关上了,但现在邓蒂斯已有了一个新来的同居者——希望。

"您是马上要看那档案呢,还是先去看看别的房间?"堡长问。

"我们先把他们视察完了再说吧，"巡察说。"倘若我上楼走到亮光处，也许就不会再有勇气下来了。"

"嗯，这一个，不像那一个。他疯得跟他邻居不一样，也没有那么动人。"

"他有什么傻念头？"

"他自以为拥有无穷的财富。第一年，他提议献给政府一百万放他自由，第二年，两百万，第三年，三百万，不断地这样加上去。现在他入牢已到第五年了，他会要求和您密谈，给您五百万。"

"哦，果真很有趣。这位大富翁叫什么名字？"

"法利亚长老。"

"二十七号。"巡察说。

"这儿就是了，打开门，安多尼。"

狱卒遵命开门，于是巡察好奇地向"疯长老"的房间里凝视。

在这个地牢的中央，有一道用从墙壁上挖下来的石灰所画成的圆圈，圆圈里坐着一个几乎赤身裸体的人，他的衣服丝丝缕缕，破烂不堪了。他正在这个圆圈里划几何线，而且好像阿基米德(古希腊数学家)当马赛鲁斯的兵来杀他时的那样全神贯注于他的问题。他并没有因开门的声音而动一动身体，只是继续演算他的问题，直到火把以不寻常的光芒突然照亮了地牢阴暗的墙壁，他才抬起头来，很惊奇地发现他的地牢里竟会来了这么多人。他急忙在他的床上抓过被单，把他自己裹了起来。

"你有什么要求？"巡察千篇一律地问。

"我吗，先生！"长老带着一种惊愕的神气答道，"我什么都不要求。"

"你还没有弄明白，"巡察又说，"我是政府派来视察监狱，听取犯人要求的。"

"哦，那就不同了，"长老喊道，"我希望我们大家谈得来。"

"来了，"堡长低声说，"就像我告诉您的，他要开始讲了。"

"先生，"犯人继续说，"我是法利亚长老，是罗马人。我曾给红衣主教斯巴达当过二十年秘书。我是在 1811 年被捕的，我不知道其中的原因；自那时起，我就在向意法两国政府要求我的自由。"

"为什么要向法国政府要求呢？"

"因为我是在皮昂比诺被捕的，我想，像米兰和佛罗伦萨一样，皮昂比诺已成为某一个法国属国的首都了。"

巡察和堡长相视而笑。

"见鬼！亲爱的，"巡察说，"你来自意大利的新闻已经不新鲜啦！"

"这是根据我被捕那一天的消息推测的，"法利亚长老答道。"既然皇帝陛下为他那上天赋予他的儿子创造了罗马王国，我想他大概也已实现了政治家马基维里和凯撒·布琪亚(意大利暴君)的梦想，把意大利造成一个统一的王国了。"

"阁下，"巡察回答说，"上天已经把这个看来你竭诚支持的伟大计划改变过了。"

"这是把意大利变成一个强大、幸福和独立国家的唯一方法呀。"

"可能是这样,但我不是来和你讨论意大利政治的,我是来问你,你对于吃和住有什么要求没有。"

"吃的东西和其他监狱一样,——换句话说,非常糟糕,住的地方非常不合卫生,但既然是黑牢,也就总算还过得去。那都没有什么关系。我要讲的是一个秘密,我所要揭露的秘密,其意义极其重大。"

"讲到那话题上来了。"堡长耳语说。

"为了那个理由,我很高兴见到您,"长老继续说,"虽然您在我做一次最重大的演算时打扰了我,要是那个演算成功,可能把牛顿学说都能改变。您能允许和我私下谈几句话吗?"

"嗨!我的预言如何?"堡长说。

"你很清楚他。"巡察回答。

"你向我提出的要求是不可能满足的,阁下。"他又对法利亚说。

"可是,"长老说,"我要和您说到一笔大数目的财富,达五百万之巨呢。"

"正是你所说的那个数目。"这次是巡察对堡长耳语了。

"天哪,"法利亚看到巡察已想走开,就继续说,"我们也并非绝对要单独谈话,堡长先生也可以参加。"

"不幸的是,"堡长说,"我早已知道你要说的是什么了,是关于你的宝藏,是不是?"

法利亚眼睛盯住他,那种表情足使任何人都相信他是理智的。"当然罗,"他说,"不说这个我还有什么可说的呢?"

"巡察阁下,"堡长又说,"那个故事我也可以告诉您,因为它已经在我耳边喋喋不休了四、五年啦。"

"先生,"长老答道。"这证明你就像《圣经》里所说的那类人,有眼不能视,有耳不能听。"

"政府不需要你的宝藏,"巡察回答说,"留着吧,等你释放以后自己享用好了。"

长老把眼睛睁得滚圆,他一把抓住巡察的手。"但假如我没有放出来呢。"他喊道。"假如,偏偏违天逆理,我被老关在这间黑牢里,假如我死在这儿而不曾向任何人宣布我的秘密,那么这笔财富不是付之东流了吗?倒不如由政府享受一点利益,我自己也享受一点,那不更好吗?我情愿出到六百万,先生,是的,我愿意放弃六百万,如果你们放了我,我享用剩余的就够了。"

"老实说,"巡察低声说,"要不是早告诉我这个人是疯子,我倒会相信他所说的话了。"

"我没有疯!"法利亚回答,他凭着囚徒特有的那种敏锐的听觉,把巡察所说的每一个字都听得清清楚楚。"我所说的宝藏真是有的,我建议与你们签订一份合约,合约内载明,我答应领你们到那个地点,由你们掘,假如我欺骗你们,把我再带回到这儿来,——我不求别的。"

堡长大笑。"宝藏很远吗?"

"离这里将近三百里。"

"这个念头倒不坏，"堡长说。"假如每一个犯人都想做一次三百里的旅行，而他们的解差又答应陪他们去,他们倒有了一个很妙的逃走机会了。"

"这个办法并不新奇，"巡察说，"长老阁下还不能享受发明的美名哩。"然后转向法利亚，"我问你伙食吃得好不好?"他说。

"请对我发个誓，"法利亚答道，"如果我对你说的是实话,如果我给你指出的地点真埋着宝藏,就请一定放我自由,那么你们到那儿去,我留在这儿等。"

"你伙食吃得好不好?"巡察又问一遍。

"先生,你们这样做是不会冒风险的呀,因为,如我所说的,我愿意在这儿等,那我就不会有逃走的机会啦。"

"你没有回答我的问题。"巡察不耐烦地答道。

"你也没有回答我的呀，"长老喊道。"那么,你就同其他那些精神失常的人一样该受到诅咒,他们也不肯相信我。你不愿意接受我的金子,我就留着给自己。你不肯给我自由,上帝会给我的。走吧! 我再没有多的话说了。"

说完,长老扔下床单,坐回到老地方,继续做他的演算。

"他在那儿干什么?"

"在计算他的宝藏呀。"堡长回答。

法利亚以极其轻蔑的一瞥答复这句讽刺话。

他们出去了,狱卒随之把门锁上。

"或许他以前是一度有过钱的。"巡察说。

"或是做梦发了财,而醒来就疯了。"

"总而言之，"巡察说，"如果他真富有,就不会到这儿来。"这句话坦白地道出了当时的腐败情形。

法利亚长老的冒险就这样结束了。他依旧还是住在他的地牢里,这次访问只是更加使人相信他的癫狂而已。

假如是那些热心寻找珍宝的人,那些异想天开的狂想者,如古罗马凯力球拉王或尼罗王,则就会答应这个可怜虫,允许他以他的财富来换取他所这样迫切地祈求的自由和空气。但近代的国王,他们局限于现实的天地之中,已不再有勇气作狂想了。在以前,国王都相信他们是天神的儿子,或至少如此自称,而且多少还留有他们父亲天神的遗风。到现在,云层后面的变幻虽尚无法控制,但国王却已都自视为常人了。

专制政府一向是很不愿意让那些牺牲在他们的政权之下的人重新露面的。犯人被毒打得四肢脱节,血肉横飞,法庭当然不要他再被人看见,疯子老是被藏在地牢里,假如让他出狱,也是往某家阴森森的医院里一送,狱卒送他到那儿时往往只是一具走了样的人体的残骸了,连医生也认不得他似人的模样,也辨不出他还留有一点思想。

法利亚长老是在监狱里发疯的,单凭他的发疯就足以判他无期徒刑。

巡察实践了他对邓蒂斯的诺言。他检查档案,找到了下面这张关于他的条子:

　　爱德蒙·邓蒂斯——狂热的拿破仑党分子,曾负责协助逆贼自爱尔巴归来。应严加看守,小心戒备。

　　在档案中,这张条子是用另一种笔迹与墨水写成,这证明是在他入狱以后所附加的。巡察不能和这种罪名抗争,他只是批上一句,"无须复查"。

　　那次访问又唤醒了邓蒂斯的生命。自从入狱以来,他已忘记计算日期。但巡察给了他一个新的日期,这个日期他是不会忘记了。他用一块从屋顶上掉下来的石灰在墙上写道:"1816 年 7 月 30 日",从那时起,他每天做一个记号,以免再把日子忘掉。日子一天又一天,一星期又一星期地过去,后来是一月又一月地流逝了,邓蒂斯依旧期待着。他最初预期可在两星期以内释放,这两星期过去了。他然后想到,巡察在回到巴黎以前是不会有所行动的,而他要在巡查完毕以后才能到那儿,于是他定三个月期限。三个月过去了,三个月之后又过了六个月。在这许多日期间,并没有发生什么有利的转变。于是邓蒂斯开始怀疑起自己的神志了,他认为巡察的视察只是一个梦,只是脑子里的一个幻想。

　　一年以后,堡长被调任汉姆市长。他带了几个下属同去,邓蒂斯的狱卒也在其中。新堡长到任了。他觉得要记住这些犯人的姓名实在太麻烦,所以他用他们的号码来代替。这个可怕的地方一共有五十个房间,其中的囚徒就以他们的房间号码来命名。那不幸的青年已不再叫爱德蒙·邓蒂斯,他现在是"三十四号"了。

第十五章　三十四号和二十七号

邓蒂斯度过了那些被遗忘的囚徒在黑牢里所经历的所有痛苦阶段。

他最初很高傲，——那是希望和自知无罪的一种自然的结果，然后他开始怀疑起他自己的冤枉来，——这种怀疑多少证实了堡长关于精神错乱的某些说法，然后他从高傲的顶上一跤跌下来，——他开始恳求，还没有向上帝恳求，而是向人恳求。这个不幸的人，他本该一开始便寻求主的庇佑的，却只到其他一切都山穷水尽以后才寄希望于上帝。

邓蒂斯那时恳求把他从现在的这间黑牢里调到另外一间，——因为一次调动，即使更糟，总还是一个转变，可以使他发泄一点烦闷。他请求允许他散步，给他一点书和手工。什么都没有准，那没有关系，他还是照样地要求。他已习惯于和他那新来的狱卒讲话，虽然他可能比以前的那个更沉默寡言，但是，对一个人讲话，即使是哑巴，也总还有一点味道。邓蒂斯讲话的用意是要听听他自己的声音，他也曾尝试对着自己讲话，但自己的声音吓了他一跳。

在入狱以前，每当邓蒂斯想到那些犯人聚集在一起，有贼，有流浪汉，有杀人的凶犯，心中便不寒而栗。现在他希望和他们在一起，以便除了那不和他讲话的狱卒以外，还可以看到一些其他的面孔，他羡慕那些穿着褴褛的囚衣，系着铁链，肩上烙着烙印的苦工。充当苦工的囚徒能呼吸到外面新鲜的空气，又能互相见面，他们是非常幸福的。

他哀求狱卒有一天可以给他弄到一个同伴，即使是那个疯长老也好。狱卒，虽然因为看惯了许多受苦的情形而变硬了心肠，却总是一个人。在他的心底里，也曾常常同情于这个如此受苦的不幸的青年，于是他把三十四号的请求转告给堡长。但后者却审慎得像是一位政治家，竟以为邓蒂斯想结党或企图逃跑，所以拒绝了他的请求。邓蒂斯求遍了所有可求的人，但一无所获；他于是转向上帝。

所有那些久已忘记的敬神之念都回来了。他记起了他母亲所教他的祷告，并在那些祷告里发现了前所未知的新意。因为在境遇顺利的时候，祷告似乎只是字语的堆积，直到有一天，灾祸来向那不幸的受难者说明，他祈求上苍怜悯的话，是多么的崇高！

他祷告，不是带着虔诚，而是愤怒地祷告。他大声祷告，他已不再怕听他自己的声音了。然后他陷入于一种神志昏迷恍惚的状态。他看到上帝在倾听他所说的每一个字。他把他那卑微和受到损害的一生的所有行动都献到万能的主的前面，诉说他所愿意完成的种种工作，并在每一次祷告的结尾引用这一句向上帝请求时所常用而向人请求时更常用的话，"请宽恕我们的罪恶，像我们宽恕那些负罪于我们的人一样。"但虽然作了这种最诚恳的祷告，邓蒂斯却依旧还在黑牢里。

　　然后，他的灵魂变得忧郁了。他很单纯，又没有受过什么教育，所以，在他那孤独的黑牢里，凭他自己的那一些思想，他无法重新构筑起那些逝去的世纪，复苏那些灭绝了的民族，重建那些被想象渲染得如此广大宏伟，像在英国马丁的名画里那样被天火所烛照，而已在我们眼前消逝了的古代城市。他无法做到这一步，他只有如此短暂的过去，而目前的是这样的阴郁，未来的是这样的朦胧。十九年的光去烛照那无穷尽的黑暗是太微弱了！他没有消闷解愁的方法。他那充沛的精神，本来可以很好地翱翔于世纪的风云之中的，现在却被囚禁了起来，像一只被关在笼子里的鹰一样。他只抓住一个念头，——就是他的幸福，那被空前的劫运所不明不白地毁灭了的幸福。他把翻来覆去的这个念头想了又想，然后，像但丁的地狱里的乌哥里诺吞下罗格大主教的头颅骨似的把它囫囵吞了下去。

　　刻苦自制以后接着就来了狂怒。邓蒂斯把他自己的身体猛烈撞击地牢的墙壁，口里大喊着渎神的咒骂，以致他的狱卒恐怖地望而却步。他把他的愤怒转嫁到他周围的一切，尤其是迁怒于他自己，迁怒于那来惹恼他的最微细的东西，一粒沙，一茎草，或一丝风，然后，维尔福给他看的那封告密信在他的脑海里重新浮现出来，一行一行似乎是用火红的字母写在墙上。他对自己说，把他投入到这种无限痛苦的深渊里的，是人的仇恨，而不是神的报复。他用他所能想象得出的种种最可怕的毒刑来惩罚这些不明的迫害者，但觉得一切毒刑都太轻，因为在毒刑以后接着就来了死，而死以后，即使不是安息，至少也是近于安息的那种麻木状态。

　　由于老是想着死就是安息，由于想发明比死更残酷的刑罚，想着想着他又陷入自杀的悲惨念头上。真不幸，处于痛苦中的他竟又扯上了这种念头！自杀之念就像是那些死海，肉眼看来似乎很波平浪静；但假如轻率地冒险投入它的怀抱，就会发现自己被陷在一个泥沼里，愈陷愈深，直至沉没。只要一经陷入，除非上帝的保护之手把他从那里拔出来，否则就一切都完了，他的挣扎只是加速他的毁灭而已。

　　然而，这种心灵上的惨境却没有先前的受苦和此后的惩罚那样可怕。这也是一种慰藉，这种慰藉犹如使人只看见深渊张着大口，而不知底下却是一片黑暗。

　　爱德蒙从这个念头上得到了一些安慰。当死神似乎快要进来的时候，他一切的忧愁，一切的痛苦，以及伴随着忧愁痛苦而来的一切幽灵鬼魂似乎都从他的地牢里逃了出去。邓蒂斯平静地回顾他过去的生活，恐怖地瞻仰他的未来，就选择了那条似乎可以给他做一个避难所的中间的路线。

　　"有的时候，"他说，"在我扬帆远航时，当我还是自由自在，身强力壮，指挥着别人的时候，我也曾见过天空突然阴暗，海洋暴怒地吐着白沫，浪头汹涌而起，像一只用翅膀遮空而来的大怪鸟似的。那时，我觉得我的船只是一个软弱无力的藏身之地，像是巨人手中的一根羽毛，在大风暴之前颤抖着，震荡着。不久，浪潮的怒吼和尖利的岩石向我宣布死快要临头了，那时，我很惧怕死亡，于是我用了一个男子汉和一个水手的全部技术和智慧与万能的主抗争。我之所以这样做，因为那时我很幸福，因为回到生命也就是回到欢乐，因为我不允许那样的死，不愿意那样的死，因为在岩石和海藻所筑成的床上躺着长眠毕竟太艰苦了，因为我不愿意像我这样一个上帝照他自己的模样创造出来的人给海鸥和大鸦作食粮。但现在不同了。我已经丧失了使我留恋于生命的一切,死神在向我微笑,邀我去长眠。我是心甘情愿去死的。我是精疲力尽而死的。就好像在那几天晚上,我绕着这个地牢踱了三千遍以后带着绝望和愤怒睡去一样。"

当这个想法在年轻人的头脑里萌生时,他就比较泰然自若了。他尽力把他的卧榻整理好,只吃极少的东西,睡极少的时间,而发觉这样生活也很可支持,因为他觉得他能愉快地把生存抛开,像抛掉一件破旧的衣服一样。

他有两种方法可以死,——一是用他的手帕挂在窗口的栅栏上吊死,一是绝食饿死,但前面这个计划使他感到厌恶。邓蒂斯一向憎恶海盗,海盗被擒以后是在帆桁上吊死的,他不愿意采用这种似乎带有侮辱性的死法。他决定采取第二种办法,当天就开始执行他的决心。入狱以来差不多已过去四年了,在第二年岁末,他又忘了计算日期,因为从那时起他觉得巡察已舍弃了他。

邓蒂斯说:"我希望死。"并选定了寻死的方式,由于怕自己改变主意,他发了一个必死的誓。"当早餐和晚餐拿来的时候,"他想道,"我就把它倒出窗外,就算已经把它吃下去了。"

他履行了他的誓言,每天两次他把狱卒拿来的食物从钉着栅栏的窗洞里倒出去,——最初很高兴,后来就有点犹豫,最后则很悔恨。只有记起他的誓言才使他有力量继续执行他那死的计划。饥饿美化了这些一度曾这样使人恶心,这样刺眼和这样触鼻的食物。有几次,他整小时地把盘子端在手里,凝视着那不满一口的腐肉,臭鱼和发霉的黑面包。神秘的生存本能依旧还在他的身上抗争着,有时竟征服了他的决心,那时,他的黑牢似乎没有以前那么阴森了,他的境况也没有以前那么绝望了。他还年轻,——才不过二十四、五岁,他差不多还有五十年可活。在那样漫长的岁月里,谁能断言不会发生什么不能预料的事故来打开他的牢门,恢复他的自由?他本来自愿做丹达露斯(希腊神话中的吕底亚国王,用亲生儿子的肢体招待天神,宙斯罚他永远忍受饥渴的煎熬),自动拒绝进饮食,但想到这里,他就把食物举到嘴边;但他又想起了他的誓言,这个品格高尚的人,生怕打破誓言会有损人格。于是他残酷无情地坚持下去,直到最后,他连把晚餐抛到窗洞外面去的力量都不够了。第二天早晨,他看不清东西,几乎也听不见什么了。狱卒怕他已病危,爱德蒙则希望他自己渐渐死去。

那一天就这样过去了。爱德蒙觉得精神渐渐恍惚,胃里面像被牙齿在咬那样的剧痛已经停止,口干舌燥的痛苦也已经减轻,一闭上眼睛,他就看见眼前万道光芒乱舞,像是无数流星在暗空里游戏似的。这就是人们称之为死亡的那个秘密之国所谓"死"的曙光!

约莫在晚上九点钟的时候,爱德蒙突然听到靠他所睡的这一面墙上传来沉闷的声响。

牢狱里住着这么多讨厌的动物,以致它们的响声通常都不会吵醒他。可是现在,不知究竟是因为绝食使他的感官更灵敏了呢,还是因为那声音真的比平时更响,抑或因为在那弥留之际,一切都有了它新的意义,总之,爱德蒙抬起头来倾听。

这是一种不断的搔爬声,似有一只巨爪或一颗强有力的巨牙在啃,或某种铁器在挖掘石块。

虽然已很衰弱,这位青年人的脑子里却立刻闪出了那个一切犯人都时刻难忘的念头,——自由!他觉得上苍终于悯念到他的不幸,所以派这个声音来警告他悬崖勒马。或许是那些他所挚爱,所时刻不忘的人之中,有一个也在想念着他,正在努力缩短那分隔他们的距离。

不,不!毫无疑问地错了,这只是那些翱翔在死之国门前的幻梦之一而已。

爱德蒙还是听到那声响。它约莫继续了三小时左右;然后他听到一种像是东西倒塌的声音,接着就一切都寂然无声了。

过了几小时,声音又响起来了,而且比以前更近更清晰。爱德蒙已对这种劳作发生了兴趣,因为它使他有了伴。但突然间,狱卒进来了。

在他形成赴死的决心的那一周间,和自开始执行这个计划的四天以来,爱德蒙就不曾和这个人讲过话,问他是怎么一回事,他也不回答,要是望得他太出奇了,他就转过脸去对着墙壁,但现在狱卒或许会听到这种声音,要是他发出警报,或许会永远打断这种声音,就此把在他临终时来安慰他的那一线希望毁了。

狱卒给他拿了早餐来。邓蒂斯支起身体,开始唠唠叨叨说个不停,——什么伙食太坏罗,黑牢太冷罗,抱怨这个,埋怨那个,借此可以把话讲得响一点,把狱卒烦了一个够,碰巧那天狱卒为患病的犯人申请到了一点肉汤和白面包,并且已给他带了来。

幸亏狱卒以为邓蒂斯在讲呓语,他把食物放在那张东歪西倒地桌子上,就退了出去。

爱德蒙终于又自由了,他开始惊喜地倾听着,那声音又响了,而且现在是这样的清晰,他已可毫不费力地听到。

“无可怀疑了,”他想,“一定是有一个犯人在努力求得他的自由。噢,假如我同他在一起,我一定会帮助他!”

突然间,在这个惯于遭遇祸患,简直不懂希望为何物的头脑里,那希望的曙光又被一片阴云所遮黑了。他想到,这说不定是堡长吩咐工人修理隔壁那间黑牢所发出来的声响吧。

要确定这一点倒不难,但他怎么能冒险问人呢?要引起狱卒注意那声音很容易,只要注意他听声音时的表情就可得到答案,但用这种方法,不就会因一时的满足而竟出卖了宝贵的希望吗?不幸,爱德蒙的头脑还是这样的衰弱,他的思想像蒸汽一般在飘浮,以致不能集中思考一个问题。

他知道,只有一个方法可以使他的判断力恢复清醒。他把眼光转到狱卒给他拿来的那盆汤上,站起来摇摇晃晃地走过去,带着说不出的舒服之感喝干了它,然后他又克制自己不吃太多。因为他曾听人说过,沉了船被救起的人常因心急吞了太多的食物而致死。爱德蒙把快要放入口里的面包又放回到桌子上,回到他的床上,他不再希望死了。

他不久就觉得他可以思想。他对自己说:“我必定得把这件事试验出来,但不能连累任何人。假如这是一个工人，我只要敲敲墙壁，他就会停止工作，来查究是谁敲墙，为什么要敲墙，但他的工作是堡长批准了的，所以不久就会恢复工作。假如，反过来讲，这是一个犯人，那我所发出的声音就会吓倒他，他会停止工作，非到他认为每一个人都已睡着以后不会再动手。"

爱德蒙重新起身，但这一次他的腿不抖了，眼前也不再有雾了。他走到黑牢的一角，挖下一块因受了潮而松动的石片，在响声最清晰处的那块墙上敲打起来。他敲了三下，第一下敲下去，那声音就停止了，像是要魔术似的。

爱德蒙留心倾听，一小时过去了，两小时过去了，墙上听不到什么声音，——一切都是静静的。

爱德蒙满怀着希望，吃了几口面包，喝了一点水，由于他优良的体质，他发觉自己已差不多完全恢复了。

这一天就在极端寂静中度过；夜来了，那边仍然没有声响。

"这是一个犯人！"爱德蒙高兴地说。

这一夜又在打不破的寂静中度过。爱德蒙不曾合一合眼。

早晨，狱卒端着他的囚粮进来了——他已经把前一天地吃下了。他吃了这些东西，焦急地探听声音，在他的斗室里转了又转，摇摇窗洞上的铁栅，活动活动他的四肢，使它们恢复弹性和力量，准备应付或将降临的事变。每过一会儿，他就听听声音有没有再来，渐渐地对那个犯人过于谨慎很不耐烦，而那个犯人却猜不到打扰他的原来也是一个像他自己那样切望着自由的囚徒。

三天过去了，要命的七十二个钟头，是一分钟一分钟地数着度过的。

最后，有一天晚上，正当狱卒来作了他最后一次的查看以后，当邓蒂斯第一百次把他的耳朵贴到墙上去的时候，他似乎感到沉默的石块引起的轻微震动。他缩身离开墙，在他的斗室里踱来踱去，以便集中思想，然后又把他的耳朵贴到老地方去。

不用怀疑，那一边一定在做一件什么事，而犯人已发觉了危险，改用了其他什么办法，也许为更加安全地在继续他的工作，他已用凿子代替了铁杆。

在这个发现鼓舞之下，爱德蒙决心要帮助那个不知疲倦的劳动者。他第一步是搬开他的床，因为据他看来，那工作是在床后面那个方向进行着的。他用眼睛搜索一件什么东西可以用来穿透墙壁，挖掘水泥，以便搬开一块石头。

他什么都没有看到。他既没有小刀，也没有锋利的器具，只有他窗上的栅栏是铁做的，但它是那样结实，他已领教过多次了。

黑牢的全部家具包括一张床，一把椅子，一张桌子，一只提桶和一个瓦壶。床上有铁档子，但却是旋紧在木架子上的，要有一只螺丝刀才能把它们取下来。桌子和椅子无法利用，提桶是有柄的，但那柄已经被拆掉。剩下的只有一种来源了，就是把瓦壶打破，挑一块锋利的碎片来挖墙。他让瓦壶掉到地上，裂成碎片。他把两三块最锋利的藏到床上，其余的留在地上。打破瓦壶是一件极其自然的小意外，绝不会引起疑心的。他有整夜的时间可以工作，但在黑暗之中，工作进展很慢，他不久就觉得他的工具已碰上了某种坚硬的东西。他把床推回去，等待天亮。一有了希望,忍耐心也跟着回来了。

　　他整夜都听着那个隐蔽的工作者,那个人在继续他的地下工程。白天来了,狱卒也进来了。邓蒂斯告诉他,说他在喝水的时候把瓦壶从手里滑跌了下去,狱卒嘟嘟哝哝地又给他去另外拿一个,也懒得去打扫那些打烂的碎片。他很快地就回来了,叮嘱犯人以后要小心,就走了。

　　邓蒂斯欢喜地听到钥匙在锁眼里格勒地一转。他听到脚步声渐渐远去,直到它消失,然后,急忙拉开他的床,凭着穿进他的地牢里来的那一点微弱的光线,看出昨天晚上他原来是在攻石头而不是在挖除石头四边的石灰。由于牢内潮湿,泥灰已经变软了。他很高兴地看到它竟会自己剥落,——当然,只是一些碎片,但在半小时以后,他已刮下了满满一把。一位数学家大概算得出,这样挖下去,在两年之内,假如不计那些石头,就可以掘成一条二十呎长,二呎宽的地道。犯人埋怨自己不曾把那些在祷告和绝望中度过的光阴用到这上面来。在六年——据他算来,已有这么久了——的囚禁期中,还有什么事完成不了呢?

　　三天下来,邓蒂斯万分小心地挖掘水泥,使石头暴露出来。墙壁是用碎石筑成的,为了使它更加坚固,还用粗糙不平的大石嵌住其间的空隙。他所挖到的就是这些大石之一,他必须把它从石窝里挖出来。他试着用他的指甲去挖,但指甲太软了;至于那瓦壶的碎片,嵌进石缝里一撬就碎了,经过一小时白费气力的辛苦以后,他住手了。难道他工作刚开始就得停下来吗?难道一事不做地等着,等他那疲倦而或许有工具的邻居来完成一切吗?一个想法突然窜入他的脑子里,他微笑起来,额头上的汗也干了。

　　每天狱卒给邓蒂斯拿汤来的时候,总是盛在一只铁的平底锅里的。这只平底锅还装着另一个犯人的汤,——因为邓蒂斯曾注意到,它有时是很满的,有时则是半空的,这得看狱卒是先送给他还是先送给他的同伴而定。

　　这只平底锅的柄是铁的,邓蒂斯情愿以他十年的生命来换取它。

　　狱卒把这只平底锅里的东西倒入邓蒂斯的盆里,邓蒂斯用一只木匙喝完他的汤之后,就清洗这只每天都使用的盆子,以留待第二次再用。

　　当天晚上,邓蒂斯把他的盆子放在靠近门的地面上。狱卒进门时踩着了盆子,把它踩破了。这一次他对邓蒂斯无话可说了。他固然有错,不应该把它放在那里,但狱卒却也不该走路时不看看清楚。

　　所以那狱卒只咕噜咕噜地抱怨了几声也就算了。他向周围四顾,看有什么东西可以盛汤,但邓蒂斯的餐具也只有这么一只盆子,——再无其他可以代替的东西。

　　“把锅留下来吧,”邓蒂斯说,“你明天送早餐来时再带去好了。”这个建议对上了狱卒的心意,这可以使他不必上下再多跑一次。他就把平底锅留了下来。

　　邓蒂斯兴奋得有点激动。他急忙吃了他的食物,又等了一个钟头,唯恐狱卒会改变主意又回来,然后,他搬开他的床,把平底锅的柄头插进墙上大石和碎石的缝里,把它当作一条杠子用。轻轻一摇,邓蒂斯就明白了,他的活干得不错。一小时以后,那块大石头就从墙上挖了出来,露出一个呎半见方的穴洞。

邓蒂斯小心地把泥灰都集拢来,捧到地牢的一个角落里,用泥土把它盖上。现在他手里有了这样宝贵的一样工具,这是碰巧得来的,或更正确地说,是他巧施计谋得来的,他决定要尽量利用这一夜功夫,就毫不停顿地继续工作。

黎明时分,他就把石头放回原地,把他的床推回去靠住墙壁,在床上躺下来。早餐只有一片面包,狱卒进来把面包放在桌子上。

"咦,你没有另外给我拿一只盆子来。"邓蒂斯说。

"没有,"狱卒回答说,"你总是打碎东西。先是你打烂了你的瓦壶,然后你又让我踩破你的盆子,要是所有的犯人都学你的榜样,政府就要破产啦。我把锅留给你,汤就倒在里面,那样,省得让你再打烂碟子了。"

邓蒂斯举眼向天,在被单下面合起他的双手。他对于能保有这一片铁器比给他留下什么都更感激。

不过他发现,那一边的那个犯人已停止工作了。这没有什么关系,为了这,他得更加紧工作,假如他的邻居不来救他,他可以过去救他。整个白天他毫不疲倦地工作着,到傍晚时分,他已经挖出了十把水泥、石灰和碎石片。

当他的狱卒快要来的时候,邓蒂斯扳直那条锅柄,把铁锅放回原处。狱卒向锅里倒了一些老一套的肉汤,或者更确切地说,是一份鱼汤,因为这一天是斋日,犯人每星期得斋戒三次。要不是邓蒂斯早就忘了计算日期,这本来倒也是一种计算日期的方法。

狱卒倒了汤就走了。邓蒂斯很想确定他的邻居究竟是否真的已停止工作。他倾耳细听,一切都是静静的,就像过去的三日来一样。

邓蒂斯叹了一口气,这显然是他的邻居不信任他。

但是,他依旧毫不沮丧地整夜工作。两三小时以后,他遇到了一样障碍物。铁柄碰上去毫无影响,只是在一个平面上滑了一下。邓蒂斯用手触摸了一下,发觉原来是一条横梁。这条横梁挡住了,或更贴切地说,封锁了邓蒂斯所挖成的洞,所以必须在它的上面或下面从头再挖起。

不幸的青年想不到还会遇到这种障碍。"噢,上帝!上帝呵!"他轻声地说,"我曾这样诚心诚意地向您祷告,希望您听到我所祷告的话。但你既剥夺了我生命的自由,又拒绝给我死亡的安息,提醒我再活下去,——我的上帝呵!可怜可怜我,别让我绝望而死吧!"

"谁在把上帝和绝望放在一块儿说呢?"一个声音说道,仿佛是从地底下冒出来的,这个被距离所窒息的声音传到青年人的耳朵里,是那样地缥缈恍惚,像是从坟墓里发出来似的。爱德蒙的头发都竖了起来,他身体一缩,跪在地上。

"啊!"他说,"我听到一个人的声音了。"这四五年来,除了他的狱卒以外,他简直没有听到其他任何人的声音,而在一个犯人看来,狱卒并不是一个人,——他是橡木门以外的一扇活的门,铁栅栏以外的一道血和肉的障碍物。

"看在老天的份上,"邓蒂斯喊道,"请再说话吧,虽然你的声音吓了我,你是谁?"

"你是谁?"那声音问。

"一个不幸的囚徒。"邓蒂斯毫不犹豫地接口答道。

"哪一国人?"

"法国人。"

"叫什么名字?"

"爱德蒙·邓蒂斯。"

"你的职业?"

"是一个水手。"

"你到这儿有多久了?"

"是 1815 年 2 月 28 日来的。"

"你犯什么罪?"

"我是冤枉的。"

"那么指控你犯什么罪?"

"说是参加造反,帮助皇帝回来。"

"什么! 皇帝回来! 那么皇帝不在位了吗?"

"他是 1814 年在枫丹白露逊位的,以后就被押到爱尔巴岛去了。那么你是何时到这里来的,怎么这些事情都不知道呀?"

"1811 年来的。"

邓蒂斯打了一个寒战,这个人已比他自己多关了四年牢。

"好吧,别再挖了,"那声音说,"只告诉我你的洞有多高就得了。"

"和地面齐平。"

"这个洞是怎么遮起来的呢?"

"在我床的背后。"

"你关进来以后,你的床搬动过没有?"

"没有。"

"你的房间通向哪儿?"

"通向一条走廊。"

"走廊呢?"

"通天井。"

"糟糕!"那声音低声地说。

"哦,怎么样?"邓蒂斯喊道。

"我算错啦,我计划里的这一点缺陷把一切都毁了。设计图上只错一条线,实行起来就等于错了十五呎。我把你所挖的这面墙当作城堡的墙啦。"

"那样的话,你不是挖到海边去了吗?"

"那就是我所希望的。"

"假如你成功了呢?"

"我就跳到海里,游到附近的一个岛上,——大魔岛或是狄波伦岛,——那时我就安全了。"

"你能游得那么远吗?"

"上天会给我力量的,但现在一切都完了!"

"一切都完了?"

"是的,你小心别再挖了,别再工作了。听我的消息再说吧。"

"至少请告诉我你是谁呀。"

"我是——我是二十七号。"

"你信不过我吗?"邓蒂斯说。他好像听到从那个无名客那儿传过来一阵苦笑。

"噢,我是一个基督徒,"邓蒂斯大声说,他本能地猜想到此人意欲甩开他。"我凭基督的名义向你发誓,我情愿让他们杀掉我也不会向你和我的刽子手们吐露一丝真情,但看在老天爷的面上,别躲开不和我见面,别不和我说话,不然我向你发誓——因为我已经到了山穷水尽的地步了——我就要对准墙壁把我的脑髓撞出来了,而我死了以后,你心里会懊悔的。"

"你多大了? 听你的声音像是一个青年人。"

"我不知道自己几岁,因为到了这里以后,我就不曾计算时间了。我所知道的只是当我被捕的时候,我刚满十九岁,那时是 1815 年 2 月 28 日。"

"还没有满二十六岁!"那声音轻轻地说,"在这种年龄,是不会当叛徒的。"

"不,不,不!"邓蒂斯喊道。"我再向你发誓,就是你们把我剁成肉酱也不会出卖你的!"

"幸亏你对我直说,你这样恳求我做得很对,因为我就要另外去拟一个计划,不顾你了,但是你的年龄使我放了心。我会再到你这儿来。等着我吧。"

"什么时候?"

"我必须得合计一下我们的运气如何,我会打讯号给你的。"

"但你不会不顾我的吧,请你到我这儿来,要不就让我到你那儿去。我们一同逃走,假如我们不能逃走,我们就谈谈天,——你谈你所喜欢的人,我谈我所喜欢的人。你一定爱着什么人的吧?"

"不,我在这个世界上只有孤零零的一个人。"

"那么你会爱我的。假如你年纪轻,我就做你的朋友,假如你是老人,我就做你的儿子。我有一个父亲,要是他还活着,就有七十岁啦,我只爱他和一个名叫美茜蒂丝的青年姑娘。我爹还没有忘记我,我确信这一点,但她还爱不爱我,那就只有上帝知道了。我将来就像爱我爹那样爱你。"

"很好!"那声音答道,"明天。"

这几个字的语气无疑是出于诚意的。邓蒂斯站起身来,像先前做的那样,小心谨慎地埋藏了从墙上挖下来的碎石和残片,把床推回去靠住墙壁。于是他让自己沉醉在他的幸福里,他将不再孤独了,甚至可能要重新获得自由了。退一步说,即使他依旧还是做一个囚徒! 至少他也有了一个伴侣,而囚徒生活一经与人分尝,其苦味也就减少一半了。

邓蒂斯整天地在他的斗室里踱来踱去,心里充满了欢喜。他不时激动得喘不过气来,他在床上坐下来,用手按住他的胸膛。每有极轻微的响动,他就一跃跳到门口去。有一两次,他脑子里发生一种恐惧,唯恐他会被迫和这个他已经爱上了的无名客分离。于是,他打定了主意,如果狱卒移开他的床,弯下身来检查那洞口时,他就用他的瓦壶击死他。他会被处死,但他本来已经是快要忧虑绝望而死的了,只是这个神奇不可思议的声音又唤起他的生命。

傍晚时分,狱卒来了,邓蒂斯已上了床。他觉得这样似乎可以把那未完成的洞口遮得严实些。他的眼里无疑地露出了一种奇异的表情,因为那狱卒说,"喂,你又疯了吗?"

邓蒂斯没有回答。他怕他的声音会把自己的情绪泄漏出来。狱卒摇摇头退了出去。

夜来临了,邓蒂斯希望他的邻居会利用这寂静来招呼他,他却错了。但第二天早晨,正当他把床拖离墙壁时,他听到了三下叩击声,他赶紧跪下来。

"是你吗?"他说,"我在这儿。"

"你那里狱卒走了吗?"

"走了,"邓蒂斯说,"他不到晚上是不会回来的。我们可以有十二小时的自由。"

"那么,我可以行动了?"那声音说。

"噢,是的,是的,现在就干吧,我求求你!"

邓蒂斯这时半个身体埋在洞口里,在一刹那间,他撑手的那一块地面开始陷了下去。他赶紧向后退,这时一大堆石头和泥土落了下去,而就在他自己所挖成的这个洞下面,又露出一个洞来。接着,从那个无法知道深浅的洞底里,他看到最初露出一个头,接着露出了肩膀,最后露出了整个人,那个人敏捷地跳进他的地牢里。

第十六章 一位意大利学者

邓蒂斯用拥抱来迎接这位他渴望了这么久的朋友,然后把他带到窗前,以便借着从铁栅栏间挣扎着透进来的微弱的光线,把他的面貌看得较清楚些。

这个人身材瘦小,头发已经灰白,那大概是由于受苦和忧虑的结果而不是由于年龄的关系,眼睛深陷有神,几乎被那灰色的长眉毛所淹没,胡须仍然是乌黑的,一直垂到胸前。他那神色疲惫的脸上刻满了忧虑的皱纹,再加上他那个性坚毅的轮廓,一望而知他是一个习于劳心而较少劳力的人。他的额头这时沁满了汗珠。他的衣服东一块西一块的悬挂在身上。你绝猜不到它们原来是怎么样的。

他看上去大概在六十岁到六十五岁之间,但从他行动上的那种生气勃勃却又使人想到:他面容的老大多半是由于长期囚禁的结果而并非仅仅由于年月的消逝。

他很高兴地接受了这位青年朋友的热情的敬意。他那冷却了的心境似乎因为接触到那炽热的灵魂而又温暖激奋起来了。他很诚意地感谢这样亲热的欢迎,虽然他一定也是极其失望的,因为他原以为是走向自由的,而现在却只是进了另外一间黑牢。

"我们来看看,"他说,"我进来的痕迹究竟能不能除掉。我们要保持秘密,千万不能走漏一丝风声,让狱卒知道。"他走向洞口,弯下身体,轻而易举地把那块大石头拿起来。然后,又把它塞回原位说:

"你挖这块石头的时候太不小心了,我想你大概是没有工具吧。"

"什么?"邓蒂斯吃惊地喊道,"难道你有工具吗?"

"我自己做了几样,除了少一把锉刀其余必要的我都有了,——凿子,钳子和锤子。"

"噢,我很想看看你凭耐心和巧手做出来的这些东西!"

"好,这是我的凿子。"说着,他拿出一片尖利结实的铁块,上面装着用木棒做的柄。

"你是用什么东西做的?"邓蒂斯问。

"用我床上的一根铁楔子做的。我就是用这件工具挖出了到这儿来的路,至少有五十呎的距离。"

"五十呎!"邓蒂斯不禁惊奇地叫出了声。

"别这么大声呀。小伙子,别大声讲话! 在这种国家监狱里,是常常有人站在监牢门外来窃听犯人谈话的。"

"他们知道只有我一个人。"

"那还是一样的。"

"你说你挖了五十呎的路才到这儿的吗?"

"不错,那差不多是我的和你的房间之间的距离。可惜我没有把转弯弄对,因为缺少必要的几何仪器来计算我的比例图,本来只要挖一条四十呎长的弧线就够的,我却挖了五十呎。就如我对你说的,我本来是想挖到外墙,挖穿它,然后跳进海里去,但是,我却顺着你房间对面的走廊挖,没有挖到底下去。我的劳力都白费了。因为这条走廊通向天井,而天井里满是兵。"

"不错。"邓蒂斯说,"不过你所说的走廊只占掉我房间的一面,另外还有三面呢。那三面的方位你知不知道?"

"这一面是用实心的岩石筑成的,得有十个经验丰富的矿工,带上所有的工具,再花许多年功夫才能挖穿它。另外这一面和堡长住宅的下部相连,假如我们挖过去,只能钻进一间锁了门的地牢里,在那儿就会被人捉住。你这间地牢的第四面,也是最后一面是朝——等一下,它是朝什么的呢?"

引起好奇心的这一面就是开着窗洞,从窗洞透进光线到房间里来的这一面。这个窗洞向外渐渐缩小,直到光线的入口处,这里即便一个小孩也钻不过去,而且还装着三条铁栅做更进一步的保障,所以即使最多疑的狱卒也大可放心,知道犯人是绝不可能从这个地方逃跑的。

那怪客一面说,一面把桌子拖到窗口下面。"请爬到桌子上去。"他对邓蒂斯说。

青年顺从地爬上桌子,他揣度到他同伴的意思,就将背牢牢地贴住墙壁,伸出双手。

到目前为止邓蒂斯还只知道他的牢房号码的这位怪客,从他外表的年龄看来绝想不到竟会这样的敏捷,他一下子跃上来,像一只猫或一条蜥蜴那样敏捷地从桌子爬到邓蒂斯伸出的手上,从手上爬到他的肩头,然后,弯下腰,——因为黑牢的顶使他无法伸直,——他勉强把头从窗洞的栅栏间塞出去,以便从上朝下张望。

一会儿以后,他赶紧缩回头,说:"我早料到是如此!"于是像刚才上去那样灵巧地从邓蒂斯的肩上滑下来,敏捷地从桌上跳到地面。

"你料到什么啦?"青年用焦急的口吻问,他也从桌上跳了下来。

老犯人思索了一会。"是的,"他终于说,"是这样的。你房间的这一面望出去是一条露天走廊,不断地有巡逻兵在那儿踱来踱去,而且日夜还有哨兵把守。"

"你能肯定吗?"

"当然罗。我看到兵的军帽和毛瑟枪的枪管,所以我才这样急急忙忙地缩回头来,就怕他会看见我。"

"怎么办呢?"邓蒂斯问。

"现在你知道要从你的黑牢里逃出去是绝对不可能的了?"

"那么?"青年以探询的口吻追问。

"那么,"老犯人答道,"上帝的意志是应该服从的!"当老人慢慢地吐出这些字的时候,一种听天由命的神色渐渐布满了他那被忧虑所损毁的脸上。邓蒂斯凝视着这个把那么长久热情培养起来的希望一下子打消的人,在惊讶之余,不能不表示由衷的敬佩。

"请告诉我,我求求你,你是什么人?"他终于说。

"很好",怪客回答说,"只要你对我还存有好奇心,因为现在我已无力帮助你了。"

"你可以安慰我,鼓励我,——因为我觉得你是强者中的一个最强者。"

怪客凄凉地笑了笑。

"那么听着,"他说,"我是法利亚长老,是在 1811 年关到这个伊夫堡来的。在这以前,我曾在费尼斯德里堡关过三年。1811 年,我从皮埃蒙特被转押到法国。在那个时候,上天似乎对拿破仑特别关照,给了他一个儿子,这个摇篮里的儿子被封为罗马国王。我万没想到竟会发生你刚才告诉我的那个转变。想不到在四年以后,这个庞大的强国竟被人推翻。那么法国现在是谁当朝呢,——拿破仑二世吗?"

"不,是路易十八。"

"路易十六的兄弟!天意真是不可思议!究竟为什么原因竟使苍天要贬黜一个显赫有名的人,去抬举一个虚弱无能的人呢?"

邓蒂斯被他的话吸引住了,这个人多么奇怪,他竟忘记了他自己的不幸,一心一意在顾念旁人的命运。

"但英国也是这样的,"他继续说,"查理一世之后是克伦威尔,继克伦威尔后的是查理二世,然后是詹姆士二世,詹姆士二世的继承人是他的一个外甥,一个亲戚,一个什么爱尔兰亲王,——一个自任为国王的总督,然后,对人民作了一些新的让步,宪法产生了,自由也来了!你看得到的,小伙子,"他转向邓蒂斯,带着一位预言家的兴奋的眼光凝视着他说,"你还年轻,——你看得到的。"

"是的,假如我能出狱的话!"

"不错,"法利亚答道,"我们都是囚徒,但有时我竟然忘了这一点,甚至有些时候,当我头脑里的想象把我带出这座牢墙外面的时候,我真以为自己已经获得自由了呢。"

"那么你怎么会到这儿来的?"

"因为在 1801 年时,我想出了那个拿破仑想在 1811 年实现的计划。因为,我赞同马基维里的主张,也希望改变意大利的政治局面,我不愿意让它分裂成许多小王国,每一国有一个无力的或残暴的统治者。我想把它建成一个伟大的,团结的,强有力的帝国。而最后是,因为我错以为一个头戴王冠的傻瓜就是我的凯撒·布琪亚,他假装采纳我的意见,实际上只是为了要出卖我。亚历山大六世和克力门七世也曾经有过这种计划,但现在是绝不会成功的了,因为他们轻视这种计划,认为是不会有结果的,而拿破仑又没能实现它,看来意大利似乎命中注定要倒霉的。"老人说最后这几个字的语气极其沮丧,他的头无力地垂到胸前。

对这一切,邓蒂斯都是不可理解的,他不懂一个人怎么能为这种事甘冒生命的危险。不错,拿破仑他是有点知道的,因为他曾见过他,并和他讲过话,但克力门七世和亚历山大六世是什么样的人,他根本不知道。

"你是不是就是那位有病的长老?"邓蒂斯说,他开始相信狱卒的意见了,也就是伊夫堡所有的意见。——

"你是想说他们以为我疯了……是吗?"

"我不愿意那么说。"邓蒂斯微笑着回答。

"好吧,那么,"法利亚带着苦笑重新拾起话头,"让我答复你这个问题,我承认是伊夫堡那个可怜的疯犯人。长久以来,他们都把我当作谈笑的资料,指给来参观监狱的来宾看,说我怎么疯怎样狂,而且,还极可能再抬举我一下,叫我给孩子们逗乐呢,假如在这个暗无天日的地方有孩子们来的话。"

邓蒂斯默默无言地呆立了一段时间。最后,他终于说,"那么你全部放弃逃走的希望了吗?"

"我觉得逃走已不可能了,而且我认为,硬要去尝试那万能的上帝所显然不许可的事未免太不敬了。"

"为什么要泄气呢?你第一次尝试就希望成功,那不是期望太奢侈了吗?为什么不再试试看,在别的方向找一个出口呢?"

"但你既然把重新开始谈得这样轻易,你知不知道我以前所做的一切?首先,我花了四年功夫来做我现在所有的这些工具,然后又花了两年功夫来挖掘那像花岗石一样硬的泥土,然后我又得搬开那些我曾认为连摇都摇不动的大石头。我整天都做着这种艰苦卓绝的劳动,要是到晚上能挖下一方时这种坚实的水泥,就认为已是很不错的了。你不知道,这种水泥,由于年深月久,简直就和石头一样的难挖。然后,为了把这些挖出来的泥土和灰沙藏起来,我不得不掘通一条楼梯,把它们抛到楼梯底下的空隙里。但那块地方现在已经完全塞满了,要是再投一把灰尘进去,一定会被人发觉。你再想想看,我以为辛苦到了头,我已经完成我的目标,达到我的目的了,为了这件工作,我曾这样精确地配合了我的精力,使它恰巧能使我的计划告一段落。而正当我算来已经成功了的时候,希望却永远从我身上飞走了。不,我再重复一遍,想叫我再重新干,那显然是违反天命,是绝不可能的了。"

邓蒂斯低下头,他对这个计划的失败并不感到有什么遗憾,而他又不愿意让他的同伴看出他脸上的这种表情,说老实话,这个青年人的心里现在已够高兴的了,因为他发觉他在监牢里已不再孤独,不再冷清清地没有人共患难了。

长老在爱德蒙床上休息,而爱德蒙还是站着。他以前从未想过要逃走。有些事情看来实在是不可能的,以致那种念头在脑子里一刻儿都不会逗留。在地底下掘一条五十呎的地道,为这项工程要花去三年的辛苦,即使成功,也不过是把自己带到一个临海的悬崖边上,从五十呎,六十呎,或许甚至一百呎的高处向下跳,冒着在岩石上粉身碎骨的危险,而即使那逃亡者能有幸逃过哨兵毛瑟枪里的铅丸,能平安度过这些危险,也还得再游三里路的海面,——这一切困难在邓蒂斯看来是这样的可怕,这种计划他甚至连做梦都没有想到过,他只是听天由命。

可是现在,青年人看到一个老年人竟这样大胆不怕死地在寻求活路,他就有了一个新的方向,他的勇气和精力也被激励起来,已经有别人做过他甚至连尝试一下都没有想过的事,那个人,还没他年轻,没他强健,也不如他灵敏,却凭着耐心和技巧给自己配齐了做那桩惊人的工作所必要的一切工具,只是因为测量上的一个错误而变成一场空。那个人把这一切都做到了。那么对邓蒂斯来说,天下便没有做不到的事了!法利亚从他的牢房里掘通了五十呎地道,邓蒂斯决定掘通两倍于那个距离。年已五十的法利亚,尽了三年的时间来致力于那件工作,还没有前者一半年龄的他,却虚度了六年。做教士和哲学家的法利亚,他都不怕冒着生命危险,游一段三里路的距离来达到大魔岛,兰顿纽岛,或黎玛岛,难道像他这样一个强壮耐劳的水手,一个经验丰富的潜泳者,竟怕完成一件同样的工作吗?难道像他这样常常只为了好玩而投身到海底去折取珊瑚枝的人,游一段三里路的距离还会迟疑不决吗?三里路他在一小时内就可以游到,而以前,纯粹是为了消遣,他曾多次在水里游过两倍多那样长的距离!邓蒂斯下决心要以这位大无畏的勇敢的同伴为榜样,并牢牢地记住,曾做成过一次的事,是可以重演的。

青年继续沉思默想了片刻,宣布说,"我已找到你在寻求的办法了!"

法利亚吃了一惊。"真的吗?"他赶紧抬起头来喊道,"请告诉我你发现了什么。"

"你挖掘的那条从你那儿到我这里的地道,是不是和外面这条走廊朝一个方向的?"

"是呀。"

"而走廊离你的地道不过十五步左右?"

"最多也不过如此。"

"那么好,我来告诉你我们所必须做的工作吧。我们必须在地道的中部再横挖一条支道,像丁字形那样。这一次你测量得准确一些。我们可以跑到你讲过的那条走廊边上,把看守走廊的哨兵杀了,就此逃走。要保证成功,我们所需要的只是勇气,那个你是有的,还要力气,这个我也不缺少,至于说耐心,你已经够多的了,——你现在只等瞧我的吧。"

"等一下,我的好朋友,"长老回答,"你显然还不明白我的勇气是属于哪一类的,而我是凭了那种勇气才有了力气的。说到耐心,我因为做那种夜以继日,夜以继日地工作,倒也锻炼得够了。但在那个时候,小伙子,请听着,在那时我以为使一个无罪的人,一个没有犯法,不应当受罪的人归于自由是不会使万能的主不高兴的。"

"难道你的观念改变了吗?"邓蒂斯问。"难道遇见我以后你承认自己有罪了吗?"

"不,但是我是不希望变成这个样子的。到目前为止,我始终以为是在对环境作战,但现在你却提出一个和人作战的计划。我可以挖通一道墙,或拆毁一座楼梯,但我却不会刺穿一颗心,不会毁掉一条命。"

邓蒂斯微微露出一点惊异之色。"当前面就是你的自由的时候,"他说,"你就为了那样的一个理由而束缚住手脚了?"

"请告诉我,"法利亚答道,"有谁阻止过你拆一根床脚下来,打倒你的狱卒,穿上他的衣服,然后设法逃走?"

"这是因为我从来不曾想到过这样的一个计划罢啦!"邓蒂斯回答。

"那是因为,"老人说,"上天不允许人犯这样的罪,所以阻止了这个想法钻入你的脑中。凡是这些简单易行的事情,我们的天性会告诫我们不要偏离正道。譬如说老虎吧,它的本性喜欢喝血,所以只要用鼻子一嗅,就可以知道它的牺牲品已经闯入它所能得到的范围里来了,它扑到那牺牲品的身上,把它撕咬吃掉。那是它的本能,它服从了那种本能。但是人却正巧相反,人是怕见血的。谋杀不但为社会的法律所反对,而且也是自然的法则所不容。"

邓蒂斯默默无言地听着这一番解释,觉得有些迷惑不解了,因为这种想法一向就曾活跃在他的脑子里,或者,说得准确些,曾活跃在他的心里,因为有些想法是从脑子里想出来的,而有些想法则来源于心灵。

"自从我入狱以来,"法利亚说,"我把所有那些有名的越狱案都在我的脑子里想过了。那些成功的人,都经过深思熟虑和长期准备的,——举些例来说,如波福公爵之逃出万森堡,杜布古长老之逃出伊微克堡,拉都特之逃出巴士底狱。但存心要逃脱而成功的例子是很稀少的。机会常常会意想不到地来临,有时候我们连想都想不到。所以让我们耐心地等待一个有利的时机吧,信赖时机吧,你将来会知道,我抓时机是不会比你差的。"

"唉!"邓蒂斯说,"你大概真有耐心啊。这件长期的工作给你规定了作业,而当你厌倦于劳动的时候,你还有你的希望来鼓励你,使你重新振作起来。"

"我老实跟你说,"老人答道,"我也绝不仅仅做这些事。"

"那么你做些什么事呢?"

"我或是写作,或是研究。"

"他们会给你笔,墨水和纸张吗?"

"噢,不!"长老回答说,"我除了自己制造以外,还有谁会给我。"

邓蒂斯惊呼道:"你已经制造成纸张,笔和墨水了吗?"

"是的。"

邓蒂斯敬佩地望着他。但他的脑子里却依旧留着一些疑惑,长老的慧眼一下子就看了出来。

"下回你到我那里去的时候,"他说,"我可以给你看一篇有头有尾的文章,那是我反省我一生的心血结晶,——是在罗马斗兽场的废墟里,在威尼斯,圣·马克古宫的圆柱脚下,在佛罗伦萨的阿尔诺河边推敲而成的。我没想到居然有一天,我的狱卒会让我在伊夫堡的牢墙之内有余暇把它们写出来。我说的那篇文章的题目是叫作论建立意大利统一王国,印出来可以成为一册四开本的大书。"

"这些文章你已经写出来了?"

"写在我的两件衬衫上。我想出了一个办法,可以使布片写起来像写在羊皮纸上一样的光滑流利。"

"那么,你是一位化学家罗?"

"学过一点,我认识拉瓦锡(法国化学家和现代化学之父),而且是卡巴尼斯(法国哲学家,医生)的至交。"

"但是写这样的巨著,你一定需要书籍做参考,你有书吗?"

"在罗马，我的书房里有将近五千本书。但把它们读了许多遍以后，我发觉，一个人只要有一百五十本精选过的书，对人类一切知识都可以齐备了，至少是够用或把应该所知道的都知道了。我花了一生中的三年时间来致力于研究这一百五十本书，直到我把它们完全记在心里才罢手。所以我入狱以后，只要动一下脑子，便可清晰地回忆起它们的内容，就像把书本摊开在我面前一样。我可以把休昔的底，斯萨诺芬，普罗塔克，塔都司·李浮斯，塔西佗，史德拉达，约南特斯，但丁，蒙田，莎士比亚，斯宾诺莎，马基维里和布苏亚的书全部背给你听。我这还只是给你说出几个最重要的名人而已。"

"那么，你一定是懂得好几种语言的了？"

"是的，我会说五种近代语言，就是德语，法语，意大利语，英语和西班牙语。我还靠了古代希腊文学会了现代希腊语，我还不能说得非常流利，现在我还在不断地研究呢。"

"你在研究？"

"是的，我把我所知道的字组成了一套词汇，把它们翻来覆去地组织起来，这已经够我表达思想之用了。我大约知道一千个字，那一千个字是绝对必需的，虽然我相信字典里将近有十万个字。我不能希望说得非常流利，但我能够使我的意思让人听得懂，那也够了。"

邓蒂斯越听越入迷，他觉得面前这个人具有超凡的能力。可是，他还是希望能发现他某种缺陷，于是他说："但假如你没有笔，你怎么写出你所说的那本巨著呢？"

"我自己制造了几支绝妙的笔，这个办法要是流传开来，大家一定很乐于使用。你知道，我们逢到斋日是有大鳕鱼吃的。于是我选用了这种鱼头部的几条软骨，你简直想象不出每到星期三，星期五和星期六我是多么地欢喜，多么地盼望它的到来，来更多地供给我做笔的材料，——因为我坦白地承认，我这种历史著作是我最大的安慰。当我在追述过去的时候，就忘掉了目前的一切。当我自由自在地在历史里驰骋往还的时候，我不再记得我是一个囚徒了。"

"但是墨水呢？"邓蒂斯说，"那个你又怎么弄到的呢？"

"我告诉你，"法利亚答道。"从前在我的黑牢里有一只壁炉，但在我住进这间牢房以前，早就已经不用。可是，它一定用过许多年，因为它上面盖着厚厚的一层煤烟，我把这种煤烟溶解在每星期天给我拿来的酒里面，我可以向你保证，你再别想找到一种更好的墨水了。至于极其重要的记录，需要引起特别注意的，我就刺破手指，用我的血来写。"

"你什么时候可以把这些东西拿给我看呢？"邓蒂斯问。

"随便你什么时候都行。"长老答道。

"噢，那么就现在吧！"青年恳求说。

"那就跟我来。"长老说着就重新钻进地道里，一会儿就不见了。邓蒂斯跟了进去。

第十七章　长老的房间

那条地道虽不能允许这两位朋友直着身体走路,但勉强还算宽敞,不久他们就来到了地道的那一端,从这儿出去就是长老的囚房。从这儿开始,洞穴就渐渐变窄,只许两手两膝都贴在地上方能爬得过去。长老房间的南面是用石块铺成的,法利亚在最隐蔽的一个角落掘起一块石头以后方能开始艰巨的工作,这件工作,邓蒂斯已经看到其结果了。邓蒂斯一进他朋友的房间,就用一种急切和搜索的目光环顾四周,想寻找意料中的奇迹,但他的目光所及,却都只是平平常常的东西。

"很好,"长老说,"我们还有几个小时可以自由支配,——现在是十二点刚过一刻。"

邓蒂斯本能地转身去看究竟哪儿有表或钟,以致长老能这样准确地报道出时间。

"请看从我的窗口透进来的这一缕阳光,"长老说,"然后再观察划在墙上的这些线条。这些线条是根据地球的自动律和它环绕太阳转动的轨道划成的,只要看它一下,我就可以断定是什么时间,比一只表还准确,因为表是会坏的,或是会走快走慢,而太阳和地球的运行决不会出差错的。"

这一番说明邓蒂斯可完全听不懂,他只看到太阳在山背后升起,落入地中海,所以在他的想象中,总是以为动的是太阳,而不是地球。要说他所在的这个地球竟会自转和绕太阳而转,在他看来,几乎是不可能的,因为他一点都不觉得有什么转动。可是,虽然不能了解他的同伴所指教的全部意义,但从他的嘴里所说出的每一句话,似乎都充满科学的奇迹,就像他在早年的航程中,从印度古齐拉到戈尔康达所见的那些宝物一样地闪闪发光,极应该加以充分琢磨和体味的。

"来,"他对长老说,"我急于想看看你告诉我的那些奇妙的发明,我简直等不及啦。"

长老微笑了一下,走到废弃的壁炉前面,用凿子撬起一块长石头,这块长石头无疑就是炉床,下面有一个相当深的洞穴,是一个安全的贮藏库,藏着向邓蒂斯所提及过的各种物件。

"你想先看什么?"长老问。

"把你那篇论意大利王国的巨著给我看看吧。"

法利亚从他那藏东西的地方取出三四卷一叠一叠,像木乃伊棺材里所找到的草纸那样的布片。这几卷东西都是四时宽,十八时长的布片,上面都编着号码,密密麻麻地写满了字,字迹非常清楚,邓蒂斯读起来一点也不费力,意义也很明了,——这是用意大利文写成的,而邓蒂斯是普罗旺斯省人,这种文字他完全懂得。

"瞧！"他说，"这篇文章已经完成，大概在一星期前我在第六十八页的末尾写上'完'这个字。我撕碎了两件衬衣和我所有的手帕才凑满了这些宝贵的书面。倘若有一天我恢复了自由，能找到一个敢把我所写的文章付印的出版商，我的名誉就建立了。"

"那是一定的，"邓蒂斯答道。"现在让我参观你写文章的笔吧。"

"看吧！"法利亚一面说，一面拿出一支长约六吋左右的细杆子给那青年看，那支东西的样子极像一管好图画笔的笔杆，末端用线绑着根长老曾对邓蒂斯说过的那种软骨，它的头上很尖，也像普通的笔那样在笔尖上分成两半。邓蒂斯仔细端详着，然后又四面瞧来瞧去，寻找那件把它修成这样整齐的形式的工具。

"呵，是了，"法利亚说，"你是在奇怪我从哪儿弄来的削笔刀是不是？这是我的杰作，像这把刀一样，也是用一只铁的蜡烛台制造出来的。"那削笔刀锋利得像一把剃刀，至于另外那把刀，它有两种功用，可以当匕首用，又可以当小刀用。

邓蒂斯仔细观察着这一件件东西，其全神贯注的程度，犹如他在欣赏船长从海外带回来陈列在马赛商店里的南海野人所用的那些稀奇古怪的工具一样。

"墨水嘛，"法利亚说，"我已经告诉过你怎么做的。我是在需要的时候随用随做的。"

"有一件事我还不明白，"邓蒂斯说，"就是干这么多事情仅仅白天怎么就够用了？"

"我在晚上也工作的。"法利亚答道。

"晚上！难道你的眼睛像猫一样，在黑暗中也能看得见？"

"不是，但上帝给人以智慧弥补感官的不足。我给自己弄到了光。"

"是吗？请告诉我是怎么弄的？"

"我把肥肉割下来，把它熬一熬，使它溶化，就制成了一种最上等的油，你看我这盏灯。"说着，长老就拿出一只容器，样子很像公共场所照明用的油灯。

"那么引火的东西呢？"

"喏，这儿有两片打火石，还有一团烧焦的棉布。"

"你的火柴呢？"

"那很容易得到。我假装得了皮肤病，要一点硫磺，他们就给我，那是随要随有的。"

邓蒂斯把他所看过的东西轻轻地放到桌子上，垂下了头，完全为这个人的坚忍和毅力所压服了。

"还不止这些呢，"法利亚继续说，"因为我认为把我的全部宝物都放在一个贮藏处未免有点太不聪明。我们且来把这个关了吧。"

邓蒂斯帮助他把那块石头放回原地，长老洒了一点灰尘在上面，又用脚把它擦了几擦，以掩饰那移动的痕迹，使它确实与其他的部分一样，然后，走到他的床边，把床移开。床头后面有一个洞，这个洞被一块石头遮掩得非常严密，所以绝不会引起人的怀疑。洞里面有一条绳梯，长约在二十五呎到三十呎之间。邓蒂斯急忙把它仔细检查了一番，发觉它结实极了。

"你做出这个奇迹所需用的绳子是谁给你的?"

"谁都没有给我,还是我自己。我拆散了几件衬衣,还拆散了我的床单,这都是我被关在费尼斯德里堡的三年中间做的。以后我被转送到伊夫堡,我想出个办法把那些拆散了的纱线带了来,所以我能够在这儿完成我的工作。"

"你的床单没有缝边难道没有被人发觉吗?"

"噢,不! 因为当我把需要的线抽出以后,我又把边缝了起来。"

"用什么缝的?"

"用这枚针,"长老说着就掀开他那破烂的法衣,拔出一支又长又尖的鱼骨给邓蒂斯看,鱼骨上有一个穿线用的小小针眼,那上面还留有一小段线在那儿。"我一度曾想拆掉这些铁栅,"法利亚继续说,就从这个窗口里钻出去,你看,这个窗口比你那个多少要宽一点,虽然为了更易于逃走,应该再把它挖得大些。但是,我发现只能从这里落到一个像内天井那样的地方,所以我取消了这个计划,因为太危险了。但虽然如此,我却依旧小心地保存了我的绳梯,以备万一那些不可预测的机会到来时还可用得着,我曾和你说过,机会是常常会突然降临的。"

邓蒂斯一面出神地检查着绳梯,一面却在脑子里转着另一个念头。他想长老既如此聪明,灵巧和深思熟虑,或许能够替他解开那个谜,探察出他蒙受不幸的根源,关于这一层,他自己曾努力分析,但始终不曾得出结果。

"你在想些什么?"长老看到他的客人露出那种沉思的表情,就含笑地问他出神的原因。

"我是在想,"邓蒂斯答道,"第一,你这一切成绩,都是用了许多的努力和智慧造成的。假如你自由了,有什么事情会办不成呢?"

"或许会一无所成。我过剩的脑力反而会泛滥成灾。开发人类智力的矿藏是少不了需要由患难来促成的。要使火药发火就需要压力。是囚徒生活把我脑子里所浮动的机能都集中到了一个焦点上。它们在一个狭隘的空间,相互撞击,而你知道,云相触而生电,电生闪,闪生光。"

"不,我什么都不知道,"邓蒂斯说,他很自歉于他的无知。"你所用的有些字在我听来是没有意义的字。你如此博学多才,一定是很快乐的。"

长老微笑了一下。"好吧,"他说,"但你除了钦佩我的学识以外,你刚才不是说在想两件事吗?"

"是的。"

"但你只告诉了我第一件,让我再来听听另外那一件事。"

"是这么一回事:你已经把你的身世都讲给我听了,但你还不知道我的。"

"我的青年朋友,你的生活太短促了,还不足以包含什么极重要的大事呢。"

"它却包含了一场极大的灾难,"邓蒂斯说,"这场灾难我是不该受的,我很想找出制造这场灾难的人算账,以便我不再咒骂上帝,我有时竟是这样咒骂的。"

"那么,你肯定那控告你的罪名是冤枉的吗?"

"绝对是冤枉,我可以凭世界上我最亲爱的两个人来发誓,——我的爹和美茜蒂丝。"

"来，"长老说，他关上他藏东西的地方，把床推回到原位，"让我来听听你的故事。"

邓蒂斯于是开始讲他自己所谓的身世，其实也只局限在他一次到印度和二三次到勒旺的航行，接着就讲到他最后一次的航行；黎克勒船长如何死；如何从他那儿接到一包东西交给大元帅；如何谒见那位大人物，交了那包东西，又转收到那封给诺梯埃先生的信；之后谈到了他到达马赛，会见他的父亲；以及如何与美茜蒂丝相爱，如何举行他们的婚筵，如何被捕，受审和暂时押在法院的监牢里；最后，又如何被关到伊夫堡来。在未遇到长老这一阶段中，一切对邓蒂斯都只是一片空白，他什么都不知道，甚至不知道他入狱有多久了。他讲完以后，长老聚精会神地想了许多时候。

"有一句格言说得很妙，"他想完了以后说，"这句格言和我刚才不久以前讲过的话是互为联系的，就是扭曲的人格才会产生不健全的思想，但人类的天性是不愿犯罪的。可是，从一种虚伪的文明制度里，跃起了欲望，恶习和不良的嗜好，这种种因素有时竟会这样的有力，甚至会麻木我们内心的一切善念，终于导致我们走上犯罪作恶之路。所以那句格言是：不论是任何坏事，假如你想发现那做坏事的人，首先得去发现谁能从那件坏事中取利。你的失踪能对谁有利呢？"

"我的天！谁都不。我不过是一个无足轻重的人。"

"别这么说，因为你的回答是既不合逻辑又缺乏哲理的。我的好朋友，世上万事万物，从国王和他的继承人到小官和他的接替者，都是互相有关联的。假如国王死了，他的继承人就可登基。假如那小官死了，那接替他的人就可以接替他的位置，并拿到他每年一千二百里弗的薪水。那么这一千二百里弗是他的官俸，为了生活，这笔钱就像国王拥有一千二百万里弗一样的重要。每一个人，从最高阶级到最低阶级的人，在社会生活的阶梯上都有他的位置，在他的周围，形成了一个利害相关的小世界，这小世界是由许多乱跳乱蹦的原子组成的，就像笛卡儿的世界一样。但这些小世界总是愈到上面愈大，就像一个倒转的螺旋形似的，其着地的部分只是一个尖尖，全凭运动的平衡力方不至跌倒。我们来谈谈你的小世界吧。你说你是快要就任埃及王号的船长了是不是？"

"是的。"

"而且快要做一个年轻貌美的姑娘的丈夫了？"

"不错。"

"好，假如这两件事情不成功，有谁能从中取利？究竟是否有人不高兴你当埃及王号的船长呢？"

"没有，船员们都很喜欢我，要是水手有权可以自己选举一位船长，我相信他们一定会选我的。只有一个人对我有点怨恨。我以前曾和他吵过一次架，甚至向他挑战，要他和我决斗，但他拒绝了。"

"现在有点头绪了。这个人叫什么名字？"

"邓格拉司。"

"他在船上干什么？"

"他是押运员。"

"假如你当了船长,你会不会留他继续任职?"

"假如我有权否定的话,当然不啰,因为我常常发现他的账目不清楚。"

"妙极了!那么现在告诉我,当你和黎克勒船长做最后那次谈话的时候,还有谁在场吗?"

"没有,只有我们两个人。"

"你们的谈话能被旁人窃听到吗?"

"那是可能的,因为舱门是开着的,而且——等一下,对了,我想起来了——当黎克勒船长把那包托交大元帅的东西给我的时候,正巧邓格拉司经过。"

"那就对了,"长老喊道,"我们现在上了正轨了。当你在爱尔巴岛下锚的时候,有没有带谁一同上岸?"

"没有。"

"那儿有人交给你一封信?"

"是的,大元帅给的。"

"你怎样处置那封信?"

"我把它夹在我的笔记本里。"

"那么,你的笔记本是随身带着的罗?但是,一本大得能够夹得下公事信的笔记本,怎么能藏得进一个水手的口袋里呢?"

"你说得对,我的笔记本是留在船上的。"

"那么,你是在回到船上以后才把那封信夹进笔记本里的?"

"是的。"

"你从费拉约港回船的时候,这封信你放在哪儿?"

"我把它拿在手里。"

"那么当你上埃及王号的时候,任何人都可以看到你手里拿着一封信的了?"

"他们当然看得见。"

"邓格拉司也和其他人一样看得见吗?"

"是的,他也和其他人一样看得见。"

"现在,且听我说,你仔细想一想被捕时的各种情景。你还记得那个攻击你的报告上的话吗?"

"噢,记得的!我把它读了三遍,那些字都深深地刻在我的脑子里了。"

"把它背给我听。"

邓蒂斯沉默了一会儿,像是在集中他的思想似的,然后说:"是这样的,我把它一个字一个字地背给你听,'鄙人乃拥护王室及教会的人士,兹报告检察官,有个叫爱德蒙·邓蒂斯的人,系埃及王号之大副,今晨自士麦拿经那不勒斯抵埠,中途曾停靠费拉约港。此人受穆拉特之命给叛贼送信,并奉叛贼之命送信给巴黎拿破仑党委员会。犯罪证据于将其逮捕时即可获得,该函如不在其身上,则必在其父家中,或在其埃及王号之船舱内。'"

长老耸耸肩。

"这件事情像白天一样的清楚，"他说，"你一定是天性极不会疑人，而且心地太善良，以致没有怀疑到这全部事情的根源。"

"你真以为是这样吗？呀，那太卑鄙了。"

"邓格拉司平常的笔迹是怎么样的？"

"一手很漂亮流利的字。"

"那封匿名信是什么样的笔迹？"

"稍微有点向后倒。"

长老又微笑了一下。"哦，那是伪装过的笔迹吗？"

"我不知道！但即使是伪装过，也写得够流利的。"

"等一下。"长老说。他拿起他自称所谓的笔，在墨水里蘸了一蘸，然后用他的左手在一小片药制过的布片上写出那封告密信上的开头两三个字。邓蒂斯往后退了一步，带着一种几乎近于恐怖的神色凝视着长老。

"奇怪透了！"他终于喊道。"咦，你的笔迹就和那封告密信上的一模一样呀！"

"这就是说，那封告密信是用左手写的，而我一向就注意到一件事情——"

"什么事？"

"就是用右手写出来的笔迹人人不同，而那些用左手写的却都是千篇一律的。"

"你真是无事不知，无事不晓啊。"

"我们继续说下去吧。"

"噢，是的，是的！我们来说下去。"

"现在转入到第二个问题了。有谁不愿意你和美茜蒂丝结婚吗？"

"有的，是一个也爱上她的青年人。"

"叫什么名字？"

"弗南。"

"那是一个西班牙人的名字呀。"

"他是迦太兰人。"

"你认为他有能力写出这么一封信来吗？"

"噢，不！假如他想干掉我，他多半是愿意给我吃一刀的。"

"西班牙人的性格倒确实是这样的，叫他们去暗杀一个人，他们会毫不犹豫地去干，但决不肯当懦夫。"

"而且，"邓蒂斯说，"信里所提及的各种情节他是完全不知道的。"

"你没把这些情节告诉任何人吗？"

"和谁都没有讲过。"

"甚至没有告诉你的情妇吗？"

"没有，甚至连我的未婚妻都没有告诉。"

"毫无疑问，就是邓格拉司了。"

"我现在觉得也一定是他。"

"等一下。邓格拉司认不认识弗南？"

"不。是的，他认识的。现在我想起来了——"

"为什么?"

"在我确定举行婚礼的前一天,我看见他俩一同坐在邦费勒老爹的一个凉棚里。他们在热烈地谈话。邓格拉司态度亲切,似笑非笑的,但费南却脸色苍白,看上去很恼怒。"

"只有他们两个人吗?"

"不,除他俩还有第三个人,那个人我是很熟的,而且多半还是他介绍他们认识的,——是一个名叫卡德罗斯的裁缝,不过那时他已喝醉了。等一下,等一下,多奇怪,我以前怎么会想不到呢! 在他们中间的桌子上,有笔,墨水和纸。啊! 无耻! 无耻! 真无耻!"邓蒂斯用手敲着他的额角喊道。

"你还有什么别的事情想知道吗?"长老微笑着问。

"有,有,"邓蒂斯急切地回答说,"我还要求求你,你能把一切都分析得那么透彻,你对一切事情都心明眼亮,在你,最大的秘密也似乎只是一个很容易猜的谜语,我求你给我解释解释,为什么不经复审,为什么我没有上法庭,而最重要的是,为什么我没有经过正式的手续就被判了罪?"

"这件事就完全不同了,而且要严重得多了,"长老答道。"司法界的内幕太黑暗,太神秘,难以捉摸。到目前为止,我们对你两个朋友的分析还是容易的。假如你要我来分析这件事,你就必须供给我每一点上最详细的情形。"

"我很乐意说说。那么请开始吧,我亲爱的长老,随便你问我什么问题好了,因为说真的,你对于我的生活看得比我自己还清楚。"

"那么第一,是谁审问你的,——是检察官,他的代理官,还是推事?"

"是代理官。"

"年轻人,还是老头子?"

"年轻人,大约有二十七、八岁左右。"

"好!"长老回答,——"还不曾腐化,但却已经有野心了。他对你的态度如何?"

"温和多于严厉。"

"你把你的事情全部告诉他了吗?"

"是的。"

"在审问的过程中,他的态度有什么变化吗?"

"有过,当他阅读那封陷害我的信的时候,他的神色陡变。他想到我所处的危险,似乎很难受。"

"你的危险?"

"是的。"

"那么你相信他同情的是你的不幸了?"

"他至少有一个举动是足以证明他对我的同情的。"

"什么举动?"

"他烧毁了那封能陷害我的唯一证据。"

"你是指那封告密信吗?

"噢,不！是那封我受托送到巴黎去的信。"

"你肯定他把它烧了吗?"

"信是当着我的面烧的。"

"啊,真的！那就不同了。那个人可能是一个你想都想不到的大混蛋。"

"说真话,"邓蒂斯说,"你使我太寒心了。难道这是个老虎和鳄鱼遍地横行的世界吗?"

"是的,但两只脚的老虎和鳄鱼比四只脚的更危险。"

"谈下去吧。"

"好！你告诉我他是当了你的面烧掉那封信的吗?"

"是的,并且对我说,'瞧,我把唯一可以攻击你的证据毁掉啦。'"

"这种做法太过分了。"

"你这样认为?"

"我可以肯定。这封信是给谁的?"

"给诺梯埃先生的,地址是巴黎高海隆路十三号。"

"你能估计出你那位代理检察官烧毁了那封信以后可以有什么好处吗?"

"很可能是有他的好处的,因为他嘱咐了我好几次,让我答应不对任何人提起那封信,并再三对我说,他这样忠告我,完全是为了我好,非但如此,他还硬要我郑重发誓,决不吐露信封上所写的那个人名。"

"诺梯埃！"长老把那个名字翻来覆去地念道——"诺梯埃,我知道在伊屈罗丽亚女皇那个朝代有一个人是叫那个名字的,——大革命时期也有一个诺梯埃,他是一个吉伦特党徒！你那位代理检察官姓什么?"

"维尔福！"

长老爆发出一阵狂笑,邓蒂斯惊异万分地凝视着他。

"你怎么了?"他终于说。

"你看到这一缕阳光吗?"

"看到了。"

"好！这件事情的全部来龙去脉,我看得很清楚了,甚至比你看见的太阳光更为确实。可怜的人呵！可怜的小伙子呵！而你还告诉我这位法官对你大表同情,大发恻隐之心?"

"是呀。"

"这位尊敬的代理检察官还烧毁了你那封信?"

"是呀。"

"这个道貌岸然的刽子手还要你发誓决不吐露诺梯埃的名字?"

"是呀。"

"你这个可怜的傻瓜,你知道这个诺梯埃是谁吗?"

"我不知道！"

"那个诺梯埃就是他的爹呀！"

即使在邓蒂斯的脚下响起一声惊雷,或地狱在他的面前裂开它那无底的大口,也不会使他比听到这样完全出于意料之外的几个字更吓得呆若木鸡的了。这几个字揭发了只有魔鬼才做得出的不义行为,而他就这样被它葬送在一个监狱的黑地牢里,把他埋入了一个活的坟墓。他惊醒过来,用双手紧紧地捧住头,像是防止他的脑子爆裂开似的,同时用一种窒息的,几乎听不清楚的声音喊道:"他的爹,他的爹!"

"他的嫡亲的爹,"长老答道,"他的姓名就叫诺梯埃·维尔福。"

在这一刹那间,一缕明亮的光在邓蒂斯的脑子里闪现,照亮了以前模糊的一切。维尔福在审问时态度的改变啦,那封信的销毁啦,非要他作的许诺啦,法官那种几乎像是恳求的口吻啦,他那简直不像宣布罪状倒像恳求宽恕的语气啦,——一切都在他的记忆里出现了。邓蒂斯的嘴唇里透出一声从心灵中发出来的痛苦的喊声,他踉踉跄跄地靠到墙壁上,几乎像一个醉汉一样。然后,当那一阵激烈的情感过去以后,他急忙走到从长老的地牢通到他自己地牢的洞口,说:"噢,我要一个人把这一切好好想想。"

他回到自己的黑牢以后,就往床上一倒。晚上,狱卒来的时候,就发现他目光呆滞脸孔铁板,像一尊石像似的,一动不动地坐在那儿。这几小时默想,在邓蒂斯似乎只是几分钟,在这期间,他下了一个可怕的决心,并发了一个十分令人生畏的誓言。

邓蒂斯终于被法利亚的声音把他从恍惚迷离的状态中唤醒了过来。法利亚已经经过狱卒的查看,他现在是来邀请他共进晚餐。由于他是公认的疯子,尤其因为是一个有趣的疯子,所以长老享受着某些特权。他所得的面包比一般的囚粮质地较优,也较白,甚至每星期日还可以赐得少量的酒。这天正巧是星期日,长老来邀请他的青年同伴去分享他的面包和酒。邓蒂斯跟随他去了。他脸上那种紧张表情已经消失,现在已恢复了常态,但他已换成了一种刚强严肃的神态,表示已抱定了一个坚定的目标。法利亚用他尖锐的目光盯住他。

"我现在很后悔刚才帮助你追查线索,给你查明了那些事情。"

"为什么?"邓蒂斯问。

"因为在你的心里又种下了一种新的烦恼,——复仇的烦恼。"

青年的脸上现出一个痛苦的微笑。"我们来谈些旁的事情吧。"他说。

长老又望了望他,然后忧伤地摇摇头,但为了顺从邓蒂斯的请求,他开始谈起其他的事来。这个老犯人像是那些曾饱经沧桑的人一样,他的谈话里包含着许多有用的重要启示和健全的知识,决不会让人听了乏味,因为这不幸的人从不提及他自己的伤心事。邓蒂斯对于他所说的一切都钦佩地倾听着。他所说的有些话是和他所已经知道的事相符合的,是和他作为水手所获得的知识相一致的;有些则述及他所不知道的事情,但像那些黎明时的北风指示了在赤道附近航行的航海者一样,这些话已给孜孜求教的听者打开了新的眼界,犹如流星的一闪照出了一瞬间的新天地。他明白了,一个聪明的头脑假如能在道德上,哲学上,或熙攘纷争的社会关系上追随这种崇高的精神,他将会是多么的幸福。

"你一定得把你所知道的教一点给我,"邓蒂斯说,"哪怕只是为了免得使你对

我愈来愈厌倦。我觉得,像你这样一位有学问的人,是宁愿受绝对孤独而不愿有我这样无知无识的人来做伴惹厌的。倘若你同意我的要求,我答允你决不再提逃走这两个字。"

长老微笑了一下。"唉,我的孩子!"他说,"人类的知识是被禁锢在非常狭窄的范围里的。当我教会了你数学,物理学,历史和三四种我知道的近代语文以后,你就掌握我所知道的一切了。假如把我所知道的基本学术传授给你,简直花不了两年功夫就成了。"

"两年!"邓蒂斯惊喊道,"你真的认为我能在这样短促的时间内,学得这一切东西吗?"

"当然不是它们的应用,但它们的原理原则你是可以学到的,学习并不就是认识。有学问的人不同于能认识的人。记忆造成了前者,哲学造成了后者。"

"但是人难道不能学哲学吗?"

"哲学是学不到的,它是科学的综合,是能善用科学的天才所求得的。哲学——它就是基督踏在脚下升上天去的五色彩云。"

"好吧,那么,"邓蒂斯说,"你先教我什么?我急于开始学了,我太渴望知识。"

"好!"长老说。

当天晚上,两个囚徒就拟定了一个学习计划,决定第二天就开始。邓蒂斯有着一种不可思议的记忆能力,而且理解力也惊人,一学就会。他很有数学头脑,能适应各种各样的计算方法,而他那海员的丰富想象力又能把趣味运用到枯燥现实的数学公式和严密呆板的线条上。意大利语是他已经知道了的,希腊语是他在到地中海东部的航行中,零零碎碎地学会了一点,靠了这两种语言的帮助,理解其他各种语文的结构就容易了。所以在六个月终了时,他已开始可以说西班牙语,英语和德语了。邓蒂斯严格遵守了他对长老所做的诺言,再也不提及要逃走。或许是他的学习兴趣代替了渴望自由的要求,或许是由于记得他自己的诺言,(关于这一点,

世界经典文库

世界二十大名著

基督山伯爵

图文珍藏版

我们已经知道,他是十分注意的)总之,他不曾再提起任何逃走的事了。光阴在学习中迅速地过去,在一年的终了时,邓蒂斯已是一个新人了。

法利亚长老呢,虽然有他做伴,邓蒂斯却注意到他一天比一天显得更忧郁。有一个想法似乎不断地在迷惑他的脑子。有时,他会长时间地陷入沉思之中,不由自主地,深深地叹着气,然后,突然站起身来,交叉着两臂,开始在他黑牢的有限的地面上踱来踱去。有一天,他突然在这种习以为常的散步中停下来,感叹道:"唉,如果没有哨兵该多好!"

"只要你高兴,立刻就可以一个都没有。"邓蒂斯说,他本来就在追溯他的思想,所以一下就看透了他脑壳里的想法,好像那脑壳是水晶做成似的。

"啊! 我已经告诉过你,"长老答道,"我是反对谋杀的。"

"不过,即使犯了谋杀罪,也是为了我们的安全,是由自卫的本能所引起的呀。"

"不论怎么样,我决不赞成。"

"但你老在想这件事,是吗?"

"愈来愈想得厉害啦,唉!"长老喊道。

"你已经发现一种可以恢复我们自由的方法了,是不是?"邓蒂斯急切地问。

"是的,如果碰巧派来一个又聋又瞎的哨兵守在我们外面这条走廊就好了。"

"他会瞎的,他会聋的!"青年用一种极坚定的神气回答,使他的同伴打了一寒战。

"不,不!"长老高声说,"这是不可能的!"

邓蒂斯竭力想把谈话拉回到这个题目上,但却无用。长老只是摇摇头,拒绝再谈关于这方面的事。

三个月就这样过去了。

"你觉得自己够不够强壮?"长老问邓蒂斯。青年一句话也不说,拿起那把凿子,把它弯成一个马蹄形,然后又轻易地把它扳直。

"你肯不肯答应非在最后关头决不伤害那个哨兵?"

"我以名誉担保。"

"那么,"长老说,"我们或许可以把我们的计划实现。"

"我们需要多长时间才能完成那必需的工作呢?"

"至少一年。"

"我们立刻开始吗?"

"马上开始。"

"我们已白白地损失了一年时间!"邓蒂斯喊道。

"你认为那过去的十二个月是浪费了吗?"长老用一种温和的责备口吻问。

"宽恕我吧!"爱德蒙涨红了面孔说道。

"得了,得了!"长老答道,"人终究只是人,而你大概还可算是我生平所见的人类之中最好的标本呢。听着,我的计划是这样的。"这时,长老拿出一张他所画的设计图给邓蒂斯看。这张图上包括着邓蒂斯的和他自己的地牢,中间就以那条地道连接着。在这条地道里,他提议再挖一地道,就像是矿里面的那种巷道一样。这条巷道可使这两个囚徒通到哨兵站岗的那条走廊下面。一旦到了那儿,就再挖一个大洞,同时要把走廊上所铺的大石头挖松一块,以便在需要的时间,哨兵的脚踩上去就会塌下来,那个兵一跌到洞底下,就立刻把他捆上,堵住他的嘴巴,他经此一跌,一定会被摔得昏头昏脑,所以决不会有力量做任何抗拒的。两个囚徒于是就从走廊的窗口里逃出去,用长老的绳梯爬出外墙。邓蒂斯听完这个既简单,但又显然有把握成功的计划,眼睛里射出喜悦的光芒,高兴得连连拍手。

当天这两个矿工就开始他们的劳动,由于长期的休息已使他们恢复了精神,而且他们这种希望多半注定了是能实现的,所以工作干得非常起劲。

除了在规定的时间必须回到他们各人的地牢去等待狱卒的查看以外,再没有别的事情干扰他们的工作。狱卒经楼梯下到他们的黑牢来的时候,脚步声原是极轻的,但他们早已习惯辨别这种几乎不可觉察的声音,他们从来也不曾给狱卒发觉。他们在这次劳动中所挖出的新土本来可把那条旧的地道完全塞没,但他们用极端小心的态度,一点一点地从法利亚或邓蒂斯的地牢的窗口里扔出去。至于那些挖出来的杂物,就把它碾得粉碎,让夜风把它吹到远处,不让留下最细微的痕迹。

一年多的时间在这件工程里消磨过去了,做这件工程所有的工具也仅限于一只凿子,一把小刀和一条木头杠子,——法利亚继续指导邓蒂斯,时而说这种语言,时而说那种语言;有时则教授他各国历史,和那些留下了所谓"光荣"这种灿烂的事迹而逝去的一代又一代伟人的传记。长老是一个饱尝世味的人,多少曾混入过当时的上流社会。他的外表庄重而含蓄,这一点,天性善于模仿的邓蒂斯很快地学了过来,同时又学得了那种高雅温文的风度,这种风度正是他以前所欠缺的,除非能有机会经常和那些出身高贵,教养有素的人往来,否则是很难获得的。

在十五个月终了时,地道掘成了,走廊下面的大洞也挖好了,每当哨兵在这两个工作者的头上踱来踱去的时候,他们可以清晰地听到那均匀的脚步声。他们在等待一个漆黑无月的夜晚来掩护他们的逃亡。他们现在所最怕的,是深恐那块石头,就是那哨兵命中注定该从这儿跌下来的那块石头,会在时机未成熟前掉下来。为了预防不测,他们不得不又采取一种措施,用东西撑在它的下面,当作一种支柱,这条支柱是他们在掘地道时在墙基中发现的。邓蒂斯正在支撑这根木头,法利亚则呆在爱德蒙的地牢里削一只预备挂绳梯用的搭扣。突然间,邓蒂斯听到法利亚在用一种痛苦的声音叫唤他,他迅速回到他的黑牢里,发现后者正站在房间中央,脸色苍白,额上冒着冷汗,两手紧紧地握在一起。

"唉呀!"邓蒂斯惊喊道,"什么事?怎么啦?"

"快!快!"长老答道,"听我说!"

邓蒂斯惊恐地看到法利亚脸色铁青,他的眼睛四周现出了一圈青黑色,嘴唇苍白,头发蓬松,他大吃一惊,捏在手里的凿子落到了地下。"什……什么事?"他喊道。

"我完啦!"长老说。"我得了一种可怕的,可能会致命的病,我觉得马上就要发作了。我在入狱的前一年也同样发过一次。这种病只有一种药可以救,我这就告诉你。请赶快到我的地牢里去,拆开一只床脚。你可以看到床脚上有一个洞,洞里面藏着一只小瓶子,里面有半瓶红色的液体。把它拿来给我——或是,不,不!在这儿会被人发现的,——乘我还有一点力量的时候,扶我回我的房间里去吧。谁知道我发病的时候会发生什么事呢?"

这摧残他希望的飞来横祸虽犹如一个千钧的重闸,但邓蒂斯却并没有因此被打昏了头。他拖着他那不幸的同伴钻下地道,然后,把他半拉半扶地带到长老的房间,立刻把病人放到床上。

"谢谢!"长老说,他仿佛刚从冰水里爬出来似的四肢直哆嗦。"我得的是一种痫厥病,当它发到最高点的时候,我或许会躺着一动不动的,好像死了一样,并发出一种既不像叹息又不像呻吟那样的喊声。但是,说不定病症会比这严重得多,会使我可怕的痉挛起来,口吐白沫,使我不由自主地发出最尖锐的喊声。最后有一点你必须要小心注意,因为我的喊声要是被人听到。他们就会把我转移到别处去,我们就要永远分离了。当我变成一动不动,冷冰冰,硬碰碰,如同死去一般的时候,那时,你要记住,你要及时,但千万不要过早,用凿子撬开我的牙齿,把瓶子里的药水滴八滴至十滴到我的喉咙里,或许我还会恢复过来。"

"或许?"邓蒂斯痛苦地喊道。

"救命!救命!"长老喊道,"我——我——死——我——"

病来得太迅速,太猛烈,以致那不幸的囚徒想把那句话讲完都已经不能了。他全身都开始猛烈地抽搐颤抖起来,他的眼珠从眼窝里突了出来,嘴巴歪在一边,两颊变成紫色,他扭动着身体,口吐白沫,身体翻来覆去,并发出最可怕的喊声,邓蒂斯赶紧用被单蒙住他的头,免得被人听见。这一状况持续了两个小时,然后,他作了最后一次的抽搐,面无人色地昏厥了过去,简直比一个婴儿更无力,比大理石更阴冷和苍白,比一根踩在脚下的芦苇更缺乏生气。

爱德蒙直等到生命似乎已在他朋友的身体里完全绝灭了的时候,才拿起凿子,费了很大的劲撬开那紧闭的牙关,小心翼翼地把预定的滴数滴入那僵硬的喉咙里,于是焦急地等待着结果。

一个小时过去了,老人毫无复苏的征象。邓蒂斯开始感到害怕,他担心自己的行动过于迟缓,他把两手插在自己的头发里,痛苦而绝望地凝视着他朋友那毫无生气的脸。终于一丝红晕染上了那铅青色的脸颊,那迟钝的、张开着的眼睛又有了一点生气,一声轻微的叹息从嘴唇里发了出来,病人有气无力地挣扎了一下,想摆动他的身体。

"他救活了!他救活了!"邓蒂斯大声叫道。

病人还不能说话,但他用手指着门口,显得非常焦虑。邓蒂斯侧耳细听,辨别出狱卒的脚步声已在渐渐走近。那时快近七点钟,但爱德蒙在焦急之中竟完全忘记了时间。青年奔向洞口,窜了进去,小心地把石块将洞口遮住,急忙回到他的地牢里。

他刚把一切弄妥,门就开了,狱卒像往常一样随随便便地看了一眼,看到犯人坐在他的床边上。邓蒂斯一心一意地记挂着他的朋友,他一点不想吃给他带来的食物。

邓蒂斯不等钥匙在锁里转动,也不等狱卒的脚步声消失在那条长廊上,就急忙向长老的房间走去,用头顶开石头,一下子奔到病人的卧榻边。法利亚已恢复了知觉,但他依旧还是精疲力尽,四肢无力地躺在床上。

"我想不到还能看见你。"他有气无力地对邓蒂斯说。

"为什么不?"青年问道。"你以为会死去吗?"

"这倒不是,不过逃走的步骤全都准备好了,我以为你会走的。"

邓蒂斯生气了,脸涨得通红。

"你真的把我看成这样卑鄙,"他喊道,"竟相信我会不顾你就跑掉吗?"

"现在,"长老说,"现在我知道我看错了。唉,唉!这一场病可把我折腾得精疲力尽,衰弱得不成话了。"

"振作起来,"邓蒂斯答道,"你的力气就会恢复的。"他一面说,一面就在床上坐下,靠近法利亚,温柔地抚摸他那冰冷的双手。

长老摇摇头。"上一次发这种病的时候,"他说,"只发了半个小时,发完以后,我除了觉得非常饥饿以外,并没有什么别的感觉,我可以不用人扶就自己起床。现在我的右手右脚都动弹不了,我的头昏乱得很,这表示有许多血充到脑子里去。这种病要是再发一次,我就会全身瘫痪或是死去。"

"不,不!"邓蒂斯喊道,"你不会死的!你第三次发病的时候,(假如你真的还要发一次的话)你已经自由啦。那个时候我们还可以把你救过来,就和这一次一样,而且只有比这一次更容易,因为那时必需的药品和医生我们都能够有了。"

"我的爱德蒙,"长老回答说,"别异想天开了。刚才发的这次病已把我判处了无期徒刑啦。不能走路的人是不能逃走的。"

"好吧,我们可以等一个星期,等一个月,如果需要的话,就等两个月也无妨。这期间,你的体力就可以恢复了!我们现在所要做的事情,就要确定时间,在哪一点钟哪一分钟走而已,只要一旦你感到有足够的力气游泳,我们就选定那个时间来实行我们的计划好了。"

"我永远也不能游了,"法利亚答道。"这条手臂已经麻木,不是暂时的,而是永久麻木了。你把它举起来,从它落下来的情形来判断我有没有说错。"

青年举起那只手臂,它又毫无知觉地掉了下来,看不出有一丝生气。他不由自主地叹了一口气。

"现在你相信了吧,爱德蒙,还不相信吗?"长老问。"信了吧,明白自己在说什么。自从我第一次发这种病以来,我就不断地想到它。真的,我料到它会再发的,因为这是一种家庭遗传病。我的父亲和祖父都是死在这种病上。这种药已经两次救了我的命,它实际上就是那驰名的'卡巴尼斯'。这是医生给我预备的,他预言我也会在这种病上丧命。"

"医生或许也会错的!"邓蒂斯喊道,"至于你这条可怜的手臂,它和我们逃走有什么关系!你不能游泳也没有关系,我可以背着你游泳,我们两个一起逃走。"

"我的孩子,"长老说,"你是一个水手,是游泳高手,你一定知道得和我一样清楚,一个人背了这样重的分量,在海里游不到五十码就会沉下去。所以,别再想入非非欺骗自己了,你的心地虽好,但这种空虚的希望是连你自己都不会相信的。我应该留在这儿,等待我的解脱,凡人皆有死,那时也就是我的死期了。至于你,你还年轻活泼,别再替我操心啦,飞吧——走吧!我把你所许的诺言退回给你。"

"好吧,"邓蒂斯说。"现在也来听听我的决心。"于是他带着庄严的神色站起来,在长老的头上伸出一只手,慢慢地说,"我以基督的血发誓,只要你活着,我决不离开你!"

法利亚望着那个青年,他是这样的高尚,这样的朴实,有着这样崇高的精神,从他那绝对虔诚的神情里,可以充分看到信任,诚恳,挚爱,真诚的情意。

"谢谢,"那病人伸出那只还能动用的手轻声地说。"谢谢你这个好意,你既然这样提出,我也就接受了。"

歇了一会儿以后,他又说,"你做了这个舍己为人的贡献,总有一天,会得到善报的。但既然我不能离开这个地方,你又不愿离开,那就必须把哨兵站岗的走廊底下的那个洞堵上,说不定碰巧他的脚步会踏着那块有洞的地面,因而注意到那空洞的声音,会去报告军官来查看的。这样我们就可能暴露,并会使我们分离。去吧,去做这件工作吧,不幸我不能帮你的忙了。假如必要的话,就通夜工作,明天早晨狱卒没有来以前,不必回来。我有一件重要的事情要对你说。"

邓蒂斯握住长老的手,亲热地紧握了一下。法利亚向他微微一笑,让他放下心来,于是青年就退去干他的工作去了,他已怀着一个严正的决心,决定要忠诚地,绝不动摇地完成他对他那受苦的朋友所做的誓言。

第十八章 宝 藏

次日清晨,当邓蒂斯回到他的狱中同伴的房间里的时候,他看见法利亚长老坐在那儿,神色安详。他的左手(要记得,他只有这一只手可以用了)举在射进地牢小窗口的那线阳光里,手里拿着一小片纸,这片纸因为一直被卷着塞在一个小地方,所以变成了一个圆柱形,很不容易打开。他一声不响,只把那张纸给邓蒂斯看。

"那是什么东西?"后者问。

"看呀。"长老微笑着说。

"我已经仔细地看过啦,"邓蒂斯说,"可我只看到一张烧掉了一半的纸,上面有些中古时代体式的字迹,好像是用一种特别的墨水写的。"

"这片纸嘛,我的朋友,"法利亚说,"我现在可以向你发誓,因为我已经让你亲眼看见了,——这片纸,就是我的宝藏。从今天起,这个宝藏有一半是属于你的了。"

邓蒂斯的额头沁出了冷汗。到这一天为止——经过了多长的一个期间呀!——他始终避免和长老谈及他的宝藏,因为这是他疯狂的缘由。生性谨慎的爱德蒙处处留意,避免触及这条痛苦的心弦,而法利亚在这一方面也同样绝口不提。他把老人的这种沉默看成是理智的恢复,而现在,法利亚在经过了这样痛苦的一场剧变以后又吐出了这些话,似乎等于说明他又神经错乱了。

"你的宝藏?"邓蒂斯结结巴巴地问。

法利亚微笑了一下。"是的,"他说。"各方面都说明你是一个心地善良的人,爱德蒙。因为我从你脸色的苍白和发抖看出了你此刻心中在想些什么。不,你放心,我没有疯。这个宝藏是存在的,邓蒂斯。假如我不能去占有它,你却可以。是的,你。谁也不肯听我的,谁也不相信我,因为他们以为我是疯子。但是你,你一定知道我并没有疯,倘若你愿意听我的话,你一定会相信的。"

"糟糕!"爱德蒙低声对自己说,"他的旧病又复发了!我本来就差没遇上这桩横祸了。"然后他大声说,"我亲爱的朋友,也许你刚才发病时累着了,你先休息一会儿不好吗?假如你高兴,明天我再来听你讲。但今天我希望能小心地看护你。而且,"他说,"宝藏对我们并不是很急迫的事呀。"

"这是非常急迫的,爱德蒙!"老人回答说。"谁能料到我的病不会在明天或后天再发第三次呢?那时就一切都完啦。这些财宝可使十多家人家变成巨富,我常常想,就让它永远埋没吧,那些迫害我的人休想得到它,每有这种想法,心里虽不免带点苦味,却还觉得相当畅快。这种想法也在向我报复,我在这黑牢的夜里,在这囚徒生活的绝望中,正在慢慢地尝它的滋味。可是现在,我因出于对你的爱而宽恕了世界。现在,我看到你很年轻,而且充满着希望,前途无量。我想,这个秘密一经泄露,你就可以得到一切幸福,——我生怕再迟延一分钟一秒钟,生怕不能确保像你这样可敬的一个人来拥有这样庞大的宝藏。"

爱德蒙扭过头去,叹息了一声。

"唉,爱德蒙,"法利亚继续说。"你仍然不愿相信我的话。我看你需要证据。好吧,那么,且念一念这张文件,这个东西我从来没有给别人看过。"

"明天吧,我亲爱的朋友,"爱德蒙说,他不愿顺从老人的疯狂。"我们已说定到明天再去谈它嘛。"

"那就把它留到明天再谈,但今天先念一念这张文件。"

"别惹他生气吧。"爱德蒙想,于是接过那张缺了一半,显然由于不小心而被火烧过的纸来,念道——

> 今日为 1498 年 4 月
> 历山大六世之邀,前往赴宴,
> 献之款,而望成为我的继承人,则将
> 凯普勒拉及宾铁伏格里奥归于
> 被毒死者,我今向我的
> 巴达,宣告:我曾在一他所知
> 地点(在基度山小岛之洞窟
> 银条,金块,宝石,钻石,玉
> 我一人知道,其总值约达罗马艾居二
> 开岛东小港右手第二十块岩
> 洞口二处;宝藏位于第二洞口最
> 我全部遗赠予我的惟一继承人。
>
> 凯
> 1498 年 4 月 25 日

"对了!"法利亚在青年读完以后说。

"咦,"邓蒂斯答道,"我只不过看到一些被火烧过的意义不明的断句残字呀。"

"是的,我的朋友,对你是这样,因为你才第一次读到它。而我却不然,我曾费尽脑汁,熬了许多夜来研究它,把每一句句子都重新写了出来,把每一点意思作了完整的补充。"

"你觉得你已经发现了其中的意义了吗?"

"我当然是这样认为,至于你是否相信,则可由你自己来判断,但先来听我讲一讲这张纸的来历吧。"

"别作声!"邓蒂斯惊喊道。"有脚步声——我走啦——再会。"

于是邓蒂斯像一条蛇似的溜进了狭窄的地道里,很高兴能躲开这一番历史的说明,因为看来这种说明只会更使他确信他的同伴又犯病了;至于法利亚,他在惊惶之中倒恢复了一种活力,他用脚把那块石头推到原位,并拿一张草席盖在上面,使它更不易被发现。

来的是堡长,他从狱卒那儿听到了法利亚的意外之灾,所以亲自来看看他。

法利亚坐起身来迎接他,凡是会引起猜疑的各种举动他都设法避免,并不断地掩饰不让堡长知道他的半边身体已经瘫痪。他深恐堡长发起善心,把他换到一间较完好的牢房里去,而就此把他和他的青年同伴分离。幸好没有发生这种情况,堡长离开他的时候认为那个可怜的疯子只是略感不适而已,心里也有点同情。

在这期间,爱德蒙却坐在他的床上,用双手捧着头,竭力在聚精会神地回想。自从他认识法利亚以来,觉得他的一切都是那样的理智和伟大,那样的崇高,他不懂为什么一个在各方面都这样富于智慧的人竟会在某一点上发了疯。究竟是法利亚被他的宝藏所迷了呢,还是全世界都误解了法利亚?

邓蒂斯整天都呆在他的地牢里,不敢再到他的朋友那儿去,心想这样就可以拖延一些时候,使自己慢一点来证实长老的疯狂,——他是多么怕证实这一点!

到了傍晚时分,在例常的查看以后,法利亚不见青年到来,就尝试着自己来穿过那一段分隔他们的距离。他的一条腿已经不能动弹,一只手臂也已不能再用,所以只能拖着身子过来。爱德蒙一听到老人挪动身子时那种痛苦挣扎的声音,不禁打了一个寒战。他不得不勉强迎上前去,因为否则老人就无法从那通邓蒂斯房间的小洞口里进来。

"我来了,不顾一切地追到你这儿来了,"他慈祥地微笑着说。"你以为可以逃避我慷慨的馈赠,但这是没有用的。听我说吧。"

爱德蒙看出自己已再无退路,就把老人放到他的床上,自己则拖过长凳坐在他的旁边。

"你知道,"长老说,"我是红衣主教斯巴达的秘书,又是他的密友,而他是斯巴达亲王这一族最后的一支。我一生享有的幸福都是这位可敬的主公所赐的。他并不有钱,虽然他家的富有已被编入了谚语,我曾时常听人说'富比斯巴达'这句话。但是他,像外面的谣言一样,在荣华富贵的虚名下度日。他的宫殿就是我的天堂。我曾教过他的侄子,那个人现在已经死了。当他只剩下孤零零独自一个的时候,我就回到他那儿,决心要看顾他,借此报答他十年来待我的善意。红衣主教的家事我简直可说无所不知。我经常看到我那高贵的东家辛辛苦苦地查阅古书,热心地在灰尘满布的祖先遗稿中搜索。有一天,我责备他不该做这种于事无益的搜索,以致把自己弄得神魂不安,他凝视着我,然后苦笑着打开一大卷述及罗马市历史的书。在那本教皇亚历山大六世传的二十九章里,有下面这几句话,那是我一辈子也不会忘记的:

"'罗马尼大战业已结束。凯撒·布琪亚于完成其征服事业后,需款购买意大利全境。教皇亦需款摆脱法国国王路易十二,故势必要借助某种有利的投机活动,然在意大利遍地穷困之状况下,此事极其为难。圣下遂思得一策,决定册封二红衣主教。'

"假如在罗马挑选两个伟大的人物,尤其是大富翁,则圣父(即教皇亚历山大六世)就可以从这项投机活动里收到下述的利益。第一,他可以出卖这两位红衣主教属下的大官美缺;第二是红衣主教这两顶高帽子也可以卖得钱。这项投机还有第三种利益,下文就要讲到。教皇和凯撒·布琪亚先找到这两个未来的红衣主教,就是琪恩·罗斯辟格里奥赛和凯撒·斯巴达,前者就挂有教廷里四种最高的尊衔,后者则是罗马贵族中最高贵和最富有的一个贵族。两者都对教皇如此宠幸感到无上的光荣。他们都是很有野心的。这件事一经选定,凯撒·布琪亚不久就又找到了捐纳红衣主教手下官职的人。结果是罗斯辟格里奥赛和斯巴达出资当了红衣主教,而在他们还不曾正式荣升以前,已另外有八个人花钱当了主教手下的官,而八十万艾居就此滚进了投机者的金库。

"现在要讲到这桩交易的最后一段了。教皇几乎把罗斯辟格里奥赛和斯巴达疼爱死了,既赐他们以红衣主教的勋章,又劝他们将不动产都变卖成现钱,让他们在罗马定居下来,——教皇和凯撒·布琪亚又赐宴招待两位红衣主教。这是圣父和他的儿子(指凯撒·布琪亚)之间的一场争论。凯撒认为可以在他对付他朋友的惯用手法中任择其一。那是说,第一种方法,可以用那把著名的钥匙,他们请某一个人拿了这把钥匙去开一只指定的碗柜。这把钥匙上有一个小小的铁刺,——是锁匠的疏忽所留下的。那把锁很难开,当这个人使劲去开碗柜的时候,钥匙上的小刺就刺破了他的皮,而那人次日必将死去。此外还有那只雕着狮头的戒指,凯撒每当要和人紧紧地握手的时候就把它戴上。狮头会咬破那只承恩的手,而在二十四小时以后,那咬破的小伤口便会致命。于是凯撒向他的父亲提议,或是请这两位红衣主教去开碗柜,或是和他们每人亲热地紧握一次手,但亚历山大六世回答他说:'想到罗斯辟格里奥赛和斯巴达这两位可敬的红衣主教,让我们来邀他们赴一次宴吧。我好像觉得,我们总是可以把他们的钱弄过来的。而且,凯撒,消化不良会立刻发作的,而刺或咬却是一两天以后的事。'凯撒听了这一番头头是道的道理就赞同了。两位红衣主教因此就被邀赴宴。

"筵席摆在圣·庇兰宫附近教皇的一个葡萄园里——两位红衣主教久闻那是一个很幽静可爱的地方。罗斯辟格里奥赛真是受宠若惊,高兴得忘乎所以,他穿上最漂亮的衣服,准备赴宴。斯巴达却是一个很细心的人,他只有一个侄子,是一个前程远大的青年军官,他对他极其钟爱,所以他拿出笔和纸,写下了他的遗嘱。然后他派人去找他的侄子,要他在葡萄园附近等候他,但好像是仆人并没有找到他。

"斯巴达十分明白这种邀请的意义。自基督教问世以来,罗马的文明已大有进步了,现在不再会有一个百夫长来传达暴君的圣谕:'凯撒赐你死!'而是由教皇派来一个特使,嘴上带着微笑说:'圣下请你去赴宴。'

"斯巴达在两点钟左右动身到圣·庇兰去。教皇已等着他。斯巴达首先看到的人就是他那全副披挂的侄子,和对他虎视眈眈望着的凯撒·布琪亚。斯巴达的脸刷地变青了,而凯撒却带着一种讥讽的神色望望他,证明一切都不出他之所料,陷阱早已设下了。他们开始进餐,斯巴达只来得及问他的侄子一句话,问他有没有接到他的口信,侄子回答说没有,——他十分明白这句问话的意义。可是太迟啦,因为他已经喝下了一杯教皇的司食特地捧到他前面的美酒。与此同时,斯巴达看见他自己的面前又添了一瓶酒,他被劝喝了几大杯。一小时以后,医生宣布他们两个人都因为吃香蕈中了毒。斯巴达死在葡萄园的门槛上,侄子在他自己的家门口咽气,临死还做了一些手势,但他的妻子不懂其中的意义。

"凯撒和教皇迫不及待地去抢遗产,假装算是去找死者的文件。但遗产却仅止于此,——斯巴达在一小片纸上写着:'我将我的库藏及书籍遗赠予我所钟爱之侄,其中有我的金角祈祷书一本,我望侄儿善为保存,借作其爱叔之留念。'

"遗属们到处寻找,仔仔细细地翻看那本祈祷书,把家具都翻来覆去地察看,可是他们惊讶地发现,原来这位以富有闻名的叔父斯巴达,实际上却是一位最可怜的叔父。说到宝藏,除了那些在图书馆和实验室里的科学宝藏以外,别的却一点都没有。事情就是这样:凯撒和他的父亲到处寻找搜索,到处仔细地察看,但却什么都没有找到,或至少是所获无几——只有几千艾居的金条,和约莫凑数的现钱。但侄子在家门口咽气以前,还来得及对他的妻子说了一句话:'仔细在我叔父的文件里找,里面有遗嘱。'

"他们甚至比那两位尊严的继承人找得更彻底,但还是毫无结果。王府后面有两座宫殿和一个葡萄园,但当时不动产的价值有限,不能满足教皇和他的儿子的胃口,这两座宫殿和那葡萄园还是留给了遗嘱。光阴易过,亚历山大六世死了,是毒死的,——你知道那是怎么误杀了的。凯撒也在同时中毒,不过他的皮肤并没有变成蛇皮的颜色,只是毒药使皮肤起了很多斑点,类似虎皮的斑纹。于是,他被迫离开罗马,在一次史学家所简直没有注意到的夜间小战中自杀在一个偏僻的地方。在教皇去世和他的儿子被放逐以后,人们普遍认为斯巴达这一族又要像他们当红衣主教那个时代那样发达起来,但事实并不如此。斯巴达这一族人依旧只是勉强撑着门面,这件黑暗的事情始终被笼罩在迷雾中,一般的谣传是,那政治手段比他父亲高强的凯撒已从教皇那儿夺了两位红衣主教的财产带走了。我说两位,因为还有那位红衣主教罗斯辟格里奥赛,他因为一直毫无戒心,所以完全被抢光了。"

"讲到这里为止,"法利亚停顿了一会说,"你一定觉得这非常荒唐吧?"

"噢,我的朋友,"邓蒂斯喊道,"正巧相反,我好像是在听一个最有趣的故事,请你说下去吧。"

"我继续说下去:斯巴达这一族人对于这种贫贱生活已习以为常了。时间不断地过去,在后代之中,有些是军人,有些是外交家,有些当了教士,有些成了银行家,有些发了财,有些破了产。我现在要说的是这一族人最后的一位,就是斯巴达伯爵,——我就是他的秘书,我常常听到他抱怨,说他的爵位和他的财产太不相称。我就劝他把全部财产都变成定期存款。他听从了这个意见,因此收入就增加了一倍。那本著名的祈祷书依旧由这一族人保存着,现在已归伯爵所有。这是由父传子,子传孙一路传下来的,——由于所找到的遗嘱里有这么一句话,所以它变成了一件真正的传家之宝,族里人都带着迷信的崇敬把它好好地保存着。这本书上的大写字母都是用金银彩色写成的,全书都是美丽的中古体的字母,由于包着金,很沉,所以每到大圣礼的日子,总得要由一个仆人把它捧到红衣主教面前。

"一看到各种各样的文件,——诏书,契约,公文等,这一切都藏在档案柜里,从那被毒死的红衣主教传下来,全族人的文件都在这里了——我,也像我以前的那二十位侍仆,管家和秘书一样,在那浩如烟海的旧纸堆里又查看了一遍。并经过了最精确的研究,我的结果——还是一场空。我详细地读了一遍布琪亚那一族人的历史,甚至还把它写成了一部书,唯一的目的,是要研究出他们有没有因红衣主教凯撒·斯巴达的死而增加了任何财产。但我所追溯到的,只是他们得了他的同难人红衣主教罗斯辟格里奥赛的那笔财产。

"于是我就几乎能肯定,那笔遗产并没有被布琪亚那一族人或他的本族人得去,却依旧还是一笔无主之财,像《一千零一夜》故事里的宝藏一样,仍在大地的怀抱里长眠,由一个魔鬼看守着。我千方百计地搜索考查,把那一族人三百年来的收入和支出算了又算,简直算了千百次,还是没有用。我还是茫然无知,而斯巴达伯爵还是照样的穷。我的东家死了。他除了定斯存款以外,还保存着他的族中文件,他那藏有五千卷书的图书馆和他那著名的祈祷书。这一切他都统统遗赠给我,还有一笔一千罗马艾居的现款,附带嘱我每年给他举行一次弥撒,祈祷他的灵魂安息,并叫我给他编一本族谱,写一部家史。这一切我都一一照办了。别着急,我亲爱的爱德蒙,我们就要讲到最后这一段了。

"1807年12月25日,在我被捕的前一个月,即斯巴达伯爵去世后的第十五天(你看,那个日期是怎样深深地铭刻在我的记忆中),我一面整理文件,一面把这些读过千百次的东西再看一遍,——因为那王府已卖给了一个陌生人,我就要离开罗马,去佛罗伦萨定居,准备带走我所有的一万二千里弗,我的藏书和那本著名的祈祷书,——由于长时间翻阅这些资料,我感到十分疲倦了,加之午餐又吃得太饱,所以我竟用手垫着头睡过去了,那时约莫下午三点钟。我醒来的时候,时钟刚敲六下。我抬起头来,发觉四周一片漆黑。我拉铃叫人拿灯来,但没有人来,我就决定自己来弄一个。这原是一种哲学家的脾气,但这时我就非这样做不行了。我一手拿着一支蜡烛,一手去摸索一片纸(我的火柴盒子已经空了),想把它拿到壁炉的余火里去点燃。我怕在黑暗之中甩掉一张有价值的文件,所以我犹豫了一下,然后想到,在那本著名的祈祷书里我曾见过一张因年代久远而变成了黄色的纸,这张纸,几世纪来都被人当作标签用,只是由于世代子孙尊重遗物,所以还把它保存在那儿。那本祈祷书就在我身旁的桌子上,我摸索了一会儿,找到了那张纸,把它扭成一条,就把它按到将熄的火焰上面,点燃了它。

"但在我的手指底下,像变魔术似的,当那火头上升的时候,只见纸上现出了淡黄色的字迹。我吓了一跳。我把那张纸攥在手里,赶快扑灭了火,然后用那支小蜡烛直接去点,带着难以表达的激动情绪摊开那张扭皱了的纸。我发觉这些字是用神秘的隐显墨水写的,只有拿到火上去烘才会显现出来。那张纸已经有三分之一多一点被火烧掉。那张纸就是你今天早晨所念的那个东西,把它再念一遍吧,邓蒂斯,待会儿你读完以后我再把那些残破的句子和互不连贯的意义给你补足。"

法利亚洋洋得意地把那张纸交给邓蒂斯,后者这一次又把下列这些铁锈色的字句读了一遍:——

今日为 1498 年 4 月

历山大六世之邀,前往赴宴,

献之款,而望成为我的继承人,则将

凯普勒拉及宾铁伏格里奥归于

被毒死者,我今向我的

巴达,宣告:我曾在一他所知

地点:在基度山小岛之洞窟

银条,金块,宝石,钻石,玉

我一人知道,其总值约达罗马艾居二

开岛东小港右手第二十块岩

洞口二处;宝藏位于第二洞口最

我全部遗赠予我的惟一继承人。

凯

1498 年 4 月 25 日

"现在,"长老说,"请再念另一张纸。"于是他把第二张纸递给邓蒂斯,那上面也写着一些残断的句子,爱德蒙读道:——

25 日,我受教皇圣下亚

虑及他或不满于我捐衔所

令我与红衣主教

同一命运(他二人系

财产继承人,我侄葛陀·斯

道并曾与我同往游览之

中)埋藏我所有的全部金

饰;此项宝藏的存在权

百万;他仅须打

石,便可获得。此窟共有

深处一角;此项宝藏

撒十斯巴达

法利亚用灼热的目光盯住他。"现在,"当他看到邓蒂斯已念到最后一行的时候说,"把两片残纸并拢来,你自己来下判断吧。"邓蒂斯遵命照办,合起来的那两片纸如下:——

今日为 1498 年 4 月——25 日,我受教皇圣下亚历山大六世之邀,前往赴宴,——虑及他或不满于我捐衔所献之款,而望成为我的继承人,则将——令我与红衣主教凯普勒拉及宾铁伏格里奥归于——同一命运(他二人系被毒死者),我今向我的——财产继承人,我侄葛陀·斯巴达,宣告:我曾在一他所知——道并曾与我同往游览之地点(在基度山小岛之洞窟——中)埋藏我所有的全部金银条,金块,宝石,钻石,玉——饰;此项宝藏的存在仅我一人知道,其总值约及罗马艾居二——百万;他仅须打开岛东小港右手第二十块岩——石,便可获得。此窟共有洞口二处;宝藏位于第二洞口最——深处一角;此项宝藏我的唯一继承人。

凯——撒十斯巴达
1498 年 4 月 25 日

"怎样!你该明白了吧?"法利亚问。

"这就是红衣主教斯巴达的遗言,就是那找了这么久的遗嘱吗?"邓蒂斯回答,他心里依然将信将疑。

"是呀!就是呀!"

"谁把它补充成现在这个样子的呢?"

"我呀。我凭借余下的残纸,把其余的猜了出来,——从那张纸度出行次的长短,再凭显出字迹的部分来推敲内中的意义,就好像我们在岩洞里借助顶上的一线亮光摸路一样的把它摸索了出来。"

"你得到这个结果以后怎么样呢?"

"我决心出发,而且当时即刻就出发,身边只带着我论统一意大利那篇巨著的前几章。但帝国警务部长却早已在注意我了,其时,他的想法正巧和拿破仑相反,拿破仑是希望生一个儿子来统一意大利,他却希望造成割据的局面。而我这么行色匆匆,他们猜不出是什么原因,因此就引起了他们的疑心,所以我刚一离开皮昂比诺就被捕了。现在,"法利亚几乎带着慈父一样的表情向邓蒂斯继续说,"现在,我的好人呀,你和我知道得一样多了。假如我们能一起逃走,这个宝藏的一半是你的了,假如我死在这儿,你独自逃了出去,则全部都归你。"

"但是,"邓蒂斯犹豫不决地问道,"这个宝藏除了我们以外,难道世界上就没有更合法的主人吗?"

"没有,没有,这方面你放心好了,那一族人已经完全绝后了。而且,最后一代的斯巴达伯爵又叫我做了他的继承人,把这本有象征意义的祈祷书遗赠了给我,也就是把这本书里面所有的一切都遗赠了给我。没有了,没有了,放心吧,假如我们得到了这笔财富,我们大可问心无愧地享用它。"

"而你说这个宝藏要值——?"

"两百万罗马艾居,——照我们的钱算,约等于一千三百万。"

"太不可能了!"邓蒂斯说,这个天文数字使他讲话都口吃了。

"太不可能!为什么?"老人问。"斯巴达这一族人是十五世纪时历史最悠久,而且最有势力的诸大家之一。而在那个时代,各种投机事业和工业都还没有兴起,所以攒那些金银珠宝的情况并不少见。就是在目前,罗马有几族人饿都快饿死了,可是他们手里还有价值百万的钻石珠宝,那是当作传家之宝历代传下来的,他们是不能动的。”

爱德蒙以为是在做梦,他时而怀疑,时而高兴,在这两种情绪之间动摇着。

“我把这个秘密对你保持了这么久,”法利亚继续说,“只是为了要考验一下你这个人,然后让你吃一惊。要是在我没有发那场痫厥病以前我们已逃了出去,我就会领你到基度山去,而现在。”他长叹了一声,又说,“是要你把我带到那儿去了。喂!邓蒂斯,你还没有谢谢我呀。”

“这个宝藏是属于你的,我亲爱的朋友,”邓蒂斯答道,“而且是属于你一个人的。我没有任何权利。我又不是你的亲戚。”

“你是我的儿子呀,邓蒂斯!”老人喊道。“你是我囚徒生活中的儿子。我的职业决定我只能过单身生活。上帝派你来安慰我,来安慰我这个不能做父亲的人和不能得到自由的囚徒。”于是法利亚把他那条还能用的手臂向青年伸去,后者扑上来抱住他的脖子,哭了起来。

第十九章　第三次发病

长久以来,这个宝藏一直是长老沉思默想时的题目,现在,可以拿它来保证他确实爱如己子的邓蒂斯的未来的幸福了。于是,宝藏的价值在法利亚的眼中无形增加了一倍,他每天都喋喋不休地谈论那笔数目,向邓蒂斯解释,在现在这个时代,一个人有了一千三百万或一千四百万,能如何如何的为他的友人造福。这时,邓蒂斯的脸色就变得阴沉起来,因为他的记忆里又现出了复仇的誓言,同时他想到,在现在这个时代,一个人有了一千三百万或一千四百万,能给他的仇人带去多大的灾难。

长老不知道基度山岛在什么地方,但邓蒂斯却知道,而且常常经过它,甚至还上去过一次,它距皮亚诺扎只有二十五里路,在科西嘉和爱尔巴岛之间。这个岛自古以来一直是荒无人居的地方。它几乎是一块圆锥形的大岩石,像是某一次火山爆发把它喷出到海面上来似的。邓蒂斯画了那个岛的一张地图给法利亚看,而法利亚则为邓蒂斯指导他应该用什么方法去发现那宝藏。但邓蒂斯却远不如老人那样热情和有信心。不错,法利亚确实不是一个疯子,他的发现引起了人们对于他的疯狂的怀疑,可是达到这种发现的艰苦经过现在更增加了邓蒂斯对他的敬仰。同时,即使那笔宝藏的确是有的,他也不能相信现在依旧还会存在,虽然他认为那宝藏绝不是幻想出来的,可是他相信它已不在那儿了。

即使他相信那宝藏还在那儿,但命运像是决心要剥夺这两个囚徒的最后的一个机会,像是要他们明白他们已注定要被判为无期徒刑似的,一件新的不幸又降到了他们头上。靠海的那条走廊,本来已长久坍毁,现在忽然又重建加固一次。他们把它全部修过,用许多大石头填没了邓蒂斯填过了的洞。但要是没有采取这一防范措施——要记得,这是长老向邓蒂斯建议的,——则不幸还要更大,因为他们逃走的企图会被发觉,而他们一定会被隔离。

现在,他们被关在一道新的而且甚至更坚固的门里面了。

"你看,"青年带着一种忧郁的,听天由命的神气对法利亚说,"你说我肯为你牺牲,但上帝认为这种赞誉我都不应该接受。我曾答应和你永远在一起,现在即使我想破坏我的诺言,事实也不允许了。至于那宝藏,我和你都同样地拿不到,我们之中谁都不能离开这个监狱。但我真正的财富却不是那个,我亲爱的朋友,并不是那在基度山阴森的岩石底下等待着我的那些东西,而是和你会面,——虽然有狱卒,我们每天仍有五六个小时能共同度过,是你那些智慧之光启发了我的头脑,你的话已种植在我的记忆里,会在那儿茁长,开花,结果。你教给了我各种科学,凭着你对它们深刻的认识,你把它们归纳成许多明白易懂的原则,使我很容易地领会了它们，——这才是我的财富，我敬爱的朋友，就凭这一切，你已经使我富足和幸福了。相信我吧，请放心吧！在我，这是比成吨的黄金和成箱的钻石更有用，即使那些黄金和钻石或许并不是幻景，——并不是那种我们在早晨看到它浮在海面上，认为是陆地，而渐渐向它走近的时候就消灭了的海市蜃楼。能尽可能长的时间和你接触，能听见你那雄辩的声音来丰富我的头脑，振作我的精神，使我的身心能在一旦获得自由的时候经受得起可怕的大事，能丰富我的心灵，使快要向绝望让步的我自从认识你以后不再受它的摆布，——这才是我的财富，而且是确确实实的财富。这一切都是你赐给我的。世界上所有的帝王，即使是凯撒·布琪亚，也是无法从我这儿把它夺去的。"

所以，这两个受难者在一起度过的日子，虽然不能算是快乐的日子，却也一天接一天很快地在消逝。法利亚关于那宝藏以前曾一直守口如瓶，现在却不断地谈到它。果然不出他的预料，他的右臂和右腿依旧麻痹不能动，他自己已放弃了一切享受那宝藏的希望。但却不断地在为他的青年同伴考虑逃走的方法。他唯恐那张遗嘱说不定有一天会失落或失窃，所以强迫邓蒂斯把它熟记在心，使他能够逐字背得出来。然后他把下一半毁掉，以保证即使上一半被人得去，也没有人能够猜透其中的真意。有时候，法利亚整小时地指教邓蒂斯，——指教他在得到自由以后该如何如何。要是一旦获得自由，从获得自由的那一天，那一时，那一刻起，他应该只有一个想法，就是想方设法到基度山去。并用一种不会引起任何怀疑的借口独自留在那儿，一旦到了目的地，就得努力去找到那神奇的洞窟，在指定的地点去发掘，——要记得，那指定的地点是在第二个洞口最深的一个角落。

在这期间，日子过得虽不算飞快，但至少总还算可以忍受。我们已经说过，法利亚的手脚虽不能恢复活动，但头脑已完全清醒，理解力也已全部恢复，除了我们已详述过的那种为人处世的种种指示以外，他还逐渐地教导他的青年同伴，教他怎样做一个忍耐和高尚的囚犯，怎样去学习从无所事事中找些事情来做。所以他们是永远有事情做的，——法利亚借此来忘却他自己的逐渐衰老；邓蒂斯则借此避免去回想那以前曾一度几乎忘却，而现在却像黑夜里漂荡在远处的一盏明灯那样浮动在他记忆里的往事。所以日子就这样平静地消逝，就像过着那种没有灾祸来打扰，只是在苍天的庇佑之下机械地，宁静地溜过去的日子一样。

在那青年人的心里，或许那老人的心里也一样吧，在这种宁静的外表之下，却藏着许多抑制了的愿望，许多忍住了的叹息，这些愿望和叹息，当法利亚只剩下独自一个人，当爱德蒙回到他自己的地牢里的时候，它仍旧都表露出来了。一天晚上，爱德蒙突然醒来，好像他听到有一个人在呼唤他。他睁开眼睛，尽力在黑暗中张望。他听到有人在喊他的名字，或更正确的说，是一阵费力地呼唤着他的名字的呻吟声。"天哪！"爱德蒙自言自语地说，"难道真的发生了……？"

他迅速移开床，搬起那块石头，窜入地道，走到对面的那一端，那秘密进口已经打开。借着我们以前说过的那盏可怜的摇曳的灯光，邓蒂斯看到老人脸色苍白地抓住了床架，但精神还很振作。他的脸上可怕地抽搐着，邓蒂斯熟悉他那可怕的症状，在他第一次看到的时候，曾经非常惊惶。

"唉,我的朋友,"法利亚用一种听天由命的口吻说,"你懂了吧? 我不必再向你解释了吧?"

爱德蒙痛苦地惨叫一声,他失去了理智,冲到门口,大喊:"救命! 救命!"法利亚的气力刚够阻止他。

"别出声!"他说,"要不你就完了。现在就顾你自己吧,——使你的狱中生活过得好一点,使自己还可以逃走。要重做我在这儿完成的工作,得花几年功夫呢,假如我们的狱卒知道我们还有来往,那就马上会毁了的。放心吧,我亲爱的爱德蒙,我就要离开的这间黑牢,是不会长期空着的,另一个受难人不久就会来接替我的位置,他将把你看作是一个解放的天使。那人或许也像你一样的年轻,强壮,能刻苦耐劳,他能帮助你一起逃走,而我却只能阻碍你。你可以不再有一个半死的身体绑在你的身上,使你一动都不能动。上帝终于为你做了件好事,他的赐予超过了你被剥夺的一切,而这也是我该死的时候了。"

爱德蒙只能合起双眼,大声说道,"噢,我的朋友! 我的朋友! 别这么说!"因为他的脑子被这一下打击搞昏了。他的勇气在听了老人的这些话以后消失了。呆了一会儿,他振作起全副精力说,"噢,我曾经救活你一次,我还可以第二次救活你!"于是他拆开床脚,抽出那只瓶子,瓶子里还有一点红色液体。

"看!"他喊道,"这种救命药水还有一点呢。快,快! 快告诉我这次该怎么做,有没有什么新的指示? 说呀,我的朋友,我听着呢。"

"没有希望了,"法利亚摇摇头回答,"但不管它。上帝在人的心里深深地种下了对生命的爱,不论是多么痛苦,可是总还是觉得它是可爱的,既然上帝创造了人,他总会尽力使他存在的。"

"噢,是的,是的!"邓蒂斯喊道,"我已经告诉你,你还是可以得救的!"

"那好,就试试看吧。我已经觉得冷起来了。我觉得血在向我的脑子里流。这种发抖实在太可怕了,抖得我牙齿打战,我骨头都似乎快要散架了,我现在已经周身开始发抖,在五分钟之内,这病就会达到最高点,一刻钟之内,我就会只剩下一具僵死的躯壳了。"

"噢!"邓蒂斯喊道,内心感到阵阵绞痛。

"你还是照上一次那样办,只是不要等那么久。我生命的泉源现在都已经枯竭了,死神要来临了"他望着他那麻痹了的手臂和腿继续说,"所要做的工作只要一半就够啦。这一次要给我吞十二滴,不是十滴,假如你发觉我还没有醒过来,就把其余的都倒到我的喉咙里。现在,你把我抱到床上去,因为我已经支持不住啦。"

邓蒂斯把老人抱在怀里,放到床上。

"现在,朋友呀,"法利亚说,"我的悲惨生活中唯一的安慰呀,——你,是上天赐给我的一个无比珍贵的恩物,虽然给我迟了一点,但却依旧还是给了我。为了这,我衷心地感谢上帝,——现在要永远和你分离了,我希望你获得你该得的一切幸福,希望你万事如意,你该得到这些,我的孩子,我祝福你!"

青年跪到地上,将头伏在老人的床边。

"现在,且听我在临终时说几句话。斯巴达的宝藏确实存在。凭着上帝的仁慈,对于我,现在是不再有所谓距离或障碍的了。我看到了那洞窟的深处。我的眼睛穿透了最深厚的地层,这许多财宝简直耀得我眼睛都花啦。假如你能成功地逃走,要记得那可怜的长老,全世界都说他疯,但他并没有疯。赶快到基度山去,去享用那宝藏吧,——因为你受的苦够多的啦。"

一阵剧烈的颤动打断了老人的话。邓蒂斯捧起他的头,看到法利亚的眼睛已充满了血,似乎大量的血液已从胸腔冲到了头部。

"永别了!"老人痉挛地紧捏住邓蒂斯的手,低声地说,"永别了!"

"噢,不,不! 不能!"他喊道,"别舍弃我! 噢,来救他呀! 救命呀! 救命呀!"

"嘘! 嘘!"垂死的人低声地说,"假如你能救活我,不能让他们使我们分离了!"

"你说得对。噢,是的,是的! 相信我吧,我一定会把你救过来! 而且,你虽然很痛苦,但是你似乎还没有上次那样重。"

"别弄错! 我所以没有那样痛苦,是因为我已经没有那样的气力来忍受了。在你这个年纪,对生命是有信心的。自信和希望是青年的特权,但老年人对死看得比较清楚。噢! 来了! 来了——完了——我看不见了——我的理智消失了! 你的手呢,邓蒂斯! 再会! ——再会了!"他集中所有的力量,作了最后的一次挣扎抬起身来,说,"基度山! 别忘了基度山!"说完他瘫倒在床上。

这一场发作真厉害。在那张苦难的床上,只见扭曲的四肢,肿胀的眼皮,带血的白沫和一个毫无动作的躯体,——再看不到刚刚还躺在那里的那个智者了。

邓蒂斯拿起那盏灯,把它放在床头一块凸出的石头上,摇曳的火苗把它那稀奇古怪的光芒倾泻到那失了常态的面孔和那一动不动的僵硬的身体上。他目光凝定,无畏地等待那施用救命良药的时机到来。

当他相信那时刻已经到了的时候,他拿起小刀去撬牙齿,这次牙齿没有像以前那样咬得紧,他一滴一滴地数,直数到十二滴,然后等着,瓶子里大概还有两倍于滴下去那样多的数量。他等了十分钟,一刻钟,半点钟,毫无动静。他浑身发抖,毛发直竖,额头上挂满了冷汗,借他的心跳来计算的时间一秒一秒地过去。

这时他想该做最后一次努力了,他把瓶子放到法利亚那紫色的嘴唇上,这一次不必再去撬牙关,因为它还是开着的,他把全部药水都倒进了他的喉咙。

药水产生了一种像电流刺激般的效应。老人的四肢开始猛烈的抖动。他的眼睛渐渐地瞪大,使人看了感到害怕。他发出一声像尖叫似的叹息,然后颤动的全身又渐归于静止,眼睛依旧睁开着。

半个钟头,一个钟头,一个半钟头过去了。这时,悲痛万分的爱德蒙向他的朋友倾下身子,用手按住他的心脏,觉得那身体在逐渐变冷,心脏的跳动愈来愈迟钝,终于完全停止。心脏最后的跳动停止了,脸变成了青灰色,眼睛依旧开着,但目光无神。

此时已是早晨六点,天刚刚亮,衰弱的晨曦穿入黑牢,使那将熄的灯光变成了苍白色。死人的脸部本来浮动着奇怪的阴影,使人有时看上去还有点生气,现在连这种阴影都消失了。在这天将明未明之际,邓蒂斯依旧还有点疑惑,但一到白天完全来到的时候,他发觉自己原是和一具尸体在一起。于是,一种无法克服的极端恐怖抓住了他,他不敢再去握那悬在床沿外面的手;不再敢把目光停留在那一对一眨不眨地,茫然的眼睛,——他曾多次想使它合上,但没有用,它始终还是开着的。他灭了灯,小心地把它藏了起来,然后他就走了,尽可能地把他进入秘密地道的那块大石头盖好。

真是千钧一发,因为狱卒正好过来了。这一次,他先去看邓蒂斯,离开邓蒂斯以后,就向法利亚的黑牢走去,手里端着早餐和一件衬衣。在狱卒身上没有什么迹象表明他已知道发生了什么事情。他径自走去。

邓蒂斯的心里产生了一种难以形容的焦急情绪,迫切想知道在他那苦难的朋友的黑牢里,究竟会发生一种怎么样的情形。于是他回到地道里,当他到达那一端的时候,恰巧听到那狱卒连声惊喊,在喊人来帮忙。

不一会其他几个狱卒来了,接着又听到那种均匀的步伐,一听便知是来了兵,他们即使不在值班的时候也是习惯地踏着那种步伐的。他们的后面来了堡长。

爱德蒙听到有人搬动尸体时床上发出的吱吱格格的声音,又听到堡长的声音,他叫人洒水到犯人脸上,看到这种办法并没有使犯人苏醒,就派人去请医生。然后堡长走了,邓蒂斯的耳朵里听到了几句怜悯的话,还夹着嘲讽的哄笑。

"好了,好了!"有一个说,"这疯子去找他的宝藏去啦。祝他一路顺风!"

"他虽富有百万,可是还买不起一件寿衣!"另一个说。

"噢,"第三个接上一句,"伊夫堡的寿衣可并不贵!"

"或许,"先前说过话的两个人之中有一个说,"因为他是一位长老,他们说不定会为他多费几文哩。"

"他们或许会赐他一只布袋。"

爱德蒙一个字都没有漏过,但对于他们所说的话却听不大懂。

说话声不久就消失了,那些人似乎都已离开了地牢。但他依旧不敢进去,说不定他们会留下一个狱卒看守尸体。所以他依旧一声不响,一动不动,甚至屏住了他的呼吸。

一小时以后,寂静中漾起了轻微的声音,渐渐愈来愈响。这是堡长带着医生和随从回来了。房间里沉寂了片刻,虽然是医生在检查那尸体。过一会儿,问话就开始了。

医生分析犯人所得的病症,宣布他已经死了。接着就传来了一篇漠不关心的问答,邓蒂斯不禁愤慨起来,因为他觉得全世界都应该像他那样怜爱那可怜的长老。

"我听了您的话觉得非常遗憾,"在医生断言那老人真的死了以后,堡长回答说,"他是一个性情温和,安分守己,傻里傻气地自寻开心的犯人,简直用不着看守。"

狱卒接着说:"完全不用看守,我敢说,他在这儿住上五十年也不会有一次越狱的企图。"

"可是,"堡长说,"我相信这还是应该办的,虽说您的诊断确实,也不是说我怀疑您的医学,只是为了我们的责任,我们应该对于犯人的死亡断定得十分确实。"

房间里又鸦雀无声地沉默了一会儿,邓蒂斯依旧在偷听,他推测这是医生在第二次检查尸体了。

"您可以完全放心,"医生说,"他是死了。这一点我敢担保。"

"您知道,阁下,"堡长坚持说,"这种事情,我们是不能单凭检验就算满足的。虽说他看来是死了,还是请您按照法律所规定的正式手续办理来了结您的责任吧。"

"那么,把烙铁去烧来,"医生说,"但这一着实在是不必的。"

这个烧烙铁的命令使邓蒂斯打了一个寒噤。他听到急促的脚步声,门的格格声,人们的来去声。过了几分钟,一个狱卒进来说:"火盆来了,烧着啦。"

房间里静默了片刻,然后听到烙肉的声音,那种令人作呕的怪味甚至穿透了墙壁,传到惊恐地偷听着的邓蒂斯的鼻孔里。一闻到这种人肉被烧焦的气味,青年的额头冒出了冷汗,他觉得自己快要昏过去了。

"您看,阁下,他真是死了,"医生说,"烧脚跟最厉害。这一来这个可怜虫倒把他的傻病医好了,他从监狱生活里解脱出来啦。"

"他的名字不是叫法利亚吗?"一个陪堡长同来的官员问道。

"是的,先生。照他自己说,这是一个古人的名字。他倒很有学问的,而且只要不提他的宝藏,理智也够清楚,但一提到那件事,他就犟得要命。"

"这种病我们叫作偏执狂。"医生说。

"你没有听到他抱怨什么事吗?"堡长对那负责管理长老的狱卒说。

"从来没有,大人,"狱卒回答说,"从来没有,绝没有,相反的,他有时还讲故事给我听,有趣极了。有一天,我的老婆生了病,他给我开了一张药方,把她的病医好了。"

"哦,哦!"医生说,"我倒不知道这儿还有一位与我竞争的同行呢,但我希望,堡长阁下,您尽可能从优给他办理后事。"

"是的,是的,您放心吧。我们尽可能找一只崭新的布袋来装他。您该满意了吧?"

"我们是否必须当着您的面把最后的手续办好,大人?"一个狱卒问。

"当然罗,不过得抓紧时间!我可不能整天留在这儿。"于是又响起了人们进进出出的脚步声。一会儿以后,一阵揉蹭麻布的声音传到了邓蒂斯的耳朵,床咯吱咯吱地作响,地上响起一个人抬起一样重物的脚步声,最后床又受压咯吱地叫了一声。

"就在今天晚上。"堡长说。

"要举行弥撒吗?"随从之中有一个人问。

"那不可能了,"堡长回答。"昨天堡里的神父向我请假,要到耶尔去旅行一星期。我告诉他,在他离职的期间,我会照顾犯人的。要是这可怜的长老不是这么忙着要去,他本来是可以享受安灵祭的。"

"啐,啐!"医生说,干他这一行的人大多是不信鬼神的,"他是教会里的人。上帝会尊重他的职业,不会派一个神父来给他送葬,和他开这么一个鬼玩笑的。"这句拙劣的玩笑后面接着发出了一阵大笑。这时,包缝尸体的工作仍在继续着。

"就在今天晚上。"干完后,堡长说道。

"几点钟?"一个狱卒问。

"十点或十一点钟。"

"我们要看守尸体吗?"

"何必呢? 只要把牢门关上,就算他还活着就得了。"

脚步声走远了,声音越来越小。门链格格地响了一声,接着是上锁的声音,以后就没有声音了,跟着来了一片比任何孤独的环境里更萧萧的寂静,——死的寂静,它拥抱了一切,甚至拥抱了那青年的冰冷了的灵魂。然后他用头慢慢顶起那块大石,谨慎地环顾室内。室内没有人。邓帝斯于是离开地道,跳了上来。

第二十章　伊夫堡的坟场

借着从窗洞里透进来的苍白微弱的光线,可以看到有一只与床长的粗布口袋平放在床上,在这个大口袋里面,直挺挺地躺着一个长而僵硬的东西。这个口袋就是法利亚的寿衣,——正如狱卒所说的,这套寿衣的确是很便宜的。就这样,一切都结束了。在邓蒂斯和他的老朋友之间,已有了一重物质的隔离。他不能再看到那一对依旧张大着的,像是甚至在死后还能看人的眼睛了;他不能再紧握那人曾为他揭开事实真相的勤奋的手了。法利亚,这位他曾长期亲密相处的有用得好伴侣,只能存在他的记忆里了。他在那张可怖的床边上坐下来,陷入一种忧郁,迷离的状态之中。

孤零零的一个人! 他又孤独了!——又寂寞了! 他又觉得自己一无所有了!孤独了,——不再能看到那个唯一使他对生命尚有所留恋的人,也不再能听到他的声音了! 假如他也像法利亚一样,不惜通过那道可悲的痛苦之门,去向上帝追问人生之谜的意义,那不是更好吗? 自杀的想法,曾一度被他的朋友所驱走,在长老活着的时候,当着他的面,曾被邓蒂斯所遗忘了的,现在对着他的尸体,却又像一个幽灵似的在他面前现了出来。"倘若我能死,"他说,"我就可以到他所去的地方,一定可以找到他。但怎么死法呢? 这是非常容易的,"他带着一个痛苦的微笑继续说,"我就待在这儿,谁先进来,我就向他冲上去,捏死他,这样他们就会把我送上断头台了。"

然而在极度悲痛之中,也像在大风暴里一样,深渊是夹在最高的浪头之中的,邓蒂斯这时也从这种可耻的求死的念头上反冲回来,他又骤然从绝望转变到一种热烈的求生和自由的愿望上来了。

"死! 噢,不!"他喊道,"现在还不能死,我已经活了这么久,受苦了这么久!几年以前,当我存心想死的时候,死或许不失为一种解脱,但现在这样做,就等于自己让步,承认我的苦命了。不,我要活,我要奋斗到最后一口气,我要重新去寻找我被剥夺的幸福。我难道忘了在死以前,我还有几个陷害我的刽子手要去惩罚,或许,谁能料得定呢,还有几个朋友要报答。但是我现在倒忘掉啦,我只能像法利亚一样地走出我的黑牢了。"说到这里,他愣住了,眼睛一眨都不眨,好像突然有了一个极其惊人的想法。他猛然站起身来,举手扶住额头,像是脑子已在晕眩似的。他在房间里转了两三圈,突然在床前站定。"啊! 啊!"他自言自语地说,"是谁使人有这个想法的? 是您吗,慈悲的上帝? 既然只有死人才能自由地离开这个黑牢,那么我就来代替死人吧!"

他不让自己有片刻时间来考虑这个决定,真的,要是他仔细想一想,他这种决心或许会动摇的。他俯身到那张可怕的布袋面前,用法利亚制造的小刀把它划开,把尸体从口袋里拖出来,再把它背到自己的地牢里,把它放在自己的睡榻上,用自己晚上包头的那块布给它包了头,最后一次吻了吻他那冰冷的额头,几次徒劳地想去闭上那依旧开着的眼睛,把头转向墙壁,这样,当狱卒拿晚餐来的时候,会以为他已经睡着了,这也是常事,然后他再返回地道,把床拖过来靠住墙壁,回到那个地牢里,从贮藏处拿出针线,脱掉他破烂的衣衫,以便使他们一摸就知道粗糙的口袋底下确是裸体的尸身,然后钻进口袋,使自己躺在他们放尸体的位置,又从口袋里面把袋口缝起来。

假如狱卒不巧在这时进来,或许会听到他心跳的声音。他本来可以等七点钟的一次查看过了以后再这样做,但他担心在这段时间里堡长改变决定,吩咐把尸体提早搬开,假若如此,他最后的一个希望就要破灭了。现在,他的计划无论如何是决定了,他希望就能这样生效。假如在扛出去的途中,被掘墓人发觉他们所抬的不是一具尸体而是一个活人,则邓蒂斯决不让他们认出是谁,就用小刀从上至下把口袋割开,乘他们在惊慌失措的时候逃走。假如他们想来捉他,他就要用那把小刀了。假如他们把他扛到坟场上,把他放在坟墓里,他就让他们在他的身上盖土,由于是夜里,只要那掘墓人一转身,他就可以从那松软的泥土中爬出来逃走。他希望所盖的泥土不要太重,使他受不了。倘若他估计错了,那泥土太重,那他就会被压死在里面,那样也好,也可一了百了。邓蒂斯从昨天晚上起就不曾吃过东西,但他没有想到饥渴,他现在也没有想到它。他的处境过于危险了,不容许他有时间想到别的事情上面去。

邓蒂斯所冒的第一重危险是:当狱卒在七点钟给他拿晚餐来的时候,或许会发觉他已经掉了包。幸而,至少有二十次了,为了怕麻烦或是为了疲倦,邓蒂斯曾这样躺在床上迎接他的狱卒。每逢这样的时候,那人就把他的面包和汤放在桌子上,不同他说话就退了出去了。这一次,狱卒或许不会像往常那样沉默,他或许会和邓蒂斯讲话,而看到他不回答,或许会走到床边上看看,这样就全都露馅了。

当七点钟临近时,邓蒂斯的痛苦真正开始了。他把一只手压在心上,但却不能制止住它的剧跳,另一只手则不断地去抹太阳穴上的冷汗。他不时地浑身打战,心脏突然受着紧压,像是被一只冰冷的手抓住了似的。那时,他以为自己快要死了。可是,几小时过去了,堡里毫无动静,邓蒂斯明白他已渡过了第一重危险,这是一个好兆头。终于,约莫在堡长所指定的那个时间,楼梯上有了脚步声。爱德蒙知道时机已到,就鼓起全部勇气,屏住自己的呼吸,他真希望能同时制止住他脉搏急促地跳动。

脚步在门口停住了。那是两个人的脚步声,邓蒂斯猜出这是两个掘墓人来了。这个想法不久便被证实,因为他听到了他们放尸架时所发出的声音。门开了,隐隐约约的亮光透过粗布,传到邓蒂斯的眼睛里。他看到两个黑影朝他的床边走过来,第三个人留在门口,手里举着火炬。这两个人分别走到床的两头,各抓住布袋的一端。

"他很重呀，虽然是一个瘦老头子。"扛头的那个人说。

"他们说人的骨头每年要重半磅哩。"另外那一个扛脚的人说。

"你绑上了没有？"第一个讲话的人问。

"何必要带这么多重量呢？"那一个回答说，"我们到了那儿再绑好啦。"

"是的，你说得对。"他的同伴回答。

"干吗要捆绑呀？"邓蒂斯想。

他们把伪装的尸体放到尸架上。爱德蒙为了要装死了，就故意把身体伸得直挺挺的，于是由那举火炬的人引路，这一队人就开始走上楼梯。陡然，邓蒂斯吸到了新鲜寒冷的夜气，他认识这是海湾边冷燥的西北风。这是一种突然的感受，真使他忧喜参半。扛夫向前走了二十步，于是停下来，把尸架放在地上。其中有一个走了开去，邓蒂斯听到他的皮鞋在石道上一路响过去。

"我到哪儿了呢？"他自问。

"真的，他可实在不轻呵！"那人扛夫在担架边上坐下来说。邓蒂斯的第一个本能反应是想逃走，但幸而他并没有真的干出来。

"照着我，畜生，"那个扛夫说，"不然我就看不到要找的东西啦。"举火炬的那个人听从了命令，虽然对方说话的口吻不太客气。

"他在找什么呢？"爱德蒙想。"或许是铲子吧。"

传来一声得意的喊声，说明那掘墓人已找到他所寻找的东西了"在这儿啦"，他说，"虽然费了点劲。"

"是了，"那个回答，"就是多等一会儿也不费你什么事呀。"

说完，那个人向爱德蒙走来，接着就听到他的身旁放下了一件很重很结实的东西，同时一条绳子紧紧地捆住了他的双脚。

"喂，你绑上了没有"旁观的那个掘墓人问。

"绑上啦，而且还绑得很紧呢。"那一个回答。

"走吧，那么。"于是尸架又被扛了起来，他们继续向前走去。

一行人又走了五十步路，于是停下来开一扇门，然后又向前走。在他们前进的时候，浪花冲击堡下岩石所发出的声音清晰地传到了邓蒂斯的耳朵里。

"这鬼天气！"扛夫之中有一个说，"今夜泡到海里可并不好受。"

"对了，长老可要浑身湿透啦。"另外那一个说，接着就一声大笑。邓蒂斯不懂他们开的玩笑是什么意思，可是他的头发都竖起来了。

"好，我们总算走到啦。"他们之中有一个说。

"走远一点！再走远一点！"另外那一个说。"你知道上一次就停在这儿的，结果撞到岩石上，第二天，堡长怪我们都是粗心的家伙。"

他们又向上走了五六步，然后邓蒂斯觉得他们把他扛起来了，一个抬头，一个抬脚，把他荡来荡去。"一！"两个掘墓人喊道，"二！三，走吧！"这时，邓蒂斯感到自己被抛入空间像一只受伤的鸟穿过空气，一直往下坠，在用一种使他的血液凝固的速度往下坠。虽然有重物拖着他往下掉，加快了他下降的速度，但在他，这往下掉的时间似乎继续了一百年。终于，随着可怕的一个冲击，他掉进了冰冷的水里，当他落水的时候,不由得惊呼了一声,那声喊叫立刻被淹没在浪花里。

邓蒂斯被抛进了海里,抛进了海的深处,他的脚上绑着一个三十六磅重的铁球。海就是伊夫堡的坟场。

第二十一章　狄波伦岛

　　邓蒂斯昏头昏脑的,几乎快要窒息,但却还能记得屏住他的呼吸。他的右手本来拿着一把张开的小刀(他原准备随时乘机逃脱的),所以他很快地划破口袋,先把他的手臂挣扎出来,接着又挣出他的身体。虽然他竭力要挣脱那铁球,但仍然被拖着不断地往下沉。于是他弯下身体,拼命用力把那绑住两脚的绳索一割,这时他已渐渐窒息了。他使劲一跃,升到海面,那铁球则带着几乎成为他寿衣的那只布袋沉入了海底。

　　邓蒂斯只在海面吸了一口气,就又潜入水里,以免被人看到。当他第二次浮起来的时候,他离第一次沉下去的地方已有五十步了。他看到天空是一片黑暗,预示着大风暴的来临,风在驱赶着疾驰的云雾,时而露出一颗闪烁的星星。在他的前面,是一片灰暗深沉无边无际的海面,浪头吐着白沫,吼叫着,像是预示一次风暴的到来。在他的后面,耸立着一座比海更黑,比天更黑,像一个巨魔似的花岗岩,它那凸出的山岩像是伸出来捕人的手臂。在那最高的岩石上,一支火炬照亮了两个人影。

　　他觉得这两个人是在望海,这两个古怪的掘墓人肯定已听到了他的喊声。邓蒂斯又潜下去,在水下停留了一个很长的时间。过去他很喜欢潜泳,他在马赛灯塔前的海湾游泳的时候,常常可以吸引许多观众,他们一致称颂他是港内最好的游泳家。当他重新露出头来的时候,灯光已不见了。

　　该确定方向了。兰顿纽和波米琪是伊夫堡周围最近的小岛,但兰顿纽和波米琪是有居民的,大魔小岛也是如此。狄波伦或黎玛最保险。这两个岛离伊夫堡有三里路,邓蒂斯决定游到那儿去。可是在这沉沉夜色之中,他怎么能辨别方向呢?这时,他看到了伯兰尼亚灯塔像一颗灿烂的明星照耀在他的前面。假如这个灯光在右面,则狄波伦岛就在左面,所以他只要向左偏斜就可以找到它了。但我们已经说过,从伊夫堡到这个岛至少有三里路。

　　在狱中的时候,法利亚每见他露出怠倦懒惰的神色,就常常对他说:"邓蒂斯你决不能老是这样萎靡不振。要是你不好好地锻炼你的体力,准备奋斗,你就是逃了出去,也会溺死的。"这些话甚至在海浪的冲击下依旧在邓蒂斯的耳边响着。他急忙冒出海面,破浪前进,看自己的体力有没有丧失。他欣喜地发觉牢狱生活并未夺去他的力量,他以前常常在海的怀抱里像一个孩子似的嬉戏,而他现在还是这方面的一个老手。

　　恐惧是一个无情的追逐者,它迫使邓蒂斯加倍用力。他侧耳倾听,看听不听得到什么声音。每一次浮出浪头时,他的目光就向地平线上搜索,努力在黑暗中望出去。每一个较高的浪头都像是一艘来追逐他的小船,于是他就加倍用力来拉大他和小船之间的距离,但这样反复做了几次以后,他的气力渐渐衰弱了。他依旧向前游,那座可怕的城堡已消失在黑暗里。他看不到它了,但仍然感到它的存在。

一小时过去了,在这期间,被自由感所兴奋了的邓蒂斯,不断地破浪前进。"我来计算,"他说,"我差不多已游了一个小时了,但我是逆风游的,速度不免要减慢,但无论如何,要是我没有弄错的话,我离狄波伦岛不会太远了。但要是我弄错了呢?"他打了一阵寒战。他想浮在海面上,休息一下,但海面波动得太猛烈,用这种方法来休息是行不通了。

"好吧,"他说,"我要游到精疲力尽为止,或是游到痉挛,那时就只好溺死了。"于是他使出全部力量拼着命地用力向前游。

突然间,他觉得天空似乎更黑更阴沉了,稠密的云块向他压下来,同时,他感到膝盖一阵剧痛。他的想象力告诉他已中了一颗子弹,在一刹那间,他是会听到枪声,但他却什么都没有听到。他伸出一只手,感到有东西挡住了他,于是他垂下脚去,踏到了地面,他那时才看清了自己错认为云的那个物体。

在他的面前,耸立着一大片峥嵘的岩石,活像是经过了一场猛烈的大火以后所结成的东西。这就是狄波伦岛了。

邓蒂斯站起身来,向前迈出几步,一面热烈地做了一个感恩的祷告,一面就直挺挺地在花岗石上躺下来,似乎觉得比睡在鸭绒上还更柔软。然后,也不管刮风下雨,他就像那些疲倦到极点的人那样,甜甜美美地进入了梦乡。

一小时以后,爱德蒙被雷声震醒。大风暴已脱了缰,正在以雷霆万钧之势奔驰,闪电一次接着一次,犹如一条火蛇般似的飞过天空,照亮了那浑沌汹涌的浪潮卷滚着的云层。

邓蒂斯没有弄错,他已到达了两个小岛中的第一个,这的确是狄波伦。他知道这个地方是寸草不生,无处隐藏的,但要是海能稍微平静一些,他可以跳到波浪里,再游到黎玛岛去,那儿也和这儿一样荒芜,但毕竟开阔些,因此也较容易躲藏。

一块悬空的岩石给他作了暂时的躲避处,他刚躲到它下面,大风暴就又以排山倒海之势发作了起来。爱德蒙觉得他身下的岩石都在震动,浪头凶猛地冲到花岗岩上,泼了他一身的浪花。他虽然有了安身之所,却在这耀眼的雷电交战之中开始感到晕眩。他似乎觉得整个岛已在连根震动,像一艘下了锚的船在断缆以后那样被带入风暴的中心。于是他想起自己已有二十四小时没有吃喝了。他伸出双手,贪婪地捧饮着积贮在一个岩洞的雨水。

正当他直起身时,正巧一道闪电,这一道闪电划破了天空,驱走了黑暗,直射到了上帝灿烂的宝座脚下。借着这道电光,邓蒂斯看到,在黎玛岛和克罗斯里岬之间,还不到一里远的海面上,有一艘渔船,如同一个幽灵似的,正被风浪驱迫着疾驶。一秒钟以后,他又看到它,而且更近了。邓蒂斯用尽气力大喊,警告他们所处的危险,但他们自己也已发现这种危险,又一次闪电使他看到有四个人紧紧地抱住了折断的桅柱和帆索,而第五个人则紧紧扶着那断裂的舵。

他所看到的那些人无疑的也看到了他,因为风把他们绝望的喊声带到了他的耳朵里。在那折断的桅柱上,有一张裂成碎片的帆还在飘扬。突然间,系住它的绳索断了,于是那张帆就像一只大海鸟似的消失在夜的黑暗里。同时,他听到一声猛烈的撞击声,痛苦的喊声也传进了他的耳朵。在岩石顶上的邓蒂斯借闪电的光看到那艘帆船碎成了一片片,在残木断块之中,又看到了面色绝望的人头和伸向天空的手臂。接着一切复归于黑暗。那副悲惨的景象像闪电一样的短暂。

邓蒂斯冒着粉身碎骨的危险奔下岩石。他四处张望,侧耳倾听,但什么都听不到,什么都看不到。一切人类的呼声都已停止,只有风暴还独自在继续施威。风渐渐息了,大块灰色的云片向西方卷去,蓝色的苍穹显露了出来,星星比先前更为明亮。不久,地平线上现出一道红色的条纹,波浪渐渐变成白色,一道光线掠到波浪上面,把吐着白沫的浪尖染成金黄色。白天来了。

邓蒂斯默默地,一动不动地站在这壮丽的景色前面。他转望城堡那个方向,望望海,又望望陆地。那阴森的建筑物耸起在海的胸膛,带着庞然大物的那种庄严显赫的神气,似乎在监视,统治着一切。这时约莫已有五点钟。海愈来愈平静了。

"在两三小时以内,"邓蒂斯想道,"狱卒会走进我的房间,看到我那可怜的朋友的尸体,认出是他,就会找我,找我不到,就会去报警。于是他们会发现地道,那两个抛我入海的人就会被召去追问,而他们一定是听到了我的喊声的。那时满载着武装士兵的小艇就会来追赶那不幸的逃犯。他们会鸣炮向每一个人警告,叫他们不要庇护一个走投无路,赤身裸体,饥寒交迫的人。马赛的警察会在陆地上警戒,而堡长则会从海上来追赶我。我又冷又饿,我甚至丢掉了那把救命的小刀。噢,我的上帝呀,我受的苦难够多的啦!可怜可怜我吧,救救我吧,我已毫无办法啦!"

当邓蒂斯(他的眼睛是朝着伊夫堡那个方向的)像一个精疲力尽的人发呓语似的做这个祷告的时候,他突然瞥见在波米琪岛的尽头,像一只岛儿掠过海面似的,出现了一艘小帆船,只有一个水手的目力才能判断出它是一艘热那亚的独桅船。它从马赛港向海外疾驶,它那尖利的船头正在破浪而来。

"噢!"爱德蒙喊道,"再要半小时我就可以加入那艘船里,我还怕什么诘问,搜捕,被押回马赛!我怎么办呢?我捏造什么事故好呢?这些人假装在沿海贸易,实际上却是走私贩子,他们可能会出卖我,以表示他们自己是好人。还是等等吧。但我不能了,我饿极啦。再过几小时,我的气力要一点都没有了,此外或许堡里还未发现我已失踪了吧。我可以装成昨天晚上沉船的一个水手。这个故事正巧合适,也不会有人来拆穿我。"

邓蒂斯一面说,一面向那渔船撞破的地方张望,这一望不由得使他打了一个哆嗦。岩石尖上挂着一顶水手的红帽子,山岩的脚下浮动着几块帆船龙骨的碎片。刹那间邓蒂斯拿定了主意。他向帽子游过去,拿来戴在自己头上,抓住一块龙骨的碎片,于是尽力向那帆船所取的路线横截过去。"我有救了!"他喃喃地说。而这个信念使他重新获得了力量。

爱德蒙不久就发觉,那艘帆船因为正遇着顶头风,所以正在伊夫堡和伯兰尼亚灯塔之间抢风斜驶。一时间,他担心那帆船会不沿岸航行,而径自驶出海去。但他不久就从它的行驶方向看出像大多数到意大利去的船只一样,它也想从杰罗斯屿和卡拉沙林屿之间通过。

这时,帆船和游泳者已慢慢地在靠近了,只要它往岸边靠近一次,帆船就会接近到离他四分之一哩以内。他浮出到浪面上,做着痛苦求救的表示,但船上没有人看到他,船又折了一个弯。邓蒂斯本打算大声喊叫,但他想到他的喊声会被风吞没。这时他很庆幸自己预先想到,抱住了这块龙骨,要是没有它,他或许无法到达那艘船上,——而且要是他们果真没有发现他的话,当然也无法回岸。

邓蒂斯虽然几乎已能肯定那艘独桅船的航程,但却仍旧焦急地注视着它,直到它又向他折回来。于是他就向前游,但他们还没有看到,那艘帆船又改变了方向。他立即使出全身的力量拼命一跳,半个身体露出水面,挥动他的帽子,发出水手所特有的一声大喊。

这一次,他不但被看见,而且被听到了,那艘独桅船立刻转舵向他驶来。同时,他看到他们已在把小艇放到海里。片刻以后,小艇由两个人划着,迅速地向他摇来。邓蒂斯觉得那条横木现在已经无用,就放弃了它,自己则奋力游过去。但他对自己的力量估计得太高,他这时才觉得那条横木对他是如何的有用。他的手臂渐渐僵了,他的腿也难以动弹,他几乎喘不过气来了。

他又大叫一声。两个水手加倍用力,其中有一个用意大利语喊道:"挺住!"

这两个字刚传到他的耳里,就来了一个浪头朝他的头上猛地打下来,把他淹没了。他又浮出水面,用一个人快要溺死时的那种拼命地力量支持住自己,发出第三声大喊,于是觉得自己又在往下沉,仿佛那致命的铁救又绑到了他的脚上一样。水没过了他的头,透过水,他看到一个苍白的天和黑色的云块。一阵猛烈地挣扎又把他带到水面上。他感到好像有什么东西抓住了他的头发,但他什么都看不到也什么都听不到了。他昏死过去了。

当邓蒂斯睁开眼来的时候,发现自己已在独桅船的甲板上。首先想到的,便是要看看他们航行的方向。他们正在迅速地把伊夫堡抛到后面去。邓蒂斯实在太疲惫了,以致他所发出的那声欢呼被错认为一声痛苦的呻吟。

我们已经说过,他是躺在甲板上的。一个水手正在用一块绒布为他摩擦四肢;另一个水手,他认得就是那个喊"挺住"的人,拿着一满瓢甜酒凑到他的嘴边;而第三个人,是一个老水手,他既是领港又是船长,则带着感到虽在昨天躲过灾难,但说不定灾难明天又会降临的那种自幸的同病相怜的神色站着旁观。几滴甜酒使青年衰弱的心脏重新兴奋起来,而四肢所受的按摩则使它们恢复了活力。

"你是谁?"船长用很蹩脚的法语问。

"我是,"邓蒂斯用蹩脚的意大利语回答,"一个马耳他水手。我们是从锡拉丘兹装谷物来的。我们昨天晚上在摩琴岬遇上了风暴,我们就是在这个地方触礁沉没的。"

"你刚才是从哪儿来的?"

"就是从这些岩石上来的,也是我的运气好,竟能攀住一块岩石,而我的船长和其他的船员却都丧命了。我看到了你们的船,我害怕留在这个孤岛上饿死,就壮胆抱住一片破船,想游到你们这儿来。你们救了我的命,我谢谢你们,"邓蒂斯又说,"当你们有一个水手抓住我头发的时候,我已经精疲力尽了。"

"那是我呀,"一个外貌诚实开朗的水手说,"真是千钧一发,那时你正在往下沉哩。"

"是的,"邓蒂斯答道,并伸出手去,"我再谢谢你。"

"我简直有点犹豫,瞧,"水手回答说,"你胡子有六寸长,头发够一尺。看起来像一个强盗,而不像一个好人。"邓蒂斯想起,他的头发和胡子自从进了伊夫堡以后就没有剃过。

"是的,"他说,"有一次遇险时,我曾向宝洞圣母许过愿,宁愿十年不剃头发和胡子,只求在危险之中救我的命,今天我许的愿果然应验了。"

"我们现在把你怎么办呢?"船长说。

"唉!随你们的便。我的船长已经死了。我只光身逃出一条命。但我是一个好水手,你们在第一个靠岸的港口让我下去好了。我总能在一艘商船上找到一份工作的。"

"你熟悉地中海的航路吗?"

"我从小就在它上面航行的。"

"那些最出名的港口你熟不熟?"

"没有哪个港口我不能闭着眼睛驶进驶出的。"

"我说,船长,"那个对邓蒂斯喊"挺住"的水手说,"假如他所说的话是真的,那么何不留他和我们在一起呢?"

"那得看他说的是不是真话,"船长迟疑不决地说道。"处于这个可怜虫的境况,人总是不免言过其实的。"

"我可以实过所言。"邓蒂斯说。

"那我们就走着瞧吧。"对方微笑着回答。

"你们到哪儿去?"邓蒂斯问。

"到里窝那。"

"那为什么要老是这么折来折去,而不近风直驶呢?"

"因为这样我们就会直接撞到里翁屿上去了。"

"你们会在它的旁边经过,离岸还有二十寻(一寻约等于一·六二米)多。"

"去掌舵,让我们来看看你的本事如何。"

青年接过舵把,先轻轻用力一压,船就应舵而转,他就看出这虽不是一艘第一流的帆船,但尚能操纵如意,于是他喊道:"准备扯帆!"

船上的四个海员都遵命行事,船长则看着他们干活。

"近风直驶!"邓蒂斯又喊。

水手们即刻服从。

"拴索!"

这个命令也执行了。果然如邓蒂斯所预料的,船在离岸右手二十寻的地方擦了过去。

"太棒了!"船长说。

"太棒了!"水手们跟着喊。他们都钦佩地望着这个人,这个人的眼睛里已恢复了智慧的光芒,至于他身体的坚强有力,他们是绝不会有所怀疑的。

"你看,"邓蒂斯离开舵把说,"至少是在这次航程中我对你还可以有点用处。假如你到了里窝那以后不要我了,可以把我留在那儿。我拿到第一笔工钱就来偿还你们借给我的衣服和这段时间伙食费。"

"哦,"船长说,"我们是没有问题的,只要你的要求合理就得了。"

"只要你给我和他们同等的待遇,那么这事就算决定了。"邓蒂斯答道。

"那不公平,"那个救邓蒂斯的水手说,"因为你比我们懂得多。"

"你这是怎么啦,贾可布?"船长回答说。"要多要少,这是人家的自由呀。"

"那也行,"贾可布答道,"我只是说说而已。"

"喂,最好你还是借一件短褂和一条裤子给他,要是你有替换衣服的话。"

"没有,"贾可布说,"我只多出一件衬衫和一条裤子。"

"对我就足够了,"邓蒂斯插进来说。"谢谢你,我的朋友。"

贾可布窜下舱去,不久就拿了那两件衣服回来,邓蒂斯穿了起来,心里有说不出的喜悦。

"现在,你还希望要什么别的东西吗?"船长问。

"一片面包,再来一杯我尝过的那种好酒,因为我好长时间没有吃喝啦。"实际上,他已有四十小时不曾吃东西了。面包拿来了,贾可布把那只酒瓢递给他。

"打左舵!"船长对舵手喊。邓蒂斯一面也向那个方向看,一面把瓢举到嘴边,但他的手突然停住在半空中了。

"咦!伊夫堡出了什么事啦?"船长说。

引起邓蒂斯注意的,是凝聚在伊夫堡城垛顶上的一片小小的白云。同时,又隐约听到了一声炮响。水手们都面面相觑。

"那是什么意思?"船长问。

"伊夫堡有一个犯人逃走了,他们在放示警炮。"邓蒂斯回答。船长瞥了他一眼,他已把甜酒凑到唇边,神色非常镇定地喝酒,船长即使有一丝疑虑,也因此被打消了。

"这种甜酒好厉害。"邓蒂斯一面说,一面用他的短袖抹掉额头的汗。

"不管怎么说,"船长注视着他喃喃地说,"就算是他,那也好,因为我总是得到一个少有的老手了。"

邓蒂斯假装说疲倦了,要求由他来掌舵。舵手乐得能有机会松一松手,就望望船长,后者示意他可以把舵交给新来的伙伴。对蒂斯于是就能时时看马赛方面的动静了。

"今天是几号?"他问坐在他身旁的贾可布。

"2月28日。"

"哪一年?"

"哪一年!你问哪一年?"

"是的，"青年回答说，"我问你今年是哪一年？"

"你把它也忘了吗？"

"昨天晚上我吓破了胆。"邓蒂斯微笑着回答，"我的记忆力几乎都丧失了。我是问你今年是哪一年。"

"1829年。"贾可布回答。邓蒂斯自被捕之日起，已过了十四年了。他十九进伊夫堡，逃走的时候已是三十三岁。

他的嘴角露出一丝苦笑。他自己问自己，美茜蒂丝不知究竟怎么样了，她一定以为他已经死了吧。接着他想到那三个使他囚居了这么久，使他受尽了这么多苦楚的人，他的眼睛里燃起了仇恨的火焰。他重新对邓格拉司，弗南和维尔福发了一个他在黑牢里发过的誓言，势必要向他们作不共戴天的复仇。这个誓言不再是一句空泛的威胁，因为地中海上最快速的帆船也不能追上这只小小的独桅船，船上的每一片帆都吃饱了风，直向里窝那飞去。

第二十二章　走私贩子

　　邓蒂斯在船上还没有呆上一天,就和同航的人们搞得很熟了。宙纳·阿米里号(这艘热那亚独桅船的船名)的这位可敬的船长,虽然没有受到法利亚长老的教育,但对于所谓地中海这个大湖沿岸的各种语言,从阿拉伯语到普罗旺斯语,却都能一知半解地说几句,所以他不必雇用翻译,多一个人总是多一份累赘,而且也多一个泄露秘密的机会。这种语言的能力,使他很容易和人接触,不论是和他在海上所遇到的帆船,和那些沿着海岸航行的小舟,或和那些来历不明的人。这种人,没有姓名,没有国籍,身份不明,在海口的码头上老是可以看到他们,他们靠着那种秘密的收入过活,而由于看不出他们收入的来源,我们只能称他们是靠天生活的。我们可以下结论说,邓蒂斯是碰到了一艘走私船。

　　由于上述的理由,所以船长接纳邓蒂斯到船上,是抱着某种程度的怀疑的。他的大名是岸上的海关官员非常熟悉的。而由于这些可敬的先生们和他之间时时在钩心斗角,所以他起初以为邓蒂斯可能是税务局的一个密探,用这条巧计来刺探他这一行的秘密的。但邓蒂斯操纵这只小船的熟练程度已使他完全放心。后来,当他看到伊夫堡上空袅袅上升的像羽毛似的轻烟的时候,他立刻想到,他的船上已接了一位像国王那样他们要鸣炮致敬的人物。但老实说,这一点倒还没有如新来者是一个海关官员那样使他不安,可是当他看到这位新来的伙计泰然自若的神情,后面这一层怀疑也就像前者一样地消失了。

　　因而,爱德蒙倒占了一个便宜,他可以知道船长是何等样人,而可不被船长知道他。不论那个老水手和他的船员用什么方法来进攻他,他总是防御得很坚固,丝毫没有泄漏真情,只坚持着他最初的一番话,他把那不勒斯和马耳他描述得绘声绘色,这些地方他原知道得像马赛一样清楚。所以这个热那亚人虽然精明,却被邓蒂斯用温和的态度和熟练的航海技术蒙骗了过去。而且,也许这位热那亚人也是那些聪明人之一,他们除了他们所应该知道的事情以外什么都不知道,除了有心相信的事情以外什么都不相信。

　　而就在这种互相有利的状况之下,他们到达了里窝那。这儿,爱德蒙还应该接受另一次考验:就是在十四年不曾看见过他自己的容貌以后,他还能不能认识他自己。对于自己青年时代的容貌,他还保存着一个完好的记忆,现在得来看成年的他究竟变成怎样的一个人了。他的朋友们相信他所许的愿已经兑现了。他以前曾在里窝那停靠过二十次。他记得在圣·费狄南街有一家理发店,就到那儿去刮胡子修头发。

　　理发师看着这个长发黑须的人,惊异不已,看他的头,简直像是铁相(意大利画家)名画上的人物。当时并不流行这样大的胡子和这样长的头发,而现在,假如一个人天赋有这样的美质而竟自动愿意捐弃,一定会使理发师大表惊奇。那位里窝那理发师不加思索,立刻就工作起来。

理完后,爱德蒙摸着自己的下巴已十分光滑而头发已缩短到一般的长度,他要了一面镜子,从镜子里来看他自己。

正如我们说过的,他现在已是三十三岁了,十四年的牢狱生活已在他的脸上产生了一种所谓气质上的大变化。邓蒂斯进伊夫堡的时候,是带了一个幸福青年的圆圆的,坦白的,微笑的脸进去的,他一生中早年所走的路是平坦的,他以为未来自然只是过去的继续。现在这一切都变了。他那椭圆形的脸已拉长,那张带笑的嘴已有了表示决心的明确的线条;他那饱满的额头上出现了一条表示深思的皱纹;他的眼睛里充满了抑郁的神色,从眼的深处,不时射出厌世和仇恨的光芒;他的肤色,由于长期不和阳光接触的缘故,现在变成了苍白的颜色,配上他那黑色的头发,现出北欧人的那种贵族美;他胸中深奥的知识已使他脸上焕发出那种泰然自若的智慧之光;他的身材本来就很高,而由于精力含蓄了这么久,所以体力足和身量相配。

丰满结实而肌肉发达的身材已一变成为劲健而瘦削,文质彬彬的仪表。他的声音,也由于祈祷,饮泣和诅咒而改变,时而温柔恳切,听来非常动人,时而又变得粗声粗气,几乎近于嘶哑。而且,由于长久处在昏暗或黑暗的地方,他的眼睛获得了鬣狗和狼所独具的能力,能在黑夜里辨别出东西。

爱德蒙望着自己不禁笑了,即使他最好的朋友——假如他的确还有什么朋友留在世上的话——也不可能认识他,他自己都不认识他自己了。

宙纳·阿米里号的船长很希望留下像爱德蒙这样有用的一个船员,他把一些将来应得的红利预支给爱德蒙。理发店是爱德蒙化身的第一个步骤,他的第二个步骤是到一家铺子去买全套水手的服装,——我们都知道,那是非常简单的,只是一件连白裤子的水手服,一件条纹衬衫和一顶帽子。

爱德蒙就穿着这身服装回去,把贾可布借给他的衬衫和裤子还了,重现在宙纳·阿米里号船长的面前。船长叫他重新进一遍他的身世,他已认不出这个整洁文雅的水手就是那个留有大胡子,头发里缠满了海藻,全身浸在海水里,奄奄一息的时候赤裸裸地被他救起来的人。在这种使人爱慕的外貌吸引之下,他重提前议,愿意长期雇用邓蒂斯。但邓蒂斯有他自己的打算,不同意比三个月更长的时间。

宙纳·阿米里号有了一个非常得力,非常服从他们船长的伙计。船长一向养成惜时如金的习惯,他在里窝那还不满一星期,他的船上就已装满了印花纱布,禁止出口的棉花,英国香粉和厂方忘记盖上商标的烟草。他们要把这一切都免税弄出里窝那,运到科西嘉沿岸,那儿,自有一些投机商人把货物转运到法国去。

船启航了,爱德蒙又在浅蓝色的海上破浪前进,海在他的青年时代第一次打开了眼界,在狱中常常让他魂牵梦萦。现在,戈尔戈纳在他的右边,皮亚诺扎在他的左边,他是在向巴奥里和拿破仑的故乡前进。

第二天早晨,船长到甲板上去的时候(他老是一早就到甲板上去的),看见邓蒂斯正斜靠在船舷上,带着极其热切的神色望着一座被朝阳染成玫瑰色的花岗石的岩山。那就是基度山小岛。宙纳·阿米里号经过它继续向科西嘉驶去,在经过它的时候,左舷离它还不到一里路。

这个岛的名字和邓蒂斯是这样的休戚相关,当他们这样近地经过它的时候,他心里想,他只要往海里一跳,不出半小时,他就可以到那块上帝许给他的土地上了。但那时,没有工具来发掘宝藏,又没有武器来保护它,他又何能为力呢?再说,水手们会怎么说,船长会怎么想呢?他必须等待。

幸而,他已学会如何等待了。他为了自由曾等待了十四年,为了财富,他至少能等待六个月或一年。当初要是只给他自由而不给他财富,他不是也会接受的吗?而且,那些财富难道不会是水月镜花,是可怜的法利亚长老脑子里的产物,已和他同逝了的吗?不错,红衣主教斯巴达的那封信是唯一有关的证件,于是邓蒂斯又从头到尾的背了一遍,连一个字也没有忘记。

黄昏来了,爱德蒙眼看着那个岛被笼罩在薄暮所带来的色彩中渐渐远去,终于在其他一切人的眼前消隐,但却没有在他的眼前消失。他,凭着那一双习惯于牢狱的幽暗的眼光,在其他一切人都已看不到它的时候,却仍能看到它,他最后离开甲板。

第二天破晓的时候,他们已到了阿立里亚海外。他们整天沿着海岸航行,入夜,岸上燃起了火光。这火光大概是约定的暗号,一看这火光,他们知道可以靠岸了,——因为有一盏船灯不挂在旗杆上而挂在桅顶上,于是他们就向岸驶去,驶到大炮的射程以内。

邓蒂斯注意到,当他们向陆地靠近的时候,宙纳·阿米里号的船长架起两尊旧式的小炮,这两尊炮能把四磅重的炮弹射出千步之外而不会发出很大的声响。

不过对这天晚上来说,这种预防是多余的,一切都进行得极其顺利。四只小艇轻悠悠地划出来,靠到小帆船旁边,帆船无疑地懂得这种迎接的意思,也把它自己的小艇放到海里。五只小艇干得挺欢,到早晨两点钟,全部货物已卸出宙纳·阿米里号,搬上了环球号。

宙纳·阿米里号船长办事是这样的有条不紊,当天晚上就分红利,每一个人得了一百个托斯卡纳里弗,——那是说,合我们的钱八十法郎。但航程并未就此结束,他们把船头的斜桅转向撒地尼亚,预备在那儿装一批货,以代替那卸下的。

第二次的行动也像第一次一样的顺利,宙纳·阿米里号真是走运了。这批新货的目的地是卢加沿岸,货物几乎完全是哈瓦那雪茄,白葡萄酒和马拉加葡萄酒。

从那儿回来的时候,他们和宙纳·阿米里号船长的死对头税警发生了一场小冲突。一个海关官员倒了下去,两个水手受了伤,邓蒂斯是其中之一,一个枪弹碰上了他左面的肩膀。邓蒂斯简直很高兴受这个惊吓,很乐于受伤。这是无情的老师,教会他用怎样的眼睛才能观察危险,用怎样的忍耐才能忍受痛苦。他用微笑来面对危险,而当受伤的时候,还喊出大哲学家的那句话:"痛苦呀,你并不是一件坏事!"他而且还望着那个受伤将死的海关官员,但不知究竟是为了战斗使他的热血沸腾了呢,还是为了他那人性的情感已经冷却,总之,他对于这个景象感动甚微。邓蒂斯正在向他所愿意走的路上行进,正在向他所希望达到的地方移动,——他的心快要麻木了。

贾可布看见他倒下,以为他被打死了,便一头朝他扑过去,将他扶起,极力照顾他,尽了一个好伙伴的责任。

那么,这个世界虽没有像班格罗斯医生所相信的那样好,却也没有像邓蒂斯所想象的那样坏,因为这个人,除了能从他伙伴的身上可以承袭那一份红利以外再没有什么可希冀的,但当他看见他倒下的时候,却显得那么痛心疾首。幸而,我们已经说过,爱德蒙只是受伤,在敷上了撒地尼亚老太婆卖给走私贩子的某种草药(这些草药是在某些季节采集来的)以后,伤口愈合得很快。爱德蒙为了想试一试贾可布,就拿出他所得的红利的一部分来,以报偿他的照顾之情,但贾可布愤愤地拒绝了。

这是一种伙伴间的赤诚之爱,贾可布在第一次遇见爱德蒙的时候就把这种爱给了他,结果是爱德蒙对贾可布也发生了某种程度的情感,贾可布觉得这已经够了。他已经本能地感觉到爱德蒙的卓越,——一种别人都没有觉察到的卓越;而用了那一点来衡量爱德蒙所赐予他的情意,那勇敢的水手也就很满意了。

于是,当那帆船在浅蓝色的海面上平稳地滑行,当他们感谢顺风吹涨了它的帆,除了舵手以外其他一无所需的时候,爱德蒙就利用船上这漫长的时日,手里拿着航海图,做起贾可布的老师来,就像可怜的法利亚长老做他的老师一样。他向他指出海岸线的位置,向他解释罗盘的各种变化,教他读那本摊开在我们头上,上帝用钻石做成的字写在蓝空上的,所谓"天"的大书。而当贾可布问他,"你把这一切教给像我这样一个卑下的水手有什么用呢?"的时候,爱德蒙回答说,"谁知道呢?或许有一天你会成为一艘帆船的船长。你的同乡波拿巴还做了皇帝呢。"我们忘记提一句,原来贾可布也是一个科西嘉人。

两个半月在这种航程中过去了,爱德蒙是一个刻苦耐劳的海员,现在又成了一个能干的沿海航行者;他认识了沿岸所有的走私贩子,并学到了这些半似海盗的私贩用来互相联络的秘密讯号。他一次又一次地经过他的基度山小岛,一共经过了二十次,但始终没有找到一次机会上去。

于是他下了一个决心:只要他和宙纳·阿米里号船长的约期一满,他就自己花钱租一艘小帆船,——因为在他的几次航程中,他已积蓄了一百个毕阿士特,——随便找个借口来到基度山小岛登陆。那时他就可以无拘无束地进行搜索,——或许并不完全自由,因为那些陪伴来的人无疑的是会注意他的,但在这个世界上,我们总得有点冒险精神。牢狱已使邓蒂斯谨慎,他很希望能不冒任何危险。他虽然想象力丰富,但在苦苦地思索了一番以后,依旧是一场空,他想不出任何计划可以不用人陪伴而到他朝思暮想的小岛上去。

有一天晚上,当邓蒂斯正在心神不宁地徘徊在这些疑虑和希望之时,那位非常信任他,非常愿意留他继续干的船长走了过来,挽住他的胳膊,领他到一艘泊在奥格里荷的独桅船上去。那是里窝那的走私头子们常常聚会的地方,他们就在这儿讨论他们的沿海贸易。邓蒂斯到这个海上交易所已有两三次,并见过了所有这些大胆勇敢,供应将近六百里沿岸的免税贸易者,他曾扪心自问,倘若一个人能克制一下暂时的意志上的冲动,而把这一切五花八门的关系网联结起来,则还愁何事不成。这一次所讨论的是一件大事,——关于一艘装载土耳其地毯,勒旺绒布和克什米尔毛织品的帆船。大家必须先商量一个便于交易的中间地带,然后设法把这些货物运到法国沿海的地方。假如成功了,赢利是极大的;每一个船员可以分到五六十个毕阿士特。

宙纳·阿米里号的船长提出以基度山岛作为装货的地点,那是一个完全荒无人烟的地方,既没有兵,也没有税吏,似乎从商人和盗贼的祖师邪神麦考莱(罗马神话中商人盗贼的保护神)那个时代起,就已孤立在大海的中央了。商人和盗贼这两个阶级,在我们近代,即使有时仍是合二而一的东西,但名称总已是分别的了,但在古代,好像是把两者归于一类的。

提到基度山,邓蒂斯欢喜得吓了一跳,为了掩饰他的情绪,他站起身来,在那烟雾腾腾,把世界上各种各样的语言掺杂成一种混合语的独桅船上兜了一个圈子。

当他再回到那两个讨论者那儿的时候,事情已经定下来,他们决定在基度山相会,并在第二天晚上就出发。他们问爱德蒙的意见,他认为那个岛具有一切可能的安全条件,而且那件大事,要想做得好,就必须做得快。所以商定的计划不再做任何变更,大家同意;他们第二天夜里出发,假如风向和天气允许的话,就设法在下一天傍晚到达这个位于中间地带的小岛的海面。

第二十三章　基度山岛

凡是连年遭难的人,当长期的灾难过去后,有时会遇到意想不到的好运,邓蒂斯现在就是遇上了这种好运,竟可以凭这样简单自然的方法得到他所渴望的机会,可以不会引起任何猜疑而到达那个岛上。现在,离他所朝思暮想的远征,中间只隔一夜了。

那一夜是邓蒂斯一生中最心绪不宁的一夜,这天夜间,各种各样有利的和不利的可能性都在他的脑中交替出现。一合上眼,他就看见红衣主教斯巴达的那封遗书用火红的字写在墙上,略一打盹,脑子里就产生了最荒诞古怪的梦境。他走进岩洞里,只见绿玉铺地,红玉筑墙,洞顶闪闪发光,挂满了金刚钻凝成的钟乳石。珍珠像在地下凝聚的水气那样一颗一颗地往下掉。爱德蒙惊得目眩神迷,把那些光彩四射的宝石装满了几口袋,然后回到洞外,但在亮光处,他那些宝石都变成了平凡的石子。于是他努力想再走进这些神奇的洞窟,但道路已蜿蜒曲折,化成无数条小径,再也找不到进口。他在记忆中搜索枯肠,像阿拉伯渔夫回想那个神秘的魔字以求唤开阿里巴巴的宝库一样。一切都无用,宝藏已消失了,他原想从护宝神祇的手上把宝藏偷走,现在宝藏却已回到他们那儿去了。

白天终于来临,而白天几乎也像夜晚那样令人焦躁不安。但在白天,除了幻想以外,还给人带来了理智。在此之前,邓蒂斯的脑子里还是模糊不清的,现在慢慢地明确了一个计划。

夜来了,出航的准备都已完成了。这些准备工作使邓蒂斯得以掩饰他的焦急。他已逐渐在他的同伴之中建立起他的威信,简直成了船上的指挥官。又因为他的命令总是很简练、明确,而且易于执行,所以他的同伴们很乐于服从他,而且执行得很迅速。

老船长让他去干,因为他也看出邓蒂斯确比全体船员和他自己高明。他觉得这个青年最适宜做他的继承人,很遗憾自己没有一个女儿,以致不能用一个美满的婚姻来笼络爱德蒙。

晚上七点,一切都准备好了,七点十分,他们已绕过灯塔,塔上那时刚才放光。

海很平静,他们借着从东南方吹来的一阵清新的和风在明亮的蓝空下航行,蓝空上,上帝也已燃起他的指路灯,而每一盏就是一个世界。邓蒂斯让他们大家都去休息,由他来把舵。

马耳他人(因为他们是这样称呼他的)既然说了这句话,这就够了,于是大家就都心安理得地到他们的鸽子笼里去了。这也是常有的事。邓蒂斯虽为世所弃,但有时却偏偏喜欢孤独,而说到孤独,哪有比驾着一艘帆船,在朦胧的夜里,万籁俱寂的海面上孤零零地漂浮着更完整更富有诗意呢？

这一次，他的思想扰乱了孤独，他的幻念照亮了夜空，他的诺言打破了沉寂。

当船长醒来的时候，船上的每一片帆都已扯了起来，每一寸布都吃饱了风，他们在以差不多每小时十海里的速度疾驶向前。基度山岛隐约地耸现在地平线上。爱德蒙把船交给船长照看，到吊床上躺一会。尽管昨天晚上一夜不曾睡觉，他仍然一刻都不能合眼。

两小时以后，他又回到甲板上，船正在绕过爱尔巴岛。他们现在已和马里西亚纳平行，但还不到那平坦而荒芜的皮亚诺扎岛。基度山的山尖被火一样的太阳染成血红色，衬托在浅蓝色的天空上。

邓蒂斯让舵手摆舵使船转向左舷，这样就可以在皮亚诺扎的左方通过，由此可以缩短两三海里的距离。

傍晚五点钟，岛的面目很清楚了，岛上的一切都尽收眼底，这是因为夕阳下山时，大气特别明亮的缘故。

爱德蒙非常热切地注视着那一座山岩，山岩上渐渐染上各种各样的暮色，从最浅的粉红到最深的暗蓝无不具备，而他的两颊也时而泛出红潮，额头时而浮上阴云，他的眼前时而呈现一片薄雾。任何一个以全部身家财产作赌注拼死一博的赌徒，其所经历的急躁不安的心情，也不会像爱德蒙这时徘徊在希望的边缘上所感到的那样剧烈。

夜来了，到十点钟，他们抛锚停泊。这次的约会还是宙纳·阿米里号最先到。邓蒂斯虽说平时极善于克制自己，这次却再也压抑不住他的情感。他第一个跳上岸，要是他胆敢冒险的话，他一定会像布鲁特斯那样"和大地接一个吻"。

天很黑,但到十一点钟,月亮从海中央升起来,把海上的每一个波浪都染成银色,以后,愈升愈高,把苍白色的光泻满在这座堪称皮隆第二的岩山上。

宙纳·阿米里号的船员对这个岛都很熟悉,这是他们的中途站之一。而邓蒂斯在到勒旺的航程中曾多次经过它,但从来没有在这儿停靠过。于是他向贾可布打听:"我们今天在哪儿过夜?"

"什么,在船上呀。"那水手回答。

"我们呆在岩洞里不更好吗?"

"什么岩洞?"

"咦,岛上的岩洞呀。"

"我不知道有什么岩洞。"贾可布回答。

邓蒂斯的额头上沁出一阵冷汗。"什么!基度山上没有岩洞吗?"他问。

"一个都没有。"

邓蒂斯顿时惊得连话都说不出来。但他转而又想,这些洞窟大概是由于某种意外的事故而被湮没了的,或许是红衣主教斯巴达因为要保证更大的安全而故意填没了的。在这种情况下,关键是发现那湮没了的洞口。晚上去找是无用的,所以邓蒂斯只能把一切调查工作搁置起来,等到第二天早晨再进行。再说,一里半海面外已发出了一个信号,宙纳·阿米里号也回答了一个同样的信号,这说明交易的时间已经到了。

那艘帆船还是等在外面,在观察回答的信号究竟对不对,不久,它就静悄悄地驶进来了,只见白朦朦的一片,像是一个幽灵似的,在离岸一箭路处抛了锚。

于是转运工作开始了。邓蒂斯一面干活,一面想,假如他把心里念念不忘的心思讲出来,则只消讲一个字就可以使所有这些人都高兴得大叫起来,但他丝毫没有泄漏这个惊人的秘密,他已经担心说得太多,由于他喋喋不休地提出问题,东张西望的观察和显然若有所思的那种神态,说不定已引起了人们的猜疑。还好,在这种状况下,过去的痛苦的遭遇,却帮了他一次忙,惨痛的往事在他的脸上布下了一重无法消除的抑郁,在这一重阴云之下,喜悦的火花即使在融融的燃烧,也只像是昙花一现而已。

没有人看出一点破绽。第二天,当邓蒂斯拿起一支猎枪,带了一点火药和弹丸,准备去打几只在岩石上跳来跳去的野山羊的时候,大家都以为他只是为了爱好运动或喜欢孤独而已。但是,贾可布却执意要跟他去,邓蒂斯并不反对,生怕一经反对,就会引起怀疑。他们还没走到一里路,就已射杀了一只小山羊,于是他让贾可布把山羊背回到他的伙伴们那儿去,请他们烧起来,烧熟以后,鸣枪一声通知他。这只小山羊再凑上一些干果和一瓶普尔西亚诺山的葡萄酒,就是一顿很丰富的酒宴了。

邓蒂斯继续向前走,不时向后回顾,并四面察看。当他爬到一块岩石顶上时,看见他的同伴们已在他的脚下,他已比他们高出一千尺左右。贾可布已回到伙伴中间,他们正在忙碌地准备,把爱德蒙狩猎的成绩做成一顿好菜。

爱德蒙望了他们一会儿,脸上带着一个超群拔俗的人的那种温和而忧郁的微笑。"在两小时以后,"他说,"这些人就会每人分得五十个毕阿士特出发,冒着生命危险,再去争取五十块这样的银洋。他们会带着一笔六百里弗的财富再返回来,然后带着像苏丹那样的骄傲,像印度富豪那样不可一世的气概,在某一个城市里把这笔财富挥霍一空。现在,希望使我鄙视他们的财富,那笔钱在我看来似乎太不值一屑了。但明天,幻想或许会破灭,那时,我将不得不把这种不值一屑的财产当作至高无上的幸福。噢,不!"他喊道,"那是不会的,聪明的法利亚从来不曾算错过一件事,他不会单单在这一件事上弄错。而且,假如继续过这种贫穷卑贱的生活,倒还不如死了好。"在三个月以前,邓蒂斯除了自由以外原是别无所求,现在,光有自由不够了,还渴望着财富了。这不是邓蒂斯的错,而是上帝造成的,上帝限制了人的能力,但却给他以无穷的欲望。

这会儿,邓蒂斯正在循着一条岩石夹持的道路走,这条小径是一道激流所冲成的,从各种迹象看,这条路上大概从来不曾印上过人类的足迹,他认为这一带一定有岩洞,就一步步向前走去。他现在是在顺着海滨走,一路走,一路极其注意地察看每个微小的东西,他觉得在某些岩石上可追踪到人的手所造成的记号。

"时间"给一切有形的物体披上一件外衣,那件外衣就是苔藓,它把一切无形的事物也包裹在一件外衣里,而那件外衣就叫"忘却",可是它却似乎还相当尊重这些记号。这些记号相当有规律,大概是故意留下的,有几处已被盖没在一大丛一大丛四处盛开着的金娘花底下,或寄生科的地衣底下。所以爱德蒙必须时时撩开花枝或铲除苔藓方能看到这个迷宫里给他指路的记号。这些痕迹重新燃起了他头脑里的希望。莫非这是红衣主教留下,以备在横祸到来的时候,给他的侄子做路标的吗?但他却没有预料到他的侄子竟会和他同时在飞来横祸下毙命。倘若一个人要想埋藏一宗宝藏,显然是喜欢选择这个人迹罕至的地方。只是,这些透露消息的记号,除了最初创造它们的人以外,有没有吸引过旁人的眼睛呢?这个荒凉奇妙的小岛是否仍忠实地保守着它宝贵的秘密呢?

由于地面崎岖不平,爱德蒙的同伴们看不到他。当他追踪到离港口六十步的地方时,记号不见了,但记号中断地方并不见有什么岩洞。只有一块浑圆的大石头稳稳地站在那儿,似乎是唯一的目标。爱德蒙想到,或许他所到的地方不是终点而只是一个起点,所以他又原路返回,去追踪自己的脚迹。

在这期间,他的同伴们已把饭准备好了,他们从一处泉水那儿弄了一点清水来,摆开干果和面包,于是烤那只羔羊。正当他们把那只香喷喷的小兽从铁叉上取下来时,他们看见爱德蒙像一只羚羊那样轻捷而大胆地在岩石上跳来跳去,于是他们按照以前约定的信号,放了一枪。那猎人马上改变方向,迅速地向他们跑来。正当他们注目看望着他那敏捷的跳跃,惊奇于他的大胆时,爱德蒙脚下一滑,他们看到他在一块岩石的边缘上晃了晃,惨叫一声,不见了。他们向他冲过去,虽然爱德蒙比他们高明,他们却都很爱他,而第一个跑到他那儿的是贾可布。

他发觉爱德蒙直挺挺地躺在那儿,鲜血淋漓,几乎已失去了知觉。他是从十二尺或十五尺高的地方滚下来的。他们倒了几滴甜酒在他的喉咙里,这个药方,以前曾对他这样有效,这次也产生了和以前同样的效果。他张开眼睛,诉说膝盖疼得厉害,头觉得很重,腰也痛得厉害。他们想把他扛到海滨去,虽然在贾可布的指挥之下,可是当他们一碰到他,他就啊唷啊唷地呻吟,说他动不了。

邓蒂斯这时大概不可能用餐了,但他一定要他的同伴们去用膳,他们没有理由要像他一样绝食。至于他自己,他说他只要休息一会儿,当他们回来的时候,他或许能好一点了。水手们不必推三让四,他们实在饿了,烤山羊的味道又非常的香,而且水手们本来也是并不十分讲究礼貌的。

一小时以后,他们回来了。爱德蒙力所能做的,只是把自己向前拖了十几步,靠在一块长满苔藓的岩石上。

但是,邓蒂斯的疼痛似乎非但没有减轻,反而更厉害了。老船长为了要把那批货运到皮埃蒙特和法国边境,在尼斯和弗雷儒斯之间卸货上岸,所以必须在当天早上出发。他催促邓蒂斯站起来试试看,爱德蒙费了很大的劲想服从,但他每一用力就倒了回去,口里呻吟不止,脸色转成青白。

"他跌断肋骨了,"船长低声说,"没有关系,他是一个好人,我们绝不能撇下他。还是想办法把他抬到船上去吧。"邓蒂斯说他情愿死在那儿,也不愿意受最轻微的搬动而引起的痛苦。

"好吧,"船长说,"那么只好听天由命了,我们不能让人说闲话,说我们扔下像你这样的一个好伙伴。我们等到晚上再走。"

这句话使水手们大为惊讶,虽然没人提出异议。船长纪律极严,他们从来没有看见他放弃过一笔交易或迟延过一次既定的程序,这次算是破天荒头一遭。邓蒂斯不允许为了他而做出这种破坏常例的举动。"不,不,"他对船长说。"我太粗心了,这是我粗心应得的惩罚。给我留下一点饼干,一支枪,一点火药和子弹,这样我就可以打些小山羊或在需要的时候保护我自己,再留下一把鹤嘴锄,要是你们太久才回来,我可以给自己造一间小茅屋。"

"但你会饿死的呀。"船长说。

"我情愿饿死,"爱德蒙回答,"也不愿动一下,即使最轻微的搬动也会引起钻心刺骨的疼痛。"

船长转过去看看他的帆船,帆船正停泊在小港口里,一部分帆已扯了起来,差不多一上去就可以出海。

"你让我们怎么办呢,马耳他人?"船长问。"我们不能这样撇下你,可是我们又不能再等下去。"

"去吧,去吧!"邓蒂斯喊道。

"我们至少得离开一个星期,"船长说,"然后我们又要特地绕到这儿来接你。"

"何必呢,"邓蒂斯说,"要是两三天内你们碰到什么渔船,你就把我的情况告诉他们,我愿意付二十五个毕阿士特,算是带我回里窝那的船费。要是碰不到,你们在回来的时候再来接我。"

船长摇摇头。

"这么吧,波尔狄船长,有一个办法可以解决这件事,"贾可布说。"你们去,我留在这儿照顾他。"

"你放弃这次冒险的那份红利来陪我吗?"爱德蒙说。

"是的,"贾可布说,"而且毫不迟疑。"

"你是一个好人,是一个好心肠的伙伴,"爱德蒙答道,"上天会报答你的一片好意的,但是我不愿意任何人来陪我。我只要休息一两天就会好的,我希望能在岩石缝里找到一种最妙的跌伤草药。"他的嘴角掠过一丝奇特的微笑。他亲热地紧紧地抓住贾可布的手。但什么都不能动摇他的决心,他要留下来——而且单独留下来。

这些走私贩子只得给了他所要求的那些东西,然后和他分别,但仍频频回过头来,每次回头都做出恋恋不舍地表示。爱德蒙只是挥手作答,像是他身体的其余那些部分都已不能动了似的。

当他们都走得不见了的时候,他微笑着说,"真不可思议,想不到在这种人里边我倒找到了友爱的证明。"然后他小心地把自己拖到一块可以俯视海面的岩石顶上,在那里,他看到那艘独桅船完成了一切出航的准备,拉起锚,像一只振翅待飞的水鸟似的文雅地摆了一摆它的身体,扯上帆走了。

一小时以后,它完全走出视线以外,至少是,那受伤的人从他呆的地方不能再看到它。于是,邓蒂斯一跃而起,他一下子变得比生长在这座荒山的金娘花和灌木丛中的小山羊还矫捷轻快,一手握枪,一手拿了鹤嘴锄,急急忙忙向记号尽头的那块岩石走去。"现在,"他想起法利亚讲给他听的阿拉伯渔夫的故事,于是喊道,——"现在,芝麻芝麻,快开门!"

第二十四章　神奇的景观

太阳几乎升到半空了，它那灼人的光芒直射到岩石上，岩石似乎也受不了那样的热度。成千只知了躲在灌木丛中，吱呀吱呀地唱着又单调又沉滞的歌曲。金娘花和橄榄树的叶子在风中摆动，索索地响着。爱德蒙每走一步，总要惊起几只像绿宝石一样闪闪发光的蜥蜴。远处的斜坡上，他看到野山羊在跳来跳去。总而言之，这个小岛上确是有居民的，可是爱德蒙却觉得他自己是孤独的，只有上帝的手在引导他。他有一种无可言状的感觉，有点近于恐怖，——是那种在光天化日之下，即使沙漠里我们也怕被人看到的恐怖。这种情绪是这样的强，以致当爱德蒙正要开始工作的时候，他又放下他的鹤嘴锄，抓起他的枪，爬到最高的岩石顶上，从那儿向四周望了一遍。

但他所注视的地方，不是那房屋隐约可辨的科西嘉，也不是撒地尼亚，也不是那富有历史意义的爱尔巴岛，也不是延伸在地平线上那一条辨别不出的线条，而只有一个水手的老练的目光才知道它是壮丽的热那亚和商业繁荣的里窝那。爱德蒙的眼睛盯住的，是那艘清晨离开的双桅船，和刚刚动身的那艘独桅船。前者刚刚渐渐消失到博尼法乔海峡里，后者所取的方向却正巧相反，已快要经过科西嘉岛。这一望使他安了心。

于是他又望望自己附近的目标。他看到自己正站在小岛的最高点上，是这座广大的花岗石台座上的一尊人像，在他脚下，渺无人迹，只有蓝色的海拍击着岛岸，给小岛镶上一圈白沫所组成的边。于是他小心翼翼地往下走，生怕他假装出来的那种意外会真的发生。

我们前面说过，邓蒂斯曾从大岩石那个地方出发，跟踪着记号往回走。他发现，这些记号引到一条小溪，这条小溪隐藏在山弯中，像是古代神话里管山林水泽女神的浴池。小溪的开口处很宽，中间很深，足够容纳一艘斯比罗娜（古代的一种简易平底船）的小帆船，外面望来是完全看不到的。

邓蒂斯根据法利亚长老所谆谆教导于他的方法仔细推敲归纳手中的线索，他想，红衣主教斯巴达，为了不让别人看到他的行动，曾到这条小溪来过，把他的小帆船藏在里面，然后从山峡中循着留记号的这条小径走，在小径尽头的大石处埋下了他的宝藏。

基于这样的假设，邓蒂斯又回到那块圆形大石那儿。只有一件事与爱德蒙的理论不合，使他很迷惑。这块大石重达数吨，假如不是很多人一齐用力，怎么能把它扛到这个地方呢？突然间一个想法闪过他的脑子。"不是扛上来的，"他想道，"是把它推下来的。"他连蹦带跳地离开岩石，想寻找出它以前所在的地位。他很快就看出一道斜坡,岩石是顺着这条斜坡滑下来,一直滚到它现在所占的地点的。圆形的大岩石旁边,另有一块大石,这块大石一定是以前用来顶住大圆石的滚势的,岩石四周塞了许多石块和卵石来掩饰洞口,周围又盖以泥土,野草从泥土里生长了起来,苔藓布满了石面,金娘花也在那儿生了根,于是那块大石仿佛是天生就落根在地面上的一样了。

邓蒂斯仔细地掀开泥土,来侦察——或他自以为在侦察——红衣主教的巧计。

他用他的鹤嘴锄进攻这道被时间的手所封闭了的墙。在十分钟的劳动以后,这道墙屈服了,露出一个大小可探进胳膊的洞口。邓蒂斯砍断了一棵他所能找到的最结实的橄榄树,削去丫枝,插入洞里,把它当作杠子用。但那块岩石实在太重了,而且顶得非常结实,假如依靠人力来搬动,就是大力士赫克里斯也是不行的。

邓蒂斯知道他必须先进攻那块作为楔子的大石。但怎么进攻呢?他四周看了看,发现了他的朋友贾可布给他留下的那一满角火药。他微笑了一下。这一角魔鬼所发明的东西可以助他达到这个目的。邓蒂斯拿起鹤嘴锄,在大圆石和那块顶住它的大石之间挖了一个工兵开路时想节省人力的坑洞,然后又在里面填满了火药,再用他的手帕卷了一点硝石作导线,燃着导线,赶快退开。爆炸声立刻随之而起。大圆石被火药的巨力一震,底部立见松动,顶住的那块大石碎成片片,四散乱飞,一大堆昆虫从邓蒂斯以前所挖成的洞口里逃出来,一条像是守护宝藏的大蛇,迅速地窜出来,几曲就不见了。

邓蒂斯走过那块大圆石,它现在已失去支点,斜临着大海。这位勇敢的觅宝家绕着大石走,选了一处似乎最容易进攻的地方,把他的杠子插入一道裂缝,于是用尽了全身的力气来撬那块大石。大石被火药震过以后,本来已松动,这时就连根动摇起来。邓蒂斯加倍用力。他像是一个古代拔山抗神的提旦的子孙。大石终于让步了,滚动了,连翻着跟斗,最后消失在大海里。

在大石所占的地方出现了一个圆形,圆形中间有一块四方形的石头,上面有一个铁环。

邓蒂斯又惊又喜,大喊一声,想不到第一次尝试就得了这样完全的成功。他很想继续工作,但他的膝盖发软了,他的心跳得这样剧烈,他的眼睛变成了这样的朦胧,以致他不得不暂时停止。

这种感觉只存了一会儿。爱德蒙把他的杠子插进铁环里,用尽全力一撬,大石被移开了,露出一个地下的岩洞,洞口有像楼梯似的石级,一直向下伸去,直到消失在黑暗里。

要是换了别人,一定会高兴地大喊一声,向洞里冲去。邓蒂斯却脸色苍白,在洞口迟疑不决,现出深思的样子。"嗨,"他对自己说,"我要像一个男子汉大丈夫。倒霉在我是常事,我绝对不能被失望所压倒。不然,我吃尽了那么多的苦有什么用呢?法利亚只是做了一场梦。红衣主教斯巴达在这儿并没有埋什么宝藏。或许他根本没有到过这儿来。即使他来过,凯撒·布琪亚,那个胆大妄为的冒险家,那个百折不挠,偷偷摸摸的强盗,一定也曾跟踪来过,发现了他的痕迹,像我一样地循着这些记号到这里,像我一样的撬起这块石头,跑下洞去,他在我之前来过了,什么都没有给我留下。"他依旧木然地站着,眼睛盯住他脚下那个幽暗的洞口,又说,"我现在已不再指望什么,我已对自己说过,要是对这件事抱任何希望,实在太蠢了,这次冒险只是为了好奇而已。"他依旧呆呆地站着,露出沉思的样子。

"是的,是的,这样的一次冒险是值得在这位强盗国王一生的善恶大事中占有一席之地的。这件事看来虽似荒诞无稽,但线索极多。是的,布琪亚曾来过这儿,一手举着一支火炬,一手执着一把剑,在二十步之内,或许竟就在这块岩石下面,曾有两个卫兵守望着陆地和海上,而他们的主人则如我待会要做的那样下到洞里,驱着黑暗冒险前进。"

"但这两个卫兵既知道了他的秘密,他们的命运又如何了呢?"邓蒂斯自问。

"他们的命运,"他微笑着回答,"就如同那些埋葬阿拉列的人似的,同样被埋葬了。"

"可是,假若他来过的话,"邓蒂斯想道,"他一定找到了那宝藏。而布琪亚,他既然把意大利比作一棵卷心菜,想把它一片一片地剥来吃掉,当然对于时间的价值是知道得太清楚了,他就不会浪费时间把这块大石重新放回原处。我还是下去吧。"

于是,他嘴上挂着怀疑的微笑,走进洞里,口里喃喃地说着人类智慧最终得胜的最后两个字——"或许!"邓蒂斯本来以为洞里一定很黑暗,空气一定散发着浓重的臭味,但到了里面,他却看到一片浅蓝色的昏暗的光线,这种光线,也像空气一样,并非光从他刚才挖开的洞口里进来,而且也从岩石的裂缝里穿进来,在洞外是看不到这些的,但到了洞里,他却可以透过它们看到湛蓝的天空,和那些在石缝里生长起来的常春藤,卷须蔓和野草的枝叶。

邓蒂斯在洞里呆了几分钟,里面的空气并不潮湿,反倒很温暖,他的眼睛原是在黑暗中过惯了的,所以可以看得到岩洞最深的角落。岩洞是花岗石构成的,闪闪发光,就像钻石似的。"唉!"爱德蒙微笑着说,"这大概就是红衣主教留下的宝藏,那位善良的长老在梦中见到了这些闪闪发光的墙壁,就满怀希望,想入非非。"

但他想起了遗嘱上的话,那些话他熟记心里。红衣主教的遗嘱说:"在第二洞口最深处一角。"他所找到的只是第一个洞窟。他现在得把第二个也找出来。

邓蒂斯开始他的搜索。他心里想,这第二个洞窟自然应该在岛的较深处,而且为了预防被人发觉,自然也是隐蔽的。他在石块间仔细察看,看到有一面洞壁像是洞口,就敲敲听声音。鹤嘴锄最初敲上去只发出一声沉闷的回声,那种声音使邓蒂斯的前额挂满了大滴的冷汗。最后,他觉得有一部分洞壁似乎发出一种较空洞和较深沉的回声,他赶紧上去,凭着一个囚徒所特具的那种敏捷的观察力,看出洞口很可能是在这里。

但是,他像布琪亚一样,也清楚时间的价值。为了避免一场徒劳无益的辛苦,他用他的鹤嘴锄敲遍其他各面的洞壁,用他的枪托敲遍地面,似乎没有什么可怀疑的地方,就回到刚才他听到发出那种使人兴奋的声音的那一部分洞壁前面。他再敲一下,并且加大了力量。于是,一件奇迹出现了。当他敲上去的时候,壁上掉下一块像阿拉伯式雕刻衬底用的那种涂料,跌在地上碎得如片片鱼鳞,露出一块白花花的大石块。这个洞口是用一种在上面抹了一层色彩透明的涂料,像花岗石那样的石块来封锁的。邓蒂斯用鹤嘴锄尖利的一头敲上去,尖头嵌入了石缝。

他应该在这个地方挖进去。但由于人体上某种奇怪的现象,邓蒂斯越是看到眼前这些证据,证实了法利亚长老的话,他非但不觉得宽心,反而越来越感到乏力、沮丧,甚至几乎要泄气了。这最后的证据不但没有使他增加新的力量,而且把他原有的力量也剥夺了去。鹤嘴锄落下来的时候,几乎从他的手里滑了出来。他把它放到地上,用手抹一抹额头,回身跑上石级,为自己找个借口说是去看看有没有人在窥视他,但实际上是因为他觉得快要昏倒了需要呼吸新鲜空气。

小岛上渺无人迹,太阳把它那火一般的日光笼罩了全岛,远处有几艘小渔船点缀在蓝色的海的胸怀里。

邓蒂斯没有吃过一点东西,但在这样的一种时刻,他并没有想到饿;他匆匆忙忙地喝了一口甜酒,又回进洞里。鹤嘴锄刚才似乎还那么沉重,现在抓到他手里却已像一根鹅毛,他把它抓起来进攻石壁,几锄以后他发觉石块并没有封牢,只是一块一块地叠着,在外面抹上一层涂料而已。他把鹤嘴锄的尖头插进去,用它的柄当作杠子用,不久就欣喜地看到那块石头竟开始转动,落在他的脚下。

现在他只要用鹤嘴锄的铁牙齿把石头一块一块地勾到身边来就得了。最初出现的洞口已够容纳一个人进去,但多等一会儿,他就可以多抱一会儿希望,迟一会儿证实这希望的破灭。

终于,在一阵新的怀疑以后,邓蒂斯进入到第二个洞窟。这第二洞窟地势较第一洞窟低,光线也较第一洞阴暗,空气因为只能重新开的洞口进来,所以散发着一种腐臭气味,这正是在第一洞窟中所没有而使邓蒂斯感到诧异的。

他出来等了一会儿,让新鲜的空气去代替那不洁的空气,然后再进去,在洞口的左面,有一个又黑又深的角落。但对邓蒂斯的眼睛来说是没有黑暗的。他环视这第二洞窟,它像第一个一样,也是空空的一无所有。

宝藏如果确实存在的话,想必是埋在那个黑暗的角落里。时间终于到了,只要挖开两尺土,邓蒂斯的命运就可决定。他向那个角落走去,仿佛突然间下定决心似的,用鹤嘴锄猛击地面。掘到第五下或是第六下,鹤嘴锄打到一样铁的东西。这一下声音在听者耳中所产生的效果,简直比丧钟或警钟更为厉害。要是邓蒂斯的发掘一无所获,他的脸色也不能比现在更惨白了。

他再把鹤嘴锄向泥土打去,遭到了同样的抗拒力,但却得到了不同的声音,他想:"这是一只包铁皮的木箱子。"

正当这时,一个影子掠过洞口,邓蒂斯抓起枪,奔出洞口,跳上石级。一只野山羊奔过岩石前面,在不远的距离外吃草。他假如想获得一顿午餐,这本来是一个很好的机会,但邓蒂斯担心他的枪声会引起注意。

他思考了一下,砍下一条多脂的树枝,在走私贩子们准备早餐的火堆上点燃了它,然后举着这支火炬下去。他希望把一切看看清楚。他举着火炬走近他刚才挖成的地洞前面,看到鹤嘴锄的确掘到了铁皮和木头。他把他的火炬插在地上,重新开始工作。不一会,挖开了一块三呎长两呎宽的地面,邓蒂斯看到一只橡木钱柜,外面包着已被挖破的铁皮。在箱盖的中央,他看到镶着一块银片,尚未失去光泽,上面雕刻着斯巴达家族的武器,就是,一面椭圆形的盾牌,模样与意大利一般武器的式样差不多,上面插着一把宝剑,在剑和盾之上则是一顶红衣主教的帽子。

邓蒂斯一眼便认出来了,因为法利亚以前曾常常画给他看。现在再无怀疑的余地了,——宝藏是在这儿,谁都不会这样费心费力地来埋藏一只空箱子的。

不一会儿,他已清除了每一样障碍物,看到在两把挂锁之间,稳稳地扣着一把大锁,箱子的两头各有一只提环,这一切东西上都刻有那个时代的雕刻,在那个时代,镂刻艺术可以使最平常的金属品变成宝物。

邓蒂斯抓住两个提环,用力想把银柜提起来,但是提不动。他想打开它,但大锁和挂锁都扣得很紧,——这些忠诚的卫士似乎不愿交出它们的宝藏。邓蒂斯用鹤嘴锄尖利的一头插入箱盖缝里,用尽全力压在柄上,想把它们撬开。这一次只听箱盖一声响,木箱打开了,铁包皮也碎裂了,纷纷落下,但还紧紧地连在箱板上,然而一切完全呈露了。

邓蒂斯一阵头晕目眩,他扳上枪机,把它放在身边。于是他闭上眼睛,像小孩子们在星光皎洁的夜晚合目瞑想,想在他们自己的想象中看到比天上更多的星星一样,然后又重新睁开眼睛,惊奇地站着。那只钱柜分成三格。在第一格里,闪耀着成堆的金币;在第二格里,排着未经打磨的金块,除了它们的价值以外,倒也没有什么吸引人的地方;在第三格里,爱德蒙抓起成把的钻石,珍珠和红宝石,它们落下来的时候互相撞击着,发出如同冰雹打在玻璃上一样的声音。

在摸过,嗅过,详细察看过这些宝物以后,爱德蒙突然像一个发疯的人似的冲出洞外,跳到一块可以观望大海的岩石上。确实只有他一个人,——只有他一个人伴随着这些无可计数,不可思议的宝物!他究竟是醒着呢,或只是在做一场梦?

他本来很想再看看他的金子,可是他的精力支持不住了。他把头伏在手里,像是要防止他的理智逃走似的。接着,他突然在基度山的岩石间狂奔起来,他那种野性的喊声和疯狂的动作惊起了海鸟,吓坏了野山羊,然后他回来,心里依旧不敢相信他自己的知觉所得到的证明,再冲进岩洞,发觉他自己确是站在这些矿藏的黄金和珠宝前面。

这一次,他跪了下来,做了一个只有上帝才能听懂的祷告。他不久就觉得自己已平静了一些,也比较快乐了一些,因为直到现在他才开始相信自己的幸福。

于是他开始工作,计算他的财富。金条共有一千块,每块重两磅至三磅,接着,他又堆起二万五千个金艾居,每个艾居约值我们的钱八十法郎,上面刻有亚历山大六世和他以前的历代教皇的肖像,而他看到那一格还只是掏空了一半。然后他又量了十满捧宝石,其中有许多是那时最有名的匠人镶嵌的,除了本身固有的价值之外,单是那种艺术化的嵌工就已非常名贵了。

邓蒂斯看到光线渐渐幽暗,恐怕在洞里会受凉,就拿了枪走出来。一片饼干和几口甜酒便是他的晚餐,他在洞口躺了下来,睡了几个小时。

这一夜又是一个既甜蜜又恐怖的一夜,正如这个感情强烈的人在过去的生活中已经经历过的那两三夜一样。

第二十五章　陌生人

天亮了,邓蒂斯早已把眼睛睁得大大的,焦急不耐地等候这个时刻的到来。晨曦一露,邓蒂斯就爬起来,登上昨天黄昏时他上去过的那块岩顶上,极目四顾细察一景一物,但岛上依旧还是那种草昧荒芜的景象,在朝阳的光芒里看来和在夕阳的逐渐暗淡的微光里并没有两样。

他回到洞口,移开那块石头,进去把宝石装满了衣袋,把箱子尽可能地埋好,洒些新土在上面,仔细地用脚踏匀地面,使各处看来都一样。然后,走出岩洞,他把那块石头盖回原处,在上面堆了些破碎的岩石和大块的花岩石碎片,又用泥土填满空罅,移了几棵金娘花和荆棘花种植在这些空罅里,浇些水给这些新移种的植物,使它们看来像是很久以前就生长在这儿的一样,他又擦去四周的足迹,焦躁地等待他的同伴回来。他并不想整天地去望着那些黄金和钻石,或留在基度山上,像一条龙似的守护着那些无用的宝藏。现在,应该回到生活中,回到人群中,到社会里去重新获得地位,势力和威望,而在这个世界里,只有钱才能使人获得这一切,——钱是支配人类最有效和最强大的力量。

到了第六天,走私贩子们回来了。邓蒂斯远远地就认出宙纳·阿米里号,于是就装出很困难的样子,步履艰难地走到登岸的地方,他遇到他同伴的时候说,虽然在他们离开的期间他已好了不少,但上次那个意外事件使他到现在还受着很大的痛苦。然后他问他们这次的旅程怎样。关于这个问题,走私贩子们回答说,虽然货是安全地卸上了岸,但刚卸完,他们就听说有一艘警备舰已从土伦港开出来,正扯着满帆向他们驶来。于是他们不得不尽可能快地避开他们的敌人,——一路抱怨着邓蒂斯的不在,因为他那高超的驾船技巧在这种紧要关头对他们是这样的有用。事实上,那艘追逐的船差点赶上了他们,幸而夜来了,他们方得绕过科西嘉海峡,逃脱了一切追逐。

总而言之,这次旅程总算够各方满意的了。船员们,尤其是贾可布,对于邓蒂斯没有和他们同去深表遗憾,不然,他也可以获得一份和他们相等的红利,每人足足得了五十个毕阿士特。

爱德蒙始终不动神色,——甚至想到他只要能离开这个小岛就可以收到多大的利益时,也不露一丝微笑。但宙纳·阿米里号到基度山来也是为了来接他的,他当晚就上船,和船长一同继续向里窝那前进。

到了里窝那,他走到一个做珠宝商的犹太人家里,拿出他的四颗最小的钻石来,每颗卖了五千法郎。邓蒂斯担心如此值钱的珠宝在像他这样穷苦的水手手里或许会引起怀疑,但那机智的购买者对于这笔他至少可以赚到四千法郎的交易却并没有提出惹人讨厌的问题。

第二天，邓蒂斯赠了一艘崭新的帆船给贾可布，附带送他一笔一百毕阿士特的礼，使他可以雇一批合适的船员和购办其他必要的配备，不过附带了一个条件，就是他应该即刻到马赛去，去探问一个名叫路易士·邓蒂斯，住在米兰巷的老人，和一个住在迦太兰村，名叫美茜蒂丝的青年女人。

现在可轮到贾可布以为他自己在做梦了。邓蒂斯告诉他，他之所以去当水手，只是为了他的怪癖，并想和他的朋友们赌一口气，因为他们不许他称心如意地花钱。但这次到里窝那，他得了笔很大的财产，是他的一位叔父遗赠给他的，他本是他叔父的唯一继承人。邓蒂斯所表现的很高的文化素养使这一番话听来极其可信，所以贾可布丝毫没有怀疑到它的真实性。

爱德蒙在宙纳·阿米里号上服务的约期已满了，他走去和船长告别，后者最初竭力挽留他仍旧做一个船员，但在听到那篇遗产的故事以后，也就打消了念头。第二天早晨，贾可布扬帆向马赛驶去，邓蒂斯吩咐他在基度山岛相会。

目送贾可布已出港远去以后，邓蒂斯就到宙纳·阿米里号上去做最后的告别，他给船员赠送了许多礼物，船员们一致祝他好运，对于他的一切都表示亲热的关切。至于对船长，他答应在他决定了未来的计划时会给他消息的。这一幕告别礼举行过以后，邓蒂斯就起程往热那亚去。

他到达的时候，一艘小游艇正在港湾里试航。这艘小游艇是一个英国人定制的，因为他早就知道热那亚人制造快航帆船比地中海沿岸其他的造船商都高明，所以很希望得到一个能证明他们的技巧的标本。英国人和热那亚船商讲定的价钱是四万法郎。邓蒂斯肯出六万法郎买它，条件是立刻要把船交给他。定造这艘游艇的那个人已到瑞士去旅行，三四个星期之内大概不会回来，在这期间，船商算来已可另外造成一艘。因此这笔交易就成功了。邓蒂斯领着船商到一个犹太人的家里，和犹太人到一间很狭小的会客厅里去单独谈了几分钟，返回时，犹太人就数了六万法郎给造船商。

造船商于是自愿效劳给那艘小帆船供给一批船员，但这一点邓蒂斯婉言谢绝了。他说他习惯一个人航行，他主要的兴趣是在于亲自驾驶他的游艇。他唯一的希望是造船商能在他船舱的床头设计安装一个秘密柜，柜里要有三个暗格。他报出了这些暗格的尺寸，第二天就做好了。

两小时以后，邓蒂斯在众目睽睽之下驶出热那亚的港口，有许多人围观，都好奇地想来看一看这位喜欢亲自驾船的、有钱的西班牙贵族。邓蒂斯把他的船驾驶得很神妙，他不用离开舵，只靠了舵的帮助，就可使他的游艇按他的意愿行驶。它真像是通灵的一样，只要轻轻地施以一点压力，就会立刻服从。邓蒂斯把他这艘美丽的船略试一试，就已足使自己相信，在造船艺术上，热那亚人确是当得起他们的盛誉的。看客们观望着这艘小帆船，直到它走出了他们的视线，然后他们转过身来，纷纷猜测它究竟到哪儿去。有些人坚持说它是到科西嘉去的，有些人则坚持说是爱尔巴岛。有些人打赌说它一定到西班牙去，而有些人则固执地以为它是到非洲去的。但谁都没有想到基度山。

　　然而,邓蒂斯所去的地方却正是基度山。

　　他在第二天傍晚时分到达。他的游艇已证明它自己是一艘第一流的帆船,从热那亚到这儿的这一段距离只花了三十五小时。邓蒂斯小心地观察着海岸的一般形势,他不在老地方登陆,却在小溪里抛锚。

　　小岛上空无人影,自从他上次离开以来,似乎像是不曾被人类的脚践踏过。他的宝藏还是和他离开它的时候一样。第二天一早,他就开始搬运他的财产,在夜幕落下以前,他那笔巨大的财富已全部安全地藏进了他的秘密柜的暗格里。

　　一个星期过去了。邓蒂斯用这一段时间来试验他的游艇,像一个老练的骑师试验他那将赋以大任的骏马一样地研究它。到最后一天,他已完全明了游艇的优点和缺点,前者他准备使之加强,后者他准备加以纠正。

　　到第八天,他看见有一艘小帆船扯起了所有的帆向基度山驶来。当它驶近的时候,他认出正是他送给贾可布的那艘船。他随即打出一个信号。他的信号得到了答复,两小时后那艘小帆船在游艇旁抛下了锚。邓蒂斯急切地提出的问题得到的都是可悲的答案。老邓蒂斯死了,美茜蒂丝失踪了。邓蒂斯听取这些伤心的消息时外表很镇静,但当他上岸去的时候,他示意不愿有人跟随他。

　　两小时后,他回来了。贾可布的船上调了两个人到游艇上,协助驶船,于是他下令把船直向马赛驶去。对他父亲的死他多少是有点料到的,但美茜蒂丝究竟怎么样了呢?

　　邓蒂斯假如想要保守他的秘密,他就无法给一个代表以足够明了的指令。而且,他很想确定其他某些细节,而那种事,只有他亲自去调查才能使自己满意。前次他在里窝那所照的那面镜子使他确信,他绝无被人认出的危险,而且,他现在已可随心所欲地采取各种化装。于是,在一个晴朗的早晨,他的游艇,后面跟着那艘小帆船,勇敢地驶进马赛港内,正巧在一个值得纪念的地点前面抛了锚,那个值得纪念的地点,就是在毕生难忘的那一夜,当他被挟持上船,被押解到伊夫堡去的那个码头。

　　当看见一个宪兵驾着一艘检疫船驶近来的时候,邓蒂斯不由自主地打了一个寒战。但凭了他和法利亚相处时所练就的处变不惊的本领,他冷淡地拿出一张他在里窝那买来的英国护照,当时,英国护照在法国比我们本国的护照还更受尊敬,所以凭了那张外国护照,邓蒂斯毫无困难地登了岸。

　　邓蒂斯踏上卡尼般丽街的时候,第一个引起他注意的目标,是一个埃及王号的船员。这个人曾在他手下服务过,爱德蒙一看见这个人就高声唤住他,借此对自己外表上所起的变化做一番精确的考验。他径直走向那人,开始问各方面各种各样的问题,一面问一面小心地注视那个人的脸,但不论从言语上或神色上,都一点看不出对方略微表示在以前曾见过这个现在和他面对面讲话的人。

　　邓蒂斯给那水手一块钱,以感谢他提供的情况,然后继续向前走。但他还没有走出好多步,就听到那个人跑过来追他。邓蒂斯转回头来向他迎上去。

　　"对不起,先生,"那个诚实的人气喘吁吁地说,"我想是你弄错了,你本来是想给我一个四十苏的角子,而你却给了我一个双拿破仑(拿破仑时代的一种金币,价值四十法郎）。"

"谢谢你，我的好朋友。我知道，正如你所说的，我是有点弄错了，但你这种诚实的精神该受到酬谢，我再给你一个双拿破仑，请你拿去和你的同伴们饮酒祝我的健康。"

水手感到惊诧不已，甚至不能开口谢谢爱德蒙，只是带着说不出的惊讶凝视着他那逐渐远去的背影。最后，当邓蒂斯走得看不见的时候，他才深吸了一口气，再看一看他手中的金洋，走回到码头上，自言自语地说："这是印度来的一个大富翁。"

邓蒂斯继续向前走。他每跨一步就在自己的心里压上一个新的感触。在他的记忆中，最初和最不可磨灭的，就是这个地方。他所经过的每一棵树，每一条街，都会唤起他亲切而珍爱的回忆。当他走到诺黎史路的尽头，望见米兰巷的时候，他感到膝盖发软，几乎跌倒在一辆马车的轮下。最后，他终于走到他父亲所住过的那座房屋前面。

那善良的老人所喜爱的牵牛花和其他花木，以前曾盘绕在他的窗前，现在一看那座房屋的上部，什么都不见了。邓蒂斯靠在一棵树上，对那座寒碜的小房子凝视了许多时候，然后他走到门口，问这座屋子有没有房间出租。虽然得到了否定的答复，他还是热切地恳求能让他去看一看六层楼上的那些房间，看门人就上去问那两个房间的住客，是否允许让一个陌生人来看看。房客是一对刚在一星期以前结婚的青年夫妇，邓蒂斯一看见他们，就深深地叹了一口气。

这一层楼一共只有这两个小房间，房间里没有一样东西是老邓蒂斯那个时代所留下来的，连糊墙纸也换掉了。旧时的家具，在他的童年时代是这样的熟悉，一桌一椅都深深地刻在他的记忆里，现在却都不见了，只有四面的墙壁依然故我。现在这一对居民的床，还是放在这个房间以前那个房客放床的老地方。爱德蒙虽然极力抑制自己的感情，但当他想到那个老人曾在这个地方徒然地叫着他儿子的名字而咽下最后一口气时，他的眼睛里不由自主地充满了泪水。青年夫妇看到这位表情严肃的人泪流满面，很觉惊奇，但他们感到他的哀愁有一种神圣不可侵犯的气色，就克制自己，不去问他。他们让他独自发泄他的悲哀。当他退身出去的时候，他们陪送着，并向他表示，只要他高兴，他随时都可以再来，并再三向他保证，他们这可怜的住所是可以永远为他而开的。

爱德蒙经过下一层的时候，他在一个房间门口停下来，问裁缝卡德罗斯是否还住在那儿，他所得到的答复是，他所问的那个人境况艰难，目前在比里加答到布揆尔的路上开了一家小客栈。

邓蒂斯走下楼，要了米兰巷这座房子的屋主的地址以后，就走到那里，用威玛勋爵的名义（这是他护照上的姓名和衔头）买下了那座小房子，屋价是二万五千法郎，这比它的原值至少要高出了一万。但即使屋主要十倍于他所讨的数目，那笔钱还是毫无疑问地可以拿到的。那所房子现在是邓蒂斯的产业了，就在当天，六楼的住客得到办理转移房契手续的律师的通知，说是新房东让他们在这座房子里选择任意几个房间来住，而且不提高房租，唯一的条件是他们得让出现在所住的那两个小房间。

基督山伯爵

图文珍藏版

　　这件怪事成了米兰巷附近好奇的人们的谈话资料,他们做了成百上千猜测,但没有一种猜测是说对了的。而使大众的惊奇达到最高点,使一切推测都落了空的,是这位在早晨去访问米兰巷的怪客,傍晚竟有人看到他在迦太兰人住的小村庄附近徘徊,后来走进一个穷苦的渔夫的茅舍里,在那里消磨了一个多钟头,他所探问的人,不是已经去世,便是在十五、六年前已走掉了的。

　　第二天,被问到这种种情节的那个家庭收到一份可观的礼物,包括一艘崭新的渔船和各种大大小小的优质渔网。收到这份厚礼的受主自然很欢喜,很高兴能向这位慷慨大方的提问者表示他们的谢意,但他们看他离开茅屋以后,只对一个水手吩咐了几句话,然后,轻轻地跃上马背,顺着埃克斯港离开了马赛。

第二十六章　邦杜加客店

　　那些像我一样曾徒步周游过法国南部的人，或许曾注意到，在布揆尔镇和比里加答村的中途，有一家路边小客栈，门口挂着一块洋铁皮，在风中摆来摆去，发着响声，上面隐隐约约地可看出邦杜加三字。这家小客店，假如我们沿罗纳河的流向看去，是位于路的左边，背靠着河。和小客店相连接的，有朗格多克一带的所谓花园。

园里有一小块土地，从正对着它的邦杜加客店的大门（旅客们就是在这里被请进来享受客店主人的殷勤款待），可以看到花园的全景。在这片土地上，或这个花园里，在北纬三十度的灼热的阳光曝晒之下，有几棵失去神采的橄榄树和发育不全的无花果树在为了生存艰苦地挣扎，但它们那萎谢的盖满了灰尘的树叶，充分地证明了这一场斗争是多么的不公平。在这些病态的矮树之间，还长着一些大蒜，番茄和冬葱，此外还孤零零地长着一棵高大的松树，像一个被遗忘的哨兵伸着它那忧郁的头和它那盘曲的丫枝和枝头的扇形的簇叶，周身被催人衰老的西北风（这是天罚）吹得枯干龟裂。

　　周围是一片平地，但与其说是实地，倒还不如说是一个污浊的泥沼，上面四散地长着一些可怜的麦茎。这无疑是当地农业专家的好奇心所造成的结果，想看看在这些干热的地区究竟能不能长出庄稼。但这些麦茎，却方便了无数的纺织娘，它们随着那些不幸的拓荒者来到这片荒地，经过百折不挠的奋斗以后，在这些发育不健全的园艺标本间定居下来,用它们那尖利刺耳的嘶喊声充满人们的耳朵。

八年来,这家小客店一直由一个男人和他的妻子共同经营,从前还有两个佣人:一个名叫德丽妮蒂,充侍女之职;另一个名叫巴卡,负责管理马厩。但是,唉!这种职务的分配实在是有其名而无其实,因为在布撰尔和阿琪摩地之间,近来开通了一条运河,运河船代替了运货马车,花舫代替了驿车。运河离这家被遗弃的客栈还不足一百米,我们已很简略但很忠实地描写过了这家客店,这位不幸的客店老板本来已天天愁眉不展,快要全部破产,现在再加上这条繁荣的运河的打击,自然更增加了他的愁苦。

客店老板是一个年约四十至四十五岁的人,身材高大强壮,骨骼粗大恰似法国南部人的一个好标本。他有闪闪发光而深陷的黑眼睛,弯曲的鼻子和厚厚的嘴唇里一口食肉兽那样雪白的牙齿。他的头发,虽然经过时间的吹拂,却似乎不愿变白,像他那蓄在额下的胡须一样,茂密而卷曲,但已略微添了几根银丝。他的肤色天生是黝黑的,加之这个可怜虫又有一种习惯,喜欢从早到晚地站在他的门口,盼望有一个骑马或徒步来的旅客或许会造福他的眼睛,使他得到又一次看见客人进门的喜悦,所以在黑色之外,又加上了一层棕褐色。他的耐心和他的期望都一样的得不到结果,可是他还是日复一日地在那儿站着,暴露在像火一样猛晒的太阳之下,头上除了像西班牙骡夫似的缠着一块红色的手帕以外,别无其他保护遮盖之物。这个人就是我们以前认识的卡德罗斯。他的妻子名叫玛德兰·莱德儿,她却正巧和他相反,是一个脸色苍白、瘦削而多病的女人。她出生在阿尔附近,那个地方是以出产美女闻名远近的,而她也分有了当地妇女的美丽。但那种美丽,在阿琪摩地河与凯马琪沼泽地带附近非常流行的那种慢性寒热症的折磨之下,却已逐渐萎谢了。她差不多整天呆在她二楼的房间里,哆嗦地坐在椅里,或有气无力地躺在床上,而她丈夫则成天地在门口守望着,——这种职务他是极其心甘情愿的,这样,他就可以不必听他的伴侣在他的耳边喋喋不休的怨语,因为她每一见他,就必定滔滔不绝地痛骂命运,诅咒她现在这种不该受的苦境。对于这一切,她的丈夫总是不变地用这些富于哲学意味的话平心静气地回答:"别说了,卡康脱人,这都是上帝的安排。"

卡康脱人这个绰号的来由是因为玛德兰·莱德儿出生的村庄位于萨隆和兰比克之间,那个村庄就叫这个名字。而据卡德罗斯所住的那一带法国地方的风俗,人们通常给每一个人起一个独特而明晰的称呼,她的丈夫之所以要赐她卡康脱人这个名字,或许是因为玛德兰这三字太婉转悦耳了,他那粗笨的舌头说不惯。

虽说他假装出这种听天由命的态度,我们却不能骤下断语,以为这位不幸的客店老板并不明白那可恶的布撰尔运河给他带来的痛苦,或以为他永远不会为他妻子喋喋不休的抱怨所打动。不因眼看那条可恶的运河带走了他的顾客和利润,以致他那脾气古怪的伴侣越益抱怨噜嗦,使自己陷入于双重痛苦而恼怒。像别的南部居民一样,他也是一个老成持重,欲望不高的人,但却爱好浮华和虚荣,愿意出风头。在他境况顺利的那些日子里,每逢节日、国庆,或举行典礼的时候,在凑热闹的观众之中,他和他的妻子总会参加的。他穿起法国南部居民逢到这种大场面时所穿的那种漂亮的服装,就是像迦太兰那种服式,而卡康脱人则穿着那种在阿尔妇女和安达露西亚人中流行的美丽时装,就是一种从希腊和阿拉伯摹仿来的服饰。但慢慢地,表链呀,项圈呀,花色领巾呀,绣花乳褡呀,丝绒背心呀,做工精美的袜子呀,条纹扎脚套呀,以及鞋子上的银搭扣呀,都不见了,葛司柏·卡德罗斯既然不能再炫耀过去的那般风采,于是就和他的妻子都不再参加这些浮华虚荣的场面,虽然当那些兴高采烈的欢呼者所发出的高兴的声音和愉快的音乐传到这个可怜的客店的时候,——而这个他现在还恋着的塞浦路斯客店只能算是一个庇身之所,谈不上赚钱,——他的脑子里也未尝不充满着嫉妒和不满的痛苦之感。

这一天,卡德罗斯如同平常那样,站在他们门前的瞭望地位上,他时而无精打采地望望一片几乎光秃秃的草地,时而望望道路,草地上有几只母鸡在那儿啄食,努力地想寻觅一些合它们胃口的谷物或昆虫,但一无结果,自南至北的道路上,寂无一人。他正在心里盘算着,幻想着会不会碰巧有一个客人进来,使邦杜加客店得以尽它招待客商的职守,忽然听得他的妻子尖声叫唤,喊他赶快到她那儿。他口里咕咕哝哝的,很不高兴他的妻子打断他的思想,脚下却向她楼上的房间走去,——但是,在上楼以前,他把前门大开,像是请旅客在经过的时候不要忘记它似的。

当卡德罗斯走进去的时候,那条他极目凝视的道路,像中午的沙漠一样空旷和孤寂。它直挺挺地躺在那儿,像是一条无尽头的灰和沙所组成的线,两旁排列着高大而瘦瘠的树,看来毫无动人之处,凡是头脑清醒的人,谁都不能想象会有任何可以自由支配旅程的旅客竟会选择在这烈日当空的时候,让自己暴露到这个可怕的撒哈拉沙漠来。可是如果卡德罗斯在他的门前多待几分钟的话,他大概可以看到一个隐隐约约的轮廓从比里加答那个方向过来。当那个移动的目标走近的时候,他就很容易看出,来者原来是一人一马,两者之间,看来似乎有着非常融洽的关系。那匹马是匈牙利种的,一路踏着那种马所特具的安闲的快步跑来。骑马的人是一位教士,穿着一身黑衣服,戴着一顶三角帽,虽然中午的阳光很灼热,那一对人和马却以相当快的步子跑来。

到邦杜加客店前面,那匹马停了下来,但却很难说究竟是它自己要停的还是它的骑者要停。但不论是谁要停的,总之,那位教士从马上下来,牵住他那匹骏马的辔头,想找一个地方把它系上。他在一扇半倒的门上突出来的门闩上,把马安全地系了起来,慈爱地拍拍它,从口袋里抽出一条红色的棉纱手帕,抹一抹从他的额头流下来的汗珠,然后向门走去,用他的铁头手杖的一端敲了三下门。

听到这不平凡的声音,一只大黑狗立刻窜出来,向着这个胆敢侵犯它一向宁静的寓所的人吠叫着,并带着一种坚决的敌意露出它那尖利雪白的牙齿。这时那座通到楼上去的木头楼梯上发出一阵沉重的脚步声,于是,那家小客栈的店主连连鞠躬,客气地微笑着,出现在教士所等待着的门口。

"我来了!"卡德罗斯吃惊地说。"我来了! 不许叫,马哥丁! 别怕,先生,它光是叫,但它是从来不咬人的。我想,在这讨厌的大热天,一杯好酒无疑的是受欢迎的吧!"然后,卡德罗斯第一次看清了他所接待的这位旅客的外貌,他连忙声明说,"千万请原谅,先生! 我没有看清我有幸能在我这可怜的屋檐底下接待的人是谁。

您愿意要些什么,长老阁下?我可以给您准备什么饮食?我所有的一切都可以悉听吩咐。"

教士以一种奇特的目光向和他讲话的这个人凝视了好一会儿,他甚至似乎准备客店老板也会同样地像他这样细看。但看到除了因为那篇措辞这样客气的问话不曾引起他的注意而产生的极端惊奇以外,从对方脸上看不到其他的表情,他认为这一幕哑剧可以结束了,于是就用一种带着强烈的意大利口音的音调说:"我想,你是卡德罗斯先生吧?"

"是的,先生,"店主回答,这个问题甚至比刚才的那一度沉默更使他惊奇,"我就是葛司柏·卡德罗斯,愿为您效劳。"

"葛司柏·卡德罗斯!"教士应声答道。"对了,这就和我所指的那个人姓名都相符了。我相信,从前您是住在米兰巷一间小房子的五楼上的吧?"

"是的。"

"您在那儿是做裁缝生意的。"

"是的,我曾是一个裁缝,后来那一行生意不好做,简直难以糊口了。而且马赛的天气是这样的热,我实在也受不了啦,照我说,凡是可敬的居民都应该学我的榜样离开那个地方。但说到热,难道我不能拿一点东西给您解渴吗?"

"对,给我一瓶您最好的酒,然后,假如您允许的话,我们再继续谈下去。"

"悉听尊便,长老阁下。"卡德罗斯说,他手头还存着几瓶卡奥尔酒,现在既得到了一个主顾,当然极希望能不错过这个机会,所以连忙掀开地下室的门,这扇门就设在他们这时所在的房间的地板上,至于他们这时所在的房间,就是这家客栈的客厅兼厨房。五分钟之后,当他出来时,他发现长老坐在一张破烂的长凳上,手肘撑着桌子,而马哥丁,它对长老的敌意似乎已打消,一反往常地坐在那里,伸着那有皮无毛的长颈子,用它那倦怠的目光热切地盯住这位奇怪的旅客的脸。

"您独自一人吗?"来客当卡德罗斯把酒瓶和一只玻璃杯放到他面前的时候问。

"一个人,只有一个人,"店主回答,"或至少,也和只有一个人相差无几,长老阁下。因为我那可怜的老婆卧病在床,什么也帮不了我的忙,可怜的东西!"

"那么,您结婚了吗?"教士很感兴趣地说,一面讲,一面环视室内简陋的陈设和粗鄙的家具。

"唉!长老阁下!"卡德罗斯叹了一口气说,"您已经看到我不是一个有钱人,而要在这个世界上求生存,光做一个诚实人是不够的。"

长老用一种严峻的目光盯住他。

"是的,诚实人,——这一层,我自然可以当之无愧,"客店老板继续说,他能经受得住长老那种查考的目光。"可是,"他意味深长地点点头,继续说,"现在不是人人都能这样说的了。"

"倘若您引以为自豪的这点是真的,那再好不过了,"长老说,"因为我有充分的理由相信,迟早总会善有善报,恶有恶报的。"

"您干这一行当然该这么说的,长老阁下,"卡德罗斯答道,"您把它们重述一遍,原很不错,但是,"他脸上带着一个痛苦的表情又说,"谁都有权利可以不相信这些话。"

"您这样说就错了，"长老说，"或许我可以以身作证，向您证明我所说的话会兑现的。"

"您是什么意思？"卡德罗斯带着惊讶的神色问。

"首先，我必须确定您就是我所找的人。"

"您需要些什么证据？"

"在1814或1815年的时候，您知不知道有一个姓邓蒂斯的青年水手？"

"邓蒂斯？我知不知道他？知不知道那个可怜的爱德蒙？我想，我当然是知道的。他甚至还是我最要好的朋友之一呢！"卡德罗斯喊道，他的脸上露出一种近乎深红色的光彩，而那问话者的明亮坚定的眼光似乎更加深了这种色彩，直到布满了他的整个脸部。

"您提醒我，"教士说，"我所问您的那个青年人，好像是名叫爱德蒙是不是？"

"好像是名叫！"卡德罗斯重复这几个字，愈来愈紧张和兴奋了。"他确实叫那个名字，正如我自己叫葛司柏·卡德罗斯一样。但是，长老阁下，请告诉我，我求求您，那个可怜的爱德蒙，他怎么样啦。您认识他吗？他还活着吗？已自由了吗？他的境况很好，很幸福吗？"

"他直到死还是一个囚徒，比那些在土伦大帆船下层做苦工抵罪的重犯更悲惨，更绝望，更心碎。"

一层死灰色代替了以前洋溢在卡德罗斯脸上的深红色。他掉转了身子，教士看见他用那块缠在头上的红手帕的一角抹掉一滴眼泪。

"可怜的小伙子！"卡德罗斯喃喃地说。"哦，长老阁下，刚才我告诉您的话，这可又得了一重证明，——就是，慈悲为怀的上帝是只给恶人以善报的。唉，"卡德罗斯用满带法国南部色彩的言语继续说，"世界是愈来愈坏罗。假如上帝真如他口头所说的那样，真的恨恶人，他为什么不降下硫磺雷火，把他们烧个精光呢？"

"据您所说，你好像是真心喜欢这个年轻的邓蒂斯似的。"长老说。

"我的确是的，"卡德罗斯答道，"虽然有一阵子，我承认，我曾嫉妒过他的好运。但我向您发誓，长老阁下，自那时以来，我对于他不幸的遭遇就非常真心地替他难过。"

房间里静默了片刻，这时，长老锐利的目光不断地在叩问客店老板那容易变动的脸。

"他临终时，我曾被召到他的床边，给他作宗教上的安慰。"

"他是怎么死的？"卡德罗斯用一种哽咽的声音问。

"一个三十岁的人死在牢里，不是被折磨死的，还能为了什么呢？"

卡德罗斯抹一抹在他的额头上聚结起来的大滴汗珠。

"但有一件事很蹊跷，"长老重新拾起话头说，"甚至在他临终的时候，在他已吻到基督的脚的时候，邓蒂斯仍凭了基督的名义发誓，说他并不知道自己入狱的原因。"

"一点不错，一点不错！"卡德罗斯喃喃地说，"他是不会知道的。唉，长老阁

"他委托我设法解答这个他自己始终无法解开的谜,并求我替他的过去恢复名誉,假如他的过去落有任何污点的话。"说到这里,长老的目光愈来愈坚定了,一眨不眨地注视着卡德罗斯脸上所现出的那种近于悲伤的表情。

"他在患难中有一个同伴,"长老继续说,"是一个英国富翁,但在第二次复辟的时候就出狱了。这位英国富翁有一粒极其值钱的钻石,在出狱的时候,他把这粒钻石送给邓蒂斯,作为一种感谢的纪念,以报答他的友爱和兄弟般的照顾,因为有一次他得了重病,邓蒂斯曾尽心看护他。邓蒂斯并没有用这粒钻石来贿赂他的狱卒,老实说,要是他这样做,狱卒大概会不客气地接受下来,然后再到堡长面前去出卖他,他只是把它小心地珍藏着,以备他一旦出狱,还可以靠它过活,因为卖掉那粒钻石,他就可以发财。"

"那么,我想,"卡德罗斯带着热切的神色问,"那是一粒非常值钱的钻石罗?"

"一切事物都是相对的,"长老答道。"在处于爱德蒙那种地位的人看来,那粒钻石当然是很贵重的了。据估计,它大概值五万法郎。"

"天哪!"卡德罗斯喊道,"多大的一笔数目!五万法郎!它一定像胡桃一样大吧!"

"不,"长老答道。"倒也没有那样大。但您可以自己来判断,我把它带了来。"

卡德罗斯的尖利的目光立刻射向教士的衣服,似乎像要发现那宝物似的。长老不慌不忙地从他的口袋里掏出一只黑鲛皮的小盒子,打开盒子,露出一粒精工镶嵌在一只戒指上的光彩夺目的宝石,卡德罗斯顿时觉得眼花缭乱。"而这粒钻石。"卡德罗斯喊道,热切的羡慕使他几乎喘不过气来,"您说要值五万法郎吗?"

"是的,还不算托子,它本身也是很值钱的"长老一面回答,一面把盒子关上,放回到他的口袋里,而钻石的灿烂的光芒似乎依旧还在望得出神的客店老板的眼前跳跃着。

"不过您又是怎么得到这粒钻石的,长老阁下?难道爱德蒙请您做他的继承人了吗?"

"不,我只是他的遗言执行人而已。在临终的时候,那不幸的青年人对我说,'除了和我订婚的那位姑娘以外,我以前还有四个忠实的好朋友。我相信,对于我的死,他们都是真心哀痛的。我所指的四位朋友,其中有一个就叫卡德罗斯。'"

客店老板战栗了一下。

"'另外一个,'"长老似乎没有注意到卡德罗斯的情绪变化,继续说,"'叫邓格拉司;而那第三个,虽然是我的情敌,却也是非常诚意地爱我的。'"

卡德罗斯的脸上露出狠毒的微笑,他想插话进来,但长老摆摆手,说,"先让我说完了,然后,假如您有什么意见的话,那时再说好了。'我的第三个朋友,虽说是我的情敌,却也是非常爱我的,他名叫做弗南,我的未婚妻是叫——,'等一等,等一等,"长老继续说,"我记不清他叫她什么名字了。"

"美茜蒂丝。"卡德罗斯急切地说。

"不错,"长老带着一声抑制的叹息说,"是美茜蒂丝。"

"您怎么啦?"卡德罗斯催促说。

"给我拿一瓶水来。"长老说。

卡德罗斯赶紧完成了客人的吩咐。长老在杯子里倒了一些水,慢慢地喝完了它,又恢复他往常那种沉着的态度,一面把他的空杯放到桌子上,一面说:"我们刚才说到哪儿啦?"

"爱德蒙的未婚妻叫美茜蒂丝。"

"一点不错。'你到马赛去,'——说这话的是邓蒂斯,你明白吗?"

"完全明白。"

"'把这粒钻石卖了,把卖得的钱平分做五份,世界上仅有这几个人爱我,请你每人送他们一份。'"

"但为什么分成五份呢?"卡德罗斯问,"您对我只说了四个人呀。"

"因为我听说那第五个人已死了。爱德蒙的遗物的第五个分享者是他的父亲。"

"唉,是啊!"卡德罗斯失声说,种种情感交汇在他的心头,几乎使他窒息,"可怜的老人是死了。"

"这些我都是在马赛知道的。"长老竭力装出满不在乎的样子回答说,"但自老邓蒂斯死后,又过去了这许多年月,所以我没有打听到他临终时的详细情形。您知不知道那位老人最后那些日子是怎么过的?"

"哦!"卡德罗斯说,"谁还能比我了解得更清楚呢,我差不多就和那可怜老人同住在一层楼上。啊,是的! 他的儿子失踪还不到一年,那可怜的老人就死了。"

"他是生什么病死的呢?"

"哦,我相信,医生称他的病是一种肠胃炎。与他相识的人说他是愁死的。但我,我几乎是看着他死的,我说他致死的原因是由于——"

"由于什么?"教士焦急地问。

"由于饥饿。"

"饿死!"长老从座位上一跃而起,喊道。"什么,最低下的畜生也不该饿死。即使那些在街上彷徨无依,无家可归的狗也会遇到一只怜悯的手投给它们一口面包,而一个人,一个基督徒,居然会让他饿死,而周围又都是自称为基督徒的人! 不可能,噢,这太不可能了!"

"我所说的可都是实话。"卡德罗斯答道。

"你错啦,"楼梯口传来一个声音。"你何必要干预与你无关的事呢?"

两个人转过头去,看到病容满面的卡康脱人斜靠在楼梯的栏杆上。她因为被谈话的声音所吸引,所以有气无力地拖着身子走下楼梯,坐在最下面的踏级上,把前面的谈话都听了去。

"你自己为什么也要来干预呢,老婆?"卡德罗斯答道。"这位先生向我打听消息,出于礼貌我是不能拒绝的。"

"不错,但审慎需要你拒绝。你怎么知道那个人叫你讲话是什么用意呢,傻瓜?"

"我用我的圣言向您保证,夫人,"长老说,"我绝没有任何想伤害您或您的丈夫的意思。您的丈夫只要能坦白地回答我,他是什么都不必怕的。"

"什么都不怕,是的! 一开始总是许愿许得挺漂亮,接着就说到'什么都不怕'了,再后,你就走了,把你所说的话都忘记了,而碰到一个倒霉日子,祸事就落到可怜虫的头上,他们甚至连这祸事是从哪儿来的还不知道呢。"

"好心的女人,您尽可放心,祸事决不会因我而到你们身上来的,我向您保证。"

卡康脱人嘴里咕哝了几个听不清楚的字,然后她那因谈话的兴奋而抬起的头,又落到她的围裙上,继续发她的寒战,让那两个谈话人重新拾起话头。她依旧坐在那儿,仍可听到他们所说的每一个字。在这当儿长老再吞下一口水,以镇定他的情绪。当他已充分恢复常态的时候,他说:"那么,您告诉我的那个可怜老人既然是那样死法的,一定是为人人所抛弃的了?"

"他倒并没有完全被人抛弃,"卡德罗斯答道,"因为那个迦太兰人美茜蒂丝和摩莱尔先生待他都非常好,但那个可怜的老人不知怎么对弗南极其反感,——那个人,"卡德罗斯带着一个苦笑又说,"就是您刚才称为邓蒂斯的忠实而亲爱的朋友之一的那个家伙。"

"他难道不是这样吗?"长老问。

"葛司柏! 葛司柏!"坐在楼梯上的妇人低声埋怨地说,"想想你在说什么话!"

卡德罗斯虽然分明很不耐烦他的话被打断,但却不予答复,只是对长老说,"一个人想把别人的老婆夺为己有,还能称为对他忠实吗?邓蒂斯,他有一颗金子般的心,只要人家自称和他要好,他就会相信。可怜的爱德蒙! 但他幸而始终不曾发觉,否则,在临终的时候要宽恕他们,就太难了。而不管旁人怎么说,"卡德罗斯用他那种充满庸俗的诗意的乡谈继续说,"我却总觉得死人的咒骂比活人的仇恨更可怕些。"

"傻瓜!"卡康脱人喊道。

"那么,您知道弗南是怎么害邓蒂斯的吗?"长老问卡德罗斯。

"我?谁都没有我了解得清楚。"

"说出来吧,那么,说是怎么害的?"

"葛司柏!"卡康脱人大声说,"随你的便,——你是家主,但假如你听我做主,你就什么也别说。"

"好吧,好吧,老婆,"卡德罗斯回答,"我相信你是对的。我听从你的劝告。"

"那么说您不愿说吗?"长老说。

"唉,说出来又有什么用呢?"卡德罗斯问。"假如那个可怜孩子还活着,亲自来求我,我就会如实地告诉他,谁是他的真朋友,谁是他的假朋友,那时或许我倒不会犹豫。但您告诉我,他已经长眠地下了,他已不再能怀恨或复仇的了,所以还是让这一切善善恶恶都与他一起埋葬了吧。"

"那么您愿意,"长老说,"我把那本来预备用来酬谢忠实的友谊的东西,赐给你所说的那些虚伪和奸恶的人吗?"

"这句话的确不错,"卡德罗斯答道。"您说得对,而且可怜的爱德蒙的这点遗物,现在对于他们还算得了什么呢？——不过是沧海之一粟而已。"

"你怎么不想想看，"妇人说，"那两个人只要动一动，就可以把你压得粉碎。"

"怎么会呢？"长老问道。"看来这些人已经变得有钱有势了？"

"您不知道他们的身世吗？"

"不知道。请你讲给我听听！"

卡德罗斯思索了一会儿，然后说，"不，真的，说来话可太长了。"

"好，我的好朋友，"长老回答说，语气间表示这件事和他绝无关系，"说不说随您。我尊敬您的隐恶扬善，钦佩您的多情，这件事就算了吧。我只能凭良心尽我的责任，履行我对一个临终的人所许的诺言。我的任务首先是处置这粒钻石。"说着，长老又从他的口袋里摸出那只小盒子，打开盒子，故意拿成这样的一种角度，以致那灿烂的光芒直射到卡德罗斯的眼前，使得他眼花缭乱。

"老婆，老婆！"他喊道，他声音被紧张的情绪几乎弄得嘶哑了，"快点到这儿来看看这粒值钱的钻石呀！"

"钻石！"卡康脱人一面喊，一面站起来，用一种相当坚定的步伐走下楼，"你说的是什么钻石？"

"咦，我们说的话你难道没有听到吗？"卡德罗斯问。"这粒钻石是不幸的爱德蒙·邓蒂斯遗留下来的，要把它卖了，把钱分给他的爹爹，他的未婚妻美茜蒂丝，弗南，邓格拉司和我。这粒钻石至少能值五万法郎呢。"

"噢，多漂亮的一粒钻石！"妇人喊道。

"那么，这粒钻石所卖得的钱，五分之一归我们了，是不是？"卡德罗斯问，一面仍用他的眼睛贪婪地凝视着那闪闪发光的钻石。

"是的，"长老答道，"另外还有准备给老邓蒂斯的那一份，我想，我可以自由做主，平均分配给还活着的四个人。"

"而为什么要分给我们四个人呢？"卡德罗斯问。

"因为你们是爱德蒙的四个朋友。"

"那些出卖你，使你倾家荡产的人，我是不把你们当作朋友的。"做妻子的也嘟嘟哝哝起来。

"当然不，"卡德罗斯立刻接上来说，"我也不会。我刚才对这位先生所说的就是这一点，我说，我认为以德来报答那些背叛，或许甚至有罪的人，是一种污渎神灵的行为。"

"别忘了，"长老一面回答，一面把宝石连盒子都藏进他的法衣口袋里，"假如我这样做，这可是您的错，不关我事。请您把爱德蒙那几位朋友的地址告诉我，以便我执行他临终时的愿望。"

卡德罗斯真是激动到极点了，大颗大颗的汗珠从他那火热的额头上滚下来。当他看到长老站起身来，走向门口，像是去看看他的马究竟有没有恢复精力使他能够继续上路的时候，卡德罗斯和他的老婆互相交换了一个意味深长的眼色。

"这粒漂亮的钻石可能完全给我们。"卡德罗斯说。

"你相信吗？"

世界经典文库

世界二十大名著

基督山伯爵

图文珍藏版

"像他这种神圣职业的人当然是不会欺骗我们的！"

"好吧，"卡康脱人回答说，"你爱怎么就怎么吧。至于我，这件事我可洗手不管。"说着，她重新爬上那座通到她的房间去的楼梯，浑身痛苦地寒战着，牙齿格格地打战——虽然天气是非常的热，走到楼梯顶上以后，她回过头来，用一种警告的口吻对她的丈夫大声说，"葛司柏，你可要仔细想想再做呀！"

"我已经决定了。"卡德罗斯答道。

卡康脱人于是返回她的房间，当她脚步踉跄地向她的圈椅走去的时候，她房间的地板吱吱格格地叫起来，她倒在圈椅里，像是已精疲力尽了似的。

"您决定了什么？"长老问。

"把我所知道的一切向您和盘托出。"他回答。

"我认为您这样做是很聪明的，"教士说。"倒不是因为我想知道您想对我掩饰的事，我可没有这种意思，只是因为假如您能帮助我可以依照遗言人的愿望来分配遗产，嗯，那就好了。"

"我也希望如此。"卡德罗斯回答，他的脸上闪耀着希望和贪欲的红光。

"现在，那么，请您开始吧，"长老说，"我等着呢。"

"等一下，"卡德罗斯答道，"说不定当我说到节骨眼的时候会有人来打扰我们，那就太可惜了。而且您这次光临，应该只有我们自己知道才好。"他一面说这些话，一面轻手轻脚地走到门口，把门关了，为了更加谨慎起见，并把门闩闩上，像他每天晚上所做的一样。这时，长老选了一个可以舒舒服服地听讲的地位。他把他的座位搬到房间的一个角落里，在那儿，他自己躲在浓厚的阴影里，而光线却可全部照射到讲话人的脸上，于是，他把头倾向前，握着手，或更正确地说，是把双手紧绞在一起，以备全神贯注地倾听卡德罗斯说，卡德罗斯则坐在他对面一张小矮凳上。

"要记住，我可并没有强逼你这样做呀。"卡康脱人用颤巍巍的声音说，她像是能穿透她房间的地板，可以看到楼下所进行的事似的。

"行啦，行啦"卡德罗斯答道，"这件事不必多说了。一切后果由我来负责好了。"于是他开始讲他的故事。

第二十七章　往事的追述

"首先,"卡德罗斯说,"先生,我得请求您答应我一件事。"

"什么事?"长老问。

"就是:我就要把详细情形讲给您听了,如果您今后有利用到它的时候,您可决不能让任何人知道,说那是我讲出来的。因为我讲到的那些人,是既有钱又有势,他们只需对我动一根手指头,我就得像玻璃似的粉身碎骨。"

"您放心好了,我的朋友,"长老答道。"我是一个教士,人们的忏悔只藏在我的心中。请记着,我们唯一的要求是合理地执行我们朋友的最后的遗愿。所以,说吧,毋庸保留,也毋庸意气用事,把真相讲出来,讲出全部的真相。我并不认识,也决不会认识您快要说到的那些人。而且,我是一个意大利人而不是法国人,我属于上帝,而不是属于凡人的,我就要退隐到我的修道院里,我此来只是为了完成一个人临终时最后的愿望而已。"

这最后的保证似乎使卡德罗斯有点放心了。"好吧,那么,既然如此,"他说,"我就老实说吧,我必须坦白地告诉您,那可怜的爱德蒙所深信不疑的友谊是怎么一回事。"

"请先从他父亲说起吧,"长老说,"爱德蒙曾对我讲起许多关于老人的事,他是他最爱的人了。"

"这件事说来令人伤心,先生,"卡德罗斯摇摇头说,"前面的事您大概已经知道了吧?"

"是的,"长老回答说,"直至他在一家马赛附近的酒馆里被捕时止,这以前的一切,爱德蒙都已经跟我说过了。"

"在里瑟夫酒家!噢,是了!这一切现在犹如在我的眼前一样。"

"那次不是他的订婚宴席吗?"

"是呀,那次宴席开始是这样的高兴,但结果却极其悲伤:一个警官,后面跟着四个兵,走进来,而邓蒂斯就被捕了。"

"对,我所知道的到此为止,"教士说。"邓蒂斯本人也只知道他自己个人的事,因为我跟您说过的那五个人,他后来永远没有遇到过,也不曾听人提起过他们。"

"在邓蒂斯被捕以后,摩莱尔先生就跑着去打听消息,消息非常坏。老人独自回到家里,含着一泡眼泪折叠起他那套参加婚礼的衣服,整天地在他的房间里踱来踱去,绝对不肯上床,——因为我就住在他的下面,听到他整夜地走来走去。至于我,我向您保证我也是睡不着,因为那位可怜的爹爹的痛苦使我非常不安,他每走一步都传到我的心里,真像是他的脚踏在我的心上一样。第二天,美茜蒂丝到马赛来请求维尔福先生庇护,结果还是一无所获。她于是去访问老人。当她看到他这样悲伤,这样心碎,而且知道他从上一天起就不曾上过床,不曾吃过东西的时候,她就想请他和她一起回去,以便可以照顾他,但是老人坚决不同意。'不,'他这样回答,'我决不离开这间屋子,——因为我那可怜的孩子爱我比爱世界上任何东西更厉害,一旦他出狱,他首先就是来看我,要是我不在这儿等他,他会有什么想法呢?'这些话我都是从窗口上听来的,因为我也非常希望美茜蒂丝能劝动老人去陪伴她,他的脚步声每天都在我的头顶上轰响,使我一刻都不得安宁。"

"难道您没上楼去设法劝慰那个可怜的老人吗?"长老问。

"啊,先生,"卡德罗斯答道,"那些不听劝慰的人,我们是无法去劝慰他们的,而他就是那种人之一,而且,我也不知道为了什么,他似乎不太愿意见我。可是,有一夜,我听到他在那儿呜呜咽咽地哭,我再也忍不住想上去看看他,但当我到他门口的时候,他不哭了,在那儿祈祷了。先生,我真不知道怎样向您复述他所用的那一切有力的字和哀求的话。那简直不是虔诚二字所能包含的,也不是悲哀二字所能包含的。我,我不是假虔诚的教徒,我也不喜欢那些伪教徒,我那时对自己说:'幸好我只是孤身一个人,幸而善良的上帝没有送儿女给我,假如我做了父亲,假如我也像这个可怜的老人那样遭到了这种伤心的事情,我的记忆里或我的心里可找不到他对上帝所说的那些话,我真会跳到海里一死了之,省得再继续受罪了。'"

"可怜的爹爹!"教士轻声地说。

"他一天天地独自生活着,愈来愈孤独。摩莱尔先生和美茜蒂丝常来看他,可他的门总关着,虽然我说他的确在家,但他就是不开门。有一天,他一反常例,竟放美茜蒂丝进去,那可怜的姑娘不顾她自己的悲哀和失望,还努力安慰他。他对她说:'相信我的话,我亲爱的女儿,他已经死了,现在不是我们在等他,倒是他在等待我们。我很快乐,因为我年纪最老,当然可以最先见到他。'再善良的人,听了那些刺心话,也不会再去看他的。所以老邓蒂斯最后终于只剩了孤零零的一个人。不过我时常看见一些不相识的人跑到他那儿去,下来的时候,总是遮遮掩掩地挟着一包东西。但我猜得到这些包里是什么:他是在把他所有的东西一点一点地卖掉,弄些钱来买吃的东西。最后,这个老好人终于山穷水尽。他欠下了三季房租,他们威胁要赶他出去。他恳求再宽限一个星期,这一点是允许了。这件事我知道,因为房东在离开他的房间以后就到我房间里来。最初三天,我听到他还是照常来回走动,到了第四天,我再听不到他的声音了。我于是决心不顾一切危险到他那儿去。门是关着的,我从锁孔里望进去,看到他苍白憔悴,似乎已病重万分。我就去告诉摩莱尔先生,然后又跑到美茜蒂丝那儿。他们两个人立刻来了,摩莱尔先生还带了一个医生来,医生诊断是胃肠炎,吩咐他吃限定的几样东西。那次我也在场,我永远不能忘记老人在听到这个药方的时候所现出的那个微笑。从那时起,他把门打开了。他这时已有可以不再多吃东西的借口,因为医生已给他规定了口粮。"

长老发出一声呻吟。

"这故事您很感兴趣吧,是不是,先生?"卡德罗斯问。

"是的，"长老答道，"这故事非常动人。"

"美茜蒂丝又来了一次，她发觉他已大大地变样，所以比以前更急切地希望能把他带到她自己住的地方去。摩莱尔先生的主意也是如此，他很想不顾老人的反对，硬送他去，但老人硬是不肯，并且号啕大哭，以致他们不敢再坚持。所以美茜蒂丝就留在他的床边，而摩莱尔先生也只好走了，临走前，向她示意，表示他已经把他的钱袋留在壁炉架上。但是老人借口遵从医生的吩咐，不肯吃任何东西。终于在九天的绝望和绝食以后，老人咽了气，临死的时候诅咒着那些使他陷于这种惨境的人，并对美茜蒂丝说'要是你再能看到我的爱德蒙，告诉他我到死都在为他祝福。'"

长老离开椅子，站起来在房间里转了两圈，用他那颤抖的手紧压着他那干焦的喉咙。"而您相信他是死于——"

"饥饿，先生，是饿死的，"卡德罗斯说。"我保证没错，如同我们两个人都是基督徒一样正确。"

长老用一只发抖的手拿起他身旁一只半满的水杯，一口吞下了它，然后又回到他座位上，眼睛发红，双颊惨白。"这件事实在太可怕了。"他用一种嘶哑的声音说。

"更可怕的是，先生，这是人为而并非天意。"

"把那些人告诉我，"长老说，"要记住，"他几乎用咄咄逼人的口气继续说，"您曾答应把一切事情都告诉我的。那么告诉我，用绝望杀死儿子，用饥饿杀死父亲的这些人究竟是谁？"

"有两个人嫉妒他，先生，一个出于爱情，另外一个是由于野心，——弗南和邓格拉司。"

"告诉我，这种嫉妒是用什么方式表现出来的？"

"他们去告密，说爱德蒙是一个拿破仑党的专使。"

"两人之中是哪一个去告密的？ 真正有罪的是哪一个？"

"两者都是，先生，一个写信，另一个去寄信。"

"这封信是在哪儿写的？"

"在里瑟夫酒家，就在订婚的前一天。"

"果然如此，嗯，果然如此，嗯，"长老轻声地说。"噢，法利亚，法利亚！你对于人和事都能一目了然呀！"

"您说什么，先生？"卡德罗斯问。

"没有什么，没有什么，"教士答道，"请继续说下去吧。"

"写告密信的是邓格拉司，他是用左手写的，那样，他的笔迹就不会被认出来了，把它投入邮筒的是弗南。"

"但是，"长老突然喊道，"当时你也在场？"

"我！"卡德罗斯惊奇地说，"谁告诉您我也在场？"

长老知道自己过于急躁了，就赶快接着说："谁都没有告诉我，但您既然一切都知道得这样清楚，您一定是一个目睹的证人。"

"不错，不错！"卡德罗斯声音哽咽着说，"我是在场。"

"您没有抗议这种无耻的事情吗？"长老问，"要不，您也是一个同谋犯。"

"先生，"卡德罗斯答道，"他们把我灌得酩酊大醉，以致我的一切知觉几乎全部丧失了。我对于周围所发生的事只模模糊糊地知道一些。凡是喝醉了酒的人所能说的话我都说了，但他们再三向我说，他们只是开一个玩笑，完全没有恶意。"

"第二天呢，阁下，第二天，他们所做的事您一定看得很清楚，然而您什么也没说，虽然邓蒂斯被捕的时候您也在场。"

"是的，先生，我在场，我本来很想讲出来，但邓格拉司拦住了我。'假如他真的有罪，'他说，'真的在爱尔巴岛上过岸，假如他真的负责带了一封信给巴黎的拿破仑党委员会，如果他们在他的身上找到了这封信，——那些帮他说话的人就要被视为他的从犯。'我很怕，——当时的政治状况充满着隐伏的危险，——所以我就沉默了。这是一个怯懦的行为，我承认，但并不是存心犯罪。"

"我懂了，——您是听之任之，只是如此而已。"

"是的，先生，"卡德罗斯回答说，"每当我想起这件事，就日夜感到内疚。我常常求上帝饶了我这件事，我向您发誓，这另外还有一重要理由，因为我相信，这次行为就是我现在这样穷苦的原因，这是我一生中唯一真正该自责的行动。我现在是在为那一霎时的自私赎罪，所以每当卡康脱抱怨的时候，我总是对她说，'别说了，女人！这都是上帝的安排。'"卡德罗斯低垂着头，表示出真心忏悔的样子。

"嗯，先生，"长老说，"你说得很坦白，您这样自我谴责是值得宽恕的。"

"不幸，爱德蒙已经死了，并没有原谅我。"

"他并不知这回事呀。"长老说。

"但是他现在都知道了，"卡德罗斯急忙说，"他们说，人死了什么都知道。"

房间里暂时沉默了一会儿。长老站起身来，神态肃然地踱了一圈，然后回到原位坐下。"您曾两三次提到一位摩莱尔先生，他是谁?"

"埃及王号的船主，邓蒂斯的雇主。"

"他在这幕悲剧里扮演了什么样的角色?"长老问。

"扮演了一个忠厚长者，又勇敢，又热情。他曾二十次去替爱德蒙求情。当皇帝回来的时候，他曾写信，请愿，力争，为他出了不少力，以致在王朝第二次复辟的时候，他几乎被人当作拿破仑党来迫害。我刚才说过了，他曾十次来看邓蒂斯的父亲，提议把他接到他的家里去。那天晚上，就是在老邓蒂斯去世前的一两天，我已经说过，他还把他的钱袋留在壁炉架上，也亏得钱袋里的那些东西，才得以付清了老人的债务，像样地埋葬了他。所以爱德蒙的爹爹死时和他活着的时候一样，没有给任何人带来麻烦。那只钱袋现在还在我这儿，——很大的一只，是红色的丝带织成的。"

"哦，"长老问道，"摩莱尔先生还活着吗?"

"活着。"卡德罗斯回答。

"这么说，"长老回答说，"他应该是一个被上帝所爱护的人了。他有钱吗，幸福吗?"

卡德罗斯苦笑了一下。"是的，很幸福，——像我一样。"他说。

"什么，摩莱尔先生不快乐吗！"长老喊道。

"他几乎已到了山穷水尽的地步了，——不，他几乎已快名誉扫地了。"

"怎么会如此不幸的？"

"是的，"卡德罗斯继续说，"是很不幸。做了二十五年工作，他在马赛商界获得了一个最光荣的名誉，现在他是完全毁啦。他在两年之中丧失了五条船，吃了三家大商行破产的倒账，现在他唯一寄希望的就是那艘可怜的邓蒂斯曾指挥过的埃及王号了，希望那艘船能从印度带着洋红和靛青回来。如果这艘船也像其他那几艘一样出了事，他就是一个破产的人了。"

"这个不幸的人有妻子儿女吗？"长老问。

"有，他有一位太太，在这种种的不幸之下，她的举动简直像是一个安琪儿。他还有一个女儿，即将嫁给一个她所爱的人，但那人的家庭现在不许他娶一个破产的人的女儿。此外，他还有一个儿子，在陆军里当一名中尉。您可以想象得到，这一切，非但不能安慰他，反而增加了他的愁苦。倘若在这个世界上只有他单身一个人，他就可以一枪把自己结束掉，那倒也一了百了。"

"可怕！"教士不禁失声悲叹。

"老天就是这样来报答有德之人的，先生，"卡德罗斯接着说。"您瞧我，我除了刚才告诉您的那件事以外，从来没有做过一件坏事，可是我却穷得叮当响，非但眼看着我那可怜的老婆终日高烧奄奄一息，毫无办法可以救她，就是我自己也会像老邓蒂斯那样地饿死，而弗南和邓格拉司却都在钱堆里打滚。"

"怎么回事？"

"因为他们是时时走运，而那些忠实的人却处处碰壁。"

"邓格拉司，那个策划犯，他不是罪魁祸首吗？他怎么样了？"

"他怎么样了？他离开马赛的时候，得了摩莱尔先生的一封介绍信，到一家西班牙银行去当出纳，摩莱尔先生并不知道他的罪。法、西战争时期，他受雇于法军的军粮处，发了一笔财，于是，他靠了这点本钱，他在公债上做投机，本钱翻了三四倍，他第一次娶了他那家银行行长的女儿，后来又当了光棍。第二次再结婚，娶了一个寡妇，就是奈刚尼夫人，她是萨尔维欧先生的女儿，萨尔维欧先生是国王的御前大臣，在朝中很是得宠。他现在是一位百万富翁，他们还封他做了一个伯爵，现在他是邓格拉司伯爵了，在蒙勃兰克路有一座大房子，他的马厩里养着十匹马，他的传达室里有六个跑腿的，我也不知道他的钱箱里究竟有几千几万。"

"啊！"长老用一种很奇特的音调说，"他快乐吗？"

"快乐！那个谁敢答复？快乐或不快乐是一个秘密，只有自己和四面墙壁才知道，墙壁虽有耳朵，却没有舌头。倘若钱多了就能得到快乐，那么邓格拉司就是快乐的。"

"那么弗南呢？"

"弗南！哦，那一段身世可又不同了。"

"但一个可怜的迦太兰渔夫，既没有经济来源，又没有受过教育，怎么能发财呢？这件事的确使我很奇怪。"

"人人都觉得奇怪呀。他的一生中一定有某种无人知晓的秘密吧。"

"但在外表上,他究竟是怎样一步步地爬到这种发大财或得到高官厚爵的地位呢?"

"两者都有,先生,他既有钱又有地位。"

"您简直在给我讲故事啦!"

"好像也差不多。您且听我说下去,您会明白。在皇帝回来之前一些日子,弗南已被编入兵役册了。波旁王室还是让他安安静静地住在迦太兰村,但是拿破仑一回来,就颁布了紧急征兵令,弗南就被迫从军去了。我也去了,但因为我的年龄比弗南大,而且才娶了我那可怜的老婆,所以我只被派去防守沿海一带。弗南被编入作战队伍里,随着他那一联队开上前线,参加了林尼战役。(在比利时,1815年拿破仑与英军大战于此)战役结束的当天晚上,他在一位将军的门前站岗,那位将军原来是私通敌军的。就在那天晚上,将军要投到英军那里去。他要弗南陪他去,弗南同意了,跟随将军走了。要是拿破仑继续在位,弗南这样私通波旁王室,就得上军事审判庭。他佩着少尉的肩章回到法国,那位将军在朝中备受宠幸,在将军的保护和照应之下,他在1823年西班牙战争期间就升为上尉,那就是说正是邓格拉司开始做投机买卖的时候。弗南原是一个西班牙人,他之所以被派到西班牙去,就是去探察他同胞的情绪的。他在那儿碰到了邓格拉司,两个人搞得非常亲密,他得到首都和各省保王党普遍的支持,他自己再三申请,得到上司的许可,就领他的队伍从只有他一个知道的羊肠小道通过保王党所把守的山谷。在这短短的一段时间里,他因功绩卓著,以致在攻克德罗卡弟洛以后,他就被升为上校,得到伯爵的衔头,还得到荣誉团军官的十字章呢。"

"这是命!这是命!"长老自言自语地说。

"是的,但你听着,这还没有完呢。法、西战争结束了,整个欧洲似乎可以得到长期的和平了,而弗南的仕途就受了和平的影响。当时只有希腊起来反抗土耳其,开始她的独立战争,大家的目光都转向雅典,同情并支持希腊成了一种时尚。您知道,法国政府虽没公开保护他们,却容许人民作偏袒的帮助。弗南到处钻营想到希腊去服务,结果是如愿以偿,但仍在法国陆军中挂着名。不久之后,就听说马瑟夫伯爵——这是他新的名字——已在亚尼纳总督阿里手下服务,职位是准将。阿里总督被杀了,这是您知道的,但在他去世以前,他留下了一笔很大的款子给弗南,以酬谢他的效忠,他就挟了那笔大款回到法国,而他那中将的衔头也已到手。"

"所以现在——"长老问。

"所以现在,"卡德罗斯继续说,"他拥有一座富丽堂皇的大厦。"

长老张开嘴巴,一时合不拢来,像是人们在犹豫不决时一样,然后,他强自振作了一下,说:"那么美茜蒂丝呢,——有人告诉我说已经失踪了,是不是?"

"失踪,"卡德罗斯说,"是的,就像太阳失踪一样,第二天升起来的时候却更明亮。"

"那么她也发了大财?"长老带着一个讽刺的微笑问。

"美茜蒂丝目前是巴黎最出风头的贵妇人之一了。"卡德罗斯答道。

"请说下去，"长老说，"我像是在听人说梦话似的，但我曾见过许多稀奇古怪的事情，所以您所提到的那些事在我似乎没有那么惊人了。"

"美茜蒂丝因为爱德蒙被捕，受到打击，最初也曾灰心绝望过。我已经告诉过您，她曾怎样去向维尔福先生求情，怎样想尽心照顾邓蒂斯的爹爹。她在绝望之中，又遭到了一重新的困难。这就是弗南的离开，——对弗南，她是一向把他当作她的哥哥看待的，她并不知道他的罪。"

"弗南走了，只剩下美茜蒂丝一个人了。三个月的光阴她都在哭泣中度过。爱德蒙没有消息，弗南没有消息，在她的前面，除了一个绝望垂死的老人以外，是一无所有了。她总是整天坐在通往马赛和迦太兰村那两条路的十字路口上，这成了她的习惯。有一天傍晚，她心里极其闷闷不乐地走回家去，她的爱人或她朋友都没有从这两条路上回来，她也得不到他俩的任何消息。突然间，她听到一阵她所熟悉的脚步声，她热切地转过身来，门开了，弗南，穿着少尉的制服，站在她的面前。这可不是她所哀悼的半条生命，但她过去的生活总算有一部分回来了。"

"美茜蒂丝激动地握着弗南的双手，他认为这是爱的表示，但实际上只是她高兴在世界上已不再孤独，在长期的悲哀寂寞以后，终于又看到了一个朋友罢了。可是，应该说，弗南从来没惹过她的讨厌，她只是不爱他罢啦。美茜蒂丝的心已整个地被另一个占据了，那个人已离开，已失踪，或许已死了。每想到最后这一个念头，美茜蒂丝总是泣不成声，痛苦地绞着她的双手。这个念头如万马奔腾般地在她的脑子里驰骋往来，以前，每当有人向她提到这一点的时候，她总要极力反驳，可是，连老邓蒂斯也不时地对她说：'我们的爱德蒙已经死了，如果还没死，他是会回到我们这儿来的。'我已经告诉过您，老人是死了，要是他还活着，美茜蒂丝或许不会成为另外一个人的老婆，因为他会责备她的变节。弗南明白这一点，所以当他知道老人已死，他就回来了。他现在是一个少尉了。

"他第一次来，没有向美茜蒂丝提及一个字的爱，第二次，他提醒她，说他爱她。美茜帝丝请求再等六个月，以期待并哀悼爱德蒙。"

"那么，"长老苦笑着说，"一共是十八个月。即使最专一的情人，也不过只能如此。"然后他轻声地背出英国诗人的这句话："杨花水性呀，你的名字就叫女人。'（引自莎士比亚的《哈姆雷特》一剧。）"

"六个月以后，"卡德罗斯接着说，"婚礼就在阿歌兰史教堂里举行。"

"正是她要嫁给爱德蒙的那个教堂，"教士喃喃地说，"只是换了一个新郎而已。"

"美茜蒂丝是结了婚了，"卡德罗斯接着说，"但虽然在全世界人的眼里，她在外表上看来似乎显得很平静，但当经过里瑟夫酒家的时候，她几乎晕倒，那儿，在十八个月以前，曾庆祝过她和另一个人的订婚典礼，那个人，假如她敢扪心自问的话，是可以看到还依旧被她爱着。弗南快乐多了，但并不很安心，——因为我现在还觉得，他时时刻刻都怕爱德蒙回来，——他极想带着他的老婆一同远走高飞。迦太兰村所潜伏的危险和所能引起的回忆是太多了，在结婚以后的第八天，他们就离开了马赛。"

"此后您还看到过美茜蒂丝吗?"教士问。

"见过,西班牙战争期间,曾在佩皮尼昂见过,她正在教导她的儿子。"

长老战栗了一下。"她的儿子?"他说。

"是的,"卡德罗斯回答,"小阿尔培。"

"可是,既然能教导她的孩子,"长老又说,"她本人该受过教育才行呀?我听爱德蒙说,她是一个头脑简单的渔夫的女儿,虽美丽,却没有受过教育。"

"噢!"卡德罗斯答道,"他对他的未婚妻怎么这样不了解呀?美茜蒂丝大可做一位女皇,先生,要是皇冠是戴到最可爱和最聪明的人头上的话。她的财产不断地增加,她也随着财产愈来愈伟大了。她学习绘画,音乐,什么都学。而且,我相信,这句话可只是我们两个自己说说的,她所以要这样做,是为了要分散她的思想,使她可以忘掉往事。她之所以丰富她的头脑,只是为了要减轻她心上的重压。不过眼下一切都已成定局,"卡德罗斯继续说,"财产和名誉当然使她得到了一点安慰。她很有钱,是一位伯爵夫人,可是——"

"可是什么?"长老问。

"可是我想她并不幸福。"卡德罗斯说。

"这个结论您是怎么得来的?"

"我发觉自己处境非常悲惨的时候,我想,我的几个老朋友或许能帮我点忙。我就到邓格拉司那儿去,他甚至连见都不见我。我去拜访弗南,他派他的贴身跟班送了我一百法郎。"

"那么两个人您一个都没有见到吗?"

"没有,可是马瑟夫夫人却见了我。"

"那怎么会呢?"

"当我出去的时候,一只钱袋落到我的脚下,里面有二十五个路易。我立即抬起头,看见了美茜蒂丝,她马上把百叶窗关上了。"

"那么维尔福先生呢?"长老问。

"噢,他可不是我的朋友,我根本不认识他,我也没有什么可要求他的。"

"您不知道他现在怎么样了吗?他有没有从爱德蒙的不幸中得到好处?"

"不,我只知道在逮捕爱德蒙以后,过了一段时间,他就娶了圣·米兰小姐,而且很快就离开马赛了。但是,毫无疑问,他一定也像那些人一样的走运。他无疑像邓格拉司一样的有钱,像弗南一样的得了高官厚爵。只有我,您看,还是贫穷悲惨,是被上帝所遗忘了的。"

"您错了,我的朋友,"长老答道。"上帝或许有时会暂时照顾不到,那是当他的正义之神安息的时候,但他总有一个时候会想起来的,这就是证明。"长老一面说,一面从他的口袋里拿出钻石来,递给卡德罗斯说,"我的朋友,拿了这粒钻石吧,这是您的了。"

"什么!给我一个吗?"卡德罗斯喊道。"啊。先生,您不是在开玩笑吧!"

"这粒钻石本来是要由他的朋友们分享的。爱德蒙只有一个朋友,所以不能再分。拿着这粒钻石,再把它卖了吧。我已经说过,它可值五万法郎,我相信,这笔款子大概已够让您摆脱贫困了。"

"噢,先生,"卡德罗斯怯生生地伸出一只手,用另外那只手抹掉他额上沁出的汗珠说,"噢,先生,别拿一个人的快乐或失望开玩笑!"

"我知道快乐和失望是怎么一回事,我从来不拿这种感情来寻开心。拿了吧,只是,有一交换条件——"

卡德罗斯本来已经碰到那粒钻石,听到这句话又缩回手来。长老微微一笑。"有一个交换条件,"他继续说,"请把摩莱尔先生留在老邓蒂斯壁炉架上的那只红丝带织成的钱袋给我,您告诉我它还在您的手里。"

卡德罗斯愈来愈惊愕,他走到一只橡木的大碗柜前面,打开碗柜,拿出一只红丝带织成的钱袋给长老,钱袋很大很大,上面有两个铜圈,以前是一度镀过金银的。长老接过钱袋,然后把钻石交给卡德罗斯。

"噢! 您简直是上帝派来的人,先生,"卡德罗斯喊道,"因为谁都不知道爱德蒙曾把这粒钻石给您,您大可留起来的。"

"看来,"长老轻声自言自语道,"你是会这样做的。"他站起身来,拿起他的帽子和手套。"好了,"他说,"那么,您所告诉我的一切都是真的,完全可以相信的了?"

"看,长老阁下,"卡德罗斯回答说,"这只角落里有一个圣木的十字架,这个架子上是我老婆的《圣经》。请打开这本书,我可以把手按在十字架上,对着它发誓,以我灵魂的得救,以我作为一个基督徒的信仰,发誓说:我所告诉您的一切都是实实在在的情形,就像人类的天使在末日审判那一天讲给上帝耳朵听的话一样!"

"这就好。"长老从他的态度和语气上已相信卡德罗斯所说的确是实情,就说"这就好,但愿这笔钱能对您有用! 再会! 我要回到我那远离互相残害的人类的地方去了。"

长老很费了一些麻烦才离开了千恩万谢的卡德罗斯,他自己开门,走出店外,跳上马再和客店老板行了一个礼,于是就向他来时的那条路上回去,而那客店老板则不断地大声喊着再会。当卡德罗斯回过身来的时候,他看到身后站着卡康脱人,她的脸色比任何时候都更加苍白,身体也发抖得更厉害。

"那么,我所听到的那些话的确都是真的吗?"她问道。

"什么! 是说他把那粒钻石只给我们吗?"卡德罗斯问,他兴奋得几乎疯狂了。

"是的。"

"不能再真的了! 看! 这儿就是。"

那女人对它端详了一会儿,然后用一种沉闷的声音说:"说不定这是假的?"

卡德罗斯吃了一惊,脸色陡变。"假的!"他自言自语地说。"假的! 那个人为什么要给我一粒假钻石呢?"

"可以不花钱就能套出你的秘密呀,你这笨蛋!"

卡德罗斯在这个念头的重压之下,一时弄得面无人色。"噢!"他一面说,一面拿起他的帽子,戴在他那绑着红手帕的头上,"不久我们就可以知道的。"

"你要干什么?"

　　"今天是布揆尔的集市,那儿老是有从巴黎来的珠宝商的,我拿给他们看看去。看着屋子,老婆,我两小时后回来。"卡德罗斯急急忙忙地离开家,迅速地向那个陌生人所取的相反方向飞奔而去。

　　"五万法郎!"当卡康脱人剩下独自一个人的时候,她喃喃自语地说,"这是一笔数目很大的钱,但却不能算是发财。"

第二十八章　监狱档案

我们上面介绍过的那次会见发生后的下一天,一个年约三十一、二岁,身穿颜色鲜明的蓝色外套,紫花裤子,白色背心的人,走去见马赛市长,看他的举止和口音,他是一个英国人。"阁下,"他说,"我是罗马汤姆生·弗伦奇银行的高级职员。最近十年来,我们和马赛摩莱尔父子公司有联系。我们在他们那儿大概有十万法郎的投资,我们接到报告,听说这家商行已将破产,所以我们有点不大放心。我是罗马特地派来的,来问您关于这家公司的消息。"

"阁下,"市长答道,"我确实得知,最近四五年来,灾祸似乎老跟着摩莱尔先生。他损失了四五条船,受了三四家商行倒闭的打击。虽然我也是一个一万法郎的债权人,可是关于他的经济状况,我却不能向您提供什么情况。假如您要我以市长的身份来回答我对于摩莱尔先生的看法,那我就该说,他是一个极其可靠的人。到目前为止,每一笔账,他都是十分严格地按期付款的。阁下,我所能说的,全在于

此了。要是您想知道得更详细,请您自己去问典狱长波维里先生,他住在诺黎史路十五号。我相信,他有二十万法郎放在摩莱尔的手里,假如有什么不放心的地方,他这笔款子比我的多得多,他大概会比我知道得更清楚。"

英国人似乎很欣赏这一番极其委婉的话,就鞠了一躬,跨着大不列颠子孙所特

有的那种步伐向所说的那条街道走去。波维里先生正在他的书房里,那个英国人一见他,就做出一个吃惊的动作,表示他并非初次见他。但波维里先生正处在一种绝望状态之中,他的全部脑力显然已被他当时正在思考的问题吸引住了,所以他的记忆力或他的想象力都无余暇去追溯过去了。那英国人以他那一国人的那种冷淡态度,把他对马赛市长说过的那几句话,又大同小异地说一遍。

"噢,阁下,"波维里先生叹道,"您的担忧是有根据的,您看,您的面前就是一个绝望的人。我有二十万法郎放在摩莱尔父子公司手里,这二十万法郎是我女儿的嫁妆,她过两星期就要完婚了,这笔钱一半在这个月十五日到期,另外那一半在下个月十五日到期。他已经通知摩莱尔先生,希望这些款子能按时付清。半小时以前他刚刚来过告诉我说,要是他的船,那艘埃及王号,不在十五日进港,他就完全不能支付这笔款子。"

"但是,"英国人说,"这看来很像是一次延期付款呀!"

"还不如说是一笔倒账!"波维里先生绝望地说道。

英国人像是想了一想,然后说:"那么,阁下,这笔放款使您很担心了?"

"老实说,我认为是已经损失的了。"

"好吧,那么,我来向您买过来。"

"您?"

"是的,我。"

"那想必是低价收进的?"

"不,就出二十万法郎。我们的银行,"英国人大笑了一声,接着说,"是不做那种事情的。"

"那么以什么方式结账?"

"现款。"英国人于是从他的口袋里抽出一沓钞票,那叠钞票大概有两倍于波维里先生所害怕损失的那笔数目。

波维里先生的脸上掠过一道欣喜的光彩,可是他竭力克制自己,说:"阁下,我应该告诉您,从各方面估计,这笔款子您最多不过只有六厘希望。"

"这与我无关。"英国人回答说,"那是汤姆生·弗伦奇银行的事,我只是受命而行。他们或许存心想加速一家敌对商行的垮台。我所知道的,阁下,只是我准备把这笔款子交给您,换得您在这笔债务上签一个字。我只要求有权拿一点佣金就行了。"

"那当然是十分公道的,"波维里先生喊道。"普通的回佣是一厘半,您可要二厘,三厘,五厘,或更多? 只管请说!"

"阁下,"英国人大笑起来,回答说,"我像我的银行一样,是不做这样的事,不,我所要的回佣大不相同。"

"请说,阁下,我求您。"

"您是典狱长?"

"我干了不止十四年啦。"

"您保管着入狱出狱的档案?"

"不错。"

"这些档案上有与犯人有关的记录?"

"每一个犯人都有各自的记录。"

"好了,阁下,我是在罗马读的书,我的老师是一个苦命的长老,他后来突然失踪了。我听说他是被关在伊夫堡的,我很想知道他临死时的详情。"

"他叫什么名字?"

"法利亚长老。"

"噢,他我记得挺清楚,"波维里先生喊道,"他是疯子。"

"他们是那么说。"

"噢,他是的,的确是的。"

"有可能,他发疯的症状是什么?"

"他自以为有一个极大的宝藏,愿意贡献政府大笔款项,假如政府肯放他自由。"

"可怜的人!他死了吗?"

"是的,先生,在五六个月以前,二月间死的。"

"你的记忆力真强,先生,能把日期记得这样清楚。"

"我之所以记得这件事,是因为那可怜虫死时还附带发生了一件稀有的怪事。"

"我可以知道这件事情吗?"

英国人带着一种好奇的表情问。他那冷漠的脸上竟会现出这种表情,一个细心的观察者见了大概是会很惊讶的。

"可以,阁下,离长老的黑牢四五十呎远的地方,有一个老拿破仑党分子,就是1815年逆贼回来时最卖力的那些分子之一,——是一个非常顽固危险的人物。"

"真的!"英国人说。

"是的,"波维里先生答道,"在1816或1817年的时候,我曾亲自见过他一次,我们要到他的黑牢里去,总得带一排兵同去才行。那个人给我的印象很深。我永远不会忘记他那张脸!"

英国人露出一丝难以觉察的微笑。"而您说,阁下,"他说,"那两间黑牢——"

"——相距有五十呎,但看来这个爱德蒙·邓蒂斯——"

"这个危险人物的名字是叫——"

"爱德蒙·邓蒂斯。看来,阁下,这个爱德蒙·邓蒂斯是弄到了工具的,或是自己制造了工具,因为他们发现了一条那两个犯人互相交通的地道。"

"这条地道,无疑的,是为了想逃走才挖的了?"

"当然了,但对这些犯人们不幸的是,法利亚长老发了一场痫厥病死了。"

"我明白了,这样他们逃走的计划就只能中止了。"

"对死者而言,是如此,"波维里先生答道,"但对那残生者而言却不然。相反的,这个邓蒂斯却想出了一个加速他逃走的方法。他大概以为伊夫堡死掉的犯人是像普通人一样埋葬在坟场里的。他把死者搬到他自己的地牢里,自己假装死人钻在他们准备的口袋里,只等埋葬的时间到来。"

"这个办法很大胆,敢这样做的人是要有勇气的。"英国人说。

"我已经告诉过您,阁下,他原是一个非常危险的人物,而不幸他自己的这一个举动倒省得政府再为他操心了。"

"那是怎么的呢?"

"怎么?您不明白吗?"

"不。"

"伊夫堡是没有坟场的,犯人一死就在他们的脚上绑一个三十六磅重的铁球,朝海里一丢就算了。"

"那又怎么样?"英国人应了一声,像是他还不十分明了似的。

"嗯,他们在他的脚上绑上一个三十六磅的铁球,把他丢到海里去了。"

"真的吗?"英国人惊喊道。

"是的,阁下,"典狱长继续说。"您可以想象一个,当那个亡命者发觉他自己笔直向岩石扑下去的时候,他会吓成什么样子。我倒很想看看他那时的面孔。"

"那是很不容易的。"

"没有关系,"波维里先生因为他已确实能收回那二十万法郎,所以答话极其轻松幽默,——"没有关系,我可以想象得出的。"他于是大笑起来。

"我也想象得出,"英国人说,他也笑起来。不过他的笑是英国人的那种笑法,是从他牙齿缝里笑出来的。"那么,"英国人首先敛住了笑容,继续说,"他淹死了吗?"

"这毫无疑问。"

"那么堡长倒把凶犯和疯犯同时摆脱掉了?"

"完全正确。"

"对于这件事总有某种官方文件记录吧?"英国人问。

"有的,有的,有死亡证明书。您知道,邓蒂斯的亲属,假如他还有什么亲属的话,他们会打听他是死是活的。"

"那么现在,假如他有什么遗产的话,他们是可以问心无愧地享用的。他已经死了,这不会有错吧?"

"噢,是的。他们随时都可来看我们出具的证明。"

"应该如此,"英国人说,但话又说回到这些档案上来了。"

"真的,这个事把我们的注意力扯开了。原谅我。"

"原谅您什么,——为那个故事吗?没什么,在我听来,真是挺有趣的。"

"是的,真是的。那么,阁下,您是想看看关于那可怜的长老的全部文件吗?他倒真是挺温和的。"

"是的,务必请您方便一下。"

"请到我的书斋里去,我拿给您看。"于是他们走进波维里先生的书斋。这儿的一切都整理得井井有条。每一种档案都编着号码,每一夹文件都有固定的地方。典狱长请英国人坐在一张圈椅里,把有关伊夫堡的档案和文件放到他的面前,让他随便地去翻阅,而他自己则找了一个角落坐下,开始读他的报纸。那英国人很容易地找到了有关法利亚长老的记载,但典狱长讲给他听的那番话似乎使他发生了很大的兴趣，因为在阅读了第一类文件以后，他又往后翻阅下去，一直找到了关于爱德蒙·邓蒂斯的文件才住手。他发现一切都原封不动的在那儿，——告密信，审判书，摩莱尔的请愿书，维尔福先生的按语。他悄悄地折起那封告密书，把它放进他的口袋，读了一遍审判书，发觉里面并没有提到诺梯埃名字，又阅览了一下请愿书，上面的日期是 1815 年 4 月 10 日，在这封请愿书里，摩莱尔因为听了代理检察官的劝告，所以出于好意（因为那时拿破仑还在位）夸大了邓蒂斯对帝国的效劳，——这种效劳，经维尔福的签署证明，当然是铁定的了。至些，他一切都明白了。这封上给拿破仑的请愿书，被维尔福扣押了下来，到王朝第二次复辟的时候，在检察官的手里就变成了一件可怕的攻击他的武器。因此当他在档案里找到这张条子，在他的姓名底下有一个括弧列着他的罪名时，他也就不再奇怪了：——

爱德蒙·邓蒂斯 { 狂热的拿破仑党分子，曾负责协助逆贼 自爱尔巴归来。 应严加看守，小心戒备。

在这几行字下面有另一个人的笔迹写着："已阅，——无须复议。"

他拿括弧下的笔迹和摩莱尔的请愿书底下签署的笔迹比较一下，发现括弧下的字和签署是同一的笔迹，也就是说都出自维尔福的手笔。至于罪状底下的那两句按语，那英国人懂得大概是某一位巡察大员加上去的，那位大员大概忽然一时对邓蒂斯的处境发生了兴趣，但由于我们上面所说过的那些记录，所以他虽然颇感兴趣，却无可设法。

我们已经说过，那位典狱长，为了不影响法利亚长老的学生的研究工作，所以自己去坐在一个角上，在那儿读《白旗报》。他并没有看到英国人把那封邓格拉司在里瑟夫酒家的凉棚下写的，盖有马赛邮局 2 月 18 日下午 6 时邮戳的告密信折起来放进他的口袋里。不过，也应该附带说一句，即使他看到了，他也会觉得这片纸头无足轻重，而他那二十万法郎是这样的重要，所以不论英国人这种举动是多么地违反规章，他也不会来反对的。

"谢谢！"英国人重重把档案合上，说，"我想知道的都已知道了，现在该由我来履行我的诺言了。只要请您给我一张债务转让证书，里面载明已收到现款，我就把钱付给您。"他站起来，把他的位子让给波维里先生，后者毫不谦让地坐了下来，急忙写那张对方需要的转让证书，而那英国人则在写字台的对面数钞票。

第二十九章　摩莱尔父子公司

　　凡是几年以前离开马赛而又熟知摩莱尔父子公司的人,要是在现在回来,就会发觉它里面已面目全非了。以前从一家欣欣向荣的商行所发散出来的那种活跃,舒适和快乐的空气;以前从窗户里看到的那些愉快的面孔;以前在那条长廊里来回奔忙的职员;以前堆满在天井里的一包包的货物,以及搬运夫们的嬉笑喊叫,——现在都消失了,而只会感觉到一种忧郁阴沉的空气。在那冷落的长廊和空荡荡的办公厅里,以前总是被无数职员挤满着,而现在只剩下了两个人。一个是年轻人,约莫二十三、四岁,名叫艾曼纽·赫伯特,他爱上了摩莱尔先生的女儿,虽然他朋友们都竭力劝他辞职,他还是留了下来;另外一个是只有一只眼睛的年老的出纳,名叫独眼柯克莱斯(古罗马的一个英雄),这一绰号是以前老是挤满在这个蜂窝(现在几乎已空无一人)里的青年人奉送给他的,这个绰号已完全代替了他真名,以致谁要是用真名来喊他,他十有八九连头也不会回过来的。

　　柯克莱斯依旧还在摩莱尔先生手下服务,他的地位发生了奇特的变化。一方面他被升为出纳员的职位,而同时却又降低到一个仆役的身份。可是,他还是那过去的柯克莱斯,善良,耐心,忠诚,不怕麻烦,但在数学问题上却绝不屈服,他在这一点上,会坚决地站起来和全世界抗争,甚至和摩莱尔先生抗争;他又长于九九乘法表,把它背得滚瓜烂熟,不论设什么诡计圈套去考问他,总能算出准确的答案。

　　在公司的日趋窘困的过程中,只有他一个人毫不动摇。这倒并不是出于一种情感,却相反的是出于一种坚定的信念。有人说一艘命中注定要在海洋里沉没的航船,船上的老鼠会预先溜走,临到那艘船起锚的时候,这些自私的乘客都已逃得精光,也正是像这样,摩莱尔父子公司所有这许多职员也一个个地脱离了办公厅和货仓。柯克莱斯眼看着他们一个个离开,但对于离开的原因却连问都不问。我们已经说过,一切在他看来只是一个数学问题。二十年来,他总是看到公司如期付款,从不拖欠,所以在他看来,如说公司有一天竟会付不出款,似乎是不可能的,正如一个磨坊老板不能相信那一向日夜推动他的磨机的河水竟会一旦不流一样。

　　目前还不曾发生过什么事情可以使柯克莱斯的信念动摇。上个月的付款是极其正确地如期付清了的。柯克莱斯查出一笔有损于摩莱尔的十四个苏的错账,当天晚上,他把那多算的十四个铜板交给摩莱尔先生,后者苦笑一下,把钱掷进一只几乎空空如也的抽屉里,说:"谢谢,柯克莱斯,你是出纳人员中的一颗明珠啊!"

　　柯克莱斯回去十分快乐,因为摩莱尔先生本身便是马赛忠厚者中之明珠,他这样夸奖他,比送他一份五十艾居的礼还更使他受宠若惊。但从月底以来,摩莱尔先生曾度过了许多焦虑的时间。为了应付月底,他曾搜尽了他所有的财源。他生怕他的窘况会在马赛传扬,所以到布揆尔的集市,把他妻子和女儿的珠宝卖了,还有他的一部分金银器皿也卖掉了。这样,公司的名誉才能依旧维持着。但他现在已经山穷水尽。借款吧,由于市上所传的那些消息,已借不到了。要偿付波维里先生这个月 15 日的十万法郎和下个月 15 日的十万,摩莱尔先生除了等待埃及王号返航,实在没有别的希望了。他知道埃及王号业已开出,那是他从一艘和它同时起锚的帆船上听来的,而那艘船已顺利到港。那艘船像埃及王号一样,也是从加尔各答开来的,但它已在两星期前到达,而埃及王号却杳无音讯。

罗马汤姆生·弗伦奇银行那位专员在见过波维里先生的第二天去拜会摩莱尔先生的时候,便是如此情形。接待他的是艾曼纽。这个青年人——他看到每一个新的面孔就要吃惊,因为每一个新的面孔就是一个闻风来询问公司老板的新债主——想使他的雇主避免受这次会见带来的麻烦,就问来客有何贵干。这位来访者声称,他和艾曼纽没有什么可说的,他的事情需和摩莱尔先生亲自面谈。艾曼纽叹了一口气,就召柯克莱斯来。柯克莱斯来了,青年吩咐引导来客到摩莱尔先生房间。柯克莱斯走在前头,来客跟在他的后面。在楼梯上,他们遇见一位十六七岁的美丽的姑娘,她惊恐不安地望着这位陌生人。

"摩莱尔先生办公室吧,在不在,裘丽小姐?"出纳员说。

"是的,我想在吧,至少,"青年姑娘迟疑不决在说。"你可以去看看,柯克莱斯,要是我的爸爸在那儿,就给这位先生通报一声。"

"不用通报我的名字,小姐,"英国人答道。"我的名字摩莱尔先生并不知道,这位可敬的先生只要通报说罗马汤姆生·弗伦奇银行的专员求见就行了,那家银行是和你的父亲有来往的。"

青年姑娘的脸色变白了,她继续下楼,而陌生客和柯克莱斯则继续上楼。她走进艾曼纽所在的那间办公室,而柯克莱斯则用他身上所带的一把钥匙打开第二重楼梯拐角上的一扇门,把那陌生人引到一间候见室里,再打开第二道门,进去后即把门关上,让汤姆生·弗伦奇银行的专员独自等候了一会儿,然后回身出来,请他进去。英国人走了进去,发现摩莱尔坐在一张桌子前面,正在翻阅几本极大的账簿,里面都是他的债务。看到有来客,摩莱尔先生就合拢他的账簿,站起身来,指着一个座位请来客坐下。当来客坐定之后,自己才坐回到他原来的椅子上。

十四年的光阴已改变了这位可敬的商人的容貌,他,在本故事开始的时候是三十六岁,现在已五十岁了。他头发变白了,时间和忧愁已在他额头刻下深深的皱纹,而他的目光,一度曾是这样坚定和尖锐,现在已踌躇而徬徨,像是他怕被迫把他的注意力集中在一个念头或一个人身上似的。英国人用一种好奇而显然还带着关怀的神情注视着他。"阁下,"摩莱尔说,他的不安因这种专注的目光而更加强了,"您想跟我谈谈吗?"

"是的,阁下,您明白我是从哪儿来的吧?"

"汤姆生·弗伦奇银行,我的出纳员是这样告诉我。"

"他说得不错。汤姆生·弗伦奇银行在这个月有三、四十万法郎款子要从法国支付,知道您严守信用,所以把凡是有您签字的期票都收买了过来,叫我负责来按期收款,以便动用。"摩莱尔深深地叹了一口气,用手抹一抹他那汗水淋漓的前额。

"哦,那么,先生,"摩莱尔说,"您有着我的期票吗?"

"是的,而且数目相当大。"

"多少?"摩莱尔用一种竭力想使之镇定的声音问。

"这儿是,"英国人从他的口袋里拿出一叠纸来说,"典狱长波维里先生转让给我们银行的一张二十万法郎的期票,那本来是他的。您当然知道您是欠他这笔款子吧?"

"是的,他那笔钱是以四厘半的利息存在我这里的,差不多有五年了。"

"您该在什么时候付款?"

"一半在本月十五,在下个月十五日再支付另一半。"

"不错,这儿还有三万二千五百法郎是最近付款的。这上面都有您的签字,都是持票人转让给我们银行的。"

"我认得的,"摩莱尔先生说,想到平生中第一次保不住他自己签字的尊严时,他羞愧不已。"都在这儿了吗?"

"不,本月底还有这些期票,是巴斯卡商行和马赛威都商行转让给我们的,一共大约是五万五千法郎,——总数是,二十八万七千五百法郎。"

在这一笔一笔计数的时候,摩莱尔所感到的痛苦简直是难以描述的。"二十八万七千五百法郎!"他照样说一遍。

"是的,阁下,"英国人答道。"我不必向您隐瞒,"他停顿了一会儿,然后继续说,"到目前为止,您的信实守约是众所周知的,可是据马赛最近的传闻,恐怕您应付不了这些债务。"

听到这一段几乎近于残酷的话,摩莱尔的脸顿时变成死灰色。"阁下,"他说,"至今为止——我从先父手里接过这家公司的经理权到现在已有二十四年多了,而先父也曾亲自经营了三十五年——凡是有摩莱尔父子公司签名的任何票据,还从来不曾失过信用。"

"是的,这我知道,"英国人回答。"但以一个诚实君子答复一个诚实君子应有的态度来说,请坦白告诉我,您能不能准时支付这些期票呢?"

摩莱尔打了一个寒战,望一望这个到刚才为止讲话尚未这样斩钉截铁地人。"问题既然坦率地提出来了,"他说,"答复也就应该直爽。是的,我可以付清的,假如,能如我的希望,我的船能安全到达,——因为它一到,我因过去接二连三的意外事件而丧失的信誉就又可以恢复了,但假如埃及王号损失了,这最后一个来源也就没有了——"那可怜的人的眼睛里充满了眼泪。

"嗯,"对方说,"假如这最后一个来源也断了呢?"

"唉,"摩莱尔答道,"强迫我说这句话是太残酷了,但我是已经惯遭不幸的了,我也该习惯受耻辱。我恐怕不得不延期付款。"

"难道您没有朋友可以帮助吗?"

摩莱尔凄凉地笑了笑。"在商界,阁下,"他说,"是没有朋友,只有往来的。"

"这倒是真的,"英国人喃喃地说,"那么您只有一个希望了?"

"唯一的希望。"

"最后的了?"

"最后的了。"

"那么要是这一个也耽误——"

"我就毁了,彻底地毁了!"

"我到这儿来的时候,有一艘船正在进港。"

"我知道的,阁下,有一个在我患难的时候依旧跟着我的青年人,每天花一部分时间守在这间屋子的阁楼上,希望能最先向我来报告好消息。这艘船的进港,他已经告诉过我了。"

"而那不是您的吗?"

"不,那是一条波尔多的船,名叫吉隆丹号。它也是从印度来的,但却不是我的。"

"或许它曾和埃及王号通过话,给您带了消息来呢?"

"我得对您说,阁下?我怕得到我那条船的任何消息,简直就和我怕陷在疑雾中差不多。不确定倒还使人抱有希望。"于是,摩莱尔又用一种喑哑的声音说,"这次的脱期是说不通的。埃及王号在二月五日离开加尔各答,它应该在一个月以前就到这儿的。"

"什么声音?"英国人问。"这一片闹声是什么意思?"

"噢,噢!"摩莱尔喊道,脸色陡变,"这是什么?"楼梯上传来一片响声,是人们匆忙的奔走声和半窒息的呜咽声。摩莱尔站起身来,向门口走去,但他的气力支持不住,倒在一张椅子里。两个人面对面地呆着,——摩莱尔四肢哆哆嗦嗦地发抖,那陌生人则带着一种极其怜悯的神色注视着他。闹声止住了,摩莱尔似乎已预料到是什么事:那件事引起了闹声,而那件事是一定会到来的。陌生人似乎发觉有人轻轻地上了楼梯,那是几个人的脚步声,而那个脚步声已在门口停下。一把钥匙插进了第一道门的锁眼,可以听到门上的铰链声。

"只有两个人有这扇门的钥匙,"摩莱尔喃喃地说,——"柯克莱斯和裴丽。"与此同时,第二道门开了,门口出现那泪痕满面的青年姑娘。摩莱尔用手撑着椅臂,颤巍巍地站起来。他想发问,但却说不出来。"噢,爹爹!"她绞着双手说,"原谅你的孩子给你带来了不好的消息。"

摩莱尔面无血色。裴丽扑入他的怀里。

"噢,爹爹,爹爹!"她说,"勇敢一点!"

"那么埃及王号完了吗?"摩莱尔说,声音已嘶哑。那青年姑娘没有说话,点了点头,依旧靠在她父亲的胸膛上。

"船员呢?"摩莱尔问。

"救起来了,"姑娘说,"是刚才进港的那条船上的船员救起来的。"

摩莱尔带着一种听天由命和崇高的感激的表情,向上天举起双手。"谢谢,我的上帝,"他说,"至少您只打击了我一个人!"

那英国人虽然平时极不易动感情,这时双眼也被泪水濡湿了。

图文珍藏版

"进来，进来吧！"摩莱尔说，"我料到你们都在门口。"

不等他那些话说完，摩莱尔夫人就进来了，她哭得非常伤心。后面跟着艾曼纽。在候见室里，还有七八个衣不蔽体的水手难看的面孔。一看到这些人，那英国人吃了一惊，向前迈了一步，然后他又抑制住自己，退到房间最不起眼和最远的一个角落。摩莱尔夫人在她丈夫的身旁坐下来，握住他的一只手；裘丽依旧依偎在父亲的胸前；艾曼纽站在房间中央，像是在作摩莱尔一家人和门口的水手们之间的联系人。

"这是怎么回事？"摩莱尔说。

"过来一点，庇尼龙，"那青年人说，"从头至尾讲出来。"

一个被赤道的阳光晒成棕褐色的老海员向前走了几步，两手不住地旋转着一顶残破的帽子。"日安，摩莱尔先生，"他说，好像他是昨天晚上离开马赛，刚从埃克斯或土伦回来似的。

"日安，庇尼龙！"摩莱尔回答，他在泪花中强露出笑容，"船长在哪儿？"

"船长，摩莱尔先生，——他生病留在帕尔马了，感谢上帝，病得并不厉害，几天之后你就可以看到他健康地回来。"

"这就好，现在你把事情讲讲吧，庇尼龙。"

庇尼龙把他嘴里的烟草从右面顶到左面，用手遮住嘴巴，把头转过去，喷了一大口烟汁，然后摆开一只脚，开始讲了。"你瞧，摩莱尔先生，"他说，"开初我们在风平浪静的海上航行了一星期，然后在布兰克岬和波加达岬之间的一段海面上乘着一阵和缓的南——西南风航行，忽然茄马特船长走到我面前，——我得告诉你，我是在后梢，——说，'庇尼龙，你看那边升起的那一大片乌云是什么意思？'我那时自己也正在看那些乌云。'我看它们是升得太快了，不像是没有原因的，要是它们不是预报灾祸，就不会那样黑。''我也是这样看，'船长说，'我先去采取预防措施。我们张的帆太多啦。喂！全体来松帆！拉落三角头帆！'真是千钧一发哪，狂风已经赶上我们了，船开始倾斜起来。'呀'，船长说，'我们的帆还是扯得太多了，大伙把大帆落下！'五分钟以后，大帆落下来了，我们只得扯着尾帆和上桅帆航行。'喂，庇尼龙，'船长说，'你为什么摇头？''咦，'我说，'我想它不见得就此肯罢休呢。''你说得对，'他回答说，'我们要遇到大风了。''大风！不光是大风，我们要遇到的是一场货真价实的暴风，不然就算我不懂。'你可以看到那风就像蒙德里顿的灰沙一样地刮过来，幸而船长懂事。'全体注意！顶帆收两隔！'船长喊道，'放松帆脚索，绑紧，落上桅帆，扯起帆桁上的滑车！'"

"在那种纬度的地方这样是不够的，"那英国人说。"要是我，我就把顶帆放四隔，把尾帆扯落。"

他这坚定，响亮和突如其来的声音使人人都吃了一惊。庇尼龙把手遮在眉毛上，定睛凝视这个批评他船长技术的人。"我们做得更彻底，先生，"老水手带着相当敬意说，"我们把船尾对准风头顺风奔走。十分钟以后，我们扯落顶帆，光着桅杆飞驶。"

"那艘船太旧了，经不起那样的风险。"英国人说。

"对，让您说着啦！就为这我们遭了殃，在颠簸了十二个钟头以后，船出了一个漏洞。'庇尼龙，'船长说，'我看我们是在往下沉，把舵给我，到下舱去看看。'我把舵交给他，就下去了，那儿已经有三呎深的水。我喊道，'大伙来抽水！'可是太迟了，好像我们抽出得愈多，进来的就更多。'呀，'在抽了四个钟头水以后，我说，'既然我们是在往下沉，就让我们沉下去算了吧，人总得死一次的。'这可是你做的榜样吗，庇尼龙？'船长喊道，'好极，等一等。'他到他的船舱里去拿了一对手枪回来。'谁第一个离开抽水机，我就朝他的脑门子给一枪！'他说。"

"干得好！"英国人说。

"只要道理讲得对，大家自然会有勇气，"那水手继续说。"那个时候，风势减了，海也平下去了，不过船里仍在继续进水，——不多，只是每小时两呎，但它还是升高。每小时两呎似乎不算多，但十二小时就成两呎啦，而两呎加上我们以前有的三呎就成了五呎。'来，'船长说，'我们已经尽了我们的力了，摩莱尔先生没什么可指责我们的了。上救生艇去，孩子们，越快越好！'唉，"庇尼龙继续说，"你知道，摩莱尔先生，一个水手是舍不得他的船的，但却更舍不得他的命，所以我们也不等他再说第二遍。愈是那样，船就沉得愈快，像是在说：'你们走吧，逃命去吧！'我们立即把小船放到水里，八个人都跳到里面。船长最后一个下来，说得更准确一点，他没有下来，他不肯离开大船，所以我就把他拦腰抱起，抛进小船，然后我自己也跟着跳下去。真是千钧一发，因为我刚跳下小船，甲板就嘣的一声像一艘主力舰上众炮齐发似的炸裂了。十分钟以后，它就向前倾，然后又横倒，连翻了几个身，然后一切都结束了，埃及王号没有了。

"至于我们，我们有三天没吃没喝，所以我们开始想抽签，看哪一个来当其余的人的牺牲品，正在这时，我们看见了吉隆丹号，我们就发出求救的讯号，它看见了我们，向我们调转船头驶来，把我们都救上了船。唉，摩莱尔先生，那就是全部事实，我是凭一个水手的名誉说的，是不是真的？你们那些人说吧。"

一片表示同意附和声证明这个叙述者已忠实详细地说出了他们的不幸和受苦的情形。

"很好，很好，"摩莱尔先生说，"我知道谁都没有错，这只能怨命。这件事是上帝的意志，顺从上帝吧！你们的工资还该付多少？"

"噢，那个我们不谈了吧，摩莱尔先生。"

"不，一定要谈。"

"好吧，那么，是三个月。"庇尼龙说。

"柯克莱斯！给这些好汉子每人付两百法郎，"摩莱尔说。"要是在别的时候，"他又说，"我本来会说，另外再给他们两百法郎，算是送礼的，但时代不同了，我现在仅有的一点钱也不属于我的了。"

庇尼龙转身和他的同伴商量了几句话。

"关于这点，摩莱尔先生，"他说，又转动着他嘴里的那块烟草块，——"关于这点——"

"关于什么？"

"那钱。"

"怎么?"

"我们都说,我们目前只要五十法郎就够了,其余的我们等到下次再算。"

"谢谢,我的朋友们,谢谢!"摩莱尔深受感动,大声说道。"拿了吧,拿了吧!假如你们能找到另外一个老板,去为他服务吧。你们尽管可以那样做。"

这最后的几个字在海员们身上产生了奇异的效果。庇尼龙几乎把他的烟草块咽了下去,幸而他又吐了出来。"什么!摩莱尔先生,"他结结巴巴地说,"你打发我们走吗?那么你生我们的气了吗?"

"不,不!"摩莱尔先生说,"我没有生气,我不是打发你们走,但我一艘船也没有了,所以我不需要任何水手了。"

"没有船!"庇尼龙答道,"嗯,那么,你会造的呀,我们可以等你。"

"我没有钱再造船了,庇尼龙,"船主悲凉地笑笑说,"所以我不能接受你们的好意。"

"没有钱了!那么你一定不要再给我们付钱。我们可以像埃及王号一样,两手空空走的。"

"够了,够了,我的朋友们!"摩莱尔激动得几乎说不出话来了。"离开我吧,我求求你们,我们将来在时势好些的时候再见。艾曼纽,陪他们下去,执行我的吩咐。"

"至少,我们可以还再见吧,摩莱尔先生?"庇尼龙问。

"是的,我的朋友们,至少,我希望如此。现在去吧。"他向柯克莱斯做了个手势,柯克莱斯就先走,海员们跟在他的后面,艾曼纽在后。"现在,"船主对他的妻子和女儿说,"离开我吧,我想和这位先生谈一谈。"于是他向汤姆生·弗伦奇银行的专员瞥了一眼,后者在整个谈话过程中,始终坐在那个角落,除了我们上面所提过的那几句话以外,他不曾有过别的举动。两个女人对这个人望了一望,她们已完全忘记有这个人在场,于是就退出去。裘丽在离开房间的时候,向陌生人投了一个恳求的眼光,后者以微笑作答,当时要是有一个无利害关系的旁观者在场,看到他那严肃的脸上竟会发生这样的微笑,一定会感到很惊讶。这时房间里只剩下了两个男人。"唉,先生,"摩莱尔倒入一张椅子里,说,"您都听见了,我再没有什么可奉告的了。"

"我知道,"英国人答道,"一场新的,不公的灾难已降到您的身上,而这只能增加我为您效劳的愿望。"

"噢,阁下!"摩莱尔轻呼一声。

"我看,"那陌生人又说,"我是您最大的债权人吧?是吗?"

"您的期票,至少,是最先该付的。"

"您希望延期付款吗?"

"延期能够救我的名誉,因而也能够挽救我的生命。"

"您希望延期多久?"

摩莱尔想了一想。"两个月。"他说。

"好吧,我愿意给您三个月期限。"那陌生人回答。

"但是，"摩莱尔问道，"汤姆生·弗伦奇银行能同意吗？"

"噢，一切由我负责好了。今天是6月5日？"

"是的。"

"好，请重新开过这些期票，改到9月5日，到9月5日，十一点钟，时钟指针在十一点上，我来收钱。"

"我等着您，"摩莱尔回答说，"我会给你付款的，——不然，我就死。"这最后的几个字说得非常的轻，以致那陌生人根本听不到。期票重新开过，旧的撕毁，那可怜的船主发现自己还有三个月的时间可以让他设法。英国人以他的民族所特有的平静的态度接受了他的一番谢意，摩莱尔向他说了许多感激的话，一直把他送到楼梯口。那陌生人在楼梯上遇见了裘丽，她假装要下楼，但实际上是在等他。"噢，阁下！"她绞着双手说。

"小姐，"那陌生人说，"你有一天会接到一封署名'水手辛巴德'的信。不论那封信看上去有多么奇怪，你一定要按照信上所吩咐你的话去做。"

"是的，先生。"裘丽回答。

"你答应这样去做吗？"

"我向您发誓，我一定照办！"

"很好。再会，小姐！愿你永远像现在一样的纯洁高尚，我相信上天会回报你，赐艾曼纽做你的丈夫。"

裘丽轻轻地喊了一声，面孔红得像一朵玫瑰，靠身在栏杆上。那陌生人向她挥手告别，继续下楼去。他在天井里找到庇尼龙，庇尼龙正一手拿着一封一百法郎的纸包，似乎不能决定究竟是拿了好还是不拿好。

"跟我来，朋友，"英国人说，"我有话要对你说。"

第三十章 9月5日

汤姆生·弗伦奇银行代表所提出的延期,当时是摩莱尔所万万想不到的。在可怜的船主看来,这似乎是他的运气又要来了,等于命运之神向人宣布,它已倦于在他的身上泄恨了。当天他就把经过的情形讲给他的妻女和艾曼纽听。家庭里即使不能说已恢复安宁,但多少总又有了点希望。汤姆生·弗伦奇银行方面,待他这样的体谅,但不幸的是,摩莱尔的债主并非只他们一家,而正如他所说的,在商场上,是只有往来没有朋友的。当他进一步深思的时候,他觉得不能把汤姆生·弗伦奇银行这个慷慨的举动算作友谊的表示,而只能算作自私的想法,银行方面大概是这样想的:"这个人欠我们将近三十万法郎,我们与其迫他破产,而只得到六厘或八厘倒账,倒还不如支持他,这样三个月以后就能收回这笔钱了。"不幸,不知究竟是由于仇恨或盲目,摩莱尔的往来商行却并不都是这样想法。有几家甚至抱着一种相反的想法。所以摩莱尔所签出去的期票毫不客气地准时拿到他的办公厅来兑现,而由于英国人所赐的延期,那些期票依旧由柯克莱斯如期照付。所以柯克莱斯依旧像他往日一样地泰然自若。只有摩莱尔不无后怕地看到,假如15日该付典狱长波维里先生的十万法郎和30日到期的那几张三万二千五百法郎的期票不曾延期,他就信誉扫地了。

一般商界人士的看法,都以为摩莱尔在厄运不断地打击之下,是无法站稳的。所以当他们看到月底到来时,而他依旧能如期履行他所有的债务,不禁大为惊奇。可是,信心还没有恢复到所有的人的脑里,他们都认为,那不幸的船主的整个崩溃只能迟延到下个月月底。

在那个月里,摩莱尔作了前所未有的努力来搜掘他所有的财源。以前他开出去的期票不论日期长短,人家总是很放心地接受的,甚至有自动来请求存款的。现在摩莱尔只想贴现三个月期的期票,但却发现所有的银行都向他关上了大门。幸而摩莱尔还有几笔钱可收,那几笔钱收到以后,他才能把七月底的债务应付过去。

汤姆生·弗伦奇银行的代表不曾再在马赛露过面。在拜访摩莱尔先生后的一二天,他就失踪了。在马赛,他只和市长,典狱长和摩莱尔先生接触过,所以他这次露面,除了这三个人对他各自留下了一个不同的印象以外,再没有别的踪迹可寻。至于埃及王号的水手们,他们似乎各自都拥有一份工作,因为他们也不见了。

茄马特船长已病愈从帕尔马岛回来。他不敢去见摩莱尔,但那船主听说他已回来了,就亲自去看他。这位可敬的船主已从庇尼龙的口里知道了船长在遇难前后的英勇行为,所以想去安慰安慰他。他也把他该得的工资带了去,那原是茄马特船长不敢开口要的。

当摩莱尔下楼的时候,他碰到庇尼龙正要上去。庇尼龙似乎把钱花得很正当,因为他上上下下穿着新衣服。当他看到他的雇主的时候,那可敬的水手显得十分尴尬,他缩到楼梯的拐角,把他嘴巴里的烟草块顶来顶去,转动着两只惶恐的大眼睛,只感到在握手的时候摩莱尔照常轻轻地回捏他一下。摩莱尔以为,庇尼龙的窘态是由于他穿了漂亮的新衣服的关系,这个好汉子显然从来不曾在他自己身上如此阔气地开销过。他无疑地已在别的船上找到工作了,所以他的羞怯,说不定就是为了他已不再为埃及王号而哀所致。他或许是来把他的好运告诉茄马特船长,并代表他的新主人来聘请船长去工作。

"可尊敬的人啊!"摩莱尔一面走一面说,"愿你们的新主人如同我一样地爱你们,希望他比我幸运!"

8月一天天地过去,摩莱尔不断地努力,到处奔走借债。到8月20日那天,马赛有人传来风声,说他已乘了邮政驿车离埠,据说他的公司月底就要宣告破产。摩莱尔之所以要离开,就是为了避免目击这个残酷的场面,而只让他的协理艾曼纽和出纳柯克莱斯去应付。可是出乎人们预料,当8月31日到来的时候,公司仍照常开门,柯克莱斯坐在账台栅栏后面,照样仔仔细细地察看所有拿来兑现的期票从第一张到最后一张,照样全部照付。甚至有两张还是摩莱尔拿去贴现的保付支票,但柯莱斯照样兑付,就像是船主直接发出去的期票一样。这一下他们就弄不明白了。但是,预言祸事的人总是不甘罢休的,所以倒闭的日期又被定在9月底。

9月1日,摩莱尔回来了。全家都极其焦急地在等他,因为他们最后的希望就寄托在这次到巴黎去的旅程上。摩莱尔想到了邓格拉司,如今他是非常有钱了,而以前他曾受过摩莱尔许多恩,因为他这庞大的财富是在进西班牙银行服务后开始的,而那就是摩莱尔介绍他去的。据说邓格拉司目前的财产已有六百万到八百万法郎,信贷能力是无限的。所以邓格拉司如要救摩莱尔,他不必从口袋掏出一个铜板,只要在借款时说一句话,摩莱尔就得救了。摩莱尔早就想到过邓格拉司。但他对他有一种不可自制的本能的反感,所以摩莱尔一拖再拖,直到山穷水尽的时候才去求救于他。摩莱尔是对的,因为他果然是没脸地遭了拒绝回家。可是回家以后,摩莱尔不曾发出一声怨言,也不曾说过一句咒骂的话。他和他那哀哀哭泣的妻女拥抱了一下,带着友情的温暖和艾曼纽握一握手,就走上他三楼的书室里,派人去叫柯克莱斯来。

"那么,"两个女人对艾曼纽说,"这一下我们真得完了。"

据他们匆匆商谈的结果,大家同意由裴丽写信给驻防在尼姆的哥哥,叫他赶快回家。这两个可怜的女人本能地感觉到她们需要集中全部力量来承受这日益紧迫的打击。

玛西米兰·摩莱尔虽不满二十二岁,却很能左右他父亲。他是一个刚毅正直的青年。当他决定进入军界的那个时候,他的父亲本无意让他干那一行,只叫年轻的玛西米兰考虑了他自己的兴趣来决定。他立刻宣布愿过军人生活。后来他刻苦学习,在军官学校毕业时成绩优异,离校后就在五十三联队当一名少尉。他已当了一年少尉了,遇缺就可以升迁。在他那一联队里,玛西米兰·摩莱尔是一个众所周知的严于律己的人,不但遵守一个军人所应负的义务,而且也遵守一个人所应尽的责任,所以他获得了"斯多葛派"(古希腊哲学派别,指刻苦自勉的人)的美名。不言而喻,许多人喊他这个绰号,只是从旁人那儿听来的,有些人甚至根本不知道这是什么意思。

这位青年人就是他的母亲和他的妹妹求援的目标,她们觉得严重的局势就要到来,所以希望他来支援她们。

她们并没有错估这件事的严重性,因为摩莱尔和柯克莱斯同进办公室以后,裴丽看到后者出来的时候脸色苍白,浑身哆嗦,脸上露出极端狼狈的神气。当他经过她身边的时候,她本来想问问他,但那可敬的伙计一反常态,竟慌慌张张地一个劲儿地往楼下跑,只是举手向天,惊叹道:"噢,小姐,小姐! 多可怕的祸事! 谁能相信啊!"过了一会儿,裴丽看到他再次上楼来,手里捧着两三本厚厚的账簿,一册笔记本和一袋钱。

摩莱尔查看账簿,翻开笔记本,数了数钱。他所有的现金约为七八千法郎,到5日为止尚可进四五千,加起来,最多不过只有一万四千法郎,而要付的那些期票却达二十八万七千五百法郎之多。他是不能对债主这样开口的。但是,当摩莱尔下去用午餐时,他却十分平静。这种平静的态度比最大的忧郁更使两个女人感到惊惶。在午餐以后,摩莱尔往常总要出去,照例到佛喜俱乐部去喝咖啡,读《讯号报》,但这一天他没有出去,却回到他的办公室。

至于柯克莱斯,他看上去简直呆若木鸡。那天下午他走到天井里,光着头坐在一块石头上,曝晒在猛烈的阳光底下。艾曼纽想设法安慰两个女人,但他想说又说不出。这个青年人对于公司的业务了如指掌,决不会不知道一场大祸已笼罩在摩莱尔全家的头上。

夜晚来临。两个女人在房间里守着,希望摩莱尔在离开办公室以后会到她们这儿来。但她们听到他经过她们的门口,故意减轻他的脚步声。她们听着,他已走进他的寝室,在里面把门关上。摩莱尔夫人叫她女儿上床去睡。裴丽走后,她又等了半个钟头,然后站起身来,脱掉她的鞋子,偷偷地沿着走廊摸过去,想从钥匙孔里看她的丈夫在干什么。在走廊里,她看见一个后退的黑影,那是裴丽,她也心中不安,比她的母亲先来了一步。那青年姑娘向摩莱尔夫人走过来。"他在写东西。"她说。她们不必说话就都已互相了解了对方的心思。摩莱尔夫人果真弯腰再凑近钥匙孔。摩莱尔是在写东西,但摩莱尔夫人却注意到一件她女儿没注意到的事,就是她的丈夫是在一张贴着印花的纸上写字。一个恐怖的念头掠过了她的脑海:他是在写他的遗嘱。她打了一个寒噤,可是却没有气力说出一个字。

第二天,摩莱尔先生似乎像往常一样走进他的办公室,按时来用早餐,但在午餐以后,他把他的女儿拉到身边,抱住她的头贴在他的胸前,拥抱了她很长一个时间。

裴丽到晚上告诉她母亲,说他在外表上虽然是这样的平静,但她注意到她父亲的心却跳得很剧烈。

接下来的两天也是这样地过去。到9月4日晚上,摩莱尔向他的女儿讨取他办公室的钥匙。裴丽一听到这个要求就发抖,她觉得这是一个凶兆。这把钥匙一向是由她藏着的,只有在她的童年时代,有时才向她讨还当作一种惩罚,而现在她的爹爹为什么要讨这把钥匙呢?那青年姑娘凝视着摩莱尔。"我做了什么事,爹爹,"她说,"你要向我讨回这把钥匙?"

"没有什么,我的宝贝,"那不幸的人回答,一听到这个简单的问题,泪水便涌上他的眼睛,"没有什么,我只是要用它。"

裴丽装作在找钥匙。"我一定把它掉在我的房间里了。"她说。于是她走了出去,但她并没有到她的寝室,却赶快去和艾曼纽商量。

"别把钥匙还给你的爹爹,"他说,"明天早晨,要是可能的话,一刻都不要离开他。"她问艾曼纽是什么原因,但他也什么都不知道,或许是不肯说。

在9月4日和5日之间的那个晚上,摩莱尔夫人倾听着每一个声音,她听到她的丈夫焦躁不安地在房间里走来走去,直到早晨三点钟。他是在三点钟才倒在床上的。

母女两人厮守着度过了这一夜。她们也在期待着玛西米兰,他本该在傍晚时就可以到了。早晨八点钟,摩莱尔走进她们的房间。他很平静,但在他那苍白和疲惫的脸上,显然可看出那一夜的焦虑。她们不敢问他睡得好不好。

摩莱尔一生中从来也没像今天这样对他的妻子如此温柔,对他的女儿充满父爱。他不断地凝视着那甜蜜的姑娘,不断地吻她。裴丽没有忘记艾曼纽的话,当她的父亲离开房间的时候,就跟着他出去,但他急忙对她说,"陪着你妈妈。"裴丽还想坚持。"我要你这样做。"他说。

这是摩莱尔生平第一次对他的女儿说,"我要你这样做。"但他说这句话的时候,语气中仍充满着父亲的慈爱,裴丽不敢不从命。她站在老地方,默不作声,一动也不动,片刻以后,门开了,她觉得有两只手臂抱住了她,两片嘴唇亲到她的前额上。她抬头一望,发出一声惊喜的喊声。"玛西米兰!哥哥呀!"她喊道。听见喊声,摩莱尔夫人站起身来,扑入她儿子的怀抱。

"妈,"青年说,他望望摩莱尔夫人,又望望他的妹妹,"怎么啦?你们的信吓了我一跳,所以我尽快赶来了。"

"裴丽,"摩莱尔夫人说,一面对那青年做了一个表示,"去告诉你的爹爹,说玛西米兰刚刚回来。"那青年姑娘急忙冲出房间,但在楼梯口,她看到一个人手里拿着一封信。

"你是裴丽·摩莱尔小姐?"那人带着浓重的意大利口音问。

"是的,先生,"裴丽结结巴巴地回答,"你有什么贵干?我不认识你呀。"

"且读一读这封信,"他说,一面把信交给她。裴丽犹豫了一下。"这封信对令尊大有好处。"送信人说。

青年姑娘急忙接过信赶紧拆开,读道:——

请即刻到米兰巷去,走进十五号门牌的那座房子,向门房要六楼上的房门钥匙。走进那个房间,在壁炉架的角落里有一只红丝带织成的钱袋,

拿来给令尊大人。注意,他务必在十一点以前收到这只钱袋。你答应过
服从我的。要记得你的诺言。

水手辛巴德上。

青年姑娘兴奋得大叫一声,抬起头来,四顾寻觅那信差,但他已经不见了。她
把眼光又投到那封信上,再读第二遍,发现原来还有一笔附言。她读道:——

注意,你必须亲自去完成这项使命,而且必须独自去。要是让别人
去,或由别人陪你去,则门房将会回答说他根本不知道有这回事。

这笔附言使青年姑娘的欢喜大大打了个折扣。她可以毫无所惧地去吗?那儿
不会有某种陷阱在等待她吗?她很天真,不知道像她这种年龄的青年姑娘所可能
会遇到什么样的危险。但对于危险的恐惧是不必事先知道的,真的,说起来,常常
是不可知的危险会使人产生最大的恐怖。

裘丽犹豫了,决定找人商量一下。可是,由于一种奇特的情感,她所要商量的
对象不是她的母亲或她的哥哥,而是艾曼纽。她急忙走下楼,把汤姆生·弗伦奇银
行代表来见他父亲那天所发生的事情告诉他,把楼梯上的那幕场面讲给他听,并说
她那时已答应过他,并把那封信给他看。

"那么,你应该去,小姐。"艾曼纽说。

"到那儿去吗?"裘丽说。

"是的,我可以陪你去。"

"但你没有看到我一定要单独一个人去的吗?"裘丽说。

"你是独自去,"青年答道。"我可以在穆萨街的拐角上等你,假如你迟迟不
回,以致使我感到不安,我就赶来接你,谁要是惹我不高兴,我就要他好看!"

"那么,艾曼纽,"青年姑娘吞吞吐吐地说,"你的意思是我应该服从这个
命令?"

"对,那送信人不是对你说,这关系着你爹爹的安全吗?"

"他有什么危险呀,艾曼纽?"

艾曼纽踌躇了一会儿,但为了想使裘丽当机立断,他不得不把实话说出来。

"听着,"他说,"今天是9月5日,是不是?"

"是的。"

"今天,在十一点钟,你的爹爹差不多有三十万法郎要付。"

"是的,那我知道。"

"但,"艾曼纽又说,"我们公司里的现款还不够一万五千法郎。"

"那么怎么样呢?"

"如果在今天十一点钟之前,你的爹爹要是找不到人来帮他的忙,则到十二点
钟他就不得不宣告破产啦。"

"噢,走吧,走吧!"她大喊一声,急忙拖了那个青年就跑。

这时,摩莱尔夫人已把一切都讲给她的儿子听了。那青年很清楚,自从灾难接二连三地降到他父亲的身上以来,家里的生活已起了很大的变化,但他不知道事情竟发展到了这步境地。他沮丧极了。蓦地,他冲出房间,上楼梯,想在办公室里找到他的父亲,但他拍了很长时间门,还是毫无响动。

当他还站在办公室门口的时候,他听到寝室的门开了,他回过头来,看见了他的父亲。原来摩莱尔先生并没有直接到他的办公室,却回到了他的寝室,直到这时才出来。摩莱尔一看见他的儿子,就发出一声惊喊,他原不知道他要来的。他木然不动地站在原地,用左手紧按着一件藏在他衣服底下的东西。

玛西米兰三步两步跳下楼梯,扑上去抱住他父亲的脖子,突然他往后退开一步,用右手按在摩莱尔的胸膛上。"爹爹!"他喊道,面孔变成死白色,"你衣服底下藏着这一对手枪要干什么?"

"噢,我也害怕这东西!"摩莱尔说。

"爹爹,爹爹! 看在老天的面上,"青年惊喊道,"这些武器究竟是做什么用的呀?"

"玛西米兰,"摩莱尔凝神望着他的儿子回答说,"你是一个男子汉,而且是一个爱名誉的男子汉。来,我解释给你听。"

于是摩莱尔迈着坚定的步伐向他的办公室走上去,玛西米兰跟在他的后面,一路走,一路发抖。

摩莱尔打开门,等他的儿子进来以后就把门关上,然后,穿过候见室,走到他的写字台前,把手枪放在桌旁,用手指指在一本摊开的账簿上。这本账簿上已结出一张正确的试算表。在半小时后,摩莱尔得付出二十八万七千五百法郎。他总共才有一万五千二百五十法郎。"看!"摩莱尔说。

青年读着,感到愈来愈绝望。摩莱尔不说一句话。他还能说些什么话呢? 在一个这样绝望的数字的证据之前,还何必再要解释呢?

"爹爹,你曾想尽了一切方法来应付这场可怕的灾难吗?"青年过了一会儿以后问。

"是的。"摩莱尔答道。

"你再没有别的进账了吗?"

"一点没有了。"

"你在各方面都搜尽了吗?"

"都搜完了。"

"那么再过半个小时,"玛西米兰用一种阴沉的声音说,"我们的名誉就要蒙耻了。"

"血可以洗清耻辱"摩莱尔说。

"你说得对,爹爹,我懂你的意思。"于是他伸手去拿一支手枪,说,"一支给你,一支给我,谢谢!"

摩莱尔拉住他的手。"你的母亲! 你的妹妹! 谁来养活她们呢?"

一阵寒战流过青年的全身。

"爹爹,"他说,"你想好了是要我活下去吗?"

"是的,我要你这样做,"摩莱尔答道,"这是你的责任。玛西米兰,你有一个平静坚强的头脑。玛西米兰,你不是常人。我什么都不希望,我也不命令你去做什么,我只是对你说,你设身处地仔细代我想一想,然后你自己来下判断。"

青年思索了片刻,于是他的眼睛里现出一种崇高的听天由命的表情,用一种缓慢的,悲伤的姿势扯下那表示他的军阶的两个肩章。

"好吧,爹爹,"他伸手给摩莱尔说,"安心地死吧,我的爹爹。我会活下去的。"

摩莱尔几乎要跪到他儿子的面前,但玛西米兰抱住了他,这两颗高贵的心在一霎间紧紧地贴在一起跳动了。"你知道,这不是我的错。"摩莱尔说。

玛西米兰微笑了一下,"我明白,爹爹,你是我生平所知道的最可尊敬的人。"

"好,我的儿子,现在一切都说明白了,现在到你的母亲和妹妹那儿去吧。"

"爹爹,"青年跪下一条腿说,"为我祝福吧!"

摩莱尔用双手捧起他的头,把他拖近一些,在他的前额上吻了几次,说:"呵,是啊,是啊,我用我自己的名义和三代无可责备的祖先的名义祝福你,他们借我的口说:'灾祸所摧毁的大厦,天命会重新建起。'看到我这样的死法,即使铁石心肠的人也会怜悯你。他们拒绝宽限我的时间,对你,或许会给的。要努力决不说出有损自尊的话。去工作,去劳动,青年人呀,要热忱而勇敢地奋斗,要活下去,你,你的母亲和你的妹妹,要勇敢地活下去,这样,你的财产或许会一天一天增多,把我所欠下的债还清,到全部还清的那一天,你可以就在这间办公室里说:'我父亲的死,是因为他不能做到我在今天所做到的事。但他是平平静静地逝世的,因为他在临死的时候知道我会办到的。'想想看,那一天将是多么壮丽,多么伟大,多么庄严。"

"爹爹! 爹爹呵!"青年哭道,"你为什么不能活下去呢?"

"倘若我活着,一切就都改变了,倘若我活着,关切会变成怀疑,怜悯会变成敌意。倘若我活着,我只是一个不守信用,不能了清他的债务的人,——实际上,只是一个破了产的人。反过来说,倘若我死了,要记得,玛西米兰,我的尸首是一个诚实而不幸的人的尸首。活着,我最好的朋友也都不会再上我的家门,死了,全马赛的人都会含泪送我到我最后的安息地。活着,你会感到我的名字可耻,死了,你可以昂起头颅,说:'我的父亲是自杀的,因为他平生第一次在迫不得已的情形之下不去实践他的诺言。'"

青年呻吟了一声,但看来已屈服了。因为他的头脑——不是他的心——已被第二次说服了。

"现在,"摩莱尔说,"让我一个人待在这儿吧,想法带开你的母亲和妹妹。"

"你不再见一次妹妹了吗?"玛西米兰问。在这次会见中,青年人内心还怀着一个最后的朦胧的希望,他是为了那个理由才这样建议的。摩莱尔摇摇头。"今天早晨我见过她了,"他说,"我已经和她告别过了。"

"你没有特别的命令留给我吗,爹爹?"玛西米兰哑着嗓子问。

"有的,我的孩子,有一个神圣的嘱托。"

"说吧,爹爹。"

"只有一家汤姆生·弗伦奇银行曾同情我,是为了人道,还为了自私,——我可不能看穿人的心。它的代表曾给了我——我不愿说赐给我——三个月的时间,再过十分钟他就要来收那笔二十八万七千五百法郎的期票了。这家银行应该最先还清,我的孩子,你对此人要绝对尊重。"

"爹爹,我会的。"玛西米兰说。

"现在再向你说一次,永别了,"摩莱尔说。"去吧!离开我。我需要一个人待着。你可以在我寝室的写字台里找到我的遗嘱。"

青年仍旧站着不动,神情木然,心里虽愿服从,但却没有力量来实行。

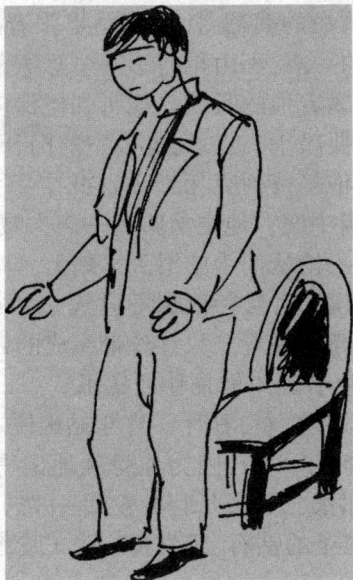

"听我说,玛西米兰,"他的父亲说。"假若我和你一样是一个军人,受命去攻某一个城堡,而你知道我是一定会在进攻时被杀的,难道你不愿意像现在这样地对我说一声:'去吧,爹爹,因为迟延就要名誉扫地,与其受耻辱不如去死!'"

"是的,是的!"青年说,"是的!"于是又痉挛似的用力拥抱了他的父亲一次,说,"就这样吧,爹爹,"接着他便冲出了办公室。

在他的儿子离开以后,摩莱尔两眼盯住门口,静静地站了一会儿,然后他伸手去拉铃。不一刻工夫,柯克莱斯出现了。

他已不再是旧时那个人了,最近三天来的可怕的思想已把他的身心压垮。摩莱尔父子公司就要付不出款的这个想法完全把他压倒了,20年来他从未感到过这样的屈辱。

"我可敬的柯克莱斯,"摩莱尔用一种难以形容的语调说,"你去等在候见室里。当三个月前来过的那位先生——汤姆生·弗伦奇银行的代表——来的时候,你通报一声。"柯克莱斯一声不吭,他只是点了点头,走进候见室里,坐了下来。摩莱尔倒入他的椅子里,用他的眼睛盯在钟上,现在还剩有七分钟,就只有七分钟了。指针以难以想象的速度在移动,他像是能看到它在走动似的。

这个人,他还依旧年轻,而为了一种或许是虚妄但至少在表面上看来很正当的想法,将要与世界上他所爱的一切告别,放弃充满家庭乐趣的生命了,在这最后的一刻,他的脑子里究竟在起伏着一些什么想法,实在是难以表达的。据他当时的情绪来看,他的额头一定挂满了汗,可是并不怨天尤人,他的眼睛一定噙着泪水,但却是向着天空的。

时钟的针继续向前走。手枪的保险机已打开。他伸出手去,拿起一支,喃喃地念着他女儿的名字。然后他放下这致命的武器,提起笔,写了几个字。似乎他和他那心爱的女儿还告别得不够似的。然后他转向时钟,他不再计算分数了,而是以秒数来计算了。他又拿起那致命的武器,他的嘴是半张着的,他的眼睛盯在时钟上,当他想到扳动枪机的那格的一声,不由得打了一个哆嗦。这时,一片冷汗湿透了他的额头,一阵要命的剧痛咬紧着他的心弦。他听到楼梯口那扇门的铰链的转动声,时钟轧轧地响了几声,即将要敲十一点了,办公室的门开了。

摩莱尔没有回过头来,他等待柯克莱斯说这几个字:"汤姆生·弗伦奇银行代表到。"他把手枪口放在牙齿中间。他突然听到一声大喊,——这是他女儿的喊声。他转过身来,看见了裴丽。手枪从他手中滑到了地上。

"爹爹!"青年姑娘大喊道,她欢喜得喘不过气来,"得救啦!你得救啦!"她一头栽进他的怀里,一只手高高地举着一只红丝带织成的钱袋。

"得救,我的孩子!"摩莱尔说,"你是什么意思?"

"是的,得救啦——得救啦!看,看呀!"青年姑娘说。

摩莱尔拿起钱袋,微微吃了一惊,因为他朦胧地记得,这只钱袋一度是属于他自己的。钱袋的一端缚着那张二十八万七千五百法郎的期票。期票是已经签收了的。另一端系着一颗大如榛子的钻石,还附有一张羊皮纸的字条,上面写着:"裴丽的嫁妆。"

摩莱尔用手抹一抹额头,他以为是在做梦。

正当这时,时钟连敲了十一下。这震颤的声音直穿进他的身体,每一下都像是一把锤子敲到他的心上一样。"快说说这是怎么回事,我的孩子。"他说,"快说出来!这个钱袋你是在哪儿找到的?"

"在米兰巷十五号六层楼上一个小房间的壁炉架上找到的。"

"但是,"摩莱尔喊道,"这个钱袋不是属于你的呀!"

裴丽把早晨收到的那封信交给她的父亲。

"你是独自去的吗?"摩莱尔在读完信之后问。

"艾曼纽陪我去的,爹爹。他本来在穆萨街的拐角上等我的,可是,奇怪得很,我回来的时候他不在那儿了。"

"摩莱尔先生!"楼梯上有一个声音喊道,"——摩莱尔先生!"

"是他的声音!"裴丽说。这时艾曼纽已进来了,他的脸色异常的兴奋和激动。"埃及王号!"他喊道,"埃及王号!"

"什么!——什么!埃及王号!你疯了吗,艾曼纽?你知道那艘船是已经沉没了的。"

"埃及王号,先生！他们发的讯号是埃及王号！埃及王号在进港啦！"

摩莱尔又跌回到他的椅子里。他浑身无力,他的理智拒绝了解这种闻所未闻,令人难以相信的,不可思议的事。这时他的儿子进来了。

"爹爹！"玛西米兰喊道,"你怎么能说埃及王号已沉没了呢？瞭望塔上已经得到它的信号,他们说它现在正在进港。"

"我亲爱的朋友们,"摩莱尔说,"倘若这些都是真的,这一定是上天的一个奇迹,太不可能！太不可能了！"

但真实而同样令人难以相信的,是他手中所握的那只钱袋,那张签收了的期票,那晶莹璀璨的钻石。

"啊,先生！"柯克莱斯喊道,"那是什么意思,——埃及王号？"

"来,我亲爱的,"摩莱尔站起身来说,"我们去看看吧,假如这个消息不确切,愿苍天可怜我们！"

他们都走出去,在楼梯上遇到摩莱尔夫人,摩莱尔夫人实在怕到办公室来。

一会儿工夫,他们便到了卡尼般丽街。码头上聚满了人。人群都让路给摩莱尔。"埃及王号！埃及王号！"每一个声音都这样说。

果真,在圣·琪安瞭望塔前面,有一艘帆船的尾部用白漆漆着这些字样:"埃及王号(马赛摩莱尔父子公司)",它简直和原来的埃及王号一模一样,而且是满载着货的,大概还是装着洋红和靛青。它抛下锚,收了所有的帆,甲板上有茄马特船长在那儿发号施令,而庇尼龙正在向摩莱尔先生打旗语。

再没有什么可怀疑的了！眼前就是亲眼所见,亲耳所闻的证据。而且一万余人都在场充当见证人,帮助作证。摩莱尔父子在堤堰上拥抱起来,市民们望着这奇迹都在鼓掌欢呼,这时,有一个黑胡须遮着了半张脸的男子,躲在一处哨兵的岗亭里,望着这个场面,令人感动地低声说道:"快乐吧,高贵的心呀！愿上帝祝福您以往未来所做欲做的一切善举,让我的感激和您的恩惠都安息在阴影里吧！"

于是他带着一个愉快的微笑,离开他那隐身的地方,神不知鬼不觉地走下一座登陆用的踏级,一连呼唤了三声:"贾可布！贾可布！贾可布！"于是一艘小艇向岸边划来,接他上船,送他到一艘设备华丽的游艇旁边,他像一个水手那样矫健地跃上游艇的甲板;从那儿再回过身来望一望摩莱尔,摩莱尔淌着欢乐的泪水,正在极其亲热地和他周围的人一一握手,并以感激的眼光射向天空,似乎想在天上寻觅那不知名的造福者似的。

"现在,"那位无名客说,"永别了,仁慈,人道和感激！永别了,一切高贵的情意:我已代天酬报了善人。现在复仇之神授我以它的权力,命我去惩罚恶人！"说完这句话,他发出一个信号,而像是就只等待这个信号似的,游艇立即向港外开去了。

第三十一章　意大利:水手辛巴德

　　1838 年初,两位巴黎上流社会的青年人,阿尔培·马瑟夫子爵和弗兰士·伊辟楠男爵,到了佛罗伦萨。他们是约定来参观当年罗马的狂欢节的,事先说定由弗兰士充当阿尔培的向导,因为前者最近这三四年来一直住在意大利。

　　在罗马度狂欢节不是一件小事,尤其是假如你不愿意在吓布尔广场或凡西诺广场上过夜的话,所以他们给爱斯巴广场伦敦旅馆的老板派里尼写信,请为他们保留几个舒适的房间。派里尼老板回信说,他只有两间寝室和一间内房,在三层楼,租金很低廉。每天只要一个路易。他们接受了他的建议,但为了想充分利用余下的时间,阿尔培就动身到那不勒斯去游览。而弗兰士依旧留在佛罗伦萨,在这儿过了几天以后,他去了那家叫卡西诺的俱乐部,并已在佛罗伦萨的几家贵族家里度过两三个夜晚。在他访问了波拿巴的摇篮科西嘉以后,他忽然心血来潮,想再去访问一下拿破仑的监禁地爱尔巴。

　　一天傍晚,他解开一艘系在里窝那港内铁环上的小船,跳到船里,用他的披风裹住身体,在船里,对船员们说:“去爱尔巴岛!”那艘小船像一只鸟儿似的射出了港口,第二天早晨,弗兰士便在费拉约港弃舟登岸。在踏遍了那位巨人所留下的足迹以后,他又在岛上游览了一番,然后重新上船,向马西亚纳驶去。离岸后两小时,他在皮亚诺扎上了岸,他曾听人若无其事地说过,那儿遍地都是红色的鹧鸪。但打猎的成绩却很糟,弗兰士只射死了几只鹧鸪,而像每一个失败的猎人一样,回到船上他就大发脾气。

　　“啊,假如大人高兴”,船长说,“你可以有一个绝妙的地方打猎。”

　　“在哪儿?”

　　“您看见那个岛了吗?”船长指着一堆耸立在蔚蓝的海面上的巨大的锥形礁岩说。

　　“嗯,这是什么岛?”

　　“基度山岛。”

　　“可我没得到在这个岛上打猎的许可呀。”

　　“大人无须要许可证,因为那个岛上是没有人住的。”

　　“啊,真的!”青年说。“地中海中有一个荒岛真可算是一件怪事了。”

　　“这再自然不过了,这个小岛是一大堆岩石,岛上连一亩可耕种的地都没有。”

　　“这个岛是属于哪国的?”

　　“属于托斯卡纳的。”

　　“我在那里能找到什么猎物呢?”

"成千头野山羊。"

"我想它们大概是舔石头过活的吧。"弗兰士怀疑地笑了笑说。

"不,石缝里有小树长出来,可以啃嫩叶吃。"

"那么我睡在哪儿呢?"

"在岸上的岩洞里,或是裹了披风睡在船上,而且,要是大人高兴的话,我们在打猎以后可以马上出发。我们黑夜白天都是一样能航行的,假如风息了,我们可以用桨。"

弗兰士离和他的同伴重聚的日子还早,而对于罗马的寓所又已别无其他困难,于是他就接受了这个建议。一听到他同意了,水手们就互相低声交谈了几句话。"喂",他问道,"怎么样?还有什么问题吗?"

"不,"船长答道。"但我们必须警告大人,那个岛是个惹是生非之地。"

"这是什么意思?"

"就是,基度山上虽然不住人,但偶尔也被走私贩子和海盗用来作避难所,他们都是从科西嘉,撒丁,或是非洲来的。假如有人去告我们曾到过那儿,那么当我们回到里窝那时就得被检疫所扣留六天。"

"见鬼!那就又是一回事了!六天!正巧是上帝创造世界所需要的时间。这未免太长一点儿了吧,我的伙计们。"

"但谁会说大人曾到过基度山呢?"

"噢,我当然不会说。"弗兰士喊道。

"也不会是我们!"水手们同声说。

"那么转舵驶向基度山。"

船长下了几个命令,船头开始转向那个岛,不久小船便已朝那个方向驶去。弗兰士等到一切手续都已完毕,当船帆吃饱了风,四个水手各就各位,三个在船头,一个在船尾,然后又重新拾起话头。"盖太诺",他对船长说,"你告诉我说基度山是海盗的一个避难所,据我看,他们可并不像山羊那样好玩的呀。"

"是,大人,确实是这样。"

"我知道走私贩子是有的,但这认为,自从阿尔及尔被攻克,摄政制度被摧毁以来,似乎海盗只是库柏和玛里亚特上尉的传奇小说中的人物了吧。"

"大人错啦,海盗是有的,正像现在还有强盗一样——人们不是都相信强盗已被教皇利奥十二世消灭了的吗?可事实上他们每天还在罗马的城门口抢劫旅客。大人难道没有听说过,刚刚在六个月前,法国代理公使在离韦莱特里五百步以内被抢的那回事吗?"

"噢,是的,我听说过。"

"那好,倘若大人也像我们一样长住在里窝那,您就会时时听到人说,一艘小商船,或是一艘英国游艇,本来是要开到巴斯蒂亚,费拉约港,或契维塔·韦基亚去的,但却没有到。谁都不知道那条船怎样了,无疑的是触到岩石上沉没了。哼,它撞上的这块岩石却是一艘又长又狭的船,船上有六个人或是八个人,他们在某一个风高月黑的夜里,在某一个荒凉的小岛附近上去袭击它,把它洗劫一空,就像强盗在一座树林的拐角上抢劫一辆马车一样。"

"不过话说回来,"裹紧了披风躺在小船里的弗兰士问道,"那些遭抢的人为什么不向法国,撒丁,或是托斯卡纳政府去控告呢?"

"为什么?"盖太诺微笑着问道。

"是呀,为什么?"

"因为首先他们把帆船上一切他们认为值得拿的东西都搬到他们自己的小船上,再把船员的手脚都绑起来,给每一个人的脖子上都绑上一个二十四磅重的铁球,在帆船底上凿一个大洞,然后他们就离开它。十分钟以后,那艘帆船就开始前后左右地摆荡起来,呻吟着,慢慢地往下沉,一会儿倾倒这一边,一会儿倾倒那一边。它沉浮了几次,突然间发出放大炮似的一声巨响——这是甲板里的空气爆炸了。不久,排水孔里就像鲸鱼的喷水口似的窜出水来,临末了,它喘出最后一口气,打几个转转,就不见了,只在海洋里造成了一个大漩涡,于是一切就完了。在五分钟之内,只有上帝的眼睛才能看到帆船究竟躺在海底的哪一角。

"你现在明白了,"船长大笑着说,"为什么没有人向政府去控告,为什么帆船不到港的原因了吧?"

倘若盖太诺在提出远征行猎以前讲了这番话,弗兰士在接受他的建议以前大概会犹豫一下,但现在他们已经出发了,他认为后退就是示弱。有些人虽不会平白无故去冒险,但假如危险临头的时候,却能以泰然自若的冷静态度去对付它,他便是那种人。有些人很冷静果敢,他们把危险看作一次决斗中的敌手,他们计算它的动作,掂掂它的力量,他们的后退只是为了喘一口气,并不是表示怯懦。他们懂得一切于自己有利的地方,能一击杀死敌人,他也是那种人。

"哼!"他接着说,"我走遍了西西里和卡拉布里亚,我曾在多岛海(即爱琴海)上航行过两个月,可是海盗或强盗我却连影子都从来没有看见过一个。"

"我给大人讲这番话,并不是要您放弃这趟旅行,"盖太诺笑道,"但您问到我,所以我回答您,如此而已。"

"是的,我亲爱的盖太诺,你这番话有趣极了,我希望能好好地回味它一下。那就往基度山驶去吧。"

风势很猛,小船以每小时六七哩的速度前进。他们正在很迅速地接近航行的目的地。船愈驶愈近,小岛似乎像是从海底里升起来的一个庞然大物,透过薄暮余晖里的明净的天空,他们可以辨别出岩石一块靠一块地堆积着,像一座武器库里的炮弹一样,在岩层的缝隙间,生长着青绿的灌木和小树。至于水手们,在表面上虽然十分平静,但显然抱着戒心,正非常小心地注视着那展开在他们前面的玻璃一般光滑的海面。海面上只有几艘渔船扬起了白色的风帆。当他们离基度山只有十五哩的时候,太阳开始沉落到科西嘉的后面,科西嘉的群山衬托着天空划出鲜明的轮廓,雄劲地呈露着峥嵘的山峰。这座大岩山如同巨人亚达麦斯脱似的气势汹汹地俯视着小船,它把太阳藏在身后,而太阳染红了它较高的山巅。阴影渐渐从海上升起,似乎像在驱逐落日的余晖。最后,太阳的余晖停止在山顶上,在那儿稍事停留,把山顶染成火红色,像一座火山的峰顶。然后,阴影渐渐地吞没了山顶,像它刚才吞没山脚一样,而全岛现在变成了一座灰蒙蒙的山,愈来愈昏沉。半小时后,已经是完全的黑夜了。

幸好海员们走惯这些航路,他们对托斯卡纳群岛一带的每一块礁石都了如指掌,因为在这样的昏黑之中,弗兰士并不是十分安心的。科西嘉早已不见了,基度山也不知隐在何处,但水手们却似乎像大山猫一样,能在暗中看物,而舵手也没有半点犹豫不决的样子。

太阳落山以后又过去一个小时了,弗兰士好像觉得在左手四分之一里路那面看到一大堆黑压压的东西,但认不出那究竟是什么东西,而为了怕把一片浮云误认为陆地以致引起水手们的笑话,他仍然保持着沉默。突然间,岸上现出一大片光:陆地或许会像一片云,但火光却不会是一颗陨星。"这片光是什么?"他问。

"嘘!"船长说,"那是火光。"

"但你告诉我岛上是没有人住的呀!"

"我只是说,没有人常住,但我也说过有时它是走私贩子的港口。"

"并且还有海盗?"

"并且还有海盗,"盖太诺重复了一遍。"就为了那个理由,我才吩咐驶过那个岛,因为,您也可以看到,那火光是在我们的后面了。"

"但这个火光,"弗兰士又说,"我觉得倒不是使我们应该警戒而是应该使我们放心的,凡是不愿意被人看见的人是不会举火的呀。"

"噢,这不说明什么,"盖太诺说。"假如您能在黑暗中猜到这个岛的方向,您就会知道,那一片火光从侧面或从皮亚诺扎岛那边看是见不到的,只有从海上才看得到。"

"那么,你以为这一片火光等于宣布有不速之客在那儿吗?"

"这正是该弄清楚的。"盖太诺回答,他的眼睛盯着这颗陆上的星。

"你怎么去弄清楚呢?"

"你一会儿就知道了。"

盖太诺与他的伙计们商量起来。经过五分钟的讨论以后,就采取了一种行动,使小船掉过头来。他们朝来时的方向回转去,几分钟以后,看不见火光了,它已被一片隆起的高地遮住了。舵手又改变小帆船的方向,船便急速地向岛靠拢去,不久就进入离岛五十步的距离之内。盖太诺扯落船帆,小船就不动了。这一切都是在悄然无声之中进行的,自从他们改变方向以来,就不曾说过一个字。

这次远征行猎是盖太诺建议的,所以他自动负起全责。四个水手目不转睛地看着他,同时并把他们的桨准备好,以便随时可以划开去,关于这一点,靠了黑暗帮忙,大概是不难办到的。

至于弗兰士,他以极端冷静的态度察看着他的武器。他有两支双筒枪和一支马枪,他装上子弹,望着枪机,静静地等着。

这时,船长已脱掉他的背心和衬衫,紧了紧他的裤子;他本来就赤着脚,所以根本没有鞋袜可脱。这些步骤完成以后,他用手指放在嘴唇上做了一个要大家保持静默的暗号,就悄无声息地滑入海里,极其小心地向岸边游过去,没有发出一丝最轻微的声音。只有从那条发磷光的水痕才能追踪到他。很快,这道痕迹也不见了;显然他已到岸了。在半小时内,船上的每一个人都一动不动,当那道同样的发光的痕迹又出现时,他使劲划了两下就又回到船上。

"怎么样?"弗兰士和水手们齐声问。

"他们都是西班牙走私犯,"他说"还有两个科西嘉强盗和他们在一起。"

"科西嘉强盗怎么会和西班牙走私贩子一起在这儿呢?"

"唉!"船长以最虔诚的基督教徒那种慈悲的口吻回答说,"我们应该永远互相帮助。强盗常常被宪兵或马枪兵副得走投无路。嘿,他们发现一条小船,而船上是像我们这样的好人,他们就来要求我们庇护。对于一个被追得走投无路的可怜虫,你怎么会拒绝帮助呢? 我们就收留了他们。而为了更安全起见,我们就驶到海上来。我们并不破费什么,但却救了一个同类人的性命,或至少是使他获得自由,而他,一有机会就会报告我们,指示一个安全地点,使我们可以把我们的货物顺顺利利地卸到岸上。"

"哦!"弗兰士说,"那么你偶尔也走私的了,盖太诺?"

"大人,人总得样样都干一点,我们总得要过日子的呀。"对方带着一个难以形容的微笑回答。

"那么你认识基度山上现在那些人的了?"

"差不多,我们水手就像是互济会会员,可以凭某种暗号互相认识的。"

"假如我们上岸去,你以为无须有所顾虑吗?"

"绝对没问题! 走私贩子不是贼。"

"但那两个科西嘉强盗呢?"弗兰士说,心中计算着危险的可能性。

"哦!"盖太诺说,"他们当强盗,可不是他们的错,那是当局的错。"

"怎么会呢?"

"他们所以被追得走投无路,是因为'摘了一个瓢儿'。而当局却似乎觉得科西嘉人的天性里不该有为自己复仇的念头。"

"你这'摘了一个瓢儿'是什么意思——暗杀了一个人吗?"弗兰士继续追根究底。

"我的意思是说杀了一个仇人,那和普通的暗杀就大不相同了。"船长答道。

"好吧,"青年说,"请去求这些走私贩子和强盗接待我们吧。你想他们肯不肯?"

"一定肯的。"

"他们共有多少人?"

"四个,加上那两个强盗,一共六个。"

"嗨! 我们正好也是六个,那么假如他们要捣蛋,我们也能够抵挡他们。我最后一次对你说:驶到基度山去吧。"

"是,但大人得允许我们采取某种预防的措施。"

"只管做吧,要像涅斯托那样明智和尤利西斯(均为荷马史诗中人物)那样谨慎。我不但允许,而且还鼓励你这样做。"

"那么,别出声!"盖太诺说。

大家都不再作声。像弗兰士这样一个能认清事物的真相的人,知道他所处的地位的确很重要。他现在是孤零零地独自和一群水手在黑暗里,他并不认识他们,他们没有理由要对他忠诚;他们知道他的腰带里藏着几千法郎;他们曾屡次查看他的武器,他那几支枪是非常漂亮的,当他们查看的时候,即便不是出于羡慕,也是出于好奇。在另一方面,他就要上岸了,而除了这些人以外,他再无其他任何的保护,这个岛虽然有着一个非常富于宗教意味的名字,但在弗兰士看来,除了感谢走私贩子和强盗的接待以外,似乎并不比基督被钉死的髑髅地更能得到上帝的保佑。帆船被凿的那种故事,在白天像是在夸大其词,但在夜里想来却似乎非常可能。处在这两种想象的危险之间,他不敢把眼睛离开船员,或把他的手离开枪。

这时,水手们又扯起了帆,帆船又破浪前进了。弗兰士的眼睛现在比较习惯于黑暗了,他能够在黑暗中辨别出小船顺着它航行的那个花岗石的巨人;然后,转过一块岩石,他看到了明亮的火光,火光周围坐着五个人。火焰照亮了一百步以内的海面。盖太诺沿着光圈的边缘航行,谨慎地使船保持在光线之外;然后,当他们驶到火光正面的时候,他就笔直地驶入光圈的中心,嘴里哼着一首渔歌,他的伙计们也同声合唱。

歌声一响,坐在火堆周围的人就站起身向登岸的地方走过来,他们的眼睛死盯着小船,显然是想弄明白来船的实力和意图的。不久,他们像是满意了,就回到(只有一个人还站在岸边)他们的火堆那儿,火堆上正烤着一整只野山羊。

当小船进入距岸二十步之内时,滩头上的那个人就把他的马枪做了一个哨兵遇见巡逻兵的姿势,并用撒丁语喊道:"谁?"弗兰士不慌不忙地把手指按在枪机上。盖太诺和这个人交谈了几句,这几句话那位游客虽然不懂,但一听便知是在讲他。

"大人是否愿意通名报姓?"船长问。

"我的名字不能讲出来,只说我是一个玩玩的法国游客就行了。"

盖太诺传达这个答复以后,哨兵就对坐在火堆周围的一个人发了一声命令,那个人就站起来消失在岩石堆里了。谁都没有讲话,每一个人似乎都在做着他自己的事——弗兰士在做着上岸的准备,水手们在收帆,走私贩子们在烤他们的野山羊——但在这一切互不相关的动作之中,他们显然互相在打量对方。那个走开的人突然从他离开的那个地方的对面返回来了;他向那哨兵示意,那哨兵就转向小船,说出"S' accommodi"这个字。

意大利语"S' accommodi"是无法翻译的,它的意义同时包含着:"来吧,请进,欢迎光临,只当在你自己家里一样,你是这里的主人。"这个字就像莫里哀(法国喜剧作家)那句土耳其语一样,使那些醉心于贵族的小市民大为吃惊,因为它所包括的事物太多了。

水手们没等第二声邀请,用桨猛划四下就已到达岛边。盖太诺跳上岸,和那哨兵交谈了几句,接着他的伙计们也上了岸,最后才轮到弗兰士。他把一支枪斜背在肩上,另一支由盖太诺掮着,而他的马枪则由一个水手拿着。他的服装半似艺术家,半似花花公子,并没有引起对方的怀疑,因此也没使他们不安。小船已系在岸边,他们向前走出几步,找到了一个舒服的露宿地点,但他们所选择的地点显然不合那个当哨兵的走私贩子的心意,因为他大声喊道:"不,请别往那里去。"

盖太诺低声道了一声歉,向对面走去,有两个水手已在火堆上点燃了火把,照着他们走。他们大概走了三十步左右,然后在一小堆岩石环绕的空地上停下来,空地里的座位已准备好了,像哨兵的站岗亭一样。四周的岩石缝里生长着几株矮小的橡树和繁密的金娘花丛。弗兰士放低火把,借着火把的光看到一堆灰烬,证明这一块隐蔽的地点并不是他第一个发现的,而无疑的是那些好奇的访问者在基度山的驻足点之一。

他先前的种种预测,在他上陆以后,在他看到那批主人的无所谓的——即使不算是友谊的——态度以后,他的成见已经打消了,或说得更准确一些,是看到那只山羊以致他的念头转到食欲上去了。他向盖太诺提起这一点,盖太诺回答说,预备晚餐很容易,因为他们的船里有面包,酒和半打鹧鸪,只要生起一堆好火来烤熟它们就得了。"再说"他又说,"倘若他们烤肉的香味引诱了您,我可以拿两只鸟去和他们换一块来。"

"你倒像是天生的外交家,"弗兰士答道,"去试试看吧。"

这时,水手们已折下许多枯枝,生起一堆火来。弗兰士嗅着烤山羊的香味,正在等得不耐烦的时候,船长带着一种神秘的神色回来了。

"怎么样,"弗兰士问道,"有什么消息?他们不同意交换吗?"

"正巧相反,"盖太诺答道,"首领听说您是一位法国青年,就请您去和他一同用晚餐。"

"哦,"弗兰士说,"这位首领倒非常客气,我看不出有什么理由要拒绝——何况我还要带我那一份晚餐去。"

"噢,不用那样,他的晚餐丰富得很呢,但他有一个附带的条件方能请您到他的家里去。"

"他的家!莫非他在这儿盖了一栋房子?"

"不,但反正他有一个非常舒服的住处,这是他们说的。"

"那么你认识这位首领吗?"

"我只是听人说起过。"

"是好是坏?"

"都可以说。"

"见鬼!那么是个什么样的条件呢?"

"您得蒙住眼睛,直到他亲自吩咐您的时候才可以把绑带取下来。"弗兰士望着盖太诺,想看看他对于这个建议有什么想法。"啊,"他猜到了弗兰士的念头,就回答说,"我知道这是值得想一想的。"

"你要是处在我的地位,你会怎么办?"

"我,我是光棍一条,没什么可丧失的,我当然去。"

"你接受吗?"

"是的,就算是出于好奇心吧。"

"那么,这位首领有非常奇特之处吗?"

"听着,"盖太诺压低了声音说,"我不知道他们说得是否确有其事——"他停住口,看看附近有没有人。

"他们怎么说?"

"他们说,这位首领住在一个岩洞里,和它一比,庇梯宫(意大利佛罗伦萨富室庇梯的豪华府邸)简直就算不上什么。"

"瞎扯!"弗兰士说着就又坐了下来。

"这不是瞎扯,这是真的。圣·费狄南号的舵手卡玛曾经进去过一次,他出来时心醉神迷,发誓说这样的金银珠宝只有在童话里才听到过。"

"是吗! 不过,你知道吗,"弗兰士说,"假如这种故事是真的,你这不是领我们到阿里巴巴的宝库里去了吧?"

"我只是把听到的话告诉您而已。"

"这么说,你劝我接受了?"

"噢,我没有那样说,大人尽可悉听尊便。这件事我可不敢劝您。"

弗兰士思索了片刻,觉得一个人既然那样有钱,就决不会想抢他腰中的区区之数;既然等着他的只是一顿美好的晚餐,他就接受了。盖太诺带着他的答复走了。

弗兰士是个小心谨慎的人,很希望尽可能多知道些关于他这位东道主的一切。在对话的时候,他看到一个水手坐在旁边,庄重地翻弄着鹧鸪,带着一种很以他的职守为荣的自豪感,于是他转向这个水手,问这些人是怎么来的,因为根本看不见有什么帆船。

"我可不担心这个,"那水手回答说,"我知道他们的帆船在哪儿。"

"是一艘非常漂亮的帆船吗?"

"就是叫我周游世界,我也不希望再要一艘比它更好的了。"

"它的载重是哪一级的?"

"将近一百吨左右,但是它吃得住任何风浪。它就是英国人所谓的游艇。"

"哪儿造的?"

"我不知道,不过我想,它是一条热那亚船。"

"但一个走私贩子的领袖,"弗兰士继续问道,"怎么敢到热那亚去定造一艘这样的船呢?"

"我没有说那船主是一个走私贩子呀。"水手答道。

"没说过,但我想盖太诺似乎说过的。"

"盖太诺只远远地见过那条船,他还从来没和船上的人讲过话。"

"倘若此人不是一个走私贩子,他是什么人呢?"

"一位有钱的先生,以旅行来取乐的。"

"嘿,"弗兰士心里想,"他是愈来愈神秘了,两个人的说法都不一样。"

"他叫什么名字?"

"假如你问他,他就说是水手辛巴德。不过我怀疑这不是他的真名。"

"水手辛巴德?"

"是的。"

"他住在哪儿呢?"

"海上。"

"他是什么国家的人?"

"我不知道。"

"你见过他吗?"

"见过几次。"

"他是什么样人?"

"大人可以自己来判断。"

"他在哪儿接见我呢?"

"大概就在盖太诺告诉你的那个地下宫殿里。"

"你们到岛上来的时候,发现岛上没有人,就从来没有为好奇心所驱使,去找寻过这座魔宫吗?"

"噢,找过不止一次了,可是怎么找也找不到。我们把那个岩洞全部检查过了,但始终找不到一点点洞口的痕迹。他们说那扇门不是用钥匙开的,而是用一个魔字喝开的。"

"果然不错,"弗兰士喃喃自语道,"这是《一千零一夜》里的一个神怪故事。"

"大人在恭候您。"一个声音说,弗兰士认出这是那个哨兵的声音。他还带着游艇上的两个船员一同来。弗兰士从口袋里抽出一条手帕,交给对他说话的那个人。他们小心翼翼地把他的眼睛蒙起来,这表示他们很了解他想乘机偷看。绑好以后,就要他答应决不抬高绑带。于是他的两个向导夹住他的手臂,扶着他向前走,由那个哨兵在前面领路。

走了二十多步,他就嗅到开胃的烤山羊香味,知道他正在经过露营的地点了,他们又领他向前走了五十步左右,显然在向那个禁止盖太诺走的方向前进,他现在才明白为什么不准他们在那儿露宿了。不久,空气不一样了,他知道他们已走进一个洞里;再走了几秒钟,他听到喀喇喇一声响,他觉得空气似乎又变了,变得芳香扑鼻。终于他感到双脚踏到一张又厚又软的地毯上,他的向导放松了他的手臂。

沉默片刻后,一个声音用优美的法语——虽然带着一点外国口音——说:"欢迎,阁下!您可以除掉您的绑带了。"这当然是很容易想象得到的:弗兰士无须这种许可再说第二遍,立刻解开了他的手帕,他看见自己面前站着一个年约三十八至四十岁的男子。那人穿着一套突尼斯人的服饰,就是说,一顶红色的便帽,帽上垂下一长绺蓝色的丝穗,一件绣金的黑色长袍,深红色的裤子,同样颜色的扎脚套,扎脚套很宽大,和长袍一样也是绣金的,一双黄色的拖鞋;他的腰部围着一条华丽的丝带,腰带上插着一柄锋利的小弯刀。虽然他的脸色苍白得像死人,但这个人的脸庞俊美无比;他的眼睛闪闪发光,像是具有穿透力似的;鼻梁笔直,几乎和额头齐平,纯粹是希腊型的鼻子;他的牙齿洁白得像珍珠,排得很整齐美观,牙齿上面是一丛黑色的髭须。

但这种苍白的脸色有点儿非同寻常，或许他曾被长期囚禁在一座坟墓里，以致无法再恢复活人那种健康的肤色。他的身材并不十分高，但却极其匀称，而像法国南方人一样，手脚都很小巧。但令弗兰士惊讶的是，他曾把盖太诺的描写斥为荒唐之言，而现在竟亲自证实了居室的华丽。整个房间都挂满了绣着金花的大红锦缎。房间里有一个像天然从墙上凿成的壁龛，上面放着一套阿拉伯式的宝剑，剑鞘是银的，剑柄上镶嵌着晶莹夺目的宝石；天花板上悬下一盏威尼斯的琉璃灯，式样和色彩都很美丽，而脚下则是土耳其的地毯，软得陷及脚背；弗兰士进来的那扇门前悬着织锦门帷，另外一扇门前也悬着同样的门帷，那大概是通往第二个房间的，那个房间里似乎被照得富丽堂皇。

那位主人暂时让弗兰士去表示他的惊讶，同时却在打量他，目光始终没从他身上移开。"阁下，"他终于说，"刚才领您到这儿来的时候唐突尊驾，万分抱歉，但这个岛一向是荒无人居的，假如这个寓处的秘密被人发现了，当我再次返回时，无疑地会发现我所临时别墅被人翻得乱七八糟，那就未免感到气恼了，倒也不是怕受损失，而是因为我现在能和人世全部隔绝，到那时怕再不能享受这种乐趣了。现在让我尽量来使您忘记这暂时的不快，而献给您绝对想不到在这儿能找到的东西吧，就是说，一顿说得过去的晚餐和相当舒服的床铺。"

"真的！我亲爱的主人，"弗兰士答道，"不必为此抱歉。我知道，那些深入魔宫的人总是被绑上眼睛的，譬如说，《新教徒列传》里的莱奥尔便是其中之一。说真的，我没什么可抱怨的，因为我所看到的，是《一千零一夜》神话的一部续集。"

"唉！我或许可以借用鲁古斯（古罗马的一个将军）的一句话，'假如我早知道阁下光临，我该有所准备。'但现在蓬荜未扫，只是草舍悉可听您支配，粗茶便饭，如不嫌弃，仍请您赏光。阿里，晚餐准备好了没有？"

说到这里，门帷撩开了，一个穿着一套白色便服，黑得像乌木似的黑奴向他的主人示意，餐厅里一切都已准备好了。

"哦，"那陌生人对弗兰士说，"我不知道您是否和我有同感，但我以为两个人要是面对面呆上两三个小时，而彼此不知道如何称呼对方的名字或头衔，实在是件最恼人的事。请注意，我非常尊重待客之道，绝不敢强问您的大名或尊衔。说到我自己，我或许可以先使您安心，我告诉您，大家通常都叫我'水手辛巴德'。"

"我么，"弗兰士答道，"可以告诉您，由于我只要得到一盏神灯，便可以使我十足变成阿拉丁，所以我觉得现在似乎没有理由不把自己叫作阿拉丁。那很可以使我们不致忘掉神秘的东土，无论我怎么想，总之我是被某些善良的神灵带到东土啦。"

"好吧，那么，阿拉丁先生，"那位神秘的主人回答说。"您已经听到我们的晚餐已准备好了，现在请您劳步到餐厅里去好吗？鄙人将在您前面为您引路。"说着，辛巴德就撩开门帷，先客而入。弗兰士从一座魔宫走进到另一座魔宫，餐桌上真可说是琳琅满目，他先使自己相信了这重要的一点之后，就环顾起四周来。餐厅并不比他刚才离开的客厅有丝毫逊色，整个房间全部都是用大理石筑成，刻着古色古香价值连城的浮雕，餐厅是长方形的，两端各站立着两尊精美的石像，石像的手里拿着篮子。这些篮子里盛着四堆像金字塔似的美果,是西西里的凤梨,马拉加的石榴,巴里立克岛的橘子,法国的水蜜桃和突尼斯的枣。

晚餐上的菜肴有:一只烤野鸡配科西嘉乌鸫,一只冻火腿,一只芥汁羔羊腿,一条珍贵无比的比目鱼和一只硕大无朋的龙虾。在这些大菜的间隙,还有较小碟子盛着各种珍馐美味。碟子是银的,而餐盆则是日本瓷器。

弗兰士抹抹眼睛,想使自己确信他没有在做梦。在餐桌旁边侍候的只有阿里一人,而且手法非常熟练,以致客人向他的主人不住地称赞他。

"是的,"他一面很安闲凝重地尽主人之谊,一面回答,"是的,他是一个可怜虫,对我非常忠诚,而且尽可能地竭力来证明这一点。他记得我救了他的命,而由于他很爱惜他的头颅,他觉得他的头所以还能保持在肩膀上就不得不感激我。"

阿里走近他的主人,捧起他的手,吻了一下。

"辛巴德先生,"弗兰士说,"我想问问您是在怎样的情形之下完成那件义举的,您不嫌太唐突吗?"

"噢!事情非常简单,"主人回答说。"这个家伙好像是因为在突尼斯王的后宫附近闲荡时被捉住的,这种地方按法律是不许他这样肤色的人去的,国王就判他的罪,要割掉他的舌头,砍断他的手,斩掉他的头——第一天是舌头,第二天手,第三天头。我早就要雇用一个哑巴。我等他的舌头割下来之后,才去向国王建议,请他把阿里卖我,代价是一支漂亮的双筒长枪。他犹豫了一会儿,因为他也非常想让这个可怜虫一命归天。但我还有一柄英国弯刀,这柄弯刀可把国王的土耳其剑切得粉碎,当我在长枪以外再加上这柄英国弯刀时,国王让步了,就同意饶了他的手和头,条件是不许他的脚再踏上突尼斯。这项交易条件实在是不必的,因为那胆小鬼一望见非洲海岸,就立刻躲进舱底下去,非到我们望不见世界第三大洲的时候,是无法劝他上来的。"

弗兰士默默地沉思片刻,对于他的东道主在叙述这件事实时是那样的冷冰冰不动声色,却不知作何想法好,为了转变话题,他说:"您的名字太让人羡慕了,而你真的像那个水手一样,是在旅行中度过一生的吗?"

"是的,我曾发誓这样做,可我丝毫想不到竟能完成这句誓言,"陌生人带着奇怪的微笑说。"另外我还发了几个誓,我希望都能一一兑现。"

虽然辛巴德在说这些话的时候态度很平静,他的眼睛里却射出异常凶猛的光芒。

"你受过很多苦吗,阁下?"弗兰士试探地说。

辛巴德战栗了一下,一面用眼光盯住他,一面回答:"您怎么会这样想呢?"

"从一切方面,"弗兰士答道,"您的声音,您的眼光,您那苍白的肤色,和甚至您所过的这种生活。"

"我!我过着我所知道的最幸福的生活——真正是一位总督的生活。我是生灵之王。我喜欢一个地方,就住在那儿;我厌它了,就离开。我像一只鸟一样的自由,也像鸟一样的有翅膀。我只要略微示意,我的部下就立刻照办不误。有的时候,我和人类的法律开玩笑,带走一个它所通缉的强盗,或它所追捕的犯人。然后我行使我自己的法律,我的法律是无声的,但却是确实的,没有缓刑,也没有上诉,有罚有赦,而谁都不知道。啊!假如您尝过我的生活,您就不会再希望任何其他的生活了,您永远也不愿再回到尘世里去,除非您要到那儿去完成某种大计划。"

"譬如说,复仇!"弗兰士说。

陌生人用那种穿透到人的心灵和思想深处的目光盯着这个青年人。"为什么是复仇呢?"他问。

"因为,"弗兰士答道,"在我看来,您像是一个受到社会迫害的人,和社会有不共戴天之仇似的。"

"啊!"辛巴德带着他那奇特的笑容,笑时露出他那雪白锐利的牙齿,"您没有猜对。你以为我如此,事实上我是一个哲学家。有一天,或许我会到巴黎去,跟亚伯特阁下和穿蓝色小外套的那个人(此处指路易十八。)作对。"

"那将是您第一次的巴黎之行吗?"

"是的,是第一次。您一定觉得我这个人很古怪,但我向您保证,我之所以把它迟延了那么久,那并不是我的错,我有一天总要绕着弯儿达到目的的。"

"这次的旅行您预备不久就实行吗?"

"我也不清楚,这得看形势而定,而形势是变化莫测的。"

"我很希望您来的时候我也在那儿,我将尽我的能力来报答您在基度山殷勤款待的雅意。"

"我非常乐意接受您的邀请,"主人回答,"但不幸,假如我到那儿去,或许我不愿让人知道。"

其间,晚餐继续进行,但这一顿晚餐倒像是专为弗兰士而设的,因为那位陌生人对于这一席丰盛的酒筵简直碰都没有碰一两样,但他的不速之客却饱餐了一顿。然后,阿里把尾食捧了上来,或者更确切地说,就是从石像的手上拿下篮子,把它们捧到桌子上。在两只篮子之间,他放下一只银质地的小杯,银杯上有一个同样质地的盖子。阿里把这只杯子放到桌子上时那种庄重的神气惹起了弗兰士的好奇心。他揭开盖子,看到一种浅绿色的糊汁,有点像陈年的白葡萄酒,但却一点都认不得那是什么东西。他又把盖子放上,对于杯子里的东西,仍像未看以前一样莫名其妙,于是把眼光投向他的主人,他看到对方正在对他的失望微笑。

"您看不出这只杯子里是什么甜食,觉得有点莫名其妙,是不是?"

"我承认是的。"

"好,我来告诉您,那种绿色的甜食实在就是青春女神赫柏请大神朱庇特赴宴时筵席上的神浆。"

"不过。"弗兰士答道,"这种神浆,既然落到了凡人的手里,无疑就已丧失了它天上的尊号而有了一个人间的名称,用凡人的语言来说,您可以把这种药品叫作什么名称呢?说老实话,我倒并不十分想尝它。"

"啊!我们凡夫俗子的真面目就此显露了,"辛巴德大声说,"我们常常从幸福旁边擦身而过,可是却没有看见它,没有去注意它;或是即使我们的确看到它而且注意到它了,但是却又认不得它。你是不是一个重实利的拜金主义者?尝尝这个,于是秘鲁,古齐拉,戈尔康达的金矿都在你的眼前打开了。你是不是一个富于想象的诗人?尝尝这个,于是一切可能的障碍都消失了,无限的太空就会在你的眼前打开,你可以自由自在地走入无边无际,无拘无束,尽情欢乐的领域。你是不是有野心,想在世界上寻觅高官厚禄?尝尝这个,于是在一小时以内,你就变成国王了——不是偏僻在欧洲某个角落里的一个小国家的国王,像法国,西班牙或英国,而是世界之王,宇宙之王,万物之王。你的宝座将建立在耶稣被撒旦所夺去的那座高山上,但却用不着向撒旦称臣,不必被迫去吻他的魔爪,您将是地球上一切王国的至尊。这还不诱人吗?这还不是一件容易的事情吗?因为只要这样的一做就得啦,瞧!"说着,他揭开那只里面盛着被这样赞美的物质的小杯子,舀了一茶匙神浆,送到他的嘴边,半开着眼睛倒仰着头,慢慢地把它吞了下去。

当他聚精会神地吞咽他那心爱的餐余珍品的时候,弗兰士并没有去打扰他,但当他吃完以后,他就问道:

"那么,这个宝贵的东西究竟是什么呢?"

"你是否听说过,"主人问道,"那个想暗杀菲力浦·奥古斯都(1180年时的法国皇帝)的山中老人?"

"当然听说过呀。"

"那就好!你知道,他统治着一片富庶的山谷,山谷两旁是巍然高耸的大山,他那富于诗意的名字也正来源于此。在这片山谷里,有山中老人海森班莎所培植的美丽花园,花园里,有孤立的亭台楼阁。在这些亭台楼阁里,他接见他的选民。而就在那儿,照意大利旅行家马可波罗的说法,他把某种药草给他们吃,吃下以后,他们就飞升到乐园里,那儿有四季开花的常青树,有长年常熟的果子,有着青春永驻的童男童女。然而,这些幸福快乐的人所认为的现实,实际上只是一个梦,但这个梦是这样的宁静,这样的安逸,这样的使人迷恋,以致谁把梦给他们,他们就把自己的肉体和灵魂卖给他。他们服从他的命令就如听从上帝的旨意,他指使他们去杀死谁,他们就走遍天涯海角去谋害那个牺牲者。而虽然他们在毒刑拷打下死去,却没有发出一声怨言——相信死只是超生到极乐世界的捷径,而他们已从圣草中尝到过极乐世界的滋味。现在放在你面前的就是那种圣草。"

"那么,"弗兰士喊道,"这是大麻精!我知道的——至少知道它的名称。"

"一点不错,您说对了,阿拉丁先生,这是大麻精,是亚历山大出产的最好最纯粹的大麻精,是阿波考调制的大麻精。阿波考是举世无双的制药圣手,我们应该给他建造一座宫殿,刻上这样的铭文:'全世界感恩的人士献给快乐贩卖者。'"

"你知道吗,"弗兰士说,"你这一篇赞美词是否真实或夸大,我倒极想自己来下个判断。"

"您自己判断吧,阿拉丁先生,请判断吧,但切勿只尝试一次,像对其他一切事物一样,我们的感官对于任何新的印象,不论是温和的或猛烈的,悲哀的或愉快的,必须尝试了多次才会习惯。人类的天性对这样圣物必须做一番争斗,人的天性生来不适宜于欢乐,只会紧紧地抱住痛苦。在一场斗争中,天性肯定会被克服,现实生活后面肯定紧接着梦,那时梦主宰了一切。那时,梦变成了生活,生活变成了梦。

但以实际生活的痛苦和幻境里的欢乐比较起来,那种变化是多大呀!你不想再生活,只想永远地如此梦下去。当你从你的虚幻世界回到这个现实领域来的时候,你就觉得像是离开那不勒斯的春天到了北极拉伯兰的冬天——离开乐园到了尘世,离开天堂到了地狱!尝尝大麻精吧,我的客人,请尝尝吧!"

弗兰士二话没说,舀起一茶匙那种神妙的药剂,分量约莫和他的主人所吃的差不多,把它举到口边。"见鬼!"他在咽下了神浆以后说,"我不知道它的效果是否会像你所说的那样令人惬意,但这个东西在我看来似乎并不像你所说的那样有趣呀。"

"因为您的味觉还没有尝出这样东西的真味。请您告诉我,您是否第一次尝到牡蛎、茶、黑啤酒、松菌,以及其他种种您现在极力称赞为无上美味的东西的时候,您就喜欢它们啦?您能了解为什么罗马人烧野雉吃的时候要在它的肚子里塞满魏伞草而中国人爱吃燕窝吗?哦,您无法理解!好,大麻精也一样,只要连吃一星期,您就会觉得世界上再没有别的东西能敌得上它的甘美了,而现在您却似乎觉得它很讨厌,毫无味道。我们到厢房里去吧——也就是到您的卧室去吧,阿里会给我们把咖啡和烟斗拿来的。"

他们都站起身来,当那个自称为辛巴德——我们偶尔也这样称呼他,因为我们也如他的客人一般,得给他一个称呼以资识别——的人吩咐他的仆人的时候,弗兰士就走进隔壁房间里去。

这个房间陈设简单些,但很华丽。房间是圆形的,靠墙壁有一圈固定的长椅,长椅上,墙上,天花板上,地板上,都铺钉着华美的兽皮,踏上去像最贵重的地毯一样柔软;其中有鬃毛蓬松的、阿脱拉斯的狮子皮,条纹斑斓的、孟加拉国的老虎皮,散布着美丽的花点的、在但丁面前出现过的、卡浦的豹皮,西伯利亚的熊皮,挪威的狐皮;这些兽皮都一张覆一张地叠得厚厚的,似乎就像在青草最茂密的跑马场上散步,或躺在最奢侈的床上一样。

两个人都在长椅上靠下来,素馨木管琥珀嘴的土耳其式长烟筒已在他们的身边,伸手就可以拿到,而且并排放着许多支,不必把一支烟筒连抽两次,他们每人拿起一支,阿里上来点了火,就退出去准备咖啡去了。

两人一时沉默无语,这时,辛巴德继续想他的念头,他似乎老是在想着某种念头,甚至在谈话的时候也不曾断绝过;弗兰士则昏昏然陷入一种迷离恍惚的状态之中,这是吸上等烟草时常有的现象,烟草似乎把脑子里一切的烦恼都随着它的青烟给带跑了,使吸烟者的脑子里展开形形色色的幻景玄想。

阿里端来了咖啡。

"您爱怎么喝?"陌生人问道,"法国式的还是土耳其式的,浓些还是淡些,冷的还是热的,加糖还是不加糖?随您愿意,样样都很方便。"

"我爱喝土耳其式的。"弗兰士回答。

"您是有道理的,"主人说,"这表示您喜欢东方式的生活。啊!那些东方人——只有他们才知道如何生活,至于我,"青年看到他嘴角又挂着一丝古怪的微笑,"当我把巴黎的事情了结以后,我就要去死在东方,假如您想再见到我,您就必须到开罗,巴格达,或是伊斯法罕来找我了。"

"啊哟!"弗兰士说,"这将是世界上最容易办到的事了,因为我觉得我的肩膀上已长出两只老鹰的翅膀,凭着这一对翅膀,我可以在二十四小时以内便可周游世界了。"

"啊,啊!这是大麻精起作用了。好吧,展开您的翅膀,飞到超人的境域里去吧。什么也不用害怕——有人守着您呢,假如您的翅膀也像伊卡路斯(希腊神话中的人物,曾做过两个腊制翅膀飞翔)的那样被太阳晒融了,我们会来接住您的。"

他于是对阿里说了几句阿拉伯话,后者做了一个服从的手势,退后几步,但仍旧站在附近。

至于弗兰士,他的身体里面起了一种奇异的变化。白天肉体上的一切劳累,傍晚脑子里被事态所引起的一切焦虑,都一起消失了,正像人们刚才入寐,而仍自知快要睡熟的时候一样。他的身体似乎变轻了,飘飘欲仙,他的知觉变得非常敏感,他的感官似乎增强了一倍力量。地平线不断地扩大,这不是他在睡觉以前所看到的那种在翱翔着一种漠然的、恐怖的、昏暗的地平线,而是一种蓝色的、透明的、无边无际的地平线,弥漫着海的全部蔚蓝,太阳的全部光辉,和夏季的微风的芬芳。接着,在水手们的歌声里——歌声是这样的响亮动听,倘若把他们的乐谱记下来,就成了一首神曲——他看到了基度山岛,它已不再是波涛汹涌中的一座吓人的岩山了,而是像流落在沙漠里的一片绿洲。当小船驶进去的时候,歌声变得更加激越,因为岛上飘扬起一片令人心荡魂销的神秘的和声,直升天际,像是有一个罗莱(德国传说中的女妖)似的女妖或一个安菲翁(希腊神话中宙斯之子,曾以魔笛驱使石头自动砌成屋室)似的魔术家想引诱一个灵魂到那儿去筑起一座城池。

最后,船靠岸了,但毫不费力,毫无震动,就像嘴唇碰到嘴唇一样。于是他在不断的美妙的旋律声里走进岩洞。他向下走了几步,或者更准确地说,只是似乎"像"下走了几步,一面走,一面吸着清新温香的空气,好似到了那香得令人心醉,暖得令人神迷的塞茜(荷马长诗《奥德赛》中的女巫)的魔窟里一样,他又看到了睡觉以前所见的一切,从辛巴德,他那神秘的东道主,到阿里,那哑巴的侍仆。然后一切似乎都在他的眼前渐渐逝去,渐渐模糊,像一盏行将熄灭的魔灯的最后亮光一样;他又置身于那个有石像的房间里,房间里只点着一盏昏黄的古色古香的油灯,只有这盏灯在夜的死一般的静寂里守护着人们的睡眠或安宁。

石像还是以前的那几尊,形态优美,栩栩如生,极富于艺术的美,有迷人的眼睛,爱的微笑和丰盛飘垂的头发。她们是费丽妮(希腊娼妓),喀丽奥柏德拉(埃及女王),美莎丽娜(罗马女皇)这三个大名鼎鼎的荡妇。接着,在她们之间,像一缕清光,像一个从奥林匹斯山里出来的基督天使似的,轻轻地溜过了一个圣洁的身影,一个安详的灵魂,一个柔和的幻象,它似乎羞见这三个大理石雕成的荡妇,像是用面幕遮住了它那贞洁的额头。

这时,这三尊石像脉脉含情地向他走过来,走到他躺着的床前——她们的脚遮在长袍里面,她们的颈脖裸露着,头发像波浪似的飘动着,她们那种妖媚的态度即使神仙也无法抗拒,只有圣人才能抵挡,她们的目光专注而炽热,一眨不眨地望着他，像一条赤链蛇望住一只小鸟一样；在这些像被人紧握似的痛苦和接吻似的甜蜜的目光之前，他只有屈服了。弗兰士似乎感到他闭拢了眼睛，在他最后一次环顾时，他看到那些贞洁的石像都完全遮上了面纱；他已闭上眼睛了，已向现实告别，他的感官却已打开，准备领受无比美妙的快乐。

第三十二章　苏　醒

　　当弗兰士醒来的时候,外界的静物仿佛是他梦幻的延续。他以为自己是躺在一个坟墓里,一缕阳光像是一道怜悯的眼光似的从外面透进来。他伸出手去,触着了石头。他支起身子,发觉自己是和衣躺在一只非常柔软而芳香的干茭草所铺成的床上。

　　幻景都消失了,好像那些石像只是在他睡梦中从她们的坟墓里爬出来的幽灵,他一醒来她们就消失了。他向光线进来的那个地方走了几步,在梦的兴奋激动过后,接着就是现实的宁静,他发觉自己是在一个岩洞里,他向洞口走去,透过一座拱形的门廊,看到一片蔚蓝的海和一片淡青色的天空,空气和海水在清晨的阳光下闪闪地发光,水手们坐在海滩上,边聊边笑着,离他们十码远的地方,静静地泊着那艘小船。

　　他在洞口站了一会,享受着那拂过他额头的清新的微风,谤听着那卷到海滩上来的、在岩石四周留下一圈白色泡沫的波浪的轻微拍击声。他暂时让自己沉醉在大自然的圣洁妩媚里,不再思考,不再瞻想,当人们在一场迷乱的怪梦以后,常常总是这样的;于是,这种这样宁静,这样纯洁,这样宏伟的外界生活渐渐地向他证实了梦的虚幻,往事又开始回到他的记忆之中。他记得怎样到达这个岛上,怎样被介绍给一个走私贩子的首领,怎样进入一座富丽堂皇的地下宫殿,怎样用了一顿丰盛的晚餐,怎样咽下了一茶匙大麻精。但是,面对着白天,这种种所经过的一切似乎至少已是一年以前的事情了,那个梦在他的脑海里所留下的印象是这样的深刻,在他的想象里所占据的地位是这样的坚强。他不时地在幻想中,觉得梦中垂青于他并投以香吻的女仙中的一个在水手之中;时而幻想着看到她坐在岩石上,或是坐在船里,随着船儿晃悠。除了这一点以外,他的头脑却十分清醒,他的身体也已完全从疲劳里恢复了过来。他的脑子不再昏昏沉沉,相反的,他却感觉到相当轻松,他从来没像现在这样活泼地呼吸着纯洁的空气或欣赏明亮的阳光。

　　他兴冲冲地向水手们走过去,他们一看见他,就都站起来,船长招呼他说:"辛巴德先生托我们向大人转达他的敬意,他不能亲自向您告别,让我们向大人表示他的歉意,但他相信您一定会原谅他的,因为有非常重要的大事召他到马拉加去了。"

　　"那么,盖太诺,"弗兰士说,"这一切,都是真的了?这个岛上真有一个人请我去,极其殷勤地款待我,并且在我睡着时就走了?"

　　"真得不能更真啦,您还可以看到他那一艘扯着满帆的小游艇呢。倘若您愿意拿起您的望远镜,您多半还能在他的船员之中看到您那位东道主哩。"

　　说着,盖太诺就向一个方向指了指,果然有一艘小帆船扬帆向科西嘉的南端驶去。弗兰士调整他的望远镜,向所指的地方望去。盖太诺没有说错。在那艘船的尾部,那位神秘的陌生人也正用手握着一具望远镜,向岸边望来。他还是穿着昨天晚上的那身衣服,挥舞着他的手帕向他的客人告别。弗兰士也同样地挥动他的手帕回答他的敬意。

一秒钟之后,帆船的尾部发出一蓬轻烟,像一朵瑞云似的升到空中散了开来,接着弗兰士就听到一下隐约的炮声。"喏,您听到吗?"盖太诺说,"他在向您告别呢。"青年拿起他的来复枪,对天上放了一枪,也不去想想枪声是否能从岸边传过这一大段距离而被游艇上听到。

"大人有什么吩咐?"盖太诺问道。

"首先,给我点一支火把。"

"啊,是的,我明白了,"船长回答说,"是要去寻那间魔室的进口。遵命,大人,只要您高兴,我就把火把给您拿来。我也曾产生过您这样的念头,也这样想过两三次,但最后我还是把这种念头放弃了。琪奥凡尼,去点一支火把来,"他又说,"把它交给大人。"

琪奥凡尼遵命照办。弗兰士拿了火把走进地下的岩洞里,盖太诺跟在后面。他认得他睡觉的地方,那张芟草铺成的床还在那儿,但他虽然用火把照遍了岩洞的上下左右,却仍是枉然。除了一些煤烟的痕迹,别的他什么都看不到,这些煤烟的痕迹是前人做这种同样尝试的结果,结果和他一样,他们也扑了一场空。

可是,这些像"未来"一样难以渗透的花岗石壁,他却没有一呎地方不曾仔仔细细地检查过。他每看到一处裂缝,都要用他那柄猎剑的剑锋插进去撬,每看到一块凸出的地方,就去撞去推,希望他会陷进去。但一切都无用,他费了两个多小时来检查,结果毫无所得。最后,他不想再寻找了,盖太诺胜利了。

当弗兰士又到岸边的时候,那艘游艇已经像是地平线上的一个小白点了。他又把望远镜拿起来,但即使从望远镜里看出去,他也不能分辨出什么东西了。盖太诺提醒他,他原是为射山羊而来的——这一点他可完全想不起来了。他拿起猎枪,开始在岛上打起猎来,从神色上看,他倒像是在了却一种责任而不像在寻欢作乐;不到一刻钟,他已射死一只大山羊和两只小山羊。这些动物虽然是野的,而且敏捷得像羚羊一样,但实在太像家畜的山羊了,因此弗兰士觉得这简直不能算是打猎。而且,还有其他更有力的念头占据着他的脑子。自从昨天傍晚以来,他已真的变成《一千零一夜》神话故事里的主人公了,他不可抗拒地又被吸引到岩洞前面。

他叫盖太诺在两只小山羊里挑一只烤来吃,然后,他又开始了第二次搜索。这第二次的访问花了很多时间,当他回来的时候,小山羊已经烤熟,大家已在等他用餐了。

弗兰士坐在前一天晚上他那位神秘的东道主来邀他去用晚餐的地方,他远远地仍能看到那艘小游艇如同一只在浪面上的海鸥,继续向科西嘉飞去。

"咦,"他对盖太诺说,"你告诉我说,辛巴德先生是到马拉加去的,可我觉得,他倒是笔直地在向韦基奥港去呀。"

"您不记得了吗,"船长说,"我告诉您船员里面还有两个科西嘉强盗?"

"不错！他要去送他们上岸吗?"

"正是,"盖太诺答道。"他们说,他这个人是天不怕地不怕的,随时都会多绕一百五十里路给一个可怜虫帮一次忙。"

"不过,这种帮忙一定会连累到他自己的呀,他在一个地方实行这种博爱主义,那地方的当局不是要找上他吗?"弗兰士说。

"哦,"盖太诺大笑着回答,"当局对他有什么办法?他嘲笑他们。让他们去追他试试看吧!嘿,首先,他那艘游艇就不是一条船,而是一只鸟,不论什么巡船,每走十二海里就得被他超出三海里,他到了岸上,嘿,他不是到处都一定找得到朋友的吗?"

从这一番话中就知道,弗兰士的东道主辛巴德先生显然和地中海沿岸的走私贩子和强盗都保持着极其良好的关系,光是这一点就使他的地位够奇特的了。

对弗兰士来说,他已丝毫不再想在基度山逗留了。他对于侦察岩洞的秘密已感到毫无希望,所以匆匆地用完早餐,急忙上船,本来他的船是已准备好了的,不久他们便开船了。当小船开始它的航程的时候,他们已望不见那艘游艇,因为它已消失在韦基奥港的港湾里了。随着它的消失,昨天晚上最后的情景也渐渐消隐了,晚餐,辛巴德,大麻精,石像——全都被埋葬在同一梦里了。

小船整日整夜地前进,第二天早晨,当太阳升起来的时候,他们已看不到基度山了。

弗兰士登岸以后,不久前发生的种种事情至少被他暂时忘记,他把他在佛罗伦萨寻欢作乐的事情告一段落,然后一心一意地设想怎样再和那在罗马等他的同伴相会。

于是他就乘车出发,星期六傍晚时分,他到达邮局旁边的杜阿纳广场。我们已经说过,房间是事先留定了的,所以他只要到派里尼老板的旅馆去就得了。但这可不是一件容易的事。因为大街小巷里已挤满了人,到处都已充满了粗鄙狂热的街谈巷议,这是罗马每件大事以前照例都有的现象。每年罗马有四件大事——狂欢节,复活节,上帝节和圣·彼得节。一年中其余的日子,整个城市都在一种不死不活,阴沉清冷的状态之中,看来像是阳世和阴世之间的一个中间站,是一个超尘绝俗的地点,一个充满着诗意和个性的安息地。弗兰士曾来小住过五六次,而每次总发觉它比以前更加美妙更加浪漫。他终于从那不断地愈来愈多,愈来愈兴奋的人中挤出来,到达旅馆里。最初一问,侍者就用车夫生意很忙和旅馆已经客满时那种特具的傲慢神气告诉他,伦敦旅馆已经没有空房了。于是他拿出名片来,求见派里尼老板和阿尔培·马瑟夫。这个计划成功了,派里尼老板亲自跑出来迎接他,一面道歉失迎之罪,一面斥责侍者,一面又从那准备招揽旅客的向导手里接过蜡烛台来。当他正准备领他去见阿尔培的时候,阿尔培却自己出来了。

他们的寓所包括了两个小房间和一间内房。那两间寝室面向大街——这一点,派里尼老板认为是一个无可评价的优点。这一层楼上其余的房间都被一位非常有钱的绅士租去了,他似乎是一个西西里人或马耳他人;但这位旅客到底是哪一个地方的人,旅馆老板也不能确定。

"太好了,派里尼老板,"弗兰士说,"但我们必须立刻用晚餐,从明天起,给我们雇一辆马车。"

"晚餐,"旅馆老板回答说,"马上就可以给两位拿来。但至于马车——"

"马车怎么样?"阿尔培大声说道,"喂,喂,派里尼老板,别开玩笑,我们一定要有一辆马车的呀。"

"阁下,"店主回答,"我将尽一切努力给您去找,我只能这样说。"

"什么时候我们才能知道呢?"弗兰士问。

"明天早晨。"旅馆老板回答。

"活见鬼!"阿尔培说,"那么我们得多出一点钱了,不过如此而已。我早就看明白了。在德雷克和亚隆,平常每天租一辆马车只要二十五法郎,星期天和节日就要三十或三十五法郎,外加五法郎的小账——加起来就四十了——别再讨价还价了吧。"

"我怕,"店主说,"即使您给他们两倍那个数目,那些先生也不能给你找到一辆马车。"

"那么叫他们把马挂到我的车子上来好了,"阿尔培说。"我的车子坐起来不是十分舒服,但并无大碍。"

"马也没有。"

阿尔培望着弗兰士,像是不懂这句回答是什么意思似的。"你明白吗,我亲爱的弗兰士?没有马!"他说,"那我们难道不能租用驿马吗?"

"驿马在这两个星期之内就租光了,留下的几匹都是要充绝对必要的事务用的。"

"你看怎么办呢?"弗兰士问。

"我说,当一件事情完全超出我的理解力以外的时候,我总不去死死地去想那件事情,而情愿去考虑另一件事情。晚餐好了吗,派里尼老板?"

"好了,大人。"

"那好,我们来用晚餐吧。"

"放心吧,我的好孩子,到了时候它们自然会来的。问题只在于我们要花多少钱而已。"

马瑟夫认为只要有了一只丰满的钱袋和充足的支票,天下就不会有办不到的事情,他就抱着那种令人赞叹的哲学用了餐,爬上床,呼呼地睡着了,他在梦中看见自己乘着一辆六匹马拖的轿车在度狂欢节。

第三十三章　罗马强盗

翌日清晨,弗兰士先醒,一醒就拉铃。铃声未绝,派里尼老板已亲自进来了。

"啊,大人,"店主没等弗兰士问他,便得意地说,"昨天我没敢贸然答应你们,心想你们已经太迟了,马车一辆都雇不到——就是说,在狂欢节的最后三天。"

"是的,"弗兰士答道,"就是在那最最紧要的几天。"

"什么事?"阿尔培进来说,"没有马车吗?"

"一点不错,亲爱的朋友,"弗兰士说,"你是第一遭碰到这样的事吧。"

"好!你们的名垂千古的大城真是一个呱呱叫的好城市。"

"换句话说,大人,"派里尼很想在他的客人面前保持基督世界首都的尊严,就回答说,"从星期天上午一直到星期二晚上都没有车,但从现在到星期天,您要五十辆都有。"

"啊!这还像句话,"阿尔培说,"今天是星期二,谁能料到从现在到星期天之间会发生什么事情呢?"

"会有一万个或一万二千个游客涌来,"弗兰士答道,"那找车子就会更困难。"

"我的朋友,"马瑟夫说,"还是享受眼前吧,别去担忧将来。"

"至少,"弗兰士问道,"我们总能租到一个窗口的吧?"

"哪儿的?"

"当然要望得到高碌街的呀。"

"啊,一个窗口!"派里尼老板惊呼道,"绝对不可能。杜丽亚宫的六层楼上本来还剩有一个,但也已用每天二十威尼斯金洋的价格租给一位俄国亲王了。"

两个青年人瞠目结舌地互相望了一眼。

"喂,"弗兰士对阿尔培说,"你知道我们最好干什么!是到威尼斯去度狂欢节,倘若我们在那里雇不到马车,一定可以弄到一只小艇。"

"啊,见鬼!不,"阿尔培喊道。"我到罗马就是来看狂欢节的,我一定要在这里看,就是叫我踩着高跷也要看。"

"这个念头妙极了!特别是吹灭蜡烛头更方便了,我们可以扮成滑稽鬼怪或是兰德斯牧童,这样就会取得惊人的成功。"

"从现在到星期天早晨,两位大人还要雇一辆马车吧?"

"咦!"阿尔培说,"你以为我们要像律师的小伙计那样徒步在罗马的街上跑吗?"

"我马上遵命给两位大人去办,只是我先告诉你们,马车每天要花你们六个毕阿士特。"

世界经典文库

世界二十大名著　基督山伯爵

图文珍藏版

"我可不是一位百万富翁,不像我们那位邻居,"弗兰士说,"我警告你,我已经是第四次来罗马了,各种马车的价钱我都知道。今天,明天,后天,我们一共给你十二个毕阿士特,那样你还能嫌不少钱呢。"

"但是,大人——"派里尼说,他还想达到他的目的。

"去吧,"弗兰士答道,"要不我就亲自去和你的搭档讲价钱,我也认识他。他是我的老朋友,从我身上捞去的钱已经不少了,而为了希望再从我身上捞得更多的钱,他所要的价钱会比我现在给你的还要少。这样你就赚不到帽子钱了,那可只能怪你自己呀。"

"别费这份心了,大人,"派里尼老板带着一个意大利投机家自认失败的那种微笑回答说,"我总尽力办就是了,并且希望能使您满意。"

"那么我们互相心照不宣了。"

"您什么时候要车子?"

"一小时后。"

"一小时后它就会在门口等着了。"

一小时以后,马车的确已在等着那两位青年人了。那是一辆普通的出租马车,现在却已被高抬身价,当作一辆私家轿车;但它的外貌虽则微贱,这两个青年要是在狂欢节的最后三天能弄到这样的一辆马车,也就够高兴的了。

"大人,"向导看到弗兰士走到窗口面前,就大声喊道,"要我把花车驶近王宫来吗?"

弗兰士对于意大利人的措辞虽然早已习以为常,他的第一个冲动还是得四周环顾一下,但这句话是对他说的。弗兰士是"大人",普通马车是"花车,"而伦敦旅馆是"王宫"。意大利人爱恭维的习惯在那一句话里已体现得很充分了。

弗兰士和阿尔培走下楼来,花车就驶到王宫前面,两位大人把他们的两腿搁到座位上,向导跳进他们后面的座位里。"两位大人想去哪儿?"他问。

"先到圣·彼得教堂,然后再到斗兽场。"阿尔培回答。

但阿尔培却不知道,看遍圣·彼得教堂得花一天时间,而研究它则要花一个月。一天的时间在圣·彼得教堂一处过去了。突然间,这两个朋友觉得日光开始黯淡起来。弗兰士摸出表来一看,已经四点半钟了。他们返回旅馆,在旅馆门口,弗兰士吩咐车夫在八点钟再来。他要领阿尔培在月光下去凭吊斗兽场,正如他曾领他在白天里游览圣·彼得教堂一样。当一个人带着他的朋友去游览一个我们已经去玩过的城市的时候,我们心中的得意,正如我们指出一个曾做过我们情妇的女人一样。他要从波罗门出城,沿着外城墙走,再从圣·乔凡尼门进城,这样,他们就可以在赴斗兽场去的途中顺便看看朱庇特神殿,古市场,色铁穆斯·塞维露斯宫的拱门,安多尼的圣殿和萨克拉废墟。

他们开始进餐。派里尼老板原答应请他们吃一顿酒席的,而事实上却只给了他们一顿马马虎虎的便餐。

晚餐结束时,他亲自进来了。弗兰士认为他是来听他们称赞他的晚餐的,于是就开始称赞起来,但他才说出几个字,店主就打断他的话。"大人,"他说,"蒙您称许，十分荣幸，但我不是为那一点而来的。"

"你是来告诉我们找到马车了吗?"阿尔培点燃了一支雪茄问道。

"不，两位大人最好还是不必去想那件事吧。在罗马，事情有办得到和办不到之分，当别人对您说办不到时，那就完了。"

"在巴黎就方便得多啦，当一件事办不到的时候，你只要付双倍的价钱，立刻就办妥。"

"法国人都是那么说，"派里尼老板答道，语气中略微含着一点不快，"既然如此，我真不明白他们为什么要外出旅行了。"

"但是，"阿尔培喷出一大口烟，翘起椅子的两条腿，晃着身体说，"只有像我们这样的疯子或傻子才会出门旅行。凡是聪明的人是不肯离开他们海尔达路的大厦，放弃他们在林荫大道上的散步和巴黎咖啡馆的。"

不言而喻，阿尔培当然是住在上面所提及的那条街上，每天要很出风头地去散一回步，而且常常到那家唯一真正可以吃点东西的咖啡馆去的，当然，这还得和侍者搞好关系才行。派里尼老板沉默了一会儿，显然在玩味这几句回答的话，他似乎不十分明白。

"说到底，"这一次轮到弗兰士来打断店主地沉思了。"你是有事来的，请问是什么事?"

"啊! 对，是这样的，您吩咐马车八点钟来?"

"是的。"

"听说您想到斗兽场去玩。"

"你是说圆形剧场?"

"完全是一码事。您告诉车夫从波波罗门出城，绕城一周，再从圣·乔凡尼门进城?"

"这是我亲口说的。"

"唉，这条路是不能走的。"

"不能走?"

"或者说至少是非常危险的。"

"危险! 为什么呢?"

"因为有大名鼎鼎的罗杰·范巴。"

"请问这位大名鼎鼎的罗杰·范巴是谁呀?"阿尔培问道。"他在罗马或许是大名鼎鼎的，但我得告诉你，他在巴黎却是默默无闻的。"

"什么! 您不认识他吗?"

"我没有这个荣幸。"

"您从来没有听说过他的名字吗?"

"从来没有。"

"那好! 他是一个强盗，要是狄西沙雷和盖世皮龙和他一比，他们简直就像是小孩子啦。"

"嘿，留神，阿尔培，"弗兰士喊道，"你终于碰到一个强盗了吧!"

"我预先警告你,派里尼老板,你即将要对我们说的话,我可一个字都是不相信的。我们先把这一点说明了,你愿意怎么说就怎么说吧,我可以听。从前有一个时候——唉,说下去吧!"

派里尼老板转向弗兰士,他觉得在这两个人之中还是弗兰士比较明白事理些。我们一定得说一句公道话,在他的旅馆里,所经过的法国人并不少,但他却从来不能了解他们。"大人,"他神情严肃地对弗兰士说,"假如您把我看作一个撒谎的人,那我就什么都不必说了,我是为了你们好才——"

"阿尔培没对我说过你是一个撒谎的人呀,派里尼老板,"弗兰士说,"他只是说不相信你而已。但你说的话我都相信,请说吧。"

"但大人知道,假如有人对我的诚实,有些怀疑的话——"

"派里尼老板,"弗兰士答道,"你简直比卡莎德拉(古代特洛亚的女巫)还更多心啦,她是一个预言家,却还是没有一个人肯相信她,而你至少有一半听众相信你说的,好,算了吧,告诉我们这位范巴先生究竟是谁。"

"我已经告诉大人,他是我们从马特里拉那个时代以来最有名的强盗。"

"哦,这个强盗和我吩咐车夫从波波罗门出城再从圣·乔凡尼门入城这两者之间又有什么关系呢?"

"关系在于,"派里尼老板答道,"您从那个城门出去是没有问题的,但我非常怀疑您能从另外那个城门回来。"

"为什么?"弗兰士问。

"因为天黑了后,出城门五十码以外就难保安全了。"

"你凭良心说,那是不是真的?"阿尔培喊道。

"子爵阁下,"派里尼老板对于阿尔培这种再三怀疑他的诚实,觉得伤了他的自尊心,就回答说,"我没有跟您说话,而是跟您的同伴说话,他知道罗马,而且也知道这种事情是不能开玩笑的。"

"我的好人呀,"阿尔培转向弗兰士说,"这倒是一桩很妙的冒险,我们在马车里装满了手枪,散弹枪,双筒枪。罗杰·范巴来捉我们,我们就捉住他,我们把他带回到罗马城里,献给教皇圣下,教皇看到我们干了这么大的一件功劳,就问他怎样才能酬谢我们,那时我们却只要一辆轿车,两匹马,于是我们就可以坐在马车里看狂欢节了,而罗马老百姓一定会拥我们到朱庇特神殿去给我们加冠,称赞我们一番,像对待保国英雄库提斯和柯克莱斯一样。"

当阿尔培提出他这建议的时候,派里尼老板的脸上露出一种无法形容的表情。

"首先,"弗兰士问道,"这些手枪,散弹枪,和其他各种你想装满在马车里的厉害武器在哪儿呢?"

"我的装备里确实没有,因为在特拉契纳的时候,连我那把猎刀都给人偷掉了。"

"我在阿瓜本特也遭了同样的命运。"

"你是否知道,派里尼老板,"阿尔培点起第二支雪茄烟说,"这个办法对付强盗非常方便,这种作风很有点和他们相似吧?"

派里尼老板一定觉得这种玩笑开得有点过分了，因为他对这些问题只回答了一半，而且是向弗兰士说的，只有弗兰士似乎还像是在用心听他的。

"大人该明白，受强盗攻击的时候，通常总是不加抵抗的。"

"什么！"阿尔培喊道，他的勇敢反对像这样服服帖帖地认人来抢，"一点都不抗拒吗？"

"不能，因为那是没有用的。当十多个强盗从地坑、破屋或阴沟里一齐钻出来，向你攻击的时候，你怎么能抵抗呢？"

"哦！我宁可他们杀了我。"

旅馆老板转向弗兰士，神色之间像是在说："你的朋友一定是发疯了。"

"我亲爱的阿尔培，"弗兰士答道，"你的回答是崇高的，很有高乃依（十七世纪法国诗剧作家）说那句'让他去死'时的气概。但是奥拉斯做那样答复的时候，当时关系着罗马的存亡，至于我们，只不过是随便去玩玩的问题，为了随便去玩玩拿我们的生命去冒险，那就太荒唐了。"

"啊，一点不错！"派里尼老板喊道："说得好！那才说得有点意思！"

阿尔培自斟了一杯红葡萄酒，时或啜一口，嘴里喃喃地说着一些让人听不清楚的话。

"好了，派里尼老板，"弗兰士说，"我的同伴现在平静下来了，而你知道我的性情是很爱和平的，那么告诉我这个罗杰·范巴是怎么样的一个人。他是牧童还是贵族，年轻还是年老，高个子还是矮子？把他描写一番，假若我们碰巧遇见他，像让·斯波加或勒拉（英国诗人拜伦诗剧中人物）那样，我们也许能认识他。"

"这几点，谁都不能向您说得更清楚了，因为我认识他的时候，他还只是一个小孩子，有一天，我从费伦铁诺到阿拉特里去的路上落到了他的手中，我真走运，他还记得我，不但不要赎金就放我自由，还送了一只非常华贵的表，而且把他的身世讲给我听。"

"让我们看看这块表吧。"阿尔培说。

派里尼老板从他的裤子袋里掏出一只布累古怀表来，上面刻着制造者的名字，巴黎的印戳和一顶伯爵的花冠。

"这就是。"他说。

"哟！"阿尔培答道。"我恭喜你，我也有一块跟这差不多的表，"他从背心袋里掏出他的表来，"它花了我三千法郎。"

"我们来听听他的身世吧，"弗兰士说。他拖过一张安乐椅，示意请派里尼老板坐下。

"两位大人让我坐吗？"店主问道。

"坐吧！"阿尔培喊道，"你又不是传道者，站着讲话！"

店主向他们每人恭恭敬敬地鞠了一个躬，然后坐了下来，这意思是说他就要把他们所想知道的关于罗杰·范巴的事都讲出来了。"你告诉我说，"正当派里尼老板要开口的时候，弗兰士说，"你认识罗杰·范巴的时候，他还是一个小孩子，这么说来他现在还是一个青年人罗？"

"一人青年人！他还刚满二十二岁呢。噢，他是一个血气方刚的游荡子弟，他将来总得有一个立身之道的，等着瞧吧。"

"你觉得如何？阿尔培，二十二岁就这样闻名了。"

"嗯，当然啦，在他这个年龄，名闻全球的亚历山大，凯撒和拿破仑还没有露头角哩。"

"哦，"弗兰士又说，"这个故事的主角还只有二十二岁吗？"

"刚刚才到，我已经告诉过您啦。"

"他是高个子还是矮子呢？"

"中等身材——和这位大人的个头差不多。"店主指着阿尔培回答。

"谢谢你这比较。"阿尔培鞠了一躬说。

"说下去吧，派里尼老板，"弗兰士又说，并对他那位朋友的敏感报以微笑。"他是属于社会中哪一阶级的呢？"

"他是圣费里斯伯爵农庄里的一个牧童，那个农庄介于派立斯特里纳和卡白丽湖之间。他出生在班壁娜拉，五岁就到伯爵的农庄里去干活。他的父亲也是一个牧羊人，自己有一小群羊，剪了羊毛，挤了羊奶，就拿到罗马来卖，依此为生。

"小范巴气质从小就非常特别。在七岁那年，有一天，他到派立斯特里纳的教士那儿去，求他教他读书写字。这件事多少有点困难，因为他不能离开他的羊群，但那位好教士每天要到一个小村庄去做一次弥撒。那个小村庄太穷了，花不起钱养一个教士，也没有什么正式的村名，叫博尔戈。他告诉范巴说，他每天从博尔戈回来的时候可能和他相会一次，利用那个时间教他一课，并告诉他，只能教短短的一课，他一定要好好利用这短短的时间刻苦学习。那孩子欢天喜地地接受了。每天，罗杰领了他的羊群到那条从派立斯特里纳到博尔戈去的路上去吃草。上午九点钟，教士和孩子就在路边的一条土堤上坐下来，小牧童就从教士的祈祷书上学功课。

"三个月以后，他已经能够朗朗上口了。还不止于此，他还要学写字。教士从罗马的一位教书先生那儿弄来了三套字母——一套大楷，一套中楷，一套小楷，——教他用一种尖利的东西在石板上学写字母。当天晚上，当羊群已平安地赶进农庄以后，小罗杰就急忙到派立斯特里纳的一个铁匠家里，讨了一只大钉，敲呀磨呀地把它造成了一支古色古香的铁笔。第二天早晨，他又收集了许多片石板，开始做起功课来。

"三个月以后，他已学会写字了。教士看他这样聪明，很是惊奇，就送了他几支笔，一些纸和一把削笔刀。

"他又要开始重新学习，但当然已不像最初那样困难。一星期以后，他用笔写字已和用铁笔写得一样好了。教士把这桩奇闻讲给圣费里斯伯爵听，伯爵派人把小牧童叫来，叫他在他面前读书写字，并吩咐他的跟班让他和家仆一起吃饭，每个月给他两个毕阿士特，罗杰就用这笔钱来买书和铅笔。他的模仿能力本来很强，像意大利画家琪奥托小时候一样，他也在他的石板上画起羊呀，房屋呀，树林呀来。接着他又用小刀来雕刻各种各样的木头东西，大名鼎鼎的雕刻家庇尼里也就是这

"有一个六七岁的姑娘——就是说,比范巴还要小一点——也在派立斯特里纳的一个农庄里看管一群羊。她是一个孤儿,是在凡尔蒙吞出生的,名字叫作德丽莎。两个孩子碰到了,他们并排坐下来,让他们的羊群混在一块,一起玩,一起笑,一起谈天,到了傍晚,他们把圣费里斯伯爵的羊和雪维里男爵的羊分开,两个孩子就各人回到他们的农庄里去,并约定在第二天早晨再会,第二天他们果然各守诺言。他们就这样并排长大起来,直到范巴十二岁,德丽莎十一岁。这时,他们的天性启露了。罗杰依旧非常钦慕各种优美的艺术,当他独自一个人的时候,就拼命学习,他经常容易冲动,一会儿发愁,一会儿热情,一会儿又耍性子发脾气,反复无常,而且老是带着一种讥讽的态度。班壁娜拉,派立斯特里纳,或凡尔蒙吞附近的男孩子,不仅没有一个能对他有所影响,而且连做他的同伴都够不上。他的天性(老是要旁人让步,自己从来不肯退让)使他高高在上,交不到什么朋友。只有德丽莎可以用一个眼色,一个字,或一个手势便能使他服服帖帖。他这种暴烈的性格到了一个女人手里,虽然变得温存的,但如果对方是男人,则不论是谁,他就要反抗,非闹个天翻地覆不可。

"德丽莎却正巧相反,很活泼,很快乐,不过她太爱撒娇。罗杰每月从圣费里斯伯爵的管家那儿得来的两个毕阿士特和他的木刻小玩意儿在罗马卖得的钱,都花在耳环呀,项链呀和金子的夹发针呀等等东西上去了,所以说,靠了她朋友的慷慨,大方,德丽莎成了罗马附近最美丽和装饰得最漂亮的农家女了。

"这两个孩子一天天长大,整天地厮守在一起过活,各人随着各人不同的性格做着种种梦想。在他们所有的梦想、希望和谈话里,范巴看到他自己成了一艘大船的船主,一军的将帅或一省的总督。德丽莎看到自己已很有钱,穿戴得非常华丽,有许多穿制服的仆役侍候她。当他们这样建造着空中楼阁度过一天的时间以后,他们就把他们的羊群分开,从梦想的空中楼阁上一跤跌回到他们现实的贱微地位里。

"有一天,那个年轻牧童告诉伯爵的管家,说他看见沙坪山里来了一只狼,在他的羊群周围转悠。管家给了他一支枪,这正是范巴求之不得的东西。这支枪的枪筒极好,是布雷西亚的产品,射出的子弹就像英国的马枪一样准确,但有一天,伯爵摔破了枪托,于是就把那支枪搁在一边不用了。这对于像范巴这样的一个雕刻家却不算一回事。他把那个旧枪托检查了一遍,计算把它怎样改变一下才能使枪托适合他的肩头,然后他另做了一个新的枪托,上面刻着极美丽的花纹,假如他愿意拿出去卖,准可以得到十五个或二十个毕阿士特,但他当然不会想到这一点。拥有一支枪可是这少年长久以来最大的愿望。在每一个以独立代替自由的国家里,凡是有丈夫气概的男子汉,他心里的第一个愿望,就是想弄到一支枪,有了枪,他就可以防御或进攻,有了枪,就使他常常变得令人生畏。从此以后,范巴就把他全部的空余时间来练习使用这宝贵的武器,他买了火药和子弹,无论什么东西都可以被他拿来做目标——长在沙坪山上的、灰不溜秋的橄榄树上的老树干,从地洞里钻出来觅食巡逻的狐狸,在他们头顶上空翱翔的老鹰。所以不久他就能百发百中了,以致

世界经典文库

世界二十大名著

基督山伯爵

图文珍藏版

最初一听到枪声就怕的德丽莎也克服了她的恐惧,竟能很有兴趣地看着他随心所欲地发弹射物,其准确的程度,真像弹靶放在他的手边一样。

"一天傍晚,一条狼从一座林里走出来,他们是常常坐在那座松林附近的,所以那条狼还没有走上十步,就送了命。范巴对这漂亮的一枪很得意,就把那只死狼背在肩膀上,回到农庄里。凡此种种,已使罗杰得了很大的名望。一个人只要能力高超,无论走到哪儿,总是可以找到崇拜他的人的。他被人认为是三十哩方圆以内最机灵,最强壮和最勇敢的农夫,而虽然德丽莎也被大家公认为沙坪山下最美貌的姑娘,但却从来没有人去和她谈恋爱,因为大家都知道,范巴爱上了她。

"可是这两个人却从来不曾向对方表示过他们的爱情。他们并排长大起来,就像两棵地下根须纠缠,空中丫枝交错,花香同时升上天空的树一样。只是他俩彼此相见倒成了万不可少的事情,他们情愿死也不愿有一天的分离。

"那一年,德丽莎十七岁,范巴十八岁。那个时候,一队山贼盘踞了黎比尼山,开始惹得附近的居民纷纷议论起来。罗马附近的山贼实际上从来没有真正被消灭干净过。有的时候是缺少个首领,但只要有一个首领出现的时候,他是不会缺少一批喽啰的。

"大名鼎鼎,在那不勒斯闹得天翻地覆的古古密陀,在阿布鲁齐被人追捕围堵,被赶出了那不勒斯的国境,他就像曼弗雷特(拜伦诗剧中人物)那样地越过加里利亚诺山,穿过松尼诺和耶伯那交界的地方,逃避到阿马森流域。他设法重新组织了一支队伍,学狄西沙雷和盖世皮龙的榜样横行起来;但他的雄心是想胜过这两个古人的。派立斯特里纳、弗拉斯卡蒂和班壁娜拉有许多青年人失踪了。起初他们的失踪引起了很大的不安,但不久就知道他们都到古古密陀手下当喽啰去了。没有多少时候,古古密陀就成了大家普遍关注的目标,都纷纷谈论他的凶猛,大胆和残忍这种种最特别的个性。

"有一天,他掳去了一个青年姑娘,她是弗罗齐诺内一个土地丈量员的女儿。强盗的法律是很严明的,凡是掳到年轻女子,第一就该归那个把她抢来的人享用,然后其他人抽签换个儿享用她,她一直要被他们蹂躏到死方才可以脱离苦海。假如她的父母有钱,有力量付得出一笔赎金,他们就派人去接洽。被掳的肉票作为差人安全的人质。倘若对方不愿付赎金呢,肉票就一去不回了。那个青年姑娘的爱人也在古古密陀的队伍里,他的名字叫作卡烈尼。当她认出她的爱人的时候,那可怜的姑娘向他伸出双手,以为可以得救了,但卡烈尼却觉得他的心在往下沉,因为他对于那等待在她前面的命运是知道得太清楚了。但是,由于他是古古密陀宠信的人;由于他已忠心耿耿地在他手下服务了三年;由于他曾射死过一个快要砍倒古古密陀的龙骑兵,救过他的命,他希望他会可怜他。他把他拉到一边,而那青年姑娘则坐在树林中央的一棵大松树脚下,松树和她那美丽的头饰合成了一张面幕,把她的脸遮了起来,这样就躲开了强盗们那种灼灼发亮的目光。他把一切都对古古密陀讲了出来:他怎样爱那姑娘,他们怎样互誓贞节,和怎样自从他到这儿附近来了以后天天和她在一间破屋里相会。

"就在那天晚上,正巧古古密陀派卡烈尼到邻村去公干,所以他不能到那个地方去赴约。但是,古古密陀到那儿去——据他说——却是很偶然的,然后就顺便把姑娘带了来。卡烈尼哀求他的首领为丽达破一次例,因为她的爹爹很有钱,可以付出一大笔赎金。

"古古密陀对他朋友的请求似乎让步了,吩咐他去找一个牧童到弗罗齐诺内送信给她的爹爹。卡烈尼高高兴兴跑到丽达那儿,告诉他,她的赎金定为三百毕阿士特。时间只限十二小时——就是说,到次日上午九点钟为止。

"信一写好,卡烈尼就一把抓到手,急急忙忙地奔到山下去找信差。他发现有一个少年牧童在看羊。牧童天生是强盗的信差,因为他们正巧生活在城市和山林之间,文明生活和蛮荒生活之间。那牧童接受了这项使命,答应在一小时之内跑到弗罗齐诺内。卡烈尼回来时兴致勃勃,一心想早点看到他的情人,并报告那好消息。他发现伙伴们都坐在树林里一片空旷的草地上,正在那儿享用从农家勒索得来的孝敬物品。他用眼光在这一堆人中间寻找丽达和古古密陀,但没有找到。他问他们到哪儿去了,回答是一阵哄笑。一阵冷汗从他的每一个毛孔里爆了出来,他的头发根根都竖了起来。他又问了一遍。有一个强盗站起来,递给他一满杯甜酒,说:'祝勇敢的古古密陀和漂亮的丽达健康!'正在这个时候,卡烈尼听到了一个女人的尖叫声,他猜出了事情的真相,就夺过酒杯来,向那个献酒的人劈头盖脸掷过去,然后向那发出喊声的方向冲过去。跑了一百码以后,他转过一座密林的拐角,就发现丽达昏死在古古密陀的怀抱里。一看到卡烈尼,古古密陀就站起身来,每只手里都握着手枪。两个山贼互相对视了一会儿——一个在唇边挂着猥亵的微笑,一个脸色如同死人一样惨白。看来这两个人之间似乎就要发生什么可怕的事情了,但卡烈尼的脸渐渐放松了。他的一只抓着腰带上的手枪的手也垂到了身边。丽达躺在他们之间。月光照亮了这三个人。

"'喂,'古古密陀说,'那事你去办了吗?''是的,队长。'卡烈尼答道。'明天早晨九点钟,丽达的爹爹就会带着钱到这儿来。''很好,现在,我们来快快活活地过一夜吧。这个姑娘很漂亮,配得上你。唉,我不是自私自利的人,我们到伙伴们那儿去给她抽签吧。''那么,你决定要把她按常例办吗?'卡烈尼说。'为什么要为她破例?''我以为我刚才的请求——''你比其余的人强在哪儿,你有什么权力要求例外?''我当然有这权利。''算了吧,'古古密陀又大笑着说,'迟早总会轮到你的。'卡烈尼拼命咬紧牙。'现在,喂,'古古密陀一面向其他那些强盗走去,一面说,'你来不来?''我随后就来。'古古密陀一面走,一面用眼睛瞟着卡烈尼,生怕会遭暗算,但卡烈尼这方面却毫无敌意的表示。他交叉着手臂,站在丽达的身边,丽达依旧昏迷着,古古密陀猜想那青年会抱起她逃走,但这一点现在和他已没有什么关系了,他已经享用过丽达了。至于那笔钱,三百毕阿士特给全体一分,数目就小得可怜了,他才不在乎呢,他继续顺着小径向那片草地走,使他大为惊奇的是:卡烈尼差不多和他同时到达。'我们来抽签吧!'山贼们一见到他们的首领,就齐声喊叫起来。

"他们的要求天经地义,首领点点头表示允许。他们提出这个要求的时候眼睛里都射出凶光,加上火堆所发出的红光,使他们看上去简直像一群恶鬼。所有人的名字,包括卡烈尼的在内,都放在一顶帽子里,由队里最年轻的人摸一票来,那一票上写的名字是达伏拉西奥。正是那个向卡烈尼建议为他们的领袖祝福,而被卡烈尼用玻璃杯砸了脸的人。他的脸上划开了一个大口子,从太阳穴直到嘴边,血还在不断地流出来。达伏拉西奥看到自己如此走运,就发出一阵高声大笑。'队长,'他说,'刚才我向卡烈尼建议,为你祝福喝一杯,他不肯,现在请你建议为我喝一杯,看他是否肯赏脸。'每一个人都等待卡烈尼发脾气,然而出乎大家意外的是:他竟一手拿起一只酒杯,一手拿起一只酒瓶,满满的倒了一杯。'祝你健康,达伏拉西奥,'他镇定地说,一口喝干了酒连手都不颤一下。然后他在火堆旁边坐下来,'我的晚餐呢,'他说,'跑了这一大段路,我饿坏了。''干得好,卡烈尼!'强盗们喊道,'这才像条好汉。'于是他们围成一个圆圈,围着火堆坐下来,而达伏拉西奥走开了。卡烈尼泰然自若地又吃又喝,像是根本没有发生过什么事情一样。强盗们惊讶地看着他,不懂他何以竟能如此冷漠,他们正在纳闷,就听到身后的地面上发出了一阵沉重的脚步声。他们回过头去,看见达伏拉西奥抱着那青年女子走过来。她的头往后仰着,长发扫着地面。当他们进入圈子中央的时候,强盗们才借着火光看出那青年女子和达伏拉西奥都面无血色。这一幕突然出现的景象是这样奇特,这样严肃,以致大家都站了起来,只有卡烈尼例外,他仍然坐着,镇定地吃着喝着。达伏拉西奥在一片死寂中走前几步,把丽达放到队长的脚下,于是大家明白了那青年女子和那强盗面色惨白的原因了。一把短刀齐柄直插在丽达的左胸上。所有的人都望着卡烈尼,卡烈尼腰带上的刀鞘空了。'呀,呀!'首领说,'我现在懂得卡烈尼为什么要迟一步来了。'

"他们虽然天性野蛮,却都能了解这种拼死的举动。别的强盗或许不会做出同样的事来,但他们却都理解卡烈尼的这种举动。'喂,'卡烈尼站起来向那尸首走近去,一手握着手枪柄,大声说道,'现在还有谁要来和我争这个女人?''不会有人争了,'首领答道,'她是属于你的了。'卡烈尼双手抱起她,走出火光圈外。古古密陀派定守夜的哨兵,众强盗就用他们的大氅裹着身体,在火堆前面躺下来。半夜,哨兵发出警报,全体立刻戒备起来。原来是丽达的爹爹把他女儿的赎金亲自送来了。'喂,'他对古古密陀说,'三百毕阿士特在这儿,把我的孩子还给我吧。'但首领却不接钱,做了一个手势叫他跟他走。老人照办了。他们两个在树林底下向前走,月光从树枝的空隙里直泻下来。最后,古古密陀收住了脚步,指着一棵树下聚在一起的两个人。'喏,'他说,'向卡烈尼要你的孩子吧,她怎么样了,他会告诉你的。'他就回到他的伙伴们那儿去了。

"老人一动不动,两眼定神,他感觉到某种意外的大祸临头了。他终于向那聚在一起的人影走去,心里却不明白是怎么一回事。

"听到有人走来的声音,卡烈尼抬起头来,于是两个人的形体便呈露在老人的眼前了。一个女的躺在地上,她的头枕在一个坐在她身边的男人腿上,当男的抬起头,女的面孔也就可以看到了。老人认出了他的女儿,卡烈尼也认出了老人。'我知道你会来的'强盗对丽达的爹爹说。'坏蛋!'老人答道,'你把她怎么了?'于是他恐怖地凝视着丽达,她面色惨白,浑身是血,胸膛里插着一把短刀。一线月光从树缝里透进来,照亮了死者的脸。'古古密陀糟蹋了你的女儿,'强盗说,'我爱她,所以我杀了她,不然她就要给这些人当靶子用了。'老人一句话都不说,脸色变得像死人一样白。'喂,'卡烈尼又说,'如果我做的错了,你为她报仇吧。'于是他从丽达胸膛的伤口里抽出那把短刀,一手把刀递给老人,一手撕开他的背心。'你做得好!'老人用一种嘶哑的声音答道,'拥抱我吧,我的孩子。'卡烈尼扑进他情人的爹的怀抱里,像一个小孩子似的呜呜咽咽地哭了起来。这是这位血性男子生平第一次流泪。'唉,'老人说,'现在帮我来埋我的孩子吧。'卡烈尼去拿了两把鹤嘴锄,于是那爹爹和那情人就开始在一棵大橡树脚下挖掘起来,准备让那青年姑娘在橡树底下长眠。坟坑挖好以后,那做爹爹的先抱了抱她,又抱了抱那情人,然后,他们一个抬头,一个抬脚,把她放进去。然后他们各自跪在坟的一边,给死者做祷告。做完祷告以后,他们就把泥土堆到尸首上面,直到把坟坑填平。然后,老人伸出一只手,说,'谢谢你,我的孩子,现在让我一个人呆会儿吧,''可是——'卡烈尼答道。'离开我,我命令你。'卡烈尼只得服从,回到他的同伴那儿,用大氅裹住身体,很快也像其余那些人一样地睡熟了。

"他们在前一天晚上就决定要换一个地方扎营。破晓前一点钟,古古密陀喊醒他手下的人,下令出发。但卡烈尼不肯离开树林,他要知道丽达的爹爹究竟怎么样了才肯走。他向昨晚那个地方走去。发现老人已吊死在那棵荫覆他女儿坟墓的橡树丫枝上。这时,他对着老人的尸体和爱人的坟墓立下了一个复仇的重誓。但他没有能完成他的誓言,因为两天以后,在一场对罗马骑兵的遭遇战里,卡烈尼被打死了。但大家都有点惊奇,因为他是面向敌人的,却在背心上挨了子弹。那种惊奇后来也就平息了。因为有一个山贼告诉他的伙伴们说,当卡烈尼倒下的时候,古古密陀正在他后面十步路的地方。离开弗罗齐诺内树林的那天早晨,古古密陀曾在暗中跟踪卡烈尼,听到了他报仇的誓言,而他是一个有心计的人,所以就设法阻止了那个誓言的实践。

"关于这个强盗,他们另外还讲了十来个诸如此类的故事,也都同样惊险。所以,从丰迪到庇鲁斯,大家一听到古古密陀的名字就要发抖。这些传闻常常是罗杰和德丽莎谈话时的主题。那姑娘每听到讲这种故事就吓得要命。但范巴却拍拍他那支百无一失的好猎枪的枪柄,用微笑来劝她放心,假如她还不放心,他就瞄准一只栖在一条枯枝上的乌鸦,扳动枪机,那头鸟就被打死跌到树脚下来了。时间一天天地过去,这一对青年决定等范巴二十岁,德丽莎十九岁的时候,他们就结婚。他们都是孤儿,只要向他们的雇主告一次假就得了,这一点,他们已经问过,并获得准许。

"有一天,当他们正在谈论未来的时候,他们听到两三声枪声,接着就有一个男人突然从这两个青年常常放羊的草地附近的树林里冒出来,急急忙忙地向他们奔过来。当他奔到听得到话的地方的时候,便冲他们喊道:'有人追我,你们能不能把我藏起来?'他们十分清楚,这个亡命者一定是个强盗,但在罗马山贼和罗马农民之间,有一种天生的同情心理。而后者总是很乐于帮助前者的。范巴一句话没说,赶快奔到那块遮蔽他们洞口的石头前面,把石头移开,叫那个亡命者躲进这个谁都不知道的秘密洞穴,然后又推上石头,仍旧过去和德丽莎坐在一块儿。过了一会儿,四个骑马的马枪兵在树林边上出现了,其中的三个似乎在找寻那亡命者,第四个拖着一个俘虏来的山贼的脖子。那三个马枪兵四面八方地观望,看到这一对青年农民,便策马向他们奔来,问他们有没有看见过什么人。'真讨厌,'为首的那个队长说,'我们所找的那个人是强盗头儿。''古古密陀吗?'罗杰和德丽莎同时喊出声来。'是的,'队长答道,'他的脑袋要值一千罗马艾居呢,假如你们帮我们捉住他,你们就可以分到五百。'两个青年人交换了一个眼色。那位队长一时觉得很有希望。五百罗马艾居等于三千法郎,而三千法郎对这两个快要结婚的穷孤儿来说可算是一大笔钱了。'是的,这可真讨厌,'范巴说,'但我们没有看见他。'

"于是那些马枪兵又分头去搜寻了,但到处都找不到,过了一些时候,他们就不见了。于是范巴再把石板移开,古古密陀就爬出来。他从石板缝里早已看到这两个青年农民和马枪兵在交谈,他大致猜到他们谈话的内容。他从罗杰和德丽莎的脸上看出他们决不肯出卖他,于是从口袋里掏了一满钱袋的金子来,送给他们。但范巴却高傲地抬起头,而德丽莎,当她想到利用这袋金子就可以买到所有那些漂亮的衣衫和华丽的首饰的时候,眼睛里就不禁放出光来。

"古古密陀是一个老奸巨猾的恶魔,他表面上是一个山贼,实际是一条青蛇,德丽莎的这种眼光顿时使他想到:她做一位压寨夫人倒很合适。他走回到树林里去,一路借口向这两位救命恩人致敬,几次停步回顾。过了几天,他们没有再看见古古密陀,也没有听人说到他。

"狂欢节快要到了。圣费里斯伯爵宣布要开一次盛大的化装跳舞会,凡是罗马有地位的人都请来参加。德丽莎非常想去见识这次跳舞会。罗杰去请求那位作他的保护人的管家,允许她和他混杂在村里的仆役之中参加舞会。他得到了准许。伯爵最钟爱他的女儿卡美拉,这次的跳舞会就是为讨她喜欢而开的。卡美拉的年龄和身材和德丽莎恰巧一模一样,而德丽莎也如卡美拉一样漂亮。舞会的当晚,德丽莎尽可能把自己打扮得漂漂亮亮——戴上她那最灿烂的发饰和最华丽的玻璃珠链;她穿着弗拉斯卡蒂妇女的适时服装。罗杰也穿着罗马农民在过节才穿的那种非常美丽的服装。他们两人都混在——他们只能如此——仆役和农民队里。

"节日是丰富多彩的,不但别墅里灯火通明,而且还有几千盏五颜六色的灯笼挂在花园里的树上。不久,宾客们就从府邸里拥到露台上,从露台拥到花园的走道上。在每一个交叉通道处,都有一队乐队,桌子四散摆开,上面堆满了各色饮料和点心。来宾们收住脚步,组成四对一组的舞队,各自随意选了一块地方跳起舞来。卡美拉打扮得像一个松尼诺农妇。她的帽子上缀了一圈珍珠,她的金发针上嵌着钻石,她的腰带是土耳其绸做的,上面绣着朵朵大花,她的短衫和裙是克什米尔呢子做的,她的围裙是印度麻纱的,她胸衣上的扣子都是大粒的珍珠。她的女伴中的两位,一位像一个内图诺农妇,另外那一位像一个立西阿农妇。那四个青年男子都是罗马最有钱和最高贵的家庭里的子弟,他们身上充分表现出意大利式的潇洒,关于这一点,世界上没有任何国家能比得上。他们都穿着农民的服装,代表阿尔巴诺,韦莱特里,契维塔卡斯特拉纳和索拉四处地方。不用说,这些农民的服装,也像那些女人的一样，都是珠光宝气，披金挂银的。

"卡美拉想跳一次清一色的四对舞，但还少一个女的。她环顾四周，但来宾中没有一个人的衣服和她或她舞伴的相似。圣费里斯向她指出了农民队里那挽住罗杰臂膀的德丽莎。'您允许我吗，爹！'卡美拉说。'当然啦，'伯爵答道，'我们不是在过狂欢节吗？'卡美拉就转过去对那个和她说话的青年讲了几句话，并用手指一指德丽莎。那青年顺着那只可爱的手所指的方向看了一看鞠躬表示遵从，然后走到德丽莎面前，邀她去参加伯爵的女公子所领导的四对舞。德丽莎觉得像是有一团火掠过她的脸，她看看罗杰，罗杰不能不表示同意。他慢慢地放松德丽莎的手臂，那本来是夹在自己的手臂底下的，而德丽莎，在她那位高雅的舞伴的陪伴之下，非常兴奋地站到那贵族式的四对舞中她所该站的位置上。当然罗，在一位艺术家的眼里，德丽莎那种古板端庄的服装，与卡美拉和她同伴的比较起来，倒也有大不相同的风味。但德丽莎原是一个轻佻，风流的少女，所以那些刺绣呀，花纱呀，克什米尔呢子腰带呀，都使她目迷心醉，而那蓝宝石和金刚钻的反光几乎使她神不守舍了。

"罗杰觉得他的头脑里浮起一种以前从来不曾有过的感觉。那种感觉像是在一口口地在吞噬着他的心，然后又毛骨悚然地透过他的骨骼，钻进他的血管，弥漫到他全身。他用眼睛随着德丽莎和她舞伴的每一个动作。当他们的手儿相触的时候，他觉得自己像是要晕厥了；他的血管猛烈地跳着，像是有一只钟在他的耳旁边大敲特敲。当他们谈话的时候，虽然德丽莎只低垂着眼光胆怯地听她的舞伴独个讲，但从那个俊俏的青年男子的热情的目光里，罗杰看出他是在讲赞美的话，他似乎觉得天昏地旋，种种地狱里的声音都在他的耳边低语，鼓励他去杀人，去行刺。他生怕这种强烈的情感使他难以克制，于是就一手捏住他身边靠着的那棵树的丫枝，另外那只手则痉挛似的紧握住他腰带上那把柄上雕花匕首，时时不自觉地把它从刀鞘里拔出来。罗杰吃醋啦，他觉得，在她的野心和那种爱出风头的天性的影响之下，德丽莎或许会抛弃他。

"那个年轻的农家女，最初很腼腆胆怯，几乎像受了惊似的。但不久就恢复常态了。我曾说过，德丽莎是很漂亮的，但她还不止漂亮。德丽莎具有那种娇美的野草闲花的魅力，那比我们矫揉造作的那种高雅的仪态更诱人得多。那一次四对舞的赞美几乎都被她一个人占去了，而如果说她在妒忌圣费里斯伯爵的女儿，我可不敢担保卡美拉没妒忌她。她这位英俊的舞伴一面向她竭力恭维，一面领她回到他邀请她的地方，就是罗杰在等她的地方。在那次跳舞的期间，这位青年姑娘时时瞟着罗杰，而每次她都看到他面色苍白，脸绷得紧紧的，有一次，他的刀甚至已有一半出鞘，那寒森森的刀光刺得她眼花。所以当她重新挽上她情人的臂膀的时候，她几乎有点发抖。那一次的四对舞获得了巨大成功，当然大家会热烈地要求再来一次，只有卡美拉一个人表示反对，但圣费里斯伯爵对他女儿要求得太恳切了，她终于也同意了。立即便有一个舞伴请德丽莎，因为没有她就组不成四对舞，但那青年姑娘却已经不见了。实际上是，罗杰再也没有力量来多经受一次这样的考验了，所以他半劝半拉地把德丽莎拖到花园的另一头去了。德丽莎不由自主地随他摆布，但当她望到那青年人的激动的脸色时,她从他的沉重和颤动的声音里懂得他的心里一定在乱想。她自己的内心,也激动不已,虽然她并没有做错什么事,却总觉得罗杰应该责备她,什么原因,她自己也不知道,但她总觉得,她是该受责备的。然而,使德丽莎大为惊奇的是,罗杰却仍旧一声不吭,那天晚上他始终没再吐露一个字。但当夜的寒峭把来宾们从花园里赶走,别墅的门户都关上,举行室内的宴会时,他就带她走了。将她送回家里,说:'德丽莎,当你在圣费里斯伯爵的小姐对面跳舞的时候,你心里在想些什么?''我想,'那青年姑娘天性原是十分坦诚的,就回答说,'我情愿减一半寿命换得一套她所穿的那种衣服。''你的舞伴对你怎么说?''他说这就看我自己了,只要我愿意就能得到。''他说得不错'罗杰说,'你真是像你所说的那样一心想得到它吗?''是的。''好吧,那么,你就会得到的!'

"那青年姑娘吃了一惊,抬起头来望望他,但他的脸是这样的阴沉可怕,以致她的话一到舌头上就冻住了。罗杰这样说了以后就走了。德丽莎一直目送他在黑暗中消失,才长叹一声回到自己的房间。

"那天夜里发生了一件很大的意外事故,无疑的是由于某个仆人的粗心大意,没有把灯熄灭而引起的。圣费里斯的府邸起了火,起火的房间正在可爱的卡美拉的隔壁。她在黑夜里被火光惊醒,跳下床来,穿上睡衣,想从门口逃出去,但她想逃走的那条走廊已经满是火烟。于是她只得回到房间里,大喊救命,陡地,她那离地二十呎高的窗户打开了,一个青年农民冲进房间里来,抓住她的两臂,用超人的技巧和力量送她到草地上,一到那儿,她就昏过去了。当她苏醒过来的时候,她的爹已在她身边。所有的仆人都围在四周照料她。这一场火烧掉了府邸的一整排厢房,但既然卡美拉安然无恙,那又算得了什么呢?大家到处找她的救命恩人,但那个人没再露面;到处打听,但谁都不曾见过他。卡美拉因为她不曾认清他,心里感到老大的不舒服。伯爵非常有钱,只要卡美拉脱了险,从她这样神奇地脱险这一点看来他觉得并不是真正的灾祸,反而倒是上天新赐的一次恩惠,火灾的损失在他只是一件小事。

"次日,还是那个时间,这一对年轻的农民又在树林边上相会了。罗杰先到。他兴高采烈地向德丽莎走来,似乎已把头天晚上发生的事情全忘了。那姑娘显然在想心思,但看到罗杰这样高兴,她也就装出一种微笑的神气,当没有兴奋的情绪来打扰她的时候,她的本性就是这样的。罗杰挽住她的手臂,领她到地洞门口,停下来。那青年姑娘觉察到一定有什么特别的事故了,就定定地望着他。'德丽莎,'罗杰说,'昨天晚上你告诉我说,你情愿拿世界上的一切来换得一套伯爵的女儿所穿的那样一套衣服。''对',德丽莎惊奇地说道,'但那是我说的疯话。''而我回答说,很好,你会得到的。''是呀,'青年姑娘回答,罗杰的话愈来愈使她惊讶了,'但你那么说当然只是为了使我开开心罢了。''我答应你的话已经办到啦,德丽莎,'罗杰洋洋得意地说,'到洞里去把衣服穿起来吧。'说着,他就移开那块石板,把洞口指给德丽莎看,洞里已点着两支蜡烛,每支蜡烛旁边有一面很华美的镜子。在一张罗杰亲手制成的古色古香的桌子上,放着珍珠项链和钻石别针,在旁边的一张椅子上,放着其余的服饰。

"德丽莎兴奋地大喊一声,也不问这套服饰是哪儿来的,甚至也不谢谢罗杰,就窜进那个已变成一间更衣室的洞里。罗杰把石板给她盖好,因为他看到在一座位于他和派立斯特里纳之间的小山包上,有一个骑马的旅客,在那儿停了一会儿,像是不知该走哪条路似的,衬托着淡青色的天空,可以很清楚地看出他的轮廓。他一看到罗杰,就策马向他跑来。罗杰没有猜错,这位旅客是从派立斯特里纳到蒂沃利去的,已经走错了路。那青年人把路指给他看,但因为从那儿出去四分之一哩的地方,道路就分成了三条,到那三岔路口,旅客或许又会迷路,于是他就请求罗杰领他一段路。罗杰把他的大氅抛在地上,摆脱了他这件笨重的衣服,就掮起马枪,用一个山里人那种马都追不上的飞快地步伐跑在旅客的前面。不到十分钟,罗杰和旅客就已到了那青年牧人所说的交叉路口。到了那儿,他就带着一种像一位大皇帝似的神气,威严地用手指一条旅客该走的路。'你走这条路,大人,现在你不会再弄错的了。''而这就是你的报酬。'旅客说着,就摸出几个小钱给那青年牧人。'谢谢你,'罗杰缩手说,'我这是帮忙的,不是讨钱的。''好吧,'那旅客似乎倒像是看惯了都市里人的奴隶性和山里人的骄傲,深知其间的区别似的,他就说,'假如你不肯收工钱,送你一件礼物或许是肯收的吧。''啊,是的,那是另外一回事了。''那么,'旅客说,'收了这两个威尼斯金洋,给你的新娘让她去买一对耳环吧。''那么也请你收了这把匕首,'青年牧人说,'在阿尔巴诺和契维塔卡斯特拉纳这一带,你再找不到一把比这雕刻得更好的了。''我收下了,'旅客答道,'但那样是我占便宜啦,因为这把匕首可不止值两块金洋呢。''对一个商人来说,或许如此,但在我,这是我亲自雕的,它还值不了一个毕阿士特呢。''你叫什么名字?'旅客问。'罗杰·范巴。'那牧人回答,其神色就像在回答'我是马其顿国王亚历山大'一样。'你呢?''我,'旅客说,'我叫水手辛巴德。'"

弗兰士·伊辟楠惊呼了一声。"水手辛巴德?"他说。

"是的,"讲故事人说,"那旅客对范巴就自称这名字。"

"咦,你为什么要反对这个名字,"阿尔培问道。"这个名字相当漂亮,老实说,叫这个名字的那位先生,他的种种冒险故事我在小时候是觉得非常有趣的。"

弗兰士不再多说了。水手辛巴德这个名字大概已勾起了他的种种回忆。"讲下去吧!"他对店主说。

"范巴大模大样地把那两块金洋放进口袋,转回身慢慢地向来时的路上走。当他走到离地洞两百步以内时,他听得一声喊叫,仔细听了听,想辨别这个声音是从哪儿来的。他清清楚楚地听到在喊他自己的名字。那喊声似乎是从地洞那面传过来的。他像一只羚羊似的蹦跳起来,一面跑,一面在他的马枪里装上弹药,一会儿,就已到达一座小山顶上。这座山正和他看见旅客时所站的那座山遥遥相对。到了那儿,喊救命的声音就听得更清楚。他用眼光四面扫了一下,看见一个人正在抢走德丽莎,正像尼苏斯抢蒂茄美拉(希腊神话中人物)一样。这个人正向树林急忙奔去,从地洞到树林的这一段路他已走了四分之三。范巴目测了一下距离,那人至少已比他多走了两百步,想追上他是办不到的了。这青年牧人站定了,仿佛脚长在了地上似的,然后他把马枪的枪托抵住肩头,瞄准那个抢人犯,用枪口跟了他一秒钟,然后开火。那抢人犯突然停步,膝盖一弯,就和抱在他怀里的德丽莎一起跌倒在地。那青年姑娘随即爬起来,但那个男的却躺在地上,在临死的痛苦中挣扎着。范巴立即向德丽莎冲过去——因为她刚离开那临死的人十步,两腿就支持不住跪了下来,所以这个青年人唯恐那颗打倒他敌人的子弹也伤了他的未婚妻。幸而,她连皮都没有擦破一块,德丽莎仅仅是受惊过度。罗杰确信她安然无恙,然后转身向那受伤的人走过去。那个家伙刚在断气,捏紧了拳头,嘴巴歪扭在一边,头发根根竖起,满头冷汗。他的眼睛依旧恶狠狠地睁着。范巴走近尸体,认出他就是古古密陀。

"自从那天被这两个农家青年救了以后,这强盗就看中了德丽莎,发誓要把她弄到手。从那时起,他暗中盯着他们,利用她的情人为旅客领路只她一人的时机,把她劫走,他以为终于把她弄到手了,却没想到青年牧人那百无一失的子弹射穿了他的心。范巴定睛望着他,脸上毫不动容,而德丽莎却还在瑟瑟发抖,不敢走近那已被杀死的暴徒身边。但她还是慢慢走过去,从他情人的肩后向死者畏缩地瞟了一眼。过了一会,范巴转向他的情人。'啊,啊!'他说,'好,好! 你已经打扮好了,现在要轮到我来打扮一下了。'

"德丽莎从头到脚都穿戴上圣费里斯伯爵女儿的衣装。范巴抱起古古密陀的尸体,搬到地洞里,这一次可要轮到德丽莎留在外面了。倘若这时再有一个旅客经过,他就会看到一件怪事——一个牧女在看羊,穿着克什米尔呢子的长袍,戴着珍珠的耳环和项链,钻石的别针,以及翡翠,绿宝石,红宝石的纽扣。他大概会以为自己已回到了弗洛琳(法国寓言作家)的时代,到了巴黎,就会到处宣布,说他遇到一位阿尔卑斯山上的牧羊神女坐在沙坪山的山脚下。一刻钟以后,范巴也从洞里走出来了,他的服饰并不比德丽莎逊色。他穿着一件榴红色天鹅绒的上衣,上面钉着雪亮的金纽扣;一件绣满了花的丝绸背心,脖子上围着一条罗马三角巾;挂着一只用金色,红色和绿色丝锦绣花的弹药盒;天蓝色天鹅绒的短裤,裤脚管到膝头上部为止,是用钻石环扣扣紧了的。一双阿拉伯式的鹿皮长筒靴和一顶拖着五色丝带的帽子。他的腰带上挂着两块表,皮带里拖着一把精致的匕首。德丽莎发出一声赞美的喊叫。范巴穿上这套服饰,就活像是李奥波·罗勃脱或许尼兹油画里的人物。他把古古密陀的全副行头都借用啦,那青年人看出这套服饰在他未婚妻身上所产生的效果了,于是一个得意的微笑飘过他的嘴唇。'现在,'他对德丽莎说,'你是否愿意和我有福同享,有祸同当?''噢,是的!'那青年姑娘热情地喊道。'不论到哪儿都肯跟我去吗?''天涯海角也去。''那么,挽住我的手臂,我们走吧,我们不能再浪费时间啦。'那青年姑娘就挽起她情人的手臂,也不问他究竟要领她到哪儿去,因为在她眼里,这时的他简直像一位天神似的漂亮,骄傲和有力。他们向树林走过去,不久就走到了树林里。山上的小径范巴当然都是很熟悉的。所以他径自向前走,没有丝毫犹豫。山上虽然没有现成的路,但只要望望树木和草丛,他就知道该怎么走,他们就这样地向前走了将近一个半小时。最后,他们走到树木最茂密的地方。前面有一条小溪,直通到一个深深的狭谷里去,小溪的河床是干涸的。范巴沿着这条荒僻的路走,两面都是山岭,山坡上东一簇西一簇地长着松树,但这些松树看来似乎很难于繁殖,这条路倒像是维吉尔所说的通到阴世地府去的火山口。德丽莎看到这周围一片荒芜凄凉的景色,就变得心惊胆战了,她紧紧地贴在她的领路人身上,吓得一个字都说不出来,但看到他仍以平稳的脚步泰然自若地向前进,她也就竭力抑制自己的情绪。突然间,离他们约莫十步路的地方,一棵树背后闪出个人来,把枪对准范巴。'站住,'他说,'再走一步就打死你!''什么,喂!'范巴举手做了一个轻蔑的姿势说,可是德丽莎再也掩饰不住自己的恐惧,紧紧地贴到他身上。'狼还吃狼吗?''你是什么人?''我是罗杰·范巴,圣费里斯农庄的牧羊人。''你要干什么?''我要和你那些在比卡山坳里的同伴讲话。''那么,跟我来吧,'那哨兵说,'要是你认得路,就走在前头吧。'范巴对于强盗的这种防范轻蔑地微笑了一下,就越到德丽莎的前面领头走,脚步仍是和刚才那样坚定和安闲。走了十分钟,那强盗示意叫他们停步。这一对青年男女遵命照办。于是那强盗学了三声鸡啼,一声老鸦叫答复了这个暗号。'好!'那哨兵说,'现在你们可以继续往前走了。'罗杰和德丽莎又向前走,德丽莎一路走,一路抖抖索索地紧贴着她的情人,因为她看到树林里露出兵器,马枪的枪筒在闪闪地发光。比卡山凹是在一座小山的顶部,在从前,这儿无疑的是一座火山——一座在雷默斯(罗马王的弟弟)和罗默罗斯(罗马第一任国王)逃出阿尔伯,来建筑起罗马城以前就熄灭了的火山。德丽莎和罗杰爬到山顶,顿时发现他们已站在二十个强盗的前面。'这个小伙子想来和你们说话。'哨兵说。'他想和我们说什么?'一个青年问,他是首领离开时代替统率的人,'我想说,牧羊人的生活我过厌了。'范巴这样回答。'啊,我懂啦,'副首领说,'你要求加入我们一伙吗?欢迎!'几个强盗喊道,他们是费罗西诺,班璧娜拉和阿纳尼人,都是认识罗杰·范巴的。'是的,但我这次来的目的还不止要做你们的同伴。''那么要做什么!'强盗们惊讶地问。'我来要求做你们的队长。'那青年说。强盗们爆发出一阵大笑。'你凭什么要求得到这个光荣?'副首领问。'我杀死了你们的首领古古密陀,我现在穿的就是他的衣服,我放火烧了圣费里斯的府邸,为了给我的未婚妻弄到一套结婚礼服。'过了一个小时,罗杰·范巴就被选为队长,代替那已死的古古密陀了。"

　　"唉,我亲爱的阿尔培,"弗兰士转过去对他的朋友说,"你对于公民罗杰·范巴有什么想法?"

　　"我说他是一个神话里的人物,"阿尔培答道,"根本就没这回事的。"

　　"什么叫作神话里的人物?"派里尼问道。

　　"说起来话就太长啦,我亲爱的店主,"弗兰士答道。"而你说现在范巴大人是在罗马附近干他那个营生吗?"

　　"是呀,他的大胆在强盗中真可说是前无古人的了。"

　　"那么警察始终抓不到他吗?"

　　"咦,你知道,他和平原上的牧人,海上的渔夫,沿岸的走私贩子都交情很好。他们到山上搜寻他,他却在海上,他们跟他到海上,他却到大海洋里。他们再追他,他却突然躲到季利奥岛,加奴地,或是基度山这种小岛上去了。当他们到那儿去找他的时候,他又突然在阿尔巴诺,蒂沃利,或立西亚出现了。"

"他对游客的态度如何呢?"

"什么?他的办法非常简单。他根据离城的远近,限定八小时,十二小时,或是一天,在这个时间内让他们把赎金交出来,过了那个时间,他再宽限一小时。到一小时的第六十分钟,假使钱还没有送到,他就用手枪让肉票的脑袋瓜开花,或是把他的短刀插进他的心里,那也就了账了。"

"唉,阿尔培,"弗兰士问他的同伴,"你还要从环城马路兜到斗兽场去吗?"

"当然罗,"阿尔培说"只要路上风景更美一些就成。"

时钟敲了九下,门开了,一个车夫出现在门口。"大人,"他说,"车子备好了。"

"好吧,"弗兰士说,"这样的话到斗兽场去吧。"

"请示大人,是从波波罗门走还是从大街走?"

"从大街走,当然啦!从大街走!"弗兰士嚷嚷道。

"啊,我亲爱的,"阿尔培站起身来,点着了第六支雪茄,"真的,我还以为你挺勇敢呢"说着,这两个青年就走下楼梯,登上马车。

第三十四章　露面

弗兰士选择的路线很巧妙,使他们到斗兽场去的路上一座古迹也不经过,这样,头脑里便不会因为看熟了这些古迹,而使他们去欣赏的那座庞大建筑物减色。他指定的路线是先顺着西斯蒂纳街走,到圣·玛丽亚教堂向右转。沿着乌巴那街和圣·彼得街折入文卡利街,然后就直达斗兽场了。

这条路线另外还有一大优点——就是可以让弗兰士自由自在地去深思幻想,把派里尼老板叙述的那个故事思索一番,因为,他那位住在基度山岛的神秘的东道主竟也出现在那个故事里。他交叉着两臂靠在马车的一个角落里,揣摩着刚才所听到的那一篇奇闻,他不断想出来一大堆问题来自问,但没有一个问题能得到满意的答复。有一件事实最使他想起他的朋友"水手辛巴德"来,就是,在山贼和水手之间,似乎存在着某种亲密的神秘关系。派里尼说范巴常常躲避到走私贩子和渔夫的船上去,这使弗兰士想起他自己也曾看到那两个科西嘉强盗和那艘小游艇的船员共进晚餐的那件事,那艘小游艇甚至还变更它的航程,到韦基奥港去靠一靠,专程送他们上岸。伦敦旅馆老板也曾提到基度山他那位东道主的化名,他认为光是这一个名字就足以证明他那位岛上的朋友的博爱行为不但在科西嘉,托斯卡纳和西班牙沿岸实行,并且还同样的遍及皮昂比诺,契维塔·韦基亚,奥斯蒂亚和加埃塔沿海一带;何况,弗兰士还记得他曾说到过突尼斯和巴勒莫,这也证明他的交游范围非常广泛。

但是,不论这个青年人是如何专心一致地沉溺在这种种回忆里,他的思绪还是被伟大的斗兽场废墟那硕大无朋的、黑乎乎的景象打断了,透过废墟的各个门洞,惨白的月光时隐时现地闪烁着,像是孤魂野鬼的眼睛里所射出来的光。马车停在苏丹台迎面附近,门是大开着的,这两个青年急忙跨下马车,迎面站着一个向导,像是从地底下钻出来似的。

旅馆里的那个随从向导是跟他们一起来的,所以他们就有两个向导了。在罗马,这种多余的向导是不可能避免的。你的脚跟踏进旅馆,一个普通向导便跟上你了,只要你还留在城里,他决不会离开你,除此之外,每一处名胜地方又有一个专项向导——不,几乎是每一处名胜的每一部分都有一个。所以我们很容易想象得到,斗兽场里是不会缺少向导的,因为它确实不同凡响,关于它,诗人马西阿尔曾做过这样的赞美:"埃及人别再拿野蛮的奇迹金字塔来自夸,我们也别再谈巴比伦的古城名刹;一切其他的建筑物都必须让位给凯撒的斗兽场,应该集中所有的赞美语言来歌颂那座大厦。"

至于阿尔培和弗兰士,他们并不想逃避这些以导游为业的暴君。再说,即使想逃避也很困难,因为只有向导才可以拿着火把去参观这些名胜。两个青年无法抗拒,只能毫无保留地向他们的引导者宣告投降。

弗兰士已经到斗兽场来夜游过十次,而他的同伴却是初次踏进维斯派森大帝(建筑斗兽场的罗马皇帝)的这个古迹,平心而论,虽然那两个向导口若悬河地在他的耳边聒絮不休,他的头脑里还是留下了深刻的印象。事实上,要不是亲眼目睹,谁都想象不到一个废墟竟会这样庄严宏伟,欧洲南部的月光和东方的落日余晖有同样的奥妙,在这种神秘的月光之下,废墟的各部分看来仿佛都放大了一倍。

弗兰士在废墟的内廊底下走了一百步左右,怀古之情便油然而起,于是他离开阿尔培,反正那两个向导总会按他们的老规矩,带他去看关狮子的洞,斗狮力士的休息室和凯撒大帝的包厢的。他走上一座残缺不全的台阶,让他们按照规定的游览路线去参观,自己则走到一个缺口对面廊柱的阴影里,静静地坐下来,这样,他就可以欣赏到这座蔚为壮观的废墟的全景,畅意观看这庞大无比的建筑物。

弗兰士在一条廊柱的阴影里坐有刻把钟,他的眼光跟着阿尔培和那两个手里握着火把的向导的动作,他们已从斗兽场尽头的一座正门里转出来,然后又消失在台阶下面,恐怕是参观修女的包厢去了,当他们静悄悄地溜过时,真像有几个仓皇的鬼影在追随一簇闪闪烁烁的磷火,忽然,他似乎听到一种声音,好像一块石头滚下他对面的台阶。在这种环境里,一片剥落的花岗石从上面掉下来原不算稀奇,但他觉得这种石块似乎是用脚踩下来的,而且似乎有个人正向他坐的地方走过来,脚步很轻,像是竭力不让人听到似的。

猜测不久就成了事实——因为有一个人影出现了,当他顺着台阶往上走的时候,他便渐渐从黑暗里钻了出来,月光照着台阶的顶端,而踏级则沉在暗处。他也许是一个像弗兰士这样的游客,喜欢独自欣赏,不愿那喋喋不休的向导来打扰他的思绪,因此他的出现,倒也没有什么可使他惊讶的。

弗兰士本能地缩到廊柱后面。来客在离他十呎远的地方站住了,那里屋顶是破的,露出一个圆形的大缺口,从那儿,可以看到那繁星满布的蓝色天空。这个缺口成了月光的一个自由进口,这或许已有几百年的历史了吧;缺口的四周长着一丛丛荆棘,它那纤细的绿色小枝,在明亮清净的穹苍衬托之下,显得极其清晰,而那一簇簇强韧的须根,穿过裂隙垂下来,轻轻摇曳,像是许多飘动的丝穗。

那行动诡秘引起弗兰士注意的人是站在一个半明半暗的地方,所以无法看清他的面貌,但他的服装倒是很容易看清的。他穿着一件棕褐色宽大的披风,下摆的一角掀起盖住他的左肩,似乎是故意用它来遮住下半部面孔的,而他那顶宽边的帽子则盖住了上半部面孔。他的下半身服装就看得比较清楚了,从破屋顶上进来的明亮的月光,照出他的擦得雪亮的皮靴,皮靴上面是黑色的长裤。他即使不是一个贵族,显然也是上流社会中的一员。

过了一会儿,来客开始表示出不耐烦的神气,突然,屋顶的洞口外面发出一种轻微的响声,立刻就有一个黑影挡住了亮光,原来是一个男人的身影,那人正在急切而仔细地察看他身下的这一大片地方,当他看到那个穿披风的人时,他就抓住一簇向下飘垂密密地缠结在一起的须根,顺着它下滑到离地三四呎的地方,便轻轻地跳了下来。他穿着一套勒司斐人的服装。

"劳大人久等,请原谅,"那人用罗马土语说,"但我想,我也只迟到了几分钟。圣·琪安教堂的钟刚才敲过十点。"

"关于迟到的事,不用再说了,"先到的那个人用最纯粹的托斯卡纳语回答说,"是我自己来得早了。但即使你让我略微等了一会儿,我料想你也是身不由己。"

"大人说得不错,"那个人说,"我是直接从圣·安琪堡来的,我费了不少劲儿才设法和俾波谈了一次。"

"俾波是谁?"

"噢,俾波是监牢里的管理员,我在他身上花了一年功夫才打听出教皇堡里的情形。"

"真的! 我看你这个人倒很有深谋远虑呀。"

"您知道,未来的事是谁也难以预料的呀。或许这几天里面我也会像可怜的庇庇诺那样陷进罗网,那时我倒很愿意有一只牙齿发痒的小老鼠在我的网上来咬几个小洞。"

"说简单点吧,你打听到什么消息?"

"星期二下午两点钟要处死两个犯人,这是罗马每一个大节日开始时的老规矩,大家对这一幕仪式都很有兴趣,一个犯人处锤刑;那个家伙是一个没有良心的坏蛋,他谋杀了那个抚养他长大的教士,真是一点都不必可怜他的。另外那个被判处斩刑,他就是那个可怜的庇庇诺。"

"你还想怎么样呢?你不但在教皇的统治下招兵买马,而且还闹到邻邦去,闹得他们害怕,他们当然很乐意有一个机会杀一儆百啦。"

"但庇庇诺根本不是我的部下,他只是一个可怜的牧人,他唯一的罪名就只是给我们供应粮草罢了。"

"这样说来,他实实在在是你的一个党羽了。你注意一下他所受的优待吧,倘若他们捉到你,就要在你的头上打一锤,而他只不过被判了一个斩刑。这样的话,那天的娱乐节目就会多一个花样,多一幕热闹场面来满足观众了。"

"但他们都完全想不到我却也正在为他们准备一个场面,要吓他们一吓哩。"

"亲爱的朋友,"披风的那个人说,"请原谅我说一句话,在我看来,你正准备做一件傻事。"

"我是想不要让那可怜虫杀头。他之所以受苦完全是因为帮助了我。圣母在上,我要是袖手旁观,让那个勇敢的人像这样死掉,我就只是一个懦夫,连自己都要瞧不起自己了。"

"你打算怎么办?"

"我派二十个能干的人,包围断头台,当庇庇诺带上去行刑的时候,我发出一个暗号,大伙就一拥而上,用小刀子赶退卫兵,把犯人劫走。"

"在我看来,这个办法既危险又无把握,我确信我的计划要比你的好得多。"

"大人的计划怎么办?"

"是这样的:我要送一万毕阿士特给人,这笔钱花得很划算的,那个受钱的可以使庇庇诺的死刑缓期到明年,然后,在那一年里,我额外送掉一千毕阿士特,使他从牢狱里逃出来。"

"你认为一定能成功吗?"

"当然啦!"穿披风的那个人用法语喊道。

"大人说什么?"另外那一个人问。

"我说亲爱的,我用一只手来花钱,比你的全队人马用小刀子,手枪,马枪,加上散弹枪卖力要有效得多。所以,让我去做吧,结果如何,大可不必担心。"

"好极了!但假如您失败了,我们还是要干的。"

"如果你愿意,你们就随时做好准备吧,但缓刑的事包在我身上好了。"

"要知道刑期就定在后天,您活动的时间只有一天啦。"

"那又怎么样?一天不是可以分成 24 小时,每小时不是分成 60 分,每分钟不是分成 60 秒吗?嘿,在 86400 秒之内,可以做成许多事哩。"

"我怎么样可以知道大人是否成功呢?"

"噢!这很简单。我在罗斯波丽宫定了三个最后的窗口,假若我把庇庇诺所要的那个赦罪令弄到了,则旁边两个窗口就挂黄缎窗帘,中间那个挂白缎带大红十字的窗帘。"

"大人派谁把缓刑令送给执刑官呢?"

"你派一个人来,叫他装扮成一个苦修士,我把命令交给他,穿了那套服装,他就可以一直跑到断头台前面,把公文交给执刑官,由执刑官交给刽子手。现在,应该先通知庇庇诺一声,把我们所决定的事情告诉他,别让他吓死或吓昏。不然,又要无谓地为他花一笔钱了。"

"大人,"那人说,"您大概可以完全相信,我对您是绝对的信任,是不是?"

"至少我希望这样。"穿披风的那个侠士回答。

"哦,那么,如果您救出了庇庇诺,从此以后,您不但只获得我的信任,而且我还绝对服从于您。"

"你得想一想,我的好朋友,你给自己戴上了多大的一个圈套,因为或许在不久的某一天,我就要提醒你自己的诺言,轮到我来要你帮忙,要你出力了。"

"让那一天到来吧,迟早都好,那时大人尽可找我,正像我在这次大麻烦里找您一样。即使您在天涯海角,只要写信通知我,叫我去干一件如此如此的事情,那件事就算办成功了,因为我一定要办成功,我发誓——"

"嘘!"先到的那个人打断他的话,"我听到有声音。"

"那是到斗兽场来玩的游客,还拿火把呢。"

"没有必要让人看见我们在一起。那些向导都是奸细,或许会认识你的。我亲爱的朋友,虽然我很以你的友谊为荣,但假如我们的亲密关系一旦被人发觉,我怕我的名誉要就此丧失啦。"

"好吧,如果您弄到了缓刑令?"

"罗斯波丽宫的中间那个窗口就挂白缎带红十字的窗帘。"

"如果您拿不到呢?"

"那么三个窗口都挂黄缎窗帘。"

"那时——?"

"那时,亲爱的朋友,就随你去用你的匕首好了,而且我还可以答应你,一定来参观你们大展雄威。"

"那么我们说定啦。再见。大人,只管放心相信我,就像我相信您一样。"

说着,那个勒司斐人就消失在台阶下面去了。他那位同伴则用他披风的衣角把脸裹得更严实些,几乎和弗兰士擦身而过,奔下一座朝大门的阶梯,到比武场去了。一秒钟后,弗兰士就听到阿尔培喊他,阿尔培高声地喊着他朋友的名字,喊得使这座高大的建筑物发出回声。但弗兰士却不服从对方的召唤,他一定先得等那两个人走远——不愿意让他们知道他们这一场会面有个第三者在旁,因为他虽无法认清他们的面貌,但至少已听到了他们所讲的每一个字。十分钟以后,弗兰士已上路回伦敦旅馆,一路心不在焉地听阿尔培根据古罗马作家普林尼和卡尔布纽作品的内容大谈那用来防止猛兽扑到看客身上的铁丝网。弗兰士让他讲下去,一句都不插嘴,他很希望旁人不来打扰他,以便集中精力把经过的一切细细地想一番。那两个人之中,有一个他一点都不认识,但另外那一个却不然;他的脸虽然用披风裹住,而且藏在阴影里,以致弗兰士无法看清,但他讲话的那种语气,弗兰士以前却曾听到过一次,而且第一次听到时就给了他一个非常有力的印象,他是一辈子也不会忘记的。尤其是在他的嘲弄口吻中,含有某种似金属颤动的声音,这种声音在斗兽场的废墟中固然使他吃惊,在基度山的岩洞里也是如此。所以他得出一个很满意的结论,这个人不是别人,就是"水手辛巴德"。

弗兰士对这个奇人曾抱着这样大的好奇心,如果换了一个情况,他一定会上去招呼他;但像刚才他所窃听到的一篇谈话使他知道:他在这样的一个时候露面是决不会得到好结果的。因此,正如我们已看到的,他让那一个人离开,并不去招呼他,但心里却自慰自解,要是他再碰到他,就决不让他第二次再逃脱。弗兰士虽竭力想摆脱这些使人烦恼的复杂思绪,想避免他们的袭扰,但总是枉然;他想通过睡眠来恢复他的精神,也是枉然。他无法安睡,这一夜,他辗转反侧,胡思乱想,要从各方面来证实斗兽场的这个神秘游客就是基度山岩洞里的那个居民;而他对这一个想法是愈想愈坚定了。他终于疲倦了,就在天刚破晓的时候昏昏沉沉地睡去,很迟才醒。像一个地道的法国人一样,阿尔培花了一番功夫来安排当晚的消遣节目。他已派人到爱根狄诺戏院去订了一个包厢;弗兰士因为有几封信要写,把马车全天给阿尔培独自支配了。到五点钟,阿尔培回来了,他拿了介绍信到处去拜访了一遍,接受了许多晚餐的邀请,而且已经把罗马浏览了一遍。这已够使阿尔培忙一天的了;但他竟还有足够的时间来看看爱根狄诺戏院的戏单,来了解一下那天晚上的剧目和演员。

据戏单上所载,演的是歌剧《巴黎茜娜》。主角是考塞黎,穆黎亚尼和斯必克。这两个青年尚属走运,竟能有机会听到由三个意大利最负盛名的歌唱家来演出《拉莫摩尔的未婚妻》的作者的这部杰作。阿尔培始终未能习惯意大利的戏院,因为这里乐队是设在舞台前面的,简直看不到台上在演些什么,而且又没有花楼和厢座,这些缺点,对一个看滑稽歌剧时坐惯了花厅而听歌剧时坐惯了大包厢的人来说,未免太艰苦了。可是,阿尔培还是穿上了他最漂亮和最动人的服装,他每到戏院里去,总要把这套衣服穿出去亮一下。这身华丽衣服有点儿白穿了,因为必须承认,一个巴黎时髦社会里名副其实的时尚人物,在意大利奔走了四个月,竟没有碰上一次艳遇。

有的时候,阿尔培也曾假装对于他自己的不能成功一笑置之,但在内心里,他却感到屈辱不堪,想不到他,阿尔培·马瑟夫,一个最受欢迎的青年,仍得凭他自己的努力来解决他的痛苦。而更恼人的是,在阿尔培离开巴黎时,他也曾怀着法国人那种特别的谦虚精神,满以为只要他到意大利去晃两晃,就可以有许多桃色事件,使巴黎人惊叹不已。唉!那种有趣的奇遇他却一次都不曾遇到。那些可爱的伯爵夫人——热那亚的,佛罗伦萨的和那不勒斯的——都是忠贞不贰,即使不忠于她们的丈夫,至少也忠于她们的情人。阿尔培已得出一个结论:意大利女人至少比法国女人多一个优点,就是,她们能忠贞于她们的不贞。我不能否认,在意大利,像在其他各地一样,当然也有例外。阿尔培不但是一个风流俊俏的青年,而且也有相当的才智和见地;再说他还是一位子爵——当然是新封的,但在目前,你的爵位究竟是源于1399或是1815年已是无伤大雅的了。除了这一切优点以外,阿尔培·马瑟夫每年还有五万里弗收入,这笔款子已大可使他在巴黎成为一个相当重要的人物。所以像他这样的一个人,无论去哪一个城市,要是得不到任何人的特殊青睐,的确是大可痛心的事情。如此说,他希望能在罗马把自己的面子争回来。狂欢节确是一个值得称赞的节日,全世界各国都要庆祝一番的,这几天是自由的日子,在这几天之内,甚至最聪明和最庄重的人也会抛开他们往日那种死板的面孔,不自觉地做出傻头傻脑的举动来。

狂欢节明天就要开始了,所以阿尔培不能再浪费一分钟了,必须立刻推行他的计划来实现他的希望、期待,和引起旁人的注意。抱着这样的想法,他在戏院里最显眼的地方定了一个包厢,要凭他那俊俏的脸蛋,温文尔雅的举止,再加上他那一副精心打扮的杰作,来大显一番身手。阿尔培的包厢是在第一排,在法国戏院里,这原是走廊的地位。前三排的包厢都布置得同样贵族化,因此,人们称之为"贵族包厢"。这两位朋友所定的包厢,可以宽宽舒舒地容下一打人,但他们所花的钱,却还不如在巴黎的戏院里定一间四个人的包厢多。阿尔培还抱有另一个希望。他能得到一个罗马美人的眷顾,那自然就可以在一辆马车里弄到一个座位,或在一个富丽堂皇的阳台上占到一席地,这样,他就可以快快乐乐地度狂欢节了。这种种念头使阿尔培兴奋异常,就更想讨人欢喜。他全不理会舞台上的事,只是靠在包厢的栏杆上。拿起一副观剧用的半呎长的望远镜,开始聚精会神地窥视每一个漂亮女人的优点。但是,唉!这种想引起对方同样注意的企图却完全失败了,甚至连一点好奇的表示都没有。他想讨好的那些可爱的人儿显然都只在想自己的心思,根本没有注意到他,也没注意到那副望远镜的照射。

实际上,这些美人儿的心里都在记挂着狂欢节和接着来的复活节的种种欢乐,所以没有分出心来注意舞台上的事,演员们在台上进进出出,没有人去看,也没有想到他们。在某些照例应静听或是鼓掌的时候,大家会突然停止谈话,或从冥想中醒过来,听一段穆黎亚尼的精彩的唱词,考塞黎的音调铿锵的朗诵,或是一致鼓掌赞美斯必克的卖力的表演。暂时的兴奋过去以后,他们便立刻又恢复到以前的沉思状态或继续他们有趣的谈话。在第一幕快要结束时,一间截至目前为止一直空着的包厢的门开了,一位贵妇人走进来,在巴黎时弗兰士曾被介绍与她相识,他一直以为她还在巴黎。阿尔培立刻注意到弗兰士看到这位新来的时候不自觉地微微一怔,就急忙转过去向他说:"你认识这位夫人吗?"

"是的,你觉得她怎么样?"

"美极啦,脸蛋儿多漂亮,头发多美!她是法国人吗?"

"不,是威尼斯人。"

"你如何称呼她。"

"G 伯爵夫人。"

"啊!我听人谈起过她。"阿尔培喊道,"有人说她的智慧不亚于她的美貌呢!上次维尔福夫人开跳舞会的时候,她也到的,那一次我本来可以找人介绍认识她,而竟错过了那个机会,我真是个大傻瓜!"

"你愿意我来弥补你那错过的机会吗?"弗兰士问道。

"我的好人,你真的和她这样要好,敢带我到她的包厢里去吗?"

"我一生中只有幸跟她交谈过三四回。但你知道,即使凭这样一种交情,也可以担保我把你所要求的事情办到了。"

这时,伯爵夫人瞧见了弗兰士,就殷勤地向他挥挥手,他就恭敬地低了低头作答。

"凭良心讲,"阿尔培说,"你似乎和这位美丽的伯爵夫人要好得很哪!"

"嗨！你这就错了。"弗兰士平静地答道，"但你这是犯了我国一般人过于轻率的通病——我的意思是说：你用了我们巴黎人的观念去看待意大利和西班牙的风俗习惯。相信我吧。凭人们谈话时的亲昵态度来估计他们之间的亲密程度，是最靠不住的了。目前，在我们和伯爵夫人之间，只是互有好感而已。"

"真的吗？我的好人，请告诉我，那是不是心灵上的好感？"

"不，口味相同而已！"弗兰士庄重地说。

"那是怎么来的？"

"去参观斗兽场的时候，就像我们那次同去一样。"

"月下去游的吗？"

"是的。"

"就你们两个？"

"也差不多。"

"而你们一路谈着——"

"死。"

"啊！"阿尔培喊道，"这可太有意思啦。哦，我告诉你，假如我有那样的好运气能奉陪这位美丽的伯爵夫人这样散一次步，我可要和她谈论'生'。"

"那你也许就错啦。"

"我们且说眼前的事吧，你真能像你刚才许诺过的那样把我介绍给她吗？"

"只要幕一落下来就成。"

"真要命，这第一幕也太长了点。"

"听听最后这一段吧，好极了，考塞黎唱得真妙。"

"是的，但身段太差！"

"那么斯必克呢，真没有比他演得更惟妙惟肖的了。"

"但你当然知道，凡是听过桑德格和曼丽兰的人——"

"你至少总该佩服穆黎亚尼的做工和台步吧。"

"我从来想不到像他这样一个又黑又笨的男子竟会用一个女人的声音来唱歌。"

"啊！我亲爱的，"弗兰士转过脸来对他说，而阿尔培则仍旧在用他的望远镜照看戏院里的每一个包厢，"你似乎已决心不愿意称赞一声，你这个人的要求也太高了。"

幕终于落了下来，马瑟夫子爵无限满意，他抓起帽子，匆匆地用手捋捋头发，整了整他的领结和袖口，于是向弗兰士示意，表示他正在等他领路。弗兰士已和伯爵夫人打过招呼，从她那儿得到一个殷勤的微笑，表示欢迎他去，于是也就不再耽搁实现阿尔培那急不可耐的愿望，立刻起身就走。阿尔培紧紧地跟在他的后面，并利用往对面包厢走的时间，理一理他的领口，拉一拉他的衣襟。他这件重要的工作刚刚完成，他们就已来到伯爵夫人的包厢里了。包厢前面坐在伯爵夫人旁边的那个青年立刻站起来，按照意大利习俗，把他的座位让给两位生客，假如再有其他的客人来访，他们照样也要退席的。

弗兰士介绍阿尔培的时候,把他推崇为当代最杰出的一个青年,盛赞他的社会地位和才能。他所说的话只不过也是实情,因为在巴黎和子爵的活动范围之内,他是被人公认为一个无可指摘的模范青年的。弗兰士还说,他的同伴因为伯爵夫人在巴黎逗留的期间未能与她相识,深表遗憾,所以请弗兰士带他到她的包厢里来弥补这个过失,最后并请她宽恕他的擅自引荐。伯爵夫人的回答是向阿尔培妩媚地鞠了一躬,然后把她的手很亲热地伸给弗兰士。她请阿尔培坐在她身边的空位上,而弗兰士则坐在第二排她的后面。阿尔培不久就滔滔不绝地谈起巴黎和巴黎的种种事情来,向伯爵夫人谈论那儿他们大家都熟悉的地方。弗兰士看到他谈得这样得意,这样兴高采烈,不愿去打扰他,就拿起阿尔培的望远镜,也开始品评起观众来。在他正对面的一间包厢里,第三排上,一个美貌绝伦的女人独自坐着,她穿的是一套希腊式的服装,而从她穿那套衣服的安闲和雅致上判断,显然她是穿着她本国的服饰。在她的后面,在很深的阴影里,有一个男人的身影,但这后者的面容却无从看清。弗兰士禁不住打断伯爵夫人和阿尔培之间显然是进行的很有趣的谈话,问伯爵夫人是否知道对面那个漂亮的阿尔巴尼亚人是谁,因为像她这样的美色是不论男女都会加以注意的。

　　"关于她。"伯爵夫人回答说,"就我所知:自从本季开始起,她就在罗马了——因为这家戏院开幕的第一夜,我就看到她坐在她现在所坐的这个地方,从那时起,她每场必到。有的时候,她是由现在和她在一起的那个人陪着来的,有的时候则只有一个黑奴在一旁侍候。"

　　"你觉得她如何?"

　　"噢,绝代佳人——她正是我意想中的夏娃,我觉得夏娃一定也是那样美的。"

　　弗兰士和伯爵夫人彼此笑了笑,于是后者便又拾起话头和阿尔培谈起来,而弗兰士则照旧察看各个包厢里的人物。帷幕升起,歌舞团登台,这是最出色最标准的意大利派歌舞团之一,导演是亨利,他在意大利全国极负盛名,一向以导演群众场面的风格和技巧见长——这次上演的,是他的杰作之一,举止优雅,动作协调,歌舞团全队人马,上至台柱舞星,下至最低级的配角,都同时登台;一百五十个人都以同样的姿态出现,一举手,一跷足,动作非常整齐。这叫作"波利卡"舞。但不论台上的舞蹈如何精彩,弗兰士却毫未加以注意,他的注意力已完全被那个希腊美人吸引去了。她几乎带着一种孩子般的喜悦注视着台上的歌舞,她那热切活泼的神色和她同伴的那种漫不经心的态度成了一个强烈的对照。在这段演出的时间里,希腊美人的那个毫无所感的同伴连动都不曾动一下,虽然乐队里的喇叭,铙钹,铜锣闹得震天作响,但他却毫未注意到这种震耳欲聋的喧闹,显然是在享受宁静的休息和沉浸在清闲安乐的梦想之中。歌舞终于结束了,幕在一群热心观众的狂热的喝彩声中落了下来。

　　意大利的歌剧有个传统,每两幕正戏之间插一段歌舞,所以落幕的时间很短——当正戏的歌唱演员在休息和换装的时候,则由跳舞演员来卖弄他们的足尖舞和表演他们这种爽心悦目的舞步。

　　第二幕的序曲开始了,当乐队在小提琴上拉出第一个乐音时,弗兰士就看到那个闭目养神的人缓缓地站起身来,走到那希腊姑娘的身后,后者回过头去,向他说了几句话,然后又伏到栏杆上,和刚才一样聚精会神地看戏。那个和她说话的人,脸还是完全藏在阴影里,所以弗兰士一点也看不清他的面貌。帷幕拉起,弗兰士的注意力被演员吸引了过去。他的眼光暂时从希腊美人所坐的包厢转移过去注视舞台的场面。

大多数读者都知道,《巴黎茜娜》第二幕开场的时候,是由"睡梦"的二重唱作为引子的,巴黎茜娜在睡梦中向亚佐泄漏了她爱乌哥的秘密,那伤心的丈夫表演出种种嫉妒的姿态,直到确信其事了,于是,在一种暴怒和愤激的疯狂状态之下,他摇醒他那犯罪的妻子,向她宣称,他已经知道她的罪,并用复仇来威胁她。这段二重唱是杜尼兹蒂那一支生花妙笔所写出来的最美丽,最可怕,最有声色的一曲。弗兰士已经是第三次听这一曲了,虽然他对于音乐的感受力并不特别强,却仍深为感动。他随着大家一同站起来,正要跟他们一起大声鼓掌喝彩,突然间,他的动机被阻止了,他的两手垂到身边,"好哇"这两个字只喊出一半就在他的嘴边断了。原来希腊姑娘所坐的那间包厢的主人似乎也已被那轰动全场的喝彩声所打动,他离开了座位,站到前面来,这一下,他的面目可全部暴露在灯光里了,弗兰士毫无困难地认出他就是基度山那个神秘的居民,也就是头天晚上在斗兽场废墟中被他认出了声音和身材的人。没有什么再可怀疑的了。这个神秘的旅行家显然就住在罗马。弗兰士从他以前的怀疑到现在的完全确定,这一突变,当然免不了惊奇和激动,他这种情绪无疑地已在脸上流露了出来,因为,伯爵夫人在带着一种迷惑的神色向他那激动的脸上注视了一会儿以后,就突然格格地大笑起来,问他究竟怎么啦。

"伯爵夫人,"弗兰士答道,"我刚才问您是否知道关于对面那位阿尔巴尼亚夫人的事情,现在我又要问您,你是否认识她的丈夫!"

"不,"伯爵夫人回答说,"他们两个我都不认识。"

"您从来没有注意过他?"

"问得多奇怪——真是地道的法国人!您难道不知道,我们意大利人的眼睛是只看我们所爱的人的吗?"

"一点不错。"弗兰士回答。

"我所能告诉您的,"伯爵夫人拿起望远镜,朝着所议论的那个包厢里望去,一面继续说,"是的,在我看来,这位先生像是刚从坟墓里挖出来似的。他看上去不像人,倒像一具死尸,像是一个好心肠的挖墓人暂时让他离开他的坟墓,再把他放到我们的世界里来玩一会儿似的。"

"噢,他永远是像现在这样毫无血色的。"弗兰士说。

"那么您认识他?"伯爵夫人问道,"这么说,我倒要来问问您,他究竟是谁。"

"我好像觉得以前见过他。而且我甚至觉得他也认得出我呢。"

"确实如此。"伯爵夫人一面说,一面耸了耸她美丽的肩膀,像是一股无法自制的寒战通过她的血管似的,"我能理解,无论谁只要见过那个人一次,是终生都不会忘记他的。"

弗兰士的感觉显然不是他自己所特有的了,因为另外一个人,一个完全无关的局外人,也同样感到了这种不可思议的畏惧和疑虑。"唉,"他等伯爵夫人再次把她的望远镜朝着对面包厢里那个神秘的人看了看以后,再问道,"您认为那个人怎么样?"

　　"哦,他简直就是一个借尸还魂的罗思文勋爵呀。"

　　这样用拜伦诗中的主角来比喻使弗兰士很感兴趣。倘若有人能使他相信世界上的确有僵尸,那就是他对面的这个人了。

　　"我得弄清楚此人是谁。"弗兰士一面说,一面站起来。

　　"不,不!"伯爵夫人喊道,"您一定不能离开我!我要靠您送我回家呢。噢,真的,我要留住您!"

　　"难道您心里有点怕吗?"弗兰士低声说。

　　"我告诉您吧,"伯爵夫人答道。"拜伦曾向我发誓,说他相信世界上真是有僵尸的,甚至还再三对我说,他还亲眼见过呢。他把他们的样子形容给我听,而他所形容的正巧像他一样——漆黑的头发,惨白的脸色,一双大眼睛闪烁着古怪的光,像是在燃烧着的一种鬼火。还有,您瞧,和他在一起的那个女人也完全不像旁的女人。她是一个外国人——一个希腊人——一个异教徒——大概也像他一样,是个魔术师。我求求您了,别去吧——至少在今天晚上。假如明天您的好奇心还是那样强,您尽管去追根究底好了,但现在我要留您在身边。"

　　弗兰士仍不让步,有许多理由使他不能把调查延迟到明天。

　　"听我说,"伯爵夫人说,"我要回家去了。今天晚上我家里要请客,所以决不能等到演完戏才走,您难道如此无情,竟不肯陪我回去吗?"

　　弗兰士没有别的办法,只能拿起帽子,打开包厢的门,把他的手臂献给伯爵夫人。从伯爵夫人的表情看,她的不安显然并不是假装出来的,而且弗兰士自己也禁不住感到了一种近于迷信的恐惧——他的恐惧更强烈,因为那是从种种确实的回忆变化而来的,而伯爵夫人的恐惧只是出于一种本能的感觉而已。弗兰士扶她进马车的时候,甚至感到她的手臂在发抖。他陪她到她的家里。那儿并没有什么宴会,也没有人在等她。他责备了她几句。

　　"说老实话吗,"她说,"我不舒服,我需要独自休息一会儿,一看到那个人,我就浑身不安起来了。"

　　弗兰士大笑起来。

　　"别笑,"她说,"亏您还笑得出口。现在,答应我一件事如何。"

　　"什么事?"

　　"先答应我。"

　　"我答应您,只是让我不要去探听那个人的事情除外。您不知道,我有许多理由要探听出他究竟是谁,到哪儿去。"

　　"他从哪儿来我可不知道,但我却可以告诉您他到哪儿去——他就要到地狱里去了,那是毫无疑问的。"

　　"我们还是回过头来谈谈您要我答应的那件事吧。"弗兰士说。

"好吧,那么,答应我:立刻回到您的旅馆去,今天晚上别再想方设法去追踪那个人。我们离开第一个人见第二个人的时候,那第一个人和第二个人之间,也会发生某种关系的。看在老天爷的面上别让我和那个人拉扯上吧!明天您爱怎么去追踪他那是您的事。但假如您不想吓死我,就决不要把他带近我的身边。好了,晚安,回家去好好睡一觉,把今天晚上的事情都忘了吧。至于我,我相信我是很难睡着了的。"说着,伯爵夫人就离开了弗兰士,让弗兰士委决不下,不知她究竟是拿他来开玩笑,还是真的受了惊吓。

回到旅馆里,弗兰士发觉阿尔培穿着睡衣和拖鞋,无精打采地躺在一张沙发上,在抽雪茄。"哟!亲爱的朋友,"他跳起来喊道,"真是你吗?咦,我以为不到明天早晨是不能再看见你的了。"

"我亲爱的阿尔培!"弗兰士答,"我很高兴借此机会能痛快地告诉你:对于意大利女人,你的想法是大错特错了。我还以为你这几年来在恋爱上的不断失败已把你教得聪明一些了呢。"

"你有什么办法!就是鬼也猜不透这些女人。咦,你瞧,她们伸手给你亲,她们挽着你的手,她们在你的耳朵边上谈话,还允许你陪她们回家!嘿,假如是一个巴黎女人,那样的举动只要做出一半的一半儿,她就声名扫地啦!"

"理由是,因为这个美丽国家的女人,她们的生活多半是消磨在公共场所里的,实在也没有什么要掩饰的,所以她们对于自己的言语和行动很少约束。而且,你也不难看出伯爵夫人真是受惊了。"

"为什么——为了看到了坐在我们对面那漂亮的希腊姑娘一起的那位尊贵的先生吗?哦,那一幕演完以后,我在戏院的前厅里碰到他们,老实说,你杀了我我也猜不出你究竟怎么会联想到阴世地狱上去的!他很漂亮,衣服穿得很讲究,那一身打扮很有法国人的派头,脸色苍白了些,那倒是实在的,但你知道,脸色苍白正是高贵的特征呀。"

弗兰士微笑了一下,因为他记得很清楚,阿尔培就专以他自己脸上的毫无血色而沾沾自喜的。"好了,那就证实我的意见了,"他说,"伯爵夫人的怀疑是毫无根据的。你有没有听到他说话?是否记得他说了些什么话?"

"听到的,但他们说的是罗马土语。我因为听到里面夹有一些蹩脚的希腊字,所以知道。应该告诉你,老朋友,我在大学里的时候,希腊文是相当不错的。"

"他说罗马话吗?"

"我想是的。"

"毫无疑问了,"弗兰士自言自语地说。"是他,没错了。"

"你说什么?"

"没什么,没什么!请告诉我,你刚才在这儿干什么?"

"我在设计一个惊人的小计划。"

"真的!什么计划?"

"你知道要弄到一辆马车是办不到的了。"

"我想是的吧,我们已经想尽一切方法而结果还是一场空。"

"嗯,我有一个绝妙的想法。"

弗兰士看了看阿尔培,像是不大相信他想象中的建议。

"我的好人,"阿尔培说,"你刚才看我一眼,意思大概是要我给你一个满意的答复吧。"

"倘若你的计划果然如你所说的那样巧妙,我一定很公正地表示满意。"

"好吧,那么,听着。"

"在听哪。"

"你认为,弄马车的事是谈都不必谈的了,是不是?"

"我这么认为。"

"我们也弄不到马?"

"弄不到。"

"但我们大概可以弄到一辆牛车?"

"也许。"

"一对牛?"

"有可能。"

"那么你看,我的朋友,有了一辆牛车和一对牛,我们的事情就好办了。那辆牛车一定要装饰得很有风趣,而你和我倘若都穿上那不勒斯农夫的衣服,以李奥波·罗勃脱的名画上的姿态出现,那就会构成一幅惊人的画面啦。如果伯爵夫人也愿意,让她打扮成一个波若里或索伦托来的农妇,那就更带劲了。那样,我们这一队可算很完美的了,尤其是因为伯爵夫人很美,够得上做'儿童之母'的资格。"

"那当然!"弗兰士说,"这一次,阿尔培阁下,我不得不向您致敬,您的确想出了一个绝妙的主意。"

"而且也是富于故国风味的呀,"阿尔培得意扬扬地回答。"只要借用一只我们本国节日用的面具就得了。哈,哈!罗马先生们,你们以为在你们的讨饭城市里找不到车马,就可以使我们不幸的异乡人,像那不勒斯的许多流民一样用两只脚跟在你们的屁股后面跑。啊哈!"

"你有没有把你这个得意的念头向谁说起过?"

"只告诉过我们的店主,我回家以后,就派人把他找来,把我的意思解释给他听。他向我保证,说那是再容易不过的事了。我要他把牛的角镀一镀金,但他说时间来不及了,镀金得要两天,所以你看,我们只能放弃这一点奢侈的小装饰了。"

"他现在在哪儿?"

"谁?"

"我们的店主。"

"去做安排了,要等到明天就太迟啦。"

"那么他今天晚上就可以给我们一个答复罗?"

"噢,我正在等着他。"

就在这时,门开了,派里尼老板探头进来。"可以进来吗?"他问。

"当然,当然可以!"弗兰士喊道。

"喂，"阿尔培急切地问，"你把要找的车和牛找到了吗？"

"比那更好！"派里尼老板带着一种十分自满的神气答道。

"请注意，我可敬的店主，"阿尔培说，"'更好'可是'好'的死对头呀。"

"两位大人只管把那件事交给我好了。"派里尼老板回答，语气中表示出无限的自信。

"那么事情究竟怎么样了？"弗兰士问道。

"两位大人知道，"旅馆老板神气活现地答道，"基度山伯爵是和你们同住在这一层楼上！"

"我以为是的，"阿尔培喊道，"就是因为这个，我们才被装到这种小房间里来，像住在巴黎小弄堂里的两个穷学生一样。"

"呃，哦，基度山伯爵听说你们遇到了麻烦，派我来告诉一声，请你们坐他的马车，还可以在罗斯波丽宫他所定的窗口里给你们预备两个位置。"

阿尔培和弗兰士面面相觑。"但你想，"阿尔培问道，"我们可以从一个不相识的人那儿接受这样的邀请吗？"

"这位基度山伯爵是怎样的一种人？"弗兰士问店主。

"一个了不起的贵族，究竟是马耳他人还是西西里人我说不准。但有一点我是知道的：他真可以说是贵甲王侯，富比金矿。"

"我觉得，"弗兰士低声对阿尔培说，"假如这个人真够得上我们店主那一篇崇高的赞词，他就会用另外一种方式来邀请，不能这样不懂礼貌地告诉我们一声就完事。他应该写信给我们，或是——"

正在这时，有人敲门了。弗兰士说："请进！"于是门口出现了一个仆人，他穿着一套华美雅致的制服，他把两张名片递到旅馆老板的手里，旅馆老板转递给两个青年人。他说，"基度山伯爵阁下向阿尔培·马瑟夫子爵阁下和弗兰士·伊辟楠阁下致意。基度山伯爵阁下，"那仆人继续说，"请二位先生慨允他明天早晨以邻居的资格来拜访，他有幸请问二位高兴在什么时间接见他。"

"真巧！弗兰士，"阿尔培低声说，"现在可无懈可击了。"

"请回禀伯爵，"弗兰士答道，"我们自当先去拜访他。"那仆人鞠了一躬，退走了。

"那就是我所谓'漂亮的进攻方式'，"阿尔培说，"你说得没错，派里尼老板。基度山伯爵肯定是一个很有教养的人。"

"那么你们接受他的邀请了吗？"店主问。

"当然啦，"阿尔培答道。"不过，我一定还得声明一句，放弃牛车和农民这个计划，我是很遗憾的，因为那一定会轰动全城！要不是有罗斯波丽宫的窗口来补偿我们的损失，说不定我还不会改变初衷呢。你怎么想，弗兰士？"

"我同意你，我也是为了罗斯波丽宫的窗口才决定的。"

说到罗斯波丽宫的两个位置，弗兰士想起了昨天晚上在斗兽场的废墟中所窃听到的那一段谈话，那个穿披风的无名怪客曾对那个勒司斐人担保要救出一个判了死罪的犯人。从各方面看，弗兰士都觉得那个穿披风的人就是刚才他在爱根狄诺戏院里见到的那个人,如果真是如此,他显然是认识他的,那么,他对于他的好奇心也就很容易满足了。弗兰士整夜都梦到那两次的露面,盼望早点天亮。明天,一切都将真相大白了,除非他那位基度山的东道主有只琪斯的戒指,能把戒指一擦就隐身遁走,要不这一次他可无论如何再也逃不了了。

早晨八点钟,弗兰士已起床穿好衣服,而阿尔培因为没有这同样的动机须得早起,所以仍在酣睡。弗兰士的第一个举动便是派人去叫旅馆老板,老板照常带着他那卑躬屈膝的态度应召而至。

"请问,派里尼老板,"弗兰士问道,"今天大概要处决一个人吧?"

"是,大人,但假如您问这句话的原因是想弄到一个窗口,您就太迟啦。"

"噢,不!"弗兰士答道,"我并没有这样的意思,而且即使我想去亲眼看看那种情景,我也可以到平西奥山上去看的,是不是?"

"噢,我想大人是不愿意和那些下等人混在一起的,他们简直把那座小山当作天然的戏台啦。"

"我有可能不去了,"弗兰士答道,"但讲一些消息给我听听吧。"

"大人喜欢听什么消息?"

"咦,当然是死犯的人数,他们的姓名和受什么刑罚。"

"巧极了,大人!他们刚才把'祈祷单'给我拿来了,才来了几分钟。"

"'祈祷单'是什么玩意儿?"

"每一次杀人的前一天傍晚,各条街的拐角处就挂出木头牌子来,牌子上贴着一张纸,上面写着死犯的姓名,罪名和服刑的方式。这张布告的目的是吁请信徒们做祷告,求上帝赐犯人诚心忏悔。"

"而他们把这种传单拿给你,是希望你也和那些信徒们一同祷告是不是?"弗兰士疑疑惑惑地问道。

"噢,不是的,大人,我和那个贴告示的人约好了的,叫他带几张给我,像送戏单一样,那么,假如住在我旅馆里的客人想去看杀人,他们就会及早知道了。"

"凭良心说,你真是服务周到极了,派里尼老板。"弗兰士喊道。

"大人,"旅馆老板微笑着答道,"我想,我不是自吹,我绝不敢丝毫怠慢,以致辜负贵客惠顾小店的雅意。"

"这一点,我已经看得够明白啦,我最出色的店主,这就是你体贴客人最好的一个证明,我一定给你到处去宣扬。现在,请把这种'祈祷单'拿一张来给我看看吧!"

"大人,这还不简单,"旅馆老板一面说,一面打开房间门,"我已经在靠近你们房间的楼梯口上贴了一张。"于是,他从墙上把那张告示撕下来,交给弗兰士,弗兰士读道:

"公告:兹奉宗教审判庭令,定于2月22日星期三,即狂欢节之第一日,死囚二名将于波波罗广场明正典刑,一名安德里·伦陀拉,一名庇庇诺,即罗卡·庇奥立;前者犯谋害罪,谋杀德高望重之圣·拉德兰教堂教

士西塞·德列尼先生;后者则系恶名昭彰之大盗罗杰·范巴之党羽。第
一名处锤刑,第二名处斩刑。凡我信徒,务请为此二不幸之人祈祷,吁求
上帝唤醒你等之灵魂,使自知其罪孽,并使你等诚心诚意服罪悔过。"

这和弗兰士昨天晚上在斗兽场的废墟中所听到的完全一样。说明书上写的没
有一处不同。死因的姓名,他们的罪名,以及处死的方式都和他以前听说的相符。
所以,那个勒司斐人十有八九就是大盗罗杰·范巴,而那个穿披风的人则多半就是
"水手辛巴德"。毫无疑问他还在罗马进行他的博爱事业,像他以前在韦基奥港和
突尼斯一样。

时光在流逝,已经到九点钟了,弗兰士正想去喊醒阿尔培,忽然看到他已衣冠
端整地从他的房间里走出来了,使他大吃一惊。那么,阿尔培的头脑里也早已盘旋
着狂欢节的种种乐趣,因此起得比他的朋友预料的要早些。

"现在,我出色的派里尼老板,"弗兰士向旅馆老板说,"既然我们已经准备好
了,你看,我们立刻就去拜访基度山伯爵行吗?"

"当然!"他答道。"基度山伯爵有早起的习惯,我敢担保他已经起身了两个钟
头啦。"

"那么,假如我们马上就去拜访他,你真的以为不会越礼吗?"

"肯定不会。"

"既然如此,阿尔培,假如你已经准备好了的话——"

"完全准备好啦。"阿尔培说。

"那我们就去感谢那位慷慨的邻居吧。"

"走吧。"

旅馆老板领那两位朋友越过楼梯口。伯爵的房间和他们之间就只隔着这么个
楼梯口。——拉了门铃,当仆人前来开门时,他就说:"法国先生来访。"

那个仆人很恭敬地鞠了一躬,请他们进去。他们穿过两个房间,房间里布置新
颖,陈设华贵,他们真没想到在派里尼老板的旅馆里能有这样的房间,最后他们被引
进一间布置得很高雅的客厅里。地板上是最名贵的土耳其地毯,异常舒适的长榻,圈
椅和沙发,沙发上堆着又厚又软的垫子。墙壁上很整齐地挂着第一流大师的名画,中
间夹杂着古代战争名贵的胜利纪念品,房间里每一扇门的前面都悬挂着昂贵的绒绣
门帷。"两位大人请坐,"那个人说,"我去通报伯爵阁下,说你们已经来了。"

说完了这几句话,他就消失在一张门帷的后面。当那扇门开启的刹那间,一架
月琴的声音传到了两个青年的耳朵里,但几乎立刻就又听不到了,因为门关得非常
快,只放了一个悦耳的音波进客厅。弗兰士和阿尔培互相交换了一个眼色,然后又
转眼望着房间里这些华丽的陈设。这一切似乎愈看愈漂亮。

"唉,"弗兰士对他的朋友说,"你对于这一切都怎么想?"

"哦,说真的,我的朋友,据我看,我们这位邻居要不是个做西班牙公债空头成
功的证券经纪商,就一定是位微服出游的亲王。"

"嘘!"弗兰士答道。"马上就见分晓了,瞧,他来啦。"

弗兰士说这句话的时候，他已听到一扇门打开的声音，接着，门帷立刻掀了起来，而这一切财富的主人翁就站在了两个青年的面前。阿尔培马上站起来迎上去，但弗兰士却像被钉在原地似的一动也不动。

进来的那个人就是斗兽场的怪客，昨天对面包厢里的男人，和基度山岛上神秘的东道主。

第三十五章　锤刑

"先生们,"基度山伯爵一面进来,一面说,"我十分抱歉没有先登门拜谒,但我恐怕去得太早有扰二位,而且,你们已传话给我,说你们愿意先来看我,所以我也就恭敬不如从命了。"

"弗兰士和我,我们对您万分感激,伯爵阁下,"阿尔培答道。"我们正在左右为难,大伤脑筋的时候,您给我们解了围,我们接到您那恳切的邀请的时候,正在发明一种异想天开的交通工具呢。"

"真的!"伯爵一面回答,一面请两个青年就座。"这都是那个糊涂的派里尼不好,以致我不能早些帮助你们解决困难。他没有向我提到你们有为难之处,我,我很孤单寂寞,很想找一个机会来认识认识我的邻居。当我听到可以帮助你们一下,我就赶紧抓住这个可以效劳的机会。"

两个青年鞠了一躬。弗兰士尚未想到该说什么话,他还没有确定如何行动,伯爵的态度上毫无表示愿意承认他们已曾相识,他不知道究竟是提起过去的事情好,还是看看情形再定。而且,虽然他确实就是昨天晚上对面包厢里的那个人,但却不能肯定他就是斗兽场的那个人。所以他决定顺其自然发展,而不向伯爵直接点明。再说,他现在比他占优势——他已经掌握了他的秘密,而他却没有捉到弗兰士什么东西,因为弗兰士根本没有什么须要掩饰的事情。但是,他决心要把谈话引到一个或许可以弄清他的疑虑的题目上去。

"伯爵阁下"他说,"您让我们坐您的马车,还让我们分享您在罗斯波丽宫所定的窗口。现在,您能不能告诉我们,可以在那儿看一看波波罗广场吗?"

"啊!"伯爵心不在焉地说,他的目光却紧紧地望着马瑟夫,"波波罗广场上不是说好像要杀人吗?"

"是的。"弗兰士答道,觉得伯爵已转到他所希望的话题上来了。

"等一等,我想昨天曾吩咐我的管家,叫他去办这件事的,或许这一点我也可以为你们略效微劳吧。"他伸出手去,拉了三下铃。"您是否想过,"他对弗兰士说,"可以用什么方法来简化召唤仆人的手续?我倒有:我拉一次铃,是叫我的跟班,两次,叫旅馆老板,三次叫我的管家。这样我就可以不必浪费一分钟或一句话。瞧他来啦!"

进来的那个人年约四十五岁至五十岁,十分像那个领弗兰士进岩洞的走私贩子,但他仿佛全然没有认出他。显然他是受了吩咐的。

"伯都西奥先生,"伯爵说,"昨天我吩咐你去弄一个可以望得到波波罗广场的窗口,你有没有给我办到?"

"是，大人，"管家答道，"但已为时过晚了。"

"我不是告诉你我想要一个吗?"伯爵面有怒色地回答。

"已经给大人弄到一个，那本来是租给洛巴尼夫亲王的，但我不得不付出一百——"

"那就得了，那就得了，伯都西奥先生，这种家务琐事别在这两位先生面前唠叨吧。你弄到一个窗口，这就够了。吩咐车夫，叫他在门口等着，准备送我们去。"管家鞠了一躬，正要离开房间，伯爵又说，"啊! 烦你去问问派里尼，问他是否收到'祈祷单'，能否给我们拿一张行刑的报单来。"

"没有必要了"，弗兰士一面说，一面把他的传单拿出来，"因为我已经看到报单，而且已抄了一份下来。"

"好极了，你去吧，伯都西奥先生，早餐准备好了之后来通知我们。这两位先生，"他转向两个朋友说，"哦，我相信，大概可以赏光和我一起用早餐吧?"

"可是，说真的，伯爵阁下，"阿尔培说，"这就太打扰啦。"

"哪里的话，正相反，你们肯赏光我很高兴。你们之中，总有一位，或许两位都是，可以在巴黎回请我的。伯都西奥先生，放三副刀叉。"他从弗兰士的手里接过传单。

"'公告:'"他用读报纸一样的语气念道，"'奉宗教审判庭令，定于2月22日星期三，即狂欢节之第一日，死囚二名将于波波罗广场明正典刑，一名安德里·伦陀拉，一名庇庇诺，即罗卡·庇奥立;前者犯谋害罪，谋杀德高望重之圣·拉德兰教堂教士西塞·德列尼先生;后者则系恶名昭彰之大盗罗杰·范巴之党羽。'哼! '第一名处锤刑，第二名处斩刑。'"

"是的，"伯爵继续说，"原先事情是这样安排的，但我想这个典礼的节目昨天像是已经有某种改变了吧。"

世界经典文库

世界二十大名著

基督山伯爵

图文珍藏版

"真的!"弗兰士说。

"是的,昨晚我在红衣主教罗斯辟格里奥赛那儿,听人谈起过,那两个人之中有一个好像已经赦罪了。"

"是安德里·伦陀拉吗?"

"不,"伯爵漫不经心地说,"是另外那一个,"他向传单瞟了一眼,似乎想不起那个人的名字了,"是庇庇诺,即罗卡·庇奥立。所以你们看不到一个人上断头台了,但锤刑还是有的,那种刑法你们初次看的时候会觉得非常奇特,甚至第二次看都不免有这种感觉,至于斩刑,你们肯定知道,是很简单的。那断头机是决不会出差错,决不会颤抖,也决不会像杀夏莱(路易十三的宠臣,反对黎希留)伯爵的那个兵那样连着砍三十次。红衣主教黎希留(路易十三的大臣)无疑的是为了看到夏莱伯爵被杀头的那种惨景,动了恻隐之心,才改良刑法的。啊!"伯爵用一种轻蔑的口吻继续说,"别向我谈起欧洲的刑法,论残酷,与其说还在婴儿时代,倒不如说,简直已到了暮年啦。"

"真的,伯爵阁下,"弗兰士答道,"人家会以为您是研究世界各国各种不同刑法的呢。"

"至少可以说,没有几样刑法是我没见过的。"伯爵冷冷地说。

"您很高兴看这种可怕的情景吗?"

"我最初觉得恐怖,后来就无动于衷了,最后觉得好奇。"

"好奇!这两个字太可怕了。"

"为什么?在生活中,我们所最担心的是死。那么,来研究灵魂和肉体分离的各种方法,并根据各人不同的个性,不同的气质,甚至各国不同的民族习俗,来测定从生到死,从存在到消灭这个转变过程上每一个人所能忍受的限度,这难道算是好奇吗?至于我,有一件事我可以向你们保证——你愈多看见人死,你死的时候就愈容易。照我看,死或许是一种刑罚,但并不就等于赎罪。"

"我不太明白您的意思,"弗兰士答道,"请把您的意思解释一下,因为您已经把我的好奇心引到最高点啦。"

"听着,"伯爵说,他的脸上流露出刻骨的仇恨,要是换了别人,这时一定会涨得满脸通红。"倘若一个人用了闻所未闻的,最残酷的方法摧毁了你的父亲,你的母亲,你的爱人——总之,夺去了你最心爱的人,在你的胸膛上留下一个永远无法愈合的创口,而社会所给你的补偿,只是用断头机上的刀在那个凶手的脖子上割一下,让那个使你精神上苦恼了许多年的人只受几秒钟肉体上的痛苦,你觉得那种补偿足够了吗?"

"是的,我知道,"弗兰士说,"人类的正义(指法律)是不够使我们得到慰藉的,她只能以血还血,如此而已,但你也只能向她提出要求,而且只能在她力所能及的范围内去要求呀。"

"我再给你举一个例子,"伯爵继续说,"社会上,每当一个人受到死亡的攻击时,社会就以死来报复死。但是,难道不是有人受到千百种酷刑,而社会对这些根本不知道,甚至连我们刚才所说的那种不足补偿的报复方式也不提供给他吗?有几种罪恶,即使用土耳其人的刺刑,波斯人的钻刑,印第安人的炮烙和火印也嫌惩罚得不够的,而社会不是也不闻不见,丝毫未加以惩罚吗?请回答我,难道没有这样的罪恶吗?"

"是的,"弗兰士答道,"而就是为了惩罚这种罪恶,社会上才容许人们决斗。"

"呀,决斗!"伯爵喊道,"凭良心说,倘若你的目的是报复的话,用这种方法来达到你的目的未免太轻松啦!一个抢去你的爱人,一个淫了你的妻子,一个人玷污了你的女儿,你原本有权利可以向上帝要求幸福的,因为上帝创造了人,允许人人都能得到幸福,而他却破坏了你的一生,使你终生痛苦蒙羞。他使你的脑子疯狂,让你的内心绝望,而你,只因为你已经把一颗子弹射进他的脑袋,或用一把剑刺穿他的胸,就自以为已经报了仇了——却没想到,决斗之后,胜利者却往往是他,因为在全世界人的眼里,他已是清白的了,在上帝心里,已是抵罪的了!不,不,"伯爵继续说,"如果我为自己复仇,就不会这样去做。"

"那么,您是不赞成决斗的了,您无论如何也不和人决斗吗?"这次轮到阿尔培发问了,他对于这一番奇谈怪论很是惊讶。

"噢,斗的!"伯爵答道,"请了解我,我会为一件小事决斗,譬如说,为了一次侮辱,为了一记耳光,而且很愿意决斗,因为,凭我在各种体格训练上所获得的技巧,凭我逐渐养成的漠视危险的习惯,我敢肯定一定可以杀死我的敌手。噢,为了这样的事情我是会决斗的。但要报复一种迟缓的,深切的,永恒的痛苦,假如可能的话,我却要以同样的痛苦来回答:以眼还眼,以牙还牙,如同东方人所说的——东方人在各方面都是我们的大师。那些得天独厚的人在梦中生活,因此倒给他们自己造成了一个现实的天堂。"

"但是,"弗兰士对伯爵说,"抱了这种理论,则等于你自己是原告,同时又做法官和刽子手,这是很难实行的,因为你得随时提防落到法律的手里。仇恨是盲目的,愤怒会使你失去理智,凡是倾泻复仇的苦酒的人,他自己也冒着危险,或许会尝到一种更苦的饮料。"

"是的,假如他贫穷而又没有经验是会这样的,但假如他既富有又有技巧,则就不然了。而且,即使他受到惩罚,最坏也不过是我们已经说过的那一种罢了,而那方面,博爱的法国大革命斩刑又已代替了五马分尸或车轮碾毙。倘若他报了仇,这种刑罚又算得了什么呢?这个可怜的庇庇诺多半是不会被杀头的了,老实说,我倒觉得有点可惜,不然你们会有一个机会可以看看这种刑罚所产生的痛苦有多短促,究竟是否值得一提——哦,真的,在狂欢节谈这样的事未免太奇怪了,二位,是怎么谈起来的?啊,我想起来了!你们要在我的窗口弄一个位置。可以的,但我们还是先去入席吧,因为仆役已经来告诉我们可以去用早餐啦。"在他说话的时候,一个仆人打开了客厅四扇门中的一扇,说:"酒筵齐备!"两个青年站起来,走进早餐室。

早餐极其丰盛,用餐时,弗兰士屡次观望阿尔培,以观察他们的东道主的那一篇话在阿尔培身上所发生的影响,但不知是由于他一向那种漫不经心的习性使他没有注意到他呢,还是伯爵关于决斗的那一番解释使他觉得很满意呢,还是因为弗兰士知道了过去的几件事,所以对伯爵的理论特别感到悚惧——他没有发现他的同伴有任何异样的反应。恰恰相反，他就像是四五个月以来除了意大利菜——那就是说，是世界上最坏的菜——以外，不曾吃过别种东西似的，现在正大快朵颐呢。至于伯爵，他对于各样菜只是碰一碰而已，他似乎只在尽一个东道主的义务，陪他的客人坐坐，等他们走后，再来吃某种珍稀而更美味的食物。弗兰士不由自主地想起了伯爵在 G 伯爵夫人身上所引起的恐怖和她那坚决的信念，以为她对面包厢里的那个男人是僵尸。早餐结束时，弗兰士掏出表来看了一看。

"哦，"伯爵说，"你们还有什么事吗？"

"请您务必原谅我们，伯爵阁下，"弗兰士答道，"我们还有很多事情要办呢。"

"什么事呢？"

"我们还没有化装的衣服，那是肯定要去弄到的。"

"别为这个操心啦。我想，我在波波罗广场大概有一间私室。你们不论选中什么服装，我都可以叫人送去，你们可以到那儿去换装。"

"在行刑之后？"弗兰士喊道。

"以前或以后，尽可悉听尊便。"

"就在断头台对面？"

"断头台是节日的一个内容。"

"伯爵阁下，那件事刚才我又想了一想，"弗兰士说。"我很感谢您的殷勤招待，但我只要在您的马车里和您在罗斯波丽宫的窗口占一个位置就心满意足了，至于波波罗广场的那个位置，请您只管另作支配吧。"

"但我警告您，您将失去一场千载难逢的机会啦。"伯爵答道。

"您以后讲给我听好了。"弗兰士回答说，"事情一经出自您的口中，所得的印象比我亲眼目睹还更深。我好几次都想去亲眼看一看杀人，但我总是下不定这个决心，你是不是这样，阿尔培？"

"我，"子爵答道，"我看见过处死卡斯泰，但我好像记得那天我已喝醉酒了，因为我是在那天早晨离开学校，从酒店里闹了一个通宵出来的。"

"再说，不能因为您在巴黎没有做过某件事情，到国外来也就不做，这不算是理由。一个人出来旅行，是样样都得看一看的。将来有人问您：'罗马杀人是怎么杀法的呀？'而您回答说：'我不知道。'那时您多难堪。听说，那个犯人是一个无耻之徒，一个教士原是把他当作亲生儿子一般抚养大的，而他竟用一块大木柴打死了那位可敬的教士。真见鬼！杀教堂里的人，应该用另外一种武器，不应用木柴，尤其是假如他是一个慈爱和蔼的教士。唉，如果您到西班牙去，难道会不去看斗牛吗？就算我们现在去看的是一场斗牛好了。请想想古代竞技场上的罗马人，他们在竞技场上杀死了三百只狮子和一百个人呢。再想想那热烈喝彩的八万个观众，明智的主妇带着她们的女儿同来，那些妖娆动人的姑娘们，用她们雪白的手跷起大拇指，像是在对狮子说：'去吧，别呆着呀！来给我杀死那个人吧，他已经吓得半死啦。'"

"你去吗，阿尔培？"

"当然啦！是的。我也像你一样，本来有点犹豫，但伯爵的雄辩使我下了决心！”

"既然你愿意，那么就走吧，"弗兰士说，"但我们到波波罗广场去的时候，我想经过高碌街。这行不行，伯爵阁下？"

"步行可以，坐车，不行！"

"那么，我愿意步行去！"

"您有很重要的事一定要经过那条街吗？"

"是的，我要在那儿看一件东西。"

"好吧，我们从高碌街走吧。我们可以叫马车在波波罗广场靠巴布诺街口的地方等着我们，因为我也很乐意能经过高碌街，我想去看看我所交代的一件事情办妥没有。"

"大人，"一个仆人开门进来说，"有一个穿苦修士衣服的人请求和您说话。"

"啊，是的！"伯爵答道，"我知道他是谁。二位，请你们先回客厅里去坐一会儿好吗？你们可在中央那张桌子找到上等的哈瓦那雪茄。我马上就来奉陪。"

两位青年站起来，回到客厅里，伯爵再次向他们表示道歉，就从另外一扇门出去了。阿尔培是一个烟大王，他认为这次出国，不能再抽到巴黎咖啡馆的雪茄，是一桩不小的牺牲，当他走近桌子，看到几支货真价实的蒲鲁斯雪茄时，就高兴得大喊一声。

"唉，"弗兰士问道，"你觉得基度山伯爵这个人怎么样？"

"问我觉得怎么样？"阿尔培说，他显然很惊奇他的同伴会提出这样的一个问题。"我觉得他是一个挺有趣的人，他吃东西很讲究，他走过许多地方，读过许多书，而且，如同布鲁特斯一样，也是一个坚忍主义者；除此之外，"他向天花板吐出一大股烟，然后说，"他还有上等的雪茄。"

阿尔培对伯爵的看法就是如此，弗兰士知道得很清楚，阿尔培一向自认非经过长期的考虑是不发表意见的，所以他也就不想去改变它了。"不过，"他说，"你发现一件非常奇怪的事情了吗？"

"什么事？"

"他盯着看你时的神情。"

"看我？"

"是的。"

阿尔培想了一想。"唉！"他叹了一口气说道，"这没有什么大惊小怪的。我离开巴黎已有一年多了，我的衣服式样已经很旧了，伯爵大概把我看成了一个乡下人。我求求你，你一有机会就向他解释一下，告诉他我不是那种人。"

弗兰士笑了，过了一会儿，伯爵进来了。"二位，我现在可以悉听吩咐了，"他说，"马车已到波波罗广场去了，我们可以从另外一条路走，假如你们愿意的话，就走高碌街。带几支雪茄去，马瑟夫先生。"

"非常乐意，"阿尔培答道，"意大利的雪茄太可怕了。您到巴黎来的时候，我可以回敬您这种雪茄。"

"我不会拒绝的。我打算过几天就到那儿去，既然蒙您允许，我一定来拜访您。

世界经典文库

世界二十大名著

基督山伯爵

图文珍藏版

走吧,我们不能再浪费时间啦,已经十二点半了——我们出发吧!"

　　一行人走下楼,车夫已得到他主人的吩咐,驱车到巴布诺街去了,三位先生就经弗拉铁那街向爱斯巴广场走去,这样,他们就可以在菲亚诺宫和罗斯波丽宫之间经过。弗兰士的注意力都集中到罗斯波丽宫的窗口上去了,因为他并没有忘记那穿披风的人和那个勒司斐人所约定的暗号。

　　"您的窗口在哪儿呢?"他问伯爵,语气间极力装出无所谓的样子。

　　"最后那三个。"伯爵很自然地回答,但他的态度显然并非是假装出来的,因为他绝想不到这句话的用意。弗兰士迅速地向那三个窗口瞟了一眼。旁边两个窗口挂着黄缎窗帷,中间那个是白缎的,上面有一个红十字。穿披风的人的确实践了他对勒司斐人的许诺,而现在毫无疑问,可以确定他是伯爵了。那三个窗口里还没有人。四面八方都在匆忙地准备,椅子都已安放好了。断头台已架了起来,窗口上都挂着旗帜。钟声不响,面具还不能出现,马车也不能出动,但在各个窗口后面,已可看到面具在那儿晃动,而马车都在大门后面等着了。

　　弗兰士,阿尔培和伯爵继续沿着高碟街走。当他们接近波波罗广场的时候,围观的人群愈来愈密了,在万头攒动的上空,可以看到两样东西——方身尖顶的石塔,塔顶上有一个十字架,标明这是广场的中心和耸立在石塔面前,耸立在巴布诺街,高碟街,立庇得街三条路的交叉口上的断头台的那两条立柱。在这两条立柱之间,悬挂着闪闪发光的弯刀。

　　他们在街角上遇到伯爵的管家,管家原来在那儿等候他的主人。伯爵花了很大的价钱租下的那个窗口是在那座大宫殿的三楼上,位于巴布诺街和平西奥山之间。我们已经说过,这曾是一间小小的更衣室,从更衣室进去还有一间寝室,只要一关上通外面的那扇门,房间里的人便可与外界隔绝。椅子上已放着高雅的小丑服装,是用蓝白色的绸缎制的。

　　"既然你们让我挑选服装,"伯爵对二位朋友说,"我就拿了这几套来,因为今年穿这种服装的最多,而且也最适用,逢到人家向你们撒纸花,也不会沾在身上。"

　　弗兰士对伯爵的这一篇话似听非听,他或许并没有完全了解伯爵的一番好意,他的注意力已全部被波波罗广场上的情景所吸引去了。在目前,广场上主要的点缀品就是那可怕的杀人工具。弗兰士是有生以来第一次看到一架断头机——我们说断头机,因为罗马的这种杀人工具式样简直和法国的完全相同。那把刀是新月形的,刀口向外凸出,刀上的坠子分量较轻,现有的差别只在于此。有两个人坐在那块搁犯人的活动木板上,正在那儿一面用早餐,一面等候犯人。其中的一个掀起那块木板,从板下面拿出一瓶酒,喝了几口,然后给他的同伴递过去。这两个人是刽子手的助手,一看到这种情形,弗兰士觉得他的额头上已在开始冒出冷汗来了。

　　犯人在头天晚上就已从诺伏监狱移禁到波波罗广场口的圣·玛丽亚小教堂,就在那儿过夜,每一名犯人有两位教士做伴。他们关在一间有铁栅门的礼拜厅里,门前有两个轮流换班的哨兵。教堂门口,两边都有一列双排的马枪兵,从门口直排到断头台前,并在断头台四周围成一个圆圈,中间空着十呎宽的小径,在断头机周围,则留下一片将近一百呎的空地。广场的其他地方都被男男女女的头填满了。

许多女人把她们的小孩子搁在她们的肩头上,所以孩子们看得最清楚。

平西奥山像是一家挤满了看客的露天大戏院。巴布诺街和立庇得街拐角上的两座教堂的阳台上挤得满满的。台阶上的人仿佛变成一股杂色斑驳的海流,向门廊下拼命地挤。墙上每一处凹进去的地方都供着活的雕像。伯爵说的是实话——人生最动人的奇景就是死。

可是,虽然这一幕庄严的情景似乎应该令人肃静无哗,然而,人群里反而喧闹异常——一片笑和欢呼所组成的闹声,显然在人们的眼中,这次杀人只是狂欢节的开幕典礼。突然间,像是中了魔似的,骚动停止了,教堂的门开了。出现了一小群苦修士,其中有一个领头地走在前边;他们从头到脚都遮在一件灰色粗布的长袍里,只在眼睛的地方有两个洞,各自手上都拿着点燃了的小蜡烛。在苦修士的后面,走着一个身材高大的人。他浑身赤裸,只穿着一条布短裤,左腰上佩着一把插在鞘里的牛耳尖刀,右肩上扛着一把笨重的长锤。此人便是刽子手。他的脚上还绑着一双草鞋。在刽子手的后面,根据处死的先后,先出来了庇庇诺,然后才是安德里。每个犯人都由两位教士陪送着。他们两个人的眼睛都没有绑。

庇庇诺走路的脚步很坚定,无疑地已明白就会发生什么事。安德里则由两位教士扶着走。他们都时时去吻一个忏悔师送上来的十字架。仅仅看到这一幕情景,弗兰士就觉得他身下的那条腿已在发抖了。他望望阿尔培,阿尔培的脸白得像他的衬衫一样,他机械地丢掉他的雪茄,虽然那支雪茄还没有抽到一半。只有伯爵似乎无动于衷——不,他激动得很,一层浅红色似乎正在拼命地从他那苍白的面颊上透出来。他的鼻孔张得很大,像是一只野兽嗅到了它的牺牲品似的。他的嘴巴半开着,露出他那雪白的,又细又尖,像狼一样的牙齿。不过,他的脸上却露出一种温柔的微笑,这种表情弗兰士以前是从来不曾在他的脸上看见过的,他那一对黑眼睛充满着宽容和怜悯。两个犯人继续向断头台走去,当他们走近的时候,他们的脸也可看得清楚了。庇庇诺是一个漂亮的青年人,约二十四、五岁,皮肤被太阳晒成棕褐色。他高昂着头,似乎在使劲嗅空气,想确定他的解放者会在哪一面出现。安德里是一个矮胖子,他的脸上布满着残忍恶毒的皱纹,但那些皱纹和他的年龄并无关系,他约莫在三十岁左右。他的胡子在狱中长得长长的,他的头垂在肩上,他的两腿发软,他似乎在服从一种不自觉的机械的动作。

"我好像听您说过,"弗兰士对伯爵说,"只处死一个人。"

"我对您讲的是实话。"伯爵冷冷地答道。

"但是,这儿有两个犯人呀。"

"对,不过这两个之中,要死的却只有一个。另外那一个还有许多年可活呢。"

"假如赦罪令要来,可不能再拖了。"

"看,那不是来了!"伯爵说。

正当庇庇诺到达断头台脚下的时候,一个似乎拖在后面的苦修士,拼命挤开士兵,走到领头的那个苦修士前面,交给他一张折拢的纸。庇庇诺那锐利的目光已把这一切都看到了。领头的那个苦修士打开那张纸,读完,于是他举起一只手,"赞美上天!赞美圣下!"他大声说,"有令赦犯人一名!"

"赦罪令!"人们异口同声地喊道,"赦罪令!"

听到这种喊声,安德里把他的头抬了起来。"给谁的赦罪令!"他喊道。庇庇诺仍旧屏息静气地等着。

"赦庇庇诺,即罗卡·庇奥立。"那个领头的苦修士说,于是他把那张纸交给马枪兵的领队官,那军官读完以后把纸交还他。

"赦庇庇诺!"安德里大声说道,他似乎已从以前的麻痹状态中醒过来了。"为什么赦他不赦我?我们应该一同死。你们讲定他是和我一起死的呀。你们无权让我一个人去死。我不愿意一个人死!我不愿!"于是他挣开两个教士,像一头野兽似的挣扎,咆哮,拼命想扭断那条绑住他双手的绳子。刽子手做了一个手势,于是他的两个助手从断头台上跳下来揪住他。

"发生了什么事?"弗兰士问伯爵,因为那些话都是罗马土语,所以他没有完全听懂。

"您没看见吗?"伯爵答道。"这个人快要死了,他之所以发狂,是因为他的同难人没有和他同归于尽,倘若听任他去干的话,他会用他的牙齿和指甲把他撕得粉碎,决不肯让他去享有自己快要被剥夺的生命。噢,人呀,人呀!鳄鱼的子孙呀!"伯爵向人群伸出他紧捏成拳头的双手,大声说,"我早就认识你们了。你们始终只是豺狗不值的东西呀!"

在这期间,安德里始终还在地上和那两个刽子手挣扎,他还是一直在吼叫着:"他应该死的!我要他死!我不愿意一个人死!"

"看,看哪!"伯爵抓住那两个青年人的手大声说,"看吧,凭良心说,这也是不可思议的事,这个人本来已向他的命运低头了,他就要上断头台了——像一个懦夫,这是真的,他是预备服服帖帖地去死的。你们知道他为什么能那样,你们知道是什么安慰了他吗?那是因为另外还有一个人要和他一同处刑;因为另外还有一个人要分享他的痛苦;因为另外还有一个人甚至在他之前死去!牵两只羊到屠夫那儿,牵两头牛进屠场,使两只里的一只懂得它的同伴可以不死,羊会兴奋地咩叫,牛会高兴得乱吼。但是人——上帝照他的想象创造出来的人,上帝给他的第一条最重要的戒条就是叫他爱他的邻人,上帝给他声音以表达他的思想——当他听到他的同类人得救的时候,他的第一声喊叫是什么!是一声诅咒!够光荣了吧,人呀,你这自然的杰作,你这万物之灵!"于是伯爵爆发出一声狂笑,但那种笑是可怕的,表示他的内心一定受过非常痛苦的煎熬。

在这期间,挣扎依旧在继续,看来真是触目惊心。人们都反对安德里,两万个声音都在喊,"杀死他!杀死他!"弗兰士吓得向后跳,但伯爵抓住他的手臂,把他拉到窗前。"您怎么啦?"他说。"难道您可怜他吗?假如您听到有人喊'疯狗!'您就会抓起枪来,您就会毫不犹豫地打死那可怜畜生,但它的罪,却只是咬了另一条狗而已。而这个人,并没有人去咬他,他倒反而谋杀了他的恩人,现在他的手被绑住了,不能再杀人了,可是他还希望囚伴和他同归于尽,这样的一个人,您还悯怜他!不,不,看,看哪!"

这种规劝实在是不必的。弗兰士早已全神贯注地在望这一场可怕情景了。那两个助手已把安德里揪到断头台上，不管他怎么挣扎、撕咬、狂叫，已经按着他跪了下来。这时，刽子手已在他的旁边站定步位，举起那把长锤，示意叫两个助手走开。那犯人想挣扎起来，但他还没有站起，那把锤已打到他的左面太阳穴上。随着一下重浊的声音，那个人像一条牛似的扑面倒了下来，然后又翻身仰面躺在台上。刽子手摔开锤，抽出刀，一刀便切开了他的喉管，然后跳到他的肚皮上，猛力用脚踏，每一踏，伤口里便喷出一股鲜血。

弗兰士再也坚持不住了，昏昏沉沉地倒在一张椅子里。阿尔培紧闭双眼，牢牢地抓住窗帷站着。伯爵笔挺地站着，露出胜利的神色，像是复仇的天使。

第三十六章　罗马狂欢节

当弗兰士回过神来的时候,他看见阿尔培正在喝一杯水,从阿尔培那苍白的脸色看来,这一杯水实在是他极其需要的,同时,他看见伯爵则在换上他那套小丑的服装。他情不自禁地向广场上望去。一切都不见了——断头台,刽子手,尸体,一切都不见了,留下的只是人,到处都是嘈杂而兴奋的人。雪多里奥山上那口只在教皇升天和狂欢节开始时才敲打的钟,正在嘶嘶地发出一片令人欢欣鼓舞的响声。"喔!"他问伯爵,"后来怎么啦?"

"没什么,"伯爵回答,"就如您所见的,狂欢节已经开始了。赶快换衣服吧。"

"说真的,"弗兰士说,"这一幕可怕的情景已像一场梦似的过去了。"

"它实在只是一场梦——一场打扰您的噩梦而已。"

"是的,对我是如此,可是对那犯人呢?"

"那也是一场梦。区别在于他还睡着,而您却已醒来了,谁知道你们之中哪一个是最幸福的呢?"

"但庇庇诺呢——他怎么啦?"

"庇庇诺是一个很乖巧的孩子,他可没有一点虚荣心,一般人得不到人家的注意就要大发脾气,而他却很高兴看到大众的注意力都贯注到他的同伴身上。他就利用这大家不注意的时候混入人群里溜走了,甚至没对那两位陪他来的可敬的教士道一声谢。唉,人真是一种忘恩负义,自私自利的畜生。请您换衣服吧。瞧,马瑟夫先生已经给您做榜样了呢。"

阿尔培的确已把那条绸裤套在了他的黑裤和那擦得锃亮的长筒皮靴上。"喂,阿尔培,"弗兰士说,"你是否真的很想去参加狂欢节? 唉,直率地答复我。"

"老实说,不!"阿尔培答道。"但我真的很高兴能见识一下这里刚才的场面,我现在懂得伯爵阁下所说的话了,当你一旦看惯了这种情景以后,你对于其他的场面就不容易激动了。"

"而且这是您能研究人性的唯一时机,"伯爵说。"在断头台的踏级上,死撕掉了人一生所戴的假面具,露出了真面目。安德里的表现实在丑恶——这可恶的流氓! 来,穿衣服吧,二位穿衣服吧!"

弗兰士觉得要是不学他两位同伴的样子,未免太不像话了。他穿上衣服,绑上面具——那面具当然并不比他自己的脸更缺乏血色。他们化装完毕以后,就走下楼去。马车等在门口,车子里堆满了五色碎纸和花球。他们混入马车的行列里。这个突变真是难于想象,波波罗广场已一扫那阴气森森凄凉沉寂的气氛,代之而来的是一片兴高采烈和嘈杂的狂欢景象。四面八方,一群群戴面具的人流动过来,有从门里跑出来的,有离开窗口奔下来的。从每一条街,每一个角落,都有马车拥过来。马车上坐满了白衣白裤白面具的小丑,身穿花衣手持木刀的滑稽人,戴半边面具的男男女女,有贵族气派的人,勒司斐人,骑士和农民。大家尖声喊叫,打打闹闹,装腔作势,满天飞舞着装满了面粉的蛋壳、五色碎纸和花球,用他们的冷言冷语相互攻击,或互扔东西,也不分是敌是友,是同伴是陌生人,谁都不动气,大家都只是笑。

弗兰士和阿尔培像借酒消愁的人一样,渐渐有点醉了以后,就觉得已有一重厚厚的纱幕隔开了过去和现在。可是他们却老是看到,或说得更确切些,他们依旧在心里想着刚才他们所目击的那一幕。但慢慢地,那到处弥漫着的兴奋情绪也传染到他们身上,他们觉得自己也不得不参加到那种嘈杂和混乱之中。附近的一辆马车里扔过来一把五色碎纸,把车上的三位同伴撒得满身都是,马瑟夫的脖子上和面具未遮住的那一部分脸上像是受了一百只小针戳似的弄得怪痒的,于是他被卷进了这场混战之中。他站起身来,抓起几把装在马车里的五色碎纸,使劲儿向他附近的人投去,表示他也是老于此道的能手。战斗顺利地展开了。半小时前目睹的那一幕印象渐渐地在两个青年的脑子里消失了,他们现在所全神贯注的,只是这兴高采烈、五彩缤纷的游行队伍。而基度山伯爵却始终无动于衷。

试想一下,那条宽阔华丽的高碡街,从头到尾都耸立着巍巍的大厦,阳台上悬挂着花毯,窗口上飘扬着旗帜,有三十万看客倚在阳台和窗口上,其中有罗马人,意大利人,还有从世界各地来的外国人,都是出身高贵,又有钱,又聪明的三位一体的贵族,可爱的娘儿们也被这种场面所感染,或倚着阳台,或靠着窗口,向经过的马车抛撒五色碎纸,马车里的人则以花球作回报。整个天空似乎都被落下来的五色碎纸和抛上去的花朵所遮住了。街上挤满了生气勃勃的人群,都穿着奇装异服——硕大无比的大头鬼大摇大摆地走着,牛的头从人的肩胛后面伸过来嘶吼,狗被挤得直立起来用两条后腿走路。在这种种纷乱嘈杂之中,忽然一只假面具掀开了一下,而像卡洛(十七世纪法国画家)的《圣安东尼之诱惑》里所做的那样,露出了一个可爱的面孔,你本来很想盯梢上去的,但忽然一队魔鬼把你和她冲散了,上述的一切也许能使你对于罗马的狂欢节有一个朦胧的印象吧。

转到第二圈,伯爵停住马车,向他的同伴告退,留下马车给他们用。弗兰士抬眼一看,原来他们已到了罗斯波丽宫前面。在中间那个挂白缎窗帷上绣红十字窗口里,坐着一个戴蓝色半边面具的人,这个人,弗兰士一下子便联想到她就是戏院里的那个希腊美人。

"二位,"伯爵跳到车子外面说,"当你们在这场戏里倦于做演员而想做看客的时候,你们知道我的窗口里是为你们留着位置的。现在,我的车夫,我的马车和我的仆人都统统归你们调遣。"

我们忘记提一笔,伯爵的车夫是穿着一身华丽的熊皮衣服,和《熊与巴乞》一剧里奥德莱所穿的那种服装一模一样,站在马车后面的两个跟班则打扮成两员绿毛猴子,脸上戴着活动面具,对每个经过的人扮着鬼脸。

弗兰士感谢伯爵的热情帮助。这时阿尔培正忙着向一辆停在他附近,满载着罗马农民的马车上摔花球。不幸得很,马车的行列又走动了,他向波波罗广场去,而那一辆却向威尼斯宫去。"啊!我的朋友!"他对弗兰士说,"你没有看见吗?"

"什么东西?"

"那儿——那辆载着罗马农民的低轮马车。"

"没有。"

"啊哈,我相信她们是可爱的女人。"

"你多不幸呀,阿尔培,偏偏戴着面具!"弗兰士说,"这可是弥补你过去失意的一个机会呀。"

"噢,"他半开玩笑半认真地回答,"我希望在狂欢节结束以前,能给我带来一点补偿。"

虽说阿尔培满怀希望,但当天却并没有发生任何意外的艳遇,只是那辆满载罗马农民的低轮马车,后来却又遇到过两三次。有一次邂逅相逢的时候,不知阿尔培是故意的还是无意的,他的面具掉了下来。他立刻站起来,把马车里剩下的花球都抛过去。可爱女人——这是阿尔培从她们俏丽的化装上推测出来的——中的一个无疑地被他的殷勤献媚所打动了。因为,当那两个朋友的马车经过她的时候,她居然也抛了一束紫罗兰过来。阿尔培连忙接住,而弗兰士因为没有理由可以假定这是送给他自己的,所以也只能让阿尔培保有它了。阿尔培把花插在他的瞳孔里,于是马车胜利地继续前进。

"喂,"弗兰士向他说,"这是一次艳遇的开始呀。"

"随便你笑吧,我倒真是这样想。所以我决不肯放弃这束花球。"

"当然啦!"弗兰士大笑着答道,"我相信你,这是定情的一个标记。"

不过,这种戏言不久似乎变成真的了,因为当阿尔培和弗兰士再遇到农妇们的那辆马车的时候,那个抛紫罗兰给阿尔培的女人看到他已把花插在瞳孔里,就鼓起掌来。

"妙!妙!"弗兰士说,"事情来得真妙。要不要我离开你?或许你愿意独自进行吧?"

"不,"他答道,"我可不愿意像傻瓜似的才送一个秋波就被擒住。假如这位漂亮的农妇愿意有所发展,明天我们还可以找到她的,或说得更正确些,她会来找我们的,那时,她会对我有所表示,而我就知道该怎么办了。"

"凭良心说,"弗兰士说,"你真可谓聪明如涅斯托而慎重如尤利西斯了。你那位漂亮的塞茜要是想把你变成一只不论哪一种的走兽,她一定得十分机智或非常神通广大才行呢。"

阿尔培说得对,那位无名美人无疑地已决定当天不再出什么新花样,因为那两个青年人虽然又兜了几个圈子,他们却再也看不到那辆低轮马车,它恐怕已转到附近别的街上去了。于是他们回到罗斯波丽宫,但伯爵和那个戴蓝色半边面具的人也看不到了。那两个挂黄缎窗帷的窗口里还有人,他们大概是伯爵请来的客人。正在这时,那口宣布狂欢节开幕的钟发出了今天到此结束的讯号。高碌街上的行列立刻散乱,一瞬时,所有的马车都不见了。弗兰士和阿尔培这时正在马拉特街的对面。车夫一言不发，驱着马车向那条街驰去，驰过爱斯巴广场和罗斯波丽宫，在旅馆门口停下来。派里尼老板到门口来迎接他的客人。弗兰士一开口就问到伯爵，并表示很抱歉没有及时去接他回来，但是派里尼让他放心，他说基度山伯爵曾吩咐另外为他自己备一辆马车，已在四点钟的时候把他从罗斯波丽宫接回来了。伯爵并且还托他把爱根狄诺戏院的包厢钥匙交给这两位朋友。弗兰士问阿尔培是否接受他的好意，但阿尔培在到戏院去以前，还有大计划要实行，所以他并不回答弗兰士的话，却问派里尼老板能不能给他找到一个裁缝。

"裁缝!"店主说，"有什么事吗?"

"给我们做两套罗马农民的衣服，明天要用。"阿尔培回答。店主摇了摇头。"马上给你们做两套衣服，明天要用。请两位大人原谅，这纯属法国式的要求，因为在这一星期以内，即使你们要找一个裁缝在一件背心上钉六粒纽扣，每钉一粒纽扣给他一个艾居，他也是不肯的。"

"这么说来，我只能放弃这个念头了吗?"

"不，我们有现成做好的。一切交给我好了，明天早晨，当您醒来的时候，您就会找到一套样样齐备的服装，保证您满意。"

"我亲爱的阿尔培，"弗兰士说，"一切让我们的店主去操办吧，他已经证明过他是一个有办法的人。我们放心吃饭吧，吃完以后去看意大利歌剧去。"

"赞成，"阿尔培回答说，"但要记住，派里尼老板，我的朋友和我明天早晨一定要用刚才所说的那种衣服，这是最紧要的。"

店主再次向他们保证，请他们只管放心，一定把他们的希望办到。于是，弗兰士和阿尔培上楼到他们的房间里，开始脱衣服。阿尔培脱下衣服时，小心翼翼地把那束紫罗兰保存了起来，这是他明天识别的标记。两位朋友在餐桌前面坐下来。阿尔培禁不住要谈论到基度山伯爵的餐桌和派里尼老板的餐桌之间的不同。弗兰士虽然对伯爵多少有些成见，却也不得不承认优势并不在派里尼这一边。当他们吃到最后一道点心的时候，仆人进来向他们希望在什么时候备车。阿尔培和弗兰士互相望着对方，生怕真的滥用了伯爵的好意。那仆人明白他们的想法。"基度山伯爵大人已确确实实地吩咐过了，"他说，"马车今天整天听两位大人的吩咐，所以两位大人只管请用，不必怕失礼。"

他们决定享受伯爵的殷勤招待，就吩咐去备马，在这期间，他们换了一套晚礼服，因为他们身上所穿的这套衣服，已经过无数次的战斗，多少有点不怎么好了。经过这一番小心打扮以后，他们就到戏院里去，坐在伯爵的包厢里。第一幕演出的期间，G伯爵夫人进入她的包厢。她首先就向昨天晚上伯爵呆的那个包厢看了看，所以她一眼便看到弗兰士和阿尔培坐在她曾对弗兰士发表过怪论的那个人的包厢里，她的观剧望远镜对准他们。弗兰士觉得要是不去满足她的好奇心，那就未免太残酷了，于是他就利用意大利戏院里看客的特权——包括利用他们的包厢做会客室——带着他的朋友离开他们自己的包厢去向伯爵夫人致意。他们刚一踏进包厢，她就示意请弗兰士坐那只荣誉座。这一次轮到阿尔培坐在后面了。

"怎样"，她简直不等弗兰士坐下就问道，"您简直像是没有别的好事可干了，只想着去认识这位罗思文勋爵,啊唷,你们成了世界上最要好的朋友了吧。"

"还没到那种程度,伯爵夫人,"弗兰士回答,"但我不能否认我们曾打扰了他一整天。"

"一整天?"

"当然啦,今天早晨,我们跟他一起用早餐,后来我们整天坐他的马车,而现在又借用了他的包厢。"

"那么您以前认识他吗?"

"又是又不是"。

"这话怎么说?"

"说来话长。"

"您愿意对我说说吗?"

"恐怕要吓坏您。"

"另外举一个理由。"

"至少请等到这个故事有个结果再说吧。"

"好极了。我爱听有头有尾的故事。但先告诉我你们怎么认识他的,是有人把你们介绍给他的吗?"

"没有人,相反是他把自己介绍给我们的。"

"什么时候?"

"昨天晚上,我们离开您以后。"

"什么人做中间人?"

"说来也平平常常,就是我们的旅馆老板。"

"那么,他是和你们一同住在伦敦旅馆的了?"

"不但同住在一家旅馆,而且同住在一层楼上。"

"他叫什么名字呢?因为想必您是知道的。"

"基度山伯爵。"

"那是一种什么名字呀?这不是一个族名。"

"不,这是他买下来的一个岛的名字。"

"而他是一位伯爵?"

"一位托斯卡纳的伯爵。"

"哦,那一点我们以后再来谈论吧,"伯爵夫人说,因为她本人就是威尼斯历史最悠久的一家贵族出身的。"他是怎么样的一种人?"

"问马瑟夫子爵吧。"

"您听见了吗,马瑟夫先生,我靠您指教呢。"伯爵夫人说。

"夫人,"阿尔培答道,"要是我们再不觉得他为人有风趣,我们也就实在太难满足啦,一个十年之交的朋友也不能待我们更好了,而且态度高雅,应付巧妙,礼貌周到,显然是一位交际场的人物。"

"算了吧,"伯爵夫人微笑着说,"我看那位僵尸只是一位百万富翁罢了。你们没有看见她吗?"

"哪个她?"

"昨天那个美貌的希腊人。"

"没有。我想,我们听到过她弹月琴的声音,但却没有看到人。"

"你说没有看到,"阿尔培插嘴说,"这只是故弄玄虚吧。那个戴蓝色半边面具,坐在挂白窗帘窗口里的人你当她是谁?"

"这个挂白窗帘的窗口在哪儿?"伯爵夫人说。

"在罗斯波丽宫。"

"伯爵在罗斯波丽宫有三个窗口吗?"

"是的。您经过了高碌街吗?"

"经过的"。

"好啦!您是否发现两个挂黄缎窗帘的窗口和一个挂白缎窗帘上绣红十字的窗口? 那就是伯爵的窗口。"

"咦,他一定是一个印度王公啦! 你们知不知道那三个窗口要值多少钱?"

"得两三百罗马艾居吧!"

"不如说两三千哩!"

"见鬼!"

"他的岛上有这样大的出产吗?"

"那里是一个铜板都生不出的。"

"那他为什么买它呢?"

"只是为了一种狂想而已。"

"那么他是一个怪人了?"

"的确,"阿尔培说,"在我看来,他多少有点不同寻常。假如他在巴黎,而且是戏院里的一个老顾客,我就要说他是一个装腔作势,玩世不恭的丑角,或是一个读小说着了迷的书呆子。的确,他今天早晨所演的那两三手,真大有达第亚或安多尼的作风。"

这时,有人来访,弗兰士就按照习惯,把他的位置让给他。这一来,话题也转变了,一小时以后,两位朋友已回到了他们的旅馆里。派里尼老板已经在着手为他们弄明天化装的衣服,他向他们保证,一定会让他俩十分满意的。

第二天早晨九点钟,店主走进弗兰士的房间,后面跟着一个裁缝,裁缝拿了八九套罗马农民的服装。他们挑选了两套式样合身的服装,然后叫裁缝在他们每人的帽子上缝上二十码左右的缎带,再给两绺下层阶级在节日时装饰用的各种颜色的长穗。

阿尔培急于想看看他穿上这套新装以后效果究竟如何。他穿的是蓝色天鹅绒的短褂和裤子,绣花的丝袜子,搭扣的皮鞋和一件绸背心。这套漂亮的打扮简直使他风头十足。当他把绣花腰带围到腰上,戴上帽子,并很风流地把帽子歪在一边,使一绺丝带垂到肩头的时候,弗兰士不得不承认这种装束颇富于自然美。所谓自然美,指的是某种民族特别适宜于穿某种服装而言,譬如说土耳其人,他们以前老是穿飘飘然的长袍,那是很富于诗意的,而他们现在穿了纽扣一直扣到下巴的蓝色制服,戴上红帽子,那副丑陋的模样,不是活像一只红盖子的酒瓶了吗?弗兰士向阿尔培恭维了一番,阿尔培自己也对了镜子照看,脸上带着踌躇满志的微笑。他们正在这样打扮时,基度山伯爵进来了。

"先生们",他说,"有一个同伴虽然很可喜,但完全自由有时却更可喜。我是来告诉你们,在今天和狂欢节其余的日子里,我那辆马车完全由你们支配。店主大概告诉过你们,我另外还有三四辆,所以你们不会使我自己没有车子座。请用吧,用来去玩也好,用来去办正经事情也好。"

两个青年还想推让几句,但他们找不到一个很好的理由来拒绝一个这样合乎他们心愿的好意。基度山伯爵在他们的房间里呆了一刻钟光景,极其从容地谈论各式各样的问题。他俩早就发现,他对于各国的文学是很熟悉的。一看他客厅里的墙壁,弗兰士和阿尔培就知道了他是一个美术爱好者。而从他无意间吐露出的几句话里,他们俩相信他对于科学也并不陌生,而对药物学似乎尤其感兴趣。

两位朋友不敢回请伯爵吃早餐,用派里尼老板非常蹩脚的饭菜来和他那上等酒筵交换,未免太荒唐了。他俩直率地向他说出了自己的想法,他接受了他们的歉意,神色之间表示他很能体谅他们处境的为难。

阿尔培被伯爵的风度迷住了,要不是伯爵曾吐露过关于科学方面的知识,他真要把他看作一个十足的绅士了。最使他们高兴的是他们可以随意支配那辆马车,因为昨天下午那些漂亮的农民所乘的是一辆非常雅致的马车,而阿尔培对于要和他们并驾齐驱,并不感到遗憾。

下午一点半,两个青年下楼了,车夫和跟班在他们化装的衣服上又套上制服,这使他们看来更滑稽可笑,同时也为弗兰士和阿尔培博得不少喝彩。阿尔培已把那束枯萎的紫罗兰插在他的纽孔上。

钟声响起,他们就急忙从维多利亚街驶入高碌街。兜到第二圈,从一辆满载着女丑角的马车里抛来了一束新鲜的紫罗兰,阿尔培于是明白了,像他和他的朋友一样,那些农民也已改了装,而不知究竟是出于偶然,还是由于双方有了一种心心相印的感觉,以致他换上了她们的服装,而她们却换上了他的。

阿尔培把那束新鲜的花球插在他的瞳孔里,但手里仍拿着那束萎谢的。当他又遇到那辆低轮马车的时候,他有声有色地把花举到他的嘴唇上,这个举动不但使那个抛花的美人大为高兴,而且她那些快乐的同伴们似乎也很欢喜。这一天像前一天同样愉快,甚至要更热闹更嘈杂。他们有一次曾看到伯爵在他的窗口里,但当他们再经过的时候,他已经不见了。

自不待说,阿尔培和那个农家美女之间的调情是继续了一整天。傍晚回来的时候,弗兰士发现一封大使馆送来的信,通知他明天就可以光荣地得到教皇的接见。他以前每次到罗马来,总要提出这个请求并获得恩准,在宗教情绪和感恩的鼓舞之下,他若不到这位集美德于一身的圣·波得的继承者脚下去表示一番敬意,就不愿离开这基督世界的首都。所以那一天,他没有太多的心思去想到狂欢节——因为格里哥里十六(意大利教皇)虽然极其谦恭慈爱,但人一到了这位尊严高贵的老人面前,就会不自觉地产生一种敬畏之感。

从梵蒂冈出来后，弗兰士故意避免从高碑街过。他那一脑袋虔敬的思想，碰上狂欢节这种疯狂的欢乐，是要被亵渎的。五点十分，阿尔培进来了。他兴奋至极。那些女丑角又换上了农家的服装，当她经过的时候，她曾抬起她的面具。她很漂亮。弗兰士向阿尔培表示祝贺，阿尔培带着一种当之无愧的神气接受了他的祝贺。他已从某些蛛丝马迹上看出那个无名美人是贵族社会中人。他决定明天要写信给她。弗兰士注意到，当阿尔培在详详细细讲这件事的时候，他似乎想要求他一件事，但他又不愿意讲出来。于是他自己先声明，不论要求他做任何牺牲，他都愿意。阿尔培再三谦让，一直到在朋友交情上已说得过去的时候，他才向弗兰士直说，要是明天肯让他独据那辆马车，那就可算赐了他一个大恩。阿尔培认为那个美丽的农家女肯好心地掀一掀她的面具，应该归功于弗兰士的不在。弗兰士当然不会自私到竟在一件艳遇的中途去妨碍阿尔培。而且这次艳遇看来一定还能够满足他的好奇心和鼓励他的自信心。他确信他这位心里藏不住事的朋友一定会把经过的所有细枝末节通通都告诉他。他自己虽在意大利游历了两三年，却从来得不到机会亲自来试试这样的勾当，弗兰士也很想知道遇到这种场合应怎样来对付。于是他答应了阿尔培，明天狂欢节的情形，他只要从罗斯波丽宫的窗口里看看就满足了。

果然，到了次日，他看到阿尔培一次又一次经过。他捧着一个极大的花球，无疑的是要它充当传递情书的使者。这种猜想不久便得到了证实，因为弗兰士看见那个花球(有一圈白色的山茶花为记)已到了一个身穿玫瑰红绸衫的可爱的女丑角手里。所以当天傍晚阿尔培得意扬扬地回来的时候，他不单是高兴，而是狂热了。他相信那位无名美人一定会以同样的方式答复他。弗兰士已料到他的心意，就告诉他说，这种吵闹使他有点疲倦了，明天想记账，并把以前的账查看一遍。

阿尔培没有失算，因为第二天傍晚，弗兰士看到他手里拿着一张折拢的纸，胜利地挥舞着走进来。"喂，"他说，"我没猜错吧？"

"她有回音了？"弗兰士喊道。

"你念吧！"说这句话时他的神气是无法描写的。弗兰士接过信念道：

"星期二晚上七点钟，在蓬替飞西街下车，跟着那个夺掉您的'长生烛'的罗马农民走。当您走到圣·甲珂摩教堂第一阶踏级的时候，请注意在您那套小丑服装的肩头绑上一绺玫瑰色缎带，借以识到。星期二以前，暂不相见。小心和谨慎。"

"怎么样？"弗兰士读完信，阿尔培就问，"你觉得如何？"

"我觉得这件奇遇安排得非常巧妙。"

"我也这么看，"阿尔培答道，"恐怕你只能独自去参加勃拉西诺公爵的跳舞会了。"

原来弗兰士和阿尔培在当天早晨曾接到那位大名鼎鼎的罗马银行家送来的一张请帖。"小心哪，阿尔培，"弗兰士说。"罗马的所有贵族都会到的。假如你那位无名美人是上流社会中人，她一定会到那儿去的。""不论她去不去，我都不会改变主意了。"阿尔培回答。

"你念过那封信啦？"他又问。

"是的。"

"你知道意大利中等阶级的妇女所受的教育是很可怜的吗？"

"是的。"

"好吧，再念念那封信。瞧瞧上面的字迹，再找一找有没有一个白字或文句不通的地方。"那一手字的确很漂亮，白字也一个都没有。

"你是一个天生的幸运儿。"弗兰士边说边把信还给他。

"随你去笑吧，"阿尔培答，"反正我已堕入情网里了。"

"你说的我心慌啦，"弗兰士喊道。"我看我不但得独自到勃拉西诺公爵那儿去，而且也得独自回佛罗伦萨呢。"

"倘若我那位无名人儿脾气的和蔼也像她面貌的美丽一样，"阿尔培说，"则我至少还要在罗马住六个星期。我爱罗马，而且我对于考古学一向很有兴趣。"

"喂，再多来两三次这样的奇遇，我看你就很有做皇家学会会员的希望啦。"

无疑阿尔培很想一本正经地讨论他入皇家学会的资格问题，但这时侍者来通报晚餐已经准备好了。阿尔培的恋爱并没有带走他的食欲。他赶快和弗兰士一同入席，准备把这一场讨论留到晚餐以后。用完晚餐，侍者通报基度山伯爵来访。他们已经有两天没有见到他了。派里尼老板告诉他们说，他是到契维塔·韦基亚办一件事情的。他昨天傍晚动身，一小时前才回来。他是个可爱的人。不知道他究竟是勉强克制着他自己呢，还是时机尚未唤醒已经有二、三次在他伤感的谈话里反映出来的刻薄的禀赋，总之，他的态度非常安闲。在弗兰士眼中，这个人是一个谜。伯爵一定知道他认识他，可是他从不曾吐露过一个字表示他以前曾经见过他。对弗兰士而言他虽然极想提示他们以前的那次会晤，但是他深恐一经提出，会引起对方的不高兴，而对方又是这样慷慨地招待他和他的朋友，所以他也只能忍住了。

伯爵听说这两位朋友曾派人到爱根狄诺戏院去定包厢，而没有定着，所以，他把他自己的钥匙带了来，这至少是他这次访问的表面上的动机。弗兰士和阿尔培谦让了一番，说恐怕会使他自己看不到戏，但伯爵回答说，他要到巴丽戏院去，要是爱根狄诺戏院的那间包厢他们不去坐，就白白空着了。这一保证使两位朋友接受了。

弗兰士已渐渐看惯了伯爵那种苍白脸色，他第一次看见他的时候，那种苍白的确给他极其强烈的印象。他不能不承认他的脸具有一种庄严的美，那种美的唯一的缺点，或更正确地说，主要的特征，就在于那种苍白。真是拜伦诗里的主角！弗兰士不仅每次看到他，甚至每次想到他的时候，就禁不住要把他那个严厉可畏的头颅装到曼弗雷特的肩膀上或勒拉的头盔底下去。他的前额上有几条皱纹，表明他无时无刻不在想着一个痛苦的念头；他有一对锋芒毕露的眼睛，似乎能穿透人的灵魂深处，他那高傲爱嘲弄人的上唇里所说出来的话，有一种特殊的力量，能把他所说的话印入听话人的脑子里。伯爵并不年轻，他少说也有四十岁，他很能左右他现在所交的这两个青年。事实上，伯爵除了像那位英国诗人所幻想出来的角色以外，他还有一种吸引力。阿尔培老是唠叨说他们运气好，能遇到这样的一个人。弗兰士没有像他这么热情，但伯爵也对他显示出一个个性倔强的人通常所有的优越感。他几次想起伯爵要去访问巴黎的那个计划，他无疑地相信，凭着他那种怪僻的个性,他那富于特征的面孔和他那庞大的财富,他一定会在那儿轰动一时。可是,当伯爵到巴黎去的时候,他却不想在那儿。

那一夜过得很平常,如同意大利戏院里的大多数夜晚一样;也就是说,并不在于听音乐,而在于访客和谈天。G伯爵夫人很想再谈起伯爵,但弗兰士对她说,他有一件新鲜得多的事情要告诉她,尽管阿尔培故意装出谦逊的样子,他还是把最近三天来闹得他们神魂不安的那件大事告诉了伯爵夫人。由于这一类的风流韵事在意大利并不稀奇,所以伯爵夫人没表示出丝毫的不相信,只是恭喜阿尔培成功。他们在分手的时候约定,大家在勃拉西诺公爵的跳舞会上再见,那次的跳舞会是全罗马都接到请帖的。那位接受花球的女主角倍守诺言,在第二天和第三天,阿尔培再也找不到任何可表示她存在的痕迹。

星期二终于到了,这是狂欢节最热闹也是最后的一天。星期二那天,各戏院在早晨十点钟就开场,因为一过晚上八点,大家就要去参加四旬斋。星期二那天,那些因为缺少钱,缺少时间,或提不起兴致而没有看到前几天狂欢节的情形的人,也混进来同乐,贡献一份嘈杂和兴奋。从两点钟到五点钟,弗兰士和阿尔培跟在行列里,与别的马车和徒步的游客互扔一把把的五色碎纸。那些徒步的人在马脚和车轮间挤来挤去,而竟没有发生一件意外,一次争吵,或一次殴斗。过节是意大利人真正快乐的日子。本书的作者曾在意大利住过五六年,可记不得有哪一次典礼发生过意外事件,而那种事情在我国的一些庆祝活动中却常常连带发生。阿乐培得意扬扬地穿着他那套小丑的服装。一绺玫瑰色的缎带从他的肩头几乎直垂到地上,为了不至于混同,弗兰士穿着农民的服装。

随着时间的前进,骚动喧嚣也愈来愈厉害了。在人行道上,在马车里,在窗口里,没有哪一张嘴巴是闲着的,没有哪一只手臂是不动的。这是一场人为的风暴,是雷声般的叫喊,千万人的欢呼,鲜花,蛋壳,橘子和花球所组成的风暴。

到了午后三点,在喧闹和混乱之中,隐约可听到波波罗广场和威尼斯宫发出放花炮的声音,这是宣布赛马快要开始了。赛马像"长生烛"一样,也是狂欢节最后一天的特别节目之一。花炮的声音一响,马车便立刻散开行列,隐入邻近的横街小巷里去。这一切动作都熟练得令人难以相信,而且极其神速,警察也不必来干预此事。徒步的游人都紧贴着墙排起来,接着就听到了马蹄的践踏声和铁器的撞击声。一队马枪兵十五骑联成一排,疾驰到高碑街,为赛马者清道。当他们到达威尼斯宫时,第二次的花炮连珠般响了起来,宣告街道已经肃清。

顷刻之间,在一阵震天价响的呼喊声中,七八匹马在三十万看客喊声的鼓舞之下,像闪电似的掠了过去。然后,圣·安琪堡连放三声大炮,宣告第三号取得胜利。立刻,不用任何其他信号,马车出动了,从各条大街小巷里拥出来,向高碑街流去,像无数急流被闸断了一会儿,又流入大河,于是这条浩浩荡荡的大江又在花岗石大厦筑成的两岸间继续滚动起来。

这时,人群中的喧哗和骚动又增加了一个新的来源。卖长生烛的商贩粉墨登场了。长生烛,实际上就是蜡烛,其大小,最大如复活节用的细蜡烛,最小的如灯芯烛,这是狂欢节最后的一个节目,凡是参加了这个大场面的演员,要使出截然相反的两手绝招:(一)保住自己的长生烛不熄灭(二)熄灭他人的长生烛。长生烛犹如生命;传达生命的方法只找出一种,而那是上帝所赐予的,但人却发明了成千种消灭生命的方法,虽然这些发明多少都是得到了魔鬼的帮助。要点燃长生烛只能用火,但谁能列出那成千种熄灭长生烛的方法?——巨人似的气息,奇形怪状的熄烛帽,超人用的扇子。每一个人都赶快去买长生烛,弗兰士和阿尔培也杂在人群中。

夜色很快降临了。随着"买长生烛呀!"这一声叫喊,成千个小贩立刻以尖锐的声音响应,这时,人群中已开始燃起了两三朵星火。这是一个信号。

十分钟以后,五万支烛光闪烁了起来,从威尼斯宫蔓延到波波罗广场,从波波罗广场连绵到威尼斯宫。这倒像是在举行提灯会。倘若人们不是亲眼目睹,是难以想象这种情景的,恰如天上所有的繁星都掉了下来,落到地面上混在一起狂跳乱舞。同时还伴随着那种喊叫声,那是在世界任何其他地方都决听不到的。苦力追逐王孙,乡下人追逐城里人,每一个人都在吹,熄,重点。倘若风伯在这时出现,他就会宣布自己是长生烛之王,而指定北风使者为王位的继承人。

这一场明火举烛的赛跑持续了两小时,高碌街照得光明如白昼,四层楼和五层楼上看客的脸都照得清清楚楚。隔五分钟,阿尔培便看一次表,时针终于指在七点上了。两位朋友这时已在蓬替飞西街。

阿尔培跳下马车,手里举着长生烛。有两三个戴面具的人想来撞落他手里的长生烛,但阿尔培是一个第一流的拳术家,他把他们一个一个地打发到街上去打滚,继续夺路向圣·甲珂摩教堂跑去。教堂的台阶上挤满了戴面具的人,他们都拼命在抢别人的火炬。弗兰士用他的眼睛跟着阿尔培。当他看到他踏上第一级台阶的时候,立刻有一个脸上戴着面具,身穿农妇服装的人来夺掉他的长生烛,而他一点没有抵抗。弗兰士离开他们太远了,听不到他们说什么话,不过可以肯定的是两个之间并无敌意,因为他看到阿尔培和那个农家姑娘手挽着手一起消失了。

突然间,钟声响了起来,这是狂欢节闭幕的信号,在这一刹那间,所有的长生烛都同时神奇般地熄灭了,仿佛是来了一阵狂风。弗兰士发觉自己已完全陷在黑暗里。除了送游客回去的马车的辚辚声以外,什么声音都听不到。除了窗口里面的几盏灯火以外,什么都看不见。狂欢节已结束了。

第三十七章　圣·西伯斯坦的陵墓

　　也许，弗兰士一生中从来不曾得到过这样突兀的一个印象，从来不曾感受过像目前这样从欢乐到悲哀的急速地转变。似乎整个罗马，在一个夜叉的一口魔气之下，突然变成了一个巨大的坟墓，刚好时逢月缺，月亮要到十一点钟才会升起来，这就更增加了黑暗的浓度。所以这个青年所经过的街道是被包围在最深的阴暗里。幸而路途很短，十分钟以后，他的马车，或说得更正确些，伯爵的马车，已在伦敦旅馆门前停下来。晚餐已预备好了，但因为阿尔培已对他说过，他不能很快就回来，所以弗兰士也就不等他，独自在餐桌前坐了下来。派里尼老板习惯于看他们一同用膳的，就问他阿尔培为什么不在，弗兰士回答说，阿尔培昨天晚上接到一张请帖，赴宴去了。长生烛的突然熄灭、接替光明的黑暗，和那继骚闹喧嚣而来的沉寂，都在弗兰士的头脑里留下某种莫名的悲哀和不安。所以，虽然他的店主向他表示过分殷勤的关切，并三番五次亲自来问他有没有什么需要，他用膳的时候还是非常沉静。

　　弗兰士决定尽量地等一等阿尔培。他吩咐马车在十一点钟的时候准备好，希望到那时派里尼老板来通报阿尔培回旅馆了。到了十一点，阿尔培还没有回来。弗兰士就穿上衣服出去，通知店主说他到勃拉西诺公爵府去，今晚不回来了。勃拉西诺公爵府是罗马最令人欢乐的家庭之一。他的夫人是哥伦纳斯王国最后一代的哲嗣之一，她把公爵府布置得十分典雅优美，所以他们的宴会是闻名全欧的。弗兰士和阿尔培曾带着引见信来拜会过他们，所以弗兰士一到，第一个问题便是他的旅伴到哪儿去了。弗兰士回答说，在长生烛快熄的时候，他走开了，后来就混到玛西罗街的人群里不见了。

　　“那么他没有回来吗？”公爵问。

　　“我一直等他等到现在。”弗兰士答道。

　　“您不知道他到哪儿去了吗？”

　　“不，不十分知道，但是，我想大概是去赴幽会了。”

　　“见鬼！”公爵说，“今天这样的日子，或更准确地说，今天这样的晚上，深夜出门，实在是很不妙的呀，是不是，伯爵夫人？”这几句话是对 G 伯爵夫人说的，她刚刚进门，正倚着公爵的弟弟托洛尼亚先生的臂膀走过来。

　　“恰恰相反，我以为今天晚上很有趣，”伯爵夫人答道，“这儿的人只抱怨一件事——抱怨夜晚消逝得太快。”

　　“我不是说这儿的人。”公爵微笑着说，“这儿唯一的危险——在男人，是爱上了您，在女人，是看到您这样可爱就不免妒忌生气。我是指那些在罗马街上奔波的人说的。”

　　“啊！”伯爵夫人问道，“这个时候谁还会在罗马街上奔波？除非是去赴舞会。”

"伯爵夫人,我们的朋友阿尔培·马瑟夫,在今天晚上七点钟左右离开我,去追他那位无名美人去了,"弗兰士说,"后来我一直没再见到他。"

"而您不知道他在哪儿吗?"

"一点都不知道。"

"他带武器了吗?"

"他是穿着小丑的服装去的。"

"您不该放他走的,"公爵对弗兰士说,"您对于罗马的情形知道得比他清楚呀。"

"不让他走,就等于要拉住今天赛马得锦标的那匹三号马",弗兰士说,"而且,他会有什么危险呢?"

"那谁敢说?今天晚上天色很阴沉,而玛西罗街离狄伯门又非常近。"

弗兰士发觉公爵和伯爵夫人的想法和他自己的担心不谋而合,就感到一阵寒战透过他的血管。"公爵,我曾通知旅馆里的人,说我今天很荣幸能在这儿过夜,"弗兰士说,"我叫他们等他一回来就来通知我。"

"呀!"公爵答道,"我想,我这个仆人大概是来找您的。"

公爵没有猜错,因为那个仆人看见弗兰士,便向他走过来。"大人,"他说,"伦敦旅馆的老板派人来禀告您,说有一个给马瑟夫子爵送信的人在那儿等您。"

"给马瑟夫子爵送信的!"弗兰士惊呼道。

"是的。"

"是个什么样的人?"

"我不知道。"

"他为什么不把信给我送到这儿来呢?"

"送信的什么也没说。"

"送信人在哪儿?"

"他一看到我进舞厅来找您,就马上走了。"

"噢!"伯爵夫人对弗兰士说,"赶快去吧!可怜的小伙子!或许他遇到什么意外了吧。"

"我这就去。"弗兰士答道。

"您还回不回来给我们一点消息?"伯爵夫人问。

"如果是事情不那么严重的话,我会回来的,不然的话,我自己也不知道我得做些什么事呢。"

"无论什么事,要慎重呀。"伯爵夫人说。

"噢!放心好了。"

弗兰士拿起他的帽子,匆匆忙忙地走了。他已经把他的马车打发走了,原吩咐叫他们在两点钟来接他的。幸而勃拉西诺府一面靠高碌街,一面临圣·阿彼得广场,离伦敦旅馆还不到十分钟的路。当弗兰士走近旅馆的时候,他看见有一个人站在街中心。他马上就猜出这是阿尔培派来的信差。那个人全身裹在一件大披风里。弗兰士向他走过去,但使他极其惊奇的是,那个人反而先向他开口。"大人找我干吗?"他一面问,一面后退了一步,像是很戒备的样子。

"你是马瑟夫子爵派来送信给我的那个人吗?"弗兰士问道。

"大人是住派里尼旅馆里的吗?"

"是的。"

"大人是子爵的旅伴吗?"

"不错。"

"大人的尊姓大名?"

"弗兰士·伊辟楠男爵。"

"那么这封信就是交给大人的了。"

"要不要回信?"弗兰士一面从他手里接过那封信,一面问。

"是的,至少您的朋友希望如此。"

"那么请上楼来吧,我写回信给你。"

"我还是等在这儿的好。"那信差微笑着说。

"为什么?"

"大人读完信后便知道了。"

"那么,我一会儿还能在这儿找到你吗?"

"是的。"

弗兰士往旅馆里走去。他在楼梯上遇到派里尼老板。"怎么样?"旅馆老板说。

"什么怎么样?"弗兰士反问道。

"您见到您的朋友派来找您的那个人了吗?"他问弗兰士

"是的,我看到他了,"他答道。"他交了这封信给我。请把我房间里的蜡烛点一点好不好?"旅馆老板吩咐先带一支蜡烛到弗兰士的房间里去点上。这个青年人看到派里尼老板的神色非常惊惶,就更急于要看阿尔培的来信,所以他走到蜡烛前面,拆开那封信。信是阿尔培写的,底下还有他的签名。弗兰士读了两遍才明白信里的意思。信的全文如下:

> "我亲爱的朋友,你收到此信,就请帮忙马上在我的皮夹里找出那张汇票(皮夹在写字台的大抽屉里),如数目不够,把你的也加上。跑到托洛尼亚那儿,立刻向他提四千毕阿士特,把这些钱交给送信人。我急于要这笔钱,不能迟延。我不多说了,我信托你,像你可以信托我一样
>
> ——你的朋友
>
> 阿尔培·马瑟夫

附笔——我现在相信意大利有强盗了。"

在这几行字的下首,还有两行笔迹陌生的意大利文:

> "那四千毕阿士特倘若在早晨六点钟送不到我的手里,那么在七点钟,阿尔培·马瑟夫子爵就活不成了。

弗兰士一看这第二个签名，就一切都明白了，他现在懂得那个送信人为什么不肯到他的房间里来：街上对他要比较安全一些。那么，阿尔培是落在那个大名鼎鼎的强盗头手里了，而那个强盗头的存在正是他一向不愿相信的。不能再浪费时间了。他连忙打开写字台，从抽屉里拿出皮夹，从皮夹里拿出汇票，那张汇票总数是六千毕阿士特；但在这六千之中，阿尔培已用了三千。至于弗兰士，他根本没有汇票，因为他原住在佛罗伦萨，只是到罗马来玩七八天的，他只带了一百路易来，而在这一百之中，剩下的还不够五十。所以两个人加起来，距阿尔培所要的那笔数目还差七八百毕阿士特。不错，在这种情形之下，他相信托洛尼亚先生一定肯帮忙的。他不敢再耽搁，正想回到勃拉西诺府去的时候，他的脑子里突然闪过一个念头。他想起了基度山伯爵。弗兰士正要拉铃找派里尼老板，那可敬的人自己却来了。"我的好先生，"他急急地说，"你知道伯爵是否在家？"

"是的，大人，他已经回来了。"

"他上床了没有？"

"我想还没有吧。"

"那么请你去敲他的门，问他是否能见我一下。"

派里尼老板遵命而去，五分钟以后，他回来了，说："伯爵恭候大人。"

弗兰士顺着走廊向前走，一个仆人一直领他到伯爵那儿。他正在一间小书房里，这个房间四周整齐地摆满靠背长椅，弗兰士以前没有见过。伯爵朝着他迎上来。"哦，是什么好风把您在这个时候吹到这儿来呀？"他说，"您是来和我一同共用晚餐的吗？您真太赏脸了。"

"不，我来是跟您谈一件非常严重的、刻不容缓的事情的。"

"一件严重的事情！"伯爵说，并带着他那一贯的真挚的态度望着弗兰士，"究竟是什么事呢？"

"这儿只有我们两个人吗？"

"是的。"伯爵回答，一面到门口去看了一看再返回来。这时弗兰士把阿尔培的那封信交给他。

"请看这封信吧。"他说。

伯爵看了一遍。"哦，哦！"他说。

"您有没有看到那笔批语？"

"看到的，的确——

'那四千毕阿士特假如在早晨六点钟送不到我的手里，阿尔培·马瑟夫子爵在七点钟就不是活的了。——罗杰·范巴'"

"您觉得这件事如何办才好？"弗兰士问道。

"您有没有他所要的那笔钱？"

"有，仅仅缺八百毕阿士特。"

伯爵走到他的写字台前面，打开一只满装着金币的抽屉，对弗兰士说："我真诚希望您不会那么不给我面子,抛开了我再向别人去拿吧。"

"您看,正好相反,我第一个就马上来找您。"

"我谢谢您,请您自己拿吧。"于是他朝弗兰士做了一个手势,表示随便他拿多少。

"那么,送钱给罗杰·范巴这是绝对必需的吗?"进来的那青年人问,这次轮到他来目不转睛地望着伯爵了。

"您自己拿主意吧,"他答道,"那笔批语说得非常清楚。"

"我想,假如您肯劳神动一动脑筋,您是可以想出一个更好的办法来使这一场谈判简单化的。"弗兰士说。

"怎么会呢?"伯爵带着惊讶的神色回答。

"如果我们一起到罗杰·范巴那儿去,我相信他一定不会拒绝您释放阿尔培的要求。"

"我有什么能耐可以指挥一个强盗呢?"

"您不是才帮了他一次令他永世难忘的大忙吗?"

"帮他什么忙?"

"您不是救了庇庇诺的命吗?"

"什么!"伯爵说,"那是谁告诉您的?"

"请别管吧,我知道就是了。"

伯爵紧锁双眉沉默了一会儿。"假如我去找范巴,您能够陪我去吗?"

"只要我同去不会令人讨厌。"

"就这样办吧。今天的夜色异常美好,在罗马郊外散一次步对我们都是很有情趣的。"

"您看我要不要带什么武器去?"

"带去干什么?"

"钱呢?"

"带去钱也无用。送这封信来的人如今在哪儿?"

"在街上。"

"他在等待回信吗?"

"是的。"

"我必须预先知道我们究竟要到哪儿去。叫他到我这儿来。"

"那是白费气力的,他不肯上来的。"

"到您的房间或许不肯,到我这儿来,他是不会感到为难的。"

伯爵走到朝街的那个窗口前面,怪声怪气地呼哨了一声。那个穿披风的人就离开墙壁,走到街中心。"上来!"伯爵说,他的语气就像命令他的仆人一样。那信差毫不迟疑地顺从这个召唤,而且倒还带着很高兴的样子,他蹦蹦跳跳地奔上台阶,窜进旅馆。五秒钟以后,他已在书房的门口了。"啊,是你呀,庇庇诺。"伯爵说。但庇庇诺并不回答,只是扑身跪了下来,托着伯爵的手,在手上不停地印了无数个吻。

"啊,"伯爵说,"那么你还没有忘记我救你的命,这真奇怪,因为那毕竟是一星期以前的事了呀!"

"不,大人,我是永远不会忘记的。"庇庇诺回答,语气之间充满了十分感激之情。

"永远! 那是一个很长的时间啦,但你大约是这样相信的。起来答话吧。"庇庇诺不安地瞟一瞟弗兰士。"噢,在这位大人面前,你尽说不妨,"伯爵说,"因为他是我的朋友。您允许我赠给您这个头衔吗?"伯爵又用法语说,"要想取得这个人的信任,这是必需的。"

"你就在我面前说好了,"弗兰士说,"我是伯爵的朋友。"

"好!"庇庇诺答道,"大人随便问我什么问题,我都能够回答。"

"阿尔培子爵怎么会落到罗杰手里的呢?"

"大人,那个法国人的马车几次都经过德丽莎所坐的那辆车子。"

"就是首领的情人吗?"

"是的。那个法国人抛给她一个花球,德丽莎还了他一个——是得到首领同意的,他也在车子里。"

"什么!"弗兰士喊道:"罗杰·范巴也在罗马农民的那辆马车里吗!"

"赶车的就是他,他装扮成车夫。"庇庇诺回答道。

"嗯?"伯爵说。

"嗯,后来,那个法国人脱下他的面具,德丽莎经首领的同意,也照样做了一次。那个法国人要求和她会一次面,德丽莎答应了他——只是,等在圣·甲珂摩教堂台阶上的却不是德丽莎,而是俾波。"

"什么!"弗兰士吃惊不小的喊道:"那个抢掉他长生烛的农家姑娘——"

"是一个十五岁的男孩,"庇庇诺回答说。"但您的朋友这次上当不算丢脸,把俾波认错的人有的是呢。"

"于是俾波就领他出城,是不是?"伯爵说。

"一点不错,一辆马车已等候在玛西罗街街尾。俾波钻进马车里,请那个法国人跟他来,那个法国人并不等他请第二次。他殷勤地把右边的座位让给俾波,自己坐在他的旁边。俾波告诉他说,他要带他到离罗马三里外的一座别墅里去。那个法国人向他保证说,即使让他跟到世界的尽头他都肯去。车子穿过立庇得街出圣·保罗门。当他们刚出城两百码的时刻,因为那个法国人多少未免有点举动过分了,所以俾波就掏出一支手枪抵住他的脑袋。车夫紧紧勒住车子,也照样来了一套。同时,那埋伏在阿尔摩河岸边的两个队员也出来把马车包围住。那个法国人抵抗了一下,几乎勒死了俾波,但他是无法抵挡五个武装的人,最终只能屈服了。他们把他拖出来,沿着河岸走,带他到德丽莎和罗杰那儿,他们正在圣·西伯斯坦的陵墓里等他。"

"哦,"伯爵转过去对弗兰士说,"依我看,这倒是一个非常动人的故事。您以为怎么样啊?"

"嘿,我是会觉得这个故事非常有趣,"弗兰士答道,"假若它的主角是别人而不是可怜的阿尔培。"

"老实说,假如您在这儿找不到我,"伯爵说,"这一桩风流奇遇就使得您的朋友大大地破费钱财了。但现在,请放心吧,他唯一严重的后果只是经受了一场虚惊而已。"

"我们要不要亲自去找他?"弗兰士问。

"噢,当然罗。现在他所在的地方风景非常优美。您知不知道圣·西伯斯坦的陵墓?"

"我虽从来没有进去过,但我总想去亲身游历一次。"

"好了,这正是一个送上门来的机遇,而且今后也难找到一个更合适的时机了。您的马车在不在?"

"不在。"

"那没有关系,我总是准备着一辆的,不论白天黑夜。"

"总是准备着的?"

"是呀。我是一个思想非常活跃的人,我告诉您吧,有的时候,我刚起身,或是用过午餐以后,或是在半夜里,我忽然决定动身到某一地方,这样,我就可以去了。"伯爵扯一扯铃,一个跟班随即而至。"吩咐备车,"他说,"把枪袋里的手枪取掉。不必叫醒车夫,让阿里驾车好了。"

一会就听到车轮的响声,马车在门口停了下来。伯爵掏出表来一看。"十二点半,"他说。"我们即使在五点钟动身也来得及,但迟去会使您的朋友一夜不安,所以我们还是赶快去将他从异教徒的魔掌里救出来吧。您还是依然决心要陪我去吗?"

"决心更大了。"

"好,那么,走吧。"

弗兰士和伯爵一同下楼,庇庇诺跟随着他们。马车已停在门口。阿里高蹲在座位上,弗兰士认出他原来就是基度山岩洞里的那个哑奴。弗兰士和伯爵钻进车厢里。庇庇诺坐在阿里的旁边,他们就飞快地出发了。阿里已得到他的指示,他驱车穿过高碌街横越过凡西诺广场,又穿到圣·格黎高里街,直达圣·西伯斯坦门。到了那里,守城门的兵故意找了一些麻烦,但基度山伯爵出示了一张罗马总督的特许证,凭证可以在昼夜不论何时出城或入城,所以铁格子的城门闸吊了上去,守城的兵得到一个路易作为酬劳,于是他们继续前进。马车现在所经的路就是古代的阿匹爱氏大道,两旁全是坟墓。月亮现在已开始升起来了,在月光之下,弗兰士似乎时时看到一个哨兵从废墟中挺身出来,但庇庇诺一做手势,便又突然消失在黑暗里了。快要到卡拉卡拉竞技场的时候,马车停住了,庇庇诺打开车门,伯爵和弗兰士先后跳下车来。

"十分钟之内,"伯爵对他的同伴说,"我们便可以到那儿了。"

于是他把庇庇诺拉到一边,悄悄吩咐了他几句话,庇庇诺就拿着一支马车里带来的火把走开去了。五分钟过去了,这时,弗兰士眼看那个牧羊人顺着一条小径在罗马平原高低不平的地面上向前走,在长长的灰色的牧草中消失了,那些牧草似乎像是一只雄狮子背颈上竖起的鬣毛。"现在,"伯爵说,"我们跟他走吧。"弗兰士和伯爵于是也顺着这条小径前进,走过一百步,他们就到了一片通到一个小谷底去的斜坡上。他们发觉有两个人在阴影里谈话。

"我们应不应该再向前走?"弗兰士问伯爵,"还是停一停再说?"

"我们向前走吧,庇庇诺可能已把我们要来的事通报了哨兵。"

那两个人之中一个就是庇庇诺,另外那个是一望风的强盗。弗兰士和伯爵向前走,那个强盗向他们敬礼。

"大人,"庇庇诺对伯爵说,"请跟我来,陵墓就到了。"

"那就走吧。"伯爵答道。

他们走到一丛灌木后面,在一堆石块中间,有一个仅可容身的入口。庇庇诺第一个从这条石缝里进去,但走了几步以后,地道就开阔了。然后他停了下来,点着他的火把,转身看他们有没有跟着进来。伯爵先钻进一个四方形的空间,弗兰士紧跟进来,这条狭径微微向下倾,愈走愈宽;但弗兰士和伯爵依旧不得不弯着腰前进,而且恰巧只能容两个人并排走。他们就这样走了一百五十步,然后就有一声"是哪一个?"喝住了他们。同时,在火把的反光之中,他们看到了一支马枪的枪筒。

"一个朋友!"庇庇诺应声回答,他独自向那个哨兵走过去,对他低声说了几句话,于是像那第一个一样,他也向两位午夜的来访客敬礼,并做了一个手势,表示他们可以继续前进。

那个哨兵的后面有一座二十级的台阶。弗兰士和伯爵逐级而下,发觉他们已站在一个坟场的交叉路口。五条路像一颗星的光芒似的散射出去,墙壁上挖有棺材形的壁龛,表示他们终于已到了陵墓里面。有一处凹进去的地方非常深,也看不见里面有什么光。伯爵把他的手扶到弗兰士的肩头上。"您愿意不愿意看一座在睡梦中的强盗营?"

"当然罗。"弗兰士回答。

"那么,跟我来。庇庇诺,将火把熄灭吧。"

庇庇诺遵命,于是,弗兰士和伯爵突然陷入了极端的黑暗之中。但在他们前面五十步的地方,墙上似乎有一种暗红色的光在抖动,自从庇庇诺把火把熄灭后,那弱光就看得比较清楚了。他们默默地前进,伯爵扶着弗兰士,好像他有一种奇特的本领,能在黑暗中看见东西似的。但弗兰士自己也能把那光当作他的向导,而且愈向前走,也就愈看得清楚。他们的前面是三座连环的拱廊,中间那一座就作了出入的门户。这三座拱廊一面通到伯爵和弗兰士来时的那条地道,一面通到一间四方形的大房间,房间的四壁布满了我们前面所说过的那种同样的壁龛。在这个房间的正中,有四块大石头,这显然是当祭坛用的,因为那个十字架依旧还在上面。廊柱脚下放着一盏灯,它那青白色的颤抖的光照亮了这一幕奇特的场景,把它呈现在这两位躲在阴影里的来客眼前。房间里坐着一个人,用手肘靠着廊柱,正在看书,他的背向着拱廊,并不知道有两位新来者,正透过拱廊的门洞在窥视他。这个人就是队里的首领罗杰·范巴。在他的四周,可以看到二十多个山贼,都裹在他们的披风里,横七竖八一堆一堆地躺在地上,或用背靠着这墓穴四周的石凳。在远远的那一堆，隐隐约约可以看到一个哨兵，静静地，像一个幽灵似的，在一个洞口前面踱来踱去，至于为何能辨别出那里有一个洞口，只是因为那个地方似乎更黑暗。当伯爵认为弗兰士已看够了这一幅生动的活动图景时，他就用手在嘴唇上掩了一掩，警告他不要出声，然后走下那通入墓穴去的三阶台阶，从中间的那座拱门进入房间，向范巴走近去，后者看书看得如此出神，以致竟没有听到他的脚步声。

"是哪一个？"哨兵没有他的首领这样出神，他在灯光之下看到一个人影向他的首领走近去，就吆喝起来。听到这一声吆喝，范巴立刻站起来，同时从他的腰带里拔出一支手枪。一霎时，所有的强盗都跳了起来，平举着二十支马枪对准伯爵。

"喂，"他说，他的声音十分镇定，脸上的肌肉纹丝不动，"喂，我亲爱的范巴，我看，你接待朋友的礼节倒很隆重呀！"

"枪放下！"首领一边喊，一边做了一个威严的手势，并和其余那些人一样恭恭敬敬地摘下他的帽子，然后转向造成这幕场面的那位奇人，说，"请您恕罪，伯爵阁下，我因为绝没料到大人光临，所以没有认出您。"

"你的记忆力在一切事情上似乎都是同样的短暂，范巴，"伯爵说，"你不但忘记了人的脸，而且也忘记了你和他们约定的诺言。"

"我忘记了什么诺言，伯爵阁下？"那强盗问，神色很惶恐，像是一个人做错了事急于想加以补救的样子。

"我们不是约定，"伯爵问道："不但我个人，而且我的朋友，你不是也应该加以尊敬的吗？"

"我哪一件事违背了这个条约呢，大人？"

"你今天晚上把阿尔培·马瑟夫子爵绑票绑到这里。唉，"伯爵用一种使弗兰士发抖的语气继续说。"这位青年先生是我的一个'朋友'。这位年轻的先生和我同住在一家旅馆里，他还曾坐了我家的马车在高碌街来来回回兜了八天圈子。可是，我再向你说一遍，你把他绑票绑到这儿来了，并且"，伯爵从他的口袋里掏出那封信，又说，"你还向他勒索一笔赎金，好像他是一个毫无关系的人似的。"

"你们为什么不把这些事告诉我——你们？"匪首转身追问他的部下，那些人都被他的眼神逼得往后倒退。"你们为什么让我对像伯爵这样一位我们的性命都捏在他手里的先生食言？凭基督的血发誓！我要是弄清你们哪一个知道那位年轻的先生是大人的朋友，我就要亲手把他的脑浆打出来！"

"是吧，"伯爵转身对弗兰士说，"我告诉您这件事是一个误会。"

"您不是单独来的吗？"范巴不安地问。

"我是和接到这封信的人一块来的，我想向他证明一个事实，罗杰·范巴是一个恪守诺言的人。来吧，大人，这是罗杰·范巴，他会因这次误会亲自向您表示他深切的歉意的。"

弗兰士走过去，首领也走上前几步来迎他。"欢迎光临，大人！"他说，"您已经听到伯爵刚才所说的话，也听到了我的答复。让我再说一句，我是不愿意为了我对您朋友所定的那笔四千毕阿士特的赎金而发生这样一桩事的。"

"但是，"弗兰士焦急不安地环顾着四周说，"子爵在哪里呀？我没有看见他。"

"我希望他没出什么事吧?"伯爵皱着眉头说。

"肉票在那边,"范巴指着前面有强盗把守着的那个凹进去的地方回答,"我应当亲自去告诉他,他已经自由了。"首领向他所指的那个作为阿尔培牢房的地方走去,弗兰士和伯爵跟在他的后面。"肉票在干什么?"范巴问那个哨兵。

"说实话! 队长,"哨兵答道,"我不知道,我有一个钟头没有听到他的任何动静了。"

"请进来,大人。"范巴说。

伯爵和弗兰士跟着那个强盗头子走上七八阶台阶,后者拔开门闩,打开门。于是,在一盏和照亮前面那个墓穴同样的油灯的微光之下,他们看见阿尔培裹着一件一个强盗借给他的披风,躺在一个角落里安稳均匀地呼呼大睡。"

"嗨!"伯爵带着他那种奇特的微笑说,"一个明天早晨七点钟就要枪毙的人,大睡一觉倒实在惬意呀!"

范巴露出一种很钦佩的神情望着阿尔培,对于如此勇敢的表现,他显然是很受感动的。

"您说得不错,伯爵阁下,"他说,"这位肯定是您的朋友。"于是,他走到阿尔培面前,摇一摇他的肩头,说,"请大人醒一醒。"

阿尔培伸了一伸懒腰,擦了擦他的眼皮,然后睁开眼睛。"啊,啊!"他说,"是你吗,队长? 你应该让我睡觉的呀。我做了这样一个有趣的梦:我正在托洛尼亚府里和 G 伯爵夫人跳极乐舞呢。"于是他从口袋里掏出表来看了一看,这只表他倒是保存着,为的是可以知道时间究竟飞驰得有多么快。

"才一点半!"他说,"你见了什么鬼,竟在这个时候来唤醒我?"

"是来告诉您已经自由了,大人。"

"我的好人哪,"阿尔培十分镇定地说道,"要记住拿破仑的那句格言,'除非报告坏消息,切勿吵醒我',要是你能让我多睡一会儿,我就可以将我的极乐舞跳完,那我可就要对你终生感激不尽啦。哦,那么,他们把我的赎金是否都已经付清了?"

"没有,大人。"

"咦,那么我怎么会自由呢?"

"有一位我万事都不能拒绝的人来向我讨您来了。"

"来这儿吗?"

"是的,来这儿。"

"真的! 那个人可称得上是一个最最慈悲的了。"阿尔培四面环顾,看到了弗

兰士。"什么!"他说,"是你吗? 我亲爱的弗兰士,谁还曾对朋友表示过这样真挚的友谊呢?"

"不,不是我,"弗兰士答道,"而是我们的邻居,基度山伯爵。"

"啊,啊! 伯爵阁下,"阿尔培高兴地说,并理一理他的领结和衣袖,"您真的太好啦,我希望您能知道我是永远感激您的——第一,为了马车,第二,为这件事。"于是他把他的手伸向伯爵,伯爵在把他的手伸出来的时候,全身打了一个寒战,但他终于还是把手伸了出来。那个强盗呆瞪瞪地望着这样一个场面,感到非常惊异。他显然是看惯了他的俘虏在他的面前发抖的,可是这个人却一刻都不曾改变他的那愉快幽默的姿态。至于弗兰士,他看到阿尔培在强盗面前仍能保持法国的光荣,心里非常高兴。"我亲爱的阿尔培,"他说,"假如你肯赶快走,我们还来得及到托洛尼亚府上去过夜。你可以结束你那一曲被打断的极乐舞,那样,你心里就不会再怨恨罗杰先生了,他在这件事上,实在是从头到尾都干得很具有绅士风度。"

"你说得好极了,我们大约可以在两点钟到达公爵府。罗杰先生,"阿尔培继续说,"我在离开尊驾以前,还有什么手续需要办理吗?"

"一点都没有了,先生,"那强盗说道,"您像是空气一样自由了。"

"哦,那么,衷心祝你生活幸福愉快! 走吧,诸位,走吧。"

于是,阿尔培在前,弗兰士和伯爵在后,大家一起走下台阶,越过那个正方形的房间,所有强盗都在那个房间里站着,帽子全都拿在手里。"庇庇诺,"那个强盗头儿说,"把火把交给我。"

"你这是干什么?"伯爵问道。

"我要亲自护送您出去,"队长说,"略表我对大人的敬意。"于是,他从那个牧羊人的手里拿过那支点燃着的火把,在他的来宾前面带路,他的态度不像是一个殷勤送客的奴仆,却像一位为各国大使引路的国王。到了门口,他微微鞠了一躬,"现在,伯爵阁下,"他又说,"允许我再一次道歉,我希望您不会为了刚才那件事有所不释于心。"

"不,我亲爱的范巴,"伯爵答道,"而且,你补救过失的态度是如此得体,简直使人觉得要感激你所犯的那些错误了。"

"二位,"首领又转过身去对那两个青年说,"或许我的提议你们不会十分感兴趣,但如果你们再来看我一次,则不论什么时候,不论我在哪儿,你们总是会受到欢迎的。"

弗兰士和阿尔培鞠躬答谢。伯爵第一个出去,其次是阿尔培。弗兰士逗留了一下。"大人还有什么事要问我吗?"范巴微笑着说。

"是的,我想问一件事,"弗兰士答道,"我很想知道,我们进来的时候,使你这样用心研究的那本书是什么大作?"

"《凯撒历史回忆录》,"那强盗说,"这是我最喜爱读的书。"

"喂,你来不来?"阿尔培招呼道。

弗兰士答道:"我就来。"于是他也走出了那个洞。

他们在平原上前进。"啊,对不起!"阿尔培转过身来说,"借个火好吗,队长?"

于是他用范巴火把的火焰点燃了他的雪茄。"现在,伯爵阁下,"他说,"我们尽最快的速度走吧。我非常想到勃拉西诺公爵府上去过这一夜呢。"

马车还是在他们离开它的那个地方停着。伯爵对阿里说了一个阿拉伯字,那几匹马就飞快地奔跑起来。这两位朋友刚走进舞厅的时候,阿尔培的表上恰巧是两点钟。他们的回来震动了全场,但因为他们是一同进去的,所以关于阿尔培的一切不安都立刻烟消云散了。

"夫人,"马瑟夫子爵走上去对伯爵夫人说,"昨天蒙您垂顾,允许和我跳一次极乐舞,我现在来请求这个厚意的许诺实在有点太迟了,但我的朋友在这儿,他为人的诚恳您是知道得清清楚楚的,他可以向您保证,这回的迟到并不是我的错。"这时,音乐已响起华尔兹的舞曲来,阿尔培就用他的手臂拦住伯爵夫人的腰,和她一同消失在舞客的漩涡里了。这时,弗兰士却在思考基度山伯爵那一次奇怪的全身寒战,他伸手给阿尔培的时候,好像是出于不得已似的。

第三十八章 约会

　　第二天清晨,阿尔培一见到他的朋友,就要求陪他去拜访伯爵。不错,前一天晚上,他已经恳切有力地谢过他了,但是像他所赐的这种效劳,是值得道谢两次的。在弗兰士这方面,他感到伯爵似乎有某种看不见的力量在吸引他,而且其间还奇怪地夹杂着一种恐怖的感受,他极不情愿让他的朋友独自去靠近那种奇妙的魔力,所以也就并不拒绝阿尔培的要求,而立刻陪他去见这位神秘的伯爵。他们被引入客厅里,五分钟以后,伯爵出现了。

　　"伯爵阁下,"阿尔培朝着他迎上去说,"允许我重述一遍我在昨天晚上所做的那种贫乏的谢词,并向您保证,过去种种我应该感激您的往事,是绝对不会在我的记忆里消退的。我将永远铭记您赐给我的大恩,甚至我的生命也是您所赐的。"

　　"我亲爱的邻居,"伯爵微笑着回答,"您把您欠我的恩情未免太夸大了。我除了为您在您的旅费里省下约莫两万法郎以外,并无别的事值得您感谢。请允许我祝贺您昨天那种安闲自在,听天由命的态度。"

　　"老实说,"阿尔培说,"我对自己不能左右的事是不会枉费心机的,也就是说,决意随遇而安,并要让那些强盗看看,尽管世界各地都有人会遭遇到棘手的困境,但却只有法兰西民族甚至在狰狞的死神面前还能微笑。但那一切,对于我所欠您的恩情却毫无关系,我这次来的目的,就是想来了解您,不论我个人,我的家庭,或我各方面的关系,能否有可以为您效劳的地方。家父马瑟夫伯爵,虽然原籍是西班牙人,但却在法国和马德里两个朝廷里都拥有相当势力,我毫不迟疑地向您保证,我和所有那些爱我生命的人,都愿意竭尽全力为您效劳,听候您的驱使。"

　　"马瑟夫先生,"伯爵说道,"您的好意非但并不使我感到意外,倒正是我意料中的事,您既然提出的这样真诚恳切,我也就以同样的心意接受了。我已经决定要请您帮一个大忙。"

　　"什么事?"

　　"对于巴黎我可说完全是一个生客,我到现在还从来不曾见识过这个大都市。"

　　"这真是可能的吗,"阿尔培惊喊道,"您到您如今这样的年龄而竟不曾去访问过巴黎?简直令我难以相信。"

　　"可是,这却是真的,但我同意您的想法,我到如今还不曾去见识一下欧洲的第一大都市,确是理应受责备而且是应该立即纠正的。只是我与那个社会毫无关系,假如我以前能认识一个可以给我引荐的人,我或许早就做过这次重要的旅行了。"

　　"噢!像您这样的一个人!"阿尔培喊道。

　　"您太过誉了,但我觉得自己除了能和阿葛陀(西班牙大银行家)先生或罗斯希尔德(犹太银行家)先生这些百万富翁一争短长以外,别无所长,而我到巴黎又不是去做投机生意的,因此迟迟未去。如今您的好意使我下了决心。这样吧,我亲爱的马瑟夫先生(这几个字是带着一种最古怪的微笑说的),我一旦到法国,就请您负责给我打开那个时髦社会的大门,因为那个地方对于我,并不比印第安人或印度支那人知道得更多些。"

"噢,这一点我可以办得到,而且非常乐意!"阿尔培回答,"更巧的是,今天清晨我接到家父的一封信,召我回巴黎,因为我已经和一个家庭订立了某种关系(我亲爱的弗兰士,请你别笑),而那样一个家庭同样是地位很高,是所谓巴黎社会的精华。"

"婚姻关系吗?"弗兰士大笑着说。

"愿上帝保佑,是的!"阿尔培回答说,"所以当你返回到巴黎的时候,你会发觉我已经安顿下来,或许已成了一家之主了。那就可以符合我端庄的天性,是不是?但无论怎样,伯爵,我再说一遍,我和我的一切均应听从您的驱使,不论是有形的肉体还是无形的灵魂。"

"我接受,"伯爵说,"因为我可以向您庄严地保证,我早就想好几个计划,就等这样的一次良好机会来使之实现罢了。"

弗兰士疑怀这些计划是否与他在基度山的岩洞里所透露出的那一点迹象有关,所以当伯爵说话的时候,这位青年正仔细观察他,希望能从他的脸上看到一点蛛丝马迹,究竟是什么计划在促使他到巴黎去。但要透察这个人的灵魂是极其困难的,特别是当他用一个微笑来掩盖着的时候。

"请告诉我,伯爵,"阿尔培喊道,他想到能介绍一个像基度山这样出类拔萃的人物,心里非常高兴,"老实告诉我,您访问巴黎的这个打算,究竟是出自真心的呢,还是那种我们在人生途中逢场作戏常许的空头心愿,像一座建筑在沙堆上的房屋一样,被风一吹就倒的呢?"

"我愿以人格向您担保,"伯爵说道,"我讲过的话的确是要实行的。我要到巴黎去,一方面出于心愿,一方面也由于绝对的必要,所以不得不去。"

"您计划在什么时候去?"

"您有没有决定您自己什么时候可以到那么?"

"我当然决定了——在两三个星期之内。那就是说,能快就尽快到那儿!"

"好的,"伯爵说,"我想给您三个月的时间。您瞧,我宽限的时间是足够您路上碰到种种耽搁和阻碍的了。"

"而在三个月之内,"阿尔培说,"您就可以到我的家里?"

"我们要不要确确实实地来预定一个日子和时间?"伯爵问道,"只是先让我敬告您,我是极为遵守时间的哪。"

"妙极,妙极!"阿尔培喊道,"准时赴约——那最适合我的胃口了。"

"那么,就这样吧,"伯爵说道,于是他用手指着挂在壁炉架旁边的一张日历,说,"今天是2月21日,"再掏出他的表来,又说,"正值十点半钟。现在,请答应我记住这一点:请在5月21日上午十点半钟等着我。"

"妙极!"阿尔培喊道,"我准备早餐在家恭候。"

"您住在什么地方?"

"海尔达路二十七号。"

"您在那儿是否有单身的住处吗?我希望我这次去不会使您有任何不便。"

"我住在家父的屋里,但在庭园旁边独占一座楼,和正屋是完全隔离的。"

"很好"伯爵回答,一面摸出他的怀中记事本来,写下"5月21日上午十点半,海尔达路二十七号。""现在,"他一面把他的怀中记事本放回到口袋里,一面说,"您只管放心看着吧,您时钟的针是不会比我更遵守时刻的。"

"在我返回以前还可以再见到您吗?"阿尔培问道。

"那要看情形而定,您什么时候动身?"

"明天傍晚五点钟。"

"那样,我就必须跟您再见了,因为我不能不到那不勒斯去一趟,在星期六晚上或星期天早晨以前不会回来。您呢,男爵阁下,"伯爵又向弗兰士说,"您也明天返回吗?"

"是的。"

"到法国去?"

"不,去威尼斯,我在意大利还得呆一两年。"

"那就是说我们不能在巴黎相会了?"

"我想恐怕我不能有那个光荣了。"

"好吧,既然我们必须分离了,"伯爵伸手和两个青年每人握了一次,"请允许我预祝你们二位旅途平安愉快。"

弗兰士的手是第一次和这个神秘的人物的手接触,两手相触的时候,他不由地打了一个寒战,因为他觉得那只手冰一般的冷,像是一具尸身上的手似的。

"我们把话讲明了啊,"阿尔培说,"这是说定的了——是不是?您在5月21日上午十点钟就到达海尔达路,而且您是以人格担保一定遵守时刻的?"

"讲定的这一切都是凭人格担保,"伯爵回答说,"放心等待好了,您一定可以在预定的时间和地点看到我。"

两个青年于是都站起身来,向伯爵鞠了一躬,走出了那个房间。

"怎么啦?"在他们走进他们自己的房间里以后,阿尔培问弗兰士,"你好像心事重重似的。"

"我坦率地告诉你吧,阿尔培,"弗兰士答道,"我正在用尽心机想探明这位古怪伯爵的真实的来历,而你和他预订在巴黎相见的那个约会确实令我非常担忧。"

"我的好人哪,"阿尔培惊喊道,"那件事有什么地方可以引起不安呢?咦,你疯啦!"

"不管你怎么说,"弗兰士说,"疯不疯,事实如此。"

"听我说,弗兰士,"阿尔培说,"我很愿意借这个机会来告诉你,我感觉到,你对伯爵的态度显然很冷淡,但在另一方面讲,他对我们的态度可说是十全十美的。你因为什么事情讨厌他吗?"

"也许有的。"

"你在到这儿来之前,曾遇到过他吗?"

"遇到过。"

"在什么地方。"

"你能不能做到,我对你讲的事,一个字都不传出去?"

"我能做到。"

"人格担保?"

"人格担保。"

"那我就讲给你,那么,听着。"

弗兰士就向他的朋友叙述了那次到基度山岛去游历的经过,他如何在那儿发现一帮走私贩子,以及有两个科西嘉强盗和他们在一起。他很起劲在叙述如何受到伯爵那一次几乎像要魔术似的款待,如何在那《一千零一夜》的岩洞里得到他富丽堂皇的招待。他毫无遗漏地详细复述那一次晚餐——大麻精,石像,梦和现实;如何在他醒来的时候这一切情形都不曾留下一丝痕迹,而只看到那艘小游艇在远远地平线上向韦基奥港驶去。接着他又详细叙述他在斗兽场里窃听到伯爵和范巴的那一席交谈,伯爵如何在那次谈话里允许为庇庇诺那个强盗设法弄到赦罪令——这一个协定,我们的读者理当明白,他是最忠实地完成了的。最终,他讲到前一天晚上的那件奇遇,他为了缺少六七百毕阿士特,怎么感到为难,如何想起请伯爵帮忙的那个念头——这个念头使结果如此圆满。

阿尔培聚精会神地倾听。"嗯",他等弗兰士讲完以后说,"就你所讲的这种种事情,他又有什么令人讨厌的地方呢?伯爵爱好旅行,因为有钱,所以自己买了一条船。你到扑次茅斯或索斯安普敦瞧瞧去吧,你会发现港口挤满了游艇,都是属于这种有同样癖好的英国富翁。而为了在他旅行的途中有一个安歇的地方,为了逃避那种毒害我们的可怕的饭菜——我吃了四个月,你吃了四年,为了避免睡这种谁都不能睡的讨厌的床铺——他在基度山安排了一个住处,然后,当他把地方安排妥当以后,他又担心托斯卡纳政府会把他赶走,使他平白损失那一笔安置费,所以他买了那个岛,并沿用了岛的名字。你应当自问一下,我的好人,在我们熟悉的人里面,不是也有用地名或产业的名字,而那些地方或产业,他们一生从来不会拥有过的吗?"

"但是,"弗兰士说,"科西嘉强盗和他的船员混在一起,这样的事你又如何解释呢?"

"唉,那样的事有什么可大呼小叫的呢?你比任何人都知道得更清楚啦,科西嘉的强盗并不是流氓或贼,而仅仅是为了给亲友复仇而被本乡本土赶出来的亡命者,和他们交朋友算不上一种玷污;因为以我自己而论,我可以明白无误地说,如果要我一旦去访问科西嘉,那么我在晋见总督或县长以前,就要先去拜访拜访哥伦白的强盗,要是我能设法和他们相会的话。我肯定会觉得他们是很有趣味的。"

"可是,"弗兰士坚持说,"我想你大概也清楚,像范巴和他的喽啰这些人,完全是流氓恶棍,当他们把你抢去的时候,除了绑票勒索以外,该没有其他的动机了吧。而伯爵竟然有能力左右那些暴徒,对这一事实你又如何解释?"

"我的好朋友,我如今拥有的安全多半要归功于那种能力,对这件事我不可以太寻根究底地穷追其根源。所以,你不该要求我去责备他和不法之徒间的那种密切关系,而应该让我体谅他在那种关系上越轨的细节,倒绝不是因为他保全了我的生命,因为依我看,我的生命在这种危险中原本是绝无问题的,而当然是给我省下了四千毕阿士特,而四千毕阿士特,若折合成我国的钱币来,则要相当于两万四千里弗——这笔数目,假如我在法国被绑,是决计不会被估得如此高的,完全证实了这句俗话,"阿尔培大笑着说,"没有一个预言家能在他的本国受到尊崇。"

"谈到国籍,"弗兰士说道,"伯爵究竟是哪一国人呢?他的本乡话是哪一种语言?他靠什么维持生计?他如此庞大的财产是从哪儿得来的?在他以前的生活——他的生活是这样神秘莫测——中,曾经发生过什么大事,以致使他在后来的年月中形成了这样黑暗阴郁的一种厌世观?假如我处在你的地位,对这些问题我当然是希望能得到圆满的解答。"

"我亲爱的弗兰士,"阿尔培回答说,"当你收到我那封信,认为必须请伯爵帮忙的时候,你就马上到他那儿去,说,'我的朋友阿尔培·马瑟夫遇险了,请帮助我去营救他出来吧。'你是否是这样说的?"

"是的。"

"好了,那么,他有没有问你,'阿尔培·马瑟夫先生是谁,他的爵位,他的财产是从哪儿来的,他是靠什么过生活的,他的出生地点是什么地方,他是哪一国人?'请告诉我,他有没有向你打听这种种问题?"

"我承认他一点都没有问我。"

"不,他只是把我从范巴先生的手里营救出来,我坦率地告诉你,尽管我在外表上极其安闲自在,但我实在是并不十分乐意久留在那个地方。现在,弗兰士,他既然如此毫不犹豫而迅速果敢地为我效劳,而他所寻求的报酬,仅是要我尽一种日常的义务,像我对经过巴黎的任何俄国亲王或意大利贵族所付出的微劳一样——只要我介绍他进入社交界——你会忍心让我拒绝吗?我的老朋友,假如你以为我会实行这种冷血政策,你一定是神志错乱啦。"这一次,我们必须承认,竟一反往常,有力的论据都是在阿尔培这一边。

"好吧,"弗兰士叹了一口气说,"随你便吧,我亲爱的子爵,因为对你的论据我无力反驳,但无论如何,这位基度山伯爵总是一个怪人。"

"他是一个博爱主义者,"对方说道,"他访问巴黎的目标毫无疑义的是要去争取蒙松(鼓励博爱行为的一种奖)奖章。如果我有投票权而且能左右选举的话,我肯定投他一票,并答应为他活动其他的选票。现在,亲爱的弗兰士,我们来谈些其他的事吧。来,我们先去吃午餐,然后到圣·彼得教堂去做一次最后的访问好不好?"弗兰士默然点头应允;第二天下午五点半,两个青年分手了。阿尔培·马瑟夫回巴黎,而弗兰士·伊辟楠则到威尼斯去,准备在那儿去住两星期。但阿尔培在钻进他的旅行马车以前,由于担心他所预期的那位客人遗忘他自己所做的诺言,所以递了一张名片给旅馆的侍役,托他转交基度山伯爵,在那张名片上,他在阿尔培·马瑟夫的名字底下用铅笔写着:"5月21日上午十时半,海尔达路二十七号。"

第三十九章　宾客

　　5月21日早晨,在海尔达那座阿尔培邀请基度山伯爵光临的大厦里,一切准备均已完备,以便为这个青年的邀请增光添彩。阿尔培·马瑟夫所住的那一座楼房位于一个大庭园的一角,正对面另有一座建筑物,那是仆人们的住所。那座楼房只有两扇窗对街,三扇窗朝着前庭,背后的两扇窗朝向花园。在前庭和花园之间,有一座宫殿式的大建筑物,那就是马瑟夫伯爵夫妇富丽豪华的住宅。一圈高墙环绕着整个大厦,墙头上间隔地排列着开满了鲜花的花盆,中央敞开着一扇镀金的大铁门,这是马车的进口。门房旁边有一扇小门,那是供仆人或步行出入的主人使用的。

　　从选择这座楼房归阿尔培居住这一点上,很容易推测出一位母亲的体贴入微的心思,可以看到她既不愿意离开她的儿子,可是也明白他十分需要运用他的自由;同时,我们必须清楚,一部分原因也出于这青年本人的聪明自负,情愿过一种自由而怠惰的生活。透过向街的这两个窗口,阿尔培可以看到一切经过的事物。街上形形色色的景象,青年人总是百看不厌的,他们老是希望地平线能在他们的面前转动,让他们坐观世界上的万千景色,即使那个地平线只是街道也好。要是遇到出现了一件更值得仔细考虑的事物,阿尔培·马瑟夫就会从一扇小门里出去,继续他的研究工作。那房小门和门房旁边的那扇门相同,是值得详细描写一番的。它是一个小进口,门上布满灰尘,像是自从房屋建成以来,从来不曾用过似的,但那油膏满涂的门铰和锁却显示出它常常要供作神秘的用途。这扇门在对门房嘲笑,因为虽有门房警戒,而它却逃过了他的管辖;开门的方法,像《一千零一夜》里的门由阿里巴巴喊一声"芝麻"一样,只要由世界上最甜蜜的声音说一个魔字,或由世界上最白嫩的手叩一声暗号就得了。这扇门和一条长廊的尽头相通,长廊也就是候见室,它的右面是朝向前庭的餐室,左面是朝向花园的客厅。灌木和爬墙类植物遮掩了这两个房间的窗口,从花园或前庭望过去,看不清房间里面的情形。这两个房间,也就是好奇的眼睛能在楼下窥测到的唯一的房间。二楼上的房间和楼下的相称,只是在候见室那个地方多出了一间第三个房间;第三个房间是一间客厅,一间密室,一间寝室。楼下的那间客厅只是一间阿尔及尔式的吸烟室,是备抽烟者用的。楼上的那间密室和寝室之间有一扇暗门相通,暗门就在楼梯口,可见布置得是很周密的。在这一层楼上面,是一间宽大的艺术工作室,由于是一个通间,中间并无隔栏,所以面积就显得更大,这可算是一间群芳楼,在这里艺术家和花花公子们互争雄长。这儿堆积着阿尔培尽兴陆续收集得来的成绩——号角,低音四弦琴,大大小小的笛子——一套整个管弦乐队的乐器,因为阿尔培对乐队曾有过——不是嗜好——狂热;还有画架,调色板,画笔,铅笔——因为在音乐的狂想以后,接着又对绘画产生了一阵浮夸的热情;还有衬胸软垫,拳击用的手套,阔剑和练习斗剑用的木棍。因为,学当时时髦青年的榜样,阿尔培·马瑟夫除了音乐和绘画以外,还以坚韧得多的劲头来学习三样技术,以完成一个花花公子的教育,那三样技术就是比剑,击拳和斗棍;而就在这个房间里,他接待了格里塞(剑术家),考克(拳击家)和却尔斯·勒布歇(棍棒家)。在这个独邀宠荣的房间里,还陈设着别的家具,其中包括法兰西一世时代的旧柜,里面装满了中国和日本的花瓶,卢加或罗比亚的陶器,巴立赛的餐碟;还有古色古香的圈椅,大概是享利四世(法国国王)或萨立公爵(法国政治家),路易十三或红衣主教黎希留曾经坐过的,因为有两三张圈椅上,雕刻着一张盾牌,盾牌是淡青色的,上面雕出百合花纹的法国国徽,显然是罗浮宫的旧物,至少也是皇亲国戚里的东西。在这些黯黑阴沉的椅子上,乱堆着许多华丽的织物,是在波斯的日光底下染成或由加尔各答和昌德纳戈尔(印度地名)女人的手编织而成的。这些织物究竟是什么东西却很难说。它们在等待分派用途,以便造福人们的眼睛,但究竟能做什么用,连它们的主人也还不明白。房间中央,有一架花梨木的钢琴,体积虽小,但在它那狭窄而响亮的胸膛里,却蕴藏着整个管弦乐队,它正在贝多芬,韦伯,莫扎特,海顿,葛立戴和普波拉(以上均为欧洲音乐家)的杰作的重压之下呻吟着。在墙上,门上,天花板上,悬挂着宝剑,匕首,马来人的短剑,长锤,战斧,镀金嵌银的盔甲,枯萎的植物,矿石标本,和肚子里塞满草、展开火红的翅膀欲飞、嘴巴永不闭拢的鸟。这就是阿尔培心爱的起坐间。

但是,在约期相会的那一天,这位青年人却坐在楼下的小客厅里,房间中央有一张桌子,四周是一圈宽大奢华的靠背长椅,桌子上放着各种著名的烟草,马里兰的,波多黎哥的,拉塔基亚的,总之,从彼得斯堡的黄烟草到赛奈的黑烟草样样齐全,都装在荷兰人最喜爱的那种表面有碎裂纹的瓦罐里。在这些瓦罐旁边,有一排香木盒子,这些盒子,按照里面所装的雪茄的大小和品质,依次排列着薄鲁斯雪茄,哈瓦那雪茄和马尼拉雪茄;在一只敞开着的碗柜里,存放着一套德国烟筒,有的是旱烟筒,咬口是镶珊瑚的琥珀制的,有的是水烟筒,附有很长的皮管子,吸烟者可随意选用。这种秩序是阿尔培亲自安排的,或说得更准确些,是存心要打乱秩序,因为当时不像现代,宾客们在早餐席上用过咖啡以后,并不向天花板吞云吐雾。十点差一刻,一个跟班走了进来。他和一个名叫约翰的只会说英语的马夫,是阿尔培的全部仆役,当然府里的厨子是永远为他服务的,每逢大场面,还可以借用伯爵的武装侍从。这个跟班名叫杰曼,拥有着他这位青年主人的全部信任,他一手拿着几份报纸,一手拿着一沓信,先把信交给阿尔培。阿尔培对这些来历不同的信件漫不经心地瞟了一眼,挑出两只笔迹妩媚纤细,洒过香水的信封,拆开后,相当用心地精读信的内容。"这两封信是怎么来的!"

"一封是邮差送来的,一封是邓格拉司夫人的听差送来的。"

"回禀邓格拉司夫人,就说我接受她在她包厢里给我留下的那个位置。等一等,今天抽空去告诉露茜一声,我离开戏院以后就应邀到她那儿去进晚餐。给她带去六瓶酒,要花色不同的,——塞浦路斯酒,白葡萄酒,马拉加酒,再带一樽奥斯坦德牡蛎去。牡蛎要到鲍莱尔的店里去买,别忘记说是我买的。"

"少爷什么时候用早餐?"

"现在是什么时候了?"

"十点差一刻。"

"好极了,到十点半吃吧。狄布雷或许不得不去办公……"而且(阿尔培望一望他的怀中记事本),"这是我和伯爵约定的时间——5月21日十点半——尽管我并不十分相信他能守约,但我总希望他能按时来到。伯爵夫人起身没有?"

"要是子爵少爷想知道,我可以去问一问。"

"是的,向她要一箱开胃酒来,我那一箱已经不全了。告诉她,我想在三点钟左右去看她,并请她允许我介绍一位客人和她相见。"

跟班退出房间。阿尔培往长椅上一靠,接连翻过报纸的前面几张,仔细看戏目。当他读到上演的是一个正歌剧而不是歌舞剧的时候,就做了一个鬼脸,又在广告栏中寻找一种新出的牙粉,这是他听人说到过的,但却空寻了一场。于是,他把流行巴黎的三大报纸一份接一份地甩开,自言自语地说:"这些报纸是一天比一天更乏味啦。"过了一会儿,一辆马车在门前停下,仆人通报吕西安·狄布雷先生到。来者是一个身材高大的青年,浅色的头发,明亮的灰色眼睛,紧绷着的薄嘴唇,穿着一件蓝色的上装,上装上钉着雕刻得很精美的金纽扣,脖子上围着一条白围巾,胸前用一条丝带挂着一只玳瑁边的单眼镜,他进来的时候,随着眼神经和颧骨神经的一齐用力,把那只单眼镜架到他的眼睛前,脸上带着半官方的神气,既不笑也不说话。

"早安,吕西安!早安!"阿尔培说,"你这样遵守时刻真太令我吃惊了。我说什么? 遵守时刻! 你,我所最料不到会来的人,竟会在十点差五分的时候来到,而所定的时间却是十点半! 真是怪事! 部长倒了吗?"

"不,我的妙人,"那青年一面回答,一面在靠背长椅上坐下来,"你放心吧。我们老是摇摆,但我们决不会倒;我开始坚信:我们大概可以舒舒服服地进入一种不变状态了,——何况又发生了那件会使我们的地位大大巩固的半岛事件(西班牙国内发生的王位之争)。"

"啊,不错! 你们把卡罗斯先生赶出西班牙了!"

"不,不,我的妙人,别错估我们的计划。我们把他带到法国的边境上,请他在布尔日享福。"

"布尔日?"

"是的,对他实在没有什么可埋怨的,布尔日是查理王七世的京城。什么! 你不知道那件事吗? 全巴黎昨天都知道啦,父易所在前天已经得到风声,邓格拉司先生(我不知道那个人用什么方法竟能像我们一样快地得到消息)投机做空头,赚了一百万!"

"而你显然又赚了一枚勋章,因为我看到你的纽孔上有一条蓝缎带。"

"是的,他们送了我一个查理三世的勋章。"狄布雷漫不经意地回答。

"喂,别假装不在乎了,公开承认你心里的高兴吧。"

"噢,拿它来做装饰品倒十分妙。配上密扣的黑衣服,看来非常赏心悦目。"

"就使你可以像加勒亲王或立斯达德大公了。"

"就是为了那个原因,你才会如此早看见我。"

"因为你得到查理三世勋章,所以你要来对我发布好消息吗?"

"不,是因为我彻夜地写信——写了二十五封快信。我到天亮才回家,我拼命想入睡,但是头痛,于是我起来骑了一个钟头的马。跑到布洛涅大道,疲倦和饥饿同时来袭击我了——这两个敌人是很少在一起的,可如今它们竟联合起来夹击我,简直像是卡罗斯跟共和派订了联盟似的。我自然想起你今天早晨请吃早餐,于是我就来了。我饿了,给点东西吃吧。我疲倦了,我使你高兴吧。"

"这是我做主人的责任,"阿尔培一面回答一面拉铃,而吕西安则用他的金头手杖翻动那些躺在桌子上的报纸。"杰曼,拿一杯白葡萄酒和一块饼干来。目前,我亲爱的吕西安,这儿有雪茄——当然是违禁品,试试看,并劝劝部长,请他卖这种货给我们,别再拿椰果叶来毒害我们吧。"

"呸!这样的事我可不做,凡是政府运来的东西,总归是要挨你咒骂的。而且,那不关内政部的事,而是财政部的事。你自己去跟荷曼先生讲吧,他住在间接税区第一弄二十六号。"

"说真话!"阿尔培说,"你的交游之广,实在令我震惊。抽一支雪茄吧。"

"真的,我亲爱的子爵,"吕西安一面说着,一面凑近一只涂着五彩瓷釉的烛台,在一支玫瑰色的小蜡烛上点燃一支马尼拉雪茄,"像你这样一无所事多快乐,你还不明白你自己的好福气呀!"

"要是你也一事不做,我亲爱的护国功臣,"阿尔培用一种略带挖苦的口吻答道,"那可怎么得了呀?嘿!一位部长的私人秘书,要插手于欧洲的纵横捭阖,同时又要参与巴黎的阴谋;要保护国王,而更奇妙的是保护王后;既要联络党派,又要操纵选举;你在你的办公室里用你的笔和你的急电所完成的功勋,比拿破仑在他的战场上用他的剑和他的大小胜仗所成就的更多。除了你的薪俸以外,每年还有二万五千里弗的收入,有一匹夏多·勒诺出四百路易而你还不肯出手的马,有一个永远不令你失望的裁缝,可以随意出入戏院、骑士俱乐部和游戏场——所有这一切事情,还不够让你高兴吗?好,我来叫你高兴。"

"怎么个高兴法?"

"给你介绍一位新相识。"

"是男人还是女人?"

"男人。"

"我认识的男人已经是够多啦。"

"但你不认识这个男人。"

"他从哪儿来的,世界的尽头吗?"

"或许更远。"

"鬼话!我希望我们的早餐不是由他带来的。"

"噢,不,我们的早餐正在大厨房里烧。那么你饿了吧?"

"啊！承认这种事是很丢份的，但我的确饿了。我是在维尔福先生那么吃晚餐的，而法律界的人请吃的菜总是差透了的。他们好象是舍不得似的，你有没有注意过这一点？"

"啊！看不上别人的饭菜哪，你们部长大人们吃的公家饭菜很不赖呀。"

"是的，我们不约时髦人物吃饭，但我们不得不招待一群乡下土腿子，因为他们的立场与我们一致，并且投我们的票，要不然，我向你保证，我们是决不会在家里吃饭的。"

"好吧，再喝一杯白葡萄酒，再来一块饼干吧。"

"十分情愿。你的西班牙酒妙得很。你瞧，我们平定那个国家是非常正确的。"

"是的，只苦了卡罗斯先生。"

"嘿，卡罗斯先生可以饮波尔多酒，再过十年，我们可以使他的儿子和那位小女皇结婚。"

"到那时，倘若你还在部里的话你就将得到'金羊毛勋章（法国与西班牙的一种贵族勋章）了。"

"我想，阿尔培，你今天早晨的办法是想用烟来填饱我是不是？"

"啊，你必须清楚这是最妙的开胃品，但我听到波香已经到隔壁房间啦。你们可以争论一场，那就把时间消磨过去了。"

"争论什么？"

"争论报纸呀。"

"我的好朋友，"吕西安带着一种极其蔑视的神气说，"你见到我看过报吗？"

"那么你们会争论得更厉害。"

"波香先生到。"仆人通报道。

"进来，进来！"阿尔培一边说，一边站起身来向那个青年迎上去。"狄布雷也在这儿，他不先读读你的文章就诋毁你，这是他自己说的。"

"他很对，"波香说道，"因为我批评他的时候也并不了解他在干些什么事。日安，总司令！"

"啊！你已经知道那件事啦。"那位私人秘书一边说，一边微笑着和他握手。

"当然啦！"

"他们外界怎么说？"

"什么'界'？在 1838 这个好年头，我们的'界'是如此的多。"

"就是你领导的政论界呀。"

"他们说这件事很公平，说你要是下了这么多红花的种子，你一定会收获到几朵蓝色的花。（意指适得其反）"

"妙，妙！这句话说得不差！"吕西安说。"你为何不来加入我们的党呢，我亲爱的波香？凭着你的天才，三四年之内你准可以飞黄腾达了。"

"我只等一件事发生了就能够遵从你的忠告——那就是，等一位能连任六个月的部长。我亲爱的阿尔培，请容许我说一句话，因为我必须使可怜的吕西安有一个喘息的机会。我们是吃早餐还是午餐？我必须得到众议院去，因为生活中的责任使我并不轻松。"

"我们只吃早餐。我等两个客人,他们一到,我们就可以立即入席。"

"你等两个什么样的客人来吃早餐?"波香说。

"一位绅士,一位外交家。"

"那么我们要用两个钟头等那位绅士,三个钟头等那位外交家。我回来吃尾食吧,给我留一点杨梅,咖啡和雪茄。我还要带一块肉排去,一路吃着上众议院。"

"别干那种事,因为即使那位绅士是蒙特马伦赛(法国一大贵族),那位外交家是梅特涅(奥国政治外交家),我们等到十一点也要吃早餐了。眼下,请你暂且学学狄布雷的榜样,来一杯白葡萄酒和一块饼干吧。"

"就这么办吧,我等待就是了。我一定要做些什么事来转移我的思想。"

"你像狄布雷一样,但依我看来,当部长垂头丧气的时候,反对派应该欢欣鼓舞才是呀。"

"啊,你不知道我将经受的威胁。今天早晨我得到众议院去听邓格拉司先生的一场演讲。今天晚上,又得听他太太叙述一个法国贵族的悲剧。滚他妈的,这种君主立宪政府!正如他们所说的,既然我们有选择的权利,我们如何会选中了此种东西?"

"我懂啦,那么你的笑话资料肯定是不少的了。"

"别诋毁邓格拉司先生的演讲,"狄布雷说,"他是投你们的票的,因为他也属于反对派的。"

"丝毫不假!而最最糟糕的就在这一点。我等着你们派他到卢森堡去演讲,我好痛痛快快地嘲笑他一场。"

"我亲爱的朋友,"阿尔培对波香说,"看来西班牙事件显然是决定的了,因为你今天早晨的脾气实在不妙。请别忘记巴黎人的闲聊里,曾谈论我和欧琴妮·邓格拉司小姐的婚事,所以我在道德上不能让你诋毁这个人的演讲,因为有一天,这个人会对我说,'子爵阁下,您知道,我给了我的女儿两百万呢。'"

"啊,这桩婚姻是肯定不会实现的,"波香说。"国王封他为一个男爵,他可以使他成为一个贵族,但却无法使他成为一位绅士,而马瑟夫伯爵的贵族派头实在是太浓厚了,绝不会为了那笔两百万的小数目而俯就一次门不当户不对的联姻。马瑟夫子爵只配娶一位侯爵小姐。"

"两百万哪!这是一笔非常可观的数目呢。"马瑟夫说道。

"这笔资本够在林荫大道旁开一家戏院,或建筑一条从植物园到拉比的铁路。"

"别把他的话放到心里,马瑟夫,"狄布雷说,"你只管和她结婚。诚然,你等于娶了一只钱袋,但那又有什么关系?情愿少要几个纹章多弄几个钱。你的武器上有七只燕了(指刻在武器上的纹章)。给了你的太太三只,你还有四只,那比基斯先生已经多一只了。而基斯先生的表兄是德国皇帝,他自己也差不多做了法国的国王。"

"老实说,我认为你说得很对,吕西安。"阿尔培茫然地说。

"当然啦,而且,每一个百万富翁都像一个私生子一样的高贵,就是说,他们能

够高贵得像私生子。"

"别再说了,狄布雷,"波香大笑着回答说,"因为夏多·勒诺来了,他,为了医治你这种怪僻的谬论,会用他祖宗蒙脱邦·勒诺的宝剑刺穿你的身体的。"

"那样,他会玷污那把宝剑,"吕西安说道,"因为我卑贱——非常卑贱。"

"噢,天哪!"波香喊道,"部长大人竟然唱起贝朗瑞(法国诗人)啦,天啊,我们往哪儿走了呀?"

"夏多·勒诺先生到!玛西米兰·摩莱尔先生到!"仆人高声给两位新来的客人通报。

"好了,现在终于可以吃早餐了,"波香说,"因为我好像记得,阿尔培,你告诉我你只等两个人。"

"摩莱尔!"阿尔培自言自语地说,"摩莱尔!他是谁呀?"但他的话还没有说完,夏多·勒诺先生,一个年约三十岁左右,浑身绅士气派的漂亮的青年——那就是说,有古契(法国将军)那样的身材,有蒙德玛(法国望族中一员)那样的智慧——已上来握住阿尔培的手。"我亲爱的阿尔培,"他说,"让我向你介绍玛西米兰·摩莱尔先生,驻阿尔及利亚的骑兵上尉,我的朋友,而且还是我的救命恩人。这种种证据他都亲自带来了。向我的英雄致敬吧,子爵。"于是他朝旁边让开一步,一位额头宽阔,双目锐利,髭须漆黑,纯良高贵的青年出现了。这位青年,我们的读者已经在马赛见识过,当时的情形很戏剧化,想必还不会忘记。一套半似法国式,半似东方式的华丽的制服充分表现出他那宽阔的脸部和雄健的身体,胸前挂着荣誉团军官的勋章。这位青年军官以安闲优雅而有礼的态度鞠了一躬。

"阁下,"阿尔培殷勤诚挚地说,"夏多·勒诺伯爵阁下知道这次的介绍让我多么愉快,您是他的朋友,希望也能成为我们的朋友。"

"说得妙!"夏多·勒诺插口说,"希望此后遇到必需的时候,他也能为你尽力,如同为我尽力一样。"

"他为你尽过什么力?"阿尔培问道。

"噢!不值得讲,"摩莱尔说,"夏多·勒诺先生把事情夸大了。"

"不值得讲!"夏多·勒诺喊道,"性命都不值一谈!老实说,摩莱尔,那未免太旷达啦。在你,或许是不值一谈的,因你每天都冒着生命的危险,但在我,我却只有这么一次——"

"我知道了,伯爵,显然是摩莱尔上尉阁下救过你的命。"

"正是如此。"

"是怎么一回事?"波香问道。

"波香,我的好人哪,你知道我马上要饿死啦,"狄布雷说,"别让他讲长篇大论的故事了吧。"

"好,我并不阻止你们入席,"波香答道,"我们一边吃早餐,一边听夏多·勒诺讲好了。"

马瑟夫说:"诸位,现在刚十点一刻,我另外还等一个客人。"

"啊,不错!一位外交家!"狄布雷说。

"我也不清楚他究竟是不是,我只知道凡是我托他办一件事,他肯定会给我办得十分圆满,所以假如我是国王,我准会立刻封他最高的爵位,把我所有的勋章都赐给他,假如我办得到的话,连金羊毛勋章和茄泰(英国最高勋章)勋章都给他。"

"好吧,既然我们还不能入席,"狄布雷说,"就喝一杯白葡萄酒,请将这件事的来龙去脉告诉我们吧。"

"你们全知道以前我曾幻想着要到非洲去。"

"这是你的祖先为你策划好的一条路。"一位恭维着说。

"是的,但我怀疑你的目标是否像他们一样——去救圣墓。"

"你说得非常正确,波香,"那贵族青年说。"我去打仗仅是客串性质的。自从那次我选来劝架的两个陪证人强迫我打伤了我最要好的一位朋友的膀子以后,我就再不忍心和人决斗了。我那位最好的朋友你们也都认识——就是可怜的弗兰士·伊辟楠。"

"啊,不错!"狄布雷说。"你们以前决斗过一次,是为什么?"

"天诛地灭,要是我还记得的话!"夏多·勒诺说道。"但有一件事我记得十分清楚——就是由于不甘心让我的这种天才埋没,我很想在阿拉伯人身上去试试我新得的手枪。结果我乘船到奥兰,又从那儿到君士坦丁堡,一到那儿,碰巧赶上看到解围。我就跟着众人一同撤退。整整四十八小时,白天淋雨,晚上受冷,而我竟然挺住了,但第三天早晨,我那匹马冻死了。可怜的牲畜!在马厩里享受惯了被窝和火炕,那匹阿拉伯马竟发觉它自己受不了阿拉伯零下十度的寒冷折磨。"

"你原来就是为了那个原因才要买我那匹英国马,"狄布雷说,"你大概为它比较能耐寒吧。"

"你错了,因为我已经赌咒不再回非洲去了。"

"那么你是吓破胆了?"波香问道。

"我承认,而且我有很充分的理由,"夏多·勒诺说道。"我步行撤退,因为我那匹马已经死了。六个骑着马的阿拉伯人疾驰过来要杀掉我的头。我用我的双筒长枪打死了两个,又用我的手枪打死了另外两个,但那时我的子弹打完了,而他们却还剩两个人。一个揪住我的头发(所以我现在的头发剪得这样短,因为谁都不知道将来又会发生什么事),另外一个把土耳其长剑架在我的脖子上,正当这危险时刻,坐在你们前面的这位先生突然来攻击他们,用手枪打死了揪住我头发的那个,用他的佩刀劈开了另外一个的颅骨。他那一天本来是想要救一个人的命的,而碰巧正是我赶上了。我将来发了财,一定要向克拉格曼或玛罗乞蒂(意大利名雕刻家)去定造一尊幸运之神的像。"

"是的,"摩莱尔带笑说,"那天是9月5日。那是一个难忘的日子,家父曾在那天神奇莫测地保全了性命,所以,在我力所能及的范围以内,我每年一定要尽力做一件事来祝贺他。"

"一件英勇的事,是不是?"夏多·勒诺插口说。"总之,我是一个幸运儿,但事情还不仅如此。在把我从刀剑下面救出来之后,他又把我从酷寒里救了出来,不是与圣马丁那样让我分享他的披风,而是整件披风都给了我,然后又把我从饥饿中救出来,和我分享——猜是什么?"

"一块斯特拉斯堡饼?"波香说。

"不,他的马,我们每人都狼吞虎咽地吃了一大块马肉。这是非常难得的。"

"马肉吗?"阿尔培大笑着说。

"不,是指那种奉献精神,"夏多·勒诺回答,"问问狄布雷,他会不会为了一个素不相识的人奉献他那匹英国骏马?"

"为了一个素昧平生的人,是不肯的,"狄布雷说,"但为一个朋友,我或许会肯。"

"我预料到您会成为我的朋友的,伯爵阁下,"摩莱尔答道,"而且,我已有幸告诉过您了,说这是英雄主义也好,是奉献精神也好,反正那一天我一定要和厄运斗争一场,来回报我们从前获得的好处。"

"摩莱尔先生所讲的这一段历史说来非常有意思,"夏多·勒诺又说,"将来你们跟他友谊深了的时候,总会有一天他要告诉你们的。现在让我们先来填饱肚子,别光填饱记忆力吧。什么时候吃早餐,阿尔培?"

"十点半。"

"不可更改吗?"狄布雷问,并掏出表来看。

"噢!请你们宽限我五分钟,"马瑟夫答道,"因为我所等的也是一位救命恩人。"

"哪一个?"

"当然是我的呀?"马瑟夫大声说道,"你们莫非真以为我就不会像旁人一样地得救,而只有阿拉伯人会砍杀人头吗?我们的早餐是一席博爱餐,在我们的席面上将有——至少,我希望如此——两位造福人类的救星。"

"我们如何办呢?"狄布雷说,"我们的蒙松奖章却仅有一个。"

"哦,这个奖章可以馈赠给一个不相干的人,"波香说,"法兰西学院常常用这个方法来摆脱窘态。"

"他是从哪儿来的?"狄布雷问道。"这个问题虽然你已经回答过一次,但回答得如此含糊,竟致使我胆敢再问第二次。"

"坦率地将,"阿尔培说,"我不知道,三个月前我邀请他的时候,他在罗马,但自打那以后,谁清楚他会到哪儿去呢?"

"而你以为他能按时到这儿来吗?"狄布雷又问。

"我以为他是无所不能的。"

"好吧,连五分钟的宽限也算在里面,我们也只剩十分钟了。"

"我利用这一段时间来告诉你们一些关于我那位客人的情况吧。"

"对不起!"波香插嘴说,"你要讲给我们听的这番话里有没有写文章的材料?"

"有的,而且可以写成一篇最美妙的文章。"

"那么,请说吧,看来今天我是去不成众议院了,所以我要设法补偿这个损失。"

"今年狂欢节我在罗马。"

"那我们清楚。"波香说。

"是的,但你们却不知道我曾被强盗绑架过。"

"根本没有强盗这种东西。"狄布雷答道。

"有的,是有的,而且是最可怕的,或说得更正确些,是最可钦佩的强盗,因为我以为他们好得叫人害怕。"

"喂,我亲爱的阿尔培,"狄布雷说,"老实承认吧,承认你的厨子赶不及,牡蛎还不曾从奥斯坦德或马伦尼斯运到,所以,像曼德侬(路易十四的后妻)夫人那样,你要用一篇故事来代替酒宴。赶快说吧,我们都是有修养的人,可以体谅你,并且可以听你的故事,虽然看来一定是不着边际的。"

"而我可以对你们说,虽然看来像是不着边际,但我对你讲的这一番话,却从头到尾是真实的。土匪把我绑去,带我到一个阴森森的地点,那个地点叫作圣·西伯斯坦的陵墓。"

"那个地方我知道,"夏多·勒诺说,"我到那儿去以后,几乎发了一场热病。"

"我比你更进一步,"马瑟夫答道,因为我确确实实得了一场病。他们告诉我,我是一个俘虏了,要我付一笔四千罗马艾居的赎金——约等于两万六千里弗。不幸,我只剩一千五。我的旅程和我的汇款那时都已经快完了。我就写信给弗兰士——假如他在这儿,我的话他每一个字都可以证实——我写信给弗兰士说,假如他不在六点钟以前带了那四千艾居来,那么到六点十分,我就要无可挽回地加入那些尊贵的圣徒和光荣的殉道者的行列了,因为罗杰·范巴先生——这是那个强盗头儿的名字——是极守信用,毫不敷衍了事的。"

"但弗兰士带着那四千艾居来了,"夏多·勒诺说。"见鬼!一个人的名字要是叫作弗兰士·伊辟楠或阿尔培·马瑟夫,是不难弄到四千艾居的。"

"不，他只是带着我就要介绍给你们的那位客人同来同已。"

"啊！这位先生是杀死卡科斯的赫克里斯，救出安特洛墨达的珀修斯了(以上均为希腊神话中人物)。"

"不，他也是一个人，而且身体也和我们差不多。"

"从头到脚都武装了吗？"

"他连一根织绒线的针都没有带。"

"但他为你付了赎金？"

"他对那个强盗头儿说了两句话，我就自由了。"

"而他们还向他道歉，说不该绑你？"波香说。

"事实是这样。"

"咦，他一定是一个再世的阿利奥斯多(意大利文艺复兴时期有名的诗人，曾任强盗最多地区的总督)啦。"

"不，他只是基度山伯爵。"

"世界上根本不存在基度山伯爵。"狄布雷说。

"我想也不见得会有，"夏多·勒诺接着说，看他的神气活像是全欧洲的贵族他都了如指掌似的。"有谁知道关于一位基度山伯爵的什么情况吗？"

"他可能是从圣地(指巴勒斯坦)来的，他的祖先之中，或许曾有人占领过髑髅地，像蒙特玛人占领死海那样。"

"我想，我可以对你们的讨论有一点帮助，"玛西米兰说。"基度山是一个小岛，我从前常常听到家父手下的老水手们谈起——是地中海中央一粒沙，宇宙间的一粒原子。"

"丝毫不假！"阿尔培大声说。"我说的那个人就是这粒沙，这粒原子的主人公，伯爵的衔头大概是他在托斯卡纳买来的。"

"那么他是很有钱喽？"

"我想是的。"

"但那应该能看得出的呀。"

"你这就上当了，狄布雷。"

"我不明白你的意思。"

"你有没有读过《一千零一夜》？"

"问得多奇妙！"

"好，假如你在《一千零一夜》里所看到的人物，要是他们的麦子不是红宝石或金刚钻，你知道他们是穷还是富？他们似乎是穷苦的渔夫，但突然间，他们却打开一个个秘密窟，里面装满了东印度诸国的珍宝。"

"后来怎样？"

"我那位基度山伯爵就是那种渔夫。他甚至还采用了那本书里的一个人名。他自称为水手辛巴德，而且还有一个装满了金子的山洞。"

"你见过这个岩洞了，马瑟夫？"波香问道。

"没有，但弗兰士见过。看在老天面上，可别在他的面前提这些话，弗兰士是蒙了眼睛进去的,有哑奴和女人服侍他,就是埃及美女和那些女人一比呀,也不算一回事了。只是他对于女人那一点不能十分确定,因为她们是等他吃过一点大麻精以后才进来的,所以他,或许错把一排石像当成女人了。"

"我也曾从一个名叫庇尼龙的老水手那儿听到过这一类似事情。"摩莱尔若有所思地说。

"啊!"阿尔培喊道,"承蒙摩莱尔先生来帮我的忙,你们不怀疑了吧,是不是?因为他为这个谜指出了一条线索。"

"我亲爱的阿尔培,"狄布雷说,"你给我们讲的这个故事太离奇了。"

"啊!那是因为我们的大使和我们的领事没有把这种事告诉过你们。他们没有功夫呀,他们必须得折磨他们在国外旅行的同胞。"

"瞧,你光火了,攻击起我们那些令人同情的使节来了。你还要他们怎样来保护你呢?议院天天削减他们的薪水,他们现在简直可说毫无收入了。你愿不愿当大使,阿尔培?我可以派你到君士坦丁堡去。"

"不,恐怕我一表示袒护美赫米德·阿里(当时的埃及总督,与土耳其国王不和),苏丹就会送我上绞架,叫我的秘书来绞死我。"

"可不是!"狄布雷说。

"是的,但这并不影响基度山伯爵的存在。"

"当然罗!每一个人都是存在的。"

"不错,但并不都以完全相同的方式存在,并不是每一个人都有黑奴,华丽的游艇,精美的武器,阿拉伯马和希腊情妇。"

"你有没有见过那希腊情妇?"

"我见到过她本人也听到过她的声音。我是在戏院里看到了她本人,有一天早晨我和伯爵一同吃早饭的时候听到了她的声音。"

"那么你那位奇人英雄也吃东西的罗?"

"是的,但吃得太少了,简直不能称为吃。"

"他必定是一具僵尸。"

"随你们去取笑吧,那倒是 G 伯爵夫人的意见,如各位所知,她是认识罗思文勋爵的。"

"啊,妙极了!"波香说。"对于一个和报纸没有关系的人来说,这就是《立宪报》上那篇关于那位大名鼎鼎的海蛇的肖像。"

"目光犀利,瞳孔能随意收缩或放大,"狄布雷说,"而且面部轮廓显明,额头饱满,脸色惨白,胡须漆黑,牙齿白而尖利,礼貌周到,无懈可击。"

"果真如此,吕西安。"马瑟夫答道,"你形容得丝毫不差。是的,敏感而极有礼貌。这个人常常使我发抖!有一天,我们去看杀人,我觉得几乎要昏过去了,但听他冷酷平静地描写各种酷刑,那简直比亲眼看到刽子手和犯人更可怕。"

"他有没有引你到斗兽场的废墟中去吸你的血?"波香问。

"或是,把你救出来以后,他会不会要你在一张火红色的羊皮纸上签字,叫你把你的灵魂让给他,像以扫(圣经中人物)出卖他的长子继承权一样?"

"笑吧，你们尽管嘲笑吧，诸位！"马瑟夫有点动气了。"我看见你们这些巴黎人，你们这些在林荫大道和布洛涅树林里好逸恶劳的子弟，再回想那个人，我仿佛觉得我们不是属于同一个种族似的。"

"敝人不胜荣幸之至。"波香答道。

"应当讲，"夏多·勒诺又说，"你那位基度山伯爵确实是一位非常好的人，只是他和意大利强盗有点交情。"

"意大利根本不存在强盗！"狄布雷说。

"世界上根本不存在僵尸！"波香答道。

"世界上根本不存在基度山伯爵！"狄布雷又说。"敲十点半啦，阿尔培！"

"承认这是你梦中的事情吧，让我们坐下来进早餐吧。"波香又说。但钟声未绝，杰曼就来通报道，"基度山伯爵大人到。"每一个人都情不自禁地大吃一惊，这证明马瑟夫的一番叙述已给了他们十分鲜明的印象，即使连阿尔培本人都感觉到突兀。他不曾听到一辆马车在街上停下的声音，或候见室的脚步声，开门的时候也悄然无声。伯爵出现了，他的服装如此简单，但即使最会吹毛求疵的花花公子也无法从他这一身打扮上找出什么可挑剔的地方。他身上的每一件东西——帽子、上装、手套、皮靴——都是第一流巧手的精制成品。但使大家更为惊奇的，是由于他极其像狄布雷所画的那幅画像。伯爵带笑走入房间中央，向阿尔培走过来，阿尔培赶快伸手迎上去。"遵守时刻，"基度山说，"是国王的礼节，我好像记得你们的一位君王曾这样说过。但这却不是旅客所能办得到的，不论他们心里多么向往。我希望你们能体谅我迟到了两三秒钟。在一千五百里的旅程上免不了出些麻烦，尤其是在法国，这个国家似乎是禁止打马的。"

"伯爵阁下，"阿尔培答道，"我向我的几位朋友公开了您光临的消息，我请了他们来，以实现我对您许下的诺言，现在请允许我向您介绍。这几位是：夏多·勒诺伯爵阁下，出身名门，是十二贵族（法国最初的贵族）的后代，他的远祖曾出席过圆桌会议；吕西安·狄布雷先生，内政部长的私人秘书；波香先生，一家报馆的编辑，法国政府惧怕的人物，他虽然久负盛名，但您在意大利却不曾听说过，因为他的报纸在那儿是禁止的；玛西米兰·摩莱尔先生，驻阿尔及利亚的骑兵上尉。"

伯爵一一向他们点头致意，态度很客气，但同时带有英国人那种冷淡和拘泥虚礼的气质，但当听到最后这个名字，他不禁向前跨了一步，苍白的脸颊上出现一片淡淡的红晕。"您穿的是法国新征服者的制服，阁下，"他说，"这是一套美丽的制服。"谁都说不出究竟是什么原因使伯爵的声音颤动得如此厉害，是什么原因促使他这一对如此平静清澄的眼睛突然发光。这时，他不想掩饰自己的情感了。

"你没会见过我们这位非洲客人吧，伯爵阁下？"阿尔培问道。

"从来没见过。"伯爵回答，这时他又已完全控制住自己了。

"喏，在这套制服里，跳动着一颗全国陆军中最勇敢和最高贵的心。"

"噢，马瑟夫先生！"摩莱尔插口说。

"让我说下去，上尉！"阿尔培继续说，"我们刚才听到他最近的一个行动，是个十分英勇的行动，所以尽管我今天才初次见到他，但我却要请您允许我把他当作我的朋友来对待。"

"啊！您有一颗高贵的心吗?"伯爵说,"那就好了。"

这一声感慨倒像是在回答伯爵自己心里的思潮,而不像是在回答阿尔培所说的话,大家都异常惊奇,尤其是摩莱尔,他只是惊异地望着基度山。但同时,那语气是如此的温顺,所以不论这一声感慨是多么古怪,也是不会让人因此动怒的。

"咦,他为什么要怀疑这一点呢?"波香对夏多·勒诺说。

"的确,"后者回答,他,凭着他那贵族的目光和他的阅历,已把基度山身上所能看穿的一切都看穿了。"阿尔培并没有蒙骗我们,这位伯爵是一位奇人。你如何看,摩莱尔?"

"不错! 他那种胸襟开阔的神气我十分欣赏,尽管他对我说了那一句怪话。"

"诸位,"阿尔培说,"杰曼通知我早餐已经备齐了。我亲爱的伯爵,请允许我为您引路。"

他们静静地走入餐厅,大家就座。

"诸位,"伯爵一边入座,一边说,"请容许我做一番自我介绍,借此来说明我的任何不合习俗的举动。我是一个异乡人,而且是一个生平第一次到巴黎的异乡人。法国人的生活方式我完全不懂,截至现今为止,我一向都遵从东方人的习俗,而那是和巴黎人完全相反的。所以,要是你们发觉我有太土耳其化,太意大利化,或太阿拉伯化的地方请你们谅解。现在,诸位,我们来用早餐吧。"

"他说这番话的神气多妙!"波香低声说,他肯定是位大人物。"

"在他的本国可算是一位大人物。"狄布雷接上说。

"在世界各国都可算是一位大人物,狄布雷先生。"夏多·勒诺说。

第四十章　早餐

我们大概未忘记,伯爵是一个最节食的贵客。阿尔培看透了这一点,深恐巴黎式的生活一开头就会在这最重要的一点上使这位宾客不高兴。

"我亲爱的伯爵,"他说,"我怕海尔达路的饭菜没有爱斯巴广场的适合您的胃口。我本来应该就这一点先跟您商议,为您做几样特别合您口味的菜的。"

"倘若您和我相交深厚的话,"伯爵微笑着说道:"对于像我这样一个随缘度日,在那不勒斯吃通心粉,在米兰吃粟粉粥,在瓦朗斯吃杂烩羹,在君士坦丁堡吃抓饭,在印度吃'卡力克',在中国吃燕窝的旅行家,这种事情是您连想都不用去想的了。我到什么地方都能吃,什么都能吃,只是我吃得不多。今天,您休怪我藏量,实际上却是我胃口很好的日子,因为从昨天早晨以来,我还没有吃过东西。"

"什么!"全体来宾都惊奇地说,"您有二十四小时没有吃东西了吗?"

"是的,"伯爵说道,"我因为必须绕道到尼姆去打听一点消息,所以赶不及了,沿途就没有停车。"

"那么您在马车里不是可以进食的吗?"马瑟夫问道。

"不,我睡觉,当我累了而又不愿做什么消遣,或当我肚子饿而又不想吃东西的时候,我总打算睡觉。"

"但您能要睡就能入睡吗,阁下?"摩莱尔说。

"没多大问题。"

"您的办法有效吗?"

"保险不会出任何差错。"

"那对于我们在非洲的人来说真是太宝贵了,我们常常弄不到食粮,饮料就更缺少了。"

"是的,"基度山说,"但不能令人满意的是,我的办法对像我这样过着一种例外生活的人尽管极妙,可是对全军将士却异常危险,会使他们在需要醒的时候却醒不过来。"

"可以向我们谈一谈这种办法究竟是怎么回事吗?"狄布雷问。

"噢,可以的,"基度山答道,"没有什么秘密可以保守。那是上等鸦片和最好的大麻精的一种混合剂。鸦片是我从广东买来的,可保证它的质地纯正,大麻精是东方的产品——那就是说,是在提格雷和幼发拉底河之间生长的。这两种成分用相等的分量混合起来,制成丸药,吞下一颗以后,十分钟就可见效。这一点可问问弗兰士·伊辟楠男爵阁下,我记得他曾吃过一次的。"

"是的,"马瑟夫回答,"他曾对我说过这样的事。"

"但是,"波香说,他站在新闻记者的立场,仍抱着明显怀疑的态度,"这种药品您总是带在身上的吗？"

"总是带着的。"

"我想请求看一看这种宝贵的丸药，伯爵不会怪我失礼吧？"波香又说，心里很想难为他。

"不，阁下。"伯爵回答，于是他从衣袋里掏出一只异常名贵的小盒子，那是整块翡翠镂刻成的，上面有一个金质的盖子，盖子一转，就从里面倒出一粒淡绿色的小丸子，大约有豌豆大小。这粒丸子有一股辛辣刺鼻的香气。翡翠盒子里还有四五粒，它本来的容量差不多在一打左右。全桌在传观着这只小盒子，当宾客们把它拿到手上的时候，主要的倒是在细察这块令人羡慕的翡翠而不是在看丸药。

"这些丸药是您的厨师给精心调制的吗？"波香问。

"噢，不，阁下，"基度山答道，"我不会把我真正心爱的享受品委托给无能的人去随意乱搞。我勉强可以算是一个药剂师，我的丸药是我亲自调制的。"

"这块翡翠果真漂亮，是我平生所见到的最大的了，"夏多·勒诺说，"虽然家母也颇有一些家传的稀奇珠宝。"

"我有三块同样的，"基度山答道。"一块我送给了土耳其皇帝，他用来镶在他的佩刀上，另外一块送给我们的圣父教皇，他用来和拿破仑皇帝送给他的前任庇护七世的那一块一同镶在他的冠冕上，他原来的那一块差不多也有这样大，但质地没有这样好。这第三块我留给自己，我把它镂空了，虽然减低了它的价值，但用起来却非常灵便的。"

每一个人都惊异地看着基度山，他的话说得如此简洁，显然所说的是实情，不然就是他疯了。但是，这块翡翠明明在眼前，所以他们自然倾向于相信前一个设想。

"那两位至尊是用什么来和您交换这种珍贵的礼品呢？"狄布雷问。

"我与土耳其皇帝交换一个女人的自由，"伯爵回答，"与教皇交换一个男人的生命，——所以在我的一生中，也曾一度拥有过权力。好像上苍送我到帝王宫殿中一样。"

"您救的是庇庇诺，是不是？"马瑟夫高声说，"您就是为了他去弄到那个赦罪令的是吗？"

"或许是的。"伯爵微笑着回答。

"伯爵阁下，您不知道您这些话我听了有多高兴，"马瑟夫说。"我事先早向我这几位朋友宣称过，说您是《一千零一夜》里的一位魔法家，中世纪的一个术士，然而巴黎人诡辩起来倒是非常精明，假如那种事实不是他们在日常生活里听遇到的话，那他们准会把最无可争辩的事实误认为狂想。譬如说，骑士俱乐部的一个会员在大街上被拦劫啦；圣·但尼街或圣·日耳曼村有四个人被暗杀啦；寺院大道或九龄路的一家咖啡馆里捉到了十个、十五个、或二十个小偷啦；这一类新闻，狄布雷天天看到，波香几乎天天刊登——可是，他们却偏偏说马里曼丛林，罗马平原，或邦汀沼泽地带的强盗是臆造出来的。请您当面告诉他们，我的确被强盗绑架过，要不是您仗义搭救，我现在早已死在圣·西伯斯坦的陵墓里，而决不会再在海尔达路我这间寒舍里款待他们啦。"

"但是，"基度山说，"您答应过我决不再提那次不幸的事情。"

"我可没有亲自答应过呀，"马瑟夫仍高声说，"那一定是另外一个人答应的，那个人也蒙您这样把他救出来，而您却把他遗忘了。请谈谈吧，假如您肯把那件事情讲给大家，我不仅可以听到几件我已经清楚的事情，而且或许可以知道许多我到如今还不明白的事情呢。"

"依我看，"伯爵微笑着答道，"您也扮演了一个相当重要的角色，对于经过的种种情形，已经知道得和我一样清楚了呀。"

"好，请答应我，假如我把我所知道的一切都讲出来，您也会把我所不知道的一切都讲出来。"

"那很公道。"基度山回答。

"好，"马瑟夫说，"接连三天，我自以为已成了一个蒙面女郎追逐的目标，我把那个追逐我的人误认作是杜丽亚（罗马六代国王的女儿）或包贝（罗马国王陀罗的妻子）的后裔，而实际上他是化装成的一个农家女，我说农家女，是为了避免说农妇。我只知道自己像是一个呆瓜，一个大呆瓜，我傻乎乎地把这个下巴上没有胡须，腰肢纤细，年约十五、六岁的青年强盗当作是一个农家女，而当我正想在他的嘴唇上尊敬地吻一下时，他突然拿出一支手枪抵住我的脑袋，另外还有七八支手枪凑过来帮忙，于是将我带到，或说得更准确些，是把我拖到圣·西伯斯坦的陵墓里。在那里，我发现一位受过高深教育的强盗正在那儿阅读《凯撒历史回忆录》，蒙他弃书赐教，告诉我说，除非我在第二天早晨六点钟以前献上四千毕阿士特到他的钱柜里，否则到六点一刻我就活不成了。那封信现在还可以看得到，因为弗兰士·伊辟楠还把它拿着，上面有我的签名，有罗杰·范巴先生的批语。我所知道的仅仅是这些了，但我不清楚，伯爵阁下您究竟如何能叫这些天不怕地不怕的罗马强盗如此尊敬您。我向您说实话，弗兰士和我的确对您都佩服得五体投地。"

"说来简单极了，"伯爵答道。"我结识那位大名鼎鼎的范巴已有十几年了。当他还只是一个孩子，还只是一个牧童的时候，曾给我带过一段路，为此我还送他几块金币。他呢，为了要回报我，就送了我一把匕首，那把匕首的柄是他亲手雕刻的，你们要是去参观我搜集的武器，还可以看得到。本来，这一次交换礼物，应该能够加强我们之间的友谊，但到后来，不知他究竟是把这件事忘了呢，还是记不得我了，他想来捉我，但结果是事与愿违反倒是我捉住了他，还把他的党羽也捉了一打。我本来可以将他送交给罗马法院，法院方面大概也是欢迎的，特别是他，但是我并没有那样做——我把他和他的党羽都释放了。"

"条件是不许他们再胡作非为，"波香大笑着说。"我很高兴看到他们确能严守信用。"

"不，阁下，"基度山回答，"我的条件只是能够尊敬我和我的朋友。你们之中要是有社会主义者，以宣扬人道和对你们邻居的尊敬为荣的，那么对于下面即将要说的这一番话或许会觉得不可理解，但我从来不想去保护社会，社会并没有保护过我，我甚至可以说，一般而论，它只想来伤害我，所以我对于它们的敬意一向很低，对它们保持着一种中立的态度,不是我对不起社会和我的邻居,是社会和我的邻居对不起我。"

"好!"夏多·勒诺喊道,"您是我平生所遇到的第一个有胆识把利己主义说得如此简洁纯正的人。好,伯爵阁下,说得好!"

"至少可算说得很坦率,"摩莱尔说。"但我相信伯爵阁下虽然曾经一度背离了他如此大胆宣称的准则,但他是决不会表示遗憾的。"

"我怎么背离了那些原则,阁下?"基度山问,他这样情不自禁地用热烈的目光去注视摩莱尔,已经有两三回了,这个青年简直有点经受不住伯爵这种明亮而尖锐的目光。

"噢,在我看来,"摩莱尔答道,"您救了您从不认识的马瑟夫先生,这本身就是帮助您的邻居和社会了。"

"他是这个社会的光荣。"波香说,喝干了一杯香槟。

"伯爵阁下,"马瑟夫喊道,"您错了,您是我所认识的最可畏的逻辑学家之一。您一定使人更清楚地看到,您不但不是一个利己主义者,而且是一个博爱主义者。啊!您自称为东方人,勒旺人,马耳他人,印度人,中国人。您的族名基度山,水手辛巴德是您的教名,可是在您的脚踏上巴黎的第一天,您就自然具有我们这些反常的巴黎人的最大美德,或说得更准确些,具有我们主要的缺点,就是,有意表白您所没有的污点,而掩盖起您固有的美德。"

"我亲爱的子爵,"基度山答道,"我实在不晓得在我所做的哪件事上在什么地方能值得您或这几位先生如此称颂。您和我不是陌生的人,因为我早已与您相识了。我曾让出两个房间给您,我曾请您和我共进早餐,我曾借给您一辆马车;我们曾一同欣赏过狂欢节;我们也曾在波波罗广场的一个窗口上一同看杀人,那次吓得您快要昏过去。我请这几位先生公道评论一番,我能让我的客人由那个您所谓的可怕的强盗去任意摆布吗?而且,您知道,我曾经说过,当我来到法国的时候,您可以介绍我踏进巴黎的几家客厅。您以前或许把我这个决定看作一个空虚缥缈的计划,但今天您已经看到这是一件实实在在事情了,这件事,您要是不守信用,是一定要受罚的。"

"我一定守信用,"马瑟夫回答说,"但我担心您见惯了奇事美景之后,对这里会深感失望。在我们这里,您不可能遇到任何在您的冒险生活里常常遇到的那些插曲。马特山就是我们的琴博拉索,凡尔灵山就是我们的喜马拉雅,格勒内尔平原就是我们的戈壁大沙漠,而且他们现在正在那儿挖掘一口喷水井,以方便沙漠里的旅客有水喝。我们有不少小偷,虽然倒没有报上报道的那样多,但这些小偷怕警察甚于怕失主。法国是如此平淡无奇,巴黎是这样文明的一个都市,以致在它的八十五省境内——我说八十五,因为我没有把科西嘉包括进去——嗯,在这八十五省境内,您不会在哪一座小山上找不到一座急报房,或哪一个岩洞里找不到一盏警察局安放的煤气灯。我想来想去认为只有一件事可以为您效劳,听您的吩咐,就是,由我或请我的朋友到处为您介绍。当然,您是无须乎要人为您介绍——凭您的大名、您的财富和您的天才,(基度山带着一个近于讽刺意味的微笑鞠了一躬)您可以到处去自我推荐而受到很好的接待。我只有在一点上可能对您有用,假如你在熟悉巴黎生活方面的习惯,使日子过得安乐舒适,或购置衣物用具这几方面,我的经验对您如能有所帮助的话,您可以差遣我为您去找一所适当的住宅。我在罗马分享过您的住处,但我不敢请您分享我的住处——尽管我并不主张利己主义,但我却是个地道的利己主义者——因为除了我本人以外,这些房间连一个影子也不允许存在,除非是一个女人的影子。"

"啊,"伯爵说,"那是预备金屋藏娇了,我记得在罗马的时候,你曾谈到过一件计划中的婚事。我到如今可以向您道喜了吗?"

"那件事到现在还仅仅是一个计划。"

"所谓'计划',意思就是事实。"狄布雷说。

"不,"马瑟夫答道,"家父极愿结下这门亲事,而我希望在不久的将来能介绍您见——即使不成为我的太太,至少也算是我的未婚妻——欧琴妮·邓格拉司小姐。"

"欧琴妮·邓格拉司!"基度山说,"请告诉我,她的父亲不就是邓格拉司男爵阁下吗?"

"是的,"马瑟夫答道,"是一位新封的男爵。"

"那有什么关系,"基度山说,"假如他对国家做出过贡献,值得这种优待的话。"

"贡献大得很啦,"波香回答说。"尽管身为自由党,他却在 1829 年为查理十世谈成了一笔六百万的借款,而查理十世就封了他为一名男爵,并赏他荣誉爵士的头衔,所以他也挂起勋章来了,只是,并不像您所想的挂在他的背心上,而是挂在他的纽孔上。"

"啊!"马瑟夫大笑着插进来说,"波香,波香,这篇材料你还是留给滑稽画报吧,但别在我的面前来挖苦我未来的岳父。"然后,他转向基度山,"您刚才提到过他的名字,您已认识男爵了?"

"我并未结识他,"基度山回答,"但我想不久大概便能够认识他,因为我经伦敦理查·勃龙银行,维也纳阿斯丹·爱斯克里斯银行,罗马汤姆生·弗伦奇银行的介绍,将要在他的银行里开一个透支户头。"

当他讲到最后一家银行的时候,伯爵向玛西米兰·摩莱尔瞟了一眼。如果他这一瞟内含有想打动摩莱尔的用意话,那么,他是达到了目的,玛西米兰像是触了电似的猛然一惊。"汤姆生·弗伦奇银行!"他说,"您认识那家银行吗,阁下?"

"那是我在基督世界的首都所往来的银行,"伯爵神色自若地回答。"我在那家银行颇有点势力,有需要为您效劳的地方吗?"

"噢,伯爵阁下,有一件事我到现在还调查不出一个所以然来,请您务必帮助我查一查。那家银行过去曾帮过我们一次大忙,可是,我也不知道为了什么缘由,他们却老是竭力否认那次曾帮过我们的忙。"

"我答应您的请求。"基度山说,并欠了欠身。

"但是,"马瑟夫又说,"奇怪,我们怎么把谈话目标转移到邓格拉司身上去啦。

我们不能忘记是在给伯爵找一所合适的住宅。来,诸位,我们大家都来提出一个建议,看我们应该把这位新客人安置在我们大首都的什么地方比较合适?"

"圣·日耳曼村,"夏多·勒诺说。"伯爵可以在那儿找一座漂亮的大厦,有前庭和花园。"

"嘿!夏多·勒诺,"狄布雷驳道,"你只知道你那死气沉沉,索然无味的圣·日耳曼村。别信他的话,伯爵阁下,住在安顿大马路好,那里真正是巴黎的市中心。"

"戏院大街,"波香说,"选择一间有阳台的房子,住在二层楼。伯爵阁下可以把他的银沙发一同带到那儿去,一面抽旱烟,一面看全巴黎的人在他面前走过。"

"这么说你没有什么意见吗,摩莱尔?"夏多·勒诺问道,"你怎么不建议一下呢?"

"噢,有的,"那青年微笑着回答,"我倒有一个建议,但是大家已经有了这么多出色的建议,我想他或许已经选中了一个,可是既然他还没有确定,我再冒昧地提一下,请他到一座漂亮的大厦里租几间房子住,那是朋巴陀(路易十五的情妇,居处豪华)式的建筑物,我的妹妹已在那儿住了一年了,就在密斯雷路。"

"您有一个妹妹?"伯爵问道。

"是的,阁下,一个最好的妹妹。"

"结婚了吗?"

"已经有九年了。"

"幸福吗?"伯爵又问。

"没有比她再幸福的了。"玛西米兰回答说。"她嫁给了一个自己所爱的人,那个人在我们家境落魄的时候也没有对我们改变态度——就是艾曼纽·赫伯特。"基度山做了一个旁人很难觉察的微笑。"我度假期间就住在他那儿,"玛西米兰继续说,"我和我的妹夫艾曼纽,只要伯爵阁下能赏脸有所吩咐,都可以随时随地听从驱使。"

"等一等!"阿尔培不等基度山回答,就大声地抢着说道,"要当心哪,您要把一位旅行家——水手辛巴德,一个到巴黎来旅游观光的客人,——限制到狭小的家庭生活里去吗。您这不是等于给他找了一位管束他的保姆吗?"

"噢,不,"摩莱尔说,"我的妹妹刚二十五岁,我的妹夫三十岁。他们都是活泼快乐的年轻人。而且,伯爵阁下当然住在他自己家里,只有高兴时才和他们聚一聚。"

"谢谢,阁下,"基度山说。"我能够和令妹及她的丈夫相识已经很使人高兴了,假如您能赏脸给我介绍一下的话。但这几位先生的好意我都无法领受,因为我的寓所已经准备好了。"

"什么!"马瑟夫喊道。"这么说您要去住旅馆了,那未免太没意思啦。"

"我在罗马是住得这样别扭的吗?"基度山微笑着说。

"天哪!您在罗马花了五万毕阿士特来布置您的居室,但我想您不见得每天都准备花这样一大笔钱吧。"

"完全不是为了那个原因我才不去住旅馆,"基度山答道,"但我已经确定要自己买一所房子,我已经派我的贴身跟班先来,估计他这个时候该买好房子,而且布置好了。"

"这么说,您有一个了解巴黎的贴身跟班吗?"

"他也是平生第一次到巴黎。他是一个黑人,又不能说话。"基度山回答。

"是阿里!"阿尔培在大家的惊异声中喊道。

"是的,是阿里,是我那个哑巴黑奴,我想,您在罗马已经见到过他了。"

"当然罗,"马瑟夫说,"我对他记得一清二楚。但您怎么会叫一个黑奴来买房子,叫一个哑巴来布置呢?他会把一切都搞得一塌糊涂的呀,可怜的家伙。"

"这你就想错了,阁下,"基度山回答道,"我的看法与您正好相反,他做的每件事都会合我心意。他了解我的喜好,我的怪癖,我的需要,他已经来这儿一星期了,就凭着一条猎狗似的本能自己去搜索,他会把一切都给我妥妥帖帖地安排好的。他知道我今天十点钟要来这里,从九点钟起,他就在枫丹白露栅门口等候我。他给了我这张条子,上面有我新居的地址。您自己看吧。"于是基度山递了一张纸条给阿尔培。

"啊,这真是从来没有的事。"波香说。

"派头真大。"夏多·勒诺接上一句。

"什么!您不知道您自己的房子吗?"狄布雷问。

"不,"基度山说,"我告诉过你们了,我不愿迟到,我在马车里换衣服,一直到子爵的门口下车。"

这几个青年互相看了看彼此的脸。他们捉摸不透伯爵是不是在导演一幕喜剧,但他所说的每一个字听起来都是这样的朴质,无法确定他说的是谎话,而且,他又何必要撒谎呢?

"那么,"波香说,"我们只能尽我们的力量为伯爵阁下效绵薄之力聊以自慰了。我会凭着新闻记者的资格,为他打开各家戏院的大门。"

"谢谢,阁下,"基度山答道,"我的管家已经在每一家戏院里预定了一间包厢。"

"您的管家也是一个黑奴吗?"狄布雷问。

"不,他是你们的同胞,假如一个科西嘉人可以算法国人的同胞的话。您是认识他的,马瑟夫先生。"

"是那位出色的极其善于租窗口的伯都西奥先生吗?"

"是的,您那天光临的时候见过他。他当过兵,当过走私贩子——事实上,什么都干过。我只是还不太清楚他究竟有没有和警察局发生过什么小麻烦——譬如说,用一把小刀子戳人这一类的事情。"

"您却挑选了这位诚实的公民做您的管家吗?"狄布雷说。"他每年要揩去您多少油?"

"凭良心说,"伯爵答道,"我相信他不会比别人多。他很合我的标准,认为天下没有办不成功的事,所以我留用了他。"

"那么,"夏多·勒诺又说,"既然您已经安排妥当,有了一位管家,又有一所坐落在香榭丽舍大道的大厦,看来现在您就只缺少一个情妇了。"

阿尔培笑了笑。他想起了他在爱根狄诺戏院和巴丽戏院伯爵包厢里见到的那位希腊美人。

"我有比情妇更妙的东西,"基度山说,"我有一个奴隶。你们的情妇是从戏院,歌舞团,或游戏场里弄来的,我的却是在君士坦丁堡买来的,她花了我不少钱,但我从来都不在乎。"

"但您忘记啦,"狄布雷大笑着答道,"正像查理国王所说的,我们法国人天性最坦白,她的脚一踏到法国,您的奴隶便自由了。"

"谁告诉她?"

"第一个看见她的人。"

"她只会说罗马土话。"

"那就另当别论了。"

"可是至少我们可以和她见一面吧,"波香说,"不然,难道您是雇用了哑巴太监来侍候她的吗?"

"噢,不,"基度山回答,"我可没有东方化到那个地步。我身边的人谁都可以自由地随时离开我,而当他离开我的时候,他大概已经不再有求于我或者有求于任何人了,或许就是为了这种原因,所以他们才没有离开我。"

他们已经在用尾食和雪茄。

"我亲爱的阿尔培,"狄布雷一面说,一面站起身来,"现在已经两点半了。你的贵宾很有趣,但天下没有不散的筵席。我必须回到部长那儿去了。我会把伯爵的事告诉他,我们用不了多长时间就可以知道他究竟是谁了。"

"小心哪,"阿尔培答道,"那件事谁都没办到过。"

"噢,我们的警务部有三百万经费。不错,他们差不多总是有亏空,但这不算什么,我们为了这件事还可以花五万法郎。"

"你知道了告诉我好不好?"

"你的请求完全可以实现。再会,阿尔培。诸位,早安。"

狄布雷一离开房间,就高声喊道:"备车!"

"好!"波香对阿尔培说,"我不到众议院去了,但我已经有一篇文章奉献给我的读者了,那比邓格拉司先生的演说要精彩多了。"

"看老天面上,波香,"马瑟夫答道,"我求你一个字都不要发表,别把我向社会介绍他和推荐他的功劳抢掉。他这个人不怪吗?"

"岂止怪,"夏多·勒诺回答说,"他是我平生所见最最特别的人之一。你来不来,摩莱尔?"

"等我先拿一张名片送给伯爵阁下,他答应到密斯雷路十四号来拜访我们一次呢。"

"请放心,我是决不会食言的。"伯爵鞠躬回答。于是玛西米兰·摩莱尔和夏多·勒诺伯爵一同离开房间,只留下基度山独自和马瑟夫在一起。

第四十一章　介绍

当阿尔培发现他单独和伯爵在一起的时候,他说:"伯爵阁下,允许我来领您参观一个单身汉的房间。您在意大利住惯了宫殿,来估计一下不是最下等的青年在巴黎能有多少平方呎地方住,也许是件很有意思的事。我们且一个房间一个房间地去看,让您透透气,我先给您开开窗户。"

楼下的餐室和客厅基度山都已经看过了。阿尔培先带他到他的艺术工作室里,那间工作室,我们已经叙述过,原是他最心爱的房间。基度山可算得上是一位可敬的鉴赏家,凡是阿尔培搜罗在这儿的所有一切东西:古老的木柜,日本瓷器,东方织物,威尼斯玻璃器具,世界各地的武器——每一样东西他都熟悉,一看就认得出它们是哪一个时代的东西,产于哪一个国家和它们的来历。马瑟夫原以为应该由他来指导给伯爵的,实际上完全相反,反倒是他在伯爵的指导之下上了一堂考古学,矿物学和博物学课。他们下到二楼,阿尔培领他的贵宾进入客厅。客厅里挂满了近代画家的作品,有杜伯勒画的风景:长长的芦苇和高大的树木,嘶叫的牛和绮丽的天空;有德拉克络画的阿伯拉豪侠:白色的长袍,闪闪发光的腰带,戴着铁套的手臂,马用牙齿互相撕咬,而马上的骑者则用他们的长槌进行着凶猛地格斗;有希郎杰的水彩画,色彩特别动人,以致使画家成了诗人的仇敌;有地亚士的油画,他让他的花比真实的花更加美丽,使他的太阳比真实的太阳更加灿烂;有德康的图案画,色彩像萨尔瓦德·罗撒的画一样生动,但却更富于诗意;有吉罗和穆勒的粉笔画,把小孩子画得像安琪儿,把女人画得像仙女般美好;有从杜柴的东土旅行写生簿上撕下来的速写,那些速写都是在一只骆驼的鞍上或一座回教寺院的殿堂里只用几秒钟的时间便勾画成的——总之,都是近代的艺术珍品,能补偿那些因年代久远已失传的古代艺术品的杰作。

阿尔培满以为这一次可以有些新的东西给那位旅行家看看了,但使他大吃一惊的是:后者不必寻觅画上的签名(其中有许多实际上也只有缩写),就能立刻说出每一幅的作者姓名,而且态度非常悠然自得,可以看出他不仅仅了解每一个画家的姓名,而且还曾鉴别和研究过他们的风格。他们从客厅走进寝室,这个房间布置得尤其朴素雅致。在一只镀金镂花的镜框里,嵌着一幅署名"李奥波·罗勃脱"的人像画。这幅人像画吸引了基度山伯爵的注意力。因为他在房间里快走三步,然后突然在画像前面停下来。画上是一个青年女子,年约二十五、六岁,肤色微黑,在长长的睫毛下面,有一双水汪汪明亮的大眼睛。她穿着美丽的迦太兰渔家女的服装——一件红色衬着黑色的短衫,头发上插着金发针。她望着大海,背景就是蓝色的海与天。房间里的光线是如此的微弱,以致使阿尔培无法觉察到伯爵的脸色突然苍白,他的胸部和肩膀在神经质地颤抖。房间里暂时沉寂了一会儿,在这段时间里,基度山出神地凝视着那幅画。

"您有一位最最漂亮的爱人,子爵,"伯爵用一种十分平静的口气说,"而这套服装——无疑的是一套舞服——使她可爱极了。"

"啊,阁下!"阿尔培答道,"要是您看过在这幅画旁边的另一幅画,我就不能原谅您这个错误了。您不认识家母。您在这幅画上看到的人就是她。这幅像是在七八年以前画的。这套服装,看来是幻想出来的,可是画得这样惟妙惟肖,使我仿佛觉得真正看到了1830年时候的家母一样。伯爵夫人这幅像是在伯爵出门的时候画的。她无疑是想让他大吃一惊,但说来奇怪,家父似乎很不高兴这幅像,即使这幅画十分名贵——您已经看到,这是李奥波·罗勃脱的杰作之一——但也不能摆脱他对它的厌恶。真的,这话可只是我们自己私下说说而已,马瑟夫先生是卢森堡最勤勉的贵族之一,是一位以军事理论闻名的将军,但对于艺术却是一个最庸俗的外行。家母就不同了,她本人就画得极好,她为了长久地保存下这样名贵的一幅画,所以送给我挂在这儿,这样可以减少一些马瑟夫先生的不愉快。马瑟夫先生的像是格洛斯画的,喏,就是这一幅。请原谅我谈家事,但既然您赏脸让我把您介绍给伯爵,我就把这件事告诉您,免得您对这幅画有所误会。这幅画似乎有一种魔力,因为家母每次到这儿来,总要看看它,而每次一看它就非哭一场不可。伯爵和伯爵夫人之间一生唯有这一件事不和,他们虽然结婚已有二十多年,却还是像新婚宴尔一样地和谐。"

基度山急速地瞟了阿尔培一眼,像是要在他的话里搜索有没有隐藏的意义,但这个青年人的话显然是率直地从他的心里流淌出来的。

"现在,"阿尔培说,"我所有的宝藏您都见到了,允许我把它们献给您,虽然都是些毫无用途的东西。尽量与在您自己家里一样,请随意好了,并请您同我一起到马瑟夫先生房中去,我在罗马已写信详细告诉过他您对我的不能忘记的帮助,我已宣布了您答应光临的消息。我可以愉快地告诉您,伯爵和伯爵夫人都很想能亲自向您道谢。我知道,您对于应酬多少有点厌烦了。见识过这么多事物的水手辛巴德对于家庭场面是不会怎么感兴趣的。可是,巴黎人的生活就在于来往应酬上,我现在的提议就是进入这种生活的揭幕礼,请爽快地接受了吧。"

基度山鞠了一躬,并不回答,他接受了这个建议,既没有表示热情,也没有表示不快,只当这是社会上的一种习俗,每一个绅士都应该把这看作一种义务。阿尔培召唤他的仆人来,嘱咐他去通报马瑟夫先生和夫人:基度山伯爵已经到了。阿尔培和伯爵跟在他的后面。当他们到达候见室里的时候,看见门框上挂着一面盾牌,质牌上的图案十华丽,和房间里其余的陈设很相称,这一点已可证明这个纹章的主人的重要性了。基度山停步注意地细察。

"七只浅蓝色的燕子,"他说,"这无疑是您的家族文章吧?我对于文章虽多少有点研究,能略加辨识,但对于家谱学却特别的寡闻——我是一个新封的伯爵,这个衔头是在托斯卡纳靠了圣爱蒂埃总督的帮忙胡乱得来的,要不是他们说这是旅行所必需的头衔,我本来就不高兴搞这一套麻烦。但是,一个人在出门的时候,马车的坐垫底下,总是有一些想避免海关关员要搜索的东西的。原谅我向您提出这样的一个问题。"

"这并不算作是什么失礼,"马瑟夫毫不怀疑地坦白说道:"您猜对了。这是我们的纹章——那是说,是家父这一族的,但您也看到,这旁边还有一面盾,上面有红色的直线和一座银色的古堡,那是家母族中的。从她那一方面说,我是一个西班牙人,但马瑟夫这一族是法国人,而且我听说,是法国南部历史最悠久的高贵的家族之一呢。"

"是的,"基度山答道,"这些纹章足可以证明,凡是武装去参朝圣地的人,差不多都在他的武器上画着一个十字架或几只候鸟,十字架显示出他们光荣的使命,候鸟则象征着他们快要出发作漫长的旅行,并希望凭着虔敬的翅膀来完成它。您的祖先曾有人参加过十字军,而即使只参加圣路易所领导的那一次,也已可上溯至十三世纪,那可算是历史相当悠久的了。"

"大概是这样的,"马瑟夫说,"家父的书斋里存有一本族谱,您一看就能够完全明白。我曾在那本族谱上做过批注,要是荷齐埃(法国家谱学者)和乔古(法国学者)看了,对于他们的研究一定会大有裨益。我现在虽已不再考虑那些事了,可是我必须告诉您,在我们这个平民的政府之下,我们对于这些事情又在开始特别热心地注意起来了。"

"哦,那么,你们的政府还是另外挑选一些更典型的历史典故来做徽章的好,像我刚才所注意到的那种纪念品,是和纹章毫无关系的。至于您,子爵,"基度山继续对马瑟夫说,"您应比政府还要更幸福,因为府上的纹章真是美丽得无以复加了,看了引人入胜。是的,您的父母是普罗旺斯和西班牙两地的贵族。这就说明了您给我看的那幅画像,我之所以这样钦慕的那种微黑的肤色,正是高贵的迦太兰人的特征。"

伯爵这一段话显然说得极其客气,要琢磨透他话里所隐藏的讽刺意味,非得具有奥狄波斯或斯芬克斯(希腊神话中人物)的洞察力不可。马瑟夫露出一个微笑向他道谢,就推开挂着盾牌的那扇门,这扇门,我们已经说过,是通往客厅的。在客厅最引人注目的一面墙上,又有一幅画像。画上是一个男人,年龄在三十五到三十八岁之间,身穿一套将官的制服,佩着金银双重肩章,由此可以看出官阶很高;他的脖子上挂着荣誉军团的缎带,表明他曾当过司令官;在胸部,右面挂着一枚武将优异勋章,左面挂的是一枚查理三世的大十字勋章,证明画上的这个人参加过希、西战争,或曾在那两国出色地完成这某项外交使命。所以才能得到这样的勋章奖励。

基度山对于这一幅画像的注意并不稍逊于以前的那一幅,他正在仔细观看的时候,另外有一扇门打开了,于是他发觉他自己已面对着马瑟夫伯爵本人。马瑟夫伯爵年约四十到四十五岁。但他看来似乎至少已有五十岁,头发理成陆军式,剪得很短,他那漆黑的髭须和同样色泽的眉毛与他那几乎已全白的头发形成了一个奇异的对照。他身上穿的是便服,纽孔上佩着他所有的各种勋章的缎带。这个人以一种略带急促但相当庄严的步伐走进房间来。基度山眼看着他在向自己走过来而他自己却一动也没有动。他的脚好像已被钉在地面上,正如他的目光盯在马瑟夫伯爵身上一样。

"父亲，"那青年人说，"我很荣幸能把基度山伯爵阁下介绍给您，他就是我以前告诉您，我在最危难的关头侥幸遇到的那位义士。"

"欢迎之至，阁下，"马瑟夫伯爵一面说，一面用一个微笑向基度山致敬，"阁下保全了我家唯一的后嗣的生命，这种恩惠是永远值得我们感激的。"

马瑟夫伯爵一边说，一边指一指一张椅子，他自己则坐在窗口对面的一张椅子上。基度山在马瑟夫指给他的那个座位上坐下来，他坐的姿势恰巧使自己隐藏在天鹅绒大窗帘投下的阴影里，在那儿，他从伯爵那张劳累忧虑过度的青白的脸上，看到了时间用一条条皱纹写下的一个人的全部隐患忧虑的历史。

"伯爵夫人，"马瑟夫说，"在接到通知，知道您已经光临的时候，正在梳妆，但她无论如何在十分钟之内准会到客厅里来的。"

"我觉得非常荣幸，"基度山答道，"能在我到巴黎的第一天就拜识到一位命运之神待他很公正，功绩与名望完全相符的人。但在米提贾平原上，或阿脱拉斯山区里，是不是还有一个元帅的权位在等待着您的呢？"

"哦，"马瑟夫回答，面色微微有点发红，"我已经退伍了，阁下。我曾在布蒙元帅的领导之下作战，在复辟以后被封为贵族。我本来肯定有机会得到更高的爵位，但如果还是拿破仑当政的话，谁又能判断出后来的情形会怎么样呢？但七月革命的光荣似乎就在于它的忘恩负义，尤其是对那些在帝国时期以前就已为国效劳的军人忘恩负义，我之所以提出辞职。一个人在战场上出生入死地战斗若干年以后，一旦回到客厅里，简直连如何在光滑的地板上走路都不会了。我挂起了我的剑，投身到政治里。我致力于实业，我研究各种有用的工艺。在我二十年的从军生活期间，我常常想这样做，但是那时我没有如此富裕的时间。"

"贵国人民之所以优于任何其他各国就是因为有这种思想的缘故，"基度山回答。"像您这样家产富足，出身高贵的一位爵士，竟肯去当普通一兵，一步步地追求升迁——这已经是非常不平凡了，而在您身为将军，法国贵族，荣誉军团的司令官以后，又有能果敢的开始第二次的学徒生活，心中不存有任何其他的希望而只求有一天可以有益于您的同胞——这实在是值得赞美的，不，简直是太崇高了。"

阿尔培在一旁听着，很是惊异，他从来没有看见基度山如此热情奔放过。

"唉！"这位刚来的人继续说，无疑的是要驱散马瑟夫额头上表露出的那一片淡淡的黑云，"我们在意大利却不是这样的，我们按照我们的阶级或门阀长大，我们遵循着前一代的路线前进，而常常也同样地忙碌终生，结果却一无所成。"

"但是，阁下，"马瑟夫伯爵说，"像您这样的雄才大略，在意大利恐怕是不足以施展的，法国张开她的双臂在欢迎您，请您答应她的呼唤吧。法国或许并不是对全世界都那么忘恩负义的，她待她自己的子女不好，但她对客人却永远是热忱欢迎的。"

"啊，爹爹！"阿尔培带着一个微笑说，"您显然还不了解基度山伯爵阁下，他厌弃一切荣誉，只要有他的护照上所写的那个头衔就心满意足了。"

"这句话是最公平了，"客人回答，"我平生从来没有听到过这样公道的评语。"

"您完全可以自由选择您的人生道路，"马瑟夫伯爵叹了一口气说，"而您选中了那条满铺着鲜花的路。"

"一点不错，阁下。"基度山微笑着说，他的这个微笑是画家没办法用他的笔描绘出来的，心理学家也绝无法分析。

"我要不是担心您疲劳的话，"将军说，显然，伯爵的这种态度使他很高兴，"我就一定要带您到议院去。今天那儿有一场辩论，凡是不熟悉我们现代上议院的外国人，去见识见识一定会觉得非常有趣。"

"阁下，假如将来您再提出这个好意，我就更会感激不尽了，但刚才承蒙您允许我拜识伯爵夫人，所以您的盛意我愿意留到下一次再接受。"

"啊！家母来了。"子爵喊道。

基度山急忙转过身来，看见马瑟夫夫人一动不动地站在客厅门口，脸色苍白。她站着的这个门口，正和她丈夫进来的那扇门相对，她的手不知为了什么缘故搁在那镀金的门把上，直到基度山转过身来的时候，才让它无力地垂了下来。她在那儿已经站了一个时候，来客的最后几句谈话已听到了。后者起身向伯爵夫人鞠躬，伯爵夫人无言地欠了一欠身。

"啊！天哪，夫人！"伯爵说，"你不舒服吗，还是房间里太热，你经受不住了？"

"您身体不好吗，妈？"子爵喊道，向美茜蒂丝跳过去。

她露出一个微笑谢谢他们两个。"不，"她答道，"只是我初次见到把我们从眼泪和悲哀里拯救出来的人，心里未免有些感触。阁下，"伯爵夫人像一位皇后般仪态万方地走过来，继续说，"我儿子的生命全都是您所赐予的，为了这件事，我祝福您。现在，我更感谢您给我一个亲自向您道谢的机会。我的感谢，像我的祝福一样，都是从我的心底里自然流淌出来的。"

伯爵又鞠一躬，但鞠得比前一次更低了。他的脸色甚至比美茜蒂丝更苍白。"夫人，"他说，"伯爵阁下和您对于一件举手之劳的事情都答谢得有些太客气了。救一个人的命，免得他的父亲悲伤，他的母亲哀痛，不算是一件什么了不起的义举，只不过是一件在人道上应该做的事情而已。"

对于这几句说得极其温婉彬彬有礼的话，马瑟夫夫人答道："我的儿子真可说是幸运极了，阁下，他竟能遇到这样的一位朋友，我要感谢上帝促成了这件事。"于是美茜蒂丝举眼向天，流露出极其热烈感恩的表情，伯爵好像觉得在这一对美丽的眼睛里看见晶莹的泪水，马瑟夫伯爵走近她的身边。

"夫人，"他说，"我要走了，我已经向伯爵阁下道过歉，我请你再代我道歉一次。本来两点钟开始开会，现在已经三点钟了，而我今天又要发言。"

"去吧，那么，我一定尽力使我们的贵宾不计较你的不在！"伯爵夫人还是用那种同样多情的口吻回答。"伯爵阁下，"她又转向基度山说，"您可以赏光在舍下玩一天吗？"

"相信我，夫人，对您的盛情我非常感激，但今天早晨我是乘着我的旅行马车到府上来的。我还不知道我在巴黎要住一间什么样的房子，甚至简直不知道在哪儿——我承认这只是一件小事，但心里总觉得有点不安。"

"至少，我们下一次总可以有这种荣幸吧，"伯爵夫人说，"您答应吗？"

基度山欠了一欠身，没有回答，但这个姿势可以看作算是答应的了。

"我不耽搁您了，阁下，"伯爵夫人又说，"我不愿意让我们的感激变成失礼或勉强。"

"我亲爱的伯爵，"阿尔培说，"我应当尽力来报答您在罗马待我的雅意，在您自己的马车还没有备妥以前，您是否考虑可以用我那辆双人马车。"

"多谢您的好意，子爵，"基度山伯爵答道，"但我相信伯都西奥先生大概会好好地利用我给他的那四个钟头的时间，我在门口应可以找到一辆车子了。"

阿尔培看惯了伯爵的处事态度，他知道，像尼罗王一样，他特意地要搜寻种种不可能办到的事。所以伯爵现在无论干出什么事来，也都不会使他惊奇了。但为了想亲眼来判断伯爵所发布的命令究竟执行得怎么样，他陪他到府邸门口。基度山没有推测错。他一走进马瑟夫伯爵的候见室，一个听差，就是在罗马送伯爵的名片给两个青年并代他致意的那个听差，立刻闪进廊檐下，当他到达大门的时候，这位显赫的旅行家发觉他的马车已在等候他了。那是一辆高碌式的双座四轮马车，马和挽具原是属于德拉克的，巴黎全体市民都知道，昨天出一万八千法郎他还不肯出卖。

"阁下，"伯爵对阿尔培说，"我现在决定不请您陪我回去了，因为我直到眼下只能给您看到一个匆匆布置起来的住处，而我，您知道，一向是以办事迅速而闻名的。所以，请给我一天的时间再来邀您去，我那时一定不会有任何招待不周的地方。"

"假如您要我等一天，伯爵，我知道我将会看到什么，我深信不疑看到的将不会是一所房子，而是一座雍容华丽的宫殿。必定有一个魔鬼在忠实地为您服务。"

"好！您只管去宣传这种观点吧，"基度山回答，他的一只脚已踏上那辆华贵的马车嵌天鹅绒的踏级,"那可以使我在太太们中间产生一点影响。"

他一边说,一边跳进马车里,车门一关,马车就疾驰而去。车子虽然跑得快,他还是注意到了,他离开马瑟夫夫人的那个房间的窗帘,曾几乎令人难以觉察地动了一动。

阿尔培回去找他的母亲,发觉她已在女客休息室里,斜靠在一张天鹅绒的大圈椅上——整个房间是这样的阴暗,只有那疏疏朗朗钉在帷幕上的金银箔剪成的小饰物和镀金镜框的四角,才给了房间一点亮光。阿尔培看不到伯爵夫人的脸,她的头上已蒙了一张薄薄的面纱,像是有一层云雾笼罩了她的尊容。但他觉得她的声音似乎变了。花瓶里的玫瑰花和紫薇花散发着阵阵芬芬的香味,但在花香之中,他可以辨别出一股刺鼻的嗅盐的气味,他又注意到伯爵夫人的嗅瓶已从鲛皮盒子里取出来放在壁架上的一只镂花银杯里。所以他一进来就用一种担心的口气惊喊道:"亲爱的妈妈,我出去的时候您不舒服了吗?"

"不,不,阿尔培! 你应知道,这些玫瑰,夜来香和香橙花,初开的时候香气是这样刺激强烈,开始总有点闻不惯。"

"那么,亲爱的妈妈,"阿尔培拉了拉铃说,"一定要把它们搬到候见室里去。您准是有点儿不舒服,刚才您进来的时候,脸色异常苍白。"

"我的脸色苍白吗,阿尔培?"

"是的,您配上那种苍白显得更美了,妈,但爸爸和我还是不能不为这苍白而忧心忡忡。"

"你的爸爸也跟你说了吗?"美茜蒂丝急切地问。

"没有,夫人,但您不记得他问你的话了吗?"

"是的,我记得。"伯爵夫人回答。

一个仆人进来了,是阿尔培拉铃召来的。

"把这些花搬到候见室更衣室去,"子爵说。"伯爵夫人闻了觉得不舒服。"

仆人无声地服从他的吩咐。接着房间里沉默了好一会儿,一直到所有的花都搬完。"这个基度山叫什么名字?"伯爵夫人等到仆人把最后一瓶花搬走,才问道。"是一个姓呢,还是一处产业的名字,或只是一个头衔?"

"我相信,妈,这大概只是一个头衔,伯爵在托斯卡纳多岛海里买了一个岛,而正如他今天所告诉您的,就把那个岛作他的封地。您知道,这种事情佛罗伦萨的圣爱蒂埃,巴马的圣乔奇·康士但丁,甚至马耳他的贵族都做过。而且,他对要争贵族的名义并没强取豪夺,他自称他的伯爵头衔是侥幸得来的,但一般的罗马人,都以为伯爵是一个身份非常显赫高贵的人。"

"他的举止仪态真令人钦佩,"伯爵夫人说,"至少,以刚才他在这里的短时间内的谈吐表现而论,我可以这样判断。"

"那可说是十全十美的了,妈,英国,西班牙和德国表面上虽号称是欧洲最高傲的贵族中的三大领袖贵族,但以我所认识的人来进行全面衡量,却没有一个人能比得上他。"

伯爵夫人沉思了一会儿,然后,又略微迟疑了一下,说:"你曾经,我亲爱的阿尔培——我是站在一个母亲的立场问这个问题的——你曾经到基度山先生的家里去看过。你的眼光很敏锐,又懂得很多人情世故,比你同年的人都机警些,你以为伯爵是否真正如他外表所表露出的一样?"

"他外表表露出了什么?"

"你刚才自己说的呀——一个身份非常高贵的人。"

"我告诉您,亲爱的妈,人家正是这么说。"

"但你自己的意见究竟如何呢,阿尔培?"

"我只能告诉您,我对他还没有得出什么明确的结论性见解。但我以为他大概是一个马耳他人。"

"我不是问他的籍贯,而是问他到底是怎么样的一个人。"

"啊! 他到底是怎么样的一个人! 那就另是一回事了。我看见过许多和他有关的令人惊疑的事情,所以要是您叫我把我心里的意思照直说出来,我就会回答说:我真的把他看作是拜伦笔下一个身世极其悲惨的主角——是曼弗雷特,是勒拉,是威纳,总之,是一个古老的大家庭里的遗民,他因为不能分享到家里的遗产,就不得不凭他的冒险天才自己去寻找致富之道,因此就看不起社会的法律。"

"你是说——"

"我是说,基度山是地中海中央的一个岛,岛上没有居民,也没有驻军——是各国的走私贩子和各地的海盗所常到的地方。谁知道这些无法无天的好汉会不会支付些保护费给他们的地主呢?"

"那也许是可能的。"伯爵夫人若有所思地说。

"别管他是不是走私贩子,"青年继续说,"但您已经见过他了,我的好妈妈,想必您也一定同意,基度山伯爵是一位非常出色的人物,他在巴黎社交界一定会大大地获得成功的。嘿,就是今天早晨,在我那儿,这是他初次踏进社交界,可是他使我们每一个人都感到非常惊异,甚至连夏多·勒诺都毫不例外!"

"你以为伯爵有多大年纪了?"美茜蒂丝问,显然对这个问题觉得极其重要。

"三十五、六岁,妈。"

"这样年轻! 不可能的。"美茜蒂丝说,这句话一方面是回答阿尔培所说的话,而同时也是在对自己讲。

"但这却是千真万确的。有三四次,他曾对我说,当然是无心的,某某时候我五岁,某某时候十岁,某某时候十二岁。而我,由于好奇心驱使能把这些细节都牢牢地记住,再把各个日期一对,发觉他从来没有说错。所以,我可以确定,这位年龄不明的奇人,是三十五岁。而且,妈,您看他的眼睛多么机灵,他的头发多么黑,而他的额头,显然这样苍白,却还毫无皱纹——他不但强健雄壮,而且也还年轻呢。"

伯爵夫人的头低垂了下去,好像淹埋在一阵痛苦的思想的巨浪底下。"而这个人对你表示很友善吗,阿尔培?"她问这句话的时候打了一个神经质的寒战。

"我不能不这样想。"

"你——喜——欢——他——吗?"

"咦,他很讨我欢喜,虽然弗兰士·伊辟楠想说服我,说他是一个从阴曹地府里回来的人。"

伯爵夫人打了一个寒战。"阿尔培,"由于情绪激动,连她说话的音调都变了,"你以前每交一个新朋友,我总是要来过问。现在你是一个成年人了,能够给我忠告了,可是我还要向你说,阿尔培,要审慎。"

"噢,亲爱的妈,为了实行您的忠告,我就必须先弄清楚我怕的是什么。伯爵从来不玩牌,他只喝清水,里面加一点点白葡萄酒,他又如此有钱,要不是存心想嘲弄我,决不会向我借钱。那么,他对我又有什么值得可怕的地方呢?"

"你说得对,"伯爵夫人说,"我这种担心是不必要的,尤其是对一个曾经救过你性命的人。你的爸爸是怎么样接待他的,阿尔培?我们对伯爵在礼貌上应该更周到殷勤一些。马瑟夫先生有的时候心神不定——他担心着他的正事,他或许,在无意之间——"

"爸爸的态度是再好也没有的了,妈,"阿尔培说,"不,还不止如此呢,他似乎极其喜欢伯爵对他说的那两三句恭维话,伯爵的话说得非常巧妙,而态度之自然安闲,像是他已经认识他三十年了似的。每一句话都像是一支搔着痒处的小箭,爸爸心里一定很喜欢的,"阿尔培笑了一声,又说,"所以他们分手的时候,就已成了最要好的朋友,爸爸甚至还想带他到议院里去听演讲呢。"

伯爵夫人没有回答。她已深深地陷入了一种幻想之中,她的两眼渐渐闭了起来。站在她面前的这个青年温柔地望着她,他这时所流露出来的母子间的情意,简直比那些母亲还年轻美丽的小孩子更亲热。后来,看到她的眼睛已经闭拢,听到她已发出轻匀的呼吸声,他深深相信她已经睡熟,就踮着脚尖离开房间,万分小心地把门拉上。"这个鬼家伙!"他摇摇头自言自语地说,"我早就说他在这儿会轰动一时的,而我完全可以用一只万试万灵的温度计测量出他的效果。我的妈妈都注意到他啦,所以他是必然会受人注意的了。"他向马厩走去,想到基度山伯爵通过这次买马车又大显了身手,以致把他的栗色马在鉴赏家的眼睛里被降为第二流的货品,心里略微有点不高兴。"千真万确",他说"人是不平等的,我一定要请求爸爸在贵族院里讨论这个题目。"

第四十二章　伯都西奥先生

这时,伯爵已到家了。这一段路占用了他六分钟的时间。但这六分钟时间已足够吸引二十个青年人放马疾驰追上来,想亲自目睹一下这位拥有巨资的外国人,因为他们知道这辆马车的价钱,他们自己没有力量买,但却很想看一看究竟是谁能花一万法郎买一匹马。阿里所选中的那座房屋坐落在香榭丽舍大道的右边,这是基度山城里的住宅。前庭中央长着一丛茂密的树木,把房屋的正面遮住了,在这丛树木的两旁,有两条侧径,一条在左,一条在右像两条手臂从铁门入口处分手包抄到门廊前面,以便马车通过,门廊的每一级台阶上都放着一大瓷盆花。这座房子不和邻近的房屋相连,除了大门以外,在邦修路另外还有一个进口。车夫还没喊门房,那两扇笨重的大门就已经打开了,原来他们已看见了伯爵的马车,而在巴黎,像在其他地方一样,他们全都是以闪电般的快节奏来侍奉伯爵的。车夫驱车进门,并不减低速度,沿着侧径绕半个圆圈,石子路上车轮的声音还没停住,大门已经关上了。马车在门廊的左边停住,立刻有两个人到车窗前面来迎候。一个是阿里,脸上带着最真挚的愉快的笑容,仿佛只要基度山对他看一眼,就觉得心满意足了。另外那一个毕恭毕敬地鞠了一躬,然后伸手扶伯爵下车。

"谢谢,伯都西奥先生,"伯爵说,一面轻快地登上门廊的三个台阶,"那个中人呢?"

"他在小客厅里,大人。"伯都西奥回答。

"还有,我让你把房子找好以后就马上去印名片。印了吗?"

"启禀伯爵阁下,已经印好了。我亲自到皇家市场去找到那最好的刻字匠,亲自看着他刻板。印出来的第一张名片,就遵照您的吩咐,很快送到安顿大马路七号邓格拉司男爵阁下府上,其余的都在大人寝室的壁炉架上。"

"很好。现在是几点钟了?"

"四点钟。"

基度山把他的帽子,手杖和手套交给那个在马瑟夫伯爵家里招呼马车的法国听差,然后由伯都西奥在前面领路,走进小客厅里。

"这间候见室里的大理石像太平常了,"基度山说。"我相信不久就可以全部搬走换掉。"

伯都西奥鞠了一躬。正如这位管家所说的,那个中人在小客厅里正在等候伯爵。他只是一个平庸的律师事务所里的职员,但却故作姿态装出一个乡下诉讼师所特有的那种庄严的神气。

"先生,您就是受托把那座乡村别墅买给我的中人吗?"基度山问道。

"是,伯爵阁下。"那中人回答。

"卖契写好了吗?"

"是,伯爵阁下。"

"您把它拿来了吗?"

"拿来了。"

"好极了,我买的这所房子在什么地方?"伯爵随随便便地问,这句话一半是对伯都西奥说的,一半是对中人说的。管家急忙做了一个手势,表示"我不知道"。那中人惊异地望着伯爵。"什么!"他说,"伯爵阁下原来不知道他买的房子在什么地方吗?"

"不知道。"伯爵回答。

"伯爵阁下不知道?"

"我怎么会知道?我是今天早晨刚从卡迪斯来的。我以前没到过巴黎,这是生平第一次踏上法国的领土!"

"啊!那就不同了,您买的那座房子是在阿都尔村。"听到这句话,伯都西奥的脸色立刻白了。

"阿都尔村在什么地方?"伯爵问。

"离这里只有两步路,阁下,"那中人答道,"出帕西门没有多远,很幽静,正在布洛涅大道的中心。"

"那样近吗?"伯爵说,"但那就不是在乡下了。你怎么会选中一所就在巴黎城门口的房子,伯都西奥先生?"

"我!"管家带着一种诧异的表情大声说道。"伯爵阁下并没有叫我买这所房子,如果伯爵阁下可以回想一下——"

"啊,不错,"基度山说,"我现在想起来了。我是在一家报纸上看到一则广告,广告上登的是'一座乡村别墅',我就被那个虚名迷住了。"

"现在还来得及,"伯都西奥热心地喊道,"假如现在大人就把这件差使托付给我,我可以给您在爱琴,芳地楠,或比利维找到一座更好的。"

"噢,不,"基度山以无所谓似的口气答道,"既然我已经买了,就算了吧。"

"您说得非常正确",那中人说,他深恐得不到那笔佣金。"那所房子的地点很幽静,有流水,有树木,虽然已荒废了许多时候,但毕竟还是一个很舒服的住处。所以即使不把家具算在内,也是划算的,家具虽旧,可还是很值钱的,许多人现在都想搜罗古老的东西。我想伯爵阁下也许是有这种嗜好的吧?"

"一点不错,"基度山答道,"旧家具非常方便,是不是?"

"不仅仅方便,而且富丽堂皇。"

"真的,我们不要坐失这样的一个机会,"基度山答道。"请您把卖契拿出来,中人先生。"于是他匆匆地把卖契上所写的房屋地位和业主姓名瞟了一眼,迅速地签了字。"伯都西奥,"他说,"快去取五万五千法郎给这位先生。"管家摇摇晃晃地走了出去,拿回来一沓钞票,于是那中人就仔仔细细地数起钞票来,好像对于金钱不经过一番合法的查点,他是决不肯出收条的。

"现在，"伯爵问道，"手续都齐全了吗？"

"都齐全了，伯爵阁下。"

"钥匙您带来没有？"

钥匙在门房手里，那所房子现在就是他在照看。这儿有我写给他的一张条子，伯爵阁下可以拿着这张条子去接受新居。"好极了。"基度山对那中人做了一个手势，等于说，"我不再需要你了，你可以走了。"

"但是，"那个诚实的中人说，"我想您大概弄错了吧，伯爵阁下，一切都计算在内，只要五万法郎就够了。"

"您的手续费呢？"

"已经包括在这笔数目里了。"

"但是您不是从阿都尔来的吗？"

"当然是的。"

"哦，那么，既要您劳神，又费您的时间，这个报酬也是很合理的了。"伯爵说，于是他做了一个很客气的手势表示谢意。那个中人倒退着走出房间，然后一躬到地，这是他平生第一次遇到这样的主顾。

"送这位先生出去。"伯爵对伯都西奥说。于是管家跟着那中人走出房间。

当房间里只剩下伯爵一个人的时候，他立刻从口袋里掏出一本皮夹，上面有一把锁锁住，在他的脖子上挂着一枚昼夜不离身的钥匙，他就用这枚钥匙打开皮夹的锁。他翻了一会，忽然在一页上停住，那上面记录着几行字，他拿这几行记录和放在桌子上的房契比较，又想了一想，"'阿都尔村芳丹街二十八号'，的确一样。"他说，"现在，我要把他的口供吓出来，究竟是采用宗教的力量好呢还是采用物质的力量好？但不管怎样，在一个钟头里面，我一切都可以知道了。伯都西奥！"他一边喊，一边用一把带软柄的木槌，敲一面小铜锣。"伯都西奥，"管家在门口出现了。"伯都西奥先生，"伯爵说，"你有一次不是告诉过我，说你曾在法国旅行过的吗？"

"是，大人，走过几个地方。"

"那么就是说你是熟悉巴黎近郊的了？"

"不，大人，不。"管家回答，他的全身产生了一种神经质的颤抖，基度山对于喜怒哀乐之情是一个老行家，一看就明白他的内心非常不安。

"不幸得很，"他答道，"你竟然从来没到近郊去玩过，因为我今天傍晚想去看看我的新居，你陪我去的时候或许可以给我提供一点有用的情况。"

"到阿都尔去！"伯都西奥喊道，他那紫铜色的皮肤霎时变成青白色，"我到阿都尔去？"

"唉，那又有什么可以如此大惊小怪的？你既然为我服务，我住在阿都尔的时候，你一定要到那儿去的呀。"

伯都西奥一看到他的主人发出那威严的目光，就急忙低下了头，一动不动地站着，也不回答。

"咦，你怎么啦？你要我另外再叫人去吩咐备车吗？"基度山问，他说这句话的语气，活灵活现就和路易十四说他那句名言"这下又得叫我耐心等待了"一样。

伯都西奥一跳窜进候见室,用一种嘶哑的声音大喊:"快给大人备车!"

基度山写了两三张便条,当他把最后一张封好的时候,管家出现了。"大人的马车已经在门口了。"他说。

"嗯,去拿你的帽子和手套。"基度山回答。

"我陪您去吗,伯爵阁下?"伯都西奥高声说道。

"当然罗,你必须去吩咐他们,因为我预备到那所房子里去住。"

伯爵的仆人一向没人敢公然违背他的命令,所以那位管家不再说一句话,只能跟在他的主人后面,伯爵先上车,然后示意叫他跟上来,于是他也上了车,恭恭敬敬地坐在前座。

第四十三章 阿都尔别墅

基度山注意到,当他们跨上马车的时候,伯都西奥曾做了一个科西嘉式的手势——用他的大拇指在空中划了一个十字——而当他坐进马车里的时候,又喃喃地低语做了一次简短的祷告。管家这些古怪的举动,显然是忌讳伯爵这次决定亲自出门的计划,只要不是好奇成性的人,谁看了都会可怜他,但伯爵的好奇心似乎太重些了,偏偏不肯给伯都西奥免去这个短短的旅程。没有到二十分钟,他们就已到达阿都尔。他们进村以后,管家的心绪愈来愈乱了。伯都西奥缩在马车的角落里,开始焦急不安地察看经过的每一家房子。

"告诉他们在芳丹街二十八号停车。"伯爵吩咐他的管家,眼光一眨不眨直愣愣地盯住他。

伯都西奥的前额上满是汗珠,但还是服从了,他把头从窗口里伸出去,对车夫喊道:"芳丹街二十八号。"

二十八号是在村庄的尽头,在车子向前走的期间,夜幕渐渐降临了,说得更准确些,是出现了一大片荷电的乌云,使薄暮中的一场戏剧化的插曲被包围在庄严静穆的气氛里。马车停了,听差从车夫的座位上跳下来,打开车门。

"唉,伯都西奥先生,"伯爵说,"你不出去,那你是想留在车子里吗?你今天晚上难道有什么心事呀?"

伯都西奥跳出去,直挺挺地站在车门旁边,伯爵扶住他的肩头走下马车的三阶踏板。

"去敲门,"伯爵说,"说我来了。"

伯都西奥上去敲门,门开了,门房走出来。"干什么?"他问道。

"这位是你尊贵的新主人,我的好伙计。"听差说着,于是就把中人的那张条子交给门房。

"那么,房子卖掉了吗?"门房问道,"这位先生是来这儿住的吗?"

"是的,我的朋友,"伯爵答道,"我要尽量设法使你不再思念你的旧主人。"

"噢,先生,"那门房说,"我没有什么可留恋他的,因为他很少到这儿来。他上一次来是五年以前的事了,他卖这所房子卖得很得当,因为这所房子对他没有一丝一毫的好处。"

"你的旧主人叫什么名字?"基度山说。

"圣·米兰侯爵。啊,我深切地相信他不是为了钱才卖这所房子的。"

"圣·米兰侯爵!"伯爵回答说。"这个名字我好像是听说过,圣·米兰侯爵!"于是他显出一副沉思的样子。

"是一位老绅士，"门房又说，"是波旁王室最忠实的信徒，他有一个独养女儿，嫁给维尔福先生，维尔福先生做过尼姆的检察官，后来奉命调到凡尔赛去了。"

基度山向伯都西奥瞟了一眼，伯都西奥这时正将身体靠住墙壁，以防跌倒，他的脸色比他所靠的那面墙还要白。"他这个女儿不是死了吗？"基度山问道，"我大概听人这样说过。"

"是的，先生，那是二十一年以前的事了。从那以后，那位可怜的侯爵我们连一次都没看到了。"

"谢谢，谢谢，"基度山说，他从那位管家极端疲惫的神色上判断出，他不能再把弦拉紧了，再拉便可能有绷断的危险。"拿一盏灯给我。"

"要我陪着您吗，先生？"

"不，不必了，伯都西奥会给我照亮。"基度山一边说，一边赏给了他两块金洋，这两块金洋使门房的嘴巴接连流淌出一大串感谢和祝福的话来。

"啊，先生，"他在壁炉架和搁板上面找了一番以后说，"我没有蜡烛。"

"去拿一盏灯来，伯都西奥，"伯爵说，"引领我去看房子。"

管家默默地遵命。但他拿灯的那只手却在颤抖，从这一行动上，很容易看出他为这一次的服从付出了多大的代价。他们先在楼下看了一遍，地方还算宽敞，然后上二楼。二楼一共有一间客厅，一间浴室和两间寝室，这两间寝室中的一间和一座螺旋形的楼梯相连，出去楼梯便是花园。

"啊，这儿有一座秘密楼梯，"伯爵说，"这非常方便。照着我，伯都西奥先生，往前走，我们来看看它可以通到什么地方去。"

"大人，"伯都西奥答道，"它是通向花园的。"

"请问，你怎么知道？"

"应该如此的。"

"好吧，我们去进一步确定一下。"

伯都西奥叹了一口气，在前头走。这座楼梯确实是通到花园里去的。一到门口，管家就站住了。"走呀，伯都西奥先生。"伯爵说。但对方却呆住了，只是瞪着眼，现出神志昏迷的样子，他那无神的眼睛向四面环顾，像是在寻找某一件可怕事情的痕迹似的，双手紧紧地攥着拳头，似乎要竭力驱赶走某种恐怖的回忆。

"喂！"伯爵坚持说。

"不，不，"伯都西奥把风灯放在墙角，喊道，"不，大人，这不行，我一点都不能再向前走了。"

"这是什么意思？"基度山用一种不可抗拒的口气追问。

"咦，您瞧，伯爵阁下，"管家喊道，"这不是无缘无故的，您要买一所房子，而正巧会买在阿都尔，而既然买在阿都尔了，又恰巧是芳丹街二十八号。噢！我为什么不把过去的一切先讲给您听呢？我相信那样您就不会强迫我来了。我希望您的房子不仅仅会是这一幢，啊，好像是阿都尔除了这个谋杀过人的房子以外就再也没有别的房子似的！"

"啊，啊！"基度山大喊，但随即又突然改口，"你在说什么话？你们科西嘉人简直真是鬼东西,总是迷信或鬼鬼祟祟的。来,拿起灯来,我们去看看花园。我希望,你和我在一起不会害怕了吧?"

伯都西奥服从命令,提起风灯。门一打开,就露出一阴沉沉的天空,月亮在一片云海里徒劳地挣扎着,它偶尔也会露出一面,但立刻就又被阴沉移动的云浪所遮没,消失在黑暗里。管家想向左转。

"不,不,先生,"基度山说,"干嘛走小路呢?这儿有一片美丽的草地,我们只管笔直向前走吧。"

伯都西奥抹一抹他额头上浸出的冷汗,还是服从了,但是,他却继续向左斜着走。基度山则恰巧相反,向右手斜着走,到了一丛树的旁边,他停步不走了。管家再也抑制不住自己了。"走开,大人——走开,我求求您,您正巧不偏不斜站在那块地方啦!"

"什么地方?"

"他倒下的地方。"

"我亲爱的伯都西奥先生,"基度山大笑着说,"你神志清醒一点吧,我们现在已不是在科西嘉的萨尔坦或科尔泰了。这不是一片荒地而是一座英国式的花园,我并不否认管理得很差,但你却不能说它不是一个花园。"

"大人,我恳求您,别站在那个地方!"

"我想你大概是发疯了吧,伯都西奥,"伯爵冷冷地说。"假如真是如此,我先警告你,我可要把你关到疯人院里去。"

"唉,大人,"伯都西奥回答,两手捏在一起,脑袋直晃,要不是伯爵这时正在思考一件更事关重要的事情,使他未能注意伯都西奥这种胆怯的心理,伯都西奥的这副模样一定会引得他大笑的。"唉,大人,祸事到啦!"

"伯都西奥先生,"伯爵说,"我极愿意告诉你,当你装腔作势,眼睛骨碌碌地乱转,两手扭来扭去的时候,实在像是一个被魔鬼紧紧地抓住了的人,而我注意到,心里藏着一件秘密的人是最难驱逐魔鬼的。我知道你是一个科西嘉人,我知道你的心境很郁闷,老是在怀念过去为亲人复仇的那一幕历史。在意大利的时候,我可以抛置九霄云外,因为在意大利,那种事情不算一回事的。但在法国,暗杀是非常不得人心的罪恶,每逢遇到这一类的事情,宪兵要捉拿凶手,法官来判罪,有断头台为死者报仇。"

伯都西奥双手紧紧地扭在一起,但在这过程中,他并没有让那盏风灯跌落,灯光照出了他苍白而变了形的脸。基度山带着他在罗马看安德里就刑时同样的表情详详细细地观察他,然后,他又用一种使那可怜的管家周身血管发颤的口气说:"那么,布沙尼长老告诉我的话就不准了。1829年,他从法国旅行回来以后,叫你拿了一封介绍信到我这儿来,在那封介绍信里,他曾列举了你所有种种的优点。好,我可以写信给长老,他所保荐的人有不良行为,我要追究他的责任。而关于这件暗杀案,我不久也可以完全知道了。只是我要警告你,我住在哪一个国家,就遵守哪一个国家的法律,我不想为了你的缘故和法国司法机关闹纠纷。"

"噢,别那样做,大人,我一向都是忠心地侍奉您,"伯都西奥绝望地喊道,"我一向为人都很诚实,在我力所能及的范围之内,我总是在向好的方面努力做。"

"对此我并不是视而不见,"伯爵答道"但你为什么要这样慌张,你为什么竟这样慌张。它预示出这可不是好现象,一个良心清白的人,他的面孔不会这样惨白,他的双手不会如此发抖——"

"但是,伯爵阁下,"伯都西奥吞吞吐吐地答道,"我在尼姆监狱里的时候,曾对布沙尼长老忏悔了一件自己非常后悔的事,他有没有把那件事详细告诉过您?"

"是的,但他说你可以当一名出色的管家,所以我以为你只是有过偷东西的小过失而已。"

"噢,伯爵阁下!"伯都西奥傲慢地回答。

"那么,你既然是一个科西嘉人,你或许曾按捺不住心头的怒火,干过你们那所谓'摘瓢儿'的事。"

"是啦,我的好主人,"伯都西奥大喊一声,伏到伯爵的脚下,"不是别的,只是报过一次仇而已。"

"这我明白了,但我不懂那件事怎么又在你的心里死灰复燃起来,使你变成如今这个样子。"

"但是,大人,这是非常自然的,"伯都西奥回答说,"因为我就是在这座房子里进行的复仇。"

"什么,在我的房子里?"

"噢,伯爵阁下,在那时它还不是您的呢。"

"谁的?那么,是圣·米兰侯爵的吧,我记得门房曾说过。但你对圣·米兰侯爵有什么仇要报呢?"

"噢,不是他,大人,是另外一个人。"

"这真有点莫名其妙,"基度山回答,仿佛像在考虑什么心思似的,"你竟不知不觉地又跑到一间自己做过非常后悔的事的房子里来。"

"大人,"管家说,"我相信这都是命。第一,您在阿都尔买了一座房子,那又正是我暗杀过人的一座房子,您到花园里来经过的那座楼梯正是他所走的那一座;您站的地点正是他被刺的地点;而两步路以外,正是他埋葬他孩子的坟墓。这不是偶然的——因为在这一次,简直太像是上苍刻意安排的了。"

"好吧,科西嘉先生,我们就把这看作是天意吧。只要人家愉快,我总是什么都肯同意的,而且,你的头脑大概已经有毛病了,你一定得对它妥协了。来,清楚地想一想,把一切都毫无保留地讲给我听吧。"

"这件事过去只对一个人讲起过,就是布沙尼长老。这种事情,"伯都西奥摇了摇头,继续说,"是只有在忏悔师的面前才可以讲的。"

"那么,"伯爵说,"我指点你去找忏悔师。你去找一个卡德留派或白纳亭派的忏悔师,把你的秘密都讲给他听。我可是不欣赏见神见鬼吓自己的人,我不愿意使用晚上怕在花园里走路的仆人。我承认我并不十分欢迎警察局有人来拜访,因为在意大利,只要闭嘴不说话,法院就不会来给你找麻烦,但在法国,只有先说出来才能挣脱掉自己的干系。真的!我认为你多少总有一点科西嘉人的气质,是一个经验丰富的走私贩子,一个十分出色的管家,但我现在清楚地看出你原来还有别的花样。现在我决定,你不是我的人了,伯都西奥先生。"

"噢,伯爵阁下,伯爵阁下!"管家喊道,他被这样一个意想不到的恐吓吓慌了神,"假如只是为了这个原因我就不能继续为您效劳,那我就把一切都讲出来,因为我一旦离开您,就只能上断头台了。"

　　"如果像你刚才讲的这样那就不同了,"基度山回答,"但是你要想清楚,假如你想撒谎,那么还是不讲为妙。"

　　"不,大人,我凭我灵魂得救的希望向您发誓,我一定把一切都讲给您听,因为我的秘密布沙尼长老也只知道一部分,但我请求您离开那株法国梧桐。月亮正从云堆里探出头来,而您所站在的那个地点,和您裹住全身的这件披风,可促使我想起维尔福先生来啦。"

　　"什么!"基度山高声说,"那么,原来是维尔福先生吗?"

　　"大人您认识他?"

　　"是尼姆的前任检察官?"

　　"是的。"

　　"就是娶了圣·米兰侯爵的女儿的那个人?"

　　"是的。"

　　"就是在目前司法界大名鼎鼎,以最严厉,最正直,最刻板见称的那个人?"

　　"哦,大人,"伯都西奥说,"这个名誉白璧无瑕的人——"

　　"怎么样?"

　　"是一个十恶不赦的混蛋。"

　　"什么!"基度山回答,"这是不可能的。"

　　"我发誓告诉您的是实话。"

　　"啊,真的!"基度山说。"你有证据吗?"

　　"有的。"

　　"而你把它丢了吧,多蠢呀。"

　　"是的,但仔细去找,还是找得回来的。"

　　"真的吗?"基度山答道,"讲给我听听,因为它激发起我的兴趣来了。"于是伯爵带着一种很轻松愉快的神气走去坐在一条长凳上,伯都西奥则振作起精神跟上去站在他的前面。

第四十四章　为亲复仇

"我的故事应该从哪里说起呢,伯爵阁下?"伯都西奥问。

"随你的便,"基度山回答,"反正我什么都不知道。"

"我想布沙尼长老已经给大人讲过了吧。"

"有些细节,那当然是讲过的,不过那是七八年以前的事了,我都记不得了。"

"这么说我可以随便地讲,大人是不嫌麻烦的了?"

"说吧,伯都西奥先生,你讲的可以补充晚报的不足。"

"这个故事开始于1815年。"

"啊,"基度山说,"1815年可不是昨天。"

"虽然不是昨天,大人,可是所有的事情我却都记得一清二楚,就像是昨天发生的一样。我有一个哥哥,他在拿破仑皇帝手下服务,曾经做到中尉。他那个团里全都是科西嘉人。他是我唯一的朋友。我们都是孤儿——那时候我五岁,他十八岁。我是在他的抚养下长大的,他把我当作儿子一样看待,1814年,他结了婚。当皇帝从爱尔巴岛回来的时候,我这位哥哥马上就从军去了,在滑铁卢受了轻伤,随军撤到卢瓦尔。"

"但是这'百日'的历史,伯都西奥先生,"伯爵说,"要是我没记错的话,这些事情都已经记录在书上了。"

"原谅我,大人,但是这些细节之处都是必须讲一讲的,况且您已经表示过肯耐心听我讲的呀。"

"说下去吧,我一定讲信用。"

"有一天,我们接到了一封书信。我应该告诉你,我们居住的地方是一个叫作洛格里亚诺的小村落,就在科西嘉海岬的头上。他告诉我们说,部队已经解散了,他要取道经夏托鲁,克莱蒙费朗,蒲伊和尼姆回来,假如我有钱,他叫我托人带到尼姆留给他,交给一个和我有贸易往来的客栈老板。"

"是走私线上的人吗?"基度山问。

"伯爵阁下,谁都得生活下去呀。"

"当然是啦,继续说吧。"

"我深深地爱着我的哥哥,这是我告诉过大人的了,我决定不托人带钱去,而是要亲自交给他。我有一千法郎,我留下五百给我的嫂嫂爱苏泰,带着剩下的五百动身到尼姆去。这是很容易的,因为我自己有一条船,而正好有一船货要运出去,这一来对实现我的想法很有利。不料当我们把货装好以后,风向却改变了,所以拖了四五天我们还进不了罗纳河。最后,我们只能溯河向阿尔下驶去。我在比里加答和布搂尔之间下船,取陆路向尼姆走去。"

"我们现在快要讲到故事本身了吧?"

"是的,大人,请您原谅,但是,您一会儿就会知道,我所讲的话,都是节省得不能再节省了。就在这个时候,那次闻名的法国南部大屠杀发生了。有两三队流寇,叫作什么德太龙,杜希蛮和格拉番的,公开地暗杀人,凡是他们认为有拿破仑党嫌疑的,都有被杀的可能。您肯定也听说过这次大屠杀吧,伯爵阁下?"

"隐约听说过,那段时间我正在离法国很远的地方。往下说吧。"

"我一进尼姆,真好像一脚踏进了血池里,每走一步路我都要遇到几个尸体,而那些杀人的强盗仍在到处杀人,掳掠,纵火。这种杀戮和破坏,可把我吓坏了——不是为我自己(因为我是一个老老实实的科西嘉渔夫,没有什么可怕的,而且恰恰相反,那正是我们走私贩子最可利用的时间),而是为了我的哥哥,他是帝国时期的军人,刚从卢瓦尔军队里回来,单凭他的制服和他的肩章,就够让人处处担心的了。我赶快去找客栈老板。我的预测实在太准确啦:我的哥哥是前一天傍晚到达尼姆的,他刚走到他想借住的一间房子门口,就被人刺死了。我想尽办法去找凶手,但谁都不肯把他们的名字告诉我,他们确实被吓坏啦。于是我想起了以往听人说起的法国司法机关,据说它是什么都不怕的,我就去找检察官。"

"这位检察官的名字就叫维尔福?"基度山随随便便地问。

"对的,大人,他是从马赛来的,曾经做过马赛的代理检察官。他因为忠于王室,所以升了一级,据说他就是最先把从爱尔巴岛出走这个消息通知政府的人之一。"

"那么,基度山说,"你找见他了吗?"

"是的。'先生,'我说,'我的哥哥昨天在尼姆街上被人暗杀了,我不知道是谁杀死的。查究这件事应该是您的责任,因为您是这儿的法院院长,法院有责任为它以前不能保护的人报仇。''你的哥哥是做什么的?'他问。'科西嘉步兵大队的一个中尉。''这么说,他是叛贼手下的一个军人了?''是法国陆军里的一个军人。''哦,'他回答说,'他用剑杀人,就应该在剑下亡身。''您错啦,先生,'我答道,'他是被匕首刺死的。''你要想怎么办?'那个法官问。'我刚才告诉过您啦——为他复仇。''拿谁来报仇?''拿刺杀他的凶手呀''我怎么知道谁是凶手呢?''你吩咐手下人去找呀。''为什么? 你的哥哥和别人吵架,他是在一场决斗中被杀死的。所有这些老军人都是胆大包天的,拿破仑时代,大家容忍他们,但现在可是不能容忍的啦,因为我们南方人是不欢迎军人和混乱局面的。'

"'先生'我回答说,'我来请您过问这件事,不是为了我自己,至于我,我痛哭一场,或者设法为他报仇就行了,但我那可怜的哥哥有一个妻子,要是我万一有什么不测,我那可怜的嫂嫂就会饿死的——因为她向来是靠我哥哥的薪水生活的。请为她在政府里申请一笔小小的抚恤金吧。''每一次革命都会带来灾难,'维尔福先生回答说。'你的哥哥是这次灾难里的牺牲品。这是天祸,政府对他的家庭是没有义务的。如果我们从各种报仇法上来裁决,叛贼的信徒以前曾处处迫害王党,现在已轮到王党执政,在今天你的哥哥多半会被判处死刑的。这种事情是顺理成章的,这是天理报应嘛。''什么!'我喊道'你做法官的居然也对我这样说吗?''这些科西嘉人都疯了,不难断定,'维尔福先生回答说,'他们以为他们的老乡还依旧做着皇帝呢。你认错了时代啦,你应该两个月以前来告诉我这件事——可惜现在太晚了。希望你赶快走吧,不然我就要采取强迫手段了。'我向他看了一会儿,想试试看要是再向他请求会不会有什么意外收获,但这个人像石头做的一样。我走近他的跟前,低声说,'好吧,既然你这样看待科西嘉人,你心里一定清楚,他们是绝对不会食言的。你以为杀死我的哥哥是一件好事,因为他是一个拿破仑党,而你是一个保王党!好,我,我也是一个拿破仑党,我现在向你宣布一件事,就是我要杀死你!从我向你宣布你是复仇对象的这个时候起,你赶快想法保护自己吧,因为我们下一次再相遇的时候,就是你的死期到了!'在趁他惊魂未定之际,我马上打开门逃走了。"

"啊,啊!"基度山说,"看你的外表很朴实,伯都西奥先生,想不到你竟会对一位检察官说出这样的话来!他知不知道'为亲复仇'这几个字的真正含义是什么?"

"他知道得很清楚,所以从那个时候起,他不带卫队就绝不敢再出门,只是把他自己关在家里,并派人到处搜捕我。幸而,我躲藏得非常严密,他找不到。于是他心慌了,不敢再在尼姆住下去了。他就恳求调职,实际上他确实是很有办法的,他调到了凡尔赛。但是,您是知道的,一个科西嘉人既然已经发誓要为自己的亲人报仇,就不管路途艰辛。所以,尽管他的马车走得很快,却从来没有超过我半天的路程,我是步行跟踪他的。最重要的事情是不但要杀死他——因为这种机会我有过一百次了——而且要杀死他后而不被人发觉,至少,不被人捉住。我已不再是属于自己了,因为我得保护和供养我的嫂嫂。接连三个月,我盯住了那个检察官,在那三个月里面,只要他一出门,我就跟着他。终于,我发觉他鬼鬼祟祟地到阿都尔去了。我又跟踪他到那儿,我看他走进我们现在住的这所房子,只是,他并不从朝街的大门进来,他原来是骑马或是坐车来的,但他却把车子或马留在小客栈里,从那扇门进来,您看,就是那儿的那扇门!"

基度山点了一点头,表示他在黑暗中已经看到伯都西奥所指的那扇门。

"我在凡尔赛既然没事可做,我就到阿都尔来到处探听消息。假如我想袭击他,最合适的地点显然就是躲在这儿等候他。这所房子,正如门房所告诉大人的,是属于维尔福的岳父圣·米兰先生的。圣·米兰先生住在马赛,所以这所乡村别墅闲置不用。据说这所房子已经租给了一个青年寡妇,大家只知道她叫'男爵夫人'。

"有一天傍晚,我正从墙外向里探望的时候,我看见一个年轻而美丽的女人独自在花园里散步,花园里的情形不论从哪一个窗口都是看得见的,我猜测她是在等候维尔福先生。当她走近一点的时候,能够辨别出她的面貌,我看得出她才十八、九岁,身材很高,非常漂亮。而且因为她穿着一件很宽松的绸衣服,又没有什么东西挡住她的身体,我猜测她不久就要做母亲了。过了一会儿,小门打开了,进来了一个男人,那个青年女人就急匆匆地向他迎上去。他们互相投入到对方的怀抱,亲密地接吻,一同回到屋子里去了,这个男人就是维尔福,我当时想,当他回去的时候,特别是如果他在晚上回去的话,他就会独自在花园里走一大段路。"

"你知道不知道这个女人的名字?"伯爵问。

"不,大人,"伯都西奥回答,"你一会儿就会知道我当时没有去打听这件事的时间。"

"说下去。"

"那天晚上,"伯都西奥继续说,"我本来可以杀死那个检察官的,但因为我还不够熟悉那里的地形。我担心万一不能马上杀死他,要是他一喊,我就逃不掉了。于是我把这件事情拖延到他下次再来的时候。为了不使别墅里的每一件事情逃过我的眼睛,我弄了一个窗子对着街道的房间,以便随时窥视花园里的情形。三天以后,大约在晚上七点钟的时候,我看见一个仆人骑着马疾驰着离开房子,踏上通往塞夫勒去的大道。我预测他是到凡尔赛去的,我没有猜错。三个钟头以后,那个人满身灰尘地回来了,他的任务已经完成。十分钟以后,又来了一个男人,是徒步来的,裹着一件披风,打开花园的小门,一进来就把门关上。我赶快下来,虽然我还没有看见维尔福的脸,但从我的心的剧烈跳动下我已经认定是他。我越过街道,飞奔到墙角边上的一个邮筒前面。我以前就是凭着这个邮筒的帮助向着花园里观察的,这一次,单是望望可不能解决问题了,我从口袋里掏出小刀来,自己先试了一试,刀尖的确很锋利,然后从墙上翻过来。我的第一件事就是跑去看看那扇门,原来他把钥匙留在门上了,但为谨慎起见,他把钥匙在锁孔里连转了两次。那么,我可以有把握地从这扇门逃出去。我把地形仔细勘察了一遍。花园是长方形的,中间有一片光滑的草坪,四个角都有枝叶茂密的树丛,树丛中夹杂着矮树和花草。要从那扇门走到屋子里或从屋子里走到那扇门,维尔福先生必须得从一处树丛经过。

"那是九月底,风吹很猛烈。大块的乌云掠过天空,不时遮住那苍白的月亮,这时,微弱的月光染白了那条通往屋子里去的石子路,但却不能穿透那黑糊糊的树丛,人要是躲在这茂密的树丛里,是决不会被发现的。我就躲在离维尔福必经之路最近的一个树丛里。我刚一躲进去,就好像听到呼呼的风声里夹杂着呻吟声,但您知道,或说得更正确些,您不知道,伯爵阁下,一个快要犯暗杀罪的人,总是好像听到空中有低低的哭泣声。这样过了两个钟头,在这中间,我好几次觉得好像又听到这种呻吟的声音。午夜的钟声响了。当最后一下钟声消逝的时候,我看到我们刚才下来时的那座秘密楼梯的窗口上透出一点微弱的灯光。门开了,那个穿披风的人又出现了。那可怖的时机到啦,为了这个时机我已经准备了那么久,所以我的心非常镇定。我又把小刀从口袋里摸出来,准备出击。那个穿披风的人向我走过来,就在他走近的时候,我看到他的手里拿着一件武器。我怕了,不是怕争斗,而是怕失败。当他距离我只有几步路的时候,我才看出来那武器原来是一把铲子。我依旧捉摸不透维尔福先生为什么手里拿着这把铲子,这时他已经在树丛附近停下来,向四周围望了一下,开始在地上掘起坑来。为了方便挖土,他把披风脱下来放在草地上,我才发觉在他的披风下面藏着一样东西。那时,我承认,好奇心和我的仇恨搅和在一起了,我想看个究竟,维尔福到底在那儿干什么,所以我屏住呼吸,一动不动地站着,这时候我的脑子里闪出一个念头,而当我看到那检察官从他的披风底下抽出一只两尺长、七八寸深的木箱来的时候,我那个念头就更确实了。我等他把那只箱子放在坑里,然后,当他用脚把土踩实,想消灭一切痕迹的时候,我冲上去一面把我的小刀插进他的胸膛,一面喊道:'我是琪奥凡尼·伯都西奥,拿你的命抵偿我哥哥的命,拿你的财宝给他的寡妇!你瞧见了吧,我这次报的仇比我所希望的更完满!'我不知道他听没听到这些话,我想他大概没有听到,因为他没有来得及喊一声就倒了下来。只觉得他的血喷了我一脸,我那时亢奋得像狂了一样,但那血并没有使我更糊涂,却反而使我清醒过来。一霎间,我已挖出了那只箱子,然后,为了不使人知道,我填满那个坑,把那把铲子扔到墙外,很快冲到门口,把门结结实实地锁上,带着那把钥匙离开了。"

"啊!"基度山说,"据我看,这是一件小小的暗杀抢劫案。"

"不,大人,"伯都西奥答道,"这是为亲复仇以后再加倍赔偿损失。"

"数目大不大?"

"那不是钱。"

"啊!我记得了,"伯爵回答,"你不是说到过一个什么婴儿吗?"

"是的,大人,我急忙奔到河边,在河堤上坐下来,用我的小刀撬开箱子上的锁。在一块质地柔软的纱布里,包裹着一个初生的婴儿。他的脸色发紫,小手发青,证明是被人闷死的,但他的身体还没有凉,所以我当时犹豫不决,不敢把他扔到那在我脚下奔流的河里去。果然,过了会儿,我好像觉得他的心脏微微地跳了一跳,因为我曾在巴斯蒂亚的一家医院里当过医护助手,我就照医生的办法做起人工呼吸来——我把气吹到他的肺里,使他的肺部膨胀。一刻钟以后,我看到他呼吸了,并且听到一声微弱的叫声。于是也喊了一声,但那是一声高兴的喊叫。'那么,上帝没有责骂我,'我喊道,'因为他允许我救活一条人命来抵偿我杀死的那条命。'"

"你把那孩子怎么处理呢?"基度山问道。"对于一个想逃命的人,他倒是一个累赘。"

"我没有一点想收留他的意思,但我知道巴黎有一家医院是接受这种可怜虫的。当我经过关卡的时候,我说这个孩子是我在路上捡到的,并问那家医院在什么地方。那只箱子证实了我的话,那块纱布证明他的父母是有钱人,至于我身上的血我解释是从旁人身上溅来的,他们没有难为我,把那家医院指点给我,原来医院就在恩弗街的头上。我先把那纱布撕成两半,布上原来绣着两个字,这样一来,一个字仍留在包孩子的那片布上,一个字却留在我的手里,经过这一番重新包裹以后,我拉了拉铃,飞也似的赶快逃走了。两个礼拜以后,我便到了洛格里亚诺,我对嫂子爱苏泰说,'你该放心了,嫂嫂,伊斯雷哥哥死了,但他的仇已报了。'她问我这句话是什么意思,我就把经过的一切讲给她听,'琪奥丹尼,'她说,'你应该把这个孩子带回来。我们可以代替他所丧失的父母,给他取名叫贝尼台多,上帝看到我们做了这件好事,就会祝福我们。'我就把我藏着的半片纱布交给她,回答说,等我们的境况宽裕一点的时候,可以去把他要回来。"

"那片布上绣的是什么字?"基度山说。

"一个'霭'字和一个'奈'字,上面有一个男爵的花环图纹。"

"天哪,伯都西奥先生,你竟用起家谱学的术语来了! 你是在哪儿研究家谱学的?"

"就在您这儿,大人,在您手下当差是什么都学得到的。"

"讲下去吧,我很想知道两件事情。"

"什么事,大人?"

"这个小男孩后来怎么样了? 因为我记得你告诉过我他是一个男孩子,伯都西奥先生。"

"没有,大人,我好像不曾告诉过您这一点。"

"我以为你说过的,要不就是我弄错了。"

"不,您没有错,因为他的确是一个男孩儿。但大人想知道两件事情,那第二件事是什么?"

"第二件是你被人控告的那件罪案经过,就是后来你要找一位忏悔师,而布沙尼长老应邀到尼姆狱中来看望你的那回事。"

"那个故事讲起来很长哪,大人。"

"那没什么关系,你知道我睡觉的时间是很短的,我想你也不见得很想睡吧。"

伯都西奥鞠了一躬,继续讲他的故事。"一半是由于我忘不了种种往事,一半是为了要供养我那可怜的寡妇嫂嫂,我就急急地又回去干走私贩子的老行当,当时走私比以前更容易得手了,因为在一次革命以后,接着总有一个时期局面是混乱的、法纪是松弛的。南部沿岸的警戒尤其薄弱,因为在阿维尼翁,尼姆,或乌齐斯不断有叛乱事件发生。我们就利用政府给的这个休战时间,在沿海一带建立了联络网。自从我的哥哥在尼姆街上被暗杀以来,我再也没有去过那个城市。结果是,那位和我们有联络的客栈老板看到我们不再到他那儿去,就不得不来找我们,在比里加答到布搂尔的路上开了一个分店,取名叫邦杜加客栈。所以,在埃格莫特,马地苟斯和波克一带,我们有十几个地方可以卸货,在必要的时候,也可以在那儿藏身,以避免宪兵和海关关员的搜查。走私这个行当,只要肯花精力,肯动脑筋,是非常有利可图的,我是在山沟里长大的,所以我有双重的理由躲避宪兵和海关关员,因为一旦被他们发现,就得把我带到法官面前审问,一经审问,就总得要追究过去的事情。而在我过去的生涯中,他们可能会找到一些比走私雪茄和无照白兰地更为严重的事情,所以我宁死不愿被捕。我完成了不少惊人之举,而这些举动的经验不止一次地证明,凡是那些需要当机立断,果敢执行的计划,我们对于自身的过分顾虑,几乎是成功的唯一障碍。的确,当你拼命要完成一件事的时候,你就不再是别人的敌手,或说得更正确些,别人不再是你的敌手了,不管什么人,只要下了这个决心,他立刻就会觉得精力倍增浑身是劲,顿时眼界也扩大了。"

"讲起哲学来了,伯都西奥先生!"伯爵插口说,"你一生中倒是什么都干过一些的呀。"

"噢,请您原谅,大人。"

"不,不要紧,但在夜里十点半钟讲哲学未免有点太晚了。我并没有什么别的意思,只是觉得你说的话很对,比一切哲学家都说得更有意义。"

"我的旅程愈来愈紧张,生意愈来愈赚钱。爱苏泰照料家务,我们那一份小家产渐渐增加起来。有一天,当我要出发作一次长途旅行的时候,'去吧,'她说,'你回来的时候我要让你吃一惊。'我追问她,但没有用,她什么都不肯告诉我,于是我就走了。我们那次长征差不多花了六个星期。我们到卢卡去装油,到里窝那去装美国棉花,我们顺利地卸了货,分了钱,然后高兴地回了家,我一进家门,就看见爱苏泰的房间中央有一只摇篮,这只摇篮,和其余的家具比较起来,可算是奢华的了,摇篮里有一个七八个月的小娃娃。我高兴地叫了一声,自从我暗杀了那检察官以来,一向都很快乐,只是想起抛弃的那个孩子的时候,心里总有点不是滋味。至于对那次暗杀,我从来没有后悔过。这一切,可怜的爱苏泰都猜到了。她就在我出门的时候,带着那半片纱布,写下我把孩子交到医院里去的日期和经过,动身到巴黎去讨回孩子。医院没有提出异议,顺利地把那婴儿交给了她。啊,我承认,伯爵阁下,当我看到这个可怜的小家伙安安静静地躺在摇篮里的时候,我觉得泪水充满了我的眼睛。'啊,爱苏泰,'我喊道,'你真是一个心地善良的好女人,上天会祝福你的。'"

"这就不太符合你的哲学了,"基度山说,"这实在只是一种迷信而已。"

"唉!大人说对啦,"伯都西奥答道,"上帝把这个婴儿作为惩罚我们的工具。从来没有哪一个人的邪恶的天性这样早就暴露出来的,可是这绝不是因为教养方面有什么过错。他是一个可爱的孩子,有一对蓝色的大眼睛,和他那洁白的肤色搭配甚佳,只是他那一头浅淡的头发,使他的面貌看来有点古怪,但却使他的眼光更加灵活,使他的微笑更加阴毒。不幸,在我们那儿有一句谚语,叫作'脸蛋儿长得俊,不是好到极点,便是坏到透顶'。这句谚语用在贝尼台多身上再合适不过啦,甚至在幼年时代,就已经显露出最恶劣的气质。不错,他母亲的溺爱也鼓励了他。为了这个孩子,我那可怜的嫂嫂不惜跑一、二十里路到镇上去买最新鲜的果子和最好吃的糖果,但他不爱帕尔马的橘子或热那亚的蜜饯,却偏爱到一家邻居的果园里去偷栗子或在阁楼上偷吃苹果干,虽然我的花园里长的胡桃和苹果可以随便让他吃个够。当贝尼台多大约五六岁的时候,有一天我们的邻居华西里奥抱怨说他的钱袋里少了一个路易,按照当地的风俗,他是从来不把钱袋或贵重物品锁起来的,因为,人人都知道,科西嘉是没有贼的,我们以为他一定是数钱数错了,但他坚持说一点也没有数错。那一天,贝尼台多从早晨离开家,一直到很晚了还没有回来,我们非常着急,后来,我们终于看到他牵着一只猴子回来了,他说他看到那只猴子被锁在一棵大树下,就捡来了。这个喜欢恶作剧的孩子老是胡思乱想,想要一只猴子的念头已经在他的脑子里盘桓了一个多月了。一个路过洛格里亚诺的船夫有几只猴子,那个刁钻狡猾的家伙引坏了他,偷钱的念头无疑也是那个家伙教唆的。'我们的树林里是捡不到锁在树上的猴子的,'我说,'老实承认你是怎么弄来的吧。'贝尼台多坚持着他的谎话,而且讲得有声有色,虽不足证明他的诚实,却证明他想象力丰富。我发火了,他却开怀大笑起来。我威胁要打他,他后退了两步。'你不能打我,'他说,'你没有这个权利,因为你不是我的爹爹。'

　　"我们始终不知道这个致命的秘密是谁泄露出来的,我们一向小心翼翼地瞒着他,总之,在这一句回答里,那孩子的全部性格都暴露出来了,我几乎被这突如其来的回答惊晕,我的手不由自主地垂了下来,连碰都没有碰到他。他自以为得胜了,而这次胜利使他变得更加肆无忌惮,以致把爱苏泰所有的钱都随心所欲地化掉。他愈不成器,爱苏泰似乎愈爱他,她不知道该怎么样抑制他的任性,也毫无办法阻止他的放荡行为。当我在洛格里亚诺的时候,一切还好,只要我一离家,贝尼台多就成了一家之主,而一切就都糟了。当他才十一岁的时候,他就已经在十八、九岁的年轻小伙子里挑选他的伙伴,而且选中的都是巴斯蒂亚甚至科西嘉最坏的家伙,他们已经闹过不少次恶作剧,好几次有人恐吓要控告他们。我心慌意乱了,因为一经控告,就可能会有严重的后果等待着我。这个时期我不得不离开科西嘉去做一次重要的远征,我考虑了好长时间,决定带贝尼台多陪我去,希望能借此来避免一场将要降临的祸事。走私贩子的生活是活跃而辛苦的,我希望这样的生活,再加船上严格的纪律,能够使他那已经差不多堕落的性格来一个有益的转变。我和贝尼台多单独谈话,叫他陪我去,努力用种种最能打动一个十二岁的孩子的幻想和许诺来引诱他。他耐心地听我讲,当我讲完的时候,他顿时大笑起来。

　　"'你疯了吗,叔叔?'(他高兴的时候就这么称呼我。)'你以为我会用现在这种生活去换你那种生存方式——放弃了我现在这种快乐开心自由自在的生活,而去像你那样又辛苦,又冒险地去自讨苦吃?夜里受刺骨的风霜,白天受灼肤的酷热,战战兢兢,东躲西藏,一旦被人发觉,就得吃一排子弹——这样去赚一点点钱?哼,现在我说要多少钱就有多少钱,只要我要,妈妈总是给我的,你瞧,我要是接受了你的提议,我不就成了一个傻瓜啦。'他说得这样厚颜无耻,头头是道,我简直惊呆了,气坏了。贝尼台多却早已回到他的伙伴那儿去了,我远远地看到他把我指给他的伙伴看,把我当成一个傻瓜。"

　　"可爱的孩子!"基度山低声说。

　　"噢!假若他是我自己的儿子,"伯都西奥回答说,"或甚至是我的侄儿,我肯定会把他带到正路上来,因为你知道自己是在尽父辈的责任,无形中你的力量也就来了。但想到要打一个父亲死在我手里的孩子,我的手就下不去了。我的嫂嫂总是为那不幸的孩子辩护,但她也承认,她曾丢过好几次钱,而且数目都相当大,于是我耐心地劝她,让她把我们小小的财宝藏在一个安全的地方,以备将来不测之需。我已经下了决心了,贝尼台多已经完全能读,能写,能算,——当兴致起来的时候,他在一天中所学的东西比别人一个星期学的还要多。我打算把他送到一只船上去当职员,我的计划事前丝毫不能透露,拟定一个日子一大早就送他上船,送他上了船,把他推荐给船长以后,他的前途和命运就由他自己去决定了。计划决定以后,我就起身到法国去。我们的全部货物都得在里昂湾里卸上岸,这样做已是愈来愈困难,因为这时已经是 1829 年了。社会秩序已完全重新建立,海关关员的警戒也已增强了几倍,布揆尔的集市又刚刚开始,所以他们这时检查得更加严格。

　　"我们的长征开始的时候一切顺利。我们把船驶进罗纳河,在布揆尔到阿尔之间的一段河面上抛锚,和其他几只帆船混在一起。我们刚一到达,当夜就立刻卸货,凭着和我们有联络关系的几位客栈老板的相助,把货运进城里。说不清是成功使我们疏忽了呢,还是我们被人出卖了,鬼使神差地,有一天傍晚,大约五点钟的时候,我们的小船童上气不接下气地跑来告诉我们,说他看见一队海关关员向我们这个方向走来。我们吃惊的倒不是他们就在附近,——因为罗纳河沿岸是经常有人巡逻的——而是他们的小心警惕,据那孩子说,他们怕被人看到。我们立刻警觉起来,但太迟了。我们的船已经被包围,我看到在海关关员之中,还有几个宪兵,虽然我平时很胆大,但这时看见他们的制服,却吓得像老鼠见了猫一样,我跳进货舱里,打开一扇圆窗,窜入河里,潜水游开,只有要呼吸的时候才上浮一下,就这样一直游到罗纳河和那条从布搎尔到埃格莫特的运河会合的转弯处。我才觉得安全了,因为我可以沿着那个拐角游而且不会被人发现。我平平安安地游到了运河,我是有意朝着这个方向游的。我记得已经告诉过大人了,一个尼姆的客栈老板曾在比里加答到布搎尔的路上开设了一家客栈。”

“是的,”基度山说,“我记得非常清楚,我想他是你们的同党吧。”

“一点也不错,”伯都西奥回答说,“但是在七、八年前,他已经把他的店抵押给了一个马赛的裁缝,因为那个裁缝在他的老行当上几乎破了产,所以想换个行业另起炉灶。我们对于新旧店主当然不分彼此,也和他订立了同样的合同,我那时就是想去求这个人给予庇护的。”

“他叫什么名字?”伯爵问道,似乎对伯都西奥的故事有点感兴趣了。

“葛司柏·卡德罗斯,他娶了一个卡康脱村的女人,除了她的村名以外,我们都不晓得她的真正的姓名。她正患着一种寒热病,似乎正在慢慢地死去。而她的丈夫,倒是一个体魄很健壮的汉子,约莫四十至四十五岁的样子,他曾经在危险的时候充分地证明他很有头脑和勇气,而且不止一次了。”

“你说说,”基度山插口道,“这件事情发生的那一年是——”

“1829 年,伯爵阁下。”

“哪一个月?”

“6 月。”

“月初还是月底?”

“3 日傍晚。”

“啊,”基度山说,“1829 年 6 月 3 日傍晚。讲下去”

“我那时就是想去请求卡德罗斯的庇护。我们是从来不走朝向路的那扇大门的,所以我决定还是按老规矩,翻过花园的篱笆,在橄榄树和野生的无花果树中间爬进去。怕卡德罗斯那儿有别人,我就躲进一间小屋里,我以前经常在那间小屋里过夜,它和客栈正屋只隔着一层隔板,隔板上有个洞,我们可以从洞里张望,等候机会宣布我们的光临。我的意思是,假如外面只有卡德罗斯一个人,我就告诉他我来了,在他家继续吃完那一顿刚才被海关关员打断的晚餐,趁着那快要到来的暴风雨回到罗纳河去打听我们的船和船员的消息。我走进那间小屋时,幸亏我那样做,因为那时卡德罗斯正巧领着一个陌生人进来。

“我耐心地等着,没有想偷听他们谈话的念头,只是我没有别的事情可做,而且，这种事情以前也是时常发生的。那个和卡德罗斯一起来的人显然不是法国南部本地人，他是到布搂尔的集市上出卖珠宝的商人，那次的集市要持续一个月，有许许多多的欧洲商人和顾客云集而来，一场集市，每一个珠宝商人常常可以做到十万到十五万法郎的生意。卡德罗斯急急忙忙走进来。看到房间里照样是空空的，只有那只狗，他就叫起他的老婆来。'喂，卡康脱人！'他说，'那位可敬的长老并没有骗我们，钻石是真的。'于是听到一声欢呼，楼梯就在一种软弱的脚步下格格地响起来。'你说什么？'他的老婆问，面色苍白得像死人一样。'我说那粒钻石是真的，这位先生是巴黎的头等珠宝商，他肯出五万法郎向我们买。只是，为了想证实它真的是属于我们的，他希望你能像我那样来讲一遍，究竟那粒钻石是通过怎样的途径落到我们手里的。现在，请坐，先生，我去给你倒一杯酒来。'

"那珠宝商仔细观察客栈的内部，看出对方显然不是富人，而他们要卖给他的那粒钻石，似乎是从一位亲王的珠宝箱里得来的。'讲一讲你的故事吧，太太，'他说，无疑地想利用她丈夫离开的时间，使其无法影响他妻子的故事，看看这夫妇二人的话是否符合。'噢！'她答道，'这是天赐的礼物，我们做梦也没有想到的！我的丈夫在一八一四或一八一五年的时候有一个好朋友，一个名叫爱德蒙·邓蒂斯的水手。这个可怜的人，卡德罗斯已经忘记了，但水手却没有忘记他，他临死的时候，把这粒钻石遗赠给他。''但那水手又是怎么弄到的呢！'那珠宝商问道，'他入狱以前就有那粒钻石了吗？''不，先生，好像是他在监牢里认识了一个有钱的英国人。这个英国富人在监牢里生病的时候，邓蒂斯像对待亲兄弟一样地照看他，那英国人获得释放的时候就把这粒钻石送给邓蒂斯，邓蒂斯却没福气，他临死的时候，拜托一位好心肠的长老把这粒钻石转赠给我们，就在今天早晨送到这儿来的。''说得一样！'珠宝商自言自语地说，'这个故事最初似乎难于令人相信，但或许倒是真的。我们现在还没有讲妥的只是价钱了。''怎么没有讲妥呢？'卡德罗斯说。'我以为你已经同意我要的那个价钱了。''我出的价钱，'珠宝商回答说，'是四万法郎。''四万！'卡康脱女人喊道，'那个数目我们是不卖的。长老告诉我们它值五万，还不连那托子。''那位长老叫什么名字？'那不嫌麻烦的商人问。'布沙尼长老，'卡康脱女人说。'他是一个外国人吗？''一个意大利人，我猜想大概是从孟都亚附近来的。''让我再来看一看这粒钻石，'珠宝商答道，'宝石的价值第一次看的时候常常会出现错估。'卡德罗斯从他的口袋里摸出一只黑鲛皮的小盒子，打开盒子，把钻石交给珠宝商。一看见那颗象榛子般大的钻石，卡康脱女人的眼睛里立刻射出贪婪的火花来。"

"窃听者，你对这个美丽的故事觉得怎么样？"基度山说，"你相不相信？"

"我相信，大人。我没有把卡德罗斯看作一个坏人，我以为他是不敢犯罪的，即使偷窃罪也是不敢犯的。"

"这只能证明你的心地善良，可不能证明你的阅历丰富，伯都西奥先生。你认不认识他们所说的好个爱德蒙·邓蒂斯？"

"不，大人，我以前从来没有听人提起过他，后来也只听人说起过一次，那还是我在尼姆监牢里看到布沙尼长老的时候，是他亲自对我说的。"

"说下去吧。"

"珠宝商接过钻石,从他的口袋里摸出一把钢钳和一具铜质的小天秤,把钻石从托子里拿出来,仔细地称了一称。'我给你四万五,'他说,'半个铜板也不添了,况且,这粒钻石也只值这么些钱,我身上带的刚巧只是那个数目。''噢,那没有关系,'卡德罗斯回答说,'其余那五千法郎我跟你回去拿好了。''不,'珠宝商把钻石和托子一起还给卡德罗斯,答道,'不,再多就不值了,我已经后悔给得太多了,因为这粒钻石里面有一条裂纹,我刚才没有看出来。但是,我讲出的话决不收回,我可以出四万五。''至少,你得把钻石装回到托子上面去呀。'卡康脱女人厉声说。'啊,对的。'珠宝商回答,于是把钻石重新镶好。'没有关系,'卡德罗斯一面说着,一面把那只盒子放回到他的口袋里,'别人也会买的。''是的,'珠宝商又说,'但是别人肯定不会像我这样好说话,别人不会相信这种故事。像你这样身份的一个人会有这样的一粒钻石是不大合情理的。他会去告你。你就得去找布沙尼长老,而把价值两千路易的钻石白白送人的长老是不多的。法院会把它拿去,把你关到监牢里,过了三四个月放你出来的时候,那只戒指你就会见不到了,或是给你一粒价值三个法郎而不是四万五千法郎的假货。不错,它或许值得更多,但你必须承认,做这笔交易是冒着很大风险的呀。'卡德罗斯和他的妻子焦虑地互相看了一眼。'不,'卡德罗斯说,'我们不是有钱人,五千法郎亏实在吃不起。''随你的便,亲爱的先生,'珠宝商说,'可你看见没有,我是带着亮晶晶的洋钱来的。'于是他从口袋里摸出一把金洋,故意把洋钱的光射到客栈老板那一对看昏了的眼睛里,另外一只手则搜着一沓钞票。

"卡德罗斯的脑子里显然发生了一场剧烈的斗争，在他看来，他拿在手里翻来覆去的这只鲛皮小盒子，其价值显然是不足以和那吸引他目光的大笔洋钱相匹敌的。他转过头去低声问他的妻子，'你觉得这件事情怎么办好？''卖给他吧！卖给他吧！'她说，'假如他空手回布撑尔，他会去告我们的，而正如他所说的，谁知道我们这一生还会不会再见到那位布沙尼长老呢？''好吧，那么，我愿意了！'卡德罗斯说，'你就出四万五千法郎买了这粒钻石吧。但我的太太要一条金链子，我也要一对银纽扣。'珠宝商从他的口袋里摸出一只长长的盒子来，里面装着几种他们所要的东西的样品。'喏，'他说，'我这个人做生意特别爽快，你们自己挑吧。'那女人选了一条约值五个路易的金链，她的丈夫则选了一对大概可值十五法郎的纽扣。'我想你们现在不会再抱怨了吧？'珠宝商说，'长老告诉我它是要值五万法郎的。'卡德罗斯自言自语地说。'来，来，把它给我吧！你这个人真奇怪！'珠宝商说，一面从他的手里把那钻戒拿过来。'我给了你四万五千法郎——就是说，每年可以有两千五百法郎的进账，我倒很想发这样的一笔财，可你还不满足！''那四万五千法郎在哪儿呀？'卡德罗斯用一种沙哑的声音问道，'来，我们先来看看钱！''钱在这儿。'珠宝商回答，于是他将一万五千法郎的金洋和三万法郎的钞票数出放在桌子上。'我先把灯点起来，'卡康脱女人说，'天黑下来了，说不定会弄错的。'

"的确，在他们谈话的时候，夜已经来了，还有那半个小时以前就一直气势汹汹表示快要降临的暴风雨也和夜一起来了。

"远处已可以听到隆隆雷声，但那珠宝商，卡德罗斯，或是卡康脱女人似乎都没有去注意它，他们像是着了魔似的。我看到这多金洋和这许多钞票也觉得有点入迷了，真像是在做梦，像在做梦的时候常常发现的情形一样，我觉得自己好像已经被钉在那个地方了。卡德罗斯把金洋和钞票连数了两遍，然后交给他的妻子，他的妻子又连数了两遍。在这期间，那珠宝商在灯光下查看那粒亮晶晶的钻石，钻石发出来的光似乎使他没有去注意那暴风雨的先驱发射到窗口的光。'喂，'珠宝商问道，'现款对不对？''对的，'卡德罗斯说。'把皮夹拿给我，卡康脱人，再找一条口袋来。'

"卡康脱女人走到一个碗柜前面，拿了一只旧皮夹和一条钱袋回来，她从那只皮夹里抽出几个油腻腻的旧信封儿，把钞票装进去，又从那条钱袋里摸出两三个值六里弗的艾居，这两三个艾居，恐怕就是这一对可怜夫妇的全部财产了。'好了，'卡德罗斯说，'现在，虽然你叫我们损失了一万法郎，我还是愿意请你和我们一起吃晚饭，不知你愿不愿意？我是诚意请你的。''谢谢你，'珠宝商答道，'时候不早了，我必须赶回到布撑尔去。我的太太要着急了。'他摸出表来，说道，'啊唷！差不多快九点钟啦！唷，我得半夜里才能赶回布撑尔了！晚安，亲爱的。如果布沙尼长老碰巧回来，别忘了提起我呀。''你再过一个星期就要离开布撑尔了吧，'卡德罗斯说，'因为集市过几天就要结束了。''对的，不过没有关系。写信通知我好了，写巴黎皇家市场宝球弄四十五号蒋尼斯先生收就得了。我会特地去拜望他的。'

"这时，天上打了一个很响的霹雳，同时电光雪亮地一闪，简直使灯光黯然失色。'啊唷!'卡德罗斯喊道。'天气太坏你可不能走啊!''噢,我是不怕雷的!'珠宝商说。'如果路上有强盗呢'卡康脱女人说,'这条路上在这样的集市时期是从来不太安全的。''噢,至于强盗,'蒋尼斯说,'我有东西可以对付他们,'他从口袋里摸出一对上满子弹的小手枪来。'喏,'他说,'这就是两只又会叫又会咬的狗,谁要是想垂涎你的钻石,就让他尝尝它们的滋味,卡德罗斯伯伯。'

"卡德罗斯和他的妻子又交换了一次意味深长的眼色。看来他们好像同时想到了一个可怕的念头似的。'好吧,那么,祝你一路平安!'卡德罗斯说。'谢谢你。'珠宝商回答。于是他拿起那条靠在一只旧碗柜旁边的手杖,转身向外走去。他刚把门打开,立刻从门外扑进来一阵狂风,几乎把灯吹熄。'噢!'他说,'这个天气真好啊,在这样的暴风雨中走六里路那才叫妙呢!''别走了吧,'卡德罗斯说,'你可以睡在这儿。''是呀,真的别走吧,'卡康脱女人用一种颤抖的声音接上说,'我们会好好地照顾你的。''谢谢! 不过我一定得回布撲尔去过夜。所以我只能再向你道一次晚安!'卡德罗斯慢吞吞地跟他到门口。'我连天地都看不清啦!'珠宝商说,他已到门外。'我应该向右走还是向左走?''向右走,'卡德罗斯说。'你不会走错的,大路两边都有树木。''好,行啦!'听声音他似乎已经走到了远处。'把门关上,'卡康脱女人说,'我不喜欢在打雷的时候开着门。''尤其是当家里有钱的时候,呃?'卡德罗斯回答,把门上下都闩好。

他回到房间里,走到碗柜前面,取出钱袋和皮夹,于是两个人开始第三次数他们的金洋和钞票。抖动的灯光照着那两张脸,我从来没有在人的脸上看到过那样贪婪的表情。那女人的脸尤其可怕,她本来就因为寒热症一天到晚瑟瑟地发抖,这时却抖得更加厉害,她的脸变成了铅白色,她的眼睛象灼烧的煤炭。'你为什么要留他在这儿过夜呢?'她用一种嘶哑的声音问。'为什么?'卡德罗斯打了一个寒战说,'咦,免得他冒着风雨回到布撲尔去呀。''呀!'那女人带着一种神神秘秘的表情回答说,'我还以为是为了别的原因呢。''女人,女人呀,你为什么要有这种念头呢?'卡德罗斯喊道,'即使你有了这种念头,你又为什么不把它闷在自己的心里呢?''哼,'卡康脱女人停了一停说,'你不是一个男子汉!''你这是什么意思?'卡德罗斯说。'假如你是一个男子汉,你就不该让他走出这个门。''女人!''或者不会让他走到布撲尔。''女人!''这条路有一个大转弯——他是不得不顺着大路走的——而沿着运河走,却有一条近路。''女人! 你触怒上帝啦! 喏! 听!'在此时传来了一连串轰隆隆的雷声,青白色的闪电照亮了房间,接着,那声音渐渐地滚向远处,似乎有点不愿意离开这该诅咒的房子似的。'耶稣呀!'卡德罗斯一面说,一面在自己身上划着十字。

"正当这个时候,在伴随着雷声之后呈现的一片沉寂恐怖之中,他们听到一阵敲门声。卡德罗斯和他的妻子吓了一跳,惊骇地互相望了一望。'哪一个'?卡德罗斯问道,并站起来把散在桌面上的金洋和钞票收成一堆,用双手把它压住。''是我!'一个声音回答道。'你是谁呀?''呃,不错的! 珠宝商蒋尼斯呀。''哼,你还说我触怒了上帝!'卡康脱女人的脸上显出一个可怕的微笑说,'咦,正是那好心肠的上帝又把他送回来啦。'卡德罗斯脸色苍白,吓得喘不过气来,一交跌回到他的椅子里。卡康脱女人却正好相反，站起身来，跨着坚定的脚步向门口走去，一面开门，一面说，'请进来，亲爱的蒋尼斯先生。''说实话！'那被雨浇得浑身湿淋淋的珠宝商说，'看来我今天晚上是不能回布揆尔去啦。傻事结束得愈早愈好，我亲爱的卡德罗斯。你说愿意招待我，我接受了，所以回来了，并预备在你友谊的屋顶底下过夜了。'卡德罗斯一面抹掉他额头上的冷汗，一面低声地说了几句话。卡康脱女人在珠宝商进来以后就把门上下都闩好了。

第四十五章　血雨

　　"当珠宝商回到房间里来的时候,他小心地向周围环视了一下,没发现房间里有什么可疑之处,即使他这时心里已有怀疑,但这种怀疑是不能存在的,也是无法证实的。卡德罗斯的两手依旧紧紧地抓着他的金洋和钞票,而卡康脱女人则极力向她的客人装出最美妙的微笑。'噫嘻!'珠宝商说,'你对于收进的这些款子似乎还有点不放心吧,因为我走了以后你又拿出来数了数啦。''不,不,'卡德罗斯答道,'但是这笔钱财来得这样出人意料,我们简直难于相信自己的好运气,所以只有把实实在在的证据放在眼前,我们才能使自己相信这次发财并不是一场梦。'珠宝商微笑了一下。'你们家里还有别的客人吗?'他问。'没有,'卡德罗斯回答道,'我们向来是不常住旅客的,我们离镇这样近,谁都不会想到要在这儿住宿。''那我住在这里恐怕会使你们很不便了?''噢,天老爷,不! 我亲爱的先生,绝对不会的,'卡康脱女人说,'决不会的,我向你保证。''但你们把我安顿在哪儿好呢?''楼上有房间。''但那不是你们的房间吗?''放心好了! 我们后面房子里也有一张床。'卡德罗斯带着很惊异的神色凝视着他的妻子。

　　"这时,卡康脱女人已生起壁炉,以便于她的客人把湿衣服烤干,这珠宝商一面脊背向着火取暖,一面嘴里哼着歌。卡康脱女人还在桌子的一端铺上一块餐巾,把他们吃剩下的晚餐放在上面,另外又加了三四个新鲜鸡蛋。卡德罗斯这时已经又和他的财宝分了手,钞票藏进了皮夹,金洋藏进了钱袋,全部财产都小心谨慎地锁进到钱箱里。于是他带着一种忧郁阴沉的神气开始在房间里踱来踱去,不时瞟一眼那珠宝商,珠宝商这时仍站在火炉前面,身上直冒热气,烤干了一面,一转身又烤另一面。

　　"'喏,'卡康脱女人拿了一瓶酒放到桌子上说,'晚餐已经准备好了,你随便什么时候吃都行。''你们不和我一同坐下来吃一点吗?'蒋尼斯问。'今天晚上我不吃饭了。'卡德罗斯说。'我们的饭吃得非常晚。'卡康脱女人急忙插口。'看来今晚我是要一个人吃的了?'珠宝商说。'噢,我们可以陪着你坐一坐。'卡康脱女人回答,态度非常殷勤,这种态度,即使对于付钱吃饭的客人,在她来说也是不常有的。

　　"卡德罗斯敏锐的眼光时时射向他的妻子,但只像电光一闪那样的短暂。暴风雨依旧呼啸着。'喏! 喏'卡康脱女人说,'听到了没有? 说实话,你算是回来对了。''可是,'珠宝商答道,'要是我吃完饭以后风暴已经平息了,我倒还想去尝试一次,看看能否完成我的旅程。''噢,'卡德罗斯摇摇头说,'风暴是决不会平息的,现在刮的是西北风,肯定要到明天早晨才会停下来。'于是他重重地叹了一口气。

'唉!'那珠宝商一面在桌子前面坐下来,一面说,'说来说去,最倒霉的是那些在船上的人''啊!'卡康脱女人附和说,'碰到这样的天气他们可是苦的了。'

"珠宝商开始吃饭,卡康脱女人则继续向他献着殷勤,像一个小心的主妇一样。她平常那样古怪别扭,这时却变成了一位会照料人的有礼貌的模范主妇了。要是那珠商以前曾经和她相处过的话,他对于这样明显的转变肯定会表示惊奇,从而也会使他产生某种怀疑。这时,卡德罗斯继续在房间里蹀来蹀去,似乎不愿去看他的客人,但当那个外乡人一吃完饭,他就走到门口,把门打开。'暴风雨似乎过去了。'他说。天气也好像特地要驳斥他的言论似的,正当这时,打下了一个很响的霹雳,几乎把整个房子端起来,同时突然地刮进来一阵夹雨的狂风,扑灭了他手里的那盏灯。卡德罗斯关上门,回到他的客人那儿,而卡康脱女人则到壁炉里冒烟的余烬上点起一支蜡烛。'你一定疲倦了,'她向珠宝商说,'我已经在你的床上铺好白被单。你去房间里休息吧,祝你晚安!'

"蒋尼斯等了一会儿,看看那暴风雨有没有平息下去的意思,但雷声和雨点却愈来愈大,于是他就向两位主人道了晚安,上楼去了。他正从我的头顶上经过,他每跨一级,我就听到楼梯咯吱地叫一声。卡康脱女人焦灼的眼光追随着他,而卡德罗斯却相反,他甚至连朝那个方向望一下都不望。

"这种景象,虽然从那时以来就一直深深地印在我的脑子里,但当我亲眼目睹这一切的时候,却对我并没有留下多大的印象,的确,这一切(除了那个钻石的故事当然有点令人难以相信以外)似乎都是很自然成章的。那时候我虽然身子疲倦,但心里却很想等暴风雨一平息就继续上路,所以我决定利用这比较安静的时间好好地睡几个钟头,以便恢复我的精力。那珠宝商就在我的头顶上,他的一举一动我都可以正确地辨别出来,他先尽力布置了一番,准备舒舒坦坦地过一夜,然后就向床上一倒,我可以听到床在他的重压之下咯吱咯吱地呻吟声。我的眼皮不知不觉地沉重起来,沉沉的睡意爬上了身子,我当时没有怀疑会出什么事情,所以也就不去想怎样摆脱它的侵袭。当我最后一次向房间里张望的时候,卡德罗斯和他的妻子已经坐下来了,前者坐在一张木头小矮凳上,那种小矮凳在乡下常常是当作椅子用的。他的脊背向着我,我不能看到他脸上的表情,即使他换了一个方向坐着,我也是看不到的,因为他的头已埋在两手之中。卡康脱女人带着一种藐视的神色默默地望了他一会儿,然后她耸耸肩膀,过去坐在他的对面。正当这时,那将熄的余烬引着了旁边的一块木头,壁炉里重新吐出一个火苗,于是一片火光照亮了这个场面和场面上的演员。卡康脱女人依旧把她的眼神盯在她丈夫身上,但因为他毫无改变姿势的意思,她就伸出她那只瘦骨嶙峋的硬手,在他的前额上点了一下。

"卡德罗斯打了一个寒战。那女人的嘴巴似乎在动,好像是在说话,但不知是因为她说话的声音很低呢,还是因为我的感官已被睡意弄钝了,她的话我一个字都没有听到。甚至我所看到的东西也都像隔了一层雾似的,自己也辨不出究竟是醒着还是在做梦。最后,我的眼睛闭上了,便失去了知觉。究竟我在这种无知无觉的状态中停留了多久,自己也不知道,总之,我被一声枪响和可怕的惨叫突然吵醒。房间的地板上响起踉跄的脚步,接着,楼梯上发出一个重浊的声音,像是有一样笨重的东西无力地倒下来似的。我的神志还没有完全清醒，就又听到呻吟声和半窒息的喊叫声混成一片，像是有人在拼死地挣扎着。最后的那一声喊叫比以前拖得更长，后来愈来愈弱，渐渐地变成了无力的呻吟，这一声喊叫有效地把我从迷离恍惚的昏睡状态中唤醒。我急忙用一只手臂撑起身子，环顾四周，周围漆黑一片，我觉得好像雨水已经渗透了楼上房间的地板，因为有一种潮湿的东西一滴一滴地落在我的前额上，当我用手去擦的时候，觉得它是湿漉漉粘糊糊的。

"在那一阵可怕的闹声之后，是一片沉沉的、打不破的寂静，只有一个男人的脚步在我的头顶上响动。楼梯在他的脚步下咯吱咯吱地叫起来。那个人走到楼下的房间里，走近壁炉前面，燃起一支蜡烛。那是卡德罗斯，他的脸色苍白，衬衫被鲜血染成了红色。点亮了灯以后，他急急忙忙地又走上楼去，于是我头顶上的房间里又响起他那急促不安的脚步声。不久，他手里拿着一只鲛皮的小盒子下来了，他打开那只盒子，看清楚钻石的确仍旧在里面，似乎犹豫不决，不知把它藏在哪一只口袋里好，然后，像是觉得哪一只口袋都不够安全似的，便把它夹在他的红手帕里，把手帕小心地盘在他的头上。然后，他又从碗柜里拿出钞票和金洋，一包塞进他的裤子口袋里，一包塞进他的背心口袋里，匆匆地拿了两三件内衣打成一个小包袱，冲到门口，消失在夜的黑暗里了。

"那时候我一切都明白了。我拿刚才发生的这件事责备我自己，好像这件事是我自己干的似的。我好像觉得还听到了微弱的呻吟声，满心以为那不幸的珠宝商还没有咽气，我就决定去救他，可以借此略微赎罪，不是赎我自己所犯的那个罪，而是赎我刚才没有上楼去阻止的那个罪。怀着这样的心情，我使出浑身的力气从我所蜷伏的地方撞进隔壁房间里去，我和里面的房间原只隔着一层参差不齐的木板，我用力一撞，木板就倒了下去，我发觉自己已经进到屋子里面。我立刻抓起那支点着的蜡烛，急匆匆地奔上楼梯，奔到一半，我踩着一个横卧在楼梯上的东西，几乎跌了一跤。低头一看那是卡康脱女人的尸体！我听到的那一声枪响无疑的是向这个倒霉的女人射的。子弹可怕的撕裂了她的喉咙，留下一个裂开的伤口，从那个伤口里，从嘴巴里，血像泉水似的汩汩地涌出来。看到这个可怜的人已经救不活了，我就一步跨过她，走到寝室里。寝室里的情形凌乱得一塌糊涂，那场拼命地挣扎就是在这儿进行的，家具都打得横七竖八地躺在那儿，床单拖到了地板上，无疑那是不幸的珠宝商紧紧地抱住了它的缘故。那被害的人躺在地板上，头靠着墙壁，浑身鲜血淋淋，血从他胸部的三个伤口里直喷出来，在第四个伤口里，插着一把厨房里用的切菜刀，只有刀柄还露在外面。

"我又踩到一把手枪，这把手枪没有放过——大概是火药湿了。我向那珠宝商走去，他还没有完全咽气，我的脚步咯吱咯吱地响，听到我的脚步声，他略睁开眼睛，盯了我一会儿，嘴唇抽动了几下，像是要说话，但很快就断气了。这种凄惨的景象几乎使我晕了过去，既然对这屋里的任何人我都无能为力了，我唯一的念头就是赶快逃走，我冲到楼梯口，两手紧抱着我那火烧一样的太阳穴，嘴里发出恐怖的喊声，一到楼下的房间里，我立刻看见五六个海关关员和两三个宪兵——一支武装的队伍。他们当即抓住了我，我当时甚至连抵抗都不想抵抗，我的神志已经不清了，我想说话,但却只能发出一些含糊不清的喊声。我看见其中有些人指指我,于是我低头看看自己,我浑身是血。原来从楼梯缝里漏到我身上的那一阵温热的雨是卡康脱女人的血。我用手指一指我以前躲藏的地方。'他是什么意思?'一个宪兵问。一个税务员走到我所指的那个地方。'他的意思是,'他回来的时候说,'他是从这个洞里钻进来的,'一面指着我撞破板壁进来的那个地方。

"那时我才懂得他们原来把我看作杀人犯了。我的声音和气力都恢复了。我挣扎着想摆脱那抓住我的两个人,口里大喊,'不是我!不是我!'两个宪兵用他们马枪的枪口抵住我的胸部,'再动一动,'他们说,'就打死你!''你们为什么要用死来恐吓我,'我喊道,'我不是已经宣布过我是无罪的了吗?''你把你这个小小的故事到尼姆去对法官讲吧。现在,先跟我们走,我们所能给你的最好的忠告是不要抵抗。'抵抗我是连想都没有想到。我已经吓坏了,我一言不发地让人给戴上手铐,绑在一匹马的尾巴上,我就在这种可耻的情景下到了尼姆。

"根据当时的情形推测,大概是有一个关员一直尾随着我,跟到客栈附近就丢掉了我的踪迹,他判断我一定准备在那儿过夜,就回去召集他的同伴,他们到达的时候,正好听到那一声枪响,在种种罪证确凿的情形下捉住了我,所以我立刻懂得,要证明我的无辜是很困难的了。我唯一的希望是请求审问我的那位法官去查询一位名叫布沙尼的长老,他曾在凶案发生的前一天早晨到过邦杜加客栈。假如关于钻石的那个故事确实是卡德罗斯自己发明的,假如世界上根本没有布沙尼长老这个人,那么,我就没救了,除非能把卡德罗斯捉到,而且能使他招认。

"这样过了两个月——我应该赞美我的法官——他们到处去搜索寻找我想见的那个人。我已经放弃一切希望。卡德罗斯没有捉到。秋季大审一天天地迫近,忽然,在9月8日那天——就是说,正巧在事件发生后的三个月零五天——那位我认为已没希望见到的布沙尼长老,自动地来到监牢里,并说他知道有一个犯人想和他说话。他说,他在马赛听到了这件事情,所以马上赶来满足我的心愿。您很容易想象到,我是带着多么热切的情绪欢迎他的,我把我的所见所闻完完全全地讲给他听。当我讲到钻石的故事的时候,我觉得有点胆怯,但使我感到万分惊奇的是,他竟加以证实,认为一点不假,而使我同样感到惊奇的是,他对我所讲的一切全都相信。于是,我完全被他的仁爱感动了,同时看到他很熟悉我故乡的一切风俗习惯,于是我又想到,我唯一真正有罪的那一桩罪恶,只有从这样仁慈和爱的嘴唇里才能得到有力的宽恕,我便决定请他接受我的忏悔,就在忏悔的封缄之下,我把阿都尔的事从头至尾详详细细地讲了出来。我这样做虽然是因为良心发现一时冲动,但所产生的作用却和我经过冷静地考虑以后采取的举动一样。我自动地承认阿都尔暗杀案证明了我这次的确没有犯罪。当他离开我的时候,他吩咐我不要气馁,他将竭力使法官相信我是无辜的。

"我很快就感到了那位心肠善良的长老为我出力已经见效,因为监牢里对我的严格管理已逐渐放松,他们告诉我,我的审问已经延期,不参加当时举行的大审,而延迟到下一次巡回审判时再开庭。在这期间,上天保佑卡德罗斯已经捉到了,他们在一个很远的外国地方发现了他,把他押送回到法国,他供认不讳,但却推诿这件事是他的妻子起意和怂恿的。他被判终生到奴隶船上去当苦工,而我则立刻被释放。"

"这以后,我想,"基度山说,"你就拿了布沙尼长老的一封信到我这儿来了,是不是?"

"是的,大人,那位仁慈的长老显然很关心我的一切。'你做走私贩子的这种营生,'有一天他对我说,'假如再一个劲儿地干下去,将来总有一天会使你一败涂地的,我劝你,出狱以后,还是选一个比较安全也比较令人尊敬的行业干干吧。'
'但是,'我问道,'我怎么能养活我自己和我可怜的嫂嫂呢?''有一个人,我是他的忏悔师,'他回答说,'他相当尊敬我,不久以前,他请我给他找一个可靠的仆人。你愿不愿去?假如愿意,我可以给你一封介绍信去投奔我那位朋友。''噢,我的长老,'我喊道,'那多好呀!''但你必须向我发誓,将来决不会使我后悔我这次的推荐。'我举起手要发誓。'不必,'他说,'我知道科西嘉人,而且很喜欢科西嘉人——我就信赖这一点!喏,拿这个去,'他迅速地写了几行字以后说。我就带了那封信来见大人,您接到信以后,就录用了我,我现在斗胆问问大人,您觉得我有什么可抱怨的地方没有?"

"正好相反,伯都西奥,我始终觉得你很忠心,诚实,称职。我只发觉你有一个缺点,就是你对我还不够信任。"

"真的,大人,我不知道您这句话是什么意思!"

"我的意思是:你既然有一个嫂嫂和一个继子,为什么从来不曾向我提起过他们呢?"

"唉!我还得追述我生平最痛苦的那段经历。您大概想象得到,我急于想去探望和安慰我那亲爱的嫂嫂,我就日夜兼程,很快回到科西嘉去,但当我到达洛格里亚诺的时候,我发觉那所屋子挂着丧,那儿曾发生过一幕万分可怖的事情,邻居们至今还记得它,还在把它当作谈话的资料。我那可怜的嫂嫂遵照我的忠告行事,拒绝满足贝尼台多不合理的要求,他只要得知她还剩下一个铜板,就不断地逼迫她,向她要钱。有一天早晨,他又向她要钱,并恐吓她,要是她不把他要的钱如数给他,就会发生最严重的后果,说完,他就走了,整天不回来,让那心地慈善的寡妇独自去悲伤。爱苏泰真待他当作亲生的孩子一样爱戴,想到他的行为,就不禁恸哭一场,看到他还不回来,又不免伤心落泪,夜来了,可是,她还是怀着做母亲的那种担心挂念,耐心地等候他回来。

"钟敲十一点,他带着两个和他沆瀣一气的同伴回来了。当可怜的爱苏泰站起来准备紧紧拥抱她的浪子的时候,这三个恶棍趁机捉住她,而其中有一个——或许就是那个坏孩子,我现在提起来还不免心惊肉战——喊道,'我们来叫她吃点苦头,她就会告诉我们钱放在哪儿啦。'

"不幸我们的邻居瓦西里奥又恰恰到巴斯蒂亚去了,只留下他的妻子一人在家,除了她以外,再没别人能看得到或听得到我们家里所发生的任何事情。贝尼台多的那两个残忍的同伴捉住可怜的爱苏泰,爱苏泰万万没有想到他们会伤害她,所以仍以笑脸对待这些顷刻就要做她的刽子手的人。那第三个恶棍开始把门窗全部堵塞起来,然后回到他无耻的帮凶那儿,三个人合力来堵住爱苏泰的嘴,原来那可怜的牺牲者一看到这种可惊的场面,就大声喊叫起来。这一步成功以后,他们就用火盆去烙爱苏泰的脚,以为这样就可以逼她招出我们那笔小小的财富究竟藏在什么地方。我那可怜的嫂嫂在挣扎的时候衣服着了火,他们为了要保全自己的性命,不得不放了她。爱苏泰浑身是火,她疯狂地冲到门口,门已经反锁住了。她飞奔到窗口,但窗户也都已经堵住了。于是她的邻居听到了可怕的喊声——爱苏泰在喊救命。后来她的声音窒息了,她的喊叫渐渐降低,变成呻吟,第二天早晨,经过一夜的焦急和恐怖,瓦西里奥的妻子才鼓起勇气冒险出来,叫地方当局来打开我们家的门,这时的爱苏泰,虽然已被烧灼得体无完肤,却还没有断气。屋里的每一只抽屉的暗柜都被撬开,凡是值得带走的东西都被劫走。贝尼台多以后就再也没有在洛格里亚诺出现过,我也再没有见到过他,也不曾听到有人说起过关于他的任何消息。

"在这些可怕的事情以后,我就来侍候大人了,我觉得再向大人提起他们已没有什么必要了,因为贝尼台多已毫无下落,而我的嫂嫂也已经死去了。"

"你对那件事怎么看?"基度山问。

"这是一种惩罚,惩罚我所犯的罪过。"伯都西奥答道。"噢,维尔福这一家人都是该天诛地灭的!"

"我相信,我相信。"伯爵用一种郁闷的口吻喃喃地说。

"现在,"伯都西奥又说,"大人或许可以了解了吧,我曾在这座花园里杀过一个人,而我又是初次重临这个地方,这些都使我的情绪很不好,以致劳您动问到它的原因。因为,简单地说,我不敢确定维尔福先生是不是就躺在我的脚前面那个他为他的孩子所掘的坟墓里。"

"的确,一切事情都是可能的,"基度山离开他所坐的长凳,站起身来,"甚至,"他低声接着说,"或许那检察官并没有死。布沙尼长老介绍得不错,你也很有必要把你的身世讲给我听,因为这可以使我将来就不至于对你发生误会。至于贝尼台多,他既然这样罪大恶极,你后来有没有想办法去打听,他究竟到哪儿去了,在干些什么事情?"

"没有!要是我知道在哪儿,我不但不会去找他,而且会赶快逃开,像看见了一个妖怪一样。我再没有听人提到过他的名字,也不想听到。我希望他已经死了。"

"别那么希望,伯都西奥,"伯爵说。"恶人是不会那样死的,因为上帝似乎要照顾他们,他要用他们来当作他报复的工具。"

"希望如此,"伯都西奥说。"我只求永生永世再也不要看见他。伯爵阁下,"管家卑下地躬身向前,又说,"现在您一切都知道了。万能的主是我天上至高无上的裁判官,而您是我地上明察秋毫的裁判官。您难道不能说几句安慰我的话吗?"

"我的好朋友,我所能对你说的也和布沙尼长老能对你说得差不多。维尔福,你所杀的那个人,是应该从你的手里接受那种惩罚的,这是一种合乎情理的公正的报应,因为他不该那样对待你,或许,另外还犯过别的什么罪。贝尼台多,假如还没有死的话,会在某一件事上将变成上天示报的工具,然后他也逃避不了应受的惩罚。至于说到你,我看有一点你是真正该负罪的。你自我反省,你把那婴儿从活埋他的坟墓里救出来以后,为什么还不把他送还他的母亲。这是有罪的,伯都西奥。"

"不错,大人。在这一点上,正如您刚才所说的,我干得很不应该,因为在这一点上我确实像一个懦夫。我把那个娃娃救活以后,我最应义不容辞的责任就是马上把他送还给他的母亲,但那样做,我就不可避免地要被人细细地盘问,而经这么一阵折腾,我自己就肯定会被人捉住了。而我却非常珍视自己的性命,一半是为了我的嫂嫂,一半是出于我们心里天生的那种傲性,我们在报仇雪恨成功以后,总希望能够迅速麻利地脱身。或许,也是那种贪生怕死的本能驱使我想躲避掉冒险。噢!我不如我那可怜的哥哥那样勇敢。"

伯都西奥说这几句话的时候用两手捂住了他的脸,而基度山则用一种无法用文字表达的目光凝视着他。伯爵暂时沉思默想了一会儿,这短暂的沉默使周围的气氛显得更加庄重,尤其是在这样的时间,这样的地点。然后,他用一种完全不像他平时的神态的抑郁口吻说:"我们今天的游览就到此为止吧,而为了正式结束这一篇谈话,我现在把布沙尼长老亲口对我说过的几句话复述给你听:'一切罪恶只有两种救药——时间和沉默。'伯都西奥先生,现在且让我单独在这个花园里散步轻松一下。你在那幕使人恐怖的场面里是一个演员,旧地重游会唤醒你痛苦的回忆,但我却差不多可以肯定地说很高兴,毫无疑问这处产业的价值已经升高了。你知道,伯都西奥先生,树木所以能叫人觉得可爱就是因为它们能形成树荫,而树荫之所以让人觉得可爱,只是因为它充满了幻想。我在这儿买下一座花园,原当作只是买了一块四壁环绕的地方而已,但这个地方突然间却变成了一个鬼影幢幢的花园,而这又是在契约上所不曾提到过的。我现在就喜欢鬼魅,而且我从来闻所未闻过死人用六千年时间所造成的伤害而活人却用一天时间就造成了。去休息吧,伯都西奥,安心去睡觉好了。在你寿终正寝的时候,假如你的忏悔师没有布沙尼长老那样的宽容,而且我还活着,你完全可以派人来找我,我能够找到话来安慰你的灵魂,送你安心地踏上那'永恒'的崎岖的旅程。"

伯都西奥毕恭毕敬地鞠了一躬,转过身叹着气走了。当他已经从视线里消失的时候,基度山站起身来,向前走了三四步,轻声地说:"这儿,就在这棵梧桐底下,是那婴儿的坟墓。那面是通向花园的小门。这个角上是通寝室的暗梯。这些情节我不用在本子上记录下来,因为就在我的眼前,就在我的脚下,就在我的周围,已存在着种种活生生的事实为我勾出了一个轮廓。"

伯爵又在花园里转了一遍,然后,重新钻进他的马车,伯都西奥看到他主人的脸上露出深思的表情,就低头不语地去坐到车夫旁边。马车飞速地向巴黎驶去。

当天晚上,到达香榭丽舍大道的寓所以后,基度山伯爵到全屋各处去巡察了一遍,看上去像是对于每一转弯抹角都早已就摸熟了似的。尽管他领头在前面走,他却不曾摸错一扇门,走错一条走廊或一层楼梯,总能准确无误地走到他所想看的地方或房间。阿里陪他作这次夜间视察。伯爵先向伯都西奥嘱咐了一番,告诉他屋子里应如何改进和变换,然后摸出表来看了一眼,对在一旁恭候着的黑奴说:"现在正是十一点半,海蒂就快到了。你是否已经去通知过那些法国佣人?"

　　阿里用手指一指留给希腊美人用的那几个房间,那些房间可说是和全屋的其他房间相隔开的,当房门被帷幕遮住的时候,人完全可以走遍全屋而不会发觉那个地方还有一间客厅和两个房间。阿里在指过房间以后,便伸出左手的三个手指,随即,把手垫在他的头下,闭上眼睛,装出一副睡觉的样子。

　　"我明白了,"基度山说,他对阿里的手势很熟悉,"你的意思是告诉我有三个女佣人等在寝室里。"

　　是的——阿里连连点头。

　　"今天晚上夫人一定疲倦了,"基度山又说,"她一到立刻就会想休息去。叫那些法国佣人不要弄出任何声响去打扰她,叫她们致敬以后就退出。你也防备着一点儿,别让那希腊佣人和这个国家的佣人勾结起来。"

　　阿里鞠了一躬。正在这时,他们听见了叫门房的声音。大门开了,一辆马车辘辘的滚进车道,在门廊的台阶前面停下来了。伯爵下了台阶,走到那已经打开的车门面前。他把自己的手伸给一个青年妇女。那个青年妇女全身被一件绿色绣金的披风包裹着,她把伯爵的手举到自己的唇边,充满爱意地吻了一下。他们用荷马神话诗里那种音调铿锵的语言交谈了几句话。那妇女说话的时候表情特别亲切,可伯爵答话的时候则表情庄重温和。那个妇女不是别人,就是基度山在意大利的伴侣,他那可爱的希腊美人。阿里手里拿着一支玫瑰色的蜡烛在前面领路,领他到自己的房间里,而伯爵也到自己的房间里去休息。一小时以后,屋子里所有的灯全熄灭了,大概屋子里的人都已经进入梦乡。

第四十六章　无限透支

　　第二天下午两点钟的时候,一辆矮轮马车,由一对矫健的英国马拉着,停在基度山伯爵的门前。车门的嵌板上描绘着一套男爵的武器图案,一个人从车门里探出半个身体来,指挥他的马车夫到门房里去询问基度山伯爵是不是住在这儿,可否在家。这个人穿着一件蓝色的上衣,上衣的纽扣也是蓝的,一件白色的背心,背心上挂着一条粗粗的金链子,棕色的裤子,黑色的头发往下低垂着,差一点盖住他的眉毛,特别是这一头油黑乌亮的头发和那刻在他脸上的斑驳的皱纹很不相称,很容易让人怀疑这是假发。总而言之,这个人看上去分明已年在五十开外,却故意让人觉得他还没有超过四十岁。他一面等候回音,一面观察着这座房子,而且观察得那样细致入微,可说多少有点失礼了,可他所能看到的也只能是花园和那些穿梭往来的穿制服的仆人罢了。这个人的眼光很机敏尖锐,但这种敏锐的眼光与其说可显出他的聪明,倒不如说可以显出他的奸诈,他的两片嘴唇是成直线的,而且相当单薄,以致当闭拢的时候,差不多完全被挤进了嘴巴里。总之,他那大而凸出的颧骨——这是一种百试不爽的证据,可证明这个人的狡猾奸诈,他那扁平的前额,他那大得超过寻常耳朵的后脑骨,他那大而庸俗的耳朵,在一位相士的眼中,这一副尊容实在是不应该得到尊敬的,但人们之所以如此尊敬他,当然是为了他那几匹雄壮美丽的马,那佩在前襟上闪烁发光的大钻石,和那从上装的这一边纽孔拖绕到那一边纽扎的鲜红缎带。

　　马夫遵照他的吩咐,轻轻敲敲门房的窗户,问道:“基度山伯爵是不是住在这儿?”

　　“大人是住在这儿,”门房回答。他向阿里探询地瞟了一眼,阿里回报给他一个否定的姿势,于是他又说,“但是——”

　　“但是什么?”马夫问道。

　　“大人今天不会见客人。”

　　“那么请接下我主人的这张名片——邓格拉司男爵阁下!请千万别忘了把这张名片当面交给伯爵,并请转达伯爵,我的主人是在到议院去的路上特意地绕道来拜访他的。”

　　“我是不能和大人说话的,”门房答道,“你的意思可以由贴身跟班代为转达。”

　　马夫回到马车那儿。“怎么样?”邓格拉司问。马夫碰了这一鼻子灰回来,未免有点气馁,就把他和那门房交谈的经过一五一十地都告诉他的主人。

　　“噢!”男爵说,“那么如此看来这位先生一定是一位亲王了,他必须得称为大人,除了他的跟班以外谁都不能靠近他的身边。但这没有关系,我接到了一封他的汇款通知单,所以我必须来看他一次问他什么时候要钱用。"

于是,邓格拉司用力向座位上靠,用一种街道的另一边都能听得到的声音向他的车夫喊道:"到众议院!"

在这段时间里,基度山已经看到了男爵,他一得到男爵来访的通知,就从他楼上的百叶窗里,借助于一副高级的剧场望远镜,把对方研究了一番,其观察之细密并不亚于邓格拉司对他房屋、花园或仆人的制服的详察程度。"那家伙的相貌的确很丑,"伯爵一边把他的望远镜装进一只象牙盒子里,一边用一种厌恶的口气说。"前额平坦而微凹,像是赤练蛇;头颅圆圆,像是兀鹰;鼻子又尖又勾,像是秃鹫;这样的一副尊容为什么大家不一见就会厌恶地躲开呢?阿里!"他喊道,同时在那面紫色的铜锣上敲了一下。阿里出现了。"叫伯都西奥来!"伯爵说。

伯都西奥几乎立刻就走了进来。"是大人叫我吗?"他问道。

"不错",伯爵说道。"你一定看到过刚才停在门口的那两匹马了?"

"当然了,大人,我注意到它们生长得非常骏美。"

"那么这是怎么一回事?"基度山皱了皱眉头说,"我要给你我买巴黎最好的马,可是巴黎至今还有两匹马像我的一样漂亮,而那两匹马却不在我的马厩里?"

看到伯爵发出这种不悦的神色和愤怒的口气,阿里的脸色立刻煞白了,赶紧低下了头。"这绝不是你的错,我的好阿里,"伯爵用阿拉伯语说,而且口吻是这样的温和,凡是有通常情感的人,听到了都不能不相信他确是出于至诚的——"这不是你的错。你并没有自以为懂得挑选英国马。"

阿里的脸上恢复了从容的神色。

"大人容禀,"伯都西奥说,"我给您买马的时候,您所讲的那两匹马是不出卖的。"

基度山特意耸耸肩膀。"总管先生,"他说道,"看来你还不明白:只要肯出钱,一切东西都是肯出卖的。"

"伯爵阁下或许不知道吧?这匹马是邓格拉司先生花了一万六千法郎买到的。"

"真是再好也没有了!那么给他三万二,一个银行家是决不肯错过一次对本对利的机会的。"

"大人真的诚心实意地想买吗?"管家问。

基度山望了望他的管家,像是很惊奇他怎么会提出这样一个问题。"我今天傍晚要去拜客"他答道。"我希望这两匹马能换上全新的挽具,套在我的车上等在门口。"

伯都西奥鞠了一躬,看样子是就要走了,但当他走到门口的时候,又停下来说:"大人打算在几点钟出去拜客?"

"五点钟。"伯爵回答说。

"请大人原谅我放开胆量说一句话,"管家用一种恳求的口气说,"现在已经两点钟了。"

"我知道。"基度山只漫不经心地回答了这么一句话。于是他转过去对阿里说，"把马厩里所有的马都牵到夫人的窗口前面去,让她可以挑选几匹她喜欢的配在她的车子上用。再代我问一声,她高兴不高兴和我一起用餐,如果她高兴的话,把午餐就摆在她的房间里。现在你可以走了,叫我的贴身跟班到这儿来。"

阿里刚才出去,跟班就立刻走进房间里来。

"培浦斯汀先生,"伯爵说,"你已经在我这里干了一年了,我通常总是用一年的时间来判断我手下人的优点或缺点。我对你是非常满意的。"培浦斯汀深深地鞠了一躬。"我现在只想知道究竟我是不是也合你的意?"

"噢,伯爵阁下!"培浦斯汀连忙急促地喊道。

"请你听着,等我先把话讲完了,"基度山答道。"你在这儿服务每年可以得到一千五百法郎——比许多勇敢的下级军官,那些经常为国家冒生命危险的人,还拿得更多。你的饮食,即使那些工作比你辛苦十倍的商店职员和普通官吏,也是乐于享用的。你自己虽然是一个仆人,但却有别的仆人来照料你的衣帽鞋袜。而且,除了这一千五百法郎的工资以外,你在代我购买化妆用品上面,一年中还另外又赚了我一千五百法郎。"

"噢,大人!"

"我并不是在诉苦,培浦斯汀先生,这并不算过分。可是,我希望这种事情应该停止。你在别的地方绝不会有这样的好运气,找到如此一个位置。我向来对我的手下人并不刻薄,我决不骂人,我不爱动怒,有错我总能原谅——但决不会疏忽或忘记。我的命令通常是很简短的,但却明了确实,我宁可吩咐两遍,或甚至三遍,总要求我所吩咐的话能完全听清并加以理解。我有足够的钱可以探听到我想知道的一切,而我曾经关照过你,我是非常好奇的。所以,假如我发现你在背后谈论我,批评我的行为,或监视我的举动,你就立刻得离开我。我警告我的仆人是从来不超过一次的。你已经受到警告了,去吧。"培浦斯汀鞠了一躬,向门口走去。"我忘记告诉你了,"伯爵说,"我对家里的每一个仆人每年都提出一笔数量相当的款子,那些我不得不开除的人当然是得不到这笔钱的,他们所应得的那一份就提作公积金,留给那些始终跟我的仆人,到我死的时候才分。你已经在我手下干了一年了,你已经开始有了财产。让它继续增加吧。"

这一番话尽管是当着阿里说的,他无动于衷地站在一旁,但对培浦斯汀先生却已发生了很大的效力,但这种效果,只有那些曾经研究过法国佣人的个性和气质的人才能觉察得到。"我向大人保证,"他说,"我至少要努力学习,以求在各方面不辜负您这一番鼓励,我要以阿里先生做我的榜样。"

"请别那样做,"伯爵用特别严厉的口气答道,"阿里固然有最出色的优点,但也有许多缺点。所以,不要以他为学习的榜样,因为阿里是一个例外。他既不拿工资,他又不是一个仆人,他是我的奴隶,我的狗。要是他办事不称职,我不开除他,我要杀死他。"

培浦斯汀睁大了眼睛。

"你不相信吗?"基度山说。于是他把刚才用法语对培浦斯汀说的那番话又用阿拉伯语向阿里复述了一遍。那黑奴听了他主人的话,脸上露出同意的微笑,然后单膝跪下,恭恭敬敬地吻了一吻伯爵的手。培浦斯汀先生刚才所接受的教训经这一番证实更使他吓呆了。于是伯爵示意叫那贴身跟班出去,又示意叫阿里跟他到他的书斋里,他们在那儿又谈了许久的话。到五点钟,伯爵在他的铜锣上敲了三下。敲一下是召阿里,两下召培浦斯汀,三下召伯都西奥,管家进来了。"我的马呢!"基度山说。

"已经配在大人的车子上了。伯爵阁下要不要我陪您一同去?"

"不,只要车夫,阿里和培浦斯汀就得了。"

伯爵走到他的大厦门口,看到那一对早晨配在邓格拉司车子上的、使他如此羡慕的马已配在他自己的车子上了。当他走近它们的时候,他说:"它们的确长得很英俊而且与众不同,你买得不错,虽然已经延误了一点。"

"真的,大人,我弄到它们真是费了九牛二虎之力,而且花了一大笔钱。"

"你花的那笔钱有没有使马的骏美减色?"伯爵轻松地耸耸肩问道。

"没有,只要能让大人高兴,我也就心满意足了。伯爵阁下预备上哪儿去?"

"到安顿大马路邓格拉司男爵府。"

这一篇谈话是站在露台上的时候说的,从露台上跨下几级台阶便是马车的跑道。伯都西奥正要走开,伯爵又把他叫回来。"我还有一件事叫你抓紧去办,伯都西奥先生,"他说,"我很想在诺曼底海边购置一处产业——例如,在勒阿弗尔和布洛涅之间这一带就很理想。你瞧,我给了你一个很宽的选择范围。你挑选的地方务必要有一个小港,小溪,或小湾,可以让我的帆船进来抛锚停靠。它吃水只能有十五呎。它必须时刻准备着,无论是白日还是黑夜,不管什么时候,只要我一发信号,就得立刻出航。去打听打听这样的地方,假如有适宜的地点,去看一看,要是它合格,就立即用你的名义把它买下来。我想,那只帆船现在一定已起程往费康去了吧,是不是?"

"当然啦,大人,在我们离开马赛的那天晚上,我是亲眼看到过它出海的。"

"那只游艇呢?"

"留在马地苟斯待命。"

"很好!我希望你不断写信给那两条船的船长,叫他们经常保持警觉性。"

"那只汽船呢?大人现在有什么命令给它没有?"

"它是在夏龙吧,是不是?"

"是的。"

"给它的命令可以和给两艘帆船的一样。"

"我懂了。"

"当你买好那处我想买的产业以后,你就在向南去的路上和向北去的路上每隔三十哩设置一个换马的驿站。"

"大人请放心交给我办好了。"

伯爵赞许地微笑了一下,跨下露台的台阶,跳进马车里,接着,马车就由那两匹用高价买来的骏马拖着,以令人难以相信的速度飞驰起来,一直奔到银行家的府邸门前才停住。邓格拉司这时正在召开一次铁路委员会。当仆人进来通报来宾姓名的时候,会议即将结束了。一听到伯爵的头衔,他就起身向他的同事——其中有许多是上议院或下议院的议员——高声宣布说,"诸位,请你们务必原谅我中途离席,但是,你们猜是怎么一回事? 罗马的汤姆生·弗伦奇银行介绍了一位所谓基度山伯爵给我,委托我们给他开一个无限透支户头。我和外国银行的来往虽广,但像这样滑稽的事情直至今日倒还是第一次遇见,你们大概也许猜想得到,这件事已唤醒了我的好奇心。我今天早晨亲自去拜访过那位假伯爵。假如他是一个真伯爵,他就不会那样有钱。大人不会客! 你们觉得这句话如何? 就是皇亲国戚,或是绝色美女,有谁像基度山老板这样狂妄的吗? 至于别的,就是那座房子在我看来倒还富丽堂皇,地点在香榭丽舍大道,而且,我听说,还是他自己的产业。但一个无限透支户头,"邓格拉司带着他那种刻毒的微笑继续说,"倒实在使接受他的银行家感到非常棘手。我想这是一个真正的骗局。但他们不知道他们的对手是谁。看谁笑到最后,谁才真正是笑得最得意呢。"

这通篇语气傲慢的话讲完之后,男爵简直真有点喘不过气来啦,他离开他的客人,走进一间以金白两色布置的客厅里。这间客厅在安顿大马路很负盛誉,他特地吩咐把来客引进那间房间,希望以它那炫目的富丽来压倒对方。他发觉伯爵正在那儿欣赏几幅临摹阿尔巴纳(意大利画家)和法陀尔的复制品,这几幅画和那庸俗不堪的镀金的天花板极不和谐,虽然它们只是几幅临摹的作品,但那位银行家却以为是真迹买来的。伯爵听到邓格拉司进来的声音就转了过来。邓格拉司微微一点头,指指一只圈椅请伯爵就座,圈椅上套着白缎绣金的椅套。伯爵坐下。

"很高兴同您见面,我想,尊驾就是基度山先生吧。"

伯爵鞠了一躬。

"那尊驾想必就是荣誉爵士,众议院议员,邓格拉司男爵吧。"他把男爵名片上所列出的全部头衔都讲了出来。

这位来宾的话里充满了讽刺味道,邓格拉司当然都听了出来了。他那两片嘴唇紧紧地闭了一会儿,像是先要把自己的怒火压制下去之后才敢讲话似的。这样过了一会儿,他才向着他的客人说:"我相信,您一定会原谅刚才我没有称呼您的头衔,您知道,现在我们的政府是一个平民化的政府,而我本人又是平民利益的一个代表。"

"原来如此,"基度山回答,"您虽然自己保留着男爵的头衔,而对于别人却赞成免称他们的头衔。"

"其实,"邓格拉司装作不以为然的神情说,"我并不重视这种虚荣,但事实上,我已被封为男爵,又被封为荣誉爵士,因为我为政府尽了些微劳,但是——"

"您已经学习蒙特马伦赛和拉法叶特这两位先生的榜样,捐弃了您的头衔是吗? 哦,你要是挑选为人处世的楷模,除了这两位高尚的先生以外,确实找不到再好的了。"

"哦,"邓格拉司神情尴尬地回答道,"我并没有表示已完全放弃了我的头衔的意思,譬如说,对佣人,我以为……"

"是的,对您的佣人的意思,您是'老爷',对新闻记者,您是'先生',对宪政民主党员,您是'公民'。这些区别在一个君主立宪政府之下是平淡无奇的。我完全理解。"

邓格拉司咬了一下他的嘴唇,觉得在这样的争论上他不是基度山的对手,于是他赶快转换话题,来谈他比较熟悉的题目。

"伯爵阁下,"他鞠了一躬说,"我接到罗马汤姆生·弗伦奇银行的一封通知书。"

"我很高兴知道,男爵阁下——我必须请您准许一种特权,允许我用您仆人的称谓来称呼您,这是一种坏习惯,是从那些虽然不再封赐爵位但还能找到男爵的国家里学来的。但谈到那封通知信,我很高兴它已经到了您这里,这可以使我免去介绍自己了,因为自我介绍总是很麻烦的。那么,您说,您已经接到那封通知信了吗?"

"是的,"邓格拉司说,"但我要承认我没全明白。"

"真的吗?"

"为此,我曾特意去拜访您,想请您把其中的一些话向我解释清楚。"

"请讲吧,阁下,我现在在这儿,而且很愿意为您讲明白。"

"哦,"邓格拉司说,"在那封信里——我相信它还在身边,"说着,他伸手去摸上装口袋,"是的,在这儿!嗯,这封信允许基度山伯爵阁下在我们的银行里可以无限透支。"

"请问,那样简单的事情又有什么需要解释的地方呢,男爵阁下?"

"别的倒没什么,阁下,只是这'无限'两个字。"

"哦,这两个字没有用法文吗?您知道,这封信的主人是英德混血儿。"

"噢,这封信的文字没有任何问题,但说起它的可靠性,就不一样了。"

"难道,"伯爵做出一种非常坦率的神情和口吻说,"难道汤姆生·弗伦奇银行已被认为是不可靠和不能承担债务的银行了吗?见鬼!这真可气,我有一笔很可观的资产存在他们那里呢。"

"汤姆生·弗伦奇银行的信誉是最高的,"邓格拉司带着一种近于嘲笑的微笑答道,"我并非在讲他们履行债务的信誉或实力,而是说'无限'这两个字,这两个字在经济事件中的意义是这样的空洞——"

"您的意思是它没有一个极限是不是?"基度山说道。

"正是如此,这就是我想说的话,"邓格拉司说。"喏,凡是空洞的事物也就是可疑的事物,而先哲说过,'凡是可疑的都是危险的!'"

"这就是说,"基度山接着说,"虽然汤姆生·弗伦奇银行或许情愿干傻事,而邓格拉司男爵阁下却决不会像他们一样。"

"这是什么意思,伯爵阁下?"

"很简单,就是:汤姆生·弗伦奇银行的业务是无限的,而邓格拉司先生却是有限的,不错,他的确是像他刚才所提到的那位先哲一样聪明。"

"阁下!"那银行家露出一种傲慢的神情挺直了身体答道,"我的资金数目或我的业务范围可还从没有人问过。"

"那么,"基度山冷冷地说,"看来我是来首先发问的人了。"

"您凭什么这么做?"

"凭您要求解释的权利,您的要求已经表露出您的犹豫。"

邓格拉司咬了一下他的嘴唇。这是他又一次被这个人挫败,而且这一次败在他自己的阵地上。他的态度虽很客气,却含有嘲弄的意思在内,而且几乎快要失礼了,完全是一派矫揉造作。基度山却不同,脸上带着世界上最斯文的笑容,流露着一种坦率的神情,他这种态度可以随时表现出来,使他得了许多好处。

"好吧,阁下,"一阵短暂的沉默后,邓格拉司接着原先的话题说,"我会努力想法使自己懂得这两个字的含义,只是请您告诉我您到底准备要从我这里提取多少钱款。"

"哦,真的,"基度山答道,决定不放弃一点他的优势,"我想开一个'无限'透支户头的原因,就是因为我自己也不清楚要用多少钱。"

那银行家认为这次轮到他占上风了。他向椅背上用力一靠,带着一种轻蔑的神情和富翁的骄矜说:"请您不必犹豫,尽管提出您的要求。那时您就会知道了:邓格拉司银行的资金不论是如何有限,但却随时能付得出最大数目的借款,哪怕要一百万——"

"对不起,我没有听清楚。"基度山插口道。

"我是说一百万。"邓格拉司面露一种狂妄自大的傲慢神气重复说。

"一百万够我做什么用?"伯爵说,"老天爷!阁下,如果我只需要一百万,那我何必要为这样的一笔小小的数目来开一个户头呢。一百万!我的钱夹里或是首饰盒里总是装着一百万呀。"基度山一面说着,一面从上装口袋里掏出一只装名片用的小盒子,从盒里取出两张凭票即付的国库券来,每张票面五十万法郎。

要使邓格拉司这样的人屈服单靠言语刺激是不够的,必须完全把他压倒。这行动很有效,那银行家顿时打了一个寒战,头脑晕眩起来。他直瞪瞪地呆望着基度山,瞳孔张得非常大。

"那么,"基度山说:"您这下得承认您不十分信任汤姆生·弗伦奇银行的偿债实力了吧。这封信的意思很简单。我曾想到会有这种情况发生,我虽然不是一个商人,却也准备了一些预防的措施。这儿还有两封信,内容与写给您的那封相同——一封是交维也纳阿斯丹·爱斯克里斯银行的罗斯希尔德男爵的,另外一封是交伦敦巴林银行给拉费德先生的。现在,阁下,只要您说一句话,我就可以避免再使您在这件事上遇到烦恼而把我的透支委托书寄给那两家银行。"

这一场较量到此为止,邓格拉司被征服了。伯爵漫不经意地把那两封从德国和伦敦来的信递给他,而他则小心翼翼地打开信,检验那两个签名的真实性,而且检验得这样认真,要不是这举动是那位银行家在神志不清状态中做出来的,那简直就是在侮辱基度山了。

"噢,阁下!这三个签名可值好几千万哪,"邓格拉司说,站起来向他对面的这位财神爷致意。"三家银行的三封无限透支委托书!对不起伯爵阁下,虽然我已不再疑心,但却不得不表示惊讶。"

"噢,一位像您这样的银行家是不会这样容易地表示惊讶的,"基度山用他最文雅的口气说。"这就是说我可以在您这里取点钱用了,是吗?"

"请讲,伯爵阁下,我按您的吩咐行事。"

"哦,"基度山答道,"现在我们已互相了解——因为,我想,大概可以这样讲了吧?"邓格拉司鞠了一躬表示赞同。"您确认您的头脑里没有一丝疑心了吗?"

"噢,伯爵阁下!"邓格拉司喊道,"我从来也没疑心过呀。"

"没有,没有! 您只是想证实自己没有危险罢了,但现在我们已经很清楚地了解对方了,不会再有什么不信任或怀疑的事情,那么我们暂时来约定个第一年的数目——嗯,六百万如何。"

"六百万!"邓格拉司倒吸了一口凉气。"当然了,按您的吩咐没有问题。"

"如果将来不够用的话,"基度山以不经意的态度继续说,"哦,当然,我会再向您要的,但照我初步的计划,我住在法国最多不会超过一年,而在这段时间内,我想很难会多于我们约定的那个数目。总之,我们将来再说吧。请明天送五十万法郎给我,这是我的第一笔提款。我早晨在家,如果我不在的话,我会把收据交给我的管家的。"

"您所要的款子将在明天早晨十点钟送到府上,伯爵阁下,"邓格拉司回答道,"您想要那一种——金币,银币,还是钞票?"

"如果可以的话,请一半给金币,另外的一半给钞票。"伯爵一面说,一面站起身来。

"我必须向您说明,伯爵阁下,"邓格拉司说,"我一直自认为所有欧洲的大富翁我没有一个不知道的,可是您,您的财产好像也非常庞大,而我却从未听说过。您的财富是始于最近吗?"

"不,阁下,"基度山答道,"正好相反,我的财富来源很古老。当初的拥有人指定在一段时间内不得动用这笔财富,在那期间,由于利息的增加,资金总数增加了三倍,不久以前能动用这笔财富的期限才到,而我继承它还是最近几年的事。所以,您对于这件事一无所知是很正常的。但是,有关我和我的财产,很快您就会比较清楚地了解了。"当伯爵说到最后一句话的时候,脸上显现出那种曾使弗兰士·伊辟楠非常害怕的冷酷的微笑。

"我是不是可以问一句"邓格拉司又说,"您大概是很喜欢绘画的,至少,从当我进屋时您对我的画流露出那样的兴趣和关注上来看是如此。既有您这种嗜好,收藏的名作想必一定是琳琅满目,使我们这种可怜的小富翁相形见绌。但如果您愿意的话,我很乐于领您去参观我的画库,那里面的作品出自古代大师的手笔——这可以保证,我不喜欢现代派的风格。"

"您对现代派绘画反对是没有错的。因为它们具有一个相同的大弱点——就是它们所经历的时间不长,还不够古老。"

"那么就让我带您去欣赏几尊美丽的塑像如何? 出自杜华尔逊(丹麦雕刻家),巴陀罗尼(意大利雕刻家)和卡诺伐(意大利雕刻家)的手笔——都是国外名家。您可能会感到,我对我们法国的雕刻家是非常淡漠的。"

"您有权利对他们淡漠,阁下,他们是您的同胞。"

"但那些也许可以等到以后我们再熟悉一点的时候去看。现在,如果您允许的话,我想先介绍您认识一下邓格拉司男爵夫人。请原谅我的性急,伯爵阁下,但像您这样财势庞大的人物,一定会得到非常殷勤的接待的。"

基度山鞠了一躬,表示他乐于接受对方的好意,于是那个金融家立刻摇摇一只小铃,一个穿着体面制服的仆人应声出现。

"男爵夫人是不是在家?"邓格拉司问道。

"是的,男爵阁下。"那个人答道。

"没有客人吗?"

"不,男爵阁下,夫人有客人。"

"您想不想会一会夫人的客人?或许您不喜欢生客?"

"不,"基度山笑着答道,"我不能奢望享有那种权利。"

"谁和夫人在一起——狄布雷先生吗?"邓格拉司带着一种很和气的神情问,基度山看了不由微笑,像是他早已洞察出这位银行家家庭生活的秘密似的。

"是的,"那仆人回答,"是狄布雷先生和夫人在一起。"

邓格拉司点点头,然后转身对着基度山说,"吕西安·狄布雷先生是我们的老朋友,他是内政部长的私人秘书。至于我的太太,我想如实地告诉您,她嫁给我是受了委屈的,因为她出身于法国高贵的历史最悠久的家庭。她的娘家姓萨尔维欧,她的前夫是陆军上校奈刚尼男爵。"

"我至今还没有拜识邓格拉司夫人的荣耀,但吕西安·狄布雷先生我是已经见过他的了。"

"啊,真的!"邓格拉司说,"是在哪儿见过的?"

"在马瑟夫先生家里。"

"噢!您认识子爵?"

"我们在罗马曾一同欢度过狂欢节的。"

"对了,对了!"邓格拉司喊道。"让我回忆回忆。我好像听人谈起过他在废墟里遭遇过一件稀奇古怪的事,碰到了强盗或是小偷,后来奇迹般地逃出来了!究竟是怎么一回事我也记不清楚了,但我了解他从意大利回来以后,常常把那次经历讲给我的太太和女儿听。"

"男爵夫人有请二位,"那仆人说,原来他已经去问过他的女主人了。"对不起,"邓格拉司鞠了一躬说,"我在前边走,给您引路。"

"请便,"基度山答道:"我乐意跟随您。"

第四十七章 灰斑马

伯爵跟着男爵穿过许多房间,这些房间都布置得异常华丽,但总摆脱不了富豪们炫富斗胜的俗气,最后他们终于来到了邓格拉司夫人的会客室——那是一间八角形的小房间,挂着粉红色薄绫和白色印度麻纱的门帘和窗帷。椅子的式样和质地透着古色古香,门上画着布歇派的牧童和牧女情趣盎然,门的两旁每边都钉着一张圆形的粉笔图案画,和房间里的陈设显得很和谐——在这座大府邸里,唯有这样一个可爱的房间才有点格调风味。这座住宅的建筑师在当时是最负盛名的人物,但这个房间的布置却完全没有依照他和邓格拉司先生的计划办。邓格拉司夫人会客室里的装饰和布置完全出于她自己和吕西安·狄布雷的构思。但邓格拉司先生却不欣赏他太太喜爱的这间起居室,因为他非常倾心于督政府的复古风格,最看不上这种质朴高雅的布置,可是,这个地方却不允许他随随便便地闯进来,他即使想进来,那也非得陪着一位比他自己更受欢迎的客人来才行。所以实际上并不是邓格拉司介绍客人,反倒是客人介绍了他。而他最终所受到的接待是热烈还是冷淡,则和男爵夫人对陪同他来的那位客人的好恶程度成正比。

邓格拉司这次进来的时候,看到男爵夫人(虽然她年华最盛的青春时代已经逝去,但却依旧生得极其美丽)正坐在那架镶嵌得特别精细的钢琴前面,而狄布雷则站在一张小写字台面前,正在翻弄一本纪念册。吕西安利用伯爵未到以前的一段时间已讲了许多他的特点让邓格拉司夫人有一个印象。我们还会记得,在阿尔培·马瑟夫的早餐席上,基度山已经在全体来宾的脑子里留下过一个生动鲜明的形象。狄布雷尽管不是一个极易受感动的人,但那个印象至今却还没有从他的脑海里消失,他对男爵夫人讲伯爵的事,就是根据那个印象叙述的。邓格拉司夫人以前虽然已听马瑟夫详详细细地讲过,现在又经吕西安这么一说,所以竟大大地激发了她的好奇心。钢琴和纪念册是上层社会社交上的一种欺骗手段,借此可以掩饰他们的注意力。邓格拉司蒙赐到一个最和蔼难得的微笑;伯爵则以绅士风度的一躬换得了温雅一礼;吕西安和伯爵客气地互相打了个招呼,他只是向邓格拉司随随便便地点了点头。

"男爵夫人,"邓格拉司说,"请允许我介绍您认识基度山伯爵,他是我罗马的往来银行热情介绍给我的。我只要提出一件事实就可以使巴黎的所有妇女都以认识他为荣——他准备到巴黎来住一年,并且准备在这一段时间内花掉六百万!这就是说等于宣布了即将要举行许多次跳舞会,庆祝宴,大请客和野餐,在所有这一切热闹的场合,我有充分的信心相信伯爵阁下一定会记得我们,正如他可以有充足理由相信我们在举行大小宴会时一定会记得他一样。"

这一段充满恭维的谈话虽然说得有些粗俗气，但邓格拉司夫人对于一个能在十二个月里花上六百万，而且选中巴黎作为他挥霍地点的人，也禁不住特别感兴趣地盯着他看看。"您是什么时候到这儿的？"她问道。

"昨天早晨，夫人。"

"我想，大概也像平时一样，是从地球的尽头来的吧？请原谅我，至少，我听说您总是喜欢这样的。"

"不，夫人！这一次我只是从卡迪斯来的。"

"您头一次来访问我们的都市，选择的时间似乎有点太不巧了。巴黎夏季是一个可怕的地方！跳舞会，宴会，庆祝宴都已经过时了。意大利歌剧团现在伦敦，法国歌剧团到处都有，却偏偏就是巴黎没有。至于法兰西戏院，您当然十分清楚，那是不值去看一看的。我们现在拥有的唯一的娱乐，也只能是马尔斯跑马场和萨陀莱跑马场的几次赛马。您预备出几匹马去参加比赛呢，伯爵阁下？"

"我，夫人，不论巴黎人做什么事都愿意参加，如果我的运气好，能请到一个人把法国的风俗习惯毫无保留地告诉我的话。"

"您喜爱马吗，伯爵阁下？"

"夫人，我生命中的一部分荏苒光阴是在东方度过的，而您一定晓得，那些地方的居民只把两样东西看得最重——名马和美人。"

"啊，伯爵阁下，"男爵夫人说，"假如把女人放在前面的位置上，那不是更可以讨好太太们了吗。"

"您瞧，夫人，我刚才不是还说需要一位教师来指导我学习法国的风俗习惯吗，我说得多么准确和正确啊。"

这时，邓格拉司夫人所宠爱的侍婢走进房间里来，她走到她的女主人身边，低声讲了几句话。邓格拉司夫人的脸色立即变得异常苍白，她喊道："我不相信，这种事情是绝对不可能的。"

"我向您发誓，夫人，"那侍婢答道，"我说的话是千真万确的。"

于是邓格拉司夫人很不耐烦地转过去问她的丈夫："是真的吗？"

"真的什么，夫人？"邓格拉司显然怀着疑虑并且很着急地问道。

"我的女仆告诉我的那件事。"

"她告诉了你什么呀？"

"就是在我的车夫正要去给我备车的时候，他才发觉那两匹马已经不在马厩里了，他事先一点不知道。我很想弄明白这究竟是什么意思？"

"请夫人息怒，且允许我对您说。"

"噢！我听你说，我倒很想知道你要对我说什么。这两位先生可以做我们的公证人，但我得先把这件案子讲给他们听听。二位，"男爵夫人继续说，"邓格拉司男爵阁下的马厩里有十匹马，在那十匹马之中，有两匹是专属于我的——整个巴黎都要数那一对最漂亮最英俊了。但至少对您，狄布雷先生，我是无须多加形容的了，因为您对于我那一对美丽的灰斑马非常熟悉了。嘿！正当我已经答应维尔福夫人明天把我的马车借给她到布洛涅森林去的时候，一瞧，那两匹马竟在光天化日之中不见了。一准是邓格拉司先生为了自私自利的打算，为了得到区区几千法郎的蝇头小利竟把它们出卖了。噢，这些投机家是多么卑鄙和令人生厌呀。"

"夫人，"邓格拉司回答说，"那两匹马供你用实在不够安稳，它们简直还没有满四岁，它们时常使我为你提心吊胆。"

"喂！"男爵夫人反驳道，"你知道得十分清楚，上个月我早已雇用了一个巴黎最出色的车夫，难道你也把他和马一起卖掉了吗？"

"我的宝贝，我应承过给你买一对和它们一样的——要是可能的话，买一对更漂亮的——但总之一定要比它们更安稳。"

男爵夫人露出一种无限轻视的神气耸耸肩膀，她的丈夫假装视而不见，转过来对基度山说："说实话，伯爵阁下，我非常遗憾没有在早些时候知道您准备要到巴黎来久住。"

"为什么？"伯爵问。

"因为我很高兴能把那两匹马卖给您。我差不多是照原价让掉的。但是，我已经说过，我如此急于想让掉它们。它们只配让给像您这样的一位年轻人用才恰如其分。"

"夫人"伯爵说，"谢谢您，但在今天早晨我已买了一对异常出色的车用马，相当好，而且不太贵，就停在那儿。来，狄布雷先生，我相信你是一位鉴赏家，让我来听听您对于它们的鉴赏。"

就在狄布雷向窗口方向走去的时候，邓格拉司凑近他的妻子身边。"我在外人面前不便详细告诉你卖掉那两匹马的理由，"他低声说。"但是就在今天早晨竟有人愿出极高的价钱来向我购买。一个疯子或是傻瓜，大概是唯恐倾家荡产得不够快吧，公然派他的管家来讲，无论如何要向我买那两匹马，结果，我从这笔买卖上赚了一万六千法郎。来，别那么怒气冲冲的，你可以分到四千法郎，这笔钱任凭你去处置，而欧琴妮可以分到两千。"邓格拉司夫人轻蔑地瞟了她的丈夫一眼，但神色已没有刚才那样怒不可遏了。

"我看到什么了呀？"狄布雷突然高声叫起。

"哪儿？"男爵夫人问道。

"我毫不怀疑的肯定，那不是您的马吗！就是我们刚才所说的那两匹，如今已配在伯爵的车子上啦！"

"我的灰斑马？"男爵夫人大喊一声，跳到窗前。"正是它们！"她说。邓格拉司呆住了。

"怎么会有这样的事产生？"基度山喊道，假装出很惊奇的样子，而且装的是如此的逼真。

邓格拉司夫人在狄布雷的耳朵旁边压低声音说了几句话，狄布雷就走过来对基度山说："男爵夫人想知道您为了那两匹马曾付了多少钱给她的丈夫？"

"我也不大清楚，"伯爵答道，"这是我管家玩的把戏，他是想给我一个小小的震惊。我想，大概是三万法郎左右吧。"

狄布雷立刻把伯爵的答话转达给男爵夫人。这时邓格拉司的神色是这样的沮丧和狼狈,使基度山不得不对他装出一种怜悯的神气。"瞧,"他说,"女人真是多么不知感恩呀!您好心好意地为了男爵夫人的安全着想而卖掉那两匹马,可是她却似乎一点都不理解您的好意。但一般来说事情都是这样的,女人往往只是为了任性就不顾安全,自愿去冒危险。依我看来,我亲爱的男爵,最好和最方便的办法还是由她们去胡思乱想,她们爱怎么干就随意她们去怎么干,这样,即使发生了什么不幸的事,至少,她们没法埋怨旁人而只能反省自己啦。"

邓格拉司没有回答,他心里已经预感到自己和男爵夫人之间将会引发一场激烈争吵,男爵夫人这时气势汹汹,紧皱眉头,像是奥林匹斯山上的众神之王,预示着一场暴风雨就要到来。狄布雷看到浓云渐集,不愿目睹邓格拉司夫人的盛怒爆发,就突然想起了一个非去不可的约会脱身;而基度山也不愿再多耽误时间,怕破坏他所希望谋取的效果,就鞠了一躬,告别了,让邓格拉司单独去承受他妻子的怒骂。

"妙极了!"基度山一边向他的马车走去,一边暗暗地说,"一切都将按照我的希望进行。这一个家庭的安宁从此以后就掌握在我的手里了。现在,我要再设一个妙计,把他们夫妇两人的心都赢过来——弄虚作假有趣极了!可是,"他又说,"虽然如此,还没有把我介绍给欧琴妮·邓格拉司小姐,我倒很高兴结识结识她。不过这倒没什么关系,"他带着他那种奇特的微笑继续说,"将来总会认识她的。我已经打下了基础,时间还充裕得很呢。"

伯爵带着那种念头进入他的马车,回到家里。两小时以后,邓格拉司夫人就收到一封动人心弦的信,信是伯爵写来的,信里说他绝不愿意在刚刚踏进巴黎人的世界时就令一个可爱的女人失望。那两匹马被送回来了,还是佩戴着它们早晨所带的挽具,但在马头上所戴的每一朵蔷薇形的雕饰中央,都已按伯爵嘱咐镶上了一粒钻石。

基度山也写了一封信给邓格拉司,请他务必收下一位怪富翁所送的这种怪礼物,并进一步请男爵夫人能原谅他采取送还马区这种东方式的礼仪。

当天傍晚,基度山由阿里陪伴着离开巴黎到阿都尔去。第二天下午三点钟左右,铜锣一响,阿里被召到伯爵的面前。

"阿里,"那黑奴一进房间,他的主人就说,"你以前常常对我说,你抛套索的本领非常高明。"

阿里骄傲地挺直身体,做了一个肯定的回答。

"好极了,你会用套索拉住一头牛吗?"

阿里再一次做了一个肯定手势。

"一只老虎呢?"

阿里点头表示可以。

"一只狮子呢?"

阿里做了一个抛套索的动作,然后模仿套索勒紧的声音。

"但是你自信能不能套住两匹狂奔的马?"

那黑奴会意地微笑了一下。

"很好,"基度山说。"不久就会有一辆马车冲过这儿,拖车的是一对灰色有斑纹的马,就是昨天你看到我用的那一对,现在需要你的勇气,你必须冒着生命的危险,在我的门前拉住那两匹马。"

阿里走到街上,对正通门的走道划了一条直线,然后他回来把那条线指给站在一旁的伯爵看。伯爵轻轻地拍拍他的肩膀,他历来总是用这种方法来称赞阿里的,阿里也很喜欢这项差使,镇定地走到房子和街道相接的拐角上,在一块凸出的大石头上坐下来,开始用他那长烟筒抽烟,而基度山则回到屋里,不再过问这件事。快到五点的时候,伯爵显露出异乎寻常的焦躁和不安,原来他算定那辆马车立刻就要到了。他走进一间面向街道的房间,在房间里不安地踱来踱去,时时站住听听有没有车辆驶近的声音,然后又把一束焦急的眼神投射到阿里身上,但那黑奴却照常含着他的长烟筒悠闲自得地吞云吐雾,这至少证明他是全神贯注地在享受他心爱的玩意儿带给他的愉悦。空然间,隐约听到了车轮急速滚过来的声音,而且立刻就出现了一辆马车,拖车的那一对马早已野性奔发,它们拼命地向前冲,简直无法控制,像是在看不见的地方有魔鬼在鞭挞它们一样,那吓坏了的车夫虽竭力想控制它们,但终是枉然。

马车里有一个年轻女人和一个年约七八岁的孩子。他们早已吓得连喊叫都喊叫不出来了,两人紧紧地抱在一起,像是决定死神降临时不愿分开似的。马车喀啦啦地叫着在粗糙的石头路上飞奔,要是它在路上遇到了一点儿障碍,一定会翻车。它在街中央狂奔,凡是看到它过来的人都发出恐怖的喊叫声。

于是阿里放下他的长烟筒,从他的口袋里从容地抽出套索,巧妙地一甩,正好把绳圈套住离他较近的那匹马的前蹄,忍痛让自己被马拖了好几步,在这好几步的时间内,那条巧妙地掷出去的套索已逐渐收紧,终于把那匹狂怒的惊马的两脚完全拴住,促使它跌倒在地上,这匹马跌到辕杆上,折断了辕杆,使另外那匹同样受惊的烈马也无法再向前跑。车夫利用这个时机从他的座位上跳下来,就在这时阿里已敏捷地抓住第二匹马的鼻孔,用他的铁掌死命地抓住不松手,直到那头发疯的畜生痛苦地喷着气,瘫软在它的同伴旁边。这整个的经过远没有我们现在叙述的时间长。但就在这刹那的时间内,一个人率领着几个仆役从屋子里冲出来,直奔到出事地点。当车夫打开车门的时候,这个人就立即帮忙把那个妇人扛下来,这位太太在这时仍一手痉挛地抓住椅垫,一手紧紧地把她的小同伴搂在她的怀里。那小孩子已完全失去了知觉。基度山把他们都抱到客厅里,放在一张沙发上。"放心吧,夫人,"他说,"一切危险均已经一去不复返了。"

那女人听到这几句话,就抬起头来,带着一种最明显的恳求的眼光,指一指她那依旧昏迷不醒的孩子。

"我明白您惊慌的原因,夫人,"伯爵说,把那孩子仔细检查了一遍,"我向您担保,您丝毫不必担心。您的小宝贝一点都没有受伤,他只是吓昏了,一会儿就会好的。"

"您这样说不只是为了减轻我的恐惧吗?瞧他的脸色多白!我的孩子!我的爱德华!对妈妈说话呀!啊,阁下,去请一位医生来!谁能救活我的儿子我把全部家产全部馈赠给他!"

　　基度山向那惶恐的母亲示意,请她不必担心,然后打开放在旁边的小箱子,从箱子里抽出一只波希米亚出产的玻璃瓶,瓶里装着一种血红色的液体,他把那种液体滴了一滴到那孩子的嘴唇上。药水刚一滴到嘴唇上,那孩子尽管脸色依旧像大理石那样的苍白,却已睁开他的眼睛,急切地向四周看了看。看到这种情形,那母亲简直高兴得难以形容。"我这是在什么地方呀?"她喊道,"谁使我经历的这一场可怕的惊吓得到这样快乐的一个结局呀?"

　　"夫人,"伯爵答道,"我能够把您从急难中解救出来,自觉极其荣幸,您现在就是在我的屋檐下。"

　　"这件事都只能怪我的好奇心作祟,"那贵妇人说。"整个巴黎的人全称赞邓格拉司夫人的马长得漂亮,而我也太傻了,竟然想试试它们。"

　　"难道,"伯爵装出很惊奇的样子高声说道,"这两匹马是属于男爵夫人的吗?"

　　"是的,阁下,您认识她吗?"

　　"邓格拉司夫人吗?我认识的,现在对于您能脱险我就更觉得特别欣慰,因为您这次的历险竟是由于我的无意造成的。昨天我向男爵买了这两匹马,但因为男爵夫人很后悔把它们卖掉,所以我就十分冒昧地送回给她,算是我的一样礼品,请她赏光笑纳。"

　　"咦,那么您就是基度山伯爵了,霭敏对我讲过许多关于您的事呢!"

　　"是的,夫人。"伯爵答道。

　　"我是爱萝绮丝•维尔福夫人。"伯爵鞠了一躬,看起来他好像是第一次听到这个名字似的。"对于您的义举维尔福先生将会多么感激呀,特别是当他知道他妻子和孩子的生命都由于您一手所赐的时候,他将会多么感谢您呀!真的,要不是您那个勇敢机智的仆人及时赶来援救,这个可爱的孩子和我一定都早已命赴黄泉啦。"

　　"真的,回想起您刚才的危险,我直到现在还有点胆战心惊。"

　　"噢,我请求您允许我适当地报答那个热忱勇敢的人。"

　　"夫人,"基度山答道,"我求您可别宠坏了阿里,别给他太多的称赞和报酬。我不能让他养成每次出点力就希望能得到报偿的那种习惯。阿里是我的奴隶,他救了你们的性命只是尽了他对我应尽的责任而已。"

　　"但他是冒着生命危险的呀!"维尔福夫人说,伯爵这种威严的态度给了她一个很深的印象。

　　"他的生命,夫人,不是他的,而是属于我的,因为我曾亲自把他从死亡中拯救出来。"维尔福夫人不说话了,或许她是出神地在冥想为什么这个奇人初次见面就能给她如此有力的一个印象。在这短暂的沉默期间,基度山带着最温柔亲切的神情仔细地观察那蜷伏在她怀里的孩子,观察他的身体和相貌。那个孩子发育不足,脸色特别苍白。头发直而黑,虽然曾想法使它卷曲,却并没有收到多大的效果,有一大绺头发从他那凸出的前额上挂下来,直垂到他的肩头,那一对充满了狡猾阴险和顽皮执拗的眼睛显得十分活泼机灵。他的嘴巴很大,嘴唇极薄,还没有恢复血色;从这个孩子的脸上,一眼就可以看出他的个性深沉而诡谲,他的面貌倒实在像是一个十三、四岁的孩子,不像是如此年幼的。他的第一个动作是猛地一推,挣脱他母亲的怀抱,向伯爵装救命良药的那只小箱子冲过去,然后,他没得到任何人的许可,就开始把药瓶的塞子一个个地拔出来,充分显示出这是一个从来没受过约束的怪僻任性的、被宠坏了的孩子。

"别碰它,我的小朋友,"伯爵急忙喊道,"有些药水不但不能偿,就是闻一闻也是很危险的呀。"

维尔福夫人的脸色立刻变得非常苍白,一把抓住她儿子的肩膀,将他拖到自己身边,但看到他没出事,她自己也向那只小箱子瞟了一眼,这一眼虽短,但却意味深长,当然没有逃脱伯爵的慧眼。这时,阿里进来了。一见到他,维尔福夫人就露出一种欢喜的表情,并把那个孩子抱得更紧一点,说:"爱德华,你看到那个好人吗?这个人非常勇敢果断,刚才拖车的那两匹马发疯了,几乎把车子撞得粉碎,正是他冒着生命危险拖住它们的。谢谢他吧,我的孩子,要不是他来救我们的话,你和我都活不到这个时候啦。"

那孩子撅起他那苍白的嘴唇,用一种厌恶和藐视的态度转过头去说:"他太丑了!"

伯爵看到这种情形心里感到十分满意,当他想到这样的一个小孩子也可以使他的一部分计划有希望实现的时候,一个微笑就偷偷地爬上了他的脸;维尔福夫人对她的儿子叱责了几句,但她的叱责是如此的温柔,谁看了都清楚是一定不会发生效力的。

"这位太太,"伯爵用阿拉伯语对阿里说,"因为你救了他们的命,想叫她的儿子谢谢你,但那孩子不肯,说你太丑了!"

阿里把他那聪明的脸转向那孩子,定睛凝视着他,表面上看来虽毫无动情,但他的鼻孔却像产生痉挛般地一张一缩,所以在基度山老练的眼睛里,知道那句不知好歹的话已使那个阿拉伯人受了多深的创伤。

"恕我冒昧地问一句,"维尔福夫人站起来预备告别的时候说,"您是经常住在这儿的吗?"

"不,夫人,"基度山答道,"这是新近买进的一个小地方。我的寓所是在香榭丽舍大道三十号,我看您的精神已经恢复了,您一定是想回家了吧。我预料到您的希望,已吩咐把那两匹拖您来的马套在我的车子上,并且叫阿里——就是你认为太丑的那个人,"他带笑对那孩子说,"赶车护送你们回家,而您的车夫则暂时留在这儿,照料修理您的车子。车子修好以后,我会用我自己的马直接送回给邓格拉司夫人。"

"但,我不敢再用那两匹骇人听闻的马拖我回去了。"维尔福夫人说。

"您一会儿就会放心,"基度山答道,"一到阿里的手里,它们就会驯服得像羔羊一样。"

阿里的确证明了这一点。他走近那两匹费了很大的劲才被人扶起来的马,用浸过香油的海绵擦了擦它们那满是汗和白沫的前额与鼻孔。于是它们几乎立刻呼噜呼噜地呼吸起来,并且周身连续颤抖了几秒钟。然后,也不管那围聚在马车四周的人群是多么嘈杂,阿里静静地把那两匹驯服了的马套到伯爵的四轮轻马车上,把缰绳捏在手里,爬上驾车者的座位,于是"罗!"地喊了一声。让旁观者极其惊奇的是:他们刚才虽目睹这两匹马曾发疯般狂奔,倔强难治,但现在阿里却得用他的鞭子不客气地抽打几下它们才肯迈步。但即使如此,他也只能使它们以缓慢的速度踟蹰而行。这两匹有名的灰斑马现在已变成了一对迟钝愚笨的顽畜,它们的行动是如此的艰难,以致维尔福夫人花了两个钟头才回到圣·奥诺路她的家里。她一到家,先满足了家里人的探询,然后立刻写下了下面这封信给邓格拉司夫人:

"亲爱的霭敏:我刚才从九死一生的危险中神奇般地逃了出来,我的安全得安全归功于我们昨天所谈到的那位基度山伯爵,但我决想不到今天就会遇见他。我记得当你称赞他的时候,我曾如何无情地加以嘲笑,以为你的话太不符实了,可是我现在却有充分的理由来认可:你对于这位奇人的描写虽然热情,但对于他的优点却远未尽述。但我一定竭力把我这次的奇遇讲得更清楚一点。你必须知道,我亲爱的朋友,当我驾着你的马到达兰拉夫街的时候,它们突然像发了疯似的向前直冲,疾驰得如此怕人,以致只要有什么东西挡住它们的去路,我和我那可怜的爱德华一定会被撞得粉碎,当时我觉得不会有什么希望了,忽然一个容貌古怪的人——是一个阿拉伯人或努比亚人,总之,是哪一国的一个黑人——在伯爵的一个手势之下(他原是伯爵的仆人),突然来抓住了那匹暴怒中的牲口,甚至冒着他自己被踩死的危险,而他之得免于死,实在是极其侥幸的。那时,伯爵急忙来接我们,把我们带到他的家里,用某种巧妙的医术迅速地救活了我那可怜的爱德华(他已吓得失去知觉了)。当我们的精神已完全恢复的时候,他用自己的马车送我们回家。你的马车明天还你。我恐怕你得有好几天不能用你的马了,它们似乎已完全麻木了,像是极不高兴地让那个黑人来征服它们似的。但伯爵托我向你保证,只要让它们休息两三天,在那期间,多给它们吃点大麦,而且以大麦为唯一的饲料,它们就会长得像昨天一样地健壮——也就是说,像昨天一样的可怕。再见! 今天这次驱车出游我不能多谢你了,但我也不应该因为你的马不好而来怪你,尤其是因此使我认识了基度山伯爵,我觉得这位显赫的人物,除了他拥有巨富以外,实在是一个非常奥妙,非常有趣的问题,我愿意不顾一切危险来探讨这个问题,假如必要的话,甚至甘心冒险再让你的马来拖一次。爱德华在这次出事的时候表现得非常勇敢。他一声都没有哭,只是毫无生气地倒在我的怀里,事后,也不曾掉一滴眼泪。你或许仍旧要说我是被母爱弄得麻木了,但在那个这样脆弱,这样娇嫩的可怜的小身体里,确有一个铁的灵魂。凡兰蒂恋恋地挂念着你那可爱的欧琴妮,托我多多向她致意,祝她和你安好!

我依然永远是你真诚的——爱萝绮丝·维尔福

又——务请设法使我在你的家里会一会基度山伯爵。我必须再见他一次。我刚才已劝服维尔福先生去拜访他,希望他会来回拜。"

那天晚上到处都在议论阿都尔发生的那件奇事。阿尔培把它讲给他的母亲听,夏多·勒诺在骑士俱乐部把它当作谈话的资料,而狄布雷则在部长的客厅里劲头十足长篇大论地详详细细把它叙述了一遍,甚至波香也在他的报纸上用了二十行的篇幅来记载伯爵的勇敢和豪侠,使他在法国所有贵族女子的眼里变成了一位真正的英雄。许多人到维尔福夫人的府上来留下他们的名片,说他们将选择适当的时机再度来拜访,以便听她亲口详述这一件传奇式的奇遇。正如爱萝绮丝所预料的那样,维尔福先生穿上一身黑衣服,戴着一双白手套,吩咐随马车同去的仆人也穿上他的全套制服,驱车直奔伯爵府而去,至于地址,读者们想必已经知道,是在香榭丽舍大道。

第四十八章　思想意识

假如基度山伯爵曾在巴黎社会里生活过一段极长的时间，那么他就能充分理解维尔福先生所采取的这个步骤的重要性了。不论当权者是老王或新王，不论执政的是立宪派、自由派或是保守派，维尔福先生在朝廷里的地位总是很牢固的，所有的人都认为他很干练，正如我们认为那些在政治上从来没遭遇过挫折的人是干才一样，许多人恨他，但也有许多人热心地保护他，可是从来没有一个人真正喜欢他。他在司法界保持着一个很高的位置，而且以不党不群的态度维持他这种地位。他的会客室，在一个年轻的妻子和他那么过十八岁的、前妻的女儿的操持之下，依旧可称为巴黎规矩整肃的客厅之一。小心地维系着对于传统习俗的崇拜，遵守着严格的礼仪，凛严的礼貌，对政府条例的忠守不渝，对各种理论和理论家的极端蔑视，对理想主义的深恶痛绝——这些就是维尔福先生在公私生活上所表现出的特征。

维尔福先生不仅是一位法官，而且几乎是一位外交家。他和前朝的关系使他得到了当今的尊重，他每讲到前朝，总是显出那副庄严恭敬的神态，而他所知道的事情是如此之多，所以他不但始终获得恭谨的重视，而且有时还承蒙谘商。假若人们能除掉维尔福先生的话，情形或许就不会如此了，但像违抗国王的封建诸侯一样，他住在一个无法攻陷的堡垒里。这个堡垒就是他当检察官这个职位。他极其巧妙地发挥了这个职位所占有的种种优势，他决不辞职，至多只请人暂时代理一下，借此避免处于反对的地位而保守中立。维尔福先生通常极少出门拜客，也极少回拜。他的妻子代表他拜客，而且这已是社会上所公认的事实，他们以为法官的职务繁重而谅解他，而实际上他却只是出于一种孤芳自赏的打算，这正是贵族的本质——的确，他应用了"只要自以为你了不起，旁人也就会以为你了不起了"这句格言，这句格言在我们的社会里实在比希腊人的那句"认识你自己，"更有用一百倍，——我们却是用那比较省力而更有利的"认识旁人"的学问取代了希腊人的这句格言了。

对他的朋友，维尔福先生是一个强有力的保护者，对他的劲敌，他是一个沉默的死对头，对那些两者都不是的人，他是一尊法律的化身。倨傲的神气，死板板的面孔，沉着冷淡或锐利询问的目光——这个人巧妙地度过了接连不断而来的四次革命，在革命中建立并巩固了他升官发财的基础。维尔福先生一向是以法国最不好奇和最不怕烦劳的人自居。他每年开一次舞会，在那次跳舞会里，他只出现一刻钟——那就是说，比国王开跳舞会时露面的时间还少四十五分钟。他从来不到戏院，音乐会，或任何其他公共娱乐的场所。偶尔，有这种时候也是少的，他会玩玩威斯特牌戏;而那时他必定小心挑选够格能和他一起玩的牌友——如大使、大主教、亲王、总统和寡居的公爵夫人之流。现在到基度山伯爵的门前停车的,正是这个人。跟班去通报维尔福先生来访的时候,伯爵正靠在一张大桌子上,从一张地图上寻找从圣彼得堡到中国去的路线。

检察官用他步入法庭时同样庄重和适度的步伐走了进来。他以前在马赛当代理检察官时我们曾见过他,还是那个人,说得更正确些,是原来那个人达到了最完美的阶段。"自然"照例在他的身上造成了某些变化,但它在改变他的过程中却丝毫未使他走样。他从消瘦变成了赢瘠,从苍白变成了焦黄;他那深陷的眼睛现在凹得更深了;他那一副金边眼镜,架在鼻子上的时候,似乎成了他脸面的一部分。他的全身服饰都是黑的,只有领带是白的。这一身打扮唯一不同于丧服的地方,就是穿在纽孔上的那一条几乎难以觉察的红丝带,像是用铅笔划出来的一缕血丝。基度山虽然极能自制,这时,他在还礼以后,竟也带着控制不住的好奇心仔细观察起这位法官,而对方是向来带着怀疑的习惯,尤其更拒绝相信社会上有所谓奇人奇事,所以也极想看出这位外国贵宾(已经有人这样称呼基度山)究竟是一个转移阵地要一显身手的大骗子或不法之徒呢,还是一个来自圣海的王子或《一千零一夜》里的苏丹。

"阁下,"维尔福说,说话的口吻和法官在演讲的时候一模一样,即使在社交的场合也不能或不愿放弃这种腔调似的,"阁下,昨天蒙您大力相助,拯救我的妻子和儿子,我觉得我有向您道谢的义务。所以,请允许我履行这个义务,让我对您表达我衷心地感谢之情。"当他说这一番话的时候,那法官严厉的目光里,依旧保持着他往常那种骄矜的神气。他是用一个首席检察官的语气和音调来说这几句话的,脖子和肩膀硬绷绷地一动都不动,所以那些恭维他的人说他是尊法律的化身。

"阁下,"伯爵冷冰冰地回答说,"我非常高兴能有机会为一个母亲保全了她的儿子——因为常言说,母子之情是世界上最神圣的情感,而我的好运,阁下,使您须履行一种义务,而您在履行那种义务的时候,无疑的给对方以莫大的荣耀——因为我知道,维尔福先生所赐我的这种面子不是轻易肯给的,但是,这种光荣不论是多么的可贵,却还是不足与我内心所感到的满足相比的。"

维尔福决想不到会得到如此的回答,他吃了一惊,像是一个军人感到他所穿的甲胄上被人猛刺一下似的,他那轻蔑的嘴唇微微一弯,表示从这时起,在他的脑海里基度山伯爵不再是一个文明的绅士。他向周围环顾,想找一件什么东西来作为继续谈话的资料,因为刚才的那一个话题似乎已跌得粉碎了。他看到了他进来时基度山在研究的那张地图,于是说:"您似乎在研究地理吧,阁下。这是一种有趣的学问,尤其是您,我听说,凡是这张地图上有名的地方您都已见识过了。"

"是的,阁下,"伯爵答道,"我很想把人类看作一个整体来进行一番哲学的研究,而您却每天在做个别的实验。我相信,从全体来推论部分比从部分来求解全体要容易得多。这是代数学上的一条公理,我们应该从已知数来推论未知数,而不是从未知数来求已知数,请坐,阁下。"

基度山指一指一张椅子,于是那位检察官不得不向前走动几步就座,而伯爵却只需向后一倒便坐到他的椅子里,维尔福先生进来的时候,他原是坐在这张椅子上的。所以伯爵是侧面向着他的客人,背向着窗,手肘撑在那张当时正在谈论的地图上,这一段谈话也像以前与邓格拉司和马瑟夫谈话的情况一样,是随环境和对方的为人而不断转移的。

"啊,您自称为哲学家,"维尔福经过沉默了一会儿以后回答,他趁这沉默的短暂期间喘了一口气,像是一个摔跤家遇到了一个强有力的对手,"哦,阁下,真的,假如我也像您这样无所事事的话,我一定会去找到一件更有趣的事来做。"

"老实说,阁下,"基度山答道,"把人放在一只日光显微镜底下来研究,他实在只是一条丑陋的毛虫。您说我是无所事事的,真的,现在我也来问一句,您呢?您认为您是有事做的吗?说得更明白一些,您是不是以为您所做的一切够得上称'事'?"

这个陌生的对手所做的第二次袭击是如此猛烈,维尔福的惊异不禁陡然增加了一倍。这样强有力的怪论对这位法官来说有好久没听到了,说得更正确些,这还是他平生第一次听到。检察官竭力来回答。"阁下,"他答道,"您是一位异乡人,而且我相信您自己曾说过,您曾在东方诸国住过很长时间,所以您不明白人类的法律如何值得我们加以详密审慎的研究,因为野蛮国家的法律是非常简陋的。"

"噢,不——不,我懂得,阁下,那一切我都知道,因为我是专门研究各国法律的。我拿各国的刑事法来和自然法比较。而我必须说,阁下,我常常发觉原始民族的法律——就是报复法——最符合上帝的法律。"

"假如采用了这样的法律,先生,"检察官说,"我们的法典可就要大为简化。假若如此,那么正如您刚才所说的,法官们就会没有多少事可做了。"

"这种情形或许会发生的,"基度山说。"您知道,人类的发明从复杂趋向简单,而简单地就总是完美的。"

"但目前,"那法官又说,"我们的法典却正在鼎盛时代,它是根据茄立克族的风俗,罗马法律和法兰克族的惯例,从这一切矛盾抵触的条例中推断出来的——而那种种知识,您想必也同意,不经过长期的学习是无法获得的,要获得这种知识必须经过一番刻苦的研究,而且还必须要有坚强的脑力才能贮存它。"

"我完全同意您的谈话,阁下,但是即使关于法国法典的一切您都知道,而我所知道的,却不仅仅只是那一部法典,而是世界各国的法典。英国的,土耳其的,日本的,印度的法典,对于我,都和法国的法律一样熟悉,所以我刚才说得很对,相对地讲——您知道,一切都是相对的,阁下——相对地说,和我所完成的工作来比较,您所要做的极其有限的了,但和我所学得的一切知识来比较,您还必须学习很多很多呢。"

"但您学的所有这一切是出于什么动机呢?"维尔福惊讶地问道。

基度山微笑了一下。"真的,先生,"他说,"我看您尽管有智士之誉,但您对于一切事物的见解,却仍然抱着社会上那种唯物的和通俗的观点,始于人而终于人——那就是说,是人类观察事物时所可能采取的最局促,最狭窄的一种观点。"

"阁下,请您解释得准确些,"维尔福说,他愈来愈惊奇了,"我实在——不——

十分——明白。"

"我是说,阁下,由于眼光只放在各国的社会机构上,所以您看到的只是那些机器的转动,却看不到使它转动的那位崇高的设计师,我是说您在前后左右所认识的,只是那些由部长或国王签发了委任状的大小官吏。但在这些挂名的官吏,部长和国王之上,却还有上帝所委派的人,上帝不是派他们来充位的,而是有任务交他们执行的——他们却逃过了您那过分狭窄的眼光。所以人类的弱点是因为他们的器官衰弱和不完备而产生的。多比亚斯把那个恢复他的视觉的天使当作一个普通平凡的青年人,各国把那个受天命来毁灭他们的阿提拉(古代匈奴人的国王)看作是一个和其他征服者毫无二致的征服者,所以为了让人们认识他们,认可他们,他们就必须宣布他们的使命。前者不得不说:'我是主的天使。'而后者说:'我是上帝的惩恶使。'这样,他们两人的神性才能大白于人世。"

"那么,"维尔福说,他愈来愈惊愕,不可置疑地以为他是在和一个神学家或是疯子说话,"您以为您自己就是您所提到的特种人物吗?"

"为什么不是呢?"基度山冷冷地说。

"对不起,阁下,"维尔福回答,简直有点被惊呆了,"想必您可以原谅我,因为当我来拜望您的时候,我绝对没想到会遇到一个知识和见解远远超过常人理解范围以外的人。像您这样一位拥有巨额财产的绅士——至少,人们是如此说,请您注意,我并不是查问您,只是复述旁人所谈论的话而已——我说,像您这样有钱的特权阶级,竟会把时间浪费在社会空论或哲学幻想上,在我们这种文明社会里腐化了的可怜虫中间,确实是不常见的事,因为社会空论或哲学幻想最适宜去安慰那些命穷运蹇、无法享受世上荣华的人。"

"真的,阁下,"伯爵反驳道,"您已经达到如此显要的地位,难道您还不算是一个特别的人,或者甚至没有遇到过特别的人吗?您的眼睛一定是非常老练可靠,难道您从来不曾用您的眼睛,在一瞥之下就推断出到您前面来的是哪一种人吗?一个法官除了极端尽职地执行法律,除了极机巧地解释他业务上的诡计以外,难道还不应该做一枚可以探测心脏的钢针,一块可以测验出灵魂中含多少杂质的试金石吗?"

"阁下,"维尔福说,"老实讲,您驳倒我了。我从来没听到别人像您如此说过。"

"因为您总是逗留在一个平凡的环境里,从不敢振翅高飞,冲入上帝安顿那些不可见的特别人的领域内。"

"那么您以为,阁下,那种领域确实存在,这些不可见的特别人确实是和我们混杂在一起的吗?"

"他们为什么不呢?您没有空气就一刻都不能生存,但您能看得见您所呼吸的空气吗?"

"那原来我们是无法看见您所指的那些人了?"

"不,我们可以看得见的,当上帝高兴让他们以实体的形式出现的时候,您就能看见他们了。您可以摸到他们,和他们接触,跟他们讲话,而他们也会回答您。"

"啊!"维尔福微笑着说,"我承认,当这种人来和我接触的时候,我倒十分希望能事先得到一个警告。"

"您的愿望已经达到了,阁下,因为您刚才已经得到警告,而我现在再警告您。"

"那么说到底您就是这种杰出的人物了?"

"是的,阁下,我相信到现在为止,还没有哪一个人的地位可以与我相提并论。国王的领土都是有限制的,或限于山川河流,或限于风俗习惯种族民情,或限于语言文字的不同。我的王国却只以世界为限,因为我不是意大利人也不是法国人,不是印度人也不是美国人,也不是西班牙人,我是一个宇宙人。没有哪一个国家可以说它看到过我的降生,而只有上帝才知道哪一个国家将看到我的死亡。我能熟悉各种风俗习惯,会各种语言,您相信我是一个法国人,因为我说法语能像您一样流利纯粹。可是,阿里,我的黑奴,又相信我是阿拉伯人,伯都西奥,我的管家,更把我当作罗马人,海蒂,我的奴隶,以为我是希腊人。所以您大概可以清楚了吧,由于没有国籍,不寻求任何政府的保护,不认可谁是我的兄弟,因此,凡是那些可以阻止强者的种种顾忌或可以麻痹弱者的种种障碍,对于我都不能产生任何影响。我只有两位敌手——我不愿意说是两位征服者,因为只要坚忍不屈,甚至连他们我也可以战胜——他们就是时间和空间。还有第二个敌手,那是最可令人畏惧的,就是,我也是一个会寿终正寝的人。只有死亡才能阻止我的行动,使我无法达到我预定的目标,其余的一切我都胸有成竹。凡是人所谓命运机遇的那些东西——就是破产,变迁,环境——我都早已预料到了,假如这些因素突然来袭击我,它们决不会使我一蹶不振。除非我消失了,否则我是永远不会改变我的思想的,所以我敢说出这些您从来闻所未闻过的事情,这些事情您即使从国王的口里也是得不到只言片语的——因为国王需要您,其他的人惧怕您。因为在我们这样一个组织不健全的社会里,人人都免不了要不断提醒自己:'或许有一天我会有求于检察官的吧?'"

"但您难道不清楚这样一个事实吗,阁下?因为您一旦成了法国的一个居民,您自然就得遵守法国的法律。"

"这无须您奉告,阁下,"基度山答道,"但当我去访问一个国家的时候,我就开始用各种可能利用的方法来研究那些我可能有所希求或感到难以相处的人,直到我把他们完全认识得清清楚楚,像他们认识自己一样,或许比他们自己认识得更清楚透彻。基于这种想法,所以不论检察官是谁,假如他要对付我的话,他一定会发觉他自己的情形比我更不美妙。"

"那就是说,"维尔福吞吞吐吐地说道,"人类的本性是有缺点的,依您的标准看来,每一个人都毫无例外的是犯了——过失的。"

"过失或是罪。"基度山带着很随便的神气回答。

"从刚才您的宏论中知道,您不承认人类中有你的兄弟,那么,在全人类中,"维尔福多少带点儿犹豫地说,"只有您是十全十美的了。"

"不,并不是十全十美,"伯爵回答说,"只是无法看穿而已。假如这种格调使您不高兴的话,我们还是停止这一场唇枪舌剑吧,先生,您的法律并没有打扰到我,正如我的第二视觉并没有打扰您一样。"

"不，不，决不，"维尔福说，他好象担心放弃他的优势似的。"不，您这一篇光辉而且几乎可以说崇高的谈话已把我抬举到普通的水准以上。我们已不再是聊天了，我们是在讨论。但您知道，那站在大学讲台上的神学家，和那些坐在辩论席上的哲学家，偶然也会说出残酷的真理。我们权且算是在讨论社会神学和宗教哲学的问题吧，下面这几句话看来虽似坦露无甚，但我还是要对您说：'兄弟，你太自负了，你或许要比别人高明，但在你的上面还有位上帝呢。'"

"在我们大家的上面，阁下。"基度山这样回答，其语气是这样沉重，使维尔福不由自主地打了一个寒战。"我对人是自负的——赤练蛇每看见有人经过它的旁边总是昂起头来攻击他，即使那个人并没有踩到它。但在上帝的前面，我放弃了那种自负，因为上帝把我从一无所有提到现在这样的能洞悉一切的地位。"

"那么，伯爵阁下，我十分钦佩您，"维尔福说，在这篇奇异的谈话里，截至目前，他还是第一次对这位神秘人物使用了贵族的称呼，以前他是只称"阁下"的，"是的，而且我要向您说，假如您真的高明，真的优越，真的神圣——或是真的无法使人看穿，您把无法使人看穿和神圣等同起来，这一点的确说得很对——那么，尽管骄矜吧，阁下，因为那是超人的特征。但您似乎毫无遮盖的显示您是有些野心的吧。"

"我有一种野心，阁下。"

"是什么？"

"我，也像每一个人在一生中可能会遇到的那样，曾被撒旦带到世界最高的山顶上，在那儿，他把世界上所有的王国都介绍给我看，并且像他以前对人们说过的那样对我说：'大地的孩子呀，你怎么样才会崇拜我呢？'我想了许久，因为我早就抱着一种刻骨铭心的欲望，于是我回答说：'听着：我常常听人说到救世主，可是我从来没有看见过他，也没有看见过任何和他相像的东西，也不曾遇到过任何事物可以使我相信他的存在。我真诚地希望我自己能变成救世主，因为我觉得世界上最美丽，最高贵，最伟大的事情，莫过于行善和惩恶。'撒旦低头呻吟了一会儿。'你错了，'他说，'救世主是存在的，只是你看不到他，因为上帝的孩子像他的父母一样，肉眼凡胎是看不到的。你没有看见过他像什么样子，因为他赏罚无形，来无影去无踪。我所能办得到的，只是使你成为救世主的一个使者而已。'那场交易就这样结束了。我或许已丧失了我的灵魂，但那有什么关系？"基度山又说，"要是这种事情再发生，我还是会这样做的。"

维尔福异常吃惊地望着基度山。"伯爵阁下，"他问道，"您有什么亲戚吗？"

"没有，先生，我在这个世界上只是孤零零的独自一个。"

"那就是无可挽救的了。"

"为什么？"基度山问。

"因为那样您就得亲身经历一场有伤于您的自负心的情景。您不是说，您什么都不怕，只怕死吗？"

"我并没有说我怕它，我只是说，只有死亡才能阻止我。"

"老年呢？"

"我的目的在我年老以前就有把握实现了。"

"疯狂呢?"

"我几乎发过疯,您知道有一句格言叫'一事不重视'。这是一句犯罪学上的格言,您当然充分了解它的意义。"

"阁下,"维尔福又说,"除了死,老,疯以外,世界还有一些可怕的事情。譬如说,中风——那是一种闪电般的袭击,它仅仅要打击您,并不毁灭您,可是经它打击以后,一切也就算完了。您的外貌尽管一点都没有改变,但您已不是以前的您了;您以前像是吃过灵芝草的羚羊,这时却变成了一块顽固不化的石头,像是那受了酷刑的卡立班(莎士比亚名剧《暴风雨》中的人物),这种病,是在人的舌头上,正如我所告知您的,不折不扣地正叫作中风。伯爵阁下,假如您愿意的话,随便哪一天,只要您高兴见到一个尚能解事而且急于想驳倒您的对手的话,那么,请到舍下来继续这一次谈话,我要介绍您和家父见面,就是诺梯埃·维尔福先生,法国革命时期一个最激烈的雅各宾党徒——这就是说,一个最目无法纪,最果敢勇毅的人,他或许不曾像您那样看见过世界上所有的王国,但却曾帮忙颠覆了世界上一个最强有力的国家,您相信您自己是上帝和救世主的使者,他,与您毫无二致,也相信他自己是万神之主和命运的使者。可是,阁下,仅仅由于脑髓里一条血管的破裂就摧毁了这一切——没有用一天,没有用一个钟头,而只短短一秒钟之内。诺梯埃先生在前一天晚上还是老雅各宾党徒,老上议员,老烧炭党党徒,嘲笑断头台,讥笑大炮,讽刺匕首,诺梯埃先生,他游戏革命,诺梯埃先生,在他,法国是一面大棋盘,他使小卒,城堡,骑士和王后一个一个地失踪,以致使国王被困——诺梯埃先生,这样可敬畏的一个人物,第二天早晨就变成了'可怜的诺梯埃先生',变成了孤苦无助的老头子,得依靠家里最软弱无力的一员,就是他的孙女凡兰蒂的照顾。事实上,他只剩下了一具又哑又僵的躯壳,只是无声无息地活着,只能让时间慢慢地腐蚀他的全身,他自己却浑然不觉它已在腐朽。"

"唉,先生!"基度山说,"这种事情我都看到和想到过了。我可以算是一个医术高超的医生,我曾像我的同行那样几次三番搜求活人和死者的灵魂,而像救世主一样,我的肉眼虽看不到它,但我的心却能觉察到它的存在。自苏格拉底(古希腊哲学家),塞内加(古西班牙学者),圣奥古斯丁(英国主教)和高卢(德国著名医生)以来,许多位作家在诗或散文里写下过您所做的那种对照,可是,我能清晰体察到,一个父亲的痛苦或许会使一个儿子的头脑产生很大的变化。您既然吩咐我为了我的自负心着想该去看一看那种可怕的情景,那么我一定来拜访您,先生,这种可怕的事情一定已使府上充满了忧郁的气氛吧。"

"要不是上帝给了我一个极大的补偿,本来当然是应该如此的。眼看着老人家自己在向坟墓里走去,却有两个孩子刚巧踏上了生命的旅程——一个是凡兰蒂,是我前妻丽妮·圣·米兰小姐所生的女儿,一个是爱德华,就是今天您救的那个孩子。"

"您能从这个补偿上得出什么结论,阁下?"基度山问道。

"我的结论是,"维尔福答道,"家父在热情激动驱使之下,曾犯过某种过失,那种过失人类的法庭一无所知,但上帝的法庭却已经看得明明白白,而上帝为了只想惩罚一个人,所以仅仅降祸于他本人。"

基度山的嘴上虽带着微笑,可是他的内心里却迸发了一声怒吼,要是维尔福能听到这种声音,他一定会飞也似的仓皇而逃。

"再会了,阁下,"法官站起身来说,"我虽然离开您,可是我总会以一种油然而生的尊重的心情记得您的。我真诚地希望,当您和我相知较深的时候,您是不会讨厌我这番情谊的,因为您将来会明白,我不是一个爱给朋友添忧烦的人。而且,您和维尔福夫人已结成永远的朋友了。"

伯爵鞠了一躬,亲自送维尔福到他的书斋门口,那检察官做了一个手势,两个听差就恭恭敬敬地护送他们的主人到他的马车里。他走了以后,基度山从他那郁闷的胸膛里吐了一大口气,说,"这帖毒药真令人不舒服,现在且让我来找一服消毒剂吧。"于是他敲响铜锣,对进来的阿里说,"我要到夫人的房间里去了,一点钟的时候,把马车备好。"

第四十九章　海蒂

读者一定还记得基度山伯爵那几位住在密斯雷路的新——或说得更确切些，是老——相识。他们就是玛西米兰、裘丽和艾曼纽。因为想到他就要去做一次愉快的访问，想到将要度过的幸福时刻，期待着一道从天堂里发出来的光芒投射进他自动陷入的地狱，所以从维尔福走出他的视线时起，他的脸上就出现一种最动人的表情。阿里听到锣声的召唤，赶快跑来，看到他的脸上闪烁着这样稀有的欢喜的神采，就又蹑手蹑脚，屏息静气地退了出去，像是生怕惊飞了那徘徊在他主人全身的愉快念头似的。

这时正是中午，基度山抽出一个钟头的时间和海蒂消磨。那个郁闷了这么久的灵魂似乎无法突然承受快乐，所以在接触柔情蜜意之前，必须先做一番调整，正如旁人在接触强烈的喜怒哀乐之前得做一番调整一样。我们前面已经说过，那个年轻美丽的希腊人所住的房间是和伯爵的房间完全不相连接的。那几个房间一律是东方式的布置——那就是说，地板上铺着土耳其产的最贵重的地毯，墙壁上挂着花色美丽和质地优良的织锦缎，靠近每一个房间的四壁都置放着最奢华的靠背长椅，椅子上堆着又松又软，可以随意安排的椅垫。海蒂手下有四个女佣人——三个法国人和一个希腊人。那三个法国女人老是呆在一间小小的候见室里，只要听到小金铃一响，就立刻进去侍候，或是由那个希腊女奴传话出来，希腊女奴略懂法语，足能向另外三个侍女转达她女主人的命令，基度山吩咐过那三个法国侍女，她们对待海蒂必须格外恭谨尊敬，像侍奉一位王后一样。

那青年姑娘这时正在她的内室里——那是一间类似妇女休息室的房间，是圆形的，天花板由玫瑰色的玻璃嵌成，灯光由天花板上漫射下来，她这时正斜靠在带银点儿的蓝绸椅垫上，头枕着身后的椅背，一只手托着头，另外那一只同样优美的手臂则扶着一支含在嘴里的长烟筒。这支长烟筒极其名贵，烟管是用珊瑚做的，从这支富于弹性的烟管里，袅袅升起一片充满最美妙花香的烟雾。她的态度在一个东方人看来虽然很自然，但在一个法国女人看来，却未免觉得风骚了一点。她穿着伊皮鲁斯(古希腊的一个地方)女子的服装，下身是一条白底子绣粉红色玫瑰花的绸裤，露出两只小巧玲珑的脚，要不是这两只脚在玩弄那一对嵌金镶珠的小拖鞋，或许竟会被人误认为是用大理石雕成的哩；上身穿一件蓝白条子的短衫，袖口宽大，用银线绳边，珍珠作纽扣；短衫外面套一件背心，前面有一处心形的缺口，露出那象牙般的颈脖和胸脯的上部，下端用三粒钻石纽扣锁住。背心和裤子的接合处被一条五颜六色的腰带完全遮了起来，其色彩的灿烂和丝穗的华丽，在巴黎美人的眼里，一定觉得非常宝贵珍奇。她的头上一边戴着一顶绣金镶珠的小帽，一边插着一朵紫色的玫瑰花,秀发浓厚,黑里透蓝。那脸蛋的娇美纯粹是专属于希腊人的,一对又大又黑的水汪汪的眼睛,笔直的鼻子,珊瑚似的嘴唇,珍珠般的牙齿,这都是她那一国的丽人种所独具的。而锦上添花的,是海蒂正当青春最盛的年华,她只有十九二十岁。

基度山把那个希腊婢女叫出来,吩咐她去问她的女主人愿不愿意接见他。海蒂的答复只是示意叫她的仆人撩开那张挂在她闺门前的花毡门帘,这一道防线打开以后,就呈现出那一幅美妙的少女斜卧图来。当基度山走进去的时候,她用那只执长烟筒的手肘撑住身体,把另外那一只手伸给他,带着一个销魂的甜蜜的微笑,用雅典和斯巴达女子所说的那种音节明朗的语言说:"你进来以前为什么要问可不可以呢?难道你不再是我的主人,我不再是你的奴隶了吗?"

基度山还给她一个微笑。"海蒂,"他说,"你知道——"

"你称呼我为什么这样冷淡?"那希腊美人问道。"我有什么地方使你不高兴了吗?要是这样,就随便你怎么责罚我吧,但不要这么规规矩矩地对我说话!"

"海蒂,"伯爵答到,"你知道我们现在是在法国了,所以你已经自由了!"

"自由!"青年姑娘把那两个字念了两遍,"自由干嘛?"

"自由离开我。"

"离开你!为什么要我离开你呢?"

"那就不该由我来说了,但我们现在快要混到社交界去了——去见见世面了。"

"我不想见谁。"

"不,听我说,海蒂。在这个繁华的都市里,你可不能老是隐居着,假如你看到了一个心爱的人,别以为我会这样自私自利和不明事理,竟会——"

"我从来没有看见过比你更漂亮的男人,我只爱你和我的爹爹。"

"我可怜的孩子!"基度山答道,"那只因为除了你的爹爹和我以外,你简直没有跟别的人讲过话。"

"好吧!我何必要跟别人讲话呢?我的爹爹把我叫作他的心肝,你把我叫作你的爱人,你们都把我叫作你们的孩子!"

"你还记得你爹爹吗?海蒂?"

那希腊少女微笑了一下。"他在这儿和这儿,"她一面说,一面指一指她的眼睛和她的心。

"那么我在哪儿呢?"基度山笑着问。

"你吗?"她喊道,"到处都有你!"

基度山托起这青年姑娘的纤细玉手,正要把它举到他的唇边时,那心地单纯的孩子急忙把手抽回去,把那鲜嫩的脸颊凑上来代替。"你现在要懂得,海蒂,"伯爵说,"从这个时候起,你是绝对自由了,你是主妇,你是女王。你可以自由废弃或保持你故国的习俗,随你喜欢的去做,你愿意在这儿就在这儿,愿意出去就出去。有一辆马车是永远待在那儿随时听你吩咐的,不论你要到哪儿去,阿里和梅多都可以陪你去。我只请你答应我一件事。"

"噢,说吧!"

"关于你的出身,要格外小心地保守秘密。不要提起过去的事情,在任何情形之下,不要公开你那威名显赫的爹爹或你那可怜的妈妈的名字!"

"我已经告诉过你啦,爷,我不愿意见任何人。"

"海蒂,这样完满的一种隐居生活虽然很合东方的风俗习惯,但在巴黎,是会行不通的。所以,你得尽力使自己习惯这种北方的生活习俗,正如你以前在罗马、佛罗伦萨、米兰和马德里一样,不论你留在这儿或回到东方去,将来有一天,这或许会有用的。"

那青年姑娘抬起她那含泪的眼睛望着基度山,用真挚伤心的口气说:"不论'我'回不回东方,你的意思是,你不回去了吗,爷?"

"我的孩子"基度山答道,"你知道得很明白,假如我们分手的话,这决不会出于我的意思。树是不愿意离开花的,是花离开了树。"

"爷",海蒂答道,"我决不情愿离开你,因为我知道,没有了你,我就决不能再活下去。"

"可怜的孩子!在十年之内,我就要老了,而你却还年纪轻轻。"

"我的爹爹活到六十岁,他的头上已白发斑斑,可是我对于他的崇拜和爱,远甚于对所有那些我在他的朝廷里所看到的活泼漂亮的青年。"

"那么告诉我,海蒂,你相信你能慢慢适应我们如今这种生活习惯吗?"

"我能见到你吗?"

"每天都见得到我。"

"嗯,那么,你又何必问我呢,我的主人?"

"我担心你会感到孤独。"

"不,爷,因为在早晨,我等待你来,在晚上,我可以回想你和我在一起的情形,此外,当我孤独的时候,我又有壮丽的往事可以回忆——我又看到了广大的平原和遥远的地平线,以及地平线上的宾特斯山和奥林匹斯山,那时,我的心里就会有三种情绪,就是悲伤,感激和爱,决不会再有其他什么无聊的感受了。"

"你真不愧是伊皮鲁斯的子孙,海蒂,你这种富于诗意的可爱的念头充分证明你是神族的后代,你放心吧,我一定小心周到地照料你,不让你的青春受摧残,不让它在阴森孤独中虚度过去,因为假如你爱我如父,我也一定爱你如女。"

"爷不要误会,我对你的爱和我对我爹爹的感情是大不相同的。他死了以后,我还能苟延残喘,但要是你遇到了什么灾祸,则当我听到噩耗的那一刻,也就是我死去的时候了。"

伯爵带着难以形容的柔情把他的手伸向那兴奋的女郎,后者虔敬而亲热地把手捧到她的嘴边。基度山的头脑经过这一番抚慰以后,已适宜于去访问摩莱尔了,他一面走,一面轻轻地背诵品达(希腊的抒情诗人)的这几句诗句:"青春是一朵花,从它结出爱情的果实。你看着它渐渐地成熟,将它采下,你这收采者啊,是多么幸福。"马车已遵命准备好了,伯爵轻快地跨进车厢里,疾驰而去。

第五十章 摩莱尔一家人

几分钟以后，伯爵就到了密斯雷路七号。这座房子是用白石砌成的，在房子前面的一个小庭院里，有两个小花坛，盛开着美丽的鲜花。伯爵认出了来开门的门房是柯克莱斯，但因为他只有一只眼睛，而且那只眼睛视力在九年之内也衰弱了许多，所以他并不认得伯爵。马车驶到门口去的时候，一定得转一个弯，绕过一座石块砌成的喷水池，池里游着许多金色和银色的鱼——这一个点缀引起了全区人的嫉妒，给这座房子赢得了"小凡尔赛宫"的称号。这房子是一座三层楼的建筑物，下面有厨房和地窖，上面有阁楼。全部房产包括一所巨大的工场，一个花园和花园中的两幢楼房，艾曼纽买下来的时候一眼就看出这是一笔有利可图的投机生意。他留用了正房和花园的一半，在花园和工场之间筑了一道墙，连花园边上的两座楼房一起租了出去，所以他花了很少的一笔钱，却住得舒舒服服，像圣·日耳曼村里一位最讲究的主人一样得到了一座独门独户的大厦住宅。餐厅里全都是橡木的家具，客厅里是桃花心木的家具和蓝天鹅绒的窗帷，寝室里是香橼木和绿缎。艾曼纽有一间书斋，但他从不读书，裴丽有一间音乐室，但她从不弹拨乐器。三楼全部划给玛西米兰，这一层楼上的房间完全和他妹妹的一样，只是餐厅变成了一间弹子房，这也就是他接待朋友的地方。伯爵的马车在门口停下来的时候，他正口里咬着雪茄，在花园的进口处监督洗刷他的马。

柯克莱斯打开门，培浦斯汀从车夫的座位上跳下来，问赫伯特先生夫妇和玛西米兰·摩莱尔先生愿不愿意接见基度山伯爵阁下。

"基度山伯爵阁下？"摩莱尔大喊一声，抛掉他的雪茄烟，急忙向马车奔跑过来，"我们当然是十分愿意见他啦！啊！伯爵阁下，多谢您没有忘记您的诺言。"于是那青年军官非常热忱地和伯爵握手，使后者无法误会他这种真挚的表示，他看出对方早已在等待着他，并且很高兴接待他。

"来，来！"玛西米兰说，"我来当您的向导——像您这样的一位人物是不应该由一个仆人来介绍的。我的妹妹在花园里摘玫瑰树上的枯叶，我的妹夫正在读他的两份报纸，《新闻报》和《议论报》，就在她附近的五步之内，因为您不论在哪儿看到赫伯特夫人，只要在四码周围的那个圈子里一望，就可以找到艾曼纽先生，而且这种情况和科学大全上所说的那样，是'交互的'。"听到他们的脚步声，一个身穿丝绸便服，忙碌地在那绮丽的玫瑰树上摘枯叶的青年女子，便抬起头来。这个女子就是裴丽，她，正如汤姆生·弗伦奇银行的职员所预言的，已变成了艾曼纽·赫伯特夫人。她看到来了一个陌生人，就发出一声惊异的喊叫，而玛西米兰却大笑起来。"别忙，裴丽，"他说，"伯爵阁下到巴黎虽然刚刚才只有两三天，但他已经清楚一个时髦女子是什么样子的了,要是他还不知道,那么你就是一个榜样。"

"啊,阁下!"裴丽回答说,"我的哥哥把您如此带进来真是有点太胡闹了,但他是从来不顾念他可怜的妹妹的。庞尼龙!庞尼龙!"

一个在玫瑰花丛里忙于翻地的老头子把他的铲子往泥土里一插,拿起帽子走过来,一边走,一边极力想掩饰刚才丢进嘴巴里的那一块烟草。他的头发依旧还厚密,还是蓬蓬松松地缠结在一起。只是其中有几丛已变成了灰色,他那被太阳晒成紫铜色的脸和那坚决的目光证明,这老水手曾冒险经历过赤道的酷热和回归线上的风暴。"我好象听到你叫我吧,裴丽小姐?"他说,庞尼龙依旧保持着他的老习惯,对他东家的女儿叫"裴丽小姐",再也改不过口来叫赫伯特夫人。

"庞尼龙,"裴丽答道,"去告诉艾曼纽先生,说这位先生来拜访我们来了,玛西米兰自然会领他到客厅里去。"然后,她转过来对基度山说,"希望您能允许我告辞一会儿。"于是也不等回答,就绕到一丛树后面,从一条侧径走进屋里。

"抱歉得很,"基度山对摩莱尔说,"我看我给府上增添不小的麻烦呀。"

"瞧吧,"玛西米兰大笑着说,"她的丈夫正在那儿脱下短褂换上装呢。我敢向您担保,您在密斯雷路是大名鼎鼎的了。"

"我看府上倒是一个十分幸福的家庭!"伯爵说,这句话像是对他自己说的。

"噢,是的,我可以向您保证,他们的确是幸福得无法形容了。他们都很年轻,很乐观,你恋着我,我恋着你,每年有了两万五千里弗的收入,就自以为像罗斯希尔德一样的富有了。"

"两万五千里弗这个数目并不算大,"基度山答道,语气是这样的甜蜜温和,竟像是一位慈父的声音似的直钻进玛西米兰的心坎里,"但他们是不会以此止步不前的。您的妹夫是一个律师还是一个医生?"

"他是一个商人,伯爵阁下,他继承了我那可怜的爸爸的事业。摩莱尔先生去世的时候遗留下五十五法郎,这笔钱分给了我的妹妹和我,因为他只有我们这两个儿女。她的丈夫和她结婚的时候,除了他那正直高尚的品格,他那第一流的才干,和他那洁白无瑕的名誉以外,他没有像他的太太那样有什么世袭的财产可指望的。但他希望能有他妻子那样多的财产,他克勤克俭地埋头苦干,直到积满了二十五万法郎,六年功夫才达到了这个目标。噢,伯爵阁下,说真话,看着这些才能高超肯定会飞黄腾达的青年人辛辛苦苦在一起工作,不愿意丝毫改变祖传老店的旧规矩,花了六年的时间才完成了那些新派人物在两三年内就可以完成的成绩,这种情形真正使人感动。马赛到现在还洋溢着称赞他们的声音,而这种称赞他们也是应该得到的。最后,有一天,裴丽刚才结完账,艾曼纽过来对她说,'裴丽',柯克莱斯刚刚才把最后那一百法郎交给我,我们预定要赚的二十五万法郎已经满额了。我们将来就守着这一笔小小的财产过活你满意吗?听我说,我们的公司每年要做一百万生意,我们可以从中取得四万法郎的收益。假如我们愿意的话,我们用一个小时的时间就可以把生意转让出去,因为我接到狄劳耐先生的一封信,他说他愿意出三十万法郎收买这家公司的商誉,把他的名字和我们联在一起。你说我该怎么办才好。''艾曼纽,'我的妹妹回答,'摩莱尔公司只能由摩莱尔家里的人来经营。用三十万法郎来补救我们爹爹的名誉不是很值得的吗?''我也是这样想,'艾曼纽答道,'但我希望听听你的想法。''我的意见是这样:我们的往来账目都已经结清了,我们现在只要停止放账,结束业务就得了。'这件事立刻就办到了。一刻钟以后,一个商人来要求保两条船的险。这笔生意明明白白可以有一万五千法郎的赚头。'先生,'艾曼纽说,'请你费神直接和狄劳耐先生谈吧。我们已经停业了。''多久的事呀?'那商人惊奇地问道。回答是,'一刻钟以前。'而就是为了这个理由,阁下,"玛西米兰继续说,"我的妹妹和妹夫才每年只有两万五千里弗的收入。"

玛西米兰讲这个故事的时候,伯爵的心似乎要爆裂开来,他刚才讲完,艾曼纽就进来了,他这时已戴上一顶帽子,穿好上装。他向伯爵毕恭毕敬地敬礼,表示他很明白他尊贵客人的身份,然后他领基度山在小花园里兜了一个圈子,这才回到屋里。客厅里放着一只日本出品的大瓷花瓶,瓶里插满了花,使空气里花香四溢。裴丽站在门口迎接伯爵,她的衣服穿得很合体,头发梳得很俏丽(这件大事她是在十分钟以内完成的)。附近的一间鸟舍里送来鸟的歌声——鸟舍由假乌木和刺槐树的丫枝搭成,外面围着蓝天鹅绒的帷幕。在这所可爱的幽居里,万事万物,从鸟的宛转的啼鸣声到女主人的微笑,都使人产生一种宁静安谧的感觉。伯爵一进这座房子就被感染上这种幸福的气氛。他开始客套几句以后,就一直默默地现出若有所思的样子,忘记了人家正在等他开始谈话。他觉察到这种停顿,于是就竭力把自己从这种沉思状态中摆脱出来。"夫人,"他终于说,"请您原谅我这么激动,你们一定会觉得很纳闷,因为你们已享受惯了我在这儿所遇到的幸福,但对于我来说,你们这种幸福的神情是如此难以寻觅,以至于使我不能把目光从你们的身上移开。"

"我们实在非常幸福,阁下,"裴丽答道,"但我们也遭遇过不幸,世界上很少有人比我们受过更大的痛苦折磨。"

伯爵的脸上现在出现了一种好奇的表情。

"噢,正如那天夏多·勒诺所告诉您的,这一切只是一个家庭的历史,"玛西米兰说。"像您这样名利双收,饱经沧桑的人,对于这种琐碎的事情是不会有多大兴趣的,但我们的确有过极为悲痛的遭遇。"

"像上帝对待所有那些受苦的人们一样,他曾把香油注入你们的伤口吗?"基度山问道。

"是的,伯爵阁下,"裴丽答道,"我们实在可以说是这样的,因为他对待我们像对待他的忠诚的教民一样——他派了一位天使来照顾我们。"

伯爵的两颊变成深红色,他咳嗽了一声,借此机会马上用手帕掩住了他的嘴。

"那些天生有钱,事事都能轻而易举如意办到的人,"艾曼纽说,"不会知道人生真正的幸福是什么,正如只有那些曾抱住几块脆弱的木板,在狂风暴雨的海洋里颠簸过的人,才能体会到遇到一个晴朗的天空是多么的可贵。"

基度山没有回答,站起身来在房间里慢慢地踱来踱去——因为担心他那颤抖的声音会泄露他的情绪。

"我们的夸大使您见笑啦,伯爵阁下,"玛西米兰说,他始终用他的眼睛专注地跟踪着他。

"不，不，"基度山回答，他的脸色非常苍白，一只手压住他那依旧在狂跳的心脏，另外那一只手则指着一只玻璃罩，玻璃罩下面有一只丝质的钱袋躺在一块黑天鹅绒的垫子上。"我正在寻思，这只钱袋有什么用处，它的一端像是绑着一片纸头，另一端有一粒大钻石。"

"伯爵阁下，"玛西米兰带着庄严肃静的神气说，"这是我们最宝贵的传家之宝。"

"这粒钻石倒非常漂亮。"伯爵答道。

"噢，曾有人估计它值十万法郎，我的哥哥并不是指它的价值，他的意思是说这只钱袋所包含的东西都是我刚才所说的那位天使的纪念品。"

"这个我可不懂，可是这并不一定说明我要求解释，夫人，"基度山鞠躬答道。"原谅我，我并不存心要做一件失礼的举动。"

"失礼！噢，我们特别高兴您能给我们一个机会来详述这一件事。要是我们想隐讳这只钱袋所代表的那件义举，我们就不会把它这样谈出来啦。噢，我们愿到处逢人就说！这样或许可以感动我们那位无名恩人，使他露出面来见我们。"

"啊，真的！"基度山用一种压低的声音说。

"阁下，"玛西米兰揭开玻璃罩，恭恭敬敬地吻了吻那只丝质钱袋，答道。"这只钱袋曾触过一个人的手，那个人曾救过我的父亲，使他不致自杀，使我们不致破产，使我们的名字不致蒙羞受辱——凭着他无比的仁慈，我们这些命中注定该受苦难的孩子，才能在目前有使人嫉妒的好运。这封信，"（玛西米兰一边说，一边从钱袋里抽出一封信来交给伯爵）——"这封信就是他在家父决心自杀的那天写来的，这粒钻石是那位慷慨解囊的无名恩人送给我的妹妹做嫁妆的。"基度山打开那封信，带着一种无法描述的高兴的心情把它读了一遍。这封信是写给（我们的读者知道）裴丽的，署名是"水手辛巴德"。

"您说是无名恩人，难道你们并不认识那个帮你们忙的人吗？"

"是呀，我们可从来就没有和他握一握手的运气，"玛西米兰又说。"我们曾恳求上帝赐给我们这个恩惠，但结果还是像水中捞月那样徒劳，这件事的来龙去脉非常神秘，我们始终无法明白，像是隐隐中有一只魔术师那样神奇的手在操纵似的。"

"噢，"裴丽喊道，"我倒还没有完全绝望，或许有一天我可以吻到那只手，像我现在吻这只他所触摸过的钱袋一样。四年以前，庇尼龙在的里雅斯特——庇尼龙，伯爵阁下，就是你在花园里曾经见到过的那个老水手，他在当园丁以前，本来是一个舵工——当庇尼龙在的里雅斯特的时候，他在码头上看到一个英国人正要上一艘游艇，而他认出他就是在1829年6月5日来拜访家父，9月5日写这封信给我的那个人。他相信自己没有认错，但是他不敢上去跟他讲话。"

"一个英国人！"基度山说。他看到裴丽很注意地望着他，就愈来愈感到不安了。"您说是一个英国人吗？"

"是的，"玛西米兰答道，"是一个英国人，他自称为罗马汤姆生·弗伦奇银行的专员。所以那天您在马瑟夫先生家里说您和汤姆生·弗伦奇银行有往来，我就特别吃了一惊。我已经告诉过您,那是1829年的事。看在上帝的面上,告诉我,您认不认识这个英国人?"

"但您不是也告诉过我,说汤姆生·弗伦奇银行总是否认曾帮过你们这个忙吗?"

"是的。"

"那么,说不定这个英国人曾受过令尊的恩惠,他没有忘记,所以采取这种方法来报恩,这不是很可能很自然的吗?"

"像这样一类的事情,一切都是可能的,甚至是一个奇迹也说不定。"

"他叫什么名字?"基度山问道。

"他并没有说出第二个名字,"裴丽热切地望着伯爵笑道,"就只是这封信尾上的——'水手辛巴德'。"

"这显然不是他的真姓名,而是假名。"

然后,注意到裴丽对他的口音特别表示惊愕,他就又说:"告诉我,他的身材是不是和我差不多,或许略微较高和较瘦一点,脖子上绑着一个大领结——密扣紧带,手里总是拿着一支铅笔的?"

"噢,这么说您是认识他的了?"裴丽喊道,她的眼睛里顿时放射出欣喜的光彩。

"不,"基度山答道,"我只是这样猜测。我认识一位威玛勋爵,他是常常干出这种慷慨的事情的。"

"他自己不露面的吗?"

"他是一个怪人,从不相信世界上有'感恩'这种东西的存在。"

"噢,天哪!"裴丽紧握着双手喊。"那么他相信什么呢?"

"我认识他的那个时候他是不相信的,"基度山说,他听了裴丽的语气,心里很受感动。"但或许他后来已得到证据,知道'感恩'的确是存在的了。"

"你认识这位先生吗?阁下?"艾曼纽问。

"噢,要是您真的认识他,"裴丽喊道,"您能不能告诉我们他在什么地方——我们可以到哪儿去找到他?玛西米兰,艾曼纽!假如我们真的能发现他,他一定会深信人心是知道感恩的!"

基度山觉得泪水已涌上他的眼窝,于是他又急急忙忙地在房间里踱来踱去。

"看在老天爷的面上!"玛西米说,"假如您知道他的什么事情,请告诉我们吧。"

"唉,"基度山极力克制住他的情感喊道,"假如你们的无名恩人就是威玛勋爵,恐怕你们将永远也见不到他的。两年以前我就和他在巴勒莫分手,那时他正要出发到最遥远的地方去,所以恐怕他是永远不会回来的了。"

"噢,阁下,您真忍心。"裴丽很感动地说,她的眼睛里已充满了泪水。

"夫人,"基度山真挚地凝视着那从裴丽脸上滚下来的两颗流动的珍珠,庄重地答道,"要是威玛勋爵看到了我现在所看到的情景,他就会舍不得抛弃这个世界,因为您所流的眼泪可以使他和人类言归于好。"于是他伸手给裴丽,裴丽也伸出她的手,她已被伯爵的神色和声音吸引得不由自主了。

"但这位威玛勋爵,"她紧紧地抓住最后的渺茫的希望说,"总不会没有一个故乡,一个家和亲戚的吧——总之,总有一个人知道他的吧?那么,难道我们不能——"

"噢,别再问了,夫人,"伯爵说,"别在我的话上建筑渺茫的希望吧。不,威玛勋爵大概不会是您要找的那个人。他是我的朋友,他对我是没有什么秘密的,这件事他也不会瞒过我。"

"而他没有告诉您什么吗?"

"没有。"

"从来没有提起过一个字可以使您想到——"

"从来没有。"

"可是您却轻而易举地一提就提出他来。"

"啊,像这一类的事情,人们或许会猜测——"

"妹妹,妹妹,"玛西米兰帮着伯爵说,"伯爵阁下是很对的。想一想我们的好爹爹常常告诉我们的那句话:'这次来救我们的并不是英国人。'"

基度山吃了一惊。"令尊告诉您什么,摩莱尔先生?"他急切地问道。

"家父一直认为这次的事简直是一件奇迹,他相信那位恩人是从坟墓里爬出来救我们的。噢,对这样一个迷信认识说来伤心,而虽然我自己并不相信,可是我也决不愿意破坏家父的信念。他常常对这件事进行翻来覆去地沉思默想,嘴里念叨着一位好朋友的名字——一位和他永别了的朋友!在弥留之际,当那永恒之境一步步接近的时候,他的头脑似乎受了神光的启迪,而这个念头,截至那时为止本来还只是一种怀疑,这时却变成了一种深信不疑的信仰,他最后的遗言是:'玛西米兰,那是爱德蒙·邓蒂斯!'"

听到这句话,伯爵的脸,本来早已变得愈来愈苍白了,这时的苍白变得就更惊人了。他一句话也说不出来,他像是忘了周围的一切似的看了一看他的表,匆匆地和赫伯特夫人说了几句话,跟艾曼纽和玛西米兰握了握手。"夫人,"他说,"我相信您是可以允许我时时来拜访你们,我珍重你们的这份真诚的友谊,并感激你们的欢迎,因为许多年来,这样克制不住自己的情感,这对于我还是第一次。"于是他急匆匆地离开了房间。

"这位基度山伯爵真是一位奇人。"艾曼纽说。

"是的"玛西米兰答首,"但我觉得他一定怀有一颗非常仁慈的心,而且看得出他很欢喜我们。"

"他的声音直钻进我的心坎里,"裴丽说,"有两三次,我好像觉得以前就曾听到过这种似曾相识的口音。"

第五十一章 巴雷穆斯和狄丝琶

圣·奥诺路是富人的住宅区,各种样式的巨大宅邸都以高雅的设计和华丽的建筑争奇斗艳,靠近这条路的中段,在一幢最富丽堂皇的大厦的后面,有一座大型花园。园里栽遍栗子树,树头昂然挺立俯视着那像城堡一样又高大又坚固的围墙。每到春天,粉红的和雪白的栗花纷扬飘坠,于是,在那路易十四时代建成的铁门两旁方柱顶上的大石花盆里,堆满了这些娇嫩的花瓣。这个高贵的进口虽然外观很壮丽,而且种植在那两只石花盆里的牵牛花绰约多姿;杂色斑驳的叶片随风摇曳,深红色的花朵赏心悦目,但是,自从这座大厦的主人搬进来以后(那已经是许多年以前的事了),却根本闲置不用。大厦的正门开向圣·奥诺路,大厦的前面有一个种满花草的庭园,后面就是关闭在这扇铁门里久置不用的花园。这扇门以前原是和一个肥沃的果园相连接的,果园的面积大约有一亩左右,但投机倒把的建造者却在这个果园的尽头画了一条线——就是说,修建了一条街道——而这条街道甚至在还没有修建好以前就已经给它取了名字,果园的主人原来打算想使这条街道和那条被称为圣·奥诺路的巴黎大通道连接起来,这样就可以把果园作为能够建设住宅的沿街地皮出卖。

可是,在投机事业方面,真所谓谋事在人,成事在钱。这条被取了新名称的街道始终没有修好,果园的买主虽然投了不少资,可是除非他甘心亏大本,否则根本无法找到一个愿意来接手这笔买卖的人。但他始终相信以后有一天总会卖到一笔好价钱的,不但可以偿还他过去所支出的本钱,而且可以把那笔困死在这项投资上的资金的利息捞回来,所以他只好以五百法郎的年租,把这块地方暂时租给一个水果贩子用。因此,正如刚才已经讲过了的,这扇连通果园的铁门早就关闭了起来,任其受风雨的腐蚀,而且的确没用多久铁锈已经使门上的铰链渐渐腐烂,同时,为了防止果园里的掘土工人擅自偷窥大厦的动静,玷污贵族的庭园,又在铁门上钉了六呎高的木板。虽然木板钉得并不十分稠密,从木板隙缝中仍旧可以窥视到园内的景色,但因为那座房子里的家风极其严肃庄重,是不怕轻狂之徒做好奇的窥视的。

在这个果园里,以前曾一度种植过最精美的果蔬,现在却只稀稀拉拉地长着一些苜蓿花,由于无人管理,将来八成会变成一块贫瘠的空地。它和那条规划中的街道有一扇矮矮的小门通连着,开门进来,便是这块用篱笆围起来的荒地,这里虽然是一块荒地,可是在一星期以前产业的主人却从它身上已经捞回了千分之五的老本,而以前它是根本不赚钱的。在大厦那方面,我们前面已经说到过,高高耸立的栗子树,长得比围墙还高,其他的花木也生长得欣欣向荣,并不受栗子树的影响,它们顽强地向四面八方蔓延,铺满了园中的空地,像在坚持它们也有权享受光线和空气似的。花园里有一个角落,树木的枝叶极其茂密,几乎把日光都遮蔽在外面,这儿有一条大石凳和各种样式的农家特色的坐具,表示这个隐秘的角落是一个聚会的地点,或是这大厦里某一位主人翁心所向往的僻静去处,大厦离这儿虽只有百步之遥,但从繁密的绿叶丛中望出去,却只能看到一个模模糊糊的影子。总之,选择这个神秘的地点来做僻静的聚会是再理想不过的,因为这儿可以逃脱一切窥视的目光,有凉爽清静的树荫,繁密的枝叶像是一幅巨大的天幕。即使在最炎热的季节,遇到那火烧一般的天气,灼人的阳光也找不到一丝缝隙,鸟儿在婉转地歌唱,街上和大厦里的喧嚣声都被拒之在外了。

春之女神最近把一些最温暖的日子赐给了巴黎的居民。这一天傍晚,在石凳上可以看到漫不经心地抛着一本书,一顶阳伞和一只绣花篮子,篮子里拖出一块未完成的绣花麻纱手帕。离这几件东西不远的地方,有一个青年女郎站在铁门旁边,竭力从板缝中向外面张望,她的神态极其热烈,眼睛一眨不眨,这些都表明了她对于将要来监的事是多么地关切。正当那时,果园通连街道的那扇门无声地打开了,一个高大强壮的青年人小心翼翼地走进来,他身上穿着一套普通的灰色工人装,戴着一顶丝绒的鸭舌帽,他的头发,胡子和髭须却梳理得极其工整,漆黑光亮,和他身上这种普通平民式的装扮颇不相符。他把门打开以后,迅速地向周围环顾了一下,没有发现有人注意他,就蹑手蹑脚地走进来,又轻轻地把门关上,然后以匆促的步伐走向铁门。

青年女郎虽然见到了她所期待的人,但看到服装不对,不免大吃一惊,急忙要抽身返回。但那个眼睛里燃烧着爱情的青年却已经从门的缺口里看到了白衣服的闪烁,又看到了那条蓝色的腰带在他那位美丽的女邻居的细腰上柔柔地飘动。他急忙跳过来,把他的嘴巴贴在门的缺口上,轻声喊道:"别怕,凡兰蒂,是我!"

青年女郎走进来。"噢,阁下,"她说,"你今天为什么来得这样晚呢?现在差不多已经是吃晚饭的时候啦,我的后母老是监视着我,我的侍女也老是在察看着我的举动,我每做一件事,每说一句话,她都要去回禀,我得费好大的劲儿才能摆脱她们。还有,我的弟弟也老是讨厌地要我陪伴他,我要摆脱他可也不是件容易的事,我今天是借口要静静地完成一件急于完工的绣活才能到这儿来的。我要你先好好解释一下你使我久等的理由,然后再告诉我你为什么要穿这样古怪的一套衣服,我几乎认不出你来了。"

"亲爱的凡兰蒂，"那青年说，"我爱你到极点了，以致我不敢对你说我爱你，可是我每一次看到你，我总是想对你说：'我崇拜你。'这样，即使我不和你在一起的时候，当我回想起自己说的话，我心里也是甜蜜的。现在我首先感谢你对我的责备，你责备我的话让我太感动了！因为，从你的话我感到了你对我的等待，你对我想念的程度。你想知道我迟到的原因和化妆的理由，我一定解释给你听，而希望你能宽恕我。我已经选定一行生意啦。"

"一行生意！噢，玛西米兰，我们现在担心还来不及呢，你怎么竟能在这个时候来开玩笑呢？"

"上苍别让我跟那比我自己的生命更宝贵的人开玩笑！但听我说，凡兰蒂，我把这件事详详细细地来告诉你。我对于总是这样量地皮和爬墙壁实在有点厌倦了，而且你又告诉我，要是你爹爹看到我在这儿徘徊，很可能把我当作一个小偷送到监狱里去，所以我很担心，因为如果那样就会把法国会体陆军的名誉都玷污了，同时，要是旁人看到一位驻阿尔及利亚的骑兵上尉老是在这既无城堡需要围攻又无要塞需要保卫的地点蹓跶，那又会引起怎样的后果——所以我决定变成了一个菜贩子，并且穿上了我这一行职业的服装。"

"你讲的话多无聊呀，玛西米兰！"

"正好相反，我相信这是我生平最得意的一个举动，因为我们从此可以太平无事地约会了。"

"我请求你，玛西米兰，把你的真正用意告诉我。"

"很简单，因为打探到我们现在站的这块地皮要出租，我就马上去要求承租，业主立刻就答应了，而我现在就是这一大片开着苜蓿花的园子的主人了。想想看，凡兰蒂！现在谁都无法来阻止我在我自己的园地上搭起一间小房子，住在离你不到二十码的地方啦。你想我是多么快乐啊！我简直高兴得话都说不出来啦。你想，凡兰蒂，这样的好事能够用金钱买得到吗？不可能的，是不是？嘿，像这样幸福，这样愉快，这样高兴的事，我本来打算用我十年的生命来做交换的，但我却只花了——你猜是多少——五百法郎一年的租金，还是按季付款的！现在这片地是我自己的了，而且不可置疑的我有权利可以拿一把梯子来靠在这个墙头上，什么时候想往这边看我就什么时候爬上来看，我也可以大胆地向你倾诉我对你的爱恋而不必怕被人带到警察局里去——当然罗，除非，你觉得一个穿工人装和戴鸭舌帽的穷苦工人向你倾诉爱情是有损于你的尊严。"

凡兰蒂的嘴唇里轻轻地发出一个惊喜交集的喊声，但却像是有一片嫉妒的阴云遮住了她心中的欢喜似的，她几乎即刻就以一种抑郁的口吻说："唉，不，玛西米兰！那我们不就太放任了吗，我担心这种幸福会使我们不能自拔，而去滥用那种安全，这样我们反而会受到安全的危害。"

"你怎么会有这样不可思议的念头呢，亲爱的凡兰蒂？从我们那值得庆幸的最初相识的一刻起，难道你没有看见我在用我的全部言行来向你表明我的心意吗？我当然相信，你对于我的人格是不会怀疑的，当你对我说，你影影绰绰地感觉到有某种危险在威胁你的时候，我就真诚地甘心情愿地听你驱使，不求任何回报，只要你有安全感，我就感到心满意足了。有许多人愿意为你牺牲他们的生命，在那些人之中，你选中了我，而我的哪一句话或哪一次的眼神曾经使你感到过遗憾吗？你告诉我，我亲爱的凡兰蒂，说你已经和伊辟楠先生订婚，而且你父亲已经决心要成全这件婚事，而且他的意志是不能抗拒的，因为维尔福先生一旦下了决心，是从来不会改变的。如果真的是这样，我自愿退居幕后，等待着，并不是等待我自己或你的决定，而是等待上天的吩咐。而在这期间，你爱我，你怜悯我，并且坦率地告诉了我。我感谢你那句甜蜜的话，我只要求你时时重复那句话——因为它可以使我陶醉其间忘却一切。"

"啊，玛西米兰，就是那句话使你这样勇敢胆大，而使我既感到快乐，又感到悲伤，以致我常常扪心自问，究竟是哪一种感情对我更好些。是后母的严厉，偏爱她自己的孩子使我受到的痛苦呢，还是我在和你相会的时候，感到地充满了危险的幸福？"

"危险！"玛西米兰喊道，"你怎么能够使用这样残酷和这样不公平的字眼呢，难道你还能找到一个比我更柔顺的奴隶吗？你曾经答应过我可以随时和你谈话，凡兰蒂，但禁止我在你散步的时候或在其他的交际场所跟踪你，我服从了。而自从我想出办法走进这个园地以来，我这是隔着这道门和你谈话，虽然和你近在咫尺却看不到你的面容，我有没有一次想从这些缺口里进来碰一碰你的衣边的打算？我没有起过推倒这堵墙的念头，对于我这样年轻，这样健壮的体魄来说，这堵墙只不过是一个微不足道的障碍物。我从来没有抱怨过你这种含蓄的态度，也从来没表示过我心中的一种愿望。我像一个古代的骑士那样信守着我的诺言。你至少应该承认这几点吧，不然我就要以为你不公平啦。"

"这是真的，"凡兰蒂说，她从木板的一个小缺口里伸出一个手指尖来，玛西米兰在那个手指尖上吻了一下。"这是真的。你却是一个可尊敬的朋友，但你这种行动却依旧出于自私的动机，我亲爱的玛西米兰，因为你心里很明白，假如你表示出些微相反的意思，我们之间就一切都完了。你答应赐给我热切的兄妹之爱——我，除了你以外，在这个世界上再没有别的朋友了，我的父亲把我置之一旁，我的后母只是迫害我、虐待我，唯一伴随着我的就是一个不能说话、患了麻痹症的老人，他那干瘪的手经不能再来紧握我的手，只有他的眼睛可以和我谈话，他的心里却无疑地还为我保留着一些温暖。噢，我好命苦呀，凡是那些比我强大的人，不是把我当作牺牲品，就是把我当作敌人，而我唯一的朋友和援助者只是一个会喘气的木偶！真的，玛西米兰，我真痛苦极了，我知道你爱我是为我着想，不是为了你自己，对此我非常感谢。"

"凡兰蒂，"青年深深地受了感动，答道，"我不想说我在这个世界上所爱的只有你一个人，因为我也重视我的妹妹和妹夫，但我对他们的情爱是宁静的，绝不像我对你的情感。只要一想到你，我的心就跳得更厉害了，我血管里的血就流得更急速了，我的胸膛就开始心乱意烦地起伏不定，但我庄严地告诉你，我会努力克制这一腔热情，克制这种紧张沸腾的感情，直到你自己需要我用那种热情来为你效力或帮你的时候。据我所知，弗兰士先生在一年之内还不会回国，在这段时间里，我们或许可以得到许多有利的和意想不到的机会。所以，我们最好还是满怀希望吧——希望我们永远这样甜蜜的相互安慰着。凡兰蒂，当你责备我自私的时候，我请求你略微想一想你对我的态度，——活像是一尊美丽而冷漠的爱神像。对于我的忠诚，我的服从，我的自制，你究竟应该怎样回答我？你应不应该赐给我点什么？哪怕是极少极少。你告诉我弗兰士·伊辟楠先生是你的未婚夫，说你每想到将来要做他的妻子就感到害怕。告诉我，凡兰蒂，你的心里难道再没有别的想法了吗？什么！我把我的生命奉献给你，我给了你我的灵魂，甚至我的心房的每一次最轻微的跳动都是为了你。而当我这样整个儿属于你的时候，当我对自己说，要是我失去你，我就会死去了的时候——你，当你想到你将属于另外一个人的时候，却就不心惊胆战吗？噢，凡兰蒂，凡兰蒂呀！假如我处在你的位置上，假如我知道我自己被人挚爱着，像我爱你一样，我至少会一百次地把我的手从这些铁栅栏之间伸出来，对可怜的玛西米兰说：'我是你的了，玛西米兰，今生来世，我都是属于你的了！'"

凡兰蒂没有回答，但他的爱人却可以清晰地听到她饮泣和流泪的声音，青年的情感起了一种急速的变化。"噢，凡兰蒂，凡兰蒂！"他喊道，"假如我的话里有哪一点使你感到痛苦和不安，那么你把它忘了吧。"

"不，"她说，"你说得对，但你难道看不出来我是一个可怜的懦弱的人吗？在家里委曲受尽，几乎就像是一个陌生人一样——因为我的父亲对我几乎就像是一个陌路人——我的心早已破碎了，自从我十岁那年起，每一天，每一小时，每一分钟，我都受着那些铁石心肠人的压迫和折磨。谁都无从知道我所受的痛苦，而除了你以外，我也不曾对别人说过。外表上，在一般人看来，我的一切都很顺利——每一个人对我都很关心体贴，但实际上，每一个人都是我的仇敌。一般人都说：'噢，像维尔福先生这样个性严厉的人，是很难指望他像有些父亲那样滥施温情到女儿身上的，但她总算是幸福的了，竟能找到像维尔福夫人这样一位继母。'但是，这些人都错了，我的父亲对我漠不关心，我的后母憎恨我，而由于她那种憎恨总是用微笑遮掩着，所以我就更觉得可怕了。"

"恨你！你，凡兰蒂！"青年喊道，"谁能干得出那样的事呢？"

"唉！"凡兰蒂说，"我不得不承认，我后母对我的嫌弃，而是非常自然的——她太爱她自己的孩子，就是我的弟弟爱德华了。"

"那怎么可能呢？"

"怎么可能？本来我似乎不应该和你谈到金钱上的事情，但是，我的朋友，我以为她对我的憎恨是从这一点上引起的。她没有什么财产，而我却已经很富有了，因为我是我母亲的继承人，而且我的财产将来还要增加一倍，因为圣·米兰先生和圣·米兰夫人的财富将来有一天也会传给我。嗯，我想她肯定是嫉妒了。噢，我的上帝！假如我把那笔财产分一半给她，我就可以使我自己在维尔福先生家里的地位像每一个做女儿的在她父亲家里的地位一样，我当然毫无疑义地会那样做的！"

"可怜的凡兰蒂！"

"我时时觉得自己像是被捆绑着生活一样，同时，我又这样清晰地意识到我自己的软弱，我甚至怕去挣脱那捆绑住我的束缚，深恐我会因此陷入极端无力又无助的境地。而且,我的父亲更不会让人违背他的命令而不受责罚。他强烈地反对我,他也会强烈地反对你,甚至反对国王——因为他过去的历史是无可指摘的,而他的地位又几乎是不可动摇的。噢,玛西米兰,我向你保证,我所以不做挣扎,那是因为我怕在那场挣扎里,不但我,而且连你也要被压倒。"

"但是,凡兰蒂,你为什么要绝望,而且把前途看得这样渺茫可怖呢?"

"啊,我的朋友!因为这是我从以往的经历中判断出来的。"

"可是你再想一想,严格地说,虽然我和你够不上称作所谓的门当户对,但我有种种理由说明我和你结合并不能完全说是高攀。法国现在已不再是注重门户观念的时代了,君主国的家庭已经和帝国的家庭联姻,用长枪的贵族已经和用炮筒的贵族阶层通婚。我是属于后者这个阶级的,我在陆军中可以说前途无量,我的财产虽然有限,但却不受制于人,我的父亲在我们的故乡很受尊崇,大家都称他是一个最可尊敬的商人。我说'我们的'故乡,凡兰蒂是因为你诞生的地点离马赛并不远。"

"别提马赛这个字眼吧,我请求你,玛西米兰,这个地名使我又怀念起了我的母亲,——我那天使般的母亲呀,对我,对所有那些认识她的人来说,她真是谢世得太早啦。但她在这个世界上照顾她的孩子的时间虽然短暂,可是我至少希望,现在,当她纯洁的灵魂在那幸福的领域里飞翔的时候,她还是亲切爱怜地在注视她的孩子。啊,要是她还活着的话,我们就什么都不必害怕啦,玛西米兰,因为我可以把我们的爱情坦白地告诉她,而她就会全力地帮助我们和保护我们。"

"我怕,凡兰蒂,"爱她的人答道,"要是她还活着的话,我就绝不会有福气认识你了。那时候你只会感到太幸福了,而高高在上的、幸福的凡兰蒂,是会瞧不起我的。"

"玛西米兰,现在你也残酷——哦,不公平啦,"凡兰蒂喊道,"但我很想知道一件事。"

"什么事?"青年问,他觉察到凡兰蒂犹豫不决,像是不知道如何开口似的。

"告诉我,玛西米兰,从前,在马赛的时候,你的父亲和我的父亲之间有没有发生过什么误会?"

"据我所知是没有的,"青年答道,"除非,的确,由于他们是敌对党派的人,或许彼此都有点恶感——你的父亲,你也知道,是一个热心拥护波旁王室的保王党,而我的父亲则是完全尽忠于皇帝的。他们之间不会再有任何其他争执的了。但你为什么要提出这样的问题呢,凡兰蒂?"

"请允许我来告诉你,"青年女郎答道,"而且这件事你本来也是应该知道的。但我必须从报纸上公开发表任命你为荣誉团军官的那一天讲起。那天我们都坐在我祖父诺梯埃先生的房间里,邓格拉司先生也在那儿,你记得邓格拉司先生吗?不记得了吗,玛西米兰?就是把马车借给我的继母,几乎把她和我的小弟弟一起摔死的那个银行家。旁人都忙着在那儿议论邓格拉司小姐的婚事,我在高声地给我的祖父读报听,但当我读到关于你的那一段的时候,虽然那天早晨我没做过别的事情,只是把那一段消息翻来覆去地读给我自己听(你知道,这个消息你已经在前一天傍晚告诉过我了),我还是感到这样愉悦,但是当我想到当着这么多人的面我把你——我所爱的人的名字念出来，我的心又是这样慌乱，我真的很想把那一段跳过去，可是又怕我的沉默会引起旁人的怀疑，所以我鼓起浑身的勇气，尽可能地把它坚定沉着地念了出来。"

"可爱的凡兰蒂！"

"嗯，我的父亲一听到你的名字，他就很快地转过头来。我相信——你瞧我多傻——每一个听到你的名字的人都会像一个霹雳打到面前一样大吃一惊，所以我似乎看到我的父亲也吃了一惊，甚至邓格拉司先生也吃了一惊，但那当然只是一种朦胧的感觉。

"'摩莱尔！摩莱尔！'我的父亲喊道，'停一下，'然后，他紧紧地锁住眉头，又说'马赛有一家姓摩莱尔的，那都是些拿破仑党的暴徒，他们在 1815 年的时候给我们添了多少麻烦，难道这个人就是那一家的后代吗？'

"'我想是的，'邓格拉司先生回答说，'小姐所读的报纸上的那个人，就是以前那个船主的儿子。'"

"真的！"玛西米兰答道，"那么你的父亲怎么说的呢，凡兰蒂？"

"噢，太可怕了，我不敢说。"

"尽管说吧，没有关系。"青年微笑着说。

"'啊，'我的父亲仍然皱着眉头说，'他们所崇拜的那位皇帝对待这些疯子的态度的确很适当，他把他们称作'炮灰'，这两个字形容得再正确不过了。我很高兴看到现政府极力实施这个有益的原则。即使驻军守卫阿尔及利亚只是为了那个目的，即使实施那个政策要花费很大的开销，我也要向政府祝贺。'"

"这确实是一种恶毒的政策，"玛西米兰说，"但不必为维尔福先生的那些话感到惭愧，我亲爱的朋友，因为我可以向你保证，我的父亲在谈到政治的时候，其态度之激烈丝毫不亚于你的父亲。'哼，'他说，'皇帝做过许多好事，但他为什么不把法官和律师编成一个联队，派他们永远到前线去服役呢？'你瞧，凡兰蒂，若论思想的温和以及谈吐的优雅两党都是一样的，没有什么差别。但检察官这样大大地发扬了一番党的精神以后，邓格拉司先生又怎么说？"

"噢，他笑了，是他所特有的那种阴险的微笑，这种笑让我觉得很残忍，过了一会儿，他们站起身来走了。那时我才注意到我的祖父很气愤。我必须告诉你，玛西米兰，只有我一个人能够察觉出那个可怜的疯瘫老人的情绪。我怀疑当着他的面所发的这一番议论（因为谁都没有去注意他，可怜的人）已在他的脑子里造成了一种强烈的印象，因为，自然罗，他是这样的挚爱皇帝，一向忠心耿耿地为他效力，现在人家以这样轻蔑的态度谈论他，他听了当然觉得痛苦、气愤。"

"谈到诺梯埃先生，"玛西米兰说，"他是帝国时代一位大名鼎鼎的人物，一位地位崇高的政治家。我不知道你晓不晓得，凡兰蒂，在波旁王室复位的期间，每一次拿破仑党的叛变他都是居于领导地位的呢。"

"噢，我经常听人们小心地议论这种事情，我觉得真是太奇怪了——父亲是一个拿破仑党，儿子却是一个保王党，究竟有什么理由要在党派和政治上出现这样古怪的差别呢？但还是回头来讲我的故事吧！我转过头去望着我的祖父，想问他为什么要这样激动,他若有所思地望着我所念的那张报纸。'什么事呀,亲爱的祖父?'我问道。'你高兴吗?'他给了我一个肯定的表示。'是高兴我爹爹刚才所说的话吗?'他作了一个否定的表示。'或许你喜欢邓格拉司先生所说的话吧?'又是一个否定的表示。'噢,那么,你是因为听到摩莱尔先生(我不敢说玛西米兰)被任命为荣誉团的军官,所以很高兴吗?'他表示同意。你想想看,那可怜的老人并不认识你,可是欢喜听到你被任命为荣誉团军官的消息!虽然这或许是他下意识的举动,因为他们说,他正在退回到一种第二个孩童时代了!但我却因为他那个同意的表示而更爱他了。"

"多古怪,"玛西米兰低声说,"你的父亲显然一提到我的名字就恨?而你的祖父却正好相反——这些巴黎人的爱恨真是奇怪的不得了!"

"嘘!"凡兰蒂突然喊道,"快躲起来! 去,去! 有人来啦!"

玛西米兰一跳就跳进他的苜蓿花地里,开始用最无情的态度铲起草来,假装着正在除野草。

"小姐! 小姐!"树丛后面有一个声音喊道。"夫人到处在找您呢,大厅里来客人啦。"

"客人!"凡兰蒂很焦急地问道,"是谁呀?"

"一位大人物,一位亲王,这是他们告诉我的——是基度山伯爵阁下。"

"我马上就来。"凡兰蒂高声说。

这个名字使铁门那一边的那个人像触电似的吃了一惊,在他的耳朵里,凡兰蒂的那一声"我就来了!"好像是一声告别的丧钟,使他们永远不能再见面了似的。

"咦,"玛西米兰若有所思地靠在他的铲子柄上自言自语地说,"基度山伯爵是怎么认识维尔福先生的呀?"

第五十二章　毒药学

出现在维尔福夫人客厅里的来宾真的是基度山伯爵,他这次来的目的是回拜检察官的那次拜访。当然很容易想象得到,一听到这个名字,顿时全家人都被调动起来。当仆人来禀报伯爵驾临的时候,维尔福夫人正独自在客厅里会客,她立刻吩咐把他的儿子叫进来,以便重新向伯爵道谢。爱德华尽可能地赶快跑来了,倒并不是服从他母亲的命令,也不是对伯爵有什么感谢的意思,纯粹是出于好奇心,因为最近这两天来,他不断地听人谈起这位大人物,所以很想有一个机会和他说几句话,捣几个小小的乱子,以博得他母亲的欢心,说:"噢,这个麻烦的孩子!但请原谅他,他真是'这样的'聪明。"

经过一番例行的寒暄以后,伯爵问到维尔福先生。

"我的丈夫到国务总理那儿吃饭去了,"那年轻的太太回答。"他刚才去,我想他一定为错过了这次和你聚谈的机会而感到遗憾。"

伯爵来到的时候,客厅里本来另外还有两位客人,为了礼貌和好奇心,他们又适度地逗留了一会儿,用他们的四只眼睛向伯爵凝视了一番,然后起身告辞。

"啊!你的姐姐凡兰蒂在做什么呀?"维尔福夫人问爱德华,"快让人去喊她到这儿来,我想介绍她见见伯爵。"

"那么,你还有一个女儿吗,夫人?"伯爵问道,"我想一定非常年轻吧?"

"是维尔福先生的女儿,"那年轻的妻子答道,"是他的前妻生的——已经是一个长得很漂亮的大姑娘了。"

"但患有抑郁症。"小主人翁爱德华插嘴说,他正在拔一只美丽的长尾小鹦鹉尾巴上的羽毛,想把它拿来插在他的帽子上做花翎,拔得那只站立在镀金架子上的鸟叽叽喳喳地乱叫。维尔福夫人只是喊了一声,"不许乱说,爱德华!"然后她又说,"但是,这个小捣乱差不多也说对了,他只是鹦鹉学舌罢了,这句话他听我烦恼地说过一百遍了,因为虽然我们竭力想使维尔福小姐高兴,但她却抑郁成性,不爱说话,而这样一来常常会损害到她的美丽。她还没有来,爱德华,去问问是什么原因呀。"

"因为他们去找的地方不对,她本来不在那儿。"

"他们到哪儿去找她啦?"

"诺梯埃爷爷那儿。"

"她不在那儿吗?"

"不,不,不,不,不,她不在那儿!"爱德华唱歌似的回答。

"那么她在哪儿呀?你要是知道,你怎么不说呢?"

"她在那棵大栗子树底下哪。"那个被宠坏了的孩子一面回答,一面不顾他母亲的吆喝,仍拿苍蝇去喂鹦鹉,而鹦鹉对于这种游戏看来也很感兴趣。维尔福夫人伸手去拉铃,想让她的侍女到爱德华所说的那个地点去找凡兰蒂,但这时那青年女郎已经自己走进房里来了。她的样子很沮丧,若要是留心注意一下,还可以发现她的眼睛里流泪的痕迹。

我们总是匆匆地叙述,还没把凡兰蒂向我们的读者正式介绍过,她是一个十九岁的姑娘,身材高挑,姿容温雅,有光亮的褐色头发,深蓝色的眼睛,脸上透着一种高贵典雅的娇弱郁闷的神气,这种神气完全像她的母亲。她那洁白纤细的手指,她那珠圆玉润的颈项,她那白里透红的脸颊,使人一见,就觉得她的容貌像那种诗意地自比为顾影自怜的天鹅的英国美女。她走进房来,看到她后母的旁边坐着这位久闻其名的客人,就大大方方地向他行了一个礼,甚至连眼皮都不曾低垂一下,这雍容的举止使伯爵对她更加注意了。他站起来答礼。

"维尔福小姐,我的继女。"维尔福夫人对基度山说,她身体靠在沙发上,用手向凡兰蒂挥了一下。

"这位就是基度山伯爵阁下,中国国王,安南皇帝。"那小顽童狡猾地望着她姊姊说。

维尔福夫人这次真的变色了,而且几乎就要怒责这个名叫爱德华的家门瘟神,但伯爵却正好相反,他微笑了一下,以很欢喜的样子望着那孩子,这使那母亲的心里又充满了喜悦和高兴。

"但是,夫人,"伯爵回答,在谈话中时而望着维尔福夫人,时而望望凡兰蒂,"我不是已经很幸运地会过您和小姐了吗?这个念头在我的脑子已经盘旋了好一阵子了,小姐进来的时候,一看到她,我那混乱的记忆里立刻又多了一线光明,请原谅我的记忆贫弱。"

"我倒并不以为如此,阁下,维尔福小姐是十分不喜欢交际的,而且我们也极少外出。"那年轻的太太说。

"那么,夫人,我不是在社交场合遇到小姐,您和这个可爱的小人儿的了。而且,巴黎社交界我是完全不熟悉的,因为,我想我已告诉过您,我到巴黎才只有几天时间。不,但或许您可以容我想一想吧——等一等!"伯爵用手扶住额头,像是聚精会神在思索似的。"不——是另外一个地方——不是这儿——是在——我不知道——但回想起来像是和某一个宗教节日有关。记得是个美好的天气,小姐手里拿着花,这个孩子在一个花园里追逐一只美丽的孔雀,而您,夫人,则坐在一个什么树藤搭成的凉亭底下。请您帮我想一想看,夫人,讲到这些您的头脑里还没有回忆到一些往事吗?"

"不,真的,"维尔福夫人答道,"可是据我的体验,阁下,假如我曾经在什么地方见过您,那么你的印象一定会深深地刻在我记忆里的。"

"或许伯爵阁下是在意大利看见我们的吧。"凡兰蒂羞怯地说。

"是的,在意大利——多半是在意大利,"基度山答道,"那么您到意大利去旅行过吗,小姐?"

"是的,夫人和我在两年以前到过那儿。医生怕我的肺不好,指定我们去呼吸那不勒斯的空气。我们曾经路过博洛哩,比鲁沙和罗马。"

"啊,是了,不错,小姐,"基度山喊道,像是这一些简单的提示已经足够决定他的记忆了似的。"是在比鲁沙,那一天是天灵节,在波士蒂旅馆的花园里,我们是碰巧相遇的——您,维尔福夫人,令郎,小姐和我,我现在记起我确实是有幸会过你们的了。"

"关于比鲁沙,波士蒂旅馆,和您所指的那个节日我记得十分清楚,阁下,"维尔福夫人说,"但是其他我可再也想不起来了,我惭愧自己的记忆力太差,因为我真的记不得以前曾有幸见过您。"

"这真奇怪,我也记不起和您见过面。"凡兰蒂抬起她那对美丽的眼睛望着伯爵说。

"我可记得。"爱德华说。

"我们一起回忆一下,夫人,"伯爵又说,"那天的天气热得火烧火燎的,您在那儿等马车,因为是节日,所以车子来迟了。小姐在花园的树荫底下散步,令郎去追赶那只鸟,后来就跑得看不见了。"

"我追到它啦,妈妈,你不记得了吗?"爱德华说,"我还在它的尾巴上拔了三根毛呢。"

"您,夫人,正如我刚才告诉您的,是等在一个葡萄藤搭成的凉亭底下,您不记得了吗? 您坐在一张石凳上,当维尔福小姐和您的小儿子不在的时候,你曾和一个人交谈了很长时间?"

"是的——真的,是了,"那青年太太回答道,脸蛋变得绯红,"我的确记得曾经和一个身穿羊毛长大氅的人讲过话,我记得他好像是一个医生。"

"一点不错,夫人,那个人就是我。当时我已经在那家旅馆里住了两星期了,在那期间,我医好了我贴身跟班的寒热症和旅馆老板的黄疸病,所以当时真的有人称赞我是一个妙手回春的医生。我们谈了很长时间的话,夫人,谈到各种问题——谈到比鲁杰诺,拉斐尔(均为意大利画家),各地的风俗习惯,和那著名的'托弗娜毒水',我好像记得您还说过,有人告诉您,比鲁沙有人保存着那种毒水的秘方。"

"是的,不错,"维尔福夫人急忙回答,神色有点不安。"我现在回忆起来了。"

"那次我们议论到各种各样的问题,我现在已经不能完全记得了,夫人,"伯爵十分平静地说,"但后来您也像别人一样对我有所误解,和我商量到维尔福小姐的健康问题,这一点我却记得很清楚。"

"是的,的确,阁下,您确实是一位医生,"维尔福夫人说,"因为您治好了很多病人。"

"这一点我只好借莫里哀和博马舍(法国文学家与剧作家)的话来回答您,因为正如他们所说的:治好我的病人的,并不是我。至于我,我只能对您说,我对于药物学和各种自然科学曾做过相当深刻的研究,但您知道,那只是一种业余爱好而已。"

这时时钟敲了六下。"现地已经六点钟了,"维尔福夫人显然很激动地说,"凡兰蒂,不知你的爷爷要不要吃饭,你去看看好吗?"

凡兰蒂站身起来向伯爵行了个礼,默默无言地离开了房间。

"噢,夫人!"凡兰蒂离开房间以后,伯爵说,"您是为了我的缘故才把维尔福小姐打发走的吗?"

"绝不是的,"那青年妇人急忙答道,"我们总是在这个时候给诺梯埃先生吃饭的,说来可怜,他吃饭也只是为了维持他那种悲愁的生活而已。阁下,家翁那种可悲的状况您已经知道了吧。"

"是的,夫人,维尔福先生对我谈起过——我好像记得,他是一个瘫子。"

"唉,是呀! 那个可怜的老人全身一点都不能动弹,在这架人体机器里,只有脑子还可以活动,而那也只是像欲熄未熄的一点灯火罢了。请您原谅我诉说我们家庭里的不幸,先生,我打断了您的话啦,您刚才不是在告诉我,说您是一个高明的药物学家吗。"

"不,夫人,我并没有说能够达到那种程度",伯爵带笑回答,"正好相反。我之所以要研究药物学,是因为我决定要住在东方,所以我很希望能学学国王米沙里旦司的榜样。"

"'米沙里旦司,君临邦图斯,'"那小无赖一面说,一面从一本精美的画册上撕下一张美丽的画片,"那个人每天早晨吃早餐的时候都要吃一杯烈性毒药。"

"爱德华,你这顽皮孩子!"维尔福夫人从那顽童的手里夺下那本残缺不全的书,喊道,"你真叫人无法忍受,老是打扰大人的谈话。快离开这儿,到诺梯埃爷爷的房间里找你的姊姊凡兰蒂去吧。"

"画册。"爱德华说

"你是什么意思? 画册!"

"我要那本画册。"

"你为什么要把图画撕下来?"

"噢,我高兴嘛。"

"去,赶快去。"

"我不去,除非你把那本画册给我。"那孩子说着,并根据他决不让步的习惯,赖皮地在一张圈椅上坐了下来。

"拿去吧,那么,别再来打扰我们了。"维尔福夫人说,把那本画册给了爱德华,于是,那孩子就由他的母亲领着,向门口走去。

伯爵用眼睛跟着她。"我来看看,他出去以后,她关不关门。"他低声地自语着。

这孩子出去以后,维尔福夫人小心地把门关上,伯爵表面上装作没有去注意她,这时,他以一种细察秋毫的目光飞快地向房间里环视了一眼,那位年轻的太太走回到她的椅子边,又坐了下来。

"允许我说一句话,夫人,"伯爵用他那种装扮得非常巧妙的慈爱的口吻说,"您对那个可爱的孩子真是太严厉了。"

"噢,有的时候严厉是很需要的。"维尔福夫人用一种真正母性的语气煞有介事地说。

"爱德华小主人刚才那句关于国王米沙里旦司的话,是尼颇士(罗马史学家)说的,"伯爵又说,"从他这一句引证的话上可以看出他的家庭教师对他没有疏于教育,令郎真可说是少年老成。"

"伯爵阁下,"受到这样的恭维,做母亲的显得很高兴,她回答道,"他的天资的确很敏捷,不论什么东西放到他面前,他一学就会。他只有一个缺点,就是有点任性,至于他刚才所说的那句话,您真相信米沙里旦司用过那种预防剂,而且那种预防剂是很有效的吗?"

"我想是的,夫人,因为我——就是现在跟您讲话的我——也用过它们,免得在那不勒斯,巴勒莫和士麦拿的时候被人毒死,那就是说,有三四次,要不是靠了那种预防剂,我一定早就命丧无常了。"

"您的预防剂成功了吗?"

"完全成功。"

"是的,我现在记起来了。您在比鲁沙时曾对我提起过这一类的事情。"

"真的! 我提过吗?"伯爵带着一种装扮得非常巧妙的惊愕神色说,"我实在不记得了。"

"我问您毒药对于南方人和北方人是不是会产生同样的效力,而您回答我说,北方人的脾气冷淡懒怠,南方人的性格热烈活泼,他们对于毒药的感受性是不一样的。"

"的确如此,"基度山说,"我曾经看见过俄国人吃某种植物素,吃了以后显然毫无妨害,但假如是一个那不勒斯人或是一个阿拉伯人,吃下去就一定会致人死命的。"

"而您真的相信,我们比东方人容易收效,在我们这种雾雨繁密的地带,一个人要使自己习惯于逐渐吸收毒药,要比那些热带的人容易些吗?"

"当然罗,同时也一定要晓得,一个人必须亲自用惯了那种毒药,才能不被那种毒药所害。"

"是的,那我懂得。但比如说,您要怎么样才能用惯呢? 或说得更正确些,您是怎么样用惯的呢?"

"噢,非常容易,比如您事先得知要用什么毒药来谋害您,假如那毒药,譬如说,是木鳖精——"

"木鳖精是从番木鳖的皮和果实中提炼出来的,是不是?"维尔福夫人问。

"一点不错,夫人,"基度山答道,"我发觉我实在没有多少可以教您的了。请允许我恭贺您的学识丰富,这些知识在太太们之中是极少有人学到的。"

"噢,那我是知道的,"维尔福夫人说,"我对于神秘科学是非常偏爱的,它们像诗歌一样的需要想象力,又像一个代数方程式似的可以还原。但请您继续说下去吧,您所说的我觉得有意思极了。"

"好的,"基度山答道,"那么,假定这种毒药是木鳖精,您在第一天吃一毫克,第二天吃两毫克,如此类推。好,到第十天,您可以吃一厘克了,到第二十天,又加了一厘克,您可以吃两厘克了——那就是说,这服药您吃了可以毫无什么副作用,但要是让没有经过这种预防步骤的人吃了,却非常危险。那么,好,满一个月的时候,您要是和人同饮一只水瓶里的水,您可以把那个人杀死,而您自己虽然也同时饮了这种水,但除了微微觉得有点不舒服以外,决不会觉察到这瓶水里混有任何毒性物质。"

"您还知道有任何其他的抗毒剂吗?"

"我不知道了。"

"我常常把米沙里旦司的历史反复研读,"维尔福夫人用一种沉思的口气说,"我始终认为那是一种怪诞荒唐的构思。"

"不,夫人,正巧和大多数历史家所说的相反,这件事是真实的。但是,夫人,您告诉我的,哦,您向我提出的这件事倒并不是一个偶然的问题,因为两年以前您曾问过我这个同样的问题,而且还说,米沙里旦司的历史已在您的脑子里盘旋了一段极长的时间了。"

"以前大概像您说的那样吧,阁下。我年轻的时候最感兴趣的两门功课是植物学和矿物学。后来,我又知道,在东方诸国,草药的使用常常可以解释一个民族的全部历史和个人的整个生涯,正如各种鲜花可以说明它们的情思一样。那时,我又后悔我为何不是一个男人,否则,我或许倒可以成为弗赖米尔(法国炼金术学家),芳丹拿(意大利生理学家),或卡巴尼斯。"

"还有一层,夫人,"基度山说,"东方人并不像米沙里旦司那样仅仅是用毒药来做护心镜,他们也把它当作匕首用。科学在他们的手里不但是一件防御武器,而且更常常是一种进攻的武器。前者用来消除他们肉体上的一切痛苦,后者用来进攻他们所有的敌人。有了鸦片,颠茄,番木鳖,蛇木根,樱桂皮,他们可以使那些清醒的人一齐进入梦乡。埃及,土耳其,希腊的女人,就是你们在这儿称她们为'好女人'的那些人,她们谁都十分清楚地知道如何在药物学上使一个医生吓得目瞪口呆或在心理学上惊倒一位忏悔师。"

"真的!"维尔福夫人说,在这一段谈话里,她的眼睛时时闪烁着一种奇异的火花。

"哦,的确是真的! 夫人,"基度山继续说,"一种植物能产生爱,但那种植物也能造成死。一种药料能把天堂打开在你的眼前,但那种药料也能把一个人推入地狱,东方式的秘剧就是这样开始和结束的! 每一种东西都有许多阴暗面,正如人类的肉体和精神变幻无常,各有其特征一样。我还可以更进一步说,那些化学家还有本领把药物和病症依据他的所爱或是他想复仇的愿望加以适当的配合。"

"但是,阁下,"那位太太说,"您曾在那些东方社会里生活过一个时期,这么说来那些地方可真像《一千零一夜》里的故事一样神奇莫测了。照这样推断,那儿的人可以随随便便地被人除掉,这可实在是盖伦特(《一千零一夜》的法译者)先生时代的巴格达和巴斯拉了。苏丹和维齐(古代阿拉伯国家的国王称苏丹,大臣称维齐)统治着那些社会,他们也有我们法国所谓政府这一类的东西,而实际上他们只是回教的教主和祭师,他们不但可以饶恕一个毒人致死的犯罪,而且要是他犯罪的技术很高超的话,甚至可以封他作为首相,一旦遇到这样的情形,他们甚至还要全部故事用金字写下来,借以消磨他们闲散无聊的时间。"

"绝不是那样的,夫人,东方已不再发生那种异想天开的事情。那儿现在也有警察,法官,检察长和地方官,不过名称和服装不同而已。他们尽可能地以最客观的方式处理他们的犯人,有绞刑、杀头和刺刑。但有些犯人却能像那些聪明的地痞流氓一样设法逃脱法律的制裁,凭着他们高超的智谋继续做贪赃枉法的事业。在我们的社会里,一个傻瓜要是心里怀了仇恨或动了贪念,想灭掉一个仇人或除掉一个近亲,他就径自跑到杂货店或药房里,借口老鼠搅得他无法睡觉,要买五六克砒霜,他会捏造一个假名字,而那却比真名字更容易被识破,倘若他真是一个狡猾的家伙,他就会分开到五六家不同的药房或杂货店里去买,因此,这在追踪探索案情的时候,就更容易了五六倍。然后,当他买到他的目的物以后,他就莽莽撞撞千方百计地给他的仇人或近亲吃一服砒霜,其分量之重,就是古代的巨象或恐龙吃了也定会五脏崩裂,就这样毫无人道地使他的牺牲者哀号呻吟,惊动了前后左右的邻居。他们就去请一位医生来,医生解剖开死者的身体,从肠胃里把砒霜刮出来装在一只器皿里。第二天,一百家报纸上都会报道这件事,刊登出被害人和凶手的姓名等种种情况。当天傍晚,杂货商或药商就来说:'被告的砒霜是我卖给他的。'他们绝对不会错认,一认就认出那个犯罪的顾客。于是那个愚蠢的犯人就被扣押起来,关进监牢里,经过审问、对质、挨骂、宣判,最后在麻绳或钢刀上了却残生。倘若她是一个相当有地位的女人,他们就判处她无期徒刑。你们北方人可能以为这样就算是懂得药物学了,夫人。然而应当承认,德律(一毒害人的凶犯)的技巧更聪明些。"

"您还想怎么样呢,阁下?"那位太太笑着回答,"我们只能尽力罢了。全世界的人不是个个都能有像梅迪契(亨利二世的王后)或布琪亚那种秘方的呀。"

"现在,"伯爵耸耸肩继续说道,"让我来告诉您这种蠢事的起因好吗?那是因为在你们的戏院里,至少,我可以从我所看过的几个剧后做出这样的判断,他们看到舞台上的人吞下一只小瓶子里的东西或呋一呋一只戒指,就立刻倒下去死了。五分钟以后,幕落了下来,观众也全离开了。他们不知道以后的事情如何。他们既没有看到那佩着绶带的警官,又没有看见那带着四个兵的伍长,于是,许多愚人就一厢情愿的相信事情的确就是那个样子的。但离开法国稍远一点的地方,到阿莱普或开罗,或是只要到那不勒斯或罗马,您看到有一个人在街上经过您的身旁——那个人腰杆笔直,面带微笑,肤色红润,可是,假如阿斯魔狄思(犹太教魔王,有先见之明)在您身边的话,他就会说:'那个人在三星期以前中了毒,一个月之内死神就会降临到他头上。'"

"那么,"维尔福夫人说,"那著名的托弗娜毒水的秘密又被他们发现啦,我在比鲁沙听说那已经失传了呀。"

"哦,真的,人类有哪一样东西是永远失传了的?艺术是能传播的,它在世界上不断地兜着圈子。事物改变了它们的名字,凡夫俗子就不再去跟踪它们,如此而已,但结果总是一样的。一种毒药只对一种器官发生作用——有的侵害胃,有的侵害脑,有的侵害肠。譬如说,某一种毒药可以使人咳嗽,咳嗽能促使肺部发炎,或引起在医书上的另一种疾病,那种病,本来决不会致命,假如不让那些天真的医生用那些药物使病情恶化以致命的话。这些大都是些技术不高明的药物学家,他们随心所欲,不是把病治好了就是把病人治死了。病人的死看来十分自然,关于他,法律是不会去过问的,这种情况是我所认识的一位令人不安的药物学家告诉我的,就是那可敬的阿特尔蒙长老,他住在西西里,对他的国家的这种现象曾做过深刻的调查研究。"

"这种事情非常可怕,但却极其有趣味,"那青年女人说,她听得特别出神,似乎忘记了一切,身体一动都没有动。"我想,我必须承认,这些传说大概都是中世纪的发明吧。"

"是的,那是毫无疑问的,但在我们现在这个时代却更进步了。假如各种鼓励的方式不能使社会日趋完美,那么时间、奖励、勋章、十字章和蒙松奖章还有什么用呢?但人类除非能学得像上帝那样既能破坏又能创造,否则就决不能称为完美,他的确知道如何去破坏,不过这仅仅只是全部路程的一半而已。"

"那么,"维尔福夫人接着说,她老是把谈话的内容拉回到她的题目上来,"近代的戏剧和传奇小说上完全是把故事弄错了,凡是布琪亚、梅迪契、罗杰里斯,以及后来德邻克男爵所用的毒药——"

"都是一种艺术,夫人,"伯爵答道。"难道您以为真正的大科学家竟会愚蠢得像寻常人一样吗?决不会的。科学是有怪癖,幻想,喜欢跳跃,奔腾和试验力量的,假如我可以用这些词汇来形容它们的话。譬如,举个例子来说,那位出色的阿特尔蒙长老,就是我刚才对您谈起的那一位,他在这方面就作过一些神奇的实验。"

"真的!"

"是的,我可以把其中的一件讲给您听听。他有一个几乎什么都应有尽有的花园,种满了蔬菜,花草和果树。在这些蔬菜之中,他挑选其中最简单的,譬如一棵椰菜。他用一种砒霜的蒸馏水浇灌这棵椰菜,一连浇了三天,到第三天,那椰菜开始萎黄了。那时,他就把它割下来。在每一个人看起来,它的外表十分完整,似乎是适宜于做成饭菜上餐桌的。只有阿特尔蒙长老知道它已经中毒。于是他拿了那棵椰菜到养兔子的房间里——因为阿特尔蒙长老像热心搜集蔬菜花果一样,也热心搜集兔子、猫和豚鼠,好,阿特尔蒙长老捉来了一只兔子,喂了它一片那种椰菜叶,那只兔子很快就死了。这件事,哪一位法官会来反对,或甚至暗示其中有什么不对的地方呢?哪一位检察官曾经为了兔子、猫或豚鼠的被杀而控告一位生物学家呢?没有。所以,那只兔子死了以后,阿特尔蒙长老叫他的厨子把它的内脏掏出来,抛到垃圾堆里去,这堆垃圾上有一只母鸡,它很快啄食了这些内脏,于是也生起病来,第二天就死了。当它正在痉挛作临死时的挣扎时,有一只兀鹰飞过(阿特尔蒙所住的那个地方兀鹰是很多的),这只鸟冲下来抓住死鸡,把它叼到一块岩石上,就在那儿把它的捕获品享用了。这只可怜的兀鹰自从吃过这一顿美餐以后,就觉得非常不自在,三天以后,当它正在云端里翱翔的时候,突然觉得一阵剧烈的晕眩,就无力地跌入到一个鱼塘里。谁都清楚,那些梭子鱼、鳗鱼和鲤鱼吃东西是非常贪婪的,它们把那只兀鹰大嚼了一顿。这些梭子鱼、鳗鱼和鲤鱼已经算是第四轮中毒,哦,假若第二天其中的有一条上了您的餐桌,那么,您的客人就会第五轮中毒,在八天或十天以后,就会因肠胃疼痛或幽门溃烂而死。医生剖开尸体,说:'这个人是肝脏溃烂或伤寒致死的!'"

"但是,"维尔福夫人说,"您所说的这种情形像是一个链条那一环扣一环地连贯起来的,只要略微发生一点意外,它就会被截断,当时或许并没有兀鹰飞过,或是它或许会落在鱼池以外的一百码地方。"

"啊,那就是天意了。在东方,要想成为一个伟大的药物学家,就必须能预卜算阴阳,这也是一定得学会的。"

维尔福夫人显出深思的样子,可是依旧在细心倾听。"但是,"她突然喊道:"砒霜是不可消除,不能灭迹的呀,不论用什么方法吸引它,只要到了足能致死的分量,动物的身体里总是还能寻找到它的。"

"正是如此,"基度山喊道,"正是如此,我也曾如此对我那可敬重的阿特尔蒙说过。他想了一想,微笑了一下,回答我一句西西里谚语,我相信法国也有这句谚语:'我的孩子,世界不是在一天之内就造成的,创造世界需得用七天呢。星期天再来吧。'到下一个星期天,我当真又去找他。这一次他不用砒霜浇灌他的椰菜了,而用一种盐基性溶液来浇灌,其中含有马钱素,就是学名为番木鳖碱精的那种东西。现在,那椰菜在表面上可毫无病态了,而那兔子也一点儿不怀疑了,可是五分钟以后,那只兔子死了。鸡啄食兔子,第二天也死了,我们就是想搞清楚,所以剖开那只鸡,而这一次,一切特殊的病症都不见了,只有一些普通的病症。任何器官都没有发现特殊的形迹——只有神经系统呈示一种兴奋的现象,一种脑充血。那只鸡不是被毒死的,它是中风死的。鸡中风我相信是一种很稀奇的病,但这种病在人却非常普通。"

维尔福夫人似乎愈来愈陷入沉思了。"幸而,"她说,"这种东西只有药物学家才能够配制,因为不然的话,真的,世界上这一半人可要把那一半的人都毒死啦。"

"药物学家和对药物学有兴趣的人都可以配制。"基度山随随便便地说。

"可是,"维尔福夫人说,她在拼命挣扎,想摆脱她心里的念头,"不论手段多么高明,犯罪总是犯罪,即使能避免人类的查究,也逃不过上帝的眼睛。在良心问题上,东方人比我们高明,他们深谋远虑地在他们的信仰里取消了地狱——那就是和我们不同的地方。"

"真的,夫人,像您这样头脑思想纯洁的人,一定会发生这种迟疑,但这种迟疑很容易向坚强的理智屈服。您知道,卢梭曾说:'一万五千里外伸一伸手指尖,满大人就被杀死了,'这一句怪话最能显示人类思想上恶劣的一面。人的一生就是在从事这种勾当上消磨过的,老是想着这种事情,他的智力就必然在这些梦想中干涸了。您找不到有多少人会残忍地用一把小刀刺进一个同类人的心里,或是为了要把他从地球上消灭掉,而使用我们刚才所说的那种大量的砒霜。这样的事情的确是超出常规之外的——是由于怪癖或愚蠢。要做这样的事情,血温一定会高到三十八度,脉搏至少要到九十,而情绪也会兴奋得超过一般限度。但假如,像我们在语言学上所下的功夫一样,把那三个字换成字面比较温和的同义语,你只是"清除掉'一个人,假如你不是犯卑鄙的暗杀罪而只是清除掉一个挡在你的路上的人,不必用暴力,不必心惊肉跳,不会产生痛苦,使牺牲者大受折磨,假如不流血,没有呻吟,没有痉挛般的挣扎,总之,没有那种立刻发生的可怕的情形——那么,你就可以逃过人类的法律,因为法律只对你说:'不要扰乱社会!'这种事情,在东方诸国就是这样的,那儿的人天性庄重冷静,在考虑这一件事的重要性的时候,他们对于时间就极不注意了。"

"可是良心还是痛苦的呵!"维尔福夫人用一种激动的声音说,胸口里好像闷着一口气,可是喘息不出来。

"是的,"基度山答道,"非常正确,幸而还有良心,要是没有它的话,我们将痛苦到什么地步呀!在每一个需要努力的行动以后,总是良心来解救了我们,它供给我们一千个自慰自解的理由,对于这些理由,唯一的裁判者就是我们自己。但是,不论这些理由对于催人安眠能产生多奇妙的作用,到了法庭面前却很少能救我们的性命。譬如说,理查三世在害死爱德华四世的两个孩子以后,他的良心就对他产生了极妙的作用。的确,他可以说:'这两个孩子是一个残忍嗜杀的国王遗留下来的祸苗,他们已承袭了他们父亲的恶习,这一点,只有我能够从他们幼年的习性上觉察出来,——我要促进英国人民的幸福,这两个孩子是我路上的障碍,因为他们无疑会伤害英国人民。'当麦克白斯夫人为她的儿子——不管莎士比亚如何说,绝不是为她的丈夫——设法弄到一个王位的时候,也就是她的良心安慰了她。啊,母爱是一项伟大的美德,一个强烈的动机——这样地强烈,以致它可以使人做许多伤天害理的事情而心中坦然无愧,所以在邓肯(均为莎士比亚戏剧中人物)死后,麦克白斯夫人失掉了良心的慰藉,就不能不万分痛苦了。"

这一篇话,伯爵是以他所特具的那种辛辣讽刺而又异常直率的口气讲出来的,维尔福夫人贪婪地倾听着这些令人胆寒的格言和可怕的怪论。在沉默了一会儿以后,她说:"您知不知道,伯爵阁下,您是一个非常可怕的辩论家,而且总是戴着一副多少有点不调和的眼镜来观察这个世界的?那么,这是否因为您是从蒸馏器和坩埚上研究人类的呢?因为您总是正确的,您的确是一个伟大的药物学家,您用来治疗我儿子的那种仙丹妙药几乎立刻就把他救活了过来——"

"噢,别轻易信任那种药,夫人。那种药一滴足可救活一个垂死的孩子,但三滴就会使血液冲进他的肺,使胸部发生最猛烈的牵动,六滴就会使他的呼吸中止,产生比他原来更严重的晕厥,十滴就会立即断送了他。您知道,夫人,当他那样轻率无知地去触弄那些药瓶的时候,我是如何突然地把他拖开了。"

"那么,它真正是这样可怕的一种毒药吗?"

"噢,不!首先,我们得同意:毒药这两个字是存在的,因为最猛烈的毒药在制造的时候,原是作药用的,只要能严格按照它的用法使用,它就是一种有益的良药,而不会产生任何差错。"

"那么它是什么东西呢?"

"是我的朋友,就是那位可敬的阿特尔蒙长老所配制的一种妙药,用法也是他亲自教给我的。"

"噢,"维尔福夫人说,"它一定是一种奇妙极了的镇静剂了。"

"效力是十分靠得住的,夫人,这是您见过的了,"伯爵答道,"我常常用它——用得极其小心,当然,这一点是得注意的。"他微笑着加上最后这一句话。

"那是肯定的。"维尔福夫人用一样的口气回答。"说起我,我是如此的神经质,如此容易晕眩,我真怕有一天会因晕过去而闷死,我反而非常想请阿特尔蒙医生帮我发明一种能够让我呼吸自由和镇定神经的药。可这种东西在法国不管怎么努力都不容易找到,而您那位长老又不见得肯为了我到巴黎来跑一趟,因此眼下我只能用泼兰克先生的镇静剂,薄荷精和霍夫曼药水也是我习惯用的药。这几支就是特意为我制造的药锭,它们的药性都是很强的。"

基度山打开那青年女子递给他的那只玳瑁盒子,嗅了嗅那些药锭的气味,脸上的表情表示他即便是一个业余药剂师,但却完全懂得这些药的成分。"它们确实非常精致,"他说,"只是它们只能吞下去才能管用——而一个几近晕倒的人,对于这样步骤却几近难以完成——因此我还是宁愿用我自己的那种特效药。"

"当然了,我的确非常想用那种药,原因是我已经目睹过它的药效了。但那当然是一种神奇的秘密,我决不会过分冒失地向您索取使用权利的。"

"可是我,"基度山一面说,一面站起身来,"我却愿意殷勤地赠送给您。"

"噢,阁下!"

"只是要明白一点:量小是良药,太多了是毒药。一滴能救命,这是您亲眼所见过的,五六滴却肯定会致死,更为可怕的是,把它倒在一杯酒里面以后,它一点不会影响到酒的气味。请原谅我不再浪费口舌了,夫人,这反倒真像是我在劝您了。"

六点半光景,仆人进报有一位太太来访——是维尔福夫人的一位朋友,她是来和她一起吃饭的。

"如果我曾有幸见过您三四次了,伯爵阁下,而不只是第二次,"维尔福夫人说,"如果我有幸是您的朋友,而不单单只是受您的恩惠——那我就要坚持留您吃饭,而不致使我自己第一次开口就遭到拒绝。"

"相当感谢您的热情挽留,夫人,"基度山答道,"可我有一个预选已安排的不能失信的约会:我答应陪一位相识的希腊公主到皇家戏院去,她从来没有看过你们那种富丽堂皇的歌剧,要我陪她去见识一下。"

"那么,有机会见,先生,记得答应赠予我的药方。"

"啊,实话说,夫人,要忘掉那个药方,我就要先得忘掉我和您这段整一小时的谈话,那当然是不可能的。"

基度山深鞠一躬,离开了那座房子。维尔福夫人依然沉溺在思索里。"他这个人太奇怪了,"她说,"照我看,他本人就是他所说的那个阿特尔蒙。"

对于基度山,这一场谈话的结果已超过他原来设想的最高的希望。"简直太好了!"他在回去的路上说,"这是一片肥沃的土壤,我坚信种子不可能撒到荒地上。"第二天清晨,他遵守诺言,把对方想要的药方送了去。

第五十三章 《恶棍罗勃脱》

　　和人约定要去看戏这个借口倒是不难让人相信的,因为恰好那天晚上的皇家戏院比往日更富于号召力。生了一场大病以后的李凡塞再临舞台,扮演伯脱兰一角,和往日一样,只要宣布开演当代走红作曲家最受崇拜的曲目,就可以紧紧吸引住大量观众,甚至包括巴黎上流社会的"精华"在内。和大多数有金钱有地位的青年人一样,马瑟夫在正厅前座有一个位子,并且他至少能够可以在很多熟人的大包厢里找到一个座位。另外,他甚至有权可以进"狮子"包厢。夏多·勒诺也买了一张前座票,座位就在他的身旁,而波香凭着他那报馆编辑的资格,是可以在戏院里无限制地满场飞的。那天晚上部长的包厢碰巧交给吕西安·狄布雷去自由支配,狄布雷就把它送给了马瑟夫伯爵,马瑟夫伯爵因为美茜蒂丝不愿意去,就转赠给邓格拉司,并暗示说,如果他们接受了那个包厢,他那天晚上也许会来和男爵夫人及她的女儿一块观剧。邓格拉司夫人和小姐接到这项赠送着实高兴极了,这是一个不管怎么样都不能被拒绝的邀请。世界上再没有人比一位百万富翁更愿意接受一个不花钱的戏院包厢的了。

　　但邓格拉司声称,他的政治主张和他作为一个反对派议员的地位,不允许他使用部长的包厢,所以男爵夫人就写了一个条子给吕西安·狄布雷,叮嘱他来拜访她们,因为她不能独身带着欧琴妮上戏院去。确实,假使这两个女人不带一个护送者到戏院里去,社会上就会加以恶意的误解。但要是邓格拉司小姐跟着她的母亲和她母亲的情人去戏院,社会人士就无懈可击了。我们对于社会上的事情是唯有采取入乡随俗的态度。

　　幕启的时候,如同往常一样,几乎是一座空戏院,这也正是巴黎上流社会的荒唐风气之一,戏不开始观众是肯定不会在戏院里出现的,因此第一幕的演出通常是没有人注意的,已经到场的观众都忙着在观察新到的看客,而那开门关门的响声,再加上谈话的嗡嗡声,混在一起产生的声音简直让人无法再听到一些其他的什么东西。

　　"看,"当第一排一个包厢的门打开的时候,阿尔培说,"G伯爵夫人来了。"

　　"请问,她是谁呀?"夏多·勒诺问道。

　　"噢,伯爵!这句话问得太荒唐了,你问我G伯爵夫人是谁?"

　　"啊,确实!"夏多·勒诺答道,"我现在终于想起了——你那位可爱的威尼斯人,是不是?"

　　"就是她。"

　　这时,伯爵夫人已经看到阿尔培,并用一个甜美的微笑回答他的敬礼。

"看来你像是认识她的呀?"夏多·勒诺说。

"是的。是弗兰士在罗马把我介绍给她的。"阿尔培说。

"好,那么,你愿意在巴黎为我做那件他在罗马为你做的事?"

"愿意效劳。"

"安静!"观众喊道。

这表示一部分观众很想享受这时从舞台上和乐队座里发送出来的阵阵美妙乐音,但那种表示对这两个青年并没有发生作用,如同是根本没有听见似的,他们接着谈话。

"今天?"

"是的。"

"糟糕! 我差不多忘了赛马啦。你打赌了没有?"

"噢,小数目——五十个路易。"

"哪一匹得胜的?"

"诺铁路斯。我就是赌的它。"

"一共有三场赛马,是不是?"

"是的,骑士俱乐部送了一个锦标———只金杯。你知道,那一场赛马发生了一件十分稀奇的事情。"

"什么事?"

"别讲话!"爱音乐的那一部分观众又怒吼了。

"嘿,那锦标竟被大家完全不清楚的一匹马和一个骑师得了去。"

"有这样的事?"

"丝毫不掺假。谁都没有注意到参加了赛马的一匹名叫范巴的马或一个名叫贾布的骑师。突然地,出发地点来了一匹枣骝马和一个像你的拳头差不多大的骑师。他们至少得塞了二十磅重的铅丸到那个小骑师的口袋里才使他够重,但虽然如此,他还是超出了和他竞赛的阿里尔和巴柏,至少整整地超出了三个马身。"

"后来有没有找出那匹马和那个骑师是属于谁的?"

"没有。"

"你说那匹马在报名参加的时候是叫——"

"范巴。"

"那么,"阿尔培答道,"我的消息就比你灵通了,我知道那匹马的主人是谁!"

"那边不要讲话!"观众里面有人喊道。而这一次,由于那种命令口吻里表示出这样明显的敌意,这两个青年人才初次觉察到那个命令原来是对他们发的。他们转过头来,向人群里搜索,看有哪一个人敢对那种他们认为无礼的行为负责,但没有一个人出来应答这种挑衅,这两位朋友就又把脸转到舞台上。这时,部长的包厢门开了,邓格拉司夫人,她的女儿和吕西安·狄布雷进来入座。

"哈,哈!"夏多·勒诺说,"那儿又来了你的几个朋友啦,子爵! 你在那儿望什么呀? 你看不见他们想引起你的注意吗?"阿尔培及时转过头来,刚巧看到男爵夫人对他和蔼地摇了摇扇子,至于欧琴妮小姐,她很少肯恩赐她那一对黑色大眼睛的秋波,甚至难得对舞台上望一望。

"我告诉你,我的好人,"夏多·勒诺说,"我想象不出邓格拉司小姐会有什么地方使你不满意的——就是说,暂且不论她的门阀和地位,那两方面她自然低了一点,但我想你也不见得会十分计较。我觉得她倒是一个非常好看的姑娘呀。"

"论漂亮,当然罗,"阿尔培回答说,"但不合我的口味,我承认我喜欢一个比她更柔弱更温顺和更女性化的人。"

"啊唷唷!"夏多·勒诺喊道,他因为自己是一个三十岁的人,就对马瑟夫装出一种父辈的神气,"你们青年人是从来不会满足的。你还想要好到什么样的呀?你父母给你选择的这位新娘就是把她当作一位活的狩猎女神也可以充得过去,可是你还不满意。"

"不,恰恰因为她像狩猎女神我才深感可怕。我倒喜欢五谷女神或畜牧女神的那种婀娜多姿的风度。至于这位性喜狩猎的女神,她的身边老是围绕着山灵水妖,我可有点心慌,深恐总有一天她会使我真落得个蚌壳精的命运。"

的确,你只要向邓格拉司小姐看上一眼,就可以立即发现马瑟夫所说的那种特征。她很漂亮,但是,正如阿尔培所说的,美得未免有点太露锋芒了。她的头发像乌鸦一般黑,但在它那种很自然的波浪之中,还可以体察到它拒绝受人控制的某种固有的抗拒力。她的眼睛和她的头发同色,睫毛很浓密,上面有两条弯弯的眉毛,但她的眉毛有一个大缺点,就是几乎老是习惯地紧紧地蹙皱着,她的整个面容带着一种刚毅坚决的表情,颇不合女性所应有的温柔。她的鼻子正好做雕刻家塑朱诺(希腊神话中人物)像时的模特儿,她的嘴巴里露出一排珍珠似的雪白的牙齿,嘴巴的缺点或许是太大了一些,而且,由于她的嘴唇格外的红,就更能使人触目,也使她那苍白的皮肤似乎显得更少血色。但在这个几乎像男人的脸(就是马瑟夫觉得极不合他口味的脸)上更加深了雄性气味的,是一颗比一般雀斑大得多的黑痣,正巧长在她的嘴角上,这更加突出她脸上那种坚定不移和独立自主的表情。欧琴妮小姐身体上其余的部分和刚才形容过的那个头十分相称,正如夏多·勒诺所说的,她的确会使你想到狩猎女神,只是她的美更富于刚毅之气和更近于男性美罢了。论到她的学识,唯一可能找到的缺点,和一个十分苛求的鉴赏家在她的美貌上所能找到的一样——就是那些学识像是属于男性的。她能说两三国语言,是一个很好的艺术家,能写诗,会作曲。她公开宣称要终生献身于音乐那种典雅富于表现的艺术,正和她的一位同学在共同研究它,她那位同学虽没有钱,却具备各种条件可以成为——她确信她可以成为——一个出色的歌唱家。据说有一位鼎鼎大名的作曲家对这儿提到的这位青年女子抱着一种几乎近于慈父般的关切,他鼓励她勤勉地学习,希望她可以凭她的嗓子一举获得精神和财富上的累累硕果。由于罗茜·亚密莱小姐将来或许会登上舞台,所以邓格拉司小姐虽然仍收留她在家,却不便和她一同在公共场所露面。但虽然罗茜在那位银行家的家里得不到享受一个朋友的独立地位,但她的地位比一个普通家庭女教师要优越。

邓格拉司夫人进入她的包厢以后,幕几乎立刻就落了下来。在幕落幕启之间,照例有一段休息时间,乐队离开舞台前面半圆形的乐池,观众也可以自由地到休憩室或前厅去散步;在他们的包厢里接待客人或去拜访朋友的包厢。马瑟夫和夏多·勒诺也是最先利用这种机会的人们之一。邓格拉司夫人最初以为那位青年子爵急促地起身是要到她这儿来,她向她的女儿耳语了一会说,阿尔培正急急忙忙地来拜访她们了。但是后者却微笑着摇了摇头。正在这时,像是要证明她的怀疑确是很有根据似的,马瑟夫已经在第一排的一个包厢里出现了,那是 G 伯爵夫人的包厢。

"啊!您来啦,阁下,"伯爵夫人喊道,极其亲热地把她的手伸给他,像是一个老朋友似的,"您这样快就认出我真是太好啦,尤其是您最先来看我。"

"您可以相信,"阿尔培答道,"如果我知道您已经到巴黎,并且清楚您的地址,我早就会来向您致敬啦。允许我介绍我这位朋友,夏多·勒诺伯爵,目前在法国难得找到的几位世家子弟之一。我刚才从他那儿打听到,您昨天是到马尔斯跑马场去看赛马了。"

夏多·勒诺向伯爵夫人鞠了一躬。

"啊!你去看了赛马吗,阁下?"伯爵夫人急切地问。

"是的,夫人。"

"哦,那么,"G 伯爵夫人兴奋地追问,"您大概可以告诉我,得骑士俱乐部锦标的那匹马是属于谁的呀?"

"对此我十分抱歉,我只能说不知道,"伯爵回答,"我刚才也正在向阿尔培问这个问题。"

"您急于想知道吗,伯爵夫人?"阿尔培问道。

"知道什么?"

"那匹荣获魁冠的马的主人?"

"想到了无以复加的地步,你们想想看——但子爵阁下,您知道他是谁?"

"夫人,您刚才正要讲一个故事给我们听。您说'你们想想看。'"

"哦,那么,听着!你们一定知道,我对于那匹漂亮的枣骝马和那个别有风味地穿着一件粉红色绸短衫和戴粉红色软缎便帽的风流小骑师是感到这样的关切,我都禁不住要热忱地祈祷他们能得胜,像是我有一半家产押在他们身上似的,当看到他们越过所有其他的人马,以这样漂亮的姿态向终点飞奔过去的时候,我真的高兴地拍起手来了。回家的时候,我在楼梯上遇到那个穿粉红短衫的骑师,想想看,那时我有多么惊奇呵!我满以为那匹得胜的马主人一定碰巧和我住在一家旅馆里。但不!我一走进我的客厅,就看到那只奖给那来历不明的马和骑师的金杯,杯子里有一张小纸条,上面写着这个字,'G——伯爵夫人惠存,罗思文勋爵敬赠。'"

"一点不错,我早就料定了。"马瑟夫说。

"料定什么?"

"那匹马的主人是罗思文勋爵。"

"您指哪一位罗思文勋爵?"

"咦,我们那位罗思文勋爵呀——爱根狄诺戏院的那个僵尸!"

"真的?"伯爵夫人喊道,"那么,他也在这儿吗?"

"当然了,为什么不在?"

"而您去拜访过他? 在您府上和别处都见过他?"

"老实告诉您,他是我最亲密的朋友,而夏多·勒诺先生也曾有幸拜识过他。"

"但您凭什么认为那获得锦标的就是他呢?"

"那匹得胜的马不是以'范巴'这个名字来参加的吗?"

"那又怎么样?"

"咦,难道您已经忘记那个把我绑架去的大名鼎鼎的强盗是叫什么名字了吗?"

"啊! 不错。"

"而伯爵又极其神妙地把我从他的手里搭救了出来?"

"当然记得。"

"他的名字就叫范巴。所以,您瞧,就是他。"

"但他为什么要把那只杯子送给我呢?"

"第一,是因为我对他常常谈到您,这是您可以意料得到的;而第二,因为他很高兴看到一位女同胞,并且高兴看到她如此热心地关切他的胜利。"

"我希望您从来没有把我们常常批评他的那些傻话都统统背给他听吧?"

"我不愿意发誓说我没有讲过。而且,他用罗思文勋爵的名义送杯子给您,证明他已知道有人把他比作那个人。"

"噢,但那就太使人觉得可怕啦! 那个人一定恨死我了。"

"他这个行动很难说是有敌意的呀。"

"不,当然不。"

"嗯,那么——"

"那么他到巴黎来了吗?"

"是的。"

"他在社会上发生了什么影响?"

"嘿,"阿尔培说,"他整整地被谈论了一个星期。接着就来了英国王后的加冕典礼和马尔斯小姐的钻石失窃案,而这两件有趣的大事就把大众的注意力转移到别的地方去了。"

"我的好人,"夏多·勒诺说,"这分明因为伯爵是你的朋友,所以你对他就不免有点偏爱式的袒护。别轻易相信阿尔培告诉您的话,伯爵夫人,我敢负责地说一句公道的话:自从基度山伯爵出现以来他在巴黎社交界的轰动效应一直到现在始终不曾平息过。他到以后的第一件惊人之举是送一对价值三万法郎的马给邓格拉司夫人;第二件,几乎像奇迹般地保全了维尔福夫人和孩子的性命;现在看来似乎又是他夺去了骑士俱乐部所赠的锦标! 所以我以为不管马瑟夫怎么说,伯爵不但在目前这个时候是大家所关切的目标,而且假如他继续表演那种在他认为似乎是家常便饭,而我们认为稀奇古怪的举动,他还可以再使整个巴黎持续轰动一个月的。"

"或许你说得不无道理,"马瑟夫说,"先告诉我,俄国大使的那个包厢让给谁啦?"

"您指哪一个包厢?"伯爵夫人问。

"第一排两根柱子之间的那一个,它似乎已全部改装过了。"

"的确改装过了,"夏多·勒诺说。"第一幕的时候那儿有人吗?"

"哪儿?"

"那个包厢里。"

"没有,"伯爵夫人答道,"第一幕的时候当然是空的。"然后,她又回到他们以前的那个话题上,说,"那么您真的相信得锦标的就是您那位基度山伯爵吗?"

"那一点我是可以确定的。"

"而后来他又把那只金杯送了给我?"

"那是毫无疑问的了。"

"但我并不认识他呀,"伯爵夫人说,"我倒很想把它退回去。"

"我请求您别干那样的事,他只会再送您一只用翡翠或极大的红宝石雕成的杯子。这是他一贯的作风,您只能迁就他一下了。"

这时,铃声宣布第二幕就要开始了。阿尔培站起来预备回到他自己的座位上去。

"我还可以再见到你们吗?"伯爵夫人问道。

"假如允许我在下一次休息的时候再来拜访您的话,我一定要请问一下我从今开始在巴黎有没有可以为您效劳的机会?"

"请注意,"伯爵夫人说,"我目前的住处是在黎伏莱路二十二号,每星期六晚上我总是在家招待朋友的。所以你们二位现在可不能再说不知道啦。"

两个青年鞠了一躬,离开了那个包厢。当他们刚刚到达他们自己的座位上时,他们发觉正厅里的所有观众都已经站起身来,目不转睛地远望着以前俄国大使包用的那个华贵的包厢。那儿刚进来了一个年约三十五至四十岁,身穿深黑衣服的男子,和他一起来的,是一个穿着东方式服装的丽人。那个女人很年轻,而且极其漂亮标致,她那身富丽堂皇的打扮把所有的眼睛都吸引到了她的身上。

"哎呀!"阿尔培说,"那不就是基度山和他那个希腊人呀!"

这两个陌生客人的确就是伯爵和海蒂。后者的艳丽和她那种耀目的装束所引起的轰动不久就传到戏院的每一个部分,太太小姐们都禁不住从她们的包厢里探出身来,看那闪闪发光的繁星似的钻石。在第二幕的期间,戏院里不断地发出嗡嗡的声音,而在一个拥挤的集会场所,这种声音就是表示已发生了一件令人迸然吃惊的大事。谁都想不到要人们安静下来。那个女人是这样的年轻,这样的美丽,这样的眩目,她就是眼前最有趣的焦点式的景物。这时,邓格拉司夫人做了一个不容误会的表示,示意她很希望第二幕的幕一落就在她的包厢里看到阿尔培,不要说马瑟夫本来就很愿意,单是从礼貌角度上讲,也不允许他忽视一个表示得如此明显的邀请。所以在那一幕以后,他就走到男爵夫人的包厢里。他先向太太和小姐鞠了一躬,然后伸手给狄布雷。男爵夫人极其殷勤地欢迎他,而欧琴妮则照常对他很冷淡。

"我的好人哪!"狄布雷说,"你来得真如及时雨那样,正巧可以来救救一个走投无路的人。夫人没头没脑地向我提出许多关于伯爵的问题,她坚持以为我能够把他的出身、教育、门第、从哪儿来、要到哪儿去等种种事情告诉她。由于没有撒谎的本领,我只得推托说:'问马瑟夫吧,基度山的全部身世都原原本本地在他肚子里呢。'所以男爵夫人就向你示意,叫你过来。"

"一个至少有五十万秘密钱财可以动用的人,"邓格拉司夫人说,"消息竟会这样不灵通,这不是简直荒唐到令人难以相信的吗?"

"请让我向您保证,夫人,"吕西安说,"假如我真的有如您所说的那笔款子可以动用的话,我也只会把它用到较有益的地方,而不会自找麻烦地打听基度山伯爵的种种细节。在我的眼睛里,他唯一的长处只是他比一个印度王公还要富有一倍而已。但是,我已经把这件神圣的使命交给马瑟夫了,所以请和他解决吧,现在不再关我的事了。"

"我敢绝对肯定没有哪一个印度王公会送我一对价值三万法郎的马,还给马头戴上四颗每颗价值五千法郎的钻石。"

"他似乎是有钻石癖的,"马瑟夫微笑着说,"我确信他像俄国亲王波亭金一样,一定在口袋里塞满了钻石,沿路抛撒,就像小孩子游戏般地撒着火石似的。"

"或许他发现了一个巨大的钻石矿床,"邓格拉司夫人说,"我想您大概知道,他在男爵的银行里开了一个无限透支户头。"

"那件事我倒确实不知道,"阿尔培回答说,"但我肯定可以确实深信。"

"他对邓格拉司说,他在巴黎只预备住一年,在这一段时间里,他准备花掉六百万。那他一定是那微服出游的波斯国王了。"

"您有没有注意到那个陪他来的青年女人长得美极了,吕西安先生?"欧琴妮问道。

"我的确从来没遇到过一个这样可以和您媲美的女人。"吕西安把观剧望远镜凑到他的眼睛上。"可爱!"他说

"这个年轻的人儿是谁,马瑟夫先生?"欧琴妮问道,"有谁知道吗?"

"小姐,"阿尔培答复这一句直接的问话。"关于这一点,像许多有关我们现在所谈论的这位奇人的事情一样,我也知道一点点。那个年轻的女人是一个希腊人。"

"关于这一点我从她的服装上就可以看得出来,假如您除了那一件明摆的事实以外别无所知的话,这个戏院里的所有观众都可以算作和您一样消息灵通的了。"

"我很抱歉让您觉得我竟是一个如此无知的'向导',"马瑟夫答道,"但我不得不承认,我的确再也没有别的事情可以奉告的了——对了,我还知道一件事情,就是,她是一位音乐家,因为有一天,我正在伯爵的家里吃早餐的时候,忽然听到月琴的声音——那种琴声当然只有她才能弹得出来。"

"那么您的那位伯爵也招待客人的吗?"邓格拉司夫人问。

"他当然招待了,而且是最高贵的方式,这一点完全可以向您保证。"

"这样说来,劝邓格拉司先生一定要他来聚一次餐或跳一次舞,或者是其他一类的事情,这样他就不得不回请我们。"

"什么!"狄布雷大笑着说,"您真的要到他的家里去吗!"

"为什么不去,我的丈夫可以陪我去的。"

"大概您还不知道这位神秘的伯爵是一个独身汉吧?"

"假如您向对面看一看,"男爵夫人微笑着指一指那个美丽的希腊女人说,"您就可以充分得到相反的证据啦。"

"不,不!"狄布雷叫道,"那个女人不是他的太太。他亲自告诉我们那是他的奴隶。马瑟夫,你是否记得他在你那里吃早餐的时候不是这样告诉我们的?"

"嗯,那么,"男爵夫人说,"假如她是他的奴隶,为什么她的神气和态度却完全像是一位公主呢?"

"《一千零一夜》里的吗?"

"随便您怎么说,但告诉我,我亲爱的吕西安,构成一位公主的标准和价值是什么? 论钻石,她可是全身都是钻石呵。"

"我觉得她似乎戴得太多了,"欧琴妮说。"假如她戴得少一点,她就会比现在好看得多了,那样我们就可以更清楚地看到她那秀丽修长的颈项和细嫩的手腕了。"

"看! 多么像艺术家的口吻!"邓格拉司夫人喊道,"我可怜的欧琴妮,你还是老老实实地把你对于美术的热情收起来吧。"

"我对于人工或自然的美持同样的赞赏态度。"那位小姐回答。

"那么,您觉得伯爵如何?"狄布雷问道:"他倒并不违反我心目中所谓好看的标准。"

"伯爵?"欧琴妮把这两个字重重地又念了一遍,像是她还没把他观察透似的,"伯爵? 噢,他的脸色苍白得如此可怕。"

"我赞成您的意见，"马瑟夫说，"正是那种苍白下面，隐藏着我们想要发现的秘密。G 伯爵夫人坚持说他像一个僵尸。"

"那么——伯爵夫人已经回到巴黎来了吗？"男爵夫人问。

"她在那边哪，妈，"欧琴妮说，"正好就在我们的对面，你没瞧见那一头浓密的淡色的漂亮头发吗？"

"对的，对的，她在那里！邓格拉司夫人喊道，"我现在可以告诉您应该做的事情吗，马瑟夫？"

"你下命令吧，夫人，我在这儿洗耳恭听呢。"

"嗯，那么，您应该去把您的那位基度山伯爵先生带到我们这里来。"

"为什么？"欧琴妮问。

"为什么？咦，当然是和他交谈交谈呀，看看他的谈吐是否与众不同，如果你没有这种好奇心的话，老实说我倒有。你真的不想见他吗？"

"一点都不想。"欧琴妮回答。

"怪丫头！"男爵夫人低声地说。

"他多半会自动过来的，"马瑟夫说。"喏？您瞧见吗，夫人，他认出您了，在向您鞠躬呢。"

男爵夫人满面春风地以最殷勤的态度向他回了个礼。

"好吧，"马瑟夫说，"我牺牲自己。再见，我去瞧瞧看有没有机会可以跟他讲话。"

"你直接到他的包厢里去，这个办法最简单了。"

"但从来没有人给我做过介绍呀。"

"介绍给谁？"

"介绍给那个希腊美人呀。"

"您不是说她只是一个奴隶吗？"

"可您却坚持说她是一位公主呀。不，不，我不敢走进他的包厢里去，但我希望他看见我离开了你们，他就会主动地从他的包厢里出来。"

"很有这个可能的，去吧。"

马瑟夫鞠躬以后就走了出去。正当他经过伯爵的包厢时，门开了，基度山走了出来。他先向站在休息室里的阿里吩咐了几句话，然后招呼阿尔培，挽着他的手臂向前走。阿里小心地把包厢门关上，自己站在门前，一群好奇的观众在这个黑人周围聚拢过来。

"说老实话，"基度山说，"巴黎真是一个奇怪的城市，而巴黎的人也是非常奇怪的人。人家真要以为他们生来只看见过他这样一个黑人呢。瞧，他们都挤在可怜的阿里周围，弄得他莫名其妙。我向您保证，一个法国人不论到突尼斯、君士坦丁堡、巴格达或开罗去，他尽可以在公众场所抛头露面，而他的四周决不会围上一批看热闹的人。"

"这证明东方人头脑很精明，不会把他们的时间和注意力浪费到不值得注意的目标上去。但是，单以阿里来说，我可以向您保证，他之所以如此引起人们的兴趣，完全是因为他是属于您的,您目前是巴黎最红的人物啦。"

"真的吗? 我怎么会得到这样宠幸的一种荣誉的呢?"

"怎么会? 咦,当然是您自己造成的呀! 您拿价值一千路易的马来送人;您救了既有地位又漂亮的太太们的性命;您用布莱克先生的名义去参加赛马,派去了纯种的骏马和并不比土拨鼠大的骑狮;当您把胜利的金杯夺到手以后,您却毫不吝惜地送给了您所想到的第一个漂亮女人。"

"这些荒唐的念头是谁拿来放在您的头脑里的?"

"咦,第一件,我是从邓格拉司夫人那儿得来的,她,我顺便说一句,她极其盼望您到她的包厢里去,那儿还有别的人想见见您;第二件,我是从波香的报纸上看到的;第三件,是我自己想出来的。咦,假如您想不让人知道的话,您为什么要把您那匹马叫作范巴呢?"

"那的确是一个漏洞,"伯爵答道,"但告诉我,马瑟夫伯爵难道是永远不上戏院的吗? 我刚才望了一遍,但始终没有看到他。"

"他今天晚上会来的。"

"在戏院的哪一部分?"

"大概是在男爵夫人的包厢里。"

"那个和她在一起的可爱的青年女子就是她的女儿吗?"

"是的。"

"真的! 那么我先给您道喜了。"

马瑟夫微笑了一下。"那个问题我们放到以后再讨论吧,"他说。"你觉得那首歌曲怎样?"

"什么歌曲?"

"就是您刚才听到的那个。"

"哦,既然作曲者是一个人,而唱歌的又是德奥琪纳(希腊嘲世派哲学家)所谓的没有羽毛的两脚动物,这也就算得上是很妙的了。"

"哦,我亲爱的伯爵,听您说这句话,倒像是您可以随时都可以听到天上的第七交响曲的了。"

"您说对了一部分,当我想听那种凡夫俗子从来没有听到过的极其美妙和谐的乐曲的时候,我就去睡觉。"

"好极了,那是最最合适不过的了。睡吧,我亲爱的伯爵,睡吧,歌剧就是为了催眠而发明的。"

"不,你们的乐队实在有点太吵了。我所说的那种睡眠,必须要有一个非常宁静的环境,而且一定得借助于某种药物制剂。"

"啊! 那著名的大麻精?"

"一点也不错。子爵,当您想听音乐的时候,就请过来和我一起用晚餐好了。"

"那次和您一起用早餐的时候,我已经享受过那种优待啦。"

"您是指在罗马的那次吗?"

"正是。"

“啊，那么，我想当时您大概是听到海蒂的月琴了吧，那个远离故国的可怜人是常常借拨弄她故国的乐器来给我作消遣的。”

马瑟夫没有顺着这个题目追问下去，基度山也陷入了一种沉默的想象。这时，开幕的铃声响了。

“您大概可以原谅我暂时离开您吧。”伯爵说着转身向他的包厢那个方向走去。

“什么！您走了吗？”

“请代表僵尸，向 G 伯爵夫人多多美言。”

“我怎么对伯爵夫人说呢？”

“你就说，假如她允许的话，我准备今天晚上抽空去向她致敬。”

第三幕现在已开始了。在这一幕开演的期间，马瑟夫伯爵如约在邓格拉司夫人的包厢里出现。马瑟夫伯爵原本就不是那种在公共娱乐场所一露面就会引起大家的兴趣或好奇心的人，所以除了他所进的那个包厢里的看客以外，其他的人都没有注意到他的来临。但基度山敏锐的眼睛已经注意到他，他的嘴唇上掠过一丝淡淡的微笑。海蒂是完全被舞台上的表演所吸引了。像所有那些天性纯洁的人一样，她对于无论什么可看可听的东西都非常感兴趣。

第三幕照常演了过去。诺白丽、裴丽和黎罗丝三位小姐照例跳了一场足尖舞；罗勃脱理所当然地向格里那达王子挑衅；伊萨贝拉公主的父王拉住了他女儿的手，迈着威严的步伐在舞台上疾驰一周，尽情地显示了他那天鹅绒的长袍和披风在疾驰和旋转时飘飘欲仙的优美姿态。这以后，幕又落了下来，观众们从戏院里蜂拥到前厅和休息室。

伯爵离开他的包厢，立刻向邓格拉司夫人这边走来，后者简直按捺不住地发出一声惊喜交加的叫喊。“欢迎，伯爵阁下！”他一进来，她就喊道。“我多么想见到您，以便亲口再向您表达一遍那些用文字难于表达的谢意。”

“这种小事实在是不值得您常挂于心的。相信我，夫人，我已经把它完全忘记啦。”

“但是，伯爵阁下，我的好朋友维尔福夫人在第二天就被那两匹马弄得几乎丢了性命，而又是您救了她，这件事可不是那样轻易忘记的呀。”

“那一次的事，我实在不能接受您的恭维。有幸在那次急难中为维尔福夫人效力的，是我的黑奴阿里。”

“把我的儿子从强盗手里救出来的，难道也是阿里吗？”马瑟夫伯爵问。

“不，伯爵阁下，”基度山带着友谊的温情握住将军伸给他的手答道，“关于那件事，我可以问心无愧地接受您的感谢。但您已经谢过了，而我也已经接受过了，您若总是把它挂在嘴边，我实在有点难为情了。男爵夫人，请赏脸把我介绍给您的令嫒可以吗？”

“嗯，您不是陌生人——至少您的大名并不陌生，”邓格拉司夫人答道，“最近这两三天来我们谈话的内容都和您关系密切。欧琴妮，”男爵夫人转过身去对她的女儿说，“这位是基度山伯爵阁下。”

伯爵鞠了一躬，而邓格拉司小姐则微微点了点头复作回答。“今天晚上您带了一位可爱的青年姑娘来,伯爵阁下,"欧琴妮说。"她是不是令嫒?"

"绝不是的,"基度山说,对于欧琴妮这句问话的镇定和直爽很表示惊奇。"她是一个不幸的希腊人,我只是她的保护人而已。"

"她叫什么名字?"

"海蒂。"基度山回答。

"一个希腊人?"马瑟夫伯爵轻声地说。

"是的,的确是希腊人,伯爵,"邓格拉司夫人说。"告诉我,您在阿里·铁贝林的手下光荣地服务过,您是否曾经在他的朝廷里见过一套比我们眼前更漂亮的服装?"

"听说您曾在亚尼纳服务过,伯爵阁下,"基度山说,"我没有听错吗?"

"我是总督的三军总监。"马瑟夫答道,"我没必要隐讳,因为事实确是如此,我是由于那位威名远扬的阿尔巴尼亚首领的慷慨而起家致富的。"

"请看呀! 请看呀!"邓格拉司夫人惊喊道。

"哪儿?"马瑟夫结结巴巴地问。

"喏,就是那里!"基度山一面说,一面用手抱住伯爵的肩头,和他一起靠到包厢前面,这时,海蒂正用她的眼睛在戏院里四处寻觅伯爵,看见他那苍白的脸和马瑟夫的脸紧紧靠在一起,而且他还抱着他。那女郎看到这种情形,其惶恐的程度,就像是看到了墨杜萨(希腊神话中的妖怪能使见到她脸的人变为石头)的脸一样。她从栏杆上探出半个身子来,像是要确定她所看到的究竟是否是真的,然后有气无力地喊了一声,便倒回到她的座位上。这个希腊女郎的紧张的喊声很快地传到了那位小心警惕着的阿里的耳朵里,他立刻打开包厢的门来勘察原因。

"啊哟!"欧琴妮惊喊道,"您的被保护人怎么啦,伯爵阁下? 她像是突然得了什么病似的!"

"多半是的!"伯爵答道。"但不必为她担心! 海蒂的神经系统很娇弱,她的嗅觉尤其灵敏,甚至对花香都难以承受。有几种花拿到她的面前就会使她晕眩。可是,"基度山从他的口袋里摸出一只小瓶子来,继续说,"我对于这种病有一样万试万灵的良药。"说着,他向伯爵夫人和她的女儿鞠了一躬,与狄布雷和伯爵彼此分别握了一下手,就离开这个包厢。当他回到海蒂那儿的时候,他发现她的脸色极端苍白、神色异常激动。她一见到他,就抓住他的手。基度山注意到那青年姑娘的手又湿又冷。

"爷刚才在和谁讲话呀?"她用一种颤抖的声音问。

"和马瑟夫伯爵,"基度山答道。"他告诉我说,他曾在你那威名远扬的爸爸手下服务过,还说他是靠了他才起家致富的。"

"啊,那混蛋!"海蒂喊道,"把我的爸爸出卖给土耳其人的就是他,而他自我吹嘘的那笔财产就是他出卖我爸爸的代价! 你知道那回事吗,我亲爱的爷?"

"这件事情我在伊皮鲁斯略微听到过一些,"基度山说,"但却还不知道细节。你将来讲给我听好了,我的孩子。那一定是很稀奇又很有趣的。"

"是的,是的! 但我们赶快走吧,我请求你! 我觉得要是再留在这个可怕的人附近,我真的要死啦。"说着,海蒂就站起身来,把她自己紧紧地裹在她那件白底缀着珍珠和珊瑚的克什米尔呢子披风里,当第四幕开幕的时候她便匆匆地走出了包厢。

"您看见没有?"G伯爵夫人对阿尔培说(阿尔培已回到她的身边),"那个人样样事情都不同于别人。他热情有加地倾听《恶棍罗勃脱》的第三幕,可当第四幕开始的时候他却走了。"

第五十四章　公债的起落

又过了几天,阿尔培·马瑟夫到香榭丽舍大道去拜访基度山伯爵。伯爵是个巨富,虽是临时住处,也装修得富丽堂皇,因此他的府邸从外表看,宛如宫殿一般。阿尔培是来替邓格拉司夫人再次表示感谢的,男爵夫人自己已写信向伯爵道过一次谢,信上的署名是"邓格拉司男爵夫人,母家姓名:霭敏·萨尔维欧"。陪同阿尔培来访的是吕西安·狄布雷,他在参加朋友谈话的时候,顺便恭维了伯爵几句。伯爵本人也好玩弄手段,当然不难看出对方的来意。他断定吕西安这次来访,是出于双重好奇心,重要的还来自安顿大马路。换句话说,邓格拉司夫人看不透伯爵是什么样的人,能把价值三万法郎的马匹随便送人,看歌剧时带的希腊女奴隶,身上佩戴的钻石就值百万法郎,像这样的人,他的生活方式到底怎样,是她非常想知道的,但她又不能亲行造访,亲眼看看伯爵的家庭经济情况和家中的陈设,因此派了她一贯信赖的耳目来观察一番,以便回去后向她如实汇报。但伯爵装得若无其事,仿佛一点没怀疑出吕西安的来访与男爵夫人的好奇心之间有什么联系。

"这么说来,您和邓格拉司男爵是一直有来往的了?"伯爵问阿尔培·马瑟夫。

"是的,伯爵,我曾告诉过您。"

"那么,那方面的事就没有一些变化?"

"这件事可以说是完全定的啦。"吕西安回答。他大概认为当时他该说的就是这么一句话,所以说完后,他就戴上单眼镜,嘴里咬着金头手杖的顶端,在房里转了一圈,仔细察看纹章和图画。

"啊!"基度山伯爵说,"听您那么说完以后,我还真没想过这件事会办得这么顺利。"

"嗯,事情走上轨道,就用不着我们费心了。我们早已把这类事情丢在脑后,它们都能自行解决。等到我们再加以注意的时候,就会意想不到地发现它们都快到达预定的目标了。家父和邓格拉司先生都在西班牙服役——家父在军队里,邓格拉司先生在军粮处。家父是因为革命破产的,邓格拉司先生根本没有什么祖传产业,他们俩都是在那儿打下基础,逐渐起家的。"

"不错,"基度山说,"我记得有一次拜访他的时候,他曾向我谈起过。"说到这里,他也斜着瞟了吕西安一眼,看见他正在翻阅一本纪念册。"那么欧琴妮小姐长得漂亮吗——我记得她好像叫这名字,是不是?"

"很漂亮,可以说,很美,"阿尔培回答说,"不过像她那种类型的美我是无法欣赏的。我是个不识好歹的人。"

"您讲话的口气好像已经是她丈夫了。"

"啊!"阿尔培回答说,也转过头来看看吕西安在干什么。

"真的,"基度山说,放低了声音,"依我来看,您似乎对这件婚事并不十分情愿。"

"邓格拉司小姐挺有钱的,我高攀不上,"马瑟夫回答说"所以我有些害怕。"

"唔!"基度山嚷道,"这个理由举得真微妙!难道您自己不算有钱?"

"家父的收入每年大约有五万里弗,我结婚之后,他大概可以给我一万或一万二千。"

"这个数额也许不算太大,尤其是在巴黎,"伯爵说,"但并不是一切都要靠钱,名誉和社会地位也是重要的。您的名誉很好,您的地位是人人羡慕的,而马瑟夫伯爵又是一个军人,军官之子和一个文官的家庭联姻实在是一件很可喜的事——不以利害关系来缔结婚姻是一件最高贵的举动。据我看,我觉得你和邓格拉司小姐结合是最佳婚配了,她可以使您富有,而您又可以使她高贵。"

阿尔培却摇摇头,显出若有所思的样子。"还有其他因素。"他说。

"我承认,"基度山说,"我实在有点难以理解您为什么要反对一位又有钱又漂亮的小姐。"

"噢!"马瑟夫说,"这种嫌弃感——假如可以称为嫌弃感的话——并不完全出于我个人。"

"那么又能出于哪种原因?因为您告诉我,令尊是很愿意结这门婚事的。"

"家母不赞成,她的判断力一向清晰深刻,可是对于这件议论中的婚事毫无喜色。我不能说明到底是为了什么,但她似乎对邓格拉司一家人有着某种偏见。"

"哦!"伯爵用一种略带勉强的口气说,"那或许是很容易理解的,马瑟夫伯爵夫人是最高傲的贵族,所以不愿意您跟一个出身微贱的家庭联姻——那本是很自然的。"

"我不知道这是不是她的理由,"阿尔培说,"但有一点我是知道的,就是,假如这件婚事促成的话,她就会感到很痛苦。六星期以前,本来大家准备聚谈一次,以便把这件事决定下来,但我突然生了一场病——"

"是吗?"伯爵微笑着打断他的话问道。

"噢,够惨的啦,当然是急出来的——这样就把那场聚谈延期了两个月。事情原不必着急,您要知道,我还没有满二十一岁,而欧琴妮才十七岁。但那两个月的期限在下星期就要到期了。事情是不得不办得了。我亲爱的伯爵,您不能想象我的脑子里是多么难受。呀!像您这样的自由人有多快乐!"

"好!您为什么不也做自由人呢?谁阻止您那样做呢?"

"噢!如我不娶邓格拉司小姐,那就使家父太失望了。"

"娶她吧,那么。"伯爵说,意味深长地耸了耸肩。

"是的,"马瑟夫答道。"但那又会使家母深感痛苦。"

"那么别娶她。"伯爵说。

"唉,我看着办吧。我得考虑一下,想出一个最妙的办法。请您给我一些忠告,假如可能,再把我从这种不愉快的状况中挽救出来,行不行?我想,与其使我的好妈妈痛苦,我宁愿冒犯伯爵。"

基度山转过身去,最后这句话似乎把他感动了。"啊!"他对狄布雷说,后者正靠在客厅最远的一只安乐椅里,右手执着一支铅笔,左手拿着一本抄簿。"您在那儿干什么? 在临摹波森的画吗?"

"不,不! 我现在所要干的这件事跟画图画相距十万八千里呢。我是在搞数学。"

"数学?"

"是的,我是在算——等会儿,马瑟夫,这件事和你有间接的关系——我是在算上次海地公债涨价使邓格拉司银行赚了多少钱,三天之内,它从 206 涨到 409,而那位审慎的银行家大部分是在 206 的时候扒进的。他一定已弄到三十万里弗了。"

"这还不是他的杰作,"马瑟夫说,"去年他还在西班牙证券上赚了一百万呢!"

"我的好人,"吕西安说,"基度山伯爵在这儿,他会告诉你意大利人的两句诗:

> 若问何所求,
> 发财与成仙。

当他们向我讲这些事时,我总是只耸耸肩,什么话都不讲。"

"但您不是在谈海地公债吗?"基度山说。

"啊,海地公债!——那又是另外一回事了! 海地公债是法国证券赌博中的'爱卡代'。他们或许会喜欢打'扑克',玩'惠斯特',沉溺于'波士顿',但那些都是要玩厌的,最后他们总还是回来玩'爱卡代'——那是百玩不厌的。邓格拉司先生昨天在 406 的时候放出,捞进三十万法郎上了腰包。要是他等到今天,价钱就会跌到 205,他非但赚不到三十万法郎,而且还会蚀掉两万或两万五。"

"怎么会突然从 409 跌到 205 呢?"基度山问。"请原谅,我对于这种种证券赌博的阴谋实在太无知了。"

"因为,"阿尔培大笑着说,"消息是接二连三而来的,而先后的消息常常大不一样。"

"啊,"伯爵说,"我看邓格拉司先生在一天中输赢三十万法郎是常事,他一定很有钱的了。"

"实际上他并不赌,"吕西安嚷道,"而是邓格拉司夫人,她实在太胆大了。"

"可你是一个很明智的人,吕西安,我要知道现在的消息是那么的不可靠,既然你有一个来源,你当然应该禁止这种事情。"马瑟夫带着微笑地说。

"她的丈夫简直无法控制她,我又有什么办法呢?"吕西安问道,"你知道男爵夫人的个性——谁都不能改变她,她爱怎么做就怎么做。"

"啊,假如我处在你的地位——"阿尔培说。

"怎讲?"

"我就要改造她,这也算是对她的未来的女婿尽了一份心"。

"你怎么着手呢?"

"啊,那很容易——我要给她一个教训。"

"一个教训?"

"是的。你这个部长秘书的职位使你在政治背景上有很大的权威,你一开尊口,那些证券掮客就立刻把你的话记录下来。你使她突然损失十万法郎,那就可以教会她小心一些了。"

"我不明白。"吕西安低声说。

"但这是很明显的,"那青年以毫无掩饰的态度直率地答道,"选一个好日子向她宣布一件外界不知道的消息,或是只有你一个人知道的一个急报,譬如说,昨天有人看到亨利四世在盖勃拉里家里。那是会使公债上涨的。她会根据这个消息决定她的计划,而第二天,当波香在他的报纸上宣布'谣传昨天曾有人看见国王驾临盖勃拉里府,此讯实在毫无根据。本报可确证陛下并未离开新桥'的时候,她当然会亏本啦。"

吕西安似笑非笑。基度山在表面上虽然漫不经心,实际上对这一段谈话内容一个字都不曾放过,他那具有穿透力的目光甚至已在那位秘书的困惑的表情上读到了一种不可告人的秘密。这种迷茫的态度阿尔培完全不曾注意到,但吕西安却因此缩短了他的访问;他显然非常不安。伯爵在送他走的时候低声向他说了一些什么,得到的回答是:"很好,伯爵阁下,我接受您的建议。"伯爵回到小马瑟夫那儿。

"您不想一想,"他对他说,"您在狄布雷的面前这样议论您的岳母太不应该了。"

"伯爵阁下,"马瑟夫说,"我求您别把那个称呼用得太早。"

"现在,老老实实地说,令尊真的很反对这件婚事吗?"

"非常反对,所以男爵夫人极少到我们家来,而家母,我想,她一生不曾去拜访过邓格拉司夫人两次。"

"那么,"伯爵说,"我就有勇气来坦率地对您说了。邓格拉司先生是我的银行家,维尔福先生由于我碰巧有机会帮了他一次忙,曾非常客气地来拜访过我。我设想请客和宴会将会接二连三。现在,为了表示并不希望他们请我,也为了要比他们抢先一步,我想请邓格拉司先生夫妇和维尔福先生夫妇都到我的阿都尔乡村别墅去吃饭。假如我同时邀请您和令尊令堂,看来就像是一次促成婚事的宴会了,至少马瑟夫夫人会这样看,尤其是假如邓格拉司男爵赏脸带她的女儿同来的话。那样,令堂就会对我发生一种厌恶感,而那正是我所不希望的事,正巧相反——这一点,请得便随时向她提及——我很希望能获得她的好感。"

"真的,伯爵,"马瑟夫说,"我衷心地感谢您对我这样坦率,而且我很感激地接受您将我除外的这个建议。您说您希望获得家母的好感,我向您保证,她对您的敬意已经是极不寻常的了。"

"您认为是这样吗?"基度山很感兴趣地问。

"噢,这一点我是可以确定的。那天您离开我们以后,我们谈了您一个钟头呢。但回头来谈我们刚才所说的事吧。假如家母知道了您这一番考虑——我会告诉她的——我相信她一定会非常感激您,不过要是家父知道了,他就会十分恼怒的。"

伯爵大笑起来。"哦,"他对马瑟夫说,"我想,恼怒的恐怕不只令尊一个人吧,而邓格拉司先生夫妇也会把我看做一个非常不识时务的人。他们知道我和您很密切——的确,您是我在巴黎相识最久的人之一,要是他们找不到您,当然会问我为什么没有邀请您。您必须给自己设法弄一个事先另有约会的借口,而且要看来很像是真的,而且还要写一张条子通知我。您知道,跟银行家打交道,没有书面证件是不会有效的。"

"我有更好的办法,"阿尔培说,"家母原想到海边去——您定哪一天请客?"

"星期六。"

"今天是星期二——我们明天傍晚动身,后天我们就已在巴黎了。真的,伯爵阁下,您真是一个讨人喜欢的人,可以使人人各得其所。"

"您实在太客气了,我只是想使您不至于难堪而已。"

"您什么时候发请帖?"

"准备今天。"

"好,我马上去拜访邓格拉司先生,告诉他家母和我明天要离开巴黎。我没有见过您,所以您请客的事我根本不知道。"

"您多蠢,您忘记狄布雷先生刚才不是还看见您在我家里吗?"

"呀,是啊!"

"刚巧相反,我见过您,并且非正式地邀请过您,而您却立刻回答说您无法应邀前来,因为您要到黎港去。"

"好吧,咱们就这样决定了。但您在明天以前要来拜访家母一次吧?"

"明天以前?这件事实在难于办到,而且,你们也得忙著作起程的准备。"

"要不然,来一手更妙的吧。您以前只能算可爱,但假如您接受我的提议,您就会变得更杰出了。"

"我怎么才能获得这个荣誉呢?"

"您今天自由得像空气一样,来和我一起用晚餐吧。我们不请别人——只有您、家母和我。您肯定可以说还没有见过家母,您可以有一个很好的机会仔细地观察她。你会发现她是一个非凡的女人,我唯一感到遗憾的事,是世界上再也找不到一个像她一样好而又比她年轻二十岁的女人,假若有的话,我向您保证,那么除了马瑟夫伯爵夫人以外,要不了多久就会有一位马瑟夫子爵夫人啦。至于家父,您是见不到他的,他有官方的约会,要到王室议员府去赴宴。我们可以谈谈我们过去旅行的经过,而您,您是走遍了全世界的,可以讲讲您的经历,您还可以把那天晚上陪您到戏院里去,您称之为您的奴隶而实际上待她像一位公主一样的那位希腊美人的身世告诉我们。来,接受我的邀请吧,家母也会感谢您的。"

"万分感谢,"伯爵说,"您的邀请是最给面子的了,但遗憾的是,我实在无法接受。我并不如您所想象的那样自在,正巧相反,我却有一个非常重要的约会。"

"啊,小心哪!您刚才还在教我遇到人家请吃饭的时候如何编造一个可信的借口来推托。我想看看事先有约会的证据。我虽然不是邓格拉司先生那种的银行家,但我的好奇倒也不亚于他。"

"我来给您一个证据。"伯爵回答,他拉了拉铃。

"哼!"马瑟夫说,"您拒绝和家母一起吃饭这已是两次了,您显然想避开她。"

基度山吃了一惊。"噢,您是在开玩笑吧!"他说,"而且,证实我的话的人已经来了。"培浦斯汀进来站在门口。"我事先并不知道您要来拜访我,是不是?"

"老实说,您是这样非凡的一位人物,这个问题我不愿意答复。"

"总而言之,我是不会猜到您会请我去吃饭吧?"

"或许是。"

"好,听着,培浦斯汀,今天早晨我叫你到实验室来的时候,对你讲过什么话?"

"五点钟一敲,就关门谢客。"那跟班回答。

"然后呢?"

"啊,伯爵阁下——"阿尔培说。

"不,不,我希望挣脱您送给我的那种神秘的尊号,我可爱的子爵,老是扮演曼弗雷特是很无味的。我希望我的生活能公开。讲下去,培浦斯汀。"

"然后,除了巴陀罗米奥·卡凡尔康德少校与他的儿子以外,其他客人一律谢绝。"

"您听到了吧:巴陀罗米奥·卡凡尔康德少校——这位人物是意大利历史最悠久的贵族之一,他这一族的名声但丁曾在《地狱》的第十节中极力赞美过。您记不记得? 还有他的一个儿子,一个可爱的青年人,年龄和您差不多,也像您这样有子爵的头衔,他正挟着他父亲的百万家财要来踏进巴黎社会。少校在今天傍晚带他的儿子来,托我照顾他。假如他证明自己确实值得我照顾的话,我当然要尽心尽力帮助他,您也帮我一下,行不行?"

"绝对没有问题! 可那,卡凡尔康德少校是您的老朋友吗?"

"绝不是。他是一位可敬的贵族,非常恭敬有礼,为人极其和蔼,凡是意大利历史悠久的巨族的后代,大多数是这个样子的。我曾在佛罗伦萨、博洛涅和卢卡见过他几次,他现在通知我要到这里来。旅途上认识的人往往对您有这种的要求。您曾经碰巧在旅途上和他们有过某种来往,则不论您到哪儿,他们都希望能受到同样的待遇,像是过去的一小时殷勤能引起您对他们永久的关怀似的。这位卡凡尔康德少校是第二次来到巴黎,在帝国时代,当他到莫斯科去的时候,曾路过此地。我当好好地请他吃一顿饭。他要把他的儿子托付与我,我可以答应照顾他。不管他怎样胡闹,我总是随他的便,那时我的责任也完了。"

"当然啦,我看您真是一位难得的导师,"阿尔培说。"那么,再会了,我们星期天回来。另外顺便告诉您一句,我得到弗兰士的消息了。"

"是吗? 他仍然自由自在地在意大利玩耍吗?"

"我相信是的,可是,他觉得您不在那儿是一件极其遗憾的事。他说您是罗马的太阳,没有了您,一切都似乎黑压压阴森森的了,我不知道他是否说过简直像是在下雨。"

"那么他对我的意见改变了吗?"

"没有,他仍然坚持把您看作最不可理解和最神秘的人。"

"他是一个可爱的青年，"基度山说，"我第一次遇到他，就是那天晚上我听说他在寻找一顿晚餐，于是请他来和我共享，我就对他发生了浓厚的兴趣。我好像记得他就是伊辟楠将军的儿子吧？"

"是的。"

"就是在 1815 年被人无耻地杀害的那个？"

"是被拿破仑党暗杀掉的。"

"是的！我真的非常喜欢他，他不是也在谈一门亲事吗？"

"好像是，他就要娶维尔福小姐了。"

"真的？"

"正如我快要娶邓格拉司小姐一样。"阿尔培带着微笑地说。

"您笑啦！"

"是的。"

"您为什么笑啊？"

"我所笑的原因是因为那方面也像我的对方那样，很希望这门婚事能够成功。但说真的，我亲爱的伯爵，我们现在是像女人谈论男人那样的在谈论她们了。这是不可饶恕的呀！"阿尔培站起身来。

"您要走了吗？"

"真的，您太好啦！我无情地耽搁了您两个钟头，把您快烦死了吧，而您却还是非常客气地问我是不是要走了！说真话，伯爵，您是世界上最文雅的人了！还有您的随从，他们的态度也好极了。他们都是很有风度的——尤其是培浦斯汀先生，我永远搞不到那样的一个人，我的随从似乎在模仿舞台上那种以最最笨拙的态度只出来讲一两句话的角色。所以假如您辞退培浦斯汀时，务必请通知我一下。"

"没问题，子爵。"

"还有一件事。请代我向您那荣耀的宾客，卡凡尔康德族的卡凡尔康德致意，如果他有意给他的儿子成家立室，想代他找一个很有钱——至少从她母亲那方面讲是非常高贵，而从她父亲那方面讲又是一位男爵小姐——的太太，我可以帮您的忙。"

"噢，噢！您甚至肯做到那个程度吗？"

"是的。"

"好吧，真的，这个世界上的事情原是讲不成的。"

"噢，伯爵，您这就是对我帮了一个大忙了！假如凭着您的介入，我能依旧做一个单身汉，我就要更欢喜您一百倍了，即使我得再单身十年也在所不惜。"

"世界上没有不可能的事。"基度山庄严地回答。送走阿尔培以后，他回到屋里，敲了三下钟。伯都西奥出现了。

"伯都西奥先生，你知道星期六我要在阿都尔请客。"伯都西奥微微一怔。"我需要你去监督部署一切。那是一座非常美丽的房子，至少可以成为一座很美丽的房子。"

"要够得上美丽这两个字，先得费很大的一番功夫呢，伯爵阁下，因为那些窗帘和窗帷是非常旧的了。"

"那就把它们都换掉吧,但那高挂红缎窗帷的卧室不要换,那个房间你别去动。"伯都西奥鞠躬。"你也不要去动那个花园。至于大厅,随便你怎么去弄好了,我倒希望能把它改变得一点都认不出。"

"我当极力去办完您吩咐的事情,伯爵阁下。但关于请客的事,我很高兴得到大人的指示。"

"真的,我亲爱的伯都西奥先生,"伯爵说,"自从到了巴黎以后,你变成神经病,显然失去你的本性了,你似乎已不再能知道我啦。"

"但能不能请大人开恩,把您想请的几位客人先告诉我?"

"我自己还不知道呢,而且你也不必要知道。那一等人肯定请那一等人吃饭,那就够了。"伯都西奥鞠了一躬,离开了那个房间。

第五十五章　卡凡尔康德少校

基度山伯爵以少校即将来访为借口辞去了阿尔培的邀请,但他和培浦斯汀所说的确是实情。七点钟刚过,就是在伯都西奥奉命到阿都尔去的两小时后,一辆出租马车在大厦门前停了下来,让乘客在门口下车后,就马上急急地驶开,像是感到羞于做这项工作似的。从马车上下来的那个人是一位年约五十二岁的男人,身穿一件在欧洲流行了很久的绿底绣黑青蛙的外套。他的裤子是蓝布制的,皮鞋相当干净,但擦得并不亮,而且鞋跟稍微太厚了一点;戴鹿皮手套;一顶略似宪兵常戴的帽子;一条黑白条纹的领结,这条领结假如不是物主珍惜的话,本来是可以停止使用的了。这位漂亮人物拉了一下香榭丽舍大道三十号门上的门铃,问基度山伯爵阁下是不是住在这儿,得到门房肯定的回答后,他就进来,顺手关上门,开始登上台阶。

来人的头颅又小又瘦,头发雪白,有灰色浓密的胡须。等待在大厅里的培浦斯汀很容易识别这位期待中的来客,因为他对于相貌,事先已得到准确地通知。所以,这位生客还不曾通报他的姓名,伯爵就已收到通报,知道他到了。他被引入一间朴素高雅的会客室,伯爵微笑着起身来迎接他。"啊,我亲爱的先生,欢迎之至,我正在等候您呢。"

"大人的确在等候我吗?"那意大利人说。

"是的,我收到通知,知道今天七点钟能看到您。"

"那么,对于我来的事,您已经详细接到通知了吗?"

"当然了。"

"啊,那就好了,我生怕这一步手续被遗忘了呢。"

"什么手续?"

"就是把我要来的情况事先通知您。"

"不,不,没有忘记。"

"但您确信您没有搞错吗?"

"我相信如此。"

"大人今天晚上七点钟等候的真的是我吗?"

"我可以向您证明,使您毫无疑虑。"

"噢,不,不要了,"那意大利人说,"不必麻烦了。"

"是的,是的,"基度山说。他的客人似乎稍稍有点不安。"让我想一想,"伯爵说,"您不是巴陀罗米奥·卡凡尔康德侯爵阁下吗?"

"巴陀罗米奥·卡凡尔康德,"那意大利人高兴地说道,"没错,我真的就是他。"

"前奥地利驻军中的少校?"

"我是一位少校吗?"那老军人胆怯地问。

"是的,"基度山说,"您是一位少校,您在意大利的职位就等于法国人的少校。"

"好极了,"少校说,"我不指望更多的了,您知道——"

"您今天的访问不是您自己想来的吧?"基度山说。

"不,当然不。"

"是别人让您来的?"

"没错。"

"是那一位好心肠的布沙尼长老吧?"

"是的。"少校高兴地说。

"您带来了一封信吧?"

"是的,这就是。"

"那么,请给我。"于是基度山接过那封信,打开来看。少校用他那一对大眼睛看着伯爵,然后把房间里的情况察看了一眼,但他的凝视几乎立刻又回到房主人身上。"是的,是的,对了。'卡凡尔康德少校,是一位可敬的卢卡贵族,佛罗伦萨卡凡尔康德族的后代'"基度山继续高声念下去,"'每年收入是五十万。'"基度山把他的眼睛从信纸上抬起来,鞠了一躬。"五十万,"他说,"真可观!"

"五十万,是吗?"少校说。

"是的,信上是这么说,这一定不会错,因为长老对于欧洲所有的大富翁的财产都掌握得很准确。"

"那么,算是五十万吧。但说句老实话,我倒是想不到有那么多。"

"因为您的管家在盗窃您。那方面您一定得改善一下。"

"您打开了我的眼睛,"那意大利人庄严地说,"我要请那位先生开路。"

基度山继续读那封信:"'他生平只有一件不如意的事。'"

"是的,的确,只有一件!"少校说,并叹了一口气。

"'就是丢失了一个爱子。'"

"丢失了一个爱子!"

"'是在幼年时期被他府上的仇人或吉卜赛人拐走的。'"

"那时他刚五岁!"少校举眼望天,深深地叹了一口气说。

"不幸的父亲!"基度山伯爵说,并继续念道,"'我给他以再生的机会,向他保证,说你有办法能给他找回那个他苦苦寻找了十五年的儿子。'"少校带着一种无法形容的焦虑的神情看着伯爵。"这种事我有办法。"基度山说。

少校恢复了他的自恃。"啊,啊!"他说,"那么这封信从始至终都是真的了?"

"您不相信吗,巴陀罗米奥先生?"

"我,当然,当然相信。像布沙尼长老这样一个任教职的好人不可能骗人,也不可能跟别人开玩笑,但大人还没有读完呢。"

"啊,不错!"基度山说,"还有一笔附录。"

"是的,是的,"少校跟着说,"还——有——一——笔——附——录。"

"'为了减少麻烦卡凡尔康德少校向他的银行提款,我给了他一张两千法郎的支票作旅费,另外再请他向你提取你欠我的那笔四万八千法郎。'"

少校显出很不安的神色一直等到那笔附录读完。

"好极了。"伯爵说。

"他说'好极了,'"少校心中自语,"那么——阁下——"他答道。

"那么什么?"基度山问。

"那么那笔附录——"

"哦!那笔附录怎么样?"

"那么那笔附录也像那封信的原文一样为您所接受吗?"

"当然啦,布沙尼长老和我有点小来往。我想不起究竟是否还欠人家四万八,但我敢说,我们对于差额是不会产生矛盾的。那么,您觉得这笔附录很重要吗,我亲爱的卡凡尔康德先生?"

"我一定要向您解释一下,"少校说,"因为十分信任布沙尼长老的签字,我自己并没有另外带钱来,所以假如这笔来源靠不住的话,我在巴黎的情形就要变得非常不好了。"

"像您这样有地位的一位人物怎可能在一个地方就受窘呢?"基度山问。

"哦,说心里话,我一个人都不认识。"少校说。

"但人家总认识您的吧?"

"是的,人家认识我,那么——"

"说吧,我亲爱的卡凡尔康德先生。"

"那么您可以把这四万八千里弗付给我的了?"

"是的,随便您什么时候要都可以。"少校的眼睛惊喜地睁得大大的。"但请坐呀,"基度山说,"真的,我不知道自己在想些什么,——竟使您站了半天。"

"没有关系。"

少校拖了一张转椅过来,自动坐下。

"现在,"伯爵说,"您愿意吃些什么东西吗? ——来一杯红葡萄酒,白葡萄酒,还是阿利坎特葡萄酒?"

"阿利坎特葡萄酒吧,假如方便的话,我欢喜喝这种酒。"

"我有几瓶上好的。您用饼干下酒行不行?"

"好的。我吃点饼干,多谢您这样客气。"

基度山拉了拉铃,培浦斯汀出现了。伯爵向他迎上去。"怎么样?"他小声地问。

"那个青年来了。"贴身跟班也低声地说。

"您领他到哪一个房间里去了?"

"听大人的吩咐,在那间蓝客厅里。"

"对了,现在去拿一瓶阿利坎特葡萄酒和几块饼干来。"

培浦斯汀走了出去。

"真的,"少校说,"这样打扰您,内心实在不忍。"

"区区小事,请勿挂齿。"伯爵说。

培浦斯汀拿了酒杯、酒和饼干进来。伯爵把一只杯子注满,但在另一只杯子里,他只把这种红宝石色的流质滴了几滴。酒瓶上蛛丝满布,还有其他种种比一个人脸上的皱纹更多的迹象表明这确是陈年好酒。少校做了一个聪明的选择,他拿了那只倒满的酒杯和一块饼干。伯爵叫培浦斯汀把那只盘子放在他的客人旁边,后者带着一种很满意的表情啜了一口阿利坎特酒,然后又津津有味地把他的饼干在葡萄酒里蘸了蘸。

"哦,先生,您是长住在卢卡的是不是?您又有钱又高贵,又令人尊敬——凡是可以使任何人快乐的条件,您都是具备的了?"

"都具备了,"少校说,连忙咽下他的饼干,"的确也具备的了。"

"您只缺少一样东西,否则就是十全十美的了,是不是?"

"只缺少一样东西。"那意大利人说。

"而那样东西就是您那失踪的孩子!"

"唉,"少校拿起第二块饼干说,"那的确是我美中不足的地方。"这位可敬的少校举目望天,叹息了一声。

"请您告诉我,"伯爵说,"您这样痛惜的令郎,究竟是谁呢?——因为我老是以为您还是一个单身汉。"

"一般都是那样说,先生,"少校说,"而我——"

"是的,"伯爵答道,"而您还故意证实那种传说。我想,您当然是想掩盖青年时代的一次失误,省得社会上纷纷传扬了?"

少校的神色恢复了,重新装出一副镇定的态度,同时垂低他的眼睛,大概是要借此恢复他脸部的表情或帮助他的想象力;他时不时向伯爵偷看一眼,但伯爵的嘴巴上依旧挂着那种温和与好奇的微笑。

"是的,"少校说,"我的确希望能使这种过失瞒过每一个人的眼睛。"

"当然起因不能全怪您,"基度山答道,"因为像您这样的人是不会轻易犯这种过失的。"

"噢,不,当然不怪我。"少校说,微笑着摇摇头。

"而得怪那位做母亲的?"伯爵说。

"是的,得怪那做母亲的——他那可怜不幸的母亲!"少校喊道,拿起第三块饼干。

"再喝一点酒,我亲爱的卡凡尔康德,"伯爵一边说,一边给他倒第二杯阿利坎特葡萄酒,"您别太激动啦。"

"他那可怜的母亲!"少校吞吞吐吐地说着,想尽量使他的意志完全控制住自己的泪腺,好不容易挤出一滴假眼泪来润湿他的眼角。

"我想,她是出身于意大利名贵家庭的吧,是不是?"

"她的家庭是费沙尔的贵族,伯爵阁下。"

"而她的名字是叫——"

"您想知道她的名字吗?"

"噢,"基度山说,"您告诉我确实也是多余的,因为我已经知道了。"

"伯爵阁下是什么都知道的。"那意大利人说着,并深鞠了一躬。

"奥丽伐·高塞奈黎,对不对?"

"奥丽伐·高塞奈黎!"

"一位侯爵的小姐?"

"一位侯爵的小姐!"

"而您不顾她家庭的反对,终于娶了她?"

"是的,我娶了她。"

"您肯定的已把那各种资料都带来了吧?"基度山说。

"什么资料?"

"您和奥丽伐·高塞奈黎结婚的证书,你们孩子的出生登记证。"

"我孩子的出生登记证?"

"安德里·卡凡尔康德的出生登记证——令郎的名字不是叫安德里吗?"

"我相信是的。"少校说。

"什么! 你'相信'是的?"

"我不敢十分肯定,因为他已经失踪了这样长久。"

"那倒也是,"基度山说。"那么您把文件都带来了吗?"

"伯爵阁下,说来很抱歉,因为不知道是否需要利用到那些资料,所以我一时疏忽,竟忘记把它们带来了。"

"那就很不幸了。"基度山答道。

"那么,它们竟是这样的重要吗?"

"它们是必不可少的呀。"

少校用手抹了一抹他的额头。"啊,糟糕,必不可少的!"

"当然是罗,说不定这儿会有人怀疑到你们结婚的正当性或你们那孩子的合法性!"

"不错,"少校说,"可能有人会怀疑的。"

"假若如此,您那个孩子的处境就会非常的艰难。"

"那是对他极其不利的。"

"那或许会使他错过一门很好的亲事。"

"糟糕透了!"

"您现在必须知道,在法国,他们在这些地方是极其看重的。像在意大利那样跑到教士那儿去说'我们彼此相爱,请您给我们证婚'那是不够的。在法国,结婚是一件公事,正式结婚必须有不可缺少的证明文件。"

"那太不幸了,我可没有这些必需的文件。"

"幸而,我有。"基度山说。

"您?"

"是的。"

"您有哪些文件?"

"我有哪些文件!"

"啊,真的!"少校说,他眼看着他这次旅行的目的将因缺少那些文件而落空,也唯恐他的健忘或许会使那四万八千里弗发生变化,"啊,真的,那就很幸运了,真的,真够运气,因为我从来想不到要把它们带来。"

"我觉得不足为怪。一个人不可能样样都想到呀!但幸亏有布沙尼长老代您想到了。"

"他真是个好人!"

"他极其谨慎,想得极其周到。"

"他真是一个可钦佩的人,"少校说,"他已把它们送到您这儿了吗?"

"这儿就是。"

少校双手握紧,表示钦佩。

"您是在凯铁尼山圣·保罗教堂里和奥丽伐·高塞奈黎结婚的,这是教士的证书。"

"是的,的确是这个。"那意大利人惊愕地叫喊道。

"这是安德里·卡凡尔康德的受洗登记证,是塞拉维柴的教士办的。"

"完全不错。"

"那么,拿了这些证件吧,不关我的事了。您可以把它们交给令郎,令郎当然会小心保存起来的。"

"我想他一定会的!除非他遗失了——"

"嗯,假如他遗失了怎么办呢?"基度山说。

"那么,"少校答道,"就必须得去抄一份副本,又得花一些时间才能搞到手了。"

"那件事就难办了。"基度山说。

"几乎是不可能的。"少校回答。

"我很高兴看见您懂得这些资料的价值。"

"我认为它们是无价之宝。"

"哦,"基度山说,"至于那青年人的母亲——"

"至于那青年人的母亲——"那意大利人焦急地重复了一遍。

"对于高塞奈黎侯爵小姐——"

"真的,"少校说,似乎觉得眼前突然又涌现出许多的困难来,"难道还要她来作证吗?"

"不,先生,"基度山答道,"而且,她不是已经——"

"是的,是的,"少校说,"她已经——"

"是自然偿还了最后的一笔债务了吗?"

"唉!是的。"那意大利人回答。

"我知道,"基度山说,"她已经过世十年了。"

"而我现在还在哀悼她的早逝!"少校悲叹地说道,并从他的口袋里掏出一块格子花纹的手帕,先抹抹右眼,然后又擦擦左眼。

"您还想怎么样呢?"基度山说,"我们都是难免一死的。现在您要知道,我亲爱的卡凡尔康德先生,您在法国不必告诉他人说您曾和令郎分离过十五年。吉卡赛人拐小孩这种故事在世界的这一部分并不十分流行,不会有人轻信。您曾送他到某一省的某一个大学里去读书,现在您希望他在巴黎社交界来完成对他的教育问题。为了那个理由,您才不得不暂时离开维亚雷焦,自从您的太太去世以后,您一向就住在那儿。那就够了。"

"您是这样想吗?"

"当然啦。"

"那么,好极了。"

"假如他们听到了那次分离的事——"

"啊,对了,我怎么说呢?"

"有一个奸诈的家庭教师,被府上的仇人买通——"

"被高塞奈黎家庭方面吗?"

"一点不错,他拐走了这个孩子,想使府上这一族人绝后。"

"这很说得过去,因为他是一个独子。"

"好,现在一切都妥当了,这些新唤醒的往事现在不要轻易忘怀了——您肯定已经猜到我已为您准备好一件意想不到的事了吧?"

"是很高兴的事吧?"那意大利人问。

"啊,我知道一个做父亲的眼睛和他的心一样是不容易被蒙骗的。"

"嘿!"少校说。

"是否已有人把那个秘密告诉您了吧,也许您已猜到他在这儿了吧?"

"谁在这儿?"

"您的孩子——您的儿子——您的安德里!"

"我的确猜到了,"少校带着那种最从容的神气回答。"那么他在这儿了吗?"

"他来了,"基度山说,"刚才我的贴身跟班进来的时候,他告诉我他已经来了。"

"啊!好极了,好极了!"少校说,他每喊一声,就摸一摸他衣装上的纽扣。

"我亲爱的先生,"基度山说,"我懂得您这时的心情,您得需要一些时间来调整您自己。我应当利用这一段时间去让那个青年人准备这一场思念了很久的会面,因为我想他内心的激动也不亚于您呢。"

"这是我应该想象得到的。"卡凡尔康德说。

"好吧,一刻钟之内,您就可以和他见面了。"

"那么您还带他来吗?您甚至还亲自带他来见我吗?您真太好啦!"

"不,我不想来插入父子之间。你们私下里相见吧。但不必不安,即使父子间的天性不提醒您,您也不会弄错的。他会从这扇门走进来。他是一个很漂亮的青年人,肤色很白——也许太白了一点——态度很活泼,但您一会儿就可以看到他了,还是由您自己来断定吧。"

"且慢,"少校说,"您知道我只有市沙尼长老送给我的那两千法郎,这笔钱我都用在旅费上了,所以——"

"所以您需要钱用,那是自然的事,我亲爱的卡凡尔康德先生。嗯,这儿先付您八千法郎。"

少校的眼睛里闪现出明亮的光辉。

"现在我只欠您四万法郎了。"基度山说。

"大人要收条吗?"少校说,同时把钱塞进他上衣的内口袋里。

"要收条干什么?"伯爵说。

"我想您也许要把它拿给布沙尼长老看看。"

"哦,当您收到那余下的四万法郎的时候,您给我一张整数的收条好吗。我们都是正人君子,不必这样斤斤计较。"

"啊,是的,的确如此,"少校说,"我们都是正人君子。"

"还有一句话,"基度山说。

"请讲。"

"您可以允许我提一个建议吗?"

"当然啦,我是求之不得。"

"那么我就劝您别再穿这种样式的衣服了。"

"真的!"少校说,带着满意的神情看看他自己。

"是的。在维亚雷焦的时候或许可以穿它,但这种服装,不管它本身多么高雅,可在巴黎却早已过时了。"

"那真不幸。"

"噢,假如您真的很爱穿您这种旧式服装,您在离开巴黎的时候再换上。"

"但我穿什么好呢?"

"您的皮箱里有什么衣服?"

"我的皮箱里?我只有一只旅行袋。"

"我想说您的确没有带别的东西来。一个人何必带那么多东西来连累自己呢?而且,像您这样的一位老军人在出门的时候,总是喜欢尽可能地少带些行李的。"

"就是为了这个原因我才——"

"但您是一个谨慎而又有远见的人,所以您应该先派人把您的行李运来。现在已经运到黎希留路太子旅馆了。您就住在那儿。"

"那么在那些箱子里——"

"我想您已吩咐您的贴身跟班把您大概需用的衣服都放进去了——您的便服和制服。逢到大场面,您必须穿上您的制服,那样看起来就威武极了。别忘了您的勋章。法国人虽然还在嘲笑勋章,但总还是把它们佩戴在身上的。"

"好极了!好极了!"少校高兴至极地说。

"现在,"基度山说,"您已经有所准备了,不会太兴奋过度了吧,我亲爱的卡凡尔康德先生,请等着和您那走失的安德里相会吧。"

说完,基度山鞠了一躬,消失到门帷后面,让少校独自沉醉在狂喜之中。

第五十六章　安德里·卡凡尔康德

　　基度山伯爵走到隔壁的房间里,就是培浦斯汀称为蓝客厅的那个房间,发现那儿有一个风度翩翩、外表潇洒的青年人。他是在半小时前乘坐着一辆出租马车来的。当他来登门求见的时候,培浦斯汀毫不困难地认出他是谁,因为他的主人事先已向他详细描述过来客的外貌特征了,所以一看见这黄头发、红胡子、黑眼睛、白皮肤、身材高大的青年人,当然毫无疑问了。伯爵走进房来的时候,这个青年正很随便地躺在一张沙发上,用他手里的那根金头手杖轻轻敲击着他的皮靴。一看到伯爵,他赶紧站起来。"是基度山伯爵吧,我相信?"他说。

　　"是的,阁下,我想尊驾就是安德里·卡凡尔康德子爵阁下吧?"

　　"安德里·卡凡尔康德子爵。"青年一面重复这个头衔,一面鞠了一躬。

　　"您是带着一封介绍信来见我的,是不是?"伯爵说。

　　"我之所以没有提及那一点,是因为我觉得那个署名非常奇怪。"

　　"'水手辛巴德'是不是?"

　　"一点没错。因为除了《一千零一夜》里那位大名鼎鼎的辛巴德以外,我还从来不曾认识任何一个姓这姓的人——"

　　"哦! 他就是那个辛巴德的一个后代,并且是我的一个好朋友。他是一个很富有的英国人,为人怪僻得几乎近似于疯狂。他的真名字是叫威玛勋爵。"

　　"啊,真的! 那就一切都明白了,"安德里说,"那倒是很特殊的。那么,这个英国人就是我在——啊——是的——好极了! 伯爵阁下,我听从您的吩咐就是了。"

　　"假如您所说的是事实的话,"伯爵微笑着答道,"您大概可以把您自身以及府上的事情讲一些给我听听吧?"

　　"当然可以,"青年人说,他的表情很从容,证明他的记忆力很健全。"我,正如您所说的,是安德里·卡凡尔康德子爵,巴陀罗米奥·卡凡尔康德少校的儿子——我们卡凡尔康德这一族的名字曾铭刻在佛罗伦萨的金书上。舍下虽然还很富有(因为家父的收入达五十万),却曾遭受过许多不幸,而我在五岁的时候就被我那奸诈的家庭教师拐走,所以我已有十五年不曾见到我那生身父亲了。当我到达懂事之年,可以自主以后,我就不断地在寻找他,但是都无结果。最后,我接到您朋友的这封信,说家父现在巴黎,并让我亲自向您来探听他的消息。"

　　"是的,您所讲的这一番话我觉得挺有趣的。"基度山带着异常的满意望着那青年说,"您把您的全盘心事倾诉给敝友辛巴德的确是件很对的事,因为您的父亲的确在这儿,而且正在等您。"

　　伯爵自从走进客厅里来的那一刻起,始终不曾有一刻忽略过那青年脸上的表

世界二十大名著　基督山伯爵　图文珍藏版

情。他很佩服他神色的安定和声音的稳健，但一听到"您的父亲的确在这儿，而且正在等您"这两句极自然的话时，小安德里猛吃了一惊，喊道："我的父亲！我的父亲在这儿？"

"那是毫无疑问的，"基度山答道，"令尊，巴陀罗米奥·卡凡尔康德少校。"

那一度布满在青年脸上的恐怖的表情几乎立刻消失了。"啊，是的！当然是叫那个名字，"他说，"巴陀罗米奥·卡凡尔康德少校。而您所说的是，伯爵阁下，我那亲爱的父亲是在这儿吗？"

"是的，阁下，我甚至还可以再补充一句，我刚才还和他在一起呢。他对我讲起他失子的那一番经过，我听了大受感动。的确，他在那一件事上的失望、期望和恐惧真可充作一首最哀婉动人的诗的资料。有一天，他终于收到一封信，说拐走他儿子的那方面现在愿意归还给他，说至少可以通知他到哪儿去找，但要得到一大笔钱作赎金。令尊毫不犹豫，特派人送那笔款子到皮埃蒙特边境上，还带去一张到意大利的护照。您那时是在法国南部吧，我想？"

"是的，"安德里带着一种尴尬的神情答道，"我是在法国南部。"

"一辆马车派在尼斯等您。"

"一点不错。它载着我从尼斯到热那亚，从热那亚到都灵，从都灵到尚贝里，从尚贝里到波伏森湖，又从波伏森湖到达巴黎。"

"真的！那么令尊应该在路上遇到您的了，因为他正巧也是走那条路线来的，照此推算，途中所经的各站一点都不错。"

"但是，"安德里说，"即便家父曾遇到过我，我也很怀疑他是否还会认识我，自从他最后那次见我以后，我一定已有很多的改变了。"

"噢，所谓父子天性呀。"基度山说。

"不错，"青年说，"我倒没有想到父子天性这一句俗语。"

"令尊的头脑里现在只对一件事还觉得有点不安，"基度山答道，"就是他挺想知道您在离开他的那一段时期内的情况。那些残害您的人怎样对待您,他们对您的态度是否曾顾及您的身份。最后,他急于想知道您是否能幸运地逃过精神上的迫害,那当然要比任何肉体上的痛苦更可怕,他希望知道您天赋优良的本性有没有因为缺乏教育而减弱。总之,您自己认为究竟能不能重新在社会上维护您的那高贵的身份和相称的地位。"

"阁下,"青年喃喃地说,简直惊呆了,"我希望并没有什么谣言——"

"在我个人,我第一次听到您的大名是那位慈善家敝友威玛告诉我的。我相信他初次和您相遇的时候您的境况颇不愉快,但详细情况却不知道,因为我并没有打听,我不是一个好问的人。您的不幸引起了他的同情,所以您那时的情形一定很有趣。他告诉我说,他极想恢复您所丧失的地位,非找到令尊不可。他真的去找了,而且显然已找到了他,因为他现在已在这儿了。最后,敝友通知我您快要来了,并且给了我有关您前途幸福的指示。我很明白敝友威玛是一个好人,因为他为人很诚恳,而且富如金矿,所以他尽可以随意完成他的怪癖而不必怕自己会倾家荡产,而我也已答应执行他的指示。先生,我现在站在助人为乐的地位觉得有必要问您一个问题,请务必不要在意。按照您的财产和名分,您就要成为一位显赫的人物,我很想知道,您所遭受的不幸——这种不幸绝非您本身所能控制,因此毫不减低我对您的敬意——我很想知道,他们有没有采取过什么措施使您对于您快要踏入的那个社会茫然无知?"

"阁下,"青年回答,在伯爵谈话的时候,他已逐渐恢复了他的明智,"在这方面您就放心好了。把我从家父身边拐走的那些人,正如他们现在已在事实上表现出来的那样,一向原存心要把我卖回给他的,而为了使他们的买卖得到最大的赢利打算,最妙的办法,就是要保全我的社会身份和天资,假如允许的话,甚至还应该更加改进。小亚细亚的奴隶主常常培养他们的奴隶成为文法教师、医生和哲学家,以便可以在罗马市场上卖得较高的价钱,那些拐子待我也正是这样,所以我倒受了极好的教育。"基度山满意地微笑了一下,就像是他本来并不期望安德里·卡凡尔康德先生能这样机警老练似的。"而且,"那个青年人继续说道,"即便在教育上发现了某些缺陷,或对于既定的礼仪有何违反之处,但顾及那跟随着我的生命中的厄运以及后来跟踪着我整个幼年时代的不幸,他们也会加以谅解的。"

"太好了,"基度山用一种局外人的口气说,"悉听尊便,子爵,因为您的行动当然由您自己支配,而且也与您利害相关。但假若我是您,我对于这些遭遇就一个字都不透露出去。您的身世就像是一个传奇式的故事。世人虽然喜欢包藏在两张黄纸封面之间的传奇故事,但说来奇怪,对于那些装在活的羊皮纸中间的真实故事,却反而不肯相信,即便出自像您这样一位体面的人物之口。我很想告诫您这一类的困难,子爵阁下。只是您对任何人讲起您这篇动人的身世时,当您的话还没有讲完,它就会传得人人皆知,而且被认为是编造的。您将不再是一个被拐走而又寻到的孩子,而会被人看作是一个一夜之间冒出来的暴发户。您或许会引起一点小小的好奇心,但被人作为议论的中心和不愉快的话题,看来总不是人人都愿意的。"

"我赞成您的看法,伯爵阁下,"青年说,在基度山的目光注视下,他的脸色陡然变得苍白起来。"这种后果的确是件不愉快的事。"

"但,您固然不必夸大您的不幸,"基度山说,"但也不必为了面子竭力避免以至顾此失彼。您必须决定采取一条单独的行动路线,而像您这样的一个能干的人,这个计划是不难办到的,也是十分必要的。您必须结交一些可靠的朋友,借此来减轻那种您以前的微贱生活所引起的偏见。"安德里脸上顿时变了色。"我本来可以提出来做您的保证人和友好的顾问,"基度山说,"但我生性对我最好的朋友也持有怀疑的态度,而且很愿意使他们对我也持有这种态度,所以,要是违背了这条信念,我就等于(像那些戏子所说的)在扮演外行角色,大有被'嘘'的危险,那就未免太傻了。"

"但是,伯爵阁下,"安德里说,"我是威玛勋爵介绍来见您的,看在他的面子上——"

"是的,当然啦,"基度山打断他的谈话,"我亲爱的安德里先生,但威玛勋爵并没有忘记告诉我您的幼年生活颇为坎坷。啊!"伯爵注视着安德里的脸说,"我并不要求您向我解释,而且,正是为了免得您有求于任何人,才到卢卡去请来令尊的。您马上就可以看见他了。他的表情略微有点拘束和倨傲,而且因为穿制服关系,外表上差了一点,但当大家知道他在奥地利军团中服务的时候,一切都可以得到谅解了。我们对奥地利人通常总是并不十分苛刻的。总而言之,您一会儿就会知道令尊是一位很体面的人物,我向您保证。"

"啊,先生,您使我放心了,我们分别已有这么多年,所以我根本记不得他是什么样子了。"

"而且,您知道,在上层社会人士的眼睛里,一笔丰厚的家产是可以弥补一切缺陷的。"

"那么,家父真的很有钱吗,阁下?"

"他是一位大富翁——他的收入高达五十万里弗。"

"那么,"青年焦急地问,"我的情况一定可以很适合的了。"

"再适合不过了。我亲爱的先生。在您住在巴黎的这段时间里,他每年可以让您有五万里弗的收入。"

"假若如此,我愿意永远呆在这儿了。"

"时间是无法由您控制的,我亲爱的先生,'谋事在人,成事在天'。"

安德里叹息了一声。"但是,"他说,"假若我能留在巴黎而不受环境限制离开的期间,您真的认为我可以收到您刚才向我提出的那笔款子吗?"

"完全可以。"

"我是从家父手里拿吗?"安德里略带不安地询问。

"是的,您可以亲自从令尊那儿拿,但那钱威玛勋爵可以作保。他应令尊之约,在邓格拉司先生那儿开了一个月支五千法郎的账户,邓格拉司先生的银行是巴黎最有信用的银行之一。"

"家父准备长住在巴黎吗?"安德里问。

"只住几天,"基度山答道。"他的职业不允许他一次离开两三个星期以上。"

“啊，我亲爱的父亲！”安德里喊道，显然很欢喜他这样快就离开。

“因此，”基度山说，假装误会了他的意思——“所以我不再耽搁你们这次愉快的会见了。您已经准备好去拥抱您那可爱的父亲了吗？”

“我希望您不会否认这一点。”

“去吧，那么，在客厅里，我的青年朋友，您可以看见令尊在那儿等候您。”

安德里向伯爵深深地鞠了一躬，走进隔壁那个房间。基度山一直注视到看不见他为止，然后按下一个机关，这个机关外表看来像一幅画，一按之后，镜框滑开一部分，露出了一条小缝，小缝设计得非常巧妙，从这里可以看到那间现在由卡凡尔康德和安德里所占据的客厅里的一切情形。那青年人顺手将门关上，向少校走去，少校听到脚步声向他走来，就站起身来。“啊！我亲爱的爸爸！”安德里说，声音很大，以便让隔壁房间里的伯爵能够听到，“真的是您吗？”

“你好吗，我亲爱的儿子？”少校慎重地说。

“经过这么多年痛苦的分离以后，”安德里以同样的口吻说，并向那扇门瞟了一眼，“现在又重逢了，多么愉快呀！”

“的确是的，经过这么多年的分离以后。”

“您不拥抱我吗，大人？”安德里说。

“可以的，假如你高兴的话，我的儿子。”少校说着。于是那两个男人模仿舞台上演员的样子拥抱起来，那就是说，各人把他的头搁在对方的肩胛上。

“那么我们又团圆了吗？”安德里说。

“又团圆啦！”少校回答。

“永远不再分离了吧？”

“哦，至于这一点，我想，我亲爱的儿子，您现在一定住惯了法国，几乎把它当作你的祖国了吧。”

“事实上，”青年说，“要我离开巴黎，我真是悲伤极了。”

“至于我，您必须知道，我是不能长期离开卢卡的，所以我得尽可能地赶快回到意大利去。”

“但在您离开法国之前，我亲爱的爸爸，我希望您能够把那些表明我身份的必须证明资料交给我。”

“当然了，我这次就是特地为那件事来的。我费了许多的心思来找你——就是为了要把那些文件交给你——我实在不想再来找一次了，要是再重新找一次，我的残年都得消耗在那上面啦。”

“那么，这些文件呢？”

“都在这儿。”

安德里把他父亲的结婚证书和他自己的受洗证明书一把抢到手，迫不及待地打开它们（在这种情况之下，他的迫切也是应该的），然后非常迅速地把它们看了一遍，证明他是看惯这一类文件的；从他脸上的表情可以看出他对文件的内容极其感兴趣。当他读完那些证件的时候，他的脸上焕发出一种无限欣慰的表情。他带着一种最古怪的微笑望着少校，用非常地道的托斯卡纳语说：“那么意大利已废除苦工船了吗?"

少校把身体挺得笔直。"什么? 这句话是什么意思?"

"因为编造这一类的文件是要吃官司的。在法国,我最最亲爱的爸爸啊,只要有这样的一半儿,他们都会送您到土伦去呼吸五年监狱里的空气的呀。"

"请把你的意思解释一下好不好?"少校尽力装出一副庄严的神气说。"我亲爱的卡凡尔康德先生,"安德里带着一种推心置腹的神态挽住少校的手臂说,"你做我的父亲得了多少钱?"少校想说话,但安德里压低了声音继续说,"无聊! 我来做一个榜样使你放心,他们付了我五万法郎一年来做你的儿子,因此,你可以懂得我决不会否认你做我的爸爸。"少校焦急地向四周观望一眼。"你放心吧,只有我们两个人知道,"安德里说,"而且,我们是在用意大利语谈话。"

"哦,那么,"少校答道,"他们付我五万法郎。"

"卡凡尔康德先生,"安德里说,"你相不相信神话?"

"我以前是不相信的,但现在我真的觉得似乎不得不相信它们啦。"

"那么,你总是有点根据的吧?"

少校从他的口袋里掏出一把金洋来。"你看,"他说,"够明白的了。"

"那么,你认为我可以信赖伯爵的诺言吗?"

"我当然相信。"

"你坚信他会对我遵守他的诺言?"

"遵守信上的话,但同时,请记住我们必须继续扮演我们各人的角色。我扮一位慈父——"

"我扮一个孝子,既然他们选定我当你的后代。"

"你这个'他们'是指谁?"

"鬼知道! 我也说不出来,但我想是指那些写信的人。你收到一封信的吧,是不是?"

"是的。"

"谁写给你的?"

"一个叫什么布沙尼长老的。"

"你是否认识他?"

"不,我从来没有见过他。"

"他在那封信里写了些什么?"

"你能答应不出卖我吗?"

"那你尽管放心,你心里很明白,我们的利害关系是共同的。"

"那么你自己去读吧。"于是少校把一封信交到那青年手里。安德里低声念道:

"你很穷,等待你的是一个愁苦的暮年。你愿不愿意发财,或至少不依赖他人? 立刻动身到巴黎去,向香榭丽舍大道三十号门牌的基度山伯爵去要你的儿子。这个儿子名叫安德里·卡凡尔康德,是您和高塞奈黎侯爵小姐的结晶品,五岁的时候被人拐走。为了免得使你怀疑写这封信的人的用意,先附奉两千四百托斯卡纳里弗的支票一张,请到佛罗伦萨高齐银行去兑现;并附奉致基度山伯爵的介绍信一封,信内说明我准许你向他提用四万八千法郎。记住到伯爵那儿去的时间是在 5 月 26 日晚上七点钟。

——布沙尼长老"

"是一样的。"

"你这是什么意思?"少校说。

"我的意思是我也收到一封差不多同样的信。"

"你?"

"是的。"

"布沙尼长老写给的?"

"不。"

"那么,是谁?"

"一个英国人,名叫威玛勋爵,他化名叫水手辛巴德。"

"而对于他,你并不比我对布沙尼长老知道得多吧。"

"你错了,在那一方面,我比你要强得多。"

"那么你见过他了?"

"是的,一次。"

"在哪儿见的?"

"啊! 这正巧是我不能告诉你的,假如告诉了你,你就会像我一样明白了,我并不想那样做。"

"信里面讲了一些什么?"

"念吧。"

"你很穷,你未来的远景是黑暗而阴沉的。你愿不愿意做一个贵人,喜不喜欢发财和自由?"

"老天爷!"青年说,"这样的一个问题还可能有两种答案吗?"

"请到尼斯去,你可以看见在几尼司门有一辆驿车在那儿等候你。经都灵、尚贝里、波伏森湖到巴黎。在 5 月 26 日晚上七点钟到香榭丽舍大道去找基度山伯爵,向他要你的父亲。你是卡凡尔康德侯爵和奥丽伐·高塞奈黎侯爵小姐的儿子。侯爵会给你一些文件确证这件事实,并准你用那个姓在巴黎社交界露面。至于你的身份,每年有五万里弗的收入是可以维持这一切的了。附奉五千里弗的支票一张,可到尼斯费里亚银行去兑现,并附致基度山伯爵的介绍信一封,我已嘱咐他供给你一切需求。

——水手辛巴德"

"妙极了!"少校说,"你说,你已见过伯爵,是不是?"

"我刚才离开的他。"

"他是否证实信上所说的那一切?"

"证实了。"

"你懂不懂这是怎么一回事?"

"一点不懂。"

"在这之中必有一个受骗的人。"

"总而言之,不会是你,也不会是我。"

"当然不是。"

"嗯,那么——"

"你以为那不关我们的事吗?"

"一点不错,我正要说这句话,我们把这出戏演到底吧,闭着眼睛干去就是了。"

"赞成,你瞧着吧,我一定要把我的角色扮演得很出色。"

"我从来不曾丝毫的怀疑过,我亲爱的爸爸。"

基度山趁这个时候走进客厅。听到他的脚步声,那两个男人又互相投到对方的怀抱里。当伯爵进来的时候,他们就是这样拥抱着。

"啊,侯爵,"基度山说,"看来您对于幸运之神送还给您的这个儿子并不失望吧。"

"啊,伯爵阁下,我真高兴极了。"

"您感觉如何?"基度山转过去对那个青年人说。

"我吗?我的心里洋溢着幸福之感。"

"幸福的父亲!幸福的儿子!"伯爵说。

"只有一件事情使我有些发愁,"少校说,"因为我必须马上离开巴黎。"

"啊,我亲爱的卡凡尔康德先生,"基度山说,"我想请您赏光让我介绍您见见我的几位朋友,然后您可以在见过他们以后才走吧。"

"我悉听您的吩咐,阁下。"少校答道。

"现在,阁下,"基度山对安德里说,"把您的实际情况说出来吧。"

"说给谁听?"

"咦,说给令尊听呀,把您的经济状况讲些给他听听。"

"啊,真是!"安德里说,"您说中我的心思啦。"

"您听到他所说的话了吗,少校?"

"我当然听到。"

"但您明不明白?"

"明白。"

"令郎说他急需钱用。"

"哦!您叫我怎么办呢?"少校说。

"您当然应该给他一点罗。"基度山回答。

"我？"

"是的，您！"伯爵说，同时向安德里走过去，拿了一包钞票塞到青年的手里。

"这是什么？"

"令尊给的。"

"家父给的？"

"是的，您刚才不是告诉他您要钱用吗？他托我把这一包钱给您。"

"这算是我收入的一部分吗？"

"不，这算是您在巴黎的安顿费。"

"啊，我的爸爸真好呀！"

"别出声！"基度山说，"他不愿意您知道这是他给您的。"

"我十分了解他这种体贴入微的心意。"安德里说，急忙把钞票装进他的口袋里。

"现在，二位，我祝你们晚安。"基度山说。

"我们什么时候才能再有幸见到您呢？"卡凡尔康德问。

"啊，是的！"安德里说，"我们在什么时候还可以再得到那种愉快呢？"

"星期六，假如你们——是的——让我想想看——星期六。那天晚上我在阿都尔村芳丹街二十八号的别墅里请客吃饭。我请了几个人，其中有你们的银行家邓格拉司先生。我当然会介绍你们和他相见，他必须认识你们两位才能付钱给你们。"

"穿礼服吗？"少校说，这几个字说得相当响。

"噢，是的，当然罗！"伯爵说，"制服，十字章，扎脚裤。"

"我穿什么衣服呢？"安德里问。

"噢，很简单，黑裤了，漆皮鞋，白背心，一件黑色或是蓝色的上装，一个大领结。您的衣服可以到勃林或维罗尼克那儿去做。假如您不知道他住在哪儿，培浦斯汀可以告诉您。您的服装愈少装饰，效果就愈好，因为您是一个有钱人。假如您要买马，可以到德维都那儿去买，如果要买马车，可以去找倍铁斯蒂。"

"我们几点钟来？"青年问道。

"六点钟左右。"

"我们那个时候一定到。"少校说。

卡凡尔康德父子向伯爵鞠了一躬，告辞而去。基度山走到窗口前面，看到他们手挽着手已走到对街去了。"那两个光棍！"他说，"可惜他们不是真的父子！"于是，在沉着脸想了一会儿以后，"走，我去看摩莱尔去！"他说，"我觉得那种厌恶简直比恨还使人难堪。"

第五十七章　幽会

　　现在务必请本书的读者允许我们再把你带到维尔福先生屋后的那片园地上。在那扇被半隐在大栗树背后的门外，我们将可以找到几位我们相识的人物。这次是玛西米兰先到。他专心地在守候着一个人影从树丛中出现，焦急地等着石子路上发出轻巧的脚步声，那盼望了已久的声音终于听到了，他本来只期待一个人，而现在他却觉察到有两个人向他走来。凡兰蒂的迟到得归罪于邓格拉司夫人和欧琴妮的拜访，她们的拜访延长到超出了她所预期的时间。于是，为了表示不对玛西米兰失信，她向邓格拉司小姐建议，邀她到花园里去散一会步，借此表明她的延迟显然无疑会使他感到烦恼，但却并不是她自己的疏忽所致。那青年凭着一个爱人的直觉，立刻懂得了她这种无可奈何的状况，心里感到安慰。而且，虽然她避免来到谈话的范围以内，凡兰蒂却安排得很巧妙，可以使玛西米兰看到她的来往；而每一次经过的时候，她总是设法趁她的同伴在不觉之中向青年投来一个意味深长的眼光，像是在说："忍耐一点！你看到这不是我的错。"玛西米兰是很会忍耐的，于是就在脑子里比较这两位姑娘来消磨时间———一个肤色白皙，有一对水汪汪的温柔的眼睛，温雅地微微弯着身体，像一棵垂杨柳；另一个肤色浅黑，带着一种严厉傲慢的表情，身子笔直，像一棵白杨树。毋庸说，在那青年的眼里，凡兰蒂当然不会相形逊色。约莫半小时以后，小姐们回去了，玛西米兰知道邓格拉司小姐的访问终于已告一段落。不到几分钟，凡兰蒂独自重新走进花园来。为了怕别人注意到她的回来，她走得很慢，她并不立刻直接走近门边，却先在一张凳子上坐下来，小心地向四周看了一下，确定没有人在监视她，然后立刻起身，急急地向门口走去。

　　"晚安，凡兰蒂。"一个声音说。

　　"晚安，玛西米兰。我让你久等了，但你已经看到我迟来的原因了。"

　　"是的，我认得邓格拉司小姐。但我不知道你和她是这样亲密。"

　　"谁告诉你我们很亲密，玛西米兰？"

　　"谁都没有告诉我，但看来你们似乎是这样的。从你们边走边谈的那种神态上看来，人家以为你们是两个在那儿互相倾诉秘密的女学生呢。"

　　"我们刚才谈了番心事，"凡兰蒂答道。"她告诉我她不愿意和马瑟夫先生结婚，而我也向她承认；我每想到要嫁给伊辟楠先生时，就会感到是多么的痛苦。"

　　"可爱的凡兰蒂！"

　　"这可以向你表明为什么你能看到我和欧瑟妮之间有那种坦率的态度，那是因为在谈到我不能爱的那个人的时候，我想到了我所要爱的那个人。"

　　"啊，你处处都多么好呀，凡兰蒂！你有一种不同于邓格拉司小姐的气质！就是那种无法形容的娇柔,这种娇柔对于一个女人,正如香气之对于花和美味之对于果子一样,美并不是我们对于花和果所要求的唯一的美德。"

"那是你心里的爱在促使你对这一切做那样的想法。"

"不,凡兰蒂,我向你保证。你们在花园里散步的时候,我把你们两个都观察了一番,凭良心说,虽然我丝毫不想故意贬低邓格拉司小姐的美,但我无法理解任何一个男子能否真正地爱她。"

"那是因为,正如你所说的,玛西米兰,我在那儿的缘故。因为有我在旁边,你就有偏见啦。"

"不,请告诉我——这纯属是一个出于好奇心的问题,因为在我的脑子里浮现了某些有关邓格拉司小姐的传闻,所以才问的——"

"噢,一定是非常不公正的传闻,我不用问就知道的了。当你们来评论我们这些可怜的女子的时候,我们是不用想能有多宽容的。"

"你至少不能否认,你们自己互相评论的时候,也是非常严厉的。"

"假如我们严厉,那正是因为我们一般总是在兴奋的情绪之中来评论的。还是回到你的问题上来吧。"

"邓格拉司小姐这次反对和马瑟夫先生结婚,是不是因为她别有所恋的缘故?"

"我已经告诉你了,我和欧琴妮并不能算十分亲密。"

"是的,但小姐们不必十分亲密就可以互诉心事。对吧,你的确向她问过这个问题吧。啊,你在那儿笑啦。"

"或许你已经知道那一段谈话了吧,我们和你只隔着一道木板,它可不是一道隔音壁。"

"嘿,她怎么说?"

"她对我说她谁都不爱,"凡兰蒂说,"她一想到要结婚就很讨厌。她情愿永远过一种无拘无束的自由生活。她几乎还希望她的父亲破产,那么她或许可以像她的朋友罗茜·亚密莱小姐那样成为一个艺术家。"

"啊,你看——"

"嗯,你想起了什么念头?"凡兰蒂问。

"没有什么。"玛西米兰微笑着回答。

"那么你为什么要笑呢?"

"咦,你自己把眼睛盯着我呀。"

"你让我走吗?"

"啊,不,不! 让我们来谈谈你吧。"

"不错,我们在一起的时间最多还有十分钟了。"

"天哪!"玛西米兰狼狈地说。

"是的,玛西米兰,你说得对,"凡兰蒂用一种抑郁的口气说,"我对你来说只是一个可怜的朋友。可怜的玛西米兰,你本来是命中注定该享受幸福的人,但现在你却过着一种什么样的生活呀! 我常常在责怪我自己,我向你保证。"

"哦,那有什么关系,凡兰蒂? 只要我自己愿意就行啦。我甚至觉得:虽然这种长期悬念状态很令我痛苦,但只要和你相处五分钟,或从你的嘴巴里听到两句话,我就已得到充分补偿了。而且我也深信:上苍既然创造了两颗像我们这样和谐的心,还几乎奇迹般地把这两颗心联合在一起,它不会残忍地又把我们分开的。"

"这几句话讲得很好,我很感谢你。我们两个人都祷告吧。玛西米兰,那可以使我快乐一些。"

"凡兰蒂,你这样急忙地要离开我,究竟发生什么事啦?"

"我不知道。维尔福夫人派人来请我去,说她要跟我谈一谈,而且这次谈话内容和我的一部分财产有关。让他们把我的财产拿走吧,我已经太富有啦,或许他们拿走以后,就可以让我平平静静地过日子了。假如我穷了,你还是会照样爱我的吧,是不是,玛西米兰?"

"噢,我会永远爱你的。只要我的凡兰蒂在我的身边,而且我能确实感到再没有人可以把她从我手中抢走,贫富对我又何足轻重呢? 但你是否想到这次谈话或许和你的婚事有关吧?"

"我不这样想。"

"现在,听我说,凡兰蒂,什么都不必担心,因为只要我活着,除了你以外,我决不会再爱任何一个人了。"

"你说这句话是想使我放心吗,玛西米兰?"

"原谅我,你说得对——我真没有脑筋。哦,我是要告诉你,那天我遇到马瑟夫先生。"

"嗯?"

"你知道,弗兰士先生是他的朋友。"

"那又怎么样?"

"马瑟夫先生接到弗兰士的一封信,说他立刻就要回来了。"

凡兰蒂的脸变成苍白色,她靠在门框上以防跌倒。"这能是真的吗? 维尔福夫人是为了这件事来叫我的吗? 不,那种消息看来是不会让她来通知我的。"

"为什么不?"

"因为——我也不太清楚——但看来维尔福夫人暗下里是反对这件婚事的,虽然她并没有公开反对过。"

"是吗? 那么我觉得我简直该感谢维尔福夫人的了。"

"别这样忙着去感谢她。"凡兰蒂带着一个忧郁的微笑说。

"假如她反对你嫁给伊辟楠先生,她多半是有意另提一门亲事的呀。"

"别相信那回事,玛西米兰。维尔福夫人并不是挑剔男方,而是她根本就反对结婚。"

"反对结婚! 假如她那样讨厌结婚,她自己为什么要结婚呢?"

"你没有弄懂我的意思,玛西米兰。大约在一年以前,我曾谈起要隐退到修道院里去,维尔福夫人虽然说了很多她认为在责任上非说不可的话,但在暗地里却赞成那个建议。我的父亲在她的怂恿之下也同意了,只是为了我那可怜的祖父,我才终于放弃了那个想法。你决不会想到当那位老人家望着我的时候,他的眼睛里带着怎样的一种表情——他在这个世界上只爱我一个人，而我也几乎可以说他是只被我一个人所爱的。当他听到我的决心的时候，我永远忘不了他那种责备的目光，和那两行连珠般流到他那僵硬的脸颊上的极端绝望的眼泪。啊，玛西米兰，我那时极其后悔不该有那种心思，所以我跪到他的脚下，喊道：'宽恕我，请宽恕我，我亲爱的爷爷，不论他们怎样对待我，我是永远不会离开您的了。'我说完以后，他感激地举眼望天，但没有说一句话。啊，玛西米兰，我或许还要受许多苦，但我觉得我祖父那时的眼光已够补偿一切了。"

"可爱的凡兰蒂，你是一个安琪儿。我真的不知道像我这样一个在沙漠里东征西剿，以砍杀阿拉伯人为业的人——除非上帝真的认为他们是该死的异教徒——我不知道我凭什么能得到上帝的关照，蒙他把你托付给我。但告诉我，你不结婚对维尔福夫人能有什么样的好处呢？"

"我不是已经告诉过你我很有钱，太有钱了吗，玛西米兰？我从我的母亲那里可以继承到五万里弗左右的收入。我的外祖父和外祖母，就是圣·米兰侯爵夫妇，也可以给我那样多，而诺梯埃先生显然也要立我做他的继承人。我的弟弟爱德华，他的母亲没有什么东西可以遗赠给他，所以和我相比，他就穷得多了。嗯，维尔福夫人把那个孩子疼爱得像一块心头肉，假如我做了修女，我的全部财产就落到我的父亲手里——他可以继承侯爵夫妇和我的财产——再由他转到他儿子的手里。"

"啊！多可恨，一个这样年轻美丽的女人竟会是这样的贪心。"

"她这倒也不是为她自己，而是为了她的儿子。你认为那是一种罪恶，但从母爱那方面看，这倒还是一种美德呢。"

"那你不能妥协一下吗？把你的财产分一部分给她的儿子吗？"

"我怎么能提出这样的一个建议呢，尤其是对一个老是自认为对金钱毫无兴趣的女人？"

"凡兰蒂，我老是把我们的爱当作一种神圣的东西。所以我用敬意的幕把它包起来，藏在我心灵的最深处，没有哪一个人知道它的存在，甚至我的妹妹也不知道。凡兰蒂，你允不允许我向一个朋友揭露我对你的爱，和他结一个心腹之交？"

凡兰蒂吃了一惊。"一个朋友，玛西米兰，这个朋友是谁呀？我真有点怕。"

"听着，凡兰蒂。你是不是在哪一个人身上体验过一种不可抗拒的同情感？虽然只是第一次见到他，你却觉得好像已和他认识了许多时候。你会在心里追问究竟以前是在什么时候和什么地方和他相识的，而虽然再也想不起那时间和地点，但你却依旧相信过去确实有过这么一回事，而且这种同情感还是一种旧事重忆？"

"是这样。"

"嗯，当我初次见到那个怪人的时候，我心里的感受正是那样。"

"怪人，你说？"

"是的。"

"那么，你认识他已经有很长时间了吗？"

"只不过八九天而已。"

"难道你竟把一个才认识了八九天的人称作你的朋友吗？啊，玛西米兰，我还希望你对于朋友这个标准的价值定得比较高一些呢。"

"你的逻辑是对的,凡兰蒂。但不管你怎么说,我决不能丢弃那种本能的情感。我相信我将来的一切幸福肯定和这个人有关系——有时候,他那一对无所不见的眼睛似乎已预见到那一切,而他那有力的手就像在帮助那一切的实现。"

"那么他肯定是一位预言家了。"凡兰蒂微笑着说。

"的确!"玛西米兰说,"我常常禁不住要相信他是能预言的——特别是预言好消息。"

"啊!"凡兰蒂用一种忧愁的口吻说,"请让我认识这个人,玛西米兰,他或许能告诉我到底能不能得到足够的爱,来弥补我所受的那一切痛苦。"

"我可怜的姑娘!你已经认识他啦。"

"我认识他?"

"是的,救你的后妈和她儿子生命的就是他。"

"基度山伯爵?"

"就是他。"

"啊!"凡兰蒂嚷道,"他是维尔福夫人的好朋友,决不能再成为我的朋友了。"

"维尔福夫人的朋友!决不会的,我相信你一定搞错了。"

"不,我的确没有搞错,因为我可以向你保证,他过问我们家务的力量简直是无限的。我的后母献媚他,把他当成一部集人类的智慧于一身的百科全书。我的父亲佩服他,说他以前还没有听到有人以这样过人的高论表示过这样崇高的人生观。爱德华崇拜他,他虽然怕伯爵那一对黑溜溜的大眼睛,但只要伯爵一来,他就会跑上前去迎接他,扳开他的手,在那一双手里,他一定可以发现一样有趣的礼物——基度山先生对于我们家里的每一个人似乎都有一种神秘的、几乎不可抗拒的吸引力。"

"如果真是如此,我亲爱的凡兰蒂,那么你一定已感到,或不久就会感受到他光临的好处。他在意大利遇到阿尔培·马瑟夫,他把他从强盗的手中救了出来。他去看邓格拉司夫人,他送给她一件高贵的礼物。你的后母和她的儿子经过他的门前,他的黑奴救了他们的性命。这个人显然具有控制事物的力量。我从来不曾见其他人能像他那样把朴素和华丽调配得这样完美。他的笑是这样的甜蜜,当他向我微笑的时候,我不相信他的笑对别人会是苦的。啊,凡兰蒂,告诉我,他是不是那样对你笑过?假如有的话,放心吧,你就要快乐了。"

"我!"那青年女郎说,"他甚至连看都不看我一眼呢,正巧相反,假如我偶尔遇见他,他倒像是有意避开我。啊,他并不宽宏大量,他不具备你所说的那种超凡的慧眼——因为,如若他有的话,他就能看出我的不幸。假如他是宽宏大量的话,看到我这样苦闷和孤独,他就会利用他的影响来为我造福。再假如,像你说的那样,他像那太阳,他就可以用一缕赋予生命的光线来温暖我的心。你说他爱你,玛西米兰,你怎么知道他的意图?人们对于像你这样一个挂着一把长指挥刀、蓄着一丝威猛的小胡子的军官总是尊敬的,但他们认为逼迫像我这样一个只会哭泣的姑娘是无所谓的。"

"啊,凡兰蒡,你一定弄错了。"

"假如是这样的话,假如他对我用外交手腕的话——那就是说,假如他像那种为了可以最后获得支配的权力而先用种种方法来讨好全家每个成员的外交家的话——他就会,即使一次也好,赐给我那种满口颂扬的微笑。但不,他看出我很不快乐,他知道我对他没用,所以他并不注意我。谁知道呢?也许要讨好维尔福夫人和我的父亲,他竟在尽可能地迫害我。他不应该这样看不起我,这是不公平的,毫无理由的。啊,原谅我,"凡兰蒂说,她注意到了她的话在玛西米兰脸上却乱批评了他一通。我承认他有你所说的那种力量,也承认我曾感到过那种力量的存在,但我这方面说来,与其说那种力量能产生好处,倒不如说它能产生祸害更准确些。"

"好了,凡兰蒂,"摩莱尔叹了一口气说,"这件事情我们不要再讨论了吧。我不告诉他就是了。"

"唉!"凡兰蒂说,"我知道我使你很痛苦。噢,我愿意有一天能请你原谅。但我不是对他抱着毫无根据的偏见。告诉我,这位基度山伯爵给了你哪些好处?"

"你这个问题使我感到为难,凡兰蒂,因为我说不出伯爵给我的任何明显的好处。可是,正如我告诉过你的,我对他有一种说不出的爱,这种爱的来源我无法向你解释。太阳给了我好处没有?没有,它用它的光温暖了我,凭着它的光,我可以看到你——仅此而已。再比如,某种花香给了我什么好处没有?没有,它的香气使我感到很舒适——当有人问我为什么赞美它的时候,我只能这样说。我对他的友情正如他对我的一样奇怪,一样说不出一个为什么来。一个神秘的声音几乎在向我耳语,说这样的结交一定不是偶然的。在他最简单的举动上和他的思想里,我发觉都与我有关,你也许要笑话我,但我告诉你,自从我认识了这个人后,我就有了一个荒唐的念头,认为我所遇到的一切好运都是由他造就出来的。你会说,我没有这种保护也已活了三十年了,是不是?没有关系——但等一等,我先来举一个例。他请我在星期六到他那儿去吃饭,本来,这原是一件极其自然的事情。好,我后来又打听到什么消息?这次请客,你的母亲和维尔福先生都要来。我将在那儿见到他们。谁知道那一场会见将来要得出怎么样的好处呢?这种事情表面上极其简单,但我却从中看出一些惊人的破绽,从中得到了一种奇怪的念想。我对我自己说,这位奇人表面上虽然是为了大家,但实际上是故意为我安排,让我见一见维尔福先生夫妇的。我也承认,有时候我甚至想从他的眼睛里去探索他究竟是否已看透了我们的秘密恋爱。"

"我的好朋友,"凡兰蒂说,"如果我老是听到你这般没头没尾的讲话,我真要为你的神经担忧,把你看作一个幻想家了。这一次的会面,除了纯粹偶然以外,难道你还可能看出什么别的意义来吗?请稍微想一想。我的父亲是从不出门的,他几次想回绝这次的邀请。维尔福夫人则正巧相反,她极想去看看这位神奇富翁家里的情况,花费了很大的力气才说服我的父亲陪她去。不,不!我刚才所说的话并没有错,玛西米兰,除了你和我那比僵尸稍微好一点的祖父以外,我在这个世界上再没有可求助的人了。"

"从逻辑上讲,我知道你是对的,"玛西米兰说,"你那甜蜜的声音经常对我是那样地有魅力,但今天却无法说服我。"

"但你的话也没有说服我,"凡兰蒂说,"我承认,假如你不能给我更强有力的证据——"

"我还有一个证据,"玛西米兰犹犹豫豫地说,"但是——的确,凡兰蒂,我自己也不得不承认它,甚至比那第一个更荒唐。"

"我就更糟了。"凡兰蒂微笑着说。

"我对于这件事还没有分析。十年的从军生活使我相信,有时我的念头是要靠突然的灵感来决定的,因为那种神秘的冲动好几次救了我的命,它使我偏左或偏右,那致命的枪弹因此就只从我的身边擦过。"

"亲爱的玛西米兰,你为什么不把你的死里逃生的机遇归属于我的祷告呢?当你离开的时候,我不再为我自己祷告了,而只是不断地为你祈求平安。"

"是的,自从你认识我以后是这样,"摩莱尔微笑着说,"但那可不能适用于我们未曾相识的时候呀,凡兰蒂。"

"你这个人真让人生气,一点都不愿相信我的话,但是让我来听听你自认为荒唐的第二个例证吧。"

"嗯,从这个缺口瞅着,你可以看到那匹我骑到这儿来的新买的骏马。"

"啊,这匹马多健壮呵!"凡兰蒂喊道,"你为什么不把它牵到门口来呢!我可以和它谈话,它会理解我的。"

"你瞧,它是一头极其名贵的牲口,"玛西米兰说。"嗯,你应知道我的手头并不宽裕,而且素有'理智人'之称。噢,我到一个马贩子那儿去,看到了这匹漂亮的马。我已经给它取名叫米狄亚。我问要什么价钱,他们说要四千五百法郎。所以我不得不打消这念头,这是你可以想象得到的。但我承认我走开的时候心情很沉重,因为那匹马很亲热地打量着我,将它的头在我的身上擦来擦去,而当我骑在它身上的时候,它又以最讨好的姿态连连腾跃。当天晚上,几个朋友来拜访我——夏多·勒诺先生、狄布雷先生,还有五六个你连名字都不曾知道的绅士。他们提议玩扑克。我是从来不玩的,因为我既没有多余的钱可输,也不会穷到想去赢别人的钱来用。但这是在我的家里,你要知道,所以除了叫人去拿牌以外没有别的主意,我就叫人去拿牌。正当他们在桌子跟前坐下来的时候,基度山先生到了。他也在中间占了一个位子,大家玩起来,结果是我赢了。说来真有点难为情,我竟赢了五千法郎。我们到午夜才分手。我抑制不住心头的喜悦,所以我跳上一辆轻便马车,疾驶到马贩子那儿。我兴奋地狂拉门铃。来开门的那个人一定把我当成一个疯子了,因为我立刻冲到马厩里。米狄亚正站在马槽前面在那儿吃草,我立刻把鞍子和辔勒套上去,它极其温顺地任我摆布,于是把四千五百法郎放到那惊愕的马贩子手里,我立刻驰向香榭丽舍大道,要在那儿跑一次夜马了我的心愿。当我骑过伯爵门前的时候,我看到有一个窗口里还闪着灯光,而且我好像看到他的身影在窗帘后面移动。哦,凡兰蒂,我敢肯定他是知道我想得到这匹马,他是故意输钱给我去买它的。"

"我亲爱的玛西米兰,你真的太富于幻想了,你不会太爱我长久的。一个生活在朦胧诗意和幻想世界里的男子,对于我们这种平凡无奇的接触一定觉得太少刺激了。呀!他们在叫我啦。你听见没有?"

"啊,凡兰蒂!"玛西米兰说,"从这个栅栏口伸出一只手指来,让我亲一亲。"

"玛西米兰,我们说过的,我们应该只把我们自己看作两个声音,两个影子。"

"随便你,凡兰蒂。"

"假如我实现了你的愿望,你高兴吗?"

"噢,当然罗!"

凡兰蒂踏到门槛上,不但把她的手指,就连她的整只手都从缺口伸出来,马西米兰发出一声惊喜的喊叫,跑上前去,抓住伸给他的那只手,在那只手上印了一个狂热的吻。于是那只小手立刻缩了回去,那青年看到凡兰蒂匆匆地向屋里奔去,好像她几乎已被她自己的情感冲动吓倒了似的。

第五十八章　诺梯埃·维尔福先生

　　我们现在来叙述邓格拉司夫人和她的女儿离开之后,在玛西米兰和凡兰蒂谈话期间检察官家里所发生的事情。维尔福先生走进他父亲的房间,后面跟着维尔福夫人。两位来访者向老人行了礼,和巴罗斯——一个忠心耿耿、已任职了二十五年的仆人——讲了几句话,然后在那个瘫子的两旁坐下来。

　　诺梯埃先生坐在一只脚下有轮子可以推动的转椅里。早晨,他坐到椅子上在房间里被推来推去,到晚上又把他从转椅里抱出来。他的面前放着一面大镜子,镜子里映出整个房间,可以让他丝毫不必转动——他根本不能转动——就看见所有走进房间里来的人和他周围的一切情形。诺梯埃先生虽然像一具僵尸一样丝毫不能动弹,但却带着一种机敏的表情望着这两个新来者,从他们这种严谨的礼节上,他立刻看出他们是为着一件意外的事而来的。他现在只剩下了视觉和听觉,在他这个似乎只配进坟墓的可怜的躯壳里,只有这两种器官增添了一点生气,像是一炉死灰里的两点孤独的火花;可是,仅凭着这两种器官中的一种,他就可以表达出他脑子里依旧还在活动的思维和感觉,他可以用眼光来表达他的内心生活,他的眼光像是一个在荒原里夜行的旅客所见到的远处的灯光,从这遥远的灯光上,他可以知道在那一片黑暗和宁静中另外还有一个人醒着。诺梯埃的头发又长又白,一直披散到他的肩头;睫毛密而黑,在睫毛底下的那一双眼睛里,集中着所有的活力和智慧;这原是常有的事,在一个只用一种器官来代替其他各种器官的人,以前分散在全身的精力就会聚集在一处。虽然,他的手臂已不能动,他的嗓子已不再能发出声音,他的身体已失去了活力,但那一双有力的眼睛已足够代替一切了。他用眼睛去发号施令;他用眼睛来表达感情——总之,他用一对活的眼睛表达出一具尸体脑子里的全部感想,在那个大理石似的脸上,有时会喷出一道愤怒的火花,有时会显露出一片喜悦的光芒,看了令人非常吃惊。

　　只有三个人能明白那可怜人的这种语言:就是维尔福、凡兰蒂和我们前面提到过的那个老仆人。但维尔福难得来看他的父亲,除非是绝对必需的时候,他绝不愿意来和他说话,所以那老人的全部乐趣都集中在他的孙女儿身上。凡兰蒂凭她的爱、她的耐心和她的热忱,已懂得如何从诺梯埃的目光里知道他脑中的种种感觉。旁人虽无法知道这无声的语言,但她却能用她的各种语调,用她脸上的各种表情,和她灵魂里的全部热忱把它传达出来,所以那青年女郎和那可怜的废人之间,依旧可以做畅谈,后者的身体虽简直已不能称为是活的,但他依旧是一个知识广博、见解透彻和意志坚强的人。他的肉体虽已麻木,可是他的精神却仍能指挥一切。凡兰蒂克服了这个稀奇的语言阻碍,能够很容易地懂得他的心情和传达她个人的意见给他知道。凭着她孜孜不倦的热忱，凡是日常生活上的普通事务，她很少会错解老人的意思，总能满足那仍然还活着而且还有思想的那个脑子的要求和那个差不多已经僵硬的身体的需要。至于那个仆人，我们已经说过，他和他的主人已相处了二十五年，所以他知道他的一些习惯，很少需要诺梯埃自己来需求什么东西。

维尔福快要和他的父亲作一场奇特的谈话了。他不需凡兰蒂或那仆人的帮助。我们前面说过，他完全懂得那老人的意思，假如说他并没有经常利用这种理解力，那是因为他不关心他的父亲或懒得和他接触的缘故。所以他让凡兰蒂到花园里去，并差开巴罗斯，他自己坐在他父亲的右边，维尔福夫人则坐在左边，然后他这样对老人说：

"阁下，我没有去叫凡兰蒂，并且还差开了巴罗斯，我相信您不会因此不高兴，因为我们要商量的这件事是不适合当着他们的面谈的。维尔福夫人和我要向您汇报一个消息。"

在维尔福讲这一大段开场白的时候，诺梯埃的脸上始终毫无表情，维尔福则正巧相反，他极力想把他的眼光刺透到老人的心底里。

"这个消息，"检察官用一种冷漠和坚决的口吻继续说，似乎要断然摒弃一切讨论似的，"嗯，我们相信一定会得到您的嘉许。"

那废人的眼神里依旧保持着那种空白的表情，不让他的儿子觉察到他脑子里的任何感想。他听着——只是表示他听着而已。

"阁下，"维尔福又说，"我们想给凡兰蒂办婚事了。"

即便那老人的脸是蜡铸成的，也不能没有表情了，但这个消息并没有在他的脸上产生丝毫动情的痕迹。

"婚事决定在三个月之内就要举办。"维尔福说。

诺梯埃的眼睛依旧显示着那种毫无生气的表情。维尔福夫人这时也来参与谈话，接着说：

"我们以为您大概是很关心这个消息的，阁下，因为您一直非常偏爱凡兰蒂，所以我们现在只要把她对方那个青年人的名字告诉您就行了。凡兰蒂的这门亲事是再理想不过的了。他既有家产,社会地位也很高,至于他的人品,那是可以保证她未来过得很幸福的。但他的名字您大概也不会完全不知道。我们所指的那个人就是伊辟楠男爵,弗兰士·奎斯奈尔先生。"

在他的妻子说话的期间,维尔福仔细注视着那老人的脸。当维尔福夫人宣布伊辟楠这个名字的时候,诺梯埃先生眼睛里的瞳孔就开始逐渐扩大,同时他的眼皮也像一个人快要讲话时的嘴唇那样颤抖起来,他向维尔福夫人和他的儿子闪电似的瞄了一眼。检察官深知诺梯埃先生和老伊辟楠之间以前的政治仇恨,很懂得这个宣布将产生的激动和愤怒,但他假装没有看见,待他的妻子说完之后就接着谈下去。

"阁下,"他说,"您知道凡兰蒂已快要十九岁了,所以必须赶快给她了结一门合适的亲事。可是我们的计划里并没有忘记您,我们在事先已经调查得非常清楚:凡兰蒂的未来夫婿同意——并非同意住在这所房子里,因为住在这里那一对青年人或许会觉得不方便,而是同意您去和他们住在一起。您和凡兰蒂本来是相依为命的,这样就可以不会分离,您的习惯也不至于被破坏,那时您不止有一个,而是有两个孩子来照顾您了。"

诺梯埃发出盛怒的目光,显然那老人的脑子里在煎熬着某种异常的念头——因为那悲愤的喊叫已升到他的喉咙里,但因为喊叫不出来,所以几乎憋死了他。他的瞳孔和嘴唇都憋得发紫。维尔福静静地打开一扇窗,说:"天气暖极了,热坏诺梯埃先生啦。"然后他又回到他原来的地方,但没有再坐下来。

"这门亲事,"维尔福夫人又说,"伊辟楠先生和他的家庭也是很愿意的,而且,他也没有什么近亲,只有一位叔父和一个婶娘,他的母亲是在他出生的时候就死了的,他的父亲在 1815 年遭人暗杀——那就是说,在他只有两岁的时候。所以他可以自己拿主意。"

"那次的暗杀事件很神秘,"维尔福,"凶手至今还查不出来,虽然有嫌疑的人不止一个。"诺梯埃用了很大的劲,竟把他的嘴唇张成一个微笑。"哦,"维尔福继续说,"那些真正有罪的人,那些主持这件罪案的人,有一天正义的手或许会落到他们的头上,然后他们再去受上帝的审判,那些人大概倒很愿意处于我们的地位:嫁一个女儿给弗兰士·伊辟楠先生,以此洗刷掉外表上的一切嫌疑。"

诺梯埃这回倒很能控制他自己的情绪,不像是一个软弱瘫痪的人。"是的,我懂的。"他的眼光里只有这样的回答,在这个眼光里,还表示出一种强烈的激愤和极其蔑视的情感。维尔福充分懂得他父亲的意思,他微微耸了一耸肩作答,然后转向他的妻子示意可以走了。

"现在,阁下,"维尔福夫人说,"我必须向您告辞了。您要不要我叫爱德华来陪您一会儿?"

大家早就约定:假如老人表示许可,他就闭一闭眼睛,假如表示拒绝,就连眨几下,假如他有意思要表达,他就举眼望天。假如他要凡兰蒂,就只闭他的右眼,假如要巴罗斯,就闭左眼。一听到维尔福夫人的建议,他立刻眨眼睛。这一个断然地拒绝很使她难堪，她咬一咬嘴唇，说："那么要我叫凡兰蒂来吗？"老人亲切地闭上眼睛，表示他正希望如此。维尔福夫妇鞠了一躬，走出房间，吩咐去唤凡兰蒂来。凡兰蒂已经知道今天她得和诺梯埃先生个别长谈一次。她的父母刚才出去，她就进来了，脸上依旧还带着激动的神色。她一眼就看出她的祖父异常痛苦，知道他的头脑里有许多事要讲给她听。"亲爱的爷爷，"她喊道，"怎么啦？他们惹恼了您，您心里很不痛快，是不是？"

那瘫子闭一闭眼睛，表示认可。

"您烦谁呢，烦我的爹爹吗？不是。烦维尔福夫人吗？不是。烦我吗？"

老人作肯定的表示。

"烦我？"凡兰蒂惊讶地说。

老人重复那个表示。

"亲爱的爷爷，我做错了什么事，以使您要烦我呢？"凡兰蒂喊道。

没有回答，于是她继续说："我今天整天没有见过您。有人向您谈到我吗？"

"是的。"老人的目光急切地说。

"让我来想一想。我真的可以向您保证，爷爷——啊！维尔福先生和维尔福夫人刚才离开这个房间，是不是？"

"是的。"

"他们跟您谈了一件事，您是为了那件事生气的，是不是？那么，是什么事呢？我能不能去问问他们，然后再来向您解释？"

"不，不！"诺梯埃的目光说。

"啊！您吓坏我啦。他们说了些什么事呢？"于是她又尝试研究起来，要想出究竟是什么事。

"啊，我知道了，"她压低了声音，靠到老人身边说，"他们谈到了我的婚事，对不对？"

"是的。"那愤怒的目光回答。

"我懂了，您烦我不把这件事情讲给您听。那是因为他们规定要我保守秘密，让我一点都不要告诉您，他们甚至并没有把他们的意思告诉我，我也是自己碰巧发现的——这就是我对您保持沉默的原因，亲爱的爷爷。请饶恕我。"

但老人眼光里并没有可以使她安心的意思，它似乎只是说："我所烦的并不只是你的沉默。"

"那么又是什么呢？"那青年女郎问道。"亲爱的爷爷，或许您认为我会抛弃您，认为我在结婚以后会远离您，是不是？"

"不。"

"那么，他们已经告诉您伊辟楠先生同意我们大家住在一起的了？"

"是的。"

"那么您为什么还要发愁呢？"

老人的眼睛里闪出一种表示溺爱的光芒。

"是的，我懂了，"凡兰蒂说，"那是因为您爱我。"

老人同意。

"您怕我将来会不快乐?"

"是的。"

"您不欢喜弗兰士先生吗?"

那一双眼睛接连重复几次:"不,不,不。"

"您不高兴结这门亲事吗?"

"是的。"

"嗯,听我说,"凡兰蒂跑下来抱住她祖父的脖子说,"我也很烦恼,因为我并不爱弗兰士·伊辟楠先生。"老人的眼睛里射出特别欢喜的光芒。"您还记得吗,当我想弃世进修道院去的时候,您那时是多么的恨我?"一滴泪水在那废人的眼睛里流出。"嗯,"凡兰蒂继续说,"我之所以要提出那样的要求,就是为了要逃避这个可怕的婚姻,那会儿我真是绝望极啦。"诺梯埃的呼吸急促沉重起来。"那么您真的也不高兴这件婚事吗? 啊,假如您能够帮助,假如我们能一起推翻他们的计谋,那就好了! 但您却无法折服他们。您,您的头脑是那样敏锐,您的意志是这样的坚强,可是对于这一场抗争,您却和我一样的软弱,像我一样的不是他们的对手。唉,要是在您年富力强的那个时候,您一定会这样强有力地保护我,现在您只能同情我的欢喜和悲哀了! 您的同情是我一生的快乐,幸而上帝忘记了这一点,没有把它连我其他的一切快乐同时夺去。"

听了这些话,诺梯埃的眼光里露出一种富于含意的表示,以致青年女郎觉得从他那种眼光里猜到这些话:"你错了,我还可以帮你很大的忙。"

"您真的认为能够帮助我吗,亲爱的爷爷?"凡兰蒂说。

"是的。"诺梯埃抬起他的眼睛。这是他和凡兰蒂约定的记号,当他有所需要的时候就这样表示。

"您要什么,亲爱的爷爷?"凡兰蒂说,于是她尽力在脑子里搜索他可能需要的事物,想到一样东西就高声读出来;但看到她的一切努力老是只得到一个"不",她就说,"来,既然我这样笨,就来用那些大法宝吧。"于是她把字母接连背出来,从 A 背到 N,一面背,一面用她的微笑来搜索那瘫子的眼神。背到 N 这个字母上,诺梯埃做了一个肯定的表示。

"啊,"凡兰蒂说,"您所想到的东西是以 N 打头的,那么我们从 N 来想办法好了。嗯,我来想想看,从 N 打头的您能要什么东西? Na—Ne—Ni—No—"

"是了,是了,是了。"老人的眼睛说。

"啊,那么是以 No 打头的了?"

"是的。"

凡兰蒂拿来一本字典,把它放到诺梯埃面前的书桌上。她打开字典,看到老人的目光全神贯注地盯在书页上,她就用手指顺着行次很快地从上至下数过去。诺梯埃陷入这种可怕的状况已有六年了,在这六年期间,凡兰蒂的高明不但常常设想出种种便于了解他的心思的方法,还使她在这方面成了一个专家,由于经常的实践,她对于这门技术已极其熟练,以致她可以极快地猜出老人的心思,简直和他能说话一样。指到"Notary（公证人）"这个字，诺梯埃做了一个叫她停止的表示。"公证人，"她说，"您要找一个公证人吗，亲爱的爷爷？"老人表示他是希望要找一个公证人。

"那么，您希望派人去找一个公证人来吗？"凡兰蒂说。

"是的。"

"您要不要把您的想法通知我的爹爹？"

"要的。"

"您想马上就去找公证人来吗？"

"是的。"

"那么就叫他们马上去找，亲爱的爷爷。您还有什么事吗？"

"没有了。"

凡兰蒂拉铃吩咐仆人，去告诉维尔福先生和夫人，请他们到诺梯埃先生的房间里来。

"您满意了吗？"凡兰蒂说。"满意了？我相信您是满意的了，是吗？这件事是不容易猜到的，是不是？"于是那青年女郎向她的祖父微笑了一下，好像他是一个小孩子似的。

维尔福先生来了，后面跟着巴罗斯。"你叫我来有什么事，阁下？"他问那瘫子。

"阁下，"凡兰蒂说，"祖父想要一位公证人。"

听到这个意外的特殊要求，维尔福先生和他的父亲交换了一次眼光。"是的，"后者表示，并且态度很坚决，表示凡兰蒂和他的老仆都已知道他的愿望，而凭着他们的帮助，他已准备好和他斗争。

"你想要一位公证人吗？"维尔福问道。

"是的。"

"做什么？"

诺梯埃不回答。

"你要公证人来干什么？"

那废人的眼光始终坚定不移，他要用这种表情来显示他的决心是不可更改的。

"是要对我们来一个对抗的举动吗？你觉得这样值得吗？"维尔福说。

"可是，"巴罗斯说，他准备以一个老仆人的忠诚来坚持他主人的意见，"假如诺梯埃先生要求去找一位公证人，我想他就是真的想要一位公证人，所以我还是立刻去找一位来吧。"除了诺梯埃以外，巴罗斯不承认再有别的主人，决不允许他的意愿受到任何阻挠。

"是的，我要一位公证人，"老人表示，带着一种挑衅的神气闭一闭他的眼睛，像是说，"我倒想看看谁敢拒绝我的要求。"

"既然你绝对想要一位公证人，当然也可以，阁下，"维尔福说，"但我要把你的健康状况解释给他听，代你申辩一下，否则那时的情况一定会是很可笑的。"

"没有关系，"巴罗斯说，"我总之去找一位公证人来就是了。"于是那老仆人就洋洋得意地执行他的差使去了。

第五十九章　遗嘱

巴罗斯一走出房间,诺梯埃就带着那种意味深长的独特的表情望着凡兰蒂。那青年女郎完全知道这种眼光的意义,维尔福也懂得,因为他的脸已变成阴沉沉的,愤怒地紧缩着两道眉毛。他找了一张椅子坐下,静候那公证人到来。诺梯埃看到他坐下,表面上虽漫不经心,但同时却向凡兰蒂扫了一眼,她懂得他的意思是要她也留在房间里。三刻钟以后,巴罗斯领着那公证人回来了。

"阁下,"维尔福在寒暄以后说,"您是诺梯埃先生请来的,就是这位。他的四肢已经完全麻木了,他也不能说话,我们常常需要费许多劲才能勉强懂得一点他的意思。"诺梯埃向凡兰蒂投过去一个恳求的眼光,这个眼光是这样的急切,她立刻回答说,"阁下,我随时都可以完全懂得我祖父的意思。"

"这是真的,"巴罗斯说,"我们同路走来的时候,我已经把这一点讲给这位先生了。"

"允许我,"公证人说,先朝向维尔福,然后又朝向凡兰蒂,"允许我说一句话,我是一位公职人员,现在这件案子,如果轻率地加以处理,就必然会发生危险的责任问题。公证的有效,其第一个必备的条件,就是公证人应完全相信他已忠实地解释了委托人的意志。现在,对于一位不能讲话的委托人,我无法确定他的可否,由于他缺乏说话的能力,不能明确地向我证明他所喜或所恶的目标,所以我在这儿的服务不能合法地执行,即使做了也是无用的。"

于是那位公证人准备告辞。检察官的嘴上露出一丝难以觉察的微笑,诺梯埃带着一种十分悲哀的表情望着凡兰蒂,所以她就劝阻那公证人,不让他离开。"阁下,"她说,"我和我祖父交谈的语言是很简单的。我可以在几分钟之内教会您,而且可以使您几乎像我一样的清楚。您可以告诉我吗,您在这方面要怎么样才能使您心安。"

"为了使公证有效,我必须能确定我的委托人所表达的意思。身体上的疾病对契约的有效性并不影响,但头脑则绝对必须清醒。"

"哦,阁下,从两个动作上您可以完全肯定我祖父的脑力仍十分健全。诺梯埃先生因为失去了讲话和行动的功能,所以老是用闭眼睛来表示'是',用眨眼睛表示'不'。您现在已经能够跟诺梯埃谈话了。请试试吧。"

诺梯埃向凡兰蒂送去一个亲切和感激的目光,甚至连公证人都明白了。"您已经听到并且懂得您的孙女儿刚才所说的话了吧,阁下?"公证人问。诺梯埃闭一闭眼睛。"而您同意她所说的话——就是说,您一向赞成以她所提及的那些表示来表达您的思想,是不是?"

"是的。"

"是您要找我来的?"

"是的。"

"来给您立遗嘱?"

"是的。"

"您愿不愿意我在没有完成您原来的心意以前就离开?"老人拼命眨眼睛。

"阁下,"那青年女郎说,"您现在懂了吧,这方面您可以完全放心了吧?"

可公证人还没有回答,维尔福就把他拉到一边。

"阁下,"他说,"您想,像诺梯埃先生这样一个在肉体上受过很大的打击的人,他的脑子能丝毫不受损害吗?"

"我担心的倒不是这个,先生,"公证人说,"而是要先琢磨到他的思想才能引出他的回答,困难就在于此。"

"您也看出这是不好办的事了。"

凡兰蒂和老人都听到这一段谈话;诺梯埃把他的眼光期望地落在了凡兰蒂的脸上,以致她觉得不能不挺身而出了。

"阁下,"她说,"这件事初看起来似乎很困难,但您尽可不必担心。我能够发现我祖父的思想,并且可以解释给您听,以消除您的一切疑虑。我和诺梯埃先生相处已有六年了,坦率地告诉您在过去的一段期间里,从没有一次他头脑里的思想无法使我懂得。"

"没有。"老人表示。

"那么,我们先来试试看,看我们能做些什么,"公证人说,"您接受这位小姐做您的解说人吗,诺梯埃先生?"

那瘫子做了一个肯定的表示。

"好吧,先生,您要我来做什么,您想立什么证件?"

凡兰蒂把字母一直背下来,背到 T 这个字母时,诺梯埃那尖锐的眼光示意叫她停止。

"诺梯埃先生所要的东西显然是以 T 字打头的了。"公证人说。

"等一等,"凡兰蒂说,她于是转向她的祖父,背道,"Ta—Te。"

老人听到她背到第二组字母就止住她。于是凡兰蒂拿过字典,公证人望着她翻动。她用手指指着,慢慢地一行一行的移过去,当她指"Testament(遗嘱)"这个字时,诺梯埃先生的眼光吩咐她停止。"遗嘱!"公证人喊道,"这是非常明了的了,诺梯埃先生要立他的遗嘱。"

"是的,是的,是的!"那废人表示。

"真的,阁下,您必须承认这真是奇迹了。"那惊诧的公证人转过头去对着维尔福先生说。

"是的,"检察官说,"我想那张遗嘱一定会更奇特,因为依我看,这张遗嘱要是没有凡兰蒂的参与,简直就无法起草,而且她对于遗嘱内容的利害关系又太密切,由她来解释她祖父那种含糊不清的思维,或许不能认为是一个合适的人选吧。"

"不,不,不!"那瘫子的眼光回答。

"什么!"维尔福说,"凡兰蒂不能在你的遗嘱里得到好处吗?"

"不。"

"阁下,"公证人说,这件事已引起他很大的兴趣,他已决定要把这个奇特的场面大大地扩展开来,"我在一小时以前认为极其不可能的事,现在已变成很容易实现的了。这张遗嘱,只要在七个证人的面前宣读以后,经遗言人的认可,再由公证人当着证人的面固封,就可以十足有效了。至于时间,它当然要比立两张普通的遗嘱更费时一些。立遗嘱必须通过某些手续,但那些手续总是千篇一律的。至于细节,我们可以根据遗言人的经济状况来拟订,关于这方面,您以前曾亲自管理过,无疑的还可以向我们提供充分的资料。除了这一切以外,为了免得将来对于手续再起争论,我们当使它具有最大可能的正确性,所以我要请一位同僚来帮助我。立遗嘱本来一向都不需要有人协助,但不妨破一次例。"公证人继续向老人说,"您满意了吗,阁下?"

"是的。"那废人的目光说,很高兴旁人能懂得他的意思。

"他要干什么呀?"维尔福心里想,按他的地位原是他不能过问,但他特想知道他父亲的心意。他走出房间去吩咐再找一个公证人来,但巴罗斯却已经去找了,因为他听到公证人的那一番话,早已猜中他主人的心思。检察官于是叫他的妻子也来。不过一刻钟,每一个人都已聚集在那瘫子的房间里了。那第二个公证人也已来到。两位司法官只讲了几句话就已互相了解。他们掏出一份正式遗嘱的副本读给诺梯埃听,使他对于这一类文件的一般规定有一个概念,然后,为了检验遗言人的能力范围,那第一位公证人就转过去对他说。"当一个人立遗嘱的时候,一般地说,总是有利于或有损于某一些人的。"

"是的。"诺梯埃表示。

"您对于您财产的数量有没有一个确切的数字。"

"有的。"

"我向您提出几个数目,那些数目是逐渐增加的。当我讲到符合您财产的那个数目的时候,您就止住我,好不好?"

"好的。"

在这段对话的期间,房间里的气氛很庄严。精神与物质之间的斗争,从来没有比现在更分明了;这种场合即使不能称为崇高,但至少也够得上称为稀奇。他们围成一个圆圈环绕着那废人;第二位公证人坐在一张桌子前面,准备笔录,他的同事则站在遗言人的前面,准备问他我们已经说过的那个话题。"您的财产超过三十万法郎,是不是?"他说。诺梯埃表示的是这样。"您有四十万法郎吗?"公证人问。诺梯埃的眼光不动。"五十万?"仍旧是同样的表情。"六十万,七十万?八十万?九十万?"当他提到最后那一个数目的时候,诺梯埃止住他。

"那么您有九十万法郎罗?"公证人问。

"是的。"

"是地产?"

"不。"

"证券?"

"是的。"

"证券是在您自己的手里?"

诺梯埃先生向巴罗斯递去一个眼光,表示他需要某种东西,那个东西他知道可以到哪儿去找。那老仆人走出房间,然后立刻带着一只小箱子回来。

"您允许我们打开这只箱子吗?"公证人问。诺梯埃表示可以。他们打开箱子,找到九十万法郎的银行存单。第一位公证人一面逐张察看,一面递给他的同僚。总数正巧和诺梯埃所说的相符。

"他讲得一点不错,"第一位公证人说,"他的脑力依旧十分健全,这是非常明显的了。"于是他转过身去对那瘫子说,"那么,您有九十万法郎的母金,根据您的投资方式,它应该可以增加四万里弗左右的收入?"

"是的。"

"您愿意把这笔财产给谁?"

"噢!维尔福夫人说,"那件事是没有多大疑问的了。诺梯埃先生非常爱他的孙女儿维尔福小姐,她服侍他六年,由于她的精心照顾,因此她的祖父生活得十分舒服,甚至可以说很好,现在她可以收获到孝顺的果实了,这原本是很公平的。"

诺梯埃眼睛里的表情清楚地指出他并没有被维尔福夫人那一篇虚情假意的话所欺骗。

"那么,您把这九十万法郎遗赠给凡兰蒂·维尔福小姐是不是?"公证人问,他以为这一条是立刻可以有反映的了,但总得等诺梯埃的承认,这必须在这一幕奇景的全体证人面前做出明确地表示。凡兰蒂在他们提出她的名字来讨论的时候早已退到角落里以逃避不愉快的注视;她的眼睛低垂着,她在嘤嘤地哭泣。老人带着一种最亲切的目光望了她一会儿,然后他转向公证人,意味深长地眨眨眼睛,表示不对。

"什么!"公证人说,"您不预备立凡兰蒂·维尔福小姐做您的遗产继承人吗?"

"是的。"

"您没有弄错吗?"公证人说,"您的意思真的是'不立她'吗?"

"是的!"诺梯埃再表示,"是的!"

凡兰蒂抬起头来,她惊愕得目瞪口呆。这倒并不是因为她得不到遗产而吃惊,而是因为她完全想不到有什么地方触怒了她的祖父,以致他竟做出这样一个选择;但诺梯埃带着如此亲切温柔的深情望着她,以致她喊道:"噢,爷爷!我现在知道了,您只是不把您的财产给我,但我一贯享受的爱,您还是给我的。"

"啊,是的,那是当然的!"那瘫子的眼睛说,因为他闭上眼睛时候的那种表情凡兰蒂是不会忘记的。

"谢谢您!谢谢您!"她轻声地说。

老人不准备立凡兰蒂做他财产的继承人这一个宣布引起了维尔福夫人的一线希望。她走到那废人的身旁,说:"那么,亲爱的诺梯埃先生,您无疑的是准备把您

世界经典文库

世界二十大名著

基督山伯爵

图文珍藏版

的财产留给您的孙子爱德华·维尔福的了。"

回答这一番话的是一连串最坚决可怕的眨眼,他所表现的那种情感差不多已近于憎恨。

"不是,"公证人说,"那么肯定是给您的儿子维尔福先生的了?"

"不。"老人回答。

两位公证人惊愕得哑口无言,面面相觑。维尔福和他的妻子都面红耳赤,前者是出于羞,后者是出于恨。

"那么,我们大家究竟做错了什么事呢,亲爱的爷爷?"凡兰蒂说,"您好像对我们一个都不爱啦。"老人的眼光急速地从维尔福转到他的妻子,然后带着一种无限钟爱的神情停留在凡兰蒂身上。"哦,"她说,"假如您爱我的话,爷爷,请在现在这个时候以您的行动来证实那种爱吧。您了解得我很清楚,您知道我从来不曾想过您的财产,而且,他们说我继承我母亲的财产以后已经很富有了——甚至太富了。请您解释一下吧。"

诺梯埃把他那聪明的眼光盯住凡兰蒂的手。

"我的手?"她说。

"是的。"

"她的手!"每一个人都喊道。

"噢,诸位!你们看,这一切是白费心思的,我父亲的脑筋实在已经出毛病了。"维尔福说。

"啊!"凡兰蒂突然喊道,"我懂啦!您的意思是指我的婚事,是吗,亲爱的爷爷?"

"是的,是的,是的。"那瘫子表示,向凡兰蒂投去一个欣喜感激的眼光,感谢她猜出了他的心思。

"您是为了这桩婚事烦恼我们大家,是不是?"

"是的。"

"真的,这太荒唐了。"维尔福说。

"原谅我,阁下,"公证人答道,"据我所看,正巧相反,诺梯埃先生的意思很显然,我可以轻而易举地把他头脑里所出现的各种念头连贯起来。"

"你不愿意我嫁给弗兰士·伊避楠先生吗?"凡兰蒂说。

"我不愿意。"她祖父的目光说。

"而您之所以不把遗产给您的孙女儿,"公证人又说,"就是因为她结了一门违反您心愿的亲事,是不是?"

"是的。"

"所以要不是为了这门亲事,她本来是可以做您的遗产继承人的?"

"是的。"

房间里顿时鸦雀无声。两位公证人聚头商量;凡兰蒂紧扭着双手,带着一种感激的微笑望着她的祖父;维尔福烦恼地紧咬着他的嘴唇;维尔福夫人抑制不住内心的喜悦,不自觉地显出满面春风的神态。

"但是，"维尔福首先打破沉寂说，"我认为关于那件婚事的适当与否，我是最好的判断者。我是唯一有权力处理我女儿婚事的人。我愿意她嫁给弗兰士·伊辟楠先生，她一定要嫁给他！"

凡兰蒂痛哭着倒在一张椅子上。

"先生，"公证人说，"假若维尔福小姐仍然决定要嫁给弗兰士先生，您准备如何处置您的财产呢？"

老人不回答。

"您当然利用某种方式来安排它的罗？"

"是的。"

"赠给您家里的某一个人吗？"

"不。"

"那么，您准备将它专用在慈善事业上吗？"公证人追问。

"是的。"

"但是，"公证人说，"您知道吗，法律上是不允许一个儿子的继承权全部被剥夺的？"

"是的。"

"那么，您准备只送掉法律允许您转让的那一部分财产吗？"

诺梯埃不回答。

"您还是希望把全部都送掉吗？"

"是的。"

"但在您去世以后，那张遗嘱会引起争论的。"

"不。"

"家父知道我的，"维尔福答道，"他很明白我会神圣地遵守他的诺言的。我是死了心的了。这九十万法郎即将脱离这个家庭，让任何一家医院去发财，但我决不会对一个老人的怪念头让步的。我将凭借我的良心行事。"

说完了这一段话，维尔福就和他的妻子走出房间，让他的父亲称心如意地去处理他自己的事情。那张遗嘱当天就立好，公证人把证人传来，经老人许可，当众把它封妥，交给家庭律师狄思康先生保管。

第六十章　急报

维尔福先生夫妇回去时,已知道基度山伯爵在客厅里等候他们多时。原来伯爵来访的时候,他们正在诺梯埃的房间里,仆人就领他到客厅等候。维尔福夫人是太兴奋了,不便马上见客,就回到她的寝室里去休息,检察官比较能够克制,所以立刻就到客厅里去。但不论他抑制情感的功夫是怎样的老练,还是他如何竭力控制他面部的表情,他仍不能完全消除他额头上的阴云,所以当伯爵笑容可掬地向他迎过来的时候,看到他这样阴沉和若有所思的态度,不禁大吃一惊。

"啊哟!"基度山在一番寒暄以后说,"您怎么啦,维尔福先生?我来的时候,您正在那儿起草一份重要的公诉书吗?"

维尔福尽力想装出一个微笑。"不,伯爵阁下,"他答道,"在这件案子里,我是唯一的牺牲者。失败的是我,攻击我的是厄运、固执和愚蠢。"

"您这是指什么事呀?"基度山带着假装得很巧妙的关心的神色说。"您真的遇到一件很大的不幸吗?"

"噢,伯爵阁下,"维尔福带着一个苦笑说,"我只是损失了一笔钱而已——不值一提。"

"不错,"基度山说,"像您这样家产富有,明智开朗的人,损失一点钱又能何其痛痒。"

"使我烦恼的倒不完全是为了损失些金钱,"维尔福说,"虽然,说起来,九十万法郎倒也是很值得懊丧一下的,但我更恼恨是这种命运、机遇,以及那种不可抗拒的力量,它破坏了我的希望和我的财产,而且也许会摧毁我孩子的前途,因为这一切都是由一个陷入第二儿童时代的老人所造成的。"

"您说什么!"伯爵说,"九十万法郎?这笔数目倒实在是值得懊丧一下的,即便对一位哲学家来说。这件烦人的事都是谁造成的呢?"

"家父,我已经跟您谈起过他的了。"

"诺梯埃先生!但我好像记得您告诉我说,他已经全身瘫痪,他的一切机能都完全损坏了?"

"是的,他肉体上的机能是如此,因为他既不能动弹,又不能说话,可是,您知道,他还有思想和意志。我离开他才不过五分钟左右,他现在正忙着在向两位公证人倾诉他的遗嘱哩。"

"但是要做到这一点,他不是一定得说话吗?"

"他有更好的办法——他可以让人家懂得他的意思。"

"那怎么可能呢?"

"用他的那一双眼睛。您也看得出,那一双眼睛还神气十足,仍有造成置人于死地的力量。"

"亲爱的,"维尔福夫人这时走进来说,"也许你把祸害太夸大了吧。"

"早安,夫人!"伯爵鞠躬说。

维尔福夫人带着她最殷勤的微笑接受了他的敬意。

"维尔福先生讲的究竟是怎么一回事呀!"基度山问道,"那种不可理喻的灾难——"

"不可理喻这几个字说对了!"检察官耸耸肩插进来说,"一个老头子的怪念头。"

"难道没有办法可以使他取消他的决定吗?"

"有的,"维尔福夫人说,"这件事主动权还掌握在我丈夫的手里,那张遗嘱现在是不利于凡兰蒂的,但他有能力使它变成有利于她。"

伯爵觉察到维尔福夫妇开始在转弯抹角地说话了,就表示对他们的谈话并不在意,假装忙着在注意爱德华,爱德华正在恶作剧地把一些墨水倒进鸟的水盂里。

"亲爱的,"维尔福回答他的妻子道,"你知道,我一直不习惯在我的家庭里使用家长权,我也从来不曾认为天命可以凭我点一点头就能决定。可是,在我的家庭里,我的威严必须受到尊重,我酝酿了这么多年的一个计划,不应该被一个老人的愚蠢和一个孩子的怪想所推翻。他也知道,伊辟楠男爵是我的朋友,我们跟他的儿子联姻是最合适不过了。"

"你说凡兰蒂是不是和他串通的?"维尔福夫人说,"她一直反对这门亲事。假如我们刚才所眼见的那一切只是他们在实现一项早已商量好的计划,我才一点都不为怪哪。"

"夫人,"维尔福说,"相信我吧,一笔九十万法郎的财产可不是这样容易放弃的。"

"但她甚至放弃世界都舍得呀,一年以前,她不是自己提议要进修道院吗?"

"无论怎样,"维尔福说,"这门亲事一定要促成,这是我说的!"

"不顾你父亲的反对吗?"维尔福夫人选择了一个新的进攻方式说,"这是很严重的问题!"

基度山假装没有在听他们的谈话,但实际上却每一个字都听到了。

"夫人,"维尔福回答,"我跟你说一句老实话,我一直很尊敬我的父亲,一方面是由于天性,另一方面是敬重他的品德高尚。父亲的名义在两种意义上是神圣的——他不但是我们生命的赋予者,同时又是一位我们应该听从的主人,因此应该受到尊重。但现在,他因为恨那个父亲,竟牵扯到做儿子的身上,在这种状况之下,我很有理由来怀疑一位老人的智商,假如我根据他的怪念头去行事,那就未免太可笑了。我对诺梯埃先生将仍旧保持同样的敬意。他使我遭受金钱上的损失,我应当毫无怨言地忍受,但我一定要坚决坚持我的决定,社会上将来总会弄清是哪一方面有理的。所以我一定要把我的女儿嫁给弗兰士·伊辟楠男爵,因为我认为这门亲事对她很适合,总之,我愿意将我女儿赐给谁就可以赐给谁。"

"什么！"伯爵说。在讲这一篇话的时候,维尔福经常在征求赞许他的眼光。"什么！您说诺梯埃先生不立维尔福小姐做他的继承人,就是因为她要嫁给弗兰士·伊辟楠男爵的缘故吗?"

"是的,阁下,就是为了那个原因。"维尔福耸耸肩说。

"至少在表面上是这个原因。"维尔福夫人说。

"这是真正的原因,夫人,我可以向你保证,我知道我父亲的为人。"

"这就不可思议了,"那年轻的夫人说。"但我倒很想知道,伊辟楠先生有什么不如人意的地方,竟会惹起你父亲的厌恶?"

"我相信我真是认识弗兰士·伊辟楠男爵先生的,"伯爵说,"他不是由查理王十世封为伊辟楠男爵的奎斯奈尔将军的儿子吗?"

"就是他。"维尔福说。

"哦,但据我看,他倒是一个很可爱的青年人呀。"

"本来就是嘛,所以我相信诺梯埃先生只是想找一个借口来阻止他的孙女儿结婚而已。老年人对于他们自己所爱管的事物,总是这样自私自利的。"

"但是,"基度山说,"您是否知道一点这种憎恨的来源吗?"

"啊,真是! 谁知道呢?"

"也许是出于某种政治上的异见吧?"

"家父和伊辟楠男爵都是大风暴时代的人物,但我对于那个时代只看见了最后几天。"维尔福说。

"令尊不是一个拿破仑党吗?"基度山问,"我好像记得您告诉过我这一类事情的。"

"家父是一个十足的雅各宾党,"维尔福说,他的情绪不自觉地脱离了谨慎含蓄的范围。"拿破仑在他的肩头披上一件上议员的长袍,但那只改变了他老人家的外表,并未改变他的内心。当家父有所计谋的时候,他倒不是在为皇帝出谋划策,而是打击波旁王室。因为诺梯埃先生有这种特点——他从来不做任何无法实现的虚幻的计划,而总是力争其可能性,他用山岳党那种可怕的原则来实现这些可能性,山岳党干起事来是从不退缩的。"

"嗯,"基度山说,"我也是这样想,诺梯埃和伊辟楠先生的私人接触是基于政治关系。伊辟楠将军虽然曾在拿破仑手下干过,但他还是保存着保王党人的思想,大家虽然以为他是忠于皇帝的,但他不是有一天晚上在离开拿破仑党分子集会的时候被人暗杀掉的吗?"

维尔福带着几乎近似恐怖的表情看着伯爵。

"我弄错了吗,那么?"基度山说。

"不,阁下,事实正像您所说的一样,"维尔福夫人说,"维尔福先生就是为了防止死灰复燃,才想到要用爱的红线把这一对冤家的孩子撮合在一起。"

"这是一个高尚仁慈的念头,"基度山说,"所有的人都应该赞美这种思想。凡兰蒂·维尔福小姐变成弗兰士·伊辟楠夫人实在是一件可喜的事情。"

维尔福哆嗦了一下。他望着基度山,像是透过他的脸看出他刚才所说的这些话的含意。但伯爵完全击败了检察官那种具有穿透力的目光,不让对方在他习惯性的微笑里发现任何东西。

"凡兰蒂损失了她祖父的遗产固然是一件严重的事情,"维尔福说,"但我并不认为那件婚事会因此受阻。我不相信伊辟楠先生怕承担这种金钱上的损失。那笔钱失去了,我会信守我的诺言,但他将来会知道,我这个人或许比那笔钱更有价值一些。而且,他知道凡兰蒂以她母亲的财产而论本来已很富有了。她的外祖父母圣·米兰先生和夫人又很疼爱她,他们的财产将来十拿九稳也是由她继承的。"

"凡兰蒂这样爱护诺梯埃先生,其实她的外祖父母倒也值得这样爱护的,"维尔福夫人说,"他们在一个月之内就要到巴黎来了。凡兰蒂在受了这次耻辱以后,实在用不着再继续把她自己像活埋似的和诺梯埃先生圈在一起了。"

伯爵听了这一篇自私心受伤和野心失败的话,感到很满足。"但是依我看,"他说——"在说下面这些话以前,我必须先请求您的原谅——假如诺梯埃先生因为凡兰蒂小姐要嫁给一个他所厌恶的人的儿子而取消了他的继承权的话,他不应该因同样的理由错怪那个可爱的爱德华呀。"

"对了,"维尔福夫人用一种难以形容的音调说,"这不是很不公正——可耻地不公正吗?可怜的爱德华也像凡兰蒂一样的是诺梯埃先生的孙儿女,假如凡兰蒂不嫁给弗兰士先生,诺梯埃先生就会把他的财产全都留给她,再说,爱德华还是这一房人传宗接代的嫡嗣呢,为什么就没有一点继承权。要知道凡兰蒂就是没有她祖父的遗产,她还是比爱德华富有三倍。"

这一下突击成功了,伯爵听了,不再多说。

"伯爵阁下,"维尔福说,"我们不再以我们的家庭不幸来款待您了。不错,我家的财产要捐给慈善机构,家父要毫无道理地剥夺我的法定继承权。但我依然很满意,因为我知道,我的行为是正确的。我以前曾答应伊辟楠先生可以使用这笔款子的利息,这句话我可以使它实现,即使我因此把自己弄得一贫如洗。"

"但是,"维尔福夫人接着说,"我们可以把这件不幸的事情通知伊辟楠先生,给他一个机会,让他主动取消他和维尔福小姐的婚约,那也许倒更好一些。"

"啊,那就太糟了!"维尔福说。

"太糟了!"基度山说。

"当然了,"维尔福说,把他的语气缓和下来。"一件婚事,谈成以后再破裂,对女方的名声总是不利的。而且,我本来期望消灭过去的谣言,这一来,它就立刻又会活跃起来了——不,这种事情是不行的。假如伊辟楠先生是一个正派的男子,他要得到维尔福小姐的心只会比以前更坚定——除非他被贪念所激怒,但那是不可能的。"

"我同意维尔福先生的意思,"基度山把眼睛盯住维尔福夫人说,"假如我够得上交情给他一句忠告的话,我就会劝他把这件事情即刻办妥当,使它没有反复的余地,因为我听说伊辟楠先生正要回来呢。我敢保证,假如这个策划成功,维尔福先生的名誉一定会大振。"

检察官站起身来,很高兴这个建议,但他的妻子却微微有些变色。"嗯,我正想这样,我很愿意接受像您这样的一位顾问的指导,"他伸手给基度山说。"所以我们大家就对今天所发生的这件事只当它没有发生过。我们的计划没有改变。"

"阁下,"伯爵说,"这个世界虽然不公平,但对于您的决心一定会很欢迎的。您的朋友将以您为荣,而伊辟楠先生,即使维尔福小姐嫁过去的时候一点嫁妆都没有——那当然是不会的——他也会很高兴,因为他知道从此进入了一个能不惜弃金代价来守诺践约的家庭。"说完这几句话,伯爵就站起身来,准备告辞。

"您要走了吗,伯爵阁下?"维尔福夫人说。

"我很抱歉说,我必须得走了,夫人,我到这来的目的只是来提醒你们星期六的那个约会。"

"您怕我们会忘记吗?"

"您太好了,夫人,但维尔福先生常常有许多紧急的事务要办。"

"我的丈夫已经答应过了,阁下,"维尔福夫人说。"您知道,他说过的话,即使在千载难逢的时候,也是不会失约的。现在他有百得而无一失,当然要更坚守诺言了。"

"您是在香榭丽舍大道的府上请客?"

"不,"基度山说,"所以更需要您赏脸了,是在乡下。"

"在乡下?"

"是的。"

"在哪儿呢,那么? 离巴黎很近吧,是不是?"

"非常近,出城以后一里半路——就是阿都尔。"

"在阿都尔?"维尔福说。"不错,夫人曾告诉过我您住在阿都尔,因为她是在府上的门前得救的。您住在阿都尔的哪一部分?"

"芳丹街。"

"芳丹街?"维尔福以一种急切的口气喊道,"几号门牌?"

"二十八号。"

"呀!"维尔福喊道,"那么,圣·米兰先生的房子就是您买的吗?"

"它是属于圣·米兰先生的吗?"基度山问道。

"是的,"维尔福夫人答道,"您相不相信,伯爵阁下——"

"相信什么?"

"您觉得那所房子很迷人,是不是?"

"我觉得它挺可爱。"

"嗯,我的丈夫从来都不愿意到那里去住。"

"真的!"基度山答道,"那就是您的偏见了,阁下,那对我是不利的。"

"我不太喜欢阿都尔那个地方,阁下。"检察官努力克制住他自己说。

"但我希望您的成见不至于发展到剥夺我和您相见的权力吧,阁下。"基度山说。

"不,伯爵阁下——我希望——我向您保证,我会尽力设法来就是了。"维尔福结结巴巴地说。

"噢，"基度山说，"我是从不接受任何借口的。星期六，六点钟，我等着您，假如您不来，我就认为——因为我怎么能不这样想呢？——这座二十年没有住过人的房子一定曾发生过某种阴森可怕的事情。"

"我会来的，伯爵阁下，我一定来！"维尔福急切地说。

"谢谢您，"基度山说，"现在必须请你们允许我告辞了。"

"啊，对了，伯爵阁下，"维尔福夫人说，"您刚才说非走不可，我想，您大概还要把原因讲给我们听，但后来讲到其他的事，就把您的话打断了。"

"老实说，夫人，"基度山说，"我自己也不敢肯定我究竟能不能把我所要去的那个地方告诉您。"

"咻！告诉我吧，没有关系。"

"哦，那么，我是要去——我本来是一个游手好闲的人——看一样有时我对它沉思默想很长时间的东西。"

"什么东西？"

"一所急报房。现在我已经把我的秘密讲出来啦。"

"一所急报房！"维尔福夫人重复道。

"是的，一所急报房！我常常在小丘顶上见到它。在阳光底下，它那黑色的手臂向四面八方伸展出去，老是让人想到那是一只甲虫的脚爪。老实告诉你们，我每一次注视它的时候，就不免要发生各种感想，因为心里不禁想到：在急报线的一端，有一个人坐在一张桌子前面，他凭着一种万能的强力，用那些古怪的信号划破长空，把他的想法传达给九百里外坐在那一端桌子前面的人。我还以为在那白色的云或蓝色的天空中所造就的背景上，可以看得到那些跨越前进的怪信号。于是我

就想到天神、地灵、鬼仙——总之，想到种种玄妙的深奥的力量——直到我自己对于这种想入非非的念头也高声大笑起来。我从来没想去对这些有黑色长脚爪的大昆虫做仔细的观察，因为我老是怕会在它的石头翅膀底下碰到一个极其庄重、极其

宽阔、肚子里装满了科学、玄奥和魔法，充作守护神的小人。但有一天，有人告诉我说，每一所急报房里的工作人员只是一个年俸一千二百法郎的可怜虫，他成天地，不是像一位天文学家那样地研究气象，也不是像一个渔翁似的凝视水波，甚至连观望四周田野的时间都没有，而只是注视着离他十四五哩以外的一个同类人。所以我就产生了好奇心，想去仔细观看这种活的蛹，去观察它怎么从它的茧壳底下扯动这一条丝或那一条丝来和其他的蛹联络。"

"所以您要到那儿去一次？"

"是的。"

"您准备去参观哪一个急报站——内政部的，还是天文台的？"

"噢，不！我对于这件事倒情愿保持无知状态，要是到那儿去，就会有人强迫我来了解它，把他们自己都不是很懂的东西勉强解释给我听。不，真的！我希望把我那个关于昆虫的幻想完完整整地保留着。我只要见一见那些一知半解、跟我自己差不多的人就行了。所以我不去参观内政部或天文台的急报局。我所要找的，是荒野上的一个站房，那儿我可以找到任何一个蛰伏在他的静阁里的老实人。"

"您是一位神人。"维尔福说。

"您觉得我去研究哪一线好？"

"现在最忙碌的那一线。"

"您是指西班牙线？"

"是的，您要不要搞一封给部长的介绍信，让他们解释给您听？"

"不，"基度山说，"因为，我以前已经告诉过您了，我并不想了解它。一旦我懂得了它，我脑筋里的急报这两个字就要不复存在，它将只是一种由甲地到乙地的秘密联络通信法，而我却很想保存我对于那只黑脚爪大蜘蛛的全部崇敬。"

"那么，去吧，因为在两小时以后，天就要黑了，您就什么都看不到了。"

"糟糕！您说得我紧张起来啦！哪一个站房最近？"

"到巴荣纳去的那条路上的吗？"

"是的，到巴荣纳去的那条路上的。"

"夏蒂荣的那一站最近。"

"夏蒂荣的那一站再过去呢？"

"我想就是蒙得雷塔的了。"

"谢谢您。再会。星期六我把我的观感告诉您们。"

伯爵在门口遇到那两位公证人，他们刚刚完成那件剥夺凡兰蒂的继承权的工作，自认为已经完成一项一定能提高他们威望的工作。

第六十一章　如何驱逐睡鼠

　　基度山伯爵驱车出恩弗城栅，踏上到奥尔良去的大路，但并不像他所说的在当天傍晚，而是在第二天早晨。经过黎纳斯村的时候，他并没有在瘦臂四射的急报站前面停下来，却径自直达蒙得雷塔。蒙得雷塔，大家都知道，就在蒙得雷平原的最高点上。伯爵在山脚下下车，开始顺着一条约莫十八吋宽的小道弯弯曲曲地上山。一到山顶，他发觉自己已被一道篱笆挡住，篱笆上挂着绿色的果实和红色白色的花朵。

　　基度山寻找篱笆上的门，不一会儿就找到了它。那是一扇小小的木门，用柳条做的铰链，用一条绳子和一枚钉子做的搭扣。伯爵很快就懂得了它的机关，门开了。这时他发觉自己已到了一个约莫二十呎长和十二呎宽的小花园里，花园的这一面是篱笆，上面有一扇我们称为门的那种巧妙的机关，另一面就是那座爬满了常春藤和点缀着野花的古塔。看它这种满脸皱纹、盛装艳饰的样子，倒像是一位等候她的孙子儿女来向她拜寿的老奶奶，然而，假如像寓言所说墙壁也有咀的话，它却可以讲出好几件可怕的故事，这恐怕是谁都无法想到的。花园里有一条红色的石子小径，两旁夹着已经生长了很多年的茂密的黄杨树，其色彩和风格，我们当代的大画师德拉克络斯看了心里一定会很喜欢。这条小径为 8 字形，所以在一个只有二十呎长的花园里，它弯弯曲曲地形成了一条六十呎的走道。万花女神弗洛雪林要是看见了这块小小的园地，定会满面春风，觉得在这里享受到了举世未有的崇敬。的确，在那形成花坛的二十株玫瑰花上，没有哪一株上停有一只苍蝇。那些繁生在潮湿的土壤上专门毁坏植物的绿色昆虫，这里也一只都看不见。可是这并不是说花园里的土地不潮湿。泥土黑得像烟煤一样，树上的枝叶长得很茂密，这都可说明土壤确是很润湿的；而且，要是天然的湿度不够的话，还立刻可以用人工的方法来弥补，这得感谢那只埋在花园的一个角落里的大水缸。水缸边上住着一只青蛙和一只癞蛤蟆，青蛙和癞蛤蟆是天生意气不合的，它们当然永远站在这只浴盆的两对面。小径上看不到一根草，花坛里没有一茎莠杂。这位园丁虽然还未露面，但他经营这片小园的苦心已是人人都看得到的了，即使一位细心的太太也不会这样小心来浇灌她的天竺葵、仙人掌和踯躅草。基度山把门关上，把绳子扣回到铁钉上，然后站稳向四周看了一眼。

　　"这位急报员，"他说，"一定是雇着园丁的，不然，他本人就是一个热心的园艺家。"他突然在一辆满装树叶的羊角车后面踩到一样东西，那东西本来是伛偻着的，被他一踩，就站了起来，于是基度山发觉他已面对着一个年约五十岁左右的男子，他本来是在摘草莓，把摘到的草莓，放在葡萄叶上。他有十二张葡萄叶和约莫同数的草莓,但因为站起来的时候太突然,草莓就从他的手上滚了下去。

"你在摘果子吗,先生?"基度山微笑着说。

"原谅我,先生,"那个人把他的手举到鸭舌帽的边上,答道。"我没有在上面,你知道,但我也是刚下来。"

"别让我打扰你,我的朋友,"伯爵说,"继续采你的草莓吧,如果的确还没有采完的话。"

"我还有十个没有采下来,"那个人说,"因为这儿有十一个,我一共有二十一个,比去年多了五个。但我倒也并不奇怪,今年春天很暖和,而草莓要天热才长得好,先生。就是为了这个原因,我去年虽然只有十六个,而今年,你看,已经摘了十一个了——十二,十三,十四,十五,十六,十七,十八。啊,少掉三个!它们昨天晚上还在这儿的,先生。我确实相信它们是在这儿的——我数过的呀。那一定是西蒙大娘的儿子把它们偷去了。我今天早晨看到他在这儿溜来溜去。啊,那个小混蛋!在花园里偷东西!——他真不怕吃官司。"

"这件事实在严重,"基度山说,"但你也应该考虑到犯罪者的年轻和胃口。"

"当然了,"那园艺家说,"但这并不能减少我的不高兴呀。但是,先生,我再来道歉一次,我耽搁你了,您大概是一位官吧?"他胆怯地瞟一瞟伯爵的蓝色上装。

"请安心,我的朋友,"伯爵笑着说,他可以随意把他的笑容变成那种可怕或慈祥,而这一次他的脸上只有后面那种表情。"我不是视察官,而是一个旅客,是被好奇心带到这儿来的。我已经后悔来参观了,因为这要浪费你的时间的。"

"啊!我的时间并不值钱,"那个人带着一个悲哀的微笑回答。"可是,它是属于政府的,我不应该浪费它,但收过信号以后,我可以歇一个钟头。"(说到这里,他看一看日晷,因为在这个蒙得雷花园里一切都齐备,甚至并没有短少一只日晷),"还有十分钟,我的草莓已经熟了,再过一天——且慢,先生,你想睡鼠吃草莓吗?"

"哦,我想不会吧,"基度山认真地回答,"睡鼠,先生,是我们的坏邻居,因为我们是不像罗马人那样把它们泡在糖罐里吃的。"

"什么!难道罗马人把它们拿来吃吗?"那位园艺家说,"他们吃睡鼠?"

"彼特尼乌斯的书上是这样写的。"伯爵说。

"真的!它们不会好吃的,虽然人们常常说'肥得像一只睡鼠'这句话。也怨不得它们肥,白天睡觉,到晚上才醒过来,通夜地吃。听我说!去年我结了四只杏子,它们偷去一个。我结了一只油桃,只有一只——嗯,先生,它们爬到墙上去吃掉了半只,一只非常好的油桃,我从来没有吃到比它更好的了。"

"你吃了吗?"

"那是说剩下的半只,您知道,味道美极了,先生。啊,那些家伙从来不会挑到坏东西,——就像西蒙大娘的儿子一样,他并不挑吃那些坏草莓。但明年呀,"那位园艺家继续说,"我就要注意不让这种事情再发生,当草莓快要成熟的时候,即使我得整夜坐着守在这儿我也干。"

基度山看够了。每一个人的心里都有一样喜爱的事物,正如每一种果子都会有一种毛虫一样,而这个急报员所热爱的便是园艺。他开始来清除那些挡住葡萄受不到阳光的叶子,因此得到了那位园艺家的欢心。

"您是到这儿来看发急报的吗,先生?"他说。

"是的,假如不违背规定的话。"

"噢,不,"那园艺家,"从来就没有命令不许人看,而且看看也不会有危险,因为不会有人知道,也不会有人能知道,我们在说些什么。"

"我听人讲,"伯爵说,"你们对于自己所传递的信号也并不是全懂的。"

"当然了,先生,我最满意的就是这一点。"那个人微笑着说。

"你为什么最满意这一点呢?"

"因为那样就没有我的责任了。那样,我只是一架机器而已,只要我完成了我的责任,别的就一概都不必过问了。"

"难道我竟遇到一个没有野心的人了吗?"基度山心里自问,"那就会使我的计划落空的。"

"先生,"那位园艺家瞟一瞟日暑说,"十分钟快要完了,我必须回去干我的工作了。请您和我一起上去好吗?"

"我跟随你。"

基度山走进这座塔。塔分三层,最底下的一层藏园艺器具,如铲子、水壶、钉耙,都挂在墙上;全部家具都在这儿了。第二层是普通房间,说得准确一些,就是那个人休息的地方;房间里有几样可怜的家具——一张床,一只桌子,两把椅子,一只陶瓷水壶;天花板上挂着一些干瘪的草本植物,伯爵认得那是干胡豆,其中有那位好人所保留的种子,上面贴着标签,贴得非常小心谨慎,似乎他曾在植物研究所里当过植物学大师似的。

"要学会急报术得用很多时间吗,先生?"基度山问。

"学会它不需要太多的时间,只是工作单调得很,厌烦极了。"

"薪水多少。"

"一千法郎,先生。"

"少极了。"

"是的,但你也看得到,我们是提供住处的。"

基度山望着房间。"希望他不会太依恋他这个住处才好!"他心里默念。

他们走上三楼。这就是急报房了。基度山来回地观看那架机器的两条铁把子。"有趣极了,"他说,"但时间一长,你对于这种生活一定觉得非常厌烦吧。"

"是的。最初不断地望着,望得我脖子都酸麻了,但过了一年,我倒也惯了,而且我们也有休闲和放假的时候。"

"放假?"

"是的。"

"什么时候?"

"有雾的时候。"

"啊,一点没错。"

"那的确是我的假日。我到花园里去,下种,拔草,剪枝,整天杀虫。"

"你到这儿有多久了？"

"十年加五年，我已经做了十五年的机器人了。"

"你现在——"

"五十五岁了。"

"你必须工作多久才能得到养老金？"

"噢，先生，得二十五年。"

"养老金有多少？"

"一百艾居。"

"可悲的人类！"基度山低声说。

"你说什么，先生？"那个人问。

"我说有趣极了。"

"什么事情有趣？"

"你指给我看的一切都挺有趣。你对于这些信号真的一点都不懂吗？"

"一点都不懂。"

"你从来不想去懂得它们吗？"

"不。我何必费心呢？"

"但有几个信号是特地发给你的吗？"

"当然了。"

"那些信号你明不明白？"

"那是千篇一律的。"

"它们的意思是——"

"'无新消息'、'可休息一小时'，或是'明天'。"

"这倒挺简单，"伯爵说，"可看哪！你的通讯员不是在那儿发信号了吗？"

"啊，是的，谢谢你，先生。"

"他在讲什么——你懂不懂？"

"懂的，他问我准备好了没有。"

"而你的回答呢？"

"发一个信号，告诉我右手的通讯号我已经准备好了，同时，这也就是通知我左手的通讯员，叫他也准备起来。"

"巧妙极了。"伯爵说。

"你瞧着吧，"那个人自豪地说，"五分钟之内，他就要说话了。"

"那么，我还有五分钟的时间，"基度山对他自己说，"我还不需要那么长的时间呢。我亲爱的先生，你是否允许我问你一个问题？"

"什么事，先生！"

"你很喜欢园艺？"

"非常喜欢。"

"假如叫你放弃这块二十呎长的草坪，给你一块两亩大的园地，你会怎样对待？"

"先生,我可以把它造成一座地上的乐园。"

"就凭一千法郎,你的生活过得很糟吧?"

"够糟的了,但还是活下来了。"

"是的,但你只有一个很可怜的花园!"

"不错,这个花园不大。"

"而且,非但不大,还隐藏着偷吃一切东西的睡鼠。"

"啊! 它们是我的灾星。"

"告诉我,当你右手那位通讯员在发报的时候,假如你正好转一转头——"

"我就什么都看不到了。"

"那就怎么样?"

"我就无法传播那信号了。"

"于是?"

"因疏忽而不转达,我就会被罚款。"

"罚多少?"

"一百法郎。"

"减少了你收入的十分之一,真不得了!"

"啊!"那个人说。

"你有没有出现过这种事?"基度山说。

"一次,先生,那是我正在给一棵玫瑰花嫁接。"

"嗯,假如你把它改变,用别的信号来代替呢?"

"啊,那就又是一回事了,我就要遭免职,损失我的养老金。"

"三百法郎?"

"是的,一百艾居,先生,所以你看,我是不愿意做那一类事情的。"

"假如一下子给你十五年的工资你都不干吗? 嘿,这是值得考虑的呀,呃?"

"给一万五千法郎?"

"是的。"

"先生,您吓着我啦。"

"这算不了什么。"

"先生,您在诱惑我。"

"一点没错,一万五千法郎,你懂吗?"

"先生,现在让我来看看我右手的通讯员吧!"

"正巧相反,别去看他,来看看这个。"

"这是什么?"

"什么! 难道你不认识这些小纸片吗?"

"钞票!"

"一点不错,一共十五张。"

"这是谁的呢?"

"你的,假如你愿意的话。"

世界经典文库

世界二十大名著

基督山伯爵

图文珍藏版

"我的!"那个人半窒息地喊道。

"是的,你的——你自己的财产。"

"先生,我右手的通讯员在发信号啦。"

"让他去发。"

"先生,你害了我了,我要被罚款的呀。"

"那只会使你损失一百法郎,你瞧,若收了我的钞票是对你有好处的。"

"先生,我右手的通讯员在重发他的信号了,他已不耐烦啦。"

"别管他,收了吧。"伯爵把那叠钞票塞到那个人的手里。"这还不算数,"他说,"你不能只靠一万五千法郎过活。"

"我仍然可以保留我的公职。"

"不,你的公职是要失掉的,因为你要改变那个通讯员发来的信号。"

"噢,先生,您要怎么样?"

"开一个玩笑。"

"先生,除非你强迫我——"

"我准备就这样地强迫你,"基度山从他的口袋又抽出一沓钞票来。"这儿还有一万法郎,"他说,"加上已经在你口袋里的一万五千,一共是二万五了。你可以用五千法郎买一块两亩大的地和一栋漂亮的小房子;余下的两万可以使你每年得到一千法郎的利息。"

"一座有两亩地大的花园?"

"还有一千法郎一年。"

"啊,天哪!"

"喂,拿了吧!"基度山把钞票硬塞到他的手里。

"我要做什么事呢?"

"事情并不太难。"

"可是什么事呢?"

"把这些信号发出去。"基度山从他的口袋里掏出一张纸,上面写着三组信号,以及数目字标明发送的次序。

"喏,你看,这用不了多长的时间。"

"是的,可是——"

"干了这件事,油桃和其他一切你都可以有了。"

这一下突击成功了,那个人面孔涨得通红,额头上滚下一颗颗黄豆般大的汗珠,把伯爵交给他的那三组信号接二连三地发了出去,全然不顾那右手的通讯员显示出特大的惊讶,后者由于不懂其中的变化,以为这位园艺家发疯了。至于左手的那个通讯员,他一本正经地传达了那些同样的信号。于是那些信号就忠实地向内政部长传过去。

"你现在发财了。"基度山说。

"是的,"那个人回答,"但付出了多么大的代价呵!"

"听着,我的朋友,"基度山说。"我不愿意让你有半点后悔,所以,相信我吧,我可以向你保证，你没有伤害任何人，你只是执行了天意而已。"

那个人看着钞票，把它抚摸了一阵，数了一遍；他的脸色发白，又转红。然后他冲进他的房间里，想去喝一杯水，但还没有跑到水杯那个地方，就晕倒在他的干豆枝堆里了。

五分钟以后，这封新的急报到了部长手里，狄布雷吩咐套车，急忙赶到邓格拉司府上。"你的丈夫有没有西班牙公债？"他问男爵夫人。

"我想是有的吧。的确！他有六百万。"

"他必须卖掉它，不管什么价钱。"

"为什么？"

"因为卡罗斯已经从布尔日逃出来，回到西班牙了。"

"你怎么知道的？"

狄布雷耸耸肩胛。"竟想到来问我怎么听到那个消息！"他说。

男爵夫人不再问第二句话。她奔到她的丈夫那儿，后者立刻赶到他的代理人那儿，吩咐他不谈价钱赶快卖掉。大家看到邓格拉司抛出，西班牙公债就立刻跌价。邓格拉司蚀掉五十万法郎，但他把他的西班牙证券全部脱手了。当天晚上，《消息报》上登出一段新闻：

"急报局讯：前被监禁于布尔日之国王卡罗斯已逃脱，业已越加塔洛尼亚边境回西班牙。巴塞罗那人民群起拥戴。"

那天晚上，大家都不说别的，只谈论邓格拉司的先见之明，因为他把他的证券卖掉了，又谈论这个证券赌客的运气，因为在这样一个打击之下，他只蚀掉五十万法郎。那些没有把证券卖掉或收购邓格拉司的公债的人，认为他们自己已经破产，过了极不愉快的一晚。

第二天早晨，《警世报》上登出下面这段消息：

"《消息报》昨日宣布卡罗斯逃脱，巴塞罗那叛变，此项消息毫无任何根据。国王卡罗斯并未离开布尔日，半岛仍在一派升平气和之中。此项错误，是由于雾中急报信号误传所致。"

西班牙公债顷刻飞涨，涨是跌的两倍。把蚀掉的本钱和错过的赚头加起来，邓格拉司损失了一百万。

"好！"基度山对摩莱尔说，在这个暴跌暴涨的怪新闻（邓格拉司是其中的牺牲品）传来的时候，后者正在他的家里。"我刚才有了一个新发现，可以用二万五千法郎去买来我愿意付十万的东西。"

"您发现了什么？"摩莱尔问。

"我刚才发现了一种把一个怕睡鼠吃他桃子的园艺家搭救出来的方法。"

第六十二章　鬼

　　阿都尔村那座房子的外表,猛然一看,并没有什么富丽堂皇之处,但想不到这会是那豪华的基度山伯爵的别墅。这种朴素的格调是符合屋主的心意的,他曾明确地吩咐过,不许外表有任何改变,这一点,只要一看房子的内部,谁都会很快明白。特别是,大门一开,情景就变化了。伯都西奥先生充分表现了他在陈设布置方面的风趣和执行的神速。从前安顿公爵在一夜之间把整条大街上的树木全部伐掉,因此惹恼了路易十四;伯都西奥先生则用三天时间在一座完全光秃秃的前庭栽满了白杨和丫枝纵横的大枫树,使房子浓荫庇掩;房子前面过去都是半掩在杂草里的石子路,但这时却伸展着一条青草铺成的走廊,这条青草的走廊还是当天早晨铺成的,草上的水珠还在闪烁发光。至于其余的那些,伯爵也都有过明确的嘱咐;他亲自设计一个图样给伯都西奥,标明每一棵树的地点以及那条代替石子路的青草走道的长短宽狭。所以这座房子已完全改了模样。伯都西奥都说他似乎认不得它了,因为它的四周都已环绕着树木。管家本来并不反对把花园也修整一番,但伯爵已明确地关照过,花园里的东西碰都不许碰,所以伯都西奥只能把他的气力用到另一方面,使候见室里、楼梯上和壁炉架上都堆满了花。还有一点是最能显出主人学识渊博、指挥有方、管家办事得力的,就是:这座闲置了二十年的房子,在前一天晚上还是这样凄冷阴凉,散发着令人闻之作呕的气味,几乎使人觉得好像能嗅到年深日久的气息,而在第二天,它却获得了生气勃勃的面目,散发出屋主人所喜爱的芳香,充满了合他心思的光线。当伯爵到来的时候,他一伸手就可以摸到他的书和武器;他的目光可以停留在他心爱的图画上;他所怜爱的狗会摇头摆尾地在前厅欢迎他;歌声悦耳的小鸟会用它们的节目来使他高兴;于是,这座从长眠中苏醒的房子,就像树林里睡美人的宫殿般地顿时活跃起来,鸟儿歌唱,花儿盛开,像是那些我们曾流连过很久,当不得不离开的时候,将会把我们灵魂的一部分停留在那间房子里一样,仆人们高高兴兴地在前庭穿来走去;有些是厨房里的,他们飘然滑下昨天才修好的楼梯,好像在这座房子里已住了一辈子似的;有些是车房里的,那儿有一箱箱编号的马车零件,看来像是至少已在那儿安放了五十年,在马厩里,马夫在对马讲话,他们的态度比许多仆人对待他们的主人还要恭敬得多,而马则用嘶鸣来回答。

　　书斋里有将近二千本书籍,分别摆放在房间的两边。一边完全是近代的传奇小说,甚至连前一天出版的新书也可以在这一排金色和红色封面所组成的庄严的行列中找到。书斋对面是温室,里面堆满着盛开的奇花异草的瓷花盆;在这间色香俱全的花房中央,有一张弹子台,弹球还在绒布上,显然刚才有人玩过。只有一个房间伯都西奥未加改动。这个房间位于二楼的左上角,前面有一座宽大的楼梯,后面还有一座暗梯可以上下,仆人们经过这个房间都不免发生好奇心,然而伯都西奥则发生恐怖。五点整,伯爵来到阿都尔别墅,后面跟着阿里,伯都西奥带着不耐烦和不安的心情在期待他的到来,他希望能得到几句赞美,但同时又恐怕遭到责怪,基度山在前庭下车,到花园里去绕了一圈,在屋子里到处走了一遍,一句话都没有说,既未表示赞许,也没有现出不乐的神色。他的寝室就在那个关闭着的房间的对面,他一踏进寝室,就指着他初次来看房子时就已注意到的那张花梨木小桌子的抽屉说:"那个地方至少可以用来放我的手套。"

"大人愿意把它打开来看一看吗?"伯都西奥高兴地说,"您可以在里面找到一副手套。"

在其他各种家具里,伯爵也找到了他所需要的一切——嗅瓶、雪茄、珍玩。"很好!"他说,于是伯都西奥就喜不自禁地退了出去——这个人对于他周围一切人的影响就是这样强大。

六点整,大门口响起得得的马蹄声,那是我们那位驻阿尔及利亚的骑兵上尉,他是骑着米狄亚来的。基度山含笑在门口迎接他。

"我猜想一定是我第一个到,"摩莱尔喊道,我有心要比别人早一分钟到您这儿。裴丽和艾曼纽托我向您问候哪,这儿真美!请告诉我,伯爵,您有人照顾我的马吗?"

"不用担心,我亲爱的玛西米兰,他们懂得的。"

"我的意思是它需要蹓跶一下。您没有看到它跑得多快——像一阵风!"

"我也想得到的——一匹值五千法郎的马哪!"基度山用慈父对儿子说话的语气说。

"您有点懊悔了吗?"摩莱尔问,爽朗地大笑起来。

"我?当然不!"伯爵答道。"不,如若那匹马不好。我倒要懊悔了。"

"非常好的,夏多·勒诺先生和狄布雷先生都骑着部长的阿拉伯马,夏多·勒诺先生还是法国最好的骑手之一,可是我把他们都甩到后面了。他们的后面紧随着邓格拉司夫人的马,而她老是以每小时十八哩的速度疾驰的。"

"那么他们就跟在您的后面吗?"基度山问。

"瞧!他们来啦!"这时,两匹喘着热气的马拉着一辆马车,由两位骑马的绅士陪伴着,驰到那敞开的大门口。马车一直赶到阶沿前面方停住,后面跟着那两位马上的绅士。狄布雷的脚一落地,他就已经站在车门前面。他伸手给男爵夫人,男爵夫人就扶着他的手下车,她扶手时的姿势有点特别,但这只有基度山才觉察到。真的什么都逃不过他的眼睛。他注意到一张小字条从邓格拉司夫人的手里塞进部长的秘书手里,塞得极其巧妙熟练,说明这个动作是常常实习的。邓格拉司夫人的后面是那位银行家,他的脸色苍白,好像他不是从他的马车里出来而是从他的坟墓里出来的。邓格拉司夫人向周围射出一个急速和带着询问意味的眼光——只有基度山能明白这一个眼光的意义——用她的眼光拥抱前庭、廊柱和房屋的正面;然后,压制住心中轻微的激动,不使脸色转白,以免被人看破,她走上台阶,对摩莱尔说:

"阁下,假如您是我的朋友的话,我就要问您是否愿意把您那匹马出卖。"

摩莱尔显得很为难,转向基度山,像是要求他把自己从这种为难的情形中解救出来。伯爵知道他的意思。"啊,夫人!"他说,"您为什么不向我提出这个要求呢?"

"对您,阁下,"男爵夫人答道,"是什么都不必要求的,因为肯定可以得到。假如摩莱尔先生也像您那样的话——"

"不幸得很,"伯爵回答,"摩莱尔先生不能出让他那匹马,马的去留和他的名誉有关,这件事我可以做证。"

"怎么会呢?"

"他和人打赌,要在六个月之内驯服米狄亚。您现在懂了吧,假如他在六个月以前卖掉了它,他不但会损失那笔赌注,而且人家会说他胆小,而一个勇敢的骑兵队长是不肯忍受这一点的,即使是为了满足一个美丽的女子。但我的意见,满足一个美丽的女子当然是天地间最神圣的义务之一。"

"您知道我的难处了,夫人。"摩莱尔说,并感激地向伯爵微微一笑。

"照我看,"邓格拉司说,脸上虽带着一个勉强的微笑,却仍掩盖不了他说话的粗鲁,"你的马也够多的了。"

邓格拉司夫人很少能放过这一类的话,但使那些青年人惊奇的是:她竟假装没有听到,什么都没有说。基度山看到她一反往常,居然忍气吞声,就微笑了一下,指给她看两只硕大无比的瓷瓶,瓷瓶上布满着精细的海生植物,显然不是人工加上去的。男爵夫人很惊奇。"咦,"她说,"您可以把土伊勒里宫的栗子树都种在那里面啦!这样大的瓷瓶是怎么制造出来的呢?"

"啊,夫人!"基度山答道,"这个问题您不能问我们,我们这一代的人只会造些小摆饰和玻璃麻纱。这是古代的出品,是用水土之精构成的。"

"那么,这是哪一个朝代的事呢?"

"我也不知道,我只听说,中国有一个皇帝修了一座窑,在这座窑里烧出十二只这样的瓷瓶。两只因为火势太猛而破裂了,其余十只用来沉到两百丈深的海底里,海知道人们对她的要求,就用海草覆盖它们,用珊瑚环绕它们,用贝壳来粘附它们,这十只瓷瓶在那几乎深不可测的海底里躺了两百年——因为一场革命革掉了那个想做这种试验的皇帝,只剩下一些文史可以证明瓷瓶的制造以及把它们沉入海底这件事。过了两百年,那些文史被找到了,他们就想到去把瓷瓶捞起来。他们特地派人乘着机器潜入那个沉瓶的海湾底里去寻觅,但十只之中只剩下了三只,其余的都已被海浪冲破了。我很喜爱这些瓷瓶,因为也许曾有狰狞可怕的妖怪用它们冷漠的眼光凝视过它们,而无数小鱼躲藏在那里面逃避仇敌的追捕。"

这时,邓格拉司因为对于稀奇古怪的事情不发生兴趣,正机械地在那儿把一棵橘子树上盛开着的花一朵朵地摘下来。摘了橘子花,他又去撕仙人掌,但这种东西可不像橘子树那么容易撕,所以把他很不客气地刺了一下。他打了一个寒战,抹抹眼睛,像是从一场噩梦中醒来似的。

"阁下,"基度山对他说,"我不敢向您推荐我的画。因为您有许多珍品,但这儿有几幅还值得看一下,两幅是荷比马的,一幅是保罗·保特的,一幅是米里斯的,两幅是琪拉特的,一幅是拉斐尔的,一幅是范代克的,一幅是朱巴兰的,还有两三幅是穆里罗斯的。"

"慢来!"狄布雷说,"荷比马的这一幅我认得。"

"啊,真的!"

"是的,有人曾拿它兜售给博物馆。"

"我相信博物馆里没有这幅画吧?"基度山说。

"没有,他们不肯买。"

"为什么?"夏多·勒诺说。

"你真的不知道,因为政府没有钱呀。"

"啊,对不起!"夏多·勒诺说,"最近八年来,我每天都听到这种话,可是我到现在还不明白。"

"你慢慢会明白的。"狄布雷说。

"我想不见得。"夏多·勒诺回答。

"巴陀罗米奥·卡凡尔康德少校和安德里·卡凡尔康德子爵到!"培浦斯汀通报。

一条刚从裁缝手里交出来的黑缎领巾,灰色的髭须,一对金鱼眼,一套挂着三个勋章和五个十字章的少校制服——的确是一个老军人的派头——这就是巴陀罗米奥·卡凡尔康德,我们已经拜识过的那位慈父的仪表。紧靠在他旁边,穿着全新的衣服,满面含笑的,是我们也认识的那位孝子,安德里·卡凡尔康德子爵。三个青年人本来在一起谈话,两位新客一进来,他们的眼光就从那父亲瞟到儿子,然后很自然地停住在后者的身上,开始对他议论起来。

"卡凡尔康德!"狄布雷说。

"好响亮的名字!"摩莱尔说。

"是的,"夏多·勒诺说,"意大利人的名字取得很好听,衣服却穿得很糟糕。"

"你太挑剔啦,夏多·勒诺,"狄布雷答道,"这套衣服剪裁得很好,而且很新。"

"我觉得坏就坏在这一点。那位先生看来像是生平第一次穿好衣服。"

"这两位先生是谁?"邓格拉司问基度山。

"您听到的吧——卡凡尔康德。"

"那只告诉了我他们的姓。"

"啊,不错!您不清楚意大利的贵族,卡凡尔康德这一族都是亲王的后裔。"

"他们有没有钱?"

"多极了。"

"他们干些什么呢?"

"他们花钱,要把钱花光。我好像记得,前天他们告诉我,说有些事情要跟您洽谈。今天我实在是为您才请他们来的。我一会儿给你们介绍介绍。"

"但他们的法语看来倒说得非常流利呀。"邓格拉司说。

"那小的是在南部哪一个大学里受教育的——在马赛吧,我相信,不然总是在那附近。您一会儿就知道了,他是很热心的。"

"对什么热心?"邓格拉司夫人问。

"对法国的太太小姐们,夫人。他决心要在巴黎娶一位太太。"

"这个念头倒想得妙!"邓格拉司耸耸肩说。

邓格拉司夫人瞟了她的丈夫一眼,在别的时候,这样的一个目光等于是一场风波的预兆,但她又第二次控制住自己。

"男爵今天看来有点心不在焉的样子,"基度山对她说,"他们要推荐他入阁了吗?"

"还不会吧,我想。他多半是因为在证券交易所里投机输了钱的缘故。"

"维尔福先生偕夫人到!"培浦斯汀喊道。

他所通报的那两个人进来了。维尔福先生虽然极力克制着。但他的神色显然很不自然,当基度山和他握手的时候,他觉得那只手有点颤抖。"的确,只有女人才知道怎么装样。"他自己心里说,同时瞟一眼邓格拉司夫人,邓格拉司夫人正在向检察官微笑,然后又和他的妻子拥抱。过了一会儿。伯爵看到伯都西奥走进隔壁房间里(在这时以前,伯都西奥始终在另外几个房间里忙着布置)。伯爵走到他跟前。"你有什么事,伯都西奥先生?"他说。

"大人还没有吩咐有几位客人。"

"啊,不错!"

"几副刀叉?"

"你自己数吧。"

"每一位都到了吗,大人?"

"是的。"

伯都西奥从半开着的门缝瞧进去。伯爵看着他。"天哪!"他惊喊道。

"什么事?"伯爵说。

"那个女人! 那个女人!"

"哪一个?"

"那个穿白衣服,戴许多钻石的——那个白皮肤的。"

"邓格拉司夫人?"

"我不知道她的名字,但是她,大人,是她!"

"是谁?"

"花园里的那个女人——她就是那个孕妇——她就是那个一面散步、一面等候——"伯都西奥木立在那半开着的门口,瞪着眼,头发竖了起来。

"等候谁?"

伯都西奥没有回答,只是以一种难以捉摸的姿势指着维尔福。"噢,噢!"他终于结结巴巴地说,"您看见吗?"

"什么东西? 谁?"

"他!"

"他! 维尔福先生,那位检察官? 我当然看得见他。"

"那么我没有杀死他!"

"是的,我看你快要发疯啦,好伯都西奥。"伯爵说。

"那么他没有死!"

"没有,你明明看到他没有死。你的老乡们刺人总是刺在第六和第七条肋骨之间,你一定刺得太上或太下了,而这些吃法律饭的人,他们都是命大的——但或许你告诉我的那些话根本不是事实,而是你想象中的一幕幻景或是幻想出来的一场梦。你满怀着复仇的心思去睡觉,那些心事重重地压住你的胸口——你做了一场噩梦,只是如此而已。来,镇定一点,算算看:维尔福先生夫妇,两个。邓格拉司先生夫妇,四个。夏多·勒诺先生、狄布雷先生、摩莱尔先生,七个。巴陀罗米奥·卡凡尔康德少校,八个。"

"八个!"伯都西奥跟着说。

"别忙! 你急着想走开,可忘记了我的一位贵宾啦。往左面靠过去一点。喏! 瞧瞧安德里·卡凡尔康德先生,就是穿黑色上装的那个青年人,他现在转过来了。"

这一次,要不是基度山用眼光阻止他,伯都西奥一定会大声惊喊起来。"贝尼台多!"他喃喃地说,"老天呀!"

"六点半刚才敲过了。伯都西奥先生,"伯爵严厉地说,"我曾吩咐那个时候开宴,我不愿意多等。"于是他回到他的客人那儿,伯都西奥在墙上靠了一会儿,勉强回到餐厅里。五分钟以后,客厅的门大开,伯都西奥好像镇静了许多,并鼓起最后的勇气说:"禀告伯爵阁下,酒筵齐备。"

基度山伯爵把他的手臂递给维尔福夫人。"维尔福先生,"他说,"请您引导邓格拉司男爵夫人好吗?"

维尔福从命,于是他们转到餐厅里。

第六十三章　晚餐

　　来宾们一走进餐厅,就有一种感觉。每一个人都在心里自问,究竟是什么不可抗拒的力量把他们带到这座房子里来的;可是,他们虽然惊奇,甚至不安,可他们却仍然觉得不愿意离开。从伯爵的社会关系,他那种怪癖孤独的地位,以及他那惊人的和几乎令人难以置信的财产上着想,男人们似乎应该对他有所警惕,女人们似乎应该觉得不宜于走进一座没有女主人来接待她们的房子,但男人和女人都抛弃了谨慎和传统的防线;好奇心不可抗拒地战胜了一切。甚至卡凡尔康德和他的儿子——前者古板,后者轻浮,两者都不明白这次受邀的用意——也和他们初次碰头的那些人有同样的感触。邓格拉司夫人,当维尔福在伯爵的敦促之下把他的手臂递给她的时候,不由得吃了一惊;而维尔福,当他觉得男爵夫人的手挽上他自己手臂的时候,也觉得他那金丝眼镜底下的眼光有点不安。这一切都没有逃过伯爵的眼睛。仅以此接触的这些人物来讲,这个场面在一个外来者看来已经是很有趣的了。维尔福先生的右边是邓格拉司夫人,他的左边是摩莱尔。伯爵坐在维尔福夫人和邓格拉司之间;狄布雷坐在卡凡尔康德父子之间;夏多·勒诺坐在维尔福夫人和摩莱尔之间。

　　席面极其丰盛,基度山完全消灭巴黎式的情调,与其说他要喂饱他客人的胃口,倒还不如说他想喂饱他们的好奇心更恰如其分。他摆出来的是一席东方式的酒席,但这种东方式的酒席也只在阿拉伯童话里才会有。中国碟子和日本瓷盘里堆满着全球各地的四季鲜果;大银盆里装着硕大无比的鱼;各种珍禽的身上依旧还保存着它们最灿烂辉煌的羽毛;外加各种各样的美酒,爱琴海出产的,小亚细亚出产的,好望角出产的,都装在奇形怪状的瓶子里闪闪发光,似乎更增加了酒的香美——这一切,像古罗马的美食家招待宾客时一样,一齐展现在这些巴黎人的面前。他们知道:花一千路易来请十个人吃一顿原是可能的,但那就得像喀丽奥柏德拉那样吃珍珠或梅迪契那样喝金水才行。基度山注意到大众的惊愕,就戏谑笑谈起来。"诸位先生,"他说,"你们大概也承认,人有了相当丰厚的财产以后,生活的奢侈就变成了必要的行为。而太太们想必也承认,有了相当优越的地位以后,欲望也才越高。现在,从这一种立场上来推测,什么东西才能称为奇妙呢? 就是我们无法懂得的东西。什么东西才是我们真正想要的呢? 就是我们无法获得的东西。嗯,研究我不能懂得的事物,获得无法获得的东西,这就是我生活的目标。我用两种手段来达到我的希望——我的志向和我的金钱。我所追求的目标和诸位不同,譬如您,邓格拉司先生,希望建筑一条新的铁路线;您,维尔福先生,希望判一个犯人死刑;您,狄布雷先生,希望平定一个王国;您,夏多·勒诺先生,希望取悦一个女人;而您,摩莱尔,希望驯服一匹没有哪一个人能骑的马,我们所追求的目标虽然不同,而我追求我目标的兴趣,却并不亚于你们。譬如说,请看这两条鱼——这一条从圣·彼得堡一百五十里以外的地方买来,那一条在那不勒斯十五哩以内的地方买来。现在看到它们摆在一张桌子上,这不是很有趣的事吗?"

"这两条是什么鱼?"邓格拉司问。

"夏多·勒诺先生曾在俄罗斯住过,他可以告诉您这一条鱼的名称。"基度山加答,"卡凡尔康德少校是意大利人,他可以告诉您那一条的名称。"

"这一条,我想,是小蝶鲛。"夏多·勒诺说。

"而那一条,"卡凡尔康德说,"假如我没认错,是蓝鳗。"

"正是。现在,邓格拉司先生,问问这两位先生它们可以在哪儿捉到。"

"小蝶鲛,"夏多·勒诺说,"只有在伏尔加河里才找得到。"

"而我知道,"卡凡尔康德说,"只有富莎乐湖里才出产这样大的蓝鳗。"

"对,一条是从伏尔加打来的,一条是从富莎乐湖捉来的,一点不差。"

"怎么能呢!"来宾们齐声喊道。

"嗯,我觉得有趣就在这上面,"基度山说。"我像是尼罗王——一个'不可能'的追求者,而你们现在觉得有趣的就在于这一点。这种鱼,实际上也许并不比鲈鱼或鲑鱼更好吃,而你们却似乎觉得极其鲜美,那就是因为你们觉得不可能得到它,而它却不在意地出现在席面上。"

"但您怎么把这些鱼运到法国来的呢?"

"噢,那是再容易不过的了。把鱼分装在木桶里运——一只桶里装些河草,另一只桶里装些浮萍,再装在一辆特制的大车上。于是,那小蝶鲛就活了十二天,蓝鳗活了八天。当我的厨子抓它们的时候,它们还是活蹦乱跳的,他就用牛奶闷死小蝶鲛,用酒醉死蓝鳗。您不相信吧,邓格拉司先生!"

"我不能不有点怀疑。"邓格拉司傻呼呼地笑着回答。

"培浦斯汀,"伯爵说,"去把鱼拿来——就是养在桶里的活的小蝶鲛的蓝鳗。"邓格拉司睁着一对迷惑的眼睛,其余的来宾也都紧握双手。四个仆人扛了两只面上浮满萍藻类植物的木桶进来,每只木桶里都游着一条与席面上同类的鱼。

"但为什么每样两条呢?"邓格拉司问。

"只因为一条也许会死。"基度山漫不经心地回答。

"您实在是一位奇人,"邓格拉司说,"哲学家或许又可以振振有词地说,有钱是一件庆幸的事。"

"还得有脑筋。"邓格拉司夫人加上一句。

"噢,别给我那种荣誉,夫人。这种事在罗马人是很普通的。据罗马作家的书上说,他们常常派奴隶头顶着活鱼从奥斯蒂亚运到罗马,那种鱼他们称为'墨露斯',而从他的描写上来判断,大概就是鲷鱼。他们认为吃活的鲷鱼也是一件奢侈的做法。看着鲷鱼死是一件很有趣的事情——因为它临死的时候,在送进厨房以后,它会变三四次颜色,像虹彩似的依次出现。它的痛苦倒变成了它的特点,假如它活着的时候没有人看到,死后就不会那么了不起了。"

"是的,"狄布雷说,"但是奥斯蒂亚距罗马才只有几里路呀。"

"不错,"基度山说,"但我们距鲁古碌斯已有一千八百年,假如我们不能比他更进一步,那么做现代人还有什么意思呢?"

两个卡凡尔康德都睁大了眼睛,但他们还算懂事,没有说什么话。

"这一切都是极不寻常的事情,"夏多·勒诺说,"可是,我最敬佩的一点是您的命令竟能执行得这样迅速。您这座房子不是五六天以前才买的吗?"

"当然并不很久。"

"我却信在这一个星期里,它已经大变模样了。假如我没记错的话,它另外还应该有一处进口,前庭空无一物,只有一条石子路,而今天我们却看到一条美丽的青草走道,两旁的树木看来像是已长了一百年似的。"

"为什么不?我喜欢青草和树荫。"基度山说。

"是的,"维尔福夫人说,"以前大门是向街的。我神奇地脱险的那天,您把我带进来的时候,我记得还是那样的。"

"是的,夫人,"基度山说,"但我愿意换一个进口,以便从大门口一眼望出去就看见布洛涅大道。"

"只有四天工夫!"摩莱尔说,"这实在可说了不起了!"

"的确,"夏多·勒诺说,"把一座旧房改造成一座新房真是一件奇妙的成就。这座房子以前非常破旧,也非常凄凉。我记得在两三年以前,当圣·米兰先生登报出售的时候,我曾代家母来看过。"

"圣·米兰先生!"维尔福夫人说,"那么在您买这座房子以前,它是属于圣·米兰先生的了?"

"好像是的。"基度山回答。

"什么!'好像'?难道您还不知道卖主是谁吗?"

"不,的确不知道,这笔交易都是我的管家代我办的。"

"这座房子至少有十年没有人住了,"夏多·勒诺说,"它看上去实在有点阴气沉沉,百叶窗都关着,门锁着,庭园里长满了野草。真的,假如这座房子的业主不是检察官的岳父,人家或许会以为这里曾发生过一件可怕的案情哩。"

到目前为止,维尔福对于那放在他面前的三四杯珍奇美酒始终不曾尝过,至此,他拿起一杯,一饮而尽。基度山暂时让房间沉默了一会儿,然后说:"这就怪了,我初次进这座房子的时候,也发生过那样的念头,它看来是这样的阴郁,要不是我的管家已代我买定,我是决不会要它的。也许那个家伙受了中人的贿赂。"

"也许是的,"维尔福挣扎着说,并极力想装出笑容。"但相信我,那件贿赂案可跟我无关。这座房子是凡兰蒂嫁妆的一部分,圣·米兰先生很想把它卖掉,因为再过一两年不住人,它就会倒塌了。"这一次可轮到摩莱尔的脸色变白了。

"尤其是有一个房间,"基度山又说,"表面上十分平常,挂着红缎的窗帷,可是,不知怎么的,我总觉得那个房间很有趣。"

"怎么会呢?"狄布雷说,"怎么有趣?"

"我们能把本能的感觉解释清楚吗?"基度山说,"我们不是在有些地方好像能呼吸到抑郁的气息吗？为什么？我们讲不出来。只是有一种连贯性回忆或一个念头把你带回到另外一个时代，另外一些地方，而那多半或许和我们当时当地的情景并无关系的。在那个房间里，有什么东西强有力的使我想到了它的神秘。且慢！既然我们已经吃完了，还是由我来领你们去看看吧，看过以后我们到花园去喝咖啡，吃完饭，应该去走走看看。"

基度山询问地望着他的客人们。维尔福夫人站起身来，基度山站起来，其余的人也学他们的样。维尔福和邓格拉司夫人像是生根在他们的座椅上似的，犹豫了一会儿，他们互相以冷淡呆滞的目光询问对方。

"你听到没有？"邓格拉司夫人说。

"我们必须也去。"维尔福回答，伸手让她挽。

其他的人都已经在好奇心的迫使下分散到各处——因为他们觉得这次的参观当然不限于一个房间，他们同时可以观光其他地方，看基度山如何把他的房子变成一座宫殿。每一个人都从那几扇打开的门口出去了。基度山等待那留下来的两个，当他们也从他身边走出去的时候，他就带着一个微笑来结束这个行列。维尔福和邓格拉司夫人当然并不明白伯爵那种微笑的含义，假如他们懂得的话，一定会觉得比去参观那个他们快要进去的房间更惊惶。他们开始穿过一个又一个房间，大多数房间都是东方式布置，椅垫和靠背长椅代替了床，各色各样的烟管代替了家具。客厅里琳琅满目地挂着古代大画师最珍贵的杰作；女宾休息室里挂满了中国的刺绣品，色彩奇妙，花样怪诞，质地极其名贵。最后他们走到那个著名的房间里。这个房间并没有什么特别值得注意的地方，只是别的房间都已重新装饰过，但这里的一切仍是旧物，而且太阳虽已消逝，房间里却还没有点灯。那两个因素已足够使人感到一种阴森森的气氛了。

"噢！"维尔福夫人喊道，"真可怕！"

邓格拉司夫人勉强说了几个字，但没有人听到她说的是什么。据大家观察的结果，一致认为这个房间确像是一个不祥的地方。

"不是吗？"基度山问道。"请看那张笨重的大床，挂着那顶阴气沉沉的、血色的帐子！还有那两张受潮褪色的粉笔人像画，他们那苍白的嘴唇和那眈眈凝视的眼睛不是像在说'我们看到了'吗？"

维尔福的脸色发白，邓格拉司夫人倒在一张壁炉旁边的长凳上。

"噢！"维尔福夫人微笑着说，"您这样大胆吗"也许那件谋杀案就在这张凳子上发生的呢！"

邓格拉司夫人突然站起来。

"哦，"基度山说，"事情还不仅限于此呢。"

"还有什么？"狄布雷说，他也已注意到邓格拉司夫人那种恐怖的神态。

"啊！还有什么内容？"邓格拉司说，"因为到目前为止，我不能说已经看到了什么特别的东西。您说怎么样，卡凡尔康德先生？"

"啊！"他说，"我们在比萨有乌哥里诺塔，在弗拉拉，有达沙囚房，在里米尼，有弗兰茜丝卡和保罗（以上人物均死于非命或遭非难）的房间。"

"是的,但你们可没有这种小楼梯,"基度山一面说,一面打开一扇掩在帷幕后面的门。"请来看看,然后把你们的感想告诉我。"

"多难看的一座螺旋形楼梯。"夏多·勒诺带笑说。

"我不知道究竟是不是奇奥斯酒产生了那种悲怆的气氛,但这房子里一切东西在我看来都像是阴森森的。"狄布雷说。

自从提到凡兰蒂的嫁妆以后,摩莱尔就始终满面愁容地没有说过一句话。

"我曾经幻想,"基度山说,"以前有过一个奥瑟罗似的人物,在一个狂风暴雨的黑夜里,一步一步地走下这座楼梯,手里抱着一个尸体,想在黑夜把它埋掉,这样,即使不能瞒过上帝的眼睛,至少总希望能瞒过人,不知你们有没有同感?"

邓格拉司夫人半晕倒在维尔福的臂弯里,维尔福本人也不得不靠在墙壁上,来支持自己。

"啊,夫人!"狄布雷喊道,"您怎么啦? 您脸色这么苍白呀!"

"怎么样? 很简单,"维尔福夫人说,"基度山先生在对我们讲恐怖故事,无疑的是要吓死我们。"

"是的,"维尔福说,"真的,伯爵,您吓坏太太们啦。"

"什么事?"狄布雷用耳语问邓格拉司夫人。

"没有什么,"她勉强回答。"我要透透空气! 没有别的。"

"我陪您到花园里去好不好?"狄布雷一边说,一边就向暗梯那里走。

"不,不!"她答道,"我情愿在这儿。"

"您真的吓坏了吗,夫人?"基度山说。

"噢,不,阁下,"邓格拉司夫人说,"但您讲得有声有色,把您设想的场面说得跟真的一样。"

"啊,是的!"基度山微笑着说,"这些都只是想象中的事情。我们为什么不能想象这是一个贞节的良家妇女的房间,这张挂红帐子的床,是送子娘娘所访问的床,而那座神秘的楼梯,是为了免得打扰她们的安眠,供医生和护士上下,或甚至供那做父亲的来抱那安睡着的孩子的?"

听到这一幅可喜的画面,邓格拉司夫人非但没有镇定下来,而且发出一声呻吟,昏了过去。

"邓格拉司夫人病人,"维尔福说,"还是送她到她的马车里去吧。"

"噢! 我忘记带我的嗅瓶啦!"基度山说。

"我有。"维尔福夫人说,她拿出一只瓶子来递给基度山,瓶子里满装着伯爵给爱德华尝过的同样的那种红药水。

"啊!"基度山说,从她的手里把药瓶接过来。

"是的,"她说,"我遵从您的忠告试过了。"

"成功了没有?"

"我想是成功的。"

邓格拉司夫人已被扶到隔壁房间里。基度山把那种红药水滴了极小的一滴到她的嘴唇上,她的知觉恢复了。"啊!"她喊道,"多可怕的一个梦啊!"

维尔福捏一捏她的手,让她知道这并不是一个梦。有人去找邓格拉司先生,但他对于这种诗意的想象没有兴趣,已到花园里去和卡凡尔康德少校谈论从里窝那到佛罗伦萨的铁路计划去了。基度山似乎很失望。他挽起邓格拉司夫人的手臂,带她到花园里,发觉邓格拉司正在和两个卡凡尔康德一同喝咖啡。"夫人,"他说,"我真的吓坏了您吗?"

"噢,没有,阁下,"她回答,"但您知道,因为我们各人的情绪不同,所以事物对我们所产生的印象也就不同了。"

维尔福勉强笑了一声。"有的时候,您知道,"他说,"只要有一个念头或一个想象就够了。"

"噢,"基度山说,"信不信由你们,但我的确相信这间房子里曾发生过一件命案。"

"小心哪!"维尔福夫人说,"检察官在这儿呢。"

"啊!"基度山答道,"既然如此,我就顺便在他面前提出我的控诉。"

"您的控诉!"维尔福说。

"是的,而且有证据。"

"噢,有趣极了,"狄布雷说,"假如真的发生过命案,我们可以来调查一下。"

"是发生过命案的,"基度山说。"这儿来,诸位,来,维尔福先生,因为要控诉就得在有关当局的面前控诉才能生效。"于是他拽住维尔福的手臂,同时仍挽着邓格拉司夫人,拉着检察官向那棵位于阴影最深处的梧桐树走过去。其他的来宾都跟在后面。"喏,"基度山说,"这里,就在这个地点(他用脚顿一顿地面),我因为想给这些老树增加一点新生命,所以叫人把泥土挖起来,加些新土进去。呃,他在挖土的时候发现了一只木箱,说得更正确些,是一只包铁皮的木箱,箱子里面有一具初生婴儿的骨骼。"

基度山觉得邓格拉司夫人的手臂发僵,而维尔福的则在发抖。

"一个初生的婴儿!"狄布雷说,"见鬼! 据我看,这件事倒严重起来啦!"

"唉,"夏多·勒诺说,"我刚才说的话不错。我说:房屋也像人一样,有灵魂,有面孔,而人们的外貌就是内心的表现。这座房子之所以阴气沉沉,就是因为它看了令人难过,而它之所以看了令人难过,就是因为它包藏着一件命案。"

"谁说这是一件命案?"维尔福挣扎起最后的一点力量问。

"什么! 把一个孩子活埋在花园里难道不是罪吗?"基度山喊道。"请问,您把这样的一个行为称为什么呢?"

"谁说是活埋的?"

"假若是死的,为什么埋在这儿呢? 这个花园从来不曾当坟地用过。"

"杀害婴儿在法国要判什么罪名?"卡凡尔康德少校无意地问。

"噢,杀头。"邓格拉司说。

"啊,真的!"卡凡尔康德说。

"我想是的吧。我说得对不对,维尔福先生?"基度山问。

"是的,伯爵。"维尔福回答,他这时的声音简直不像人声了。

基度山看到那两个人对于他所准备的这个场面都已不再能忍受，也就不再穷追下去，便说："来，诸位，喝点咖啡吧，我们似乎把它忘记啦。"于是他领来宾，回到草地上的桌子旁边。

"伯爵，"邓格拉司夫人说，"说来真难为情，但您那些吓人的故事说得我难受极了，所以我必须请求您允许我坐下来。"于是她倒入一张椅子里。

基度山鞠了一躬，走到维尔福夫人面前。"我想邓格拉司夫人大概又需要用一用您那只瓶子了。"他说。

但在维尔福夫人还没有走到她的朋友身边以前，检察官已先乘机对邓格拉司夫人耳语说："我必须和您谈一次。"

"什么时候？"

"明天。"

"在哪儿？"

"请您到我的办公室来，那是最安全的地方。"

"我一定去。"这时，维尔福夫人过来了。"谢谢，我亲爱的朋友，"邓格拉司夫人说，并尽量想装出一个笑容。"现在已经过去了，我好得多了。"

第六十四章　乞丐

夜色已深了。维尔福夫人提出要回巴黎,这正是邓格拉司夫人所想的,显然她感到很不安。维尔福先生听到他的妻子提出这个要求,就首先告辞。他请邓格拉司夫人乘他的马车回去,以便他的妻子可以照顾她。至于邓格拉司先生,他正在兴致勃勃地和卡凡尔康德先生谈话,并未注意到所发生的种种情形。

基度山向维尔福夫人去讨嗅瓶的时候,就已注意到维尔福靠近邓格拉司夫人的身边,并已猜测到他向她说的是什么话,虽然那些话的声音是讲得特别低,甚至连邓格拉司夫人本人都很难听清。他并不反对他们的安排,就让摩莱尔、夏多·勒诺和狄布雷骑马回去,让两位太太坐着维尔福先生的马车走。邓格拉司愈来愈喜欢卡凡尔康德少校,已请他和自己同车回去。

安德里·卡凡尔康德发现他的双轮马车等在门口。他的马夫,从各方面看来都十足像是英国式讽刺画上的人物,正踮着脚趾拉住一匹铁灰色的高头大马。安德里在席间极少说话。他是一个聪明的小伙子,生怕在这许多大人物面前会说出一些荒诞可笑的话来,所以只是睁大着他那一双带有恐惧的眼睛望着检察官。后来邓格拉司缠住了他。那位银行家一看到那盛气凌人的少校和他那彬彬有礼的儿子,又想到伯爵对他们那种殷勤的态度,就认为他一定已遇见了一位带儿子到巴黎来增加阅历的大富豪。他带着情不自禁地欢喜注视少校小手指上所戴的那只大钻戒;至于少校,他原是一个谨慎的人,为了担心他的钞票也许会遭遇到什么意外,所以立刻把它变成了值钱的东西。晚餐以后，邓格拉司借谈生意为名，顺便问及他们父子的生活情况。他们父子俩事先已经知道他们的四万八千法郎和每年五万法郎都要从邓格拉司手里去拿，他们对这位银行家的热情超出了一切，所以即便叫他们和他的仆人握手，也十分愿意。有一件事尤其加重了邓格拉司对卡凡尔康德的敬意——我们几乎可以说是崇拜。后者由于信守贺拉斯那句"万事勿表惊奇"的格言，所以除了说最大的蓝鳗是哪一个湖里的产物以证明他的学识之外，就不再多说一句话，只是默默地吃掉他面前的那一份菜。邓格拉司因此认为这样奢侈的食物在卡凡尔康德的餐桌上原是常事，他在卢卡的时候，多半也常吃瑞士运来的鳟鱼和英国运来的龙虾，就像伯爵吃富莎乐湖来的蓝鳗和伏尔加河来的小蝶鲛一样；所以他很热忱地接受了卡凡尔康德的这几句话："明天，阁下，我当登门造访，来和您谈一谈业务方面的事情。"

"而我，阁下，"邓格拉司说，"当不胜愉快地恭候台驾。"说到这里，他就请卡凡尔康德坐他的马车回太子旅馆，假如他觉得不和他的儿子一同回去没有什么不方便的话。关于这一点，卡凡尔康德回答说，他的儿子已经过了很长时期的独立生活，他有他自己的马和车子，来的时候就不是一同来的，回去也就不难分别回去。于是少校就坐到邓格拉司的身旁，后者对于少校的经济处境愈来愈感兴趣，他允许他的儿子每年可以花五万法郎——单从这一点计算，他就已有五六十万里弗的财产。

至于安德里，他为了要表示自己的威严，就开始呵斥起他的马夫来，因为马夫并没有把那辆双轮马车驶到阶沿前面，却等在大门口，因此竟使他劳动了三十步。马夫忍气吞声地恭听他的辱骂，用左手抓住那匹不耐烦的马的嚼环，右手把缰绳递给安德里。安德里接过缰绳，把他那擦得雪亮的皮靴轻轻地踩到踏级上。那当儿，忽然有一只手拍到他的肩膀上。那青年回过头来，以为是邓格拉司或基度山忘记了什么事，现在才想起来，所以特地赶来告诉他的。但既不是邓格拉司也不是基度山，他看到的却是一张陌生的面孔，肤色已被太阳晒得发黑，满脸络腮胡子，一对红宝石般明亮的眼睛，嘴巴上因为带着一个微笑，所以露出一排洁白整齐、像胡狼一般尖利的牙齿。他那灰色的头上缠着一条红手帕，身上披着一些破烂龌龊的衣服，四肢粗大，但只见骨头，像是属于一具骷髅披在身上，走起路来会喀喇喀喇地发响似的。安德里最初所见的，只是那只搁在他肩膀上的手，那只手似乎像是巨人身上的。不知匆忙的青年人已凭着车灯的光认出了那张脸呢，还是他只被那种可怕的样子吓了一跳，这一点，我们无法确说，我们只能把事实叙述出来，他打了一个寒战，然后退了一步。"你找我干吗？"他问。

"对不起，我的朋友，打扰你了，"那个缠红手帕的人说，"我只想跟你谈谈。"

"你没有权利在晚上讨钱。"马夫说，并做了一姿势来替他的主人摆脱这个讨厌的怪客。

"我可不是讨钱的，我的好人哪。"无名怪客对那仆人说，他的眼光带着一种强烈的讽刺表情，脸上现出一种可怕的微笑，把后者吓得直往后退。"我只想跟你的主人讲两三句话，他在半个月以前曾差我去办过一件事。"

"喂,"安德里说。他勉强镇定,不使他的仆人看出他的焦急,"你要怎么样?快说,朋友。"

那个人低声说,"我希望——我希望你让我省点气力,免得我步行走回巴黎。我疲倦极了,又不曾像你这样吃过一顿丰富的晚餐,我简直有点支持不住啦。"

那青年听到对方提出这种奇怪的要求,不禁打了一个寒战。"告诉我,"他说,"告诉我你究竟要怎样?"

"哦,我要你请我坐在你这辆漂亮的马车里,带我回去。"安德里脸色发白,但没有说什么话。"是的,"那个人把手插进口袋里,带着满脸不在乎的神情望着那个青年人说。"我的脑袋里有了这个怪念头啦,你懂不懂,贝尼台多先生?"

一听到这个名字,那青年匆忙地考虑了一下,然后他走过去对他的马夫说:"这个人说得不错,我的确曾差他去办过一件事,他必须把结果告诉我。你先走回去吧,走进城栅以后雇马车回去好了,免得太晚回旅馆。"马夫惊奇地走了。

"至少让我先到一个隐蔽的地方再谈吧。"安德里说。

"噢!至于那个,我可以带你到一个很妙的地点去。"那缠手帕的人说。于是他扯住马嚼环,把双轮马车领到一个绝对不会有任何人知道他们这次会谈的地方。

"别以为我想坐你这辆漂亮的马车,"他说"噢,不,这只是因为我太疲倦了,又因为我有一点小事要和你谈。"

"来,上来吧!"那青年说。

可惜这一幕场面不是发生在白天,因为假如能看到这个流氓重重地往弹簧座垫上一靠,坐到那年轻高雅的车主身边,这倒是一个难得见到的情景。安德里赶车向林外走,始终不和他的同伴讲一句话,后者满意地微笑着,像是很高兴自己竟能坐上这样舒服的一辆车子。经过阿都尔村最后一座房子,安德里就回过头去向后望,肯定再没有人能看到或听到他,于是他就勒住马,双臂交叉在胸前,对那个人说:"现在告诉我吧,你为什么要来破坏我的安宁?"

"可你,我的孩子,你为什么要骗我呢?"

"我怎么骗你?"

"怎么——你还要问吗?当我们在瓦尔湖分手的时候,你告诉我说,你要经皮埃蒙特到托斯卡纳去,可你不到那里去,却到巴黎来了。"

"那你有什么不高兴呢?"

"没有不高兴,正巧相反,我认为这样一来,我的目的倒可以达到了。"

"哦,"安德里说,"你要在我的身上来打什么主意吗?"

"你用的字眼多巧妙!"

"我警告你,卡德罗斯先生,你想错地方啦。"

"哟,哟,别生气,我的孩子。你知道得很明白,生了气,结果总是很不幸的,都怪运气不好,我们才会妒忌起来。我原以为你是在皮埃蒙特或托斯卡纳当向导混饭吃的,我真心真意地可怜你,就像可怜我自己的孩子一样。你知道,我总是把你叫作我的孩子的。"

"嘿,嘿,还有什么话?"

"别忙！耐心点呀！"

"我是耐心着，说下去吧。"

"我突然看见你经过城栅口，带着一个马夫，坐着双轮马车，穿着簇新的好衣服。你一定是发现了一个金矿，要不然就是做了一个证券经纪人了。"

"那么，你承认你自己动了妒忌心了，是不是？"

"不，我很高兴——高兴得想上来跟你道喜但因为穿的衣服太寒酸，所以我就挑一个机会，免得连累到你。"

"是的，你的机会挑得真好！"安德里喊道，"你当着我仆人的面来跟我讲话。"

"这有什么办法呢，我的孩子？我什么时候能抓住你，就什么时候来跟你讲话。你有一匹跑得很快的马，一辆轻便的双轮马车，你自然滑溜得像一条黄鳝一样，假如我今天晚上错过了你，我也许不会再有第二个机会啦。"

"你知道我并没有把自己藏起来。"

"你的运气好，我希望我也能说这句话。我的确要把自己藏起来，而且我又怕你会不认得我——但你倒认得，"卡德罗斯带着他那种不愉快的微笑又加上一句。"你太客气了。"

"来，"安德里说，"你要怎么样？"

"你对我讲话可不客气呀，贝尼台多，我的老朋友，那是不应该的。小心哪，不然我也会找些麻烦出来的呀。"

这个恐吓压服了那青年人的火气。他使他的马碎步小跑起来。"你不应该用刚才那种口气对一个老朋友讲话，卡德罗斯。你是一个马赛人，我是——"

"那么，你现在知道你是哪儿人吗？"

"没有，但我是在科西嘉长大的。你年老而固执，我年轻而顽强。在我们这样的人之间，恐吓是没有用的，一切事情应该心平气和地来解决。命运之神照顾我，讨厌你，这难道也是我的错吗？"

"那么，命运之神真的在照顾你吗？那么，你的双轮马车，你的马夫，你的衣服，不是租来的吗？好！那就好了！"卡德罗斯说，他的眼睛闪烁着贪婪的光芒。

"噢！你来跟我讲话以前就打听得很清楚啦。"安德里说，愈来愈兴奋了。"假如我也像你一样头上缠一块手帕，背上披着些烂布，脚上穿着破鞋子，你就不会认识我了。"

"你错看我了，我的孩子。总而言之，我现在已经找到你，什么都不能再阻止我穿得像别人一样整齐了，因为，我知道你的心肠是很好的。假如你有两件衣服，你就会分一件给我。从前，当你肚子饿的时候，我常常把我的汤和豆子分给你的。"

"不错。"安德里说。

"你那时的胃口多好呀！现在还是那样好吗？"

"噢，是的。"安德里回答，大笑起来。

"你刚才出来的那座房子是亲王府吧。你怎么会到亲王家里来吃饭的呢？"

"他不是亲王只是一个伯爵。"

"一个伯爵，一个很有钱的伯爵吧，呃？"

"是的，但你最好还是不要去跟他讲什么话，他也许是并不十分耐烦的。"

"噢，放心好了！我对于你的伯爵不想出什么花招，你只管留着自己受用吧。但是，"卡德罗斯又装出他以前那种令人不愉快的微笑说："你必须付出些代价，你知不知道？"

"好，你要怎么样？"

"我想，有了一百法郎一个月——"

"嗯？"

"我就可以生活——"

"靠一百法郎！"

"很苦，你知道，如果有了——"

"有了——？"

"有了一百五十法郎，我就可以很快活了。"

"这是两百，"安德里说，他掏出十个路易放到卡德罗斯的手里。

"好！"卡德罗斯说。

"每个月一号去找我的管家，你就可以拿到同样多的钱。"

"喏，你又瞧不起我了。"

"怎么呢？"

"你让我跟仆人们去打交道，不，告诉我，我只和你来往。"

"好吧，就这样吧。那么，每个月一号，到我这儿来拿，只要我有进账，你的总也短不了。"

"我一向都说你是一个好人，托天之福，你现在交了这样的好运。但把这一切但讲给我听听吧。"

"你为什么要知道呢？"卡凡尔康德问。

"什么！你还是不信任我吗？"

"不，嗯，我找到我的亲爹了。"

"什么！一个真爹爹吗？"

"当然罗，只要他给钱我用——"

"你就可以尊敬他，相信他——那是对的。他叫什么名字？"

"卡凡尔康德少校。"

"他欢喜你吗？"

"只要我表面上能遵照他的心意。"

"这个亲爹爹是谁给你找到的呢？"

"基度山伯爵。"

"就是你刚才从他家里出来的那个人？"

"是的。"

"既然他能寻到有钱的顾主，我希望你跟他讲一讲，给我设法找一个当祖父的位置。"

"嗯，我可以代你向他提一提。目前你准备怎么样？"

"我?"

"是的,你。"

"你太好心了,还替我操心。"卡德罗斯说。

"既然你关切我的事,现在该我来问你几个问题了。"

"啊,不错,哦,我要在一座高雅的房子里租一个房间,穿上体面的衣服,每天刮胡子,到咖啡馆去读读报纸。到晚上,我就上戏院去,我要装作一个退休的面包师。这就是我的希望了。"

"噢,假如你能实行计划,而且稳稳当当地干,这是再好不过的事了。"

"你认为如此吗,布苏亚先生?而你,你要变成什么呢——一个法国贵族吗?"

"啊!"安德里说,"谁知道呢?"

"卡凡尔康德少校也许已经是的了,但不幸爵位继承制已经取消了。"

"别玩花样,卡德罗斯!你想要的东西现在都已到手,我们已经互相谅解,你从车子上跳下去吧。"

"决不,我的好朋友。"

"什么!决不?"

"咦,你不想一想,我头上缠着这块手帕,脚上简直可说没有穿什么鞋子,没有证明文件,而口袋里却有十个金拿破仑,且不论这十块金洋将来可变成什么,现在就十足要值两百法郎——咦,我在城栅口一定会被扣留起来的呀!那时,为了证明我自己,我就不得不说出那些钱是你给我的。这就会引起调查,他们就会发觉我没有经过适当的手续就离开了土伦,于是我就又要被带回到地中海岸边。那时我就只变成了一零六号,我那退休面包师的梦就只能再会了!不,不,我的孩子,我情愿还是安富尊荣地留在首都的好。"

安德里露出极不高兴的神色。的确,正如他所自夸的,卡凡尔康德少校的这位少爷并不是一个好惹的人。他把身子一挺,一面向四周急速地扫了一眼,一面把手好像很随便似地插进口袋里,去扳弄一把袖珍手枪的保险机,但卡德罗斯的眼光始终没有离开过他的同伴,这时也就把手伸到背后去,慢慢地抽出一把他永远带在身边以备不时之需的西班牙匕首。我们由此可以看到,这两位可敬的朋友的确是互相了解得很清楚的。安德里的手迅速地离开他的口袋,举上来摸他的红髭须,把它玩弄了一会儿。"善良的卡德罗斯!"他说,"你将多么快乐呀!"

"我尽量找快乐就是了。"邦杜加客栈的老板说,将他的小刀子缩回到袖管里。

"嗯,那么,我们进巴黎去吧。在你通过城栅的时候怎么能不引起怀疑呢?据我看,你这样比步行还要危险呀。"

"等一下,"卡德罗斯说,"我们来想想办法。"于是他拿起马夫遗落在车子里的那件高领大短褂,把它披到自己的肩上,然后他又摘下卡凡尔康德的帽子,戴在自己头顶上,最后装出一副很不在乎的样子,像是一个由他的主人自己驱车的仆人。

"但告诉我,"安德里说,"难道我就这样光着脑袋吗?"

"咻"卡德罗斯说,"今天的风这样大,你的帽子可能已被风吹掉了。"

"走吧,那么,"安德里说,"我们走完这段路吧。"

"谁阻止你呢？"卡德罗斯说，"不是我，我希望。"

　　"嘘！"安德里说。

　　他们顺利地经过了城栅。在第一道十字路口，安德里停住马，卡德罗斯跳了下去。

　　"喂！"安德里说，"我佣人的衣服和我的帽子呢？"

　　"啊！"卡德罗斯说，"你不愿意我冒伤风的危险吧？"

　　"那我怎么办呢？"

　　"噢，你还年轻，而我却开始老了。再见！贝尼台多。"

　　于是他跑进一条小巷里不见踪影。

　　"唉！"安德里叹了一口气说，"在这个世界里，人是不能完全自由的呀！"

图文珍藏版

第六十五章　夫妇间的一幕

　　三个青年人在路易十五广场道别——那是说,摩莱尔走林荫大道,夏多·勒诺走革命路,而狄布雷则向码头那个方向去。摩莱尔和夏多·勒诺多半是到"炉边叙天伦之乐"去了,就像他们在议院演讲台上辞藻美丽的演词中或黎希留路戏院里编写工整的剧本中所说的那样;但狄布雷则不然。他到达罗浮门以后,就向左转,疾驰着横越过卡罗莎尔广场,穿过录克街,折入密可德里路,和维尔福先生的那辆马车同时到达邓格拉司先生的门前。男爵夫人因为她所乘的马车要先载维尔福先生夫妇到圣·奥诺路然后才送她回家,所以并不比他到得早。狄布雷显出很熟悉的样子先走进那座房子的前庭,把他的缰绳抛给一个听差,然后回到车门旁边来接邓格拉司夫人,伸手引她到她的房间里去。等到大门关上,前庭里只剩下狄布雷和男爵夫人的时候,他就问道:"你怎么啦,霭敏?伯爵是讲了一个故事,或说得更准确些,只是一个离奇故事,你为什么竟会那样激动呢?"

　　"因为我今天晚上的精神本来就非常不安,我的朋友。"男爵夫人说。

　　"不,霭敏,"狄布雷回答,"这个你是不能使我相信的。正巧相反,你刚到伯爵家里的时候精神非常好。当然了,邓格拉司先生有点不能令人满意,但我知道你一向并不大理会他的坏脾气。一定有人冒犯你了。告诉我吧,你心里很清楚,我是不肯让你忍受任何委屈的。"

　　"你弄错了,吕西安,我向你保证,"邓格拉司夫人回答,"我告诉你的是实话,他今天的脾气不好是真的,但我认为那是不值一提的。"

　　邓格拉司夫人显然在遭受着一种妇人们常常连自己都解释不出的神经刺激,不然,就如狄布雷所料到的,她那种激动是一种不愿意向任何人坦露的秘密。他深知反复无常原是女性生活的特点之一,因此也不再追问,想等一个更适当的机会,或是再问她,或是接受她主动的解释。男爵夫人在她的房间门口遇到她的心腹待女康尼丽姑娘。"小姐在做什么?"她问。

　　"她练习了一晚上,后来上床去了。"康尼丽姑娘回答。

　　"可是我好像听到她弹钢琴的声音。"

　　"那是罗茜·亚密莱小姐,小姐上床以后她还在弹琴。"

　　"嗯,"邓格拉司夫人说,"来给我卸装。"

　　她们走进寝室。狄布雷躺到一张大睡椅上,邓格拉司夫人带着康尼丽姑娘转入她的更衣室。

　　"我亲爱的狄布雷先生,"邓格拉司夫人在门帘后面说,"您老是抱怨,说欧琴妮一句话都不跟您谈。"

世界经典文库

世界二十大名著

基督山伯爵

图文珍藏版

"夫人,"吕西安说,一面玩弄着一条小狗,这条狗认得他是家里的朋友,知道可以得到一番慰抚,"说这种抱怨话的可不止我一个人。我记得好像听到马瑟夫说过,他完全无法从他未婚妻的嘴巴里套出一个字来。"

"真的,"邓格拉司夫人说,"但我想,有一天,这一切都会改变的,您会看到她走进您的办公室来。"

"我的办公室?"

"我的意思是指部长的。"

"来干什么?"

"来请求国立剧院给她一张聘书。真的,我从来没看见过哪一个人会对音乐这样迷恋。一个上流社会的小姐能这样子真是不可思议了。"

狄布雷微笑了一下。"嗯,"他说,"假如能得到您和男爵的同意,让她来吧,我们可以设法给她一份聘书,只是像她那样的天赋,我们所给的报酬真是惭愧。"

"去吧,康尼丽,"邓格拉司夫人说,"我不再需要你了。"

康尼丽遵命,一会儿,邓格拉司夫人穿着一件艳丽松弛的长衣离开她的房间,走来坐到狄布雷的身边。然后,她带着若有所思的神气,开始抚弄那只长毛大耳朵的小狗。吕西安默默地向她望了一会儿。"来,霭敏,"过了不一会儿以后,他说,"坦白地回答我,你心里为一件事情烦恼,对不对?"

"没有什么,"男爵夫人回答。可是,因为她简直有点喘不过气来,她就站起身来,向一面大镜子走过去。"我今天晚上的样子很吓人。"她说。

狄布雷带笑站起身来,正要用行动来反驳男爵夫人的后面这句话时,门突然开了。出现的是邓格拉司先生,狄布雷又坐了下来。听到开门的声音,邓格拉司夫人转过头来,带着一种不想劳神掩饰的惊愕神色望着她的丈夫。

"晚安,夫人!"那银行家说,"晚安,狄布雷先生!"

也许男爵夫人认为他这次意外的来访是想来弥补他白天所发放的那些尖酸话的。她摆出一副庄严的神气,并不理睬她的丈夫,却转向狄布雷。"念些东西给我听,狄布雷先生。"她说。

狄布雷对于这次突然的出现本来就觉得有点不安,但看到男爵夫人那样镇定,他也就恢复了常态,拿起一本中间夹着一把云母嵌金的小刀的书来。

"原谅我,"银行家说,"你这样会太疲倦的,夫人。时间不早了,已经十一点钟,而狄布雷先生所住的地方离这儿还有一段路。"

狄布雷震惊了——并不是因为邓格拉司的话语里有什么不恰当之处,他的口吻实在十分平静文雅,但在那种平静和那种文雅之中,却显示出一种不可抗拒的坚决,好像今天晚上一定要强迫一下他妻子的心意似的。男爵夫人也很惊奇,并且用眼光来表示她这种惊奇,这种眼光原来一定可以在她丈夫身上产生一些效力,但邓格拉司却故意全神贯注地在看报,正在晚报上寻找公债的收盘价格,所以这次射到他身上的凶猛的目光是完全白费了。

"吕西安先生,"男爵夫人说,"我向您保证,我一点都不想睡。今天晚上我有一千样事情要告诉您,您得通夜听我讲,即使您站着打瞌睡我也不管。"

"我悉听您吩咐,夫人。"吕西安相应的回答。

"我亲爱的狄布雷先生,"银行家说,"别自讨苦吃,通夜不睡去听邓格拉司夫人的傻话,因为您明天照样可以听到的,但在今天晚上,假如您允许的话,我要求,而且坚决地要求,要和我的内人讨论一些正经的事情。"

这一次,那个打击是沉重的,而且是迎面的当头一棒,以致吕西安和男爵夫人踉跄了一下。他们互相以眼光询问对方,像是要寻觅互助来反抗这个进攻,但他们的对手究竟是一家之主,他那种无可抗拒的意志占着上风,那做丈夫的胜利了。

"别以为我在赶您走,我亲爱的狄布雷,"邓格拉司继续说,"噢,不!绝绝不是的!一件意外的事情使我不得不要求我的内人和我略微谈一谈,我很少提这样的要求,我相信您一定不会认为我有什么恶意。"

狄布雷低声说了一些什么话,鞠了一躬,迈步向外走,慌乱中竟撞到门框上。

"真奇怪,"当他身后的房门关上以后,他说,"我们常常嘲笑这些丈夫,但他们要占我们的上风是多么容易呀。"

吕西安走后,邓格拉司在沙发上坐下来,合拢那本打开的书,装出一副气愤愤的样子,开始玩弄那条哈巴狗;但那头畜生因为对他并不如对狄布雷那么欢喜,并且想咬他,邓格拉司就抓住它的脖子皮把它甩到靠对面墙壁的一张睡椅上。那畜生在转移的途中嗥叫了一声,但一到它指定的目的地以后,它就蜷缩到椅垫后面,静静地卧在那里。它被这种不寻常的待遇吓呆了。

"你知不知道,阁下,"男爵夫人说,"你现在进步了?往常你只是粗鲁,今天晚上你简直残忍。"

"那是因为我今天的心情比往常坏。"邓格拉司回答。

蔼敏带着极端蔑视的神色望着那银行家。这种目光平常可以激怒骄傲的邓格拉司,但今天晚上他却不理会。

"你的心情不好跟我有什么关系?"男爵夫人说,她丈夫那种不动声色的态度惹恼了她。"这关我的事吗?把你的坏心情留给自己,或是带到你的银行里去吧。你既然能花钱雇来职员,就向他们去发泄好啦。"

"并不如此,"邓格拉司答道,"你的忠告不对,所以我不能遵从。我的银行是我的金河,我才不愿意阻滞它的流动或扰乱它的平静。我的职员都是替我挣家当的忠实君子,假如以他们所赚进来的价值来估计他们,我给他们的报酬还嫌太低,所以我不会对他们生气。我所生气的,是那些吃我的饭、骑我的马、又败坏我家当的人。"

"请问那些败坏你家当的人是谁?我请你解释得明白些,阁下。"

"噢,你放心好了!我不是在打哑语,你一会儿就会懂得我的意思。败坏我家当的人就是那些在一个钟头里面挖去七十万法郎的人。"

"我不明白你的意思,阁下。"男爵夫人说,极力想掩饰她激动的声调和涨红的面孔。

"正巧相反,你懂得非常清楚,"邓格拉司说,"但假如你坚持说不懂的话,我可以告诉你,我刚才在西班牙公债上损失了七十万法郎。"

"啊，的确！"男爵夫人鼻子里阴笑了一声说，"你认为那笔损失应该由我担负？"

"为什么不？"

"你损失七十万法郎是我的过错？"

"反正不是我的错。"

"最后一次告诉你，阁下，"男爵夫人严厉答道，"我让你决不要和我谈到钱。这个字我在父母家里或在我前夫家里可从来不曾听到过。"

"噢！这一点我倒是很信，因为他们根本不值一个大子儿。"

"幸亏我没有染上那种俗气冲天、从早到晚在我耳朵旁边絮道不休的银行术语。那种叮叮当当、把洋钱数了又数的声音简直听得我烦死了。我知道还有一种声音比那个更讨厌，那就是你讲话的声音。"

"真的！"邓格拉司说。"哦，这倒使我奇怪了，因为我认为你对于我的业务是极有兴趣的！"

"我！谁把这样一个概念放进你头脑里去的？"

"你自己！"

"啊！真的！"

"一点不错。"

"我倒很想知道那是怎么来的？"

"啊，来得非常容易！二月之时，是你首先告诉我海地公债的消息。你做梦看到一艘船驶进阿弗尔港。这艘船带来一个消息，据说我们认为毫无希望的一种公债快要还本了。我知道你的梦是那么明察，所以我就立刻尽力买了许多海地公债，因此赚到四十万法郎，其中的十万是诚实无欺地付给你的。你怎么花那笔钱，完全随便你——那是你的事。三月份,发生了铁路承建权的问题。三家公司请求承建,每一家提出同等的保证。你告诉我说,你的本能——虽然你假装对于投机事业一无所知,但我却以为正好相反,我觉得你的本能在某些事情上发展得很得体——嗯,你告诉我说,你的本能使你相信那项承建权当授给叫作南方公司的那一家。我把那家公司的股票收了三分之二;正如你所预见的,那种股票的价格突然涨了三倍,我赚到了一百万,在那一百万里,付了二十五万法郎给你做私房钱。这二十五万法郎你是怎么花掉的?"

"你什么时候才讲到正题上来?"男爵夫人喊道,愤怒、烦躁得浑身发抖。

"耐心一点,夫人!我就要讲到了。"

"那就运气了!"

"四月份,你到部长家里去吃饭。你听到一段关于西班牙事件机密谈话——驱逐卡罗斯先生。我买了一些西班牙公债。驱逐事件果真实行了。正值查理五世重登宝座的那天,我赚进了六十万法郎。在这六十万法郎之中,你拿了五万艾居。那些钱是你的,你可以随意处置,我并不过问,但你今年又收到了五十万里弗,这总是真的。"

"嗯,阁下,后来还有什么?"

"啊,是的,还有什么?嗯,后来,事情就全都弄糟了。"

"真的,你讲话的态度——"

"它表达了我的意思,我只求能表达意思就够了。嗯,三天以后,你和狄布雷先生谈论政治问题,你好像觉得他的口风里透露出卡罗斯先生已经回到西班牙去了。于是我把我的公债卖掉。消息一公布,市场顿时发生混乱,我不是卖而是奉送。第二天,报上登出那个消息是假的,而为了这个假消息,我损失了七十万法郎。"

"那又怎么样?"

"怎么样!既然我把我的赚头分给你四分之一,我想你也应该负担我四分之一的损失。七十万法郎的四分之一是十七万五千法郎。"

"你的话荒谬极了,我明白为什么要把狄布雷先生的名字搅在这种事情里。"

"因为你如果没有我所需要的那十七五千万法郎,你必须要向你的朋友去借,而狄布雷先生便是你的朋友之一。"

"不要脸!"男爵夫人喊道。

"噢!我们不要手舞足蹈,不要大喊大叫,不要演文明戏,夫人,不然我就不得不告诉你,我看到狄布雷在这儿笑嘻嘻地接受你今年数给他的那五十万里弗,并且还对他自己说,他发现了那种最精明的赌客也从来不曾有过的财博——赢的时候不必出本钱,输了又不必拿钱出去。"

男爵夫人冒火了。"混蛋!"她喊道,"你敢告诉我你不知道你现在漫骂我的是什么罪名吗?"

"我并没有说我知道,我也没有说我不知道。我只是叫你好好想一想,自从我们停止夫妇关系以来的最近四年间,我的行为究竟如何,究竟是否始终如一。我们决裂以后不久,你忽然想要那个意大利戏院初次登台就大红特红的男中音歌手指导你研究音乐,在同时,我也觉得想和那个在英国大享盛名的舞女去学习跳舞。为了你和我的学习,我付出了十万法郎的代价。我也没多说什么,因为我们的家庭里需要太平,而十万法郎使一位贵妇人和一位上流绅士得到适当的音乐教育和跳舞知识并不算太多。嗯,你不久就厌倦唱歌了,你异想天开地要去和部长的秘书研究外交。我让你研究。你知道——只要你付学费的钱是你自己的钱箱里掏出来的,那跟我有什么关系?但今天,我发觉你在掏我的了,你的学习生活也许可以要我每个月付出七十万法郎的代价,到此为止吧,夫人!因为这种事情是不能再重演下去了,除非那位外交家能够免费上课,那我还可以容忍他,否则,他的脚就决不能再踏进我的门里来——你懂吗,夫人?"

"噢,这太过分了,阁下,"霭敏哭着喊道,"你不只是庸俗了。"

"是这样,"邓格拉司说,"我很高兴看到你也并不高明,你自动地服从了'嫁鸡随鸡'的格言。"

"侮辱!"

"你讲得不错。让我们都来确定我们的事实,冷静而理智地分析一下。我从来没有干涉过你的事,除非是为了你的好,请你以同样的态度对待我。你说你对我的钱箱毫无兴趣,那样最好。你自己的钱箱随便你去折腾,但别来填塞或挖空我的。而且,我怎么知道这不是一种政治阴谋,不是部长因为怀恨我居于反对派的地位,妒忌我获得普遍的同情,因此勾结了狄布雷先生来想让我破产?"

"这怎么可能!"

"为什么不? 谁从来都没听到过这样的事情?——封假急报! 那简直是不可思议的事。先后两封急报的消息完全不同! 这是特地来捉弄我的,我敢确信。"

"阁下,"男爵夫人低声下气地说,"你似乎不知道那个雇员已经被革职,他们甚至还要带他上法庭,已经发出通缉他的命令。下达这个命令,要不是他事先逃走,本来早已执行,而他的逃走就可以证明不是他发了疯,而是他已自知有罪。这是一次误会。"

"是的,这次误会使傻瓜们大笑,使部长一夜睡不着觉,使部长的秘书涂黑了几张纸,但却使我损失了七十万法郎。"

"但是,阁下,"霭敏突然说,"假如,如你所说,这一切都是狄布雷先生造成的,那么你为什么不去直接找他,却要来对我讲! 你要责怪男人,为什么只对女人说话?"

"我认识狄布雷先生吗? 是我愿意认识他? 是我愿意他来给忠告? 是我愿意听从它? 是我愿意投机吗? 不,这一切都是你干的,不是我。"

"可是,据我看来,你既然以前得过好处——"

邓格拉司耸了耸肩,"要是玩过两三次阴谋而没有被巴黎人当作笑料就自命不凡,这种女人就是蠢货!"他喊道。"但要知道,即使你能把你不正经的行为瞒过你的丈夫,但那也只是玩把戏的初级技术而已,全世界的女人有一半都能玩那种花样——因为一般地说,做丈夫的是不愿意看到的。但我却并不如此——我是看到的,而且始终没有闭过眼睛。你自以为口齿伶俐,觉得你瞒过了我。可是,在过去这十六年间，你也许曾瞒掉过一个念头，但你的步骤、你的行动、你的过失，没有哪一次曾逃过我的眼睛。结果怎么样？结果，感谢我假装糊涂，凡是你的朋友，从维尔福先生到狄布雷先生，没有哪一个不在我的面前发抖。没有哪一个不把我当作这一家之主，——我唯一的要求，就是希望你能尊重那个头衔，老实说，没有哪一个敢像我今天谈论他们那样来谈论我。我可以允许你使人觉得我可恨，但我要阻止你使人觉得我可笑，而更重要的是，我要禁止你使我倾家荡产。"

男爵夫人本来还能够勉强自制，但一听到提及维尔福的名字，她的脸色立刻苍白，她像一只弹簧似的跳起来，伸直双手，像是要赶走一个魔鬼似的。然后，她向她的丈夫逼近了两三步，像是要把他现在还不知道的那个秘密一下子戳穿，免得他费尽心思地展开他那种讨厌的计划，因为他每次有所计划，总是不肯完全揭露的。"维尔福先生！你是什么意思？"

"我的意思是：你的前夫奈刚尼先生，因为他既不是一位哲学家又不是一位银行家，也许既是一位哲学家又是一位银行家，在离开了九个月以后，发觉你怀了六个月的孕，而又看到从一位检察官的身上不会得出什么结果，就悲愤交集地死了。我很残忍——我不但许可这种事情，而且以此自夸，这是我在商业上成功的理由之一。他为什么不杀死你而杀死他自己呢？因为他没有金钱做伴。我的生命属于我的金钱。狄布雷先生使我损失了七十万法郎，假如他对那笔损失也分担一分，我们还一切照旧。假如不，就让他为那十七万五千里弗宣告破产，而且像所有宣告破产的人一样——不许再露面。我承认，当他的消息正确的时候，他是一个很可爱的人，但当他的消息不正确的时候，则世界上比他好的人，要找五十个也有。"

邓格拉司夫人像生了根似的被钉在她所站的那个地方，她想竭尽全力挣扎着答复这个最后的攻击。可她却倒在一张椅子上，想到维尔福，想到那幕晚餐的场面，想到最近这几天来使她这平静的家宅变成众口交议的对象等那一连串不幸事件。邓格拉司甚至连望都没有望她一眼，虽然她极力装出要晕倒的样子。他不再多说一个字，顺手把寝室的门带上，回到他自己的房间里去了。当邓格拉司夫人从她那种半昏迷的状况中恢复过来的时候，她几乎相信自己是做了一场噩梦。

第六十六章　婚姻计划

这场噩梦过去的次日,在狄布雷上办公厅去的途中照例来拜访邓格拉司夫人的那个时间,他的双人马车并没有在前庭出现。邓格拉司夫人那时——约莫十二点半光景——就吩咐备车出去。邓格拉司躲在一张窗帷后面,注视着他所期待的那次出门。他吩咐仆人,邓格拉司夫人一回家就来通知他,但她到两点钟还没有回来。于是他吩咐套马,驱车到下议院,在发言表上登记他的名字。从十二点到两点,他始终停留在他的书斋里,拆开一封封的信件,堆叠起一个个的数字,心里愈来愈觉得愁闷。他接见了一些客人,其中之一便有卡凡尔康德少校。少校还是像他往常一样地古板和严谨,他一丝不苟地正巧在前一天晚上所约定的那个时间来访,来和那位银行家了结他的事务。邓格拉司在开会的时候显出极其激动的样子,比往常更猛烈地攻击内政部,然后,当离开下议院钻进马车的时候,他告诉车夫驱车到香榭丽舍大道三十号。

基度山在家,但他正在和别人谈话,请邓格拉司在客厅里稍等片刻。这时门开了,走进来一个穿长老衣服的人,那个人无疑比他更熟悉主人,他没有等,只是鞠了一躬,就继续向里面的房间走去。一分钟以后,长老进去的那扇门又打开,基度山出现了。"对不起,"他说,"我亲爱的男爵,我的朋友布沙尼长老,就是您也许看见从这儿经过的那一位,他刚到巴黎。由于很久不曾和他相见,我竟不能下决心早点离开他,以至劳您等候。我希望您能够多加谅解。"

"不,"邓格拉司说,"这是我的错,我选错了拜访的时间,我愿自动告退。"

"请不要走,相反,请坐。您怎么啦?您看来心事重重。您真的吓坏我啦!因为当一个资本家发愁的时候,正如一颗彗星的出现一样,就将预示世界上要发生某种灾难了。"

"这几天来我的运气很坏,"邓格拉司说,"我老是只听到坏消息。"

"啊,真的!"基度山说,"您在证券交易所里又摔了一跤吗?"

"不,那方面我至少还可以得到一点补偿。我现在的麻烦是的里雅斯特的一家银行将要倒闭引起来的。"

"真的!您所指那家倒闭的银行难道就是贾可布·曼弗里那家吗?"

"一点不错。您想想看,这位先生和我不知做了多少生意,每年往来的数目达八九十万。从来没有出过毛病或拖延日期——付款像一位王公大人一样爽快。嗯,我给他垫付出一百万,而现在我那位好先生贾可布·曼弗里却延期付款了!"

"真的?"

"这种倒霉的事是从来不曾听见过的。我向他支取六十万里弗,我的票子没有兑到钱,退了回来。此外,我手里还有他所出的四十万法郎的汇票,是这个月月底到期,由他的巴黎特派员承兑的。今天是三十日。我派人到他那里去兑现,一看,那位特派员不见了! 这件事,加上我那西班牙事件,使我这个月月底的光景是很惨的了。"

"那么您真的在那个西班牙事件里受了损失吗?"

"是的,我的钱箱里出去七十万法郎——就是那么一回事!"

"咦,您怎么会走错那样一步棋呢——像你这样的一个老狐狸?"

"噢,那是我太太的错。她做梦看到卡罗斯先生已经回到西班牙,她相信梦是真的。她说,这是一种磁性现象。当她梦见一件必定要发生的事情的时候,她就通知我。在这种信念上,我允许她投机。她有她的银行和她的证券经纪人,她投机,她输钱。不错,她投机的钱是她自己的,不是我的,可是,您懂得,当七十万法郎离开太太的荷包时,丈夫总是知道的。您是说您没有听到过这件事吗? 哼,那件事已闹得满天风雨啦!"

"是的,我听人谈到过,但详细情形却不知道。对于证券交易所里的事情,谁都会比我明白的。"

"那么您不投机吗?"

"我? 我料理我的收入已经够麻烦,怎么还能去投机呢? 除了我的管家以外,我还得雇一账房和一个小厮,但说到这桩西班牙事件,我想,卡罗斯先生回来的那个故事,男爵夫人并不是完全是做梦看见的吧。报纸上也提到过这件事,是不是?"

"那么您相信报纸吗?"

"我? ——丝毫不相信,只是我认为那忠实的《消息报》是一个例外,它所宣布的是真消息——急报局的消息。"

"对了,我就是这一点想不透,"邓格拉司答道,"卡罗斯先生回来的消息的确是急报局的消息。"

"对了,我就是这一点想不透,"邓格拉司答道,"卡罗斯先生回来的消息的确是急报局的消息。"

"那么,"基度山说,"这个月您差不多损失了一百七十万法郎了!"

老实说,不是差不多,而我确实是损失了那么多。"

"糟糕!"基度山同情地说,"这对于一位三等富翁是一个致命的打击。"

"三等,"邓格拉司说,觉得有点受贬,"您这是什么意思?"

"当然罗,"基度山又说,"我把富翁分成三级——头等,二等,三等。凡是手头有宝藏,在法国、奥地利和英国这种国家里拥有矿产、田地、不动产,而且这种宝藏和财产的总数约为一万万左右的,我称之为头等富翁。凡是制造业或股份公司的大股东,负有方面重任的总督,小国王公,收入年达一百五十万法郎,总资产在五千万左右的,我称之为二等富翁。最后,凡是资产分散在各种企业上的小股东,靠他的意志或机会赚钱,受不了银行倒闭的影响,经不起时局变换的创伤——总之,财产的增减纯靠投机,或靠自然规律中大鱼吃小鱼定律的支配,全部虚实资本约莫在一千五百万左右的,我称之为三等富翁。我想您的情况大概就如此吧,对不对?"

"糟糕！是的！"邓格拉司回答。

"那么，像这样再过半年，怎样，"基度山平静地说，"一个三等富翁就要失踪了。"

"噢，邓格拉司说，脸色变得非常苍白，"您说的容易！"

"让我们再来想想这样的七个月，"基度山还是用同样平静的口吻继续说，"告诉我，您有没有想过：一百七十万的七倍差不多就是一千二百万？没有？嗯，您是正确的。因为假如您这样算计一下，您就决不会把您的本钱拿出去冒险了，因为本钱用于投机家，正如皮肉用于文明人一样。我们都穿衣服，有些人的衣服比别人华丽——这是人类的信用。但当一个人死去的时候，他就只剩下了他的躯壳。同样的，当退出商场的时候，您可能也只剩下了五六百万的真本钱，因为三等富翁的实际财产绝不会超过他外表的四分之一——就像是铁路上的火车头一样，它的体积由于周围有煤烟和蒸气笼罩着，所以才显得特别庞大。嗯，在您那五六百万真本钱里面，您刚才已经失去了差不多两百万，那一定会使您的信用和虚产也相应地减少，照我的比喻来讲，您的皮肉已经在裂开淌血了。要是再重复三四次，就会致命。啊！您应该对它注意，我亲爱的邓格拉司先生。您要不要钱？要不要我借些给您？"

"您这位计算家多令人丧气，"邓格拉司喊道，尽力假装出不在乎的样子，并以种种乐观的设想来支持他自己。"我同时也有成功的投机事业可以赚钱，我用营养品来弥补血的亏损。我在西班牙打了一次败仗，我在的里雅斯特吃了一次亏，但我的海军会在印度捕获到大商船，我的墨西哥先遣队会发现矿藏。"

"妙极了！妙极了！但伤口总还是有的，一旦受到损害便会旧病复发。"

"不！因为我只做十拿十稳的交易，"邓格拉司用江湖医生吹法螺的那种廉价的口气狡辩。"要挤垮我，必须有三个政府要倒台。"

"嗯，这样的事情也是有过的呀！"

"必须泥土里长不出农作物来！"

"请记住七年大熟七年灾荒的那个故事。"

"或是必须大海突然枯干，像法老王的时代那样。但现在的大海还多得很，而且即使遇到那样的不测风云，还可以把船只改成车辆。"

"那就好了！我向您道喜，我亲爱的邓格拉司先生，"基度山说。"我看我是搞错了，你应该列为二等富翁才对。"

"我想我也许可以得到那种荣誉，"邓格拉司说着，微笑了一下，他的微笑使基度山想到画家们在画废墟的时候常常喜欢连涂带抹地画那种病态的月亮。"但既然我们已谈到生意上头来了，"他又说，很高兴得到一个转变话题的机会，"请告诉我，我对卡凡尔康德先生应该采取什么态度？"

"给他钱呀，假如他给你的票据看来是很可靠的话。"

"可靠极了！他今天早晨亲自拿了一张四万法郎的支票来，是布沙尼长老开给您，经您签字以后转给我的。那是一张凭票即付的支票，我当然立刻把四万钞票数给他。"

基度山点了一下头,表示认可。

"还有,"邓格拉司又说,"他为他的儿子在我的银行里开了一个户头。"

"我可以问问他允许那个青年人用多少吗?"

"五千法郎一个月。"

"六万法郎一年。我猜到卡凡尔康德是一个吝啬人。五千法郎一个月叫一个青年人怎么生活呢?"

"这您懂得,要是那个青年人想多要几千的话——"

"别透支给他,那老家伙是决不肯认账的。您不知道这些意大利富翁的脾气,他们是十足的守财奴。那封委托书是从哪开出来的?"

"哦,福济银行开的,那是佛罗伦萨信用最好的一家。"

"我并不是说您会吃亏,但我提醒您,您得严格遵守委托书上的条款。"

"那么您不信任卡凡尔康德吗?"

"我?噢,只要他签一个字,我可以给他垫付六百万。我仅仅是指我们刚才所提到的二等富翁而言。"

"虽然这样有钱,他却是那样平凡朴实!我始终以为他只是一个少校而已。"

"您确实恭维他了,因为的确如您所料的,他没有什么外表。我初次见他的时候,我觉得他只是一个衰老的中尉。意大利人都是这样的,当他们不是像东方的圣人那样大放光芒的时候,他们看来就像犹太老头子。"

"那个青年人比较好一些。"邓格拉司说。

"是的,也许有点神经质,但大体上来讲,他好像很完善。我有点为他担心。"

"为什么?"

"因为听说,您在我家里和他相见的那一天,他还是首次踏进社交界。他以前出门旅行,总是要跟着一位非常严厉的家庭教师,而且从来没有到过巴黎。"

"这些意大利贵族都是在他们自己那个阶层里互相通婚的,是不是?"邓格拉司很随便地问,"他们喜欢结门当户对的亲家。"

"当然了,一般是如此,但卡凡尔康德是一个别具一格的人,他万事都与别人不同。我认为他是带着他的儿子到法国来选媳妇的。"

"您这样想吗?"

"我想是这样。"

"您听人提到过他的财产吗?"

"总是听人说起这方面的消息,只是有的人说他有几百万,而有些人则说,他连一个大子儿都没有。"

"您的看法如何呢?"

"我不应该来影响您,因为那只是我个人的感想。"

"那么,您的意见——"

"我的意见是,这些封疆大使,这些节度使——因为卡凡尔康德曾统领过大军,坐镇几省地方——我的意见是,他们的百万家财都埋藏在秘密地方,只将这种秘密传给他的长子,长子再用同样的方法传下去,证据是他们都干黄枯萎,像共和国的金币一样,真是愈看愈像。"

"当然罗,"邓格拉司说,"另外一个证据是他们连一寸地产都没有。"

"甚至可以说极少,除了他在卢卡的那座大厦以外,我就不知道他是否还有别的地产。"

"啊!他有一座大厦吗?"邓格拉司笑嘻嘻地说,"哦,那倒很值几个钱的。"

"是的,更妙的是,他把它租给财政部长,而他自己则住在一所很简陋的房子里。哦!我以前已经对您说过了,我觉得那个人是非常吝啬的!"

"行了,您别替他吹嘘。"

"我简直可以说并不认识他。我想,我一生之中曾见过他三次,关于他的一切,都是布沙尼长老和他自己告诉我的。长老今天早晨还向我谈到卡凡尔康德代他儿子所订的计划,还说卡凡尔康德不愿意让他的财产再隐藏在意大利了,那是一个不开放的地方,很想找个方式到法国或英国来把他那几百万翻几个身。但请记住,虽然我极其信任布沙尼长老,但对于这个传说我是不太相信的。"

"没有关系,谢谢您给我介绍顾客。他在我的顾客名单上增光不少。当我把卡凡尔康德的身份解释给我的出纳听的时候,他也很引以为荣。等一下——顺便问您一个问题——当这种人给他的儿子娶亲的时候,他们是不是也要分一部分财产给对方的?"

"噢,那得看情况而定。我认识一位意大利亲王,富得像一座金矿似的,是托斯卡纳最高贵的巨族之一。假如他儿子的婚姻符合他的心意,就给他们几百万,假如他们的婚姻是他所不赞成的,就只给他们三十个艾居一个月。要是安德里的婚姻能符合他父亲的心愿,他或许会给他一百万、两百万,或是三百万。譬如说,假如那是一位银行家的女儿,他就可以在他亲家翁的银行里投资得点好处。又假如,那个未来媳妇不中他的意——那只能再会了。卡凡尔康德老爹拿起钥匙,把他的银箱牢牢地锁上,于是安德里先生就只好像巴黎纨绔子弟一样,靠弄纸牌和掷骰子来过活了。"

"啊!那个小伙子会找一个巴伐利亚或秘鲁的公主,他找的是有钱有势的名门贵族。"

"不,阿尔卑斯山那一边的这些大望族常常和平民联姻,像朱庇特那样,他们喜欢越族。但是,我亲爱的邓格拉司先生,您问了那么多的问题,难道您想跟安德里联姻吗?"

"说老实话!"邓格拉司说,"这桩投机生意倒不坏,而您知道我是一个投机家。"

"我希望您不是指邓格拉司小姐吧。您不会愿意那可怜的安德里被阿尔培割断喉咙吧?"

"阿尔培!"邓格拉司耸耸肩说,"啊,是的,我想,他对于这种事是不太在乎的。"

"但我相信他已经跟令嫒订婚了吧?"

"当然,马瑟夫先生和我曾谈过这件婚事,但马瑟夫夫人和阿尔培——"

"您不会说那是不门当户对的一对儿吧?"

"的确,我想邓格拉司小姐并不比马瑟夫先生逊色。"

"邓格拉司小姐的财产将来不会少,那是无疑的,尤其是假如急报局不再出什么岔子的话。"

"噢!我并非只指她的财产,但告诉我——"

"什么?"

"您请客为什么不邀请马瑟夫那一家人呢?"

"我请了的,但他推托说马瑟夫夫人必须得到迪埃普去呼吸海滨的新鲜空气,因此不能来。"

"是的,是的,"邓格拉司说着大笑起来,"那对她大有益处。"

"为什么?"

"因为那是她青年时代所呼吸过的空气。"基度山假装没有听明白这句话的意思,不理会。

"但是,假如说阿尔培不如邓格拉司小姐有钱,"伯爵说,"您总得承认他的门第还可以吧?"

"他的门第不错,但我也不差呀。"

"当然啦,您的姓很普遍,而且您也有爵位,但您是一位明白人,当然不会不知道:根据一种根深蒂固的偏见来讲,一家有五世纪历史的贵族是比一家只有二十年历史的贵族要更叫得响一些。"

"就为了这个理由,"邓格拉司带着一种他自以为是讽刺的微笑说,"我情愿要安德里·卡凡尔康德先生而不要阿尔培·马瑟夫先生。"

"可是,我倒并不以为马瑟夫不如卡凡尔康德。"

"马瑟夫!等一下,我亲爱的伯爵,"邓格拉司说,"您是一个聪明人,是不是?"

"我自己是这样想。"

"您懂得家谱学?"

"稍微懂得一点。"

"噢,瞧瞧我的章纹,可比马瑟夫的还更有价值一些。"

"怎么会呢?"

"因为,虽然我不是一位世代的男爵,但至少我的的确确是姓邓格拉司。"

"嗯,那又怎么样呢?"

"而他的姓却不是马瑟夫。"

"怎么——不是马瑟夫?"

"一点影儿都没有。"

"噢,请讲明白些!"

"我这个男爵是别人封的,所以我实实在在是一个男爵,他自己封自己做伯爵,所以他根本不是伯爵。"

"不可能的!"

"听我说,我亲爱的伯爵,马瑟夫先生是我的朋友,或说得更确切些,是我过去三十年的老相识。您知道，我竭力在争取我的名位，可是我从来没有忘记我的过去。"

"这是一种非常谦逊或是非常骄矜的风度。"基度山说。

"嗯，我做公司职员的时候，马瑟夫还只是一个渔夫。"

"而那时他叫作——"

"弗南。"

"只是弗南？"

"弗南·蒙台哥。"

"您相信不会错？"

"我想应该不会错！我从他的手里买过很多的鱼，所以知道他的姓名。"

"那么您为什么想到要把令嫒给他呢？"

"因为弗南和邓格拉司都是暴发户，都已成了贵族，都发了财，所以大家都差不多，只是在一些事情上，有人提及他，但却从来没有谈到过我。"

"什么事情？"

"哦，没有什么！"

"啊，是了！您对我讲的这番话使得我想起一件关于弗南·蒙台哥这个人的事来了。我是在希腊听到的。"

"那件事是不是和阿里总督有关的？"

"一点没错。"

"这是一个谜，"邓格拉司说，"我很想不惜任何代价来查明它的真相。"

"假如您真的想，那是轻而易举的。"

"怎么会呢？"

"您在希腊大概有往来银行吧？"

"自然有。"

"亚尼纳呢？"

"到处都有。"

"好，写一封信给您亚尼纳的往来银行，问他在阿里·铁贝林蒙难的时候，一个名叫弗南·蒙台哥的法国人曾扮演过什么样的角色。"

"您说得不错，"邓格拉司紧接着站起来说，"我今天就写。"

"写吧。"

"我会写的。"

"如果您听到有什么甚至不光彩的事情——"

"我马上告诉您。"

"谢谢您。"

邓格拉司冲出房间，一下跳进他的马车。

世界经典文库

世界二十大名著

基督山伯爵

图文珍藏版

第六十七章　检察官的公事房

　　我们暂时撇开驱马疾驰回家的那位银行家,来跟踪邓格拉司夫人的晨游。我们已经说过,邓格拉司夫人在十二点半的时候吩咐套马,乘着马车出门。她坐车顺着圣·日尔曼路折入玛柴林街,在奈夫巷口下车,穿过那条小巷。她穿的衣服非常朴素,很像是一个喜欢早晨出门的良家妇女。她在琪尼茄路叫了一辆出租马车,吩咐驱车到哈莱路。一坐进车厢里,她就从口袋里摸出一块很厚的黑色面纱,拿来绑在她的草帽上。然后她戴上帽子,在一面小镜子里一照,发觉所能看到的只有她那雪白的肌肤和那一双明亮的眼睛,心里觉得很高兴。那辆出租马车越过奈夫大道,从道芬广场折入哈莱路。车门刚打开,车钱便已到了车夫手里,邓格拉司夫人轻捷地跨上台阶,不一会便到达高等法院的大厅里。

　　那天早晨要审问一件大案子,法院里有许多忙人。忙人极少注意女人,所以邓格拉司夫人越过大厅的时候,并没有比一个去拜访律师的女人惹起更多的注意。维尔福先生的候见室里拥挤着许多人,但邓格拉司夫人甚至连姓名都没有通报。传达便立刻起身向她迎过来,问她是不是检察官约见的那个人,她做了一个肯定的回答,于是他就领她从一条秘密通道走到维尔福先生的公事房去。那位法官正坐在一张圈椅里,身背着门,正在那儿写什么。他听到门打开,听到那传来"请进,夫人",然后又听到门关闭,他都没有动;但随着那个人的脚步声消失的时候,他立刻跳起身来,闩上门,拉拢窗帘,检查房间的每一个角落。然后,当他确定再不会有人能看到或听到,才放下心来,他说:"谢谢,夫人——谢谢您按时到来。"他递了一张椅子给邓格拉司夫人,请她坐下。而她的心是跳得那样猛烈,她觉得几乎快要窒息了。

　　"夫人,"检察官把椅子转过来半圈,使自己和邓格拉司夫人正面相对,"夫人,我有很久没有享受到与您单独叙谈的愉快了,而我们这次的会见,也只能做一番痛苦的交谈了,我觉得很抱歉。"

　　"是的,阁下,您看,您一约我,我就来了,虽然对于这次谈话,我当然一定比您更痛苦得多。"

　　维尔福笑了一下。"那么,古人说得没错了,"他说,他这时倒像是在朗诵他心头的念想,而不像在对他的同伴讲话,"那么,古人说得不错了,我们的账各种行为都在我们的人生道路上留下了它们的痕迹——有的悲伤,有的欢乐!那么,古人说得好:我们在人生道上的每一个脚步都像在一片沙土上爬行的昆虫一样——都留下了痕迹!唉!有许多人,那条路上的痕迹是用眼泪滴成的呵。"

　　"阁下,"邓格拉司夫人说,"您可以猜想得到我目前的心情,是不是?那么,别让我再受这种折磨啦,我求求您! 当我看着这个房间的时候,我想到,有多少罪人曾含羞带愧,浑身战栗地离开这儿,当我望着我现在所坐的这把椅子的时候,我想到有多少人曾含羞带愧,浑身战栗地站在它的前面——噢! 我需要用我的全部智慧,才能使自己相信我并不是一个罪恶深重的女人,而您不是一个盛气凌人的法官。"

维尔福低头叹了一口气。"而我,"他说,"我觉得我不是坐在法庭的审判席上,而是在犯人的凳子上。"

"您?"邓格拉司夫人惊讶地说。

"是的,我。"

"我想,阁下,你未免对自己要求太严,把情形夸大了,"邓格拉司夫人那一对美丽的眼睛暂时焕发了一下。"您刚才所说的那种经历,凡是热情的青年,都是会尝试的。当我们沉溺在热情里的时候,除了快乐以外,总也感觉到有些懊丧,为了那个原因,福音书上曾举出许多可歌可泣的例子,以改邪归正来安慰我们——我们这些不幸的女人。所以,我可以说,每当回忆到我们年轻时代的那些幼稚的行为,有时,我想上帝已经宽恕了那些事情,因为我们所受的种种惩罚即使不能使我们免罪,但也许可以赎罪。但您——你们男人,社会道义从来不会责怪你们,愈是受到攻击愈能抬高你们的身份——您为什么要为那种事情苦恼呢?"

"夫人,"维尔福答道,"你知道我不是伪君子,或至少我从不没有理由地自己捉弄自己,假如说我的额头上杀气太浓,那是因为那上面凝聚着许多不幸,假如说我的心已经僵化,那是因为只有这样才能经得住所受的打击。我在年轻的时候并不是这样的。在我订婚的那天晚上,当我们大家围坐在马赛高碌路侯爵府的桌子旁边的时候,我并不是这样的。但从那时开始,我周围和自身的一切都改变了,我已习惯于克服困难,已习惯于在斗争中摧毁那些有意或无意、自动或被动来阻挡我道路上的人。照一般的情况而言,凡是我们最心切想得到的东西,也就是别人最想阻止我们获得或妨碍我们抢夺的东西。因此,人类的过错,就在未犯之前,总觉得自己有很正当的理由,是必要的,于是,在一时的兴奋、迷乱或恐惧之下,过错酿成了,而在犯了错误以后,我们才看到它本来是可以避免或回避的。我们本来可以用很正当的方法解决,但那种方法我们当时一点都没想到,而事后却似乎觉得再简单不过了,于是我们就说:'我为什么要这样做而不那样做呢?'女人却正巧相反,女人很少受后悔的痛苦——因为事情并不是由你们决定的,你们的不幸在于外人总是强加到你们身上,而你们的过失几乎总就是别人的罪。"

"但无论如何,阁下,您必须承认,"邓格拉司夫人答道,"即使那件事全是我一个人的错,昨天晚上我也已经受到一次严厉的惩罚了。"

"可怜的女人!"维尔福紧握着她的手说,"这的确不是您所能承受的,因为您已经受到两次严重地打击了。可是——"

"怎么?"

"嗯,我必须告诉您。鼓起您的全部勇气,因为您还没有走完那条惊险的路。"

"天哪!"邓格拉司夫人惊恐地喊道,"还有什么呢?"

"您只是回想过去，过去确实是太坏了。嗯，可是您得为未来画一幅更阴沉的画面——当然更可怕，或者会更悲惨！"

男爵夫人知道维尔福一贯为人镇定，他目前这种兴奋的状态使她感到非常吃惊，她张开嘴巴要呐喊，但那个喊声升到她的喉咙里又无音了。

"这件可怕的往事是怎么被揭开的？"维尔福喊道，"它本来已被埋葬在我们心灵的深处，现在它怎么又像一个幽灵似的从坟墓里逃出来，重新来拜见我们，吓白了我们的脸颊和羞红了我们的额头？"

"唉！"霭敏说，"可能只是碰巧！"

"碰巧！"维尔福答道，"不，不，夫人，世界上根本不存在碰巧的可能！"

"噢，有的。这些事情不都是碰巧发生的吗？难道基度山伯爵不是碰巧买了那套房子？难道他不是碰巧去挖掘园地？难道他不是碰巧在那棵树底下挖出了那个不幸的孩子的尸首？——我那可怜的不幸的孩子，我甚至吻都没有吻过他，但为了他，我不知流过多少眼泪！啊，当伯爵提到他在花丛底下掘到我那宝贝的残骸的时候，我的心都碎了。"

"哦，不，夫人！我要告诉您的就是这个可怕的消息，"维尔福用一种深沉的语调说。"不，花丛底下什么东西都没有找到，那儿根本没有挖到孩子的尸体。不，您不必哭泣，您不必唉声叹气，您必须发抖！"

"您是什么意思？"邓格拉司夫人问，打了一个寒战。

"我的意思是：基度山先生在树丛底下挖掘的时候，并没有找到骸骨或箱子，因为那儿根本没有这两样东西！"

"根本不存在！"邓格拉司夫人惊奇地睁大着眼睛，表示极度的恐惧，死盯着维尔福。"根本没有这两样东西！"她又重复一遍，像是要用她自己的声音抓住这句话，生怕它逃走似的。

"没有！"维尔福把他的脸埋在手里，说，"没有！根本没有！"

"难道您没有把那个可怜的孩子埋在那个地方吗，阁下？您为什么要骗我——为了什么目的？喂，请说！"

"我是把它埋在那个地方的！但听我说，您听了就会可怜我了，因为二十年来，我始终独负着忧虑的重担，丝毫没有分卸给您，但我现在不得不讲了。"

"我的上帝，您吓坏我啦！请讲吧，我洗耳恭听。"

"您还记得那个悲惨的夜晚，您在那个挂红缎窗帘的房间里奄奄一息地躺在床上，而我，怀着和您同样激动不安的心情，等待着您分娩。孩子生下来了，交到我的手里，不会动，不会哭，没有呼吸，我们以为他死了。"邓格拉司夫人做了一个吃惊的动作，好像要从椅子上跳起来似的，但维尔福阻止了她，握着她的双手，请求她注意倾听。"我们以为他死了，"他重复说。"我拿一只箱子暂代棺材，把他放到里面，我下楼到花园里，挖了一个洞，想赶快地埋了那只箱子。谁知我刚把土盖上，那个科西嘉人的手腕便向我挥过来了，我看到一个影子跳起来，同时看到亮光一闪。我顿时觉得痛，我想喊叫，但一股冰一样的寒战穿过我的血管，遮盖了我的声音，我昏死过去，以为自己已经被杀死了。当我恢复知觉以后，我含着一丝半气慢慢地爬到楼梯脚下,您把您自己也累得上气不接下气,来到那儿来接我。我永远忘不了您那种崇高的意志。我们不得不对那件可怕的大祸保持缄默。您凭着坚韧不拔的毅力,在您和您的护士的帮助下回到您的家里。我的伤算是一场决斗的恶果。虽然我们本来也没有打算将我们的秘密保守住,但我们的秘密却终于保住了。我被带回到凡尔赛,和死神搏斗了三个月。最后,我似乎已抓到了生命的边缘,我动身到南部去。四个人把我从巴黎抬到夏龙,每天只走十八里路。维尔福夫人坐着马车跟在担架后面。到了夏龙以后,我就乘船从索恩河转入罗纳河,顺流漂到阿尔,到了阿尔,我又被放到担架上,继续向马赛前进。我养了半年的伤才痊愈。我始终没听人提到过您,我也不敢向人打听您的消息。当我回到巴黎的时候,我才知道,您,奈刚尼先生的未亡人,已经嫁给邓格拉司先生了。

"自从我的知觉恢复以来,我的心里所想的就是一件事——那个孩子的尸首,他每天晚上都在我的梦里出现,从地底下爬出来,气势汹汹地飞跃在坟墓的上空。我一回到巴黎,就马上去打听。自从我们离开以后,那座房子还没有人住过,但它刚租出去,租期是九年。我找到那个租户,假装推说我岳父母的房子不愿落到外人手里,请他们转让出来。他们要六千法郎。就是要一万我也肯给,就是要两万我也肯给,我是带着钱去的。我叫那租户在退租契约上签字,获得了这张我那样急需的东西以后,我就马上快速赶到阿都尔。自从我离开以后,没有一个人踏进过那座房子。那时是下午五点钟,我上楼走进那个挂红色窗帘的房间,等待天黑。那时,使我一年来在精神上忍受巨大痛苦的种种不幸都同时钻上心头。那个科西嘉人,他曾宣称要向我为亲复仇,他曾从尼姆跟我到巴黎,他曾躲在花园里,他曾袭击我,又看到我挖那个坟,看到我埋那个孩子,他也许会去询问您是什么人——不,他也许在那时候已经知道了。将来的某一天,他不会以保守这个可怕的秘密为由来敲诈您吗?当他发觉我并没有被他的刺刀捅死的时候,这不是他最佳的报复方法吗?所以,最最关键的问题,是我应该冒任何危险来把过去的一切痕迹都清除——我应该毁灭一切不应留下的证据,在我的头脑里,对于这一切所留下的记忆,已经是太深刻了。我就是为了这个原因才要中止那租约;我就是为了这个原因而来;我就是为了这个原因才在房间里等候。夜色来临,我一直等到深夜。我没有在那个房间里点灯。当风吹动各处的门窗的时候,我胆战了,我随时都有可能会在门背后看到一个躲藏着的奸细。我好像每时都听到您在我身后的床上呻吟,我不敢回头瞧。我的心是跳得那样的剧烈,以致我竟害怕我的伤口会爆炸开来。终于,邻近的各种声音都一一沉默了。我知道我没有什么可担心的了,我不会被人看到或听到,于是我就决定下楼到花园里去。

"听着,霭敏!我认为自己的勇气并不比一般人差,但当我从上装的衣袋里掏出那把开楼梯门的小钥匙——我们以前对那把小钥匙曾这样珍惜,您还希望把它拴在一只金戒指上呢。当我打开那扇门,看到苍白的月亮把一道白光射到那座像鬼怪似的螺旋形楼梯上的时候,我靠在墙上,几乎失声大喊起来。我似乎快要发疯了。但我终于控制住恐惧的情绪。我一级一级地走下楼梯,我唯一无法管住的事情,是我的膝盖在奇怪地颤抖。我紧紧地抓住栏杆,只要我一松手,就会摔下去。

图文珍藏版

我走到下面门口。在这扇门外,有一把铲子靠在墙上,我拿了它向树林走去。我带着一盏遮光灯笼。到草坪中央,我把它点着,然后继续向前走。

"那时是十一月末端。花园里的生气已完全消失,树木已成了一些长臂瘦削的骸骨,石子路上的枯叶在我的脚下索索作响。我害怕极了,当我走近树丛的时候,我甚至从口袋里摸出一把手枪来保卫自己。我好像觉得时不时地在树枝丛中看到那个科西嘉人的影子。我提着遮光灯笼去检查树丛,树丛里空无一物。我用目光向周围搜索,的确只有我一个人。猫头鹰凄厉地啼叫着,像是在召唤黑夜里的鬼魂,除了它的哀号以外,再没有别的声音来骚扰这夜的宁静。我把灯笼挂到一条丫枝上,我注意到这正是我一年以前停下来挖坑洞的地方。经过一夏的时间,草已长得非常茂密,秋天到了,也没有人去割除它。可是,有一块地方的草比较稀疏,这引起了我的注意。这显然就是我以前挖掘的地方。我开始工作起来。我期待了一年的时间终于到了。我是那么奋力地工作,抱着那么急切的愿望,用尽全力地一铲一铲挖下去,以为我的铲子会遭遇到某种抵触!但没有,我什么都没有找到,虽然我所挖的坑比以前大了两倍。我以为自己弄错了——弄错了地点。我转过身来,望着树丛,极力回想当时的各种情景。一阵尖锐的冷风呼啸着穿过无叶的树枝,可是汗珠却从我的额头上滚滚下来。我记得被刺的时候,我正在填坑的泥土。我一面踏,一面扶着一棵假乌木树。我的身后有一块供散步时休息用的假山石,在倒下去的时候,我的手放开树,曾触到那块冰凉的石头。我看到右面是那棵树,身后仍旧是那块石头。我站到以前那个地位,故意倒下去试一试。我爬起来,重新开始挖掘,扩大那个坑,可是我仍旧什么都没有找到,什么都没有——那只箱子不见了!"

"那只箱子不见了!"邓格拉司夫人低声说,吓得憋住了气。

"别以为这样寻觅一次就完了,"维尔福继续说。"不,我把整个树丛都搜索过了。我想,那个刺客看到这只箱子,也许以为那是一箱宝物,想将它偷走,在发现了他的错误以后,就另外挖了一个坑把它埋起来,但树丛里什么也没有。于是我突然想到,他不会这样细心,可能把它抛在一个角落里去了。假若如此,我必须等到天亮以后才能搜索。我又回到房间里去等候。"

"天哪!"

"天亮的时候,我又下去。我赶快去看那个树丛。我希望能找到一些在黑暗里无法觉察的痕迹。我挖开一片二十尺见方、两尺多深的地面。一个工人一天都干不完的工作,我在一小时内完成了。但我什么都没有找到——绝对没有。于是我根据那只箱子有可能被抛弃在某个角落的假想,开始去搜索。要是真的被抛在某个角落里,那大概就是那条通往小门去的路上,但经过仔细的搜查仍没有发现线索。我带着一颗忐忑的心回到树丛里,但现在我对树丛已不再抱任何希望了。"

"噢,"邓格拉司夫人喊道,"这已足可以使您发疯了!"

"我当时也曾这样希望,"维尔福说,"但我不那么幸运。总之,当我的神态恢复的时候,我就说:'那个人为什么要把尸首偷走呢?'"

"您曾说,"邓格拉司夫人答道,"他需要把他当作一种把柄,是不是?"

"啊,不,夫人,那是不可能的。尸体不能保存到一年,只要把他拿给法官看过,证据就成立了。但那一类的事情并没有出现过。"

"那么又怎么样呢?"霭敏浑身不停地发着抖问。

"我们很可能要遭遇到一件更可怕、更致命、更值得惊恐的事件! ——那个孩子也许是没死,而那个刺客救了他!"

邓格拉司夫人发出一声尖锐的喊叫,抓住维尔福的双手。"我的孩子是活的!"她说,"您活埋了我的孩子,阁下! 您在没有确定我的孩子是否真正死亡,就把他埋了! 啊——"

邓格拉司夫人这时已经站立起来,带着一种近似于威胁的表情挺立在检察官前面,检察官的双手仍旧被握在她那软弱的手掌里。

"我怎么知道呢? 我只是这样假定,我也可以假定别的情景。"维尔福回答,眼睛木木呆呆地睁着,说明那乱糟糟的头脑已经到达绝望和疯狂的边缘了。

"啊,我的孩子,我那可怜的孩子!"男爵夫人喊道。她重新栽倒在椅子里,用手帕捂着嘴巴哭泣起来。

维尔福尽力恢复他的神志,他觉得要转变目前的这场母性风波,就必须让他自己所感受到的恐怖来提醒邓格拉司夫人。"所以,您懂了吧,假若是真的话,"他站起来,向男爵夫人靠近一步,压低了嗓音对她说,"我们就完啦。这个孩子是活的,有一个人知道他是活的——那个人就掌握着我们的秘密。既然基度山对我们说他掘出一个孩子的尸体,而实际上那个孩子是不可能掘到的,那么,掌握我们秘密的那个人就是他。"

"天哪! 天哪!"邓格拉司夫人喃喃地说。

维尔福回答的只是一句含糊的呻吟。

"但那个孩子——那个孩子呢?"那动情的母亲追问。

"您不知道我曾经怎样寻觅他!"维尔福紧握着自己的双手回答。"您不知道我在那些夜不能寐的夜晚时曾如何呼唤他! 您不知道我怎样渴望自己能富甲王侯,以便从一百万人里去买到一百万个秘密,希望在其中找到我所需要的消息! 最后,有一天,当我第一百次拿起那把铲子的时候,我又扪心自问,究竟那个科西嘉人把那个孩子搞到哪去了呢? 一个孩子是要连累一个亡命徒的,也许他发现他还活着,就把他抛到河里去了。"

"不可能的!"邓格拉司夫人喊道,"一个人可能为了复仇去谋杀人,但他不会故意溺死一个孩子。"

"也许,"维尔福又说,"他把他送到育婴堂里去了。"

"嗯,是的,是的!"男爵夫人喊道,"我的孩子是在那儿!"

"我急忙赶到医院里,知道那天晚上——九月二十日的晚上——曾有人送一个孩子到那儿,他被裹在一张故意对半撕开的麻纱餐巾里送去的。在送去的那一部分餐巾上,有半个男爵的纹章和一个'霭'字。"

"对了!"邓格拉司夫人喊道,"我的餐巾上都有这种标记。奈刚尼先生是一个男爵,而我的名字叫霭敏。感谢上帝! 我的孩子没有死!"

"但愿,他没有死。"

"您告诉我这样好的消息,简直把我乐死了,阁下? 他在哪儿? 我的孩子在哪儿?"

维尔福耸耸肩。"我哪里知道?"他说,"如果我知道的话,您难道以为我还会像一个作家或小说家那样,把这件事的始末变化都详详细细地描述给您听吗? 唉,不,我不知道。大概半年以后,一个女人带着另外那半张餐巾来要求把他领回去。这个女人所讲的情景一点都没错,他们就让她领了回去。"

"但您应该去探访那个女人,您应该去跟踪寻找她呀。"

"您以为我那时在做什么,夫人? 我假装说要调查一件命案,发动了所有最机警的密探和干员去搜捕她。他们跟踪追寻她到夏龙,到夏龙以后,就失去她的踪迹了。"

"他们没有找到她?"

"是的,永远没有。"

"邓格拉司夫人在听这一篇追述的时候,时而叹息,时而流泪,时而惊呼。"这就完了吗?"她说,"您就到此为止了吗?"

"不,不!"维尔福说,"我从来没有停止搜索和寻探。可是,最近两三年来,我稍微松懈了一点。但现在我要坚韧不拔地重新调查。您不久就可以看到我的成绩——因为现在驱使我的不再是良心,而是恐惧了。"

"但是,"邓格拉司夫人回答说,"基度山伯爵是不可能知道的,否则他就不会来和我们交往了。"

"噢,人心难测,"维尔福说,"因为人的恶毒超过了上帝的善良。您是否注意那个人跟我们说话时的那种目光?"

"没有。"

"但您总该仔细地注意过他吧?"

"当然了。他很奇怪,但也就如此而已。我注意到一点——他摆在我们面前那许多珍馐美味,他自己一点都没有尝,他只是吃另外一个碟子里的东西。"

"是的,是的!"维尔福说,"我也觉察到那一点,假如我那时就知道了现在所发生的一切,我就什么都不吃了,我会认为他想毒死我们。"

"您知道您没猜错。"

"是的,那是毫无疑问的,但相信我吧,那个人还有别的阴谋。为了那个理由,我要见您一次,跟您谈一谈,并警告您提防每一个人,特别要提防他。告诉我,"维尔福把他的眼睛紧紧地盯住她,喊道,"您是否曾经向什么人泄漏过我们的关系?"

"没有,从来没有。"

"您明白我的意思吗?"维尔福恳切地说,"我说任何人的就是指世界上的所有人。"

"是的,是的,我明白得很清楚,"男爵夫人迫不及待地说,"从来没有,我向您发誓。"

"您有没有习惯写日记? 您有没有日记本?"

"没有,唉! 我的生活毫无价值。我希望自己能够忘掉它。"

"您说不说梦话?"

"我睡觉的时候像一个小孩子一样,您不记得了吗?"男爵夫人的脸上泛出羞色,而维尔福却脸色转白。

"这是真的。"他说,这句话的声音是这样低沉,以至连他自己都难于听到。

"怎么样?"男爵夫人说。

"嗯,我知道我现在应该怎么办了,"维尔福回答。"从现在起,在一个礼拜之内,我就可以了解到这位基度山先生是谁,他从哪儿来,要往哪儿去,为什么他要对我们说他在花园里挖到孩子的尸体。"

维尔福说这几句话时的语气,要是让伯爵听到了,一定会打一个寒战。然后他吻了一下男爵夫人不太情愿地伸给他的那只手,毕恭毕敬地领她到门口。邓格拉司夫人另外雇了一辆出租马车到巷口,在那条小巷的另一端找到了自己的马车,她的车夫正舒服自在地躺在座位上等她。

第六十八章　夏季跳舞会

在邓格拉司夫人去见检察官当天,一辆旅行马车驶进海尔达路,穿过二十七号大门,在院子里停下来,一会儿,车门打开,马瑟夫夫人扶着她儿子的肩膀下来。阿尔培不久就离开她,吩咐套马,收拾一番以后,就驱车到香榭丽舍大道,基度山的家里。伯爵带着他那种常有的微笑来迎接他。说来挺怪,伯爵这个人,好像谁都没有机会和他结成亲密的关系。凡是想和他结为所谓'心交'的人都会遭到一种无形的障碍。马瑟夫本来是张开着两臂向他奔过去的,但一走近,他的心就凉了,虽然对方的脸上挂着那种友谊的微笑,可他却只敢伸出一只手去。基度山根据他那不变的习惯,把那只手冷淡地握了一握。

"唉!"阿尔培说"我来啦,亲爱的伯爵。"

"欢迎你回来!"

"我是一个钟头以前回来的。"

"从迪埃普来的吗?"

"不,从的黎港来的。"

"啊,真的!"

"我第一个就来拜访您。"

"这太好了。"基度山用一种似乎无所谓的口吻说。

"唉! 有什么消息吗?"

"您不应该向一个客居异乡的外国人打听消息。"

"我知道的,但所谓打听消息,我的意思是您有没有为我做了什么事?"

"您曾经委托过我办什么事吗?"基度山装出一副不安的神态说。

"嘿,嘿!"阿尔培说,"别假装不知道。人家说,人隔两地,情通一脉——嗯,在的黎港的时候,我总感到触电似的一阵麻木。您要不是为我办了一些什么事,就是在想念我。"

"可能的,"基度山说,"我的确曾想念过您,但我必须声明,那一股电流虽然也许是我发出去的,但我自己却并不知道。"

"真的! 请告诉我那是怎么一回事?"

"事情很简单——邓格拉司先生到这里来吃了一次饭。"

"那我知道,为了避免碰到他,家母和我才离开巴黎的。"

"但入席的还有安德里·卡凡尔康德先生。"

"是那位意大利王子吗?"

"别那么吹捧,安德里先生还在自称子爵呢。"

"他自称,您说?"

"是的,他自称。"

"那么他不是一个子爵吗?"

"哦!我怎么知道?他这样自称,我当然也就这样称呼他,每一个人也都这样称呼他。"

"您这个人很怪!还有什么?您说邓格拉司先生在这儿吃饭?"

"是的。"

"还有您那位安德里·卡凡尔康德子爵?"

"还有卡凡尔康德子爵,他的父亲侯爵,邓格拉司夫人,维尔福先生夫妇——难得的贵宾——狄布雷,玛西米兰·摩莱尔,还有谁,等一等——啊!夏多·勒诺先生。"

"他们有没有提到我。"

"好像不曾提到。"

"那太糟了。"

"为什么?我似乎记得您是希望他们忘记您的?"

"假如他们没有提到我,我就可以确定他们曾想到我,我失望了。"

"只要在这儿想念您的那些人里面没有邓格拉司小姐在内,那对您有什么影响?不错,她也许在家里想念您。"

"那我倒不怕,假如她的确想念我的话,那也只是像我对她一样的想念而已。"

"心心相印!那么你们互相痛恨罗?"伯爵说。

"听我说!"马瑟夫说。"假如邓格拉司小姐能够不让我遭受殉情的痛苦,不用经过我们两家的正式婚姻手续来感谢我的情谊,那对我就再合适不过了。一句话,邓格拉司小姐可以做一个可爱的情妇,但不能做太太!"

"您对于您那位未来的太太,"基度山说,"就是这种看法吗?"

"是的,说得更严酷些,这是千真万确的。可是这个梦是无法实现的,因为邓格拉司小姐很快会成为我的太太——就是说,即将和我住在一起,在离我十步路之内对我唱歌、作曲或玩乐器——我想起来就害怕。我们可以抛弃一个情妇,但一位太太,天老爷!那又是另一回事了。那是永久的——不论她在身边或在远处,总是长久的东西。想到邓格拉司小姐要永远和我在一起——即使大家隔得远远的——多可恶呀。"

"您真难对付,子爵。"

"是的,因为我总是希望实现不可能的事情。"

"什么事情?"

"找到一位像家父所找到的妻子。"

基度山的脸色苍白起来,他望着阿尔培,手里却在玩弄几支华丽的手枪。

"那么令尊很幸福罗?"他说。

"您知道我对家母的偏见,伯爵。您看看她,还很美丽,还很活泼——像以前一样。要是别的儿子陪他的母亲到黎港去住四天,他就会觉得枯燥,厌倦,可我陪了她四天,却比父亲或是亲朋的陪伴更满意,更宁静,更——我可以这样说吧?——富有诗意。"

"那是十全十美到顶点了,您会培养一批要过独身生活的人啦。"

"就是为了这个理由,"马瑟夫又说,"由于知道世界上有许多完美无缺的女子,所以我才并不急于想娶邓格拉司小姐。您有没有在意过,一件物品,当我们拥有它的时候,它的价值会增高?在珠宝店的橱窗里闪闪发光的钻石,当它到了我们自己手里的时候,色彩就更夺目了,但假如我们不得不承认还有更好的,而却依旧保留着较次的,您知不知道那会是一件多痛苦的事?"

"欲海无边!"伯爵喃喃地说。

"所以,如果欧琴妮小姐能知道我只是一个可怜的小东西,她有几百万,而我连几十万都没有,那我就得意了。"

基度山微笑了一下。

"我曾经想到过一个计划,"阿尔培继续说,"凡是怪癖的事物,弗兰士都喜欢。我想使他爱上邓格拉司小姐,但虽然写了四封最富于诱惑力的信,他总是一成不变地回答:'我的怪癖虽大,但也不能使我破坏别人的幸福。'"

"这就是你所谓真诚的友谊了,您自己不愿意娶的人,就拿来推荐给别人。"

阿尔培微笑了一下。"顺便告诉您,"他又说,"弗兰士就要来了。但您对于这个消息是不会感兴趣的。您是不会喜欢他的为人的,我想是吧?"

"我!"基度山说,"我亲爱的子爵,您怎么会想到我不喜欢弗兰士先生呢?我对每一个人都热爱。"

"您把我也包括在这'每一个人'里面了吧?谢谢!"

"我们不要误会,"基度山说,"我爱每一个人就像上帝命令我们爱我们的邻居那样——是基督教意义的爱,但我也有少数几个非常痛恨的人。我们还是回头来谈弗兰士·伊辟楠先生吧。您说他就要回来了?"

"是的,是维尔福先生召唤他回来的,维尔福先生显然急于要嫁出凡兰蒂小姐,正如邓格拉司先生想看到欧琴妮小姐早些出阁一样。有了一个长大了的女儿在家里,做父亲的一定非常为难,不把她们弄走,他们像是会发烧生病,每分钟脉搏要跳九十次。"

"但伊辟楠先生却不像您,他严肃地担负着他的不幸。"

"岂止,他谈起那件事时很正统,正襟危坐,好像已经在谈论他自己的家人似的。并且尊敬维尔福先生夫妇。"

"他们是值得尊敬的,是不是?"

"我相信是的。维尔福先生总是被人认为是一个严厉但却公正的人。"

"那么,"基度山说,"总算有一个人不像那个可怜的邓格拉司那样受您指责了。"

"也许那是因为我没有被迫娶他女儿的缘故吧。"阿尔培回答,大笑起来。

"真的,我亲爱的先生,"基度山说,"您太自傲。"

"我自傲?"

"是的,您抽一支雪茄吧。"

"非常愿意。我怎么自傲呢?"

"咦,因为您在这儿使劲为自己辩护,要排除邓格拉司小姐。还是让事情去自然发展吧,也许首先退出的并不是您。"

"什么!"阿尔培怀疑地说。

"无所顾忌,子爵阁下,他们是不会逼迫您就范的。来,正儿八经地说,您愿不愿意解除你们的婚约?"

"假若能够那样,我愿意送掉十万法郎。"

"那么您大可不必了。邓格拉司先生肯出双倍那个数目来达到同样的目的。"

"我,真的,这样幸福吗?"阿尔培说,他仍旧无法阻止他的额头上飘过一丝几乎难以觉察的阴云。"但是,我亲爱的伯爵,邓格拉司先生是有理由的吧?"

"啊! 您的骄傲和自私心祖露出来啦。您用一把斧头去砍别人的自尊心,但假如您自己的自尊心被一根小针刺一下,您就畏首畏尾起来了。"

"不,但据我看,邓格拉司先生似乎——"

"应该欢喜您,是不是,嗯? 他鉴赏能力不高,却更喜欢另外一个人。"

"喜欢谁?"

"我也不知道,您自己去琢磨和判断吧。"

"谢谢您,我明白了。听着:家母——不,不是家母,我弄错了——家父准备要开一次舞会。"

"在这个季节开舞会?"

"夏季舞会是很时兴的。"

"即便不然,只要一经伯爵夫人赞成,就会时兴起来的。"

"您说得不错。您知道,这是清一色的跳舞会——凡是七月里留在巴黎的人,一定是真正的巴黎人。您可不可以代我们邀请两位卡凡尔康德先生?"

"哪一天举行?"

"周六。"

"老卡凡尔康德那时已经走了。"

"但他的儿子是在这儿的。您可不可以邀请一下小卡凡尔康德先生?"

"我不认识他,子爵。"

"您不认识他?"

"不,我只在前几天才和他第一次见面,他的事情不论哪一方面我都不了解。"

"但您曾请他到您的家里来吃饭!"

"那是另一回事,他是由一位好心肠的长老介绍给我的,长老也许上了当。直接去请他吧,别要我代邀,如果他将来娶了邓格拉司小姐,您就会说是我搞的阴谋,要来和我决斗——再说,我自己也有可能不去。"

"不去哪儿?"

"你们的跳舞会。"

"您为什么不去?"

"为了一个理由,因为您还没有邀请我。"

"但我是特地为那项使命而来的呀。"

"您太客气了,但我也许会因有其他的事而耽误。"

"假如我告诉您一件事情,您就会排除一切障碍屈驾光临了。"

"告诉我是件什么事情。"

"家母请求您去。"

"马瑟夫伯爵夫人?"基度山吃了一惊。

"啊,伯爵,"阿尔培说,"我向您保证,马瑟夫夫人跟我说得很坦率,如果您没有得到过我刚才所说的那种远地交感的感触,那一定是您的身体里面根本不存在这种神经,因为在过去这四天里,我们没有谈论到别人。"

"你们谈论我? 多谢关照!"

"是的,那是您的特权,您是一个现实的问题。"

"那么,在令堂眼中,我也是这样吗? 我还认为她很理智,不会做这种幻想呢。"

"我亲爱的伯爵,您的问题是每一个人的问题——包括家母以及别人,还有很多人研究的对象,但并没有解决,您仍然还是一个谜,所以您尽量放心。家母老是问,您怎么这样年轻。我相信,维尔福伯爵夫人虽然把您比做罗思文勋爵,而家母却把您看作卡略斯特洛(意大利著名骗子)或圣日尔曼(法国政治阴谋冒险家)伯爵。您一有机会就可以证实她的见解,这在您是轻而易举的,因为您有前者的点金石和后者的智慧。"

"我谢谢您的提醒,"伯爵说,"我竭尽全力的准备应付来自各方面的压力就是了。"

"那么,星期六您来?"

"来的,既然马瑟夫夫人邀请我。"

"您太给面子了。"

"邓格拉司先生去不去?"

"家父已经邀请他了。我们还要设法去劝请那位大法官维尔福先生也来,但他可能会使我们失望。"

"俗话说,'永远不要失望。'"

"您跳不跳舞,伯爵?"

"我跳舞?"

"是的,您。那有什么可大惊小怪的?"

"跳舞对于不满四十岁的人极其相符的。但是,我是不跳舞的,但我喜欢看别人跳。马瑟夫夫人跳不跳舞?"

"从来没有跳过,您可以和她聊聊,她非常希望能和您谈一谈。"

"真的!"

"是的! 确实是真的,我向您起誓,您是她唯一曾表示过那种好奇心的人。"

阿尔培起身拿起他的帽子,伯爵陪他到门口。"我有一件事情很懊悔。"走到台阶前,他叫住阿尔培说。

"什么事?"

"我跟您谈到邓格拉司的时候,有些失礼了。"

"正好相反,关于他,永远用同样的态度跟我讲好了。"

"好! 我放心了。顺便问一句,您认为伊辟楠先生什么时候可以到?"

"大概五六天可以到。"

"他什么时候结婚?"

"圣·米兰先生夫妇一到,就立刻结婚。"

"带他来见我。虽然您说我不喜欢他,但我向您保证,我倒很愿意能见见他。"

"我听从您的命令,爵爷。"

"再会。"

"礼拜六再会,到时我恭候台驾一定不会白忙,是不是?"

"是的,我一定来。"

伯爵目送阿尔培上车,阿尔培连连向他挥手告别。当他踏上他的轻便四轮马车以后,基度山回过身来,看到了伯都西奥。"有消息吗?"他说。

"她到法院去了一次。"管家回答。

"她在那儿呆了多久?"

"一个半钟头。"

"她有没有回家?"

"直接回家去了。"

"好,我亲爱的伯都西奥,"伯爵说,"我现在劝你去寻觅一下我对你讲过的诺曼底的那处小产业。"

伯都西奥鞠了一躬,他所得到的这个使命是很适合他的心意,所以他当天晚上就出发了。

第六十九章　调查

维尔福先生遵守他对邓格拉司夫人所许的诺言,尽力去调查基度山伯爵究竟是怎么发现阿都尔别墅的历史的。他在当天就写信给波维里先生(波维里先生已经从典狱长升迁到警务部里做大官),向他打探他所需要的情报;后者要求给他两天的时间去进行调查,到时大概就可以把所需要的情报提供给他。第二天晚上,维尔福先生收到下面这张条子:

"基度山伯爵有两个密友,一个是威玛勋爵,是一个有钱的外国人,踪迹不定,目前正在巴黎;另一个是布沙尼长老,是一个在东方广行善事、颇得该地人士称誉的西西里教士。"

维尔福先生回信吩咐严格调查这两个人的情况。他的指示被执行了,第二天晚上,他接到这份详细报告:

"长老抵达巴黎已有一个月,住在圣·苏尔菲斯教堂后面的一座小房子里,那座房子是租的,只有上下两层,每层有两个房间。楼下的两个房间一间是餐厅,有桌子一张,椅子数把,胡桃木碗柜一只;另一间是嵌壁板的客厅,并无壁饰、地毯或时钟。长老显然只限于购置绝对必要的用具。长老很喜欢楼上的那个起坐间,里面堆满神学书和经典,这一个月来,他常常埋头在书堆里,所以那个房间倒不像是客厅,而像是一间书斋。他的听差先要从一个门洞里望一望来客,假如来者的面孔他不认识或不喜欢,就回答说长老不在巴黎——这个答复大多数人都能接受,因为大家知道长老是一位大旅行家。而且,不论是否在家,不论在巴黎或开罗,长老总留下一些施舍的东西,那个听差就用他主人的名义从门洞里把东西分别送人。书斋旁边另外那个房间是寝室。全部家具只有一张没有帐子的床、四把圈椅和一只铺黄色天鹅绒厚垫的睡榻。

威玛勋爵住在圣·乔琪街。他是一个英国旅行家,在旅行中花掉的钱很多。他的房子和家具都是租的,白天只在那里逗留几个钟头,很少在那里过夜。他有一副怪脾气,就是从来不说一句法国话,但所写的法文却非常纯正。"

在检察官得到这些详细情况的第二天,在费洛街的拐角上,有一个人从马车里下来,走去使劲地敲一扇深绿色的门,问布沙尼长老在不在家。

"不在家,他今天一早就出去了。"听差回答。

"我对于这个答复不能满意,"密使答道,"因为对于派我来的那个人,告诉我他肯定在家的,还是请你费神去告诉布沙尼长老——"

"我已经告诉你他不在家啦!"听差又说。

"那么,当他回来的时候,请将这张名片和这封密信交给他。他今天晚上八点钟在不在家？"

"当然在的。除非他在工作，那也就和他出去了一样。"

"我到那个时辰再来。"来客说完，就走了。

到了指定的时间，密使仍然乘着那辆马车来了，但这一次马车并不停在费洛街的街尾，却直驶到那扇绿门跟前。他一敲门，门就立刻打开放他进去。从听差对他所表示的那种客气上，他看出那封信已产生了预期的效果。"长老在家吗？"他问。

"是的，他在书斋里工作，但他在恭候您，先生。"听差回答。来客走上一座陡峭的楼梯，看到长老坐在桌子前面。桌子上有一盏灯，灯罩很大，把灯光都集中在桌面上，以致房间里其余部分相当黑暗，他看出长老穿着一件和尚长袍，头上戴着中世纪学者所用的那种头巾。"幸会，幸会，阁下就是布沙尼长老吗？"来客问。

"是的，阁下，"长老回答，"而您就是那位以前做过典狱长，现任警察总监波维里先生派来的人吗？"

"一点不错，阁下。"

"保卫巴黎安全的使者之一？"

"是的，阁下。"密使犹豫了一下，面色惭愧地回答。

长老重新戴上他那副不但遮住两眼，并且连他的颧骨也盖住的大眼镜，重新坐下来，并示意请他的客人也落座。"我悉听您的吩咐，阁下。"他带着很明显的意大利口音说。

"我所负的使命，阁下，"密探吞吞吐吐地说，"不论是执行这项使命的前提，或是接受这项使命的前提，都是机密的。"长老鞠了一躬。"您的正直，"来客继续说，"总监早已敬仰，因此，他以一个法官的资格，希望到您这儿来打听一些有关公共安全的消息。为了打探这些消息，他委托我来见您。希望友谊的牵扯或人情上的默契不会使您掩饰事实的真相。"

"阁下，只要您所希望得到的消息不至于引起我良心的不安就行了。我是一个教士，阁下，譬如说，人们在忏悔的时候所讲出来的秘密，那就必须留着我去和上帝的法庭解决，而不是由我去和人类的法庭解决。"

"您别担心长老阁下，我们必须尊重您良心的安宁。"

这个时候，长老把靠近他自己那一边的灯罩压下去，另外那一边就抬了起来，使一片明亮的灯光射到来客的脸上，而他自己则仍在阴暗里。

"对不起，长老阁下，"警察总监的使者说，"灯光太刺激我的眼睛了。"

长老把灯罩压低，"现在，阁下，"他说，"我在恭听了，请说吧！"

"我就直截了当地说，您认不认识基度山伯爵？"

"我想您是指柴康先生吧？"

"柴康！难道他的名字不叫基度山吗？"

"基度山是一处产业，或说得更准确些，那是一座岩山的名字，不是一个姓。"

"好吧，就算是吧——我们不要在名字上来争辩，既然基度山先生和柴康先生是一个人——"

"绝对是一个人。"

"我们就来谈谈柴康先生吧。"

"好吧。"

"我问您认不认识他?"

"我和他交往很密。"

"他是谁?"

"一个很阔的马耳他造船商的儿子。"

"我知道,那是报告上的话。但是,您知道,警务部不会满意于空泛的报告。"

"但是,"长老带着一个慈祥的微笑答道,"当报告与实际相符的时候,谁都必须相信——别人得相信,警务部也必须相信。"

"但您能证明您所断定的这一切吗?"

"您那个问题是什么意思?"

"要知道,阁下,我对于您的诚实并无丝毫怀疑之意,我只是问您,您对于这一点能不能证实?"

"我认识他的父亲柴康先生。"

"啊,啊!"

"小时候,我常常和他的儿子在船坞里玩耍。"

"但他这个伯爵的衔头是哪儿得来的?"

"您知道那是可以任意买到的。"

"在意大利?"

"到处都行。"

"而他的财产,据一般人估计,简直是无限——"

"噢,至于那方面,"长老说"'无限'这个词用得很恰当。"

"您认为他有多少?"

"每年十五万至二十万里弗左右。"

"这很合理,"来客说,"我听说他有三四百万。"

"每年有二十万收益就等于有四百万本金了。"

"但我听说他每年有四百万收益。"

"噢,那是不确切的。"

"您知不知道这个基度山岛?"

"当然了,凡是从巴勒莫、那不勒斯或罗马经海道回法国的人,是一定都知道的,因为要在岛的附近经过,一定看得到。"

"据说那是一个很可爱的地方。"

"那是一座岩山。"

"伯爵为什么要买一座岩山呢?"

"为了要做一个伯爵。在意大利,假如想做一个伯爵,就必须有一处采邑。"

"您是否听到过柴康先生青年时代的冒险生涯啦?"

"那老的吗?"

"不,他的儿子。"

"我知道得不准确,那个时期我没有和我的那位青年朋友在一起。"

"他去从军了吗?"

"我好像记得他当过兵。"

"加入哪一方面?"

"海军。"

"您是不是他的忏悔师?"

"不,先生,我觉得他是一个路德教徒。"

"一个路德教徒?"

"我说我觉得而已,我并没有十分肯定,而且,我相信法国是有信教自由的吧?"

"当然了,我们现在所调查的不是他的信仰,而是他的行为。以警察总监的名义,我要求您把您所知道的关于他的一切事情都告诉我。"

"大家认为他是一个非常和善的人。由于他对东方基督教徒的各种帮助,我们的圣父教皇曾封他为基督爵士——这种高尚的恩典过去只赐给亲王的。他还有五六种尊贵的勋章,都是东方诸国国王报答他各种效劳的纪念品。"

"他戴不戴那些勋章?"

"不,但他很以此为荣。他喜欢人类的造福者所赐给他的荣耀,而不喜欢人类的破坏者所赠的报复。"

"那么,他是个教友派信徒了?"

"一点不错,他是一个教友派,只是他没有穿过那种古怪的衣服罢了。"

"他有没有朋友?"

"有,凡是认识他的人都是他的朋友。"

"但他有没有仇敌呢?"

"只有一个。"

"那个人叫什么名字?"

"威玛勋爵。"

"他在哪儿?"

"他现在正巧在巴黎。"

"他能不能报告我一些消息?"

"他可以给您提供重要的消息,他曾在印度和柴康相处过一段时间。"

"您知不知道他的寓处?"

"大概在安顺大马路那一带,至于街名和门牌号码我都不太清楚。"

"您跟那个英国人有些意见不一致吗?"

"我爱柴康,他恨柴康,所以我们不是朋友。"

"您认为基度山伯爵在这次访问巴黎以前,有没有到过法国?"

"对于这个问题,我可以打保票。不,阁下,他从来没有到过这里,因为在半年以前,他曾向我打听过法国的情况。我呢,因为不知道自己什么时候回巴黎,我就介绍卡凡尔康德先生去见他。"

"安德里?"

"不,是他的父亲,巴陀罗米奥。"

"阁下,我现在还有一个问题要问了。我凭人格、人道和宗教名义,要求您坦白回答我。"

"什么事,阁下?"

"您知不知道基度山先生在阿都尔买房子有什么计划?"

"当然了,因为他告诉过我。"

"是什么计划,阁下?"

"要成立一所疯人院,像庞沙尼男爵在巴勒莫所办的那所一样。您知不知道那所疯人院?"

"我听说过。"

"那是一种很有意义的事业。"说完了这句话,长老就鞠了一躬,表示他要继续做他的研究工作了。使者大概懂得长老的意思,不然就是他再没有什么问题要问了。他站起身来,长老陪他到门口。

"您是一位大施舍家,"来客说,"虽然您很有钱,但我愿意冒昧地捐献一些东西,请您代我布施给穷人。您愿不愿意接受我的捐献?"

"谢谢您,阁下,我只在一件事情上从不愿意别人帮助,就是,我所赠送的接济品必须完全出于我自己的经济来源。"

"可是——"

"我的决心,阁下,是无法改变的,但您只要自己去找,总会找得到的,唉!可以让您行善施舍的对象实在太多啦。"长老一面开门,一面又鞠了一躬,使者也鞠躬告辞。那辆马车一直把他送到维尔福先生的家里。一小时以后,那辆马车又受命出发,这一次,它驶到圣·乔琪街,停在五号门前,那就是威玛勋爵所住的地方。使者曾写信给威玛勋爵,约定十点钟的时候前来拜访。警察总监的使者到的时候是十点差十分,仆人告诉他说,威玛勋爵还没回家,但他为人非常遵守时间,十点整必定会回来。

使者被引入客厅,客厅里的布置像其他一切连家具出租的客厅一样。一只壁炉,壁炉架上放着两只新式的瓷花瓶;一只时钟,时钟顶上连着一具张弓待发的恋爱神童像;一面两边都刻花的镜子——一边刻的是荷马盲行图,另一边是贝利赛行乞图;灰色的糊壁纸;红色和黑色的窗帘——威玛勋爵的客厅,外表就是如此。房间里点着几盏灯,一色都配着毛玻璃的灯罩,所以光线很微弱,好像是顾及警察总监的密使受不了强烈的光线刺激似的。经过十分钟的等待以后,时钟敲响十点了,敲到第五下,门开了,威玛勋爵走了进来。他的个子稍高于中等身材,脸上长着暗红色的稀疏的髭须,肤色很白,浅黄色的头发已渐渐灰白。他的衣服完全显示出英国人的特征——就是:一件1811年式的高领蓝色上装,上面钉着镀金的纽扣;一件羊毛背心;一条紫花布的裤子,裤脚管比平常的短三时;但有吊带夹住,所以倒也不会掉到膝头上去。他一进来第一句话就是:"阁下,您知道我是不说法语的吗?"

"我知道您不喜欢用我国的语言谈话。"密使回答。

"但您可以说法语,"威玛勋爵答道,"因为我虽然不讲,但听得懂。"

"而我，"使者改口用英语回答，"我也懂得一些英语，可以用英语交谈。您不用感觉不便。"

"唉!"威玛勋爵用那种只有道地的大不列颠人民才能懂得的腔调说。

密使拿出他的介绍信，后者带着英国人那种冷漠的表情把它看了一遍，看完以后，"我明白，"他仍用英语说，"我明白得十分清楚。"

于是就开始提出问题，那些问题和问布沙尼长老的差不多。但因为威玛勋爵是伯爵的仇人，所以他的答案没有约束，答得比较仔细。他描写基度山青年时代的生活，他说后者在二十岁的时候参加印度一个小王国的军队里和英国人作战；威玛第一次和他相见以及第一次和他发生摩擦的地方便是在印度，在那场战争里，柴康成了俘虏，被押送到英国，关在一艘囚犯船里，但被他潜泳逃走了。于是他就开始到处流浪，到处决斗，到处闹桃色新闻，希腊发生内乱的时候，他在希腊军队里服役。那次服役期间，他在塞萨利山上发现了一个银矿，但他小心地把这件事瞒过了每一个人。纳瓦里诺一役以后，希腊政府局面稳定，他向国王奥图要求那个区域的开矿权，国王就给了他。他从此成为巨富。据威玛勋爵的意思，他每年的收入达一两百万之多——但那种财源是不稳定的，假如开矿失败，就会突然化为乌有。

"但是，"密使说，"您知道他到法国来的目的吗?"

"他是来作铁路生意的，"威玛勋爵说，"他是一个老练的药物学家，也是一个同样出色的物理学家，曾发现一种新的急报术，他正在寻找路子推行他这种新发现哩。"

"他每年花多少钱?"总监的密使问。

"不过五六十万法郎，"威玛勋爵说，"他是一个守财奴。"

英国人的这种话显然是仇恨逼着他说出来的，他因为在其他方面无可指责伯爵，就骂他吝啬。

"您知不知道他在阿都尔所买的那座房子?"

"当然了。"

"您所知道的是关于哪一方面的?"

"您想知道他为什么要买那所房子吗?"

"是的。"

"伯爵是一个投机分子，他将来一定会在那些乌托邦式的实验里弄得自己倾家荡产。他认为在他所买的那座房子附近，有一道像巴尼里斯、罗春和卡德斯那样的温泉。他想把他的房子改变成德国人所说的那种'寄宿疗养院'。他已经把整个花园的地面都翻过两三遍了。想找到温泉的泉源，但没有成功，所以他不久就会把邻近的房子都买下来。我讨厌他，我希望他的铁路、他的电气急报、他的寻觅温泉会弄得他倾家荡产，我正在等着看他失败，不久的将来一定会实现的。"

"你们争吵的原因是什么?"

"在英国的时候，他勾引我一个朋友的太太。"

"您为什么不向他报复呢?"

"我已经和他决斗过三次了，"英国人说，"第一次用手枪，第二次用剑，第三次用双手长剑。"

"那几次决斗的结果如何?"

"第一次,他打断了我的手臂。第二次,他刺伤了我的胸部。第三次,造成了这个大伤口。"英国人翻开他的衬衫领子,露出一处伤疤,伤口的疤痕还是鲜红的,证明这是一个新伤。"所以我是他的仇人,我深信总有一天他会死在我的手里。"

"但是,"那位密使说,"据我看来,您现在似乎还不能杀死他呀。"

"唉!"英国人说,"我天天都在练习打靶,每隔一天,格里塞要到我家里来一次。"

使者想打听的事情已完了,或者说得更确切些,那个英国人所知道的事情似乎到此为止了。警察总监的使者站起身来告退,向威玛勋爵鞠了一躬,威玛勋爵用英国人那种僵硬的腔调规规矩矩地还他一礼。然后,当他听到大门关上的声音的时候,他就回到卧室里,一手摘掉他那浅黄色的头发、他那暗红色的髭须、他那假下巴和他的伤疤,重新露出基度山伯爵那种乌黑的头发和珍珠般的牙齿。至于回到维尔福先生家里去的那个人,也并不是警察总监的密使,而是维尔福先生。检察官虽然并没有打听到特别满意的消息,但他已安心不少,自从在阿都尔赴宴以来,他第一次安安稳稳地睡了一觉。

第七十章　跳舞会

这几天正是七月间最炎热的日子,马瑟夫先生按时在星期六举办跳舞会。时间是在晚上十点钟。在伯爵府的花园里,高大的树木轮廓清晰地衬托着缀满金色星星的天空。今天整天都像要下暴雨,天空上现在还飘浮着一层最后的薄雾。楼下的大厅里传出华尔兹舞和极乐舞的急旋的乐曲,楼窗缝里透出灿烂的灯光。这时,花园里只有十个仆人在那儿准备晚餐,他们刚刚接到主妇的命令,因为天气已愈来愈晴朗了。在这以前,晚餐究竟应该在餐厅里或草坪上的长天幕下举行,始终还不曾决定,但那缀满星星的美丽的蓝色夜空已使草坪占了决定的优势。花园里挂满了蜡烛和鲜花,这种排场世界各国豪华的席面上处处可见,不必多讲。

马瑟夫伯爵夫人吩咐过仆人以后,又回到屋里去,这时正巧来了许多宾客,吸引他们来的多半不是由于伯爵的地位崇高,而是由于伯爵夫人的款待有趣——因为由于美茜蒂丝的风格高雅,你一定可以在她的宴会上找到一些值得叙述,或甚至在必要的时候值得模仿的布置方法。邓格拉司夫人本来有点不想到马瑟夫夫人那儿去,因为我们前面所叙述的那几件事情使她感到很烦躁,但那天早晨,她的马车碰巧在路上和维尔福先生的马车相遇。后者做了一个手势,于是两部马车并了拢来,他说:"马瑟夫夫人那儿您去不去?"

"不去,"邓格拉司夫人回答,"我的身体不太舒服。"

"您错了,"维尔福郑重地回答,"您应该在那儿露面,这是很重要的。"

"那么我就去。"于是两部马车又朝它们不同的方向前进。

所以邓格拉司夫人来了。她不但人长得漂亮,而且服饰也华丽动人;她从一扇门进来,美茜蒂丝正好也从另一扇门出现。伯爵夫人派阿尔培去迎接邓格拉司夫人。他走上前去,对她的打扮讲了几句赞赏的恭维话,然后让她挽住他的手臂引她入座。阿尔培向周围观望。

"您在找我的女儿,是不是?"男爵夫人含笑说。

"我承认是的,"阿尔培回答。"难道您竟能这样残忍,没有带她来吗?"

"别着急。她碰到了维尔福小姐,她们两个一起做伴。瞧,她们不是来了吗,两个都穿着白衣服——一个捧着一束山茶花,一个捧着一束毋忘我花。可告诉我——"

"嗯,您想知道的是什么?"

"基度山伯爵今天晚上来不来?"

"十七个了!"阿尔培答道。

"您这是什么意思?"

"我的意思是说,伯爵好像是一团烈火,"子爵微笑着回答,"问我这个问题的人,您是第十七个了。伯爵是时代的宠儿,我向他道喜。"

"您对每一个人都是像对我这样回答的吗?"

"啊!不错,我还没有答复您。您不会失望,我们可以看到这位大人物。我们是特权阶级里的人物。"

"您昨天没有去听戏?"

"没有。"

"他也在那儿。"

"啊,真的!那位怪人有没有做出什么新花样?"

"他还能没有新花样吗?昨天演的是《瘸腿魔鬼》,伊丽莎跳舞的时候,那位希腊公主看得出了神。那一场卡秋茄舞跳完以后,他把一只珍贵的戒指绑在一束花球上,抛给那个可爱的舞星,那个舞星为了表示珍重这件礼物,在第三幕的时候,就把它戴在手指上出场。那位希腊公主呢?她来不来?"

"不,这一点只能让您失望了,她在伯爵家里的地位还不够明白。"

"等一等,让我留在这儿吧,去跟维尔福夫人聊聊去,她很想跟您讲话呢。"

阿尔培对邓格拉司夫人鞠了一躬,向维尔福夫人走过去。当他走近的时候,她张开嘴巴像是要说话的样子。"我敢随便与你打赌,"阿尔培打断她说,"我知道您想说的是什么事。"

"什么事?"

"假如我猜对了,您敢不敢承认?"

"敢。"

"人格担保?"

"人格担保。"

"您是想问我基度山伯爵到了没有,或会不会来。"

"一点不对。我现在所想的不是他。我是要问您有没有来自弗兰士先生的什么消息?"

"有的,昨天收到一封信。"

"他告诉您什么?"

"他和那封信同时起程。"

"嗯,现在,伯爵呢?"

"伯爵会来的,不会使您失望。"

"您知道他除了基度山以外另有一个名字吗?"

"不,我不知道。"

"基度山是一个岛的名字,他有一个族姓。"

"我从来没有听说过。"

"嗯,那么,我比您消息要灵通了,他姓柴康。"

"这是可能的。"

"他是马耳他人。"

"那也是可能的。"

"他是一个船主的儿子。"

"真的,您应该把这些新闻大声宣读出来,您就可以大功告成了。"

"他在印度服务过,在塞萨利发现了一个矿,到巴黎来是想在阿都尔村建立一所温泉疗养院。"

"哦!"马瑟夫说,"我敢断言,这的确是新闻!我可以讲给别人听吗?"

"可以,但要小心,每次只讲一件事情,别说是我告诉您的。"

"为什么?"

"因为这是刚发现的秘密。"

"谁发现的。"

"警务部。"

"那么这些消息来自——"

"是昨天晚上从总监那里得来的。您也猜想到,巴黎对于这样不寻常的豪华人物非常惊奇,所以警务部去调查了一下。"

"好!现在手续齐备,可以借口伯爵太有钱,把他当作贱民逮捕起来了。"

"老实说,假如关于他的情况调查不是那样对他有利的话,这种事情无疑是会发生的。"

"可怜的伯爵!他知道自己所处的环境吗?"

"我想不知道吧。"

"那么应该发发善心去告诉他。他来的时候,我一定这样做。"

这时,一个眼睛明亮、头发乌黑、髭须光润的漂亮的青年过来向维尔福夫人恭恭敬敬地鞠了一躬。阿尔培和他握握手。"夫人,"阿尔培说,"允许我向您介绍玛西米兰·摩莱尔先生,驻阿尔及利亚的骑兵上尉,是我们最出色、最勇敢的军官之一。"

"我已经有幸在阿都尔基度山伯爵的家里见到过这位先生了。"维尔福夫人回答,带着明显冷淡的态度转身走去。这句答语,尤其是说这句话的那种口吻,浇冷了可怜的摩莱尔的心。但一种报偿正在等候他。他转过身来,在门边看到一张美丽的白脸庞,白脸庞上的那一对蓝色大眼睛正注视着他,那对眼睛里并没有什么特殊的表情,但她手里的那一束毋忘我花却已慢慢地举到她的唇边。

这种致敬的姿势摩莱尔懂得很清楚,他的眼睛里也含着同样的表情,把他的手帕举到嘴唇上。于是这两尊活的石象,隔着整个房间的距离,默默地互相凝视着,一时竟忘记了他们自己的存在,甚至忘掉了世界,但在他们那种大理石似的外表里面,他们的心却在剧烈地狂跳着。他们本来可以互相再多看望一会的,也不会有人注意到他们的出神模样——因为基度山伯爵刚进来。我们已经说过,伯爵不论在哪儿出现,他总能吸引大家的注意。那并不是因为他的着装,他的着装虽然简单朴素,但它的裁剪却非常得体恰到好处;也不是因为那件纯白的背心;也不是因为那条衬托出一双漂亮的脚的裤子——吸引旁人注意的不是这些东西,而是他那苍白的肤色,他那漆黑的卷发,是那种泰然置之的表情;是那样一双乌黑的抑郁的眼睛;

是那一张轮廓分明、易于表示高度轻蔑的嘴巴——大家向他注视的,是这些东西。比他更漂亮的人也许还有很多,但没有哪一个人的面貌比他更有"特色"了,假如可以用"特色"这两个字来形容表情的话。伯爵身上的每一件东西似乎都挺有特色的,因为他已获得了经常不断地思考的习惯,所以无关紧要的动作,也会在他的脸上表示出无比的精明和刚强。可是,巴黎社会是这样的好奇,假如除此以外没有一笔包围在神秘气氛中的大财源,这一切也许还是不能引起注意的。

这时,他正在无数好奇的目光的注视之下,一面和人略打招呼,一面向马瑟夫夫人走过去,马瑟夫夫人正站在摆着几只花瓶的壁炉架子前面,已从一面与门相对的镜子里看见他进来,并且已准备和他相见。正当伯爵向她鞠躬的时候,她带着一个开朗的微笑向他转过身来。她无疑以为伯爵会和她讲两句,而在伯爵这方,他也以为她会和他说话,但双方都保持着沉默。于是,仅仅在一鞠躬之后,基度山就抬腿向阿尔培走过去,后者热烈地接待他。

"您见过家母了吗?"阿尔培问。

"见过了,"伯爵回答,"但我还没有见过令尊。"

"瞧,他就在那边,在和那一群大天才谈论政治呢。"

"真的!"基度山说,"那么,那边的那几位先生都是伟大的天才人物了。我倒没有想到。他们是哪一类的天才?您知道天才是分各种各类的。"

"那里,首先,是一位学者——就是那个个子很高、看上去很干瘪的人。他在罗马附近发现了一种蜥蜴,那种蜥蜴的脊椎骨比普通的多一节,他立刻把他的发现在科学院提出。那件事情辩论了很多时候,但最后决定他的发现是正确的。我可以向您提示,那节脊椎骨在学术界轰动了一时,而那位先生,他本来只是荣誉军团的一个骑士,就此晋封为军官。"

"哦,"基度山说,"据我看,这个十字勋章奖赐得很应该,我想,要是他再多找到一节脊椎骨的话,他们就会封他做司令官了吧?"

"很有可能。"阿尔培说。

"那个穿蓝底绣绿花上装的人是谁?他怎么竟发明出一件这样的衣服?"

"噢,那件衣服不是他自己设计出来的,那是共和国设计出来的。共和政府曾委托大画家大卫给法兰西科学院院士设计一种制服。"

"真的!"基度山说,"那么这位先生是一位科学院院士吗?"

"他在上星期已被推荐为一位学者了。"

"他的特殊天才是什么?"

"他的天才?我知道他能够用小针戳兔子的头,他能使鸡鸭吃茜草,他能够用鲸须挑出狗的脊椎骨髓。"

"有了这些成绩他就被推举为科学院的院士了吗?"

"不,是法兰西科学院的院士。"

"但法兰西科学院跟这一切有什么关系呢?"

"我就要告诉您了。看来似乎是因为——"

"一定因为他的实验在某种程度上促进了科学的发展了?"

"不,是因为他的书法非常标致。"

"这句话要是被那些脑袋受针戳的兔子,那些骨头被茜草染红的鸡鸭以及那些脊椎骨髓被挑剔的狗听到,它们一定要大发雷霆,伤心死了。"

阿尔培大笑起来。

"而那个呢?"伯爵问。

"哪一个?"

"是的,那第三个。"

"啊!,穿暗蓝色衣服的那个?"

"是的。"

"他是伯爵的一个同僚,曾极力反对贵族院的议员穿制服,他是自由主义派报纸的死对头,但因为他在制服问题上反对朝廷的意愿,报纸上倒很为他捧场。据说就要派他做大使了。"

"他是凭什么资格入贵族院的?"

"他曾编写过两三个喜剧,在《世纪》杂志上写过四五篇文章,为部长大人捧了五六年场。"

"说得妙,子爵!"基度山微笑着说,"您真是一个很有趣味的向导。现在请您帮我一个忙,可不可以?"

"什么事?"

"别介绍我认识这几位先生,假如他们有这个意思,您先来提醒我一下。"

这时,伯爵觉得有人抓他的衣袖。他转过身来,原来是邓格拉司。"啊! 是您吗,男爵?"

"您为什么要称呼我男爵呢?"邓格拉司说,"您知道我对于我的头衔并不看重。我不像您,子爵,您很喜欢您的头衔,是不是?"

"当然了,"阿尔培回答,"我要是没有了头衔,就一无所有了,而您,牺牲了男爵,却依旧不失为百万富翁。"

"不幸,"基度山说,"百万富翁这个头衔可不像男爵、法国贵族或科学院院士那样可以终身保存的,譬如说,法兰克福的百万富翁,法波银行的大股东法郎克和波尔曼,最近就已宣告破产。"

"真的!"邓格拉司说,脸色顿时惨白。

"是的,我是今天傍晚得到的消息,是一个跑差来报告的。我有一百万存在他们手里,但及时得到消息,在半个月以前就提出来了。"

"啊,"邓格拉司喊道,"他们开了一张二十万法郎的汇票给我!"

"您可要小心一点,他们的签字只值五厘。"

"是的,但太晚啦,"邓格拉司说,"我已经付掉了。"

"好!"基度山说,"又少了二十万法郎,加上以前——"

"嘘! 别说这些事情,"邓格拉司说,然后,他向基度山凑近一步,小声地说,"尤其是在小卡凡尔康德先生面前。"讲完以后,他微笑了一下,转身向他所指的那个青年走去。

　　阿尔培离开伯爵去和他的母亲说话,邓格拉司也已去和小卡凡尔康德谈天,基度山暂时只剩下独自一个。这当儿,大厅里非常热。听差托着摆满冷饮品的茶盘在各处穿梭似的往来。基度山不时揩抹额头上的汗珠,但当仆人把盘子送到他面前来的时候,他却退后一步,他不吃解热的东西。马瑟夫夫人的目光从来没有离开过基度山,她看到盘子来来往往而他却什么都没有碰,甚至还注意到他后退的那种动作。

　　"阿尔培,"她问道,"你注意到没有?"

　　"什么,妈?"

　　"我们请伯爵来吃饭,他从来没有接受过。"

　　"是的,但他在我那儿吃过早饭——真的,那次他还是初次在巴黎社会露面呢。"

　　"但你的家并不是马瑟夫先生的家,"美茜蒂丝轻轻地说,"自从他来到这儿以后,我就在注意他。"

　　"是吗?"

　　"是的,他还没有吃过任何东西。"

　　"伯爵是注意节食的。"

　　美茜蒂丝不解地微笑了一下。"走过去,"她说,"等下一次盘子送来的时候,务必请他吃些东西。"

　　"为什么,妈?"

　　"听我的话,阿尔培。"美茜蒂丝说。

　　阿尔培拿起他母亲的手吻了一下,来到伯爵身边。又有一只摆满冷饮品的盘子送了来,她看到阿尔培想劝伯爵吃些东西,但他固执地推却。阿尔培回到他母亲那儿,她的脸色非常难看。

　　"是吧,"她说,"你看到他拒绝了吧!"

　　"是的,但您又何必因此多想呢?"

　　"你知道,阿尔培,女人的心是很脆弱的,我喜欢看到伯爵在我的家里吃些东西,即使一粒石榴也好。也许他过不惯法国式的生活,喜欢吃别的东西吧。"

　　"噢,不! 在意大利的时候,我看他什么东西都吃,看来他今天晚上不想吃东西了。"

　　"也许,"伯爵夫人说,"他是在南方过惯了的,他可能不像我们这样怕热。"

　　"我想不见得,因为他曾诉苦说,他感到几乎要窒息了,还问我为什么不把百叶窗也像玻璃窗那样打开。"

　　"的确",美茜蒂丝说,"这倒使我想起了一个办法,可以试探他是否故意不愿吃东西。"于是她离开大厅。一分钟以后,百叶窗全部大开,透过那些垂下素馨花和女萎草的窗口,可以看到点缀着各色灯笼的花园和摆列在帐幕底下的餐桌。跳舞的,玩牌的,谈话的——全都发出一遍欢呼。每一个人都幸福地吞吸着那飘进来的微风。这时,美茜蒂丝重新出现,她的脸色比以前更苍白了,但神色很镇定。她一直向以她丈夫为中心的那群人走过去。"别把这几位先生拖住在这儿,伯爵,"她说,"我想,他们大概愿意到花园里透透气,不愿意在这儿受闷,因为他们不是在玩牌。"

"啊,"一个风流的老将军说,"我们不愿意单独到花园里去。"

"那么,"美茜蒂丝说,"我来领略。"她转向基度山,又说,"伯爵,您可以陪我去散步吗?"

对于这段简单独白,伯爵听后犹豫了片刻,他向美茜蒂丝盯了一眼。那一瞥的光景实际上极其短暂,但伯爵夫人却似乎觉得有一世纪之久。他把他的手臂递给伯爵夫人。她挽起他的手臂,确切些,只是用她那只纤细的小手轻轻触着它,于是他们一同走下那两旁列着踯躅花和山茶花的台阶。在他们的身后,一个二十人左右的人群高声欢呼着从另外一扇小门里冲进花园。

第七十一章　面包和盐

马瑟夫夫人和她的同伴走进一条树木列成的拱廊。两旁都是菩提树,这条路是通到一间温室去的。

"大厅里太热了,是不是,伯爵?"她问。

"是的,夫人,您把门和百叶窗都打开,想得真周全。"当他讲这些话的时候,伯爵感觉到美茜蒂丝的手在颤抖。"但您,"他继续说,"穿着那样单薄的衣服,只披一条纱巾,也许您有点觉得冷吧?"

"您知道我在领您到哪儿去吗?"伯爵夫人说,并不回答基度山的问题。

"不,夫人,"基度山回答,"但您知道我并没有推辞。"

"我们是到温室里去,您瞧,那间温室就在这条路的尽头。"

伯爵望一望美茜蒂丝,还想再问她,但她只是默默无言地继续向前走,基度山也不说话。他们走到那间结满了美丽的果子的温室里。这时虽是七月里,但却仍然在用人工控制温度代替阳光的热力促使果子成熟,法国的阳光常是这样稀少。伯爵夫人放开基度山的手臂,摘下一串紫葡萄。"瞧,伯爵,"她微笑着说,但那种微笑的表情是那样悲哀,使人似乎觉得可以在她的眼眶里看到泪水——"瞧,我知道我们的法国葡萄是无法和你们西西里或塞浦路斯的相比的,但您大概可以原谅我们北方的阳光吧。"

伯爵鞠了一躬,后退一步。

"您拒绝吗?"美茜蒂丝用一种凄惨的声音说。

"请原谅我,夫人,"基度山答道,"可我是从来不吃紫葡萄的。"

美茜蒂丝让葡萄从她的手里落到地上,叹了一口气,邻近的墙头上垂着一只美丽的桃子,也是用人工的热度焙熟的。美茜蒂丝走过去,摘下那只果子。"那么,吃了这只桃子吧。"她说。

伯爵还是不接受。

"怎么,又拒绝!"她的声音是这样的悲切,似乎在尽力克制住泪水。"真的,您太使我失望了。"

随着这一幕之后的是长时间的沉默。那只桃子,像葡萄一样,也落到地上。

"伯爵,"美茜蒂丝用一种哀恳地目光看了他一眼说,"阿拉伯有一种美好的风俗,凡是在同一屋顶底下一起吃过面包和盐的人,就成了永久的朋友。"

"我知道的,夫人,"伯爵回答,"但我们是在法国,不是在阿拉伯。而在法国,永久的友谊就像分享面包和盐那种风俗异常的稀少。"

"但是,"伯爵夫人眼睛一眨不眨地盯住基度山,两手颤抖地紧紧抓住他的手臂,紧张得连气都喘不上来似的说,"我们是朋友,对不对?"

伯爵的脸苍白得像纸一样,血冲进他的心,然后又向上涌,把他的两颊染得通红;他的眼睛水汪汪的,像是要突然晕眩过去的人一样。"当然了,我们是朋友,"他答道。"我们为什么不呢?"

这个答复和美茜蒂丝所希望的是相差太远了,她背转身去,发出一声听来像呻吟似的叹息。"谢谢您。"她说,于是他们又开始散步。"阁下,"在他们默默地走了十分钟以后,伯爵夫人突然喊道,"您真的见过许多的东西,旅行过很遥远的地方,遭受过很深的痛苦吗?"

"我受过很深的痛苦,夫人。"基度山回答。

"但您现在很快乐了?"

"当然了,"伯爵答道,"因为没有人能听到我悲叹的声音。"

"您目前的愉快是否已经融化了您的心呢?"

"我目前的快乐当等于我过去的痛苦。"伯爵说。

"您没有结婚吗?"伯爵夫人问道。

"我结婚!"基度山打了一个寒战,问道。"那是谁告诉您的?"

"谁都没有告诉我,但有人在戏院里看到您常常和一个年轻美丽的人在一起。"

"她是我在君士坦丁堡买来的一个奴隶,夫人——是一位王爷的女儿。我把她认作我的继女,因为我在这个世界上再没有别的人可以爱了。"

"那么,您过着独身生活吗?"

"我过着独身生活。"

"您没有姊妹,没有儿子,没有父亲吗?"

"我一个都没有。"

"您怎么能这样活着呢——对人生毫无任何留恋的东西?"

"那不是我的错,夫人。在马耳他的时候,我曾热恋过一个青年姑娘。当我快要和她成亲的时候,战争把我带走了。我以为她很爱我,能够等待我,即使我死了,也能忠实地守候着我的坟墓。但当我回来的时候,她已经结婚了。这种事情在二十岁以上的男子原是很普通的。也许我的心比别人更软弱,比处在我同样地位的那些人更要难受——其差别也只是如此而已。"

伯爵夫人停了一停,像是要喘一口气。"是的,"她说,"而您,在您的心里仍旧保存着这个爱情——人是一生只能恋爱一次的,您后来再也没有见到过她?"

"从来没有!"

"从来没有?"

"我再也没有回到她所住的那个地方。"

"在马耳他?"

"是的,在马耳他。"

"那么,她现在是在马耳他?"

"我想是的吧。"

"您已经宽恕她,原谅她使您所受的种种磨难了吗?"

"是的,我饶恕了她。"

"但不只是她,那么,您仍然还恨使您和她分离的那些人吗?"伯爵夫人手里还有一小串那种芬芳的葡萄,这时就站到基度山的面前。"吃一点。"她说。

"夫人,我是从来不吃紫葡萄的。"基度山回答,像是这个问题以前并没有接触过似的。

伯爵夫人用一种绝望的姿势把葡萄抛进最近的树丛里。"太固执了!"她轻声说。基度山始终毫不动情,好像这种责备并不是说他似的。

这当儿,阿尔培奔了进来。"噢,妈呀!"他喊道,"发生不幸的事情啦!"

"什么?发生了什么事情?"伯爵夫人问道,像是从梦中醒过来回到现实生活似的。"你说是一场灾难吗?是的,一定是出了事故了。"

"维尔福先生来了。"

"怎么了?"

"他是来找他的太太和女儿的。"

"为什么?"

"因为圣·米兰夫人刚到巴黎,带来了圣·米兰先生的噩耗,他是离开马赛不久就死的。维尔福夫人正在兴奋之中,一时难以接受那件事故或不能相信会发生那样的事情。但凡兰蒂小姐一听到话头,又注意到她父亲那谨小慎微的样子,就立刻明白了事故的真相。这个打击对她像是晴天霹雳一般,她昏过去了。"

"圣·米兰先生跟维尔福小姐有什么关系呢?"伯爵说。

"他是她的外祖父。他是来催她和弗兰士结婚的。"

"啊。真的!"

"嗯,"阿尔培说,"弗兰士现在得到缓刑了,为什么圣·米兰先生不也是邓格拉司小姐的外祖父呢?"

"阿尔培!阿尔培!"马瑟夫夫人用一种温和的责备口气说,"你这是在说什么呀?啊,伯爵,他非常尊敬您,请您告诉他他说错了话了。"于是她向前走了两三步。

基度山用非常古怪的眼神望着她,他的表情是那样的专注,那样的充满着爱慕,以致她又倒退回去。然后她又上来挽住他的手,同时抓起她儿子的手,把那两只手拽在一起。"我们是朋友,对不对?"她问。

"噢,夫人,我不敢自称为您的朋友,但我始终是您最恭敬的仆人。"

伯爵夫人心里怀着一种无法形容的痛苦走了开去。她还没有走多远,伯爵就看见她用手帕去抹眼睛。

"家母跟您有点不和吗?"阿尔培惊讶地问。

"正好相反,"伯爵答道,"您不是听到她说我们是朋友吗?"

他们回到大厅里,凡兰蒂和维尔福先生夫妇刚离开,毋庸说,摩莱尔也已跟着他们走了。

第七十二章　圣·米兰夫人

　　维尔福先生的家里的确发生了一场灾难。太太和小姐已经去参加跳舞会去了。维尔福夫人虽曾竭力劝她的丈夫和她们同去,但她的请求没有成功,检察官还是照常把他自己关在书斋里,面前堆着一大沓文件,这一堆文件谁看了都会头痛,但平常总还是难于满足他那强盛的工作欲望。可是这一次,这些文件只是形式而已,维尔福静处的目的不是在工作而是在反省。门已经闩上,仆人那里已吩咐过,除非有重要大事,不许来打扰他,于是他在圈椅里坐下来,开始细细地思索这一周以来累得他神魂颠倒、痛苦不安地在他的头脑里萦回不已的那些事情。然后,他并不去碰他面前的那个文件堆,却打开写字台的抽屉,按一下密钮,抽出一包宝贵的文件,这包文件整理得很仔细,编着只有他自己知道的号码,里面所载的是人名和记录,都是他在政治途径上、金钱事务上、法庭上以及他那些神秘的恋爱事件上的敌对者。他们的数目现在已达到惊人的地步,他开始有些害怕了,但这些名字虽然再增,但也曾常常使他满意地微笑,像是一个旅行者在到达山顶以后,回头俯视脚下那些他曾经历过陡峭山崖、嵯峨的峰峦、可怕的岩石以及无法通过的狭径。他在他的记忆里把所有这些名字默诵了一遍,又参照名单上的记载重读一遍,研究了一番,他摇摇头。"不!"他低声地说,"我的敌人没有哪一个会辛辛苦苦地耐心等待这么久的时间,到现在才用这个秘密来压垮我。有时候,正如哈姆雷特所说的:

　　　　事实总会升起到人们的面前,
　　　　即使用全世界的泥土压住它也是枉然。

　　但是,像一个磷火似的,它虽然升起来,但却会引人走入迷途。那个科西嘉人大概曾把这个故事告诉一个教士,那个教士就把它传扬开去。基度山先生也许曾从旁人口里听到过,而为了查明真相——但他为什么要查明这件事情的真相呢?"维尔福先生在思索了一会儿以后,这样自问。"但这和这位基度山先生或柴康先生有什么关系呢? 他是一个马耳他船商的儿子,曾在塞萨利发现一个银矿,现在是初次来访问巴黎——他何必要考究这样一件悲惨、神秘和无用的事实呢? 布沙尼长老和威玛勋爵——一个朋友和一个仇人——所给我的各种消息虽不尽符合,但据我看来,有一点是可以明确地肯定的——就是不论在什么时候,或者在哪一件事情上,就是任何一种环境里,他和我之间都不曾有过任何接触。"

　　但维尔福所说的这几句话甚至连他自己都不相信。他怕的倒不是事情被揭露出来,因为他可以辩护或否认它的真实性;他并不十分顾忌那突然在墙上出现的血字;他真正急于想知道的是,究竟这些血字是哪一个人的手把它描下来的。他尽量竭力抑制自己的恐惧,开始幻想起来。他以前常常幻想他的政治前途,这是他野心的梦想的主题,但今天他没有去做那方面的梦,他生怕惊醒了那些睡了许久的敌人,只为自己设想一幅限于享受家庭之乐的远景。他正在这里幻想的时候,前庭里传来一辆马车滚动的声音,接着他听到一个老年人的脚步踏上楼梯,后面跟随着一片哭泣和哀声,这是仆人们的常态,表示他们也很关切主人的伤心事。他拔开门闩,几乎立刻就进来了一位老太太,肩上挽着披肩,手里拿着帽子,并不先等仆人通报。白发压着她那黄色的额头,她的眼睛本来已经因年老而深陷下去,现在则几乎消失在那因悲哀过度而发肿的眼皮底下了。"噢,阁下,"她说——"噢,阁下,多大的不幸呀! 我要死了,噢,是的,我一定要死了!"

于是她就倒在那张离门最近的椅子上,使劲地哭泣起来。仆人们站在门口,不敢进去,诺梯埃的老仆人在他主人的房间里听到那一片闹声,也赶来站在后面,大家都望着她。维尔福站起来,向他的岳母——那哭泣的老人——奔过去。"发生了什么事啦?"他喊道。"您为什么这样伤心! 圣·米兰先生没有和您一同来吗?"

"圣·米兰先生死啦!"老侯爵夫人直截了当地回答,脸上也没有什么特殊的表情,她看来似乎已经麻木了。

维尔福吃惊地后退几步,两手紧紧地绞在一起,喊道:"死了,这样突然?"

"一个礼拜以前,"圣·米兰夫人接着说,"我们吃过午饭就一同乘着马车出发。圣·米兰先生已经有两天感到不怎么舒服了。但是,想到又可以看到我们亲爱的凡兰蒂,他就鼓足勇气,不顾自己的病,照样起程。当我们离开马赛十八里路,吃了一些他常服的金锭丹以后,他就沉沉地睡去。我当时觉得他睡的有些不自然,可是我又不敢喊醒他,我好像觉得他的脸色转红,他太阳穴上的血管跳得比往常厉害。但是,因为那时天色渐渐黑了,我看不太清,就让他去睡。突然间,他发出一声沉重痛苦的喊声,像是一个人在睡梦中受到折磨似的,他的头猛然往后一倒。我喊住车夫,我唤叫圣·米兰先生,我用我的嗅盐给他闻,但一切都晚了,我坐在一个尸体旁边到达埃克斯。"

维尔福半张着嘴站着,简直吓呆了。"您当然去请医生啦?"

"立刻去请,但是,我刚才说过,那已经太迟啦。"

"是的,但他至少能说出可怜的侯爵是什么病死的。"

"噢,是的,阁下,他告诉了我,那看来像是一种中风。"

"那时您怎么办呢?"

"圣·米兰先生常常表达一种心愿,假如他不是死在巴黎,就把他的尸体搬回到家墓来。我把他装在一具铅棺里,比他先走几天。"

"噢,可怜的妈!"维尔福先生说,"您到了这样的年龄,经受过这样的一个打击以后,竟还要完成那种责任!"

"上帝支配我做完了这一切! 而且,假如可怜的侯爵在世,我为他所办的那一切事情他自然也会替我办的。不错,自从我离开他以后,我似乎已经失去知觉了。我不能哭,他们说,到我这样的年龄,是不再有眼泪的了。可是,我以为当一个人遭到灾难的时候,我们是应该有能力哭的。凡兰蒂在哪儿,阁下?我是为她而来的,我希望赶快见到凡兰蒂。"

维尔福觉得假如回答凡兰蒂是参加跳舞会去了未免太残忍,所以他只说她和她的继母一同出去了,可以派人去找她回来。

"马上去找,阁下!马上去找,我求求你!"那位老太太说。

维尔福扶起圣·米兰夫人,领她到他的房间里。"您休息一下吧,妈。"他说。

侯爵夫人听到这句话,感动地抬起头来。眼前的这个人使她那样强烈地想起她无限惋惜的那个女儿来,她觉得她的女儿还活在凡兰蒂的身上,她被"妈"这个字感化了,顿时老泪纵横,跪倒在一张圈椅前面,把她那白发苍苍的头埋在椅子里。维尔福让女佣人照顾她,而老巴罗斯则惊惶地跑去报告他的主人去了——这时最使老年人恐惧的事情,莫过于死神暂时放松对他们的警戒,再去打击另外一个老年人。当圣·米兰夫人还跪在地上,在那悲伤之中狂热地祷告的时候,维尔福叫人备好马车,亲自到马瑟夫夫人那里去接他的妻子和女儿。当他在舞厅门口出现的时候,他的脸色特别难看,以致凡兰蒂急忙向他奔过来。说:

"噢,爸爸,发生了什么不幸的事了吧!"

"你的外婆刚才到了,凡兰蒂。"维尔福先生说。

"外公呢"那青年女郎浑身颤抖,疑惧地问。

维尔福先生的回答只是伸手去扶住他的女儿。这是时间问题,因为凡兰蒂的头发晕,她的脚步踉跄着站不稳。维尔福夫人也立刻赶过来扶住她,一面帮助她的丈夫把她抬到马车里,一面说:"真是怪事!谁想得到呢!啊,是的,这件事真奇怪!"于是,那不幸的一家人走了,留下一片阴云笼罩着其他与会的人们。

凡兰蒂发觉巴罗斯在扶梯脚下等她。"诺梯埃先生希望今天晚上见您一次。"他低声说。

"告诉他,我见过我亲爱的外婆后就来。"她回答,真心体贴地觉得目前最需要她帮助的是圣·米兰夫人。

凡兰蒂发觉她的外祖母躺在床上。在这一场伤心的会面中,沉默的爱抚、心痛如绞的哭泣、断续的叹息、火热的眼泪,就是这所经历的一切。维尔福夫人依靠在她丈夫的臂膀上,保持着外表上的沉默的敬意,至少是对那个可怜的寡妇。她不久就对她的丈夫耳语说:"我想,假如你允许的话,我还是走开的好,因为我在这儿似乎更会使你的岳母难过。"

圣·米兰夫人听到了她的话。"是的,是的,"她温和地对凡兰蒂说,"让她离开吧,但你要留在这儿。"

维尔福夫人走了,凡兰蒂独自留在床边,而那位检察官被这个意外的死讯惊得不知所措,也跟着他的妻子出去了。

现在且回头来讲老诺梯埃。我们前面说过,诺梯埃听到家里的喧闹,就派他的老仆人去查问原因,巴罗斯一回来,他那机敏的眼光就向他的使者询问。

"唉,老爷!"巴罗斯惊叹道,"发生了一件很不幸的事情啦。圣·米兰夫人到了,她的丈夫死啦!"

就过去而言,圣·米兰先生和诺梯埃之间从来不曾发生过友谊。可现在,一个老年人的死总会大大地影响到另一个老年人。诺梯埃的头无力地垂到胸前,显然心里很难过,在想什么心事,然后他闭上一只眼睛。

"凡兰蒂小姐吗?"巴罗斯说。

诺梯埃做了个肯定的表示。

"她参加跳舞会去了,这是您知道的,因为她曾打扮得整整齐齐地来向您道别过的。"

诺梯埃又闭一闭他的左眼。

"您想见她吗?"

诺梯埃又做了个肯定的表示。

"嗯,他们一定已经到马瑟夫夫人那儿去接她了。我去等着,等她回来的时候请她到这儿来。您是不是想这样?"

"是的。"那个废人回答。

所以,正如我们已经说过的,巴罗斯就去守着凡兰蒂,把她祖父的要求告诉她。因此,凡兰蒂在离开圣·米兰夫人以后,就来看诺梯埃。圣·米兰夫人终于因疲乏过度而昏昏沉沉地睡着了。在她伸手所及的地方,他们放了一张小桌子,桌子上放着一只玻璃杯和一瓶橙汁,这是她常用的饮料。于是,我们已经说过,那青年女郎就离开床边去看诺梯埃先生。凡兰蒂吻了老人一下,老人则带着无限爱惜的神色望着她,以致她自以为已经枯竭的眼泪又充满了眼眶。那位老先生依旧带着同样的表情凝视着她。

"是的,是的,"凡兰蒂说,"您的意思是:我还有一位慈爱的祖父,是不是?"

老人表示他的意思正是如此。

"唉!幸而我还有,"凡兰蒂答道。"要是没有的话,我可怎么活呀?"

这已经是早晨一点钟了。巴罗斯觉得经过了这种伤心的事件以后,每一个人都需要休息,他自己也很想上床去睡。诺梯埃也不会说,他所需要的唯一休息是看他的孙女儿,所以就让凡兰蒂走了,因为忧愁和疲乏已使她看来像是病了。

第二天早晨,凡兰蒂发觉她的外祖母还是躺在床上。发烧并没有退;相反的,她的眼睛闪闪发光,像是精神上受着极大的刺激。"噢,亲爱的外婆!您还不舒服吗?"凡兰蒂看到这种种焦躁不安的征兆,不禁惊喊起来。

"没有,我的孩子,不是的!"圣·米兰夫人说,"但我有点等得你不耐烦了,我想请您去找你的爹爹来。"

"我的爹爹?"凡兰蒂不安地问。

"是的,我想跟他谈一谈。"

凡兰蒂不敢违背她外祖母的意思,而且她也不知道她要谈的是什么事。过了一会儿，维尔福进来了。

"阁下，"圣·米兰夫人说，她免掉了许多礼节，像是怕她已没有太多的时间可浪费似的，"你写信告诉我，已经在为这个孩子准备婚事了?"

"是的，夫人，"维尔福回答，"那不仅是准备，而是已经定局的了。"

"你的意中女婿是弗兰士·伊辟楠先生?"

"是的，夫人。"

"他的父亲是伊辟楠将军，是和我们站在一边的，在逆贼从爱尔巴岛回来的前几天被人暗杀掉的那一位吗?"

"正是。"

"他对于娶一个雅各宾党徒的孙女儿，倒并没有什么不高兴吗?"

"幸而我们的内争现在已经不存在了，妈，"维尔福说。"他父亲去世的时候，伊辟楠先生还只是一个小孩子，他对于诺梯埃先生的事情知道得很少，将来和他相处，即使并不愉快，至少也可以无所谓。"

"这门亲事配不配?"

"各方面都配。"

"那个年轻人呢?"

"大家对他都很赞许。"

"他为人和不和气?"

"他是我所知道的最杰出的青年人之一。"

在这一段谈话的期间，凡兰蒂始终保持着沉默。

"嗯，阁下，"圣·米兰夫人想了几分钟以后说，"我必须催你赶快办这件婚事，因为我活的时间不多了。"

"您，夫人?""您，亲爱的外婆?"维尔福先生和凡兰蒂同时惊喊道。

"我知道我在说些什么，"侯爵夫人继续说，"我必须催你赶快办，这样，在她结婚的时候，虽然没有母亲，至少还有一个外婆来为她祝福。我那可怜的丽妮她只剩下这么一条命根，但你是早把她忘掉的了，阁下。"

"啊，夫人，"维尔福说，"您忘记了我不得不使我的孩子有一个母亲。"

"后母绝不是母亲，阁下。但这不是要讨论的话题，我们只谈关于凡兰蒂的事情。让我们不要去打扰死者吧。"

这些话说得非常急促，她的谈话似乎开始有点像呓语了。

"这件事一定照您的意思办理，夫人，"维尔福说，"尤其是因为您的意思正巧和我一致。伊辟楠先生一到巴黎——"

"我亲爱的外婆，"凡兰蒂插进来说，"应当想一想礼制——最近的那件丧事。您不会愿意我在这种不吉利的气氛中结婚的吧?"

"我的孩子，"老太太厉声喊道，"那些老一套的反对话可以使优柔寡断的人延迟建立他们的未来生活，我们别去听信它。我也是在我母亲的灵床前面结婚的，而我当然并没有为那件事情减少了我的快乐。"

"可是，一想到那件伤心的事，夫人！"维尔福说。

"可是？——永远要'可是'下去吗！我告诉你，我就要死了，你懂不懂？在死以前，我要看看我的外孙女婿。我要告诉他使我的孩子快乐，我要从他的眼睛里看出他究竟服从不服从我——总之，我要认识他，"老太太带着一种可怕的激情继续说，"假如将来他不完成他的责任，我就可以从我的坟墓里爬出来找他！"

"夫人，"维尔福说，"您必须撇开这些超俗的念头，这样想下去是要发疯的。死人一旦被埋入坟墓里，就将睡在那儿，永远不再起来的了。"

"噢，是的，是的，亲爱的外婆，您安心一点吧。"凡兰蒂说。

"我告诉你，阁下，你错啦。昨天晚上我睡得恐怖极了。似乎我的灵魂已经脱离我的身体，在头顶上飘来荡去。我的眼睛，虽然我想睁开，却还是不由自主地闭了起来，说来似乎不可能，尤其是你，阁下，我闭着眼睛竟也能看到东西，在你现在所站的那个地方，从通到维尔福夫人梳妆室去的那个门的角落里——我看见，我告诉你，静静地飘进来了一个白色的人影。"

凡兰蒂尖声喊叫起来。"这是您发烧的缘故，夫人。"维尔福说。

"信不信由你，但我知道我所说的的确是实情。我看到一个白色的人影。而且，像是怕我不相信，怕我意识不到，我又听到我的玻璃杯被移动的声音——就是现在放在桌子上的那一只。"

"噢，亲爱的外婆，那是一个梦。"

"那绝不像是一个梦，因为我还伸手出去拉铃呢，但当我这样做的时候，那个影子不见了。接着我的婢女就拿着一盏灯进来。"

"她没有看到什么吗？"

"鬼只有应该看见它们的人才能看得到。那是我丈夫的灵魂！嗯，假如我丈夫的灵魂可以到我这里来，为什么我的灵魂不能出来保护我的外孙女呢？据我看，那种关系似乎更直接呀。"

"噢，夫人，"维尔福不禁大为感动，说，"别去想那些悲惨的事情了，您还要快乐地和我们生活在一起，受我们的爱戴，受我们的尊敬。我们要使您忘记——"

"决不，决不，决不！"侯爵夫人说。"伊辟楠先生什么时候回来？"

"我们随时都在准备迎接他。"

"很好。他一到，马上通知我。我们必须迅速。我也希望赶快见到一位公证人，以便把我们的财产全部转给凡兰蒂。"

"啊，外婆！"凡兰蒂把她的嘴唇贴到她外祖母炭火一般的额头上，不安地说，"您不是要吓死我吧？噢，您烧得多厉害，我们必须去找的不是公证人，而是大夫！"

"大夫！"她耸耸肩说，"我没有病，我只是口渴。"

"您要喝什么，亲爱的外婆？"

"还是跟平时一样，我的宝贝，我的杯子就在桌子上。拿给我，凡兰蒂。"

凡兰蒂把橙汁倒入一只玻璃杯里，拿给她的外祖母，心里有点战栗，因为这就是那鬼碰过的那只杯子。侯爵夫人一口就把橙汁喝干，然后在枕头上翻来覆去，反

复地喊道:"公证人! 公证人!"

维尔福先生走了,凡兰蒂在她外祖母的床边坐下来。那个可怜的孩子说她那年老的外祖母需要大夫,但看来她自己倒很需要。她的脸颊绯红,呼吸短促而困难,脉搏跳得非常不稳。她心里想,要是玛西米兰知道圣·米兰夫人非但不是一个帮手,而且无意之中成了一个对立面,那时将多么难受。她不止一次想把一切都告诉她的外祖母,假如玛西米兰·摩莱尔的名字是叫阿尔培·马瑟夫或夏多·勒诺的话,她就一刻都不会犹豫;但摩莱尔只是百姓出身,而凡兰蒂知道她那心气高傲的圣·米兰侯爵夫人是多么鄙视那些非贵族出身的人。每当她要把她心中的秘密吐露出来的时候,一想到这是一种徒劳的举动,便又伤心地把它压了下去——因为这个秘密一旦被她的父母发觉以后,就一切都完了。

两个小时就这样过去了。圣·米兰夫人似睡非睡,公证人已到了。通报的声音虽然很轻,圣·米兰夫人却立刻抬起头来。"公证人吗?"她喊道,"让他进来!"

公证人本来就在门口,立刻走进来。"你走吧,凡兰蒂,"圣·米兰夫人说,"让我和这位先生谈一谈。"

"但是,外婆——"

"离开我! 去!"那青年女郎吻了她外祖母一下,用手帕擦着眼睛离开。她在房门口遇到维尔福先生的贴身跟班,后者告诉她大夫已在餐厅里等候了。凡兰蒂立刻奔下去。那个医生是她家里的朋友,也是当今最有声望、德才的人士之一,特别喜欢凡兰蒂,她出生的时候,他就是一个见证人。他自己也是一个年龄和她相近的女儿,他的妻子是患肺病死的,所以他老是在为他的孩子担忧。

"噢,"凡兰蒂说,"我们等得您急死了,亲爱的阿夫里尼先生。但先告诉我,梅蒂兰和安妥妮蒂都好吗?"

梅蒂兰是阿夫里尼先生的女儿,安妥妮蒂是他的侄女。阿夫里尼先生忧郁地微笑了一下。"安妥妮蒂很好，"他说，"梅蒂兰也还可以。但你派人叫我来，我的好孩子，难道你的爸爸或维尔福夫人病了吗？至于你，虽然我们不能不用脑筋，但你千万不要太胡思乱想，我想除了给你这一点安慰外，我对你是没有太大帮助的。"

凡兰蒂的脸涨得通红。阿夫里尼的诊断学几乎像是奇迹，因为他是那些从身体研究到脑子的医生之一。"不，"她答道，"是我那可怜的外祖母。您已经知道我们家所面临的不幸了吧，不知道吗？"

"我什么都不知道。"阿夫里尼先生说。

"唉！"凡兰蒂忍住她的眼泪说，"我的外祖父死啦。"

"圣·米兰先生？"

"是的。"

"突然死的？"

"中风死的。"

"中风？"大夫重复说。

"是的，我那可怜的外祖母从来没有和她的丈夫分离过，她幻想他已经来喊她了，认为她一定要跟他在一起。噢，阿夫里尼先生，我求求您，一定给她想点办法！"

"她在哪儿？"

"在她的房间里，跟公证人在谈话呢。"

"诺梯埃先生呢？"

"还是老样子，他的神志十分清楚，就是不能动，不能讲话。"

"他还是那样爱你吗，我的好孩子？"

"是的，"凡兰蒂说，"他非常喜欢我。"

"谁能不爱你呢？"

凡兰蒂勉强地微笑一下。

"你外祖母的病情怎么样？"

"精神特别兴奋混乱，睡的时候昏昏沉沉，不正常。她今天早晨在睡觉的时候幻想她的灵魂已经脱离身体，在她的头顶上盘旋，而且她自己竟能看得到，那一定是神经出了毛病了。她还幻想到她看见一个鬼走进房间里来，甚至还听到鬼碰她的玻璃杯的声音。"

"这就怪了，"医生说，"我还不曾想到圣·米兰夫人竟会这样神经错乱。"

"我也是生平第一次看到她这样，"凡兰蒂说。"今天早晨她把我吓坏了，我简直还以为她疯了。而家父，您知道，是一位头脑很顽强的人，可是他看来似乎也留下很深的印象。"

"我们去看看吧，"医生说，"你讲给我听的这些事情听起来非常奇怪。"

这时公证人下来了，凡兰蒂知道她外祖母房间里已没有第二个人。"上楼去吧。"她对医生说。

"你呢？"

"噢，我不敢——她不允许我派人去找您，而且，正如您所说的，我自己心里也乱糟糟的,还有点发烧,身体也不舒服。我要到花园里去走一走,去清醒一下我的头脑。"

　　大夫握了握凡兰蒂的手。他上楼去看她的外祖母,而她则走下台阶。至于她喜欢散步的地方是花园的哪一部分,这是不必说的了。根据她以前的习惯,她肯定要在房子四周的花丛间逗留一会儿,折一朵玫瑰花插在胸前或发髻上,然后拐入那条通到后门去的幽静的走道。凡兰蒂仍旧在她的花丛间漫步了一会儿,但并没有摘花。虽然她还没有时间把她的外表装扮成居丧的样子,可是她内心的悲痛阻止她做这种朴素的装饰。她转身向那条两旁长着大树的小路走过去。当她正走的时候,她好像听见有人在呼唤她的名字。她吃惊地停下来,于是那声音就更加清晰地传入她的耳朵,她听出那是玛西米兰的声音。

第七十三章 诺言

　　那确实是玛西米兰·摩莱尔。自从前一天起,他就过着一种非常痛苦的生活。凭着情人们所有的敏感,他预料到在侯爵去世和圣·米兰夫人回来以后,维尔福先生的家里将会出现某种与他这个凡兰蒂的情人有很大利弊关系的事情。我们马上就会看到,他的预感果真变成了现实。使他脸色苍白、浑身颤抖地来到栗子树下铁门跟前,这并不完全是一种不安的感觉。凡兰蒂并不知道摩莱尔在等她,他以前从不在这个时候来看她的,所以她在这个时候到那个地点去,纯粹是偶然,或者说得更准确些,是一种心灵相通。一听见摩莱尔喊她,她就向门口奔去。"你怎么在这儿?"她说。

　　"是的,我可怜的姑娘,"摩莱尔答道,"我是带了坏消息来并且准备听坏消息的。"

　　"这真是一间丧屋!"凡兰蒂说,"说吧,玛西米兰,虽然痛苦之杯似乎已经满了。"

　　"亲爱的凡兰蒂,"摩莱尔尽力掩饰自己的情绪,说,"听着,我求求你,我要问的这件事是很严肃的。你什么时候结婚?"

　　"我将把一切告诉你,"凡兰蒂说,"对你,我什么都不必隐讳,这件事情今天早晨谈到了,而我那亲爱的外祖母,我本来估计她可以帮助我的,可现在不但赞成这门亲事,而且急切要求赶快办成,他们只等伊辟楠先生一到,第二天就签订婚约。"

　　那个青年人不禁长叹了一声,而且非常悲哀地凝视着他的爱人。"唉!"他用嘶哑的声音说,"听自己所爱的女人泰然地说出这样的话来,真太可怕了,这就等于说:'这一切都已经定了,几小时之内就要完成。对于这无关紧要的事情,我没有能力来阻止它。'嗯,既然如你所说的,一切只等伊辟楠先生一到就可以了结,在他到后的第二天,婚书就要签订,你就将属于他——那么你明天就要和伊辟楠先生订婚。因为今天早晨他已经到巴黎了。"

　　凡兰蒂喊了一声。

　　"一小时以前,我在基度山家里,"摩莱尔说,"我们正在聊天,他谈论你家里所遭到的不幸,我谈论你的伤心,这时忽然有一辆马车辚辚地滚进前庭来。在那时以前,我从来不相信有'灵感'之类的东西,但现在我却不能不相信了,凡兰蒂。听到那辆马车的声音,我就情不自禁地寒战,不久我就听到楼梯上响起脚步声,把我吓得像死囚听到枪栓响的声音一样。门终于开了,第一个进来的是阿尔培·马瑟夫,我开始打消我的恐惧,但当他的后面又进来一个青年人,而伯爵喊出:'啊,弗兰士·伊辟楠男爵阁下!'的时候,我就集中我的全部力气和勇气来支撑自己。也许我的脸色苍白,或者我在发抖,但我确信我的嘴唇上始终保持着微笑。五分钟以后我就告辞,在那短暂的时间里,他们所说的话我一个字都没有听到——是彻底绝望了!"

"可怜的玛西米兰!"凡兰蒂轻轻地说。

"凡兰蒂,现在已经到了你必须答复我的时刻了。要记得,你的生命摆在你的选择上。你准备怎么办?"

凡兰蒂低垂了头,她心里悲痛极了。

"听着!"摩莱尔说,"我们目前的形势非常紧迫,不允许你再有其他的考虑。我觉得现在不是作那种无谓的悲哀的时候,这软弱行为让那些喜欢慢慢地忍受痛苦和安闲地吞服眼泪的人去做吧。世界上的确有这种人,而因为他们愿意在人世间听天由命,上帝无疑地会在天上报答他们。但在那些准备抵抗的人,他们就决不允许损失任何宝贵的时间而必须对命运之神的打击给予有力还击。你是否准备和我们的厄运斗争?告诉我,凡兰蒂,因为我就是为了问这件事情而来的。"

凡兰蒂浑身颤抖,恐怖地凝视着摩莱尔。去违抗她的父亲、她的外祖母以及她的整个家庭,这种念头她从来没有想到过。"你说什么,玛西米兰?"凡兰蒂问道。"你所谓斗争是什么意思?噢,这是亵渎神圣的呀!什么!让我违抗我父亲的指令和我那垂死的外祖母的心意?是不可能的!"摩莱尔吓了一跳。"你的心地很高贵,不会不了解我,你对我了解得非常清楚,所以你以前已经承认愿意听天由命,亲爱的玛西米兰。不,不!我需要集中我的全部力量来和我自己决斗,像你所说的那样饮干我的眼泪。但是让我给父亲增忧,给临终的外祖母增加烦恼——决不!"

"您说得对。"摩莱尔平静地说。

"天哪!听你说话的那种口气!"凡兰蒂伤心地哭了。

"我说话的口气是一个崇拜您的人的口气,小姐。"

"小姐!"凡兰蒂喊道,"小姐!噢,自私自利的人呀,他看到我的处境是那么绝望的,却假装不能了解我。"

"您错了,我十分了解您。您不愿意反抗维尔福先生;您不愿意失掉侯爵夫人的欢心;明天您就要签订那张自愿出嫁的婚约。"

"请告诉我,不然我又能怎么样呢?"

"别来问我,小姐。这种事情叫我做选择是很糟糕的,我那自私会使我盲动。"摩莱尔回答,他那种低沉的声音和紧捏的拳头证明他已愈来愈愤怒了。

"假如我愿接受你的建议,摩莱尔,那么你认为应该怎么办呢?来,回答我。这个时候你只是责怪我错了,这是不够的,你必须给我忠告。"

"你对我说的这句话是特别认真的吗,凡兰蒂——就是我应该给你忠告?"

"当然了,亲爱的玛西米兰,因为假如你的忠告是对的,我就可以遵照,你知道你在我心中的地位。"

"凡兰蒂,"摩莱尔把一块已经松动的木板推在一边,说,"把你的手给我,证明你宽恕了我刚才的过分。我的知觉已经混乱了,在过去的一小时内,我的头脑里曾发生过种种最强烈的震撼。噢!假如你拒绝我的忠告——"

"你忠告我怎么做呢?"凡兰蒂举眼望天,长叹一声。

"我是自由的,"玛西米兰答道,"我有能力可以养活你。我发誓要在我的嘴唇吻你的额头以前就使你成为我合法的妻子。"

"你的话我听了要发抖!"那个青年女郎说。

"跟我走吧,"摩莱尔说,"我带你到我的妹妹那儿,她也值得做你的妹妹。我们乘船到阿尔及利亚,到英国,到美国去,假如你愿意的话,退隐到乡间去,等到我们的朋友和你家里谈妥以后再回到巴黎来也可以。"

凡兰蒂摇摇头。"我怕,玛西米兰,"她说,"这是一个疯子的做法,假如我不立即断然阻止你,我就比你更疯了。不可能的,摩莱尔,这不可能的!"

"那么你愿意对命运安排的命令屈服,甚至连反抗意愿都没有!"摩莱尔忧郁地说。

"是的——即使要我死!"

"好吧,凡兰蒂,"玛西米兰说,"我再说一遍,你说得真对。我是疯了,而你向我证明:热情可以使最清醒的头脑盲目。你能够丝毫不受热情的影响而理智地思考,我谢谢你。那么,事情就是这样的了——明天,你就要无可挽回地答应弗兰士·伊辟楠先生,不完全只是一幕所谓签订婚约那种用来增加喜剧效力的演戏似的仪式,而且是由于你的本愿的,是不是?"

"你又要逼我绝望了,玛西米兰,"凡兰蒂说,"你又用刀子来挖我的心了! 你准备怎么办——告诉我——假如你的妹妹听从了这样的一个计划?"

"小姐,"摩莱尔带着一种苦笑答道,"我是自私自利的,您已经这样说过的了。而作为一个自私自利的人,我不去想别人处在我的地位会怎么做,而只想我自己准备怎么做。我只想我和您相识已有整整的一年。从我初次看见您的那天起,我就把我生命中的一切的希望都寄托在一种可能性上,希望我也许可能赢得您的爱情。有一天,您承认您是爱我的。自从那一天起,我的希望就集中在何时拥有您的那种愿望上——那是我的生命。现在,我不再想了。我现实地说,命运之神不属于我。我以为可以赢得天堂,但我输了。这对一个赌徒是公平,他不但可以把他所有的东西输掉,还可以将他本来没有的东西也输掉。"

摩莱尔说这些话的时候态度十分平静。凡兰蒂用她那一双敏锐的大眼睛望他一会儿,竭力不让摩莱尔发现在她内心挣扎的悲痛。"但是,一句话,你打算怎么办?"她问。

"我打算向您告别了,小姐,上帝听到我的话,知道我内心的思念,我请他作证,证明我的确希望您的生活能宁静安详、快乐、充实,让您没有时间再来想到我。"

"噢!"凡兰蒂轻声地说。

"告别了,凡兰蒂,告别了!"摩莱尔鞠了一躬说。

"你到哪儿去?"那青年女郎一面喊,一面从缺口里伸出手来,抓住玛西米兰的衣服,因为根据她自己那种激动的情绪,她知道她爱人的那种平静的外表不是真的——"你到哪儿去?"

"我要去走一条路,避免再给您的家庭增加麻烦,我要给一切爱情专一的男子做一个榜样,让他们知道当处于我这样境地的时候,应该怎样做。"

"在你还没离开我以前,告诉我你要去干什么,玛西米兰。"

青年悲哀地苦笑了一下。

"说呀! 说呀!"凡兰蒂说,"我求求你。"

"您的决心改变了吗,凡兰蒂?"

"那是不能改变的,上帝啊! 你知道那是一定不能改变的!"青年女郎喊道。

"那么告别了,凡兰蒂!"

凡兰蒂拼命摇动那扇门,她想不到自己竟能有这样大的力气,当摩莱尔走开去的时候,她把两只手都从缺口里伸出来,双手紧扭着使劲地转动她的手臂。"我一定要知道你要去干什么?"她说。"你要到哪儿去?"

"噢,别怕!"玛西米兰站在几步之外说,"这是我自己的事情,我并不想叫别人来负责。要是换了别人,他也许会气势汹汹地去找弗兰士先生,向他挑衅,和他决斗,那都是傻事。弗兰士先生跟这件事有什么关系呢? 他今天早晨才第一次见到我,而且已经忘记他曾见过我这回事了。当你们两家准备联姻的时候,他甚至还不知道有我这个人存在。我对弗兰士先生并无敌意,我可以答应您,惩罚不会落到他的身上。"

"落到谁的身上呢,那么——我吗?"

"你,凡兰蒂? 噢,天地不容! 女人是不可侵犯的,自己所爱的女人是神圣的。"

"那么,落到你自己身上吗,不幸的人呵——你吗?"

"唯一有罪的人是我,不是吗?"玛西米兰回答。

"玛西米兰!"凡兰蒂说,"玛西米兰,回来,我求求你!"

他靠近过来,脸上带着他那苦涩的微笑,他异常的脸色苍白,"听着,我亲爱的,我崇拜的凡兰蒂,"他用他那种和谐而庄重的语调说,"像我们这样无愧于社会,无愧于家人,也无愧于上帝的人,可以互相看到对方的心灵,像读一本打开的书一样。我从来不是一个罗曼蒂克的人,我不是悲剧的主角。我既不模仿曼弗雷特,也不模仿安东尼。但虽然不曾明言,不曾发誓,而我的生命却已经和你的紧紧地连在一起了。你要离开我,你这样做是对的——我再说一遍,你是对的。但失去了你,我就好比丧失了我的生命。你要离开我,凡兰蒂,我在这个世界上就只剩下孤零零地一个人了。我的妹妹已幸福地结了婚,她的丈夫只是我法律上的兄弟——就是说,是一个和我只有社会关系的人。所以,没有任何一个人再需要我这没有用的生命了。我准备这样做:我要等到你真正结婚的时候,因为我不愿意放弃也许可能发生的那种意想不到的机会——因为说不定弗兰士先生会在那以前死掉。当你向圣坛走过去的时候,也许会落下一个炸雷来把他打得粉碎。一个将判了死刑的人,没有哪一种事情看来是不可能的,只要能够死里逃生,奇迹似乎也能成为很合理的事情。所以,我要等到那最后的一刻,当我的苦难已经确定,无可挽回,毫无希望的时候,我就写一封密书给我的妹夫,另外写一封给警察总监,把我的意图通知他们,然后,在一个树林的拐角上,在一个深谷的悬崖边,在一条河的堤岸旁,我就坚决地,正如我是法国一个最诚实的人的儿子那样坚决地了结我的残生。"

凡兰蒂浑身痉挛似的发抖。她那两只握住铁门的手松了下来,她的手臂垂到身体,两滴豆大的泪珠顺着她那美丽的脸颊滚下来。那个青年悲哀而果断地站在她的前面。

"噢!可怜可怜我吧,"她说,"你是要坚强地活下去,可不是吗?"

"不!我用人格担保,"玛西米兰说,"那样做不会影响到你。你尽了你的责任,你可以安心了。"

凡兰蒂跪倒在地上,按住她那颗几乎快要爆裂开来的心。"玛西米兰!"她说,"玛西米兰,我的朋友,我地上的亲兄弟,我天上的真丈夫,我求求你,照我的意思做,忍着痛苦活下去,也许有一天我们会结合在一起的。"

"告别了,凡兰蒂。"摩莱尔又说。

"我的上帝啊,"凡兰蒂带着一种悲切的表情把双手举向天空,说,"我已经尽了最大的努力要做一个孝顺的女儿——我曾祈求、恳请、哀告,他不理我的祈求、我的哀恳或我的眼泪。算了,"她擦掉她的眼泪,恢复她坚决的态度,喊道,"我决心不愿意愁死,我情愿羞死。你可以活下去,玛西米兰,我愿意只属于你,几点钟?什么时候?是不是立刻就走?说吧,命令吧?我已经准备好了。"

摩莱尔本来已经走出几步,这时又回转过来,他的面孔高兴得发白,把双手从缺口里向凡兰蒂伸过去。"凡兰蒂,"他说,"亲爱的凡兰蒂,你不要这样说——还是让我去死吧。为什么我要用死来获得你呢,假如我们的爱是相互的话?你是只从人道上着想才吩咐我活下去的吗?那么我情愿还是死了的好。"

"真的,"凡兰蒂嘟哝说,"假如你不关心我,这个世界上还有谁能关心我呢?除了你以外,谁曾在我伤心的时候来安慰过我呢?我这颗出血的心能在谁的怀里得到安息呢?你,永远是你!是的,你说得对,玛西米兰,我愿意跟你去,我愿意离开父母的家,我愿意抛弃一切。噢,我这忘恩负义的人啊,"凡兰蒂痛声地喊道,"我愿意抛弃一切,甚至我那亲爱的老祖父,哦,我忘记了他了。"

"不,"玛西米兰说,"你一定不会和他分离。你说诺梯埃先生曾对我表示过好感。嗯,在你出走以前,把一切都告诉他,假如他同意,那就是你在上帝面前得到了认可。我们一结婚,他就立刻来和我们住在一起,那时,他不仅只有一个孩子,而且要有两个了。你曾经告诉过我你如何和他讲话以及他如何回答你,我很快地就可以学会那种无声的语言,凡兰蒂。噢,我庄严地向你保证,等待着我们的不是绝望,而是幸福。"

"噢,瞧,玛西米兰,瞧你对我有多大的吸引力!你几乎使我相信你了,可是你告诉我的那些事情都是疯话,因为我的爹爹会赌咒我。他非常固执——他决不会宽恕我。现在来听我说,玛西米兰,假如凭我的计谋、我的哀恳或是由于意外事件——总之,不论是什么原因,只要我家拖延这件婚事,你愿不愿等待?"

"愿意的,我可以答应你,但你也要答应我,这件可怕的婚事决不能让它成为事实,即使你已经被拖到一位法官或一位教士前面,你也一定拒绝。"

"我可以凭世界上对我最神圣的一个人——凭我母亲——的名义向你发誓。"

"那么,我们再等一等吧。"摩莱尔说。

"是的,我们再等一等,"凡兰蒂回答,讲完这几个字以后她恢复了精神,"世界上有许多许多办法可以挽救我们这种不幸的人呢。"

"我完全相信,凡兰蒂,"摩莱尔说,"凡是你所要做的事情,一定可以得到很圆满的结果。只是假如他们不理你的哀恳,假如你的父亲和圣·米兰夫人坚持要在明天就叫弗兰士先生来签订婚约——"

"那时你可以相信我的诺言,摩莱尔。"

"你不签约而——"

"来找你,我们就逃走。但从这一刻起直到那时,我们再不要去触怒天意,摩莱尔,我们互相不要再见面了。我们没有被人发觉,这是一种奇迹,是老天的保佑。假如我们被人撞见,假如被人知道我们是这样会面的,我们就再没有别的办法了。"

"你说得对,凡兰蒂。但我怎么去打听——"

"到公证人狄思康先生那儿去打听消息好了。"

"我认识他的。"

"我也会写信给你,等待我的消息吧。对于这件婚事,玛西米兰,我也像你一样地惧怕。"

"谢谢你,我敬爱的凡兰蒂,谢谢你,这就够了。我一知道消息,就赶到这个地方来。我可以帮助你很容易地翻过这道墙头,门口就有马车等着我们,我陪你到我的妹妹家里。我们先在那儿住下来,或是暂时隐居,或是仍旧参加社交活动,都依你的心意,我们要用我们的意志来抵抗厄运,我们不愿意像绵羊似的俯首帖耳地被人处死,只用哀叫来表示反抗。"

"赞成,"凡兰蒂说。"我也要像你对我所说的那样来对你说一句:玛西米兰,凡是你想做的事情,一定可以得到很美满的结果。"

"噢!"

"怎么样!你对你妻子满意了吗?"青年女郎伤心地问。

"我敬爱的凡兰蒂,简单地说一声'是'是说得太少了。"

"但还是说吧。"

凡兰蒂过去一点,把她的嘴唇和门靠得非常的近,以致几乎碰到摩莱尔的嘴唇,因为摩莱尔的脸是紧紧地贴在又冷又硬的铁栅的那一边的。

"再会,那么,下次再见。"凡兰蒂说,硬起心肠就走。

"你会写信给我?"

"是的。"

"谢谢,谢谢,亲爱的妻子,再会!"摩莱尔抛出一个纯洁的飞吻,凡兰蒂快步向来时的路上跑回去。摩莱尔一直听到她的衣服摩擦树枝的声音以及那条小径上的脚步声完全消失,然后带着一种说不尽感激的微笑举眼望天,感谢上帝允许他这样地被爱,然后他也走了。这位青年回到家里,等了一整夜,第二天又整整地等了一天,始终没有得到任何消息。第三天早晨十点钟左右,正当他要出门去拜访公证人狄思康先生的时候,邮差送来了一封小简,他知道这是凡兰蒂寄来的,虽然他以前并没有看见过她的笔迹。那封信的内容如下:

"眼泪、请求、祈祷,都归无用。昨天,我到圣费里浦教堂去呆了两小时,在那两小时里面,我从我灵魂的深处向上帝祈祷。天也像人一样的固执,签订婚约已定在今晚九点钟举行。我只有一项诺言可以遵守,只有一颗心可以给人。那项诺言是为你而守的,那颗心是你的。那么,今天晚上,九点一刻,在后门口。

你的未婚妻
凡兰蒂·维尔福

又——我那可怜的外祖母愈来愈不行了。昨天,她的发烧近于休克;今天,她的发昏几乎近于发疯。摩莱尔,你一定要好好对待我,使我忘记这样无情地抛下她吧,是不是?今天晚上签订婚约的事,我想他们是瞒着诺梯埃爷爷的。"

摩莱尔虽然接到了凡兰蒂的消息,但还不满意。他去找那位公证人,公证人向他证实了当天晚上九点钟签订婚约的那个消息。然后他又去拜访基度山,听到了更确切的消息。弗兰士曾到伯爵这儿来过,来通知他关于举行仪式的那件事,维尔福夫人也曾写信给伯爵,请他原谅没有邀请他去参加典礼。圣·米兰先生的死以及圣·米兰夫人那种危急的病势将使那场聚会蒙上一层惨淡的阴影,她不愿意伯爵分担他们的悲哀,她只希望他享受快乐。弗兰士曾在昨天去谒见圣·米兰夫人,她起身接见他,但在那次会见以后,不得不立刻又回到床上。摩莱尔的焦急没有逃过伯爵的慧眼,这是很容易想象得到的。所以基度山对他比过去更亲热,的确,他的态度是这样的慈爱,以致摩莱尔几次想把一切都告诉他。但想到他对凡兰蒂所许的诺言,他便把他的秘密又隐藏起来。那天他把凡兰蒂的信读了二十遍,这是她的第一封信,但这是在什么情况之下所写的信啊,他每读一遍,他便重申他的誓言,誓必要使她幸福。一个能做这样勇敢的决定的青年女郎,她的胆识是多么伟大呀!她为他牺牲了一切,她是多么值得他爱戴的呀!的确,她应该是他的第一个而且最值得崇拜的对象!她是一位皇后而同时又是一个妻子,不论怎么感谢她和爱她都是不够的。当摩莱尔想到凡兰蒂走到他的面前来,说:"我来了,玛西米兰,带我走吧,"的时候,他的心境简直激动要发狂了。他把带她逃走的一切都安排好:苜蓿田里藏着两把梯子,一辆轻便马车也已准备好等在那儿——玛西米兰亲自驾车,不带仆人,不点灯,到第一条街的拐角上,他们当把灯点起来,因为过分谨慎也是傻事,那只会吸引警察的注意。有时,他会情不自禁地打一个寒战,他以前只握过她的手,只吻过她的手指尖,他想到当那一刻到来的时候,他就得保护凡兰蒂从墙头上下来,而她将浑身颤抖而毫不抗拒地倒入他的怀抱里。

下午,他看到时间在一步步地逼近,就要求孤独。他的血在沸腾,朋友们无关轻重的问题,甚至只是他们的声音,也会使他生气。他把自己关在屋子里,想看书;但他的眼睛虽然在一行一行地移动,却不认识那些字;最后他把书本合上,第二次又坐下来拟定他的计划图,把梯子和墙垣的部位再计算一下。时间终于快要到了。

要知一个深陷在爱情里的人，是决不肯让他的钟表平平静静地向前走的。摩莱尔把他的钟表反复折腾，以致在六点钟的时候，它们就已指到八点半上。于是他说，"这是出发的时刻了，签约的时间的确是定在九点钟，但凡兰蒂也许不会等到那个时辰。"所以，摩莱尔在他的时钟指到八点半的时候就离开密斯雷路，而当他踏进那片苜蓿田时，圣费里浦教堂的大钟正敲八点。马和轻便马车是藏在一所小破屋的后面，那是摩莱尔常常等待的地方。夜幕渐渐降临了，花园里树叶的颜色逐渐转浓。于是摩莱尔怀着一颗狂跳的心从他躲藏的地方走出来，从栅栏的小缺口望出去。一个人影都看不到。时钟敲八点半了；摩莱尔又在等待中度过了半个小时，还在不停地张望，从缺口上望出去的次数也愈来愈多。花园也愈来愈黑，但在黑暗中，他没有看见白衣服；在宁静之中，他没有听到脚步声。从树丛中望过去，可以隐隐约约地辨别出那座房子，但那座房子仍然是黑沉沉的，没有任何征兆可以证明屋子里将要进行像签订婚约这样的重要大事。摩莱尔望一望他的表，他的表指在十点一刻上；但不久那只他已经听到敲过两三遍的大时钟校正了他的表的错误，那只钟才敲九点半。这已经比凡兰蒂自己指定的时间迟了半个小时了。这对那个青年人是一个可怕的时刻，每一秒钟的滴嗒声，都像是一把铅锤在他的心上敲击了一下。树叶的最轻微的沙沙声，微风的最低的呻吟声，都会吸引他的注意，使他的额头冒出一片冷汗，于是他哆嗦地放稳他的梯子，而为了不浪费一秒钟，他先把一只脚踏在第一级上。在这希望和恐惧的交替中，时钟敲打十点了。"假如没有发生意外，"玛西米兰说，"签订一次婚约是不可能用这么长的时间的。我曾估计过各种可能性，计算过全部仪式所需要的时间，一定是发生什么事了。"于是他焦急地踱来踱去，又把他那火烧般的头抵住墙垣。难道凡兰蒂在签约以后昏过去了吗？或是她的逃走计划被人发觉而受到阻止了吗？这个青年只能推测出这两种可能——两种解释都可以摧毁他的希望。

一个念头突然吸引了他的全部注意力。说不定凡兰蒂在逃出来的时候精力支撑不住，已昏倒在路上了。"噢！假如真是那样，"他喊道，立刻奔到梯子顶上，"我就完全失去她了，而且那只能怪我自己。"把这个念头告诉他的那个魔鬼并没有远离他，而且非常固执地在他的耳边嗡嗡地吵个不停，以致过了不久，推测变成了信念。他的眼睛在愈来愈浓的黑暗里搜索，似乎辨察到有一样东西躺在那阴暗的路上。他冒险喊叫了一声，他似乎听到风卷回来一声模糊的呻吟。最后，半个小时的钟点又敲了。不能再等待下去了。他的太阳穴猛烈地跳动，他的眼睛渐渐模糊。他把一条腿跨过墙头，不一会儿，已跳下到那一边。他已经在维尔福的家里了，是翻墙过来的。那会产生什么后果呢？可是，他没有心思细想下去，他没有退缩。他贴着墙根走了一小段路，然后越过一条小径，钻进一个树丛里。一会儿，他穿过树林，清晰地看见那座屋子。那时，摩莱尔确信了一件事情：根据喜庆节日的惯例，每一个窗口里都应该灯火辉煌，但他所看到的，却只是一块灰色的庞然大物。那时，一片乌云遮住微弱的月光，而那座房屋似乎也笼罩在一片云雾里。一盏灯光不时急速地在楼下的三个窗口间移动。这三个窗口是属于圣·米兰夫人的房间的。另外还有一盏灯光一动不动地停留在一张红色的窗帷后面，那是维尔福夫人的寝室。

这一切摩莱尔都很清楚。为了能够时刻在想象中跟随凡兰蒂,他曾要她把整个屋子的情况描写了许多次,所以他虽然没有看见过,却也能完全知道。

这种黑暗和寂寞比凡兰蒂没来更使摩莱尔感到惊恐。他焦急得几乎发疯了,决心冒一次风险以求再见到凡兰蒂一次,以便证实他所恐惧的那种不幸究竟是不是真的。摩莱尔摸到树丛的边缘,正想尽可能地以最快的速度穿过花园的时候,忽然一个离他还挺远的人说话的声音被风吹到他的耳朵里。他本来已经有一部分身体暴露在外面,一听到这个声音,就迅速地退回来,把自己完全隐藏起来,而且一动不动地等着。他已经下定决心了,假如来者只是凡兰蒂一个人,他就在她经过的时候喊住她,假如有人陪着她,他不能说话了,但他还可以看见她,知道她是安全的;假如来者是外人,他就窃听他们的谈话,也许可以借此了解到一些到目前为止没有头绪的谜。

月亮这时刚从那片遮住它的乌云后面逃出来,于是摩莱尔看见维尔福走到台阶前,后面跟着一个穿黑衣服的绅士。他们走下踏级,向树丛走过来,摩莱尔不久就认出另外那位绅士是阿夫里尼大夫。看到他们正走过来,他就本能地向后退,直到他发觉树丛中央的一棵无花果树挡住了他的去路,于是他不得不在那儿停下来。不久,那两位绅士也停住了脚步。

"啊,我亲爱的大夫,"检察官说,"这是苍天在对我的家进行报复!死得多可怕呀!多大的一个打击呀!别来安慰我!唉!这样惨痛的伤心事,是无法安慰的。那个创伤是太深、太深了!她死了,她死了!"

青年的额头冒出一片冷汗,他的牙齿格格地发抖。维尔福自称受了天罚,那么,那座屋子里死了谁呢?

"我亲爱的维尔福先生,"大夫用一种使那个青年加倍恐惧的口气答道,"我领您到这儿来不是来安慰您的,正巧相反——"

"您说这话是什么意思?"检察官惊慌地问。

"我的意思是,在刚才发生的那场不幸背后,也许还有一场更大的灾难。"

"噢,我的上帝!"维尔福紧拧着自己的双手喃喃地说。"您想告诉我什么事情?"

"这儿只有我们两个人吗,我的朋友?"

"是的,没有别人。但为什么要防范得这样周全呢?"

"因为我有一个可怕的秘密要告诉您,"大夫说。"我们坐下谈吧。"

维尔福坐了下来,说得更准确些,是倒了下来。大夫站在他的面前,一手搭在他的肩膀上。吓坏了的摩莱尔一手托住自己的头,另外一只手压住他自己的心,生怕他的心跳被人听到。"死!死!"他在心里反复地说,他觉得自己也快要死了。

"说吧,大夫!我听着呢,"维尔福说,"不论什么,我已经准备接受一切了!"

"圣·米兰夫人的年龄当然是很老了,但她一向都很康健。"

长时间以来,摩莱尔第一次自由她喘了一口气。

"她是愁死的,"维尔福说——"是的,是愁死的,大夫!在和侯爵共同生活了四十年以后——"

"那不是忧愁的结果,我亲爱的维尔福,"大夫说,"忧愁也许可以杀死人,虽然这种事情也很少,但它决不能在一天一小时,或十分钟之内把人杀死。"

维尔福没有回答,他只是把他那本来垂着的头抬起来,惊讶地望着大夫。

"最后那一次发作的时候您不在场?"阿夫里尼先生问。

"在的,"检察官回答,"是您叫我不要离开的。"

"您有没有注意圣·米兰夫人致命的那种征兆?"

"我注意到的。圣·米兰夫人接连发作了三次,每次间隔几分钟,一次比一次厉害。当您到达的时候,圣·米兰夫人已经喘息了几分钟,于是她开始痉挛,我以为那只是一种神经质的痉挛,但当我看到她从床上蹦起来,她的四肢和脖子似乎已经发僵的时候,我才真正着急了。那时,我从您的脸色上看出事情实际上比我所想的更要可怕。这一次危机过去了,我竭力想探察您的目光,但却没有办到。您抓住她的手——您在摸她的脉搏——而您还没有转过头来,第二次发作又开始了。这一次比第二次更可怕,那种神经质的动作又重复了一遍,嘴巴扭歪,颜色发紫。"

"第三次她就断气了。"

"在第一次发作完结的时候,我发现那是急性痉挛的病症,您证实了我的意见。"

"是的,那是在别人面前,"大夫答道,"但现在这儿只有我们两个人了。"

"噢,天哪!您要告诉我什么?"

"就是:急性痉挛和被植物质的毒药毒死,其病症是一样的。"

维尔福从凳子上惊跳起来,一会儿又倒下去,默默地一动都不动。摩莱尔不知道自己是在做梦还是醒着。

"听着",大夫说,"我明白我刚才所说的这句话的分量,我也知道我是在对谁说话。"

"您对我说话是把我当作一位法官呢,还是一个朋友?"维尔福问。

"朋友,目前,我现在只对一个朋友说话。急性痉挛和被植物质的毒药毒死,其病症是非常相似,假如让我用发誓来肯定我现在所说的话,我倒也要犹豫一下,所以我再对您说一遍,我不是在对一位法官说话,而是在对一个朋友说话。我对那个朋友说,在那发病的四十五分钟里,我注视着圣·米兰夫人的痛苦、抽搐和死,我并不以知道她是被毒药毒死的这一点自满,而且我还能够举出——是的,我能够举出那种杀她的毒药的名称。"

"阁下!阁下!"

"病症很明显,您看到没有?——睡觉的时候常发神经质的抽搐,精神亢奋,器官麻痹。圣·米兰夫人是服了大量的番木鳖或马钱素,那也许是错拿给她的。"

维尔福握住大夫的手。"噢,这是决不会的!"他说,"我一定是在做梦!从您这样的一个人的口里听到这样的事情是太可怕了!告诉我,我求求您,我亲爱的大夫,您也许是搞错了。"

"我当然也可能犯错误,但是——"

"但是?"

基督山伯爵

图文珍藏版

"但是我并不这样想。"

"可怜可怜我吧,大夫!近来我遭受到这么多不幸的事情,我觉得自己快要承受不住了。"

"除了我以外,还有别人来看过圣·米兰夫人没有?"

"没有。"

"是否有人到药房里去买未经我检查的药?"

"没有。"

"圣·米兰夫人有没有什么仇人?"

"据我所知是没有。"

"什么人能因她的死而得到好处?"

"没有,的确没有!我的上帝,没有,的确没有!她唯一的继承人是我的女儿——只有凡兰蒂一个人。噢,假如我竟会有这样的念头,我就要把自己杀死,来惩罚我的心竟让这样的念头存留了片刻。"

"我亲爱的朋友,"阿夫里尼先生说,"我实在并没有控告任何人的意思,我说那只是一种意外,您知道——一种误会。但不论是意外或误会,事实总是摆在那儿,事实告诉我的良心,而且逼着我大声告诉您:您得查个明白。"

"查谁?怎么查?查什么?"

"那个老仆人巴罗斯不会做错事情,把准备给他主人服的药拿给圣·米兰夫人吗?"

"家父服的药?"

"是的。"

"但准备给诺梯埃先生服的药怎么能拿给圣·米兰夫人呢?"

"那是再简单不过的事了。您知道,毒药对于一些疾病是良药,瘫痪便是那些疾病之一。譬如说,为了想恢复诺梯埃先生活动和说话的能力,我曾尝试过各种药物,后来我决定尝试一下最后的一种方法,我已经给他服了三个月的番木鳖。在最近那服药里,我为他开了六厘克番木鳖精。这种分量,对于诺梯埃先生瘫痪的身体毫无影响——他也是渐渐服惯的——但却已足够杀死另外一个人了。"

"我亲爱的大夫,诺梯埃先生的房间和圣·米兰夫人的房间是不通的,而巴罗斯又从来没有踏进过我岳母的寝室。总之,大夫,虽然我知道您是世界上最高明的医学才子和最光明正大的君子,虽然在任何情况之下,您的话对我都是像阳光一样明亮的指针——嗯,大夫,虽然我那样信任您,可是我无法不想起那句格言:'凡人皆有错。'"

"听着,维尔福,"大夫说,"我的同行里您是否还能找得到一个像我这样信得过的人?"

"您为什么要问我这句话?您想干什么?"

"去请他来,我把我所看见的那一切告诉他,我们商量商量,把尸体检验一番。"

"你们可以找到毒药的痕迹?"

"不,不是毒药——我并没有说我们能办到那一点——但我们可以确定神经系统的兴奋状态。我们可以发现明显的、不可争辩的特征,我们将对您说,亲爱的维尔福,假如这件事情是因疏忽而起的,应该注意您的仆人;假如是仇恨造成的,应该注意您的仇敌。"

"您这是什么建议,阿夫里尼?"维尔福绝望地说。"只要另外再有一个人知道我们的秘密,就必须得请法院来验尸了。而我的家里发生验尸案——不可能的!但是,"检察官不安地望着医生,继续说,"假如您希望验尸,假如您坚持要验尸,那就照办好了。的确,也许我应该进行那种调查,我的地位使我有这种义务。但是,大夫,您看我已经愁成这个样子了——我的家里已经发生了这么多的不幸事,我怎么再忍心带进这么多的谣言来呢?我的太太和我的女儿真会难过死的!而我——大夫,您知道,一个人干到我这样的职位——一个做了二十五年检察官的人——是不会不结下一些仇敌的。我的仇敌多极了。这件事情一旦传播到外面,他们会高兴得跳起来,等于打了一场胜仗,而我却要满面羞辱,原谅我这些世俗的观念吧!如果您是一位教士,我就不敢这样告诉您;但您是一个人,您懂得人情。敬爱的大夫,就算是您什么都没有告诉我吧。"

"我亲爱的维尔福先生,"医生答道,"我最重要的责任是挽救人类。假如科学可以救活圣·米兰夫人,我就得救活她,但她已经死了——我的责任就落到生者的头上。让我们把这个可怕的秘密埋在我们心底的最深处吧。假如有人怀疑到这件事情,我愿意让人把我的沉默归罪于我的疏忽。目前,阁下,您得永远注意,得仔细注意——因为那种罪恶也许不会就此停止。当您找到那个嫌疑犯的时候,假如您找到了他,我就要对您说,您是一位法官,您要尽一个法官的职责!"

"我谢谢您,大夫,"维尔福说,高兴得无法形容,"我从来没有比您更好的朋友。"他说这话时,生怕阿夫里尼大夫会收回他的诺言,就急忙催着他回到屋子里去了。

他们走后,摩莱尔从树丛里走出来,月光无情地泻到他的脸上,他的脸是特别的苍白,简直像是一个幽灵。"上帝用明显而可怕的方法保护了我,"他说。"凡兰蒂,可怜的姑娘!她怎么能忍受得了这么多的悲伤呢?"

当他说这几句话的时候,他交替地望着那个挂红色窗帷的窗口和那三个挂白色窗帷的窗口。在那个挂红色窗帷的窗口里,灯光几乎不见了;无疑的,维尔福夫人刚把灯吹熄,只有一盏夜灯把它那暗淡的光照在窗帷上。转角上的那三个窗口却正巧相反。他看到其中有一扇窗是开着的。壁炉架上的一支蜡烛把它那惨白的光投射一部分到外面来,阳台上出现了一个人影。摩莱尔打了一个冷战,他好像听到低声哭泣的声音。

他的为人一贯是非常勇敢的,但现在,在爱情与恐惧这两种人类最强烈的激情的攻击之下,已衰弱到甚至能袒护迷信的念头了。虽然他这样躲藏着,凡兰蒂是不可能看见他的,但他却好像听到这窗口的那个人影在召唤他。他那混乱的思维告诉他这种召唤,他那炽热的心重复了这种声音。这双重的错误变成了一种不可抗拒的行动。在青年人那种不可理解的热情的冲动之下,他从躲藏的地方跳出来,冒着被人看到的危险,冒着吓坏凡兰蒂的危险,冒着被那青年女郎发现时失声惊喊的危险,他三步并作两步跨过那片被月光染成像一个白色的水池的花圃,穿过围绕在房子前面的那排橘子树,奔到台阶跟前,急速地跑上去推开那毫无阻力的门。凡兰蒂没有看到他,她的眼睛朝着天上,正在那儿注视一片蓝色上空悄然滑走的银云。那片云的形状挺像一个升上天去的人,而在她那诗意般兴奋的头脑里,她觉得这就是她外祖母的灵魂。这当儿,摩莱尔已越过前厅,找到楼梯,楼梯上是铺着地毯的,所以他的脚步声不会被人听到,而且,他这时的胆量是这样的壮大,即使维尔福先生出现,他也不怕。要是他遇到他,他也已经下定决心了,他要上去向他承认一切,恳求他原谅并且认可他和他女儿之间的爱。摩莱尔已经疯了。幸而他没有遇到任何人。凡兰蒂曾把房子内部的情形描写给他听过,他这时尤其觉得那种描写对他非常有用。他安全地到达楼梯顶上,在那儿稍微停了一下,而正当他在不知所措的时候,一阵哭泣的声音指出了他应取决的方向。他转过身来,有一扇门微微开着,他可以从门缝里看到灯光的反射和听到那种悲哀的声音。他推开门走进去。在房间的那一端,在一张齐头盖没的白床单底下,轮廓明显地躺着那个尸体。摩莱尔因为碰巧斗胆窃听了那个秘密的谈话,所以那个尸体对他特别触目。凡兰蒂跪在床边,她将头埋在一张安乐椅的椅垫里,双手紧紧抱在头顶上,在那儿浑身颤抖地哭泣。那扇窗还是敞开着,但她已从窗边回来,正在用钢铁铸成心的人听了也要感动的声音在那儿祈祷;她讲得很急促,断断续续的,听不清是些什么话——因为悲哀过度几乎已窒息了她的声音。月光从百叶窗的缝隙里透进来,使灯光更显微弱,给这个凄凉的场面蒙上一层阴森森的气氛。摩莱尔受不了这种情景,他不是一个恻隐心敏锐和易受感动的人,但凡兰蒂在他的面前扭着双手痛苦哀泣,却不是他能默默忍受的。他叹了一口气,轻轻地吐出一个名字,于是,那个满脸泪痕、埋在天鹅绒椅垫里的头慢慢地抬起来,向他转过来。凡兰蒂发觉他的时候丝毫没有表示出惊奇的神色。一颗担负着沉痛悲哀的心对于微弱的情绪是不能感受的。摩莱尔把他的手伸给她。凡兰蒂指一指床单下面的尸体,表示这是她所以不能践约的唯一的原因,然后又开始抽泣起来。一瞬间,那个房间里的两个人都不敢说话。他们不敢打破死神所恩赐的沉寂,最后还是凡兰蒂先开口。

"我的朋友,"她说,"您怎么到这儿来的? 唉! 我应该说你是受欢迎的,假如这座屋子的门不是死神为你打开的话。"

"凡兰蒂,"摩莱尔用颤抖的声音说,"我在八点半钟就开始等了,始终不见你的踪影,我很担心,就翻过墙头,从花园里摸路进来,偶然听人谈到那件不幸的事情——"

"听到谁谈话?"凡兰蒂问道。

摩莱尔心有余悸地打了一个寒战——因为医生和维尔福先生的那一段谈话又都勾上他的心头,他好像觉得能够透过床单看到那直挺挺的手、那僵硬的脖子和那发紫的嘴唇。"听到你们的仆人谈话,"他说,"我就都知道了。"

"你到这里来是会把一切计划都破坏的,我的朋友。"凡兰蒂说,语气间并不表示恐惧,也没有怒意。

"宽恕我,"摩莱尔用同样的语气回答,"那么我这就走吧。"

"别，"凡兰蒂说，"他们会碰见你的，别走！"

"可如果有人到这儿来呢？"

青年女郎摇摇头。"没有人能来的，"她说，"别害怕，那就是我们的保障。"她指着床。

"但伊辟楠先生怎么样了呢？"摩莱尔问道。

"弗兰士先生来签约的时候，我那亲爱的外祖母正在断气。"

"唉！"摩莱尔带着一种自私的欣慰感说——因为他以为这件丧事会使那件婚事无限期地拖延下去。

"但这更增加我的忧虑，"青年女郎又说，像是对这种自私的欣慰感随即加以惩罚似的，"是这位又可怜又可爱的外婆，在她临终的床上，却还要求那件婚事尽可能地赶快举行。她——我的上帝！她本来保护我，可是她也跟他们一起来逼迫我！"

"听！"摩莱尔说。

他们都侧耳倾听。走廊里和楼梯上传来清晰的脚步声。

"那是我的爹爹，他刚从内书房里出来。"凡兰蒂说。

"送大夫出去。"摩莱尔接上去说。

"你怎么知道那大夫？"凡兰蒂吃惊地问。

"我想一定是的。"摩莱尔说。

凡兰蒂费解地望着青年人。他们听到靠街的大门关上的声音；然后维尔福先生又把花园门锁上，回到楼上。他在前厅里逗留了片刻，像是决定究竟回到他自己的房间里去呢还是到圣·米兰夫人的房间里来。摩莱尔藏在一扇门背后。凡兰蒂仍旧跪在那儿不动，忧愁似乎把她的恐惧感都驱散了。维尔福先生还是回到他自己的房间里去了。

"现在，"凡兰蒂说，"前门和花园门你都出不去了。"摩莱尔惊惶地望着她。"现在你只有一条路是安全的，"她说，"就是从我祖父的房间穿出去。"她站起身来，又说，"来。"

"哪儿去？"玛西米兰问。

"到我祖父的房间里去。"

"我到诺梯埃先生的房间里去？"

"是的。"

"你真的是这个意思吗，凡兰蒂？"

"我早就有这样的愿望了。他是我所剩的唯一的一个朋友，我们都需要他的帮助，来吧。"

"小心哪，凡兰蒂，"摩莱尔说，有些不敢遵从那青年女郎的意愿。"我现在知道我的鲁莽了，我到这儿来简直是抽风。你肯定要比我理智清楚吗？"

"是的，"凡兰蒂说，"我现在只有一事放心不下，那就是我外婆的遗体按理说我应该是守着她的。"

"凡兰蒂，"摩莱尔说，"死人本身就是神圣的。"

"是的,"凡兰蒂说,"而且,也只需要很短的一个时间。"于是她越过走廊,领头走下一座很窄的楼梯到诺梯埃先生的房间里去,摩莱尔憋住气轻轻地跟随在她的后面。他们在房门口遇到那个老仆人。

"巴罗斯,"凡兰蒂说,"把门关上,别让任何人进来。"她先进去。

诺梯埃正坐在他的椅子里,耳朵在倾听每一个声音,眼睛注视着门口;当他看到凡兰蒂,他的目光顿时明亮起来。青年女郎的脸上带着一种严肃的表情,老人吃了一惊,他那敏锐的目光里立刻流露出询问的神色。

"亲爱的爷爷,"凡兰蒂急切地说,"您知道,可怜的外祖母已经在不久以前去了,现在除了您以外,我在这个世界上再没有别的朋友了。"

老人的眼睛里放射出无比疼爱的表情。

"那么,我只能将我的忧愁和我的希望向您一个人倾诉了,是不是?"

那个瘫子用眼睛做了一个肯定的回答。

凡兰蒂牵着玛西米兰的手走进来。"那么,请仔细看看这位先生。"老人以略带惊奇的表情把他那双深沉的目光盯住摩莱尔。"这位是玛西米兰·摩莱尔先生,"她说,"就是马赛那个好商人的儿子,您一定听说过的吧。"

"是的。"老人回答。

"他们家的名誉是无可指责的,而玛西米兰大概还要加以发扬光大,因为他虽然还只有三十岁,却已经做到一个上尉,而且还是荣誉团的军官。"

老人表示他记得他。

"嗯,爷爷,"凡兰蒂跪在他的面前,指着玛西米兰说,"我爱他,而且只愿意属于他,要是强迫我嫁给别的人,我宁愿牺牲我自己。"

那瘫子的眼睛里表示出许多复杂的念头。

"您喜欢玛西米兰·摩莱尔先生的吧。是吗,爷爷?"

"是的。"那失掉了活动能力的老人说。

"我们是您的孩子,您会协助我们抗争我爹爹的意志吧?"

诺梯埃把他会说话的目光落到摩莱尔身上,像是说:"那得看情况了。"

玛西米兰懂得他的意思。"小姐,"他说,"你在你那去世的外祖母房间里还要去尽一项神圣的义务,你可不可以让我跟诺梯埃先生谈一会儿?"

"对了。"老人的眼光说。然后他又忧虑地望着凡兰蒂。

"您怕他不懂您的意思吗,亲爱的爷爷?"

"噢,我们常常谈及您,所以他完全知道我是怎样和您谈话的。"然后她带着一个微笑转向玛西米兰,那个微笑虽然笼罩着一层悲伤的阴影,却仍旧很可爱,"凡是我所知道的事情,他都知道。"她说。

凡兰蒂站起来,递了一把椅子给摩莱尔,要求巴罗斯不要放任何人进来,温柔地和她的祖父拥抱一下,忧郁地告别了摩莱尔,然后她就走了。为了向诺梯埃证明他的确获得凡兰蒂的信任和知道他们的全部秘密,摩莱尔拿起字典、一支笔、一张纸,把它们都放在一张点着灯的桌子上。

"首先,"摩莱尔说,"阁下,允许我告诉您我是谁,我多么爱凡兰蒂小姐,以及我对于她的期望。"

诺梯埃表示他很愿意听。这幕情景真动人——这个老人虽然是一个无用的负担，那一对情人则都年轻、漂亮而强壮，可是，他却成了他们唯一的保护人、支持者和顾问。他那种极其高贵严肃的表情使摩莱尔很受感动，于是他开始用颤抖的声音描述他们的往事。他叙述他如何认识凡兰蒂，如何对她产生爱情，以及凡兰蒂如何在她的孤独和不幸之中接受了他的爱。他把他的出身、他的地位和他的财产状况都告诉他，并且不时探询那个瘫子的眼光，而那个眼光总是回答："很好，说下去。"

"现在，"当摩莱尔讲完前半部的自述以后，他又说——"现在我已经把我们恋爱的经过以及我的希望都告诉您了，我能不能再把我们的计划也告诉您?"

"可以。"老人表示。

"我们的打算是这样:后门口有一辆轻便马车等在那儿，我准备带凡兰蒂到我的妹妹家里，和她结婚，然后以恭敬的态度等待维尔福先生的宽恕。"

"不行。"诺梯埃说。

"我们一定不能这样做?"

"对。"

"您不赞成我们的计划?"

"是。"

"另外还有一个办法。"摩莱尔说。

老人的眼光问道:"什么办法?"

"我要去，"玛西米兰继续说，"我要去找到弗兰士·伊辟楠先生——我很高兴能够在维尔福小姐不在的时候讲出这句话——我让他做一个珍惜名誉的人。"

诺梯埃的眼光继续在询问。

"您想知道我准备怎么去做，是不是?"

"是的。"

"我要去见他，这是我已经告诉您的了，我要把我和凡兰蒂小姐之间的关系说给他听。如果他是一个聪明识理的人，他就会自动放弃婚约来证明这一点，那么，他就可以获得我至死不渝的友谊和爱戴;假如，在我向他提出他在强夺我的爱妻，说明凡兰蒂爱我，而且不会再爱其他任何人以后，再他，不论是出于势利心还是出于可悲的自尊心，竟然还要拒绝，我就要和他决斗，让他占种种便宜，然后我就杀死他，不然就让他杀死我。假如我胜利了，他就娶不了凡兰蒂，假如我被杀死，我也确信凡兰蒂一定不会嫁给他。"

诺梯埃带着难以形容的愉快注视着这张高贵而诚恳的脸，在这张美好的脸上，忠实地显示着他语气间的种种激情。可是，当摩莱尔的话讲完的时候，他接连闭了几次眼睛，这就是等于说"不行"。

"不?"摩莱尔说，"您对于这第二个计划，也像对待前一个那样的不赞成吗?"

"是的。"老人表示。

"唉! 这可怎么办呢，阁下?"摩莱尔问道。"圣·米兰夫人临终时最后的要求,是不要耽搁那件婚事。难道我只能让事情顺其自然吗?"

诺梯埃没有动。

"我明白,"摩莱尔说,"我还得等待。"

"是的。"

"但这样拖下去会把我们拖垮的,阁下,"青年人回答。"凡兰蒂一个人是没有多大力量的,她会被迫屈从。我能够到这儿来可以说是一个奇迹,简直很难再有这样的好机会了。相信我,办法是我对您讲过的那两种,恕我直言,请告诉我您觉得哪一种为好。您赞不赞成凡兰蒂小姐把她自己托付给我?"

"不。"

"您赞成我去找伊辟楠先生吗?"

"不。"

"但是,天哪!我们相信苍天会派援兵下来,可援兵究竟会从哪儿来呢?"

老人用他的眼睛微笑了一下,不论是谁,只要和他谈到天,他就会这样奇怪地微笑。在这个老雅各宾党徒的头脑里,总是带着一点无神论的思想。

"靠机会吗?"摩莱尔又问。

"不。"

"靠您?"

"是的。"

"您完全了解我吗,阁下? 恕我焦急,因为我的生命就全寄托在您的答复上。您可以帮助我们?"

"是的。"

"您相信一定能够吗?"

"是的。"

回答的目光是这样的果断,至少他的信念是无可怀疑的了,虽然他的力量也许还有些问题。

"噢,要千恩万谢您了! 可是,除非有一个奇迹恢复了您讲话和动作的能力——否则,您困在这张圈椅里,不能说话,又不能行动,您怎么能阻止这件婚事呢?"

一个微笑使那老人的脸焕发起来——这是一种奇怪的微笑,是一个瘫子脸上用眼睛来形成的微笑。

"那么我必须等待了?"那个青年人问。

"是的。"

"但那婚约呢?"

那同样的微笑又回来了。

"您向我保证它不会签订吗?"

"是的。"诺梯埃说。

"那么甚至连婚约都不会签订了!"摩莱尔喊道。"噢,对不起,阁下? 当我听到这特大喜讯的时候,我都有些表示怀疑了——婚约不会签订?"

"不会。"那个瘫子说。

但虽然有了这种保证,摩莱尔却仍旧有些怀疑。一个瘫了的老人做出这种诺言,实在有点奇怪,这也许并不是他意志坚强的表现而是他脑力衰弱的结果。疯子不知道自己病情,答应办到非他的力量所能控制的事情,这不是常有的事吗?但是气力弱小的人常常自夸能举重担,胆小的人自夸能战败巨人,穷人老是说他曾花掉多少财富,最低贱的佃农,当他自吹自擂的时候,也会自称为宇宙大神。不知道诺梯埃究竟是因为懂得那个青年人的内心呢,还是因为他还尚未十分相信他已顺从,总之,他始终坚定地望着他。

"您有什么意思,阁下?"摩莱尔问道——"希望我重新向您保证一遍,说我愿意平心静气地等待吗?"

诺梯埃的目光仍旧坚定地盯着他,像是说光是保证还不够,那个眼光从他的脸部移到他的手上。

"要我向您发誓吗,阁下?"玛西米兰就这样问。

"是的。"那个瘫子用同样庄严的态度表示。

摩莱尔知道老人极其看重那个誓言。他举起一只手。"我凭我的人格向您发誓,"他说,"关于去找伊辟楠先生的那件事情,我一定等待您的决定。"

"很好!"老人眼睛说。

"现在,"摩莱尔说,"您希望我告退了吗?"

"是的。"

"不再见见凡兰蒂小姐了?"

"是的。"

"摩莱尔表示他愿意服从。但是,"他说,"首先,阁下,您允不允许您的孙女婿拥抱您一下,就像刚才您的孙女儿所做的那样?"

诺梯埃的表情是使人不会误解的。那个青年人在老人的前额上吻了一下,就吻在凡兰蒂吻过的那个地方。然后他再鞠一了躬,告退出去。他在门外找到巴罗斯。那个老仆人曾听过凡兰蒂的吩咐。他领摩莱尔沿着一条黑弄堂走,领他到一扇开向花园的小门口。摩莱尔不久就找到他进来的地点,他攀着树枝爬上墙顶,再靠他那把梯子的帮助,一会儿就已经到了那片苜蓿田里,他的轻便马车依旧在那儿等他。他钻进车子里。虽然喜怒哀乐之情已把他弄得筋疲力尽,但他心里的烦恼却已减轻。他在午夜到达密斯雷路,把自己往床上一抛,就像一个喝得酩酊大醉的人那样睡着了。

第七十四章　维尔福的家墓

　　两天以后,将近上午十点钟的时候,维尔福先生的门前聚集着很多的人,一长列丧车和私家马车从圣·奥诺路陆续一直伸展到庇比尼路。在那许多马车里面,有一辆车子的样式非常古怪,看来像是从远地来的。那是一种有篷的大车,车身全部漆成黑色,是最先来参加送葬的车子之一。有人问这是怎么一回事。据打听的结果,原来真是巧合得出奇:这辆车子里就藏着圣·米兰侯爵的遗体,人们最初以为只来送一个人的丧,现在却将跟在两具尸体后面走了。圣·米兰侯爵是国王路易十八和查理王十世最忠实的大臣之一,他的朋友很多;这些,再加上维尔福的社会声望所号召来的一批人,就成了很大的一群。

　　当局已得到通知,准许两件丧事同时举行。第二辆枢车却装饰得特别华丽,车一驶到维尔福先生的门口,车里的那具棺材就搬进那辆枢车里。维尔福先生早就在拉雪兹神父墓地造好一座坟,准备接待他的家属,这两具遗体就要埋葬在那儿。可怜的丽妮早已在那儿等待,经过十年的分别以后,现在她又可以和她的父母相聚在一起了。巴黎人永远是好奇的,看见即将出丧老是很爱感动;他们带着宗教的虔敬,默默地望着那辉煌的行列陪伴着这两个老贵族到他们最后的安息地去——两个以最忠实可靠、最坚守传统习惯和信仰最顽固著称的老贵族。在一辆丧车里,波香、阿尔培和夏多·勒诺在谈论侯爵夫人这次非常突兀的死。"去年我还在马赛见过圣·米兰夫人,"夏多·勒诺说,"我还以为她可以活到一百岁呢,因为她显得身体很健康,头脑和四肢都很灵活。她有多大年龄了?"

　　"弗兰士告诉我,"阿尔培答道,"她有七十岁了。她不是死于年老体弱而是悲死的,侯爵的死使她非常悲痛,自从侯爵死后,她的理智似乎始终没有清醒过。"

　　"但她是生什么病死的呢?"波香问道。

　　"据说是脑充血,或是中风,那两种病是一样的,是不是?"

　　"差不多。"

　　"中风是很难相信的,"波香说,"圣·米兰夫人我曾见过几次,身材很矮很瘦,是一个神经质而不是多血质的人。像圣·米兰夫人这样的体质,是很难因悲哀过度而中风的。"

　　"总而言之,"阿尔培说,"不论杀死她的是疾病或是医生,维尔福先生,说得准确些,凡兰蒂小姐——或说得更准确些,我们的朋友弗兰士,总之继承了一笔很可观的遗产,我相信他因此每年可多得八万里弗的收益了。"

　　"而这笔财产等到那个老雅各宾党徒诺梯埃去世的时候,还可以再加一倍。"

　　"那真是一个顽强的老爷爷,"波香说——"就是贺拉斯说的,'意志坚强的人'。我想,他一定和死神订过协定,要比他的后嗣都活得长久。他很像1793年的那个老国民议会议员,此人在1814年对拿破仑说:'您之所以失败,因为您的帝国是一棵年轻的花草,由于生长得太快,所以茎子特别脆弱。且把共和国当作一个哺育室,让我们养好了气力再回到战场上去,我保证您可以拥有五十万军队,再来一次马伦戈之战,再得一个第二次的奥斯特利茨大捷。观念是不会绝灭的,陛下,它们有时会打一个瞌睡,但在完全睡熟以前,却会更有力地苏醒过来。'"

"在他看来,"阿尔培说,"观念和人似乎是一样的东西。我只有一件事情想不明白——弗兰士·伊辟楠怎么能要一个不能和他的妻子分离的太岳父。但弗兰士在哪儿?"

"在最前面的那辆车子里,跟维尔福先生在一起,维尔福先生已经把他当作家庭的一员了。"

在所有的车子里,人们的谈话几乎都是如此。这两个死讯来得这样突然,而且这样迅速地接连到来,所以每一个人都很惊奇;但谁都没有怀疑到阿夫里尼先生在黑夜里告诉维尔福先生的那种可怕的秘密。他们大概在一小时内到达墓场。天气温和而晦暗,很适宜于举行丧礼。在那一群向家墓拥过去的人群里,夏多·勒诺认出了摩莱尔,他是独自乘着一辆轻便马车来的。他的脸色很苍白,正在默默地沿着那条两旁水松夹持的小径走。"你在这儿!"夏多·勒诺挽住那青年上尉的手臂说。"你是维尔福的朋友吗?我怎么从来没有在他的家里碰到过你呢?"

"我并不认识维尔福先生,"摩莱尔答道,"但我认识圣·米兰夫人。"

这时,阿尔培和弗兰士上来了。"时间和地点实在不适宜于做介绍,"阿尔培说,"但我们不是迷信的人。摩莱尔先生,允许我给您介绍弗兰士·伊辟楠先生——一位有趣的旅伴,我曾和他一同周游过意大利。我亲爱的弗兰士,这位是玛西米兰·摩莱尔先生——是你不在的时候我认识的一位好朋友,将来,凡是我要引证到友爱、机智或和蔼的时候,你每一次都可以听到我提及他的名字。"

摩莱尔犹豫了一会儿。对方是他暗中的情敌,假如他用友好的态度向他招呼,他觉得这样太虚伪了;但他又想起他的诺言和这种严重的局势,就勉强掩饰住他的思绪,向弗兰士鞠了一躬。

"维尔福小姐很悲伤吧,是不是?"狄布雷对弗兰士说。

"悲伤极了,"他答道,"她今天早晨的脸色是那样的苍白,我简直不认识她了。"

这几句表面上很简单的话刺痛了摩莱尔的心。看来,这个人曾见过凡兰蒂,而且还和她说过话!这位高傲的青年军官须得用他的全部精力才能阻止自己不要破坏自己的诺言。他挽起夏多·勒诺的手臂,转身向坟墓走去,送丧的人已经把那两具棺材抬进坟墓里面去了。

"这个住处很富丽堂皇,"波香望着那座大坟说,"这是一座冬暖夏凉的宫殿。你将来到适当的时候,也是要进去的,我亲爱的伊辟楠,因为你不久就要成为那个家庭的一员。我,倒像一个哲学家,喜欢有一间小小的乡下房子——就在那些树底下结一间茅庐,我不愿意在那可怜的尸体上面压上这么许多大石头。临死的时候,我要对我周围的那些人说一句话,'到乡下去吧,一了百了。'但是别去管那些闲事,弗兰士,横竖继承财产的是你的太太呢。"

"波香,"弗兰士说,"你这个人真叫人无法忍受。政治已使你变得对一切都无所谓了,而企业家一般也是什么都不相信的。但当你有机会和普通人在一起,并且有机会能暂时离开政治的时候,设法去找到那颗友爱的心吧,你在到众议院或贵族院去的路上,大概把它和你的手杖一同遗落在那儿了。"

"哦!我的上帝!"波香说,"生命是什么?只是在死神的候见室里的一刻儿逗留而已。"

"我天生就反感波香。"阿尔培说,说着就拖着弗兰士走开,让波香去和狄布雷吹嘘他那篇看破红尘的高见。

维尔福的家墓由白色的石块筑成,是一座正方形的建筑物,高约二十呎,内部隔成两间,分属于圣·米兰和维尔福两个家庭,每一间都有一扇门可以进去。有些人家的坟墓像是那种下等的五斗柜,墓穴像抽屉似的堆叠着。每一隔墓穴的前面刻上几行字,活像是一张门票。但这里却不然,从那青铜的墓门里望进去,有一个阴森森的房间,四面八方都是石壁。前厅的那两扇门位于墓壁的中央,一扇打开入维尔福家的墓穴,一扇打开入圣·米兰家的墓穴。在那里面,他们可以任意地去消磨他们的悲哀,即使有无聊的游客到拉雪兹神父墓地来举行野餐,或者情人们把这儿当作幽会的地点,也不至于打扰他们。

两具棺材放在事先准备好的抬架上,抬进右手属于圣·米兰家的房间。只有维尔福、弗兰士和少数几个近亲进入那个墓穴。

宗教的仪式都已在门口完成,而且也没有举行什么演讲,所以送葬的人群随即散开;夏多·勒诺、阿尔培和摩莱尔走一条路,狄布雷和波香走另外一条路。弗兰士和维尔福先生一同在坟场门口。摩莱尔借故耽误了一会儿,他看到弗兰士和维尔福先生一同走入一辆丧车,心里就觉得他们这一场密谈就是一个不祥的预兆。他回到巴黎去,而虽然他与夏多·勒诺和阿尔培同坐在一辆马车里,但他们的谈话内容他连一个字都没有听到。

当弗兰士快要向维尔福先生告辞的时候,后者说:"我什么时候可以再见到您?"

"随便您什么时候都可以,阁下。"弗兰士回答。

"愈早愈好。"

"我悉听您吩咐,阁下。我们一同回去好吗?"

"假如那不会妨碍您的计划的话。"

"绝对没有。"

于是这一对未来的翁婿就跨进同一辆马车,摩莱尔看着他们经过,心里异常的焦急,而这种焦急是有理由的。维尔福和弗兰士回到圣·奥诺路。检察官没去看他的妻子或女儿,而是急忙地走进他的内书房,递了一把椅子给那个青年人。"伊辟楠先生,"他说,"请允许我提醒你——虽然现在提这个话题在时间上有些不适宜,但服从死者的旨意应该是我们献于他们墓前的第一件祭品呀——所以,允许我提醒您,圣·米兰夫人在她的灵床上所做的最后的旨意,就是,凡兰蒂的婚事不要耽搁。您知道,死者的内务是办理得井井有条的,在她的遗嘱里,她把圣·米兰家的全部财产都遗赠给凡兰蒂;公证人昨天把那些文件给我看过了,我们可以借此比较详细地拟定一份婚约。公证人就是圣·奥诺路波伏广场的狄思康先生。

"阁下,"伊辟楠先生答道,"凡兰蒂小姐现在正处在悲痛之中,也许她还不会想到出嫁的事情,真的,我担心——"

"凡兰蒂最愉快的事情,"维尔福先生抢着说,"莫过于完成她外婆最后的遗训,至于其他不会有什么障碍的,我向您保证。"

"既然这样,"弗兰士答道,"我这一方面也不会有什么问题,时间尽可以随您安排,这件事我以前已经答应过,现在我很高兴能履行我自己的诺言。"

"那么,"维尔福说,"什么都齐备了,婚约本来在三天以前就可以签订。一切都已准备妥当,我们今天就可以签订。"

"但守制呢?"弗兰士迟疑地说。

"别怕,"维尔福回答。"舍下对于礼制决不会疏忽。在那一个季度的守制的期间,维尔福小姐可以到圣·米兰去,住在她的庄园里——我说'她的庄园',因为那处产业是属于她的。在一周之内,假如您愿意的话,就可以在那儿完婚,我们不铺张,也不请客。圣·米兰夫人希望她的外孙女儿在那里结婚,婚礼完毕以后,阁下,您就可以回到巴黎,而您的妻子则和她的继母一同度过她守制的时间。"

"随您的便吧,阁下,"弗兰士说。

"那么,"维尔福先生答道,"请稍候 30 分钟,凡兰蒂就可以到客厅里来,我派人去请狄思康先生,我们在分别之前先把婚约读一遍,签了字,今天晚上维尔福夫人就陪凡兰蒂到她的庄园去,我们在一周内去找她们。"

"阁下,"弗兰士说,"我有一个请求。"

"是什么?"

"我希望阿尔培·马瑟夫和夏多·勒诺也能参加这次的签约。您知道他们是我的证人。"

"30 分钟的时间来得及通知他们了,你亲自去找他们还是派人去?"

"我愿意自己去走一趟,阁下。"

"那么,我希望您在 30 分钟内回来,男爵,凡兰蒂那时也已准备好。"

弗兰士鞠了一躬,离开那个房间。房门一关上,维尔福先生就派人去告诉凡兰蒂,要她在 30 分钟内到客厅去,他希望公证人和伊辟楠先生以及其他的证人也能在同一时间以内赶到。这个消息顿时轰动了全家,维尔福夫人不敢相信,凡兰蒂如同遭了雷击。她四面观望,要寻找救兵。她本来想下楼到她祖父的房间里去,但她在楼梯上遇到维尔福先生,后者挽住她的手臂,领她到客厅里去。在候见室里,凡兰蒂遇到巴罗斯,她绝望地看了看那个老仆人。一会儿以后,维尔福夫人带着她的小爱德华进客厅来了。她显然分尝到了这个家庭的悲哀,因为她的脸色苍白,神态很疲倦。她坐下来,把爱德华抱在她的膝头上,不时痉挛地把这个孩子紧压在她的胸前,似乎她的整个生命都已寄托在他身上了。不久,他们听到两辆马车驶入前庭。一辆是公证人的,一辆则载着弗兰士和他的朋友。一会儿,全体都到齐了。凡兰蒂的脸色是那样的苍白,浅蓝色的血管从她的太阳穴上伸展出来,环绕在她的眼睛周围,又垂下到她的脸颊,可以看得很清楚。弗兰士也深受感动。夏多·勒诺和阿尔培互相惊讶地望着对方;刚刚结束的那一幕仪式似乎并不比快要开始的这一场更忧郁。维尔福夫人坐在一幅天鹅绒帷幕的阴影里,而且因为她不时低头紧贴着她的孩子,所以她脸上的表情很难看得出来。维尔福先生与平常一样,脸上毫不动容。

公证人按照惯例,把文件摆在桌子上,在一张圈椅里坐下来,举起他的单眼镜,转向弗兰士。"您是不是弗兰士·奎斯奈尔先生,伊辟楠男爵?"他问道,虽然他了解得十分清楚。

"是的,阁下。"弗兰士回答。

公证人鞠了一躬。"那么,阁下,我应维尔福先生的请求,得通知您一声:您和维尔福小姐这件计划中的婚事,已改变了诺梯埃先生对他孙女儿的情感,已把他本来准备遗赠给她的财产全部赠让。让我现在重申一句,"他继续说,"立遗嘱人只能有权将他的财产赠让一部分,现在既已全部赠让,所以那份遗嘱将经不起攻击,马上可以宣告无效。"

"是的,"维尔福说,"但我要提醒伊辟楠先生,在我在世的期间,家父的遗嘱决不容许受人攻击,因为我的地位绝对不允许招惹一丝谣言。"

"阁下,"弗兰士说,"这样的一个问题竟当着凡兰蒂小姐的面提出,我深表遗憾,我从来不过问她的财产数目,而且不论她的财产多么有限,总要比我的多。我以能和维尔福先生联姻为幸,我所寻求的只是幸福。"

凡兰蒂暗自里很感激他,两滴泪珠默默地滚下她的脸颊。

"而且,阁下,"维尔福对他的未来女婿说,"这份遗嘱除了让您在经济上受到一部分损失以外,这一份出人意料的遗嘱对您个人并没什么恶意,这完全是诺梯埃先生头脑衰弱的结果。他所不愿意的,并不是因为凡兰蒂小姐要嫁给您,而是因为她要嫁人,不论嫁给哪一个人,他都会同样的伤心。老年人是自私的,阁下,维尔福小姐一向是诺梯埃先生忠实的伴侣,当她成为伊辟楠男爵夫人的时候,那就不能了。家父的情况很悲哀,由于他的头脑衰弱,理解力贫乏,所以许多事情我们不能和他谈,特别是在目前这个时候,虽然诺梯埃先生知道他的孙女快要结婚,但他一定将把他未来孙女婿的名字都忘记了。"

维尔福先生说完这番话,弗兰士鞠了一躬,但他的话还没有开口,房门忽然打开,巴罗斯出现了。"诸位,"他说,他口气非常坚决,在这种庄严的状况之下,不像是一个仆人在对他的主人说话——"诸位,诺梯埃先生希望立刻和弗兰士·奎斯奈尔先生,伊辟楠男爵谈一次话。"他也像公证人一样,为了避免找错了人,所以把入选的新郎的全部头衔都背了出来。

维尔福吃了一惊,维尔福夫人让她的儿子从她的膝头上溜下来。凡兰蒂站起身来,脸色苍白,张口无言,像是一尊石像。阿尔培和夏多·勒诺再次交换目光,而且比第一次更表示惊讶。公证人望着维尔福。

"这是不可能的，"检察官说，"伊辟楠男爵在这个时候是不能离开客厅。"

"我的主人诺梯埃先生就是在这个时候希望和弗兰士·伊辟楠先生谈一件重要的事情。"巴罗斯用同样坚决的口气回答。

"那么，诺梯埃爷爷现在能够讲话啦。"爱德华说，还是照往常那样莽撞。可是，维尔福夫人对他这句话甚至连笑都没有笑一下，每一个人的脑子里都是那样忙碌着，形势是这样严酷。

"对诺梯埃先生说，"维尔福说，"他的要求没法照办。"

"那么诺梯埃先生向这几位先生宣布，"巴罗斯说，"他要叫人抬他到客厅里来。"

惊讶的情绪已到达顶点。维尔福夫人的脸上露出一丝难以觉察的微笑。凡兰蒂本能地抬起她的眼睛，像是在感谢上帝。

"请你去一次，凡兰蒂，"维尔福先生说，"去看看你的祖父这次又有什么新的怪念头。"凡兰蒂急忙起身，匆匆向门口走去，但维尔福先生忽然又改变主意。

"等会儿！"他说，"我和你一起去。"

"原谅我，阁下，"弗兰士说，"据我看，既然诺梯埃先生派人来找我，就应该由我解决这个问题。而且，我还不曾拜见过他，我很高兴能向他去表达我的敬意。"

"阁下，"维尔福说，表情显然很不安，"请不必劳驾。"

"宽恕我，阁下，"弗兰士用一种坚决的口气说。"我很想向诺梯埃先生证实，他对我怀有恶感是多么的不幸，而且不论他对我厌恶到什么程度，我决定要用我诚恳的情意来改变它，所以我不愿意失去这个解释的机会。"他不听维尔福的话，站起身跟着凡兰蒂走；凡兰蒂飞也似的奔下楼梯，高兴得像一个飘落在海的海员发现了一块可以攀附的岩石一样。维尔福先生跟在他们的后面。夏多·勒诺和马瑟夫第三次交换目光，愈来愈费解了。

第七十五章　陈述书

诺梯埃身穿黑衣服,坐在他的圈椅里准备接见他们。当他所期待的三个人进来以后,他望着门,他的跟班就立刻把门关上。

凡兰蒂掩饰不住她内心的喜悦。"记住,"维尔福对她耳语说,"假如诺梯埃先生希望推迟你的婚事,我不许你明白他的意思。"

凡兰蒂红了红脸,但没有回答。维尔福走近到诺梯埃前面。"您要求见见弗兰士·伊辟楠先生,"他说,"现在他来了,我们都希望他来拜见您一次,我相信在这次拜见之后,您就会知道您反对凡兰蒂的婚事是多么的没道理。"

诺梯埃只用目光来回答,那目光使维尔福的血顿时凝固。他用他的眼睛向凡兰蒂做了一个表示,要她走近。幸亏她和她的祖父是一脉相通的,所以没一会她就明白他所要的是一把钥匙。然后他的眼光又盯住那放在两个窗口之间的一只小柜的抽屉上。她打开那只抽屉,找到一把钥匙。她知道这就是他所要的东西,于是又去注意他的眼神,他的眼睛转到一只旧写字台上,这只写字台早就被人遗忘,以为里面不过藏着一些无用的文件。

"要我开写字台吗?"凡兰蒂问。

"是的。"老人说。

"打开抽屉?"

"是的。"

"边上的那只?"

"不。"

"中间的那只?"

"是的。"

凡兰蒂打开抽屉,从中拿出一卷文件。"您要的是这个吗?"她问。

"不。"

她把其他一切文件都一样样地拿出来,直到抽屉都拿空了。"抽屉已经空了。"她说。

诺梯埃的眼光盯在字典上。

"是的,我懂了,爷爷。"那青年女郎说。

"她把字母一个一个的指下去,指到 S 这个字母上,老人就止住她。她翻开字典,一直寻到"暗隔"这个字。

"啊!抽屉里有暗隔吗?"凡兰蒂说。

"是的。"诺梯埃表示。

"谁知道呢?"

诺梯埃望着仆人出去的那扇门。

"巴罗斯?"她说。

"是的。"

"要我去叫他来吗?"

"是的。"

凡兰蒂到门口去叫巴罗斯。维尔福看得已极不耐烦了,汗珠从他的前额滚下来,弗兰士静站在一旁。那个仆人来了。

"巴罗斯,"凡兰蒂说,"祖父叫我开写字台的那只抽屉,里面有一层暗隔,你知道它的开法,请你开一开好吗?"

巴罗斯望着那个老人。

"执行。"诺梯埃的聪明的目光说。

巴罗斯在一只密纽上按了一下,抽屉的假底脱了出来,他们看见里面有一卷用黑线绑住的文件。

"您要的是这个东西吗,老爷?"巴罗斯问。

"是的。"

"要我把这些文件交给维尔福先生?"

"不。"

"给凡兰蒂小姐?"

"不。"

"给弗兰士·伊辟楠先生?"

"是的。"

"弗兰士很吃惊,他跨前一步。"给我,阁下?"他说。

"是的。"

弗兰士从巴罗斯的手里接过来,把他的目光射到包皮纸上,念道:

"我死以后,这包东西交给杜兰特将军,再由杜兰特将军传给他的儿子,嘱其妥为保存,因为这里面珍藏着一份很重要的文件。"

"噢,阁下,"弗兰士问道,"您希望我把这卷文件怎样处置?"

"一定是要您原封不动地保存起来。"检察官说。

"不!"诺梯埃急切地回答。

"您希望他把这份文件念一遍吗?"凡兰蒂说。

"是的。"老人回答。

"您懂了吧,男爵阁下,家祖父希望您把这份文件念一遍。"凡兰蒂说。"那么我们就坐下来吧,"维尔福不耐烦地说,"因为这得用一些时间。"

"请坐。"老人的目光说。

维尔福在一张椅子上坐下来,但凡兰蒂仍旧站在她祖父旁边,弗兰士站在他前面。"念吧,"老人的眼睛说。弗兰士撕开封面,在最深沉的寂静中,念道:

"摘自1815年2月5日圣·杰克司街拿破仑党俱乐部会议录。"

弗兰士停了一停。"1815年2月5日!"他说,"这是家父被害的日子呀。"
凡兰蒂和维尔福都没说话,只有那老人的目光似乎执着地在说:"念下去。"
"但是,"他说:"家父是在离开这个俱乐部以后才失踪的。"
诺梯埃的眼光接着说:"念呀。"
他又继续念道:

"署证人炮兵中校路易士·杰克·波尔贝、陆军准将艾蒂安·杜香比
及森林水利部长克劳特·李卡波宣称:2月4日,收到爱尔巴岛送来的一
封信,向拿破仑党俱乐部推荐弗莱文·奎斯奈尔将军,略谓自1804年到
1814年间,将军始终在圣上手下服务,路易十八最近虽封他为男爵,并赐
以伊辟楠采邑一处,但据说他仍旧忠实于拿破仑皇朝。
因此送了一张条子给奎斯奈尔将军,请他参加第二天(5日)的会议。
条子上没有说明会议地点的街名或门牌号码,也没有署名,只是告诉将
军,请他在九点钟的时候准备好,自会有人来拜访他。历次会议一向都在
那个时间开始,一直举行到午夜,九点钟的时候,俱乐部的主席亲自前去
拜访,将军已经准备好了。主席告诉他,这次介绍他赴会,有一个条件,就
是不让他知道开会的地点,他的眼睛得被绑住,发誓不会撕开绑带。奎斯
奈尔将军答应了这个条件,并以人格担保绝不想去发现他们所经的路线。
将军的马车已经准备好了;但主席告诉他不能用那辆车子,因为假如车夫
能张大着眼睛看清他所经过的街道,那么绑住主人的眼睛就是多余的了。
'那么必须怎么办才好呢'?将军问。'我的马车在这儿,'主席说。'那
么,您竟这样相信您的仆人,可以把一个不能让我知道的秘密委托给他
吗?''我们的车夫是俱乐部的一个会员,'主席说,'给我们驾车的是一位
国务顾问呢。''那么我们另有一种危险,'将军大笑着说,'可能翻车。'我
们认为这种玩笑的态度证明将军参加这次会议并无被迫的嫌疑,而是他
自愿来的。他们坐进马车以后,主席向将军提醒他自己的誓言,要把他的
眼睛绑住,他没有反对。路上,主席好像看见将军有移动那条手帕的企
图,就提醒他的誓言。'不错,'将军说。马车在一条通到圣·杰克司街
去的小巷前面停住。将军扶着主席的臂膀下车,他不知道主席的身份,还
以为他只是俱乐部的一个会员;他们穿过那条小巷,走上二楼,进入会
议厅。
讨论已经开始。会员们事先知道那天晚上要介绍一个新会员,所以
全体都出席。到了房间中央,他们请将军解除他的绑带,他立刻照办。这
个社交团体他到现在才知道它的存在,但他却在这个团体里看见这么许
多熟悉的面孔,所以他似乎很表示惊奇。他们问他的政见,但他只是回答
说,那封爱尔巴岛来的信应该已经通知他们了——"

弗兰士打断他自己的诵读，说："家父是一个保王党，他们大可不必问他的政见，那是大家都知道的。"

"我敬重令尊也就是为了这一点，我亲爱的弗兰士先生。"维尔福说，"意见相同的人很容易成为朋友。"

"念呀。"老人的目光又说。

弗兰士继续念道：

"于是主席就要他说得更明白一点，但奎斯奈尔先生回答说，他想先知道他们要他做些什么事情。于是他们就把爱尔巴岛来的那封信的内容告诉他，那封信把他介绍给俱乐部，认为他大概可以增进他们党的利益。其中有一段讲到波拿巴的回来，并且说另外还有一封更详细的信由埃及王号带回来，那艘船是属于马赛船商摩莱尔的，船长对圣上十分忠心。在这期间，这位他们把他当作一个可以信赖的兄弟般带来的将军，始终不明显地现出厌恶不满的表示。当那封信读完的时候，他依然紧皱着眉头，默默地一言不发。'唉，'"主席问道，'您对于这封信有什么话说，将军？''我说，我在不久以前才宣誓效忠路易十八，现在要我为了废皇来破坏自己的誓言，那未免太快了。'

这个答复很明显的，他的政见已不再有丝毫怀疑的余地。'将军，'主席说，'我们不承认有国王路易十八，也不承认有一位废皇，而只承认被暴力和叛逆逐出他的法兰西帝国的圣上陛下。''原谅我，诸位，'将军说，'你们或许可以不承认路易十八，但是我却承认，因为他封我做男爵和元帅，我永远不会忘记我所以能获得这两个街头，得归功于他的荣归法国。'

'阁下，'主席用一种最严肃的口吻说，一面说，一面站起身来，'您说话要小心，您的话清楚地告诉我们：关于您的事情，爱尔巴岛上的人是上当了，而且我们也上当了。我们对您的这一番交往，证明我们很相信您，而且以为您抱着一种足以使您增光的政见。现在我们发觉我们错了。一个街头和一次晋级已使您依附于我们想推翻的那个政府。我们并不逼您帮助我们——我们决不勉强拉人参加我们，但我们要强逼您作光明正大的举动，即使您本来不愿意那样做。''您所谓光明正大的举动，就是知道你们的阴谋而不把它泄漏出去，但我认为这样做，就成了你们的同谋犯。您瞧，我可比您坦诚。'"

"啊，我的父亲！"弗兰士打断他自己说。"我现在知道他们为什么要谋害他了。"

凡兰蒂情不自禁地向那个青年人扫了一眼，那个青年的脸上正洋溢着热烈的孝思，看来很可爱。维尔福在他的背后踱来踱去。诺梯埃注视着每一个人的表情，仍保持着他那种庄严威凛的神气。弗兰士的眼光回到原稿上，继续念道：

"'阁下,'主席说,'您来参加这次集会,是请来的,不是被强拉来的。我们建议要您蒙住眼睛来,您接受了。当您同意这两个要求的时候,您知道得很清楚:我们并不愿意保住路易十八的王位,否则我们就不会这样小心地躲避警务部的监视了。您戴上一个假面具来发现我们的秘密,然后又撕下那个假面具,要伤害信任您的那些人,假如我们允许您那样做,那未免太宽容了。不,不,您必须首先宣誓,究竟您效忠于现在在位的那个短命国王,还是效忠于皇帝陛下。''我是一个保王党。'将军答道,'我曾宣誓尽忠于路易十八,我决定保守这个誓言。'这几句话引起了全场的骚动;有几个会员显然已在讨论适当的办法来使将军后悔他自己的鲁莽。主席又站起来,在恢复了肃静以后,说:'阁下,'您是一个严肃聪明的人,决不会不明白我们目前这种形势的后果,您的表白已经告诉出我们应该向您提出什么条件。所以,您得凭您的人格发誓,决不泄漏您所知道的一切。'将军用手握着剑柄,喊道:'假如你们讲到人格,首先就不应破坏人格的基本条件,不要用暴力来得到任何东西。''而您,阁下,'主席很镇定地说,但他的镇定比将军的愤怒更可怕,'不要去碰您的剑,我忠告您。'将军带着略感不安的态度向四周环顾;可是,他并未退却,却集中他的全部精力。'我不发誓。'他说。'那么您必须死。'主席平静地回答。伊辟楠先生的脸色变得苍白。他第二次向四周环顾;有几个俱乐部的成员在交头接耳地窃窃低语,在大氅底下摸他们的武器。'将军,'主席说,'您不用慌。这里都是有人格的人,我们在采取最后的严厉措施以前,要先用各种方法来说服您;但您说过,这儿的人都是叛徒,您掌握着我们的秘密,您必须把它交还给我们。'这几句话后面来了一片意义深长的静寂,因为将军并没有答复。'把门关上。'主席对守门的人说。这句话以后仍然是死一样的静寂。然后将军走向前几步,竭力控制他自己的情感。'我有一个儿子,'他说,'当我发觉自己处在一群暗杀犯之间的时候,我必须为他着想。''将军,'大会的首领带着一种高贵的神气说,'一个人可以侮辱五十个人,这是弱者的特权。但他使用这种特权是错的。听从我的忠告,发誓吧,不要再侮辱。'

将军的锐气又被首领的威仪挫折了,他犹豫了一会儿,然后走到主席台前。'用什么形式?'他说。'是这样的:"我凭我的人格发誓,我在1815年2月5日晚上9时至10时间所见所闻的一切,决不向任何人泄露,如违此誓,甘愿身死。"'将军的身子抖动了一下,似乎深受震动,一时不能作答;然后他克服他那种表示得很明显的厌恶感,念出那个誓言,但他的声音非常低,简直很难听到,以致大多数会员都坚持要他清清楚楚地重说一遍,他也照办了。'现在我可以自由退席了吗?'他说。主席站起来,指定三个会员陪他,先把将军的眼睛蒙上,然后和他一同进入马车。那三个会员之中,有一个就是为他们驾车到那儿去的车夫。'您希望送您到什么地方?'主席问。'随便什么地方都可以,只要不再看见你们。'伊辟楠先生回答。'请您明白,阁下,'主席答道,'您已经不在会场里了,现在大家都是个人,不要侮辱他们,除非自愿负责。'但伊辟楠先生不听这些话,接着说:'你们在你们的马车里还是要像在你们的会场里那样勇敢,因为你们还是四对一。'主席喊住马车。他们这时已到奥米斯码头,那儿有石级通到河边。'你们为什么在这儿停车?'伊辟楠问。'因为,阁下,'主席说,'您侮辱了一个人,而那个人在没有得到光荣的报偿以前,不愿意再前进一步了。''又是一种暗杀的方法吗?'将军耸耸肩说。'不要嚷,阁下,除非您希望我把您看作一个懦夫,以弱者的身份当挡箭牌。您只有一个人,对付您的也只有一个人。您身边有一把剑,我的手杖里也有一把。您没有证人,这几位先生之中有一位可以为您服务。现在,假如您高兴的话,请除掉您的绑带吧。'将军把他眼睛上的手帕撕下来。'我终于可以知道我的对手是谁了。'他说,他们打开车门,四个人都走出来。"

弗兰士又打断自己,抹一抹他额头上的冷汗;他父亲去世时的详细情景截至那时为止始终还是一个谜,现在由这个做儿子的浑身颤抖、脸色苍白地把它高声诵读出来,的确使人感到一种敬畏的气氛。凡兰蒂紧握着她的双手,像是在祈祷。诺梯埃带着一种极其轻视和骄傲的表情望着维尔福。弗兰士继续念道:

"我们前面说过,那天是2月5日。三天来,天气非常寒冷,石阶上结着一层冰。将军身材高大结实,主席把有栏杆的那一边让给他,使他可以扶着栏杆下去。两个证人跟在后面。这是一个无月的黑夜。从石阶到河边的这一段地面上盖满了雪和霜。陪证人之一到附近的一只煤船上去借了一盏灯笼,他们在灯光下检查武器。主席的那把剑很简单,正如他所说的,就是套在他手杖里的那一把;他的剑比将军的短五吋,而且没有护手把。将军提议拿两把剑来抽签,但主席说,他是挑衅的一方,而且当他挑衅的时候,本来以为每人用他自己的武器的。两个证人极力坚持抽签,但主席吩咐他们不要多说话。灯笼放在地上,两位敌手站定步位,决斗开始了。灯光使那两把剑看来像是电光的闪耀。至于人,他们简直看不清楚,天色实在太暗了。伊辟楠将军原被公认为陆军中最好的剑手之一,但他在攻击的时候因为被对方压得太紧,所以没有刺中他的目标而跌了一跤。证人们以为他死了,但他的敌手知道自己剑没有刺中他,就伸手去扶他起来。这种情形非但没有使将军平静下来,而且倒反激怒了他,他向他的敌手冲上去。但他的对手一剑都不曾虚发。将军三次中剑,三次后退;他觉得自己被压得太紧,就再度采取攻势。攻到第三剑,他又跌倒了。他们以为他又是像第一次那样滑跌的,证人们看到他不动,就走近去想扶他起来,但去抱他身体的那一位证人觉得他的手上粘到一种温热潮湿的东西——那是血。将军本来几乎已昏厥过去,这时又苏醒转来。'啊!'他说,'他们派了一个剑术大师来和我决斗。'主席并不回答,走近那个提灯笼的证人,撩起他的衣袖,把他手臂上所受的两处伤露给他看;然后解开他的上装,解开背心的纽扣,露出身侧所受的第三处创伤。可是他甚至连哼都没有哼一声。五分钟以后,伊辟楠将军死了。"

弗兰士读到最后这几句的时候,他的声音已经哽咽,以致他们谁也没有听到他在说什么,于是他顿了顿,用手在眼睛上抹了一下,像是要驱散一片乌云,但在片刻的静寂以后,他继续念道:

"主席把剑插入他的手杖,转身走上石级;一道鲜血随着他的脚步滴在白雪上。他刚走到石级顶上,忽然听到河水里发出一下重浊的冲击声,那是将军的尸体所发出来的声音,证人们验实他确已身死,就把他抛入河里,所以,将军是在一场高尚的决斗中被杀死而不是被冷箭暗杀的。为了证明这一点,我们签署这卷文件,以明真相,深恐将来传闻失实,这幕可怕的场面里的角色可能被诬为蓄意谋害或其他不名誉的行为。

波尔贝

杜香比

李卡波"

弗兰士读完这一卷可怕的文件,凡兰蒂难以控制,颤抖着身躯,维尔福脸色刷白,畏缩在一个角落里,以哀求的眼光投向那个铁石心肠的老人。"阁下,"伊辟楠对诺梯埃说,"这卷文件上的证人都是很有名望的人士,既然您对于这些情况知道得这样详细,既然您似乎很关切我——虽然截至目前,您所给我只是悲痛——请不要拒绝给我最后的满足,告诉我那个俱乐部的主席叫什么名字,我至少也可以知道杀死我那可怜的父亲的究竟是谁。"

维尔福机械地去摸门柄,凡兰蒂倒退了几步,她比谁都更早预料到她祖父的答案,因为她常常看见他的右臂上有两块瘢痕。

"小姐,"弗兰士转向凡兰蒂说,"您与我合力来找出究竟是谁使我两岁的时候就成了一个孤儿。"

凡兰蒂仍旧哑口无言,一动不动。

"算了吧,阁下!"维尔福说,"这幕可怕的场面别再拖延下去了。那个名字是故意省略掉的。家父自己也不知道这个主席究竟是谁,即使知道,他也无法告诉您,字典里又没有专用名词的。"

"噢,真难受呀!"弗兰士喊道,"我所以还能有勇气读到底,就是希望至少可以知道杀死我父亲的那个人的名字!阁下!阁下!"他转向诺梯埃喊道,"看在老天分上,想个办法!让我能够知道吧!"

"是的。"诺梯埃回答。

"噢,小姐!小姐!"弗兰士喊道,"您的祖父说他能够指出——那个人。帮助

我！帮帮我的忙！"

诺梯埃望着那本字典。弗兰士带着一种神经质的颤抖把它拿过来，把字母接连背下去，一直背到 M。背到那个字母，老人表示说："是的。"

"M，"弗兰士说。那个青年人的手指一个字一个字地移下去，但诺梯埃对每一个字都回答一个否定的表示。凡兰蒂把她的头藏在自己的双手里。最后，弗兰士指到"我"那个字。

"是的。"老人表示。

"您？"弗兰士喊道，他的头发直立起来，"你，诺梯埃先生？——是你杀死我父亲的？"

"是的。"诺梯埃把威严的目光盯住那个青年答道。

弗兰士无力地倒在一张椅子上；维尔福打开门逃走了，因为他的脑子竟然出现一个可怕的念头，就是要消灭那老人心里残存的一点生命。

第七十六章　小卡凡尔康德的进展

　　这时，老卡凡尔康德先生已经回去，不是回到奥地利皇帝陛下的军队里去服役，而回到卢卡的澡堂赌桌上，因为他本来就是那儿最忠实最出色的信徒的之一。他把这次出门旅行，以庄严的态度扮演一个父亲所得的报酬花得一干二净。在他离开的时候，他把所有的证明文件都交给安德里先生，证实后者的确是巴陀罗米奥侯爵和奥丽伐·高塞奈黎侯爵小姐的儿子。巴黎社交界本来极其愿意接待外国人，而且并不按照他们真实的身份对待他们，而是以他们所希望的身份对待他们，所以安德里先生现在已经很顺利地打入了社交界。而且，一个青年人在巴黎所需要的条件是什么呢？只要他的法语讲的好，只要他的外表美好，只要他是一个很好的赌客，并且用现款付赌账，那就得了。这些条件对外国人和法国人实在并无二致。所以，在两个星期之内，安德里已得到一个非常称心的地位。他被人称为子爵阁下；据说他每年有五万里弗的收益；大家又常常谈到他的父亲有一笔丰厚的财富埋藏在塞拉维柴的采石场里。关于最后这一点，最初人们谈到的时候还表示有些怀疑它的真实性，但后来有一位学者宣布说他曾看见过那些采石场。他的话给那些有点怀疑的话题增加了很大的确实性，给它披上一件现实的外衣。

　　这就是我们已经向读者介绍过的巴黎社交界当时的情况。有一天傍晚，基度山去拜访邓格拉司先生。邓格拉司出去了；但男爵夫人请伯爵进去，他接受了那个邀请。自从阿都尔的那次晚餐以及后来接连发生的那些事件以来，邓格拉司夫人每次听仆人来通报基度山的名字，总不免要打一个神经质的寒战。假如他不来，那种痛苦的情绪就变得非常紧张；假如他来了，以他那高贵的容貌、他那明亮的眸子，他那和蔼的态度以及他那殷勤关切的为人，不久就驱散了邓格拉司夫人一切恐惧的印象。在男爵夫人看来，一个态度这样亲切可爱的人是不可能对她存有歪心的。而且，即使心术最邪恶的人，也只有在与他发生利害关系的时候才会起坏心，否则，谁都不会平白无辜地想起伤人的念头。当基度山踏进那间我们已经向读者介绍过一次的妇女会客室的时候，欧琴妮小姐正在那儿和卡凡尔康德先生一同欣赏几幅图画，他们看过以后，就传给男爵夫人看。伯爵的拜访不久就产生了像往常一样的效果；仆人来通报的时候，男爵夫人虽然略微有一点惊惶失措，但她仍旧面带微笑接纳伯爵。后者在一瞥之下就把这整个场面收入眼底。

　　男爵夫人半靠在一张鸳鸯椅上，欧琴妮坐在她的身边，卡凡尔康德则站着。卡凡尔康德一身黑衣，像歌德诗歌里的主角那样，穿着黑漆皮鞋和镂花的白丝袜，一只相当好看的雪白的手插在他那浅色的头发里，头发中间有一颗钻石在闪闪发光，那是因为基度山虽曾加以劝告，但那个好虚荣的青年人仍情不自禁在他的小手指上戴一只钻戒。除了这个动作以外,他还不时向邓格拉司小姐投送勾魂摄魄的眼波和怜悯的叹息。邓格拉司小姐还是那幅模样——冷淡、美丽和喜欢讽刺,那种目光、那种叹息,一次都不曾逃过她的眼睛和耳朵;但那种眼光和叹息可说是落到了司艺女神密娜伐的盾牌上面——那片盾,据某些哲学家的考证,曾几次保护了希腊女诗人萨弗的胸口。欧琴妮冷淡地向伯爵鞠了一躬,寒暄以后,她立刻托故逃到她的书斋里,不久就有两个愉快的声音随着钢琴的音律响亮地歌唱起来。基度山因此知道邓格拉司小姐不愿陪伴他和卡凡尔康德先生而情愿和她的音乐教师罗茜·亚密莱小姐做伴。

这时,伯爵一面和邓格拉司夫人谈话,装出一副对谈话非常感兴趣的样子,一面特别注意安德里·卡凡尔康德先生那种失落的神色,以及倾听他不敢进去的那扇门里传来的音乐的神态,和他那种钦慕的表示。银行家没多久就回来了。他的目光首先的确落到基度山身上,但其次就轮到安德里。至于他的妻子,他用亲近、温和的那种态度向她鞠了一躬,但那种态度未婚的男子是决不能了解的,除非将来关于夫妇生活出版一部非常鲜明透彻的法典。

"小姐们没有请您去和他们一起弹琴吗?"邓格拉司对安德里说。

"唉!没有,阁下。"安德里叹了口气回答,这叹息声比以前几次更明显了。邓格拉司立刻向那扇门走去,把门打开。

那两位可爱的小姐并排坐在钢琴前面的椅子上,他们在互相伴奏,每人用一只手——她们很喜欢这样练习,而且已合作得非常熟练。从那打开着的门口望进去,亚密莱小姐和欧琴妮已组成了一幅德国人非常喜爱的活画面。她多少有几分姿色,极其文雅——身材还算好,只是瘦了一点,整齐的头发垂在她的脖子后(那条脖子长得细长,好像庇鲁杰诺所雕塑的某些仙女一样),眼睛疲乏无神。据说她的胸部很弱,将来有一天,会像德国小说《克里蒙的小提琴》中的安东妮那样死于歌唱。基度山向这间圣殿急速而好奇地瞥视了一眼;他以前曾听到过许多议论亚密莱小姐的话,但看见她,这却还是第一次。

"噢!"银行家对他的女儿说,"把我们都冷落了?"于是他就领那个青年人到书斋里去,而且不知究竟是碰巧还是故意,安德里进去以后,那扇门就似乎关上了,所以从伯爵或男爵夫人所坐的地方看过去,他们什么也看不到;但因为有银行家陪着安德里,所以邓格拉司夫人也就不去注意他们了。

伯爵不久就听到安德里的声音,在钢琴的伴奏下,唱起了一段科西嘉的民歌。听到这悦耳歌声,伯爵微笑起来,这歌声使他忘记安德里,想起贝尼台多,邓格拉司夫人则向基度山夸奖她丈夫的意志坚强,因为那天早晨他刚由于米兰的商业失败而损失了三四十万法郎。这种夸奖实在是可贵的,因为要不是伯爵从男爵夫人的口里听到这消息,或用他那种无所不知的方法去打听,单从男爵的脸上,他却不会怀疑到这一点。"哼!"基度山想道,"他开始隐瞒他的损失了,一个月以前,他还在自吹自擂。"于是他大声说,"噢,夫人,邓格拉司先生特别能干,他不久就会在证券交易所里把各地的损失都捞回来的。"

"我看您也存在着一个偏见,像许多其他的人一样。"邓格拉司夫人说。

"什么偏见?"基度山问。

"就是以为邓格拉司先生做投机生意,而实际上他却从来没有做过。"

"不错,夫人,我记得狄布雷先生告诉我——等会儿,他怎么啦?我有三四天没有看见他了。"

我也没有看见他,"邓格拉司夫人尽力镇定自若地说,"但您那句话还没有说完。"

"什么话?"

"狄布雷先生告诉您——"

"啊,是的,他告诉我说,在投机上损失的是您。"

"我一度非常欢喜玩弄那一套,我承认,"邓格拉司夫人说,"但我现在不玩了。"

"那么您错啦,夫人。命运是靠不住的。假如我是一个女人,而且有福气成为一位银行家的太太,不管我对丈夫的好运多么关心——因为在投机事业上,您可知道,那完全是运气好坏的问题——嗯,我是说,不论我对丈夫的好运下多大的赌注,我还是要捞到一笔和他不发生任何关系的财产,即使得瞒着他由别人经手,也在所不惜。"

邓格拉司夫人虽然极力克制,仍不禁红了一下脸。

"哦,"基度山像是并没有注意到她这种尴尬的表情说,"我听说昨天那不勒斯公债大涨特涨。"

"我没有那种公债,我从来没有买过那种公债,今儿我们关于金钱方面的事情实在谈得太多啦,伯爵。我们换个话题,您有没有听到命运之神在如何摧残那可怜的维尔福一家人?"

"什么事情?"伯爵说,好像什么都不知道。

"圣·米兰侯爵到巴黎来的时候,起程没多久就死在路上了,侯爵夫人到巴黎以后,没两天也死了。您知道吗?"

"是的,"基度山说,"我听说过那件事。但是,正如克劳狄斯对哈姆雷特所说的,'这是一条自然规律,他们的父母死在他们的前头,他们哀悼他们的逝世,将来他们也要死在他们儿女的前头,于是又要轮到他们的儿女来哀悼他们了。'"

"但事情并不限于此呢。"

"并不限于此!"

"不,他们的女儿本来要嫁给——"

"弗兰士·伊辟楠先生。难道婚约破裂了吗?"

"昨天早晨,看来,弗兰士已谢绝了那种荣誉。"

"真的,什么原因?"

"不知道。"

"多么奇怪!这各种不幸维尔福先生怎么承受得了呢?"

"他还是照常——像一个哲学家一样。"

这时邓格拉司独自回来了。

"唉!"男爵夫人说,"你把卡凡尔康德先生丢给你的女儿了吗?"

"还有亚密莱小姐呢,"银行家说,"难道你以为她不是人吗?"说完他转过身去对基度山说,"卡凡尔康德王子是一个很可爱的青年,对不对? 但他真是一位王子吗?"

"我不能完全负责地答复,"基度山说。"他们介绍我认识他父亲的时候,据说是一位侯爵,那么他应该是一个伯爵。但我看他似乎并不在乎要那个头衔。"

"为什么?"银行家说。"假如他是一位王子,他就不应该不保持他的身份。每一个人都应该保持自己的权利,我不赞成任何人否认他的出身。"

"噢!您纯粹是一个民主派。"基度山微笑着说。

"但你看不出你自己的危险吗?"男爵夫人说,"假如,碰巧,马瑟夫先生来了,他就会知道卡凡尔康德先生在那个房间里,而他虽然是欧琴妮的未婚夫,却从来没有机会进去过。"

"碰巧这两个字你说得很对,"银行家答道,"因为他很少到这儿来,假如真的来了,那才真是碰巧呢。"

"但要是他来了,看见那个青年人和你的女儿在一起,他会不愉快呀。"

"他! 你错啦。阿尔培先生可不会领我们这个情,为他的未婚妻吃醋,他爱她还到不了那个程度呢。而且,他不高兴我也不在乎。"

"可是,照我们现在这样的情况——"

"是的,你知道我们现在是怎么样的情况吗? 在他母亲的跳舞会上,他只和欧琴妮跳了一次,而卡凡尔康德先生却跳了三次,他却毫不理会。"

仆人通报马瑟夫子爵来访。男爵夫人急忙站起来,想走到书斋里去,邓格拉司止住她。"别进!"他说。她惊奇地望着他。基度山似乎没有注意这些情形。阿尔培进来了,他打扮得非常漂亮,看来很高兴。他很有礼貌地对男爵夫人鞠了一躬,对邓格拉司也很熟识地鞠一躬,对基度山则很亲热地鞠一躬。然后又转向男爵夫人说:"我可以问问邓格拉司小姐好吗?"

"她很好,"邓格拉司急忙回答,"她现在正在她的小客厅里和卡凡尔康德先生练习音乐。"

阿尔培保持着他那种平静和漠不关心的态度;他也许感到气愤,但他知道基度山的目光正盯着他。"卡凡尔康德先生有一个很好的男中音的嗓子,"他说,"而欧琴妮小姐是一个出色的女高音,她的钢琴又弹得像泰尔堡(瑞士著名钢琴家)一样美妙。他们的合唱一定是很好听的。"

"他们两个配合起来非常奇妙。"邓格拉司说。

这句话虽然粗俗得使邓格拉司夫人面红耳赤,阿尔培却似乎并未在意。

"我也是一位音乐家,"那青年说,"至少,我的教师常常这样夸我。但说来挺奇怪,我的嗓子跟谁都唱不好,尤其难配女高音。"

邓格拉司微笑了一下,好像在说,那没有关系。然后,他显然很想达到他的目的,就说:"王子和我的女儿昨天大受赞赏。您没有来参加吧,马瑟夫先生?"

"什么王子?"阿尔培问。

"卡凡尔康德王子呀。"邓格拉司说,他愿意这样称呼那个青年。

"对不起,"阿尔培说,"我却不知道他是一位王子。那么昨天卡凡尔康德王子和欧琴妮小姐合唱了吗? 的确,那一定是很好听的。我很遗憾没能来听,但我不能接受您的邀请,因为我已经答应陪同家母去参加夏多·勒诺伯爵夫人所主持的德国音乐会。"于是,在安静了一会儿以后,马瑟夫又说,"我可以向邓格拉司小姐致敬吗?"好像这件事情以前不曾提到过似的。

"等一会儿,"银行家打断那青年说,"您听到那支美妙的小曲吗? 即塔,塔,铁,塔,铁,塔,好听得很。等一等,让他们唱完了吧! 好! 妙! 妙哇!"银行家热情地喝彩。

"的确,"阿尔培说,"妙得很,要想比卡凡尔康德王子更理解他祖国的歌曲,那是不可能的。'王子'是您说的,对不对? 但即使他现在还不是,将来也很容易达到的。这种事情在意大利不稀奇。但且回到那两位可爱的音乐家身上来吧,您得款待我们一次,邓格拉司先生。别告诉他们来了一个生客,要求他们再唱一曲歌。听歌须得藏在一小段距离以外才有兴趣,不被人看见,也不要看见人,因此也就不会打扰歌唱者,使他可以自由自在地把他的灵感全部奔放出来,让他的精神无拘无束地往来驰骋。"

阿尔培这种毫不在乎的态度使邓格拉司很生气。他把基度山拖到一边。"您以为我们那位情人如何?"他说。

"他看来很冷淡! 但您的话已经讲出口的了。"

"是的,当然了,我答应把我的女儿嫁给一个爱她的男子,而不是给一个不爱她的人。即使阿尔培像卡凡尔康德那样有钱,我也不希望看到他娶她,他太骄傲了。"

"噢!"基度山说,"或许我的偏爱已使我盲目,但我向您保证,马瑟夫先生是个很好的青年,他一定能使令嫒很幸福,而且他迟早总会有点成就——因为他父亲的地位很不错。"

"哼!"邓格拉司说。

"那有什么可怀疑的?"

"我是指过去——过去那种卑贱的出身。"

"但一个父亲以前的生活并不影响他的儿子。"

"那倒是真的。"

"来,别固执了,一个月以前,您很希望结成那门婚事。您了解我——我难过死了。您是在我的家里遇到那个小卡凡尔康德的,但关于他,我再次向您声明,我可什么都不知道。"

"但我却知道。"

"您调查过了吗?"

"那还用得着调查吗? 对方是什么人物,不是一见就可以知道的吗? 第一,他很有钱。"

"那一点我可不能肯定。"

"但您对他负责的呀。"

"负责五万里弗——小意思。"

"他受过良好的教育。"

"哼!"这次可轮到基度山这样说了。

"他是一个音乐家。"

"所有的意大利人都是音乐家。"

"来,伯爵,您对那个青年人可不太公平。"

"嗯,我承认这件事使我很不高兴,您和马瑟夫一家人的关系已那么悠久,我很不愿看到他这样来插在中间。"

邓格拉司大笑起来。"您就像一个清教徒,"他说,"那种事情是天天都有的。"

"但您不应该这样毁约,马瑟夫一家人都盼望结成这门亲事呢。"

"真的?"

"当然。"

"那么让他们来说清楚吧,您可以给他的父亲一个暗示,您和那家人的关系是如此密切。"

"我?这一点您是从什么地方看出来的?"

"他们的跳舞会上就够明显的啦,嘿,伯爵夫人,那盛气凌人的美茜蒂丝,那傲慢的迦太兰人,她不是挽住您的胳膊领您到花园的幽径里去散步了半个钟头吗?可是她平时即使对相识最久的老朋友也是不轻易开口的。您是否愿意负责跟那做父亲的说一说?"

"非常之至,如果您希望的话。"

"但这一次得把事情明确地弄妥当。假如他非要我的女儿,那么就把日期决定了。把他的条件宣布出来——总之,我们或是相互谅解,或是干脆吵一架。您懂了吧——别再拖拖拉拉了。"

"是的,阁下,那方面我代您注意就是了。"

"我并不是说很高兴地在等待他,但我的确在等待他。您知道一个银行家必须是他诺言的奴隶。"于是邓格拉司就像半小时以前卡凡尔康德先生那样深深地叹了一口气。

"好!妙!妙哇!"马瑟夫模仿那位银行家的喝彩,因为这时正巧一曲告终。

邓格拉司开始用怀疑的目光望着马瑟夫,这时忽然有一个人过来向他低声地讲了几句话。"我就回来,"银行家对基度山说,"等一等我。我也许有一件事情要告诉您。"

男爵夫人趁她丈夫出去的时候把她女儿的书房门推开,安德里先生本来和欧琴妮小姐一同坐在钢琴前面,这时就像一只弹簧似的惊跳起来。阿尔培含笑向邓格拉司小姐鞠了一躬,后者神色泰然自若,用她平常那种冷漠的态度还了他一礼。卡凡尔康德显然很尴尬;他向马瑟夫鞠躬,马瑟夫则尽可能地以最不客气的神色答复他。接着阿尔培就开始称赞邓格拉司小姐的歌喉,并且说,在他听到刚才她所唱的歌以后,他非常后悔昨天晚上没能来参加。

卡凡尔康德感到独自站在一旁非常无聊,就转过身去和基度山讲话。

"来,"邓格拉司夫人说,"别再唱歌和抬举她了,我们去喝茶吧。"

"来,罗茜。"邓格拉司小姐对她的朋友说。

他们走进隔壁客厅里。茶已经准备好了。他们按照英国人的习惯,和好糖,把茶匙留在杯子里,正要喝的时候,门又开了,邓格拉司带着显然很激动的神色走进来。基度山注意到他这种神色,就用目光要求银行家解释。"我派到希腊去打听消息的人回来了。"邓格拉司说。

"哦!哦!"伯爵说,"原来您就是为了那件事情出去的。"

"是的。"

"国王奥图可好吗?"阿尔培用最自如的口吻问道。

"邓格拉司没有回答,只是又向他投过去一个疑惑的眼光;基度山撇过头去,掩饰他脸上怜悯的表情,但那种表情一瞬间就过去了。"

"我们一同回去好不好?"阿尔培对伯爵说。

"只要您高兴。"后者回答。

阿尔培不懂银行家的那种眼光是什么意思,就转过去问基度山,说:"您看到他望我的那种神态吗?"基度山当然懂得十分清楚。

"是的,"伯爵说,"但您以为他的目光里有什么特别的意义吗?"

"我的确这样想,他所谓希腊来的消息是指的什么?"

"我怎能告诉您。"

"因为我认为您有情报员派在那个国家的。"

基度山含有特殊意义地笑了一下。

"别说了,"阿尔培说,"他来了。我去恭维邓格拉司小姐的首饰,让她的父亲跟您说话。"

"假如您必须恭维她,最好还是恭维她的嗓子吧。"基度山说。

"不,那是人人都会说的。"

"我亲爱的子爵,您未免莽撞得太过分啦。"

阿尔培含笑向欧琴妮走过去。这当儿,邓格拉司把嘴巴凑到基度山的耳朵上。"您的忠告好极了,"他说,"在'弗南'和'亚尼纳'那两个名字后面,果然包含着一段可怕的历史。"

"真的!"基度山说。

"是的,我可以把什么都告诉您,但把那个青年人领走吧。他在这儿我有点受不了。"

"他和我一同走。要我叫他的父亲来看您吗?"

"现在更需要了。"

"非常好。"伯爵向阿尔培做了一个表示;他们向夫人和小姐鞠躬告辞——阿尔培对于邓格拉司小姐那种轻视的态度完全不在意,基度山重新忠告邓格拉司夫人,向她暗示一位银行家的太太应该对前途作如何谨慎的打算。卡凡尔康德先生恢复了他原来的姿态。

第七十七章　海蒂

伯爵的马刚跑到街道的拐角上,阿尔培突然转身对伯爵高声大笑起来——的确,他笑得这样大声,似乎像是勉强做出来的。"喂!"他说,"查理九世在圣·巴索罗谬日进行大屠杀以后,曾向凯塞琳·梅迪契问过一句话,我现在也要用那句话来问:'我那个小角色扮演得如何?'"

"您说的是哪一件事?"基度山问。

"指在邓格拉司先生家里对付我那个敌手的态度。"

"什么敌手?"

"嘿,问得好!什么敌手?咦,您的被保护人安德里·卡凡尔康德先生吗。"

"啊!请您别开玩笑,子爵,安德里先生不是我的被保护人。至少,在他和邓格拉司先生的关系上没有这种情况。"

"如果那个青年人想在那方面要您帮助的时候,您不帮他,就得招怨了。但幸而对手是我,他可以不用作那种请求。"

"什么!您认为他在作求婚的准备吗?"

"那一点我可以肯定,他对邓格拉司小姐讲话时候的那种色眯眯的眼光和矫揉造作的语调充分说明了他的企图。他显然想向那骄傲的欧琴妮求婚。"

"那有什么关系,只要他们欢迎的是您。"

"但事实并非如此,我亲爱的伯爵,正好相反,我是腹背受敌。"

"腹背受敌?"

"的确如此,欧琴妮小姐难得和我说话,而她的挚友亚密莱小姐就根本不跟我讲话。"

"但她的父亲非常尊重您。"基度山说。

"他!噢,不!他在我的心上刺了一千刀——我承认那只是演悲剧时所使用的武器,它不会刺伤人,刀尖会缩回到刀柄里去,可是他却相信那是能够致命的真刀呢。"

"嫉妒就是爱情。"

"不错,但是我并不嫉妒。"

"他却在嫉妒。"

"嫉妒谁——妒忌狄布雷吗?"

"不,嫉妒您。"

"嫉妒我?我可以打赌,用不了一个星期,我就要被拒之门外了。"

"您错了,我亲爱的子爵。"

"请加以证明。"

"您希望我证明给您看吗?"

"是的。"

"好!我现在受托要竭力设法使马瑟夫伯爵去和男爵把事情准确地安排一下。"

"谁委托您的。"

"男爵本人。"

"噢!"阿尔培尽量用最诣媚的口吻说,"您当然不会做那种事情的了,我亲爱的伯爵?"

"我肯定要做,阿尔培,因为我已经答应了。"

"唉!"阿尔培叹了口气说,"看来您是决定要我结婚了。"

"我决定要在任何事情上都和每一个人保持友谊。"基度山说。"可说到狄布雷,我最近怎么没有在男爵的家里见到他呢?"

"吵了一次架。"

"什么,跟男爵夫人?"

"不,跟男爵。"

"难道他觉察到什么了吗?"

"啊!这句话倒问得很有趣!"

"您认为他起了疑心吗?"基度山很天真地问。

"您是从哪儿来的,我亲爱的伯爵?"阿尔培说。

"从刚果来的,假如您爱那样说的话。"

"一定比刚果还要远得多。"

"但我怎么知道巴黎人做丈夫的作风呢?"

"噢,我亲爱的伯爵,天下的丈夫或许到处都是一样的,任何国家的一个丈夫都可以作全人类的好标本。"

"那么邓格拉司和狄布雷之间有什么可争吵的呢?他们似乎很能谅解呀!"基度山又用那种天真的口吻说。

"啊!您现在想来打听阿塞丝(埃及神话中繁殖女神,可预测未来)的秘史了,可惜我不是个中人。当安德里·卡凡尔康德先生成为那个家庭的一员的时候,您可以拿这个问题去问他。"

马车停住了。"我们到了,"基度山说。"现在刚十点半,进去坐坐吧。"

"愿意极了。"

"我的马车可以送您回去。"

"不,谢谢您,我吩咐叫我的车子跟着来的。"

"哦,在那儿了,"基度山一边说,一边从马车里走出来。他们走进屋里。客厅里已灯火辉煌;他们走进去。"你给我们煮茶来,培浦斯汀。"伯爵说。培浦斯汀不等客人回答,转身就走,两秒钟之内,他又出现了,手里捧着一只装得整整齐齐的茶盘,像是我们在童话里读到从地底下蹦出来的食物一样。

"真的,我亲爱的伯爵,"马瑟夫说,"我崇拜您的并不是在于您有钱——因为也许有人会比您更富有,也不仅是您的智慧——因为博马舍或许跟您差不多——而是在于您的仆人侍候您的那种方式,不用多说话,一会儿,一秒钟,马上可以办到。像是在您拉铃的时候,他们就已猜到您想要的是什么东西,而凡是您可能想要的一切东西,都随时准备着似的。"

　　"您这番话倒或许是对的,他们知道我的习惯。比如说,我来举一个例给您看,您在喝茶的时候喜欢干什么?"

　　"嗯,我真喜欢抽烟。"

　　基度山在铜锣上敲了一下。不到一秒钟,一扇暗门开了,阿里拿着两支长烟筒进来,烟筒上已装好上等土耳其烟草。

　　"真奇妙!"阿尔培说。

　　"噢,不,这的确非常简单,"基度山答道。"阿里知道我平时在喝茶或喝咖啡的时候总要抽烟,他知道我吩咐备茶,他也知道我带您一同回家。当我叫他的时候,他知道我为什么要叫他,而因为他本国都以烟筒待客,所以他拿了两支长烟筒来而不仅仅只拿一支。"

　　"您的解释当然很合乎情理,但的确也只有您——啊!那是什么声音呀!"于是马瑟夫把他的头侧向门里,门里传出一种像吉他的声音。

　　"老实说,我亲爱的子爵,您今天晚上是命中注定要听音乐的,您刚才躲开邓格拉司小姐的钢琴,便又遭到海蒂的月琴的袭击。"

　　"海蒂!多可爱的一个名字!那么,除了在拜伦的诗里以外,世界上真有女人叫海蒂这个名字的吗?"

　　"当然有。海蒂这个名字在法国很少见,但在阿尔巴尼亚和伊皮鲁斯却很普遍。这种名字犹如你们称为纯洁、谦恭、天真——就像是你们巴黎人所谓的教名差不多。"

　　"噢,那真可爱!"阿尔培说,"要是我国的女人称为善良小姐、幽静小姐、慈爱小姐,那该多么好听呀!试想,假如邓格拉司小姐不叫克拉丽·曼丽·欧琴妮,而叫作纯洁·谦恭·天真·邓格拉司小姐,那印在结婚请帖上该多么漂亮呀!"

　　"轻些!"伯爵说,"别这样大声说笑,海蒂可能会听到的。"

　　"您以为她会不高兴吗?"

　　"不,当然不。"伯爵带着一种高傲的表情说。

　　"那么,她是非常和蔼可亲的了,是不是?"阿尔培说。

　　"那不叫和蔼可亲,那是她的本分,一个奴隶不允许背叛她的主人。"

　　"喏,您又在开玩笑了。现在还有奴隶吗?"

　　"当然罗,因为海蒂就是我的奴隶。"

　　"真的,伯爵,您所作所为都和别人不同。基度山伯爵阁下的奴隶!咦,这在法国倒是一种爵位了。按您花钱的标准来算,这个职位至少得值十万艾居一年。"

　　"十万艾居!那个可怜的姑娘本来不止那个数目。她是生在珠宝堆里的,《一千零一夜》里所叙述的那些财宝和她的一比,就显得微不足道了。"

世界经典文库

世界二十大名著

基督山伯爵

图文珍藏版

"那么她一定是一位公主了？"

"您猜对了，而且是她祖国最显赫的公主之一。"

"我本来也是这样想。但这样显赫的一个公主怎么会变成一个奴隶呢？"

"达翁苏斯那个暴君怎么会变成一个小学教师呢？那是战神的摆布，我亲爱的子爵——是造化摆弄人的结果。"

"她的姓名是一个秘密吗？"

"对外界是如此，但对您却不是，我亲爱的子爵，您是我的朋友，您不会传扬出去——您愿不愿意？——假如您答应不传扬出去——"

"噢！我凭人格担保。"

"您知道亚尼纳总督的身世吗？"

"阿里·铁贝林吗？当然了！家父就是在他手下服务的时候起家的呀。"

"不错，我忘记是怎么一回事了。"

"嗯！海蒂是阿里·铁贝林的什么人？"

"就是他的女儿。"

"什么？阿里总督的女儿？"

"阿里总督和美人凡瑟丽姬的女儿。"

"您的奴隶？"

"是的，当然是的。"

"但她怎么会变成这样呢？"

"嗯，有一天我路过君士坦丁堡市场的时候把她买来的。"

"真神妙！我亲爱的伯爵，一个人和您在一起，他就不是在生活，而是在做梦了。现在，我想提出一个轻率鲁莽的要求，但是——"

"请说。"

"但是既然您和海蒂一同出去过，有几次甚至带她上戏院——"

"怎样？"

"我想我或许可以冒昧地请求您赏我这个脸。"

"您可以向我要求任何的东西。"

"好，那么，我亲爱的伯爵，带我见见您的公主吧。"

"我可以照办。但有两个条件。"

"我立刻接受。"

"第一是您决不能告诉别人说我曾同意您和她会面。"

"太好了，"阿尔培举起一只手说，"我起誓决不告诉人。"

"第二是您决不告诉她，说令尊曾在她父亲手下服务过。"

"这一点我也起誓。"

"够了，子爵，您会牢记那两个誓言的，对不对？但我知道您是一个很讲信用的人。"

"伯爵又敲一下铜锣。阿里又出现了。"告诉海蒂，"他说，"我就来和她一起喝咖啡，告诉她，我希望允许介绍我的一位朋友和她相见。"阿里鞠躬退出。

"现在,请注意,"伯爵说,"不要直接问她,我亲爱的马瑟夫。如果您想知道什么事情,告诉我,我来问她。"

"同意。"

阿里第三次出现,把掩住门的那张帷幕撩起,向他的主人和阿尔培示意,表示他们可以进去。

"我们进去吧。"基度山说。

阿尔培用手理一理他的头发,卷一卷他的胡子,对他自己的仪容感到满意了以后,就跟随伯爵走进那个房间;伯爵则重新戴上他的帽子和手套。阿里像一个卫兵似的驻守在门外;门口则由三个法国侍女在梅多的指挥下把守着。海蒂在她那一套房间的第一房间里恭候她的客人,那是她的客厅。她的大眼睛睁得圆圆的,露出惊奇和期待的神色,因为除了基度山以外,这是她第一次接见男人。她坐在房间一角的一张沙发上,按照东方人的习惯,交叉着两腿,舒舒服服得像一只小鸟躺在窠里一样,这窠是用东方最华贵的绣花绸缎所筑成的。她的身边靠着那只她刚才摆弄的乐器;那种姿态,伴随着那种环境,她显得更可爱。一看到基度山,她就站起身来,带着一个她所特有的那种同时表达出爱和服从的微笑迎接他。基度山朝她走过去,伸出一只手,她把那只手捧到她的嘴上。阿尔培仍然站在门边,被那种独特的美迷住了,这是他生平第一次看到这样的美,在法国,这种美是难以想象的。

"您带来的是什么人?"那年轻女郎用近代希腊语问基度山,"是一个兄弟,一位朋友,一个生疏的相识,还是一个仇敌?"

"一位朋友。"基度山用同样的语言说。

"他是谁?"

"阿尔培子爵。就是我在罗马从强盗手里救出来的那个人。"

"您愿意我用哪一种语言和他交谈?"

基度山转向阿尔培。"您会说近代希腊语吗?"他问。

"唉!不懂,"阿尔培说,"甚至连古代希腊语也不会,我亲爱的伯爵。在荷马和柏拉图的学生之中,实在再没有比我更疏懒,或可以说更可鄙的了。"

"那么,"海蒂说,她这句话证明她听得懂基度山和阿尔培之间的问答——"那么我说法语或意大利语吧,如果你同意的话。"

基度山想了一想。"你说意大利语吧,"他说。然后,又转向阿尔培,"可惜您不会说古代或近代希腊语,那两种语言海蒂都说得很流利。那可怜的孩子只好用意大利语和您谈话了,那或许会使您对她发生一种错觉。"伯爵向海蒂做了一个表示。

"阁下,"她对马瑟夫说,"您既然是我主人的朋友,当然是最受欢迎的了。"这句话是用地道的托斯卡纳士语说出来的,而且带着那种柔软的罗马口音,使但丁的语言听起来像荷马的语言一样愉悦。然后,她转向阿里,让他把咖啡和烟筒拿来;当阿里离开房间去执行他的青年主妇的命令的时候,她示意请阿尔培靠近一些。基度山和马瑟夫把他们的椅子摆在一张小桌子前面,桌子上放着曲谱、图画和花瓶。那时阿里拿着咖啡和长烟筒进来了;至于培浦斯汀先生,这块地方他是不能进来的。阿尔培不肯接受那黑奴递给他的那支烟筒。

"噢,拿着吧,拿着吧!"伯爵说。"海蒂几乎和巴黎人一样文明,如讨厌雪茄的气味,但东方的烟草是一种香料,你知道。"

阿里退出房间。咖啡杯都已经放好,另外还有一只糖缸,那是为阿尔培而设的。基度山和海蒂是按照阿拉伯人的方式喝阿拉伯饮料,那就是说,不加糖。海蒂用她那纤弱的手指端起瓷杯,带着天真的愉快举到她的嘴边,如同一个小孩子吃喝到一种她喜欢的东西似的。这时两个女仆每人捧着一只茶盘进来,茶盘里装着冰块和果子露,他们把茶盘放在两只特制的小桌子上。

"我亲爱的主人,还有您,夫人,"阿尔培用意大利语说,"请原谅我这笨头笨脑的样子。我有些糊涂了。我是在巴黎的市中心,一会儿以前,我还听到公共马车的吱吱声以及卖柠檬水的小贩的丁零当啷的铃声,可是现在我觉得好像我已突然来到东方——并不是我曾见过的东方,而是我在梦中想象出来的东方。噢,夫人,假如我会说希腊语,则您的谈话,加上我周围这种仙境一般的场面,就是可以使我终生难忘的一夜了。"

"我可以用意大利语和您交谈的,阁下,"海蒂平静地说,"假如您喜欢东方,我会尽力使您在这儿找到东方的气息。"

"我和她谈些什么呢?"阿尔培轻声对基度山说。

"随便您高兴。您可以和她谈谈她的祖国以及她幼年时代的回忆,不然,如果您喜欢的话,也可以谈谈罗马、那不勒斯或佛罗伦萨。"

"噢!"阿尔培说,"跟一个希腊人谈巴黎人的话题未免太不值得了,让我跟她谈东方的事情吧。"

"那么请谈吧,您选择好这个话题,最合她的口味了。"

阿尔培转向海蒂:"您是几岁离开希腊的,夫人?"他问。

"我离开希腊的时候才只有五岁。"海蒂回答。

"您还能记得您的祖国吗?"

"当我闭上眼睛冥想的时候,我好像又看见了那一切。灵魂也和肉体一样有它的视觉器官;肉眼所看到的东西有时会忘却,灵魂见过的东西却是难以忘怀的。"

"您对于往事的记忆能追溯到多远呢?"

"我刚会走路的时候,我的母亲——她的名字叫凡瑟丽姬,就是'忠贞'的意思,"那青年女郎骄傲地昂起了头说——"我的母亲,就拉着我的手,先把我们所有的钱都倒进钱袋里,戴上面纱,然后出去为因犯募捐,一路走,一路说,'谁舍钱给穷人,就是放债给主。'当我们的钱袋灌满的时候,我们就回到宫里,对我的父亲只字不提,派人送到修道院里,分散给因犯。"

"您当时几岁?"

"我那时三岁。"海蒂说。

"那么在您三岁的时候,就把当时发生的事情记住了吗?"阿尔培说。

"都记得。"

"伯爵,"阿尔培低声对基度山说,"请您同意夫人把她的身世讲一些给我听。

您不许我向她提起家父的名字,但或许她在回忆往事的时候,会主动提到他,假如我们的姓能在这样美丽的嘴唇里讲出来,您绝对想象不到我听了会多么快乐。"

基度山转向海蒂,脸上带着一种命她密切注意的表情,用希腊语说:"把你父亲的经历告诉我们,但不必说出那个出卖你们的人叫什么名字,也不要讲到出卖你们的经过。"

"你在对她说什么?"马琴夫轻声说。

我再一次提醒她,说您是一位朋友,她对您不必隐瞒任何事情。"那么,"阿尔培说,"为了囚犯的待遇而做这种虔敬的巡礼是您记忆中的第一件事情了,其次又是什么呢?"

"噢,回忆起来就好像是昨天的事情一样,我记得我坐在一个湖边无花果树的树荫下面,颤动的枝叶倒映在水里,像是照在一面镜子里似的。在一棵最老和枝叶最茂密的大树底下,坐着我的父亲,他斜靠在枕垫上。我的母亲坐在他的脚边,而淘气的我则在玩弄他那飘垂到胸的白胡须,或挂在他腰带上的那把镶钻石的弯刀把。时时有一个阿尔巴尼亚人走到他面前来,对他说一些事情,我对那些事情并不注意,但他老是用同样的口吻回答一个'杀'字或'赦'字。"

"这不是在演戏,又不是在讲故事,"阿尔培说,"而我却从一个青年姑娘的嘴里听到这些话,这实在很奇怪。您的眼睛既然看惯了那种奇特的场面,那么您对于法国的印象又怎样呢?"

"我认为这是一个很好的地方,"海蒂说,"但我所看到的法国是它的真面目,因为我是用一个成熟女子的眼睛来看它的。而我的祖国,我却只能从我那幼稚的头脑里所产生的印象来判断,它好像总是包围在一片朦胧的气氛里,有时灿烂辉煌,有时阴森惨淡,那得看我的眼睛是望我那可爱的故乡还是望我那遭受苦难的地方而定。"

"这样年轻!难道您对于痛苦,除了知道它的名字以外,就已经能懂得它是什么了吗?"阿尔培说,难以自制地接受了庸俗的见解。

海蒂把她的目光转向基度山,后者几乎难以觉察地叹息了一声,轻轻地说:"说下去。"

"幼年时代的记忆,在脑子里的印象是最深刻的,除了我刚才向您提起的那件往事以外,我幼年时代的回忆都是令人伤心的了。"

"说吧,说吧,夫人!"阿尔培说,"我向您保证,我正带着无法描述的快乐在倾听呢。"

海蒂用一个抑郁的微笑回答他这句话。"那么,您希望我继续讲述我的往事吗?"她说。

"我恳求您这样做。"阿尔培回答。

"好吧!在我四岁的时候,有一天夜里,我突然被我的母亲惊醒。我们那时在亚尼纳的宫殿里。她把我从床上抓起来,我一睁开眼睛,就看见她的眼睛里满含着泪水,我看见她哭,我也就开始大哭起来。'别出声,孩子!'她说。在以前的时候,不论妈妈怎样疼爱或责骂,我老是要仗着任性的脾气哭一个够,直到我的悲伤或怒气发泄完了方肯罢休。但这一次,我母亲的声音里充满强烈的恐怖,以致我立刻停止哭泣。她抱着我急急地走开。我那时才看到我们正走下一座宽大的楼梯。在我们的前面,是我母亲的所有佣人,背着箱子、包裹、摆饰、珠宝和成袋的金洋,都慌张地从那座楼梯上奔下去。女人的后面来了一队二十个卫兵,提着长枪和手枪,穿着希腊立国以来你们在法国早已知道的那种服装。您可以想象得到,那一定是发生了某种可怕的、不祥的事情了,"海蒂摇摇头,仅仅回想到那幕情景,她的脸色就变得惨白。"在这一长串奴隶和妇女之中,只有一半是清醒的——或至少在我看来是如此,因为我自己也还没有完全清醒。楼梯的墙上东一个西一个地映出硕大无朋的影子,在松枝火把颤抖的火光里跳动着,似乎一直跳到上面那穹形的屋顶。

"'快!'走廊尽头有一个声音说。这个声音使每一个人都对它低下头,就像风吹过一片麦田使麦子都低下头来一样。我听了这个声音也发抖。这是我父亲的声音。他亲自殿后,身上穿着华丽的长袍,手里握着你们皇帝送给他的那支马枪。他扶着他的爱臣西立姆的肩膀,赶着我们这些人在他前面走,像一个牧童赶他的羊群一样。我父亲在欧洲是很有名气的人物,"海蒂昂着头说,"大家都知道亚尼纳总督阿里·铁贝林,土耳其人一看见他就要发抖。"

这几句话的语气简直骄傲和庄严得难以形容,阿尔培听了不知为什么竟吓了一跳;他似乎觉得在海蒂那一对明亮的眼睛里,有一种非常恐怖的表情;阿里·铁贝林那次惨死曾轰动欧洲,她这时像是一个呼唤亡灵的女巫,把那个鲜血淋淋的鬼魂又招了出来。

"没多久,"海蒂说,"我们停止前进,发觉来到一个湖边。我的母亲把我紧抱在她那温暖的怀里。在几步以外,我看到了我的父亲,他正在焦急地向四周环顾。湖岸上有四阶大理石的台阶通到水边,台阶下面一只小船浮着。从我们所站的地方望出去,我看到湖中央有一大堆黑色的东西,那就是我们要去的那座水寨。这座水寨在我看来好像很远,或许是因为晚上天黑,什么东西都看不清楚。我们踏进那只小船。我们记得很清楚,桨打在水里,没有一点声音,当我侧身去寻找原因的时候,我才看到桨上缠着我们卫兵的腰带。除了船夫以外,船上只有女人、我的父亲、母亲、西立姆和我。卫兵依旧留在湖边,准备掩护我们撤退。他们跪在大理石台阶最下面的那一级上,以便遇到追击的时候,可以把其余那三级当作防御工事。我们的船顺风飞驶。'船为什么走得这样快呢?'我问我的母亲。'嘘!别出声,孩子!我们是在逃命哪。'我不懂。我的父亲为什么要逃呢?——他是万能的,以前总是旁人逃避他,他常常说:'他们恨我,但是他们怕我!'

"但这次确实是我的父亲在逃亡了。我听说,亚尼纳城的守军,因为长期作战,疲惫不堪——"

说到这里,海蒂向基度山投去一个意义深长的眼光。在她讲述这一段的期间,基度山的目光始终不曾离开她的脸。那青年女郎于是又接着讲下去,但讲得很慢,像一个讲历史的人想捏造或隐瞒一部分事实似的。

"夫人,"阿尔培说,他对这一段追叙非常注意,"您刚才讲到,亚尼纳城的守军,因为长期作战,疲惫不堪——"

"已有意和土耳其皇帝派来捉我父亲的那位高乞特将军讲条件。那时,阿里·铁贝林派了一个他非常信任的法国军官去见苏丹,然后决定躲避到他早就为自己准备好的那个避难寨里去。"

"而这位法国军官,"阿尔培问道,"您还记得他的名字吗,夫人?"

基度山急切地和那青年女郎交换了一下目光,那个动作阿尔培竟没有觉察到。

"不,"她说,"我现在记不得了,但假如想起来的话,我会告诉您的。"

阿尔培差点要把他父亲的名字说出来了,但基度山慢慢地举起一只手指,做出责备的表示:那青年想起自己的诺言,就不出声了。

"我们当时就往这座水寨划过去。我们所能看到的,只有一座二层楼的建筑,墙上刻着阿拉伯式的花纹,露台半浸在水里。但在地面下面,还有一个很深很大的地窖,我的母亲、我以及女仆们都被带到那儿。这个地方藏着六万只布袋和两百只木桶,布袋里有二千五百万金洋,木桶里装着三万磅火药。在这些木桶旁边,站着我父亲的爱臣西立姆,就是我刚才向您提起过的那个人。他的任务是日夜看守一支枪,枪尖上绑着一支点燃着的火绳,他已接到指示,只要我的父亲发出一个信号,他就把一切都炸毁——水寨、卫兵、女人、金洋和阿里·铁贝林本人。我清楚地记着,那些奴隶们因为知道自己的生命危在旦夕,所以整天整夜不住地祈祷、哀号和呻吟。至于我,我永远不能忘记那个年轻军人的那种苍白的脸色和阴沉的目光。不论将来死神在什么时候召我到另外一个世界里去,我相信他的神态会和西立姆一样。我无法告诉您我们这种状态持续了多久,在那个时期,我甚至失去了时间概念。有的时候,但这种机会极少,我的父亲会来召我的母亲和我到露台上去,那时我很高兴,因为在那个阴沉沉的洞窟里,除了奴隶们的哭丧脸和西立姆的火枪以外,我什么都看不到。我的父亲坐在一个大洞前面,用严肃的目光搜索遥远的地平线,仔细地观察湖面上的每一个黑点,我的母亲靠在他的身边,头枕着他的肩胛,而我则在他的脚边玩耍,好奇的眺望那巍然站立在地平线上的宾特斯山,那白皑皑、棱角毕露、从湛蓝的湖水上高耸起来的亚尼纳堡,以及那一大片黯黑青翠的、远看以为是依附在岩石上的苔藓而实际上却是高大的枞树和桃金娘。

"有一天早晨,父亲派人来叫我们去,我们发觉他很平静,但脸色却比往常更苍白。'勇敢一点,凡瑟丽姬,'他说,'皇帝的御书今天到,我的命运就要决定了。如果我能得到赦免,我们就可以神气地回亚尼纳去,假如消息不利,我们必须在今天晚上逃走。''但假如我们的敌人阻止我们那样做呢?'我的母亲说。'噢!那一点你放心好了,'阿里·铁贝林微笑着说,'西立姆和他的火枪会回答他们的。他们很乐于看见我死,但他们却不愿意和我一同死。'

"母亲听到这些安慰的话只是叹气。她为他调配他常饮的冰水,因为自从来到水寨以后,他就连发高烧。她用香油涂抹他的白胡须,为他点燃长烟筒,他有时会连续几小时拿着烟筒抽个不停,静静地看着烟圈冉冉上升,渐渐和周围的空气混合在一起。忽然间,他做出一个非常突兀的动作,吓了我一跳。然后,他一面仍紧紧盯住最初吸引他注意的那个目标,一面叫人拿望远镜给他。我母亲把望远镜递给他,当她这样做的时候,她的脸色看上去比她所靠的大理石柱更白。我看见我父的手在颤抖。'一只船！——两只！三只！'父亲轻声地说，'四只！'于是他站起身来，抓起他的手枪，'凡瑟丽姬，'他对我的母亲说，'决定命运的时候快要到了。在半小时内，我们就会知道皇帝的答复了。带海蒂到洞里去。''我不想离开您，老爷，'凡瑟丽姬说，'假如您死，我就和您一起死。''到西立姆那儿去！'父亲喊道。'别了，老爷！'母亲顺从地轻声说，她向他鞠躬告别，像是看见死神已经来临一样。'把凡瑟丽姬拉开！'我的父亲对他的卫兵说。至于我，大家在慌乱中把我忘记了。我向阿里·铁贝林跑过去。他看见我，就伏下身来，用他的嘴巴在我的前额上吻了一下。噢，那一吻我记得非常清楚呀！那是他给我的最后一吻，我觉得到现在我的额头上似乎还是温暖的。下洞的时候，我们从栅栏的花格子里看到有几只船愈来愈清晰地闯入我们的视界。最初它们看来只是小黑点，现在它们却像是在水面上飞掠的鸟儿一样了。在这期间，在水寨里，在我父亲的脚下，已安排好二十个卫兵，躲在一个墙角里，用焦急的目光注视着那些船的到来。他们武装着嵌珠母镶银的长枪，还有许多弹药盒散堆在地面上。我的父亲看一眼他的表，然后脸上带着极度痛苦的表情踱上踱下。在最后的一吻以后我离开父亲的时候，映入我眼帘的便是这样一幕情景。我的母亲和我穿过连接地窟的那条阴暗的甬道。西立姆仍然把守着他的岗位，我们进去的时候，他向我们忧郁地笑了一下。我们从洞窟里把我们的坐垫拿来，坐在西立姆的身边。大难临头的时候，忠实的朋友们总愿紧紧地互相依靠在一起的。我那时虽然很小，却很知道大祸已迫在眉睫。"

关于亚尼纳总督临终时的情形，阿尔培经常听人谈起——不是从他父亲那儿听来的，因为他父亲从来不说这件事。关于他的死，他曾读过几篇报道，但那青年女郎的语气和表情给这一段历史赋予了新的生命；那种生动的语言和抑郁的表情使他感到语气既可爱又可怕。至于海蒂，这些恐怖的往事似乎已暂时把她压倒了，因为她已停止叙述，她的头斜靠在手上，像一朵美丽的花在狂风暴雨的打击下垂下了头一样。她的眼睛凝视着虚空，表示她的大脑里正在幻想宾特斯山翠绿的山巅和亚尼纳湖蔚蓝的湖水，在她的幻想中，亚尼纳湖好似一面魔镜，她刚才所描绘的那一幅可怕的画面似乎清清楚楚地在那里面反映了出来。基度山带着一种难以形容的关切和怜悯的表情看着她。

"讲下去吧，亲爱的。"伯爵用近代希腊语说。

海蒂突然抬起头来，像是基度山那响亮的声音把她从梦里唤醒了过来，于是她接着叙述下去。"那时是下午四点钟左右，门外的天空尽管很美，但我们在洞里却被笼罩在阴气沉沉的黑暗里。那儿只有一点孤独的火星，看来像是嵌在漆黑的天空里的一颗星——那就是西立姆的火枪。我的母亲是一个基督徒，她开始做祷告。西立姆则不时重复着：'上帝是伟大的！'可是我的母亲却仍抱着一些希望。当她下来的时候，她似乎觉得看到那个派到君士坦丁堡去的法国军官，我父亲非常信任那个法国军官，因为他知道，凡是法国皇帝手下的军人，自然都是心地高贵、义气深厚的。她向楼梯走近几步，听了一下。'他们过来了，'她说，'也许他们会给我们带来和平与自由吧！''您不用怕，凡瑟丽姬？'西立姆用一种非常温和而同时又非常自豪的口吻说。'假如他们不给我们带来和平，我们就和他们战斗。假如他们不带来生命,我们就让他们灭亡。'于是他就挥动他的长枪,使枪上的火绳燃得更旺,他那副神气就像是古希腊的酒神达俄尼苏斯一样。但我,我那时只是一个小孩子,却被这种无所畏惧的勇气吓坏了,我觉得那种态度又凶又蠢,我恐怖地倒退了几步,想躲避空中和火光中那可怕的死神。

"我母亲也有同样的感觉,因为我感到她在发抖。'妈,妈,'我说'我们是快死了吗?'听到我这句话,奴隶们加紧他们的祈祷和悲叹。'我的孩子,'凡瑟丽姬说,'愿上帝永远不让死神接近你!'然后,她又低声问西立姆,问他的主公是怎样嘱咐他的。'如果他派人拿了他的匕首来见我,那就表示皇帝的来意不善,我就得点燃火药。他派人拿来的是他的戒指,则正巧相反,表示皇帝已赦免了他,我就熄灭火绳,不去点燃火药。''我的朋友,'母亲说,'你主公的命令到来的时候,一旦他派人拿来了匕首,不要让我们遭受我们那样可怕的惨死吧,请你发发慈悲,就用那匕首杀死我们,可以吗?''可以的,凡瑟丽姬。'西立姆宁静地回答。我们突然听到外面在大喊。我们仔细倾听——那是欢乐的喊声。我们的卫兵到处都在欢呼派到君士坦丁堡去的那个法国军官的名字。显然他已带来了皇帝的旨意,而且那个旨意是有利的。"

"您不记得那个法国人的名字了吗?"马瑟夫说。他想给叙述者的记忆力帮一个忙,但基度山向他示意,请他不要再说话。

"我不记得了,"海蒂说,于是继续讲道,"喧闹的声音很大,脚步声逐渐接近。通向洞里的那座楼梯上,有一个人正往下走。西立姆准备好他的枪。不久,在洞口灰暗的微光里——外面只有这一点点反光照进这个昏暗的洞里——出现了一个人影。'你是谁?'西立姆喝道。'但不论你是谁,我命令你不许再前进一步。''皇帝万岁!'那个人影说。'他饶赦了阿里总督,不但饶了他的性命,而且还赐还他的财产。'我的母亲发出一声欢呼,把我紧紧地搂在她的怀里。'站住!'西立姆见她要出去,就说,'你知道我还没有收到那只戒指哪。''不错。'我的母亲说。于是她跪下来,同时把我举起来,像是她在为我向上帝祈祷的时候,使我更和他接近一些似的。"

海蒂再度中断她的叙述,她的情绪非常激动,以致她那惨白的额头上冒出点点汗珠;她似乎已闷得发不出声音来,她的喉咙和嘴唇显得焦干枯燥。基度山倒了一点冰水给她,用温和并带有一点命令意味的口吻说:"勇敢一点。"海蒂抹干她的眼睛,继续讲下去:

"这个时候,我们的眼睛因为习惯于黑暗,已认出总督的那个使者——他是一位友人。西立姆也已认出他。但那勇敢的青年知道自己的使命——就是服从。'是谁派你来的?'他对他说。'是我们的主公阿里·铁贝林派我来的。''假如你是主公本人派来的,'西立姆喊道,'你知道你要有什么东西交给我吗?''知道,'那使者说,'我带来了他的戒指。'说着,他就一手高举过头,显示那件信物,但相隔的距离有些远,光线又弱,西立姆从他所站的位置望过去,无法看清对方给他看的究竟是什么东西。'我看不见你手里是什么东西。'西立姆说。'那么,走过来吧,'那使者说,'不然,假如你愿意的话,我走到你这儿来也可以。''这两种办法我都不同意,'那青年军人回答,'把我要看的东西放在那有光的地方,然后你出去,让我来察看。''这样也好。'那使者说。他先把那件信物放在西立姆指定的地方,然后退了出去。

"噢,我们的心是跳得多么厉害呀!因为放在那儿的很像是一只戒指。但那是不是父亲的戒指呢?西立姆手里依旧紧握那支燃着的火绳,向洞口走过去,在那从洞口透进来的微弱的光线下拾起那件信物。'很好!'他看了一下那件信物,说,'这是我主公的戒指!'于是他把火绳扔在地上,用脚踩熄它。那使者发出一声欢呼,连连击掌。随着掌声,突然出现了四个高乞特将军手下的士兵,西立姆倒了下去,身上被戳了五个洞。每一个人都戳他一刀。他们先在洞窟里四处搜索,看是否还有别的火种,然后,虽然他们的脸色仍旧还很苍白,恐惧的表情还未消退,他们却开始把装金洋的布袋踢来踢去玩耍起来。这时,我的母亲把我抱起来,轻捷地窜越过无数只有我们自己知道的转角曲径,寻到一座通水寨的暗梯。水寨里的情形极为混乱。楼下的房间里挤满了高乞特的兵。那就是说,都是我们的敌人。正当我的母亲要打开一扇小门的时候,我们忽然听到总督洪亮的声音。母亲把她的眼睛凑到板壁缝上,我也很幸运地找到一个小洞,使我可以把房间里发生的事情看得清清楚楚。我看到有几个人拿着一份印有金字的文件站在我父亲的前面。'你们要怎样?'我父亲对他们说。'我们要把陛下的旨意告诉你,'他们之中有一个说,'你看见这份圣旨吗?''我看见的。'我父亲说。'好,你自己读吧,他要你的头。'

"我父亲突然一阵大笑,那种笑声比恐吓更可怕,而笑声未绝,我们就听到两声手枪的枪响,这枪声是他发出来的,已打死两个人。卫兵们本来俯卧在我父亲的跟前,这时也跳起来开火,房间里顿时硝烟弥漫。同时,对方也开始开火了,子弹呼啸着穿过我们四周的板壁。噢,总督,我的父亲,在那个时候看来是多么高贵呀,他手握弯刀,在弹雨中往来砍杀,面孔被他敌人的火药熏得乌黑!他把他们吓得多么厉害呀,甚至在那时,他们一见他仍要转身逃命!'西立姆!西立姆!'他喊道,'守火使者,尽你的责任呀!''西立姆死了!'一个像是从地底下钻出来的声音答道:'你完啦,阿里!'同时,我们听到一阵猛烈的爆炸声,我父亲四周的地板都打穿了,土耳其兵从楼下隔着地板向上开枪,三四个卫兵倒了下去,尸体上浑身是伤。

"我父亲怒吼起来,他把手指插到枪弹打穿的洞里,掀起一整块地板。但从这个缺口里,立刻就射来二十多发子弹。冲上来的烟火同火山喷发时一样,但立刻就被上面的天幕吞没了。在这可怕的混乱和吓人的喊声中,传来了两声清脆的枪声,接着又传来两声使人胆战心惊的尖呼。我吓呆了,这两颗子弹打中了我的父亲,这种可怕的喊声就是他发出来的。可是,他仍未倒下,紧紧地攀住一扇窗。我母亲想撞开那扇门,以便和他死在一起,但门是从里面锁住了的。他的周围横七竖八地躺着那些卫兵,痛苦地挣扎着,有两三个受了轻伤,正努力想从窗口跳出去逃命。在这危急的关头,整个地板突然塌落了。我父亲屈下一条腿,这个时候,二十只手向他伸过来,武装着长刀、手枪、匕首,二十个人同时攻击一个人,于是我父亲就在一阵烟火中消失了,就像是地狱在他的脚下裂开了一样。我觉得自己倒在地上,我的母亲已昏倒了。"

海蒂的双臂无力地垂到身边,她发出一声深长的叹息,同时望着伯爵,像是在问他是否已对她的叙述感到满意。基度山起身走到她面前,握住她的手,用希腊语对她说:"镇静一点,我的好孩子,上帝是会惩罚那些叛徒的,这样一想,你就会坚强起来了。"

"这个故事太可怕,伯爵,"阿尔培说,他被海蒂惨白的面孔吓坏了,"我现在只怪我自己不该提出这样令人痛苦的要求。"

"噢,没有什么!"基度山说。然后,他用手抚着那青年女郎的头,继续说,"海蒂是非常坚强的,她有的时候就是以叙述个人的不幸来寻找安慰。"

"因为,我的爷呀,"海蒂亲切地说,"我的不幸使我想起了您的好处。"

阿尔培好奇地望着她,因为她还没有讲到他最想知道的那一部分,就是:她如何会成为伯爵的奴隶。海蒂看到两个听者的脸上都有同样表示时,就叹了一口气,"当我母亲醒来的时候,我们已被带到那位土耳其将军的面前了。'杀死我吧!'她说,'但请不要污辱阿里的遗孤。'

"'这种话你不用向我说。'高乞特说。

"'那么,向谁说呢?'

"'向你们的新主人说。'

"'他是谁?在哪儿?'

"'他就在这儿。'

"于是高乞特指出一个人,而他就是对我父亲的死负罪最重的人。"海蒂以一种含蓄的仇恨的口吻说。

"那么,"阿尔培说,"您就成了这个人的财产了吗?"

"不,"海蒂答道,"他不敢留下我们,于是我们被卖给一个到君士坦丁堡去的奴隶贩子。我们穿过希腊,半死不活地到达土耳其的都城。城门口围着一群人,他们让开一条路让我们过去,但突然间,我母亲的眼光接触到那件吸引他们注意的东西,她发出一声刺耳的尖叫,倒在地上,指着挂在城门口的一个人头,在那个人头下面,写着这样一行字——

'这是亚尼纳总督阿里·铁贝林的头。'

"我痛哭,我想把我的母亲扶起来,可是她已经死了!我被带到奴隶市场上,被一个有钱的阿美尼亚人买去。他请教师教育我,在我十三岁的时候,他把我卖给马穆德苏丹。"

"我就是从他手里把她买来的,"基度山说,"至于价格,您已经知道了,阿尔培,就是那块和我装大麻精的盒子配对的翡翠。"

"噢!您真好,您真伟大,我的爷!"海蒂说,拿起伯爵的手吻了一下,"我能有这样一位主人,真是幸福极了。"

这所见所闻的一切简直使阿尔培糊涂了。"来,喝完您的咖啡吧。"基度山说,"这一段历史已经结束了。"

第七十八章 亚尼纳来的消息

如果凡兰蒂看到了弗兰士离开诺梯埃先生房间时的那种颤抖的脚步和慌乱的脸色,甚至她也会对他产生怜悯。维尔福说了几句颠三倒四的话,就回到他的书房里,约莫两小时以后,他接到下面这封信:

"在今天早晨的那一番谈话以后,诺梯埃·维尔福先生一定不难看出:他的家庭和弗兰士·伊辟楠先生的家庭联姻是不可能的了。弗兰士·伊辟楠先生觉得维尔福先生似乎早就知道今天早晨所讲的那件事,而竟没有预料到会有这一番宣布,弗兰士先生深表震惊。"

但这时要是有谁见到那位法官,见到他打击得垂头丧气的样子,他就不会相信维尔福曾预料到会发生这种事情;的确,他怎么也不会想到他的父亲竟会坦白或冒失到把这样的一段历史讲出来。公正地说,维尔福始终相信奎斯奈尔将军或伊辟楠男爵——这两种称呼都有人用,得看那个说话的人愿意称呼他的家名或称呼他的爵位而定——是被人暗杀掉而不是在一场公平的决斗中被杀死的;而诺梯埃先生不论对什么事情都从不考虑他儿子的意见,那件事他一直没向维尔福说明过。这封严厉的信对维尔福的自尊心是一个致命的伤害,截至那时为止,写这封信的人仍然还是这样温文可敬。

维尔福刚回到他的书房里,他的妻子就进来了。弗兰士同诺梯埃先生会见以后的突然告辞使每一个人都非常惊奇,维尔福夫人独自和公证人及证人在一起,她这时更加困惑。她觉得再也无法忍受了,就起身走出房间,说她去问问原因,维尔福先生对于这件事只说诺梯埃先生向伊辟楠先生和他做了一番解释,凡兰蒂和弗兰士的婚姻将因此破裂了。拿这件事情去向那些等她回去的人说明未免太不愉快了。所以她只说诺梯埃先生在开始讨论的时候突然昏厥,签约典礼将推迟几天举行。这个消息虽然是假的,但紧接着那两桩同类的不幸事件之后公布出来,显然把听的人惊呆了,他们一言不发地告退。这当儿,凡兰蒂真是又惊又喜,她拥抱那个衰弱的老人,感谢他这样一下子就打断了那条她一向认为难以解除的锁链。然后请求让她回到自己的房间里去休息一下;诺梯埃表示他可以允许她的请求。但凡兰蒂一旦获得自由,却没有回到她自己的房间里去,她转进一条走廊里,打开走廊尽头的一扇小门,顿时发觉自己来到了花园里。在这种种接连发生怪事的期间,凡兰蒂的脑子里总是有着一个可怕的想法。她觉得摩莱尔随时可能带着苍白的脸色和颤抖的身体出现,来阻止婚约的签订,像英国作家司格特《拉马摩尔的新娘》一书中的莱文斯乌德爵士一样。凡兰蒂这个时候的确应该到后门口去一次了。玛西米兰看到弗兰士和维尔福先生一起离开坟场,就猜到他们的意图。他跟踪着伊辟楠先生,看见他进去、出来,接着又带阿尔培和夏多·勒诺进去。事情已再无怀疑的余地了。他连忙赶到他的菜园里去等待消息——因为凡兰蒂到了能够脱身的时候,一定会赶来见他。他没有猜错,他从木板缝里看见那青年女郎一反往常那种小心的态度,急急忙忙向他奔来。玛西米兰一看见她,她完全放心了;而她所说的第一句话使他的心又欢喜得猛跳起来。

"我们得救啦!"凡兰蒂说。

"得救!"摩莱尔应声说,他不太相信会有这样的快乐。"谁救我们?"

"我的祖父。噢,摩莱尔!爱他吧,是他给了我们这种种快乐!"

摩莱尔发誓要用他整个的身心去爱他。他发这个誓时毫不犹豫,因为他这时觉得只爱诺梯埃如友如父还不够——他把他崇拜得像一位天神。

"但让我知道,凡兰蒂,那是怎么成功的呢?他用的是什么奇妙的方法呢?"

凡兰蒂正想把发生的一切讲出来的时候,但忽然又想到,如果那样做,就会泄露一个可怕的秘密,那个秘密不但牵连到其他人,而且也牵涉到她的祖父,于是她就说:"那件事我将来再原原本本地告诉你。"

"但那要到什么时候呢?"

"在我成为你的妻子的时候。"

话题现在已进入到摩莱尔最关心的那一方面,他这时做任何让步都愿意接受得了;他觉得他所知道的这一些消息已完全使自己满意,一天能得到这么多的消息已不算少了。可是,在凡兰蒂没答应他第二天傍晚再和他约会以前,他还是不愿离去。凡兰蒂对于摩莱尔向她要求的一切全都答应了,在一小时以前,如果有人对她说她不会嫁给弗兰士,她倒实在不敢相信,但现在如果有人向她说她会和玛西米兰结婚,她当然不会那样不敢相信了。

在我们刚才描写过的那一场会见发生的期间,维尔福夫人已去见过诺梯埃先生。老人像往常会见她的时候一样,带着严厉和厌恶的表情望着她。

"阁下,"她说,"凡兰蒂的婚事已经破裂了,我告诉您这个消息是多余的,因为破裂就是在这儿发生的。"

诺梯埃表情依旧。

"但我应该告诉您一件事情,那件事情我想您或许还不知道。就是,对于这门亲事,我始终是不赞成,最初促成这项婚约的时候,并没有得到过我的同意或赞许。"

诺梯埃用那种希望要求对方解释的目光望着他的儿媳妇。

"我知道您非常讨厌这门亲事,现在它已经结束了,我来向您提出一个不便由维尔福先生或凡兰蒂提出的要求。"

诺梯埃的眼光问那个要求是什么。

"我来要求您,阁下,"维尔福夫人接着说,"因为只有我一个人可以有这样权利的,因为只有我和这件事情没有私人利害关系——我来要求您赐回,不是您的爱,因为那是她一直享有的,而是您的财产给您的孙女儿。"

诺梯埃的眼光里露出一种不信任的表情。他显然想搞清这个行为的动机,但是没有成功。

"阁下，"维尔福夫人说。"我希望您的想法会符合我的要求？"

诺梯埃表示肯定。

"那么，阁下，"维尔福夫人又说，"我就告辞了，同时我很感激，也很高兴。"她向诺梯埃先生鞠躬告退。

第二天，诺梯埃先生派人去请公证人；以前那张遗嘱撕毁，再另立一张，在新的遗嘱里，他把他的全部财产都遗赠给凡兰蒂，条件是她永远不能离开他。于是人们都传说：维尔福小姐本来就已经是圣·米兰侯爵夫妇的继承人，现在又得到了她祖父的欢心，将来每年可以有一笔三十万里弗的收入。

维尔福先生家里在进行解除婚约的期间，基度山已去拜会过一次马瑟夫伯爵；然后，马瑟夫伯爵为了表示他对邓格拉司的友好，他穿上中将制服，佩上他的全部勋章，这样打扮好以后，就吩咐备上他最雄壮的马匹，驱车到安顿大马路。邓格拉司正在计算他的月结账，如果有人想在他高兴的时候去找他，现在却是最不利的时机，一看到他的老朋友，邓格拉司就摆出他那种庄严的神气，四平八稳地在他的安乐椅里拿着架子。马瑟夫平常是很傲慢的，这一次却面带笑容，用殷勤的态度向那位银行家问候；由于确信他的建议对方一定会乐于接受，他就免去一切外交式的序言，开门见山地立刻提到正文。

"嗯，男爵，"他说，"我终于来了，自从我们的计划拟定以后，已经过去很长时间了，可是那些计划却还没有实行呢。"马瑟夫以为对方那种冷漠的态度是他自己的沉默造成的，现在他说出这句话，那银行家的面孔一定会开朗起来；可事实却相反，使他感到惊奇的，是那个面孔却更加严肃无情了。

"您是指的哪一件事情，伯爵阁下？"邓格拉司说，像他并不知道将军话里的意义似的。

"啊！"马瑟夫说，"我看您是一个很注重形式的人，我亲爱的先生，您提醒我不应该省略古板的仪式。我请您原谅，但因为我只有一个儿子，而且又是我生平第一次要给他娶亲，所以我只是个学徒似的生手，好吧，我愿意做些改进。"于是马瑟夫带着一个勉强的微笑站起身来，向邓格拉司深深地一鞠躬，说："男爵阁下，我很荣幸地为我的儿子阿尔培·马瑟夫子爵来请您允许与欧琴妮·邓格拉司小姐结亲。"

但邓格拉司非但不像马瑟夫所想象的那样用殷勤的态度来接受这次求婚，反倒紧皱着眉头，依旧让伯爵站着，不请他归座，说：伯爵阁下，在我给您答复以前，这件事情还得想一想。"

"想一想！"马瑟夫说，愈来愈惊诧了，"自从我们最初谈起这件婚事以来，已经过去整整八年了，在这八年里面，难道您还没想够吗？"

"伯爵阁下，"银行家说，"有些事情我们可以认为是决定的了，但每天所发生的事使我们不得不随时纠正我们的错误。"

"我不明白您的意思，男爵阁下。"马瑟夫说。

"我的意思是，阁下——在最近这两星期里，已经发生了某些出于预料的事情——"

　　"原谅我，"马瑟夫说，"但我们是在演戏吗？"

　　"演戏？"

　　"是的，因为很像在演戏，请让我们说得更直截了当些，努力使互相理解对方的意思吧。"

　　"那正是我的希望。"

　　"您见过基度山先生了，对吗？"

　　"我们常常见面，"邓格拉司挺直了身子说。"他是我很友好的朋友。"

　　"在您和他最近的谈话里，您说，我对于这件婚事的态度不太坚决，已经把它忘记了。"

　　"我确实这样说过。"

　　"好吧，我现在来了。您看，我既没有忘记，也不存在什么不坚决，因为我已经来提醒您的诺言了。"

　　邓格拉司没有回答。

　　"难道您这样快就改变了念头，"马瑟夫又说，"或是您想让我再三向您恳求，来取笑我吗？"

　　邓格拉司觉得谈话这样继续下去，事情就会对他不利，于是就改变口吻，对马瑟夫说："伯爵阁下，您有权对我的沉默表示惊讶——这一点我承认——而我向您发誓，我这样对待您，我自己也觉得非常痛苦，请相信我，当我说那句话的时候，我实在也是万不得已的。"

　　"这些都是没有实际内容的话，我亲爱的先生，"马瑟夫说。"这些话或许可以满足一个一般的朋友，但马瑟夫伯爵却并不是一个一般的朋友。当他去拜访一个人，要求对方履行诺言的时候，如果这个人不能履行他自己的诺言，他就有权要求他提出一个充分的理由。"

邓格拉司是一个懦夫,但他却不愿意承认;马瑟夫刚才所用的那种口气把他激怒了。"我的举动并不是没有很充分的理由的。"他答道。

"您的意思是说什么?"

"我的意思是说,我有一个非常充分的理由,但却不能表达。"

"总而言之,您应该明白,我对于您的缄默不能表示满意,但至少有一点是显而易见的——就是您拒绝和我的家庭结亲。"

"不,阁下,"邓格拉司说,"我只是推迟我的决定而已。"

"而您真是这样得意,以为我竟肯任您反复无常,低三下四地等到您回心转意的时候吗?"

"那么,伯爵阁下,假如您不想等候的话,我们就只当是从来没有谈到过这些计划好了。"

伯爵的脾气本来傲慢急躁,为了阻止自己的火气爆发,他紧紧地咬住嘴唇,直咬得出血,可是,他知道在目前这种形式之下,受嘲笑的一定是他,所以他本来已向客厅门口迈出了几步,但转念一想,便又回来。一片阴云飘过他的额头,带走了额头上的怒意,留下一丝淡然的不安的痕迹。"我亲爱的邓格拉司,"他说,"我们相识已经有许多年了,所以我们应该互相尊重对方的性格。您应该向我解释一下,我希望知道我的儿子为什么失去了您的欢心,这也是很公平的。"

"那并不是因为对子爵本人有什么反感,我所能告诉您的只是如此而已,阁下。"邓格拉司回答,他一看到马瑟夫软了一点,就立刻又恢复他那种傲慢的态度。

"那么您对谁发生了反感呢?"马瑟夫脸色变白,声调都走样了。

伯爵的表情并未瞒过银行家的眼睛;他用比以前更沉着的目光盯住对方,说:"您最好还是不要勉强我讲得更明确些吧。"

伯爵气愤得浑身发抖,他竭力克制住自己的狂怒,说:"我有权坚持让您向我解释清楚。是不是马瑟夫夫人使您讨厌? 是不是您觉得我的财产太少,是不是因为我的政见和您不一致?"

"绝不是那一类的事,阁下,"邓格拉司答道,"假若是那样,那就只能怨我自己了,因为这些因素在当初讨论婚约的时候我早就知道。不,别再追究那个原因了吧。我真的很惭愧使您做这样严格的自我检查。我们暂且不提这件事,采取中庸之道——就是,放一放再说,不算破裂也不算成约。不必忙。我的女儿才十七岁,令郎才二十一岁。在我们等待的期间,时间自会促使事情不断地发展。晚上看东西只觉得一片黑暗模糊,但在晨光中看来就很清楚了。有的时候,一天之间,最恶毒的诽谤便会突然发生。"

"诽谤,您是这样说吗,阁下?"马瑟夫脸色顿时灰白,喊道。"难道有人在造我的谣言?"

"伯爵阁下,我已经向您说过了,我看最好是避免一切解释。"

"那么,阁下,我就只能屈服于您的拒绝吗?"

"这件事在我尤其痛苦,阁下——是的,我比您感到更痛苦,因为旁人都知道我要高攀您,而一次婚约的破裂,女方所受的伤害总是比男方更大。"

"够了,阁下,"马瑟夫说,"我这事情我们不用再说了。"于是他气愤地拿起他的手套走出房间。

邓格拉司注意到:在这次谈话的期间,马瑟夫一直不敢问是不是为了他自己的原因邓格拉司才取消他的诺言。

那天晚上,邓格拉司和几位朋友商量了许久;卡凡尔康德先生则在客厅里陪伴太太小姐,他是最后一个离开那位银行家的家。

第二天早晨,邓格拉司一起来就找报纸。报纸拿来了。他把其他三四份放在一边,拿起《大公报》,也就是波香主编的那份报。他急急忙忙地拆开封套,忙乱地打开那份报纸,轻蔑地掀过"巴黎大事"版,翻到杂项消息栏,带着一个恶毒的微笑把目光停留在一段以"亚尼纳通讯"开始的消息上。"好极了!"邓格拉司在看完那一段消息以后说,"这儿有一小段关于弗南上校的文字,这一段文字,假如我没有搞错的话,可以省掉我不少气力,免得向马瑟夫伯爵去解释了。"

在这同时——那是说,在早晨九点钟,阿尔培·马瑟夫穿着一身笔挺的黑衣服,带着激动的表情到香榭丽舍大道去拜访基度山,但当他语气草率地问伯爵是否在家的时候,门房告诉他说,大人已经在半小时以前出去了。

"他带没带培浦斯汀去?"

"没带,子爵阁下。"

"那么,叫他来,我要和他说几句话。"

门房去找那贴身跟班,一会儿就带着他一同回来了。

"我的好朋友,"阿尔培说,"请原谅我的冒昧,但我极想从你这里知道你的主人是不是真的出去了。"

"他是出去了,阁下。"培浦斯汀答道。

"出去了?甚至对我也是这样说?"

"我知道家主人一向如何高兴接见子爵阁下,"培浦斯汀说,"所以我决不会把您当作普通客人对待。"

"你说得对,我现在有一件很重要的事情要见见他。你觉得他是不是要很久才能回来?"

"不,我想不会,因为他吩咐在十点钟给他备早餐的。"

"好吧,我在香榭丽舍大道上转一转,十点钟的时候再回来。这其间,如果伯爵阁下回来了,你请他不要再出去,我要见他,行不行?"

"我一定代为转达,阁下。"培浦斯汀说。

阿尔培把他的马车留在伯爵门口,准备徒步去走一会。当他经过浮维斯巷的时候,他好像看到伯爵的马车停在高塞射击房的门口,他走过去,认出了那个车夫。"伯爵阁下在里面打枪吗?"马瑟夫说。

"是的,先生。"车夫回答。

在他问话的时候,阿尔培听到几声手枪的声音。他朝里面走,路上碰到射击房里的侍者。"对不起,子爵阁下,"那孩子说,"请您等一下好吗?"

"为什么,菲力?"阿尔培问。他是那儿的老顾客,不明白为什么这次要让他等候。

"因为现在在射击的那个人不希望有人打扰他,他从来不在旁人面前练枪的。"

"甚至你也不准去吗?那么谁给他装子弹呢?"

"他的仆人。"

"一个努比亚人吗?"

"一个黑人。"

"那么,是他了。"

"您认识这位先生的吗?"

"是的,我是来找他的,他是我的朋友。"

"噢!那又是一回事了。我立刻去通知他,说您来了。"于是菲力在好奇心的驱使之下走进射击房;稍过一会,基度山在门槛上出现了。

"我亲爱的伯爵,"阿尔培说,"请原谅我到这儿找您,我应该告诉您,这种失礼的行为不是您仆人的错,而只能怪我。我到您府上,他们告诉我说,您出去了,但十点钟回来吃早餐。我预备散步散到十点钟,忽然看见了您的车马。"

"您刚才所说的这些话使我希望你是预备来和我一同进早餐的。"

"不,谢谢您,我现在所想的不是早餐,而是其他的事情。那顿饭我们或可以晚一些,在更坏的心情之下再吃。"

"您在说些什么鬼话呀?"

"我今天要和人决斗。"

"您?因为什么?"

"我要去和人决斗——"

"是的,我知道的。但是为什么事吵起来的呀?决斗的原因很多,您知道。"

"我的决斗是为了名誉。"

"呀!那是一件非常严重的事情了。"

"严重得我来请求您帮我一个忙。"

"帮什么忙?"

"做我的陪证人。"

"那是一件很重要的事情,我们别在这儿讨论,让我们回家里去谈吧。阿里,给我拿一点水来。"

伯爵卷起袖子,走进那间专供练习射击的先生们在射击以后洗手的小耳房里。

"进来,子爵阁下,"菲力低声说,"我来给您看一件滑稽的事情。"马瑟夫进去,看见墙上所钉的不是常用的靶子,而是几张纸牌。阿尔培远看以为那是一整套纸牌,因为他可以从爱司数到十。

"啊!啊!"阿尔培说,"我看您是想玩纸牌了。"

"不,"伯爵说,"我是在做一套纸牌。"

"怎么呢?"阿尔培说。

"您看到的那些牌实际上都是爱司和二,但我的枪弹把它们变成三、五、七、八、九和十。"

　　阿尔培走近去。的确,纸牌上子弹射穿的地方极其准确,行次的距离都合规定。马瑟夫向靶子走去的时候,半路上另外还捡到两三只燕子,它们是被伯爵打死的,因为它们鲁莽地闯进伯爵的手枪射程。

　　"啊唷!"马瑟夫说。

　　"您叫我怎么办呢,我亲爱的子爵?"基度山一面用阿里拿来的毛巾擦手,一面说。"我总得在空余的时间找些事情做做呀。但来吧,我等着您呢。"

　　于是他们一起走进基度山的双马车,几分钟之内,那辆马车就把他们送到三十号门口。基度山带阿尔培到他的书房里,指着一个位子请他坐下,他自己也找了一个位子坐下来。"现在让我们心平气和地把事情来谈一谈吧,"他说。

　　"您也看得出,我是很心平气和的。"阿尔培说。

　　"您要跟谁决斗?"

　　"波香。"

　　"你们不是朋友吗?"

　　"是的,决斗的对手总是朋友。"

　　"我想你们这次的争吵总有原因吧?"

　　"当然有!"

　　"他对您怎么样了?"

　　"昨天晚上,他的报纸上——但等一下,您自己去念吧。"于是阿尔培将那份报纸递给伯爵。伯爵念道:

　　　　"亚尼纳通讯:我们现在打听到一件到目前为止人们还不知道,或至少还从没公布过的事实。防卫本市的城堡,是阿里·铁贝林总督极其信任的法国军官弗南出卖给土耳其人的。"

　　"嗯,"基度山说,"这段消息和您有什么关系呢?"

　　"与我有何关系?"

　　"是呀,亚尼纳的城堡被一个法国军官出卖,那您为何恼怒呢?"

　　"这关系到家父马瑟夫伯爵,因为弗南是他的教名。"

　　"令尊在阿里总督手下服务过吗?"

　　"是的,那是说,他曾为希腊的自由而战,而那种诽谤就是因此而起的。"

　　"噢,亲爱的子爵,您谈话得理智一点!"

　　"我并没有不理智。"

　　"那么请告诉我,弗南军官和马瑟夫伯爵是合二而一的一个人,这件事法国谁会知道? 亚尼纳是在 1822 年或 1823 年陷落的,现在又有谁会注意它?"

　　"那正可表示这种阴谋的恶毒。他们让时间过去了这么久,然后把大家早已忘却的事情又重新翻出来,以此作为诽谤的资料来玷污我们的好名誉。我继承着家父的姓,我不愿意这个姓染上污点。我要去找波香,这段消息是在他的报纸上出现的，我要他在两个证人的面前声明更正。"

"波香是不会更正的。"

"那我们只能决斗。"

"不，你们不会的，因为他将告诉您——而那也是非常实在的——在希腊陆军里，名叫弗南的军官或许有五十个之多。"

"但我们还是要决斗。我要洗去家父名誉上的污点。家父是一个这样勇敢的军人，他的履历是这样辉煌——"

"哦，嗯，他会说：'我们绝对相信这个弗南不是那位名气很大的马瑟夫伯爵，虽然他也有这个教名。'"

"除非全部更正，我绝不可能满意。"

"您打算当着两个证人的面前叫他这样做吗？"

"是的。"

"您错了。"

"我想您这句话的意思就是拒绝我的请求，不愿帮忙了？"

"您知道我对决斗的看法，不知您是否记得，我们在罗马的时候，我曾把我对于那件事的看法告诉过您。"

"可是，我亲爱的伯爵，我觉得今天早晨您所做的那件事，却和您的那种观念绝不相符。"

"因为，我的好人哪，您知道一个人不应该偏执得太过分。如果和傻瓜们在一起，那就要学习一些傻事。有一天，可能会有一个轻率暴躁的登徒子来找到我。他和我可能也像您和波香那样并没有真正值得吵架的理由，但他或许会逼迫我去管一件无聊的小事，他会叫他的陪证人来见我，或是在一个场所当众侮辱我——噢，我就不得不杀死那个浮躁的家伙。"

"那么您承认是应该决斗的了？"

"当然。"

"好吧，既然如此，您为什么要反对我决斗呢？"

"我并没有说您不应该决斗，我只是说，决斗是一件很严重的事情，在没有加以认真的考虑之前，是不应该做的。"

"他在侮辱家父之前，可没有加以考虑。"

"假如这是他在忙乱时造成的错误，而且自己也这样承认，您就应该满意了。"

"啊，我亲爱的伯爵，您也太宽容了。"

"而您也太认真了。假如，譬如说，我说这句话您别生气——"

"嗯！"

"假如那段消息是确有其事呢？"

"我不会承认这样一个有损我父亲名誉的假设。"

"噢！天哪！我们这个时代需要承认的事情真太多啦！"

"那完全是时代的错。"

"而您准备要加以改革吗？"

"是的，如若和我有关的话。"

"嗯！您真刚强，我的好人哪！"

"我知道我是的。"

"您一定不愿意听合理的忠告吗？"

"朋友的忠告当然要听。"

"您是否承认我够得上那个称呼呢？"

"当然承认。"

"嗯，那么，在带着证人到波香那儿去以前，对于这件事情可以再了解一下。"

"向谁去了解？"

"向海蒂，譬如说。"

"咦，何必把一个女人卷在里面呢，她对这件事情能有什么作用？"

"譬如说，她可以向你宣布，说令尊对于总督的失败和死毫无关系。或是，假如不巧他的确牵连在里面，这件不幸的事情也——"

"我已经说过了，我亲爱的伯爵，我决不会承认这样的一个假设。"

"那么，您拒绝这个了解情况的方法了？"

"我最坚决地拒绝。"

"那么让我再给您一个忠告。"

"说吧，但愿这是最后的一个了。"

"或许您不愿意听吧？"

"正巧相反，我要求您说。"

"当您去找波香的时候，别带证人同去，单独去见他。"

"那是违反惯例的呀。"

"您的情形本来就和一般的不同。"

"您为什么想要我单独去呢？"

"因为那样，这件事情就可以由您和波香自己解决。"

"请解释得清楚一些。"

"可以。假如您要波香更正，您就应该给他一个机会，让他自觉自愿地那样做——只要他愿意更正。在您这方面，结果是一样的。如果他拒绝那样做，那时再让两个外人知道您的秘密也还不迟。"

"他们不会是外人，而是朋友。"

"啊，但今天的朋友会是明天的仇敌——波香就是一个榜样。"

"所以您劝我。"

"我劝您得谨慎。"

"那么您希望我单独去见波香。"

"是的，而且我可以告诉您为什么。当您希望一个人的自尊心向您让步的时候，您在表面上至少应该装出不想伤害它的样子。"

"我相信您是正确的。"

"啊！这就万幸了。"

"那么我就单独去。"

"好吧,但您如能不去就更好。"

"那是不可能的。"

"那么去吧,这至少总比您最初的想法好一点。"

"但假如无论我多么审慎,而最后我还将面临决斗的话,您是否愿做我的陪证人?"

"我亲爱的子爵,"基度山郑重地答道,"您一定也能看出,在今天以前,不论在什么时间,不论在什么地点,我始终是悉听您吩咐的。但您现在所要求的,却不是我的力量能够办到的。"

"为什么?"

"或许您将来会知道。目前,我要求您原谅我暂时保守秘密。"

"好吧,那么我去邀弗兰士和夏多·勒诺。你们办这类事情是最合适的人选。"

"那么就这样吧。"

"可一旦我真的要决斗的话,您是否能教我一两手射击或剑术?"

"那个,也是不可能的。"

"您这个人真古怪!您任何事情都不愿干预。"

"您说得不错——这是我处世的原则。"

"那么,这件事情就到此为止了。再会,伯爵。"

马瑟夫拿起他的帽子,走出那个房间。他在门口找到他的双轮马车,尽量抑制住自己的怒气,立即驱车到波香家里去。波香在他的办公室里。那是一个阴暗的房间,看上去到处布满灰尘,从难以记忆的时代起,报馆编辑的办公室就是这个样子。仆人通报阿尔培·马瑟夫先生来访。波香要他再重说一遍,可是仍旧不太相信。他喊道:"请进!"阿尔培进来了。波香看到他的朋友跳过和踩着散堆在房间里的报纸走进来,立即发出一声惊喊。"咦!咦!我亲爱的阿尔培!"他伸手给那个青年说。"你是怎么一回事呀?是发了疯还只是来和我一同吃早餐的呢?快找一个地方坐吧,那盆天竺葵的旁边有一张椅子,房间里就这一张椅子,提醒我世界上除了纸张以外还有别的东西。"

"波香,"阿尔培说,"我是来找你的报纸说话来的。"

"你,马瑟夫?你有什么事情要找它说呢?"

"我希望那里面的一段文字应该得到更正。"

"你指的是哪一段?但坐下再说吧。"

"谢谢你。"阿尔培说,冷淡而拘泥地鞠了一躬。

"现在请你把那段文字的性质解释一下吧,它为什么会使你不高兴?"

"那段文字损害我家里一个人的名誉。"

"是哪一段消息?"波香非常惊奇地说。"你一定搞错了。"

"就是亚尼纳邮给你的那篇通讯。"

"亚尼纳寄来的?"

"是的,你真的好像一点都不知道我那件事似的。"

"我凭人格担保！倍铁斯蒂,把昨天的报纸拿来。"波香喊道。

"这儿有,我带来了一份。"阿尔培答道。

波香接过那份报纸,小声念道:"亚尼纳通讯,……"

"你看,这段新闻可恨极了。"波香读完以后,马瑟夫说。

"那么这里面所指的那个军官是你的一位亲戚吗?"波香总编辑问。

"是的。"阿尔培说,面孔羞得通红。

"那么,您希望要我怎样做呢?"波香温和地说。

"我亲爱的波香,我希望你纠正这个消息。"

波香十分亲切地对阿尔培说。"这件事情,需要好好地谈一谈,更正一段消息一向是一件很严肃的事,你知道。坐下吧,我把它重读一遍。"

阿尔培重新坐下,而波香则比第一次更留神地把他朋友所斥责的那几行消息又看了一遍。

"嗯,"阿尔培用坚定的语气说,"你看,你的报纸侮辱了我的一位亲人,我坚持要加以更正。"

"你——坚持?"

"是的,我坚持。"

"请让我提醒你,你可不是议员,我亲爱的子爵。"

"我也不想做议员,"那青年站起来答道。"我再向你说一遍,我决定要更正昨天这段消息。你我认识已经够久了,"阿尔培看到波香轻蔑地昂起他的头,就咬了一下嘴唇,继续说,"你过去是我的朋友,所以咱俩之间的关系相当密切,应该知道我在这一点上是一定要坚持到底的。"

"假如我曾经是你的朋友,马瑟夫,你现在说话时的态度却几乎使我忘记我以前曾得到过那种称呼,但且等一等,我们不要发火,或至少现在先不要发火。你的态度很激动,告诉我,这个弗南是你的什么人?"

"他是我的父亲,"阿尔培说,"弗南·蒙台哥先生,马瑟夫伯爵,他是一位老军人,身经二十次大战,而他们却要用阴沟里的污泥来涂抹他那些光荣的伤疤。"

"是你的父亲吗? 波香说,"那就又是一回事了。我现在能明白你这样气愤的原因了,我亲爱的阿尔培,我再来念一遍。"于是他字字斟酌,第三次再读那段消息。"可报纸上没有哪一个地方说明这个弗南就是你的父亲呀。"

"没有,但这种关系会有人看得出来的,所以我一定要更正这段消息。"

听到"我一定要"这几个字,波香抬起他的眼睛坚定地望着阿尔培的脸,然后他的眼光渐渐低下去,他沉思了一会儿。

"你能够更正这段消息的吧,你肯不肯,波香?"阿尔培说,他愈来愈冒火了,但勉强控制着。

"可以。"波香答道。

"立刻吗?"阿尔培说。

"当我证实那个消息不真实的时候。"

"什么?"

"那件事情应该调查一下。"

"但那又何必调查呢,阁下?"阿尔培恼怒地说。"如果你不相信那是我的父亲,那么请你立刻声明。如果你相信是他,那么请申述你的理由。"

波香脸上现出一个他所独有的微笑,这种微笑可以在各种不同的情况之下表示出他内心各种不同的情感。"阁下,"他带着那种微笑望着阿尔培答道,"如果你是要到我身上找满足来的,你应该直接讲出来,不必和我做这种无意义的谈话。我已经忍耐了半个钟头了。难道你这次到我这里来,是我造成的吗?"

"是的,假如你不同意更正那种恶毒的诽谤的话。"

"等一等。请你不要恐吓,弗南·蒙台哥先生,马瑟夫子爵! 我从来不惧怕我的敌人向我恐吓,更不希望我的朋友也采取这种态度。你坚持要我更正这段关于弗南上校的消息——但我可以凭人格向你保证,这段新闻与我毫无关系,你还是要坚持吗?"

"是的,我坚持要更正!"阿尔培说,他因为激动过度,头脑已开始有点糊涂了。

"假如我拒绝更正,你就要和我决斗,是不是?"波香用平静的语气说。

"是的!"阿尔培抬高他的声音说。

"好吧,"波香说,"我的答复是这样,我亲爱的先生。那段消息不是我刊登的——我甚至根本都不知道。但你的行动已唤起我对这段消息的注意,它或是更正,或是证实,都要有足够的调查以后才能决定。"

"阁下,"阿尔培站起来说,"我当荣幸地请我的陪证人来见你,请你劳神和他们商量决定相会的地点和我们所用的武器。你明白我的意思吗?"

"当然明白,我亲爱的先生。"

"那么今天晚上,假如你愿意的话,或至迟明天早晨,我们再见。"

"不,不! 什么时间合适那得由我决定。我有权优先选择,因为我是受挑衅的一方——但据我看,那个时间还没有到。我知道你的剑术很精湛,而我的剑术只是马虎过得去。我也知道你是一个优秀的射击手——那方面我们差不多相等。我知道我们两个人的决斗是一件非常严重的事情,因为你很勇敢,而我也很勇敢。我不愿意没理由的杀死你或让我自己被你杀死。现在要轮到我来向你提问了。我已经不止一次地反复向你声明,而且用我的人格向你担保,对于你攻击我的那件事情我确实一无所知。我还可以向你申明,除了你以外,谁都不可能知道弗南那个名字就是马瑟夫伯爵。当我做了这样的申明以后,你是否还坚持要我更正,而假如我不更正,就要和我以死相拼?"

"我维持我原来的决心。"

"好极了,我亲爱的先生,那么我愿意和你拼个死活。但我需要三个星期的时间,到那个时间终了的时候,我就会来对你说:'那段消息是不确实的,我愿意更正',或是,'那段消息是确实的'。那时,我就立刻从剑鞘里抽出剑,或从匣子里拔出手枪,两者悉听尊便。"

"三个星期!"阿尔培喊道,"当我承受着耻辱的时候,那就等于三个世纪了。"

"如果你还是我的朋友,我就会说:'耐心一点吧,我的朋友。'但你自己要做我的仇敌,那我就说:'那跟我有什么关系,阁下?'"

"好吧,那么就是三个星期吧,"马瑟夫说,"但请记住,当那个时间结束时,不要再拖延或推托,借以避免——"

"阿尔培·马瑟夫先生,"波香也站起身来说,"在三个星期之内——那就是说,二十一天之内——我不能把你扔到窗口外面去,而在那个时间还没有过去之前,你也没有资格来打碎我的脑袋。今天是八月二十九,所以约定的时间是在九月二十一,在那个时间没有来临之前——我现在要给你一个绅士的忠告——我们不要狂叫乱吠,像那两条绑在对面屋柱上的狗一样。"

说完这一番话,波香就冷淡地向阿尔培鞠了一躬,转身走进他的印刷间。阿尔培把他的怒气发泄到屋中报纸上,用他的手杖把它们打得满屋乱飞;经过这一番发泄以后,他走了,——但在离开以前,他又向印刷间的门口走去几次,像是很想进去似的。

阿尔培用力抽打他的马,犹如刚才鞭打那些造成他烦恼的无辜的报纸一样;当他经过林荫大道的时候,他看见摩莱尔急匆匆走过。他正走到中国澡堂前面,好像是从圣·马丁门那个方向来,要往玛德伦大道去。"啊,"马瑟夫说,"那儿倒有一个快乐的人!"阿尔培的判断并不错。

第七十九章 柠檬水

摩莱尔确实非常快乐。诺梯埃先生刚才派人去找他,为了急于想知道这次叫他来的原因,他匆忙得连车子都没叫,对他自己的两条腿比马的四条腿寄以更大的信任。他以迅猛的速度从密斯雷路出发,向圣·奥诺路那个方向前进。摩莱尔是以一个运动家的步伐行进的,那可怜的巴罗斯吃力地跟在他的后面。摩莱尔才三十一岁,巴罗斯却已六十岁了;摩莱尔陶醉在爱情里,巴罗斯则受着酷热的折磨。这两个人在年龄和兴趣上是这样的分歧,他们像是一个三角形的两条边——在底边分开而在顶端会合。那个顶端就是诺梯埃先生,他请摩莱尔马上来看他——这个命令摩莱尔圆满地完成了,可是却大大地苦了巴罗斯。到家的时候,摩莱尔连气都没有喘,因为爱神给了他力量;但早已被爱情遗忘的巴罗斯却累得浑身大汗。

那老仆人领摩莱尔从一扇小门里进去,书斋的门关上以后,不久就传来一阵衣裙的摩擦声,这就像是宣告凡兰蒂到了。她穿上深色的丧服显得非凡美丽,摩莱尔望着她的时候心里感到这样欢喜,觉得就是她的祖父不来和他谈话也无妨。但他们听到老人的那把轮椅已在地板上滚过来,不久他就在房间里出现了。摩莱尔热情地向他道谢,感谢他及时干涉那件婚事,把凡兰蒂和他从绝望中拯救出来;诺梯埃用慈爱的目光接受了他的感谢。于是摩莱尔向那青年女郎递过去一个询问目光,问现在会有什么新的恩惠要赐给他。凡兰蒂的座位略微离开他们一个距离,她正在胆怯地等待需要她说话的时机。诺梯埃把他的眼光盯住她。"要我把您告诉我的那些话讲出来吗?",凡兰蒂问,诺梯埃依旧望着她。

"那么,您愿意我把您告诉我的那些话讲出来吗?"她又问。

"是的。"诺梯埃表示。

"摩莱尔先生,"凡兰蒂对那个全神贯注的青年人说,"我的祖父诺梯埃先生有许多事情要对你说,那是他在三天以前告诉我的。现在他请你来,就是要我把那些话转达给你。那么,我就开始转达了。而既然他要我做他的传话人,我自会忠于他的信任,决不把他的意思改变一个字。"

"噢,我在非常耐心地等着听呢,"那青年答道,"请你说吧!"

凡兰蒂垂低她的眼睛,这在摩莱尔看来是一个好兆头,因为他知道只有愉快才有力量能使凡兰蒂这样情不自禁。"我的祖父预备离开这儿了,"她说,"巴罗斯正在为他寻找合适的住所。"

"但是你,小姐,"摩莱尔说——"你和诺梯埃先生的快乐是不可分离的——"

"我?"凡兰蒂打断他的话头说,"我不会离开我的祖父,那是我们早已商量过了的。我和他住在一起。现在,维尔福先生必须对这个计划表示同意或拒绝。如果他同意，我就马上离开。如果他拒绝，我就要等到我成年以后再走，那就得再等待十个月左右，那时我就自由了，我可以有一笔自己的财产，而——"

"而——?"摩莱尔问道。

"而在我祖父的同意之下，我就可以履行我对你所做的诺言了。"凡兰蒂说最后这句话的时候声音非常低，如不是摩莱尔在全神贯注倾听她的话，他简直会听不清了。

"我把你的想法说清楚了吗，爷爷?"凡兰蒂问。

"是的。"老人表示。

"一旦到了我祖父的家里，摩莱尔先生就可以去我那敬爱的保护人那儿来看我，假如我们仍然觉得我们所筹备的婚姻能够保证我们以后的安乐，那么，我希望摩莱尔先生能亲自来向我求婚。但是，唉！我听人家说，当人们的愿望受到妨碍的时候，他们的心会炽热起来，一旦得到保障的时候，心就冷了。"

"噢！"摩莱尔喊道，他真想扑过身去跪在诺梯埃跟前，像跪在上帝面前一样，他想跪在凡兰蒂面前，像跪在一位天使面前一样，说，"我究竟做了什么好事，竟能够享受这样的快乐呢?"

"在那个时候以前，"那青年女郎用镇定平稳的口吻继续说，"我们得尊重礼俗。凡是不愿意最后使我们拆散的友人，我们都得遵从他们的意见。总之，我还得提出那句老话，因为那句老话表达得最明确——我们得等待。"

"我发誓不惜牺牲一切接受这句话的约束，阁下，"摩莱尔说，"我不但愿意接受，而且很高兴地接受。"

"所以，"凡兰蒂恶作剧地望着玛西米兰接着说，"别再有轻率的举动，不要再提出鲁莽的计划，因为从今天起，我认为自己一定会快乐地委身于你，你当然不愿意连累她的名誉的罗?"

摩莱尔把他的手按在心上。诺梯埃用充满慈爱的目光望着那一对情人。巴罗斯是一个可以知道种种经过情形的特权人物，他这时还在房间里，一面揩抹他那光秃的前额上的汗珠，一面向那两个年轻人微笑。

"你看来很热吧，我的好巴罗斯!"凡兰蒂说。

"啊！我刚才跑得很快，小姐。但是，摩莱尔先生比我跑得更快呢。"

诺梯埃使他们注意一只茶盘，茶盘上放着一大瓶柠檬水和一只杯子。那只玻璃瓶基本是满的，诺梯埃先生只喝过一点点。

"来，巴罗斯，"那青年女郎说，"喝一些柠檬水吧，我看你很想喝一个痛快呢。"

"小姐，"巴罗斯说，"我的确口渴极了，既然您这样好心请我喝，我当然不会反对来喝一杯祝您康健。"

"那么，拿去喝吧，立刻回来呀。"

巴罗斯拿着茶盘出去，他在匆忙中没有把门关上，他们看见他一跨出房门就立刻仰头把凡兰蒂给他倒的那一杯柠檬水喝干。

凡兰蒂和摩莱尔正在诺梯埃面前交换他们脉脉含情的眼光时，忽然听到门铃响了。这表示有客人来了。凡兰蒂看一看她的表。"过十二点了，"她说，"而今天是星期六。我敢说那一定是医生,爷爷。"

诺梯埃表示他同意她的判断。

"他会到这儿来的,摩莱尔先生最好还是走吧。您说对吗,爷爷?"

"是的。"老人表示。

"巴罗斯!"凡兰蒂喊道,"巴罗斯!"

"我来了,小姐。"他回答。

"巴罗斯会给你开门的,"凡兰蒂对摩莱尔说。"现在,请记住,军官阁下,对我祖父的命令你不要有任何鲁莽轻率的举动,以免影响我们的幸福。"

"我已经答应他等待,"摩莱尔答道,"我一定等待。"

这时巴罗斯进来了。

"谁拉铃?"凡兰蒂问道。

"阿夫里尼医生。"巴罗斯说,他脚步踉跄,像是要摔倒似的。

"怎么啦,巴罗斯?"凡兰蒂说。

那个老人没有回答,只用狂乱呆滞的眼光望着他的主人,而他那痉挛的手则紧紧地抓住一件家具,以防自己倒下去。

"咦,他要倒啦!"摩莱尔喊道。

巴罗斯的身体愈抖愈厉害,他的面貌已完全改变,肌肉不停地抽搐,表示一场最严重的神经错乱即将到来。诺梯埃看到巴罗斯陷入这种可怜的状况,他的眼光里就流露出人心所可能发生的种种悲伤和怜悯的情绪。巴罗斯向他的主人走近几步。"啊,我的上帝!我的上帝!我怎么啦?"他说。"我痛苦死了!我什么都看不见呀!我的脑子里有一千支火箭在乱穿!噢,别碰我,别碰我呀!"

这时,他的眼珠已残酷地突出;他的头向后仰,身体的其余部分开始僵硬起来。

凡兰蒂发出一声可怕的叫喊;摩莱尔上去抱住她,像是要保护她抵抗某种不可知的危险似的。"阿夫里尼先生!阿夫里尼先生!"她用喘息的声音喊道。"救命哪!救命哪!"

巴罗斯转了一个身,竭力地挣扎了几步,然后倒在诺梯埃的脚下,一只手搁在那个废人的膝头上,喊道:"我的主人呀!我的好主人呀!"

这期间,维尔福先生因为听到那一片闹声,在门槛上出现了。摩莱尔放松那几乎快要昏过去的凡兰蒂,退到房间最远的一个角落里,躲在一张帷幕后面。他的脸色苍白得像是突然看见自己面前跳出一条毒蛇一样,他那惊愕的眼光仍然凝视着那个不幸的受苦者。

诺梯埃焦急和恐怖到极点,只恨自己没有力量去帮助他的老家人;他一直没把巴罗斯看作一个仆人,而把他当作一位朋友对待。他额头上的青筋暴涨,眼睛周围的肌肉猛烈地抽搐,从这些形迹上,可以看出在那活跃有力的脑子和那麻木无助的肉体之间,正在进行着激烈的斗争。巴罗斯这时面部痉挛,眼睛充血,仰头躺在地上,两手敲打地板,两腿已变得非常僵硬,不像是自己弯曲而像是折断了一样。他的嘴边有一圈淡淡的白沫,呼吸很困难。

维尔福吓呆了,对眼前的这个场面出神地凝视了一会儿。他没有看见摩莱尔。

当他这样凝视的期间,他的脸渐渐苍白,他的头发似乎竖了起来,这样过了片刻后,他跳到门口,大声喊道:"医生! 医生! 来呀,来呀!"

"夫人,夫人!"凡兰蒂跑上楼去接他的后母,向她喊道,"快来,快! 把您的嗅瓶带来!"

"什么事呀?"维尔福夫人用一种做作的语气说。

"噢! 来! 来呀!"

"但医生在哪儿呀?"维尔福喊道,"他到哪儿去啦?"

维尔福夫人现在不慌不忙地下楼来了。她一手握着一条手帕,像是用来抹脸的,另外那只手里拿着一瓶英国嗅盐。她走进来后,第一眼先射向诺梯埃,诺梯埃的脸上虽然呈现着这种场面必然会有的情绪,但仍旧可以看出他还保持着往常的康健;她的第二眼才射向那个垂死的人。她的脸色顿时发白,眼光又从那仆人身上跳回到他的主人身上。

"看在老天的面上,夫人,"维尔福说,"告诉我医生在哪儿?他刚才还和你在一起。你看这是中风,如果能够给他放血,他可能还有救。"

"他最近吃过什么东西吗?"维尔福夫人避开她丈夫的问题,这样反问。

"夫人,"凡兰蒂答道,"他连早餐都没有吃。祖父派他去干一件事,他跑得非常快,回来只喝了一杯柠檬水。"

"啊?"维尔福夫人说,"他为什么不喝葡萄酒呢?柠檬水对他是极不适应的呀。"

"爷爷的那瓶柠檬水就在他的身边,可怜的巴罗斯那时口渴极了,只要能喝的东西,他都欢迎。"

维尔福夫人吃了一惊。诺梯埃用一种审查的目光注视着她。"他真不幸。"她说。

"夫人,"维尔福先生说,"我问你阿夫里尼先生在哪儿?看上帝的面上,快回答我!"

"他在爱德华那儿,爱德华也不大舒服。"维尔福夫人这次不能再回避了。

维尔福亲自走上楼去叫他。

"这个你拿着吧。"维尔福夫人说,把她的嗅瓶交给凡兰蒂。"他们肯定会给他放血,所以我要走了,因为我不能见血。"于是她跟在她丈夫的后面上楼去了。

摩莱尔从他隐藏的地方走出来,当时的情形非常混乱,所以他躲在那里并没有被人发觉。

"你赶快走,玛西米兰,"凡兰蒂说,"我会派人来找你的。走吧。"

摩莱尔望一望诺梯埃,征求他的同意。老人的神志依旧十分清醒,他作了一个表示,示意他可以这样做。那青年吻了一下凡兰蒂的手,然后从后楼梯走出那座房子。在他离开房间的同时,维尔福先生和医生从对面的一个门口进来了。巴罗斯现在已经恢复了知觉;危机似乎过去了。他发出一声低微的呻吟,撑起身来。阿夫里尼和维尔福扶他躺到一张睡榻上。

"您要些什么东西,医生?"维尔福问。

"拿一些水和酒精给我。你家里有吧,有没有?"

"有。"

"派人去买一些松节油和吐酒石来。"

"维尔福立刻派了一个人去买。"

"现在请大家出去。"

"我也必须得出去吗?"凡兰蒂怯生生地问。

"是的,小姐,特别是你。"医生唐突地回答。

凡兰蒂惊异地望着阿夫里尼先生,然后在她祖父的前额上吻了一下,离开房间。她一出去,医生就带着一种阴沉的表情把门关上。

"看!看呀!医生,"维尔福说,"他苏醒过来了,总之,这是不要紧的了。"

阿夫里尼先生的回答是一个悲哀的微笑。"你自己觉得怎么样,巴罗斯?"他问道。

"好多了,先生。"

"你喝一些酒精和水,好不好?"

"我可以试一试,但别碰我。"

"为什么?"

"我觉得假如您只用您的手指尖来碰一碰我,毛病就会复发的。"

"喝吧。"

巴罗斯接过那只杯子,把它举到他那发紫的嘴唇上,喝了一半。

"你觉得哪儿难受?"医生问。

"到处都难受,我感到全身都在痉挛。"

"你有没有觉得眼睛前面像是火星乱迸的样子?"

"是的。"

"耳朵里发响?"

"响得非常可怕。"

"你开始是什么时候感觉到的?"

"刚才。"

"突然发生的吗?"

"是的,像是一声霹雳似的。"

"昨天或前天你什么都没有感觉到吗?"

"没有。"

"没有昏睡的感觉吗?"

"没有。"

"你今天吃了些什么东西?"

"我什么都没有吃,我只喝了一杯我主人的柠檬水。"于是巴罗斯把他的眼光移向诺梯埃,诺梯埃虽然坐在他的圈椅里不能动,却注视着这幕可怕的情景,不让一个字或一个动作逃过他的耳目。

"这种柠檬水在哪儿?"医生急迫地问。

"在楼下的玻璃瓶里。"

"楼下的什么地方?"

"厨房里。"

"要我去把它取来吗,医生?"维尔福问道。

"不,您留在这儿,最好让巴罗斯喝完这一杯酒精和水。我亲自去拿那瓶柠檬水。"

阿夫里尼急速跑到门口,飞一般奔下后楼梯,急忙中差点撞倒维尔福夫人,因为维尔福夫人也正要到厨房里去。她惊叫了一声,阿夫里尼没有去注意她。他的脑子里只有一个念头,他跳下最后的四级楼梯,冲进厨房里,看见那只玻璃瓶还在茶盘上,瓶里还有四分之一的柠檬水。他像老鹰扑小鸡似的蹿上去抓住它,然后气喘吁吁地奔回到他刚才离开的那个房间里。维尔福夫人正在慢腾腾地走回到她楼上的房间里去。

"你所说的就是这只玻璃瓶吗?"阿夫里尼问道。

"是的,医生。"

"你喝的就是这种柠檬水吗?"

"我认为是的。"

"它有什么味道?"

"有一点苦味。"

医生倒几滴柠檬水在他的手掌里,吸进嘴巴里含了一会儿,像一个人在辨别酒味时一样,然后他把那种液体吐入壁炉里。

"一定就是这个,"他说,"您也喝了一些吧,诺梯埃先生?"

"是的。"

"您也感到有苦味吗?"

"是的。"

"噢。医生!"巴罗斯喊道,"毛病又要发作了!我的上帝!主呀,救救我吧!"

医生飞奔到他的病人那儿。"吐酒石!维尔福,看买来了没有?"

维尔福跳进走廊里,大喊:"吐酒石!吐酒石!买来了没有呀?"

没有一个人回答。最深沉的恐怖笼罩着全屋。

"如果我有办法能扩张他的肺部,"阿夫里尼回顾着周围说,"也许我可以阻止他窒息。但这里什么都没有!什么都没有!"

"噢,先生,"巴罗斯喊道,"您就看着我这样死掉,不救救我吗?噢,我快死啦!我的上帝!我快死啦!"

"一支笔!一支笔!"医生说。桌子上本来有一支笔搁在那儿,他竭力想把它插进病人的嘴巴里去,但病人这时正在大发痉挛,他的牙关闭得很紧,那支笔插不进去。这次的发作比上一次更猛烈,他从睡榻上滚到地上,痛苦地在地上扭来扭去,医生知道已没有办法,就让他去发痉挛,他走到诺梯埃面前,小声突兀地说,"您自己觉得怎么样?还好吗?"

"是的。"

"您是否觉得胸部没有以前那么沉闷,腹部舒适轻松,嗯?"

"是的。"

"那么您觉得是否就像服下我每星期日给您吃的药以后的情形?"

"是的。"

"您的柠檬汁是巴罗斯给您调制的吗?"

"是的。"

"刚才是您让他喝的吗?"

"不。"

"是维尔福先生吗?"

"不。"

"夫人?"

"不。"

"那么是您的孙女儿了,是不是?"

"是的。"

巴罗斯发出一声呻吟,接着又呼出一口气,好像他的牙床骨已经断裂了;这两种声音引起了阿夫里尼先生的注意,他离开诺梯埃先生,回到病人那儿。"巴罗斯,"他说,"你能说话吗?"巴罗斯慢慢地发出几个含混不清的字。"再试试看,我的好人。"阿夫里尼说。巴罗斯重新睁开他那紧闭的眼睛。

"柠檬水是谁调制的?"

"我。"

"你做好后就端到你主人这儿来的吗?"

"不。"

"那么,其中有一段时间你把它放在什么地方了?"

"是的,我把它放在食器室里,因为有人把我叫走了。"

"那么是谁把它拿到这个房间里来的呢?"

"凡兰蒂小姐。"

阿夫里尼用手敲打自己的前额。"仁慈的天哪!"他低声地说。

"医生!医生!"巴罗斯喊道,他感到又要发病了。

"难道他们永远拿不来吐酒石了吗?"医生问道。

"这儿已经有一杯调好的了。"维尔福走进房来,说。

"谁调制的?"

"和我一起来的那个药剂师。"

"喝吧。"医生对巴罗斯说。

"喝不下去了,医生。太晚啦。我的喉咙要堵住了!我快断气了!噢,我的心呀!噢,我的头!噢,多痛苦呀!我还得像这样的痛苦许久吗?"

"不,不,朋友,"医生回答说,"你马上就不会痛苦了。"

"哪,我明白你的意思了,"那不幸的人说。"我的上帝,发发善心吧!"于是巴罗斯发出一声可怕的喊叫,像遭了雷击似的朝后倒下去。阿夫里尼用手去摸他的胸口,把那只杯子凑到他的嘴巴上。

"怎么样?"维尔福说。

"到厨房里去给我拿些堇菜汁来。"

维尔福立刻就去。

"别怕,诺梯埃先生,"阿夫里尼说,"我带病人到隔壁房间去给他放血,这种手术看着是非常吓人的。"

于是他挟起巴罗斯,拖他到旁边房间里;但是他几乎立刻又回来拿那瓶剩余的柠檬水。诺梯埃闭拢他的右眼。"您要凡兰蒂,对吗?我让他们去找她来见您。"

维尔福回来了,阿夫里尼在走廊里遇到他。"唉!他现在怎么了?"他问道。

"到这儿来。"阿夫里尼说。于是他带他到巴罗斯所躺的那个房间里。

"他还在发病吗?"检察官说。

"他死了。"

维尔福倒退了几步,捏紧双手,带着真正悲哀的情绪喊道:"死了!死得这样突然!"

"是的,非常突然,不是吗?"医生说。"但是你应该不会吃惊的,圣·米兰先生夫妇也是这样突然地死的。您家里的人都死得非常突然,维尔福先生。"

"什么!"那位法官用极为恐怖的声音喊道,"您又想到那个可怕的念头了吗?"

"我始终没有忘记,阁下,我始终没有忘记,"阿夫里尼严肃地说,"因为它一刻都没有离开过我的脑子,您至少应相信我这一次是不会弄错的了,请您仔细地听着我下面的话,维尔福先生。"那法官疼挛地发起抖来。"有一种毒药可以杀死人而且不会留下丝毫明显的痕迹。我对于这种毒药知道得很清楚。我曾研究它不同分量所产生的效果。我在那可怜的巴罗斯和圣·米兰夫人的病症上认出了这种毒药的降临。有一种方法可以侦察出它的存在。它能使被酸素变红的蓝色试纸恢复它的本色,它可以使堇菜汁变成绿色。我们没有蓝色试纸,但是,听!他们拿堇菜汁来了。"

医生说得不错,走廊里传来了脚步声。阿夫里尼先生打开门,从女仆的手里接过一杯约有两三匙羹的菜汁,然后他又小心地把门关上。"看着!"他对检察官说,检察官的心这时是跳得相当剧烈,甚至可以听到它的声音了,"这只杯子里是堇菜汁,而这只玻璃瓶里装的是诺梯埃先生和巴罗斯喝剩的柠檬水,假如柠檬水是无毒的,这种菜汁就能保持它的本色,反过来讲,如果柠檬水里掺有毒药,菜汁就会变成绿色。看着呀!"

医生于是慢慢地把玻璃瓶里的柠檬水滴了几滴到杯子里,杯底里顿时就出现一层薄薄的云彩状的沉淀物;这种沉淀物最初现蓝色,然后它从翡翠色变成猫眼石色,从猫眼石色变成绿宝石色。变到最后这种颜色,它不再变动了。实验的结果已再无怀疑的余地。

"那可怜的巴罗斯是被'依那脱司'毒死的。"阿夫里尼说,"我在上帝和人的面前都要坚持这项断言。"

维尔福什么也没说,他只是紧紧地握住自己的双手,张大他那一双憔悴的眼睛,精疲力尽地倒在一张椅子里。

第八十章　控　诉

阿夫里尼先生很快就使那个法官苏醒过来,他看上去像是那间死室里的又一具尸体。

"噢,死神在我的家里了!"维尔福喊道。

"还是说罪神吧!"医生答道。

"阿夫里尼先生,"维尔福喊道,"我难以告诉您我这时的种种感触——恐怖、忧愁、疯狂。"

"是的,"阿夫里尼先生用一种庄严平静的口吻说,"但我认为现在应该开始行动了。我认为现在是阻止这种死亡继续的时候了。我既然发现了这些秘密,就希望看到有人为牺牲者和社会报仇雪恨。"

维尔福用阴郁的眼光向四周环顾了一下。"在我家里!"他无力地说,"在我家里!"

"来,法官,"阿夫里尼先生说,"拿出男子汉的气势来,您是法律的喉舌,牺牲您一己的私利来为您的职守增光吧。"

"您吓坏我了,医生!您说要牺牲吗?"

"我是这样说。"

"那么您怀疑是谁呢?"

"我没有怀疑谁。死神紧敲您的门,它进来了,它在走动了,它没有盲目地乱走,而是仔细从一个房间到另一个房间地巡逻。哼!我追踪着它的路线,我找到了它行进的痕迹,我采取古人的聪明办法,探索我的道路,因为我对你们家的友谊和对您的尊敬像是一条双层的绑带蒙住了我的眼睛,嗯——"

"噢!说吧,说吧,医生,我有勇气听的。"

"嗯,先生,在您的屋子里,在您的家里,也可能出现了一个每世纪都产生过一次的那种可怕的现象。罗迦丝泰和爱格丽琵娜生在同时只是一个例外,那证明天意决定要使那罪孽深重的罗马帝国全部变成废墟。布伦霍德和弗丽蒂贡第是文化在它婴儿时代痛苦挣扎的产物,那时人类正在学习控制思想,所以就是从黑暗世界里派来的使者也会受欢迎。这些女人都是,或曾经是,很漂亮的。她们的额头上曾经开过纯洁的花朵,而在您家里的那个嫌疑犯的额头上,现在也正盛开着那种同样的花。"

维尔福惊喊了一声,紧扭着自己的双手,带着一种恳求的表情望着医生。但后者毫不怜悯地继续讲下去:

"法学上有一句格言:'从有利可图的身上去找嫌疑犯。'"

图文珍藏版

"医生，"维尔福喊道，"唉，医生！司法界为了那句话曾上过多少次当呀！我不知道为什么，但我觉得这件罪恶——"

"那么，您承认罪恶是事实罗？"

"是的，它的确是存在的，我看得太清楚了。但我相信它的目标只是我一人，而不是死去的那几个人。在这一切古怪的祸事以后，我深信自己还会受到一次袭击。"

"噢，人哪！"阿夫里尼愤愤地说，"一切动物中最自负、最自私的动物呀，他相信地球只为他一人在转，太阳只为他一人而发光，而死神也只打击他一个人——等于一只蚂蚁站在一片草尖上诅咒上帝！那些人难道就白白失去他们的生命了吗？——圣·米兰先生，圣·米兰夫人，诺梯埃先生——"

"怎么，诺梯埃先生？"

"是的，您以为这次是想害那个可怜的仆人的吗？不，不，他像莎士比亚剧本里的波罗纽斯，是一个替死鬼。柠檬水本来是应该给诺梯埃喝的，按逻辑上说来，喝柠檬水的是诺梯埃。别人喝它只是偶然的，而虽然死的是巴罗斯，而本来想要害死的却是诺梯埃。"

"但为什么家父喝了却没有死呢？"

"那个原因我已在圣·米兰夫人去世的那天晚上在花园里告诉过您了——因为他的身体习惯了那种毒药。因为谁也不知道，甚至那个暗杀者都不知道在过去十二个月来，我曾给诺梯埃先生服木鳖精治疗他的瘫痪病。而那个暗杀者却知道——他更从经验中确信——木鳖精是一种剧烈的毒药。"

"我的上帝！我的上帝！"维尔福扭着双手喃喃地说。

"让我们来看一下那个罪犯的步骤吧：他最先杀死圣·米兰先生——"

"噢，医生！"

"我敢发誓确实如此。以我所听到的而论，他的病症和我亲眼看到的那两次病症实在是太相似了。"维尔福停止争辩，呻吟了一声。"他最先杀死圣·米兰先生，"医生重复说，"然后圣·米兰夫人，——有两笔财产可以继承。"

维尔福抹一把他前额上的汗珠。

"留心听着。"

"唉！"维尔福结结巴巴地说，"我一个字都没有漏掉呀。"

"诺梯埃先生，"阿夫里尼先生仍旧用同样无情的口吻说，"诺梯埃先生曾一度立过一张不利于您，不利于您的家庭的遗嘱——要将他的财产去帮助穷人。诺梯埃先生被饶赦了，因为他身上已没有什么可得的了。但当他一旦销毁他的第一张遗嘱，立了第二张的时候，为了怕他再修改遗嘱，他就遭了暗算。遗嘱是前天修改的，我相信。您也看得出，时间安排得很紧凑。"

"噢，发发慈悲吧，阿夫里尼先生！"

"没有什么可慈悲的，阁下！医生在世界是有一项神圣使命，为了履行那项使命，他得从生命的来源开始探索到神秘的死境。当罪恶发生的时候，上帝一定会震怒，但假如他掉头不顾的话，那么医生就应该把那个人罪人带到法庭上去。"

"可怜可怜我的孩子吧,阁下!"维尔福轻声地说。

"您看,这是您首先把她提出来——是您,她的父亲。"

"可怜可怜凡兰蒂吧!听我说!这是不可能的。我宁愿归罪于我自己!凡兰蒂!一颗钻石的心,一支纯洁的水仙!"

"没有什么应该可怜的,检察官阁下。那件罪恶是洞若观火的了。寄给圣·米兰先生的一切药品都是小姐亲自包扎的,而圣·米兰先生死了。圣·米兰夫人所用的冷饮品都是维尔福小姐配制的,而圣·米兰夫人死了。诺梯埃先生每天早晨所饮的柠檬水,虽然是巴罗斯配制的,但他却临时被差去,由维尔福小姐接手端上去,而诺梯埃先生能幸免一死,只是一个奇迹。维尔福小姐就是嫌疑犯!她就是罪人!检察官阁下,我告发维尔福小姐,尽您的职责吧。"

"医生,我不再对抗了。我不能再为我自己辩护了。我相信您,但请您发发善心,饶了我的性命,饶了我的名誉吧!"

"维尔福先生,"医生愈来愈愤慨地答道,"我常常顾念愚蠢的人情。如果令嫒只犯一次罪,而我又看到她在准备第二件罪恶,我会说:'警告她,责罚她,让她去一家修道院里在哭泣和祈祷中度过她的余生吧。'如果她犯了两次罪,我会说:'维尔福先生,这儿有一种那个罪人不知道的毒药,它像思维一样敏捷,像闪电一样疾速,像霹雳一样厉害。给她吃这种毒药吧,把她的灵魂送给上帝,救您的名誉和您的性命,因为她的目标就是您。我可以想象到她会带着她那种虚伪的微笑和她那种甜蜜的劝告走近您的枕边。维尔福先生,假如您不先下手,您就要遭殃啦!'如果她只杀死两个人,我就会那样说,但是她已经目睹了三次死亡,已经蓄意害死了三个人,已经接近过三具尸体啦!带那个罪人上断头台去吧!带上断头台去!您不是说要保全您的名誉吗?照我所说的话做,不朽的名誉在等待您了!"

维尔福跪在地下。"听我说,"他说,"我的心没有您那样刚强,或是,说得更准确些,如果这次没有牵累我的女儿凡兰蒂而是您的女儿梅蒂兰,您的决心也就不会比我强了。"医生的脸色顿时灰白。"医生,每一个女人的儿子生来就是为了受苦和等死而来的,我情愿受苦,情愿等死。"

"小心呀!"阿夫里尼先生说,"它也许是慢慢地来的。在袭击了您的父亲以后,您就会看到它来袭击您的太太,或您的儿子了。"

维尔福紧紧地抓住医生的手臂,激动得喘不过气来。"听着!"他喊道,"可怜我,帮助我吧!不,我的女儿是无罪的。假如您把我们父女两个送上法庭,我还是会说:'不,我的女儿是无罪的,我的家里没有发生什么罪案。我不承认我的家里有一位罪神,因为当罪神进入一座房子的时候,它像死神一样——它不会独自来的。'听着!要是我被人谋害了,那跟您有什么关系?您是我的朋友吗?您是人吗?您有良心吗?不,您是一个医生!嗯,我告诉您,我不愿意把我的女儿送到法庭前面,我不愿意把她交给刽子手!这种念头只是想一想就足以杀死我——足以逼得我像一个疯子似的用我的手指把自己的心掘出来。假如您判断错了呢,医生!假如那不是我的女儿呢!假如有一天,我会惨白得跟一个鬼似的来对您说:'刽子手!您杀了我的女儿!'那时又怎么办呢?听着!假如真的发生了那样的事情,阿夫里尼先生,虽然我是一个基督徒,我也要自杀。"

"好吧,"医生在沉默了片刻后说,"我等着看吧。"维尔福木呆呆地望着他,像是听不懂他的话。"只是,"阿夫里尼先生用一种缓慢庄严的口气继续说,"如果您的家里再有人生病,假如您觉得自己受到袭击,别来找我,因为我是不会再来的了。我同意和您共守这种可怕的秘密,但我不愿意让我的良心上再增加羞愧和悔恨,像您的家里增加罪恶和痛苦一样。"

"那么您不帮我了吗,医生?"

"是的,因为我不会再跟着您往前走了,我应在断头台的脚下止步。再进一步的发现就会使这一幕恐怖的悲剧宣告结束。告别了。"

"我求求您,医生!"

"我的心绪已被这种种可怕的现象打乱了,我觉得您这间屋子阴沉可怕得很。告别了,阁下。"

"再说一句话,——只说一句话,医生。我的处境本来已够糟了,经您这么一揭露,当然更恐怖了。您撇下我走了,但这个可怜的老仆人死得这样突然,我应怎样去应付旁人呢?"

"不错,"阿夫里尼先生说,"送我出去吧。"

医生先出去,维尔福先生跟在后面;一群吓呆了的仆人聚集在走廊的楼梯口上,这是医生必经之路。"阁下,"阿夫里尼对维尔福说,声音很大,使大家都可以听见,"可怜的巴罗斯近来的生活太轻闲了,他以前总是跟着他的主人车马劳顿地在欧洲东奔西走,而近来则一直在那只圈椅旁边待候着,这种单调的生活害了他。他的血液太浓了,他的身体已发胖,他的脖子又短又肥,他这次是中风,我来的时候已经晚了。顺便告诉您,"他压低了声音说,"注意把那杯堇菜汁倒在炉灰里。"

医生没有和维尔福握手,也没多说一句话,就这样在全家的哀泣和悲叹声中走了出去。当天晚上,维尔福的所有仆人在厨房里聚会,商量了很长时间,然后来告诉维尔福夫人,说他们都要离开了。恳求和增加工钱都留不住他们;不论你怎样说,他们总是回答说:"我们必须要走,因为死神已经进了这座房子了。"他们不管恳求和挽留,终于全都走了,同时表示他们舍不得离开这样好的主人和主妇,尤其是凡兰蒂小姐,这样善良、这样仁慈、这样和气。当他们说这几句话的时候,维尔福望着凡兰蒂。她已经成了一个泪人儿。然后一件怪事发生了:在这一片哭泣声中,他也看了维尔福夫人一眼,他似乎看见她那两片刻薄的嘴唇上掠过一丝阴险的微笑,就像是在一个乌云密布的天空上从两片云块中间倏忽掠过的流星一样。

第八十一章　一位退休的面包师

在马瑟夫伯爵受了邓格拉司的冷遇，气愤地离开银行家的府邸的那天晚上，安德里·卡凡尔康德先生带着鬈曲的头发、式样美观的髭须以及松紧合宜的白手套，走进安顿大马路邓格拉司男爵府的前庭。他在客厅里还没坐满十分钟，就把邓格拉司拉到一边，让他到一个凸出的窗口前面。他先说了一篇巧妙的序言，述及自从他那高贵的父亲离开以后，他是多么的怀念；然后他向那位银行家道谢，说他一家人待他真太好了，简直把他当作自己的孩子看待；最后他承认他终于找到了一个归宿，而那个归宿点的中心便是邓格拉司小姐。邓格拉司极其注意地倾听着，最近这几天来，他一直在期待着这一番表白，现在总算实现了，他的眼睛里发出兴奋的光芒，和听马瑟夫讲话时那种低头沉思的神气形成鲜明对照。但他还不愿意马上就应允那个青年的请求，表面上略微踌躇了一番。"您现在考虑结婚不是太年轻一点儿了吗，安德里先生？"

"不，的确不，阁下，"卡凡尔康德先生答道，"在意大利，贵族一般都结婚很早。这是一种很合理的风俗。人生是这样富于变幻，当快乐来临的时候，我们就应该及时抓住它。"

"嗯，阁下，"邓格拉司说，"您的建议我深感荣幸，如果我的夫人和女儿也接受了那个建议，那么那些初步的手续由谁来办理呢？我想，这样重要的一次商谈，应该由双方的父亲出面才好。"

"阁下，家父是一个极有预见和非常慎重的人。他想到我也许愿意在法国成家立业，所以在他离开的时候，把那些证明我身份的文件都留给了我，并且还留下一封信，如果我的选择符合他的心愿，就答应从我结婚的那天起，可以让我每年有十五万里弗的收入。这些财富，据我估计，约占家父每年收入的四分之一。"

"我，"邓格拉司说，"一向就准备给我的女儿五十万法郎做嫁妆，而且，她还是我的独嗣。"

"嗯，"安德里说，"您看，这样已经很不错了——如果邓格拉司男爵夫人和欧琴妮小姐不反对我的求婚的话。我们每年可以有六十五万里弗可以支配。要是我还能劝说侯爵把我的本金给我——这不大容易实现，但还是可能的——我们就把这两三百万交给您，而两三百万到了一个老手的手里，至少总可以赚到一个一分利。"

"我给人的利息从不超过四厘，一般只有三厘半，但对我的女婿，我可以给五厘，我们大家分享赢利。"

"好极了，岳父大人，"卡凡尔康德说，这句话暴露了他那卑劣的本性，他虽然极力想巧用贵族的派头掩饰那种本性,可是仍不时地流露出来。他立刻校正自己说:"原谅我,阁下。您看,单是希望就快要使我发疯了,一旦希望真的实现,我不知会怎么样了呢!"

"但是,"邓格拉司说,他并没有发觉这一番最初并未涉及金钱的谈话,竟会变成了一场商业谈判,"在你的财产之中,有一部分令尊无疑是不能不给您的了?"

"哪一笔?"青年问。

"就是您从令堂那儿继承得来的那一笔。"

"是的,的确——我从家母奥丽伐·高塞奈黎那儿继承到一笔财产。"

"那笔财产有多少?"

"说老实话,阁下,"安德里说,"我向您保证,那一部分我从来没有去想过,但据我估计,那笔财产至少要有两百万。"

邓格拉司喜不自禁,犹如守财奴找到了一笔失踪的宝藏,或沉船的海员在精疲力尽的时候忽然踩到实地了一样。

"嗯,阁下,"安德里说,毕恭毕敬地向银行家鞠了一躬,"我可以希望吗?"

"安德里先生,"邓格拉司说,"您当然可以希望,而且可以认为这种事情已经是定当的了,如果您这方面没有什么困难的话。但是,"他若有所思地又加上一句"您的保护人基度山先生这次怎么没来为您提亲呢?"

安德里略微红了红脸。"我才从伯爵那儿来,阁下,"他说,"他的确是一个很风趣的人,但他的一些念头却古怪得很。他把我估计得很高,他甚至对我说,他绝对相信家父不会仅仅让我收用利息,而会把那笔本金给我。他答应为我设法办到这一点。但他又说,他从来不曾替人提过亲事,将来也决不会做这种事。但是——我必须为他说一句公道话——他接着又说,假如他生平对自己这种态度曾表示过遗憾的话,那么就是这一次了,因为他认为这一对婚姻将来一定很美满。而且,他还告诉我,虽然他不公开出面,但假如您有什么问题去问他,他一定会答复您。"

"啊!好极了!"

"现在,"安德里带着他那种最动人的微笑说,"我跟岳父谈过了,我必须还得跟银行家来谈一谈。"

"您有什么事要跟他谈?"邓格拉司微笑着说。

"就是后天我就能够从您这儿提取四千法郎了。但伯爵担心我的经常收入不够下个月的开支,给了我一张两万法郎的支票。您看,这上面有他的签字,您是否可以接受?"

"这样的支票,"邓格拉司说,"就是一百万面额的我也很乐于接受,"他把那张支票塞进口袋。"您选一个时间,明天什么时候要,我的出纳就可以带着一张两万四千法郎的支票去拜访您。"

"那么,十点钟吧,如果您方便的话。我希望能早一点,因为明天我要到乡下去。"

"好极了,十点钟。您还在太子旅馆住吗?"

"是的。"

"那位银行家的确很遵守时间,第二天早晨,当那个青年人正要出门的时候,那两万四千法郎就交到了他的手里,于是他就出去了,留两百法郎给卡德罗斯。他这次出去就是为了要躲避这个危险的敌人,所以尽量地逗留到很晚才回来。但他刚从他的马车里跨出来,门房就手里拿着一包东西来见他。"先生,"他说,"那个人已经来过了。"

"什么人?"安德里很平静地说,表面上似乎已经把他时刻挂念着的那个人忘记了。

"就是大人给他那一小笔养老金的那个人。"

"哦!"安德里说,"我父亲的老家人。嗯,你把我留给他的那两百法郎交给他了吧?"

"是的,大人。"安德里曾表示过希望人家这样称呼他。"但是,"门房接着说,"他不肯拿。"

安德里的脸色顿时发白;但因为天黑,所以别人没有看到。"什么!他不肯拿?"他用有些焦急的口气说。

"不,他想见见大人,我告诉他说您出去了。他坚持要见您,但最后似乎相信了,就给我这封信,这封信是他随身带来的,本来就封好口的了。"

"给我,"安德里说。于是他在车灯的光线下拆读那封信:

"你知道我住的地方。明天早晨九点钟,我等你来。"

安德里仔细察看那封信,看是否曾被人拆开过,是否会有人偷看过其中的内容;但这封信的封口非常严密,假如有人想偷看,必须弄坏封口,而封口却原封未动。"好极了,"他说。"可怜!他真是一个老好人。"他扔下门房,让他去细细地琢磨这几句话,后者被他弄得莫名其妙,不知道这主仆二人究竟哪一个更值得钦佩。"赶快卸马,上来见我,"安德里对他的马夫说。这个青年大步走进他的房间,立刻烧掉卡德罗斯的信。刚刚烧完,仆人就进来了。"你的身材和我相似,庇利。"他说。

"我有那种光荣,大人。"

"你昨天做了一套新制服?"

"是,大人。"

"我今天晚上跟一个漂亮的小姑娘有一个约会,我不想让人知道。把你那套制服借给我,你的证件也拿来,假如需要的话,我就可以在一家客栈里过夜了。"庇利遵命照办。五分钟以后,安德里全身化装妥当,走出旅馆,叫了一辆双轮马车,吩咐车夫驶到洛基旅馆。第二天早晨,他像离开太子旅馆那样毫不引人注意地离开那家小客栈,穿过圣·安多尼路,顺着林荫大道走到密尼蒙旦街,在左边第三座房子门口停下来,那时门房正好不在,他四面观望,想找一个可以问讯的人。

"你找谁呀,我的好汉子?"对面卖苹果的女人问。

"找派里登先生,我的好大妈。"安德里回答。

"是一个退休的面包师吗?"卖苹果的女人问。

"一点不错。"

"他就在院子尽头左手的四层楼上。"

安德里依照她的指示去找。在四楼的房间门外,他找到一只兔子脚掌,铃声立刻急促地响起来,由此可以看出他拉这只脚掌的时候脾气很不好。一会儿以后,卡德罗斯的面孔在门上的小洞里出现了。"啊,你很守时间。"他一面说,一面抽去门闩。

"当然!"安德里说,他走进屋,使劲把他的帽子一摔,但没有摔到椅子上,那顶硬边的制服帽在地板上圆圆的转了一个圈子。

"喂,喂,我的小家伙,别生气呀。瞧,我很惦记你呢。看看我们这顿丰盛的早餐——都是你爱吃的东西。"

安德里这时闻到煮菜的气味,他对于这种气味倒并非讨厌,因为他已经很饿了,他所嗅到的,是下等乡下厨房里所特有的那种肥肉和大蒜的混合味;此外,还有红烧鱼的香味,而最强烈的,则是那刺鼻的茴香味。这些气味是从两只炉子上的两只盖住的菜碟和一个铁炉上的一只锅里冒出来的。在隔壁房间里,安德里看见有一只相当干净的桌子,上面摆着两套餐具,两瓶酒,一瓶的封口是绿色的,一瓶的封口是黄色的,一只玻璃瓶里装着很多白兰地,一只瓦盆里巧妙地堆叠着几色水果,水果下面垫着一叶椰菜。

"你觉得如何,我的小家伙?"卡德罗斯说。"呀,味道不错,你知道我是一个烧菜的好手。你还记得你以前常常舔手指头的那回事吗?凡是我会做的菜,你都尝过,我想你对它们一定很欣赏的吧。"卡德罗斯一面说,一面继续剥洋葱。

"但是,"安德里带着怨气说,"哼!如果你这次打扰我的目的只是让我来和你一同进早餐,那真是见鬼了!"

"我的孩子,"卡德罗斯咬文嚼字地说,"我们可以边吃边谈的呀。喏,又忘恩负义啦!你不希望见见一位老朋友吗?我可是欢喜得淌眼泪啦。"

他的确正在淌眼泪,但究竟那是欢喜的结果抑或是洋葱的作用,却很难说。

"闭住你的嘴巴,伪君子!"安德里说,"你爱我——你!"

"是的,我真的爱你,不然就天诛地灭!我知道这是我的弱点,"卡德罗斯说,"但是我却难以克制。"

"可是那却并没有妨碍你把我叫来,跟我玩鬼把戏。"

"喏!"卡德罗斯说,把他那把很大的小刀在他的围裙上抹了几下,"如果不是我喜欢你,你以为我会忍受你赐给我的这种可怜的生活吗?你且想一想。你身上穿的是你仆人的衣服——这说明你雇着一个仆人。我没有仆人,我只能自己烧饭。你瞧不起我烧的菜,因为你可以在巴黎酒家或太子旅馆的餐厅里吃饭。嗯,我也可以雇一个仆人。我也可以有一辆轻便马车,我也可以想到哪儿吃饭就到哪儿去吃饭,但我为什么不呢?因为我不愿意使我的小贝尼台多不高兴。来!我这些话你总得承认吧,嗯!"说这一篇话的时候,他眼光里的含义是并不难懂的。

"嗯!"安德里说,"就算承认你是爱我的吧,可你为什么叫我来和你用早餐呢?"

"就是为了可以看见你呀,我的小家伙。"

"我们一切都商量妥了,还用再见我吗?"

"咦!好朋友,"卡德罗斯说,"立遗嘱难道能没有附录吗?但你主要是来吃早餐的,对吗?嗯,请坐吧,我们先来吃这些鲱鱼,还有新鲜的奶油,你看,我把它放在葡萄叶子上面,就是为了要让你喜欢,你这混蛋。啊,是了!你在看我的房间,看我这四张破椅子,看我这三个法郎一张的画片。但你还想能看到什么好东西呢?这可不是太子旅馆呀。"

"喏!你愈来愈不满足了,你又不快乐啦——你本来只打算扮一个退休的面包师。"

卡德罗斯叹了一口气。

"嗯!你还有什么好说呢?你已经看到你的梦想实现啦。"

"我只能说那还是一个梦想。我可怜的贝尼台多,一个退休的面包师是很富有的,他有年金可拿。"

"嗯,你也有年金可拿呀。"

"我有吗?"

"是的,因为我已经把你那两百法郎带来了。"

卡德罗斯耸耸他的肩。"像这样勉强向人讨钱用,实在丢人得很,"他说,"一笔不稳定的收入不久就会断绝的。你看,我只能省吃俭用,以防你的运气中断。唉,我的朋友,命运是没准的,这是那个——那个军队里的教士说的话。我知道你的运气很好,你这混蛋,你就要做邓格拉司的女婿了。"

"什么!邓格拉司!"

"是的,当然是的!难道我非得说邓格拉司男爵吗?老实告诉你,邓格拉司男爵,他是我的老朋友。如果他的记忆力不那么坏,他应该来请我去喝你的喜酒。因为他也参加过我的婚礼。是的,是的,是参加了!当然!他以前可没有这样高贵,他那时只是那好心肠的摩莱尔先生手下的一个小职员。我跟他和马瑟夫伯爵曾一同吃过好多次饭。所以你看,我也有一些体面的关系,要是我把那种关系略加发展,我们或许会在同一个客厅里见面哪。"

"哼,你的妒忌心已经使你异想天开了,卡德罗斯。"

"异想天开也很不错,我的贝尼台多,但我知道自己在说什么话。也许有一天我会穿上出色的衣服,走到他们家的大门前面,说:'请开门!'但现在,我们还是坐下来吃东西吧。"

卡德罗斯自做榜样,带着很旺盛的胃口吃起那一顿早餐来,每端一个菜到他的客人面前,就称赞一番。后者似乎屈服了;他拨开酒瓶塞子,割了一大块鱼以及大蒜和肥肉。"啊,伙伴!"卡德罗斯说,"你对你的老东家慢慢地和好起来了吧!"

"是的,的确。"安德里回答,他那食欲强盛的胃口暂时压倒了其他的一切。

"那么你很喜欢这些菜了,乖儿子?"

"喜欢得很,我奇怪一个人能吃到这样好的食物,居然还能抱怨说生活太苦。"

"你难道不明白吗?"卡德斯说,"我虽然快乐,但脑子里却总是放不下一个念头。"

"什么念头?"

"就是:我是靠朋友过活的——我,我一向都是自己养活自己的。"

"你不要为那个不安,我养得起一个人。"

"不,真的,信不信由你——每到一个月的月底,心里就懊丧极了。"

"善良的卡德罗斯!"

"甚至昨天我不愿接受那两百法郎。"

"是的,你想和我讲话。但告诉我,你真的很悔恨吗?"

"真的很悔恨,而且,我忽然有了一个念头。"

安德里打了一个寒战;卡德罗斯每起一个念头,他总是要打寒战的。

"这确实痛苦——你看可不是吗?——总是要等到每个月的月底。"

"噢!"安德里决定严密注意他的同伴,就很有哲理地说,"人生不就是在等待中度过的吗?举个例子来说,我的情况难道比你好吗?嗯,我也在耐心地等待着,不是吗?"

"是的,因为你所等待的不是区区两百法郎,而是五六千,也许一万,也许甚至一万二千,——因为你是一个狡猾的家伙。过去,你总是藏着一个小钱袋,想瞒过你可怜的朋友卡德罗斯。幸而那个朋友卡德罗斯有一个很灵敏的鼻子。

"你又在瞎扯了,谈来谈去总是谈过去的事情!你拿那种事情来打扰我有什么用呢?"

"啊!你才二十一岁,可以忘记过去。我已经五十岁了,我不得不回忆那些往事。但我们还是回到正经事上来吧。"

"好的。"

"我是要说,假如我处在你的地位——"

"怎么样?"

"我就得设法实现——"

"你想实现什么?"

"我会借口要买农场,要求预支六个月,有了六个月的收入,那时我就可以溜之大吉了。"

"嗯,嗯,"安德里说,"那个主意倒不坏。"

"我的好朋友,"卡德罗斯说,"吃了我的面包,也就接受了我的忠告吧。不论在肉体或精神上,你决不会吃亏的。"

"但是,"安德里说,"你为什么不实行你给我的忠告呢?你为什么不预支六个月或甚至一年的收入,然后躲到布鲁塞尔去呢?你不必装退休的面包师,你可以装成一个破产者,那也非常不错呀。"

"但只有一千二百法郎,你让我怎么生活呢?"

"啊,卡德罗斯,"安德里说,"你真够贪心的!一个月以前,你还在饥饿中挣扎。"

"胃口会愈吃愈大的,"卡德罗斯说,他狞笑了一下,像猴子大笑或老虎咆哮时那样露出他的牙齿。"而且,"他用那些又大又白的牙齿咬去一大块面包,又说,我想出了一个计划。"安德里对卡德罗斯的计划比好的念头更害怕,念头只是胚胎,计划却是实现了。

"让我来看看你的计划,我想那一定是很好的。"

"为什么不?我们离开那个——那个地方的计划是谁想出来的,嗯?不是我吗?我相信那个计划就很不错。因为我们现在已经到了这儿了。"

"我并没有说你从来没有想出过一个好计划,"安德里回答,"但先让我们来看看你现在的这个计划吧。"

"嗯,"卡德罗斯说,"你能不花一个铜板使我拥有一万五千法郎吗?——不,一万五千还不够,要是少了三万法郎,我就很难做一个规规矩矩的人。"

"不,"安德里不感兴趣地答道,"不,我不能。"

"我想你大概还不明白我的意思,"卡德罗斯心平气和地回答说,"我是说你自己用不着掏出一个铜板。"

"你要我去偷去抢,把我的好运——我们两个人的好运——就此断送,让我们两个人再回到那个地方去吗?"

"我倒并不在乎,"卡德罗斯说,"即使再捉去也无所谓,我是一个孤零零的可怜虫,有的时候很怀念我那些老伙伴。我可不像你,你是一个没有心肝的人,只希望永远不再见到他们。"

安德里这次不但打了一个寒战,而且脸色也发白了。"得了,卡德罗斯,别说废话了!"他说。

"你不要慌,我的小贝尼台多,我并不要你帮我去搞到那五万法郎,而只要你给我说明一些情形,此外我自有办法。"

"那么,我来看看吧!我来给你考虑考虑!"安德里说。

"而在目前,你应该把我的月薪提高到五百法郎吧,我的小家伙?我起了一个念头,很想雇一个管家。"

"好吧,就给你五百法郎吧,"安德里说,"但在我这方面,这已经是很为难的了,我可怜的卡德罗斯。你利用——"

"嘿!"卡德罗斯说,"你的身边就是取之不尽、用之不竭的宝库哪。"

也许有人会说安德里正期待他的同伴的这句话,因为他的眼睛顿时焕发起来,但那种光芒立刻就消失了。

"不错,"他答道,"我的保护人对我非常亲切。"

"可爱的保护人!"卡德罗斯说,"他每月给你多少?"

"五千法郎。"

"你给我五百,他给你五千! 真的,只有私生子才会有这样的好运。五千法郎一个月! 那么多的钱你可怎么花呢?"

"噢,那是很快就花光的,所以我像你一样,我也需要一笔本金。"

"一笔本金! 是的,我懂的,每一个人都愿意有一笔本金呀。"

"嗯! 我可以弄到一笔。"

"谁给你呢——是那位王爷吗?"

"是的,我那王爷。"

"你必须等一下了?"卡德罗斯问。

"等到他死的时候?"

"等到你那位王爷死的时候?"

"是的。"

"为什么呢?"

"因为他在遗嘱里写明遗赠给我一笔钱。"

"真的?"

"人格担保。"

"给你多少?"

"五十万。"

"才那个数目! 可不多呀!"

"但确实如此。"

"不,不可能!"

"你是我的朋友吗,卡德罗斯?"

"是的,是生死之交。"

"那么,我就告诉你一个秘密。"

"什么秘密?"

"但要记住——"

"啊,当然了! 绝不泄漏。"

"嗯! 我想——"

安德里缩住口,四处望了一望。

"你想什么? 别怕,真的! 就我们两个人。"

"我想我已经发现了我的爹爹。"

"你的亲爹爹?"

"是的。"

"不是老卡凡尔康德?"

"不,因为他已经走了,而是你所说的亲的。"

"而那个爹爹就是——"

"嗯,卡德罗斯,就是基度山。"

"什么!"

"是的,你明白,一切都非常明白。看来他不会公开承认我。但他通过卡凡尔康德先生来达到那个目的,他为这件事给了他五万法郎。"

"五万法郎做你的爹爹!有一半我就干了,有两万,有一万五千,我也肯干了。你怎么不想到我呢,你这个忘恩负义的家伙?"

"这件事情我预先并不知道。我们还在那个地方的时候就一切都安排好了。"

"啊,这倒也是!而你说,在他的遗嘱里——"

"留给我五十万里弗。"

"你能肯定吗?"

"他给我看的。但事情还不止这些,遗嘱里还有一笔附录。"

"可能的。"

"而在那笔附录里,他承认了我。"

"噢,善良的爹爹!勇敢的爹爹!多么忠实的爹爹呀!"卡德罗斯一面说,一面把一个菜盘抛到空中,又用双手将它接住。

"现在你自己说吧,我是不是瞒你什么事情?"

"没有,据我看来,你对我的信任也给你增光不少,你那位富甲王侯的爹爹是很有钱、非常有钱的了?"

"是的,那倒是真的,他也不知道他的钱究竟有多少。"

"竟有这种事?"

"我看那是够明显的了。我常常在他的家里。有一天银行里的一个职员用一只和你的菜盘差不多大小的文书夹给他送来五万法郎。昨天,银行给他送来十万法郎的金洋。"

卡德罗斯惊呆了。在他听来,这个青年人的话简直像是金属那样响亮;他好像已听到金路易的丁零当啷的声音。"而你能进入那座房子?"他直率地喊道。

"只要我愿意,随时都能进去。"

卡德罗斯想了一会儿。他的脑子里又在转一个重要的念头,这是很容易看出来的。然后他忽然喊道:"我多想去看看呀!那一定是非常美丽呀!"

"是的,的确,美极了。"安德里说。

"他是住在香榭丽舍大道吗?"

"是的,三十号门牌。"

"啊!"卡德罗斯说,"三十号。"

"是的,一座很漂亮的独立的房子,正面有前庭,后面有花园,你一定认得的。"

"可能的,但我所关心的并不是它的外表,而是它的内部。里面的家具一定豪华极了!"

"你见过土伊勒里宫没有?"

"没有。"

"嗯,它胜过那座王宫。"

"安德里,只不知那位好心肠的基度山先生会在什么时候扔下一个钱袋来?"

"噢! 不必等他扔下一个钱袋来,"安德里说,"那座房子里的钱就像果园里的果子一样多。"

"你应该找一个机会带我到那儿去一次。"

"我怎么能够呢? 凭什么借口呢?"

"你说得也对,但你已经使我口水直流了。当然了,我还是要去看一看,我可以想出一个办法的。"

"别做梦了,卡德罗斯!"

"我可以装成一个擦地板工人、找上门去。"

"所有的房子都铺着地毯。"

"嗯,那么,我只能在想象中看看那一切来自我安慰了。"

"只好这样了,相信我吧。"

"它究竟是怎么样的? 至少也得让我有点印象呀。"

"我怎么形容呢?"

"那是再容易不过的事了。那房子大不大?"

"中等。"

"位置如何?"

"不行,我得要支笔、墨水和纸来画一个草图了。"

"这儿都有,"卡德罗斯连忙说。他从一个旧写字台里拿出一张白纸、笔和墨水。"喏,"他说,"都给我画在这张纸上,我的孩子。"

安德里带着一丝难以觉察的微笑拿起笔,开始画起来。"那座房子,我已经说过,前后有庭园——是这个样子的,你懂了吗?"安德里把花园、房屋和前庭都画出来。

"墙头很高吗?"

"最多不过八尺到十尺。"

"那不很安全呀。"卡德罗斯说。

"前庭里有盆景的橘子树、草地和花丛。"

"没有铁丝网吗?"

"没有。"

"马厩呢?"

"在大门的两边,就是这个地方。"安德里继续画他的图样。

"我们来看看楼下的情景。"卡德罗斯说。

"楼下那一层——餐厅、两间客厅、弹子房,大厅里有一座楼梯,后面有一座小楼梯。"

"窗呢?"

"窗户富丽堂皇,非常美丽,非常大,我相信像你这样身材的一个人,完全可以从每一格窗眼里钻进去。"

"有了这样大的窗户,他们干吗还要装楼梯呢?"

"阔气的人家是什么都有的。"

"百叶窗呢?"

"有的,但却是根本不用。基度山伯爵是一个很奇怪的人,他甚至在夜里也爱看天空。"

"仆人们在什么地方住呢?"

"噢,他们自己有一座房子。右手这边有一间小小的车房,里面有梯子。嗯!那间车房楼上就是仆人的房间,里面有拉铃,可以和正屋里的房间通消息。"

"啊,见鬼!那里有拉铃?"

"你这句话是什么意思?"

"噢,没有什么。我只是说,装那些拉铃得花一笔钱,而它们的用途我倒也很想知道。"

"以前晚上有一只狗在院子里巡逻,但它已经被带到阿都尔别墅去了——就是你去过的那个地方,你知道。"

"是的。"

"我昨天还对他说:'你太大意了,伯爵阁下,因为当您带着您的仆人到阿都尔的时候,这座房子就空了。''嗯,'他说,'那又怎么样?''那样,有一天就会有贼来偷东西的。'"

"他怎么回答?"

"他说:'即使有人来偷我,我也不会放在心上。'"

"安德里,他的写字台是暗藏机关的。"

"你这句话是什么意思?"

"是的,那个机关能捉贼和报警。我听人说,上次的博览会里就有那样的东西。"

"他只有一只桃花心木的写字台,钥匙就插在抽屉上的。"

"他没有被偷过吗?"

"没有,他的仆人都对他很忠心。"

"那只写字台里会有一点钱吧?"

"可能有。谁也不知道那里面是些什么东西。"

"那只写字台在什么地方?"

"在二楼。"

"把二楼也给我画张草图,就像你画楼下的那张一样,我的孩子。"

"那是非常容易的。"安德里拿起笔来。"二楼上,你看,这是候见室和客厅,客厅的右面,一间藏书室和一间书斋,左面,一间寝室和一间更衣室。那个值得注意的写字台就在更衣室里。"

"更衣室里有窗吗?"

"有两个窗口,一个在这儿,一个在那儿。"安德里在那个房间里又画了两个窗口;在他的图样上,更衣室是屋角上的一个小方块,旁边是一个长方形,那是寝室。

卡德罗斯露出沉思。"他常去阿都尔吗?"他问道。

"每星期去两三次。举一例来说,明天他将到那儿去过一天一夜。"

"你能肯定吗?"

"他曾请我在那儿去吃饭。"

"那种生活倒很不错,"卡德罗斯说,"城里有一座房子,乡下有一座房子。"

"这就是富有的好处。"

"你去那儿吃饭吗?"

"大概去的。"

"你到那儿去吃饭,你住不住在那儿呢?"

"只要我愿意,我在那儿就像在自己家里一样。"

卡德罗斯看着那个青年人,像是要从他的心底里探出真情来。但安德里从他的口袋里掏出一只雪茄烟盒子,拿了一支雪茄,静静地点着它,开始抽起烟来。"你那五百法郎什么时候要?"他对卡德罗斯说。

"现在就要,如果你有的话。"

安德里从他的口袋里掏出二十五个金路易来。

"黄货吗?"卡德罗斯说,不,谢谢你。"

"噢!你看不起它。"

"正巧相反,我很尊重它,但不愿意要。"

"你可以去兑换的呀,傻瓜,金洋可以多兑五个铜板。"

"一点不错。而那个兑钱的人就会跟上你的朋友卡德罗斯,拉住他,问他哪一个农夫会用金洋付地租。别多说了,我的好人,还是给银洋吧——圆圆的,上面有人头的那种。五法郎的银洋人人都有的。"

"但你以为我身边会带五百法郎的银洋吗?我得雇一个挑夫了。"

"嗯,交给你的门房吧,他很靠得住。我自己去拿好了。"

"今天?"

"不,明天,今天我没有时间。"

"好吧,明天我到阿都尔去的时候留交给门房好了。"

"一定拿得到吗?"

"当然。"

"因为我要用它来雇一个管家。"

"得了!完了吗?哼!你不再来折磨我了吗?"

"决不了。"卡德罗斯脸色已变得这样阴沉,安德里很怕他会再来一个变化。他努力装出愉快和随便的神气。

"你多快活呀!"卡德罗斯说,"别人会说你已经得到你那笔产业了呢。"

"没有呢,可惜得很。但当我得到的时候——"

"怎样?"

"我不会忘记老朋友的——我不想多说了。"

"是的,因为你的记忆力是这样的强。"

"你要怎么样? 我还以为你要敲我的竹杠呢。"

"我? 真是异想天开! 我,我想再给你一个很好的忠告。"

"什么忠告?"

"留下你手上的那只钻戒。我们都会受它连累的。你这种傻气会把你和我都搅得身败名裂。"

"怎么会呢?"安德里说。

"怎么会? 你身上穿着制服,你把自己装扮成一个仆人,可是在你的手指却戴着一只价值四五千法郎的钻戒。"

"啊唷,你想得真周到。你应该去做拍卖商?"

"我对于钻石还懂一点,我自己也曾有过。"

"你尽管吹牛吧。"安德里说;卡德罗斯恐怕安德里听到这个新的苛求会生气,但安德里却并没有生气,反而平静地把那只戒指摘了下来。卡德罗斯非常仔细地察看那只戒指,安德里知道他在检查棱角是否齐全。

"这是一只假钻石。"卡德罗斯说。

"喏,喏,又想开玩笑了吧?"安德里答道。

"别生气,我们可以试一下。"卡德罗斯走到窗前,用钻石去划玻璃,发觉的确能划得破。

"老天爷!"卡德罗斯一面说,一面把钻戒戴到他的小手指上;"我错了。但那些做贼的珠宝商仿制得这样相像,以致盗贼不再冒险去珠宝店偷盗了,这对扒手手段的发展是一种妨碍。"

"你现在可完了吗?"安德里说。"你还要什么东西? ——要不要我的背心或我的证书? 反正你现在已经做开头了,请随便吧。"

"不,归根结底,你是一个好同伴。我不耽搁你了,我会设法来消除我的野心。"

"但小心哪,你不愿接受金洋,当心在卖钻戒的时候会发生同样的事情。"

"我不卖的,别怕。"

"最好在后天以前不要卖掉。"那青年人想。

"幸运的乖儿子呀!"卡德罗斯说,"你该去找你的仆人、你的马、你的车子和你的未婚妻去了吧!"

"是的。"安德里说。

"好吧,我希望你在和我的朋友邓格拉司的女儿结婚的时候,能送我一件漂亮的结婚礼物。"

"我已经告诉过你了,那是你头脑中的一个幻想。"

"她有多少财产?"

"但我告诉你——"

"一百万吗?"

安德里耸耸他的肩。

"就算是一百万吧,"卡德罗斯说,"无论你得到多少,也不如我祝愿你获得的数目。"

"谢谢你。"青年人说。

"噢,我真的全心全意希望你发财!"卡德罗斯带着他那种沙哑的笑声说。"且慢,我来给你开门。"

"不必劳驾了。"

"不,要的。"

"为什么?"

"因为其中有一个小小的秘密,一种我认为很需要采用的预防手段——把经过葛司柏·卡德罗斯设计改良过的保险锁,当你成为富翁的时候,我可以给你照样做一把。"

"谢谢你,"安德里说,"我在一星期以前会通知你的。"

他们分手了。卡德罗斯站在楼梯口上,目送着安德里走下三重楼梯,穿过天井。然后他急忙回来,小心地关好他的房门,像一个出色的建筑师似的开始研究安德里留给他的那个图样。

"可爱的贝尼台多,"他说,"我想他不会不愿意继承他的财产,当他摸到他那五十万法郎,他总不至于把那个帮他提前得到那笔钱的人当作他最坏的朋友吧。"

第八十二章　夜　盗

在我们所讲的那一场谈话发生后的第二天,基度山伯爵领着阿里和几个随从到阿都尔去,他还带了几匹马同去,想到那儿去检验它们的质量。他这次出门安德里事先并不知道,连伯爵自己在前一天也不曾想到;他这次到阿都尔去是伯都西奥促成的,因为他才从诺曼底回来,带来了房子和单桅船的消息。房子已经买好了,那艘单桅船是在一星期以前到的,现在已停泊在一条小溪里,船上的六个船员已办好一切必需的手续,随时都能出海。伯爵对伯都西奥的热心办事称赞了几句,吩咐他随时准备好突然起程,因为他在法国停留的时间不会超过一个月了。

"现在,"他说,"我可能会在一夜之间就从巴黎跑到的黎港,路上随时准备好八匹快马,可以使我在十小时之内走完一百五十里路程。"

"大人已经表示过那种希望了,"伯都西奥说,"那些马已经准备好了,都是我亲自去买、亲自去选择地点的。我所选的都是最合适的地点,就是,在通常没有人驻足的小村子里。"

"那很好,"基度山说,"我要在这儿呆一两天,你根据这一点去安排吧。"

培浦斯汀在伯都西奥正要离开房间去做必要的吩咐的时候开门进来了。他拿着一只银盘,一封信放在银盘上。

"你到这儿来干什么?"伯爵看到他那种风风火火的样子,就问道。"我想,我并没有派人去叫你吧?"

培浦斯汀并不回答,走到伯爵面前,交上那封信。"是封重要的急信。"他说。伯爵拆开信,读道:

> "基度山先生:今天晚上有人准备去你香榭丽舍大道的家里,想在更衣室的写字台里窃取某些文件。伯爵素以勇敢闻名,大可不必请警察局帮忙,警察局的干涉也许会严重地影响到送这封警告信的人。伯爵只要躲在寝室的门窗后面,或隐藏在更衣室里,就足以亲自保护他的财产。过多的侍从或明显的防范会阻止那个恶棍的企图;而基度山先生因此就会丧失一个发现敌人的机会。写这封警告信给伯爵的人是碰巧探听到这个企图的,假如这第一次的企图失败,将来再发生同样的企图的时候,他就不可能再来警告了。"

伯爵起初以为是贼党的一个诡计——是一个大骗局,要把他的注意力吸引到一个较小的危险上去,以便使他遭受一个更大的危险。他原想把那封信送到警察局总监那儿去，而不顾他那位匿名朋友的劝告——或许正因为那个劝告使他产生初念。但转念一想，那或许真是一个只有他自己能认识的仇人，假如真是如此，还是他独自对付为妙。我们知道伯爵是怎样一个人：他的脑子里充满着坚强无畏的意志，他自称天下无不可能的事情，单凭那种魄力，就足以证明他和常人不同，这些都毋庸置疑。根据他过去的生活，根据他那种无所畏惧的胆识和信念，伯爵在他以往所经历的种种斗争里获得了一种难以想象的好斗的精神，有时他斗争的对象是自然，那就是上帝，有时他斗争的对象是世界，那可以说就是魔鬼。

"他们不是要我的文件，"基度山说，"他们是想来刺杀我。他们不是窃贼，而是杀手。我不愿意让警察总监来干涉我的私事。我很有钱，这件事情大可不必去占掉他那部门里的一部分预算经费。"培浦斯汀交了信后就退出房间，伯爵又把他叫回来。"你回到巴黎去，"他说，"把那里的仆人都找来。我要全家人都到阿都尔来。"

"可是那里一个人都不留吗，大人？"培浦斯汀问。

"不，留下门房。"

"但是门房离正屋是很远的呀！"

"嗯！"

"假如有人去偷东西，在门房是一点也听不到声音。"

"谁去偷？"

"贼。"

"你是一个傻瓜，培浦斯汀先生！贼或许会到房子里去偷东西，但那种事情却还不如有人不服从我更可气。"培浦斯汀鞠了一躬。

"你明白我的意思了吗？"伯爵说。"把你的同伴都带到这儿来，全体都来。但一切东西都依照照旧，只是把楼下的百叶窗关了。"

"二楼的呢？"

"你知道这是从来不关的。去吧！"

伯爵表示他想独自进餐，只要阿里一个人侍候他。他照常以从容不迫的态度吃了饭，然后向阿里做了一个手势，叫他跟着他；他从边门出去，走到布洛涅大道，好像无意似的踏上到巴黎去的路，在黄昏时候，他发觉自己已经来到了香榭丽舍大道三十号门前。他的房子里一片漆黑，只有门房的卧室里点着一盏昏黄的孤灯，而正如培浦斯汀所说的，门房和正室之间还相隔着四十步距离。基度山靠在一棵树上，用他那谨慎的目光搜索马路上往来的行人，仔细探望邻近的街道，看有没有人躲在那儿。这样过了十分钟，他相信并没有人在注意他。他急忙带着阿里走到侧门，轻捷地用钥匙打开门上的锁，挨身进去，从仆人的楼梯上去来到他的寝室；他不曾掀动一张窗帷，所以甚至连门房都不会怀疑到屋主已经回来，他始终还以为是一座空屋。

一到他的寝室里，伯爵就示意叫阿里止步；然后他在寝室周围详细检查了一番，来到更衣室里，详细检查了一番。一切都照常——那张宝贵的写字台仍在原位，钥匙依旧插在抽屉上。他把抽屉结结实实地锁上，拿走了钥匙，回到寝室门口，去掉门上的搭扣,走进寝室里。这当儿,阿里已准备好伯爵需要的武器,——就是,一支短柄的马枪和一对像单筒手枪一样容易瞄准的双筒手枪。有了这样的武装,伯爵手里就已掌握着五个人的性命。那时约莫是九点半钟光景。伯爵和阿里匆匆吃了一块面包,喝了一杯西班牙葡萄酒;然后伯爵移开一块可移动的嵌板,由此注视隔壁房间里的情形。在他的身边放着手枪和马枪,阿里站在他的附近,手里握着一把那种自十字军以来从未改变过式样的阿拉伯小斧头。伯爵从和更衣室平行的寝室的窗口里望出去,可以看到外面的街道。两个钟头就这样过去了。夜色非常浓黑;可是阿里和伯爵,前者由于他那野性的本质,后者无疑地得感谢他长期的狱中生活,在黑暗中却依旧能辨别出树枝的微动。门房里的那盏小灯早已熄灭了。据基度山的意见,那些匪徒所要的是他的性命,而不是他的金钱。因此假如真的有人要来袭击的话,他们应该是从下面的楼梯上来,而不会从窗口里进来。他们攻击的目标将是他的寝室,他们必须从后面的楼梯上来,或是从更衣室的窗口里进来。他让阿里守住通楼梯的那个门口,自己则继续注视更衣室。

西风带来了三下凄凉的、颤抖的钟声,残废军人疗养院的时钟敲打十一点三刻了;当最后一下钟声消逝的时候,伯爵好像觉得听到更衣室那方面发出一下轻微的响声。这是第一下响声,说得更准确些,这是一下刻画东西的声音,接着就来了第二下、第三下;当第四下响声发出的时候,伯爵知道这是怎么一回事了。一只坚定而熟练的手正在用一颗钻石刻划一格玻璃窗的四边。伯爵觉得他的心跳得更急促了。凡是事先知道要遭遇危险的人,当危险真正临头的时候,他们的心还是会猛跳,他们的身体还是会不由自主地颤抖,这就是梦境与现实以及计划与实行之间的最大区别。但基度山却只作了一个手势通知阿里,阿里懂得危险是从更衣室那方面来的,就向他的主人挨近一点。基度山急于想了解并确定他敌人的人数和实力。

发出响声的那个窗口正和伯爵望更衣室的那个洞口相对。他的眼睛一眨不眨地盯住那个洞口;他在黑暗中辨别出一个人影。然后有一格玻璃窗变成不透明的了。像是在外面粘上了一张纸似的;接着,那一方块玻璃格啦地响了一声,但并没有掉下来。一只手臂从窗洞里伸进来找搭扣。一秒钟以后,整个窗子转开来了,外面进来了一个人。他只有一个人。

"那个混蛋真大胆!"伯爵低声地说。

这时,阿里轻轻地在他的肩膀上碰了一下。他转过头来,阿里指一指寝室向街的那个窗口。基度山向那个窗口靠近三步,他知道他这个忠仆的目光非常敏锐。的确,他又看见了一个人,那个人正从门影里走出来,爬到矮墙顶上,似乎想向里面探望情形。"好!"他说,"有两个人,一个动手,一个望风。"他向阿里做了一个手势,要他监视街上的那个人。自己则回来注意更衣室里的那一个。

那个划玻璃的人已经进来了,正伸着两臂在那里摸索,了解房间的情形,最后,他似乎把房间里的一切摸熟了。房间里有两扇门,他把那两扇门都闩上。

当他走近通寝室的那扇门的时候,基度山以为他会进来,就举起一支手枪;但他只听到门闩滑动的声音。这只是一种预防手段。那位午夜的访客还以为自己现在已很安全,因为他不知道伯爵已把搭扣除掉,就泰然自若地开始干起来。他从口袋里摸出一样东西，伯爵看不清楚那究竟是什么东西，只见他把那样东西放在一张茶几上，然后笔直地立到写字台前面，去摸抽屉上的锁，而出乎他意料之外的，是钥匙竟没有在那儿。但那个划玻璃的是一个准备很周到的人，他带着各种应急的用具。不久伯爵就听到一大串钥匙的声音，就是铜匠老是放在身边准备开各种锁的那种钥匙串，因为在开锁的时候它会唱出丁零当啷的夜曲的缘故，所以窃贼们称之为"夜莺"。"啊，啊！"基度山带着一个失望的微笑低声说："他原来只是一个贼！"

但在黑暗里那个人却找不到合适的阴匙。他拿起放在茶几上的那样东西，按一按机钮，立刻就有一片仅可辨物的青白色的光反映到那个人的手和脸上。"啊唷！"基度山吃惊地退后一步说，"这是——"

阿里举起他的斧头。

"不要动，"基度山低声说，"放下你的斧头，我们不必用武器。"然后他用更低的声音又说了几句话，因为伯爵刚才的那声惊呼虽然很轻，却已惊动了那个人，他迅速地翻出窗外，恢复了以前划玻璃时的状态。伯爵刚才所说的话是一个命令：因为阿里立刻无声地走出去，拿回来一件黑色的长袍和一顶三角帽。这当儿，基度山已经急急地脱掉他的外套、背心和衬衫，露出一件闪闪发光的柔软的钢丝背心；这种钢丝背心国王路易十六也曾穿过，只是路易十六并没有因为穿钢丝背心而保全性命，因为他最初只怕有人用匕首刺他的胸口，而结果却是他脑袋上被人砍了一斧头。这件钢丝背心不久就被淹没在一件长大的法衣底下了，他的头发也已被教士的假发所掩盖，再加上那顶三角帽，伯爵就立刻变成了一位长老。

那个人听不到别的声音，就又耸起身来，当基度山快要化装完毕的时候，他已直趋到写字台前面，写字台上的锁开始在他那夜莺的探试之下格啦格啦地响起来。

"干得好！"伯爵低声说，他无疑很信任锁上的某种秘密机关，相信那个撬锁的人虽然聪明，恐怕也未必能知道他有这种设备——"干得好！你还得有几分钟的工作呢"于是他走到窗边。坐在矮墙上的那个人已经下去了，依旧在街上走来走去；但真够奇怪，他毫不顾忌从香榭丽舍大道或圣·奥诺路过来的行人。他似乎全神贯注地在想象伯爵屋里的情形；他唯一的目标似乎在想辨察更衣室里的每一个动作。

基度山的嘴唇上掠过了一丝微笑，拍一拍自己的前额，然后把阿里拖到身边，对他耳语说："留在这儿，躲在黑暗里，不论你听到什么声音，不论发生什么事情，你都不要进来，也不要露面，除非我叫你。"阿里鞠了一躬，表示他已听懂，而且愿意服从。基度山于是从衣柜里拿出一支点燃的小蜡烛，静悄悄地推开门，那扇门是开得这样静寂，此时那个窃贼正在全神贯注地拨弄他的锁，竟一点都没有听到声音，但使他惊诧的是：房间里忽然亮起来了。他转过身来。

"晚安，亲爱的卡德罗斯先生！"基度山说，"你在这个时候到这儿来干什么？"

"布沙尼长老！"卡德罗斯惊喊道。因为他已经把两扇门都闩住了，他不知道这个怪人是怎么进来的，他手上的那串钥匙无力地落了下来，他一动不动地站着，惊呆了。伯爵走过去站在卡德罗斯和窗口之间，这样就切断了窃贼唯一的退路。"布沙尼长老！"卡德罗斯又说，用他那呆瞪瞪的眼光盯住伯爵。

"是的,当然了,正是布沙尼长老!"基度山回答。我感到非常高兴你还认识我,亲爱的卡德罗斯先生,因为至少已有十年左右的时间,我们没有见面。"

布沙尼这种镇定、讽刺和大胆的态度使卡德罗斯踉踉跄跄地倒退了几步。"长老,长老!"他喃喃地说,他的两手紧紧握成拳头,牙齿格格地发抖。

"你是要来偷基度山伯爵吗?"假长老又说。

"长老阁下,"卡德罗斯惶恐地说,他想回到窗口那儿去,但窗口已被伯爵无情地挡住,——"长老阁下,我不知道——相信我——我向您起誓——"

"玻璃窗划破了一格,"伯爵又说,"一盏夜光灯,一串假钥匙,写字台的抽屉被撬开了一半——这已经是够明显的啦——"

卡德罗斯急得直喘气,他四面观望,想找一个角落躲进去——找一条路逃走。

"算了,"伯爵继续说,"我看你还是和从前一样——是一个暗杀犯。"

"长老阁下,既然你一切都知道,你就一定知道那件事不是我干的,而是卡康脱人干的,那已经在法庭上证实过的了,因此我只被判罪到苦工船上去做苦工。"

"那么,既然你已从那儿回来,你大概已经服刑期满了吧?"

"不,长老阁下,我是被一个人救出来的。"

"那个人倒对社会做了一件很大的功德。"

"啊,"卡德罗斯说,"我曾答应——"

"而你破坏了你的诺言!"基度山打断他的话说。

"唉,是的!"卡德罗斯非常不安地说。

"旧病复发!而那种毛病,假如我没有弄错的话,是会把你带到格里维广场去的。那就糟了,那就糟了!劣性难改!这是我国的一句俗语。"

"长老阁下,我是被迫——"

"每一个犯人都是那样说的。"

"因为穷——"

"哼!"布沙尼蔑视地说,"贫穷可以迫使一个人乞求施舍,或迫使他到一家面包店门口去偷一块面包,但却不会迫使他到有人住的房子里去撬开一张写字台。再说,当珠宝商蒋尼斯向你买我给你的那只钻戒的时候,你刚拿到四万五千法郎,便立刻又杀死他,要把钻戒和钱同时弄到手,那也是为了穷吗?"

"求你饶我一次吧,长老阁下!"卡德罗斯说,"你曾经救过我一次命,再救我一次吧!"

"这种话并不十分动听。"

"你只是一个人呢,还是另外有兵埋伏在那儿准备捉我,长老阁下?"

"我只有一个人,"长老说,"我可以再宽容你一次,让你逃走,不惜让我自己将来再后悔心肠太软——只要你对我说实话。"

卡德罗斯紧握着双手喊道"啊,长老阁下",并向基度山挨近来一些,"你的确是我的救主!"

"你说曾经有一个人把你从苦工船上救出来?"

"是的,长老阁下,这是真的。"

"救你的那个人是谁?"

"一个英国人。"

"他叫什么名字?"

"威玛勋爵。"

"嗯！我认识他的,所以将来我可以知道你究竟有没有说谎。"

"长老阁下,我告诉你的都是千真万确的实话。"

"那么是这个英国人保护了你?"

"不,不是保护了我,而是救了一个——和我拴在一条铁链上的年轻的科西嘉人。"

"这个年轻的科西嘉人叫什么名字?"

"叫贝尼台多。"

"那是一个教名。"

"他再没有别的名字了。他是一个弃儿。"

"那么这个青年人和你一同逃走了?"

"是的。"

"怎么逃的?"

"我们在土伦附近的圣·曼德里做工。你是知道那个地方的吧?"

"是的,我知道。"

"嗯,在午睡的时间,就是在中午十二点到一点钟之间——"

"苦工船上的奴隶在吃过午饭以后竟还能打一次瞌睡！我们实在应该多可怜可怜那些穷人了!"长老说。

"不,"卡德罗斯说,"一个人不能永远做工呀,一个人不是一条狗!"

"还是可怜狗好!"基度山说。

"当其余那些人在睡觉的时候,我们走远一点,用那个英国人给我们的锉刀锉断我们的脚镣,然后游水逃走。"

"这个贝尼台多后来怎么样了?"

"我不知道。"

"你应该知道。"

"不,真的我们在耶尔就分手了。"为了加重这句话的语气,卡德罗斯又向长老走近了一步,长老一动不动地站在他原来的地方,目光中带着询问的神色,态度非常镇定。

"你撒谎!"布沙尼长老用一种威严的无法抗拒的口吻说。

"长老阁下!"

"你撒谎！这个人依旧是你的朋友,你也许还在利用他做你的同党。"

"噢,长老阁下!"

"回答我！自从你离开土伦以来,你是靠什么生活的?"

"我能得到什么就吃什么。"

"你撒谎!"长老第三次说这句话,口吻比以前更有威慑力了。

世界经典文库

世界二十大名著

基督山伯爵

图文珍藏版

卡德罗斯吓得呆呆地望着伯爵。

"你是靠他给你的钱生活的。"

"是的,不错,"卡德罗斯说。"贝尼台多已变成一个大贵族的儿子了。"

"他怎么能变成一个大贵族的儿子呢?"

"他本来就是他的儿子。"

"你说的那个大贵族叫什么名字?"

"基度山伯爵,就是这所房子的主人。"

"贝尼台多是伯爵的儿子!"基度山答道,这次可得轮到他表示惊讶了。

"嗯! 我相信是的,因为伯爵给他找了一个假父亲,因为伯爵每月为他支付四千法郎生活费,并且在他的遗嘱里还留给他五十万法郎。"

"哦,哦!"假长老说,他似乎开始懂得了。"那么这个青年人叫什么名字呢?"

"安德里·卡凡尔康德。"

"噢,就是我的朋友基度山伯爵曾在家里招待过他,快要和邓格拉司小姐结婚的那个青年人了?"

"对! 一点不错。"

"你这个混蛋! ——你,你知道他过去那种可耻的生活,你竟隐讳不言吗?"

"我何必要破坏一个伙伴的好事呢?"卡德罗斯说。

"你说得对,应该去通知邓格拉司先生的不是你,而是我。"

"长老阁下,别那么做。"

"为什么?"

"因为你会把我们两个都弄垮的。"

"而你以为,为了救你们这样的恶棍,我竟能纵容你们的阴谋,去做你们的帮凶吗?"

"长老阁下。"卡德罗斯说,并且又挨近了一些。

"我要把一切都揭露出来。"

"向谁揭露?"

"邓格拉司先生。"

"上帝!"卡德罗斯一面喊,一面从他的背心里拔出一把张开的小刀,向伯爵的胸口刺去,"长老阁下,你什么都揭露不了啦。"

使卡德罗斯万分惊奇的是:那把小刀非但没有刺进伯爵的胸口,反而折断刀锋倒弹了回来。这时,伯爵用他的左手抓住那暗杀者的手腕,用力一扭,那把小刀就从他那僵硬的手指间滑了下来。卡德罗斯发出一声痛苦的惨叫声,但伯爵不管他怎么叫,继续扭那匪徒的手腕,直到他的手腕脱臼,跪下来,又仰跌到地板上。伯爵于是用一只脚踏住他的头,说:"我不知道究竟是什么力量阻止我不踩破你的脑袋,你这混蛋!"

"啊,发发慈悲吧,"卡德罗斯喊道。"发发慈悲吧!"

伯爵收回他的脚。"起来!"他说。

卡德罗斯爬起身来。"噢,你的腕力多大呀,长老阁下!"他说,一面拍打着他那条被那肉钳钳得青紫斑斑的手臂——"多大的腕力呀!"

"住口!我是在代上帝行道——记住吧,畜生!上帝给我力量来制服像你这样的野兽。我现在饶恕你,还是为了他。"

"噢!"卡德罗斯痛苦地呻吟着说。

"拿了这支笔和这张纸,我进你写。"

"长老阁下,我不会写字。"

"你撒谎!快拿了这支笔,写!"

卡德罗斯慑于长老的威严,坐下来写道:

"先生——现在蒙你厚礼接待,并且快要和令嫒结婚的那个人,是和我一同从土伦苦工船里逃出来的重犯,他是五十九号,我是五十八号。他名叫贝尼台多,但他却不知道自己的真实姓名,因为他至今不知道他的父母是谁。"

"签名!"伯爵继续说。

"你这不是要断送我的性命吗?"

"傻瓜,假如我要断送你的性命,我就会把你拖到最近的警察局去。而且,这封信一发出去,你也就可以不必再恐惧了。所以,放心的签名吧!"

卡德罗斯签了名。

"地址是,'安顿大马路,邓格拉司男爵府,邓格拉司先生。'"

卡德罗斯写上地址。长老接过那张信笺说:"现在说够了,去吧!"

"从哪一条路出去呢?"

"你来时的那条路。"

"你要我从那个窗口出去吗?"

"你进来的时候就很方便呀。"

"噢!长老阁下,你已经想定一个打击我的计划了吧。"

"我能有什么计划?呆子!"

"那么,为什么不让我从大门出去呢?"

"吵醒门房有什么好处?"

"告诉我长老阁下,你不希望我死吧?"

"我以上帝的名誉保证。"

"但你发一个誓,决不在我下去的时候打我。"

"怯懦的胆小鬼,傻瓜!"

"你预备拿我怎么样?"

"你想我能拿你怎么样?我曾尝试把你造就成一个快乐的人,而我却把你造成了一个暗杀者。"

"长老阁下,再来尝试一次,再试我一试吧!"卡德罗斯说。

"可以的,"伯爵说。"听着!你知道我是一个遵守诺言的人?"

"是的。"卡德罗斯说。

"假如你能够平平安安地回到了家里——"

"除了你以外,我还怕什么呢?"

"假如你平平安安地回到了家里,你就离开巴黎,离开法国,不论在什么地方,只要你老老实实地做人,我就会派人送你一笔小小的养老金——因为假如你平平安安地回到了家里,那么——"

"那么?"卡德罗斯打了一个寒战。

"那么我就相信上帝已宽恕你,而我也可以宽恕你了。"

卡德罗斯战战兢兢地说,"说老实话,长老阁下,你简直要吓死我啦!"

"快去吧!"伯爵指着窗口说。

卡德罗斯虽然得到了这番保证,却依旧不放心,他两腿颤抖地跨出窗外,站在梯子上。

"快下去,"长老交叉着两臂说。卡德罗斯知道不必再担心了,就开始下去。伯爵于是把那支小蜡烛移到窗前,使香榭丽舍大道上的人可以看到有一个人在从窗口里爬出来,还有一个人则拿着一支蜡烛给他照亮。

"长老阁下,你这是干什么? 要是有巡警经过可怎么办呢?"于是他吹熄蜡烛,迅速地爬下去,直到他的脚踏到地面的时候他才放心了。

基度山回到他的卧室里,急速地向花园望去,他先看见卡德罗斯走到花园的墙下,把他的梯子靠在墙上,靠梯子的地点和进来的时候不同。然后伯爵向街上望去,看见那个似乎在等待的人向同一个方向奔过来,躲在卡德罗斯就要翻下去的那个墙角里。卡德罗斯慢慢地爬上梯子,他从墙上探头望出去,看街道是否寂静。他看不见人,也听不到人声。残废军人疗养院的时钟敲了一下,于是卡德罗斯骑在墙头上,把梯子抽起来靠在墙外;然后他开始下去,或说得更准确些是跨着梯子的两条直柱滑下去,这个动作他做得十分悠闲自在,证明他是长期练习有素。但一开始滑下去,他就无法中途停止了。他在滑到一半的时候看见有一个人从阴影里蹿出来,却也毫无办法。虽然他在滑到下面的时候看见有一条手臂举起来,同样毫无办法。在他还无法保卫自己以前,那条手臂就已经非常凶猛地打击到他的背上,他放开梯子,喊出一声"救命呀!"第二下打击几乎立刻又袭到他的胁下。他倒在地上,嘴里喊着"杀人了,救命哪!"当他这样在地上滚来滚去的时候,他的对手抓住他的头发,在他的胸部又刺了一刀。这一次卡德罗斯虽然竭力想叫喊,但他却只能发出一声呻吟;鲜血从他的三处伤口里津津地流出来,他全身不由自主地打着寒战。凶手看到他已不能叫喊,就拉住他的头发,扳起他的头;看到他双眼紧闭,嘴巴歪在一边。凶手以为他已经死了,就放开他的头,溜走了。卡德罗斯觉得凶手已经离开,就用手肘撑起身体,以一种垂死的声音竭力大喊"救命呀! 杀人啦! 我要死啦! 救命呀,长老阁下!"

这种凄惨的呼吁赖破了夜空。通后楼梯的门开了,接着花园的侧门也开了;阿里和他的主人拿着蜡烛来到出事的地点。

第八十三章　上帝的手

卡德罗斯继续悲惨地喊道:"救命呀! 长老阁下,救命呀!"

"怎么一回事呀?"基度山问道。

"救命呀!"卡德罗斯喊道。"我被人害死啦!"

"勇敢一点。我们在这儿!"

"完啦! 你们来得太迟喽,你们是来给我送终的吧。刺得多厉害呀! 好多血呀!"他昏了过去。

阿里和他的主人把卡德罗斯扛到一个房间里。基度山示意阿里给他脱去衣服,他发现三处可怕的伤口。"我的上帝!"他叹道,"您的报应多少来得迟了一点了,但那只是为了可以报应得更有力。"阿里望着他的主人,等待着新的指示。"立刻领检察官维尔福先生到这儿来,他住在圣·奥诺路。你出去的时候,顺便叫醒门房,派他去请一位医生到这儿来。"阿里遵命而去,房间里只剩下了长老和卡德罗斯,后者还没有醒过来。

当那恶人微微张开他的眼睛的时候,伯爵正带着一种怜悯的表情望着他,他的嘴巴在微动,像是在做祷告。"长老阁下,找一个医生来哟! 医生哟。"卡德罗斯说。

"我已经派人去请了。"长老回答。

"我知道他不能救我的命,但他或许可以使我多活一会儿,让我有时间告发他。"

"告发谁?"

"告发杀我的凶手。"

"你认识他吗?"

"认识,他就是贝尼台多。"

"那个年青的科西嘉人?"

"就是他。"

"你的同伙?"

"是的。他给我这座房子内部的图纸,是希望我杀死伯爵,以便让他继承他的财产,或者伯爵杀死我,免得我阻碍他。他埋伏在墙角里,暗杀我。"

"我也已经派人去请检察官了。"

"他来不及赶到的了,我觉得我的生命很快地结束了。"

"等一等!"基度山说完,离开房间,不到五分钟,拿着一只小药瓶回来。

那个垂死的人的眼睛不断地盯住那扇门,他企盼着救兵会从那扇门里进来。

"赶快,长老阁下!赶快!我就要死啦!"

基度山走过去,把小瓶里的药水滴了三四滴到他那发紫的嘴唇上。卡德罗斯深深地吸了一口气。"啊!"他说,"真是救命良药,多一点,多一点!"

"再多两滴就会杀死你了。"长老回答。

"噢,只要来一个人,我就可以向他告发那个恶棍了。"

"要不要我给你写口供?你只要签一个字就行了。"

"好的,好的。"卡德罗斯说。想到死后能够复仇,他的眼睛顿时焕发起来。基度山写道:"我是被科西嘉人贝尼台多害死的,他是土伦苦工船上五十九号囚犯,是和我一条锁链上的同伴。"

卡德罗斯说:"快!快!不然我就不能签字了。"

基度山把笔递给卡德罗斯,卡德罗斯集中他的全部精力签了字,倒回到床上,说:"其余的由你口述吧,长老阁下,你可以说,他自称为安德里·卡凡尔康德。他住在太子旅馆里。噢,我不行了!"他又昏了过去。长老让他嗅小瓶里的药水,于是他又张开眼睛。复仇的希望并没有舍弃他。

"啊,长老阁下,你会把我所说的一切都讲出来吗?你肯不肯,长老阁下?"

"是的,而且还要讲得更多。"

"你还要讲些什么?"

"我要说,这座房子的图样是他给你的,想让伯爵杀死你。我还要说,他写了一封信给伯爵,把你的企图通知他,伯爵不在,我看了那封信,于是就在这儿等候你。"

"他会杀头的是吗?"卡德罗斯说,"答应我那一点吧,让我抱着那个希望死——那可以使我容易死些。"

"我要说,"伯爵继续说,"他始终跟踪着你,监视着你,当他看到你从房子里出去的时候,就奔到墙角里去躲起来。"

"这一切你都看到了吗?"

"想一想我的话:'假如你平平安安地回到了家里,我就相信上帝已宽恕了你,而我也可以宽恕你了。'"

"可你却不警告我一声!"卡德罗斯用手腕撑起身体喊道。"你知道我一离开这座房子就会被人杀死,而你却不警告我!"

"不,因为我看上帝是假手贝尼台多,在执行他的法律,我觉得违反天意是亵渎神圣的。"

"上帝的法律!算了吧,长老阁下。假如上帝是公平的,你知道现在有许多该受惩罚的人仍然逍遥法外。"

"耐心一点吧!"长老说,他说这句话的口吻使那个垂死的人打了一个寒战。"耐心一点!"

卡德罗斯惊愕地望着他。

长老说,"上帝是慈悲普赐的,他也曾对你慈悲过,他最初是一位慈父,后来才变成一位法官。"

"那么你相信上帝罗?"

"截至目前即使我命穷福薄,还不曾相信他,"基度山说,"但看到你这种情形,我也必须相信了。"

卡德罗斯举起他那紧捏的双拳,伸向天空。

长老伸出一只手虚悬在伤者的头上,像是要命令他相信似的说:"听着,你在你的灵床上还拒绝相信上帝,而上帝却曾为你做过许多事情:他给你康健、精力、正当的职业、甚至朋友——这种生活,凡是良心平稳、不做非分之想的人,的确是可以很满足的了。他很少赏赐这么多的恩惠给人,而你非但不想好好利用这些天恩,却反而自甘堕落,酗酒成性,在一次酩酊大醉中断送了你一个最好的朋友。"

"救命呀!"卡德罗斯喊道,"我要的是一位医生,不是一个教士。或许我所受的不是致命伤,我还不会死,或许他们还能救我的命。"

"你的伤是太致命了,要不是我给你滴了三滴药水,你现在早就死了。所以,听着吧。"

"啊!"卡德罗斯低声地说,"你这个古怪的长老!你不但不安慰即死的人,反而要逼迫他们绝望。"

"听着,"长老继续说。"在你出卖你的朋友的时候,上帝并不立刻惩罚你,而只给你一个警告。你被贫穷所迫,而不以正正当当的手段去寻求生存。你贪图富贵却借口生活所迫想去犯罪。那时,上帝为你创造了一个奇迹,借我的手送给你一笔财产——在你,那已是非常可观的了,因为你从来不曾有过什么财产。但当你获得了那笔意想不到、闻所未闻的意外之财的时候,你又觉得不够了。你想能再增加一倍,用什么办法呢?杀人!你成功了。那时,上帝夺掉你的财产,把你带到法庭上。"

"打算杀那个犹太人的不是我,而是卡康脱人。"卡德罗斯说。

"是的,"基度山说,"所以上帝——我不能说他执法无私,因为按理他应该把你处死,——但上帝慈悲为怀,饶恕了你的性命。"

"哼!把我送进苦工船里去终身做苦工,好慈悲!"

"你这该死的混蛋!你当时却以为那是慈悲的呀!你那懦怯的心一想到死就发抖,听到宣判终身徒刑,就高兴得狂蹦了起来。因为像苦工船上所有的奴隶一样,你说:'那扇门是通到苦工船上去的,不是通到坟墓里去的,而这你确实说对了,因为那扇通到苦工船上去的门对你实在有利。一个英国人去访问土伦,他发誓要拯救两个受罪的人,而他的选择恰恰落到了你和你同伴的头上。你又得到了一笔财产——金钱和安宁又回到了你的身边。你,你本来命中注定要做终生囚徒的,又可以过和常人一样的生活。那时,贱人呀!——那时你又第三次去触怒上帝。你那时的财产甚至比以前更多了,而你说:'我还要更多的。'你第三次没有任何理由,绝不能原谅地又犯了罪。上帝厌倦了,他惩罚了你。"

卡德罗斯气息渐渐微弱了。"拿水给我喝!我口渴极了,我周身像火烧一样!"他说,基度山给他一杯水。"可是贝尼台多那个混蛋,"卡德罗斯交回玻璃杯接着说:"他却可以逃避掉!"

"谁都逃不了,我告诉你。贝尼台多也要受到惩罚的。"

"那么你也得受惩罚,因为你没有尽你教士的责任,你本该阻止贝尼台多,不让他杀我。"

"我?"伯爵微笑着说,他那种微笑把那个垂死的人吓呆了——"你的刀尖不是刚才折断在保护我胸膛的钢丝背心上吗"可是,假如我发觉你痛改前非,自知悔悟,回心转意,我或许还会阻止贝尼台多,不让你被杀。但我发觉你依旧傲慢凶悍,所以我就让你落在上帝的手里。"

"我不相信有上帝,"卡德罗斯咆哮道,"你自己也不相信。你撒谎!你撒谎!"

"住口!你要把你血管里的最后一滴血都挤出来了。"长老说,"什么!现在处死你的正是上帝,而你竟然还不相信他吗?他要你做一次祷告,说一句忏悔话,掉一滴眼泪,上帝就可以宽恕你,难道你还不肯相信他吗?上帝本来可以使凶手的匕首在一霎时内了结你的生命,但他却给你这一刻钟的时间,让你有时间可以忏悔。所以,想一想吧,忏悔吧,贱人"

"不,我不忏悔,天地间根本没有上帝,没有神——有的只是命运。"卡德罗斯说。

"天地间有一位神,有一位上帝,其证据就是:你躺在这儿,绝望地否认着他,而我却站在你的面前,富有,快乐,安全,并恳求上帝宽恕你,因为你虽竭力想不相信他,而你心里却依旧是相信他的。"基度山说。

"但你是谁呢,那么?"卡德罗斯用他那垂死的眼睛盯住伯爵问。基度山把灯光移近他的脸说:"仔细看看我!"

"嗯,长老——布沙尼长老。"

伯爵脱掉那改变他样貌的假发,垂下他那漆黑的头发,使他那苍白的面貌顿时美丽了许多。

卡德罗斯大吃一惊说:"噢!要不是那一头黑发,我就要说你是那个英国人威玛勋爵啦。"

"我既不是布沙尼长老,也不是威玛勋爵,"基度山说。"再想想看,想得更远一些,——在你早年的记忆里回忆一下。"伯爵的话里有一股魔力。使那可怜虫的极衰弱的神志又再度恢复了搜寻。

他说:"对了!我想我过去见过你,也认识你。"

"是的,卡德罗斯,你一度曾跟我相识。"

"那么你是谁呢?你既然认识我,怎么还能让我死呢?"

"你受的是致命伤,已经没有办法救你了。假如还有可能救你的命,我就会认为这是上帝对你的另一次慈悲,我也一定努力救你。我凭我父亲的坟墓起誓!"

"凭你父亲的坟墓起誓!"卡德罗斯说,"你到底是谁?"这时正是回光返照,他半撑起身子,想更清楚地看看那个发誓的人,因为他所发的誓言是一切人都认为神圣不可亵渎的。

伯爵知道这是最后的回光返照。注意到对方离死已经不远,就走近那个垂死的人,脸上露出镇静而忧郁的神色,弯下腰去轻声说道:"我是——我是——"他那几乎是从牙缝里挤出一个名字,声音是那么低,仿佛连伯爵自己也怕听见似的。

卡德罗斯本来已经撑起身子跪着,伸出了一只胳膊,听到那名字后又把身子缩了回来。他攥紧拳头,用尽全身的力气把两只手伸向天空,嚷道:"哦,上帝!我的上帝!原谅我刚才否认了您!您是存在的。您确实是人类的在天之父,也是人间的审判官。我的上帝,我的主啊,我过去一直不相信您!我的上帝,宽恕我吧。接受我吧,我的主啊!"他紧闭双目,发出最后一声呻吟和最后一个叹息,倒了下去。伤口已经不再流血,他已经死了。

"一个!"伯爵两眼盯着尸体,神秘地说。这具尸体由于死得很惨,形状特别可怕。十分钟后,门房领着医生,阿里陪同检察官都来了——接待他们的是布沙尼长老,当时他正在尸体旁边祷告呢。

世界经典文库

世界二十大名著

基督山伯爵

图文珍藏版

第八十四章　波香

　　歹徒胆敢潜入伯爵府企图行窃的消息,在此后的两星期里成了全巴黎的谈话中心。那个人在垂死的时候曾签署了一份自白书,宣称暗杀他的人是贝尼台多。警察局已下令严密搜查凶手。卡德罗斯的小刀、隐显灯、钥匙串和衣服都保藏在档案库里,只有他的背心却找不到,尸体则已用车送到尸体保护地待亲属领取。伯爵每当有人提及此事时,都说这次意外事件,是他在阿都尔别墅的时候发生的,那天正巧有位布沙尼长老要求在他的家里过夜,在他的书房里查看几本珍贵的书籍,他自己对这件事情也只是从布沙尼长老那儿听来的。只有伯都西奥一人听到别人提到贝尼台多的名字就面色发白,但谁也没有去注意他这种变化。维尔福因为曾应召去为那件罪案作证,已接受了这件案子,并正以他处理一切罪案时同样的热忱在做着准备工作。

　　但三个星期过去了,警察局的搜索一直没有结束,由于邓格拉司小姐和安德里·卡凡尔康德子爵的婚期日渐接近,那次行窃的企图以及窃贼被他的同伴所杀的事件几乎已被人遗忘。婚期已确定并宣布,而那青年人也已在那位银行家的家里被视作未来女婿。子爵曾写了几封信去征求他父亲卡凡尔康德老先生的意见,后者复信表示他非常赞成这桩婚事,但同时因为他不能在那时离开巴马表示非常遗憾,他允许拿出那笔每年可以产生十五万里弗利息的本金。这三百万本金,他已同意委托给邓格拉司去投资。一些人曾以那位银行家的近况警告那青年人,说他这位未来岳父近来生意连遭损失;但那青年人自命高贵,不以金钱为荣,毫不理会这种种暗示,并从不向男爵提及那些话。男爵崇拜安德里·卡凡尔康德子爵,但欧琴妮·邓格拉司小姐却并不如此。由于天生厌恶结婚,她忍受了安德里的追求以便摆脱马瑟夫;但当安德里步步进逼时,她便不免向他表露出一种显然的厌恶。男爵或许曾感觉到那种态度,但他认为这是他女儿的怪僻,假装不知道。

　　波香要求延期的时间快满了,马瑟夫现在已领悟到伯爵劝他息事宁人那个忠告的价值。谁都不曾注意到关于将军的那则消息,谁都不曾认出就是那个贵族院里高贵的伯爵出卖了亚尼纳城的法国军官。可是阿尔培并不觉得他所受的侮辱已减轻,激怒他的那几行消息显然是一种故意的侮辱。此外,波香结束上次会谈时的态度在他的心里留下了一个痛苦的记忆。所以他的头脑里依旧存着希望决斗的念头,并希望瞒住这次决斗的真正原因,甚至瞒过他的陪证人。

　　自从阿尔培去拜访波香那天起,便再没有人见到过他,阿尔培每次向人问及他,人家总是回答他已旅行去了,要过些日子才能回来。谁都不知道他究竟到哪儿去。有一天早晨,阿尔培的贴身跟班唤醒他,通报波香来访。阿尔培擦擦眼睛,吩咐仆人请他在楼下的小吸烟室里稍候,他很快地穿好衣服,走下楼去。他发觉波香在房间里踱来踱去,一看到他,波香就止步了。

"阁下,你先到我这儿来,而不等我今天到府上去拜访,看来很不错,"阿尔培说。"告诉我,究竟我应该和你握手,说,'波香,承认你曾伤害我,但且保持我的友谊吧'呢,还是我只要请你选择武器就够了?"

波香带着一种使那青年人惊恐万分的忧郁神色说:"阿尔培,让我们先坐下来再谈吧。"

"阁下,我希望在坐下来之前,先得到你的答复。"

"阿尔培,"那新闻记者说,"客观环境使我难于做那个答复。"

"我可以使你容易答复,也就是再重复一遍那个问题,'你愿不愿意更正'"

"马瑟夫,当问题牵涉到法国贵族马瑟夫中将伯爵这样一个人的名誉、地位和生命的时候,仅仅回答是与否是不够的。"

"那么应该怎样办呢?"

"阿尔培,就是照我的方法办,我这样想:金钱、时间和疲劳,比起一个家庭的名誉和利害来,是不算一回事的。'大概如此'这几个字还不够有力,只有事实才能证明是否应该和一个朋友作一场致命的决斗。假如我用一把剑的剑锋或一支手枪的子弹指向一个三年来曾与我交往亲密的人,我至少必须知道我为什么要这样做,我必须带着一颗无愧的心去与他相会,而当一个人必须用他自己的武器捍卫自己生命的时候,是需要那种安静的良心的。"

马瑟夫不耐烦地打断说,"唉,这一切究竟是什么意思呢?"

"它的意思就是:我刚从亚尼纳回来。"

"从亚尼纳来?"

"不错。"

"不可能的!"

"这是我的护照,请查看一下上面的签署吧,——日内瓦、米兰、威尼斯、的里雅斯特、德尔维纳和亚尼纳。你能信任一个共和国、一个王国和一个帝国的警察局吗?"

阿尔培把他的眼光投到护照上,然后带着惊异的神色抬起头来望着波香。"你到亚尼纳去过了?"他说。

"阿尔培,假若我是与你不相识的人,像你一个三四个月前来寻求满足而被我杀掉的那个英国人那样头脑简单的贵族,我便不会找这种麻烦了,但我认为对你应该给予应有的重视。我用一个星期的时间去,一个星期回来,隔离检疫花了四天,在那儿逗留四十八小时,加起来整好三星期。我昨天晚上回来,而现在就在这儿了。"

"你不用多啰嗦!究竟你打算要多久才能告诉我最想知道的事情呢?"

"说真话,因为,阿尔培——"

"你含糊其词!"

"是的,我怕。"

"噢！你怕承认你的记者欺骗了你？丢开你的骄傲吧，波香！承认了吧，波香，你的勇敢是不能被怀疑的。"

"哦，不是那么回事，"那记者吞吞吐吐地说，"正巧相反——"阿尔培的脸色立刻变得苍白起来，他竭力想说话，但话到他的嘴唇上便消逝了。

"我的朋友，"波香用最亲切的口吻说，"我很高兴能向你道歉，但是，唉！——"

"但是什么？"

"那段消息是正确的，我的朋友。"

"什么？那个法国军官——"

"是的。"

"那个弗南？"

"是的。"

"那个卖城背叛主人的奸徒是——"

"宽恕我，我的朋友，那个人就是你的父亲。"

阿尔培愤怒地向波香冲过去，但后者并不准备伸手反抗，只是用一个温和的目光制止住了他。"别忙！我的朋友，"他一面说，一面从他的口袋里抽出一张文件来，"证据在这儿。"

阿尔培打开那张证件，看到那是由亚尼纳四个知名人士签字的一张证明书，证明弗南·蒙台哥在阿里·铁贝林手下服务的时候曾为两百万钱财卖城投降。这四个名人的签字是经领事鉴定过的。阿尔培脚步踉跄，四肢无力地倒入一张椅子里。这是不能再怀疑的了，——家庭的名誉全完了。在短时间哀伤的沉默以后，他的心快炸了，他禁不住眼泪直流起来。波香怀着真诚的怜悯注视着那痛苦万分的青年，走近他的身边。"阿尔培，"他说，"你了解我了吧，是吗？我想亲自证明一切，希望所得的结果能有利于你的父亲，希望我能为他主持公道。但相反的，事实证明那个被阿里总督提拔到督军职位的弗南·蒙台哥不是别人，而正是弗·马瑟夫伯爵，想到作为朋友，我应尽早告诉你，于是，我就赶快来见你了。"

阿尔培依旧躺在椅子上，用双手遮住他的面孔，像是要阻止光线达到他身上似的。

"我赶到你这儿来，"波香继续劝慰说，"想告诉你，在这个变动的时代，一个父亲的过错是不能转嫁到他孩子身上的。我们是在革命时期中生长的，而凡是经过这次革命时期的人，很少能不在他军人的制服或法官的长袍上沾染到一些不名誉的污迹或血。阿尔培，现在我有了这些证据，现在我已知道了你的秘密，没有哪一个人再能逼我决斗，因为你的良心将谴责你，使你感到自己像是一个罪人，但你不再能向我要求的，我却能给你。你愿意毁灭我所独有的这些证据，这些证明书吗？你愿意这个让可怕的秘密只有我们两个人知道吗？相信我，我决不对别人讲，说吧，阿尔培，我的朋友，你愿意吗？"

阿尔培扑上去搂住波香的脖子。"啊，善良而高贵的心呵！"他喊道。

"拿了吧。"波香说，把那些文件递给阿尔培。

阿尔培用一只颤抖的手把文件抓过来，撕得粉碎。他浑身发抖，深恐逃走一小片将来再出现到他面前，他走到那支燃烧着准备点雪茄的蜡烛前面，把每一片碎纸烧掉。"亲爱的好朋友！"他一面烧那些文件，一面轻轻地说。

"忘掉这一切就像忘掉一个伤心的梦吧，"波香说，"让它像那燃后纸张上的火花那样很快消失，像那从沉默的纸灰上发出来的青烟那样幻灭吧。"

阿尔培说，"是的，是的，只让永恒的友谊存在吧，我向我的救世主保证这种友谊将勉励我们的子孙世世代代流传下去，并使我永远记得：我的生命和名誉都归属于你的恩赐！因为，假如这件事传出去被人们知道，噢！波香呀，我就得毁灭我自己，或是——不，我可怜的母亲！我不能让这个打击杀死她——我就得离开我的祖国了。"

"可怜的阿尔培！"波香说。

但这种突兀和虚构的欢乐不久就离去了那个青年人，接着而来的，是更大的悲伤。

波香疑惑地说，"嗯，你还担心什么，我的朋友？"

阿尔培悲愤地说。"我的心碎了，波香！我的父亲白璧无瑕的声誉曾激发起我对他的尊敬、信任、自豪和爱戴，现在顷刻间要我抛弃这些感情，我难以接受呀。噢，波香，波香呀！我现在怎么接近我的父亲呢？我应该不与他拥抱，不让他吻我的额头，不与他握手吗？我成了一个最痛苦的人了。啊，我的母亲，我可怜的母亲呀！"阿尔培以模糊的泪眼凝视着他母亲的画像说，"假如你知道了这回事，你肯定会非常痛苦啊！"

"来，"波香拉住他的双手说，"勇敢一点，我的朋友。"

"但你报纸上的第一则消息是怎样来的呢？在这一切的后面，显然有着一个不可知的冤家，一个不可见的敌人。"

"所以你更应该做好防备，阿尔培，你的脸上不要露出任何痕迹，把你的痛苦与悲哀包藏在心里，像云包藏雨和死一样，——这是一个致命的秘密，只有当暴风雨爆发的时候才好让人知道，去吧，我的朋友，养精蓄锐准备应付那狂风暴雨袭来的时候吧。"

"这么说，你以为这一切还不曾完结吗？"阿尔培惊恐地说。

"不是我以为，我的朋友，一切事情都是有可能的。顺便问你一句——"

"什么？"阿尔培说，他看波香有点犹豫。

"你快要和邓格拉司小姐结婚了吗？"

"你为什么要在此时问我这个问题？"

"因为在我看来，这个婚约的破裂或履行，是与我们此刻所谈论的事情有关的。"

"怎么会呢？"阿尔培说，他的额头涨红了，"你以为邓格拉司先生——"

"我只问你的婚约是否还有效？请不要猜测我的话内还有别的意思，更不要太看重我的话。"

"不，"阿尔培说，"那个婚约已破裂了。"

　　"好!"波香说。然后,看到阿尔培又快要陷入抑郁状态中,便说,"我们出去吧,阿尔培,乘着轻便马车或骑马到树林里去兜一转,可以帮你恢复一下你的精神。我们回来再吃早餐,然后你去干你的事,我去干我的。"

　　"可以,"阿尔培说,"让我们步行吧。我想,略微活动一下对我很有好处。"

　　两位朋友走到路上。当走到玛德伦大道时,波香说,"既然我们出来了,就去拜访基度山先生吧,他最能振奋人的精神,因为他从来不追根问底,而据我的经验,那些不追根问底的人最能给人以安慰。"

　　"我欣然从命,"阿尔培说,"我爱他,我们去拜访他吧。"

第八十五章　旅行

　　基度山看见那两个青年人一同来，便发出一声高兴的喊叫。"呀呀！"他说，"我希望一切都已澄清，都已过去，妥当了结了吧。"

　　波香回答道："是的，那种荒谬的报道已经平息了。如果再有那种消息，我就得第一个出来反对，所以我们还是不要再谈它吧。"

　　"阿尔培会告诉您，"伯爵答道，"我也曾这样劝过他。瞧，"他又说，"我正在了结这件最可厌的早晨工作。"

　　"那是什么？显然是在整理你的文件吧。"阿尔培说。

　　"我的文件，不！感谢上帝，我的文件全都整理得十分清楚了，因为我一张都没有。这是卡凡尔康德先生的。"

　　"卡凡尔康德先生的？"波香问道。

　　"是的，你不知道这是伯爵曾介绍过的一位青年吗？"马瑟夫说。

　　"请大家不要误会，"基度山答道，"我从没有介绍任何人，当然更没有介绍卡凡尔康德先生。"

　　"而他，"阿尔培带着一个痛苦的微笑继续说，"正要把我取而代之，与邓格拉司小姐结婚了，我亲爱的波香，那件事，你大概想象得到，让我有多么伤心。"

　　"什么！卡凡尔康德要与邓格拉司小姐结婚？"波香问道。

　　"当然啦！您是从另一个世界来的吗？"基度山说。"您，一位新闻记者，大名鼎鼎的人物！这是全巴黎的谈话资料啦。"

　　"而您，伯爵，是您撮合成的吗？"波香问。

　　"我？快别那样说，新闻记者阁下，快别散布那个消息。我促成的！不，你不了解我的为人！正巧相反，我曾尽我的全力反对那件婚事。"

　　"噢！我明白了，是为了我们的朋友阿尔培。"波香说。

　　"为了我？"那青年人说，"不，真的！伯爵将为我主持公道，证明我一向在求他解除我的婚约，现在解决了，我很高兴。伯爵假装不是他干的，是让我不要感谢他，就算是这样吧——我将像古人那样给一位不知名的神建立一个祭坛。"

　　"听着，我跟这件事没有什么关系，"基度山说，"因为我对那岳父和那青年人不十分感兴趣，只有欧琴妮小姐，——她对婚姻问题似乎毫无感觉，——她，看到我无意劝她放弃她那宝贵的自由，才对我保持着一点情意。"

　　"你不是说这件婚事快要举行了吗？"

　　"哦，是的，我说的话都不生效力。我并不认识那青年人。据说他的身世很好，很有钱，但在我看来，这都是传言罢了。我曾三番五次把这一点告诉邓格拉司先生,直到我自己都听厌了,但他还是迷着他那位卢卡人。我甚至告诉他我认为非常严重的情况:可能那个青年人曾被他的保姆调换过,或是被波希米亚人拐去过,或是被他的家庭教师丢失过,究竟属于哪一类,我不十分清楚,但我的确知道他的父亲曾有十年以上不曾见过他的面。他只有上帝知道在这十年里面究竟做了些什么。不过我的所有话都没有用。他们委托我写信给少校要求证明文件,证明文件是在这儿了。我把这些文件送出去,但像判耶稣死罪的彼拉多一样,就此洗手不管了。"

"亚密莱小姐对你说了些什么话?你抢走了她的学生。"波香问道。

"什么!我不知道,但我知道她要到意大利去了。邓格拉司夫人要求我写几封介绍信给意大利歌剧团,我写了几行字给梵尔剧院的董事,因为他曾受过我的恩。但怎么啦,阿尔培?您看来无精打采,难道您实际上下意识地爱着欧琴妮小姐吗?"

阿尔培带着一个忧愁的微笑说:"我自己也不知道。"

基度山继续说:"但您不像往常那样有精神。来,您有什么事?说呀!"

"我头疼。"阿尔培说。

"唉,我亲爱的子爵,"基度山说,"每当我有任何烦恼的时候,我有一种万试万灵的药方可以解除你所有的痛苦,你不妨一试。保你成功。"

"是什么?"

"改换环境。"

"真的?"阿尔培说。

"是的,我现在正巧非常烦恼,也想离家去散散心。我们一同去好吗?"

"你烦恼,伯爵?为什么事?"波香说。

"您把事情看得非常轻松,我倒很愿意看到在您府上也有一件诉讼案准备办理!"

"什么诉讼案?"

"就是维尔福先生要提出公诉控告我那位可爱的刺客,——显然是从监狱里逃出来的一个匪徒。"

"对,"波香说,"我在报纸上看到过这则消息。这个卡德罗斯是谁?"

"看来是一个乡下人。维尔福先生在马赛的时候曾听说过他,邓格拉司先生也记得曾见过他。因此,检察官阁下对这件事非常感兴趣,警察总监也很上劲。这些我当然非常感激,但由于过分关切,他们把巴黎和巴黎附近所有的窃贼都押到我这儿来,要我辨认其中有无杀害卡德罗斯的凶手。如果这样持续下去,则不用三个月,法国的每个窃贼和刺客都会将我家里的情况了如指掌了。所以我决定离开他们,躲到地球上最遥远的一个角落,您能陪我一同去,我很高兴,子爵。"

"非常愿意。"

"那么就这样决定了?"

"好的,但是我们要到哪儿去?"

"我已经说过了,我们要到那空气清爽,到那每一种声音都使人心境平和,到那无论天性如何骄傲的人都肯定会感到自己渺小的地方去。我喜欢那种虚怀若谷的情调——虽然我曾像奥古斯都那样被别人称作宇宙的主宰。"

"但是你究竟要到哪儿去呢？"

"到大海上去，子爵先生，到大海上去，你知道我是一个老水手。当我还是一个婴儿的时候，我就在老海神的怀抱里和那美丽的海神之妻的怀抱里抚养长大的。我曾在前者的绿色袍子和后者的蔚蓝衣衫上游戏。我爱海，把大海当作一个情人，假如我很久见不到她，我便会感到苦恼。"

"伯爵，我们去吧。"

"到海上去？"

"是的。"

"您采纳了我的建议？"

"是的，我接受了。"

"好吧，子爵，今天晚上，我的前院里将有一辆用四匹驿马拉的旅行马车，那辆车子宽敞，人可以在里面像躺在床上一样休息。波香先生，它可容纳四个人，非常舒适，您能陪我们同去吗？"

"谢谢你，我刚从海上归来。"

"什么？您到海上去过了？"

"是的，我刚才到波罗米群岛去出游了一番。"

"那有什么关系？跟我们一起去吧"阿尔培说。

"不，亲爱的马瑟夫，你知道我只有对做不到的事情才会拒绝。而且，"他又压你声音说，"我现在应该注意时下巴黎报纸的情况，这十分重要的。"

"啊？你是一个好朋友，一个最好的朋友，"阿尔培说，"是的，你说得对，注意着吧，波香，设法发现究竟是哪一个敌人透露这个消息的。"

阿尔培与波香分手了，他们握手时那最后的紧紧一握表达了他们俩之间只可意会不可言传的意思。

"波香是一个受人尊敬的人，"那新闻记者走后，基度山说，"是不，阿尔培？"

"是的，而且是一个真诚的朋友，我非常爱他。不过，现在只有我们两个人了，我虽然无所谓，但我们究竟是到哪儿去呢？"

"假如您愿意的话，我们一起到诺曼底去。"

"那里没有社交、没有邻居吗？很有趣，我们能完全隐居。"

"我们将是和供驰骋的马、供打猎的狗，还有一艘渔船，结伴而行。"

"正合我的心意，我去把我的意思通知家母，再回到你这儿来。"

"但她能允许你到诺曼底去吗？"

"我喜欢到哪去就到哪儿去。"

"是的，我知道您可以单独出门，因为有一次我在意大利遇到您——但陪伴那神秘的基度山同去则与您单行不同了！"

"你忘啦，伯爵，我常常告诉你，家母对你非常关切。"

"一个伟大的法国国王弗郎斯瓦一世说，'女人是易变的，'还有伟大的诗人莎士比亚说，'女人像是大海里的一个浪。'他们两个都是非常知道女人的。"

"是的,那是一般的女人,但家母不同于一般的女人,她是一个非常的女人。"

"您可以允许一个外国人不完全懂得贵国的语言的微妙吧?"

"我的意思是:家母难得轻易对人表现出关切,但一旦称许了一个人,那便永不更改了。"

"啊,真的,"基度山说,叹息一声,"而您以为她真的对我那样称颂,并非对我完全漠不关心吗?"

"听着!我已经说过了,现在我再说一遍,就是:你一定是一个非常神奇、非常卓越的人。"

"哦!"

"是的,因为家母对您的关心真是出于同情,而不是由于好奇。当我和她在一起的时候,她从不曾谈到过别人。"

"而她在竭力告诫您不要信任我这个曼弗雷特是吧?"

"正巧相反,她说:'马瑟夫,我想伯爵是一个高尚的人,你应争取给他留下一个好印象'"

基度山移开他的眼光,叹了一口气。"噢!真的?"他说。

"你瞧,是的,所以,"阿尔培说,"她不但不会反对我的旅行,而且还会很热心地赞成,因为这是与她每天所给我的忠告相符的。"

"再会了,那么,下午五点钟再会,请遵守时刻,我们在夜里十二点钟或一点钟可以到了。"

"到达的黎港吗?"

"是的,不然在的黎港附近也可以。"

"但我们能在八小时之内走完一百四十四里的路吗?"

"简单得很。"基度山说。

"你一定是一个奇迹创造者,用不了多久,你将超过火车,超过火车并不难,尤其是在法国,——而且甚至将超过急报了。"

"子爵,既然我们要在七八个钟头以后才能起程,务请遵守时刻。"

"放心!我除了准备出发以外没有别的事情了!"

阿尔培告辞去了。基度山和阿尔培点头道别的时候还是面含微笑,这时他陷入了沉思。然后,像是要驱散他这种恍惚神态似的,他用手抹一抹他的额头,拉了两下铃,伯都西奥进来了。"伯都西奥,"他说,"我本来打算明后天到诺曼底去,但现在我准备今天晚上就去,马瑟夫先生陪我一起去。你在五点钟以前可以有充分的时间去准备,派一个人去通知第一站的马夫,去吧。"

伯都西奥遵命行事,支了一个跑差赶到蓬图瓦兹去通知旅行马车将在六点钟到达的消息。蓬图瓦兹站另派一个专差去通知第二站,在六小时之内,沿途的各处驿站都已准备好了。在起程以前,伯爵到海蒂的房间里去,把他外出的事情告诉她,托她照顾一切。

阿尔培很守时刻。这次旅行最初似乎平淡,但不久就由于速度的影响而有趣起来。马瑟夫想不到这样快速。

基度山说:"你们的驿马每小时只走六里,而且还有那荒谬的法律,规定非经前车旅客允许后车不得越超到前面,以便让一个不好使的或坏脾气的旅客阻挡一个生性活跃的旅客,在这样的限制之下,的确是步履艰难了。我用我自己的马夫和马逃避这种恼人的情形,不是吗,阿里?"

伯爵伸头到窗外打了一声口哨,那几匹马看来像是在飞了。马车风驰电掣般飞过街石,每一个人都转过头来注视这颗耀目的流星。阿里得意的微笑,连连吹着口哨,用一只坚定的手抓住缰绳,驰马奔腾,马的美丽的鬃毛在微风中飘浮着。这个沙漠之子这时最得意了,在他所掀起的尘雾中,他那乌黑的面孔和炯炯有神的眼睛看来使人想到风沙中的飓风之神。

飞奔的快乐使马瑟夫额头上最后的一片阴霾也消失了。他高兴地说:"但这些马你是怎么弄来的呢?是特制的吗?"

"是的,一点不错,"伯爵说。"六年前,我在匈牙利买进一匹以快速闻名的种马,付了多少钱不知道,是伯都西奥付的钱。我们今天晚上要用的三十二匹马都是它的后裔,它们都是除前额上有一颗白星,全身漆黑。"

"真神妙!但是,伯爵,你要这些马来做什么用呢?"

"这显而易见,我用它们来旅行。"

"但你不会老是旅行的呀。"

"如果我不再需要它们的话,伯都西奥会把它们卖掉的,这些马预计可以变卖到三四万法郎。"

"欧洲的国王哪一个能有那么多的钱来买呢?"

"那么他可以卖给一个东方的大君,那个大君他的钱箱用空也要把它们买去,然后回去榨取他的人民,重新装满那些钱箱。"

"我可以向你提一个问题吗,伯爵?"

"当然可以。"

"除了你以外,伯都西奥一定是欧洲最有钱的人了。"

"子爵,您错了,我相信假如翻翻伯都西奥的口袋,您不会找到十个铜板。"

"那么他更是难以置信了。我亲爱的伯爵,假如你再告诉我许多神奇的事情,老实说吧,我就要不相信了。"

"阿尔培,我从不讲神话,你说,一个管家为什么要在他的主人身上揩油?"

"我想,那是因为他的天性如此,天生爱揩油。"

"您错啦,那是因为他有妻子和家庭,而他本人和他的家人都有需求的欲望要满足。同时也为了他不能确定是否可以永远保持他拥有的职位,希望能未雨绸缪。而现在,伯都西奥先生在这个世界上只有孤苦伶仃一个人,他可以任意使用我的钱财。他相信他决不会离开他现在的职务。"

"为什么?"

"因为我找不到一个更好的人来代替他。"

"你把假定当作既定,讲来讲去依旧是讲的可能性。"

"不,决不,我讲的是必然性。在你可以掌握其生死大权的仆人之中,他是最好的了。"

"你对伯都西奥有那种权力吗?"

伯爵冷冷地回答:"有。"

伯爵的一个"有"字就像一扇铁门似的关闭这次谈话。全部旅程以相等的速度完成,分成八段的那三十二匹马在八小时之内跑完了一百四十四里路。他们在夜里两点到达一个美丽的花园门前。门房已经起来了,开着大门在等候,因为到最后一站的马夫已经通知他。清晨两点半钟,马瑟夫被带入他的休息室里,洗澡水和晚餐都已准备妥当。站在马车后面的那个仆人侍候他;坐在马车前面同来的培浦斯汀则侍候伯爵。阿尔培洗了澡,用了餐,然后上床。整夜,他受着海涛潮涌的催眠。清晨起来,他走到窗门前,打开露台门,走到一个小小的露台上。他的前面是海,是那浩瀚无垠的海,他的后面,是一个环绕在小树林里的美丽的花园。在一条小溪里,停着一艘两舷狭窄而帆樯高耸的独桅船,樯顶上悬着一面有基度山的徽章的旗,那徽章的图案是:在一片天蓝色的海上有一座金山,上头还有一个十字架,这显然是象征"基度山"这个名字,上帝让这座山就得比金山更值钱,同时它也象征着耶稣蒙难的髑髅地,红色的十字表示被耶稣神圣的血所染红的十字架,或是象征着这个人的神秘的往事里所经历的一段苦难和再生的经验。几艘附近渔村的渔船停在独桅船的周围,像是卑微的奴仆在等候他们主人的吩咐。这儿,像基度山逗留一两天的任何地点一样,一切都安排得舒适,日子过得很惬意。

阿尔培在他的小客厅里找到两支枪,以及其他一些打猎的用具。在楼下的另一个房间里,藏着英国人——英国人都是好渔夫,因为耐心和懒——还不曾劝服循规蹈矩的法国渔夫采用的种种先进的渔具。时间就是在打猎捕鱼中过去了,基度山的成绩非常卓越。他们在林园里打死了一只野鸡,在小溪里捉到很多的鳟鱼,在一个眺望大海的阁楼里就餐,在书斋里用茶。

到第三天傍晚,因为连日劳累,阿尔培十分疲倦,躺在窗口附近的一张圈椅里睡着了。伯爵把那些运动只当作消遣,正在设计一个图样,准备在他的家里造一间温室。这时,大路上一阵疾驰的马蹄声把阿尔培惊醒。他抬起头惊恐地在前庭里看到了他自己的贴身跟班,他并没有吩咐他跟来,深恐使基度山不便。

"弗劳兰丁来干吗?"他跳起来喊道。"是我的母亲病了吗?"于是他急急忙忙向门口奔去。基度山看到他走近那跟班,跟班从口袋里掏出一个密封的小包,里面是一张报纸和一封信。"这是谁送来的?"他急切地说。

"波香先生。"弗劳兰丁回答。

"是他派你来的吗?"

"是的,先生,他派人叫我到他的家里,给我一些旅费,找到一匹马,叫我除非见到你不能停步。我在十五小时之内到了这里。"

阿尔培战战兢兢地拆开那封信,抓住那份报纸。才读了几行,就发出一声惊喊。突然间,他的视觉模糊了,他的腿软了下去,要不是弗劳兰丁扶住他,他就要跌在地上了。

"可怜的阿尔培,"基度山低声说,"俗话说,父亲的罪将连累到第三代和第四代的子孙,这句话是确实的了。"

这时,阿尔培已苏醒过来,冷汗浸湿了他的前额上的头发,他向后捋了捋,继续阅读,然后双手把信和报纸撮成一团,说:"弗劳兰丁,你的马还能立刻回去吗?"

"它是一匹可怜的蹩脚驿马。"

"你离开的时候家里情形怎么样?"

"一切都很正常,但从波香先生那儿回去的时候,我看见夫人在流泪。她把我叫去,问您几时回来。我告诉她说,我马上要来找您,是波香先生差我来的,她最初想伸手阻止我,但想了一会儿后,说:'是的,去吧,弗劳兰丁,让他回来吧'"

"是的,亲爱的妈妈,"阿尔培说,"我就回来了,叫那不要脸的混蛋等着瞧吧!但我必须先去告辞一声——"

他回到刚才离开的那个房间。他已不再是离开时的那个人了,短短五分钟的时间,在他的身上造成了一个哀伤的改变。他出去的时候一切如常,回来却带来了一种颤抖的声音,一种狂乱的神色,一种气势汹汹的目光和一种踉跄的脚步。"伯爵,"他说,"我感谢你的款待,我也很乐意能呆得更长久一些,但我必须马上回到巴黎去了。"

"发生了什么事?"

"一件大不幸,在我看来比生命更重要的大不幸。别问我,我求求你,但请借给我一匹马。"

"我的马厩悉听您支配,子爵,但骑马回去会很累的。你乘驿车或轿车回去吧。"

"不,那会耽误我的时间,而且我需要多一些疲劳,它对我很有好处。"

阿尔培走了几步,像一个中了枪弹的人似的一仰身,坠入一张房门附近的椅子里。基度山并没有看到他这第二次衰弱现象,他正站在窗口喊:"阿里,给马瑟夫先生备一区马! 快,他急着要走!"

这几句话像给阿尔培打了气,他立刻精神起来,跑出房间,伯爵跟在后面。"谢谢你!"他跃上马背,喊道。"弗劳兰丁,你也赶快回来。路上换马还需要说什么话吗?"

"只要从您所骑的马背上跳下来,便立刻会有另外一匹马备好了。"

阿尔培迟疑了一会儿。"你会认为我这次告辞太冒失或愚蠢吗,"那青年人说。"你不知道报纸上的几行字会怎样把一个人置于死地。好吧,"他把那张报纸摔下来给他,又说,"念一念吧,但等到我走了以后才念,免得你看见我气得发疯。"

当伯爵拾起那张报纸的时候,阿尔培用马刺踢了他的马肚子一下,马像离了弦的箭似的疾驰而去。伯爵带着一种哀怜的感情望着他,当他完全消失的时候,他读道:——

"三星期前,《大公报》曾讽示亚尼纳总督阿里手下服务的法国军官以亚尼纳堡拱手让敌,并出卖他的恩主给土耳其人的消息;那个法国军官当时确自称为弗南,但此后他已在他的教名上加了一个贵族的衔头和一个姓氏。他现在名叫马瑟夫伯爵,并在贵族院里占着一个座位。"

这个被波香慷慨地掩盖起来的可怕的秘密,就这样又像一个面貌狰狞的魔鬼似地出现了;在阿尔培起程到诺曼底去的两天以后,竟有人残酷地通知另一家报馆,报道了这几行几乎使那不幸的青年发疯的消息。

第八十六章 审问

早晨八点钟，阿尔培像一阵风似的刮到波香的门前。仆人早已受到吩咐，就领他到他主人的卧室里，主人正在洗澡。"怎么样？"阿尔培说。

"怎么样？我不幸的朋友，"波香答道，"我正等你到来。"

"我现在到了。我不用告诉你，波香，我相信你是信守诺言讲交情的，决不会向任何人泄漏那件事，不会的，我的朋友。而且，你派人来找我，已经证明你是关心我的。所以，不要浪费时间了，告诉我吧，你能不能猜到这个可怕的打击是从哪儿来的？"

"我可以立刻用两个字告诉你。"

"你还是先把这个可耻阴谋的一切细节详细讲给我听吧。"

波香于是向那羞愧交加的青年人讲述一些事实：两天前，那段消息曾在另一家报纸——并不是在《大公报》上出现，而更严重的是，那家报纸是大家都知道的政府机关报。波香读到那段新闻的时候正在叫吃早餐，他立刻派人去叫来一辆轻便马车，不等吃完早餐就赶到报馆。波香的主张虽然与那家报纸编辑的意见大不相同，但碰巧他们倒是非常要好的朋友，这原是常有的事。那位编辑正在喜形于色地读报上一篇论甜菜问题的文章，那篇文章大概是他自己写的。

"啊，真好！"波香说，"既然你手里拿着这份报纸，我的朋友，我就不用告诉你我这次拜访的原因了。"

"难道你也关心食糖问题了吗？"那家政府报纸的编辑问道。

波香说："对这个问题，我完全是没兴趣也是个外行，我所关心的是一个性质完全不同的问题。"

"什么问题？"

"那篇关于报道马瑟夫的文章。"

"真的！那不是一件怪事吗？"

"我认为你冒着很大的危险，可能有被控为破坏名誉罪。"

"决不会的，我们除了那条消息以外，还同时收到证实这则消息的有关证据，我们相信马瑟夫先生不会向我们抗议。此外，把那些不值得享受国家所赐荣誉的奸臣披露出来，也算是对国家的一种效劳。"

波香犹如遭了雷击。"那么，是谁来这样正确地通知你的呢？"他问道。"这件事情是我的报纸独家报道的，但由于证据不足，不得不停止登载，其实对揭露马瑟夫先生这件事，应该说是我们感兴趣的，因为他是法国贵族院的一个议员，而我们是反对派。"

"唉！这则诽谤消息不是我们去找来的，非常简单它是自己送上门来的。昨天有一个人从亚尼纳来，带来了那扎可怕的东西，当我们对于发表那篇告发性的文章表示犹豫时，他对我们说，如果我们拒绝，那篇文章就会在别家报纸上出现。"

波香知道除了忍气吞声以外已无可奈何，就离开报馆派人去找马瑟夫。但他却不便把下面这些事情告诉阿尔培，因为这些事情是信差离开以后才发生的。那天，贵族院里一向沉静的集团里显出了很大的躁动。几乎都比往常到得早，纷纷谈论这个不祥的事件，因为这件事会使大众的注意力集中到他们这个显赫机构里的一个最著名的议员。有些人在细读那段消息，有些人在谈论此事，发表着各种议论。伯爵与他的同僚们并不融洽。像一切暴发户一样，他以前曾装出一种过分的高傲的外表以维持他的地位。而现在老贵族嘲笑他；有智之士排斥他；德高望重的人本能地厌恶他。伯爵陷入了众矢之的的惨境。一旦被上帝的手指指为牺牲品，每一个人便都要斥责他了。

只有马瑟夫伯爵不知道所发生的事情。他没有看到那份登载诽谤消息的报纸，以写信和试马度过了早晨的时光。所以他像往常一样到达，仍带着一种骄横的神色和高傲的神态。他下车，经过走廊，进入议院，并没有注意到听差的迟疑和他同僚的冷淡。会议在他到达半小时前已开始了。虽然伯爵的态度和举止并无改变，我们已经说过，他对于当日的事情毫不知情，但在旁人看来，他的态度和举止似乎比往常做作得更加厉害。他的出席被视作对议会的一种挑衅，以致全体议员都为议院的尊严而大表愤慨，有些人认为这是一种失礼，有些人认为这是一种目中无人，也有些议员认为这是一种侮辱。整个议院显然都急于想开始辩论，但像往常一样，谁都不愿意挑起攻击的责任。最后，一个可敬的贵族，马瑟夫的知名敌人，带着庄严的神色走上讲台。这表示预期的时间已经到了，议院里顿时鸦雀无声，只有马瑟夫不知道这个一向并不如此受注意的演讲者会受到这样的深切重视的原因。发言者宣称他有非常重要的消息要报告给众人，要求全场注意集中，伯爵对这一段开场白并未予以特别重视，但当听到亚尼纳和弗南上校的时候，他的脸色变得非常可怕和苍白，以致每一个议员都打了一个寒战，眼光都盯住他。精神上的创伤就有这种特性，它可以被掩盖起来，但决不会愈合；它永远是痛苦，永远一被触及就会流血，永远鲜血淋淋地留在心头。

讲演者的演说在鸦雀无声的会场里进行，只偶尔被一阵阵叹息声打断，当他继续讲下去时全场又肃静下来。他讲到他为这件事感到遗憾，不管任务多么艰巨，也要查明这个案子。他说，他之所以要引起一场私人问题的辩论，是为了要保全马瑟夫先生的名誉和整个议院的名誉。他的结论是要求立即进行一次审查，以便平息那个诽谤的消息，不使其散布开去，借此恢复马瑟夫先生在舆论界所长期建立的地位。

这个意想不到的大祸就这样地压倒了马瑟夫，以致当他带着一种迷惑的表情环顾全场的时候，他简直一句话也说不出来了，这种胆怯的表情既可以看作是无辜者过分受惊，也可以说是自愧有罪者的表现，但这种态度为他赢得了一部分同情，——因为真正宽容的人当见到他们敌人的不幸超过他们仇恨的范围时，总是会发生怜悯心的。主席对这事件最后表决,结果决定要进行审查。主席问伯爵需要多长时间来为自己辩护。马瑟夫发觉在这个可怕的打击下居然还活着,他的勇气便恢复了。"诸位勋爵,"他答道,"对于这个显然由别有用心的人暗中指使的攻击,我不能靠时间来反击,我必须立刻用一个霹雳来答复那曾暂时使我吓了一跳的闪电。噢! 我不但能辩护,而且将流尽我最后的一滴血,向我高贵的同仁们证明我不致使他们羞于与我为伍!"这些话使人产生了一种对被告有利的印象。"所以,我要求审查应该尽可能赶快进行,我当把一切必需的资料提供给院方参考。"

"您指定哪一天?"主席问。

"从今天起,我悉听院方尊便。"伯爵回答。

主席摇了摇铃。"是否全体同意今天就进行审查?"

"同意!"全场一致回答。

议院选出了一个十二人的委员会成员来审查马瑟夫所提出的证据。审查委员会决定当天晚上八点钟开会。马瑟夫要求退席,他得去汇集那些他早就准备着以便应付这种风波的文件,他的警觉使他预料到这种风波的可能性。

波香把我们现在所叙述的这一切事情详详细细地讲给那个青年人听,他的叙述当然更比我们生动,因为当时事件正在演变中,而现在则事情已经过去。阿尔培浑身战战兢兢地听着,一阵子抱着希望,一阵子愤怒,一阵又羞愧,——因为根据对波香的信任,他知道他的父亲是有罪的。而他自问,既然他是有罪的,他又如何能证明他的无辜,波香犹豫不定停止了叙述。"

"以后呢?"阿尔培问。

"以后? 我的朋友,你让我感到十分为难了。你一定要全部知道吗?"

"绝对要,与其从别人的嘴里知道,还不如由你来告诉我为好。"

"那么,你最好有个精神准备,因为这是你最需要勇气的时候了。"

阿尔培用手摸一摸他的额头,像是在试验自己的感觉,又像是一个人在准备保卫自己生命的时候试一试他的盾和弯一弯他的剑一样。他以为自己很够强壮,因为他把自己的激动情绪误认作力量了。"讲下去。"他说。

波香继续说,"那天晚上,全巴黎都在等待消息。许多人说,你的父亲只有亲自出面才能平息这场攻击,许多人说他不会出席,有些人斩钉截铁地说,他们亲眼看见他动身到布鲁塞尔去了,也有人到警察局去查问他有没有去领护照。他认识一个年轻的贵族,他是审查委员之一,我用尽全力请求他给我一个旁听的机会。他在七点钟的时候来找我,在众人都还没有到场之前,让一个听差把我藏在一间边厢里。我躲在一根圆柱后面,希望能目击这一场快要发生的可怕场面的全部过程。八点整,大家都已到齐了,马瑟夫先生在时钟敲到最后一下的时候走了进来。他的手里拿着几份文件,脸色平静,脚步坚定,衣服漂亮而不浮华。按照古代的军人装束,他的上装一直扣到颈下,他的出现产生了一个较好的影响。审查委员会是由中立人士组成的,其中有几个上前来与他握手。"

阿尔培在听这些事情的时候,觉得他的心都快要爆炸了,但他的忧伤之中混杂着感激。他甚至愿意能拥抱一下那些在他父亲的名誉受到侮辱攻击的时候还能给他这种敬意的人。

"这时,一个听差拿了一封信来交给主席。主席一面拆开那封信,一面说:'您可以发言了,马瑟夫先生'于是伯爵开始为自己辩护起来,而我向你保证,阿尔培,他的辩护是最雄辩和最有技巧的。拿出文件证明亚尼纳总督到生命最后一刻还是对他保持全部信任的,因为他曾委托他去和土耳其皇帝做一次生死攸关的谈判。他拿出那只戒指,这是阿里总督的权威标志,他常常用这只戒指来作为他的信物,阿里总督给他这只戒指的用意,也是为了当他回来的时候,不论日夜,不论任何时间,可以借此直接去见他,甚至直达他的寝室去见他。可是出人意料,他说,那次谈判没有成功,而当他回来保卫他的恩主的时候,他已经死了。'但是,'伯爵说,'阿里总督对我是这样的信任,甚至在他临死的时候,他还把他的宠妾和他的女儿托付我照顾。"

阿尔培听到这几句话,不觉吃了一惊。他想起海蒂的身世来了,他还记得她曾述说的那个使者和那只戒指时所说的话,以及她被出卖和变成一个奴隶的经过。"这一段话产生了什么影响呢?"他急切地问。

"我承认这段话赢得了我的信任,也的确感动了全体委员,"波香说。"开始时,主席漫不经心地阅读那封送来的信,但开头那几行就一下吸引了他的注意。他把那几行读了又读,然后把他的目光盯住马瑟夫先生说:'伯爵阁下,您说亚尼纳总督曾托你照顾他的妻女?''是的,阁下,'马瑟夫答道,'但在那件事情上,像在其他一切事情上一样,不幸围绕着我,当我回去的时候,总督宠妾和她的女儿海蒂已失踪了。''你认识她们吗?''是的,因为我和总督的密切关系以及他对我的忠诚的无比信任使我有机会见过她们二十多次。''您知道她们后来的下落吗?''阁下,我当时听说她们已沦为悲哀的牺牲品,或许是沦为贫穷的牺牲品。我并不富有,我的生命经常在危险中,所以我非常遗憾,我不能去寻觅她们。'主席难以觉察地皱了皱眉头。'诸位,'他说,'你们已听到马瑟夫伯爵阁下的解释了。伯爵阁下,您能举出任何证人来证实您所说的话吗?''唉!不能,阁下,'伯爵答道'总督周围的人物,或是他朝廷里认识我的人,不是过世便已离散了。我相信,在我的国人之中,只有我一个人经过了那场可怕的战争还依旧存活着。我只有阿里·铁贝林的信件,并已经呈交到您面前了,那只作为他的信物的戒指,也在这儿了。最后,我所能提供的最有力的证据,就是:在这次匿名的攻击以后,并没有一个证人可以否定我的诚实和我军人生活的纯洁。'全场发出一阵低低的赞许声,这时,阿尔培,假如再没有别的事情发生,只要通过一次表决的手续,你的父亲便可以获得胜利了。但主席又说:"诸位,还有您,伯爵阁下,我想,你们大概不会高兴听取一个自称为非常重要的证人的陈述吧。这个证人是他自己找上门来的,而在听了伯爵刚才的一番话以后,我们毋庸置疑他是为证明我们这位同仁的完全无辜而来的。这封刚才收到的信就是关于那件事的。我们是把它读一读呢,还是仅仅把它搁在一边,只当没有那回事?'马瑟夫先生的脸色苍白了,抓住文件的那两只手紧紧地捏成了拳头。委员会决定听一听那封信的内容,伯爵默不出声,露出沉思的样子。主席读道:

'主席阁下:我能向审查委员会提供一份真实的资料来证实马瑟夫中将伯爵在伊皮鲁斯和马其顿的行为。'

"主席顿了一顿,伯爵的脸更苍白了。主席望了一望他的听众。四面八方纷纷要求:'念下去。'主席继续读道:

'阿里总督临终的时候我也在场,我亲眼看到他临终时的情形,我知道凡瑟丽姬和海蒂的结果。我可以悉听委员会的吩咐,甚至要求赐我作证的光荣。当这封信交到您手里的时候,我已在外厅等候了。'

"'这个证人,或说得更准确些,这个敌人究竟是谁呢?'伯爵问道,他的语气显然已改变了。'我们就要知道的,阁下,'主席答道,'委员会愿意听这位证人的陈述吗?''要听,要听。'委员们都同时答道。主席把听差找来,问他:'外厅里有没有人''有的,先生。''是什么人?''一个女人,有一个仆人陪着。'每一个人都互相望了望他的邻座。'领那个女人进来。'主席说。五分钟以后,听差又出现了。所有的眼睛都盯在门上,甚至我,'波香说,"也分享子大家的期望和焦急。随着听差走进来一个遮着一张大面纱的女人。那张面纱完全遮住了她的脸,但从她的身材和她身上的香气来判断,她显然是一个年轻而高雅的女人。主席要求她揭开面纱,到那时,大家才看到她穿着希腊人的装束,而且极其美丽。"

"啊!"阿尔培惊呼道,"这是她。"

"她?谁?"

"海蒂。"

"谁告诉你的?"

"唉!我知道了。说下去吧,波香。你看得出我很镇定坚强,我们一定很快就可看到真相大白了。"

"马瑟夫先生惊讶而恐怖地望着这个女人。"波香继续说。"她的嘴唇快要宣判他的生或死了。全体到会人员觉得这个插曲是这样的奇特,以致他们现在把伯爵的是非问题看作了一件次要的事情。主席亲自端了一张椅子给那青年女子,但她并没有坐下。至于伯爵,已经瘫倒在他的椅子里了,显然他的两腿已经支持不住了。

"主席说,'夫人,您自称能向委员会提供关于亚尼纳事件的资料,并声称您是一个亲眼目击那些事件的证人。''我的确是的!'那陌生女子用一种甜蜜而抑郁的口吻和那种专属于东方人悦耳的声音说。'但允许我说,您那时一定还非常年幼。''我那时虽然才四岁,但因为那些事情对我有着极其深切的关系,所以没有一件事情会逃过我的记忆。''那些事情对您是怎样的关系呢?你是谁,怎么会对那些事情得到这样深刻的印象呢?''我父亲的生死与那件事有密切的联系,'她答道。'我是海蒂,是亚尼纳总督阿里·铁贝林和他的爱妻凡瑟丽姬的女儿。'

"交杂着骄傲和谦逊的红晕顿时涨满了那位青年女子的两颊,再加上她那明亮的眼光和她的极其重要的一段话,在全场产生了一种难以表达的影响。至于伯爵,即使一个霹雳打在他的脚下和深渊裂开在他的面前,也不能使他更惶惑了。'夫人,'主席非常恭敬地鞠了一躬答道。'允许我提出一个问题,——也是最后的一个问题了:您能保证您现在所说的这一番话的真实性吗'我能的,阁下,'海蒂说,从她的面纱底下摸出一只异香扑鼻的小布袋来,'因为这儿是我的出生证明书,是我父亲亲笔书写而由他的高级官吏签署的,还有我的受洗证,因为我的父亲同意我可以随我母亲的宗教。这张受洗证上有马其顿和伊皮鲁斯大主教的签署。最后——而这无疑也是最主要的——,还有那个法国军官把我和我的母亲卖给亚美尼亚奴隶商艾尔考柏的卖身契,那个法国军官在他与土耳其政府的无耻的交易中,竟把恩主的妻子和女儿作为他的一部分战利品,把她们卖了四十万法郎。'全场在一种预示凶兆的寂静中倾听这一番可怕的谴责,伯爵的两颊泛出青灰色,他的眼睛充满了血丝。

"海蒂依旧很镇定,但她的宁静却比别人的愤怒更可怕,她把那张卖身契交给主席,上面是用阿拉伯文写的。这些证件之中,有些大概是用阿拉伯文、罗马文或土耳其文写的,因为议院的译员已被叫了上去。有一个议员曾在伟大的埃及战争中研究过阿拉伯语,在他的翻译之下,那译员高声读道:

'我,艾尔考柏,一个奴隶商人,皇帝陛下的纳妃使者,现代皇帝陛下从自由贵族基度山伯爵手里收到一颗价值二千袋钱币的绿宝石,作为一个十一岁的幼年基督徒奴隶的赎金。这个奴隶名叫海蒂,是故亚尼纳总督阿里·铁贝林勋爵及其宠妾凡瑟丽姬的女儿。她是七年以前和她一起卖给我的,但她的母亲在到达君士坦丁堡的时候便已去世。原售主是一个在阿里·铁贝林总督手下服务的法国上校,名叫弗南·蒙台哥。上述的交易由我代表皇帝陛下付出一千袋钱币。

此约已由皇帝陛下批准,给文地点君士坦丁堡,时间回教纪元 1247 年—签字艾尔考柏。

'本约应办齐一切批准手续,应由售主备盖皇帝御玺。'

"在那奴隶商的签字旁边,的确有土耳其大皇帝的御玺。这个文件读完以后,会议室内接着就陷入一根针掉地上都可以听得到的沉默里,伯爵完全愣住了。他那像是下意识地死死盯住海蒂的眼神几乎要喷出火来。'夫人,'主席说,'我们能向基度山伯爵去调查一下吗?我相信他现在是在巴黎吧。''阁下,'海蒂答道,'我的再生之父基度山伯爵在三天以前已到诺曼底去了。''那么,是谁鼓励您采取这个步骤的呢?当然了,对于您这个步骤,本庭深表感谢,而且,鉴于您的身世和您的不幸,这原是十分自然的。''阁下,'海蒂回答,'这个步骤是我的自尊心和我的悲哀促使我采取的。上帝宽恕我,虽然我是一个基督徒,但我却时刻不忘为我那显赫的父亲复仇。自从我来到法国,并且知道那奸臣住在巴黎以来,我就在小心地注意着。我隐居在我那可敬的保护人的家里,但这是我心甘情愿的。我喜欢静居和寂宽，因为我能与我的思想和我对过去的日子的回忆一同过生活。基度山伯爵像慈父般地对我关怀备至，我对于外界的事情无一不晓，虽然我是在我的居室里观看那一切。比方说，我看每一种报纸、每一种期刊和每一个新歌剧。就这样注视着旁人行动的时候，我知道了今天早晨贵族院里发生的事情，以及今天晚上所要发生的事情，于是我就写了那封信。''那么，'主席说，'基度山伯爵对于您现在的行动是否丝毫不知道吗？''他完全不知道，我只怕一件事，就是怕他会不赞成我现在所做的事情。但今天是我非常开心的一天，'那青年女子用那火热的眼睛仰视着天空，继续说，'今天，我终于找到一个机会来为我的父亲复仇了！'

"在这期间，伯爵没有出过一次声。他的同仁们望着他，无疑是对他那被一个动人女人的出现所打破的好景感到有些惋惜。他脸上那种阴险的皱纹刻画出他的痛苦。'马瑟夫阁下，'主席说，'你认识这位太太吗？她是不是亚尼纳总督阿里·铁贝林的女儿？'马瑟夫挣扎着站起来说：'不，这是一个卑鄙的阴谋，是有意陷害我的人干出来的勾当。'海蒂本来用眼睛盯住门口，像是在期待着一个人似的，这时急忙转过头来，看到伯爵站在那儿，便发出一声恐怖的喊叫，'你不认识我？'她说。'哼，幸亏我还认识你！你是弗南·蒙台哥，是那个指挥我那高贵父亲部下军队的法国军官！是你出卖了亚尼纳堡！是你受命到君士坦丁堡去和土耳其皇帝谈判有关你恩主的生死问题时带回来一个假造的赦免状！是你骗取总督的戒指去欺骗守火者西立姆！是你杀死了西立姆！是你把我的母亲和我，出卖给奴隶商艾尔考柏！凶手！凶手！你的额头上还沾着你主子的血呢。看，诸位，大家看！'

这些话产生了强大的说服力，以致每一只眼睛都齐盯到伯爵的额头上。他自己竟不由自主地用手去抹了一抹额头，像是他觉得阿里的血依旧还粘在上面似的。'您确实认定马瑟夫先生就是这个军官弗南·蒙台哥吗？''我确实认得！"海蒂喊道。'噢，我的母亲呀！你曾经告诉我说：你本来是自由的，你有一个钟爱你的父亲，你本来可以成为一个皇后。仔细看看那个人。是他把你变成了奴隶，是他把你父亲的头颅挑在枪尖上，是他出卖了我们，是他把我们卖给那个奴隶商！记住看看他的右手，那只手上有一个永远留下记忆的大伤痕，假如你忘记了他的相貌，你一看那只手就可以认识他，奴隶商艾尔考柏的金洋便是一块一块地落到那只手里去的！我认不认识他？啊！现在且让他说说看，他岂敢说不认识我！'那每一个字就像一把锋利的匕首戳入了马瑟夫的心，每一个字都剥去了他的一部分精力。当她说出最后那一句话的时候，他急忙把他的手藏到胸怀里（他的手上的确有一个大伤疤），绝望地倒回到他的座位上。这幕情景使整个会场改变了对伯爵的态度。'马瑟夫伯爵阁下，'主席说，'您就让自己失败了吗？答辩吧。本庭大公无私，并且具有最高的权力，像上帝的法庭一样，本庭决不轻听一方之言，致使您横受敌人的攻击而不给您一个申辩的机会。要不要再继续进行调查？要不要派两位议员到亚尼纳去？说呀！'马瑟夫不回答。于是全体议员带着一种惊恐的表情互相凝视。他们知道伯爵的性格强悍专横，必须是一个致命的打击才能剥夺他反抗的勇气。他们以为这个沉默像是一次睡眠，预期将接着出现一个霹雳似的惊醒。'哎，'主席问道，'您决定怎么样？'伯爵缓缓站起来低声说：'我没有话答复。''那么，阿里·铁贝林的女儿所说的都是实情吗？'主席说，'那么，她是一个真实的证人，甚至使您不敢申辩无罪吗？您真的犯了所控的那些罪名吗？'伯爵环顾四周，他那种绝望的眼神和表情或许老虎看了也会心软，但却无论如何也不能感动他的法官。于是，他举眼向天花板望去，但立刻又收回那种眼光，像是怕那屋顶会裂开，使他痛苦地看到那上天里的另一个法庭和上帝的另一位法官似的。于是，他以急促的动作撕开那件似乎要使他窒息的上装，像一个疯子似的飞奔出房间。他的慌乱的脚步声在走廊里乱响了一阵，然后他的马车辚辚地响起急速离开的声音。'诸位，'当房间里恢复肃静的时候，主席说，'马瑟夫伯爵阁下是犯了叛逆罪和暴行迫害罪吗？'
'是的。'审查委员会的全体委员异口同声地回答。

"海蒂一直等候到会议结束。当她听到宣判的结果时，她并未露出十分高兴或怜悯的表情，然后，把面纱遮住面孔，她庄严地向委员们鞠了一躬，迈着像圣女般尊严的步伐离开了会场。"

第八十七章　挑战

　　"于是，'波香继续说，"我乘黑暗带着悲喜交集的情绪离开会议厅，并没有被人看见。那个放我进来的听差在房门口等我，领我穿过走廊，到达一个通凡琪拉路的暗门。原谅我，阿尔培，悲是为了你，喜是喜那个高贵的女子竟能这样为她的父母报仇。是的，阿尔培，不论那次揭露的来源是从哪儿来的，我要说：虽然它是从一个敌人哪儿来的，但那个敌人只是上帝的使者。"

　　阿尔培用两手紧紧抓住自己的头，他抬起他那羞得通红的、挂满泪水的脸，握住波香的手臂。"我的朋友，'他说，"我的生命是完了。我不能平心静气地对你说，'是上帝的使者'，我必须去寻找究竟是谁在有意迫害我，而当我找到他的时候，我就要杀死他，或与他决斗。我需要你的友谊来帮助我，波香，假如对我的蔑视还不曾驱走你心里的友谊的话。"

　　"蔑视，我的朋友！这件不幸的事情对你有什么关系呢？不，现在儿子要为父亲的行为承担那种不公正的偏见已经被抛弃了。回顾一下你的生活，阿尔培，你的生活虽然还仅仅只是开始，但每一天都无不给你的生活带来更纯洁的希望。好了，阿尔培，接受我的忠告吧。你既年轻又富有，离开法国吧。时间是医治一切创伤最好的良药，一切都是会被忘记的。你在三四年以后带着一位俄国公主的新娘回来，谁都不会把昨天所发生的事情看作比十六年前所发生的事情更严重了。"

　　"谢谢你，我亲爱的波香，谢谢你提出的忠告和你的好意，但我是不能这样的。我已经把我的希望告诉你了，假如必要的话，我也可以说那就是我的决心。你知道，以我对这件事情的关系而论，我不能与你采取同样的看法，因为你认为那纯粹是上帝的旨意，在我看来却远没有那样单纯。我觉得上帝与这件事情毫无关系。也幸而是这样，因为只有这样，我这一个月来所受的痛苦，不能以那不存在的上帝为对象，而可以向一个既摸得到又看得见的人去寻求报复。现在，我再重说一遍，波香，我愿意回复到人和物质的世界，而假如你还像你说的那样依旧是我的朋友，就帮助我来发现那只施行这个打击的手吧。'

　　"这样也好，"波香说，"假如你一定要让我回到现实中，我就屈服了，假如你一定要寻出你的敌人，我就来帮助你，这件事情对我的名誉几乎也像对你有同样密切的关系。"

　　"嗯，那么，你知道，波香，我们立刻开始查询吧，尽管拖延时间很短，但在我都像极长的时候。那个诽谤者现在还没有受到惩罚，他或许希望他可以逃之夭夭。但是，凭我的名誉担保，假如他那样想，他就在欺骗他自己。"

　　"好吧，听我说，马瑟夫。"

"啊,波香,我看你已经理解这一点了,你恢复了我的勇气。"

"我不是说事情一定是这样,但它至少可以寻找到一条线索,循着这线索,我们或许可以达到目的。"

"告诉我吧,不要让我再失望。"

"嗯,我来把你从亚尼纳回来的时候不曾向你提及的那件事告诉你。"

"说吧。"

"我到了那里,当然先到当地的大银行家那儿去调查。一开始,甚至我还没有提及你父亲的名字,他就说:'啊,我知道你为什么来的了。''你怎么会知道呢?''因为前两星期,也有人来问我同样的问题。''谁?''巴黎的一个银行家,我的往来同行。''他的名字是——''邓格拉司。'"

"他!"阿尔培喊道,"是的,他的确早就对我的父亲嫉恨如仇。他自许主张平民化,妒忌马瑟夫伯爵被任为贵族院的议员,而我的婚姻又是毫无理由破裂的,——对了,一切都是为了那个理由。"

"去调查一下为好,阿尔培,不要急于无根据地发怒。"

"噢,是的,假如是真的,"那青年人喊道,"他就要偿清我所受的一切痛苦。"

"要小心,马瑟夫,他已经是一个老年人了。"

"我会尊敬他的,我也懂得尊重一个老人。假如他恨我的父亲,他为什么不打死我父亲呢?噢,他是怕跟一个人当面对敌的。"

"阿尔培,我并不是在责备你,我只是提醒你,行动要谨慎。"

"噢,不用怕,而且,你要陪我去的,波香。孰是孰非应该有一位证人来裁定。在今天结束以前,假如邓格拉司先生是有罪的,我决不饶过他,或是我死。嘿!波香,我将以一次大出丧来证明我的名誉。"

"既然下了这样的决心,阿尔培,那就应该立刻执行。你想去邓格拉司先生那儿吗?我们立刻走吧。"

他们派人去叫了一辆轻便马车。刚到那位银行家的前庭,便看到安德里·卡凡尔康德的马车和仆人在门口。

"啊,妙!很好,"阿尔培用一种低沉的口吻说。"假如邓格拉司先生不与我决斗,我就杀死他的女婿,他应该是肯决斗的,——一个卡凡尔康德!"

仆人进去通报,但那位银行家想起昨天的事情,吩咐仆人关门。可是已经太迟了,阿尔培是跟着那听差进来的,听到他这样吩咐仆人,便强行推开门,径自闯入那位银行家的书房里,波香跟在他的后面。

"阁下,"那银行家喊道,"难道我不能在我的家里自由选择接见的人了吗?你看来是为所欲为啦。"

"不,阁下,"阿尔培冷冷地说,"在某种状况下,除非由于怯懦,我来提示你做这样的托词吧,否则一个人是不能拒绝接见某些人的。"

"那么,你对我有什么要求呢,阁下?"

"我要求,"阿尔培一面说,一面走近几步,似乎并未注意到那靠近壁炉站着的卡凡尔康德,——"我要求让我们在一个没有人来打扰的僻静角落交谈十分钟,我对你只要求那么一点，在那儿，仇人相遇，必定是一死一生。"

邓格拉司吓得脸都白了，卡凡尔康德向前移了一步，阿尔培就转向他。"还有你，"他说，"假如你高兴的话，你也来吧，阁下，你也有权利，因为你几乎已是这个家庭的一分子了，只要你愿意接受这种约会，多几个也无妨。"

卡凡尔康德带着一种惊愕的神气望着邓格拉司，后者极力振作了一下，站起来走到那两个青年人的中间。阿尔培对安德里的攻击使他有了一个回击的余地，他希望这次拜访别无它故，不是他最初所假定的那个原因。

"老实说，阁下，"他对阿尔培说，"假如你因为我要他不要你，而到这来和这位先生吵架，我就要把这件事情交给检察官去处理。"

"你弄错了，阁下"马瑟夫带着一个阴郁的微笑说："这对婚事毫无关系，我所以要对卡凡尔康德先生那样说，是因为他刚才似乎要来干涉我们的缘故。在另一方面，你说对了，因为我今天准备要跟你家里每一个人吵架，但你有优先权，邓格拉司先生。"

"阁下，"邓格拉司回答，愤怒和恐惧使他的脸色变得非常可怕，"我警告你，当我不幸遇到一只疯狗的时候，我决不犹豫地杀了他，非但不认为自己犯罪，而相信我对社会做了一件好事。假如你发了疯，要来咬我，你就是我手下的殉葬品。难道你父亲的受辱是我之过吗？"

"是的，你这坏蛋！"马瑟夫喊道，"是你之过。"

邓格拉司惊讶地后退了一步说，"我之过！你一定疯了！我怎么知道希腊的历史？我到那些国家去旅行过吗？是我劝告你的父亲出卖亚尼纳堡，背叛——"

"住口！"阿尔培用一种颤抖的声音说。"不，你并没有直接暴露这件事情，并没有直接来伤害我们，但这件事情是你暗中唆使的。"

"我？"

"是，你！我问你，那段消息是哪儿来的？"

"咦，我想报纸已经告诉你了吧，当然是从亚尼纳来的！"

"谁写信到亚尼纳去的？"

"写信到亚尼纳？"

"是的。是谁写信去寻问关于我父亲的消息的？"

"我想谁都可以写信到亚尼纳去的吧。"

"但只有一个人写了那封信！"

"只有一个人？"

"是的，那个人就是你！"

"我当然要写。因为当我自己的女儿快要嫁给一个青年人的时候，我有权利和责任去了解。"

"你写那封信的时候，阁下，是已经知道你会得到什么回答的。"

"我！真的，我向你保证，"邓格拉司用一种很肯定的口吻喊道，这并不完全是吓出来的，而多半是因为他对那个不幸的青年真正感到很同情，"我庄严地向你宣布，我本来决想不到要写信到亚尼纳去。我怎么会知道阿里总督的遭难呢，——我知道吗？"

"那么是有人指使你写的了？"

"当然啦。"

"那个人是谁？说！"

"哼！事情起由是这样的，我谈到你父亲过去的历史。我说，他发家史不大清楚。那个听我表示这种怀疑的人就问我，你父亲的财产是哪儿弄来的？我回答说：'希腊。'他就说：'那么，好极了！写信到亚尼纳去问问吧。'"

"劝导你这样做的人是谁？"

"不是别人，就是你的朋友基度山伯爵。"

"基度山伯爵叫你写信到亚尼纳去的？"

"是的，而我就写了，假如你愿意，我可以把我往来的书信给你看。"

阿尔培和波香对望了一眼。"阁下，"波香说，他到现在还没有说过话，"你似乎在归罪于伯爵，而伯爵此时不在巴黎，无法为他自己辩护。"

"阁下，"邓格拉司说，"我只是叙述事实，并不归罪于任何人，我可以在伯爵面前把我对你们所说的话再说一遍。"

"伯爵知道你接到怎样的回信吗？"

"知道，我给他看的。"

"他知道我父亲的教名叫弗南，和他的族名叫蒙台哥吗？"

"知道，我早就告诉他了。任何人处于我的环境，都是会这样做的，或许我还比别人做得少了一些。后来，在这封复信到达后的第二天，你父亲在基度山的劝导之下来为你向我的女儿求婚，我坚决地拒绝了他，没有做任何解释。但是，我还有什么必要再干预那件事呢？马瑟夫先生的光荣和耻辱跟我有什么关系呢？它既不会增加我的收益，也不会减少我的收入。"

阿尔培觉得自己的额头热了起来，事情已很清楚，没有什么怀疑了。邓格拉司卑鄙地为自己辩解，但说话的神气却具有一个人在说真话时的那种自信。虽然他多半是由于恐惧的缘故。而吐露真情并非良心发现。但马瑟夫所寻求的是什么呢？他不是要证实究竟是邓格拉司的罪大或基度山的罪大；他所寻求的，是一个肯答复侮辱的人，一个肯决斗的人，而邓格拉司显然是不肯决斗的。此外，以前所不曾注意或忽略的一切现在都在他的记忆中呈现出来了。基度山既然买了阿里总督的女儿，肯定知道一切；知道了一切，他才劝邓格拉司写信到亚尼纳去。他早就知道结果，顺水推舟，介绍阿尔培去会见海蒂，有意将谈话转移到阿里去世时的情形，并不反对海蒂的叙述（但当他用罗马语对那个青年女郎说话的时候，无疑地曾警告了她，叫她不要指明马瑟夫的父亲）。而且，他不是告诫马瑟夫不要在海蒂的面前提及他父亲的名字吗？最后，当他知道事情的结果快要暴露时，便把阿尔培带到诺曼底去。这一切无疑的是事先计算安排好的，那么基度山也是他父亲的敌人之一了。阿尔培把波香拉到一边，把这些念头告诉他。

波香说，"有可能邓格拉司先生在这件不幸的事情里只是一个次要的人物，你必须要求基度山先生解释清楚。"

阿尔培转过身来。"阁下，"他对邓格拉司说，"要知道我并没有完全放过你，我必须证实你的推诿是否正确，我现在就去问基度山伯爵。"他向那位银行家鞠了一躬，和波香一同出去，并没有注意到卡凡尔康德。邓格拉司陪他到门口，他走到门口时又向阿尔培重新解释他对马瑟夫伯爵并无私人仇恨。

第八十八章　侮辱

离开那位银行家的门口，波香叫住马瑟夫。"听着，"他说，"刚才我已对你说过，你必须去找基度山先生要求解释。"

"是的，我们现在就准备到他家里去。"

"马瑟夫，在去之前，你应先考虑一下。"

"什么事情要我考虑考虑？"

"你应知道你现在去那里的严重性。"

"这比到邓格拉司先生那儿去更严重吗？"

"是的，邓格拉司先生是一个爱钱的人，而那些爱钱的人，是十分注意个人实际利益而不轻易会与人决斗的。另外那一位却相反，从各方面看来都是一位绅士。你难道不明白，假如对方是绅士，他更注重的是他的名誉，非常可能接受你的挑战的？"

"我只怕一件事情，就是，怕遇到一个不肯决斗的人。"

"不用急！"波香说，"他肯决斗的。我只怕他太强，怕你敌不过他。"

"我的朋友，"马瑟夫带着一个自豪的微笑说，"那正是我所希望的。我最好的出路是为我的父亲而死，那样，我们就都得到解救了。"

"你的母亲会伤心死的。"

"我可怜的母亲！"阿尔培说，用手在眼睛上抹了一下，"我知道她会的，但这样总比羞死好。"

"你下定决心了吗，阿尔培？"

"是的，我们去吧。"

"你想我们会在他家里找到伯爵吗？"

"他准备比我晚几个小时回来的，他现在无疑就在家了。"

他们让车夫驶到香榭丽舍大道三十号去。波香认为应独自进去，但阿尔培说，这次的情形与一般不同，他可以不必严遵决斗的规则。那青年的动机是这样的神圣，使得波香只能满足他的一切心意，他同意和马瑟夫一同进去。阿尔培从门房一跃跳上阶沿。培浦斯汀出来接见他。伯爵的确刚进家门，但他正在洗澡，禁止放任何人进去。

"洗完澡以后呢？"马瑟夫问道。

"主人要去用餐。"

"用餐以后呢？"

"他要休息一个钟头。"

"然后呢?"

"他要到歌剧院去。"

"你可以肯定吗?"阿尔培问。

"十分确定,伯爵曾吩咐八点整为他备马。"

"好极了,"阿尔培回答,"这就是我想要知道的一切了。"然后,他转过身去对波香说,"如果你有什么事情要办,你马上就去办了它。假如你今天晚上有什么约会,把它推迟到明天。你最好能陪我到剧院去。假如能够的话,把夏多·勒诺也带来。"

波香得到阿尔培的许诺离开了他,约好在八点差一刻的时候与他见面。回家以后,阿尔培通知弗兰士、狄布雷和摩莱尔,希望当天晚上在剧院里看见他们。然后他去拜见他的母亲。他的母亲自从昨天的事情发生以后,就拒绝见任何人,独自守在她的卧室里。他看到她躺在床上,这次公开的羞辱所引起的伤心完全把她压倒了。阿尔培的到来使美茜蒂丝产生了意想之中的效力。她紧紧地抓住她儿子的手,大声啜泣起来;但她的眼泪毕竟不能替代她的痛苦。阿尔培默默无言地守在他母亲的床边。从他那苍白的脸色和紧皱的眉头上,显然可以看出他复仇的决心已渐渐软化了。"我亲爱的母亲,"他说,"你知道马瑟夫先生的敌人是谁吗?"

美茜蒂丝吃了一惊,她注意到那个青年人并没有说"我的父亲"。"我亲爱的儿子,"她说,"像伯爵这样地位的人总是避免不了暗中有许多仇敌的。那些明显的敌人倒并不是最危险的。"

"我知道的,所以来要求你的慧眼判断。你的头脑是这样聪慧,什么都逃不过你的眼力。"

"你为什么要说那些话。"

"譬如说,在我们举行舞会的那天晚上,你就注意到基度山先生没有在我们家里吃一点东西。"

"基度山先生!"美茜蒂丝用她那颤抖的手臂撑起身体。惊讶地喊道:"他跟你和我谈的那个问题有什么关系呢?"

"妈妈,你知道,基度山先生几乎可以说是一个东方人,而根据东方人的习惯,为保持复仇的全部自由不在他们敌人家里吃喝任何东西。"

"你说基度山先生是我们的仇敌吗?"美茜蒂丝回答,脸色变得比她床上的那张床单更苍白了。"谁告诉你的?你疯啦,阿尔培!基度山先生对我们非常关切和好意。基度山先生救了你的命,是你把他介绍给我们的呀。噢,我求求你,我的儿子,假如你存着这种念头,赶快放弃了它,我劝告你,不,我请求你和他保持友好的往来。"

"妈,"那青年回答,"你要我和那个人妥协,是有特殊理由的吧?"

"我?"美茜蒂丝说,她苍白的脸色像刚才那样突然绯红起来,但一会儿却又变得比以前更苍白。

"是的,一定有的,而那个理由是,怕这个人或许会伤害我们?"

美茜蒂丝打了一个寒战,以考查的眼光盯住她的儿子。"你对我讲的话我实在不明白,"她对阿尔培说,"你好像怀着某种古怪偏见似的。伯爵有什么事使我不高兴呀?三天以前,我们还把他看作我们最好的朋友,你还和他一同在诺曼底,仅仅三天呀!"

阿尔培的嘴唇上掠过一个讥讽的微笑。美茜蒂丝看得很清楚,而凭着一个女人和一个母亲的双重本能,她预知了一切,但她是一个有涵养和坚强的人,她把她的悲哀和恐惧都掩藏了起来。阿尔培不出声,过了一会儿,伯爵夫人继续说:"你来问我的身体状况,说实在的我很不舒服。你留在这儿为我消除我的孤独吧。我不愿意一个人在房间里。"

"妈,"那青年说,"你知道我非常愿意服从你的愿望,但一件非常重要的大事迫使我不得不离开你一晚上。"

"好吧。"美茜蒂丝回答,叹了一口气,"你去吧,阿尔培,我不愿意让你成为一个孝顺的奴隶。"

阿尔培假装没有听到,向他的母亲行了一礼,离开了她。他刚把她的房门关上,美茜蒂丝便叫来一个心腹的仆人,吩咐他晚上跟踪着阿尔培出来,并把他所看到的结果立刻回来报告她。然后她拉铃召唤她的侍婢进来,虽然她全身软弱无力,却还是把自己梳妆好了,准备随时应付一切可能发生的事情。

那听差的差使并不难。阿尔培回到他的寝室里,像往常一样小心地打扮齐整。八点差十分,波香来了,他已见过夏多·勒诺,后者答应在开幕以前到达剧院。俩人坐进阿尔培的双座四轮马车里,"到歌剧院去。"阿尔培并没有想掩饰他要去的地方,他在焦躁不耐之中于开幕前到达了剧院。

夏多·勒诺已先到了,波香把情形大体通知过他,他无须阿尔培向他再作解释。为父复仇的行为是这样的自然,所以夏多·勒诺并不阻拦他,只是重新向阿尔培申述了一遍友谊的保证。狄布雷还没有来,但阿培知道他很少会在歌剧院里错过一场戏的。阿尔培在剧院里四处闲荡,直到启幕。他希望在外厅里或楼梯上遇到基度山。启幕的铃声召他回座,他与夏多·勒诺和波香一同走进剧场。但他的眼睛始终没有离开过两根廊柱之间的那个定位包厢,可是第一幕演出的期间,那个包厢的门始终固执地关闭着。阿尔培差不多一百次地望他的手表,在第二幕开始的时候,门开了,基度山穿着一套黑衣服走了进来,靠到包厢前面的栏杆上,向正厅里环视。他的后面跟着摩莱尔,用眼光寻找他的妹妹和妹夫。他不久就发现他们在另一个包厢里,向他们打了招呼。

伯爵在环顾正厅的时候,一人苍白的面孔和一对气势汹汹的眼睛没能逃脱。而且那一对眼睛显然引起了他的注意。他认出那是阿尔培,但看到他这样愤怒和失常,便决定还是不去注意他为好。他心里的意思没有在他的行动上流露出来,只是坐下来,拿出他的望远镜,向别处观看。他表面上虽然没有去注意阿尔培,但实际上阿尔培却从未逃出他的视线。当第二幕的帷幕降落下来的时候,他看见他和他的两个朋友离开厅座,然后又看见他的头出现在包厢后面,伯爵就知道那场风暴将要落到他身上来了。这时,他似在和摩莱尔高高兴兴地谈话,但他已做好应付可能发生的事情的准备了。门开了,基度山转过头去,看到阿尔培脸色苍白,浑身颤抖地走进来,后面跟着波香和夏多·勒诺。

"唉,"他喊道,他的口吻是这样的慈爱殷勤,显然与一般人的普通招呼不同,"晚安,马瑟夫先生,我的骑士到达目的地啦。"这个人控制情绪的能力极强,他的脸上表示着十分亲热的神气。摩莱尔到这时才想起了爵给他的那封信,那封信里并没有说明理由,只是要求他到剧院来,他现在明白了一件可怕的事情即将发生。

"阁下,我们不是到这儿来交换虚伪的客气或假情假意来的,"阿尔培说,"我们是要求你做解释来的,伯爵阁下。"那青年的颤抖声音勉强从咬紧的牙缝里挤出来。

"在剧院里做解释?"伯爵说,他那镇定的声音和具有穿透力的目光证明他始终保持着自制力。"我对于巴黎人的习惯虽然知道得很少,但我想这里是不适宜提出这种要求的地方吧。"

"可是,假如他有意把自己关在家里,"阿尔培说,"借口在洗澡、吃饭或睡觉就不能见客,我们只有哪儿能碰到他就在哪儿向他提出。"

"我不是难找的呀,阁下,假如我的记忆不坏的话,昨天您还在我的家里。"

"昨天,我是在你的家里,阁下,"那青年人说,"因为那时我还不知道你是谁。"说这几句话的时候,阿尔培已提高他的声音,以便使邻近的包厢和休息室的人都可以听得到。所以有许多人注意这一场口角了。

基度山表面上毫不动情地说:"您看来已丧失理智啦,阁下,您是从哪儿来的?"

"只要我懂得你是一个不义之徒,阁下,而且能使你懂得我要报复,我就够理智了。"阿尔培狂怒地说。

"我不懂得您的意思,阁下,"基度山回答,"就算我懂得,您的口气也太无理傲慢了。这儿是我的地方,只有我有权利可以比旁人讲得响。离开包厢吧,阁下!"基度山以万分庄严的神态指着门。

"啊,我要你离开,离开你的地方!"阿尔培一面回答,一面把他的手套在他那痉挛的手掌里捏成一团,基度山看得十分清楚。

"好了,好了!"基度山静静地说,"我看您要跟我吵架,但我可以给您一个忠告,您要记住,挑衅是一种坏习惯。我并不是对每一个人都有效的,马瑟夫先生。"

听到这个名字,周围的旁观者之中发出了一阵表示惊异的低语声。昨天以来他们整天的中心话题是谈论马瑟夫。阿尔培明白这个暗示,他正要愤怒地把他的手套向伯爵脸上摔过去,摩莱尔便来捉住他的手,波香和夏多·勒诺也恐怕这个场面超过了一次挑战的限度,一齐挡住他。但基度山并没有起身,只是从椅背上侧过身来,从那青年人的捏紧的手里拉下那只潮湿团绉的手套。"阁下,"他用一种庄严的口吻说,"我就算您的手套已经扔了,还要加一粒子弹送回给您。现在离开我吧,不然我就要召仆人来赶你到门外去了。"

阿尔培退了出去,他的神色迷乱,眼睛冒火,几乎丧失了知觉,摩莱尔关上门。基度山又拿起他的望远镜,像是根本不曾发生过任何事情似的;他有一颗钢铁般的心和大理石做的脸。摩莱尔耳语说:"您对他怎么啦?"

"我?没有什么,至少对他个人没有什么。"基度山说。

世界经典文库

世界二十大名著

基督山伯爵

图文珍藏版

"但今天发生的事情一定有原因的呀。"

"马瑟夫伯爵的事情激怒了那不幸的青年。"

"那件事跟您有关吗?"

"他父亲的叛逆罪是海蒂去通知贵族院的。"

"真的?"摩莱尔说。"我听人说过,但怎么也不肯相信我在这个包厢里见过和你在一起的那个希腊奴隶就是阿里总督的女儿。"

"这倒是真的。"

"噢,"摩莱尔说,"我懂了,这个场面是预先计划好的。"

"怎么会呢?"

"是的,阿尔培写信要我到歌剧院来,无疑是要我做一个目击他侮辱您的见证人。"

"可能是的。"基度山泰然自若地说。

"但您准备对他怎么样呢?"

"对谁?"

"阿尔培。"

"我预备对阿尔培怎么样?玛西米兰,事情就像我现在握住您的手一样确切无疑,在明天早晨十点钟以前,我一定会杀死他。"基度山把摩莱尔的手握在自己的两手之间,摩莱尔打了一个寒战,觉得那只手是这样的冰冷和坚定。

"啊,伯爵,"他说,"他的父亲是这样地爱他!"

"别向我提起那个人!"基度山说,他第一次流露出恶意,"我要使他痛苦。"

摩莱尔在惊愕之下离开了伯爵那只手。"伯爵!伯爵!"他说。

"亲爱的玛西米兰,"伯爵打断他的话说,"听杜普里兹这一句唱得多妙,——'噢,玛蒂尔德!我灵魂的偶像!'

"在那不勒斯的时候,也是我第一个发现杜普里兹,并第一个对他喝彩的。好!精彩!"

摩莱尔知道再说也不可能改变伯爵的想法,便只好罢休。在阿尔培那场争论结束时所揭起的那道幕又落了下来,门上发出一阵急促的敲门声。

"请进!"基度山说,他的声音仍像往常一样的平静,波香进来了。"晚安,波香先生,"基度山说,像是今天晚上他还是第一次看见那位新闻记者似的,"请坐。"

波香鞠了一躬坐下。"阁下,"他说,"我刚才陪马瑟夫先生同来,这是你见到的。"

"那就是说,"基度山带笑回答,"你们大概还是一同用餐的。波香先生,我很高兴看到您比他冷静。"

"阁下,"波香说,"我承认阿尔培不应该发这样大的火,我本人特来此道歉。而道歉了以后,你懂得,伯爵阁下,我只是代表我本人道歉的,我还要说:我相信你会给我面子,答应向我解释一下你和亚尼纳的关系。然后,我还要说几句话,关于那位年轻的希腊姑娘。"

基度山示意请他住口。"喏,"他笑着说,"我的全部希望就此破灭了。"

"我不明白?"波香说。

"您当然希望我是一个非常怪僻的人物。正当我要到达最高要求的时候,您却又破坏了您的典型,又要把我塑成一个普通人了。您要把我拉回到庸俗的水准,最后,您竟要求我做解释! 真的,波香先生,这太可笑啦。"

"可是,"波香傲慢地答道,"有的时候,为了维持正义。"

"波香先生,"这个奇人打断他的话说,"基度山伯爵是只受其度山伯爵的命令的。所以,这件事情你不必再提了。我爱怎么做就怎么做,波香先生,而我总是做得很好的。"

"阁下,"那青年答道,"正直的人得到的不应该是这样的报答。信义是需要有个保证的。"

"阁下,我就是一个活见证,"基度山一动不动但盛气凌人地回答,"我们俩的血管里都有我们愿意流洒的鲜血,——那就是我们相互的保证。请你去告诉子爵,明天早晨十点钟以前,我就可以看到他的血究竟是什么颜色的了。"

"那么我只要安排决斗的手续就是了。"波香说。

基度山说:"我对于这是无所谓的,阁下,以这种小事在剧院里来打扰我实在没有必要。告诉你的委托人,用剑、手枪还是马枪或是匕首决斗。尽管我是受辱的一方,为了保持我的怪僻,我由他选择武器,而且可以不经讨论,毫无异议地加以接受,你听清楚了吗? 什么都行,甚至用抽签的办法也可以,虽然它是愚蠢和可笑的,然而,对我却是另外一件事,我一定可以取胜。"

"一定取胜!"波香惊奇地望着伯爵说。

"当然了,"基度山自信地微微耸了耸他的肩膀说,"不然我就不会和马瑟夫先生决斗。我将杀死他。只要今天晚上写一行字送到我家里来,让我知道武器和时间就行了,我不愿意多等候。"

"那么,是用手枪,八点钟,在万森树林。"波香很仓皇地答道。不知道对方究竟是一个狂妄自大还是一个超人。

"好极人,阁下,"基度山说,"现在一切都已解决了,我现在要看剧了,并且告诉你的朋友阿尔培,今天晚上不要再来了,他这种粗鲁野蛮的举动只会伤害他自己。让他回家去睡觉吧。"波香忐忑不安地离开了包厢。"现在,"基度山转过去对摩莱尔说,"我可以借重您了,是吗?"

"当然了,"摩莱尔说,"我遵从您的吩咐,伯爵,可是——"

"什么?"

"我想我应该知道真正的原因。"

"那是说,您拒绝我了? 并且不信任我?"

"不。"

"至于真正的原因吗? 摩莱尔,那个青年本人也并不清楚真正原因而是盲目地在干。真正的原因只有上帝和我知道。但我可以向您保证,摩莱尔,上帝知道原因,而且是站在我们这一边的。"

"那就够了,"摩莱尔说,"谁是您的第二个陪证人?"

"摩莱尔,除了您和您的妹夫艾曼纽以外,我在巴黎所认识的人没有一个可以受此托付。您认为艾曼纽肯应承我的要求吗?"

　　"我可以代他答应,伯爵。"

　　"好,那就是我所需要的一切了。明天早晨,七点钟,你们准时到我这儿来,好不好?"

　　"我们一定来。"

　　"嘘!开幕了。听!这个歌剧我是只字不漏的,《威廉·退尔》这支曲子真妙!"

世界经典文库

世界二十大名著

基督山伯爵

图文珍藏版

第八十九章　夜

　　基度山按照他以往的习惯，一直等到杜普里兹唱完了他那支著名的《随我来！》，才起身离开。摩莱尔在门口与他告别，并再次申述他的诺言，说第二天早晨七点钟一定和艾曼纽准时同来。于是伯爵带着笑容镇定地跨进车厢，在五分钟之后回到家里。一进家门，他就说，"阿里，把我那对嵌象牙的十字手枪拿来。"当他说这句话的时候，凡是了解他的人，是决不会误解他脸上的那种表情的。

　　阿里把枪盒拿来交给他的主人，后者带着似乎把他的生命托付给一小片铁和铅的时候那种关切的表情检查他的武器。这是精致的武器，是基度山特地定制了在房间里练习打靶用的。当他正把一支枪拿在手里，向那只作为靶子用的小铁盆瞄准的时候，书房的门开了，培浦斯汀走了进来。他还没有说话，伯爵就看见门口有一个头罩面纱的女人紧跟在培浦斯汀的后面。那女人看见伯爵手里握着枪，桌上放着剑，便冲了进来。培浦斯汀望着他的主人，后者向他做了一个示意，他便退出房间，随手把门关上。"你是谁，夫人？"伯爵问那个蒙面的女人说。

　　来客向四周瞥视了一眼，确认房间里只有他们两个人，便合紧双手，弯下身体，像是要跪下来似的，用一种绝望的口吻说："爱德蒙，请你不要杀死我的儿子！"伯爵后退了一步，发出一声轻微的惊呼声，手枪从他的手里滑了下来。"您刚才说的是什么名字呀，马瑟夫夫人？"他说。

　　"你的名字！"她喊道，把她的面纱撩到后面，——"你的名字，或许只有我一个人还铭记那个名字。爱德蒙，来见你的不是马瑟夫夫人，而是美茜蒂丝。"

　　"美茜蒂丝已经死了，夫人，"基度山说，"我现在不认识叫这同样名字的人了。"

　　"美茜蒂丝还活着，阁下，而且她还深深地记得你，因为只有她一看见你就能认出你，甚至还没有看见你的时候，从你的声音，从你所讲的每一个字的声音，认出了你，爱德蒙，而从那个时候起，她就跟踪着你的脚步，注意着你，她更不需过问就知道马瑟夫先生现在所受的打击是哪一只手发出来的。"

　　"夫人，你的意思是指弗南吧，"基度山以苛刻的讥讽口吻回答，"既然我们在回忆名字，我们就把它们都说出来吧。"

　　基度山说到弗南这个名字的时候，他的脸上露出这样憎恨的表情，致使美茜蒂丝觉得有一股恐怖的寒流穿透她全身的骨骼。"你瞧，爱德蒙，我并没有弄错，我有理由说，'饶了我的儿子吧！'"

　　"谁告诉您，夫人，说我对您的儿子有什么敌意的企图？"

　　"谁都没有告诉我，但一个母亲是有一种双重感觉的。我猜想到一切，今天晚上,我跟他到剧院里,看到了一切。"

"假如您看到了一切,夫人,您就知道弗南的儿子当众侮辱了我。"基度山用极其平静的口吻说。

"噢,宽恕他吧!"

"您看到,要不是我的朋友摩莱尔挡住了他,他已经把他的手套摔到我的脸上来了。"

"听我说,我的儿子已推测到他父亲的不幸是由您造成的。"

"夫人,你错了,那不是不幸,那是一种惩罚。不是我在迫害马瑟夫先生,而是上帝在惩罚他。"

"而为什么你要代表上帝呢?"美茜蒂丝喊道,"当上帝已忘记的时候,你为什么又把它翻出来?亚尼纳和它的总督与你有什么关系呢,爱德蒙?弗南·蒙台哥出卖阿里·铁贝林,对你有什么损害呢?"

"不错,夫人,"基度山答道,"这一切都是那法国军官和凡瑟丽姬的女儿之间的事情。这和我并无关系,您说得很对。然而我曾发誓要为我自己报仇,复仇的对象不是那个法国军官,也不是马瑟夫伯爵,而是迦太兰人美茜蒂丝的丈夫渔夫弗南。"

"啊,阁下,"伯爵夫人喊道,"厄运使我造下的一次过错带来了多可怕的后果呀!因为我是那唯一的罪人,爱德蒙,假如你必须向人报复的话,就应该向我报复,因为我不够坚定,不能忍受你的离开和我的孤独。"

"但是,"基度山叹道,"你不曾知道我为什么会离开?为什么你会孤独呢?"

"因为你被捕了,爱德蒙,因为你成了一个囚徒。"

"为什么我会被捕?为什么我会变成一个囚徒呢?"

"我不知道。"美茜蒂丝说。

"您的确不知道,夫人,至少,我希望您不知道。但我不得不告诉您。我之所以被捕和变成一个囚徒,是因为在我要和您结婚的前一天,在里瑟夫酒家的凉棚底下,一个名叫邓格拉司的人写了这封信,而那个渔夫弗南亲自把它投入了邮筒。"

基度山走到一张写字台前面,打开抽屉,从里面拿出一张信纸,信纸的纸张已失去原来的色泽,墨水也已变了色;他把这张信纸交到美茜蒂丝的手里。这就是邓格拉司写给检察官的那封信,是基度山化装作汤姆生·弗伦奇银行的代表,以二十万法郎从波维里先生保存的爱德蒙·邓蒂斯的档案里拿来的。美茜蒂丝带着恐怖的情绪读道:

"'阁下,敝人忠于王室及教会,兹报告检察官,埃及王号的大副,爱德蒙·邓蒂斯,今晨自士麦拿经那不勒斯抵埠,中途曾停靠费拉约港。此人受穆拉特之命送信与逆贼,并受逆贼命送信与巴黎拿破仑党委员会。犯罪证据将于其逮捕时即可获得,信函如不在他的身上,则必在他的父亲家中,或在其埃及王号之船舱内。'"

"噢,我的上帝!"美茜蒂丝说,用手抹一抹她那汗湿的额头。"这封信?"

"是我用二十万法郎买来的,夫人,"基度山说,"但那是小事,因为它使我可以向您证实我行为的正当。"

"这封信的结果是——"

"您知道得很清楚,夫人,就是我的被捕,但您不知道那次被捕继续了多久。您不知道十四年来,我始终在距离您只有一里以内的地方,在伊夫堡的一间黑牢里。您不知道,在那十四年中,我每天都要重述一遍我在第一天所做的复仇的誓言,可是不知您已经和那个诬告我的弗南结婚,也不知道我的父亲已经饿死了!"

"公正的上帝!"美茜蒂丝浑身颤抖地喊道。

"在入狱十四年以后,我在离开牢房的时候就听到了上述消息,而正是为了这个原因,为了美茜蒂丝的生和我父亲的死,我才发誓要在弗南身上为我自己复仇,我现在就是在为我自己复仇。"

"您确定这是那不幸的弗南干的吗?"

"夫人,他确切无疑干了我所告诉您的那些事情。而且,可恶的事情并非仅此一桩,身为法国人,他竟可以投入到英国人那一边。祖籍是西班牙人,他竟然参加攻打西班牙人的战争。受禄于阿里,他竟会出卖谋害了阿里。面对这些事情,您刚才所读的那封信是什么? 一个情人的阴谋,这种计谋,与那个人结婚的那个女人或许可以宽恕,但本来要娶她的那个情人却不会。好吧! 法国人没有向那个叛徒报复,西班牙人没有枪毙那个叛徒,在坟墓里的阿里没有惩罚那个叛徒。但是我,被出卖、被杀害、被埋葬的我,却被上帝从坟墓中解救出来惩罚那个罪人。上帝为了那个目的派我来,而我现在来了。"

那可怜的女人的头一下埋在自己的双手之中,她的腿支持不住,跪了下来。"宽恕了吧,爱德蒙,为了我的缘故,宽恕了吧,我依旧还是爱你的!"

当伯爵跑上前去扶她起来的时候,她的额头几乎要触到地毯了。妻子的尊严阻止了情人和母亲的冲动,然后,她坐在一张椅子里,望着基度山那刚毅的脸,在那张脸上,忧伤和仇恨依旧还镌刻着一种威胁的表情。

"罪有应得!"他低声说,"上帝把我从死境里救出来,要我惩罚他们,而我竟不服从他! 不可能,夫人,我做不到!"

"爱德蒙,"那可怜的母亲说,她尝试了每一种方法,"当我称呼你爱德蒙的时候,你为什么不称呼我美茜蒂丝呢?"

"美茜蒂丝!"基度山把那个名字重复一遍,"美茜蒂丝,嗯,是的,你说得对,那个名字依旧还有它的魔力,很久以来,这是我第一次这样清晰地说出这个名字。噢,美茜蒂丝! 我曾在抑郁的悲叹声中,在伤心的呻吟声中,用最后一丝绝望的力量呼喊你的名字。在天寒地冻的时候,我曾蛰伏在我黑牢的草堆里呼喊它。当酷暑煎熬的时候,我曾在监狱的石板地上滚来滚去地呼喊它。美茜蒂丝,我必须要为自己报仇,为我受了十四年的苦,为我所失去的恋人,我必须要为我自己复仇了!"

伯爵曾这样热烈地爱过她,他生怕自己会向她的恳求让步,于是,就回忆自己受苦的情形来帮助他坚定仇恨的信念。"那么为你自己复仇吧,爱德蒙,"那可怜的母亲哭道。"应让你的报复落到罪人的头上,——报复他,报复我,但不要报复我的儿子!"

"圣书上写道,"基度山答道,"父亲的罪将落到他们第三第四代儿女的身上。

上帝在他的预言里说了那些话,我为什么要比上帝更慈悲呢?"

"因为上帝有时间和永恒,——人却没有这两样东西。"

基度山从心底里发出一声呻吟似的叹息,双手抓紧了自己的头发。

"爱德蒙,"美茜蒂丝把她的两臂伸向伯爵,继续说,"自从我和你相识以来,我就爱慕你的名字,保持对你美好的记忆。爱德蒙,我的朋友,不要逼迫我打破我心里时刻保持着的那个高贵美好的印象。爱德蒙,假如你听到过我向上帝诉说的种种祈祷,就好了,我多么希望你还活着,但我想你一定已经死了!我以为你的尸体已被掷落到扔弃犯人死尸的深渊底下。于是我哭了!爱德蒙,除了祈祷和哭泣以外,我还能为你做些什么呢?十年来,我几乎每天晚上都做着同样的一个梦。我曾听说你冒充另外一个犯人,还听说你钻进包尸体的布袋里,听说你在伊夫堡的顶上活生生地被人抛了下去,听说你撞到岩石上发出的喊声,这喊声向埋葬者泄露了死尸已被代替,他们又变成了杀害你的人。哦,——爱德蒙,我向你发誓,凭我现在恳求你怜悯的那个儿子的生命发誓,——爱德蒙,这十年来,我每天晚上都看到有人在一座岩山顶上摇荡一个不可名状的东西。在这十年间,我每天晚上都被一种可怕的喊声惊醒,醒来时浑身颤抖冰冷。虽然我有罪,但我也受了许多痛苦!"

"你可曾受过你父亲在你离开时去世的痛苦吗?"基度山双手插入头发里,喊道,"你可曾看见你所爱的女人嫁给你的敌人而你自己却冤入黑牢倍受折磨吗?"

"是的,没有,"美茜蒂丝插进来说,"但我面临我所爱的那个人快要成为杀害我的儿子的凶手了。"

美茜蒂丝说这句话的时候,她的神情是这样的痛苦,她的语气是这样的绝望,以致基度山再也抑制不住一声啜泣。狮子被驯服了,复仇者被征服了。他痛苦地说,"你要求我的是什么?你儿子的生命吗?那么,他可以活下去!"

美茜蒂丝发出一声喊叫,这一声喊叫使基度山潸然泪下,但又很快消失了,因为上帝无疑地已派了一个天使来把它们收了去,——在主的眼睛里,这种泪珠比最名贵的珍珠更宝贵。

"噢!"她说,抓住伯爵的手,凑到她的嘴唇上,"噢,谢谢你,谢谢你,爱德蒙!现在你真是我梦中的你了,真是始终所爱的你了。噢!现在我可以这样说了。"

"那就好了,"基度山答道,"因为可怜的爱德蒙已没有多久可以被你爱了。死人将回到坟墓中,幽灵将归到黑暗里。"

"爱德蒙,你说什么?"

"我说,既然你命令了我,美茜蒂丝,我就只能死了。"

"死!那是谁说的?谁在说死?你这种死的念头是从哪儿来的?"

"你想,我在剧院里当众受侮辱,受一个小孩子的挑战,他会把我的宽恕得意扬扬地当作胜利,你想,我怎么还有脸再活下去呢?美茜蒂丝,除了你以外,我最爱的便是我自己、我的尊严和使我超越其他人的那种力量,那种力量便是我的生命。你用一个字压毁了它,我只有一条路——去死了。"

"但是,爱德蒙,既然你宽恕了,那场决斗就不会举行了呀。"

"当然要举行的,"基度山用庄严的口吻说,"但流洒到地上的,不会是你儿子的血而是我的了。"

美茜蒂丝尖声喊叫了一下,向基度山冲过去,但突然收住脚步。"爱德蒙,"她说,"我信赖你的话。你说我的儿子可以活下去,是不是?"

"是的,夫人,他可以活下去。"基度山说,他很惊奇美茜蒂丝竟能那样冷静地接受了他为她所做的这种英勇的牺牲。

美茜蒂丝把她的手伸向伯爵。"爱德蒙,"她说,当她望着他说话的时候,泪水润湿了她的眼睛,"你是那样高贵呀,你刚才所做的决断又是那样伟大呀!对一个一无凭借的可怜女人,你仍给予怜悯,这是多么崇高呀!唉!我老了,催我老的倒不是年月而是忧伤。现在,我不能再从我的眼光里找回那曾久久凝视美茜蒂丝的爱德蒙了。啊,相信我,爱德蒙,你知道呀,当一个人眼看着生命在没有一件愉快的事可以回忆,也没有一个希望可以保存的生活中消逝,这该有多么伤心,但这也证明了世上的一切尚未了结。噢!我再说一遍,爱德蒙,你刚才宽恕的举动真是高尚,真伟大,真崇高!"

"你那样说,美茜蒂丝,假如你知道了我对你所做的牺牲的范围,你还会怎样说呢?正像当一个人正在欣赏他的工作的时候,上帝熄灭了太阳,一脚把世界又踢入到永久的黑暗里,——那时,你对于我此时所丧失的是什么,或许可以有一个印象了,不,不,即使那时你还是无法得到那种概念的。"

美茜蒂丝带着一种惊愕、崇拜的感激的神气望着伯爵。基度山用他那火烧般的双手把额头紧紧地埋在里面,好像他的脑子已不能忍受思想的重量似的。

"爱德蒙,"美茜蒂丝说,"我还有一句话要对你说。"伯爵的脸上现出痛苦的微笑。"爱德蒙,"她继续说,"你将来可以知道,美茜蒂丝即使已经老了,她的心依旧像以前一样。那么,再会了,爱德蒙。我对上天不再有所要求了。我已经又见到你,已看到你还是像以前那样的高贵和伟大。再会了,爱德蒙,再会了,而且谢谢你!"

但伯爵并不回答。失去的复仇使他陷入一种痛苦深邃的恍惚状态之中,在他还没有从这种恍惚状态中醒来以前,美茜蒂丝已打开书房的门出去了,当马车载着马瑟夫夫人,在香榭丽舍大道上驶去的时候,残废军人养老院的钟正好敲一点,钟声使基度山抬起头来。"我多傻呀,"他说,"在我决心要为自己复仇的那一天,我为什么没有把我的心剜出来。"

第九十章　相会

伯爵以为他在答应美茜蒂丝饶恕她儿子生命的时候已判了自己的死刑,他夸大了第二天预期中的厄运。这样的自怨自艾终于使伯爵大喊大叫起来:"蠢!蠢!蠢!竟慷慨到使自己当靶子。他决不会相信我的死是一种自杀。可是,为了我的荣誉,这当然不是虚荣,而是一种正当的自尊心,我必须让全世界知道,我是自愿放弃打击的手臂,而是用那只本来准备打击旁人的强有力的手臂来打击我自己。这是必需的,这是应该的!"他抓起一支笔,在一张纸上写起他的遗嘱,是他到巴黎以后拟定的一份,他这时所写的是一种附录,清清楚楚地解释他死的性质。"噢,我的上帝!"他举眼向天说,"我这样做,是为了我的光荣,也为了您的光荣。十年来,我一向把自己看作复仇天使。而那些坏蛋,像马瑟夫、邓格拉司、维尔福这种人,不要让他们以为他们已经逃脱。相反,让他们知道,他们受罚是上帝的命令,我现在的决定只是延期执行而已。他们虽然在这个世界里逃避了惩罚,但惩罚却在另一个世界里等待他们,而只是时间延期而已!?

当他被这种伤心可怕的幻景煎熬的时候,黎明的最初曙光穿进他的窗户,射到他刚才写下上帝的最后判断的那张淡蓝色的纸上。突然,一种轻微的声音传到他的耳朵里,听来像是一声窒息的叹声。他转过头来,向四周环顾,看不见人。但那种声音清晰地重复传来,使他确信不是自己的幻觉。他站起身来,静悄悄地打开客厅的门,看见海蒂倒在一张椅子上,两臂垂下,她那美丽的头无力地向后仰着。她本来是站在门口,准备在伯爵出来的时候见他一面,但因为守候了这么久,她那年轻的身体再也支持不住,就倒在椅子上睡着了。开门的响声并没有惊醒她,基度山带着一种爱怜的惋惜凝视着她。"她记得她有一个儿子,"他说,"而我却忘记了我有一个女儿。"于是,伤心地摇摇他的头,"可怜的海蒂!"他说,"她想见我,和我说话,她担心某事情要发生,猜到了某种事情要发生。噢!我不能不和她告别就走,我不能不把她托给一个人就这样死掉。"他静静地回到他的座位上,接下去写道;

"我把两千万遗赠给我的旧东家马赛船商比埃尔·摩莱尔的儿子驻阿尔及利亚骑兵队长玛西米兰·摩莱尔,他可以将其中的一部分转赠给他的妹妹裘丽和妹夫艾曼妞,假如他不怕这种财产的增加会损害他们的快乐的话。这两千万藏在我基度山的岩窟里,伯都西奥知道那个岩窟的秘密。假如他还没有心上人的话,他可以和亚尼纳总督阿里的女儿海蒂结婚,这样,他就完成了我最后的希望了。海蒂是我以一个父亲的爱抚养长大的,而她也曾像一个女儿一样的爱我。这份遗嘱已写明由海蒂继承我其余的财产,包括我在英国、奥地利与荷兰的土地和资金,以及我各处大厦别墅里的家具,这笔财产,除了那两千万和赠给我仆人的遗产以外,依旧还值六千万。"

当他写完最后一行的时候,他身后的一声喊叫把他吓了一跳,笔从他的手里掉了下来。"海蒂,"他说,"你看到了吗?"

原来那青年女郎已被射到她眼帘上的曙光唤醒,起身走到伯爵身后,但伯爵并没有听到地毯上她那轻微的脚步声。"噢,我的爷,"她说,"你为什么要在这个时候写这种东西呢?你为什么要把你的财产全部遗赠给我呢?你要离开我了吗?"

"我要去旅行了,好孩子,"基度山带着一种无限怜惜和哀伤的表情说,"假如我遭到了什么不幸"伯爵收住了口。

"什么?"那青年女郎用一种庄严的口吻问,伯爵以前从未见过她用这种口吻,这使他吃了一惊。

"嗯,假如我遭到了任何不幸,"基度山答道,"我希望我的女儿幸福。"

海蒂悲哀地摇摇头。"你想到死了吗,爷?"她说。

"聪明人曾说,想到死并不是一件坏事,我的孩子。"

"那么,假如你死了,"她说,"把你的财产遗赠给别人吧,因为假如你死了,我就不再需要任何东西了。"于是她拿起那张文件,把它撕成四片,抛到房间中央。然后,她的精力枯竭了,她又倒在地板上,但这一次不是睡觉,而是昏了过去。伯爵俯下身去,把她抱起来;望着那个甜蜜而苍白的面孔,那一对可爱的闭拢的眼睛,那个窈窕的、一动不动的、外表上似乎毫无生气的身体,他忽然想到一个念头:或许她对他的爱并不是一个女儿对一个父亲的爱。

"唉!"他非常伤心地喃喃地说,"那么,我本来还可以快乐的。"于是他抱海蒂到她的房间里,叫她的侍婢看护她,再回到书房里;这一次他立刻把门关紧,然后把那撕毁的遗嘱重新抄写一遍。当他快要抄完的时候,他听到前庭里发出一辆马车进来的声音。基度山走到窗口,看见玛西米兰和艾曼纽下车。低声说道:"好!是时候了。"于是他用漆封好他的遗嘱。一会儿以后,他听到客厅里有声音了,走过去亲自打开门。

摩莱尔已来到厅里,他比约定的时候早来了二十分钟。"我或许来得太早了,伯爵,"他说,"说真的,我整夜不曾合过眼睛,我家里的人也都和我一样。我需要你用勇敢的保证来恢复我自己。"

基度山不能抗拒这种真挚的爱;他并不伸手给那青年却向他展开双臂。"摩莱尔,"他说,"能得到像你这样的一个人来爱我。对我来说是非常快乐的事情。早安,艾曼纽,那么你们和我一起去吗,玛西米兰?"

"你还怀疑吗?"那青年队长说。

"但假如其错在我——"

"在昨天那幕挑衅中,我始终注视着你的脸是那样庄严,昨晚我整夜地回想你那种坚决的表情,而我对自己说,正义一定是在你这一边的,否则,人的脸就不会这样镇静。"

"但是,摩莱尔,阿尔培不是你的朋友吗?"

"只是相识而已,伯爵。"

"你不是初次见到我的哪一天会到他的吗?"

"是的,不错,要不是你提醒我,我已记不得了。"

"谢谢你,摩莱尔。"然后拉了一下铃,对立刻进来的阿里说,"把这个拿去交给我的律师。这是我的遗嘱,摩莱尔。我死了以后,你去拆开看。"

"什么! 你死?"摩莱尔惊讶地说。

"是的,我不是应该都预见到吗? 亲爱的朋友,你昨天离开我以后做了些什么事?"

"我到托多尼俱乐部去,在那里,我找到了波香和夏多·勒诺。我向你承认我是去找他们的。"

"为什么,不是一切都安排好了吗?"伯爵说。

"听我说,伯爵,那件事很严重,是难以逃避的。"

"你还怀疑吗?"

"不,那次挑战是当众举行的,每一个人都已经在谈论这件事了。"

"怎么样?"

"嗯,我请求换一种武器,以剑代替手枪,手枪是没有眼睛的。"

"你成功了吗?"基度山急忙问,他的心头掠过一缕难以觉察的希望之光。

"没有,因为你的剑术是太棒了。"

"啊! 谁出卖了我?"

"那个被你击败的剑术教师。"

"而你没有成功?"

"他们断然拒绝。"

"摩莱尔,"伯爵说,"你可曾见过我枪法吗?"

"从来没有。"

"嗯,我们还有时间,瞧。"基度山拿起那只昨天晚上备好的手枪,把一张梅花图钉在铁盘上,接连四枪打掉了梅花的四边。

每射一枪,摩莱尔的脸便苍白一次。他察看基度山用来造成这种神妙奇术的弹丸,看见那种弹丸比绿豆还小。惊叹道:"真惊人!"然后,转过去对基度山恳求道,"伯爵,看在上帝的分上,我求你不要杀死阿尔培! 那不幸的青年有一个母亲。"

"你说得对,"基度山说,"而我却没有。"这几句话的口吻使摩莱尔打了一个寒战。

"你是受挑战的一方,伯爵。"

"当然,那是什么意思呢?"

"就是你将先开枪。"

"我先开枪?"

"噢! 这是我要求得来的:我们已经让步得够多了,他们应该在这一点上对我们让步。"

"距离多少?"

"二十步。"

一个可怕的微笑掠过伯爵的嘴唇。"摩莱尔,"他说,"不要忘记你刚才所看到的事情。"

"那么,阿尔培唯一幸免的机会,就只有你临时情绪激动了。"

"我会激动?"基度山说。

"或是出于你的宽容,我的朋友,你是这样杰出的一位射手,我可否说一句十分荒谬可笑的话。"

"什么话?"

"打断他的手臂,打伤他,但不要杀死他。"

"我可以告诉你,摩莱尔,他一定可以保全性命,"伯爵说,"你不必向我恳求饶恕马瑟夫先生的性命,他可以静静地和他的两位朋友回去,而我——"

"而你?"

"那就是另一回事了,我将被扛回家来。"

"不,不。"玛西米兰情不自禁地喊道。

"我已经跟你说过了,亲爱的摩莱尔,马瑟夫先生会杀死我的。"

摩莱尔迷惑地望着伯爵。"那么,昨天晚上又发生了什么事啦,伯爵?"

"像布鲁特斯在菲利普之战的前夜一样,我看见了一个鬼。"

"而那个鬼——"

"他告诉我,说我已经活得够长久了。"

玛西米兰和艾曼纽面面相觑。基度山摸出他的表来说:"我们去吧,现在已经七点五分了,约定的时间是八点钟。"

一辆马车已等在门口。基度山和他的两位朋友跨进车厢。他在经过走廊时顿了一下,听门内的声音;玛西米兰和艾曼纽已经向前走了几步,他们好像听见他叹息了一声,像是从内心发出来的一声抽泣。

八点整,他们驶到约会的地点。"我们到了,"摩莱尔望着窗外说,"而且是我们先到。"

"请先生原谅,"培浦斯汀带着难以形容的恐怖神色跟着他主人后面说,"我好像看到那边树林底下有一辆马车。"

"真的,"艾曼纽说,"我看到那儿有两个青年人,他们显然是在等人。"

基度山轻捷地跳下车子,伸手去扶艾曼纽和玛西米兰。后者把伯爵的手握在自己的双手之间说,"啊,好极了,我很高兴看到一个面临生死关头的人,他的手依旧还是这样坚定。"

基度山拉了摩莱尔一下,不是拉他到旁边,而是拉到他妹夫后一两步的地方。"玛西米兰,"他说,"你心里有数了吗?"摩莱尔惊奇地望着基度山。"我并不是要探听你的秘密,我亲爱的朋友。我只是问你一个简单的问题,回答吧,我只有一个要求。"

"我心已属于一个年轻的姑娘,伯爵。"

"你很爱她吗?"

"甚至爱我的生命。"

"又失去了一个希望!"伯爵叹了一口气说,"可怜的海蒂!"他轻声地说。

"老实说,伯爵,假如我不是这样熟悉你,我就要以为你没有这样勇敢。"

"我叹息因为我想到要离开一个人。摩莱尔,一个军人该不会这样来评判勇敢与否吧?我惋惜生命吗?你可知道我曾在生与死之间过了二十年生活,生死对我有什么关系呢?而且,没有必要要惊慌,摩莱尔,假如这是一种弱点的话,这种弱点只是向你一个人泄露的。我知道世界是一个客厅,我们必须客客气气地退出,那是说,鞠躬退出,这样才算体面。"

"也许应该如此。你是否把你的武器带来了?"

"我?何必呢?我想那几位先生会带的。"

"我去问一问。"摩莱尔说。

"去问吧,但不要恳求什么,你懂得我的意思吗?"

"你不用担心。"

摩莱尔向波香和夏多·勒诺走过去,后者看见他走来,便向他迎上来。那三位青年客客气气地鞠了一躬。

"请原谅,二位,我怎么没有看见马瑟夫先生。"摩莱尔说。

"他今天早晨派人来告诉我们,"夏多·勒诺答道,"说他到这儿来和我们相会。"

"啊!"摩莱尔说。

波香掏出他的表对摩莱尔说,"才八点过五分,时间过得还不多。"

"哦!我不是这个意思。"摩莱尔回答。

"啊,"夏多·勒诺插进来说,"有一辆马车来啦。"

的确,此时,一辆马车正从大路上向他们聚集的这块空地疾驰而来。"二位,"摩莱尔说,"基度山先生放弃了使用他的武器的权利。你们一定带着手枪了。"

"我们预料到伯爵必定这样客气,"波香说,"我带来了几支枪,这是我八九天以前买的,本来也以为要用它们来做这同样的用途。它们还是新的,还没有用过。请你检查一下好吗?"

"哦,波香先生,"摩莱尔鞠了一躬说,"既然你向我保证马瑟夫先生并没碰过这些武器,我相信你说的话应该是算数的。"

"二位,"夏多·勒诺说,"那辆马车里来的不是马瑟夫,——我敢担保,那是弗兰士和狄布雷!"他所指出的那两个青年的确在走过来了。"是什么风把你们吹到这儿来的,二位?"夏多·勒诺一面说,一面与他们每人握了一握手。

"因为,阿尔培今天早晨派人请我们来的。"狄布雷说。

波香和夏多·勒诺交换了一下惊诧的眼光。

"我想我明白他的意思。"摩莱尔说。

"什么道理?"

"昨天下午我接到马瑟夫先生的一封信,请我到歌剧院去。"

"我也收到的。"弗兰士说。

"在希望你们目睹那场挑战以后,他现在又希望你们来目睹决斗。"

"一点不错,"那几个青年说,"你大概猜对了。"

"但到现在,他自己还没有来,"夏多·勒诺说,"阿尔培已经迟了十分钟了。"

"喏,他来啦,"波香说,"骑马疾驰而来的就是,后面跟着一个仆人。"

"多粗心!"夏多·勒诺说,"我那样详细指教了他以后,竟还骑着马来决斗。"

"而且,"波香说,"戴着大领圈,穿上一件敞胸上装和白背心。他为什么不在心上做一个记号呢?——那不是更简单啦。"

这时,阿尔培已到达距那五位青年十步以内的地方。他跳下马来,把缰绳抛给他的仆人,走近他们这儿来。他脸色苍白,眼睛红肿,显然他没有睡过觉。一种忧郁庄重的阴影满布在他的脸上,这种情绪在他是不多见的。"诸位,"他说,"谢谢你们接受了我的要求,我非常感激你们的友谊。"当马瑟夫走进来的时候,摩莱尔已退后一些,但仍站在不远的地方。"还有您,摩莱尔先生,我也感谢您。来吧,朋友是不嫌多的。"

"阁下,您或许不明白,我是基度山先生的陪证人吧?"玛西米兰说。

"我不敢确定,但也猜想到了。那就更好,这儿可敬的人愈多,我就愈满意。"

"摩莱尔先生,"夏多·勒诺说,"请你去通知基度山伯爵好吗?就说马瑟夫先生已经到了,我们听候他的吩咐。"

摩莱尔正准备去履行他的使命。同时,波香已从马车里取出手枪盒来。

"且慢,诸位!我有两句话要对基度山伯爵说。"阿尔培说。

"私下说吗?"摩莱尔问。

"不,阁下,当着在场的诸位面前说。"

阿尔培的陪证人都惊讶地面面相觑;弗兰士和狄布雷低声交谈了几句话;摩莱尔很欢喜这个意料之外的插曲,便走去找伯爵,伯爵正和艾曼纽在一条僻静的小路上散步。

"他要找我去做什么?"基度山说。

"我不知道,他希望和你说话。"

"噢!"基度山说,"我相信他不会再以不冷静去激怒上帝吧!"

"我认为他没有这种意思。"摩莱尔说。

伯爵由玛西米兰和艾曼纽陪着走过去;他那沉着镇定的表情与阿尔培那张愁容满面的面孔正好形成一个奇异的对照;阿尔培这时也已走过来,后面跟着那四个青年。

当双方相距三步远的时候,阿尔培和伯爵都停下来。

"来吧,诸位,"阿尔培说,"我希望你们对于我现在有幸对基度山伯爵所说的话,不要漏听一个字。因为这番话在你们听来虽然奇怪,但凡是愿意听的人,你们必须转告给他们听。"

"请说,阁下。"伯爵说。

"阁下。"阿尔培说,他的声音最初有些颤抖,但渐渐镇定下来,"我以前怨恨你不应该揭露马瑟夫先生在伊皮鲁斯的行为,因为我认为,不论他有罪到什么程度,你总没有权利去惩罚他,但后来我知道你有那种权利。使我愿意原谅你的,不是弗南·蒙台哥出卖阿里总督,而是渔夫弗南之出卖您,以及那次出卖所给你带来种种闻所未闻的痛苦。所以现在我公开宣称,您有权利在我父亲的身上为您自己报仇,而我,他的儿子,感谢您没有用更严厉的手段。"

阿尔培的宣布像一个霹雳打到这群旁观者中间,使他们惊诧无比。至于基度山,他的眼睛慢慢地举向天空,脸上露出无限感激的表情。他在罗马强盗中间已看见过阿尔培那种暴烈的脾气,所以很惊奇他竟会突然这样屈辱起来。他感到了这是美茜蒂丝的影响,这时,他才明白昨天晚上她那高贵的心为什么没有反对他的牺牲,因为她早已知道那是不会发生的。

"现在,阁下,"阿尔培说,"假使您以为我的道歉是真诚的,就请您伸手给我。我认为一个人最好像您这样没有过错,但即便是有了过错而能坦白承认,这只是一个好人,而您却比这人更好。只有一个天使能拯救我们之中的一个人免于死亡,那个天使是从天上来的,她即使不能使我们成为朋友,至少可以使我们互相尊重。"

基度山带着润湿的眼睛,起伏不定的胸膛,和半开的嘴唇伸出一只手给阿尔培,后者带着一种类似敬畏的情绪把它握了一握。"诸位,"他说,"基度山先生接受了我的道歉,昨天我的举动很轻率,轻率的举动总是容易做错事情的。我做错了事情,现在我的过错已经弥补了。我遵从良心的吩咐做事,我希望外界不至于认为我是一个懦夫。但假如任何人对我有了错误的意见,"他挺起胸膛,像是在向朋友和敌人同时挑战似的,"我很愿意纠正他的错误。"

"那么,昨天晚上发生了什么事呢?"波香问夏多·勒诺,"我们在这里真难为情极了。"

"的确,阿尔培刚才的举动不十分可鄙,也不十分高贵。"夏多·勒诺回答。

"这成什么体统?"狄布雷对弗兰士说。"基度山伯爵诋毁马瑟夫先生的名誉,而他的儿子竟认为那是应该的! 如果是我的家庭里发生十次亚尼纳事件,我都认为自己只有一种义务,而那就是——决斗十次。"

至于基度山,他的头低垂着,他的两臂软弱无力。在二十四年回忆的重压之下,他脑里一片空白。他唯一想到了那个勇敢的女人;那个女人曾来乞求她儿子的生命,他把他的生命献给了她,而她现在则以泄露一个可怕的家庭秘密来拯救了它。但那个青年人心里的崇拜因此就全部毁灭了。

"上帝还是有的!"他轻声地说,"今天我才完全相信我是上帝的使者了!"

第九十一章　母与子

　　基度山伯爵带着一个抑郁而庄严的微笑向那五个青年鞠了一躬,和玛西米兰、艾曼纽跨进他的马车。决斗场上只剩下了阿尔培、波香、夏多·勒诺。阿尔培望着他的两位朋友,他的眼光里没有怯懦的表情,看来只像是在征求朋友对他刚才这种举动的意见。

　　"真的,我亲爱的朋友,"波香首先说,不知道他究竟是受了极大的感动呢,或是出于做作,"允许我向你道贺,对于这样一件非常难以和解的事情,这的确是一个非常想象不到的结果。"

　　阿尔培不出声,仍沉溺在思索里。夏多·勒诺只是以他那根富于弹性的手杖拍他的皮靴。在这样很不自然地沉默了好一会儿以后,他说:"我们不走吗?"

　　"走吧,"波香回答,"只是允许我向马瑟夫先生致意一下,他今天做了一件与众不同而又这样宽宏大量,并这样富于骑士精神和这样罕见的举动!"

　　"哦,是的。"夏多·勒诺说。

　　"能够有这样的自制能力真是难得!"波香又说。

　　"当然了,要是我,我就绝对办不到啦。"夏多·勒诺以极其明显的冷嘲的口吻说。

　　"二位,"阿尔培插进来说,"我想你们大概不明白基度山先生与我之间发生了一件非常严重的事情。"

　　"可能的,可能的,"波香立即说,"但不论是谁都不会懂得你的英雄主义,而迟早你就会发觉自己不得不终生呕心沥血地向他们解释。我可以给你一个友谊的忠告吗? 到那不勒斯、海牙或圣·波得堡去,到那些无人知晓你的过去、非常宁静的地方,那些比巴黎人更善于理解名誉的地方去。静静地、隐姓埋名地在那儿住下来,这样,几年以后你便可以风平浪静地回到法国来了。我说得对吗,夏多·勒诺先生?"

　　"那正是我的意思,"那位绅士说,"在严重的决斗像这样不了了之宣告结束后,只有这条路可走了。"

　　"谢谢你们二位,"阿尔培带着一个冷淡的微笑答道,"我将遵从你们的忠告,倒并不是因为你们给我这个忠告,而是因为我已经决心离开法国。我感谢你们二位为我效劳,做我的陪证人。这将深深地铭刻在我的记忆里,因为你们虽然说了那些话,我却只记得那一点。"

　　夏多·勒诺和波香互相望了一望,他们两个人得到了同样的印象:马瑟夫刚才表示感谢的口吻是这样的坚决,假如谈话继续下去,只会使大家更加为难。

"告辞了,阿尔培。"波香突然说,并随随便便地伸手给那个青年,但后者看来还没有摆脱他的恍惚状态,并未注意到那只伸过来的手。

"告辞了。"夏多·勒诺说,他用左手拿着那根小手杖,用右手做了一个手势。

阿尔培喃喃地说了声"别了",但他的眼光里却更明显;那种眼光是一首诗;包含着抑制的愤怒、傲慢的轻视和宽容的庄严。在他的两位朋友回到他们的马车里以后,他依旧木讷地,一动不动地呆立了一会儿;然后,他突然解下他的仆人绑在小树上的那匹马,跳上马背,向巴黎那个方面疾驰而去。一刻钟后,他回到海尔达路的那座大厦。当他下马的时候,他透过伯爵寝室的窗帘的后面感觉到了他父亲那张苍白的脸。阿尔培带着一声叹息转过头去,走回他自己的房间里。他向那些自幼至今生活中种种华丽奢侈的东西恋恋不舍地望了一眼;他望望那些图画,图画上的面孔似乎在微笑,图画上的风景似乎色彩更鲜明了。他从橡木镜框里取出他母亲的画像,把它卷了起来,留下那只金边的空框子。然后,他整理一下他所有过去喜爱的东西,那些漂亮的土耳其武器,那些精良的英国枪,那些日本瓷器,那些银盖的玻璃杯,以及那些刻有"费乞里斯"(法国雕塑家)或"巴埃"(法国雕塑家)、著名的铜器艺术品等等;他查看了一下衣柜,把钥匙都插在柜门上;打开一只书桌抽屉,把他身上所有零用钱,他珠宝箱里的千种好玩的珍品都抛到里面,让那只抽屉打开着;然后开列了一张详细的财产目录,推开堆满在写字台上的书籍和文件,把那张财产目录放在最显眼的地方。

他曾吩咐他的仆人不许进来,但当他开始做这件事的时候,他的仆人却仍走了进来。"什么事?"马瑟夫用一种伤心重于恼怒的口吻问。

"请原谅我,少爷,"跟班回答,"您不让我打扰您,可是马瑟夫伯爵派人叫我来了。"

"那又怎么样?"阿尔培说。

"我去见他以前,想先来见一下您。"

"为什么?"

"因为伯爵肯定知道今天早晨是我陪着您去的。"

"有可能。"阿尔培说。

"他既然派人来叫我,如果要问我今天早晨的经过情况。我该怎么答复呢?"

"说实话。"

"那么我就说决斗没有举行吗?"

"你说我已经向基度山伯爵道歉了。去。"

跟班鞠了一个躬退出了房间,阿尔培继续开列他的那张财产目录。当他正在继续这件工作的时候,园子里马匹的跳跃声和车轮的轰响声震动了他的窗户。这些声音吸引了他的注意。他走近窗户,看见他的父亲坐上马车出去。伯爵走后,大门还没完全关上,阿尔培便向他母亲的房间走去;没有人为他通报,他便一直走进了她的寝室;他在寝室门口站了一会儿,悲壮地发觉他所看见的事情符合了他的猜想。好像这两个人有着同样的思想一样,美茜蒂丝在房间里所做的事情正如阿尔培在他的房间里正在做的一样。一切都已安排妥当——饰带、服装、珠宝、衣料、金钱……一切都已整整齐齐叠放在抽屉里,伯爵夫人正在仔细地整理钥匙。阿尔培看见这一情形,他懂得这种种准备的意义,喊道:"妈妈!"随即扑上去抱住了她的脖子。

假如一位画家能描绘出这两张面孔的表情,他一定是一位优秀画家。阿尔培自己做出这种强有力的决定时并不害怕,但当看到他母亲也这样时,他却慌了。"你在做什么?"他问。

"你在干什么?"她回答。

"噢,妈呀!"阿尔培喊道,他是这样的感动,简直讲不出话来了,"您和我是不同,你不能和我下同样的决心,走同样的路,因为我这次来,是来向你的家告别,并且——向你告别!"

"我也要走了,"美茜蒂丝答道,"而且我承认是想你陪我去的,我没有说错吧?"

"妈,"阿尔培态度坚决地说,"我不能使你同享我为自己所安排的命运。从此以后,我将过一种没有爵位和财产的贫困生活,在开始这种艰苦的学徒生活的时候,在没有赚到我自己的面包以前,我还须向朋友错钱度日。所以,我亲爱的妈呀,我立刻要去向弗兰士借一小笔钱来应付目前的生活需要了。"

"我可怜的孩子,别那样说,你忍受贫穷和饥饿!这会打破我的心的。"

"但却打破不了我的,妈,"阿尔培回答。"我年轻力壮,我相信我能承受。从昨天起,我已懂得了意志的力量。唉!对了,亲爱的妈,有人受过那样的苦,但还是活了下来,而且从苍天所赋予他们的种种快乐的荒漠上,从上帝所给予他们的种种希望的碎片上重新建立了他们的荣华富贵!我见过了那种事情。妈,我知道,他们曾这样有力而光荣地从那被敌人抛下的深渊里爬起来,他们征服了他们从前的敌人,并惩罚了他们。不,妈,从这时候起,我已和过去割断了一切关系,并且决不接受过去的任何东西——甚至我的姓,因为你懂得——你的儿子是不能承受一个饱含耻辱见不得人的人的姓的。"

"阿尔培,我的孩子,"美茜蒂丝说,"假如我的心更坚强,我也一定会给你这番劝告的。但当我的声音太微弱的时候,你的良知已代我把它说了出来,那么就听从它的指使吧。你有朋友,阿尔培,割断和他们的联系。但是不要绝望,你的生命还很长,我亲爱的阿尔培,你还不到二十岁。像你这样一颗纯洁的心,确实需要一个白璧无瑕的姓。接受我父亲的姓吧,那个姓是'希里拉.'我的阿尔培,我相信,不论你将来从事什么职业,你一定会使那个姓氏大放光芒。那时,我的儿子,让不幸的往事使你在这个世界上变得更加光辉,假如事与愿违,那么至少让我保存着这些希望吧,因为我自己已经没有前途可以希望了——当我跨出这座房子的门槛的时候,只有通往坟墓的路了。"

"我一定努力照着你的愿望去做,我亲爱的妈妈",阿尔培说,"是的,我分享你的希望,——你是这样的纯洁,而我又这样无辜。上苍的愤怒不会追逐我们。既然我们的决心已下定了,我们就赶快行动吧。马瑟夫先生已在半小时前出去了,这是一个很好的机会,可以避免那些使人难堪的解释。"

"我的孩子,我已经准备好了。"美茜蒂丝说。

阿尔培马上跑到街上,叫了一辆出租马车来拉他们离开家,他记得在圣父街上有一所带家具的小房子要出租,那儿虽不阔气,却完全可以过得去,他带着伯爵夫人直接到那儿去。当马车在小房子的门口停下来,阿尔培下车的时候,一个人走过来,交给他一封信。阿尔培认识那个送信的人。"是伯爵送来的。"伯都西奥说。阿尔培接过那封信,立即拆开,读了一遍,然后四顾寻找伯都西奥,但他已走了。他含着泪眼和起伏的胸膛把信带回到美茜蒂丝那儿,一言不发地把那封信交给她。美茜蒂丝念道:——

"阿尔培,你的计划我已知道,不必想知道我是如何发觉的,但希望你能相信我的体贴。你是自由的,你离开伯爵的家,带你的母亲离开你的家;但且想一想,阿尔培,你欠她的恩情,不是用你可怜高贵的心所能偿还得了的。你自己只管去奋斗,去忍受一切的艰苦,但不要使她遭受到你初期奋斗时必不可免的贫穷;因为今天落到她身上的那种不幸的阴影,本来是不应该让她遭受的,而上帝决不肯让一个无辜者为罪人受苦。我知道你们俩就要一物不取地离开海尔达路。现在,听我说,阿尔培。二十四年前,我骄傲而快乐地回到我的故乡。我有一个未婚妻,阿尔培,一个我的姑娘;而我给我的未婚妻带来了辛辛苦苦积起来的一百五十块金路易。这笔钱是给她的,我特地把这笔留给她;而由于海上生活的祸福莫测,我把我们的宝藏埋在马赛的米兰巷我父亲所住的那座房子的小花园里。你的母亲,很熟悉那座可怜的房子。不久以前,我路过马赛,去看看那座老房子,它唤起我许多许多痛苦的回忆;晚上,我拿了一把铲子在花园角上我埋宝藏的那个地方挖掘出了那只铁箱;没有人碰过它!它还是埋在我父亲在我降生时种植的那棵美丽的无花果树底下。唉,阿尔培,这笔钱,我以前是准备用来给我所崇拜的可爱的女人带来安乐和宁静用的。现在,借着一个令人伤心的意外机会,它可以用来做同样的用途。噢,我本想给那个可怜的女人几百万,但现在我却只给了她那一片自从我被人从所爱的人身边拉走时遗留在我那可怜的家屋底下的黑面包,我希望你能领会我的这番用意!阿尔培,你是一个心地宽大的人,但也许你难以放下你的骄傲或被怨恨所驱使,拒绝我所提供的馈赠,你会另向别人去要求,如果你这样去做,就要说,我的父亲是受你的父亲的迫害历经饥饿和恐怖而死的,我向你的母亲提供生活费而你竟拒绝接受,假如这样,你是否未免太不仁慈了。"

阿尔培一动不动地站着,脸色苍白等候他母亲读完这封信以后做出决定。美茜蒂丝带着一种难以形容的表情向天空望去。"我接受了,"她说,"他有权利这样地赠予,我应当带着它进修道院去!"她把那封信藏在怀里,挽起她儿子的手臂,跨着一种也许她自己都想不到能那么坚定的步伐走进楼去。

第九十二章　自杀

这时，基度山已经和艾曼纽、玛西米兰回到城里。他们的归途是愉快的。艾曼纽毫不掩饰他看到和平取替战争时的欢愉，并公开承认他对博爱主义的爱好。摩莱尔安静地坐在马车的角落里，让他的妹夫表白他的喜悦，他的内心虽是同样的欢喜，但那种欢喜却只表露在他的神色上。马车到达士伦城栅口时，他们遇到了伯都西奥，他一动不动地等候在那儿，好像一个站岗的哨兵。基度山将头伸到窗外，低声和伯都西奥交谈了几句，那位管家就迅速离开了。

"伯爵阁下"，当马车到达皇家广场的时候，艾曼纽说，"在我家的门口让我下来吧，免得我的太太为我们再作无谓的担忧。"

"如果我们来庆祝胜利不显得不妥当的话，"摩莱尔说，"我是会请伯爵到我们家去的，况且伯爵无疑也有一颗激动的心需要平静。所以我们还是离开我们的朋友，让他赶快回家去吧。"

"别急，"基度山说，"不要让我同时失掉两个伴侣。艾曼纽，你回去看你那可爱的太太吧，并尽量代我向她致意，而你，摩莱尔，请你务必陪我到香榭丽舍大道。"

"好极了，"玛西米兰说，"尤其是因为我在那一带正好也有事。"

"我们等你一起吃早餐吗？"艾曼纽问。

"不用了，"那青年回答。门关了，马车继续前进。"您不认为我给你带来了多好的运气！"当摩莱尔独自和伯爵在一起的时候他打趣地说。

"是的，"基度山说，"为了这个理由，我才不放你走让你留在我的身边。"

"这真是奇迹！"摩莱尔自言自语地说。

"什么事？"基度山说。

"刚才所发生的那件事。"

"是的，你说得对，这是奇迹。"伯爵说。

"因为阿尔培也是十分勇敢的。"摩莱尔又说。

"非常勇敢，"基度山说，"我曾见过，尽管头顶上悬着一支利剑，他仍能安然睡觉。"

"我知道他曾和人决斗过两次，"玛西米兰说，"你怎么能使他取消今天早晨的决斗呢？"

"这都是由于你的感化所致。"基度山带笑回答。

"幸亏阿尔培不是军队里的一名兵。"摩莱尔说。

"为什么？"

"他竟会在决斗场上道歉！"那青年队长摇摇头说。

"来，"伯爵温和地说，"不要对阿尔培存着庸人的偏见，摩莱尔！你不懂吗？阿尔培是勇敢的，他不是一个懦夫，他一定有非常充分的理由使他做出今早的举动，因此他的这种行为实际上是更英勇。"

"当然了，当然了，"摩莱尔说，"但正像西班牙人那样说的，他今天不如昨天那样勇敢。"

"你是否愿意和我一同吃早餐，摩莱尔？"伯爵改换话题。

"不，我必须在十点钟离开你。"

"那么是有人约你吃早餐吗？"伯爵说。摩莱尔微笑一下，摇摇头。

"但你总得找一个地方吃早餐呀。"

"要是我不饿呢？"那青年人说。

"哦！"伯爵说，"我听说只有两种东西会破坏胃口：忧愁——但我看你非常高兴，可见不是它——和爱。现在，在听了今天早晨你告诉我的心事以后，我相信——"

"嗯，伯爵，"摩莱尔愉快地答道，"我并不否认。"

"你还没有将这件事讲给我听呢，玛西米兰！"伯爵说，从他的口吻里可以听得出他多么愿意能知道这个秘密。

"今天早晨我已经对你说过了，伯爵？我有一颗心，不是吗，"基度山听他这样说，没再说什么，只把他的手伸给了那个年轻人。"嗯！既然那颗心已不必再和你一同在万森树林了，它一定是去了别处，而我必须去找到它。"

"去吧，"伯爵从容地说，"去吧，亲爱的朋友，但允许我，假如你遇到了任何困难，请记住在这个世界里还有可以帮助你的朋友。我很乐于做这种朋友来造福那些我所爱的人。而我爱你，摩莱尔。"

"我会记得的，"那青年人说，"无助的孩子当需要帮助的时候会记起他们的父母一样。当我需要你帮助的时候，我会来找你，伯爵，而那个时候一定会来的。"

"嗯，我记住了你的诺言。那么再会了。"

"再见。"

他们已到达香榭丽舍大道了。基度山打开车门，摩莱尔跳到阶沿上，伯都西奥已在阶沿上等候了。摩莱尔折入玛里尼街不见了，基度山便急忙过去寻询伯都西奥。

"怎么样？"他问。

"她就要离开她的家了。"那位管家说。

"她的儿子呢？"

"他的跟班弗劳兰丁，认为他也一样要走的。"

"到这儿来，"基度山带伯都西奥到他的书房里，写了我们刚才看见的那封信，把它交给那位管家。"去，"他急忙说。"顺便告诉海蒂说我回来了。"

"我来啦。"那青年女郎说，她一听到马车的声音就奔下楼来，看到伯爵安然归来，脸上露出喜悦的光芒。伯都西奥退出。在焦虑不安难以煎熬地等待了这么久以后，海蒂在这一场会见的最初一刻表达了一个女儿找到她心爱的父亲和一个情妇看见她钟爱的情人时的全部喜悦。基度山心里的欢喜虽然没有这样公开表达出来,但当然也不弱于她。在受过长期的痛苦以后,喜悦对心境的作用恰像是甘露对久旱后的土地一样;心和土地都会吸收那有益的甘露,但在表面上那种作用并不明显。

基度山心想,他长久以来不敢相信的一件事情就是——世界上有两个美茜蒂丝——也许是真的,他也许还能得到幸福。当他那洋溢着幸福的眼睛正在急切地探索海蒂那一对逐渐润湿的眼睛里的意义的时候,房门突然开了。伯爵皱了一皱眉头。

"马瑟夫先生来访!"培浦斯汀说,好像只要说出那个名字就得请伯爵原谅似的。果不其然,伯爵的脸上立刻放出了光彩。他问道,"是哪一个,子爵还是伯爵?"

"伯爵。"

"噢!"海蒂喊道,"那件事还没有完结吗?"

"我心爱的孩子,我不知道有没有完结,"基度山紧紧握住那青年女郎的双手说,"我知道你不必再恐惧了。"

"但这是那奸恶的——"

"那个人是不可能伤害我的,海蒂,"基度山说,"可怕的只是他的儿子。"

"我受过多大的痛苦,你决不会知道,爷"。青年女郎说。

基度山微笑了一下,"我凭我父亲的坟墓发誓!"他伸出一只手放在那青年女郎的头上说,"海蒂,如果有任何不幸的事情会发生的话,那么不幸是决不会落到我的头上的。"

"我相信你,爷,就像上帝在对我说话一样。"那青年女郎说,并把她的额头凑向伯爵。

基度山在她那纯洁美丽的额上亲吻了一下,这一吻使两颗心同时跳动起来,一颗是剧烈地跳,一颗是沉着地跳。"噢!"他低声地说,"那么上帝又允许我恋爱了吗?"他一面领那个美丽的希腊人向一座暗梯走,一面又对培浦斯汀说,"请马瑟夫先生到客厅里去。"

马瑟夫先生的这次拜访基度山或许事先已经料到,前文说过,美茜帝丝也像阿尔培那样曾开列了一张财产目录表,当她在整理她的珠宝、关闭她的抽屉、收集她的钥匙、把一切井井有条地留下来的时候,她没有发觉有一个苍白而阴险的面孔在通走廊的那道玻璃门上窥视。马瑟夫夫人没有发现那个人在窥视或听到那个人的声音,但那个人却大概已看见和听到了房间里的情况,用一只痉挛的手撩开望向前庭那个窗口的窗帘。他在那儿站立了十分钟,一动不动,一言不发,倾听着自己心跳的声音。在他,那十分钟是那样的长久。而就在那个时候,去决斗回来的阿尔培发觉他父亲在一道窗帘后面望他归来。伯爵的眼睛亮了;他知道阿尔培曾当众严重地侮辱过基度山,而不论在全世界哪一个国家里,这样的一次侮辱必然会引起一场拼死的决斗。阿尔培安全回来了;那么基度山伯爵一定遭了报复了。那阴险的脸上掠过一丝说不出的快乐,犹如太阳穿入云彩中,进入坟墓前的最后一丝亮光。但我们已经说过,他枉等了许多时候,始终不见他的儿子到他的房间里来向他叙述胜利的经过。他很理解他的儿子在为他父亲的名誉去复仇以前为什么不先来见他;但当复仇已经成功了以后,他的儿子怎么还不投入他的怀里来呢?

那时,伯爵既不见阿尔培来,便派人去找他的仆人。读者们应当还记得,阿尔培当时吩咐他的仆人不必向伯爵隐瞒任何事情。十分钟以后,马瑟夫将军穿身黑衣黑裤,系着军人的领结,戴着黑手套,出现在台阶上。他显然事先已经吩咐过,因此,当他走下台阶的最后一级的时候,车库里一辆车子已驶出在等候他。跟班把将军那件裹着两把剑的军人大衣放进车里,关上车门后,坐到了车夫的旁边。车夫弯下身来等主人的吩咐。

"香榭丽舍大道,基度山伯爵府。快!"将军说。

在鞭挞之下马匹跳跃起来,五分钟后,它们已停在伯爵府的大门口。马瑟夫先生自己打开了车门;当马车还没有停稳的时候,他就像一个青年人似地跳到了台阶上,拉了拉门铃,就和他的仆人一起进了门。

一会儿,培浦斯汀便向基度山通报马瑟夫伯爵来访,基度山一面带开海蒂,一面吩咐请马瑟夫伯爵先到客厅里等候。伯爵在客厅里踱到第三圈的时候,一转身便发觉基度山已站在客厅门口。

"哦! 是马瑟夫先生,"基度山镇静地说,"我还以为我听错了呢。"

"是的,是我,"由于他的嘴唇抽搐得厉害,所以说话有些困难。

"能让我知道使我这么早就有幸见到马瑟夫先生的原因吗?"

"今天早晨你不是与我的儿子会面了吗?"将军问。

"您已经知道那件事了吗?"基度山回答。

"不仅如此,我还知道,我的儿子有很充分的理由要与你决斗,并且想尽力杀死你。"

"是的,阁下,但他虽然有那样充分的理由,他却并没有杀死我,甚至不曾和我决斗。"

"可是他认为你是他父亲蒙耻的原因,我们全家受奇耻大辱的根由。"

"不错,阁下,"基度山带着他那种可怕的镇定说,"这只是一个次要的原因,不是主要的原因。"

"那么,一定是你主动向他道歉,或是做了一番解释先妥协了?"

"我没有做任何解释,道歉的是他而不是我。"

"但你以为这是什么原因呢?"

"大概是由于确信有一个人比我罪更大。"

"那个人是谁?"

"他的父亲。"

"就算是的,"伯爵脸色发白,说,"但你知道,有罪的人是不愿意让别人知道有罪的。""我知道,我料到这个时候要发生什么事情。"

"没想到,我的儿子是一个胆小鬼懦夫!"伯爵喊道。

"阿尔培·马瑟夫先生并不是一个懦夫!"基度山说。

"一个手里握着一把剑的人看到一个死对头在眼前而竟不决斗,不是懦夫又是什么！他若在此，我会当面告诉他。"

"阁下，"基度山冷冷地答道，"我想不到您是到这儿来向我叙述无味的家庭琐事。回去对阿尔培先生讲吧，他或许知道该怎么答复您。"

"哦，你错了，"将军带笑说，但那个笑容立刻就消失了，"我不是为了那个目的来的。我是来告诉你：我同样把你当作我的敌人！我是来告诉你：我好像早就认识你，而且早就恨你。我本能地恨你！总之，既然现在的年轻人不愿意决斗，那就只有让我们来干了。你的意见如何，阁下？"

"当然。当我刚才告诉您，说我预料到这时发生什么事情的时候，我就是指您光临这件事。"

"这就好了，那么你做好准备了吗？"

"我是时刻准备着的，阁下。"

"我们要决斗到底，你知道，直到我们当中死了一个才罢休！"将军咬紧了牙齿狂怒地说。

"直到我们当中死了一个才罢休。"基度山复述了一遍，轻轻地点点头。

"那么我们开始吧，我们不需要证人。"

"是的"，基度山说，"那是不必要的，我们相互已认识得这样清楚！"

"正巧相反，"将军说，"我们之间是这样的生疏。"

"哼！"基度山仍用那种从容不迫的冷淡口吻说，"我们先来算算看。您不是那个在滑铁卢之役前夕开小差逃走的小兵弗南吗？您不是那个在西班牙充当法军的向导和间谍的弗南中尉吗？您不是那个背叛、出卖并谋害他恩人阿里的弗南中将吗？而这种种弗南结合在一起，不是变成了法国贵族院议员马瑟夫中将了吗？"

"噢！"将军像是被一块热铁烙了一下似的喊道，"混蛋！当你也许就要杀死我的时候，竟还要历数我过去的耻辱！不，我并不是说你不清楚我。我知道得很清楚，恶鬼，穿透过去的黑暗，我不知道你凭着哪一种火炬的光，你曾读遍了我每一页生活史，但我的耻辱比你用华丽的外衣掩盖着的耻辱或许更可敬一些。不，不，我知道你清楚我，但我却不清楚你这个裹在金银珠宝里的混蛋是谁。你在巴黎自称基度山伯爵，在意大利自称为水手辛巴德，在马耳他我不知道你又自称什么。但不管你有千百人名字，我所要知道的，是你的真名字，以便当我把我的剑插进你的心口里的时候，我可以用那个名字来称呼你。"

基度山伯爵的脸苍白了，他的眼睛里喷射着一种噬人的火焰。他跑到他寝室附近的一间更衣室里，不到一分钟，撕下他身上的一切装束，穿上一件水手的短褂和戴上一顶水手帽，从水手帽底下露出他那又长又黑的头发。他就这样回来，把双手叉在腰间，带着深仇大恨，气势汹汹地向将军走来。后者最初不懂他为什么忽然不见，但当再见到他的时候，他浑身发抖，腿软了下去，步步后退，直到找到一张桌子支撑住身体才停住。

"弗南！"伯爵大声说，"在我千百个名字之中，我只要告诉你一个就足以压倒你！现在你已经猜到了，或说得更贴切些，你记得了，不是吗？因为我虽然经过种种忧虑和痛苦，但我今天让你看到了一个复仇的愉快又使他年轻了的面孔，这个面孔,自从你娶了我的未婚妻美茜蒂丝以来,一定是常常梦见的!"

　　将军伸出双臂,仰着头,目光呆迟,默默地凝视着这个可怕的显身;然后,他退后去靠在墙上,紧紧地贴着墙壁溜到门口,一面退出门口,一面发出万分痛苦的喊叫:"爱德蒙·邓蒂斯!"然后,带着丝毫不像人声的悲鸣,跟跟跄跄地奔向门廊,蹒跚地越过前庭,毫无气力地倒在他的跟班的怀里,发出一种他人几乎难以听到的声音:"回家!回家!"新鲜的空气和在仆人面前暴露自己弱点的那种羞耻感逐渐恢复了他一部分知觉。那段路程很短,在他快要到家的时候,他的全部痛苦又复活了。他在离家还有一小段路程的地方下车。那座房子的前门大开,一辆出租马车停在前庭中央,——在这样一座高贵的大厦前面,这是一种少见的现象。伯爵恐怖地望着这个情景,但他不想向别人询问,只是向他自己的房间冲过去。发现有两个人正从楼梯上走下来;他急忙躲到旁边一个小房间里避开他们。下来的是美茜蒂丝,正扶着她儿子的胳臂离开这座房子。他们从那个不幸的人的身边经过,后者躲在门帘后边,几乎感觉到美茜蒂丝的衣服擦到他的身体,和他儿子讲话时的那股热气,因为阿尔培正巧在这时说:"勇敢一点,妈!这已不再是我们的家了!"语声渐渐沉寂,脚步声愈去愈远。将军挺起身子,紧紧地抓住门帘;从一个被他最亲爱的妻子和儿子所抛弃的父亲的胸膛里,发出了人世间最可怕的啜泣。不久,他就听到车夫的吆喝声,马车铁门的关闭声,然后,那辆笨重车子的车轮滚动震得窗户响了起来。他跑到他的寝室里,想再看一眼他在这个世界上最钟爱的一切。但马车继续向前驰去,美茜蒂丝或阿尔培的脸都没有在车窗上出现,他们没有向那座被舍弃的大厦和向那个被抛弃的丈夫与父亲投送最后一个表示告别和留恋的眼光,——也就是宽恕的眼光。正当那辆马车的车轮越过院子门口的同时,屋子里发出一声枪响,从一扇被震碎玻璃的窗户里,冒出了一缕暗淡的轻烟。

第九十三章　凡兰蒂

离开基度山以后,摩莱尔慢慢地向维尔福的家里走去。我们说"慢慢地",因为他用半个多钟头的时间去走五百多步路,但他刚才急于要离开基度山,因为他希望独自思索一会儿。他对于自己的时间知道得很清楚,此时是凡兰蒂伺候诺梯埃用早餐的时候,而这种孝顺的行为当然是不容打扰的。诺梯埃和凡兰蒂允许他每星期去两次,他现在正在利用那种允诺。当他到来时,凡兰蒂正在等他。她不安地,慌乱地抓住他的手,领着摩莱尔去见她的祖父。这种几乎近于精神错乱的不安是马瑟夫事件引起的;歌剧院里的那件事大家都已知道。维尔福家里的人谁都不怀疑那件事情将引起一场决斗。凡兰蒂凭着她那女性的直觉,猜到摩莱尔将做基度山的陪证人;而由于那青年出名的勇敢和他对伯爵的深切的友谊,她恐怕他不会当个证人,袖手旁观。不难想象得到,凡兰蒂如何急切地问决斗的详细情形以及摩莱尔如何向她说明。当凡兰蒂知道这件事情得到意想不到的结果时,摩莱尔从他爱人的眼睛里看到那种无法形容的欢喜。

"现在,"凡兰蒂示意请摩莱尔坐在她祖父的旁边,她自己也在祖父面前的小矮凳上坐下来说,"现在我们来谈谈我们自己的事情吧。你知道,玛西米兰,爷爷一度曾想离开这座房子,与维尔福先生分开住。"

"是的,"玛西米兰说,"我知道那个计划,而且非常赞成那个计划。"

"嗯,"凡兰蒂说,"你也许又可以赞成了,因为爷爷又想到那个计划啦。"

"好得很!"玛西米兰说。

"你可知道爷爷准备离开这座房子的理由吗?"凡兰蒂说。诺梯埃望着凡兰蒂,意思是叫她不要说出来,但她并没有注意到爷爷。她的表情,她的微笑,她的眼光,一切都是为了摩莱尔。

"噢!诺梯埃先生不论是什么理由,"摩莱尔答道,"我相信一定是很有道理的。"

"有道理极啦!"凡兰蒂说。"他的借口是圣·奥诺路的空气对我非常不适宜。"

"的确!"摩莱尔说,"诺梯埃先生也许是对的,我发现两个星期以来你的身体不如以前了。"

"对,有点不好,这是真的,"凡兰蒂说。"爷爷已经成了我的私人医生了,我非常信任他,因为他什么都知道。"

"那么你真的病了?"摩莱尔急忙问。

"哦,那不能说是病,我只是觉得浑身不舒服。我胃口很不好,我的胃老是在翻腾,好像要消化什么食物似的。"

诺梯埃对凡兰蒂所说的每一个字都没有漏掉。

"你那用什么办法来治疗这种怪病呢?"

"非常简单,"凡兰蒂说,"我每天早晨吃一匙羹我爷爷吃的那种药。我说一匙羹,——是说我开始的时候吃一匙羹,现在我每次吃四匙羹了。爷爷说那是一种万应灵药。"凡兰蒂微笑了一下,但她显然很不舒服。

沉醉在爱情里的玛西米兰深切地凝视着她。她非常美丽,但她往常那种苍白的脸色现在更苍白了;她的眼睛比以前更动人,而她的双手,本来像珍珠那样白的,现在则像陈年的白蜡那样有点泛黄了。那青年把眼光从凡兰蒂移到诺梯埃身上。后者正带着一种非常疼爱的神色望着那青年女郎,他也像摩莱尔一样看出了这种病态的痕迹,这种痕迹虽然非常轻微,但却逃不过祖父和爱人的眼睛。

"但是,"摩莱尔说,"我想这种药,就是你每天服的药,本来是开给诺梯埃先生服用的吧?"

"我知道它非常苦,"凡兰蒂说。诺梯埃疑问地望着他的孙女儿。"是的,爷爷,"凡兰蒂说,"的确是这样。刚才,在我到你这儿来以前,我喝了一杯糖水,因为它似乎太苦了。"

诺梯埃的脸色苍白起来,做了一个想说话的表示。凡兰蒂站起来去拿字典。诺梯埃用显然很焦急的目光望着她。此时血冲到那青年女郎的头部来了,她的两颊发红。"噢!"她喊道,但还是很高兴,"这就怪了! 一道亮光! 是太阳照到我的眼睛了吗?"

"没有太阳!"摩莱尔说,诺梯埃的表情比凡兰蒂的不舒服更令他惊慌。他向她奔过去。

那青年女郎微笑了一下。"放心吧!"她对诺梯埃说。"别担心,玛西米兰,没有什么,已经过去了。噢! 我听到前庭里有马车的声音。"她打开诺梯埃的房门,奔到走廊的窗户前,又急忙跑回来。"是的,"她说,"是邓格拉司夫人和她的女儿,他们来拜访我们了。我必须赶快去,因为她们会派人到这儿来找我的,再见。陪着爷爷,玛西米兰,我答应你,不会去留她们。"

摩莱尔目送凡兰蒂离开房间,听她走上了那个通向维尔福夫人的房间和去她的房间的小楼梯。她一走,诺梯埃便向摩莱尔做了一个想要那本字典的表示。摩莱尔很快遵命去取,他在凡兰蒂的教导和示范之下,已很快地学会如何懂得那老人的意思。他虽然很熟练,但因为要背诵字母,再把每一个字从字典里找出来,所以花了十分钟时间才把老人的意思译成这几个字:"把凡兰蒂房间里的那杯水和玻璃瓶给我拿来。"

摩莱尔立刻拉铃招呼那个接替巴罗斯的仆人,用诺梯埃的名义做了吩咐。仆人不久就回来了。玻璃瓶和玻璃杯都已完全空了。诺梯埃表示他想说:"玻璃杯和玻璃瓶怎么会是空?","凡兰蒂说她只喝了一半。"这个新问题的翻译又花了五分钟。

"我不知道,"仆人说,"刚才婢女在凡兰蒂小姐的房间里。也许是她给倒掉了。"

"请你去问问她。"摩莱尔说,这一次,他凭诺梯埃的眼神来翻译他的意思了。

仆人走出去后几乎立刻就回来了。"凡兰蒂小姐到维尔福夫人那儿去的时候经过卧房,"他说"经过的时候,可能是因为口渴,她喝完了那杯糖水。至于玻璃瓶,爱德华先生把它倒空后给他的鸭子做池塘了。"诺梯埃举眼向天花板上望去,像是一个赌徒在孤注一掷时的表情一样。从这时起,老人的眼睛便紧盯住屋门口,不再移动。

凡兰蒂所见的的确是邓格拉司夫人和她的女儿。她把她们请进维尔福夫人的房间里,因为维尔福夫人说在那儿接见她们。那就是凡兰蒂为什么会经过她的房间的缘故。她的房间和她继母的房间在同一排,中间只隔着爱德华的房间。邓格拉司夫人母女进入客厅的时候,脸上带着预示要报告一个正式消息的那种庄重神色。在上流社会中,察言观色是每一个人的本领,维尔福夫人便也以庄严的神色来接待。这个时候,凡兰蒂进来了,那种庄严的仪式便又扮演了一番。

"我亲爱的朋友,"当那两个青年姑娘在握手的时候,男爵夫人说,"我带欧琴妮来首先向你宣布一个消息:我的女儿与卡凡尔康德王子快要结婚了。"

"允许我向你衷心地道贺,"维尔福夫人答道。"卡凡尔康德王子阁下看来是一个品位高雅的青年人。"

"不错,"男爵夫人微笑着说,"我实话对你说:这位王子在外表上似乎还看不出他的未来。他带有一点外国人的风度,法国人一见就知道那是意大利或德国贵族。但是,他的本性非常仁厚,资质十分聪慧,邓格拉司先生向我证明说,他的财产真是'壮观',——那可是他的话。"

"那么,"欧琴妮一面翻阅维尔福夫人的纪念册,一面说,"再加一句吧,妈,说你对那个青年人存着很大的偏爱和幻想。"

"那不用多问,"维尔福夫人说,"你也是分享着那种幻想的了。"

"我!"欧琴妮仍以她往常那种自恃的态度答道。"噢,丝毫没有,夫人! 我的天性是希望成为一个艺术家,求得心灵、身体和思想的自由。而不愿意自己照料家务或者应付任何一个男子。"

欧琴妮说这些话的口吻是这样坚决,以致凡兰蒂的脸红了起来。这个胆怯的姑娘无法了解这种似乎不应当属于女性的强硬的个性。

"但是,"欧琴妮继续说,"既然我不论愿意与否总要结婚,我就应该感谢上帝已解除了我与阿尔培先生的婚约,要不是他的干预,今天我已是一个声名狼藉的人的妻子了。"

"不错,"男爵夫人直率地说,这种直率的口吻在平民之间的谈话中是常见的,在贵妇人之间的谈话中有时也是避免不了的,"一点不错,将军自以为很有把握,他甚至来胁迫邓格拉司先生。要不是马瑟夫犹豫不决,我的女儿就嫁给阿尔培先生啦。我们非常幸运,避免了一劫。"

"但是,"凡兰蒂怯生生地说,"父亲的一切耻辱难道都要转嫁到儿子身上吗? 在我看来,将军的叛逆罪与阿尔培先生是毫无关系呀。"

"请原谅我,"那深切痛恨的女郎说,"阿尔培先生同样应该分享那种耻辱。听说昨天在歌剧院里他向基度山先生挑战之后,今天早晨他在决斗场上向基度山先生道歉了。"

"不可能的!"维尔福夫人说。

"啊,我亲爱的朋友,"邓格拉司夫人用刚才那种同样直率口吻说,"我是听狄布雷先生说的,这是事实!今天道歉的时候他也在场。"

凡兰蒂知道这件事的真相,但她并不想回答。她只在惦记摩莱尔还在诺梯埃先生的房间里等候她。凡兰蒂没有参与谈话。刚才她们所说的话,她实在没有听清楚;突然,邓格拉司夫人的手抓住她的臂膀,把她从迷离恍惚状态中惊醒过来。

"什么?"她说,邓格拉司夫人的手把她吓了一跳,像是触了电一样。

"你一定病了,我亲爱的凡兰蒂。"

"我?"那青年姑娘说,一面用手摸一摸她那发烧的额头。

"是的,到那面镜子前去看看你自己吧。你的脸色一阵白一阵红,一会一变。"

"的确,"欧琴妮喊道,"你的脸色非常苍白!"

"噢,我这样已经有几天了。不用着慌!"

她虽然不善卖巧弄乖,但也知道这是一个离开的机会,而且,维尔福夫人也来帮她的忙了。"去休息吧,凡兰蒂,"她说,"你真的病了,她们会原谅你的。去喝一杯清水,它可以恢复你的精神。"

凡兰蒂向邓格拉司夫人鞠了一躬,吻了一下欧琴妮,走出房间;邓格拉司夫人这时已站起身来告辞。

"那可怜的孩子!"凡兰蒂去后,维尔福夫人说,"我感觉她要生一场大病了。"

这时,凡兰蒂带着一种莫名的兴奋离开后,走过爱德华和她自己的房间,到达那座小楼梯口。她走下楼梯,当只有三级楼梯未走完的时候,她听到摩莱尔的声音,但突然,一片乌云掠过她的眼睛,她那僵硬的脚踩不到踏级,她的手无力握住栏杆,她撞到墙上,滚了下去。摩莱尔跑到门口,打开门,发现凡兰蒂躺在地板上。他快得像闪电似的,抱起她,把她轻轻放在一张椅子里。凡兰蒂张开了眼睛。

"噢,我多笨呀!"她辩解说,"我认不清路啦。我忘了还有几级才到地。"

"你是不是跌伤了,"摩莱尔来,"我能为你做些什么呢,凡兰蒂?"

凡兰蒂向四周环顾了一下:从诺梯埃眼睛里她看到了那种最恐怖的眼神。"亲爱的爷爷,你放心吧,"她说,并极力装出想笑的样子。"没有什么,真的,没有什么,我只是有点头晕而已。"

"又头晕了!"摩莱尔搓着双手说。"噢,凡兰蒂,我求求你要注意呀。"

"不,"凡兰蒂说,"不,没有什么了,我告诉你那一切都已过去了,现在,让我来告诉你一点消息吧。欧琴妮在一星期内就要结婚了,三天之内就要举行一次盛大的宴会,是一个订婚宴,我们都被邀请了,我父亲、维尔福夫人和我——至少我猜想是如此。"

"那么,凡兰蒂,什么时候轮到我们准备自己的事情呢?你,你爷爷这样听你的话,设法使他说'快了'吧。"

"而你，"凡兰蒂说，"是要靠我来催促爷爷，并唤醒他的记忆吗？"

　　"是的，"摩莱尔喊道，"要快！在你还不属于我的时候，凡兰蒂，我始终害怕我也许会失掉你。"

　　"噢！"凡兰蒂带着一个痉挛的动作挥手答道，"噢，真的，玛西米兰，你太胆怯了，不配做军官，因为，他们说，一名军人是从不知道惧怕的呀。哈！哈！哈！"

　　她爆发出一连串痛苦的呻吟；她的手臂僵硬地抽搐；她的头仰在椅背上，于是她就一动不动了。那冻结在诺梯埃嘴唇上恐怖的喊叫几乎从他的眼睛里迸了出来。摩莱尔懂得那种眼光的意思，他猛烈地拉铃，那在凡兰蒂小姐房间里的女婢和那个代替巴罗斯的男仆同时奔进来。凡兰蒂是这样苍白，这样冷冰冰地缺少生气，以致他们明白了一切，于是就飞奔到走廊里去呼救。邓格拉司夫人和欧琴妮当时正在出来，她们听到了慌乱的原因。

　　"我对你们说了的！"维尔福夫人喊道。"可怜的孩子！"

第九十四章 认罪

"出了什么事情呀？"维尔福先生的问话从他的书斋里传出来，于是摩莱尔连忙向诺梯埃征求意见，诺梯埃先生已恢复他的自制力，用目光向他示意以前类似的情况。他刚拿起帽子气喘吁吁地奔进那间耳房，维尔福跑进房来，奔到凡兰蒂面前，把她抱在怀里。"请医生！请医生！请阿夫里尼先生！"维尔福喊道，"不要了，我亲自去请。"

他疯了似的飞奔出屋，摩莱尔则同时从另外一扇门冲了出去。他的心里突然触动一件可怕的回忆，——他想起了圣·米兰夫人去世那一夜医生与维尔福的那一段谈话；这些病症与巴罗斯临死前是一样的，虽然现在程度还没有那么严重。同时，基度山的声音似乎又在他的耳边响起来，他在两小时前曾说，"不论你需要什么，到我这儿来好了，摩莱尔，我有很大的力量。"一想起这几句话，他直奔梅狄侬路，从那儿折向香榭丽舍大道。

这时，维尔福先生已乘着一辆轻便的出租马车赶到了阿夫里尼先生的门口。他拉铃拉得非常猛烈，致使门房吓了一跳。维尔福一句话都没说，直向楼上奔去。门房本来认识他，就让他进去，只是在后面对他喊道："在书斋里，检察官先生，他在书斋里！"维尔福推开——或者，说得更贴切些是撞开书斋的门。

"啊!"医生说,"是您?"

"是的,"维尔福说,顺手关上房门,"是我,现在轮到我来问您这屋里是不是只有我们两个人。医生,我的家遭受老天惩罚啦!"

"什么!"医生说,他表面上装作镇静,但内心却很激动:"您家里又有一个人中风了吗?"

"是的,医生。"维尔福用一只痉挛的手抓住自己的一把头发喊道:"是的!"

阿夫里尼的目光像是在说:"我告诉你这是要来的。"然后他慢慢地问道,"您家里现在要死的是谁? 是哪一个新的牺牲者又要到上帝面前去控告您软弱无能了?"

维尔福从心里迸发出一声悲哀的啜泣,"这一次轮到凡兰蒂了!"他走近医生,抓住了他的手臂,"凡兰蒂!"他说。

"您的女儿!"阿夫里尼惊奇而悲哀地喊道。

医生接着说:"您每一次来找我,总是太迟了,可是,我还是去的。走吧,我们赶快吧,阁下,对付敌人是不能浪费时间的。"

"噢,这一次,医生,你不会再责备我软弱了。这一次,我知道谁是凶犯,我会惩罚的。""我们先去设法救那个牺牲者吧,以后再考虑为她复仇的事情,"阿夫里尼说,"来吧。"那辆轻便马车载着他们疾驰而去,这时,摩莱尔正在敲基度山的门。

伯爵在书房里,正在用急切的目光阅读伯都西奥匆匆拿进来的一封信。摩莱尔的到来使伯爵吃惊地看到两小时前带着笑容离开他的摩莱尔,现在却带着一张痛苦的面孔回来见他。伯爵跑过去迎接他。"怎么啦,玛西米兰?"他问道,"你满头大汗,脸色苍白得很。"

摩莱尔像跌倒似的坐在一张椅子上。"是的,我来得很匆忙,我要跟你讲话。"他说。

"你家里的人都好吗?"伯爵亲切慈爱地问,他的关切是诚恳的。

"谢谢你,伯爵,谢谢你,"那青年说,他显然觉得难于打开话题,"是的,我家里的每一个人都很好。"

"那就好了,"伯爵焦急地问道,"你有什么事情要告诉我吧?"

"是的,"摩莱尔说,"不错,我刚才离开一座死神进去的房子,直奔到你这儿来。"

"那么你是刚从马瑟夫先生家里来的吗?"基度山问道。

"不,"摩莱尔说,"他家里死了人了吗?"

"刚才将军自杀了。"基度山非常冷漠地回答。

"噢,多可怕的厄运呀"玛西米兰喊道。

"对伯爵夫人或阿尔培来说却不一定,"基度山说,"死去的父亲或丈夫要比活着受辱的好,鲜血洗清了耻辱。"

"可怜的伯爵夫人!"玛西米兰说,"我非常可怜她,这么高贵的一个女人!"

"也可怜一下阿尔培吧,因为,请相信我,玛西米兰,他不愧是伯爵夫人的儿子。让我们回到你自己的事情上来吧,你匆匆忙忙地赶到我这儿来,我能有幸为你效劳吗?"

"是的,我需要你的帮助,但愿你能帮助我做一件恐怕只有上帝才能帮助我的事情。"

"告诉我那是什么事情。"基度山答道。

摩莱尔说。"噢!我实在不知道我是否可以把这个秘密泄露给凡人的耳朵听。"他吞吞吐吐地说,"但厄运逼迫着我,需要驱使着我,伯爵……。"

"你知道我爱你吗?"基度山亲热地握住那青年的手说。

"噢,你鼓励了我!而这里有一样东西告诉我,"他用手按在心上说,"我对你应该没有秘密。"

"摩莱尔,你说得对,上帝在对你的心说话,并通过你的心在转告你。告诉我它说了些什么话。"

"伯爵,你可以允许我派培浦斯汀去打听一个人的消息吗?那个人你也认识的。"

"尽管吩咐,我的仆人是一样的。"

"噢,假如我听不到她好转的消息,我不知道将怎样活下去了。"

"要我叫培浦斯汀来吗?"

"噢,还是我亲自去对他说。"

摩莱尔走出去叫培浦斯汀,低声对他说了几句话。那跟班的就匆匆地走了。

"是的,现在我可以比较踏实些了。"

"你知道我在等着呢。"基度山微笑着说。

"是的,我来告诉你。有一天晚上,我在一个花园里。一丛灌木掩藏了我,谁都没有疑心我会在那儿。两个人走到我附近,请原谅我暂时隐讳他们的名字,他们在低声谈话,可是,我对于他们所说的事情非常关切,所以他们的话我一个字都没有漏过。"

"摩莱尔,假如我从你那苍白的脸色和浑身打战的身体来判断的话,我敢说这是一个悲惨故事的开始。"

"是的,非常悲惨,我的朋友!在属于这座花园的房子里,刚才死了一个人,我窃听谈话的那两个人,一个是那座房子的主人,一个是医生。前者正在向后者密诉他的忧心和恐惧,因为在一个月内,这已是死神第二次进入这座房子了。"

"啊,啊!"基度山急切地望着那个青年说,并用一种难以觉察的动作转动了一下他的椅子,这样,他自己可以坐在阴暗里,而玛西米兰的脸则全部浴在光线里。

"是的,"摩莱尔继续说,"不幸的是死神在一个月内两次进入了那座房子。"

"那医生如何答复呢?"基度山问。

"他回答说,那种死不是一种自然的死亡,而必须归罪于——"

"归罪于什么?"

"归罪于毒药。"

"真的!"基度山说,接着他轻轻咳嗽了一声,这种咳嗽可以在情绪极激动的时候帮助他掩饰脸上的红潮或苍白,"玛西米兰,你真的听到那样说的吗?"

"是的,我亲爱的伯爵,我听到的。那医生还说,假如再有人这样死掉,他就一定要起诉了。"基度山听话时的态度非常镇定,至少在表面上如此。"嗯!"玛西米兰说,"死神第三次又来了,而那座房子的主人或医生都没有说一句话。死神现在或许在做第四次降临了。伯爵,我现在既然知道了这个秘密,我该怎样办才是呢?"

"我亲爱的朋友,"基度山说,"你看来是在叙述一个我们大家心里都知道的故事。我不曾窃听到任何秘密谈话,可是我知道得像你一样清楚,我不感到良心上有什么不安。不,这不关我的事。你说,一位灭绝天使似乎已把那座房子当作毁灭的对象。嗯!谁说你说错了呢?不要去注意那些理应发生的事情。假如走过那座房子的不是上帝的灭绝天使而是他的正义之神,玛西米兰,你就掉转脸去,让正义之神去惩办吧。"摩莱尔打了一个寒战。伯爵的态度上带着某种哀伤、庄严和可怕的气氛。使人难以相信这是同一个人在说话,"而且,谁说它会再来呢?"

"伯爵它已经又来啦,"摩莱尔喊道,"这就是为什么我要赶来见你的原因。"

"嗯!你希望我怎么样呢?难道你希望我,把那个消息去通知检察官吗?"

基度山说最后这几个字的意义是那样意味深长,以致摩莱尔站起来喊道:"你知道我所说的是谁,对吗,伯爵?"

"不错,我的好朋友,我可以举出那些人的姓名来向你证明。那天晚上你走进维尔福先生的花园,正是在圣·米兰夫人去世的那天晚上。你听到维尔福先生和阿夫里尼先生谈论圣·米兰先生和侯爵夫人的死。医生说,他相信他们俩都是中毒死的,而正人君子的你,就从此日夜扪心自问,究竟该不该泄露这个秘密。我们现在不是在中世纪了,亲爱的朋友,现在已不再有宗教秘密法庭或良心裁判所。你跟那些人有什么关系呢?我亲爱的,假如良心睡着,就让它继续睡下去,假如它醒着,就让它醒着难受一会儿吧。为了上帝的爱,平平静静地生活吧,他并不想来打扰你!"

摩莱尔的脸上表露出深切的悲哀,他抓住基度山的手。"我说,它又来了呀!"

"嗯"伯爵说,他很奇怪摩莱尔这种坚持的态度,他不懂这是为了什么,于是更急切地望着他说,"让它再来吧。那是一个自相残杀的家庭,上帝已判了他们的罪,他们必须承受他们的惩罚。他们都将像轻轻地一吹就一个一个地跌倒在纸牌,即使他们有很多很多。三个月以前,是圣·米兰先生,两个月以前圣·米兰夫人,不久以前,是巴罗斯,今天,是那年老的诺梯埃或年轻的凡兰蒂了。"

"你怎么知道的呢?"摩莱尔喊道,基度山已使他陷于极度恐怖中,"而你知道了,却什么都不说?"

"它跟我有什么关系?"基度山耸耸肩答道。"我曾认识那些人吗?我何必多管闲事呢?我没有偏爱去管多余的事。"

"但我,"摩莱尔悲哀地喊道,——"我爱她呀!"

"你爱——谁?"基度山喊道,跳起来抓住摩莱尔举向天空的那两只手。

"我用生命去爱她——我疯狂地爱她—我像一个愿意以生命的血去替代她一滴眼泪的男子那样爱她——我爱凡兰蒂·维尔福,就是他们正在谋害的那个人!你懂我的话吗?我爱她,而我请问上帝和你,我怎样才能救她?"

世界经典文库

世界二十大名著

基督山伯爵

图文珍藏版

　　基度山发出一声只有那些听到过一只受伤的狮子的吼声的人才能想象得出的喊叫。"怎么会呢？不幸的人哪！"他喊道，这一次轮到他来搓自己的双手了，"你爱凡兰蒂！爱那个该天杀的家族的女儿！"摩莱尔从来不曾见过这样的一种表情，从来不曾遭遇过这样可怕的一种目光；即使在战场上，在搏斗的夜晚，当不幸的枪火在他四周交织着的时候，他也不曾经历过这样的恐怖。他惊惶地退后了几步。

　　至于基度山，在这一阵感情发泄以后，他把眼睛闭了一会儿，像是被内心的光眩晕了似的。一刹那间，他又找回力量重新约束住自己。他那猛烈地起伏的胸膛平息了下去，像是乌云过去后那汹涌的波涛受了阳光和蔼的照拂一样。这种沉默大约持续了二十秒钟。然后，伯爵抬起他那苍白的脸。

　　"来，来，"伯爵说，"怨艾是没有用的！拿出男子汉的气概来，坚强一点，不要失掉信心，因为有我在这儿，我可以为你想办法。"摩莱尔伤心地摇摇头。

　　"我告诉你不要失掉希望。你懂得我的意思吗？"基度山大声说。"要记得：我从来不撒谎，也从不受人欺骗。现在是一点钟，玛西米兰，感谢上天你在中午来而不是在晚上或明天早晨来！听着，摩莱尔！现在是中午，假如凡兰蒂现在没有死，她就不会死的了。"

　　"怎么会呢？"摩莱尔喊道，"我离开的时候她已经奄奄一息了呀！"

　　基度山用双手捧住他自己的额头。在那个充满着可怕的秘密的脑子里，光明之神或黑暗之神对那个冤仇难解而同时又宽宏大量的头脑究竟在进行了什么交换，又说了些什么话那只有上帝才知道了。

　　基度山抬起头来，这一次，他的脸宁静得像刚睡醒的小孩子一样。"玛西米亚，"他说，"回家去吧。我命令你不得乱动，不要采取任何步骤，不要让你的脸上泄漏一丝忧愁。我会送消息给你的。去吧！"

　　"噢，伯爵，你那种镇定的态度让我不安了。难道你有起死回生的力量？难道你是超人？难道你是一位天使？难道你是上帝吗？"那个从不在危险面前发抖的青年，在基度山面前却带着无法形容的恐惧发起抖来了。但基度山带着一个慈爱和忧郁的微笑望着他，以致玛西米兰的泪水充满了自己的眼眶。

　　"我的朋友，你要记住我能够为你做许多事情"，伯爵答道。"去吧，我必须独自想一会儿。"

　　基度山对他周围的一切都有一种极强的控制力，摩莱尔也不想抗拒。他紧紧地握了握伯爵的手走了。他在门口停了一会儿等待培浦斯汀，后者正从梅狄侬路跑过来。

　　这时，维尔福和阿夫里尼已赶回了家。他们到达的时候，凡尔蒂还没有苏醒过来，医生便十分仔细地检查那个虚弱的病人。维尔福密切地注视着他的脸和嘴唇，等待检查的结果。诺梯埃也全神贯注地等待着，比维尔福更急于想知道医生的决断。终于，阿夫里尼慢吞吞地说出这几个字："她居然还活着！"

　　"居然？"维尔福喊道，"噢，医生，多可怕的字眼呀！"

　　医生说："是的，我再说一遍，她居然还活着，而这使我难以理解。"

　　"她得救了吗？"那做父亲地问。

"是的,只要她还活着就行了。"

这时,阿夫里尼的眼光触到了诺梯埃的眼睛,他的眼睛里闪烁着这样显著的喜悦和包含着深刻的意义,引起了医生的注意。

维尔福去找凡兰蒂小姐婢女时,阿夫里尼走到诺梯埃面前,"您有话要告诉我吗?"他问。

老人生动地眨一眨他的眼睛。这是他唯一确定的表示。

"私下说吗?"

"是的。"

"好,我陪你谈一会儿。"这时维尔福回来,后面跟着那个婢女。

阿夫里尼先生看到让婢女帮凡尔蒂小姐躺回床去是他与诺梯埃密谈的一个机会,便同意并吩咐,除了他指定的以外,禁止给她吃喝任何东西。

他们抬着凡尔蒂走了。她已苏醒过来,但还不能行动或说话,这次发作把她周身的骨骼都抖松了,可是她还是用最深切的目光向她祖父告别。阿夫里尼跟着病人出去,开了一张药方,吩咐维尔福乘一辆轻便马车亲自到药剂师那儿去配药,亲自拿来,他在他女儿的房间里等他。然后,在重新吩咐一遍不准给凡兰蒂吃喝任何东西以后,回到诺梯埃的房间里,确定没有人在窃听,小心地关上房门,便说:"嗯,您对于您孙女儿的病,知道一点头绪吗?"

"是的。"老人说。

"我们时间有限,我问,你回答我。"

诺梯埃做了一个愿意回答的表示。

"您预料到凡兰蒂会遭到这种意外吗?"

"是的。"

阿夫里尼想了一想;然后走近到诺梯埃面前。"原谅我下面所说的话,"他说,"但在可怕的事实面前,任何征兆都不容忽视。您可曾看到可怜的巴罗斯去世的情形吗?"

诺梯埃举眼向天。

"您知道他死的原因吗?"阿夫里尼把手放在诺梯埃的肩上问。

"是的。"老人回答。

"您认为他是自然死的吗?"

在诺梯埃那不能动弹的嘴唇上,可以辨察到一种微笑。

"那么您以为巴罗斯是被毒死的?"

"是的。"

"您以为他服下的毒药本来是准备给他吃的吗?"

"不。"

"您以为现在攻击凡兰蒂的那个人,就是无意之间毒死巴罗斯的那个人吗?"

"是的。"

"那么她也会死吗?"阿夫里尼用他那尖锐的目光凝视着诺梯埃问。他注视着这个问题在老人身上所产生的影响。

"不!"他带着一种即使最聪明的推测者见了也会感到迷惑的得意的神气回答。

"那么您蛮有把握地抱着希望?"阿夫里尼惊奇地说。

"是的。"

"您希望什么呢?"老人用他的目光表示他无法回答。阿夫里尼继续对诺梯埃说:"您希望那凶手会厌倦吗?"

"不。"

"那么您希望毒药在凡兰蒂身上不产生效力吗?"

"是的。"

"您当然也知道,"阿夫里尼说,"这一次也是故意要毒死她的。"

老人表示同意。

"那么您怎么能希望凡兰蒂可以逃脱呢?"

诺梯埃把他的眼光坚定地盯着一个地方。阿夫里尼顺着那个方向看过去,原来盯的是他每天早晨服用的那只药瓶上。他突然想到了一个念头,"难道您已经——"阿夫里尼说。

诺梯埃不等他说完就说:"是的。"

"使她有抗毒的能力是吗?"

"是的。"

"而您的方法是使她渐渐习惯——"

"是的,是的,是的。"诺梯埃说,很高兴对方懂得了他的意思。

"的确,您是听我说过,我给您的药里含有木鳖精的吧?"

"是的。"

"而让她习惯了那种毒药,具有抵抗其他同类毒药的侵害?"

诺梯埃继续露出欢喜的表情。

"您成功了!"阿夫里尼喊道。"没有那一步预防,凡兰蒂在我赶来以前早就死掉了。那毒药分量非常重的,但她只是昏厥过去而已。这一次,凡兰蒂是不会死的了。"

最大的喜悦充满了老人的眼睛。他带着一种无限感激的表情举目向天。这时候,维尔福回来了。"唉,医生,"他说,"您派我去买的药拿来了。"

"这是当着您的面配制的吗?"

"是的。"检察官回答。

"它始终没有离开过您的手吗?"

"没有。"

阿夫里尼接过药瓶,倒几滴药水在他的嘴唇上,尝了尝味道。"嗯,"他说,"我们到凡兰蒂那儿去吧,我要去叮嘱每一个人,维尔福先生,您要亲自监督他们不许违背我的命令。"

当阿夫里尼在维尔福的陪伴下回到凡兰蒂房间里去的时候,一位举止严肃、谈吐镇定坚决的意大利神父租下了维尔福先生隔壁的那座房子。谁都不知道那座房子里的三个房客怎么肯在两小时内搬走;而新房客写了一张三年、六年或九年的租约,并遵照业主的规则,预付了六个月房租。这位新房客,自称为琪亚柯摩·布沙尼先生。他立刻找来了工匠。那天晚上,过街的行人惊奇地看见木匠和泥水匠在匆匆地修理那座危屋的墙脚。

第九十五章　父与女

　　邓格拉司小姐早晨曾要求见她的父亲一次,并指定客厅作为会见的地点。这个奇怪的步骤并没有使那位银行家感到惊奇,他立刻听从他女儿的要求,先到客厅等候,依脱尼不久就回来交差了。"小姐的婢女告诉我,"他说,"小姐快要梳妆完毕了,一会儿就来。"

　　邓格拉司点点头,表示他知道了。对外界和他的仆人,邓格拉司像是一位好好先生又像是一个软弱的父亲。正如在古代的戏剧中,有些父亲的假面具,右嘴角是向上扬起带着笑,而左嘴角向下垂像在哭泣。我们得赶快声明一句,在内心,那副笑嘴笑脸常常消失而露出那副死板的面孔来的,所以我们通常见不到那个宽宏大量的人而只见到那残酷的丈夫和专横的父亲。"那孩子既想和我谈话为什么不到我的书房里来呢?而且她为什么要和我谈话呢?"

　　正当他把这个烦人的问题在他的脑子里回转到第二十次的时候,门开了,欧琴妮走了进来,头发梳得齐齐整整,身上穿着一件贴身的缎子衣服,戴着手套,像是要到意大利歌剧院去似的。

　　"噢,欧琴妮,你有什么事要跟我说?为什么不到那舒服的书房里去而要到这严肃的客厅里来?"

　　"你说得对,阁下,"欧琴妮说,并示意请她的父亲坐下来,"您提出了两个问题,先来回答第二个问题,因为这个问题比较简单。阁下,我之所以选择客厅作为我们会面的地点,是为了要逃避银行家书房里的那种不愉快气氛影响。那些烫金的账簿,那些像保垒的大门那样锁得严严的抽屉,那些成堆的票据,以及那些从英国、荷兰、西班牙、印度、中国和秘鲁寄来的一沓沓的信件,通常对一个父亲的头脑会发生一种奇怪的影响,使他忘记世界上还有比他的社会地位及他银行生意更应关切和更神圣的事情,所以我选择了这间客厅。在这里,在这些华丽的镜框里,您可以看到您、我和我母亲的微笑的画像,以及各种各样的田园风光和牧场景色,这也许是一种错误,但假如我没有一点幻想的话,我就不成其为艺术家啦。"

　　"好极了,"邓格拉司回答,他沉静又冷淡地听着这一番长篇大论的演讲,但却一个字也没有听懂,他做着专心在倾听的样子,但像那些别有用心的人一样,只是在从旁人的话里寻找他自己的话题。

　　"那么,第二点已经说明白了,"欧琴妮说话时毫不慌乱,在态度和口吻里都带着那种男性的自恃。"问我为什么要求和您作这次谈话,我可以用一句话答复您:阁下,我不愿意跟安德里·卡凡尔康德子爵结婚。"

　　邓格拉司从椅子上跳起来,同时把他的手臂和眼睛都举向天上。

"是的,阁下,"欧琴妮依旧很平静地说。"我看您很惊奇。因为当这件小事在进行中的时候,我从来没有表示反对。不错,我老是等机会反对那些不征求我意见的人和使我讨厌的事情,我知道自己的意志太专横。但这一次,我的沉默不语并不是因为在等待机会,而是来源于一种希望,像是一个孝顺的女儿在学习服从。"说到这里,青年姑娘发紫的嘴唇露出一丝淡淡的微笑。

"怎么样?"邓格拉司问。

"嗯,阁下,"欧琴妮继续说,"我已尝试得精疲力尽了,而我发觉,我虽然作了种种努力,但要我做更进一步的服从是不可能的了。"

"但是,"邓格拉司说,"你这次拒绝究竟是为了什么原因呢,欧琴妮,究竟为了什么原因呀?"

"原因?"那青年姑娘答道。"嗯!并不是因为那个人比旁人更令人讨厌。不,尽管安德里·卡凡尔康德先生从外貌上讲,可以算是一个非常好的模特儿,也不是因为他比别人更感动不了我的心,——那只是一个女学生的理由,我认为我已经过了那个阶段,但我从来就没有爱过任何人,阁下,您知道的,不是吗?我始终看不出为什么我应该给我的生活加上一个永久的拖累。一位先哲不是说'不要去寻求你不需要的东西',而另一位先哲不是也说'以你本身的一切为满足'吗?嗯,我亲爱的爹爹,在生活的沉舟里——因为生活永远是我们希望的沉舟——我把一切无用的拖累都投掷到海里,就是如此而已。我应有自己的意志,我自愿过独身生活,这样可以完全保持自由。"

"不幸的孩子!不幸的孩子!"邓格拉司嘟囔着说,脸色苍白起来,因为,根据长期的经验,他知道他这样突然地遭遇将是结实的障碍。

"不幸!"欧琴妮答道,"不!绝不是的,你那种叹息据我看似乎是假装出来的。正巧相反,我很幸福,因为,我问您,我现在还缺少什么?人家都说我长得美,那可以帮助我受到很好的接待。我喜欢得到欢迎的接待,因为当旁人以笑脸相迎的时候,我周围的人就显得没有那样丑了。我还有一点聪慧,并且还相当敏锐,这可以帮助我吸收别人的优点到我自己的生活里。我很富有,因为您是法国第一流的富翁,我是您的独生女儿,而您不会顽固到像戏剧里的父亲一样,因女儿没有外孙女就剥夺您唯一女儿的继承权。而且,根据继承法,您也不能剥夺我的继承权,至少不能剥夺我的全部继承权。我之所以要提出这一点,因为这也是一种不可逼迫我嫁人的力量。所以,又美丽,又聪明,又有钱,而像喜剧里所说的那样,又有几分天才,——那就是幸福了呀。阁下,您为什么还要说我不幸呢?"

邓格拉司看到他女儿那种笑容满面,傲气万丈的腔调,再也压不住心中的一股怒气,可是,那股怒气只是从一声叹息里宣泄了出来。在他女儿那种询问的凝视之下,面对着那两条露出问话表情的美丽的黑眉毛,他小心地转过头去,立刻用谨慎的铁腕平静了自己。他带着一种做作的微笑答道:"我的女儿呀,你所夸耀的一切都对,只有一样事情不对,我暂且不忙告诉你那是什么,让你自己去发现它。"

欧琴妮惊奇地望着邓格拉司。

那位银行家继续说,"我的女儿呀,你已经把像你这样一个决心不嫁人的姑娘的感想,完全地解释给我听了,现在该由我来告诉你:像我这样一个决心要使他的女儿嫁人的父亲,究竟是出于什么动机。"

欧琴妮鞠了一躬,但她的神态不像是一个驯服的女儿,而像是一个准备讨论的对手。

"我的女儿呀,"邓格拉司说,"当一个父亲要他的女儿选择一个丈夫的时候,他希望她嫁人,总是有理由的。有些人是因为热衷于你刚才所述的那件事情,想抱小外孙儿。我可以坦白地告诉你,我可没有这个奢望,家庭之乐对我毫无诱惑力。"

"好极了,"欧琴妮说,"我们坦白讲吧,阁下,我很喜欢坦白。"

"嗯!"邓格拉司说,"我之所以建议要你结婚,并不是为了你的缘故,因为至少在当时我的确没有想到你。你赞成坦白,我希望现在可以满足了。我之所以要催你赶快结婚,是为了我某种商业上的投机。"欧琴妮显出有些不安。"的确是如此,我向你保证,而且你一定不能生气,因为这是你求我坦白讲出来的。对像你这样的一个艺术家,我不愿意作详细的数字说明,你甚至怕进我的书房,生怕玷污了你高雅的艺术。但就在那间银行家的书房里,那就是你昨天心甘情愿地进来向我讨那每月数千法郎零用钱的地方。但我现在要这样告诉你,一个人要懂得:一位银行家的信用,就是他的肉体生命和道德生命。基度山先生有一次曾在这一点上对我讲过一番话,那是我永远不会忘记的。在那儿,一个人可以学到:当信用消失的时候,肉体就没有生命了。这就是那位有幸做一个女艺术家之父的银行家不久就必然要遭遇到的现实。"

但欧琴妮在这个打击之下不但没有垂头丧气,反而挺直了她的身体。"破产了!"她说。

"你说对了,我的女儿,这两个字用得很恰当,"邓格拉司说。他用手紧紧抓住自己的胸口,但他那严酷的脸上却依旧保持着一个机警而没有心肝的人的微笑。

"呀!"欧琴妮说。

"是的,破产啦!现在,正如悲剧诗人所说的'充满着恐怖的秘密已经揭露了。'现在,且听我来告诉你:你或许能够挽救这场不幸。"

"噢,"欧琴妮喊道,"阁下,假如您以为你所宣布的灾祸会使我悲悼我自己的命运,那你就是一位蹩脚相士了。破产,那对我何足轻重呢?我不是还有我的天才吗?完全可以凭我自己的能力去获得您决不会给我的一切。当您给我那可怜的一万二千法郎一年的零用钱的时候,总是带着不高兴的脸色,还要责备我浪费。那时,我自己一年可以赚十五万里弗,拿到那笔钱,我不必感激任何人,只要感激自己就得了,而且那些钱还会伴随着喝彩、欢呼和鲜花一同来。我认为独立可以代替一切的宝藏,它甚至比生存更重要。我并不为我自己担忧,——我总是可以有办法的。我的书,我的笔,我的钢琴,将依旧是属于我的,而且那些东西都不值钱,即使失掉了,我也可以再弄到。您或许以为我会为邓格拉司夫人担心。您又自欺了,除非我全盘猜错,否则我知道她对于威胁您的那场大难早已有所准备。那场大难将不会影响到她。她很能照顾自己,——至少我希望如此,——而她并没有因为照顾我而分了心。因为,感谢上帝,她借口我希望自由,一切完全由我自己做主。噢,

"不，阁下，我从孩提时代起，由于经常受着不幸的威胁，对于我周围的一切看得太多、懂得太多了。从我有记忆的时候起，我就不曾被任何人所爱，那本来可以说很不幸！但那种情形却自然而然地使我不爱任何人，这未尝不是一件好事！现在，您知道我的心意了吧。"

"那么，"邓格拉司说，他的脸气得发青，但那种气愤却不是因为父爱受了亵渎而发生的，"那么，小姐，你坚持要决心加速我的破产吗？"

"您的破产？我加速您的破产？您是什么意思？我不懂您的意思。"

"那样还好，我还有一线希望，听着。"

"我全神贯注地在听。"欧琴妮说，同时注视着他的父亲，以致后者很难承受她那有力的凝视。

"卡凡尔康德先生快要和你结婚了，"邓格拉司继续说，"他将把他的财产委托给我，那笔财产约有三百万。"

"可观得很！"欧琴妮抚弄着她的手套极其蔑视地说。

"您以为我会剥削你们的那三百万？"邓格拉司说，"不必怕。那笔钱至少可以得到一分利息。我从另外一位银行家，——我的同行，——那儿得到一条铁路的承股权，而铁路是目前唯一立刻可以发财的事业，目前巴黎人投资于铁路，正像以前投资于密西西比河流域的土地一样有利。这是一种抵押投资，你看，这已比以前进步了，因为你所投资的钱至少可以换到十磅、二十磅或一百磅铁。嗯，在一星期之内，我准备去买四百万股票，这四百万，我答应你可以获得一分或一分二的利息。"

"但阁下，大概您也记得很清楚，当我前天来见您的时候，"欧琴妮答道，"我看到您收进五百五十万。您甚至把那两张支票给我看了，而且很奇怪这样贵重的一张纸没有像闪电一样耀花我的眼睛。"

"是的，但那五百五十万不是我的，而只是一种信任我的证据。我这个平民化银行家的头衔使我获得了医院的信任，那五百五十万是属于医院的。在往常，我可以毫不犹豫地利用那笔款子，但我近来连连大受损失已不是秘密，而我已经告诉过你，我的信用已相当动摇。那笔款随时可能来提取，假如我拿它来充另外的用途，我就会给自己带来一次可耻的倒闭。现在，如果你与卡凡尔康德先生结婚，有了那三百万，或甚至只要旁人以为我就要碰到那三百万，我的信用便恢复了。而我的财产，在过去一两个月内虽被大块大块地吞吸掉，以致给我造成了致命伤，而我恢复元气时便可以重新建立起来。你懂得我的意思了吗？"

"懂得十分清楚。我价值三百万，不是吗？"

"数目愈大，您便愈有面子。那可以使你想到你自己的身价。"

"谢谢您。还有一句话，阁下，您能不能答应我：你只利用卡凡尔康德先生即将委托给您的财产，而不去碰那笔款子？这不是我自私，而是我的细心。我很愿意帮助您重建您的财产，但我却不愿意造成他人的破产。"

"但我告诉过您啦，"邓格拉司喊道，"有了这三百万——"

"阁下，您假如不动用那三百万，能恢复您的信誉吗？"

"我希望如此，假如这件婚事能顺利举行，或许会恢复我的信用。"

"您能够把答应我的那五十万法朗嫁资如数付给卡凡尔康德先生吗？"

"他从市长公署回来就可以收到那笔钱。"

"好极了！"

"还有什么？你还要什么？"

"我希望知道：在我签字以后，您是否让我的行动完全自由？"

"绝对自由！"

"那么，阁下，我答应您，我愿意嫁给卡凡尔康德先生了。"

"但你有什么计划？"

"啊，那是我的秘密。我把自己的秘密告诉您，那我对您还能占什么优势呢？"

邓格拉司咧了咧嘴唇，说："您不愿意去向亲戚朋友们做正式宣布吗？那是绝对免不了的呀！"

"是的。"欧琴妮回答。

"并且在三天以内签订婚约？"

"是的。"

"那么，这次轮到我来说'好极了'啦！"邓格拉司把他女儿的手紧握在自己的两手之间。但这种举动很特别，做父亲的既没有说"谢谢你，我的孩子"，做女儿的也没有向她的父亲微笑。

"会谈结束了吗？"欧琴妮站起身来问。

邓格拉司表示他再没有话说了。五分钟以后，钢琴又在亚密莱小姐的指下奏响，邓格拉司小姐的歌声也传了出来。一曲告终的时候，依脱尼走进来，向欧琴妮通报马车已经备好，男爵夫人已在等她一同去访客。我们已在维尔福家里见到她们母女俩；那是第一个受她们拜访的人家。

第九十六章　婚约

　　邓格拉司与欧琴妮谈话三天以后,在欧琴妮·邓格拉司小姐和安德里·卡凡尔康德将要签订婚约的那天下午五点钟左右,一阵清新的微风吹动了基度山伯爵屋前小花园里所有的树叶,伯爵正准备出去。正当这时,我们所熟悉的那辆漂亮的轻便马车急急地来到大门口,那修饰得十分整齐,高兴得像快要去娶一位公主为妻的安德里·卡凡尔康德先生走下车来。他照例以熟悉的口吻问一问伯爵是否在家,然后轻捷地三二步蹿上二楼,在楼梯顶遇到了伯爵。伯爵一看见那青年就止住步。"啊,早安,我亲爱的伯爵。"他说。

　　"啊,安德里先生!"伯爵用他那种半戏谑的口吻说,"您好吗?"

　　"好得很,这是您可以看得出来的,我有许多许多的事情要跟您谈。而您这是要出去还是刚回来?"

　　"我正要出去,阁下。"

　　"那么,为了不阻碍你,我可以跟您一起去,我坐在您的车子里,叫汤姆驾着我的轻便马车并排跟着。"

　　"不,"伯爵说,脸上露出一种难以觉察的轻蔑的微笑,因为他不想被人看见他和这个青年人在一起,"不,我们还是到楼上去谈话,我亲爱的安德里先生。"

　　伯爵回到二楼的一间小客厅里,坐下来,跷起腿,示意那个青年人也坐下来。安德里装出他最高兴的态度。"我亲爱的伯爵,"他说,"我今天晚上订婚。九点钟在我岳父家里签约。"

"呀！真的?"基度山说。

"什么！您还不知道,把它当作新闻吗?邓格拉司先生难道没有把这个消息通知您吗?"

"噢,告诉我了,"伯爵说,"我昨天接到他的一封信,但我记得没有提到时间。"

"可能的,我的岳父以为大家都知道何时举行了。"

"嗯,"基度山说,"您很幸运,卡凡尔康德先生。这是一个最门当户对的婚姻了,而且,邓格拉司小姐又十分美丽。"

"是的,她的确是的。"卡凡尔康德用最谦虚的口吻说。

"尤其是,她非常有钱,——至少,我相信是如此。"基度山说。

"您认为是吗?非常有钱",那青年回答。

"当然了,据说邓格拉司先生至少隐讳着他的一半财产。"

"他自称有一千五百万至二千万。"安德里说,他的眼睛充满着喜悦。

"而且,"基度山又说,"他又准备一种新的投资事业,尽管这种事业在英美已很流行,但在法国却还很新奇。"

"是的,我知道您所指的是铁路,对吗?他已获得了铁路的承股权。"

"一点不错,人家相信他在那件事情上可以赚到一千万。"

"一千万?您也这样认为吗?真妙。"卡凡尔康德说,他被这些铿锵有力的花言巧语冲昏了头脑。

"而且,"基度山继续说,"他的全部财产将来都要归您,这是很公平的,因为邓格拉司小姐是一位独生女儿。再说,您自己的财产,据您岳父告诉我,几乎也与您的未婚妻等同。金钱的事情谈够了。您知道吗,安德里先生,我以为您这件事情办理得很有技巧。"

"自我感觉不坏,"那青年说,"我天生是一个外交家。"

"嗯,您一定要成为一位外交家。您知道,有些外交技巧不是学得到的,而是一种本能。那么,您的心已被征服了吗?"

"我想是的,"安德里带着一个得意的微笑说,"因为我已经被接受了。但我必须不能忘记很重要的一点。"

"是什么?"

"就是我曾得到意想不到的帮助。"

"真有此事?"

"是真的。"

"是外界帮助了您?"

"不,是您。"

"您完全弄错了,阁下,"基度山冷冷地说,他从青年的那种无赖态度上知道了他话里的意思,"我只在确定了令尊的地位和财产以后才担负我的保护。我从来不曾见过您或您那伟大的父亲。归根结底,究竟是谁使我有幸认识你们的呢?是我的两个好朋友,威玛勋爵和布沙尼长老。我为什么要成为您的保护人呢?那是因为令尊的名望,因为令尊在意大利闻名全国,极受人的尊崇。而仅以您个人,我可并不认识您。"这种冷静的口吻和十分安闲的态度使安德里深深感到了一种不容易突破的压力。

"噢,那么家父真的有一笔非常大的财产吗,伯爵?"

"也许如此,阁下。"基度山回答。

"您知道家父答应我的聘金快来了吗?"

"令尊已通知过我。"

"但那三百万呢?"

"那三百万大概已经在路上了。"

"那么我真能得到它吗?"

"哧!"伯爵说,"我想您还不至于缺钱用吧。"

安德里是这样的惊奇,以致他不能不思索片刻。然后,他如梦初醒,说:"现在,阁下,我对您只有一项请求了。"

"请说。"基度山说。

"我的运气不错,结识了许多知名的人物,同时,有着一群朋友。但是,既然我要在巴黎举行盛大的结婚典礼,我就应该有一位知名的人士来扶持一下。假如父亲不在场,就应该有一位有地位的人领我到神父面前。现在家父是不来巴黎了,是吗?"

"他年老了,周身都是伤疤,他说,每一次旅行都使他痛苦得要死。"

"我知道的。所以我特地来请您给我一个面子。"

"请问是什么?"

"哦,就是代替他的位置。"

"啊,我亲爱的先生!什么!在我有幸和您作这么多的交往以来,您竟会这样不明白我的为人,以致来要求这样的一种事情吗?要我借五十万给您吧,老实说,虽然那样的借款是稀罕的事,你也不会使我感到这样可恼。我记得我曾经告诉过您,在参与世事方面,——尤其是道义方面的事情,——基度山伯爵从未参预忌讳的事,说得更多一点,这是东方人的迷信。我在开罗,士麦拿,君士坦丁堡都有藏娇的迷宫,可是我为人主持过一次婚礼吗?——绝没有!"

"那么您拒绝我了?"

"断然拒绝,即便您是我的儿子或我的兄弟,我也会拒绝您。"

"那么怎么办呢?"安德里失望地说。

"您自己刚才说,您的朋友多得很。"

"不错,但介绍我到邓格拉司先生家里去的却是您。"

"决不是的!让我们来回忆一下正确的事实。您在我家里的一次宴会席上遇见他,您自己到他家里去拜访,那是一件完全不同的事情。"

"是的,但关于我的婚姻,那可是您促成的。"

"我!丝毫不是,我请您记得。请回忆一下当您要我为您去做媒的时候,我对您说了些什么话。噢,我是决不会为别人促成婚事的,我亲爱的王子,这是我不移的原则。"

安德罗咬了咬嘴唇。"但至少,"他说,"您总会去的吧?"

"全巴黎的人都去吗?"

"噢,当然了。"

"嗯,像全巴黎的人一样,我也会去的。"伯爵说。

"您肯在婚约上签名吗?"

"我看那一点没有反对的理由,我还不至于忌讳到那步田地。"

"好吧,既然您不肯多给我面子,我就只能以您所赐我的自满了。但还有两个字,伯爵。"

"是什么?"

"忠告。"

"请小心,忠告比效劳更坏。"

"但您可以给我这个忠告而不连累您自己。"

"告诉我那是什么。"

"我太太的财产有五十万里弗吗?"

"那是邓格拉司先生亲自向我宣布的数目。"

"我应该收下这笔款子呢,还是让它留在公证人的手里?"

"这种事情通常总是按一定的形式来办理的:在签订婚约的时候,你们男女双方的律师约定一个聚会的时间,或在第二天,或在第三天。然后,他们交换嫁资和聘金,各给一张收据。然后,在举行婚礼的时候他们把钱交给您,因为那时您是一家之主了。"

"我这样问,是因为,"安德里带着某种掩饰得不甚巧妙的不安说,"我好像听我岳父说,他准备把我们的财产投资在您刚才说过的那种著名的铁路事业上。"

"嗯,"基度山答到,"每一个人都说那种投资可以使你的财产在十二个月内翻三倍。邓格拉司男爵是一位好岳丈,很懂得如何计算。"

"嗯,那么,"安德里说,"只好作罢。你的拒绝确实很使我伤心。"

"您只能把这一点归罪于清规戒律。"

"嗯,"安德里说,"就算这么说吧,那么今天晚上,九点钟——"

"到时再会。"

安德里抓住伯爵的手,紧紧地握了一握,然后跳进他的轻便马车里离去了。当握手的时候,基度山曾略做抗拒,他的嘴唇苍白起来,但仍保持着他那彬彬有礼的笑容。

在九点以前的那四五个小时里,安德里乘着马车到处访客,想结交那些曾在他岳父那儿会过的富豪们做朋友,把邓格拉司快要开始投资的铁路股票的惊人利润向他们夸耀。当晚八点半钟,邓格拉司家中那间大客厅和另外三间客厅里,都挤满了芳香扑鼻的人群。这些人并不是为交情而来,而是被一种不可抗拒的好奇心吸引而来的,目的是想来看看有没有什么新奇的事物。一位院士曾说:上流社会的夜会等于是名花的采集,它会吸引轻浮的蝴蝶、饥饿的蜜蜂和嗡嗡萦萦的雄蜂。

各个房间灯火辉煌。墙壁镀金的嵌线上密密地排着灯火;那些除了扬耀富有以外别无用处的家具都大放光彩。欧琴妮小姐的服饰文雅朴素,穿着一件合身的白绸长袍。她唯一的装饰品是一朵半掩在她那乌黑的头发里的白玫瑰,并无一颗珠宝。她的打扮虽然可以表示少女稚气的羞怯,眼睛里却流露出一种相反的自恃的神气。在距她不远的地方,邓格拉司夫人正在与狄布雷、波香和夏多·勒诺闲聊。狄布雷被允许来参加这次庄严的典礼,但像每一个人一样,他并没有得到任何特殊礼遇。邓格拉司先生被包围在一群财政部官员和与财政部有关的人士中间,正在向他们解释一种新的税收原则,准备将来当时势迫使政府不得不邀他入部参赞大计的时候拿来实施。安德里的手臂上挽着一个花花公子,正在装出很随便,但多少有点尴尬——向他解释将来的计划,他将怎样向巴黎时髦社会介绍新的奢侈品。人群拥来拥去,像是一道由各种宝石、金刚钻所组成的涡流一样。像往常一样,年龄最老的女人装饰得最华丽,而最丑的女人最惹人触目。假如那儿有一颗美丽的水仙,或一朵甜蜜的玫瑰,你得仔细搜索才能找到,因为她总是躲在一个角落里,藏在一个戴孔雀毛帽子的姑母后面的。

在这喧闹的人群中,随时可以听到来客姓名的通报声,一位金融巨头、军界要员或文学名士的通报;便会在人群里随着那个姓名发生一阵轻微的骚动。但虽然你有权利在这儿激起人海的波浪,多少人却只得到了漠视的一瞥或轻蔑的一笑!当那只金面大时钟上的针指到九点,当那钟锤敲打九下的时候,基度山伯爵的名字,像使全场的人触了电一样,都把他们的视线转向门口。伯爵穿着黑衣服,像他往常一样的简单朴素。他唯一的装饰品是一条极其精细的金链,拖在他的白背心上,简直令人难以觉察。伯爵一进来就看到了在客厅一端的邓格拉司夫人,在客厅另一端的邓格拉司先生,以及在他对面的欧琴妮。他通过人群中间早已让出一条给他——欧琴妮那儿的路,用非常急速而含蓄的词句向她道贺,以致这位骄傲的女艺术家不得不表示惊奇。亚密莱小姐就在她的身边,她感谢伯爵这样好意地为她写了给意大利剧院的介绍信,并表示她立刻就要用到那些介绍信。离开了这些女人太太们后,基度山发觉邓格拉司已向他迎上来。

完成了社交责任以后,基度山停下来,带着某种人所特有的表情环顾四周。安德里本来在隔壁房间里,这时也已感染到基度山的到达所引起的骚动,走来向伯爵致意。他发现伯爵已被包围得水泄不通;大家都盼望与他讲话,这是一个不轻易说话而每次说话必有分量的人所常遇的情形。这时,双方的律师到了,他们把草拟的文件安排在那张签字用的桌子上。他们快要宣读那份来参加这个典礼的半数巴黎人都要签字的婚约了。

读婚约的时候四处鸦雀无声。但婚约一读完,那几间客厅里便加倍嘈杂起来。那即将属于未婚夫妇的几百万巨款,引起了全场的轰动。婚约就要签字了。

按照仪式,第一个签字的是男爵;然后是老卡凡尔康德先生的代表;然后是男爵夫人;其次,才是婚约上的所谓未婚夫妇。男爵接过笔来签了字,然后代表也签了字。男爵夫人扶着维尔福夫人的膀子走进来。"亲爱的,"她一面说,一面接过笔来,"这不烦人吗?一件意想不到的事情,就是为了上次基度山伯爵险遭不测的那件谋杀案和偷窃案,竟使维尔福先生不能来观礼。"

"真的!"邓格拉司说,他的口吻像是在说,"哼,我根本不在乎。"

"啊!"基度山走进来说,"这件事情怕是我无心造成的。"

"什么!您,伯爵?"邓格拉司夫人一面说,一面签字,"假如是您,你可小心点,我可永远不能宽恕您的呀。"

安德里竖着他的耳朵。

"但那不是我的错,这一点我可以向您证明。"

每一个人都在留心倾听,平时极少开口的基度山快要说话了。

"您记得,"伯爵在最深沉的寂静中说,"来我家偷窃的那个倒霉的恶棍是死在我家里的,据当时推测,他是在企图离开我家里的时候被他的同谋犯杀死了。"

"是的。"邓格拉司说。

"嗯,为了检查他的伤口,他的衣服被脱了下来,扔在一个角落里,后来由法院方面的警官把它捡了去,但他们却漏下了一件背心。"

安德里脸色发白,向门口靠过去。他看见地平线上升起了一朵乌云,感觉一场暴风雨就要来临。

"仆人拿那件背心给我看。谁都猜不出那块污秽的破东西是什么,只有我猜想到它是死者的背心。我的仆人在检查这遗物的时候,摸到口袋里有一张纸,抽出来一看,原来是一封写给男爵的信。"

"给我的!"邓格拉司喊道。

"是的,的确是给您的,那封信虽然沾满了血迹,但我从血迹底下辨认出了您的名字。"基度山在大家的极度惊愕中回答道。

"可是,"邓格拉司夫人不安地望着她的丈夫问道,"那件事怎么会妨碍维尔福先生——"

"那是非常简单的,夫人,"基度山答道,"我把那所谓确凿的证据——背心和信都送到检察官那儿。您知道的男爵,遇到罪案,依法办理是最妥当的了,那或许是一种攻击您的阴谋。"

安德里两眼发直地望着基度山,溜进隔壁的那间客厅里。

"可能的,"邓格拉司说,"这个被杀的人不是一个苦役犯吗?"

"是的,"伯爵答道,"是一个名叫卡德罗斯的凶犯。"

邓格拉司脸色微微苍白;此时安德里已离开第二间客厅,溜进候见室里。

"但请继续签字吧,"基度山说,"我看我的故事使大家都受惊了。我向您、男爵夫人和邓格拉司小姐表示歉意。"

男爵夫人这时已签过字,把笔交回给律师。"卡凡尔康德王子!"后者说,"卡凡尔康德王子,您在哪儿呀?"

"安德里!安德里!"有几个青年人接连喊道。

"去叫王子来!通知现在轮到他签字了!"邓格拉司大声喊道。

但正当这时,大客厅里的宾客们忽然惊惶起来,一个军官在客厅的每一个门口派了两个兵看守,他自己则跟在一个胸佩绶带的警官后面向邓格拉司走过来。邓格拉司以为他们的对象是他自己(有些人的良心是永远不安宁的),在他的宾客面前展露出一幅恐怖的面孔。

"阁下,什么事?"基度山迎上去问那个执事官。

那位法官不答复伯爵,问道,"你们之中哪一位叫安德里·卡凡尔康德?"

房间里到处可以听到惊呆的喊叫。他们四处搜寻,他们互相探问。

邓格拉司在惊愕之余问道:"安德里·卡凡尔康德究竟是什么人呀?"

"是从土伦监狱里逃出来的苦役犯。"

"他犯了什么罪?"

"他被指控,"那执事官用他那死板板的声音说,"杀害了那个名叫卡德罗斯的人。那个人是他一条链上的同伴,被告在他从基度山伯爵家里逃出来的时候杀害了他。"

基度山迅速地向四周瞥视了一眼。安德里已不见了。

第九十七章　去比利时

　　那一队士兵的出现以及士兵出现后的一番宣布，使邓格拉司先生的客厅一片混乱。几分钟以后，大家像是在宾客群中发现了瘟疫或霍乱一样，急急地逃出那座大厦，只留下了那在关得紧紧的书房里与军官谈话的邓格拉司，那躲在她那间我们已经熟悉的闺房里的吓坏了的邓格拉司夫人，以及那带着傲慢的神态和鄙视的嘴唇，随同她那不可分离的同伴罗茜·亚密莱小姐退回到她房间里去的欧琴妮。

　　到了她的房间里以后，欧琴妮闩上房门，而罗茜倒在一张椅子上。

　　"啊，多可怕的一件事！"那青年音乐家说，"谁会怀疑安德里·卡凡尔康德先生竟是一个凶手，一个监狱里逃出来的苦役犯，一个囚徒！"

　　欧琴妮撇着嘴唇发出一个讽刺的微笑。"这是我命中注定了的，"她说，"我逃过了马瑟夫却逃不了卡凡尔康德。"

　　"噢，你最好别把那两个人混为一谈，欧琴妮。"

　　"住嘴！那两个人都是令人厌恶的无耻东西，我很高兴我现在能够比厌恶他们更进一步，我鄙视他们。"

　　"我们怎么办呢？"罗茜问。

　　"我们怎么办？"

　　"是的。"

　　"呵，还是按照我们三天以前计划的那样走。"

　　"什么！现在不要你结婚了，你却依旧要——"

　　"听着，罗茜！我厌恶上流社会的这种生活，老是要规规矩矩，受人批评，受人节制，像我们的乐谱一样。我始终希望、盼望和渴望的，是一位艺术家的生活，自由独立，只依靠自己也只受自己的约束的生活。再留在这儿！为了什么？使他们在一个月以后再拿我去嫁给人吗？现在上帝成全了我，而且正合时机！"

　　"你是多么的坚强和勇敢呀！"罗茜叹道。

　　"你还不知道我吗？来，罗茜，我们来谈谈自己的事情吧。驿车——"

　　"幸亏三天前就买定了。"

　　"你可曾指定我们上车的地点吗？"

　　"说过了。"

　　"我们的护照呢？"

　　"这就是！"

　　于是，欧琴妮带着她往常那种冷淡的态度，打开一张信笺，读道：

"莱翁·亚密莱先生,年二十岁;职业,艺术家;特征,黑发黑眼;旅伴,妹一人。"

"妙极了! 这张护照你怎么得到的?"

"当我去向基度山伯爵要罗马和那不勒斯剧院经理介绍信的时候,我提出一个女人出门旅行很不方便。他十分懂得我的顾虑,便负责给我弄到一张男人的护照。我接到这张东西的两天以后,自己加了'旅伴,妹一人。'"

"好,"欧琴妮兴奋地说,"那么我们只要收拾行李就得了,我们取消在结婚之夜起程的计划,改在订婚之夜起程。"

"想想清楚呀,欧琴妮!"

"想清楚了! 我什么都想过了! 我已听厌了月终报告以及西班牙公债和海地公债的起落。而代替那个的,罗茜,——你懂吗?——却是空气、自由、婉转的鸟啼,伦巴第的平原,威尼斯的运河,罗马的宫殿,那不勒斯的海湾。我们还有多少钱,罗茜?"

被问的那个青年女郎从一只嵌花的写字台里抽出一只小皮夹,拿出钞票数一数,一共二十三张。

"二万三千法郎。"她说。

"而珠宝钻石至少也值这么多,"欧琴妮说"我们很有钱哪。有了四万五千法郎,我们就可以过两年公主似的生活。假如只需舒适,还可以过四年。但在六个月之内——你凭你的乐器,我凭我的歌喉——我们便可以把我们的资金增加一倍了。来,你来保管钱,我保管珠宝箱。假如我们之中不幸一个人失落了她的财宝,但还有另一个的可用。我们赶快吧,收拾提包!"

"且慢!"罗茜说,她贴近通向邓格拉司夫人房间的那扇门前去听了一下。

"你怕什么?"

"怕我们或许会被人发觉。"

"门已经闩上了。"

"他们会叫我们开的呀。"

"他们欢喜叫便由他们叫。但我们却决不开。"欧琴妮说。"你不必担心,胆小鬼! 此时,全体仆人都忙着在议论那件大事。而且,您想想看,我本来应该伤心,关住房门又算得了什么奇怪呢?"

"不错,这我倒安心了。"

"来,帮帮我的忙。"

她又拿出一套男人的衣服来,从领结到皮靴无不具备,又拿出一只提包,里面都是必需的东西,然后她穿上皮靴和裤子,打好领结,扣好背心,穿上一件与她美丽的身材非常合身的上装。从她行动的熟练上来看,可以推测到她扮演异性已不是第一次了。

"噢,美极了! 真是好极了!"罗茜钦佩地望着她说,"但是,那一头美丽的黑发,和那漂亮的辫子,能全部容纳在这一顶男人的帽子底下吗?"

"你瞧着吧,"欧琴妮说。她左手抓住那丰盛的头发,她那纤细的手指几乎不能全部抓住,右手拿起一把长剪刀,一会,一把丰盛美丽的头发便都落到她的脚下。

然后,她抓住前刘海,也把它剪掉。在她坚定的眼神里,非但丝毫没有遗憾的表情,反而射出比往常更生动的光芒。

"噢,那漂亮的头发!"亚密莱小姐遗憾地说。

"我这样不是更好吗?"欧琴妮喊道,一面抚弄平整那些零碎的鬈发。她的样子现在已很像男人了,"你觉得我这样不漂亮吗?"

"噢,你很美,永远是美的!"罗茜喊道。"好了,我们现在到哪儿去?"

"到布鲁塞尔去,假如你愿意的话,这是出境最近的一条路。我们将横越瑞士,经圣·哥塔进入意大利。那样行不行?"

"行。"

"你在看什么?"

"我在看你,真的,你那副样子很令人羡慕!人家会说你带着我私奔呢。"

"哦,真的! 那他们就说对了。"

"噢! 我以为你要诅咒了,欧琴妮!"于是,这两个谁都以为必定沉浸在悲哀里的青年女郎,一个是为了她自己,一个是为了她的朋友——都大笑起来。她们清除了留下的所有痕迹,然后,离开了房间。

欧琴妮把罗茜藏在门廊的一个角落里,这样,假如那门房碰巧醒来,他也只能看到一个人。然后,她走到那能照亮前庭的灯光底下,一面拍那窗门,一面压低了嗓子喊:"开门!"

正像欧琴妮所预料的,门房爬起来,走前几步想认出究竟是谁要出去了,但看到一个青年男子用他的马鞭不耐烦地拍击着他的皮靴,他立刻去打开门。罗茜像条蛇一样的从半开的门里溜出去,轻捷地向前跳了几步。欧琴妮接着也出去了,虽然她的心要比往常跳得快一点,但表面上还很镇定。这时正巧有一个脚夫经过,她们便把那只提包交给他,告诉他提到维克多路三十六号,然后那两个青年女郎跟在他的后面走。脚夫的出现安了罗茜的心。至于欧琴妮,她是强壮得像一个真正男人似的。她们到达指定的地点。欧琴妮让脚夫放下提包,给了他一些钱打发他走开,然后拍击那座房子的百叶窗。里住着一个洗衣服的小妇人,她曾在事先得到通知,所以还没有上床。她出来打开门。

"大姐,"欧琴妮说,"叫那脚夫把驿车从车房里拉出来,再叫他到旅馆里去租驿马。这儿有五个法郎作他的酬劳。"

"真的,"罗茜说,"我钦佩你,我几乎要说敬重你啦。"那洗衣女露出惊奇的神色,但因为她得到了二十个路易,所以并不说话。

不一会儿,那脚夫带着马夫和驿马回来了,马夫立刻把马套到驿车上,而脚夫则用一条绳子绑住那只提包。

"护照在这儿,"马夫说,"我们到哪儿去,先生?"

欧琴妮用一种几乎像男性的声音说道:"到枫丹白露。"

"你说什么?"罗茜说。

"我是故弄狡猾,"欧琴妮说,"我们虽然给了这个女人二十路易,她可以为了四十路易又出卖我们。我们不久就要改变方向的。"那青年姑娘跳进那辆布置得可以睡觉的四轮马车里,几乎不曾触碰踏板。

"你永远是对的。"那音乐教师一面说,一面上了车。

一刻钟以后,马夫已回到正确的路上,扬鞭通过了圣·马丁城栅的大门。

"啊!"罗茜说,"我们已走出巴黎了。"

"是的,我亲爱的,这次逃亡进行得很顺利。"欧琴妮回答。

"是的,不曾发生任何冲突。"罗茜说。

"即使有冲突或使用暴力也完全值得。"欧琴姆回答。这些话消失在车轮的滚动声里。邓格拉司先生则失去了他的女儿。

第九十八章　钟瓶旅馆

现在我们暂且不谈邓格拉司小姐和她的朋友如何兼程奔赴布鲁塞尔，而回头来叙述那在飞黄腾达途中极不快意的遭受了打击的可怜的安德里·卡凡尔康德。安德里先生虽然年轻，却是一个有几分心计的青年。我们刚才见到：他一听到风声不妙，就渐渐挨向门口，穿过两三个房间，便溜之大吉。但我们忘记提及一件事情，而那件事情是决不应该省略的：在他所穿过的那房间里，陈列着那位未来新娘的嫁妆，——包括一盒盒的钻石、克什米尔羊毛披巾、威尼斯花边、英国面纱，还有其他各种一提到它们的名字就会使青年姑娘们欣喜若狂的诱人的东西。在经过这个房间的时候，安德里不但证实他自己机智聪明，而且也证实了他的深谋远虑，因为他毫不犹豫地捞了一把最贵重的首饰。得到了这一份意外之财以后，安德里便怀着一颗忐忑不安的心跳出窗口，溜出了宪兵视线。身材高大得像一个古代的武士，肌肉发达得像一个斯巴达人的他，惊慌失措地走了片刻，心里只有一个念头，就是赶快离开这是非之地。走过蒙勃兰克路以后，凭着那种逃脱罪责的本能，他发现自己已到了拉法叶特路的顶端，他在那儿气喘吁吁地停下来。这个地方很宁静。一边是空旷的圣·拉柴荒原，而另一边，是黑沉沉的巴黎。"我完了吗？"他喊道，"不，假如我能比我的敌人更神速，我就不会完。我的安全现在只是一个速度问题。"这个时候，他看见一辆单人马车停在波尼丽街口。车夫懒洋洋地吸着烟，似乎想把车驶回到对面的圣·但尼街口去，他显然是常常停在那儿的。

"喂，朋友！"贝尼台多说。

"怎么样，先生？"那车夫问。

"你的马疲倦了吗？"

"疲倦？噢，是的，够疲倦的啦！今天这样美好的日子它一点事都没干过！四个倒霉的乘客，二十几个铜板，合起来一共只有七个法郎，这就是我今天的全部收入，而我还得付十个法郎给车行老板。"

"你是否愿意把这二十个法郎加到你已经有的七个法郎之上？"

"那当然好，先生，二十个法郎可不能视而不见呀。告诉我怎样才能得到它。"

"假如你的马不疲倦，那是一件轻而易举的事情。"

"听我说，它很强壮，跑起来像阵风，只要告诉我到哪儿去就行啦。"

"去罗浮。"

"啊，我知道的！那是出产苦杏仁酒的地方。"

"一点没错，我只希望追上我的一个朋友，我明天要和他一起到塞凡尔镇去打猎。他约定乘着一辆轻便马车在这儿等到我十一点半。现在十二点了，他肯定是等得不耐烦,先走了。"

"大概是的。"

"噢,你愿意去追上他吗?"

"那是我很愿意的事啦。"

"假如在我们到达布尔歇的时候你还没有追上他,我给你二十法郎,假如到罗浮还追不上,就给三十。"

"而假如我们追上了他呢?"

"四十。"安德里犹豫了一下,后来想起不妨做这样的许诺。

"算数!"那个人说,"进来吧,我们走。"

安德里坐进单人马车,车子便急速地越过圣·但尼街,顺着圣·马丁街越过城栅,走入那无边无尽的旷野。他们始终也没追上那位幻想中的朋友,可是安德里却常向路上的行人和尚未关门的小客栈,打探一辆由栗色马所拖的绿色轻便马车。由于到倍斯湾去的路上有许多轻便马车,而百分之九十的轻便马车又是绿色的,所以他随时都可以探听到消息。每一个人都说曾看见那样的一辆马车过去;它只在前面五百步,二百步,一百步。最后他们终于追上它了,但没有他那位朋友。有一次,单人马车越过一辆由两匹驿马拖着疾驰的四轮马车。"啊!"卡凡尔康德对他自己说,"假如我有了那辆四轮马车,那两匹善奔的驿马,尤其是,那辆马车上所带的护照,那就太棒啦!"于是他深深地叹了一口气。那辆双人马车里载着邓格拉司小姐和亚密莱小姐。"快!快!"安德里说,"我们不久一定能赶上他了。"于是那匹自离开城栅以来不曾减缓脚步的可怜的马,就继续拼命地奔跑,周身热气腾腾地跑到了罗浮。

"当然了,"安德里说,"看来我是追不上我那朋友了,但我会把你的马累死的,所以我还是停下来吧。这儿是三十法郎,我到红马旅馆去住一夜,明天再搭便车前去。晚安,朋友。"

于是安德里把六枚五法郎的银币放到那个人的手里,轻捷地跳到路上。那车夫高兴地拿了那笔钱,转回到巴黎的路上。安德里假装向红马旅馆走去,但只在旅馆门外站了一会儿,等到车轮的声音渐渐沉默,马车的影子渐渐消失的时候,他便立刻上路,以坚定的毅力步行了六里路程。他休息了一会儿;前面就是他要去的塞凡尔镇附近了。安德里这次休息并不是为了解乏,而是筹划一下,拟定一个计划。他不能利用驿车,乘驿车或租驿马必须要有护照。他也不能留在瓦兹区,这是法国最开旷和防卫最严密的区域之一,像安德里这样的一位惯贼专家,想要在这一带隐匿起来是不太容易的事。他在一道土墙旁边坐下来,把他的脸埋在双手里认真地思索着。十分钟以后,他抬起头来,他已经有了主意了。他从地下抓起一把碎土,涂抹在他那件从候见室里顺手牵羊拿来的晚礼服的外套上,走进塞凡尔镇,用力敲打镇上那间唯一的小客栈的门。客栈老板开了门。"我的朋友,"安德里说,"我从蒙芳丹来,到森里斯去,我那匹讨厌的马跌伤了腿,摔了我一跤。我必须在今夜到达贡比涅,不然会使我家里非常担心。你能租一匹马给我吗?"

一个客栈老板总是有一匹马出租的,虽然马的好坏不敢保证。塞凡尔镇的那位老板叫管马厩的小伙计来，吩咐他把那匹"追风马"加鞍子，然后他喊醒他那七岁的儿子，吩咐他与这位先生一起骑那匹马，到了目的地把马带回来。安德里拿二十法郎给了客栈老板。当他从口袋里掏钱出来的时候，他落下了一张名片。那张名片是他在巴黎咖啡馆认识的一位朋友的，所以安德里离开以后，客栈老板捡起名片一看，便相信他把他的马租给了家住圣·多米尼克街二十五号的马伦伯爵，因为名片上印着这个名字和地址。追风马并不是一匹跑得很快的牲口，但它走得很平稳，用了三个半小时，安德里走完了到贡比涅的二十七里路；钟鸣四点的时候，他已到了公共驿车的终点。贡比涅有一家很精致的旅馆，凡是到过那儿的人大概都记得很清楚。安德里从巴黎骑马出游的时候经常在那儿逗留，当然记得钟瓶旅馆。他转过身，借着一盏灯的反照看见了那家旅馆的招牌，便掏出他身边所有的小钱，打发走了那个孩子，然后就去敲门。他想得很明白，现在还有三四个小时的时间，最好是用一次甜蜜的睡眠和一顿丰富的晚餐来武装充实自己抵抗明天的疲劳。一个侍者出来开门。

"我的朋友，"安德里说，"我在圣·波耳斯用了晚餐，希望搭一辆午夜经过的便车，谁知我像一个傻瓜一样迷了路，在森林里瞎奔了四个钟头。给我弄一个向天井的漂亮的小房间，给我拿一盆冷鸡和一瓶波尔多酒来。"

侍者毫不怀疑，安德里讲话的态度十分得体，他的嘴巴里叼着一支雪茄，双手插在外套兜里，衣服高雅，下巴光滑，皮靴锃亮，他看来挺像一个在外面耽搁得非常久的人而已。当侍者为他准备房间的时候，旅馆老板娘起来了，安德里装出他最甜蜜的微笑，问是否能住第三号房间，因为他上次来贡比涅就住在那个房间里。可惜，第三号房间已有一个青年男客和他的妹妹住着了。安德里显出很失望的样子，但旅馆老板娘向他保证，现在为他准备的那个第七号房间，位置安全与第三号房间一样，他也就满意了，随后在壁炉旁边烤暖他的脚，又与老板娘闲谈尚蒂伊最近赛马的情形，一直等到侍者来通报房间准备就绪。

安德里夸赞钟瓶旅馆那些面向天井的房间漂亮，不是没有道理的，原来钟瓶旅馆的门口像一所剧院一样，有三道门廊，两旁的廊柱上缠绕着素馨花和铁线莲，的确是一个最美丽的进口。鸡很新鲜，酒是陈年的纯品，壁炉的火欢快地跳跃着，安德里惊奇地发现他自己的胃口特别的好，像是任何事都没有发生时那样。然后他就上床，而且很快进入了梦乡。这本来是二十岁左右的青年人的惯例，即使他们在满腹愁云的时候也不例外。我们本来认为安德里应该感到很狼狈，但他却不这样想。他已经有了一个非常周密的计划：他在天亮以前醒来，精确地付清了账单，离开旅馆，进入森林，然后，以研究绘画的借口，花钱接受一个农民的款待，给自己搞到一套伐木者的衣服，一把斧头，脱掉自身的外包装换成伐木者的装束；然后，用泥土搓满双手，再用双手揉乱头发，用一个老同行传授他的方法染褐他的皮肤，白天睡觉，晚上行路，只在必要的时候才到有人烟的地方去买一些食物，在森林里窜来窜去，找到最近的边境。一旦越过了边境，安德里便准备把他的钻石换成钱；加上他老是带在身边以备不测之需的那十张钞票，他大概还有五万里弗左右，这样，他豁达地认为情形已并不十分悲惨了。而且，他认为邓格拉司为了顾全面子问题，必然会阻止那件祸事的传播。有了这些理由,再加上疲倦,遂使安德里睡得这样香甜。为了能早醒,他没有关百叶窗,但他谨慎地闩住了房门,并将那柄永不离身的尖利的小刀打开后放在桌子上。早晨七点钟的时候,一缕温暖而灿烂的阳光射到安德里的脸上,唤醒了他。凡是思维清楚的头脑,晚上临睡前的最后一个念头和早晨醒来时的第一个念头便是最主要的念头。安德里可以说还不曾睁开眼睛时,那最主要的念头便浮现在他的脑海里,并且在他的耳边轻轻地说,他睡得太长了。他从床上一跃而起,奔到窗口。一个宪兵正在天井里踱步。即使一个在良心上没有内疚的人,早晨就看见宪兵也是最令人吃惊的事情,何况对于一个胆怯和有理由胆怯的良心,那黄蓝白的三色制服,实在是非常值得惊慌的。

"那个宪兵为什么会在那儿呢?"安德里自问。但立刻,——读者们无疑地也会对他这样说,——他又理智地告诫他自己说,"在一家旅馆里看见一个宪兵是不值得惊奇的。我不要着慌,先穿好衣服再说吧!于是那青年人便很快地穿上衣服,他在巴黎过着豪华生活的那几个月中,他的仆人给他脱衣服也没有他现在自己穿衣服这样快。"好!"安德里一边穿衣服,一边说。"我等到他离开的时候,就可以溜了。"安德里现在已穿上皮靴、打好领结,他一边这样说,一边又轻轻地走到窗口,第二次掀起麻纱窗帘。不但第一个宪兵仍旧在那儿,那青年发现还有第二个穿黄蓝白三色制服的人站在楼梯底下,——他下楼唯一的必经之路——而第三个则骑着马,手里握着火枪,像一个哨兵似的站在大门口的街面,而钟瓶旅馆又只有这样的一个出口。这第三个宪兵的出现展现了一幅可怕情景,因为他的周围散布着一群好奇的闲荡汉,有效地阻塞了旅馆的进口。"糟糕!他们发现了我!"这是安德里的第一个念头。一种绝望的思绪在那青年的前额上散布开来,他焦急地向四周观望,他的房间,像这一层楼所有的房间一样,只有一个通道向着走廊的门,从那道门出去无疑是谁都看得见的。"我完啦!"这是他的第二个念头。的确,一个处于安德里这种状况的人,一旦被捕就是等于监禁、审判和处死,——而且是没有怜悯毫不迟缓地被处死。他不知所措地将他的头埋在了自己的双手里,在那短暂的期间,他几乎吓得发疯了。不久,从他那迷乱的思绪里闪出了一线希望,他那失血的嘴唇和苍白的脸颊上现出一个隐约的微笑。他环顾四周,在壁炉架上看见了他要搜索的目标;那是笔、墨水和纸。他强定自若,把笔在墨水里蘸了一蘸,在一张纸上写了下面这几行字:

"我没有钱付账,但我不是一个不忠实的人;我留下这只十倍于房钱饭钱的夹针作抵押品。我在天色破晓的时候就逃走了,因为我很难为情。"

于是他从领结上摘下夹针,压在那张纸上。在这一切完成以后,他不让房门继续紧闭,走过去拨开门闩,甚至把门拉成半开半掩的位置,像是他已离开房间,忘记关门似的;他抹掉地板上的痕迹,熟练地溜进壁炉烟囱,开始顺着空烟囱往上爬,烟囱是他逃走的唯一通道了。正在这个时候,安德里注意到的那第一个宪兵已跟着警察局的执事官走上楼来,第二个宪兵仍守着楼梯,第三个宪兵仍守在大门口。

安德里这次遭受宪警拜访,是这样来的:天刚一亮,紧急急报拍向四面八方,各地区的当局立刻组织以最快的速度捕拿谋杀卡德罗斯的凶手。贡比涅是一个警卫森严的市镇,有地方行政官吏、宪兵和警察,所以急报一到,他们便立刻开始活动,特别是钟瓶旅馆在镇上是一流的,他们自然先要到那儿去调查。而且,据在钟瓶旅馆隔壁市政府门口站岗的哨兵的报告,知道当天晚上那家旅馆曾先后来了几个旅客。那个在早晨六点钟下班的哨兵清楚地记得,正当他在四点零几分上岗的时候,有一个青年人和一个小孩合骑着一匹马到来。那个青年在打发了那孩子与马以后,就去敲钟瓶旅馆的门,旅馆开门让他进去,然后又关上门。当局的疑心便集中到这个深夜出门的青年人身上。

那个青年不是别人,就是安德里。所以,警察局的执事官和那宪兵——他是一位团长——便向安德里的房间走过去。他们发觉房门半开半掩。"噢,噢!"宪兵团长说,他是一个老狐狸,对于犯人策略深有经验,"开着门是一个坏兆头!我情愿发现它闩得紧紧的。"的确,桌子上的那张小字条和夹针证实,或说得更准确些,证实了他那句话的正确性。那位宪兵团长经验丰富,没有只见到一件证据就深信不疑。他四面观望,翻一翻床,掀动帐帷,打开柜门,最后,在壁炉跟前站住了脚。安德里小心地不曾在炉灰里留下足迹,但这总是一个出口,而在那种情况下,每一个出口都需要严格检查。宪兵团长派人去拿一些麦秆来,把它塞满壁炉,然后点着火。火噼里啪啦地烧起来,烟像火山口的迷雾一样升上去,但烟囱里却不像他们预期的那样有犯人掉下来。事实是:那宪兵虽已升到团长阶层,但从小就与社会较量的安德里,其经验却也同样丰富。他预料到要有一场火攻,所以已爬屋顶上,蜷缩在烟囱旁边。他以为自己已得救,因为他听到宪兵团长大声对那两个宪兵喊道:"他不在这里啦!"可冒险窥视了一下,他发觉宪兵在听到这个宣布以后非但没有退走,反而加紧了他们的注意。现在轮到他来向四周探望了,他的右边是市政府,一座十六世纪的大厦。任何人都可以从楼顶的窗口向下望,看到屋顶上的每一个角落;而安德里预料到随时都会有一个宪兵的头颅从那些窗口里探出来。假如一旦被发觉,那他肯定就完了,因为屋顶上的一场追逐是没有幸免机会的,所以他决定下去,但不是从他上来时的烟囱,而是从通到另一个房间的烟囱下去。他四面查看,找到一条不冒烟的烟囱,爬到那儿以后,他就神不知鬼不觉地消失到那烟囱口里了。在这同时,市政府楼顶的一扇小窗猛然地被推开,宪兵团长的头伸了出来。那颗头一动不动地在那儿停留了片刻,像是那座建筑物上的石雕装饰品一样,然后,在一声失望的长叹以后,那颗头消失了。那位镇定和庄严得像代表法律一样的宪兵团长穿过人群,并不回答来自他身后的千百句问话,重新走入钟瓶旅馆。

"怎么样?"那两个宪兵问。

"嗯,孩子们,"团长说,"那匪徒一定是在今天一大早就逃走了。但我们将派人到通往维莱科特雷和诺永的路上去追赶,并且搜索森林,到时我们一定能捉到他。"

那可敬的长官用宪兵团长所特有的那种抑扬顿挫的腔调说完这几句话,忽然大叫一声,伴随着猛烈的铃声,传到旅馆的天井里。

"啊,那是什么?"宪兵团长喊道。

"似乎是有一位旅客等得不耐烦了,"老板说。"哪一个房间拉铃?"

"三号。"

"快跑去,侍者!"

这时,喊叫和铃声又响了。

"啊,啊!"宪兵团长阻止住那仆人,说,"拉铃的那个人看来不仅只需要一个侍者,我们带一个宪兵去。第三号房间里住的是什么人?"

"昨天晚上到的一个小伙子,是乘驿车来的,带着他的妹妹,他要了一个双铺房间。"这时铃声第三次响起来。

"跟我来,执事官!"宪兵团长说,"紧跟着我。"

"等一等",老板说,"第三号房间有两道楼梯,一道内梯,一道外梯。"

"好!"宪兵团长说。"我负责内梯。枪里上好子弹了吗?"

"是,团长。"

"嗨,你们把守外梯,假如他想逃,就开枪打他。据急报上所说的,他是一个穷凶极恶的犯人。"

团长的话在人群里激起了一片喧哗声,而他和警察局的执事官就在这一片喧哗声中踏上楼梯消失了。

刚才的事情是这样的:安德里非常熟练地下降到烟囱三分之二的地方的时候,突然,他的脚一滑,虽然他两手仍旧撑着,但还是带着他所未料到的速度和声音落到了那个房间里。假若那房间是空的,还无所谓,但不幸的是房间里住着人。那种响声惊醒了睡在一张床上的两个女人,他们把眼睛向发出声音的地方一望,看见了一个男人。这两个女人之中皮肤白皙的那一个,发出了响彻全屋的尖叫;另外那一个则抓住那条拉铃的绳带,用尽全力猛拉。我们可以看出,安德里是被不幸所包围了。

"发发慈悲吧,"他脸色苍白,恐惧地喊道,根本没有看清在向谁讲话,——"发发慈悲吧,不要喊人!救救我!我不会伤害你们的。"

"安德里!是那凶手!"女人之中的一个喊道。

"欧琴妮!邓格拉司小姐!"安德里惊叫着,他呆住了。

"救命哪!救命哪!"亚密莱小姐一面喊,一面从她同伴的手里夺来绳带,更猛烈地拉铃。"救救我,有人追我!"安德里合拢双手说。"可怜可怜,发发慈悲,不要把我交出去!"

"太晚了,他们来了。"欧琴妮说。

"嗯,把我藏起来,你们可以说,你们是嬉戏打闹着玩。他们可以解除他们的疑心,救救我的命!"

那两位小姐紧紧地靠拢在一起,用床单严密地裹住她们的身躯,不回答这种恳求的声音,各种憎恨的念头骚扰着她们的思绪。

"好!这样吧,"欧琴妮终于说,"从你来的那条退路回去,我们就不揭发你,你这卑鄙的混蛋。"

"他在这儿!他在这儿!"楼梯顶上的一个声音喊道,"他在这儿!我看见他啦!"

原来那宪兵团长把他的眼睛凑在钥匙孔上,已看见安德里站在那儿哀求。枪托猛烈撞击着门锁,接连几下打垮了门闩,那扇打破了的门就倒了下去。安德里奔到通往走廊的那扇门前,打开门想冲出去。两个宪兵端着火枪等在那儿,他们把枪端平了对准了他。安德里顿时站住了,身体微微后仰,脸色苍白,手里紧紧地捏住那把无用的小刀。

"那边逃呀!"亚密莱小姐喊道,她的恐惧渐渐消失,善良和慈悲又回来了,"逃呀!"

"要不就自杀!"欧琴妮说,她的口气像是在命令竞技场上胜利的武士了结他那被征服的对手一样。

安德里打了一个寒战,带着一种轻佻的微笑望着那青年女郎,显然可以看出他那愚昧的头颅无法懂得这种崇高的选择。"杀死我自己!"他丢下手里的小刀喊道,"我为什么要那样做?"

"你还问为什么,"邓格拉司小姐回答道,"你会像死囚里的犯人那样被判处死刑的。"

"哼!"卡凡尔康德交叉起两臂说,"一个人总是有朋友的呀!"

宪兵团长手里握着剑向他走过来。

"来,来,"安德里说,"把你的剑插回到鞘里吧,英勇的人,我既然已自甘屈服,又何必这样剑拔弩张的呢。"于是他伸出双手等待上铐。两位姑娘恐怖地望着这种可怕的场面,——那凡夫俗子已剥掉他的外衣,暴露出监狱里犯人的真面目。安德里转向她们,带着一种无礼的微笑问道,"你有什么口信带给令尊吗,邓格拉司小姐?因为我多半还是要回到巴黎去的。"

欧琴妮双手遮住面孔。"噢,噢!"安德里说,"何必难为情呢,即使你真的跟踪我,我对你的印象也不会变坏。我不是差点做了你的丈夫吗?"

安德里带着这种嘲弄走出去,留下那两个姑娘去承受她们自己的羞辱和看热闹的人群的议论。一小时以后,他们都身着女子的装束跨上她们的四轮马车。旅馆曾关门来挡住闲人的目光,但当大门重开的时候,她们仍得从两排带着好奇的目光和窃窃私语的旁观者之中挤出去。欧琴妮关上百叶窗,她虽然看不见,却还能听得到,众人的讥讽仍旧还能钻进马车里来。"噢!为什么世界不是一片旷野呢?"她一面这样悲叹,一面倒入亚密莱小姐的怀抱里,这时她眼睛里所闪烁的怒火气势,好比那火山爆发滚滚而下的岩浆铺天盖地横扫过来。第二天,她们停车在布鲁塞尔法兰达旅馆的门口。同天晚上,安德里被拘禁在卫兵室里。

第九十九章　法律

　　我们已看到邓格拉司小姐和亚密莱小姐如何静静地进行着她们的改装和逃亡,因为当时每一个人都忙着他或她自己的事情,无暇顾及旁人。我们暂且听任那位银行家面对着倒闭的魔影,带着挂满汗珠的额头去处理那些代表他的债务的巨额数字,而来跟踪男爵夫人。男爵夫人一时似乎已被她所受的那个打击的重量所压垮,但不久她便去找她的老顾问吕西安·狄布雷去了。她本来盼望这桩婚事可以使她摆脱教养的责任,因为对于个性像欧琴妮这样的一位姑娘,她的教养工作是最令人感到麻烦的;而且,要维持一个家庭的融洽,家庭里必须要有默认的谅解,一个母亲必须经常不断地在智慧和品德方面做一个典范,才会被她的女儿所钟爱,但邓格拉司夫人却害怕欧琴妮的明察和亚密莱小姐的影响。她常常觉察到她的女儿带着鄙夷的表情看狄布雷,——那种表情似乎显然她知道她的母亲与那位部长的私人秘书之间各种神秘的情感关系和金钱关系。但男爵夫人假如能做更敏锐和更深刻的分析,她就会知道:事实正巧相反,欧琴妮之厌恶狄布雷,绝不是因为他是她父母失和与家庭流言的一个源泉,而是因为她像柏拉图一样,把他归类为一种无羽毛的两脚动物。

　　不幸,在这个世界里,每一个人都以各自的尺度去衡量事物,因此他们无法与别人得到同样的见解,而根据邓格拉司夫人的观点,她非常遗憾欧琴妮的婚事没有办成,不但因为那是一份好姻缘看来可以保证她孩子的幸福,而且也可以借助这桩婚姻使她得到自由,所以她很快赶到了狄布雷寓所去。但狄布雷像其他的巴黎人一样,在目击了那幕签约场面和那幕场面上所发生的丑事以后,已急忙回到他的俱乐部里,在那儿和几个人闲谈那件大事。在这个号称世界京都的大城市里,那件丑闻已成了大部分人士闲聊的话题。当邓格拉司夫人穿着黑衣服,戴着长面纱,不管狄布雷的跟班再三声明他的主人不在家,仍然登上楼梯,向那熟悉的房间走去的时候,狄布雷正忙着在反驳一位朋友的奉告。那位朋友劝他,在发生了刚才那幕可怕的悲剧以后,作为那个家庭的朋友,应该与邓格拉司小姐和她的两百万结婚。狄布雷为自己辩护时的态度,像是一个唯恐自己不被对方说服的人一样,因为那个念头曾经常在他的脑子里出现。但一想起欧琴妮那种傲慢的神态,他便回复到一种完全抗拒的角度,声称那件婚事从各方面看都是不可能的,但仍在暗中恋恋不舍地打那个主意。这,据所有的道德专家说,甚至最可敬和头脑最纯洁的人也是难免的,因为那种坏主意藏在他灵魂的底层,像魔鬼撒旦藏在十字架后面一样。喝茶、玩牌以及讨论这种严肃的事情时愈来愈有趣的谈话,一直延续到早晨一点钟。

　　这个时候,邓格拉司夫人戴着面纱,焦急地守候在那绿色的小房间里,等候狄

世界经典文库

世界二十大名著

基督山伯爵

图文珍藏版

布雷回来。她坐在两瓶鲜花之间,这些花是她早晨派人送来的。狄布雷曾非常小心地亲自水和插瓶,所以在那个可怜的女人眼里,他的不在已得到了原谅。到十一点四十分,她实在太累了,就回家去了。这个阶层的女人有一点很像那些无畏夜色的女工,——她们很少在十二点钟以后回家。男爵夫人回到那座大厦的时候,像欧琴妮离开那座大厦时同样的小心。她轻轻地奔到楼上,带着一颗痛楚的心走进她的房间。她是那样害怕引起非议,是这样坚决地相信——可怜的女人,至少在这一点上,她是值得尊敬的——她女儿的无辜和她对家庭的忠诚!她在欧琴妮的门口听了一听,然而,听到没有声音。她想进去,但门是在里面闩住了的。邓格拉司夫人认为晚上那场可怕的刺激已使她痛苦难堪,她可能已上床睡着了。她唤来侍女打听。

"欧琴妮小姐,"那侍女答道,"和亚密莱小姐一同回到她的房间里。她们一起用茶,然后就叫我离开,说她们再没有事要我做了。"

从那时起,那个侍女就在楼下,也像每一个人一样,以为那位小姐是在她们自己的房间里。所以邓格拉司夫人毫无一丝怀疑地上了床。她的身体虽然在休息,但脑子却仍旧在想心事。随着她思绪的逐渐清晰,签订婚约时所发生的那些事越来越集中地显示出这不仅是一件丑闻,而且是一件轰动的大事。这不仅是一件羞耻,而且是一场公开的侮辱。然后,男爵夫人又想起:当可怜的美茜蒂丝因她的丈夫和儿子受到同样的严重的打击时,她并没有对她产生同情。

"欧琴妮,"她对她自己说,"她是完了,但是我们也完了。那件事情一旦传扬开来,我们便将羞愧得难以见人了,因为在我们这样的社会里,嘲弄会造成不可医治的痛苦和创伤。幸而上帝赋予欧琴妮以那种常常使我发抖的奇怪的性格!"于是她的眼光转向天空,那儿,神秘的上帝在处理着一切事物,而即使你犯了一次过失,不,甚至犯了一件罪恶,有时也能得到宽恕。然后,她那思绪又像是在空中翱翔的鸟儿,又落到卡凡尔康德身上。"那个安德里是一个坏蛋、一个强盗、一个凶手,可是从他的神态上看,他好像受过相当的教育,虽然也许他所受的教育并不完善。但单从外表上看,他似乎有很大的魅力,是名门贵族的子弟。"

她怎样才能使自己走出这座迷宫呢?她该去向谁求援,帮助她脱离这个苦难的深渊?她曾带着一个女子求助于她所爱男子的那种本能去见狄布雷,但狄布雷只能给她一些忠告。她必须向一个比他更有实力的人求援。男爵夫人于是想到维尔福先生。但使她的家庭遭到的这场不幸,不正是维尔福呀?他那样无情,好像他们是陌生人一样。可是,仔细想一想,那位检察官不是一个无情的人,而是一位那样忠于他的责任的法官,他粗暴而坚决地在溃疡的地方割了一刀。他不是刽子手,而是外科医生。他是要保全邓格拉司的名誉,割断那种有碍他声誉的关系,免得那个被弃于社会的青年人做他们的女婿。邓格拉司的朋友维尔福既然这样做,那谁都不会怀疑那位银行家曾预谋或帮助过安德里的任何阴谋。所以,仔细一想,男爵夫人觉得维尔福的举动似乎是以他们相互的利益为出发点的。但检察官的铁面无私应该到此为止了。她决定明天去见他,假如她不能使他放弃法官的责任,她至少也可以使他尽量从宽处理。她将提起过去陈旧的往事,让他想起那些有罪的但却是快乐的日子来帮助她的恳求。维尔福先生将压下那件事情，或至少他将把他的警戒转移到另一个方向，听任安德里逃走，事后以一纸通缉令了案。得到这个结论以后，她安然入睡了。

第二天早晨九点钟，她从床上起来，并不拉铃唤她的侍女，也不让别人知道她的存在，只是穿上昨天夜晚那套简单的服装；然后跑下楼梯，离开大厦，走到普罗旺斯路，叫了一辆出租马车，驶到维尔福先生的家里。最近一个月来，这座遭受苍天诅咒的房子呈现着阴森的外表，像是一家收容着瘟疫病人的传染病院一样。有些房间关得紧紧的，只是偶然开一下百叶窗，让空气流进去。也许你可以在窗口偶然看到一个仆人的惊惶的面孔，但那扇窗立刻又关拢，像是一块幕碑关闭了一座坟墓一样。邻居们会互相低声说："我们今天是否还会看见一辆运棺材的车子离开检察官的家？"

邓格拉司夫人一看到那座房子凄凉的外表，便不由得打了一个寒战。她从那辆出租马车上下来，晃着颤抖的躯体走近大门，拉响了门铃。门铃发出一阵迟钝混浊的声音，像是它也已感染了似的。它接连响了三次，门房才出来开门，但他只把门开了一条缝，仅容说话的声音通过。他看见是一位高雅时髦的太太，可是那扇门却依旧几乎关着。

"你准备开门吗？"男爵夫人说。

"夫人，首先得问您是谁？"

"我是谁？难道你不认识我吗？"

"我们已经不再认识任何人了，夫人。"

"你一定是疯了，我的朋友。"男爵夫人说。

"你是哪儿来的？"

"噢！这太过分了！"

"夫人，我是遵命办事。原谅我——您尊姓大名？"

"邓格拉司男爵夫人。你至少见过我二十次啦。"

"可能的，夫人。现在，你有什么事？"

"噢，多特别！我要告诉维尔福先生他的仆人竟这样无礼。"

"夫人，这是谨慎，不是无礼，除非有阿夫里尼先生的命令，或有事跟检察官商量，谁都不能走进这扇门。"

"好吧！我有要事跟检察官商量。"

"是很要紧的事情吗？"

"你自己去想吧，不然我早就回到我的马车里去啦。这是我的名片，拿它去通报你的主人吧。"

"夫人会等我回来吗？"

"是的，去吧。"

那门房关上门，让邓格拉司夫人站在街上。她并没有等候多久，门便开了较大的一条缝让她进去。她进去以后门又关上了。门房一边用眼睛盯住她，一边从口袋里摸出一只哨子，他们一进前庭，他便吹起哨子来。跟班应声在门廊下出现。

"请您原谅这位正直的人,夫人,"他一边说,一边给男爵夫人引路,"他受过严格的吩咐,而维尔福先生要我告诉您,他这种做法也是不得已而已。"

前庭里有一个经销日常用品的商人,他也是经过同样的防范手续才进来的,有人在检查他的物品。男爵夫人踏上台阶,她觉得自己已强烈地感染到周围这种惨淡的气氛;她在那跟班目不转睛地伴随下到达那法官的书斋里。邓格拉司夫人虽然一心想着这次拜访的目的,但这些下人们对她的态度是这样的不恭,以致她开始抱怨起来。维尔福抬起他那被悲哀压低的头,带着一种惨淡的微笑望着她,以致她的怨言一到口边就卡住了。"请原谅我的仆人造成的一种我不能责备他们的恐怖气氛,"他说,"他们因为受了嫌疑,所以就特别警觉了。"

邓格拉司夫人常常在社会上听人说到法官家里的恐怖气氛,但在不曾目睹以前,她不能相信那种恐怖气氛竟已达到这样的地步。"那么,您也不愉快吗?"她说。

"是的,夫人。"法官回答。

"那么您是同情我的?"

"由衷的同情,夫人。"

"而您可知是什么事使我到这儿来的?"

"您希望跟我谈一谈您所遭遇到的事情,不是吗?"

"是的,阁下,一场可怕的灾难!"

"那应该说是一件不幸。"

"一件不幸!"男爵夫人喊道。

"唉!夫人,"检察官带着他那种常有的镇定自若的态度说,"我认为只有那些不可挽救的才是灾难。"

"而您以为这件事情会被人遗忘吗?"

"所有的事情都会被人遗忘的,只是时间的问题,"维尔福说,"令嫒不久又会结婚的,不是今天——不是明天,就在一星期之内。我想您不会是为了令嫒失掉那个未婚夫表示遗憾吧。"

邓格拉司夫人望着维尔福,她觉得这种平静的态度几乎近似于侮辱。"我见到的是一位朋友吗?"她用一种满腔悲愤的口气问道。

"您明白是的,夫人。"维尔福说,当他给她这种保证的时候,他那苍白的脸颊略微红了一下。的确,这种保证使他想起了他与男爵夫人之间过去的种种事情。

"嗯,那么热情一点吧,我亲爱的维尔福,"男爵夫人说。"不要以一位法官的身份对待我,而要以一位朋友的态度说话。"

维尔福鞠了一躬。"最近几个月来我得了一个坏毛病,"他说"每当我听到别人提到灾难的时候,便禁不住要想起我自己,于是我便不由自主地在我的脑子里做出一个对比。为了这个原因,所以我觉得以我的灾难来比较,您的只是一件不幸。处于我这种痛苦的状况,您的处境似乎还是可羡慕的了。但这会使您很不高兴。我们来改变一个话题吧。你刚才说,夫人——"

"我是来问您,我的朋友,"男爵夫人说,"您将怎么处置这个骗子?"

"骗子!"维尔福复述了一遍,"夫人,您看来是不太了解事情的真相。告诉您!

安德里·卡凡尔康德先生,或说得更准确些,贝尼台多先生,是一个不折不扣的暗杀犯!"

"阁下,我不否认您主持公道,但您对那个不幸的人处罚得愈严厉,您对我的家庭也就打击得愈厉害。来,暂时忘掉他吧,不要去追捕他,让他逃走了吧。"

"您太迟了,夫人,命令已经发出了。"

"哦,他会被捕吗?——您认为他们能捉到他吗?"

"我想是能够。"

"假如他们捉到了他(我知道监狱里有时可以有逃走的机会),您肯让他关在监狱里吗?"

检察官摇摇头。

"至少把他关到我女儿结婚以后再说。"

"不可能的,夫人,法院有一定的章程。"

"什么!甚至对我也一样?"男爵夫人半开玩笑半认真地说。

"对所有的人都一样,甚至连我自己在内。"维尔福答道。

"啊!"男爵夫人喊道,但并不表示那个喊声里所包含的意思。

维尔福以他那种用来探索隐藏思想的具有穿透力的目光望着她。"是的,我明白您的意思,他说,"您是指外界所散布的那些可怕的谣言,尤其是最近三个月来我家里的那些人死得很不自然,只有凡兰蒂幸免一死。"

"我没有那样想。"邓格拉司夫人急忙解释。

"是的,您是在想那件事,而且想得很透彻。您不能不那样想,不能不在您的心里说:'你既然这样铁面无私地办理罪案,现在倒请你回答:为什么你家里的罪人却未受到惩罚?'"男爵夫人的脸苍白起来。"您是这样说的吧,是不是?"

"嗯,我承认。"

"我来答复您。"维尔福把他的圈椅向邓格拉司夫人拖近一些。然后两手撑在桌子上,用一种比以往更空虚的声音说,"那些罪人之所以未受惩罚,是因为还不知道罪人是谁,我们也许会错罚了无辜的人,但当罪人被发觉的时候,"说到这里,维尔福把他的手伸向他桌子对面的一个十字架,"当他们被发觉的时候,我向有灵有圣的上帝发誓,夫人,不论他们是谁,他们就会死!现在,夫人,在我发过了这个誓言以后,您还敢要求我饶恕那个坏蛋吗?"

"但是,阁下,您确实认为他正如人们所说的那样有罪吗?"

"听着,这是他的履历:'贝尼台多,十六岁时因伪造钞票罪被判处苦役五年。'后来他的资历也不错,您看,——最初做逃犯,然后又做一个暗杀犯。"

"这个可怜虫是谁?"

"谁知道?一个流浪汉,一个科西嘉人。"

"他是没人认的吗?"

"没有人认他,他的父母不知是谁。"

"但从卢卡带他来的那个人是谁呢?"

"是一个像他那样的流氓,也许就是他的同谋犯。"

男爵夫人合拢她的双手。"维尔福!"她用最温柔最具魅力的声调喊道。

"算了吧,夫人,"维尔福带着一种坚决而又不免有几分严厉的语气说,——"算了吧,别再要求我宽恕一个罪犯了!我是什么?是法律。法律能有眼睛来看您的愁容吗?法律能有耳朵来听您那甜蜜的声音吗?法律能帮助您竭力想唤醒的那些柔情蜜意的往事吗?不,夫人,法律已发出命令,而当它发出命令的时候,它就要进行打击。您会告诉我,说我是一个有生命的东西,不是一部法典,——是一个人,不是一部书。看看我,夫人,看着我的周围。人类是像兄弟那样地对待我吗?他们真的爱过我吗?他们可曾宽容我吗?有谁能以您现在向我要求的那种仁爱来对待我吗?不,夫人,他们摧残我,打击我!您老是用那种迷人的目光盯着我,让我想到我应该惭愧吗?嗯,就算是吧,就让我为您所了解的过失——以及其他更多的过失——惭愧吧!虽然我自己也有罪,虽然我的罪也许比别人更深重,但我要永无休止地去揭破我同类人的伪装,找出他们的弱点。我始终在侦察他们,也可以进一步说,——当我发现那些人类的弱点和邪恶的证据的时候,我感到高兴,感到胜利。因为我每次判完一个案子,我就似乎得到了真实的证据,证明我不是一个无能之辈。唉,唉,唉!整个世界都有邪恶。所以让我们来打击邪恶吧!"维尔福说完最后这几句话的时候激动万分,以致他的话听起来非常雄辩有力。

"但是,"邓格拉司夫人说,决心要做一次最后的努力,"这个青年人虽然是一个杀人犯,但却是一个被人遗弃的孤儿呀。"

那就更糟,或者,说得更贴切些,那就更妙了,这是上帝的安排,这样就不会有谁来为了他哭泣。"

"但这是蹂躏弱者的行为呀,阁下。"

"杀人的弱者!"

"他的耻辱会影响我的家庭。"

"我的家里不是也受着死神的光顾吗?"

"噢,阁下,"男爵夫人喊道,"您对别人毫无怜悯之心!嗯,那么,我告诉您,别人也不会怜悯您的!"

"让它去吧!"维尔福把双手举向天空说。

"至少,拖延到下一次大审的时候再审判他吧,那可以使我们得到六个月的时间来冲淡人们的记忆。"

"不,夫人,"维尔福说,"罪状已准备好了。现在还有五天时间,五天已超过我的要求。您不知道我也盼望着冲淡记忆吗?当我夜以继日地工作的时候,便使我忘却了过去一切的往事,那时我体验到想象中死者所感到的那种快乐,那样,它比痛苦总还是要好一点。"

"但是,阁下,他已逃走了,让他逃走吧,——行动不利是一个可以原谅的过失。"

"我告诉您那已经太晚了,今天一早就用急报发出命令,这个时候——"

"老爷,"跟班走进房间里来说,"内政部的一个龙骑兵送来了这封信。"

维尔福抢过那封信,慌忙拆开它。邓格拉司夫人怕得发抖。维尔福高兴地跳起来。"捉住了!"他喊道,"在贡比涅捉住他了。成功了!"

邓格拉司夫人脸色苍白,浑身冰冷地站起身来。"告辞了,阁下!"她说。

"再会,夫人!"检察官一面回答,一面带着一种几乎是愉快的态度送她到门口。然后,他回到他的桌子前面,用右手拍着那封信说:"妙,我已经有了一件伪造钞票案,三件抢劫案和两件纵火案。我只缺一件谋杀案,现在它来了。这次大审一定非常辉煌!"

第一○○章　显　身

正如检察官告诉邓格拉司夫人的,凡兰蒂还未复原。疲惫虚弱的她,实际上等于在床上坐牢。而在她自己的房间里,从维尔福夫人的口中,听到了我们所叙述的各种怪事,——欧琴妮的出走,安德里·卡凡尔康德(或说得准确些,贝尼台多)的被捕,以及他的被控谋杀罪。但凡兰蒂是这样的虚弱,以致这些叙述并没有在她的思绪里产生多大的影响。的确,她的脑子里是一片的空白,她的眼前总是一些混乱的形象和奇怪的幻景。在白天,凡兰蒂的感官还相当清晰,因为诺梯埃叫人搬他到他孙女儿的房间里来,经常陪伴着她,像慈父般地看守着她。维尔福从法院回来以后,也经常来和他的父亲和女儿消磨一两个小时。六点整,维尔福回到他的书斋里;八点钟,阿夫里尼先生来到,亲自带来那青年女郎在夜里服用的药水,诺梯埃先生这时就被送走。他走之后就来了一个医生选定的护士,她一直守候到十点钟或十一点钟,等到凡兰蒂睡着以后才离开。当她下楼的时候,她把凡兰蒂的房门钥匙交给维尔福先生。这样,除了经过维尔福夫人和爱德华的房间,便谁都不能进入病房了。摩莱尔每天早晨来拜访诺梯埃,来打听凡兰蒂的消息,而说来奇怪,他的焦急已逐日减轻。第一,凡兰蒂虽然仍旧受着神经兴奋的苦扰,但已见好转;第二,当他在半昏迷状态中冲到基度山家里去的时候,伯爵不是告诉他,假如她两小时内不死,就可以得救吗? 现在,四天过去了,而凡兰蒂依旧还活着。

我们刚才所说的那种神经兴奋甚至在凡兰蒂睡眠的时候——说得更准确些是在她醒来后的那种半醒半睡状态中——仍旧追逐着她。那时,在夜的寂静中,在壁炉架上那盏乳白色灯罩所射出来的昏暗的光线下,她看见那些影子在病床上空盘旋往,用它们颤抖的翅膀扇动病魔。首先,她好像看见她的继母来威胁她;然后,摩莱尔张着两臂向她迎上来;有的时候,像基度山伯爵这样的生客也会来探望她。在这种迷糊状态下,甚至家具都会移动。这种状态一直继续到早晨三点钟左右,那时,一阵深沉的倦意征服了那青年女郎,于是她一直睡到早晨才醒来。

在凡兰蒂知道欧琴妮出走和贝尼台多被捕的那天晚上,维尔福、诺梯埃和阿夫里尼相继退出以后,她的思想纷繁迷乱地彷徨着,时而想到她自己的处境,时而想到她刚才听到的那些事情。十一点已敲过了,那护士把医生所准备的饮料放在病人伸手能及的地方,锁上房门,在厨房里恐怖地听了一会儿仆人们的言论,装了满脑子可怕的故事。那些故事,在最近这三个月来是检察官家里谈话的主题。

这时,在那间这样小心地锁住的房间里,发生了一件意想不到的事情。护士离开已有十分钟了,那每夜必来的魔鬼袭击凡兰蒂又快一个小时了,她不再能控制自己的意志,又开始看见那些幻景和虚像。那盏孤灯射出无数的光芒,每一道光芒都在她那混乱的幻想里变成各种奇特的形状,突然地,在那摇曳的灯光下,凡兰蒂好像觉得她看见壁炉旁边凹进去的那扇通她书房的门慢慢地打开了,但她却没有听到门链转动的声音。要是在过去,凡兰蒂会抓住那条悬在床头的丝带,拉铃求援,但在目前的状况下,她对什么都不会吃惊。她的理智告诉她,她所见的种种景象都只是她昏迷状态中的产物。而更使她确信地是:一到清晨,夜间的一切幼景便会毫无踪迹,它们会随着曙光的出现而消失。门后面出现了一个人影,但她因为看惯了这种幻影,所以并不惊惶,只是定睛凝视,希望能认出是摩莱尔。那个人影向床边走过来,然后停住脚步,似乎在非常小心地倾听。在这个时候,一缕光线掠过那个午夜访客的脸上。

"不是他!"她喃喃地说,于是静候那个人消失或改变成另外一种容貌,以便确定那只是一个梦。可是,她仍旧能感觉到自己的脉搏,而且觉得它跳得很厉害。她记得驱散这种幻象的最好的方法是喝一口药水,因为那种用来减轻她的发烧的饮料似乎可以刺激她的脑子,使她暂时减少一些痛苦。所以凡兰蒂就伸手去拿那只玻璃杯,但她那颤抖的手臂刚伸出床外,那幻象就急速地向她走过来,而且走得那样贴近,以致她似乎觉得可以听到他的呼吸和感觉到他那只手的压力。这一次,这种幻景已超过了凡兰蒂以前所经历的一切。她开始相信自己是真正睡着,这样一想,她不禁打了一个寒战。她所感到的那种阻力显然想捉住她的手,便慢慢地把手缩回来。她目不转睛地望着那个人影,那个人影看来倒像是来保护她而不是来伤害她的。她看见他拿起那只玻璃杯,走到灯光旁边,举起杯子,像是要测验它的透明度。这似乎还不够,那个人——说得更贴切些,是那个幽灵,因为他的脚步是这样的轻柔,根本听不到一点的声音,——在玻璃杯里倒出一匙羹来,喝了下去。凡兰蒂如痴如醉地望着这幕情景。她随时都觉得那种幻象会突然消失,出现另一种幻景;但那个人不但不像一个影子那样化为乌有,反而又走到她的前面,用一种急切的声音说:"你现在可以喝了。"

凡兰蒂发抖了。这是她初次遇到这种幻觉能以一个活人的声音对她说话,她几乎要惊叫起来。那个人把他的一只手指掩在她的嘴唇上。"基度山伯爵!"她轻轻地说。

那个青年女郎的头脑里对于眼前所发生的这一幕显然已不再有丝毫怀疑。她的眼睛恐怖地突出,她的两手发抖,她急忙拉起毯子裹紧身体。基度山在这样的一个时候出现,以及他这样神秘难解地透过墙壁走进她的房间,在她那混乱的头脑里当然觉得是不可思议的。

"不要叫人,不要惊惶,"伯爵说,"不要在你的心里留下一丝疑惑和不安。凡兰蒂,站在你面前的这个人,这一次不是幻影,是你梦中所能见到的最慈爱的父亲和最可敬的朋友。"

凡兰蒂不能回答。她所听到的这种声音证实向她说话的这个人的确是存在的,所以她是这样的惊惶,以致一个字都讲不出来;但她眼睛里的表情似乎在问,"假如你的良心是纯洁的,你为什么到这儿来呢?"

聪明的伯爵完全理解那青年女郎脑子里的各种想法。"听我讲,"他说,"或者看看我吧,看看我这比往常更苍白的脸,看看我这一对疲倦得发红的眼睛。这一对眼睛已有四天晚上没有合拢了,在这四天夜里,我经常守候着你,为玛西米兰精心地保护着你。"

血液急速地升上凡兰蒂的脸颊;因为伯爵刚才所说的那个名字驱散了她因他的出现所引起的全部疑惑。"玛西米兰!"她喊道,她觉得这几个字的声音是这样的甜蜜,便再重复一遍,——"玛西米兰!那么他把一切都告诉你了吧?"

"是的,他告诉我了一切。你的生命就是他的生命,而我已答应他来保护你,让你活着。"

"你已答应他我可以活?"

"是的。"

"但是,阁下,你刚才说到守夜和保护,那么,你是一位医生吗?"

"是的,是老天派来照顾你的最好的医生,相信我吧。"

"你说你守护着我?"凡兰蒂不安地说,"你以前在哪儿呢?我怎么没看见你呀。"

伯爵伸手指着书房。"我躲在那扇门后面,"他说,"那个房间与隔壁的房子相连,我已租下那座房子。"

凡兰蒂挪开她的目光,带着一种盲目的冲动和轻微的恐惧喊道:"阁下,我想你擅自闯入人家是非法的,你所说的保护倒挺像是一种侮辱。"

"凡兰蒂,"他答道,"我虽长期注意着你,但我所观察的,只是留心来看你的人、给你吃的食物和给你服用的饮料,然后,当我觉得那种饮料似乎危险的时候,我就进来,像现在这样进来,倒空你的杯子,以一种有益健康的饮料代替那毒药,我的饮料不但不会产生别人所期望的死亡,而且可以使生命在你的血管里循环不息。"

"毒药!死!"凡兰蒂喊道,她似乎感觉自己又在发高热,以致思维错乱,"你说什么,阁下?"

"嘘,我的孩子!"基度山说,又把他的手指掩在她的嘴唇上。"我是说了'毒药'和'死'。但把这个喝一些吧。"于是伯爵从他的口袋里摸出一只瓶子,把瓶子里红色的液体倒了几滴在玻璃杯里。"喝了这个,今天晚上不要再喝别的东西。"

凡兰蒂伸出手去拿,但她的手刚挨到那只杯子,便又恐惧地缩回来。基度山拿起那只杯子,喝掉一半,然后把它递给凡兰蒂。凡兰蒂微笑了一下,吞下杯中的余汁。

"噢,是的!"她喊道,"我熟悉这种味道,这几天,我每天晚上都喝的是这个,它清醒我的头脑,也减轻了我的昏迷。谢谢你,阁下,谢谢你!"

"这就是你在最近四天晚上还能活着的原因,凡兰蒂,"伯爵说。"但我,我是怎么活着的?噢,我消磨了多少痛苦的时间呵!当我看见那致命的毒药倒进你的杯子里,当我浑身颤抖地深恐我来不及把它倒掉就被你喝下去的时候,我曾受过怎样的煎熬呀!"

"阁下,"凡兰蒂异常惊恐地说,"你说当你看见那致命的毒药倒进我的杯子的时候感到非常痛苦,但假如你看见了这种情景,你一定也看见那个倒毒药的人了吧?"

"是的。"

凡兰蒂撑起身来,用绣花被掩住她那雪一样的胸脯,那个胸膛上仍旧还浸湿着发烧时所出的冷汗,现在则又加上了一道恐怖的冷汗。"你看见那个人了?"那青年女郎再问一遍。

"是的!"伯爵又说。

"你告诉了我一件可怕的事情,阁下。你希望我相信的那件事情是太真实的了。什么!想在我父亲的家里——在我的房间里——在我的病床上——来谋害我?噢,离开我吧,阁下!你在迷惑我!你亵渎了神圣!这是不可能的,这怎么也是不可能的!"

"你可不是第一个遭受这种打击的人了,你没看见圣·米兰先生,圣·米兰夫人,巴罗斯都倒了下去吗?假如诺梯埃先生不是在最近这三年来继续服药,克制那毒药的效力,他不是也已成了一个牺牲者了吗?"

"噢,天!"凡兰蒂说,"最近几个月来,爷爷总让我分享他的药水,就是为了那个理由吗?"

"那些药水是不是都带一点儿苦味,像干橘皮那种味道?"

"噢,天哪,是的!"

"那么一切就明白了,"基度山说。"他也知道这儿有一个人在下毒,——说不定还知道那个人是谁。他在帮助你,帮助他心爱的孩子与邪恶抗争,而由于你已开始有些抵抗力,所以毒药丧失了一部分致命力。这就是为什么你在四天以前服了一种致命的毒药以后,居然还能活到现在的缘故,——我最初很不明白。"

"那么,这个凶手是谁呢?"

"让我也来问你一个问题:你从来没有看见有人在晚上出入你的房间吗?"

"噢,有的!我常常看见人影经过我的身边,走进来,然后又消失了,但我总认为那是我发烧时产生的幻觉,真的,当你进来的时候,我还以为自己又在发昏或是在做梦了。"

"那么你不知道谁想谋害你吗?"

"不,"凡兰蒂说,"谁会希望我死呢?"

"那么,你现在就会知道了。"基度山说,并侧耳倾听。

"你这是什么意思?"凡兰蒂说,恐怖地四面观望。

"因为你今天晚上并没有高烧或发昏,而是完全清醒的。午夜的钟声已经在响了,这就是那凶手所选定的时间。"

"噢,天!"凡兰蒂一边说,一边去擦从她的脑门上浸出的冷汗。

午夜的钟声迟缓而抑郁地敲打着,那铜锤的每次撞击好像都敲打在那青年女郎的心上。

"凡兰蒂"伯爵说,"鼓起你的全部勇气,镇定你的情绪。不要发出一点声音,假装睡着,那么你就可以看见了。"

凡兰蒂抓住伯爵的手。"我已经听到了一个声音,"她说,"离开我吧。"

"暂时再会，"伯爵回答，就蹑着脚尖向书房门口走去，他的脸上带着一种诚恳和忧伤的微笑，以致那青年女郎的心里充满了感激。在关门以前，他又转过身来说："不要动，不要出声，让他们以为你睡着了，不然，在我还没来得及帮助你的时候，你也许已被杀害了。"说完了这个可怕的教训以后，伯爵便消失在门的那边了，门也无声无息地关拢了。

第一〇一章 赤 练 蛇

凡兰蒂只剩独自一个了。两只比圣·罗尔教堂略慢的钟在远处敲响了午夜的钟声;随后,除了偶尔一辆马车的滚动声外,一切都很寂静。凡兰蒂的注意力集中到她房间里的那只时钟上。那只钟是有秒针的,她开始计算秒针的走动,发觉它比自己的心跳要慢得多。可是她仍旧怀疑,从不伤害别人的凡兰蒂怎么也想象不出有人会希望她死。为什么会有人那样希望呢?为了什么目的呢?她做了什么事情导致这个敌人要对她下毒手呢?她当然不会睡着。一个不祥的征兆紧迫着她有脑子——就是,世界上有一个人曾企图来谋杀她,而且那个人又快要来那样做了。假如这个人因毒药几次无效而心冷,竟像基度山所说的那样借助于钢刀,那可怎么办呢!假如伯爵来不及救她,那如何是好呢?假如她临终的时刻已渐渐接近,假如她永远不能再见到摩莱尔,那怎么得了呢!想到这一切,凡兰蒂脸色苍白,全身冒冷汗,几乎要拉铃求援了。但她好像在门背后看到了伯爵发亮的目光,——那种目光刻在她的记忆里,一想到这里,她便感到那样的羞愧,默默地扪心自问怎样的感谢才能报答他的自我牺牲和热情。二十分钟,也是挺长的二十个分钟,便这样过去了,然后又过去了十分钟,时钟终于敲打半点了。正当这时,书房门上轻微的指甲敲打声通知凡兰蒂,告诉她伯爵仍在注意,并警告她也同样注意。的确,在对面,就是在爱德华的房间那面,凡兰蒂好像听到了地板的震动声。她留心倾听,屏住自己的呼吸,直到似乎要窒息;门柄转动了,门慢慢地推了开来。凡兰蒂本来是用手肘撑着身子的,这时急忙倒到床上,用手臂遮住她的眼睛;然后她战栗地、焦急地等待着,她的心带着无法形容的恐怖跳跃着。

有一个人走到床前,拉开帐子。凡兰蒂竭力镇定,装出均匀的呼吸,表示她在宁静地睡着。"凡兰蒂!"一个声音轻轻地叫。那青年女郎在心底里打了一个寒战,但并不回答。"凡兰蒂!"那个声音又叫。仍旧没有回答,凡兰蒂是决定决不醒来的,于是一切归于寂静。这时凡兰蒂听到一种极其轻微的响声,像是一种液体倒入她刚才喝空的那只杯子。于是她悄悄地张开眼皮,从她的手臂底下瞧出去。她看见一个穿白衣服的女人把一只瓶子里的液体倒入杯子里。在这短暂的时间里,凡兰蒂一定曾停止呼吸或轻微地动了一动,因为那个女人忽然停止倾倒,走到床边来注视,要确定凡兰蒂究竟是否真的睡着了。那是维尔福夫人!

一看出是她的继母,凡兰蒂禁不住打了一个寒战,以致她的床震动了一下。维尔福夫人顿时退到墙边,在那儿,隔着帐子,她静静地细心观察凡兰蒂最轻微的动作。后者想起基度山可怕的警告;她幻想那只不握瓶子的手里握着一把又长又尖

世界经典文库

世界二十大名著

基督山伯爵

图文珍藏版

的小刀。然后,她聚集起全部残余的力量,强迫自己合上眼睛。这个简单的动作在平时很容易完成,可这时却几乎成了不可能的事情,强烈的好奇心拼命要撑开眼睛来澄清事实。维尔福夫人听到只有凡兰蒂那均匀的呼吸声打扰了夜的寂静,然后放心地重新从帐子后面伸出她的手,继续把瓶子里的东西倾倒到杯子里。随后她非常轻巧地退了出去,以致凡兰蒂并不知道她已离开房间。她只看见那只手臂缩了回去;——那只洁白浑圆,属于一个二十五岁年轻美貌的女人的手臂,而那只手臂却渗出了死亡。

维尔福夫人只在房间里逗留了一分半钟,在那期间,凡兰蒂所体验到的感触是难以形容的。书房门上的敲打声把那青年女郎从痴呆状态中唤醒了过来。她努力抬起头。那扇门又无声地打开,基度山伯爵又出现了。

"嗯,"他说,"你还有什么怀疑的?"

"噢,我的上帝,"那青年女郎轻轻地说。

"你看见了吗?"

"唉!"

"你认清了吗?"

凡兰蒂呻吟了一声。"噢,是的!"她说,"我看见了,但我简直不能相信!"

"那么,你情愿死,情愿置玛西米兰于绝境吗?"

"我的上帝!我的上帝!"青年女郎重复地叹道,她精神几乎要崩溃了,"那我不能离开这座房子,我不能逃走吗。"

"凡兰蒂,那只现在迫害你的手将追逐你到天涯海角,你的仆人将受金钱的笼络,死神将化装成各种形式出现在你的面前。即使你喝清泉里的水,吃树上摘下来的鲜果,你也会中毒。"

"你不是说,我那慈爱的祖父的预防措施已挫败了毒药的药性了吗?"

"是的,但却不能应付所有的毒药,毒药是可以改换的,或是增加分量。"他拿起那只杯子,举到唇边尝了一下。"已经这样做了,"他说,"不再用木鳖精而用那可汀了!我可以从溶解它的酒精味上辨出它的存在。假如你现在喝了维尔福夫人倒在你杯子里的东西,那么,凡兰蒂!凡兰蒂呀!你已经完啦!"

"但是,"青年女郎喊道,"为什么要这样迫害我呢?"

"为什么?难道你真这样天真,这样善良,甚至一点也不怀疑别人的险恶用意,到现在还不明白吗,凡兰蒂?"

"不,我从来没有伤害过她。"

"但是你有钱呀,凡兰蒂。你每年有二十万法郎的收入,是你妨碍了她的儿子享受那二十万。"

"怎么会呢?我的财产又不是她的,那是我自己的亲属遗赠给我的呀。"

"当然了,正是为了这个原因,圣·米兰先生夫妇才会过早地去世;正是为了这个原因,诺梯埃先生才会在立你做他的继承人的那一天就被列为谋害的对象;正是为了这个原因,现在才要轮到你死,——因为你的父亲会继承你的财产,而你的弟弟,就是他的独子,将再从他的手里继承到那笔财产。"

"爱德华!可怜的孩子!这种种罪恶都是为了他而犯的吗?"

"啊!看来你终于懂了?"

"愿上天不要在他的身上显报应!"

"凡兰蒂,你是一个天使!"

"但为什么还允许我的祖父活着呢?"

"因为你死以后,除非剥夺你弟弟的继承权,否则那笔财产自然会转移到他的手上,所以那个罪是不必犯的,犯了就傻了。"

"这个可怕的谋杀计划怎么可能是一个女人设计的呢?"

"你是否记得在比鲁沙波士蒂旅馆的凉棚里看见一个身穿棕色大衣的人,你的继母曾问他,'托弗娜毒水'?嗯,从那个时候起,那个恶毒的计划就渐渐在她的脑子里成熟了。"

"啊,那么,真的,阁下,"那甜蜜的姑娘满脸泪痕地说,"我看出我是注定要死的了!"

"不,凡兰蒂,因为我已预知他们的阴谋,不,你的敌人已被征服了,因为我们已知道她。不,你可以活下去,凡兰蒂,——你可以幸福地活下去,并且带着幸福给一颗高贵的心,但要得到这一点,你必须听我安排。"

"命令我吧,阁下,我该怎么做?"

"你必须谨慎地接受我给你的忠告。"

"噢!上帝是我的证人,"凡兰蒂喊道,"假如我只是自己一个人,我情愿还是死了的好。"

"你不能信赖任何人,——包括你的父亲。"

"我的父亲没有参与这个可怕的阴谋,是吗,阁下?"凡兰蒂合拢双手问。

"没有,可是,你的父亲,一个在法院里审理过各种案件的人,应该明白这些死亡不是自然发生的。本来应该是他来看守你,应该由他来占据我的位置,应该由他来倒空那只杯子,应该由他来对付那个凶手。以魔鬼对付魔鬼!"他低声地说了最后这一句话。

"阁下,"凡兰蒂说,"我应当尽力活下去,因为有两个人的生命寄托在我的身上,——我的祖父和玛西米兰。"

"我会照顾他们,像我照顾你一样。"

"嗯,阁下,我听从您的安排,"于是她又低声说,"噢,天哪!我会怎么样呢?"

"不论怎么样,凡兰蒂,都不必惊慌。虽然你受些痛苦,虽然你将丧失了视觉、听觉、触觉,都不要怕,虽然你醒来的时候自己不知道在什么地方,还是不要怕,——即使你发觉自己躺在坟墓里或棺材里。那时你得自己安慰自己,心里想,'在这个时候,一位朋友,一个为我的幸福和玛西米兰的幸福而活着的父亲,正在守护着我!'"

"唉!唉!多可怕的处境呀!"

"凡兰蒂,你愿意揭发你的继母吗?"

"我情愿死一百次,噢,是的,情愿死!"

"不,你不会死的,但一定要答应我,不论遇到什么情况,你都不埋怨而只是希望。"

"我会想到玛西米兰!"

"你是我喜爱的好孩子,凡兰蒂!只有我一个人拯救你,而我愿意救你!"

凡兰蒂在极端恐惧中合拢她的双手,因为她觉得这是需要勇气来完成的,于是开始祈祷起来。当她在这样断断续续地祈祷的时候,她忘记她那雪白的肩头只有她的长头发遮盖着,忘记可以从她睡衣的花边缝里看见她的心房。

基度山用手轻轻将天鹅绒的毯子拉过来盖到她的喉部,带着一个慈父般的微笑说:"我的孩子,信任我对你的真诚,像你信任上帝的慈善和玛西米兰的爱情一样。"

然后他从背后口袋里摸出那只翡翠小盒子,拧开金盖,从里面取出一粒豌豆般大小的药丸放在她的手上。凡兰蒂举着那粒药丸,注视着伯爵。在她这位英勇的护卫者的脸上,闪现着一种神圣庄重和威严的光芒。她显然是用她的目光在询问他。

"是的。"他说。

凡兰蒂把药丸放进口里,没有犹豫地咽了下去。

"现在,我亲爱的孩子,暂时再会了。我要安心去睡一会儿,因为你已经得救了。"

"去吧,"凡兰蒂说,"不论遇到什么情况,我都答应你决不胆怯。"

基度山用眼睛深情地朝那青年女郎看了一会儿，她已经受到了伯爵给她那粒那可汀的袭击而渐渐入睡了。于是他拿起那只杯子，把四分之三的溶液倒在壁炉里，算是凡兰蒂喝掉的，再把杯子放回到桌子上，然后他就消失了。临去之前他向凡兰蒂投去一个告别的目光，凡兰蒂已像一个躺在上帝脚下的纯洁的天使那样安心地睡着了。

第一〇二章 凡 兰 蒂

壁炉架上的那盏灯在昏暗里燃烧着,在耗竭那浮在水面上的最后几滴油,灯罩现出一片淡红色的光泽,火焰在垂熄以前突然明亮起来,射出那最后的摇曳的光芒。这种光芒,虽然是属于没有生命的物体的,却常常被人用来比喻人类在临死前那一阵最后的挣扎。一片昏暗凄惨的光笼罩着那青年女郎身上的被毯和她周围的帐子。街上的一切嘈杂声都已停止,周围是一片可怕的寂静。这时,爱德华的房门开了,在门对面的镜子里,出现了一个我们熟悉的面孔,那是维尔福夫人的面孔,她是来观察那药水的效力的。她站在门口静听了一会儿,在那个凄凉的房间里,现在只剩下灯花的噼啪声,于是她走近桌子,查看凡兰蒂的杯子是否已经喝空。我们前面说过,杯子里还剩着四分之一的药水。维尔福夫人把它倒在炉灰里,并把炉灰撮了撮,然后她小心地洗涮那只玻璃杯,用手帕擦干它,把它放回到桌子上。

假如有人在那时把眼光射进房间,他便会注意到维尔福夫人带着犹豫的神色走近床边,眼睛一眨不眨地望着凡兰蒂。那昏暗的光线,深邃的寂静,深夜所引起那种恐怖的心理,特别是她自己的良心,这一切归纳起来产生了一种惊恐的感觉。那下毒者怕去看她自己的成绩,但她终于鼓起勇气,拉开帐子,俯到枕头上,全神贯注地凝视着凡兰蒂。没有呼吸的症状,那半开半闭的牙齿已不再有气透出来;那雪白的嘴唇已不再抖动,那一对眼睛似乎浮在浅蓝色的雾气里,而又长又黑的头发散在那蜡白的脸颊上。维尔福夫人在凝视这个静止的面孔时嘴角挂着一丝得意的微笑,然后她壮起胆子揭开被盖,把手压在那青年女郎的胸膛上。胸膛冷冰冰地一跳都不跳。她只感觉到了自己手指上的脉搏,便打了一个寒战,缩回她的手。一只手臂垂出在床外,——那样一只美丽的手臂,从肩至腕似乎都是由一个雕刻师塑造出来的,但前臂似乎因为痉挛而略微有点变形。而那只精致纤细的手,则伸展着直挺挺的僵硬的手指搁在床架上。手指甲也已发青。维尔福夫人不再有任何怀疑,——一切都已经过去,她已完成了她最后一件可怕的工作。

房间里再没有别的事情做了,所以那下毒者偷偷地退出去,像是怕听到她自己的脚步声似的,但当她将退走的时候,她仍旧拉开了帐子,让那神秘的死的场面不可抗拒地吸引住了。正当这时,灯花又噼啪地爆了一下,声音把维尔福夫人吓了一跳,她打了一个寒战,松手放了帐子。灯熄灭了,整个房间陷入在可怕的黑暗之中,这时时钟正巧敲打四点半。听到钟声,下毒者顿时惊慌起来,摸索到门口,胆战心惊地回到了她房间。黑暗延续了两个钟头,渐渐地,一片惨白的光从百叶窗里爬进来,终于照亮了房间里的物件。这时候,楼梯上响起了护士的咳嗽声,那女人手里端着一只杯子走进房来。在一位父亲或一个情人,第一眼就足以决定一切,——凡兰蒂已死了,但在这个受雇佣的人看来,她好像是睡着。"好!"她走到桌子前面说,"她已喝了一部分药水,杯子里只剩三分之一了。"

于是她走到壁炉前面生着了火。虽然她刚起的床,但现在利用凡兰蒂的睡眠提供的机会,便又倒在一张圈椅里打起瞌睡来。时钟敲打八点的声音吵醒了她。她奇怪她的病人竟睡了这么长的时间,并惊恐地发现那只手臂仍旧还垂在床外,便向凡兰蒂走过去,这时才注意到那失血的嘴唇。她想把那只手臂放回到床上,但那只手臂僵硬得可怕,啊! 她大喊一声,然后跑到门口,喊道:"救命呀! 救命呀!"

"你干什么?"阿夫里尼先生在楼梯脚下问,这正是他每天来看病的时间。

"什么事?"维尔福从他的房间里冲出来问。"医生,你是听见他们喊救命吗?"

"是的,是的,我们赶快上去吧! 是在凡兰蒂的房间里。"

但在医生和那父亲还没赶到时,二楼上的仆人们已跑进那个房间,一看到凡兰蒂脸色苍白一动不动地躺在床上,他们一齐举手向天,像遭了雷击似的惊呆住了。

"去叫维尔福夫人! 去喊醒维尔福夫人!"检察官站在房间门口喊,似乎不敢进去。但仆人们并没有听从他的命令,只是站在那儿看着阿夫里尼先生。阿夫里尼已奔到凡兰蒂那儿,两手抱起她。"什么! 这一个,也!"他低声诉说着,让她从他的手臂里滑了下去。"噢,我的上帝! 我的上帝呀! 您什么时候才能收敛呢?"

维尔福冲进房间里。"您说什么,医生?"他举手向天喊道。

"我说凡兰蒂死了!"阿夫里尼用一种庄严得可怕的声音回答。

维尔福先生跟跄了一下,把他的头深深地埋在被毯里。听到那医生的惨叫和那做父亲的哭喊,仆人们都口里喃喃地祈祷着逃走了,只听见他们的脚步声奔下楼梯,穿过走廊,冲入前庭,然后就一切都寂静了。他们都已逃离这座遭天诅咒的房子。正在这时,维尔福夫人披着睡衣掀开门帘,在门槛上站了一会儿,像是在问房间里的人究竟发生了什么事情,并尽力想流出几滴不听指挥的眼泪。突然间,她伸展着两臂向那张桌子靠近了一步,因为她看见阿夫里尼好奇地在检查那只她确信在晚上已经倒空的杯子。杯子里还有三分之一药水,正和她倒在炉灰里的一样多。即使凡兰蒂的幽灵出现在那下毒者的面前,她也不会像现在这样感到惊慌失措。药水的颜色与她倒在杯子里被凡兰蒂喝掉的一样。阿夫里尼先生既然那样小心谨慎地在检查,这种毒药就绝不可能瞒过他的眼睛。这一定是上帝旨意,以致她虽然特别的谨小慎微,却仍然留下了犯罪的痕迹和揭露罪行的证据。

当维尔福夫人像一尊恐怖女神似的立在原地,当维尔福埋头在被毯里看不见四周的情形的时候,阿夫里尼为了要更清楚地验证那杯子里的东西,便走到窗前,用手指尖伸进去蘸了一滴来尝。"啊!"他喊道,"不再用木鳖精了,我倒要看看这是什么!"于是他走到一只由碗柜改成的药橱前面,从一只银盒里取出一小瓶硝酸,挤了几滴到那液体里,液体便立刻变成血红色。"啊!"阿夫里尼喊道,他的声音里夹杂着一位法官揭破实情时的恐怖和一个学生解决了一个问题时的喜悦。维尔福夫人受不住了,她的眼前最初是火花乱迸,后来变成漆黑一片。她跟跟跄跄地走向门口,然后就不见了。一会儿以后,远处传来一声沉重的撞击在地板上的声音,但谁都没有去理会它。那护士正在注意化学分析,维尔福仍旧沉浸在悲哀里。只有阿夫里尼用他的眼睛注意着维尔福夫人，看到她仓皇地退了出去。随即他拉开爱德华房门口的门帘，向维尔福夫人的房间里望，便看见她生气全无地躺在地板上。"去帮助维尔福夫人，"他对护士说，"维尔福夫人病了。"

"但维尔福小姐——"护士犹豫地说。

"维尔福小姐不再需要任何帮助了，"阿夫里尼说，"因为她已经死了。"

"死了！死了！"维尔福极其痛心地呻吟道，在他那钢铁一般的心里，悲哀是一种新奇的感觉，所以他的悲哀比别人更可怕。

"你说死了吗？"一个第三者的声音喊道，"谁说凡兰蒂死了？"

两个人回过头去，只见摩莱尔脸色苍白，恐怖地站在门口。事情是这样的：摩莱尔按照往常的时间到达通诺梯埃先生房间的小门口。与往常相反的是，门竟是开着的，由于没有拉铃的必要，他就走了进去。他在厅里等了一会儿，想叫一个仆人来引他去见诺梯埃先生；但没有一个人搭理他的叫喊，那座房子里的仆人都已逃走了。摩莱尔没特别感到不安的情绪，基度山已答应他凡兰蒂可以不死，而直到那时为止，他始终是履行了他的诺言的。伯爵每天晚上传递消息给他，那些消息在第二天早晨就被诺梯埃证实。可是，这种奇特的寂静使他感到很惊讶，他第二次第三次再叫人，还是没有人理他，于是他决定上楼去。诺梯埃的房间也像其他的房间那样大开着门。他所看见的第一个景象是那老人照常坐在他的圈椅里，但他的眼睛里似乎表示着一种莫名的恐惧，那种表情则从他那苍白的脸色上得到了证实。

"您好吗，阁下？"摩莱尔问，心里不免有些紧张。

"好！"老人闭拢他的眼睛作答，但脸上却表示出更大的不安。

"您在想心事，阁下，"摩莱尔又说，"您需要点什么，要我去叫一个仆人吗？"

"是的。"诺梯埃回答。

摩莱尔转身去拉铃，可他几乎要拉断绳带，仍旧没有人答应。他就又去看诺梯埃，诺梯埃脸上的苍白和痛苦的表情已与时俱增。

"噢！"摩莱尔喊道，"他们为什么不来？这屋子又发生了什么事了吗？"

诺梯埃的两眼似乎要从眼眶里蹦出来了。

"什么事呀？您吓坏我啦。凡兰蒂，凡兰蒂！"

"是的，是的。"诺梯埃表示。

玛西米兰还想说话，但他什么都说不出来，他跟跄了一下，靠在壁板上，然后指了指门口。

"是，是，是！"老人继续表示。玛西米兰冲上那座小楼梯，而诺梯埃的眼睛似乎在说："快一点！快一点！"

一转眼，那青年已穿过几个房间，来到了凡兰蒂的房门口。他清楚地看到，门是大开着的。他听到的第一个声音是一遍啜泣。他像在雾中看物似的看见一个黑色的跪着的人影与一大片白色的帐帷混在一起。一阵可怕的恐惧钉住了他。那时，他听到一个声音宣称："凡兰蒂已经死了！"而另一个声音像回声似的重复说："死了！死了！"

第一〇三章　玛西米兰

维尔福站起身来,他由于被人撞见他这种痛哭流涕感到特别的难堪。二十五年可怕的法官生涯已使他丧失了一部分人性。他的目光最初恍惚不定,然后盯在摩莱尔身上。"你是谁,阁下,"他问道,"你不知道一座遭受死神打击的房子是不能这样随便进来的吗?去,阁下,去吧!"

但摩莱尔仍旧一动都不动,他不能使目光离开那张零乱的床以及躺在床上的那个青年女郎惨白的面孔。

"去!你听见了吗?"维尔福说。阿夫里尼则走上来要领摩莱尔出去。玛西米兰迷惑地向那个尸体凝视了一会儿,然后将目光慢慢地向房间四周扫射了一遍,最后仇视地落在那两个男人身上。他张开嘴巴想说话,虽然他的脑子里充满着无数的意思,却觉得难于启齿,然后举起双手插在头发里冲出去。他那种神思恍惚的表情使维尔福和阿夫里尼暂时忘记眼前的事,互相交换了一个目光,像是在说:"他疯了!"

但不到五分钟,楼梯在一种特别的沉重压迫下呻吟起来。他们看见摩莱尔以超人的力量搬动了那只坐着诺梯埃的圈椅走上楼来。走完楼梯以后,他把圈椅放到地板上,匆忙将它推进凡兰蒂的房间。这一切都是在疯狂地激动下完成的,那青年的气力这时骤然增加了十倍,但最可怕的还是诺梯埃。他被摩莱尔推进床前,脸上表示出他心里的全部意思,眼睛补充了其他各种器官的不足。那个苍白的面孔和那火烧般的目光在维尔福看来像是一个可怕的幽灵。每一次与他父亲接触的时候,便总要发生一些可怕的事情。

"看他们干了些什么事!"摩莱尔一手扶着椅背,一手指着凡兰蒂喊道。"看哪,爷爷,看呀!"

维尔福后退了一步,惊奇地望着那青年人,他简直不认识他,可是他却称诺梯埃做爷爷。这时,那老人的整个灵魂似乎已集中在他的眼睛里,那一对眼睛充满了血丝,喉部的血管胀大,脸颊和太阳穴变成了紫色,像是犯了癫痫症似的。他内心的全部紧张只缺乏一声喊叫来表达出来,而那声喊叫从他的五窍里发了出来,——寂静中的一声可怕的喊叫。阿夫里尼向老人冲过去,给他吸入一口强烈的兴奋剂。

"阁下!"摩莱尔抓住瘫子那只潮湿的手喊道,"他们问我是谁,问我有什么权利到这儿来!噢,您是知道的,告诉他们,告诉他们吧!"那青年的声音被痛哭声遮盖住。

"告诉他们,"摩莱尔用嘶哑的声音说,——"告诉他们我是她的未婚夫。告诉他们她是我高贵的爱人,是我在这个世界上唯一的爱人。告诉他们呀——噢!告

世界经典文库

世界二十大名著

基督山伯爵

图文珍藏版

诉他们那个尸体是属于我的!"

那青年像一座坚固的大厦突然倒塌似的跪倒在床前,手指痉挛地钩屈着。阿夫里尼不忍再看这幕动人的情景,转过身去;维尔福也不再追究更深的解释,他被一股不可抗拒的力量吸引着,走过去伸出一只手给那青年。但摩莱尔什么都不曾看见;他已抓住凡兰蒂那只冰冷的手,泣不成声,只是痛苦地呻吟着,咬着床单。在这段时间里,整个房间里充满了啜泣声、叹息声和祈祷声。但比这些声音更响的是诺梯埃那爆发性的呼噜呼噜的呼吸声,每一下呼吸似乎都可能会破坏他胸腔里某种生命的泉源。最后,这几个人之中最能自持的维尔福说话了。"阁下,"他对玛西米兰说,"你说你爱凡兰蒂,你和她订有婚约,我却不知道有这个婚约和这场婚恋,可是我,她的父亲,宽恕了你,因为我看出你的伤心是真诚的,而且,我自己也太悲伤了,愤怒在我的心里已不再能找到一个位置。但是你看,你所希望得到的那位天使已永远离开了这个世界,她再也不需要人的爱慕,——她现在只关心主了。向伤心的遗体做一次最后的告别,阁下,把那只你希望得到的手再与你自己的手握一次,然后永远与她分离了吧。凡兰蒂现在只需要神父来为她祝福了。"

"你错了,阁下,"摩莱尔站起身来喊道,他的心里感到一阵他从没有过的剧痛,——"你错了,凡兰蒂虽然已经死了,可她不但需要一位神父,而且也需要一个复仇的人,你,维尔福先生,你自己去请神父,我来做那复仇的人。"

"你这是什么意思,阁下?"维尔福问,摩莱尔这一阵新的呓语使他发抖了。

"我告诉你,阁下,你有两重身份,做父亲已哀伤得够了,现在让那检察官来开始履行他的责任吧。"

诺梯埃的眼睛发出光来,阿夫里尼先生走进来一些。

"诸位,"摩莱尔说,他对于在场的所有人那头脑里的思绪了解得很清楚,"我知道我要说什么话,你们也同样知道我快要说什么话,——凡兰蒂是被人谋杀的!"

维尔福垂低了头,阿夫里尼更靠近来一些,诺梯埃用他的眼睛说:"是的!"

"嗯,阁下,"摩莱尔继续说,"在目前这个时代,一个人在不明不白的情况下离开了这个世界,而活着的人必然要调查她离开这个世界的原因,即便她不是像凡兰蒂这样一个年轻、美丽、可爱的人。检察官阁下,"摩莱尔愈说愈激烈了,"没有情面可讲。我向你提示,追寻凶手是你的分内的责任!"

那青年人的一对仇深如海的眼睛询问着维尔福,维尔福则把他的目光从诺梯埃看到阿夫里尼。但在医生和他父亲的眼睛里,他找不到同情,而只看见一种像玛西米兰同样坚决的表情。那老人表示说:"是的!"阿夫里尼说:"必要的!"

"阁下,"维尔福说,他竭力使那三个人的决定与他自己的情感抗争,——"阁下,你弄错了,这儿没有人犯罪。我是受了命运的打击,上帝在惩罚我。这件事的确可怕,但并没有暗杀。"

诺梯埃的眼睛里发出愤怒的光,阿夫里尼正准备说话。摩莱尔伸出他的手臂,阻止了他。"我警告你这儿有凶手在犯罪!"摩莱尔说,他的声音虽然已低了一些,但却从未丧失那种可怕的抑扬顿挫的声调。"我告诉你,这是最近四个月来的第四个牺牲者了。那凶手在四天以前就企图用毒药夺取凡兰蒂的生命,只是由于诺梯埃先生的预防,她才逃脱了性命。现在,毒药已改变了,或是加重了一倍分量,而这一次,它成功了。实际上,你对于这些事情知道得和我一样清楚,因为你曾以大夫和朋友的双重资格事先警告过维尔福。"

"噢,你胡说,阁下!"维尔福喊道,竭力想逃脱已经把他笼罩住的那道法网。

"我胡说?"摩莱尔说,"嗯,那么,我要请阿夫里尼先生主持公道了。问问他,阁下,问他是否记得,在圣·米兰夫人去世的那个晚上,在这座房子的花园里,他说了一些什么话。你以为花园里只有你们两个人?你们谈论那件悲惨的事情,当时你像刚才那样推诿于命运,不公正地归罪于上帝,而你的推诿只证明了一件事情,——造成了凡兰蒂的被杀。"维尔福和阿夫里尼交换了一下目光。"是的,是的,"摩莱尔继续说,"回想一下当时的情形吧,因为你们自以为没有别人听见的那些话落到了我的耳朵里。当然,在目击维尔福先生故意漠视他亲戚的被害以后,我应该向当局去告发他,这样,甜蜜的、可爱的凡兰蒂呀,我也就不会像现在这样做一个促成你死亡的帮凶了!但那帮凶就要做代你报仇的人了。这第四次的谋杀是谁都看得明白的。假如你的父亲不理你,凡兰蒂,那么我——我向你发誓——我就要去追寻那个凶手。"而这一次,像是自然至少已同情那个几乎快要爆炸的强壮的体格似的,摩莱尔的话在喉咙里塞住了。他号啕大哭起来,那始终不听指挥的眼泪从他的眼睛里涌了出来,他大哭着扑过去跪在床边。

这时,阿夫里尼说话了。"我也是,"他用一种低沉的声音喊道,"我赞成摩莱尔先生的主张,要求公正地处罚罪犯,我一想到我那胆怯的让步曾鼓励了一个凶手,我的心里就特别的难过。"

"噢,慈悲的天哪!"维尔福恐惧地说,他被眼前的事实征服了。

摩莱尔抬起头来,他看到那老人的眼睛闪耀着不自然的光芒,便说:"等一等,诺梯埃先生想说话。"

"是的。"诺梯埃表示。他的表情非常恐怖,因为他五官的作用都已集中在眼睛上。

"您知道那个凶手吗?"摩莱尔问。

"是的。"诺梯埃回答。

"而您要指示我们吗?"那青年喊道,"听着,阿夫里尼先生!听着!"

诺梯埃带着一个抑郁的微笑望着那不幸的摩莱尔,——他常常以眼睛里这种慈祥的微笑来使凡兰蒂高兴,——吸引了他的注意。然后,在使对话者的目光与他的目光相对以后,他又望向门口。

"您要我离开吗?"摩莱尔悲哀地说。

"是的。"诺梯埃表示。

"唉,唉,阁下,可怜可怜我吧!"

老人的眼睛依旧盯住门口。

"我至少还可以再回来吧?"摩莱尔问。

"是的。"

"我独自离开吗?"

"不。"

"我带谁走呢，——检察官吗？"

"不。"

"大夫？"

"是的。"

"您要独自和维尔福先生谈话？"

"是的。"

"但他能明白您的话吗？"

"是的。"

"噢！"维尔福似乎很高兴地说，因为调查工作可以在私下举行了，——"噢，放心吧，我自然会明白家父的意思的。"

阿夫里尼拉住那青年的手臂，和他一起走出房间。顿时死一般的寂静笼罩着全屋。不一会的时间，他们听见一种踯躅的脚步声，维尔福出现在阿夫里尼和摩莱尔——前者在沉思，后者在痛苦——等待着的房间门口。"你们可以来了。"他说，于是就领他们回到诺梯埃那儿。摩莱尔注意地观察维尔福。他的脸色青白；豆大的汗珠滚下他的脸颊；他的手里握着一支被他捏得粉碎的笔。"二位，"他用一种沙哑的声音说，"你们要凭人格向我担保：这个可怕的秘密将永远只有我们这几个人知道！"那两个不太理会地退缩了一步。"我恳求你们——"维尔福继续说。

"但是，"摩莱尔说，"那个罪人——那个凶手——那个暗杀者呢！"

"你不必着慌，阁下，正义是一定要伸张的，"维尔福说。"家父已揭发了那个罪人的名字，家父也像你一样渴望于复仇，但是他也像我一样要请求你们保守这个秘密。是吗，爹？"

"是的。"诺梯埃坚决地回答。

摩莱尔随即发出一声恐怖和惊奇的喊叫。

"噢，阁下！"维尔福抓住玛西米兰的手臂说，"假如固执的家父提出了这个要求，那是因为他知道，而且确信凡兰蒂的怨恨一定可以得到可怕的报复。是吗，爹？"那老人做了一个肯定的表示。维尔福继续说，"他知道我，而我已向他发过誓。放心吧，二位，在三天之内，比法院的手续更快，我就要用即使最残酷的心看了也要发抖的手段，向那谋杀我的孩子的人报仇。"当他讲完这几句话的时候，他咬牙切齿，紧握住老人那只没有感觉的手。

"这个诺言会履行吗"，诺梯埃先生？"摩莱尔问，而阿夫里尼则用询问的目光望着。

"是的。"诺梯埃带着一种凶狠的神情回答。

"那么发誓吧，"维尔福把摩莱尔和阿夫里尼的手拉在一起说，"你们发誓要保全我家的名誉，让我来为我的孩子报仇。"

阿夫里尼把头撇转在一边，说了一声非常微弱的"是"，但摩莱尔挣脱他的手，冲到床边，在凡兰蒂那冰冷的嘴唇上吻了一下，然后发出一声绝望的触及灵魂的长吁，就急急忙忙地离开了。

我们前面已经说过,全体仆人都已逃走了。所以维尔福先生不得不要求阿夫里尼先生主持一切丧事手续。在一个大城市里办丧事是很麻烦的,尤其是在不明真相的环境下所发生的丧事。诺梯埃先生几经劝慰还是不肯离开他的孙女儿,他的眼泪默默地滚下他的两颊,这种无言的痛苦和沉默的绝望看了真让人受不了。维尔福退回到他的书斋里,阿夫里尼则出去找市政府雇用的大夫,那位大夫的任务是检查病死后的尸体,所以被人称为"法医"。一刻钟以后,阿夫里尼先生带着他的助手回来了。他们发觉大门关着,而由于门房已与其他的仆人一同逃走,所以维尔福只能亲自出来开门。但他走到楼梯顶上就止了步,他没有勇气再走进那个死人的房间,所以两位大夫自己走进那个房间。诺梯埃仍坐在床的附近,像那具尸体一样的苍白、沉默和静定。那"法医"带着那种常与死人打交道的冷漠的神情走近去,揭开那张盖在脸上的床单,微微地张开他的嘴巴。

　　"唉,"阿夫里尼说,"她真的死啦。可怜的孩子!你可以走了。"

　　"是。"那医生简洁地回答,放下他揭起的那张床单。

　　诺梯埃发出一种呼噜呼噜的粗声,那老人的眼睛闪闪发光,阿夫里尼明白他的意思是再看一看他的孙女。他走近床边,当他的同伴把他那几只接触过死人的嘴唇的手指浸在氯化钙溶液里的时候,他揭开床单露出那张宁静而苍白,像一个睡着的天使那样的面孔。老人眼睛里所出现的那一滴眼泪表示了他对医生的感谢。"法医"这时已把验尸报告放在桌子角上,他的任务已经完成,便仍由阿夫里尼陪他出去。维尔福在他的书斋门口遇见他们。他用几句话谢了那位大夫,然后转过去对阿夫里尼说:"现在,神父呢?"

　　"您要我特地去请一位神父来为凡兰蒂祈祷吗?"阿夫里尼问。

　　"不,"维尔福说,"请最近的那位就行了。"

　　"最近的那位,"法医说,"是一位善良的意大利长老,他就住在您的隔壁。我经过的时候去请他一下好吗?"

　　"阿夫里尼,"维尔福说,"我求您陪这位先生一起去。这是大门的钥匙,这样您就可以任意地出进了。您带那位神父和您一起来,并代替我领他到我孩子的房间里去。"

　　"您希望见见他吗?"

　　"我只希望单独呆一会。您可以原谅我的,是吗?一位神父是应该懂得各种悲哀的,甚至一位父亲的悲哀。"于是维尔福先生把钥匙交给阿夫里尼,向那位陌生大夫又告别了一次,就退回到他的书斋里,开始工作起来。在某一部分人的心里,工作是可以解除一切苦恼的。

　　当两位大夫走到街上的时候,他们看见一个穿法衣的人站在隔壁的门槛上。"这就是我所说的那位长老。"大夫对阿夫里尼说。

　　阿夫里尼上去招呼那位神父。"阁下,"他说,"您愿意为一个刚失去女儿的父亲尽一次伟大的义务吗?我是指维尔福先生,就是那位检察官。"

　　"啊!"神父带着明显的意大利口音说,"是的,我听说那座房子里死了人。"

　　"那么我不必告诉您,他胆敢冒昧向您要求的,是怎样的一种服务了。"

"我正要去自荐,阁下,"那神父说,"主动尽责原是我们的本分。"

"死者是一位年轻的姑娘。"

"我知道的,阁下,从那所房子里逃出来的仆人已告诉了我。我还知道她的名字叫凡兰蒂,我已经为她祈祷过了。"

"谢谢您,阁下,"阿夫里尼说,"既然您已开始尽您那神圣的职责,就请继续下去吧。请去坐在过世人的旁边,那遭痛苦的一家人都会由衷地感激您的。"

"我马上就去,阁下,我可以毫不犹豫地说,不会有别人的祈祷比我更热情的了。"

阿夫里尼搀住那神父的手,不去打扰那埋头工作的维尔福,径自走到凡兰蒂的房间里。那个房间并无变动,殡仪馆的人要到傍晚才来收尸。当长老进去的时候,诺梯埃以搜索的眼光望着他的眼睛;而他无疑地认为他已从那两只眼睛里探索到了某种暗示,而且他将继续留在那个房间里。阿夫里尼请神父同时照顾那死人和活人,长老答应尽力为凡兰蒂祈祷和看顾诺梯埃。显然是为了他在履行这种神圣的使命时免得受人打扰,所以阿夫里尼一离开,那神父不但闩上了医生刚才出去的那扇门,而且也闩上了通往维尔福夫人房间的房门。

第一○四章　邓格拉司的签字

次日清晨,天空阴云密布。殡仪馆的人已在夜间完成了他们郁闷的工作,把尸体裹在一块包尸布里,而不论人们怎样论述死的平等,这块包尸布却是一个最后的证据,证明了死者生前所享受的奢侈。这块包尸布是那青年女郎在两星期前买来的一幅美丽的白葛布。就在那天,执行这种任务的那两个人已把诺梯埃从凡兰蒂的房间搬到他自己的房间里,出乎大家意料的是:要他离开他的孙女并没有多大困难。布沙尼长老一直守候到天明,没有跟别人打招呼就走了。阿夫里尼在早晨八点钟的时候来了。他在去诺梯埃房间的路上遇到维尔福,就陪他去看看那老人睡得如何。他们发觉他在一张当床用的大圈椅里,享受着一场宁静的几乎面带微笑的睡眠。他们都费解地在房门口站了下来。

"瞧,"阿夫里尼对维尔福说,"自然知道如何来排除最深切的悲伤。谁都不能说诺梯埃先生不爱他的孩子,可是他却睡着了。"

"是的,您说得对,"维尔福惊奇地答道,"他真的睡着了!这真让人想不明白,因为以前最轻微的骚扰也会使他长夜难眠。"

"悲哀使他麻木了。"阿夫里尼回答,于是他们都深思地来到检察官的书斋里。

"看,我可没睡过,"维尔福指着他那张一丝不乱的床说,"悲哀并没有使我麻木。我有两夜没有上床了,但看看我的书桌。看看我在这两天两夜里面写了多少东西。我写满了那些纸,已完成了控告凶手贝尼台多的起诉状。噢,工作!工作!工作是我的热情,我的愉快,我的喜悦!它减轻了我的悲伤!"

于是他痉挛地握住阿夫里尼的手。

"您现在需要我效劳吗?"阿夫里尼问。

"不,"维尔福说,"只是请在十一点钟的时候回来,到十二点,那——那——噢,天哪!我那可怜的,可怜的孩子!"那检察官又变成另外一个人,痛苦地呻吟起来。

"您要到客厅里去吗?"

"不,我的一个堂弟担负了这种悲伤的职务。我要工作,大夫,当我工作的时候,我就忘掉一切了。"的确,大夫一离开那个房间,维尔福便又专心致志地工作起来。

阿夫里尼在大门口遇见维尔福所提及的那个堂弟,这个人物在我们的故事里也像在他所处的世界里那样是一个无关紧要的角色,——是那种自出生以来就只求为他人所用的人物之一。他很守时刻,手臂上缠着一条丧礼上用的纱带,穿着一身黑衣服,装出一副悲痛万分的样子去见他的堂兄。到十二点钟,丧车驶进那铺着石板的前庭。圣·奥诺路上挤满了一群游手好闲的人,这些人对节日或有钱人家的丧事感到同样有兴趣,他们像去看一位公爵小姐的婚礼一样热烈地跑来看一次大出丧。客厅里渐渐挤满了人,我们的几位老朋友也已在这儿出现,——狄布雷、夏多·勒诺和波香,他们与当时司法界、文学界和军界的领袖人物混在一起;因为维尔福先生是巴黎上流社会中的著名人物,——这,一部分固然是由于他的社会地位,但更重要的,还是由于他个人才干的力量。那位堂弟站在门口接引宾客,而使宾客们感到轻松的是,他也像他们一样无动于衷,并没有像一位父亲,一位兄长,一个爱人那样表示出一副哀伤的面孔或勉强挤出几滴眼泪。那些相识的人不久便各自组成了小团体。其中有一个小团体的组成者是狄布雷、夏多·勒诺和波香。

"可怜的姑娘!"狄布雷说,他像其余的来宾一样,也对这件悲伤的事情勉强说上几句,——"可怜的姑娘,这样年轻,这样有钱,这样漂亮!夏多·勒诺,当我们——那是多久以前的事呀?三个星期,或最多一个月以前吧——来签订那次并没有签订成功的婚约的时候,你可会想象到这幕场面吗?"

"的确想不到。"夏多·勒诺说。

"你认识她吗?"

"我在马瑟夫夫人家里跟她谈过一两次话,那时还有别人在一起,我觉得她挺可爱,只是有点儿抑郁。她的继母在哪儿,你知道吗?"

"她去陪伴接待我们的那位先生的太太去了。"

"他是谁?"

"你指哪一个?"

"那个接待我们的人。他是一位代理官吗?"

"噢,不,我是命中注定每天要看见我们那些可敬的代理官的,"波香说,"而他的面孔我却不熟悉。"

"你有没有在你的报纸上提及这件丧事?"

"报纸上发表过,但那篇文章不是我写的。真的,我不知道维尔福先生看了那篇文章会是怎样的想法,因为文章说,假如那接连四次丧事不是发生在检察官的家里,他就会对这件事情感到更大的兴趣了。"

"可是,"夏多·勒诺说,"为家母看病的阿夫里尼医生却说维尔福心灰意冷了。你在找谁呀,狄布雷?"

"我在找基度山伯爵。"那青年说。

"我在到这儿来的途中曾在马路上遇见他,"波香说。"我想他快要离开巴黎了,他正要去找他的银行家。"

"他的银行家?他的银行家是邓格拉司,是不是?"夏多·勒诺问狄布雷。

"我认为是的,"那秘书带着不安的神色回答。"但这儿不仅只少基度山一个人,我还没有看见摩莱尔。"

"摩莱尔!他们认识他吗?"夏多·勒诺问。

"我想他只被介绍认识过维尔福夫人。"

"可是,他应该到这儿来的呀,"狄布雷说。"今天晚上谈论些什么?就是这件丧事,这是今天的新闻。但是,嘘!我们的司法部长来了。他一定要对那个痛哭的堂弟说几句话。"于是那三个青年凑近去听。

波香说的是真话。在他来参加丧礼的途中,他曾遇见基度山,后者正在向安顿大马路邓格拉司先生的府邸那个方向驶去。那银行家看见伯爵的马车驶进前庭,便带着一种忧郁但却殷勤的微笑迎出来。"噢,"他伸手给基度山说,"我想您是来关怀我的吧,因为不幸的厄运已占领了我的家。当我看见您的时候,我正在扪心自问:我是否真愿意伤害那可怜的马瑟夫一家人,假若我曾那样希望,那么谚语所谓'凡希望旁人遭遇不幸者,他自己必也遭遇不幸'那句话就说对了。唉!我凭人格担保,不!我并没有希望马瑟夫遭祸。他有一点儿骄傲,那也许是因为,像我一样,他也是一个白手起家的人,但我们都是有过错的。啊!请看,伯爵,请看看我们这一段年龄的人,——您不属于那个阶段,您还是一个年轻人,——我们这一段年龄的人今年特别的倒霉。举例来说,试看那清正严谨的检察官所遭遇的怪事,他刚才失掉了他的女儿,而事实上他的全家几乎都已死光,马瑟夫已身败名裂地死了,而我又受了贝尼台多的侮辱,而且——"

"而且什么?"伯爵问。

"唉!您不知道吗?"

"又有什么新的灾难降临了?"

"我的女儿——"

"邓格拉司小姐怎样啦?"

"欧琴妮已离开我们了!"

"老天爷!您说的是什么话呀?"

"是真话,我亲爱的伯爵。噢,您没有妻子儿女是多幸福呀!"

"您这样想吗?"

"我的确这样想。"

"那么邓格拉司小姐——"

"她受不了那坏蛋对我们的侮辱,要求准许她去旅行。"

"她已走了吗?"

"前天晚上走的。"

"与邓格拉司夫人一起去的吗?"

"不,与一位亲戚。可是,我们简直可以说我们已失去了我们亲爱的欧琴妮了,因为我怀疑她的那颗骄傲的心是否会允许她再回法国来。"

"可是,男爵呀,"基度山说,"家庭里的伤心事,或是其他任何的苦恼,只会压毁那些只有他们的儿女可作为唯一宝物的穷人,但对一位百万富翁,那些痛苦却是可以忍受的。哲学家说得好:金钱可以减轻许多苦恼。这种高见,凡是实事求是的人始终是加以支持的。假如您承认了这帖万应灵丹的效力,您应该是非常容易宽慰的了,——您是金融界的国王,是一切力量的源泉。"

邓格拉司斜眼看着他,像是要鉴定他说话的态度是否真诚。"是的,"他答道,"假如一笔财富可以带来宽慰的话,我应该是可以宽慰的了,我很富有。"

"富有极了,我亲爱的男爵,您的财产像金字塔,——您要想销毁它都不能够,即使有可能您也不敢!"

邓格拉司对伯爵这种好心的玩笑微笑了一下。"那使我记起,"他说,"当您进来的时候,我正在签署五张小支票。我已经签好两张,您能允许我把其余那几张也签好吗?"

"请签吧,我亲爱的男爵,请签吧。"

房间里沉默了片刻,这期间,只听见那位银行家嗖嗖的签票声,基度山则在细察天花板上镀金的图案。"那是西班牙支票、海地支票或那不勒斯支票吗?"基度山说。

"都不是,"邓格拉司微笑着说,"那是凭票即付的法国银行的支票。噢,"他又说,"伯爵,假如我可以称为金融界的国王的话,您就应该称为金融界的皇帝了,可是,像这样大小的每张价值一百万的纸头,您经常能见到吗?"

伯爵从那非常骄傲和自豪的邓格拉司的手里接过那些纸片,读道:——

"总经理台鉴,——请在本人存款名下按票面额付一百万整,——邓格拉司男爵。"

"一,二,三,四,五,"基度山说,"五百万! 啊,您简直是一个大富豪了!"

"我就是这样做生意的!"邓格拉司说。

"真令人吃惊,"伯爵说,"尤其是,我相信,这是见票即付的吧。"

"的确是的。"邓格拉司说。

"有这种信用真不错,真的,只有法国才有这样的事情。五张小纸片就等于五百万! 这一定得亲眼见了才能相信。"

"你不怀疑它吗?"

"不。"

"您的口气里似乎还有一点怀疑,等一等,我来使您相信。带我的职员到银行里去,您就会看见他留下这些纸片,带着同等数目的国库券出来。"

"不必了!"基度山一面说,一面折起那五张支票,"绝对没必要,这种事情是这样的新奇,我要亲自去体验一下。我预定在您这儿透支六百万。我已经提用了九十万法郎,所以您还欠我五百一十万法郎,我就拿了这五张纸片吧,只要有您的签字我就相信了,而这是一张我收足六百万的收条。这张收条是我事先准备好的,因为我今天急需用钱。"于是基度山一手把支票放进他的口袋里,另外那只手把收条递给邓格拉司。即便是晴天一个霹雳落到那位银行家的脚前,他感到的震惊也不会比现在更大了。

"什么!"他结结巴巴地说:"您的意思是要拿那笔钱吗?对不起,对不起!但这笔钱是我欠医院的,——是我答应在今天早晨付出的一笔存款。"

"噢,嗯,那么!"基度山说,"我并不指定要这几张支票,换一种方式付给我吧。我拿这几张支票是出于好奇心,希望我可以对人家说:邓格拉司银行在任何时候都可以随意提取五百万现款。这一定会使人家惊奇。这儿是您的支票,另外再开几张给我吧。"他把那五张纸片递给邓格拉司,后者急忙伸手去抢,像是一只秃头鹰从笼子里伸出利爪来要夺回旁人想拿走的食物一样。但他突然住手,竭力约束住他自己,然后,一个微笑渐渐地展开在他那失态的面孔上。

"当然了,"他说,"您的收条就是钱。"

"噢,是的。假如您在罗马,汤姆生·弗伦奇银行就会像您刚才那样毫无困难地凭我的收条付钱。"

"请多加原谅,伯爵。"

"那么我可以收下这笔钱了?"

"是的,"邓格拉司说,他的头发根里都冒出冷汗了,"是的,收下吧,收下吧。"

基度山把那几张支票叠好重新放到他的口袋里,脸上带着一种难以捉摸的表情,像是说:"来,想一想,假如您后悔,现在还来得及。"

"不,"邓格拉司说,"不。绝对不,收了我签的支票吧。您知道,银行家办事最讲究效益。我本来是准备把这笔钱付给医院的,所以我一着急就头脑糊涂,以为若不用这几张支票来付,就无法再付了似的——就好像这笔钱没有那笔钱好似的!原谅我。"于是他开始高声大笑起来,但那种笑声听起来不免有点令人战栗。

"我当然可以原谅您,"基度山大度地说:"那么我收藏起来了。"于是他把支票放进他的皮夹里。

"还有一笔十万法郎的款子未了结呢。"邓格拉司说。

"噢,一笔小数!"基度山说,"差额大概是那个数目,但不必付了,我们算是了结了。"

"伯爵,"邓格拉司说,"您现在是一本正经的说话吗?"

"我是从来不和银行家开玩笑的,"基度山用一种冷酷的态度说,他总是用那种态度来抑止他人的鲁莽,然后他就转向门口,而正在这时,跟班进来通报:"慈善医院出纳主任波维里先生来访。"

"哎呀!"基度山说,"我来得多巧呀,正好拿到您的支票,不然他们就要和我争执了。"

邓格拉司的脸色又极度苍白,急忙送走基度山。基度山与站在候见室里的波维里先生交换了一下客气的礼节。伯爵离开以后,波维里先生便立刻被引入邓格拉司的房间。伯爵刚才注意到那位出纳主任的手里拿着一只公文夹,他那往常特别严肃的脸上便现出一个转瞬即逝的微笑。他在门口找到他的马车,立刻向银行驶去。

这时,邓格拉司抑制住内心的不安情绪,走上去迎接那位出纳主任。毋庸说,他的嘴角依然挂着一个殷勤的微笑。"早安,债主,"他说,"因为我敢拿一切来打赌,这次来拜访我的是一位债主。"

"您说对了,男爵,"波维里先生答道,"医院派我来见您。寡妇、孤儿委托我到您这儿来收那五百万捐款。"

"大家说孤儿是可以怜悯的,"邓格拉司说,希望延长开玩笑的时间。"可怜的孩子!"

"我是凭他们的名义来的,"波维里先生说,"您收到我昨天的信了吗?"

"收到了。"

"我已把收条带来了。"

"我亲爱的波维里先生,我不得不请您的寡妇和孤儿稍为等候一段时间,因为基度山先生,就是您刚才看见离开的那位先生——您看见他了吧,我想?"

"是的,嗯?"

"嗯,基度山先生刚才把他们的五百万带走了。"

"怎么会呢?"

"伯爵曾在我这儿开了一个无限透支户头,——是罗马汤姆生·弗伦奇银行介绍来的。他刚才来这里提走了五百万,我就开了一张银行支票给他。我的资本都存在银行里,而您是明白的,假如我在一天之内提出一千万,总经理就会觉得奇怪。分两天提,"邓格拉司微笑着说,"那就不一样了。"

"哦,"波维里用一种不信任的口气说,"那位刚才离开的先生提去了五百万!他还对我鞠躬,像是我认识他似的。"

"虽然您不认识他,也许他认识您,基度山先生的交游非常广阔。"

"五百万!"

"这是他的收条。请您查看一下吧。"

波维里先生接过邓格拉司递给他的那张纸条,读道:

"兹收到邓格拉司男爵伍佰壹拾万法郎整,此款可随时向罗马汤姆生·弗伦奇银行取偿。"

"的确是真的!"波维里说。

"您可知道那家汤姆生·弗伦奇银行吗?"

"是的,我一度曾与它做过二十万法郎的交易,但此后就再也没人提到过它。"

"它是欧洲信用最著名的银行之一。"邓格拉司说,把那张收条顺手抛在他的写字台上。

"而他单在您的手里就有五百万!咦,这位基度山伯爵是一位富豪了!"

"老实说,我并不知道他是什么人,但他有三封无限透支的委托书,——封给我,一封给罗斯希尔德,一封给拉费德。而您看,"他漫不在意地又说,"他把优先权给了我,并且留下十万法郎给我做佣金。"

波维里先生表示出极其钦佩的样子。"我一定去拜访他,让他捐一点款。"

"他那儿您可以稳拿,他每月的慈善捐额总是两万以上。"

"真可佩!我应当把马瑟夫夫人和她儿子的榜样讲给他听。"

"什么榜样?"

"他们把全部财产捐给了医院。"

"什么财产?"

"他们自己的,——已故的马瑟夫将军的全部财产。"

"为了什么理由?"

"因为他们不愿意接受利用罪恶做交易换来的钱。"

"那么他们靠什么生活呢?"

"那母亲去隐居乡下,儿子去投军。"

"嗯,我必须承认,这些都是造孽钱。"

"我昨天把他们的赠契登记完了。"

"究竟有多少?"

"噢,不太多!约莫一百二三十万法郎左右。来谈谈我们的那笔大数吧。"

"当然罗,"邓格拉司用世界上最自然的口气说。"那么,您急于要这笔钱吗?"

"是的,因为我们明天要盘查库存了。"

"明天,您为什么不早告诉我呢?这等于有一个世纪的时间!几点钟查库?"

"两点钟。"

"十二点钟以前送来。"邓格拉司微笑着说。

波维里先生没说什么,只是点点头,拿起那只公文夹。

"等一下,我想起来了,您可以有更好的机会了。"邓格拉司说。

"您的意思是怎么样?"

"基度山先生的收条等于是钱,拿它到罗斯希尔德或拉费德的银行里去,他们立刻可以给您兑现。"

"什么,罗马付款的单据都能兑现吗?"

"当然罗,只收您千分之五或千分之六的利息就行了。"

那位出纳主任吓得倒退。"不!"他说,"我情愿还是等到明天吧。多妙的一个建议!"

"我以为,"邓格拉司鲁莽地说,"您也许有亏空要补齐。"

"啊!"那出纳主任说。

"假如是那样的话,那就更值得牺牲一些了。"

"感谢上帝,不!"波维里先生说。

"看来您是宁愿等到明天了,我亲爱的出纳主任?"

"是的,但不会再失约了吗?"

"啊!您在嘲笑我!明天十二点派人来,我先通知银行。"

"我亲自来好了。"

"那就更好了,那样我就可以多见您一次了。"他们握了握手。

"顺便问问您,"波维里先生说,"我到这儿来的时候看见那可怜的维尔福小姐出丧,您不去送丧吗?"

"不,"那银行家说,"自从发生贝尼台多的事情以后,我似乎有点惹人讨厌了,所以我不出面!?"

"您搞错了。那件事情怎么能怪您呢?"

"听着:当一个人有了像我这样得天独厚荣誉的时候,他总是有些敏感的。"

"大家都很同情您,阁下,尤其同情邓格拉司小姐!"

"可怜的欧琴妮!"邓格拉司说,"您知道她要进修道院吗?"

"不知道。"

"唉!这件事很不幸,但却要成真了。从那件事情发生以后,她就决定带着一个她所认识的修女离开巴黎。她们已到意大利或西班牙去寻找一座教规非常严格的修道院去了。"

"噢!太可怕了!"于是波维里先生带着这种表示同情的叹息声出去了。但是他刚刚出去,邓格拉司便做了一个很富于戏剧性的动作,喊道,"傻瓜!"这个动作是相当的滑稽。然后,一面把基度山的收条放进一只小皮夹里,一面又说,"是的,十二点钟的时候来吧,那时我逃之夭夭了。"他把房门上闩落锁,倒空他所有的抽屉,搜集了约莫五万法郎的钞票,烧了一些文件,其余的让它堆在那儿,然后开始写一封信,信封上写着"邓格拉司男爵夫人启"。

"我今天晚上亲自放到她的桌上去"他低声地说。最后,他从抽屉里拿出一张护照,说:"好!还有两个月可用。"

第一〇五章　坟　场

波维里先生在路上遇到了那送凡兰蒂到最后的安息地去的送丧的队列。天气阴霾昏冥,一阵寒冷的风吹落树枝上残剩的黄叶,散落在那挤满马路的人群中间。维尔福先生是一个真正的巴黎人,他认为只有拉雪兹神父墓地才值得接受一个巴黎家庭的尸体,只有在那儿,死者才能得到真正的安息。所以他在那儿买下了一块坟地,而那块坟地很快地便为他的家属占用了。墓碑的正面刻着"圣·米兰暨维尔福两家之墓",因为这是可怜的丽妮——凡兰蒂的母亲——临终时所表示的愿望。那队庄严的人流从圣·奥诺路向拉雪兹神父墓地前进。横跨过巴黎市区,穿越寺院路,离开郊外的马路,到达了坟场。五十多辆私家马车跟在二十辆丧车后面,而在马车后面,还跟着五百多个步行的人。

最后这一群人都是青年男女,他们把凡兰蒂的死当作一个晴天霹雳。天气虽然阴沉寒冷,仍不能阻止他们前去,以纪念那美丽、纯洁、可爱,在这如花之年夭折的姑娘。在他们离开巴黎市区的时候,突然一辆由四匹马拉的马车疾驶着追上来,马车里的人是基度山。伯爵从车子里出来,混在步行跟随的人群里。夏多·勒诺看见他,便立刻从他的四轮马车上下来,去和他走在一起。波香也离开他所乘的那辆轻便马车。伯爵全神贯注地在人群的空隙里张望,他显然在寻找某一个人。"摩莱尔在哪儿?"他问道,"你们二位是否曾经见过他?"

"我们已经说过这个问题了,"夏多·勒诺说,"因为我们都没有看见他。"

伯爵没有出声,但继续向四面张望,他们终于到达坟场了。基度山那尖锐的目光向树丛扫视,不久,他的焦虑全部消失了,因为他看见一个人影在紫杉树间晃过,并认出那个人就是他要找寻的目标。

这个豪华的大都市里的丧葬情况是大家都知道的。长长的白色的墓道上散布着黑色的人影,天地间万籁无声,只有那围绕墓碑的篱笆竹枝的爆裂声打破了寂静,然后神父发出那种抑郁的单调的诵经声,时而夹杂着一声从一个俯伏的鲜花堆上的女人情不自禁地发出来的啜泣。基度山所注意的那个人影急速地绕过坟墓后面,挨近到枢车的马头旁边,跟着扛棺材的人一同到达指定的埋葬地点。每个人的注意力都集中在坟墓上,而基度山却只盯着那个无人注意的人影。伯爵两次离开行列,去看他所关切的那个人究竟有没有在衣衫底下藏着武器。当行列停止的时候,大家认出那个人原来是摩莱尔。他的上装一直扣到领下,脸色惨白,痉挛的手指紧紧地抓住帽子,站到一块可以俯视坟墓的高地上,斜靠着一棵树,以便仔细观察入穴的一切细节。一切都照常进行。有些人,像以前一样,他们都是一些不易动情的人,发表了一些言论——或是哀悼逝者的夭折,或是谈论为父者的悲伤,有一

图文珍藏版

个自作聪明的人还说,这个青年女郎曾几次向她的父亲为那些即将受法律制裁的罪犯乞求宽恕,这样一直讲到他们耗尽那些陈词滥调的比喻和沉痛的结尾语为止。

基度山什么也没有听到,什么也没有看见,或是,说得更准确些,他只看见了摩莱尔。后者那种镇定自若的神态使那些知道他心事的人看着不免有些担心。

"看,"波香指一指摩莱尔,对狄布雷说,"他在那儿干什么?"于是他们又喊夏多·勒诺注意他。

"他的脸色多吓人呀!"夏多·勒诺说,不禁打了一个寒战。

"他受凉了!"狄布雷说。

"决不是的,"夏多·勒诺慢慢地说,"我想他是心里难受。他是一个多愁善感的人。"

"唉!"狄布雷说,"他根本不认识维尔福小姐,这是你自己说的呀。"

"不错,可是,我记得他曾在马瑟夫夫人家里和她跳过三次舞。您还记得那次跳舞会吗,伯爵?您在那次跳舞会上是那样地引人注目。"

"不,我记不得了,"基度山回答,他根本不知道在对谁讲话或是讲些什么事,——他正全神贯注地注视着摩莱尔,摩莱尔似乎已感动得呼吸都停止了。"演讲完了,再会,诸位。"伯爵说。转眼他就不见了,谁都没有看见他究竟是往哪儿去的。

丧事完毕了,来宾们都回到巴黎去。夏多·勒诺到处寻找摩莱尔,但当他稍为转移一会儿视线跟踪伯爵的去向的时候,摩莱尔已离开他原来站的地方。夏多·勒诺找不到摩莱尔,便去追上狄布雷和波香。

基度山躲在一座大坟后面,等待摩莱尔到来。后者果然渐渐地走近那座现在已被送葬者和工匠所遗弃的坟墓。他缓慢而颤抖地向四周环顾,当他的目光离开基度山所躲藏的那个地方的时候,后者便走到离他十步以内,但却仍旧没让他发觉。那青年跪了下来。伯爵向摩莱尔又走近几步,伸着脖子,眼睛张得大大地凝视着,膝盖弯曲,像是只等待一个指示就会扑过去似的。摩莱尔低着头,直到头接触到石板,然后双手抓住栅栏,低声说道:"噢,凡兰蒂!"

这几个字刺穿了伯爵的心,他走上去,扶住那青年人的肩膀,说:"是你,亲爱的朋友,我正在找你。"

基度山猜想摩莱尔一看见他就会痛哭流涕,但他完全想错了,当摩莱尔回过头来,用表面上很平静的态度对他说:"你知道我在祈祷。"

伯爵用那种搜索的目光把那青年从头到脚打量了一遍。然后他似乎比较放心了。"要我用车子送你回巴黎吗?"他问。

"不,谢谢你。"

"你想要什么吗?"

"让我祈祷。"

伯爵毫不犹豫地退开,但他只是藏在一边,仍旧注视着摩莱尔的每一个举动。摩莱尔终于站起来,拂去膝头的灰尘,然后没有回头地回到巴黎去。他慢慢地顺着罗琪里路走。伯爵不用马车,在他的后面一百步左右步行跟随着。玛西米兰过河,经林荫大道折入密斯雷路。摩莱尔回到家五分钟以后，他家的门便又为伯爵而开了。裘丽站在花园的进口，正在注视那改业为园丁的庇尼龙非常忙碌地为一棵孟加拉玫瑰接枝。"啊，基度山伯爵!"她喊道。他每次来访问密斯雷路的时候，这个家庭里的每一个人便都会有这种欢迎的表示。

"玛西米兰刚回来，是吗，夫人?"伯爵问道。

"是的，我好像看见他过去的，但请去叫艾曼纽吧。"

"原谅我，夫人，我必须立刻到玛西米兰的房间里去，"基度山答道，"我有一件极其重要的事情要告诉他。"

"那么去吧。"她带着一个甜蜜的微笑说，那个微笑一直陪伴着他走出她的视线。基度山奔上那座从楼下通到玛西米兰房间去的楼梯。上到楼梯顶以后，他留神倾听，但只是一片寂静。像许多独家住的老屋一样，这儿的房门是装着玻璃格子的。房门闩着，玛西米兰把自己闩在房间里，房间里的情形无法看到，因为玻璃格后面遮着一道红色的门帘。伯爵的焦急可以从他那微红的脸色上看出来，——那个铁石心肠的人是不容易有这种感情的冲动的。"我怎么办呢?"他不安地说。他想了一会儿。"我拉铃吗? 不，宣布一位客人来访的铃声只会加速玛西米兰执行他此刻的决心，那时迎接铃声就会由另一种声音来回答。"他从头到脚浑身发抖，但他的决断来得像闪电一样快，他用手臂去撞一格玻璃，玻璃顿时粉碎。然后他拨开门帘，看见摩莱尔伏在书桌上写东西，但听到玻璃格破碎的声音，他便从座位腾地一下站起来。

"一百个对不起!"伯爵说，"没有什么，只是我滑了一下，以致我的臂肘撞破了一格玻璃，既然打破了，我就利用它来进你的房间吧。你不必，不必惊惶!"伯爵于是从那打破的玻璃格里伸进手来，打开那扇门。

摩莱尔显然很恼怒，他向基度山走过来，但他的本意不是来迎接他，而是要阻止他进来。

"嘿!"基度山擦着他的手肘说，"这是你仆人的过错，你的楼梯擦得这样光滑，就像在玻璃上走路一样。"

"你碰伤了吗，阁下?"摩莱尔冷淡地问。

"我相信没有。你在做什么呀? 你在写文章吗?"

"我?"

"你的手指上染着墨水。"

"啊，不错，我在写东西。我虽然是一个军人，有的时候也要动动笔。"

基度山走进房间里，玛西米兰不得不让他进来，但他跟着他。

"你在写文章吗?"基度山带着一种搜寻的目光说。

"我已经回答过你了。"摩莱尔说。

伯爵向四周看了一下。"你的手枪在写字台上!"基度山指着书桌上的手枪说。

"我就要出门去旅行了。"摩莱尔答道。

"我的朋友!"基度山用一种特别甜蜜的口气喊道。

"阁下!"

"我的朋友,我亲爱的玛西米兰,不要做轻率的决定,我请求你。"

"我做轻率的决定?"摩莱尔耸耸肩说,"出门去旅行一次有什么奇怪呢?"

"玛西米兰,"伯爵说,"让我们大家揭开我们的假面具。你不要再以那种假镇定来骗我,我也不要再对你装出那种不切实的关怀。你可真明白,像我刚才那样撞破玻璃窗,骚扰一位朋友的宁静——迫使我做出那样的事情,一定是我怀着真正的不安,或者,说得更准确些,是怀着一种可怕的念头。摩莱尔,你是想毁灭你自己!"

"伯爵!"摩莱尔打了一个寒战说,"究竟是什么原因把那个念头投进你的脑子里去的呀?"

"我告诉你,你是想毁灭你自己,"伯爵继续说,"而这就是我所说的那件事情的证据。"于是他走到写字台前,移开摩莱尔遮住信的那张纸,把那封他刚写开头的信拿在手里。

摩莱尔马上来抢夺,但基度山看出他的企图,用他的铁腕抓住了他的手。"你看,你想毁灭你自己,"伯爵说,"你已经写在纸上了。"

"好吧!"摩莱尔说,他的表情又从凶猛变为平静,——"好吧,即使我的确想用这支手枪对准我自己,谁可以阻止我?谁敢来阻止我?当我说,我的全部希望已破灭,我的心已破碎,我的生命已枯萎,我周围的一切都使我厌烦,地球已变成灰烬,每一个人都在无情地伤害我。当我说,让我死是慈悲,假如我活下去,我就会丧失我的理智而发疯,来,阁下,告诉我,——当我说了这一番话以后,当我异常痛苦地带着从心里涌出来的眼泪说了这一番话以后,还有谁会来对我说'你错了'。还有谁来无休止地阻止我逃脱痛苦!告诉我,阁下,难道你有那种勇气吗?"

"是的,摩莱尔,"基度山说,他的态度非常自若,正巧与那青年的狂乱成为一个鲜明的对照,——"是的,我必须这样做。"

"你!"摩莱尔更加愤怒地大声喊道,——"你,当我还可以救她,或至少可以看着她死在我怀里的时候,你却用虚假的语言来欺骗我,在用空洞的谎言来鼓励和安慰我。你,你假装无所不知,无所不能。你,你扮演上帝的角色,却没有能力找到一种解药去救这位可怜的姑娘!啊!说老实话,阁下,假如你不是使我看了觉得可怕的话,你简直会使我可悲!"

"摩莱尔!"

"是的,你叫我放下假面具,我一定会这样做,请放心吧!当你在坟场里跟我说话的时候,我回答了你,——的确我的心软了,当你到这儿来的时候,我让你进来。但既然你这么得寸进尺,既然你又到我这个作为坟墓用的房间里来激怒我,既然在我认为已经受尽人间痛苦以后你又为我设计出一种新的苦刑,——那么假装做我的恩人的基度山伯爵呀,人间天使的基度山伯爵呀,你可以满意了,你大饱眼福地目睹一位朋友的死吧。"于是,摩莱尔狂笑着猛扑过去抢那支手枪。

基度山脸色惨白,但带着庄严的表情举手压住手枪,对那个疯了的人说:"我再对你说一遍,你不能杀死你自己。"

"还来阻止我,"摩莱尔回答,并且又挣扎了一次,但像第一次那样,在伯爵的铁臂之下,他的挣扎毫无结果。

"那么你是谁,有什么资格在这里指挥一个有理智与自由的人?"

"我是谁?"基度山把那个话复述了一遍。"听着,在这个世界上,只有我有这种权利对你说:'摩莱尔,你父亲的儿子不应该死在今天。'"基度山交叉着两臂,庄严地、崇高地、神圣地向那青年迎上去,后者不由自主地被这种近乎神化的威严所屈服,退缩了一步。

"你为什么要提到我的父亲?"他口吃地说,"你为什么要把他和今天的事情混在一起!"

"因为当你的父亲像你今天这样要毁灭他自己的时候,救他性命的,就是我。因为送钱袋给你的妹妹,送埃及王号给老摩莱尔先生的,就是我。因为我就是那个当你还是一个小孩子的时候把你抱在膝头上玩的爱德蒙·邓蒂斯。"

摩莱尔惊奇得喘不上气来,他跟跟跄跄地又倒退了几步;然后,再也支持不住,大叫一声瘫软在基度山脚下。突然,他又爬起来,蹿出房外,冲到楼梯口,在楼梯顶上放开嗓子大喊:'裴丽,裴丽!艾曼纽!'

基度山竭力想离开,但玛西米兰堵住门不让伯爵出来,宁死也不肯放松门柄。裴丽、艾曼纽和几个仆人听到玛西米兰的喊声,惊惶地奔上来。摩莱尔抓住他们的手,推开门,用一种呜咽窒息的声音大喊道:"跪下,跪下!他是我们的恩人!是我们父亲的救命恩人,他是——'

他本来还要说出"爱德蒙·邓蒂斯"这个名字,但伯爵抓住他的手臂,制止了他。裴丽扑到伯爵的怀抱里,艾曼纽像对待一位保佑天使那样地紧紧地拥抱他;摩莱尔又跪下来,用他的额头碰地板。这时,那个铁石心肠的人觉得他胸膛里的心在膨胀;他的喉咙里似乎有一道火焰直冲上眼睛,他垂头痛哭起来。一时间,房间里除了一片啜泣声以外,什么声音都没有。裴丽激动的情绪还不曾平静,她便冲出房间,奔到楼下,跑进客厅,揭开水晶罩,取出米兰巷无名氏所赠送的那只钱袋。

这时,艾曼纽用断断续续的声音对伯爵说:"噢,伯爵,您怎么能这么沉得住气呢?您常常听我们谈起我们的无名恩人,常常看见我们这样感激崇拜地想念他,您怎么竟能忍心不把您的真相告诉我们呢?噢,这对我们简直是太残酷了,而且——我可以这样说吗?——对您自己也太残酷了!"

"听着,我的朋友,"伯爵说,"我可以这样称呼你,因为你虽然不清楚,但实际上却已经和我做了十一年的朋友,——这个秘密的揭露,是由一件你不知道的事情引出来的。上帝是我的证人,我本来希望终生把这个秘密埋藏在我自己的胸膛里,但你的内兄玛西米兰用一种自我毁灭的举动逼我讲了出来,那种举动我相信他现在已经后悔了。"于是他转过头去看摩莱尔,摩莱尔仍旧跪在地上,但已把头伏在一张圈椅里。他意味深长地握了握艾曼纽的手,低声说,"留心他。"

"为什么?"那青年惊讶地问。

"我不能明说,但留心他。"

艾曼纽在房间里扫视,看见了那支手枪;他的目光停留在那武器上,并用手指了一指。基度山点了下头。艾曼纽走过去拿手枪。

"随它放在那儿好了,"基度山说,于是他向摩莱尔走过去,抓住他的手。那青年的心在极度的刺激以后已陷入一种深深的麻木状态。裘丽回来了,双手捧着那只丝带织成的钱袋,欢喜的泪珠像奔腾的潮水一般滚下她的两颊。

"这是纪念品,"她说,"不要以为我们现在认识了我们的恩人就减少对它的珍视了!"

"我的孩子,"基度山说,他的脸红了起来,"允许我拿回这只钱袋吧。你们现在既然已认识我的脸,我只希望你们心里经常想念我就行了。"

"噢,"裘丽把钱袋紧压在她的怀里说,"不,不,我求求您,不要拿去,因为不知在什么时候,您是要离开我们的,是吗?"

"你猜对了,夫人,"基度山微笑着答道,"在一星期之内,我就要离开这个国家了,因为在这里,许多应受惩罚的人过着快乐的生活,而我的父亲却在饥愁交迫中去世。"

当宣布他要离开的时候,伯爵用眼睛扫了一下摩莱尔,发觉"我就要离开这个国家"这几个字并没有把他从昏沉状态中唤醒转来。于是他知道必须另做一些努力来克服他朋友的悲哀,便握住艾曼纽和裘丽的手,像一个父亲那样用温和而威严的口气说:"我的好朋友,让我单独和玛西米兰在一起。"

裘丽看到基度山似乎已忘记那只钱袋,她可以带走她那宝贵的纪念物,便拉她的丈夫到门口。"我们离开他们吧。"她说。

房间里只剩下伯爵和摩莱尔了,后者仍像一尊石像似的一动都不动。

"来,"基度山用手指碰了一下他的肩膀说,"你又是一个男子汉了吗,玛西米兰?"

"是的,因为我又开始难受了。"

伯爵皱了皱眉头,显然仍在犹豫。"玛西米兰,玛西米兰,"他说,"你心里的念头不是一个基督徒所应有的。"

"噢,不必怕,我的朋友,"摩莱尔说,他抬起头来,向伯爵露出了一个难以形容的凄凉的微笑,"我不再想自杀了。"

"那么我们用不着手枪,用不着武器了吗?"

"用不着了,我已找到一种比子弹或小刀更好的方法医治我的悲哀。"

"可怜的人,那是什么?"

"我的悲哀会杀死我!"

"我的朋友",基度山带着与他同样忧愁的表情说,"听我说。曾经有一天,在像你一样绝望的时候,我曾下过像你一样的决心,想杀死我自己,曾经有一天,你的父亲在同样绝望的时候,也希望杀死他自己。假如当你的父亲举起手枪对准他自己的头颅的时候,当我在监狱里推开那三天不曾进口的食物的时候,有人来对他或对我说"'活下去,将来有一天,你会快乐,会赞美生活的! ——不论那些话是谁说的,我们听了总会表示怀疑地微笑或感到难以置信的痛苦,可是,当你父亲在拥抱你的时候,他曾多少次赞美生活呀!我自己也曾多少次——"

"啊!"摩莱尔打断伯爵的话叹道,"你只丧失了你的自由,家父只丧失了他的财产,但是我——我丧失了凡兰蒂。"

"看看我，摩莱尔，"基度山庄严地说，这种庄严的态度有时让人看来是那样的伟大和具有说服力，——"看看我，我的眼睛里没有眼泪，我的血管里没有寒热，可是我却眼看着你在痛苦——你，玛西米兰，我是把你当作我自己的儿子一样对待的。嗯，这不是在告诉你：悲哀也像生命一样，总是有一些值得怀念的内容可以令你忍受过去的吗？现在，假如我求你，假如我吩咐你活下去的话，摩莱尔，那是因为我坚信将来有一天，你会感谢我保全你的生命的。"

"噢，天！那青年说，"噢，天哪！你在说什么呀，伯爵？你知道失恋的痛苦吗？也许你从来没有恋爱过！"

"孩子！"伯爵回答。

"我是指像我这样的恋爱。你看，我自从长大以后，就当了一个军人。我到二十九岁还没有堕入情网，因为在那以前，我所体验的情感没有一种够得上称为爱情。嗯，在二十九岁的那年，我遇见了凡兰蒂。经过两年的接触，我爱上了她。这两年的时间，我在她的心里看见了为妻为女的一切美德，就像写在一本书里一样，伯爵，拥有了凡兰蒂将是一种无限的、空前的幸福，——一种在这个世界上无与伦比完美无缺脱庸超凡的幸福。既然这个世界不允许我得到这种幸福，伯爵，失掉了凡兰蒂就好比失去了一切，世界所剩给我的就只是绝望和凄凉了。"

"我告诉你应该希望。"伯爵说。

"那么，我再说一遍：小心一点，因为你是在诱导我，假如你成功了，我便会失去我的理智。你要劝服我，除非使我相信我还能再得到凡兰蒂。"

伯爵微笑了一下。

"我的朋友，我的父亲，"摩莱尔兴奋地说，"我第三次再声明：小心一点呀，因为你在我身上所施展的魔法使我有点惊恐了。你在说话以前先斟酌一下内容，因为我的眼睛已经发亮，我的心又复活了。小心一点，不然你就要使我相信世间真有神的力量了。假如你吩咐我掘起那埋葬睡鲁之女的墓石，我就会毫不犹豫地。假如你把握我方向。吩咐我像圣徒那样在大海的波浪上走路，我也会尽力而为的，小心哪，因为我是会遵命的。"

"希望吧，我的朋友，"伯爵仍旧说。

"啊，"摩莱尔说，他又从兴奋的高峰跌回到绝望的深渊，——"啊，你在捉弄我，像那些善良而自私的母亲用甜言蜜语逗哄她们的孩子一样，因为孩子的哭喊使她们感到烦恼。不，我的朋友，我要你小心是错的。不要怕，我会把它埋在我心灵的深处，我将装假充伪，甚至使你不必痛惜怜悯我。再会了，我的朋友，再会了！"

"正巧相反，"伯爵说，"从现在起，你必须得和我住在一起，——你一定不要离开我，在一星期之内，我们就要离开法国了。"

"而你仍旧吩咐我应该希望吗？"

"我告诉你应该希望，因为我知道一种方法可以医治你。"

"伯爵，假如那是真的话，你将使我比以前更难受了。你以为这次沉重的打击只产生了一些轻微的悲哀，你可以用一种普通的方法——改换环境——来医好它。"于是摩莱尔以轻蔑的不信任的态度反问道。

"我还能说什么呢?"基度山问道。"我对于我的医术很有信心,只要求你配合我来实践一次而已。"

"伯爵,你只会延长我的痛苦。"

"那么,"伯爵说,"你那脆弱的灵魂甚至连给我一个尝试的机会都不行吗?来!你可知道基度山伯爵能量的范围?你可知道他把握着许多阴世的权力?你可知道他有足够的毅力可以从上帝那儿获得奇迹?上帝说,人有信心,可以移山。嗯,等待着我希望完成的那个奇迹吧,不然——"

"不然?"摩莱尔复述这两个字。

"不然,小心哪,摩莱尔,恐怕我说你不知深浅,不会感恩了。"

"可怜可怜我,伯爵!"

"我对你是这样的关心,玛西米兰,以致——留心听我说——假如我不能在一个月以内医好你,等到那一天,到那个时候,注意我的话,摩莱尔,我就把一支实弹手枪放在你的面前,另外再给你一杯最厉害的意大利毒药——一种比杀死凡兰蒂的毒药更有效更迅速地毒药。"

"你答应我这一点?"

"是的,因为我是一个男子汉,因为我,正如我所告诉你的,也曾有过死的念头。真的,自从不幸离开我以后,我就时常想到一次长眠的快乐。"

"但你一定能答应我这一点吗?"摩莱尔陶醉地说。

"我不但答应,而且可以发誓!"基度山伸出一只手说。

"那么,凭你的人格担保,在一个月之内,假如我还没有恢复,你就让我自己处理我的生命,而不论我怎样做,你都不会说我不知感恩了?"

"整整一个月,那个时间和日期是神圣的,玛西米兰。我不知道你是否还记得:今天是九月五日,十年前的今天,你的父亲想死,是我救了他的命。"

摩莱尔抓住伯爵的手深情地吻了一下,伯爵任他这样致敬,他觉得这是他该享受的。"一个月期满的时候,"基度山继续说,"你将在我们这时所坐的桌子前面找到一支良好的手枪和一次愉快的死,但是,在你这方面,你必须答应我在那个时间以前决不轻生。"

"噢!我也发誓。"

基度山把那青年拉过来在他的怀里紧紧地搂了一会儿。"现在"他说,"过了今天,你就来和我住在一起。你可以住海蒂的房间,我女儿的房间至少可以由我的儿子来代替。"

"海蒂?"摩莱尔说,"她怎么了?"

"她昨天晚上走了。"

"离开你吗?"

"去等待我。所以,准备一下,到香榭丽舍大道来找我。先领我走出这座房子,不要让任何人发现我离开。"

玛西米兰垂着头,像一个孩子或像一个教徒那样听从他的吩咐。

第一〇六章　分享

　　阿尔培和马瑟夫夫人选定圣·日耳曼路一座房子的二楼作他们的临时寓所，那层楼上还有一间小套房，它的租户是一个非常神秘的人物。这个人的脸，门房从来没有看见过，因为在冬天，她的下颔老是藏在一条马车夫在寒冷的夜晚所使用的大红围巾里，而在夏天，每当他走近门口的时候，他总是在擤鼻涕。与习惯势力相反的是：这位先生并没有受任何的监视，因为据说他是一个地位很高的人，是不允许遭受无礼的干涉的，他的微服秘行绝对受人尊敬。他来去的时间挺有规律，虽然偶然早或迟。一般地说，不管什么季节，他大概都在四点钟的时候到他的房间里来，但从不在那儿过夜。在冬天，到三点半钟的时候，管理这个小房间的谨慎守时的仆人便来生起炉火；在夏天，那个仆人便端个冰块去放在桌子上。到四点钟，正如我们前面所说的，那个神秘的人物来了。二十分钟以后，一辆马车又在门前停住，车子里下来一个穿黑衣服或深蓝衣服的贵妇人，她总是戴着很厚的面纱，像一个影子似的经过门房，毫无声息地用轻捷的脚步奔上楼梯。从来没有人问她去找谁。所以她的脸，像那位绅士的脸一样，也是那两个门房所完全不认识的。在整个巴黎，也许只有这两个门房能够这样谨慎识礼了。不用说，她走到二楼就止住步，然后，用一种奇怪的方式拍拍门。她进去以后，门又紧紧地关住，像什么都不曾发生一样。离开那座房子的时候也像进来的时候同样小心。那贵妇人先出去，出去的时候也总是戴着面纱，她跨进马车以后，车子便立刻离去，有时走街的这一头，有时走街的那一头，然后，约莫在二十分钟以后，那位绅士也就裹在围巾里或用手帕遮着脸离开。

　　在基度山拜访邓格拉司的第二天，也就是凡兰蒂出丧的那一天，那神秘的房客不在下午四点钟来而在早晨十点钟进来了。他进屋不久，不像往常那样有一个间隔的时候，而只是片刻就来了一辆马车，那戴面纱的贵妇人匆匆地从车子上下来奔上楼去。门开了，但在它还没有关闭之前，那贵妇人就喊道："噢，吕西安！我的朋友！"所以门房这才第一次知道那房客的名字是叫吕西安，可是，因为他是一个模范门房，所以他决定将这事甚至连他的太太都不告诉。

　　"嗯，什么事，我亲爱的？"名字被那贵妇人在焦急中泄漏出来的那位绅士说，"告诉我，发生了什么事？"

　　"噢，吕西安！我能依靠你吗？"

　　"当然了，你知道你可以的。但什么事呀？你今天早晨的那张便条把我完全搞糊涂了。那样匆忙，字迹是那么的潦草，——来，排除我的疑虑吧，不然就会吓坏我的。"

　　"吕西安，发生一件大事了！"那贵妇人用扫视的目光望着狄布雷说，"邓格拉司先生昨天晚上走了！"

"走了,邓格拉司先生走了!他走到哪儿去了呢?"

"我不知道。"

"你这是什么意思?你不知道?那么他准备一去不复返了吗?"

"看来是这样的。昨晚十点钟,他的马车载他到卡兰登城栅,那儿有一辆驿车在等待,他和他的跟班走进驿车,对他自己的车夫说是到枫丹白露去的。"

"那么你怎么说——"

"等一等,他留了一封信给我。"

"一封信?"

"是的,你念吧。"于是男爵夫人从她的口袋里拿出一封信交给狄布雷。

狄布雷在开始读信之前沉思了一会儿,像是在猜测那封信的内容,又像是在考虑:不论那封信的内容怎样,他究竟应该如何去做,他无疑地在几分钟之内就做出决定了,因为他开始读起那封使男爵夫人心里非常不安的信来。那封信是这样的:

"夫人,我最忠实的妻。"

狄布雷不假思索地住了口,望一望男爵夫人,男爵夫人羞得眼睛都红了。"念吧。"她说。狄布雷继续读道:

"当你接到这封信的时候,你已不再有一个丈夫了,噢!你不必心慌,你丧失他,只是像你丧失你的女儿一样。我的意思是,我将在那三四十条出法国的大路中选择一条去旅行。我这样做应该向你做一番解释,因为你是一个能完全懂得这种解释的女人,今天早晨,有人来向我提取五百万,那笔提款我给了,几乎立刻又有一个人来向我提取一笔同样的数目,我把这位债权人延约到明天,而我准备今天就离开来逃避那个明天,因为那个明天是太不好受了。你懂得这一番理由的吧,我最宝贝的妻,我说你懂得这种理由,因为你对于我的事情是像我自己一样熟悉。真的,我以为你更清楚,因为在我那一度非常可观的财产中,其中有相当大的一部分我不知道到哪儿去了,而那一部分财产,夫人,我确信你是知道得非常清楚的。因为女人有万无一失的本能,——她们甚至能发明一种代数公式来解释奇奇怪怪的事情。但是我,我只懂得我自己的数字,一旦这些数字欺骗我的时候,我就什么都不知道。你可奇怪我这次垮台的迅速吗?我的金条突然化为乌有,你可微微觉得有点炫目吗?我承认我只见到一片火光,让我们希望你可以从灰堆中找到一点金子。怀着这个宽慰的念头,我离开了你,夫人和最审慎的妻呀,我虽然遗弃了你,但良心上并无任何内疚。你还有你的朋友,和那我已经提及过的灰堆,而尤其重要的,我急于把自由归还给你。关于这一点,夫人,我必须再写几句解释的话。以前,在我希望你增进我们家庭的康乐和我们女儿的幸福的时候,我达观地闭拢我的眼睛,但既然你已把那个家庭变成一片废墟,我也不愿意做另一个人发财的基础。当我和你结婚的时候,你很有钱,但却很少受人尊重。原谅我说得这样坦白,但既然这封信是只预备给我们自己读的,我看似乎并无斟酌字眼的必要。我增大了我的财产,在过去十五年中,它继续不断地增加,直到意想不到的灾祸突然颠覆了它,但我可以坦白地宣称,关于这场灾祸,我并无丝毫错误。你,夫人,你只求增加你自己的财产,我相信你已经成功了。所以,我现在离开你的时候,仍让你处于我娶你时的境况,——有钱,但却很少受人尊重。告别了!从此刻起,我也准备要为自己打算了。我接受了你为我建立的榜样,并准备照着那个榜样去做。

你非常忠诚的丈夫——邓格拉司男爵。"

当狄布雷念这封痛苦的长信的时候,男爵夫人注视着他,看见他虽竭力自制,脸上仍不禁变了一两次色。读完以后,他折拢那封信,仍回复到他那种若有所思的神态。

"怎么样?"邓格拉司夫人焦虑地问,她的担心是很容易理解的。

"能怎么样?夫人?"狄布雷机械地反问。

"这封信使你是如何想的?"

"噢,简单得很,夫人,它使我想到:邓格拉司先生已带着嫌疑一起走掉了。"

"但你要对我说的,也只有这一句话吗?"

"我不懂你的意思。"狄布雷冷酷地回答。

"他走了,——走了,永不回来了!"

"噢,夫人!别那样想!"

"我告诉你他是绝不会再回来的了。我知道他的性格,任何决定,凡是对他自己有利的,他是决不改变的。假如他还有可以用得着我的地方,他会带我一起走。他丢下我在巴黎,那是因为我们的分离可以有助于他的目标。所以,他走了,我是永远自由了。"邓格拉司夫人用恳求的口气说最后这句话。

狄布雷并不回答,仍让她保持着那种焦急的企盼态度。

"嗯?"她终于说,"你不回答我吗?"

"我只有一个问题要问你:你准备怎么办?"

"我正要问你。"男爵夫人带着忐忑不安的心情回答。

"啊!那么你希望我给你一些帮助?"

"是的,我的确希望你能帮助我。"邓格拉司夫人带着急切的期待说。

"那么,假如你希望我给你建议,"那青年冷淡地说,"我就告诉你去旅行。"

"去旅行!"她吃惊地说。

"当然了,正如邓格拉司先生所说的,你很有钱,而且完全自由了。据我的意见,在邓格拉司小姐婚约的二次破裂和邓格拉司先生失踪的双重不幸的影响下,离开巴黎是绝对可行的。你必须使外界认为你遭了遗弃,而且贫苦无依,因为一个破产者的妻子假如保持着豪华的外表,是决不能得到原谅的。你只在巴黎停留两星期左右,告诉外界你遭了遗弃,把这次遗弃的细节讲给你最要好的朋友听,她们便会很快地把消息散布开去。然后你可以离开你的房子,你留下你的首饰,放弃你法定的继承权,每一张嘴里便都会充满了赞美的话,称赞你的洁身自好。他们知道你遭了遗弃,就也会以为你很穷困,因为只有我一个人知道你的具体经济状况,而且很愿意把我的账目交给你,做你的忠实的合伙人。"

男爵夫人脸色苍白,身体一动都不动,她听这一番话时的恐怖,正与狄布雷说话时的那种漠不关心的神色相对应。"遗弃!"她复述狄布雷的话说,"啊,是的,我的确被遗弃了! 你说得对,阁下,谁都不会怀疑我的处境。"那个曾经骄傲和深堕情网的女人只有这几句话可以答复狄布雷。

"但你还有钱,——而且特别有钱,"狄布雷一面说,一面从他的皮夹里拿出几张纸来,摊在桌子上。邓格拉司夫人并没完全注意他,——她正在竭力控制她心的狂跳和抑止那快要奔流出来的眼泪。终于,自尊心获得了胜利,即使她不能完全控制住那激动的心情,至少她不曾掉下一滴眼泪。

"夫人,"狄布雷说,"我们自从合作以来,几乎快到半年了,你供给了一笔十万法郎的本钱。我们的合伙事业是在四月里开始的。在五月里,我们开始经营,在一个月中赚了四十五万法郎。在六月里,利润达九十万。七月里,我们又增加了一百七十万法郎。那,你知道,就是做西班牙公债的那个月。在八月里,我们在月初亏损三十万法郎,但到十三号又已赚回来。现在,在我们的帐上,——我昨天把我们从合伙第一天起到昨天为止的账结了一结,——共赚了二百四十万法郎,——那就是说,我们每人一百二十万。现在,夫人,"狄布雷用一个股票掮客交账时的那种一本正经的态度说,"另外还有八万法郎在我的手里,是这笔钱的利息。"

"但是,"男爵夫人说,"我认为你是从不拿钱出去放利息的呀。"

"原谅我,夫人,"狄布雷冷冷地说,"我这样做是得到过你的许可的,而我已利用了那种许诺。所以,除了你供给我做第一笔本钱的十万法郎以外,你还可以分到四万利息,加起来,你的股份一共是一百三十四万法郎。嗯,夫人,为了小心起见,我在前天把你的钱已经提了出来。你瞧,两天的时间不算长,假如我迟迟不算账,等人找上门来,我就要受人疑心了。你的钱在那儿,一半是钞票,一半是支票。我说'那儿'是因为我觉得我的家里不太安全,律师也不够可靠,房地产须订契约,尤其是,因为你没有权利保存属于你丈夫的任何东西,所以我把这笔钱——这是你现在的全部财产了——保存在那只衣柜里面的一只钱箱里,而为了更加可靠起见,是我亲自把它锁进去的。现在,夫人,"狄布雷首先打开衣柜,然后打开钱箱,继续说,现在,夫人,这儿是八百张一千法郎的钞票,你看,倒像是一本装订好的画册;此外,我还加上一笔二万五千法郎的股息,至于余数,我想,大概还有十一万法郎,这是一张开给我的银行家的支票,他,因为不是邓格拉司先生,是会照数付我的,你大可放心。"

邓格拉司夫人机械地拿起那支票、股息和那堆钞票。这笔庞大的财产在桌子上所占的地方并不多。邓格拉司夫人睁着无泪的眼睛和那起伏不定的、包藏着伤感的情绪的胸膛把钞票放入她的钱袋里,把股息和支票夹入她的笔记本里,然后,她脸色苍白默默无言地站着,等待一句温存的安慰话。但她却没等着。

"现在,夫人,"狄布雷说,"你有了一笔很可观的财产,一笔大约每年八万法郎的收入,这笔收入,对于一个至少在一年之内不能完全自立的女人,是很可观的了。你以后可以任意行事了,而且,假若发觉你的收入不够用的话,夫人,看在过去的面子上,你可用我的,我很愿意把我全部所有的都——借给你。"

"谢谢你,阁下,谢谢你,"男爵夫人答道,"你知道,你刚才付给我的那些钱,对于一个至少准备暂时退隐一段时期的不幸的女人,已经是太多了。"

狄布雷一时有点儿不知所措,但他立刻又恢复过来,深深地一鞠躬,神色像是在说,——"随便你,夫人。"

本来,邓格拉司夫人也许还抱着某种期望,但当她看到狄布雷那种漫不在意的表情,那种淡漠嫌弃的目光,那表演似的鞠躬,以及鞠躬以后那种意味深长的沉默的时候,她就昂起头,毫无留念之情,毫无粗暴的举动,但也毫不犹豫地奔下楼梯,没有向那个无情的人作一声最后的告别。

"哼!"狄布雷在她离开以后说,"这些计划真周全呀! 她可以住在家里读读小说,她虽然不再能在证券交易所投机,但还可以在纸牌上投机。"

然后,他拿起账簿,极其小心地把他刚才付掉的数目一笔笔销去。"我还剩有一百零六万,"他说。维尔福小姐死了真可惜! 她各方面都合我的胃口,我本来可以娶她的。"于是他平心静气地等待,等邓格拉司夫人离开以后再过二十分钟他才离开那座房子。在这期间,他全神贯注地计算到手的数字,把他的表放在一边。

勒萨日剧中那个恶作剧的角色魔鬼阿斯摩狄思——假如勒萨日不在他的杰作里首先把他创造出来,其他想象力丰富的作者也会创造出这样的角色来的——假如在狄布雷算账的时候,揭开圣·日耳曼路那座小房子的屋顶,也就会看到一幕奇特的情景。在伙布雷和邓格拉司夫人平分二百五十万的那个房间的隔壁房间里,住着两个在我们以前所讲的事情里占着极其重要的地位,而且我们以后还要很关切地描述他们的两个人。那个房间里住着美茜蒂丝和阿尔培。最近几天来,美茜蒂丝改变了很多,——这倒并不是由于她现在穿着低下贫穷的服饰,以致我们不能确认她,因为即使在她富有的时候,她也从不做华丽的打扮,也并不是由于她已陷入窘困的环境以致无法掩饰穷苦的外貌。不,美茜蒂丝的改变是她的眼睛不再发光了,她的嘴唇不再微笑了,她那以前富于机智的流利的谈吐现在变得踌躇犹豫了。摧毁她的精神的,不是来自贫穷,她并不是没有勇气来忍受贫穷。美茜蒂丝从她以前的优越的地位降低到她现在所选择的这种境况,像是一个人从一个灯火辉煌的房间进入一片无边的黑暗,——美茜蒂丝像是一位皇后从她的宫殿跌回到一间茅舍里。她只能有享受最低限度的生活必需品,她既不能习惯那种她自己勉强放在桌子上的泥碗,也不能习惯那种代替床铺的下等草褥。那个美丽的迦太兰人和高贵的伯爵夫人已失掉了她那高傲的目光和动人的微笑,因为她在四周所见的,只有贫穷。墙壁上糊着那种打经济算盘的房东为了不容易显出灰尘而选用的灰色的壁纸,地板上没有地毯,房中的家具只能吸引那些想装阔气的穷人的注意,的确,那一对看惯了精美高雅的东西的眼睛看了不习惯。

马瑟夫夫人自从离开她的大厦以后,就住在这儿。这个地方的宁静使她感到郁闷,可是,看到阿尔培经常注意着她的脸色,在辨察她的情绪,她便勉强地在自己的嘴唇上装出一种单调的微笑。这种微笑与她以前眼睛里常带着的那种甜蜜的光彩四射的表情对照起来,是天地间的一种反差,也就是说,是没有温暖的光。阿尔培也挺不自在,过去豪华的享受使他难以适应他现在实际的地位。假如他想不戴手套出去,他的一双手便显得太白了,假如他想徒步在街上走,他的皮靴似乎太亮了。可是,这两个高贵而自卑的人,在拆不开的母子之情的联系之下,互相得到了无言的谅解,他们不必像朋友之间那样先得经过初步的尝试阶段才能达到开诚相见,而开诚坦白在这种状况下不是那样重要的。阿尔培至少能够不对他的母亲说:"妈,我们没有钱了。"他至少不曾用这种话来使她的脸色苍白。美茜蒂丝从不知道穷苦是什么,她在年轻的时代常常谈到贫穷,但在"需要"和"必需"这两个同义词之间,有着很大的区别。住在迦太兰村的时候,美茜蒂丝想要而要不到的东西也特别多,但有些东西是她从不担心的。只要鱼网不破,他们就能捕到鱼;而只要他们的鱼能卖钱,他们就能买线来编织新的网。在那个时候,她没有朋友,只有一个与物质生活无关的爱人,那时她只照顾自己就得。她手头所有的虽不多,但她还可以尽量宽裕地应付自己的一份开销。现在她有两份开销得应付,——而手头却一无所有。

冬天降临了。在那个光秃秃的冰冷的房间里,美茜蒂丝并没有生火——她以前是惯于享受融融的炉火,从大厅到寝室都暖烘烘的。她现在连一朵小花都没有,——她以前的房间像是一间培植珍贵的外国花的温室。她还有她的儿子,直到这时为止,一种履行责任的义务支持着他们。兴奋和热情一样,有时会让我们无视人世间的实情。但热情已平静下来了,他们觉得自己不得不从梦境回到现实,在说尽了理想以后,他们发觉必须要面对现实了。

"妈!"正当邓格拉司夫人下楼梯的时候,阿尔培喊道,"假如你高兴的话,我们来算一算我们的财富吧,我需要一笔资本来实行我的计划。"

"资本!什么都没有!"美茜蒂丝带着悲哀的微笑回答。

"不,妈,资本,三千法郎。我已有了一个念头,可以在这三千法郎上给我们建立起一个世外桃源。"

"孩子!"美茜蒂丝叹道。

"唉,亲爱的妈呀!"那青年说,"我不幸把你的钱花得太多了,而不知道钱的价值。这三千法郎是一笔很大的款子,我准备在这个基础上,稳定地设计出一个神奇的生活。"

"你说这句话,我亲爱的孩子,但你认为我们应该接受这三千法郎吗?"美茜蒂丝说,脸色有些发红。

"我想是的,"阿尔培用坚决的口气答道。"我们很需要它,因为我们还可拿到它,你知道,它是埋在马赛米兰巷一所小房子花园里的。有两百法郎,我们就可以到达马赛了。"

"两百法郎?想清楚些呀,阿尔培。"

"噢,至于那一点,我已向公共驿车站和轮船公司调查过了,我已计算清楚。你可以乘双人驿车到夏龙，——你瞧，妈，我待你像一位皇后一样，——车费是三十五法郎。"

阿尔培于是拿起一支笔写道：

双人驿车 …………………………………………………… 三十五法郎
从夏龙到里昂，乘汽船 ……………………………………… 六法郎
从里昂到阿维尼翁，仍乘汽船 ……………………………… 十六法郎
从阿维尼翁到马赛 …………………………………………… 七法郎
沿途零用 ……………………………………………………… 五十法郎
总计 ………………………………………………………… 一百一十四法郎

"我们就算它是一百二十吧，"阿尔培微笑着说。"你看，我算得很宽裕了，是不是，妈？"

"你呢，我可怜的孩子？"

"我！你没看见我为自己保留八十法郎了吗？一个青年是不需要奢侈的，而且，我知道旅行是怎么一回事。"

"是乘着私人驿车，带着跟班。"

"随便怎样都行，妈。"

"嗯，就这么吧。但这两百法郎呢？"

"这不是？而且另外还多两百。看，我把我的表卖了一百法郎，把表链和坠子卖了三百法郎。运气不坏，那些小玩意比表还值钱。这些都是多余的东西！现在，我想我们现在是很有钱了，因为，你旅途只需要一百一十四法郎，你却可以带着两百五十法郎上路。"

"但我们对这间房子还欠一些钱呢？"

"三十法郎，这不用说，那是从我的一百五十法郎中偿付的。我只需要八十法郎的旅费。所以你看，我是绰绰有余的了。你说这样行吗，妈？"

于是阿尔培摸出一本嵌金搭扣的小笔记本，——这是他残存的一件心爱的小玩意儿，也许是那些常常来敲他那扇小门的神秘的蒙面女郎之一送给他的一件定情的信物，——阿尔培从这本笔记本里抽出一千法郎的钞票。

"这是什么？"美茜蒂丝问。

"一千法郎，妈。噢，这是一点儿不假的。"

"但你从哪儿得到的呢？"

"听我说，妈，不要太着急。"于是阿尔培站起来，在他母亲的左右面颊上各吻了一下，然后站在那儿深情地望着她。"妈，你不能想象出我认为你是多么的美！"那青年怀着真挚的母子之爱激动地说，"你的确是我平生所见的最美丽和最高贵的女人了！"

"好孩子！"美茜蒂丝说，她竭力想抑制住她的眼角闪烁滚动的那一滴眼泪，但终于约束不住了。

"真的，你只要能忍受一下痛苦，我对你的爱便会变成崇拜了。"

"我有个儿子就不会痛苦,"美茜蒂丝说,"只要我还拥有他,我是不会感到痛苦的。"

"啊!我们谈到正题上来了。"阿尔培说,"但这就要开始考验了。你知道我们要实行的协议吗,妈?"

"我们有什么协议?"

"有的,我们的协议是:你去住在马赛,而我则动身到非洲去,在那儿,我将弃绝我已经抛弃的那个姓氏,为我自己取得使用我现在所承受的这个姓氏的权利。"美茜蒂丝叹了一口气。"嗯,妈呀!我昨天已经去应征驻阿尔及利亚的骑兵联队了,"那青年说到这里,便低下了头,感到有点难为情,因为连他自己都不知道他这种自卑的伟大。"我觉得我的身体是我自己的,我有权利可以卖掉它。我昨天去顶替了一个人的位置。我想不到自己能卖到那样多的钱,"那青年人竭力想微笑,"就是说,卖了两千法郎。"

"那么,这一千法郎——"美茜蒂丝打着寒战说。

"是那笔款子的一半,妈,其余的在一年之内付清。"

美茜蒂丝带着一种难以形容的悲哀举眼向天,而眼泪,直到现在,在激动之情的拥挤下,挂满了她的两颊。

"这是血的代价。"她难过地说。

"是的,假如我被杀的话,"阿尔培笑着说,"但我向你保证,妈,我会用坚强的意志来保护我的身体,我求生的意愿从来没有像现在这样的坚强。"

"仁慈的天哪!"

"而且,妈,为什么你一定以为我会被杀呢?如那么多法国将领和士兵可曾被杀吗?摩莱尔,他是我认识的,可曾被杀吗?想想看,妈,当你看到我穿着一套绣花制服回来的时候,你会非常高兴的!我宣称:我的前途很乐观,我选择那个联队只是为了名誉。"

美茜蒂丝竭力想笑,但结果是叹了一口气。慈祥的母亲觉得不应该只让儿子独负生活的重担。

"嗯!现在你明白了吧,妈!"阿尔培继续说,"我们有四千多法郎可以用在你的身上。凭着这笔钱,你至少可以生活两年。"

"你真这样想吗?"美茜蒂丝说。

这句话的口气是这样的悲哀,所以阿尔培很明白它真正的含义。他觉得他的心在剧烈地颤抖,他抓住母亲的手,温柔地说:"是的,你会活下去的!"

"我会活下去!那么你不离开我了吗,阿尔培?"

"妈,我是必须要去的,"阿尔培用一种坚决而平静的声音说,"你很爱我!决不愿意看见我一无所事地闲荡在你的身边,而且,我已经签了约了。"

"你可以服从你自己的意愿,我的孩子,而我——我将服从上帝的意愿。"

"那不是我的意愿,妈,而是理智——是必需。我们不是两个绝望的人吗?生命对你有什么意义?无可留恋的。生命对我有什么意义?没有了你,也将无可留恋的了,因为,相信我,要不是为了你,在我怀疑我的父亲,抛弃他的姓氏的那一天起,我就不会再活的了。嗯,假如你答应我继续保持希望,我就可以顽强地活下去,假如你允许我照顾你未来的康乐,你就可以使我的信心增加一倍。那时,我就去见阿尔及利亚总督,他有一颗高贵的心,而且是一个地道的军人。我将把我悲惨的身世告诉他。我将要求他随时照顾我,假如他能恪守他的诺言,对我发生了兴趣,那么,在半年之内,假若不死,我就将成为一个军官了。假如我成了一个军官,你的幸福就确定了,因为那时我薪水够两个人用的了,尤其是,我们将有一个足以自豪的姓氏,因为那是我们自己的姓氏了。假如我被杀了——嗯,那么,妈呀,假如你愿意的话,你也可以死了,而我们的不幸终于也可以结束了。"

"很好,"美茜蒂丝说,眼里露出高贵而动人的神色。"你说得对,我的宝贝,让我们向那些注意我们的行踪的人证明:我们至少是值得同情的。"

"但我们不要有那种悲惨的念头,"那青年说,"我向你保证:我们是……说得更准确些,我们将来是很快乐的。你是一个充满了希望而同时又是感情丰富的女人,我也改变习惯,而且希望能不动情感。一旦到了部队里,我就会有钱,一旦住进邓蒂斯先生的房子,你就会得到安静,让我们奋斗吧,我求求你——让我们共同奋斗寻找幸福。"

"是的,让我们奋斗吧,因为你是应该活下去的,而且是应该快乐的,阿尔培。"

"那么我们决定分享吧,妈,"那青年假装出不在乎的样子说,"我们今天就可以出发,来,我来照我们商定的办法去给你定位子。"

"你呢,我亲爱的孩子?"

"我在这儿再住几天,我们必须使自己习惯于离别。我要去弄几封介绍信,还要打听一些关于非洲的消息。我到马赛再来见你。"

"就这样吧！我们走吧"。美茜蒂丝一面说,一面披上围巾,她只带出这一条围巾,而碰巧它是一条珍贵的黑色的克什米尔羊毛围巾。阿尔培匆忙地收集好他的文件,拉铃付清他欠房东的三十法郎,伸出手臂让他的母亲挽着,走下楼梯。有一个人在他们的前面走,这个人听到脚步声,便转过头来。"狄布雷！"阿尔培轻声地说。

"你,马瑟夫！"那秘书站在楼梯上答道。好奇心已战胜了他那想掩饰真面目的愿望,而且,他已被人认出来了。在这个意想不到的地方碰见那个青年,他的不幸事件曾在巴黎轰动一时,这的确是够奇怪的。

"马瑟夫！"狄布雷说。然后,在昏暗的光线里注意到马瑟夫夫人那依旧还很年轻的身材和那黑色的面纱,便带着一个微笑说,"原谅我！我走了,阿尔培。"

阿尔培懂得他的意思。"妈,"他转过去对美茜蒂丝说,"这位是狄布雷先生,内政部长的私人秘书,曾经是我们的朋友。"

"怎么说曾经呢？"狄布雷吃惊地说,"你这是什么意思？"

"我这样说,狄布雷先生,是因为我现在没有朋友了,我应该是没有朋友的了。我感谢你还认识我。"

狄布雷走上前来热忱地紧握住对方的手。"相信我,亲爱的阿尔培,"他尽量用富于同情的口吻说,"相信我,我对你的不幸深感惋惜。假如我有能够为你效劳的地方,我悉听你的吩咐。"

"谢谢你,阁下,"阿尔培微笑着说,"我们虽遭不幸,却还能够不需要任何人的帮助。我们就要离开巴黎了,在我们付清车费以后,我们还有五千剩余呢。"

血直冲上狄布雷的脑门,他的笔记本里夹着一百万呢,他虽然不善于联想,但他不能不想到:这座房子里有两个女人,一个是应该遭受耻辱的,她在她的披风底下带着一百五十万离开,却还觉得穷,另一个是遭受了不公平的待遇,但她却崇高地忍受着这不幸,虽然身边只有几块钱,却还觉得很富足。这种对比扰乱了他勉强维持那种殷勤的态度,实例所说明的哲学理论使他迷惑了。他含糊不清地讲了几句普通的客气话,便奔下楼梯。那天,部里的职员,他的下属受了他一天的气。但当天晚上,他发觉自己已拥有了一座座落在玛德伦大道上的漂亮的房子和一笔每年五万里弗的收入。

第二天,正当狄布雷在签署房契的时候,——那是说,在下午五点钟左右,——马瑟夫夫人亲热地拥抱了一下她的儿子,跨进公共驿车,车门在她进去以后便关上了。这时,在拉费德银行一扇拱形小窗口——每一张写字台之上都有那么一个窗口——后面,躲着一个人。他目睹阿尔培退回去。于是,他用手抹一抹他那布满着疑云的额头。"唉!"他叹道,"我抢走了这些可怜的无辜者的幸福,我怎样才能把幸福还给他们呢?上帝帮助我!"

第一〇七章 狮窟

　　在福斯监狱里,有一部分地方是专门囚禁危险而凶横的犯人的,那地方称为圣·伯纳院,但犯人们则以他们明显易解的语汇称之为"狮窟",那大概是因为这里面的囚徒常用他们的牙齿去咬铁栅,有时也咬到看守的缘故。这是一个监狱里面的监狱。这里的墙壁比别处的墙壁厚一倍。铁栅每天都由狱卒小心地加以检查。这些狱卒是特选出来的人物,从他们那魁伟的身材和冷酷的表情上,可以看出他们是善于用恐怖和专横来统治他们的囚徒的。这一部分的天井四面都是极高的墙头,太阳只有在当空的那一刻才照得进来,像是太阳也不愿意多瞧一眼这群精神和肉体的怪物似的。在这个铺着石板的天井里,从早到晚踱着一群脸色苍白、忧虑满面、外貌凶暴、紧压在法律铁腕底下的人,像是许多憧憬往来的幽灵一样。在那比较多保留一些阳光的余热的墙脚下,可以看见两个人蜷缩着在谈话,——但更常见的是只有一个,——眼睛望着监门,那扇门有时也打开,从这悲惨的人群里唤一个出去,或是又抛进一个社会的弃儿来。

　　圣·伯纳院有它自己专用的会见室,那是一个长方形的房间,中间隔着两道笔直的栅栏,栅栏之间保留着一米宽的距离,以防止访客和犯人握手或传递东西给犯人。这是一个阴森、潮湿,甚至是令人恐怖的地方,尤其是当我们想到这两道铁栅之间那种可怕的谈话的时候。可是,这个地点虽然可怕,但在那些数着时间过日子的人看来,却像是一个天堂,他们离开狮窟以后,极少不是被送到圣·杰克司城栅或苦工船或狱中隔离室去的!

　　在这个散发出寒冷潮气的监狱里,一个青年人两手插在衣袋里在那儿踱步。他已在狮窟的居民中引起了很大的好奇心。他身上的衣服要不是曾被撕破,从那剪裁本来可以使他看来像是一位高雅的绅士。那套衣服并不曾穿旧,在犯人的小心的护理之下,未破的那一部分不久便恢复了它的光泽,使人一看便知那衣服的质料很不错。那犯人对他身上那件白葛布的衬衫也给予同样的关怀,但自从他入狱以来,衬衫的颜色却已改变了很多了。他用一块角上绣着一顶皇冠的手帕角擦他那光亮的皮靴。狮窟里的几个居民对这个犯人的修饰抱有很大的兴趣。

　　"瞧!王子在打扮他自己了。"一个贼说。

　　"他天生造就了一副漂亮外表,"另一个贼说,"假如他有一把梳子和一些美发霜,他就可以使那些戴白手套的先生们相形逊色了。"

　　"他的上装好像都是新的,他的皮靴真亮。我们有了这样时髦的同伴,真是增光不少。那些宪兵真不要脸,可恨呀,竟撕烂这样的衣服!"

"他看来像是一个重要人物，"另一个说，"他穿着最时髦的衣服，而且这样年轻就到这儿来了。噢，真了不起！"

这时那个受这种恶意赞美的目标向侧门走过去，侧门上靠着一个看守。

"来，先生，"他说，"借二十法郎给我，不久就还你。你跟我打交道是没有危险的。要记住：我亲戚的钱，以万数来计算，比你以个数来计算还更多呢。来，我求求你，借二十法郎给我，让我去买一套睡衣，一天到晚穿着上装和皮靴真受不了！而且，先生，这件上装怎么配给卡凡尔康德王子穿呀！"看守转过背去，耸了耸肩。他对于这种任何人听了都会发笑的话毫无感触，这种话他听得太多了，——实际上，他所听到的，大多都是这一类的话。

"好，"安德里说，"你是一个没有同情心的人，我会让你打破饭碗。"

这使那看守转过身来，他爆发出一阵大笑。这时，囚徒们已围了过来形成一个圆圈。

"我告诉你，"安德里继续说，"有了那笔可怜的钱，我就可以弄到一件上装和一个房间来接见我天天盼望的贵客了。"

"他说得对！他说得对！"囚徒们说，"谁都看得出他是一个上等人"。

"嗯，那么，你们借二十法郎给他吧，"看守换一个姿势靠在侧门上说，"你们当然不会拒绝一个同伙的了！"

"我不是这些人的同伙，"那青年傲慢地说，"你没有权利来这样侮辱我。"

盗贼们互相望了一眼，口里发出嘟囔的声音，一场暴风雨已在这高贵的囚犯头上聚集起来了，这场暴风雨的来临倒不是他自己的话惹起来，而是那看守的态度促成的。看守因为确信风浪太高的时候他可以压平下来，所以让他们折腾到一个相当的程度，以便使那个喋喋不休的恳求者受到一些惩罚，而且，在百般无聊中，这也可以供他做一种消遣。盗贼们已经逼近安德里了，有些人嘴里喊着"破鞋子！破鞋子！"——那是一种残酷的行动，方法是用一块手帕包住沙泥、石子和他们身边所有的半便士的铜板，用它来敲打那不幸的受难者的头和肩，有些人则说："让我们用马鞭子把那位漂亮先生抽一顿！"

但安德里转过身去，对他们眨眨眼睛，用舌头鼓起面颊，并撅起他的嘴唇，吹出了一种响声。这个举动在盗贼间可以胜过一百句话。这是卡德罗斯教他的暗号。他立刻被他们认为是自己人了，手帕包摔掉了，铁掌鞋回到了那个领头者的脚上。有些人说，这位先生说得不假，他有权利可以随心所欲地打扮，他们决不妨碍别人的良心自由。暴乱平息下去了。看守对于这种场面很惊讶，他开始搜查安德里的身体，认为狮窟里的居民突然变得这样驯服，绝非他个人的魔力所致，而是有更具体的理由。安德里虽然抗议，但没有抗拒。突然，侧门外面传来一个声音。"贝尼台多！"一个视察喊道。看守松开手。

"有人喊我。"安德里说。

"到会见室去！"那同一个声音说。

"你看，有人来拜访我了。啊，我亲爱的先生，你瞧着吧，对待像我这样的人究竟是不是应该像一个普通人那样的！"于是安德里便像一片阴影似的溜过天井,冲出栅门,让他的同伴们——甚至那看守——沉浸在惊讶里。

安德里本人对于这次被召到会见室里去并不像别人那样惊喜。因为,自从跨进福斯监狱以来,那狡猾的青年始终保持着最坚强的沉默,不像别人那样到处写信向人求援。"显然的,"他对自己说,"我是有一个强有力的人在保护着的,一切事情都向我证实了这一点,——那突然到来的运气,那使我克服种种困难的捷径,一个意想不到的家庭和一个送上门来的光辉的姓氏,黄金像雨点般地落到我身上,我几乎要结上一门最显赫的亲事。命里的一场波折和我那保护人的一时疏忽使我落到这个地步,但我决不会永远如此。当我自以为已坠入深渊的时候,那只暂时离开的手又会伸出来把我救出去的！我何必要冒险采取鲁莽的举动呢？那也许反而会使我疏远我的保护人。他有两种方法可以把我从这种窘境里解救出来,——他可以用贿赂为我设计一次神秘的逃走,或者,他可以用黄金收买我的法官。我暂且不说话,也不作任何选择,直到最后他已完全抛弃我的时候,那时——"

安德里已拟定了一个相当狡猾的计划。那不幸的青年勇于进攻,拙于防守。他一生下来就与监狱为伍,被剥夺了一切,可是,渐渐地,天性显露了,他不肯忍受污秽、饥饿和褴褛的生活。正当他处在这种百无聊赖的境况中的时候,视察的声音喊他到会见室里去了。安德里觉得他的心欢喜地猛跳着。法院里的检察官不会这样早就来光顾,狱医则不会来得这样晚,所以,这一定是他所希望的那位神秘的助手了。

到了会见室栅栏附近以后,安德里那突然因惊奇所张大的眼睛看见了伯都西奥先生那副浅黑而聪明的脸庞,后者这时也带着戚然的惊奇在凝视那铁栅、那闩住的门以及那在对面栅栏后面移动的人影。

"啊！"安德里大受感动地说。

"早安,贝尼台多。"伯都西奥用他那深沉的声音说。

"你！你！"那青年惊慌地环顾着周围说。

"你不认识我了吗,倒霉的孩子?"

"轻一点！轻一点！"安德里说,他知道隔墙有耳,"看在老天分上,别说这么大声！"

"你希望和我单独说话,是吗?"伯都西奥说。

"噢,是的！"

"那好"于是伯都西奥从他的口袋里掏出一张纸,向那个站在侧门窗外的看守招呼了一下。

"看！"他说。

"那是什么?"安德里问道。

"一道领你到房间里去和我谈话的命令。"

"噢！"安德里喊道,他高兴得跳起来。然后他又在心里说,"还是我那位神秘的保护人！他并没有遗忘我。他们希望的是秘密,因为我们就要到一个没有外人的空屋里去谈话了。我明白了,——伯都西奥是我的保护人派来的。"

看守和一位上司交换了一下意见,然后打开铁门,领安德里到二楼上的一个房间里。房间的墙上刷着石灰,这是监狱里的习惯,但在一个犯人看来,它已是够漂亮了,虽然它的全部家具只包括一只火炉、一张床、一把椅子和一张桌子。伯都西奥坐在椅子上,安德里把他自己往床上一抛,看守退了出去。

"现在,"那位管家说,"你有何要求可告诉我?"

"你呢?"安德里说。

"你先说。"

"噢,不！你一定有很多话要对我说,因为是你来找我的。"

"好,就算是吧！你继续不断地在作恶,你抢劫,你杀人。"

"哼！假如你带我到这里来只是为了告诉我这一番话,你大可不必那样麻烦。这种事情我都很清楚。但有些事情我还不知道。假如你高兴的话,我们来谈谈那些事情吧。谁派你来的?"

"喏,喏,你说得太快了吧,贝尼台多先生?"

"是的,但说中了要点！让我们少费点口舌吧,说点真的,是谁派你来的?"

"没有谁。"

"你怎么知道我在监狱里呢?"

"不久以前,我在香榭丽舍大道上认出你,看见你装扮成不可一世的花花公子的模样,神气活现地骑在马上。"

"噢,香榭丽舍大道！啊！啊！正如常言所说的,我们是搅在一块儿啦。香榭丽舍大道！来,我们来谈一谈我的父亲吧！"

"那么,我是谁呢?"

"你吗,阁下？你是我的继父。但我想,我在短短的几个月里面花掉的那十万法郎,那绝不是你给我的。我那意大利绅士的父亲,可不是你给我造就出来的吧?

我混入社交界,到阿都尔去赴宴,——我现在觉得还好像在与巴黎最出色的那些人物一起吃东西。那些人物中有一位检察官,可惜我没有太多机会与他更多靠近,——这可不是你给我介绍的吧? 现在,我的底细已被发觉了,大概也不会是你肯花一两百万来保我出去的吧? 来,说呀,我可敬的科西嘉人,说呀!"

"你要我说什么?"

"我来提醒你。你刚才提到香榭丽舍大道,我可敬的养父!"

"怎么样?"

"嗯,在香榭丽舍大道,那儿住着一位特别有钱的绅士。"

"你到他的家里去偷过东西,杀过人,是不是?"

"我相信是的。"

"是基度山伯爵?"

"你说对了。嗯,我是不是应该冲进他的怀抱里,紧紧地抱住他,像他们在舞台上所做的那样哭喊'爹爹,爹爹'呢?"

"我们最好别再开玩笑,"伯都西奥严肃地答道,"这个名字不是你随便叫的,你不要太放肆了。"

"噢!"安德里说,伯都西奥那种庄重的神态使他有点畏惧,"为什么不?"

"因为叫那个名字的人是太受天神宠爱了,绝不会有你这样一个混蛋的儿子!"

"噢,这几句话太好听了!"

"假如你不注意,还有好看的事情在后面呢!"

"恐吓! 我不怕。我要说——"

"你以为你的对手是像你一样的胆小鬼吗?"伯都西奥说。他的口吻是这样的平稳,他的目光是这样的坚定,以致安德里的灵魂都哆嗦了。"你以为你的对手是监狱里的奴隶,是初出茅庐的小伙子吗? 贝尼台多,你已经落入一只可怕的手心里了,那一只手随时会来救你,你好好地利用它吧! 别去轻视那暂时退到一边的霹雳,假如你要干扰它的自由,它立刻会打下来的。"

"我的父亲——我要知道谁是我的父亲!"那固执的青年说,"假如我不免一死,我就死好了,但我要明白事实的真相。我还怕什么丑? 我有什么财产,有什么名誉? 你们这些大人物虽富有百万,但碰到丑闻也将要损失一些东西。来,究竟我的父亲是谁?"

"我就是来告诉你的。"

"啊!"贝尼台多说,他的眼睛里闪耀着喜悦的光芒。

正当这个时候,门被推开了,狱卒对伯都西奥说:"对不起,先生,检察官等着要查犯人了。"

"那么我们的会谈结束了,"安德里对那位可敬的管家说,"那该死的捣蛋鬼!"

"我明天再来。"伯都西奥说。

"好! 宪兵,我悉听你们的吩咐。啊,好先生,你是否可以给我留下几个钱在门房里,我要买几样急需的物品。"

"没问题。"伯都西奥回答。

安德里伸出手来,伯都西奥仍旧把手插在口袋里,只是把口袋里的几块钱弄得哗啦啦地发响。"正好是我所需要的,"安德里说。他竭力想笑,却被伯都西奥那种出奇的镇静慑服得笑不出来。"我会上当吗?"他一面低声说着,一面跨进那被称为"杂拌篮"的长方形的铁栅车里。"不要紧,我们瞧着吧! 那么,明天!"他转过去对伯都西奥说。

"明天!"那管家回答。

第一〇八章　法官

　　我们记得,布沙尼长老独自和诺梯埃留在那间死室里,只有那老人和神父守护着那青年女郎的尸体。也许是由于长老根据教义的戒谏,也许是由于他那种温文慈爱的态度,也许是由于他那种富于说服力的劝告,总之,诺梯埃的信心是恢复了,因为自从他与神父谈过以后,他那激动的绝望已变为一种宁静的听天由命的态度,凡是那些了解他深爱凡兰蒂的人,都感到特别的惊奇。

　　自从凡兰蒂去世的那天早晨以后,维尔福先生没有去见他的父亲。屋子里的情况整个改变了。他用了一个新的跟班,诺梯埃也换了一个新的仆人。侍候维尔福夫人的两个女佣也是新来的。事实上,从门房到车夫,全都是新来的。而自从那座受天诅咒的房子里的主人之间添了这几个新人以后,他们本来已够冷淡的关系就更冷淡了。

　　大审将在三天内开庭,维尔福将自己关在房间里,带着狂热的心情准备控告谋害卡德罗斯的凶手的公诉状。这件事情,像其他一切有关基度山伯爵的事情一样,已轰动了巴黎。证据当然并不确凿,只有监狱里的逃犯所留下的几个字,他可能因旧恨宿怨,借此来诬告他的同伴。但检察官已下定决心了。他确信贝尼台多是有罪的,他想从那种困难的胜利中获得一种自私的喜悦来稍微刺激他那冰冷的心。

　　维尔福希望把这件谋杀案排为大审中的第一件案子,而由于他不断地工作,一切都已准备好了。他不得不比以前更严密地隐藏自己,以躲避那无数向他来讨开庭那天的旁听证的人。可怜的凡兰蒂不在人世已有些天了,笼罩这座屋子的阴影还是这样的浓重。这位父亲是那样谨守职责忘我地工作,也就是说他在悲痛中找到的唯一消遣,任何人看到这幕情景也会动恻隐之心的。

　　维尔福和他的父亲只见过一次,那是在伯都西奥第二次去访问贝尼台多,后者知道他父亲的名字后的一天。那位法官在疲惫不堪之下走进花园,但由于他心中怀有一种怨恨的情绪,他就像塔根王截断最高的罂粟花一样,用他的手杖敲断走道两边玫瑰树上垂死的长枝,这些丫枝在一季以前虽曾开出灿烂的花朵,但现在已经凋谢。他迈着四方步来回地在一条走道上踱步。他偶然转眼向屋子里望去,因为他听到了他儿子喧闹的嬉笑声,他的儿子每逢星期日便从学校里回来,到星期二才离开这个家回学校。当维尔福向屋子里望去的时候,他看见诺梯埃先生坐在一扇打开着的窗子后面,在那儿沐浴着落日的余晖。太阳最后的光芒还能产生一丝的温暖,这时正照射在那盘绕在阳台周围的爬墙类植物的枯萎的花上和红色的叶子上。

　　老人的凝视盯住在一个维尔福看不到的地点上。他的目光里充满着仇恨、残酷和暴躁,以致那懂得这个面孔意思的维尔福急忙转出他所走的那条小路,查看这种不祥的目光究竟落在谁的身上。于是,他看见:在一大丛几乎落光了叶子的菩提树下,维尔福夫人坐在那儿,手里捧着一本书,她不时地中止阅读,不是向她的儿子投去一个微笑,就是把他顽皮地从客厅里抛出来的皮球投回去。维尔福的脸色苍白了,他懂得老人的意思。诺梯埃继续望着那同一的目标,突然间,那一对气势汹汹的眼睛转移到维尔福身上了,因为那种目光虽然已改变了它的目标和意义,但却毫未减少那种威胁的表情。维尔福夫人并不知道她的头上盘旋着这不祥的怒火,那时正拿住她儿子的球,向他表示要用一个接吻来赎取。爱德华恳求了好一会儿,因为母亲的一吻或许还不够补偿他取得这一吻的麻烦,但是,他终于决定了,他翻过窗口,跳进一从金盏草和延命菊里,汗流满面地向他的母亲奔过来。维尔福夫人抹掉他脸上的汗,在他的前额上吻了一下,让他一手拿着球,一手拿着糖果奔回去。

维尔福像小鸟看见了赤练蛇似的被一种不可违抗的力量吸引着被拖进屋子。当他向屋子走过去的时候,诺梯埃的目光跟随着他,他的眼睛像月亮一样的明亮,以致维尔福觉得那一对眼睛已穿透到他心脏的深处。在那种迫不及待的目光里,可以读出一种刻骨铭心的谴责以及一种潜意识的威胁。然后,诺梯埃举眼向天,像是在提醒他的儿子不要忘记一种誓言。"很好,阁下,"维尔福在下面答道——"很好,请再忍耐一天,我说的话不会食言的。"诺梯埃听了这几句话似乎平静了许多,他的眼睛放心地转到另一个方向。维尔福怒火中烧地撕开似乎要窒息他的大衣,用他那只青白色的手在额上抹了一下,走进他的书斋。夜深人静,全家人都安眠了,只有维尔福一直工作到清晨五点钟,重新审阅检察官昨天晚上所录的最后的预审口供,编纂证人的陈述词,结束那份他平生最有力和最周到的公诉状。

第二天是星期一,是大审开庭的日子。早晨的天气阴沉沉的,维尔福看见那昏暗的灰白色的光线照到他用红墨水写成的文件上。那位法官只在灯光垂熄的时候睡了一会儿。灯花的爆裂声唤醒了他,他发觉他的手指像浸在血里一样的潮湿和青紫。他打开窗,天边上横浮着一条浅黄色的飘带,把那在黑暗里高耸着的白杨横截为二。在栗子树后面的苜蓿园里,一只百灵鸟冲向天空,倾吐着它那清脆的晨歌。那被朝露所润湿的空气浴着维尔福的头,刷新了他的记忆。"今天,"他振奋地说,"今天,只要是有罪恶的地方,那个握着法律之剑的人就必须去打击。"他的眼睛不由自主地转向他昨天傍晚看见诺梯埃的那个窗口。窗帘垂下,可是,他父亲的印象在他的脑子里仍是这样的生动,以致他对那关着的窗户说起话来,像是它仍旧开着而且仍旧还可以看见那气势汹汹的老人似的。"是的,"他低声说,——"会的,放心吧。"

他抵俯着头深思并在书斋里踱步,然后他自己倒在一张沙发上。他整夜未脱衣服,他并不想睡,只想伸展一下他疲惫的躯体!因为工作的劳累和破晓的晨寒已钻入他的骨髓。渐渐地,大家都醒来了。维尔福从他的书斋里听到了接连不断喧哗声,——门户的开关声,维尔福夫人召唤侍女的铃声,夹杂着孩子起床时和往常一样的欢呼声。维尔福也拉铃,他的新跟班拿来了报纸和端来一杯巧克力。

"你拿给我的是什么?"他说。

"一杯巧克力。"

"我并没有要。是谁吩咐你的?"

"是我的主妇,先生。她说您在那件谋杀案上要说许多话,您应该吃些营养来支持您的精力。"于是那跟班就把杯子放在离沙发最近的那张桌子上——那张桌子,像其他的桌子一样,也堆满了文件——,然后离开房间。

维尔福带着一种悲惨的表情向那杯子凝视一会儿,然后,突然用一个神经质的动作端起它,一口喝干了杯子里的液体。谁都会说他希望那种饮料会发生致命的作用,说他在寻求死来解脱他将履行一种比死更难堪的责任。然后他站起来,带着一个令人费解的微笑在房间里走来走去。那杯巧克力并无恶意,维尔福先生喝了以后并没有产生什么恶果。午餐的时间到了,但餐桌上没有出现维尔福先生。跟班又进来了。

"维尔福夫人想提醒您一声,先生,"他说,"十一点钟已经敲过了,法院是在十二点钟开庭。"

"嗯!"维尔福说,"那又怎么样?"

"维尔福夫人已穿好外衣了,她已准备就绪,很想知道是否要她陪您去,先生?"

"她是指到哪儿去?"

"到法院去。"

"去干什么?"

"夫人说,她很希望能去旁听。"

"啊!维尔福用一种令人捉摸不透的口吻说,"她想要去吗?"

仆人退后一步说:"先生,假如您希望独自去,我就去告诉夫人。"

维尔福沉默了一会儿,用指甲搔弄他那苍白的脸颊。对仆人说,"我想跟她谈话,告诉她我请她在她房间里等我。"

"是,先生。"

"然后就来给我穿衣服和刮脸。"

"马上就来,先生。"

跟班出去以后,没一会儿折又回来,给他的主人刮了脸,服侍他穿上庄严的黑色的衣服。当他做完这一番服侍以后,他说:"夫人说,她希望先生穿好衣服以后就过去。"

"我会到她那儿去的。"于是,维尔福臂下夹着文件,手里拿着帽子,向他妻子的房间走去。到房门口,他停了片刻儿,抹一抹他那潮湿的苍白的额头,然后他走进房间,维尔福夫人正坐在一张长榻上,在心烦意乱地翻阅几张报纸和一些被小爱德华在他母亲还未读完以前就撕破了的小册子。她穿着出门的衣服,帽子放在身边的一张椅子上,手上戴着手套。

"啊!你来了,阁下,"她用一种既自然又平静的声音说,"看你的脸色多苍白呀!你整夜在那儿工作吗?你为什么不下来用午餐呢?嗯,你带我去呢,还是让我在家里带爱德华?"

维尔福夫人接连提出许多问题,以便获得一个答复,但对于她提出的所有问题，维尔福先生都没有给予回答，只是一味地冷淡、沉默。

　　"爱德华！"维尔福用一种威严的目光盯住那孩子说，"到客厅里去玩，我的宝贝。我要和你妈妈谈话。"维尔福夫人看着那张冷酷的面孔、听到那僵硬的口吻以及那种奇特的序幕，不禁打了一个寒战。爱德华抬起头来，望着他的母亲，发觉她并没有认可那个命令的表示，便开始割他那些小铅笔的头。

　　"爱德华！"维尔福喊道，他哪是在喊，纯属在吼，以致把那孩子吓了一跳，"你听到我的话吗？去！"那孩子不习惯这样的待遇，站起身来，脸色发白，——但很难说究竟是由于愤怒或是由于恐惧。他的父亲走到他那儿，抓住他的手臂，在他的前额上吻了一下。"去，"他说，"去吧，我的孩子。"

　　爱德华跑了出去。维尔福先生走到门口，等孩子一出去就关上门，上了门闩。

　　"噢，天哪！"那青年女人说，竭力想猜出她丈夫内心的世界，她的脸上露出一个微笑，想用那个微笑软化维尔福无情的灵魂。"什么事呀？"

　　"夫人，你常用的那种毒药放在什么地方？"那法官站在他妻子与房门之间，单刀直入地说。

　　维尔福夫人这时的表情，犹如小鸡将被老鹰吃掉一样恐慌，她的喉咙里发出一种既不像喊叫又不像叹息的嘶哑破碎的声音。她的脸色变得异常的惨白。"阁下，"她说，"我——我不懂你的意思。"说完这句话，她本想从长椅上站起来，可一种莫名的恐怖使她坐了回去。

　　"我问你，"维尔福继续用一种十分平静的口吻说，"你拿来谋害我的岳父圣·米兰先生、我的岳母圣·米兰夫人、巴罗斯以及凡兰蒂的那种毒药，到底藏在什么地方？"

　　"啊，阁下，"维尔福夫人合拢双手喊道，"你说的是什么呀？"

　　"现在不是要你问话，而要你回答。"

　　"回答丈夫呢还是回答法官？"维尔福夫人有气无力地说。

　　"是回答法官，是回答法官，夫人！"

　　那个女人惨白的脸色，痛苦的表情，以及她那种全身颤抖的情形，让人看了实在令人可怕。"啊，阁下！"她吞吞吐吐地说，——"啊，阁下。"她只能说出这几个字。

　　"你不想回答，夫人！"那严厉的审问者喊道。然后他露出一个比发怒时更令人可怕的微笑说，"那么，不错，你并不否认！"她不由得浑身战栗。"而且你不能否认！"维尔福又说，向她伸出一只手，像是要凭法院的名义去捉她似的。"你以卑鄙的技巧完成了那一次又一次罪恶，但你只能骗过那些被爱情所蒙蔽的人。自从圣·米兰夫人去世的那天起，我就知道我的家里住着一个下毒犯。阿夫里尼先生警告了我。巴罗斯死后（上帝宽恕我）我的疑心落到一个天使的身上！——即使没有人犯罪，我的心里也总是没有安宁过。但自从凡兰蒂死后，我脑子是一切杂念都消除了，不但是我，夫人，而且别人也是如此。所以，你的罪，有两个人知道，有许多人怀疑，不久便要公开了，而正如我刚才所声明的，你已不再是对丈夫说话而是在对法官说话了。"

那青年女人把她的脸埋在手里。"噢,阁下!"她哀求地说,"我求求你不要相信外表。"

"那么,你是一个懦夫吗?"维尔福用一种鄙视的口吻大声说。"我曾经注意到:下毒犯总是懦夫。不过,你真是一个懦夫吗?——你,你凶狠地残害了两个老人和一个青年姑娘,而还有贼胆目睹他们的死。"

"阁下!阁下!"

"你能是一个懦夫吗?"维尔福越说越激动,——"你,你能一分钟一分钟地计算四个人临死时痛苦的时间,你,是那样熟练而成功地准备你那恶毒的计划和调配你的毒药。既然你把一切事情计算得这样清楚,那么,你却忘记计算一件事情了,——那就是当你的罪恶被揭发出来的时候,你将遭到怎样的惩罚!噢,这是不可能的!你一定藏起了一些最见效、最可靠、最致命的毒药,以便使你逃脱对你的惩罚。你是那样做了的吧,我至少希望如此。"

维尔福夫人搓着双手,跪了下来。

"我懂的,"他说,——"你认罪了,但对法官认罪,在最后无可否认的时候认罪,是不能减轻应得的惩罚!"

"惩罚!"维尔福夫人喊道,——"惩罚,阁下!那句话你说了两遍啦!"

"那是必然的。你以为因为你犯了四次罪就可以逃脱罪责了吗?你以为由于你的丈夫是检察官,惩罚就不会落到你的身上吗?不,夫人,不!断头台在等待着下毒犯,不论她是谁,除非,正如我刚才所说的,那下毒犯事先已有所准备,为她自己保存着几滴最致命的毒药。"

维尔福夫人发出一声野性的喊叫,一种可怕的难以控制的恐怖布满在她惨白的、扭曲的脸上。

"噢!不要怕断头台,夫人"那法官说,"我不会让你受辱,因为那也会使我受辱。不!假如你明白我的意思,你就知道你不会死在断头台上。"

"不!我不明白,你是什么意思?"那不幸的女人声嘶力竭地说,完全糊涂了。

"我的意思是:首都首席检察官的妻子不会以她的耻辱去玷污一个清白无瑕的名誉,她也不会侮辱她的丈夫和她的孩子。"

"不,不!噢,不!"

"嗯,夫人,这将是你一个可以赞美的举动,我向你表示感谢。"

"你感谢我,为了什么?"

"为了你刚才所说的那句话。"

"我说了什么话?噢,我的脑子在转!我什么都不清楚了!我的上帝!我的上帝呀!"于是她头发散乱,口带白沫地站起来。

"夫人,我进房来的时候问你:'夫人,你常用的那种毒药放在什么地方?'你已经答复那个问题了。"

维尔福夫人双臂举向天空,然后痉挛地把两手拍在一起。"不,不!"她呼号道,——"不,你不能这样强求我!"

"我所希望的,夫人,是你不应该站在断头台上送命。你懂吗?"维尔福问。

图文珍藏版

"噢,发发慈悲吧,阁下!"

"我所要求的,是正义得以伸张。我到这个世界上是为了打击罪犯,严惩恶魔而来的,夫人,"他带着一种火焰熊熊的目光说。"所有犯罪的女人,即使她是皇后,我也要把她交给刽子手,但对你,我当然要慈悲些。对你,我说,夫人,你不是曾保留几滴那种最可靠、最致命、最见效的毒药吗?"

"噢,饶了我吧,阁下! 留我一条命吧!"

"你是懦夫。"维尔福说。

"想一想,我是你的妻子!"

"你是一个下毒犯!"

"看上帝的面上!"

"不!"

"看你曾经赐给我的爱情的份上!"

"不,不!"

"看我们孩子的面上! 啊,为了我们的孩子,饶恕我吧!"

"不,不行! 我告诉你,假如我允许你活下去的话,有一天,你也许会像杀死那几个人那样杀死他的!"

"我! ——我杀死我的孩子!"那迷惑的母亲向维尔福冲过去说,"我杀死我的! 哈! 哈! 哈!"一阵可怕的魔鬼般的狂笑结束了那句话,那种笑声最后变成了一种近似于疯狂的哭嚎。

维尔福夫人已经跪下。维尔福向她走近一些。"记住,夫人,"他说,"假如在我回来的时候,正义还没有得到满足,我就要亲口来宣布你的罪状,亲手来逮捕你!"

她喘息的听着,完全崩溃了,只有她的眼睛还活着,那一对眼睛里燃烧着自我毁灭的火焰。

"你懂得我的话吗?"维尔福说,"我要去宣判一个杀人犯的死刑了。假如我回来的时候发现你还活着,你今天晚上就要去睡在拘留所里了。"

维尔福夫人叹息了一声,她的神经混乱了,她俯伏在地毯上。检察官似乎发出一些怜悯心,他以稍微温和的眼光望着她,向她鞠了一躬,缓慢地说:"永别了,夫人! 永别了!"

那一声"永别了"像刽子手的刀一样砍在维尔福夫人心上。她昏了过去。检察官锁住房门,出去了。

第一〇九章　开庭

法院里所提及的贝尼台多事件已轰动了整个巴黎。由于他经常出现于巴黎咖啡馆、凯德大马路和布洛涅大道，所以在他短暂的显赫时期中，那假卡凡尔康德已赢得了不少相识。报纸上曾叙述他狱中的生活和冒充上流绅士时的各种冒险；凡是认识卡凡尔康德王子的人，对于他的命运都感到一种抑制不住的好奇心，他们都决定不惜任何麻烦设法去旁听贝尼台多先生谋杀他同伴的审判。在许多人眼中，贝尼台多即使不是法律的一个牺牲品，至少也是法律的一个过失。他的父亲卡凡尔康德先生曾在巴黎露过面，大家预期他会再来领回那个社会的弃儿。那些不知道他第一次在基度山伯爵家里出现时曾穿绿底绣黑青蛙外套的人，对于他那种庄严的姿态和绅士的风度曾留下很深刻的印象。的确，只要不说话和不做数字计算，他扮演一个老贵族实在很不错。至于被告本人，在许多人的记忆中，他既潇洒又漂亮，既豪爽又侠义，以致人们认为他可能是一次阴谋的牺牲品，因为在这个世界里，一笔大财富常常会引起一个敌人的暗中怨恨和嫉妒。所以，每一个人都急忙到法院里去，——有些是去看热闹的，有些是去批评的。从早晨七点钟起，铁门外便已聚集着许多的人，在开庭前一小时，法庭里便已挤满了那些获得特许证的人。逢到审判某一件特殊案子的日子，在法官进来以前，有时甚至在法官进来以后，法庭像一个客厅一样，许多人是老相识，他们互相谈话，而当他们中间隔着许多的律师、旁观者和宪兵的时候，他们就用暗号来交谈。

这是一个短暂的夏季以后的一个秋高气爽的日子。维尔福先生在日出时所看见的那些云层都已像要魔术似的消失了，呈现出九月里最温和与最绚丽的一天。

波香正在向四面八方环顾，他是无冕国王之一，所以每一个地方都有他的宝座。他看见了夏多·勒诺和狄布雷，后者这时刚劝服坐在他们前面的一个副警长，与他们交换座位。那可敬的副警长，本来认识部长的秘书和这位暴发户，便答应特别照顾这两位高贵的旁听者，允许当他们去访问波香的时候为他们保留座位。

"嗯！"波香说，"我们就将看见我们的朋友啦！"

"是的，的确！"狄布雷答道。"那可敬的王子！那些意大利王子真是见鬼！"

"他是但丁给他写了家谱，在《神曲》里有案可查呢。"

"一家无恶不作的贵族！"夏多·勒诺冷淡地说。

"他会被判死刑的吧？"狄布雷问波香。

"亲爱的，我认为那个问题应该由我们来问你呐，这种消息你比我们灵通得多。你昨天晚上在部长的家里见到审判长了吗？"

"见到了。"

"他说些什么?"

"说出来会使你们大吃一惊。"

"噢,赶快告诉我吧,我好久没有听到惊人的消息了。"

"嗯,他告诉我说:被认为是一条狡猾的蛇和一个机警巨人的贝尼台多,实际上只是一个非常愚蠢的下等流氓,他的大脑结构在死后是不值得去分析的。"

"什么!"波香说,"他扮演王子可是很像呀。"

"在你看来是那样,你厌恶那些不幸的王子,总是想在他们身上发现过错,但我则不然,我能很容易地辨别一位绅士,能像一只研究家谱学的猎犬那样嗅出一个贵族家庭的气息。"

"那么你不相信有所谓王子气质吗?"

"相信! 相信王子气质,但不相信王子这个头衔。"

"这不坏"狄布雷说,"可是,我向你保证,他跟许多人交往得非常好,我曾在部长的家里见到过他。"

"啊,是的!"夏多·勒诺说。"你以为部长就懂得王子的气质吗!"

"你刚才说的话很风趣,夏多·勒诺。"波香大笑着说。

"但是,"狄布雷对波香说,"如果说我与审判长谈过话,你也许与检察官谈过话了吧。"

"那是不可能的事。最近这一星期来,维尔福先生闭门谢客,——这是很自然的事,这接连发生的家庭伤心事,再加上他的女儿的奇怪的死——"

"奇怪! 你是什么意思,波香?"

"噢,是的! 别装了,难道部长家里对这一切一点都不知道吗?"波香说,一面把单眼镜嵌到他的眼睛上,竭力想使它不掉下来。

"我亲爱的阁下,"夏多·勒诺说,"让我来告诉你:你对于使用单眼镜的动作,懂得还不够狄布雷的一半呢。教一教他,狄布雷。"

"看,"波香说,"我肯定不会弄错的呀。"

"什么事?"

"这是她!"

"她? 谁呀?"

"他们说她已离开了呀。"

"欧琴妮小姐?"夏多·勒诺说,"她回来了吗?"

"不,是她的母亲。"

"邓格拉司夫人? 瞎说! 不可能的,"夏多·勒诺说,"她女儿逃亡才十天,她丈夫破产刚三天,她就到外面去了。"

狄布雷略微红了红脸,跟着波香所看的方向望去。"噢,他说,"那只是一位戴面纱的贵妇人,一位外国公主,——也许就是卡凡尔康德的母亲。但你刚才在谈一个非常有趣的话题,波香。"

"我?"

"是的,你在给我们讲关于凡兰蒂那次奇怪的死。"

"啊,是的,不错。但维尔福夫人怎么不在这儿呢?"

"可怜又可爱的女人!"狄布雷说,"她一定是正忙着为医院提炼药水,或为她自己和她的朋友制造化妆品。你们不知道她每年在这种娱乐上要花掉两三千银币吧? 我很愿意看见她,因为我非常喜欢她。"

"我却讨厌她。"夏多·勒诺说。

"为什么?"

"我不知道。我们为什么要爱? 我们为什么要恨? 我是天生讨厌她。"

"说得更确切些,是出于本能。"

"也许如此。但还是回到你所说的话题上来吧,波香。"

"好!"波香答道,"诸位,你们是否愿意知道维尔福家里的人为什么死得那样多?"

"多才好呢。"夏多·勒诺说。

"亲爱的,你可以在圣西门的书里找到那句话。"

"可事情却发生在维尔福先生的家里,所以,我们还是回到事情本身上来吧。"

"对!"狄布雷说,"我承认我始终在注意着那座房子,最近三个月来,那儿一直挂着黑纱,前天,夫人还和我说起那座房子与凡兰蒂的关系呢。"

"是哪位夫人?"夏多·勒诺问道。

"当然是部长的太太了!"

"噢,对不起! 我从没拜访过部长,我留下那种事情给王子们去做。"

"真的,以前你只是漂亮,现在你变得光芒万丈了,伯爵,可怜可怜我们吧,不然你会像朱庇特那样烧死我们啦。"

"我不再说话了!"夏多·勒诺说,"请你们可怜可怜我,别斟酌我所说的每一个字吧。"

"来,我们尽量来听完你的故事,波香,我告诉你,夫人前天还问起这件事情。开导我一下吧,让我去报告她一些消息。"

"嗯,诸位,维尔福先生家里的人所以会死得那样多,是因为那座屋子里有一个杀人犯!"

那两个青年都不禁哆嗦了一下,因为这种念头他们已不止想到一次了。

"那个杀人犯是谁呢?"他们同声问。

"爱德华!"

听者所爆发出来的一阵大笑并没有扰乱那个说话的人,他继续说:"是的,诸位,是爱德华,他在杀人的技术方面可算是一个老手。"

"你在开玩笑。"

"决不。我昨天雇用了一个刚离开维尔福先生的仆人。我准备明天就让他走了,他的饭量实在太大了,要弥补他在那座屋子里吓得不敢进食的损失。嗯! 听我说。"

"我们听着呢。"

"看来是那可爱的孩子搞到了一只装着某种药水的瓶子,他就用它来对付他所讨厌的那些人。最初是圣·米兰夫人引起了他的厌恶,所以他就把他的药精倒了三滴,——三滴就够了。然后是那勇敢的巴罗斯,诺梯埃爷爷的老仆人,他有时要得罪那可爱的孩子,这是你们知道的。那可爱的孩子给他倒了三滴药精。然后就轮到那可怜的凡兰蒂了,她并没有错待他,但是他嫉妒她,他给她倒三滴药精,而她,像其他的人一样,那便是末日到了。"

"咦,你给我们讲的是一个什么鬼故事呀?"夏多·勒诺说。

"是的,"波香说,"一个另一个世界上的故事,是不是?"

"荒谬透顶。"狄布雷说。

"啊!"波香说,"你怀疑我?嗯,你可以去问我的仆人,或更准确些,去问那个明天就不再是我的仆人的那个人,那座屋子里的人都是那样说。"

"而这种药精呢?它放在哪儿?它是什么东西?"

"那孩子把它藏起来了。"

"但他从哪儿找来的呢?"

"在他母亲的实验室里。"

"那么,是他的母亲把毒药放在她的实验室里的吗?"

"这叫我如何回答呢?你简直像一个检察官似的审问我啦。我只是在复述我所听到的话。我让你们自己去问,此外我也无能为力了。那个可怜虫吓得什么都不敢说。"

"真是难以置信!"

"不,亲爱的,这并不难以置信!你知道去年黎希留路的那个孩子吗?他乘他哥哥姊姊睡着的时候戳一枚针到他们的耳朵里,竟这样来开玩笑。我们的下一代是非常早熟的!"

"来,波香,"夏多·勒诺说,"我可以打赌,你讲给我们的这些话,实际上你连一个字都不相信!但我没有看见基度山伯爵,他怎么没来?"

"他不大爱凑热闹,"狄布雷说,"而且,他在这儿露面也不大合适,因为他是卡凡尔康德的受骗人,后者可能是拿着伪造的介绍信去见他,骗了他十万法郎。"

"且慢,夏多·勒诺先生,"波香说,"摩莱尔怎么了?"

"真的! 我去拜访他三次,一次都没有见到。可是,他的妹妹并没有什么不安的样子,她对我说,虽然她有两三天没有看到他了,但她确信他很好。"

"啊,现在我想到了,基度山伯爵是不应在法庭上露面的!"波香说。

"为什么不?"

"因为他是这幕戏里的一个演员。"

"那么,是他暗杀了谁吗?"狄布雷问。

"不,正好相反,他是他们想暗杀的对象。你们知道:卡德罗斯先生是在离开他家的时候被他的同伙贝尼台多杀死的。你们知道:那件轰动一时的背心是在他的家里发现的,里面藏着阻止签订婚约的那封信。你们看见那件背心吗? 就在那儿,血迹斑斑的,在那张桌子上,这是一件物证。"

"啊,好极了!"

"嘘,诸位,法官来了,我们回到自己的位子上去吧。"

法庭里发出一阵骚动声,那位副警长向他的两个被保护人有力地招呼了一声"喂!"司仪出现了,他用博马舍时代以来,他这一行职业的人所特有的尖锐的声音喊道:"开庭了! 诸位!"

第一一○章 起诉书

法官在庄严的寂静中入座,陪审官也入座,维尔福先生是公众注意的目标,而且几乎可说是大家崇拜的对象,他坐在圈椅里,平静的目光向四周环顾了一下。每一个人都惊奇地望着那张庄重严厉的面孔,私人的悲伤并没有扰乱平静的表情,大家看到一个人竟能这样克服人类喜怒哀乐的情绪,不禁产生一种恐怖感。

"宪兵!"审判长说,"带被告。"

听到这几个字,公众的注意力更集中了,所有的眼睛都转向贝尼台多将要进来的那扇门。门打开了,被告出现了。在场的人都得到相同的印象,谁都清楚地看出了他脸上的表情。他的脸上没有使人心脏骤然停止或使人脸色苍白的那种激动的情绪。他的两只手的姿势很优美,一只手按住他的帽子,一只手放在他那白背心的开口处,手指一点不颤抖。他的目光很平静,也可说很明亮。走进法庭以后,他用询问的目光向法官和陪审官扫视了一遍,然后让他的凝视停留在审判长和检察官的身上。安德里的旁边坐着法院指定的辩护律师,因为安德里自己并未请律师,他认为这是无关紧要的小事。那个律师是一个浅黄色头发的青年,他脸上所显露的激动情绪百倍于那犯人。

审判长宣布读起诉书。那份起诉书,我们知道,来自维尔福那支铁面无私的灵巧的笔。宣读起诉书占去了较长的时间。在那个时间中,大众的注意力大都倾注到安德里的身上,安德里则以斯巴达人那种无所谓的神气忍受着那种注视。维尔福的话从来不曾这样简洁或这样雄辩。他极其生动地描绘了犯罪的始末:犯人以前的生活,他的变化,他从童年以来的连续犯罪,这一切,检察官都是用尽人类的头脑里所具有的全部才智写出来的。单凭这一份起诉书的力量,不必等到宣判,大家就认为贝尼台多已经完蛋了。安德里对那接连提出来的罪名并不十分注意。维尔福先生时时留神打量他,无疑地在向他实施他惯用的种种心理攻势,但他虽然目不转睛地盯着被告,却始终不能使他低下他的眼睛。宣读终于完毕了。

"被告,"审判长说,"你的姓名?"

安德里站了起来。"原谅我,审判长阁下,"他用清晰的声音说,"我看您是采用了普通的审问程序,用那种程序,我将无法遵从。我要求——而且就可以证明我的要求是正当的——开一个例外。我恳求您允许我在回答的时候遵从一种不同的程度,但所有的问题我都愿回答。"

那惊奇的审判长望一望陪审官,陪审官则去望检察官。整个法庭都显出很大的惊奇,但安德里则仍然不动声色。

"你的年龄?"审判长,"那个问题你肯回答吗?"

"那个问题和其他的问题一样,我都愿回答,审判长阁下,但却要到合适的时候才答复。"

"你的年龄?"审判长重复那个问题。

"我二十一岁,说得更准确些,过几天就要满二十一岁了,因为我是在 1817 年 9 月 27 日晚上生的。"

维尔福先生正在忙于做记录,听到这个日期,便抬起头来。

"你是在哪儿生的?"审判长继续问。

"在巴黎附近的阿都尔。"

维尔福先生第二次抬起他的头,他望着贝尼台多,他的脸色变白了。至于贝尼台多,他用一块质地很好的白葛布手帕潇洒地抹一抹他的嘴唇。

"你的职业?"

"最初我是一个假币制造者,"安德里平静地答道,"然后我变成了一个贼,最后我成为一个杀人犯。"

法庭里到处爆发出愤慨的低语声。法官们也几乎呆住了,陪审官现出厌恶的表示,想不到一个时髦人物竟会采取这样无耻的自嘲态度。维尔福先生用手压住他的额头,他的额头最初发白,然后转红,热得烫手。然后他突然起来,像失去了知觉似的四面环顾,他要透一透气。

"你在找什么东西吗,检察官阁下?"贝尼台多露出和蔼可亲的微笑问。维尔福先生没有回答,只是像摔倒似的坐回到他的椅子上。

"现在,犯人,你该讲出你的姓名了吧?"审判长说。"你历数自己罪名时的那种残酷的装腔,你认罪时的那种骄傲,——不论从人道上讲还是从法律上讲,法院方面都将判处严厉的惩罚,——大概就是你迟说出你的姓名的原因吧,你是想把你的姓名作为你自嘲的一个高潮。"

"真神妙,审判长阁下,你真把我的心思看透了,"贝尼台多用他最柔和的声音和最礼貌的态度说。"这就是我为什么要求您把审问程序颠倒一下的理由。"

大众的惊奇已达到最高点。被告在态度上已不再有欺诈或浮夸的样子。兴奋的人们等待着那必然会从黑云深处来的雷声。

"嗯!"审判长说,"你的姓名?"

"我无法把我的姓告诉您,因为我不知道自己姓什么,但我知道我父亲的姓名,我可以把那个姓告诉您。"

一阵痛苦的眩晕使维尔福看不见东西。大滴的冷汗滚下他的脸颊,落在他用颤抖的手所抓住的纸上。

"那么,说出你父亲的名字来。"审判长说。

偌大的法庭里听不到一点声响,每一个人都平心静气地在等待。

"我的父亲是检察官。"安德里平静地回答。

"检察官?"审判长愣住了,并没有注意到维尔福先生脸上那种焦急的神色,"检察官?"

"是的,如果你想知道他的名字,我可以讲出来,——他名叫维尔福。"

旁听席上由于对法庭的尊敬感而抑制了许久的激动情绪,现在雷鸣般地从每一个人的胸膛里爆发出来了,法官也并不去制止众人的骚动。群众对那屹立不动的贝尼台多喊叫、辱骂、讥诮、舞臂挥拳、口沫四溅,宪兵跑来跑去,——这一切原是任何骚动时必有的现象,而这一切持续了五分钟,法官和宪兵才恢复了肃静。在这种骚乱中,只听到那审判长的声音喊道:

"被告,你在戏弄法庭吗?你要在这世风日下的时代,独树一帜,胆敢在你的同胞面前创立一个藐视法庭的榜样吗?"

有几个人上前去照顾那几乎已倒在椅子里的维尔福先生,安慰他,鼓励他,对他表示信任和同情。法庭里的秩序重新建立起来了,只是有一个地方还有一群人在骚动。据说有一位太太刚才昏了过去,他们给她吸了嗅瓶,她已醒过来了。

在那种种骚动的期间,安德里一直以他那微笑的面孔向着大家,然后,他一手扶着被告席的橡木栏杆,以优美的态度说:"诸位,上帝禁止我侮辱法庭或在这庄重的会场上造成徒然的纷扰。他们问我的年龄,我说了。他们问我是在哪儿生的,我答复了。他们问我的姓名,我讲不出来,因为我的父母抛弃了我。我不知道自己的姓名,因为我根本没有姓名,我可以把我父亲的姓名告诉他们。现在,我再说一遍,我父亲是维尔福先生,而我很愿意来证明这一点。"

那个青年人的表情里有一种力量、一种信心和一种真挚使骚动平静了下来。一时,所有的目光都集中到检察官身上,检察官一动不动地坐着,像是一个霹雳已把他击成了一具尸体似的。

"诸位!"安德里说,他以他的声音和态度使得全场鸦雀无声,"我对于刚才所说的话,应该向你们提出证据和解释。"

"但是,"审判长恼怒地说,"在预审的时候,你说你叫贝尼台多,说你自己是一个孤儿,并声称你的原籍是科西嘉。"

"那是我随便说说的,目的是为了可以使我发表刚才那个庄严的宣布,不然的话,我一定会受阻止。我现在再说一遍,我是在1817年9月27日晚上在阿都尔降生的,我是检察官维尔福先生的儿子。你们想知道更具体的细节吗?我可以讲出来。我出生的地点是芳丹街二十八号,在一个挂着红缎窗帷的房间里。我的父亲把我抱在他的怀里,对我的母亲说我是死的,就把我包在一张绣有一个'霭'字和一个'奈'字的餐巾里,抱我到后花园,就在那儿把我活埋了。"

法庭里的人都打了一个寒战,他们看见那犯人的自信和维尔福先生的恐怖在成正比例地增加。

"但你如何知道这一切细节的呢?"审判长问。

"是这样的,审判长阁下。有一个人曾发誓要向我的父亲复仇,他早就在等待杀死他的机会。那天晚上,他偷偷地爬进我父亲埋我的那个花园。他躲在一丛树木里,看见我的父亲把一样东西埋在地里。就在这个时候他上去刺了他一刀,然后,一心以为里面藏着某种宝物,他挖开地面,发觉我还活着。那个人把我送到育婴堂里,在那儿,我被编为五十七号。三个月以后,他的嫂嫂从洛格里亚诺赶到巴黎来,声称我是她的儿子,把我带走。所以,你们看,我虽然生在巴黎,却是在科西嘉长大的。

　　法庭里安静了一会儿,在这期间,外面的人或许会以为法庭里是空的,因为当时的安静是这样的深沉。

　　"说下去!"审判长说。

　　"当然了,"贝尼台多继续说,"抚养我的那些人很爱我,我本来可以和那些好人过很快乐的生活,但我那乖戾的本性超越了我继母不断灌输在我心里的美德。我愈变愈坏,直到我犯了罪。有一天,当我在诅咒上帝把我造得这样恶劣,给我注定这样一个命运的时候,我的继父对我说:'不要亵渎神明,倒霉的孩子!因为上帝在赐你生命的时候并无恶意。罪孽是你的父亲的,不是你的,——是你的父亲的,他连累你生造孽报,死入地狱。'自从那次以后,我不再憎恨上帝,而憎恨我的父亲了。为了这个原因,我才说了你们责备我的那一番话,为了这个原因,我才使法庭上充满了恐怖。假如这一番话加重了我的罪名,那么请惩罚我,但假如我已使你们相信:自从我落地的那天起,我的命运就悲惨、痛苦和伤心,那么请宽恕我。"

　　"但你的母亲呢?"审判长问道。

　　"我的母亲以为我死了,她是无罪的。我不想知道她的名字,我也不知道。"

　　就在这时,那个曾经昏厥过一次的贵妇人周围的人群中间发出一声尖锐的喊叫,接着是一阵啜泣,原来那个贵妇人现在陷入一种剧烈的歇斯底里状态了。当她被扶出法庭的时候,遮挡她的面容的那张厚面纱掉了下来,邓格拉司夫人的真面目被认出来了。维尔福虽然昏昏沉沉,耳聋脑涨,却依旧认出了她,他站起身来。

　　"证据!证据呢!"审判长说,"要记得:这种恐怖的话是必须要有最有力的证据来支持的。"

　　"证据?"贝尼台多大笑着说,"您要证据吗?"

　　"是的。"

　　"嗯,那么,先看看维尔福先生,然后再向我要证据。"

　　每一个人都在看检察官,后者难以忍受现在只盯在他一个人身上的那一片目光,摇摇晃晃地走到法庭中心,头发散乱,脸上刻着指甲的痕迹。全场的人发出一阵长时间的惊奇的低语声。

　　"爸爸,"贝尼台多说,"他们向我要证据,你愿意我给他们吗?"

　　"不,不,"维尔福先生用一种沙哑的嗓音结结巴巴地说,"不,不必了!"

　　"为什么呢?"审判长喊道,"你是什么意思?"

　　"我的意思是:我觉得要和这种对我而来的致命的打击抗争是不可能的,诸位。——我是——我看出——我已落在一个复仇之神的手里了!不需要证据,这个青年所说的话都是真的。"

　　全场笼罩着一种像预示某种可怕的自然现象那样阴森凄惨的沉寂,大家打了一个惊慌的寒战。

　　"什么!维尔福先生,"审判长喊道,"你难道气昏了吗?什么!你的理智还在不在?你的头脑显然是被一个这样奇特、这样恶劣、这样意想不到的污蔑弄晕了。来,恢复你的理智吧。"

检察官垂下了头,他的牙齿像一个寒热病人那样格格地作响,他的脸色却像死人一般灰白。

"我的头脑十分清醒,阁下,"他说,"你可以看得出:失常的只是我的肉体。那个青年所控告我的罪,我全部承认,从此刻起,我悉听下任检察官的处置。"

当他用一种嘶哑窒息的声音说这几句话的时候,他跟跄着向门口走去,一个法庭上的警官机械地打开了那扇门。全场的人都惊呆了,这一场揭露和承认使半月来轰动巴黎社会的那一连串可怕的事件达到了最高峰。

"噢,"波香说,"他们说这幕戏演得不够味,让他们现在再来说说看!"

"噢!"夏多·勒诺说,"我宁愿像马瑟夫先生那样结束他的生命,比起这场灾祸来,一颗手枪子弹还是很受欢迎的。"

"那么他犯了杀人罪了。"波香说。

"而我以前还想娶他的女儿呢!"狄布雷说,"她死得好,可怜的姑娘!"

"诸位,审问暂停,"审判长说,"本案延期至下次开庭办理。案情会另派法官重新审理。

至于安德里,他仍很自然,而且比以前更使人感兴趣了,他被宪兵带出了法庭,宪兵们不由自主地对他产生了一些敬意。

"嗯,你觉得这件事情怎么样,我的好汉?"狄布雷问那副警长,并把一块金路易塞到他的手里。

"可能酌量减刑。"他回答。

第一一一章 抵罪

人群虽然拥挤,维尔福先生前面却闪开了一条路。极度的悲伤会使人产生一种敬畏的感觉,即使在历史中最混乱的时期,群众最初的情绪总是对一场大难中的受苦者表示同情的。有许多人会在一场骚动中被杀死,但罪犯在受审问的期间,却极少受到威胁。所以维尔福平安地通过了法院里的听众和军警。他虽然已认罪,但他有他的悲哀作保护。在某些情形之下,人虽不能用理智来解释,但却能凭本能明白;遇到同样的情形,最有说服力的人是那表情最激动和自然的人。大家把他的表情当作一种优美的语言,而且有理由以那种语言为满足,尤其是当那种语言符合实际情形的时候。维尔福离开法院时的那种昏钝状态是难于描述的。每一次脉搏的跳动都带着狂热的兴奋,每一条神经都紧张,每一条血管都鼓起,他身体的各个部分似乎都受着各种不同的痛苦,因此把他的痛苦增加了一千倍。他那习惯了的脚步引他走出法庭,他抛开他法官的长袍,——并不是因为理应如此,而是因为他的肩头不堪重负,像是披着一件充满痛苦的衬衫一样。他跟跄地走到道宾路,看见他的马车,便自己打开车门,摇醒那瞌睡着的车夫,然后摔倒在车座里,向圣·奥诺路指了一指,马车便启动了。这场灾祸的全部重量似乎都压在他的头上,那种重量压垮了他。他并不曾看到后果,他并没有去考虑那些后果,他只是直觉地感到它们的重压。他不能像一个冷酷的杀手那样理智地分析他的事情。他灵魂的深处想到了上帝,——"上帝呀!"他呆呆地说,并不知道他自己在说些什么,"上帝呀!上帝呀!"在那些事情里,他只看见上帝的作用。马车急速地行驶。在车垫上来回转动着的维尔福觉得有一样东西顶住他。他伸手去挪开那样东西,那原来是维尔福夫人遗落在车子里的一把扇子。这把扇子像黑暗中的闪电那样唤起了回忆——他想起了他的妻子。

"噢!"他喊道,像是一块炽热的铁穿进他的心里一样。在过去一小时内,他的头脑里只有他自己的罪恶。现在,另一个同样可怕的东西突然呈现出来了。他的妻子!他曾像一个铁面无私的法官那样对待她,他曾判处她死刑,而她,受着悔恨的重压,受着恐怖的鞭打,受着他义正词严的雄辩所激起的羞耻心的煎熬。她,一个无力和法权抗衡的可怜的弱女子,——她此时也许正在那儿准备死了!自从她被判罪以来,已过去一个钟头了。在这个时候,她一定正在回忆她所犯的种种罪恶,她正在要求饶恕她的罪恶,或许她在写一封低头认罪的信,要求她那道德高尚的丈夫饶恕她,——一种用来换取她免死的饶恕!维尔福又凄惨和绝望地呻吟了一声。"啊!"他叹道,"那个女人只是因为和我结合才会变成罪人!我身上带着犯罪的细菌,她只是受了传染,像传染到伤寒、霍乱和瘟疫一样而已!可是,我却惩罚了她！我竟敢对她说：'忏悔吧，死吧！'噢，不！不！她应该活下去。她可以跟随我。我们可以逃走，离开法国，逃到世界的尽头。我对她提到断头台！伟大的上帝！我怎么竟会说那句话！噢，断头台也在等着我呢！是的，我们将远走高飞，我将向她坦白一切，我将天天告诉她，我也曾犯过一次罪！噢，真是老虎和赤练蛇的结合！噢，真配做我这个丈夫的妻子！她一定不能死，我的耻辱或许能减轻她的耻辱。"于是维尔福用力敲开车厢前面的窗口。"快点！快点！"他喊道，他的喊声使那车夫像触了电一样。马车在鞭子的驱使下飞一般地跑回家去。

"是的，是的，"当快要到家的时候，维尔福反复地说，"是的，那个女人一定不能死，她必须忏悔，再教育我的儿子，我那可怜的孩子，在我的家里，除了那动不了的老人以外，就只剩下他一个人了。她爱他，她是为他的缘故才变成一个罪人的。一个母亲只要还爱她的孩子，她的心就不会坏到不可救药的地步。她会忏悔的。谁都不会知道她曾经犯过罪，那些罪恶是在我的家里发生的，虽然现在引起了大家注意，但过些时候就会被忘记的，或是，假如还有少数几个仇人记得。唉，我会把那些罪加到我自己头上的。我再多加两三重罪有什么关系？我的妻子和孩子可以带着珠宝逃避这个火坑。她可以活下去，也许还会活得很幸福，因为她的爱都集中在她孩子身上，而她也可以跟她的孩子在一起。这样，我就做了一件好事，我的心就可以放松一些了。"于是检察官觉得他的呼吸比较畅快一些了。

马车在大厦门前停住。维尔福从车子里跳出来，他看出他的仆人很惊奇他回来得这样早。他在他们的脸上没有看出别的表情。他们都没有跟他说话，他们仍像往常一样站在一边让他过去。当他经过诺梯埃先生房间时，他从那半开着的门里看见了两个人影，但他没有去想是谁在拜访他的父亲，——他的焦急使他继续向前走。

"啊，"当他走上那道通到他妻子的房间去的楼梯时，他说："这儿没有什么改变，"于是他关好楼梯口的那扇门。"一定不能让人来打扰我们，"他说，"我必须全都告诉她，诅咒我自己，说——"他走到门口，握住那水晶门柄，门柄应手而转。"没有锁！"他悄悄地说，"那很好。"于是他走进爱德华睡觉的那个小房间，因为那孩子白天虽然去上学，他的母亲却不许他晚上和她分开。他用快速的眼光搜索那房间。"不在这儿，"他说，"她一定是在她自己的房间里。"他冲到门口，门闩着。他站在那儿打了一个寒战。"爱萝绮丝！"他喊道。他似乎听到一件家具的移动声。"爱萝绮丝！"他再喊。

"是谁？"他所寻求的那个声音回答。他觉得那个声音比平时衰弱。

"开门！"维尔福喊道，"开呀，是我。"

但不管他的请求，不管他的口吻多么痛苦，门却依旧关着。维尔福猛力一拳打开门。在通寝室的门口，维尔福夫人直挺挺地站着，她的面色苍白，五官收缩。眼睛里射出恐怖的光芒。"爱萝绮丝！爱萝绮丝！"他说，"怎么啦？说呀！"

那青年女子向他伸出一只僵硬而苍白的手。"完成了，阁下！"她带着一种像是要炸裂她喉咙的格格声说。"你还要怎么样呢？"于是她摔倒在地板上。

维尔福扑过去抓住她的手，那只手痉挛地握着一只金盖子的水晶瓶。维尔福夫人死了。维尔福吓坏了，他退回到门口，两眼盯着那尸体。"我的儿子呢！"他突然喊着，"我的儿子在哪儿？爱德华！爱德华！"他冲出房间，嘴里仍在喊着，"爱德华，爱德华！"他用这样凄惨的声音呼唤那个名字，以致仆人们跑了上来。

"我的儿子在哪儿？"维尔福急忙问，"带他离开这座房子，不要让他看见——"

"爱德华少爷不在楼上，先生。"跟班答道。

"那么他就在花园里玩，去看看。"

"不，先生，夫人在半小时前派人来找他，他到她的房间里去了，以后就没有下过楼。"

维尔福的额头上冒出一片冷汗，他的腿发抖，他的脑子里充满了一片杂乱的念头。"在维尔福夫人的房间里？"他害怕地说，于是他便一手抹着额头，一手扶着墙，慢慢地走回去。要进入房间，就会再看到他那可怜的妻子的尸体。要呼唤爱德华，他一定会在那变成坟墓的房间里造成回音。说话似乎像在破坏坟墓的沉寂。维尔福感到他的舌头已僵了。"爱德华！"他口吃地说，"爱德华！"那孩子没有回答。假如他曾走进他母亲的房间而不曾再出来，他又会在哪儿呢？他踮着脚趾走上去。维尔福夫人的尸体似乎在守护门槛，眼睛一动不动地张大着，嘴唇上带着一个可怕的、神秘的、嘲讽的微笑。从那打开着的门口望进去，可以看见寝室的一部分，可以看见一架直立钢琴和一张蓝缎的睡榻。维尔福向前两三步，看见他的孩子躺在沙发上，——无疑是睡着了。那不幸的人发出一声欢喜的喊叫，一线光明似乎透入那绝望的黑暗深渊。他只要跨过那尸体，走进寝室，抱起他的孩子，远走高飞就得了。

维尔福已不再是那个老谋深算的伪君子了，他是一只受伤将死的老虎，他的牙齿已在最后的痛苦中磨碎了。他不再怕现实，他只怕鬼。他越过那尸体，像是把它看作一只火坑似的。他抱起那孩子，搂他，摇他，喊他，但那孩子并不答应。他急切地去亲那孩子的脸颊，那个脸颊是冰凉惨白的。他摸他那僵硬的四肢，他把手压在他的心上，但那心已停止跳动了，那孩子死了。一张折叠的纸从爱德华的脸部落下来。维尔福像遭了雷击似的跪下来，那孩子从他的手上落下来，在地板上滚到了母亲的身边。维尔福捡起那张纸，认出是他妻子的笔迹，纸上写道：

"你知道我是一个好母亲，因为我是为了我的儿子的缘故才变成一个罪人的。一个好母亲不愿和她的儿子分离。"

维尔福不相信他的眼睛，他不能相信他的理智。他向孩子的尸体爬过去，像一只母狮默视它死掉的小狮子一样。于是他的胸膛发出一声尖锐的喊叫。"上帝！"他说，"上帝永在啊！"那两个死者吓坏了他。他不能忍受存在着两具尸体的寂静。直到那时为止，他始终由他的智力、他的愤怒、他的绝望支持着。现在，他站起身来，他的头被悲哀压得低垂着。他摆一摆他那被惊汗所润湿的头发，决定去找他的父亲。他从未对任何人表示过怜悯，但现在他要找一个人来诉说他的不幸，他要找一个人来听他哭泣。他走下小楼梯，进入诺梯埃的房间。那老人正带着他的残疾所能够表现的最亲热的表情在倾听布沙尼长老说话，布沙尼长老依旧和往常一样的冷淡和平静。维尔福一看见那长老，便用手抹一把他的额头。他记得他曾在阿都尔晚餐以后去拜访过他，也记得长老曾在凡兰蒂去世的那天到这座房子里来过。"你在这儿，阁下？"他叹道："难道你总是特地为人来送死的吗？"

布沙尼转过身来，看到那法官脸上所显露的悲伤和他眼睛里那种野蛮的凶光，他知道开庭的场面已经完成了，但他不知道发生了别的事情。"我以前曾来为你的女儿祈祷过。"他答道。

"但你今天是为什么来的？"

"我来告诉你：你的债已经偿清了，从现在起，我将祈祷像我一样的上帝宽恕你。"

"老天哪！"维尔福惊恐地退后几步喊道，"这显然不是布沙尼长老的声音呀！"

"不！"长老拉掉他的假发，摇一摇头，他那茂密的黑发便披散到他那英俊的面孔两旁。

"你是基度山伯爵！"检察官带着一种惊呆的表情喊道。

"你说得不完全对，检察官阁下，你应该想得更远一点。"

"那种口音！那种口音！我是在哪儿第一次听到那种口音呀？"

"你是在马赛第一次听到的，在二十三年以前，你与圣·米兰小姐举行婚礼的那一天。查一查你的文件吧。"

"你不是布沙尼？你不是基度山？你就是那个躲在幕后和我作对的仇人！我在马赛的时候一定在哪一件事上得罪了你。噢，惨呀！"

"是的，你说得很对，"伯爵把双手叉在那宽阔的胸前，说，"想想看！仔细想想看！"

"但我怎样得罪了你？"维尔福喊道，他的脑子正在那既非幻梦也非现实的境地中徘徊于理智和疯狂之间，——"我怎样得罪了你？那么告诉我吧！说呀！"

"你置我于可怕的死地，你害死了我的父亲，你剥夺了我的自由、爱情和幸福。"

"你是谁，那么？你是谁？"

"我是那被你埋在伊夫堡黑牢里的一个阴魂。但那个阴魂早已从他的坟墓里爬出来，上帝赐他一个基度山的面孔，用金珠宝贝遮盖着他，使你直到今天才能认出他。"

"啊！我认识你了！我认识你了！"检察官喊道，"你是——"

"我是爱德蒙·邓蒂斯！"

"你是爱德蒙·邓蒂斯！"维尔福抓住伯爵的手腕喊道，"那你到这儿来。"于是他拉着基度山往楼上走。后者不知道发生了什么事情，只是惊愕地跟着他走，心里也料到已发生了某种新的灾祸。"看吧，爱德蒙·邓蒂斯！"他指着他妻子和孩子的尸体说，"看！你报复得够了吗？"

基度山看到这种可怕的情景，他的脸色苍白了。他感到报复得太重了，他已无法再说"上帝助我，上帝与我同在"那句话了。他带着一种难以形容的悲哀的表情扑到那孩子的尸体上，拨开他的眼睛，摸一摸他的脉搏，然后抱着他冲进凡兰蒂的房间,把房门上闩落锁。

"我的孩子!"维尔福喊道,"他抢走了我孩子的尸体! 噢,你这该杀该剜该倒霉的东西。"他想跟着基度山去,但像是在一场梦里一样,他的脚一步也不能动。他的眼睛虎视眈眈,像要从眼眶里突出来似的。他抓着自己胸膛上的肉,直到他的指甲上染了血。他太阳穴上的血管膨胀得像要炸裂似的,他的脑子像火烧般的热。这种状态继续了几分钟,直到他完全失去了理智,接着,他高喊了一声,又爆发出一阵大笑,冲下楼梯去了。

一刻钟以后,凡兰蒂的房间门开了,基度山走出来。他带着一种迟钝的眼光和一颗沉重的心,脸色苍白,他那表情一向沉稳的高贵的脸容,看来已被悲哀搅乱了。他的臂弯里抱着那个回生乏术的孩子。他跪下一条腿,虔敬地把他放在他母亲的旁边,让他的头搁在她的胸脯上。然后他起身走出去,在楼梯上遇到一个仆人,他问道:"维尔福先生在哪儿?"

那个仆人没有回答,只能指一指花园。基度山奔下楼梯,向他所指的地点跑过去,看见维尔福被他的仆人围绕着,他的手里拿着一把铲子,正在狂热地挖掘泥土。"这儿没有!"他喊道。"这儿没有!"于是他再向前面走动几步,又开始挖掘起来。

基度山走近他的身边,低声说:"阁下,你的确失去了你的儿子,但是——"

维尔福打断他的话,他听不懂,也根本不曾听到。"噢,我会找到他的!"他喊道,"你们故意说他不在这儿,但我会找到他的,我就是永远这样挖下去也没关系!"

基度山惊慌地后退。"噢!"他说,"他疯啦!"于是,像是怕那座受到诅咒的房子会突然倒塌似的,他冲到街上,开始怀疑他究竟有没有权利做他所做的那些事情。"噢,够啦,——够啦,"他喊道,"让我去救了那最后的一个吧。"一进他的家,他就遇到摩莱尔正像一个幽灵似的在那儿彷徨徘徊。"你准备一下吧,玛西米兰。"伯爵带着一个微笑说,"我们明天离开巴黎。"

"你在这儿的事情完了吗?"摩莱尔问。

"完了,"基度山答道,"上帝宽恕我,我也许是做得太过了!"

第一一二章　离开

　　连续发生的几件大事轰动了整个巴黎。艾曼纽和他的妻子在他们密斯雷路的家中带着自然的惊奇谈论那些事件。他们在联想马瑟夫、邓格拉司和维尔福那三次接连而来的意外突兀的祸事。去拜访他们的玛西米兰听着他们的谈话，或是，说得更确切些，他仍是没精打采地坐在一旁。

　　"真的，"裴丽说，"我们简直会发生这样的幻想了，艾曼纽，这些人，在昨天还是那样的富有快乐，但他们却忘记有一个凶神在他们的头上盘旋，而那凶神像贝洛童话里那些奸恶的小妖精一样，因为不曾被邀请去参加婚礼或受洗典礼，便不甘受轻视，突然出来为他自己复仇了。"

　　"很难想到会接连发生这样祸事！"艾曼纽说，他想到了马瑟夫和邓格拉司。

　　"多么痛苦！裴丽说，她想起了凡兰蒂，但凭着一个女人天生的精细，她没在哥哥的面前说出那个名字。

　　"如果是上帝要他们遭难的话，"艾曼纽说，"那是因为至高无上的上帝发觉他们过去的生活里没有一件事情值得宽恕，所以他们命中注定要遭报应的。"

　　"你这个判断不是下得太鲁莽吗，艾曼纽？"裴丽说，"当我的父亲一度拿着手枪想自杀的时候，假如那时有人说，'这个人是理应受苦的。'那个人不是就错了吗？"

　　"是的，但上帝却不让我们的父亲死去，正如他不许亚伯拉罕牺牲他的儿子一样。对那位族长，像对我们一样，他派了一位天使来捉住了死神的翅膀。"

　　艾曼纽刚说出这几句话，铃声响了，——这是门房的信号，表示已来了一位客人。几乎在同时，房间的门开了，基度山伯爵出现在门前。那对青年夫妇发出一声欢呼，玛西米兰抬起他的头，但立刻又垂了下去。

　　"玛西米兰，"伯爵说，像是并未在意他的出现在这个小圈子里所产生的不同的反应似的，"我是来找你的。"

　　"来找我？"摩莱尔把他的话重复了一遍，像是刚从梦中醒来似的。

　　"是的，"基度山说，"我们不是约定你和我一起走的吗？我昨天不是告诉你，要你准备起程了吗？"

　　"我准备好了，"玛西米兰说，"我是特地来向他们告别的。"

　　"您要去哪儿，伯爵？"裴丽问道。

　　"首先是到马赛，夫人。"

　　"到马赛去！"那对青年夫妇喊道。

　　"是的，我要带你们的哥哥和我一起去。"

"噢,伯爵!"裴丽说,"你医好了他的抑郁症,然后再把他交还给我们吗?"

摩莱尔转过脸去,掩饰他脸上那种狼狈的表情。

"你们看出他是不快乐吗?"伯爵说。

"是的,"青年女子答道,"我就怕他觉得我们的家庭缺少乐趣。"

"我会改变他的。"伯爵答道。

"我马上可以陪你去,阁下。"玛西米兰说。"告辞了,我慈爱的朋友们!艾曼纽!裴丽!告辞了!"

"怎么,告辞了?"裴丽喊道,"你难道就这样突然地走了,没有任何出门的准备,甚至连护照都不去弄一张吗?"

"不必要的拖延只会增加离别的悲哀,"基度山说,"一切必需的东西玛西米兰一定都已准备好了,——至少,我曾这样忠告过他。"

"我有护照了,带的衣服很容易收拾。"摩莱尔用他的那种宁静而忧伤的态度说。

"好!"基度山带笑说,"从这种迅速的行动上,可以看出一个优秀军人的良好素质。"

"难道您就这样说走就走地离开我们了吗?"裴丽说,"您在离开以前难道不给我们一天甚至一小时的时间了吗?"

"我的车子等在门口,夫人,而我在五天之内必须赶到罗马。"

"那玛西米兰也到罗马去吗?"艾曼纽喊道。

"只要伯爵高兴,不论带我到哪儿去都行,"摩莱尔带着一个充满了悲哀的微笑说,"在以后的一个月内,我是属于他的。"

"噢,天哪,他的话说得多么奇怪,伯爵?"裴丽说。

"玛西米兰陪着我去,"伯爵用他那种慈祥和最有说服力的态度说,"所以你们不必为你们哥哥的事情担心。"

"再告别一次,我亲爱的妹妹,艾曼纽,告辞了!"摩莱尔又说。

"他那种对什么都无所谓的态度使我的心都痛了,"裴丽说。"噢,玛西米兰,玛西米兰,你一定有一件事情没有告诉我们!"

"嗯!"基度山说,"你们将看到他愉快、脸带笑容地回来。"

玛西米兰向伯爵投过去一个轻蔑的、几乎是愤怒的眼光。

"我们出发吧。"基度山说。

"在您离开我们之前,伯爵,"裴丽说,"您是否让我们向您表示,将来有一天——"

"夫人,"伯爵打断他的话,拉着她的双手说,"你所能讲的话,决抵不上你的眼睛里所表达的意思,我完全懂得你心里的想法。像那些传奇小说里的恩人一样,我在临走以前本来不应该再来看你们,但那种美德不是我所拥有的,因为我只是一个软弱空虚的人,喜欢看到同类人给我温柔、慈爱和感激的眼光。现在我要走了,允许我对你们说,别忘记我,我的朋友们,因为你们可能再也见不到我了。"

"再也见不到你!"艾曼纽喊道。而两滴大泪珠则滚下裴丽的脸颊,——"再也见不到你！那么，离开我们的不是一个人而是一位天使了。这位天使到人世间来做了善事以后，便又要回到天上去了。"

"别那么说，"基度山急忙答道——"别那么说，我的朋友们。天使是不会做错事的。天上的神可以随心所欲地行事。命运并不比他们更有力，而是他们的力量胜过命运。不，艾曼纽，我只是一个人，你的夸奖不当，你的话是亵渎神明的。"于是他在裘丽的手上吻了一下，裘丽投入他的怀抱，他伸出一只手给艾曼纽，然后依依不舍地离开这座房子，离开这和平幸福的家庭。他向玛西米兰做了一个表示，后者顺服地跟他出来，脸上仍然带着自凡兰蒂去世以来时刻不离的那种漠然的表情。

"请恢复我哥哥的安宁和快乐。"裘丽低声对基度山说。伯爵的回答是捏一捏她的手，像十一年以前他在摩莱尔的书斋门前楼梯口上的举动一样。

"那么，你还信任水手辛巴德吗？"他微笑着问道。

"噢，是的！"他当然得到这样的回答。

"嗯，那么，放心睡觉吧，一切相信上帝好了。"

驿车已等在那儿了，四匹强壮的马已在不耐烦地蹬踏地面，在阶沿下面，则站着那满头大汗的阿里，他显然刚从远处赶来。

"嗯，"伯爵用阿拉伯语问道，"你到那位老人家去过了吗？"

阿里做了一个肯定的表示。

"你是否按照我的吩咐，把那封信放在他的面前？"

那奴隶恭敬地表示他已经那样做了。

"他怎么说？或者说他怎么表示？"

阿里走到有光亮的地方，以便他的主人可以清晰地看到他，然后聪明地模仿那老人的脸部表情，像诺梯埃要说"是"时那样的闭拢他的眼睛。

"很好！他接受了，"基度山说，"现在，我们走吧"。

他刚说过这些话，车子便开动了，马蹄在石板路上击出一片火花。玛西米兰沉默不语，坐在角落里。半小时以后，车子突然停住了，原来伯爵刚才把那条从车子里通出去绑在阿里手指上的丝带拉了一下。那个努比亚人立刻下来，打开车门。这是一个星光灿烂的夜晚，他们已到达维儿殊山的山顶上。从高处看出去，巴黎像是一个黑色的海，上面汹涌着万盏灯光，像那些银光闪烁的浪头一样，——但这些浪头比海洋里永不停息的波浪更喧闹、更激奋、更多变、更凶猛、也更贪婪。这些浪头从不平静下来，像大洋上的浪涛一样。这些浪头是永远险恶、永远吐着白沫、永不止息的。伯爵独自站着，他的手一挥，车子又朝前走了几步。他把两臂交叉在胸前，沉思了一会儿，他的脑子好似一座熔炉，在那座熔炉里，曾熔炼出那种种激动世界的念头。当他用他那锐利的目光注视着这个为热心的宗教家、唯物主义者和嘲世主义者所同样注意的现代巴比伦的时候，他低垂头，合拢手，像做祈祷似的说道："伟大的城市呀，自从我第一次进来到现在，还不满六个月。我这次到你的城墙里来，其中的秘密原因，我只向他一个人吐露过，只有他才有力量能知道我的心思。只有上帝才知道：我在离开你的时候，既没有带去骄傲也没有带去仇恨，但并不是没有带去遗憾。他知道：他所付托给我的那种力量，并没有作为我的私欲或做任何无意义的举动。噢,伟大的城市呀!在你那宽阔的胸膛里,我找到了我所需要的东西,像一个执着的矿工一样,我深深地掘入你的内脏,清除了其中的祸害。现在我的工作完成了,我的使命终止了,你不再能使我痛苦或愉快了。告别了,巴黎!告别了!"

他的目光像一个夜间的幽灵似的徘徊在那广袤的平原上。他用手抹一抹他的额头,走进马车,车门一关,车子便在一阵尘沙和响声中消失在山的那一边了。

车行了六里路,没有人说一句话。摩莱尔在梦想,基度山则望着那个梦想者。

"摩莱尔,"伯爵终于对他说,"你不愿跟我来吗?"

"没有,伯爵,但离开巴黎——"

"如果我以为你在巴黎能得到快乐,摩莱尔,我就会把你留在那儿的。"

"凡兰蒂安息在巴黎,离开巴黎就像是再次丧失她一样。"

"玛西米兰,"伯爵说,"我们所丧失的朋友不是安息在大地的怀抱里而是深深地留在我们的心中,上帝是这样安排的,所以他们永远陪伴着我们。我就有这样从未离开过我的两个友人,——一个给了我这个身体,一个给了我智慧。他们的精神活在我的身上。我每当有疑问的时候就向他们请教,假若我曾经做过什么好事的话,这也要归功于他们的忠告。听听你心里的声音吧,摩莱尔,你问问它,究竟你是否应该继续给我看你那忧郁的面孔。"

"我的朋友,"玛西米兰说,"我心里的声音充满悲哀,我只听到不幸。"

"衰弱的头脑总会这样的,一切东西看上去都像是隔着一层黑纱似的。灵魂有它自己的视线,你的灵魂已被遮盖了,所以你所看到的未来只是一片黑暗险恶的天空。"

"那也许是真的。"玛西米兰说,于是他又一次陷入沉思状态。

伯爵那种出色能力使旅程完成得惊人的迅速,在他们所经过的路上,市镇像影子似的飞了过去,那被秋风吹得左右摇摆的树木像巨人般地向他们疯狂地迎面扑来,然后又急速地后退。第二天早晨,他们到达夏龙,那儿,伯爵的汽船已在等待他们。马车立刻被拉到船上,两位旅客也立即登船。那艘汽船是特制的快船,它那两只划水轮犹如翅膀一样,使船像一只鸟儿似的在水面上滑行。摩莱尔感觉到这种在空气中急速穿过的快感,风撩起他前额的头发,似乎暂时驱散了那凝聚在额头上的愁云。那两位旅客与巴黎相距愈去愈远,伯爵的身上也愈发现出一种几乎非人类所能有的宁静的气氛,像是一个被流放的人快要重见他的故乡似的。不久,马赛进入眼帘了,——那充满着生机的马赛,那居留着泰尔和迦太兰族后裔的马赛,那随着时间的增加愈来愈精力充沛的马赛。一看到那圆塔、圣·尼古拉堡和那砖块砌成的码头,强有力的记忆便搅动了他们的内心,因为在他们还是孩子的时候,都曾在这里雀跃奔跳过。他们怀着同样的心绪踏上卡尼般丽街。一艘大船正在升帆待发,准备开往阿尔及尔,船上洋溢着一片起航前常有的那种匆忙喧闹。乘客和他们的亲戚们聚集在码头上,朋友们互相亲切而伤心地告别,有的哭泣,有的诉说着伤心话,形成了一种令人伤感的情景,即使那些每天看到同样情形的人也不会无动于衷,但这却没能打扰玛西米兰自踏上码头以来就在他脑子里奔腾的思潮。

"这儿,"他无力地靠在基度山的手臂上说,——"就在这个地方,我的父亲曾看着埃及王号进港,就是这个地方,你救他脱离险境和耻辱的那个好人曾扑到我的怀里。我至今觉得我的脸上沾着他那温热的眼泪,但那时并不只是他一个人流泪,因为许多旁观的人也都哭了。"

基度山温和地微笑着说:"我当时站在那个地方,"同时指着一个街角。在他说话的时候,就在他所指的那个方向,传来一声痛苦伤心的呻吟,一个女人正在向那即将起锚的船上的一个旅客招手。要不是摩莱尔的眼光这时正集中在船上,他一定会注意到基度山看见那个女人时那种激动的情绪。

"噢,天哪!"摩莱尔喊道,"我没有看错!那个在挥帽子的青年人,那个穿制服的青年,是阿尔培·马瑟夫!"

"是的,"基度山说,"我也认出他了。"

"怎么会呢?你在看着他对面的方向呀。"

伯爵微笑了一下,当他不想回答的时候,他总是这样微笑的,他重把他的眼光回到那蒙面的女人身上,后者不久便在街角上消失了。伯爵转过来对他的朋友说:"亲爱的玛西米兰,你在这一带还有什么事情要做吗?"

"我要去我父亲的坟上大哭一场。"摩莱尔用一种哽咽的声音说。

"那么,去吧,在那儿等我,我不久就去找你。"

"那么你要离开我了吗?"

"是的,我也要去做一次友好的访问。"

摩莱尔的手落入伯爵向他伸出来的那只手里,然后带着一种难以形容的哀伤表情垂着头离开伯爵,移步向城东走去。基度山仍站在老地方,一直等到玛西米兰在他的视线中消失,然后他慢慢地向米兰巷走过去,去寻找一所小房子,那所小房子,本书的前半部早已使读者们相当熟悉了。它依旧屹立在那两旁夹列着菩提树的林荫大道(无事的马赛人最爱到这儿来散步)的后面,一棵极大的葡萄树以它那年老发黑的枝条覆盖着那被南方灼热的太阳晒得发黄的石柱门框。两级被鞋底磨损的石阶通向由三块木板所拼成的门，那扇门，由于从来没刷过漆，早已露出裂缝，只在每年霉季到来的时候才又合成一块。这座房子外表虽然老旧，但依然美丽动人。它实在和老邓蒂斯以前住在这儿的时候没有两样，但那老人只住阁楼，而伯爵现在则已把它全都交给美茜蒂丝支配。

伯爵看见心事重重地离开码头的那个女人走进这座房子，她刚走进去关上门，基度山便出现在街角。那磨损的石阶是他的老相识，他比谁都清楚怎样用一枚大头针拨开里面的插销来打开那扇风雨剥蚀的门。他进去的时候不敲门也没有其他动作，像一位亲密的朋友或一个房东一样。在一条砖块铺成的甬道尽头有一个小花园，那里充满着温暖和阳光。在这座花园里，美茜蒂丝曾根据伯爵的指示找到他在二十四年以前埋下的那笔钱。站在门口的阶沿上就可以看见花园里的树木。伯爵在踏进那座房子的时候听见一声啜泣的叹息，他向传来叹息声的方向望过去，那儿，在一个素馨木架成的凉棚底下，在那浓密的枝叶和紫色的细长花朵的下面，他看见美茜蒂丝垂着头在哭泣。她已揭起面纱，她的头埋在自己的双手中。在这个只有苍天能看见的花园里，她自由地发泄了那在她儿子面前抑制了许久的叹息和眼泪。基度山向前走了几步，小石子在他的脚下发出声响。美茜蒂丝抬起头，看见一个男人站在她的面前，便发出一声惊恐的喊叫。

"夫人，"伯爵说，"我已无力带给你快乐了，但我还可以给你安慰。你能把我当一个朋友对待，接受那种安慰吗？"

"我是最苦命的了，"美茜蒂丝答道。——"孤零零地活在世界上。我只有一个儿子，而他已离开我了！"

"他有一颗高贵的心，夫人，"伯爵答道，"他做得很对。他觉得每一个人都应该对他的国家有所贡献，有些贡献他们的才华，有些贡献他们的勤勉，有些献出了他们的鲜血，有些献出了他们的脑汁，都是为了同样的原因。如果他留在你的身边，他的生命将会变成一种困难的重负，他将无法分担你的忧虑。与厄运奋斗，他将增加他的毅力和名誉，把逆境变为顺境。让他去为你开辟前途吧，因为我敢说，你的希望是不会落空的。"

"噢！"那可怜的女人无奈地摇摇头答道，"你所说的那种顺境，我会祈祷上帝发慈悲赐给他，但我自己是无法享受了。我已把厄运的苦药连渣滓一齐吞干，我觉得坟墓已离我不远。你很好心，伯爵，把我带回到我曾经快乐过的地方。人是应该死在他曾经有过欢乐的那个地方的。"

"唉！"基度山说，"你的话刺痛了我的心，而且你有种种理由可以恨我，——你的一切不幸都是我造成的。但你为什么要责备我而不怜悯我呢？你只会使我更难堪，假如——"

"恨你，责备你，——你，爱德蒙？恨和责备那个饶恕我儿子的生命的人？你本来不是怀着残忍的目的，想毁灭马瑟夫先生非常引以自傲的那个儿子的吗？噢，仔细瞧瞧我，看你能不能发现我有什么类似责备的神气。"

伯爵把他的眼光盯住美茜蒂丝，后者微微站起身，向他伸出双手。

"噢，瞧瞧我！"她带着一种悲戚的情绪继续说，"我的眼睛已失去耀人的光彩了，以前，我曾到这儿来，向在那阁楼窗口等待我的爱德蒙·邓蒂斯微笑，但现在距那个时候，已过去很长时间了。成年累月的哀愁已在那些日子与现在之间造成了一道深渊。咒你，爱德蒙！恨你，我的朋友！不，我所责备的是我自己，我所恨的是我自己！噢，我这可怜的人啊！"她紧扭着双手，抬头对天喊道。"我受了怎样的惩罚呀！我一度拥有虔敬、纯洁和爱，——那构成天使快乐的三个因素，——而我现在却变成了一个可怜虫，我不得不怀疑上帝的仁慈了！"

基度山走近去，默默地握住她的一只手。

"不，"她轻轻地抽回那只手说，——"不，我的朋友，不要碰我。你饶恕了我，但在被你报复的那些人之中，我是最有罪的人。他们或是出于仇恨，或是出于贪欲，或是出于情爱，但我却下贱，由于缺乏勇气，竟违背自己的意愿行事。不，不要握我的手，爱德蒙，你想说一些亲密的话——我看得出的，——但不要说了。留给别人吧，我是不值得再听那种话的了。瞧，"她抬起头，让他看到她的整个面孔，"瞧，不幸已催白了我的头发，我的眼睛曾流过许多的眼泪，已使眼睛四周出现了一圈紫色，我的额头已出现了皱纹。你，爱德蒙，却正好相反，你依旧还年轻、漂亮、威风，因为你从未怀疑过上帝的仁慈，他保护你经过了历次风险。"

当美茜蒂丝说话的时候，泪珠不断地滚下她的脸颊。记忆唤醒了她一生中变化多端的事情，那可怜的女人的心碎了。基度山拿起她的手，恭敬地吻了一下，但她觉得那是一个没有温情的吻，像是他在吻一个圣人的大理石像的手一样。"有些人的命运是命中注定的，"她继续说，"一次过失就会毁掉终生的幸福。我相信你已经死了，为什么我还活着呢"我的心的深处永远思念你对我有什么好处呢？只是使一个三十九岁的女人看来像一个五十岁的老太婆而已。为什么，在认出了你以后，——而那时只是我自己认出你，——为什么我只能救我的儿子一个人呢？我不是也应该拯救那个虽然有罪但却是我的丈夫的那个人吗？可是我却让他死了！我说什么呀？噢，慈悲的天！他的死是我促成的。因为我因循麻木，看不起他，不记得或不愿意记得他是为了我才变成一个出卖朋友的叛徒。我陪我的儿子走了这样远的路有什么好处呢？因为我现在还是离开了他，让他独自去熬受非洲恶毒的气候。噢，我告诉你，我是下贱怯懦的！我弃绝了情义，像那些背叛教义的人一样，我把不幸带给了我周围的人！"

"不，美茜蒂丝，"基度山说，"你不要把自己审判得太严厉了。你是一个头脑高贵的女人，是你的悲伤软化了我的心。可是，我只是一个使者，指使我的是一位看不见的恼怒的上帝，他不愿意制止我那已经开始发出来的致命的打击。我以那位过去十年来我每天俯伏在他脚上的上帝作证，我本来愿意为你牺牲我的生命，还有那与我的生命不可分割的种种计划。但是，——我可以很自信地说，美茜蒂丝——上帝需要我，我就活下来了。试分析过去与现在，并极力猜测将来，然后再说我究竟是不是神的工具。最恐怖的不幸，最可怕的痛苦，被那些爱我的人遗弃，受那些不相识的人迫害，这一切构成了我青年时代的苦难。然后，突然地，从囚禁、孤独、痛苦中，我被恢复了光明和自由，拥有了一笔闻所未闻的庞大的财产。假如那时我仍不明白是上帝要我用那笔财产来执行他伟大的计划，我一定是瞎了眼睛了。从那时起，我就把这笔财产看作一种神圣的委托。从那时起，可怜的女人呀，我就不再去想那种你曾一度分享到它的甜蜜的生活。我不曾得到一小时的安宁，——一次都没有。我感到自己像是一片要去烧毁那些命中注定该毁灭的城市的火云，被驱迫着在天空中飞行。像那些敢于冒险的船长要去实行某种充满着危险的航程一样，我做了充分准备，我填满我的枪膛，我学习各种进攻和防御的方法，我用最剧烈的运动磨炼我的身体，用最艰难的考验磨炼我的灵魂。我训练我的手去杀人，训练我的眼睛观看最残酷的刑罚，训练我的嘴巴对最可怖的情景微笑。我的本性虽然善良、坦率和宽大，但我却变成了狡猾、阴险、有仇必报，——或说得更贴切一些，变得像命运一样的无情。然后我踏上那条打开在我面前的道路。我克服了每一种困难，达到我的目标，那些挡住我道路的人却遭了殃了！"

"够了！"美茜蒂丝说，"够了，爱德蒙！相信我，只有那个一开始就能认出你的她才是了解你的，即使她曾挡在你面前，即使你曾把她像一块玻璃那样踩得粉碎，可是，爱德蒙，可是她仍然是崇拜你的！像我与过去之间存在着一条鸿沟一样，而你，爱德蒙，与其余的人类之间，也存在着一道深渊。我可以坦白地告诉你，把我心目中你和其他男子比较，始终是使我很痛苦的一个因素。不，世界上再不会有像你那样可敬和善良的人了，现在和我告别吧，爱德蒙，让我们分手吧。"

"在我离开你以前，美茜蒂丝，你没有别的要求了吗？"伯爵说。

"我在这个世上只有一个愿望，爱德蒙，——我儿子的幸福。"

"我祈祷上帝保全他的生命，我可以促使他幸福。"

"谢谢，谢谢，爱德蒙！"

"但你自己难道毫无要求吗，美茜蒂丝？"

"我自己什么都不需要。我像是生活在两座坟墓之间。一座是爱德蒙·邓蒂斯的，我是在很久很久以前就失掉他的。我爱他。那句话从我现在的嘴唇上说出来并不动听，但它是我心里一个珍贵的记忆，即使以世界上一切的东西来交换，我也不愿意丧失它。另外那座坟墓是死在爱德蒙手里的那个人的，我并不惋惜他的死，但我应该为死者祈祷。"

"你的儿子会幸福的，夫人。"伯爵说。

"那么我还可以保持仅存的一些安慰了。"

"但你将来怎么办呢？"

"要说我在这儿能像过去的美茜蒂丝那样以劳力换取我的面包，那当然不是真话，说了你也不会相信。我除了把我的日子消磨在祈祷里以外，不可能再有精力来做别的事情了。但是，我也没有工作的必要，你埋下的那一小笔钱，我已在你所讲的地方找到了，那笔钱已足够养活我。关于我的谣言大概会很多，猜测我的职业，谈论我的生活态度，但那没有什么关系。"

"美茜蒂丝，"伯爵说，"我说这句话并不是想责备你，但你放弃马瑟夫先生所积贮的全部财产是一种不必要的牺牲。其中至少有一半是属于你的，那是你节俭的结果。"

"我知道你要向我提出什么东西，但我不能接受，爱德蒙。我的儿子不同意的。"

"一切事情当然应该得到阿尔培·马瑟夫的完全认可。我当亲自去询问他的心意。但如果他愿意接受我的贡献,你会反对吗?"

"你应该很清楚,爱德蒙,我已经不再是一个正常的人了,我已不再有意志,除非那是无须做决定的意志。我已被那许多冲到我头上来的狂风恶浪弄糊涂了,我已变成听天由命、听任万能的上帝摆布,像是一只落在大鹰巨爪里的燕子一样。我活着,因为我命中注定还不应该死。假如上帝来拯救我,我是会接受的。"

"啊,夫人,"基度山说,"我们不该这样崇拜上帝的。上帝的本意是要我们了解,明白他的意思,为了这个原因,他给了我们意志的自由。"

"噢!"美茜蒂丝喊道,"别对我说那句话! 难道我应该相信上帝给了我意志的自由,我还能用它来把我自己从绝望中解救出来吗?"

基度山低垂着头,对她那样沉痛的悲哀感到有点畏缩。"你不想说一声再见吗?"他问道,并伸出他的手。

"当然,我要对你说再见,"美茜蒂丝说,并庄严地指着天。"我对你说这两个字,就是向你表示:我还怀着希望。"于是,美茜蒂丝用她那颤抖的手和伯爵的手握了一握以后,便冲上楼梯不见了。

基度山慢慢地离开那所房子,向码头的方向走去。美茜蒂丝虽然坐在以前老邓蒂斯所住的那个房间的小窗前面,却没有看他的离开。她正在极目远望大海上那艘载着她儿子的船,但她那温柔的声音却仍情不自禁地在轻轻地说:"爱德蒙! 爱德蒙!"

第一一三章　往事

　　伯爵带着一颗凄凉的心离开那座他和美茜蒂丝分手的房子，也许他永远不能再见到她了。自从小爱德华去世以来，基度山的内心发生了巨大变化。经过一条艰难曲折的道路达到他复仇的高峰以后，他在高峰的那一边看到了怀疑的深渊。尤其是，他与美茜蒂丝之间刚才的那一番谈话在他的心里唤起了许多往事的回忆，他觉得他在与那些回忆搏斗。像伯爵这样性情的人是不能长期沉浸在那种抑郁状态里的。那种抑郁状态或许可以刺激一般的头脑，促使它们产生一些新思想，但对于较高级的头脑却是有害的。他想，既然他现在几乎发生了自责的念头，那么他过去的计算里一定有了错误了。

　　"我不能这样自欺，"他说，"我在用一种错误的目光回顾往事。什么！"他继续说，"难道在过去的十年内，我竟在走着一条错误的道路吗？难道我预料的结果竟是一个错误的结果吗？难道一小时的时间就足以向一位建筑师证明：他那寄托着全部希望的工程，即使不是不可能，至少却是违反神意的吗？我不能让自己有这种念头，它会使我发疯的。我现在之所以不满意，是因为我对于往事没有一个彻底的了解。往事，像我们所经过的地方一样，我们走得愈远，它便愈模糊。我的情形像是一个在梦里受伤的人，他感觉到那个伤口，但却不知道那个伤口是在什么时候造成的。那么，来吧，你这个再生的人，你这个豪侈的阔客，你这个醒来的梦游者，你这个万能的幻想家，你这个无敌的百万富翁！再来回想一下你过去那种饥饿痛苦的生活吧，再去访问一下那命运逼迫你、或不幸跟随你、或绝望接受你的地方吧。在现在这面基度山想认出邓蒂斯的镜子里，是反映着太多的钻石、太多的黄金和太华丽的服饰了。藏起你的钻石，埋掉你的黄金，遮住你华丽的服饰，变富为穷，变自由为牢狱，变一个活人为一具尸体吧！"

　　基度山一面这样沉思着，一面顺着凯塞立街走。二十四年以前，当他在深夜被一言不发的宪兵押走的时候，也是经过这条街。那些房子，今天虽这样明亮和富于生气，在那天晚上却黑糊糊、静悄悄的，门户紧闭着。"可是，它们还是过去的那些房子，"基度山对自己说，"只是现在不是黑夜而是大白天，是太阳照亮了这个地方，使它看来让人这样高兴。"

　　他沿着圣·洛朗街向码头走过去，走到灯塔那儿，这是他登船的地方。一艘装着条纹布篷的游艇正巧经过。基度山向船老板招呼了一下，后者便立刻带着一个船夫希望遇到生意时那种急切的神态向他划拢来。

　　天气好极了，正宜于出游。鲜红的、光芒四射的太阳正在向水中沉去，渐渐地被水吞没。海面光滑得像玻璃一样，只是偶尔被一条为了躲避敌人的袭击而跳出海面来寻求安全的鱼暂时扰乱了它的平静。在地平线的边际,可以看见那像海鸥一样白,也像海鸥那样姿态优美的,回到马地古去的渔艇和开赴科西嘉或西班牙的商船。

虽然有那晴朗的天空,那些美丽的船只,和那照耀着一切的金色的光芒,紧裹着大氅的基度山却只想到了那次可怕的航程。过去的事情都一一在他的记忆里复活起来。迦太兰村那盏孤独的灯光;初见伊夫堡猛然想到他们要带他到那儿去时的那种印象;当他想逃出船时与宪兵的那一场挣扎;马枪枪口触到他额头时那种冰凉的感觉,——这一切都在他眼前成了生动而可怕的现实。像那些在夏天干枯、但在多雨的秋天又渐渐贮积起流水的小溪一样,伯爵也觉得他的心里渐渐地充满了过去那几乎压毁爱德蒙·邓蒂斯的痛苦。他看不见那晴朗的天空,那美丽的船只,那火红的光芒。天空似乎遮着黑幕,那庞大的伊夫堡似乎像是一个仇敌的幽灵。当他们到岸的时候,伯爵本能地退缩到船尾,以致船夫不得不用迫切敦促的口吻说:"先生,我们到岸啦。"

基度山记得:就在这个地点,就在这块岩石上,他曾被解差凶暴地押上去,在刺刀的威逼下被迫走上那个斜坡。这一段旅程邓蒂斯当时觉得非常长;但现在却觉得它非常短。

自从七月革命以来,伊夫堡里便不再关犯人。这儿目前只住着一队防止走私的警员。有一个向导在门口,等待引导访客去参观这个恐怖的遗迹。伯爵虽然知道这些事实,但当他走进那个拱形的门廊,走上那座黑洞洞的楼梯,当向导应他的要求带他到黑牢里去的时候,他的额头现出惨白色,心里产生一种冰冷的感觉。他问旧时的狱卒还有留下来的没有,但他们都已退休了,或转业去干另外的事去了。引导他的那个向导只是在1830年来的。他去访问他自己的那间黑牢。他又看见了那一片努力想从那狭窗口穿进来的昏暗的光线。他的目光落到他以前安床的那个位置,但那张床早不在了。床后的墙脚下有几块新的石头,指出这是以前法利亚长老所掘的那条地道的出口。基度山觉得他的四肢发抖,他在一段木头上坐下来。

"除了毒死米拉波的事件以外,这座监狱可还有什么故事吗?"伯爵问道,"这些阴森的地方我简直难以相信人竟会用它来关他们的同类,这些房间可有什么故事吗?"

"有的,先生,狱卒安多尼的确曾对我讲过一个发生在这间黑牢的故事。"

基度山打了一个寒战,安多尼就是他过去的狱卒。他几乎已经忘掉他的名字和面容了,但一听到他的名字,他便想起了他,——他那满是络腮胡子的脸,他那棕色的短褂和他的钥匙串。伯爵觉得现在还在响着那种丁玲当啷的声音,他转过头去,在那条被向导的火把映得更黑暗的地道里,他好像又见到了他。

"你喜欢听那个故事吗,先生?"

"是的,讲吧。"基度山说,用手按住胸部,阻止心脏的剧跳,他觉得怕听自己的往事。

"这间黑牢,"向导说,"以前曾住过一个非常危险的犯人,——主要是因为他富于计谋。当时堡里还关着另外一个人,但那个人并不坏,他只是一个可怜的疯长老。"

"啊,真的？是疯子吗?"基度山说,"他癫狂的征兆是什么?"

"他老是说,谁给他自由,他就给他几百万块钱。"

基度山举眼向天,但他看不见天空,在他和穹苍之间,隔着一道石幕。他想,在法利亚向他们献宝的那些人的眼睛和宝库之间,也有一道并不比他眼前这道石幕更薄的幕。

"犯人可以互相见面的吗?"他问道。

"噢,不,先生,这是根本禁止的,但他们逃过了看守的监视,在两个黑牢之间挖出一条地道。"

"这条地道是他们之中谁挖的呢?"

"噢,当然是那个青年人干的,因为他强壮而勤勉,而长老则已年老衰迈。而且,他的头脑也糊涂,决想不出这个念头。"

"瞎眼的傻瓜!"伯爵低声说道。

"但是,不管它吧,那个青年人挖了一条地道,至于如何挖的,用什么工具挖的,谁也不知道,但他总之是挖成功了,那边还留有痕迹可以证明。您看见了吗?"

"啊,是的,不错。"伯爵说,他的声音因激动而变得走调了。

"结果是:两个人互相可以来往了,他们来往了多久,谁都不知道。有一天,那老的生病死了。您猜那年轻的会做什么?"

"告诉我。"

"他搬走长老的尸体,把它放在自己的床上,使它面向墙壁;然后他走进那间空的黑牢里,把进口塞住,钻进装尸体的那只布袋里。您可曾听人说到过这样的计策吗?"

基度山闭上他的眼睛,似乎又体验到因尸体而变得冰冷的粗布碰到他面孔时所觉到的那万种感触。那向导继续讲道:

"他的计划是这样的:他以为他们是把死人埋在伊夫堡的,而且以为他们对一个犯人的墓穴不会花多少气力,所以算定以为可以用他的肩胛顶开泥土。但不幸,伊夫堡的规则破坏了他的计划。他们从不埋葬死人,只是给死人脚上绑上一颗很重的铁球,然后把它抛入海里。结果是这样:那个青年人从悬岩顶上被抛了下去。第二天,床上发现长老的尸体,人们都明白了,因为抛尸体的那两个人那时就讲出他们以前不敢讲的一件事情,——就是,当尸体被抛下去的时候,他们曾听到一声尖利的喊叫,但尸体一沉到水里,那声喊叫便消失了。"

伯爵呼吸急促,大滴的冷汗滚下他的额头,他的心里充满着痛苦。"不,"他喃喃地自言自语道,"我所感到的怀疑动摇只是遗忘的结果,现在,伤口又裂开了,心又渴望着报复了。而那个犯人,"他提高了声音继续说,"此后还听到过他的消息吗?"

"噢,没有,当然没有。您知道,下面这两种情形必定得遭遇一种,——他不是平跌下去便是竖跌下去,假如从五十米的高度平跌下去,他立刻会震死,假如竖跌下去,则脚上的重量就会使他沉入海底,他就永远留在那儿了,可怜的人!"

"那么你怜悯他吗?"伯爵说。

"我当然怜悯他,虽然他也是自作自受。"

"你是什么意思?"

"据说他本来是一个海军军官,因为参加拿破仑党的阴谋才坐牢的。"

"的确!"伯爵重又自言自语道,"你是死里逃生的!那可怜的水手只活在知道他故事的那些人的记忆里。他那可怕的故事在屋角里被人传述着,当讲到他从空中被抛入海里的时候,便使人发生一阵寒战。"然后伯爵提高了声音又说,"可知道他的名字吗?"

"噢,知道的,但只知道是三十四号。"

"噢,维尔福,维尔福!"伯爵轻轻地说,"当你无法入眠的时候,我的灵魂一定会常常使你想到这件事情!"

"您还想看什么吗,先生?"向导说。

"是的,你最好领我去看一下那可怜的长老房间。"

"啊!,二十七号。"

"是的,二十七号。"伯爵重复一遍向导的话,他似乎又像当他问长老的名字时那样听到他在隔着墙壁回答他。

"来,先生。"

"等一等,"基度山说,"我想对这个房间再看一眼。"

"那也好,"向导说,"我碰巧忘了带那个房间的钥匙。"

"去拿吧。"

"我把火把留给您,先生。"

"不,带走吧,我能够看见黑暗里的东西。"

"咦,您就像那三十四号一样。他们说,他就习惯于黑暗,竟能在他的黑牢最黑暗的角落里看出一枚针。"

"他需要十年的时间才能得到那种功夫。"伯爵心里这样自语。

向导拿着火把走了。伯爵说得很对,在几秒钟以后,他对一切完全看清了。他向周围四顾,完全认清了他的黑牢。

"是的,"他说"那是我常坐的那块石头,那是我的肩头在墙上所留下的印子,那是有一天我以头撞墙时所留下的痕迹。噢,那些数目字!我记得很清楚呀!那是我有一天用它来计算我父亲和美茜蒂丝的年龄的,想知道当我出去的时候,是否能看到我的父亲还活着,是否美茜蒂丝还在等着我。在那次计算以后,我曾有过短暂的希望,却没有想到饥饿和负情!"于是伯爵发出一声苦笑。他在幻想中看到了他父亲的丧事和美茜蒂丝的婚礼。在黑牢的另一面墙上,他看出一些刻画的痕迹,绿色的墙上仍然还能看出那些白字。"噢,上帝呀,"他念道,"保存我的记忆吧!"他喊道,"那是我以前临终时的祈祷,我那时不再祈求自由,而祈求记忆。我怕自己发疯,忘了一切。噢,上帝呀,您保存了我的记忆!我感谢您!我感谢您!"

这当儿,墙上映出火把的光,向导走回来了,基度山向他迎上去。

"跟我来,先生。"向导说,他不上楼梯,带着伯爵从一条地道走到另一间黑牢的门口。到了那儿，另一群念头又冲到伯爵的脑子里。映入他眼帘的第一样东西是长老画在墙上、用来计算时间的子午线，然后他又看到那可怜的老人死时所躺的那张破床。这些东西非但没有激起伯爵在他自己的牢里的那种悲哀，反而使他的心里涌起了一种柔和的感激的情绪，他的眼睛里禁不住流下泪来。

"疯长老就是关在那儿的，先生，这里是那青年人进来的地方，向导指着那仍未填塞的洞口。"根据那块石头的外表，"他继续说，"一位有学问的先生考证出那两个犯人大概已经互相往来了十年。可怜的人！那十年的时间一定是很难熬的。"

邓蒂斯从口袋里摸出几块金路易，交给那个并不认识他但却已两次对他表示同情的那个人。向导接过来，心里以为那只是几块银币，但火把的亮光暴露了它们的真价值。"先生，"他说，"您弄错啦，您给我的是金洋。"

"我知道的。"

向导不解地望着伯爵。"先生"，他喊道，简直不能相信他的好运，"我不明白您的慷慨！"

"噢，那是非常简单的，你的故事在我听来比别人更动情。"

"那么，先生，既然您如此慷慨，我想送你一样东西。"

"你有什么东西送给我，我的朋友？贝壳吗？麦秆编织的东西吗？谢谢你！"

"不，先生。不是那些——是一件和这个故事有关的东西。"

"真的？"伯爵急迫地喊道，"是什么？"

"听我说吧，"向导说，"我曾对自己说，在一个犯人住了十五年的牢房里，总是留有一些东西的。'所以我就开始敲墙壁。"

"呀！"基度山喊道，想起了长老藏东西的那两个地方。

"搜寻了一些时候以后，我发觉床头和壁炉底下听来像是空的。"

"是的，"伯爵说，"是的。"

"我翻开石板，找到了——"

"一条绳梯和一些工具？"

"您怎么知道的？"向导惊奇地问道。

"我并不知道，我只是这样猜测，因为牢房里所发现的总是那一类的东西。"

"是的，先生，是一条绳梯和一些工具。"

"你还保存着吗？"

"不，先生，我把它卖给游客了，他们认为那是很稀有的东西，但我还留有一样东西。"

"是什么？"伯爵急忙问。

"可能是一本书，写在布条子上的。"

"去把它拿来，我的好人，也许那是我所希望的东西，你放心好了。"

"我立刻去拿，先生。"那向导便出去了。

伯爵于是在那张死神使它变成一座灵台的床前跪下来。"噢，我的再生之父呀！"他叹道，"您给了我自由、知识和财富，您，像天上的神一样，能识别善恶，——假如死去的人和那些活着的人之间还能对话，假如人死后的灵魂还能重访我们曾经生活和受苦的地方——那么，高贵的心呀！崇高的灵魂呀！那么，我求求您，为着您给我的父爱，为着我对您的孝顺服从，赐我一些象征，赐我一些启示吧！移去我心中剩余的怀疑吧，那种怀疑如果不变成满足，是会变成悔恨的。"伯爵低垂他的头，两手合在一起。

"拿来了，先生。"他背后的一个声音说。

基度山打了一个寒战，站起身来。向导递给他一卷布片，在那些布片上，蕴藏着法利亚长老的全部知识宝藏，这是法利亚长老论建立意大利统一王国的那篇大文章的原稿。伯爵急抢过来，他的目光立刻落到题铭上，他读道，"主说：'你将拔掉龙的牙齿，将狮子踩在你的脚下。'"

"啊！"他喊道，"这就是回答。谢谢您，我的父亲，谢谢您！"他伸手到口袋里，摸出一只里面装着十张一千法郎钞票的小皮夹。"喏，"他说，"拿着这只皮夹吧。"

"您送给我吗？"

"是的，但有一个条件：你要等我走了以后才能打开来看，"于是，把他刚才得到的那件宝物——在他看来，它比最值钱的珠宝还更珍贵——藏在怀里。他冲出地道，跳上他的船，喊道："回马赛！"当他离开的时候，他用眼睛盯住那座阴森森的牢狱。"该死，"他喊道，"那些送我进那座痛苦的监狱里去的人！该死，那些忘记我在那里的人！"

当他再经过迦太兰村的时候，伯爵扭转头去，把他的头裹在大衣里，轻声呼唤一个女人的名字。已经胜利完成了任务，他已两次克服了他的怀疑。他用一种温柔得几乎近于爱恋的声音所呼唤的那个名字，是海蒂。

上岸以后，伯爵朝墓地走去，相信在那儿一定可以找到摩莱尔。十年以前，他也曾真诚地想去找出一座坟墓，但只是枉费了一番心思。他，带着千百万钱财回法国来的他，却无法找到他那饿死的父亲的坟墓。老摩莱尔的确曾在那个地点插过一个十字架，但十字架早已倒了，掘坟的人已经把它烧毁，像他处理坟场里所有那些腐朽的木头十字架一样。那可敬的商人就比较幸运了。他是在他儿女的身边去世的；他们把他埋在早他两年逝世的妻子身边。两大块大理石上刻着他们的名字，竖在一片小坟地的两旁，四周围着栏杆，种着四棵柏树。摩莱尔正靠在一棵柏树上，两眼木呆地盯着坟墓。他的悲哀是这样的深切，以致他几乎失去了知觉。

"玛西米兰，"伯爵说，"你不应该看坟墓，而应该看那儿。"

"死者是无所不在的，"摩莱尔说，"当我们离开巴黎的时候，你不是曾这样对我说吗？"

"玛西米兰，"伯爵说，"你在途中要求我让你在马赛住几天。你现在还那样想吗？"

"我没有什么可想的，伯爵，我只是想，我在这里可以比别处少一点儿痛苦。"

"那也好，因为我必须和你分手了，但我还带着你的诺言呢，是不是？"

"啊，伯爵，我会忘记的。"

"不，你不会忘记的，摩莱尔，因为你是一个讲信用的人，因为你曾经发过誓，而且快要重复一遍了。"

"噢,伯爵,可怜可怜我吧!我是这样不幸。"

"我知道有一个人比你更不幸得多,摩莱尔。"

"不可能的!"

"唉!"基度山说,"我们可怜的人类都有这种自豪,每一个人都让为他自己比那在他身旁哭泣呻吟的人痛苦得多。"

"谁还会比一个丧失了他在世界上一切所爱所希望的东西的人更痛苦呢?"

"听着,摩莱尔,注意听我下面所说的这些话。我认识一个人,他也像你一样,曾把他全部幸福的希望寄托在一个女人身上。他很年轻,他有一个他所爱的老父,一个他所恋慕的未婚妻。他们就要结婚了,但那时,命中一场波折,——那种波折几乎要使人们怀疑上帝的公正,要不是上帝在事后显示一切的话,——命中的一场波折夺去了他的爱人,夺去了他所梦想的幸福(因为在他的盲目中竟忘了他所能看到的只是目前而已),把他关进一间黑牢里。"

"啊!"摩莱尔说,"黑牢里的人是在一星期、一个月或一年之内可以出来的。"

"他在那儿住了十四年,摩莱尔。"伯爵把手放在那青年的肩头上说。

玛西米兰打了一个寒战。"十四年?"他自言自语地说。"十四年!"伯爵重复说,"在那个期间,他曾多次绝望的时候,也像你一样,认为他自己是最不幸的人,想要自杀。"

"嗯?"摩莱尔问道。

"嗯!在他绝望至极的时候,上帝借一个凡人显圣了,——因为上帝已不再创造奇迹。最初,他并没有在那个人身上认出上帝的仁慈,——因为含着泪水的眼睛不会立刻看清东西,但最后,他学会了忍耐和等待。有一天,他神奇地离开了那座牢狱,——摇身一变而成了有钱有势的人。他首先去找他的父亲,但他的父亲已经死了。"

"我的父亲也死了。"摩莱尔说。

"是的,但你的父亲是在你的怀抱里去世的,他有钱,受人爱戴,享受过快乐,享足了天年。他的父亲却是在穷困、绝望、怀疑上帝中死的。当他的儿子在十年以后来找他的坟墓的时候,他的坟穴已失踪了,没有一个人能告诉他,'那儿躺着你深爱的父亲!'"

"噢!"摩莱尔叹道。

"所以他比你更不幸,摩莱尔,因为他甚至连他父亲的坟墓都找不到了!"

"但他至少还有他所爱的那个女人。"

"你错了,摩莱尔,那个女人——"

"她死了吗?"

"比那更坏,——她忘情负义,嫁给一个陷害她未婚夫的人了。所以,你看,摩莱尔,他是一个比你还要不幸的人。"

"而他得到安慰了吗?"

"他至少已得到了安宁。"

"他还希望再拥有快乐吗?"

"他希望的,玛西米兰。"

青年的头垂到他的脑上。"你保留着我的诺言吗,"他沉思了一下,伸手给基度山说,"只是记得——"

"10月5日,摩莱尔,我在基度山岛上迎接你。在4日那天,一艘游艇会在巴斯蒂亚港接你,船名叫欧罗斯号。你把你的名字告诉船长,他就会带你来见我了。就这样约定了,好不好?"

"我明白了,伯爵,我会照你的话做的,但你可记得10月5日——"

"孩子!"伯爵答道,"你应该知道一个人的话多么值钱!我对你讲过二十遍啦,如果你想在那一天死,我会帮你的忙。摩莱尔,再会了!"

"你要离开我了吗?"

"是的,我在意大利有些事要办。我让你独自留下,独自和不幸奋斗,——独自和上帝派来迎他的选民的神鹰在一起。甘密蒂的故事不是一个神话,玛西米兰,它是一个比喻。"

"你什么时候走?"

"立刻就走,汽船等在那儿了,一个钟头之内,我就要离开你很远啦。你可以陪我到码头去吗,玛西米兰?"

"我悉听你的吩咐,伯爵。"

摩莱尔陪伯爵到港口。黑烟囱里已在喷冒像鹅绒似的白色水蒸气。汽船马上就起航了,一小时后,正如伯爵所说的,它简直已和地平线上早临的夜雾一样分辨不清了。

第一一四章　庇庇诺

在那艘汽船消失在摩琴岬后面的同时,一个乘着驿车从佛罗伦萨赶往罗马的人,正经过阿瓜本特小镇。他的驿车赶得很快,但同时又不会快到会令人发生怀疑的程度。这人穿着一件外套,或说得更确切些,是一件紧身长外套,穿了这种衣服旅行是不会太舒服的,但它显露出一条依旧还鲜明灿烂的荣誉团军官的缎带,表示他外套下面的上装上佩着一枚勋章,这些象征和他对车夫讲话时的口音都可以看出他是一个法国人。另外还有一点可以证明他是来自法国的,那就是,他只知道乐谱上常用的那几个意大利字,像费加罗的嘴里老说"goddam"(英国人的代称)一样,这些字能代替任何特殊语言的一切奥妙。当马车上坡的时候,他就对车夫大喊"Allegro"(急调,加快)当他们下坡的时候,他就喊"Moderato!"(不急、不徐,稍慢)凡是走过那条路的人,都知道佛罗伦萨经阿瓜本特到罗马,途中有不少的小山!这两个字使听话的人感到极其有趣。车到勒斯多塔,罗马遥遥在望,一般旅客到这里总会流露出强烈的好奇心,站起来去看那最先闯入眼帘的圣·彼得教堂的圆顶,但这位旅客却无动于衷。他只是从口袋里摸出一只皮夹,从皮夹里面抽出一张折成两叠的纸片,用一种几乎近于恭敬的态度把它察看了一遍以后,说:"好!我还有它呢。"

马车从波波罗门进城。向左转,在爱斯巴旅馆门口停住。我们的老相识派里尼老板恭恭敬敬地在门口迎接那位旅客。那位旅客下车,吩咐给他准备一顿丰富的午餐,然后便问汤姆生·弗伦奇银行的地址。这是一问就知道的,因为汤姆生·弗伦奇银行是罗马最著名的银行之一,它就在圣·彼得教堂附近的银行街上。在罗马,像在别的地区一样,一辆驿车的到达是一件大事。十个年轻的闲汉,赤脚露肘,一手按着屁股,另外那只手臂则姿态优美地弯到头顶上,凝视着那旅客、驿车和马;此外还有五十个左右小流民,他们是从教皇统治下的各省来的,因为教皇重征人头税,要从圣·安琪罗桥抽水灌入梯伯河,所以无力纳税的平民只能让他们的子女流浪出来讨饭为生。但罗马的闲汉和流民比巴黎的幸运,他们懂得各国语言,尤其是法语,他们听到那旅客要订一个房间,一顿午餐,后来又询问汤姆生·弗伦奇银行的地址。结果是:当那位生客和一个向导离开旅馆的时候,一个闲汉离开他的伙伴,像一个巴黎警察局的密探那样巧妙地跟踪着那旅客。

那个法国人急于要到汤姆生·弗伦奇银行去,以致他不愿意等待驾马,只是告诉车夫,让他在驾好马以后一路追上来,留下他的向导在外厅里,后者便立刻和职业闲汉拉起话来。在罗马的银行、教堂、废墟、博物馆和剧院门口,总是有一些职业闲汉在那儿的,跟踪法国人的那个家伙也走进银行,法国人敲一敲内门,走进第一个房间,他的影子也这样做。

"经理先生在吗?"那生客问道。

坐在第一张写字台前的一重要职员做了一个姿势,一个仆役便站起来问:"您是哪一位?"

"邓格拉司男爵。"

"请跟我来!"那个人说。

一扇门开了,那仆役和男爵都走了进去。那个跟邓格拉司来的人在一条长凳上坐下来。在以后的五分钟内,那职员继续写字,凳子上的那个人也沉默无语,一动不动地坐在那儿。然后,当那职员的笔停止在纸上移动的时候,他抬起头来,先向四周看一看,确定房间里只有两个人,便说"啊,啊! 你来啦,庇庇诺!"

"是的。"回答很简单。

"你认为这位大人物很有一些值得探听的事情吗?"

"我没有什么要打听的,因为我们已经得到情报了。"

"那么你知道他来这儿干什么了?"

"当然,他是来提款的,但我不知道数目。"

"你很快就会知道了,我的朋友。"

"好极了,你大概还是像上次那样,给我错误的消息。"

"你是什么意思? 你指哪一个人? 是前些时候从这儿拿走三万艾居的那个英国人吗?"

"不,他真的有三万艾居,我们找到了。我说的是那个俄国王子,你说他有三万里弗,而我们却只搜到两万四千。"

"你一定搜得不认真。"

"是罗杰·范巴亲自搜查的。"

"假如那样,他也许是还了债——"

"一个俄国人肯还债!"

"——不然就是花掉了一部分。"

"那倒是可能的。"

"一定是的,你必须让我去观察一下,不然那个法国人在我还没有知道数目以前就会办完手续了。"

庇庇诺点点头,从他的口袋里拿出一串念珠来,开始低声地祈祷,而那职员则穿过邓格拉司和仆役进去的那扇门不见了。十分钟以后,那职员很得意地回来了。

"怎么样?"庇庇诺急忙问。

"小心,小心! 数目很大。"

"五六百万,是不是?"

"是的,你知道那数目了吗?"

"收在基度山伯爵大人的账上?"

"你认识伯爵吗?"

"而那笔数目,他们给他开设户头,他可在罗马、威尼斯和维也纳任意提取?"

"正是这样!"那职员喊道,"你怎么知道得这样详细呢?"

"我告诉过你,我们是事先得到通知的。"

"那么你为什么要来问我呢?"

"我要确定我不会弄错了人。"

"是的,的确是他! 五百万,——一笔相当可观的数目,对吗,庇庇诺?"

"是的。"

"嘘! 我们的人来啦!"

那职员抓起他的笔,庇庇诺抓起他的念珠。门开的时候,一个在写字,一个在祈祷。邓格拉司喜色满面,银行经理陪他到门口。庇庇诺跟着邓格拉司出去。

马车已等在门口。向导拉开车门,他们很能干,什么事情都肯做。邓格拉司像一个年轻人似的跳进车子。向导关上门,跳上去坐在车夫旁边。庇庇诺搭在车子后面。

"大人要到圣·彼得教堂去吗?"向导问道。

"去干什么?"

"当然是去看看呀!"

"我到罗马不是来看的,"邓格拉司大声说,然后,他又带着一个贪婪的微笑轻轻地说,"我是来取钱的!"于是他拍一拍他的皮夹,皮夹里刚才已装进一封信。

"那么大人是到——"

"到旅馆去。"

"到派里尼旅馆去!"向导对车夫说,马车便急速地走动起来。十分钟后,男爵走进他开的房间,庇庇诺则在旅馆门外的长凳上坐下来,他与本章开始时提及的那些闲汉之一咬耳说了几句话,后者便立刻顺着通到朱庇特殿的那条路飞一般地跑去。邓格拉司很疲倦了,睡意很浓,所以刚上床,就把他的皮夹放在了枕头下。庇庇诺闲着无事,便和闲汉们玩骰子,输了三个艾居,然后,为了安慰自己,喝了一瓶奥维多酒。

邓格拉司尽管睡得很早,但第二天早晨却醒得很晚,他有五六夜没有睡好了。有时甚至根本没有睡觉的时间。他开胃地吃了早餐,然后,正像他所说的,因为对这"不朽之城"的美景并不关心,便吩咐在中午给他备好驿马。但邓格拉可没有料到警察局那种麻烦的手续和驿站站长的懒惰。驿马到两点钟才来,去代办护照的向导三点钟才到,这一切准备已在派里尼老板的门口引来一群游手好闲的人。这些人之中自然不会少了那些职业闲汉。男爵得意扬扬地穿过这些看热闹的人,后者为了想得些赏钱,便同声唤他"大人"。直至那时为止,邓格拉司一向只被人称为男爵,大人这个称呼使他感到有点受宠若惊,便散了十几个铜板给那群人,那群人为了想再多得十几个铜板,立刻改称他为"殿下"。

"走哪一条路?"车夫用意大利语问。

"去安科纳省的那条路。"男爵回答。

派里尼老板翻译了这一问一答,马车便疾驰而去。邓格拉司计划先到威尼斯,在那儿提一部分钱,然后赴维也纳,休息旅途的劳累,他准备在维也纳久住下来,因为他听说那是一个寻欢作乐的城市。

　　他出罗马不到十里路，天色便开始黑下来。邓格拉司想不到动身会这样晚，不然，他宁愿在罗马多留一夜的。他伸出头去，问车夫要多久才能到达下一个城镇。

　　回答是："Non Capisco。（听不懂）"

　　邓格拉司点一点头，意思是说："好极了。"

　　马车继续向前走。"我到第一个驿站就停车，"邓格拉司自言自语地说。昨天晚上，他心满意足地畅睡了一夜，现在还保存着那种自满的情绪。他现在是舒舒服服地坐在一辆华丽的英国马车里，身下有双重弹簧坐垫，由四匹好马拖着奔驰。他知道离换马站已只有二十里路。一个这样幸运地破产的银行家，他的脑子里到底会想些什么东西呢？

　　邓格拉司对他那在巴黎的夫人想了十分钟，对他那和亚密莱小姐一同出门的女儿又想了十分钟，对他的债权人以及他如何花他们的钱也想了十分钟，然后，因为没有东西可想了，他便合上眼睛，睡着了。突然，一下比较猛烈的颠簸使他睁开眼睛，他感到车子依旧载着他在依稀相似的罗马郊外急速地行驶，沿途是残破的古代引水道，远看像化为花岗石的巨人挡住他们的去路。但这天晚上天气很冷，天空阴暗，而且在下雨，一个旅客坐在温暖的车厢里，实在比伸头到窗外，去问一个只会回答"Non Capisco"的车夫要舒服得多。所以邓格拉司继续睡觉，心想他到换马站的时候一定会醒来的。

　　马车停了，邓格拉司以为他们已到达了要去的地点。他睁开眼睛向窗外看去，满心以为他已到了一个城或至少到了一个村庄里，但他只看见一座像废墟似的东西，有三四个人影在那儿走动。邓格拉司等了一会儿，心想车夫既然赶完他那一段路，肯定会来向他要钱，他就可以借那个机会向新车夫问话。但马已经解辔了，另外几匹马换了上去，可是却未曾有人来向这位旅客要钱。邓格拉司在惊奇之下推开车门，但一只强有力的手把他推回来，车子便滚动了。男爵完全醒了。"喂！"他对车夫说，喂，mio caro（亲爱的）！"

　　这两个意大利字男爵也是在听他的女儿和卡凡尔康德对唱时学会的；但 mio caro 并没有带来答复。邓格拉司于是打开车窗。

　　"喂，我的朋友，"他伸头到窗外说，"我们是到哪儿去呀？"

　　"Dentro la testa（头缩进去）！"一个严厉而专横的声音伴随着一个威胁的姿势回答。

　　邓格拉司心想，Dentro la testa 的意思一定是"头缩进去！"由这一点可以看出他的意大利语已有了很大的进步。他服从了，但心里难免有些不安，而且那种不安与时俱增。他的脑子不再像开始旅行时那样无忧无虑、昏昏欲睡了，他的脑子里现在已充满了种种使一个旅客——特别是处于他这种境况的旅客——清醒的念头。他的眼睛最初受到了强烈的情绪所给予的敏锐的视觉，但后来便由于紧张过分而又模糊了。在我们没有惊慌的时候，我们对外界的事物看得很正确，当我们惊慌的时候，外界的一切在我们眼中都有了双重意义，而当我们被吓慌了的时候，我们除了麻烦以外，便什么都难以看见了。邓格拉司看见一个披着披风的人骑着马在车子的右边疾驰。"一个宪兵!"他喊道。"难道法国当局已把我的情形发急报给教皇了吗?"他决定要弄个明白。"你们带我到哪儿去?"他问道。

"Dentro la testa,"以前那个声音还是用气势汹汹的口吻回答。

邓格拉司转向左边,那边也有一个人骑着马在疾驰。"一定是的了!"邓格拉司说,额头上冒出汗来,"我是被捕了。"于是他便往靠背上一倒,但这一次可是无法睡觉而是动脑筋了。不久,月亮升起来了。于是他看见了那巨大的水道,就是他以前看见过的那些花岗石的鬼怪,只是以前它们在他的右手边,而现在则是在他的左手边。他知道他们已转了一个圈子,正在把他带回到罗马去。"噢,倒霉!"他喊道,"他们一定已弄到了我的引渡权。"马车继续以飞快的速度奔驰。这样过去了可怕的一小时,他们所经过的每一个地点都指出他们是在走回头路。终于,他看见一片黑压压的庞然大物,看来马车一定会撞在那个东西上;但车子一转弯,那个东西便又落在后面了,那原来是环绕在罗马四周的城垒之一。

"噢,噢!"邓格拉司喊道,"我们不是回罗马,并不是法院派人来追赶!我仁慈的天!"另外一个念头浮上他的脑海,"但如果他们竟是——"

他的头发竖了起来。他想起了那些在巴黎很难有人相信的关于罗马强盗的各种故事。他想起了阿尔培·马瑟夫在与欧琴妮小姐的婚约未破裂前所讲的那一番冒险。"他们可能是强盗!"他自言自语地说。正在这时,车子滚上了一种比碎石路更硬的路面。邓格拉司大胆向路的两旁看了一眼,看见两边都是一式的纪念碑,他的头脑想起了马瑟夫那次冒险的种种场面,他确信自己踏上了阿匹爱氏路左边,在一块像山谷似的地方,他看见有一个圆形凹陷的建筑物。那是卡拉卡勒竞技场。车子右边骑马的人喊了一声,马车便停住了。同时,左边的车门打开了。"Scendi(下来)!"一个命令式的声音喊道。邓格拉司本能地走下车,他虽然不会说意大利语,他却已听懂了这个字。他七分死三分活地向四周看了一下。除了车夫以外,还有四个人围绕着他。

"Di quà,(跟着来)"其中有一个人一边说,一边走下一条离开阿匹爱氏路的岔道。邓格拉司跟着他的向导走,不做反抗,也没必要回头去看另外那三个人是否跟在他的后面。可是,他似乎觉得他们每隔相当的距离就站着一个人,像哨兵似的。这样走了十分钟,在这期间,邓格拉司不曾和他的向导说一句话,最后,他发现自己已介于一座小丘和一丛长得很高的杂草之间。三个人默默地站成一个三角形,而他是那个三角形的中心。他想说话但他的舌头不能动。

"Avanti!(向前走)"是那个严厉和专横的声音说。

这一次,邓格拉司懂得这个字,也从行动上察觉出那个字的意思,因为他后面的那个人非常粗鲁地推了他一把,以致他撞到向导的身上。这位向导就是我们认识的庇庇诺,他钻进杂草丛中,穿过一条只有蝎蜥或黄鼠狼才认为是一条大道的小径。庇庇诺在一块小树掩遮下的岩石前面站住了,那块岩石半开半掩,只能容一个人过去,他一转身便像童话里的鬼怪似的不见了。邓格拉司后面的那个人吩咐他也照样做。现在已毫无怀疑的余地了,这个破产的人已落入罗马强盗手里。邓格拉司像一个介于两种危险状况之间的人,恐惧使他来了勇气。他的肚子虽然大——但也像庇庇诺那样钻了进去。他闭拢眼睛用他的脚触摸地面。当他触到地面的时候，他张开眼来。里面的路很宽，却很黑。庇庇诺划火点燃一支火把，他现在已到了自己的地方，不用怕被人认识了。另外那两个人也跟着邓格拉司下来，充当他的后卫。邓格拉司一停步，他们就推他向前走。他们顺着一条平缓的下坡路走到一个阴森可怖的十字路口。墙上挖着一个个装棺材的墓穴，衬托着白石的墙头，就像是骷髅上黑洞洞的大眼睛一样。

一个哨兵把他的步枪啪的一下转到左手，"谁?"他喊道。"自己人，自己人!"庇庇诺说，"队长在哪儿?"

"在那边!"哨兵用手向肩后面一指。那儿像是岩石挖出来的一个大厅，灯光透过拱形的大门廊照入隧道。

"好买卖，队长，好买卖!"庇庇诺用意大利语说，他揪着邓格拉司的衣领，拖他走过门洞进入大厅，看来那就是队长居住的地方。

"就是这个人吗?"队长问道，他正在认真地读普罗塔克的《亚历山大传》。

"是他，队长，就是他。"

"好极了，让我看看他。"

一听到这一声很不客气的命令，庇庇诺便举起他的火把直逼到邓格拉司的脸上。邓格拉司急忙后退，以免烧焦眼睫毛。他的脸上满布着苍白惊恐之色。

"这个人疲倦了，"队长说，"领他上床去睡吧。"

"噢，"邓格拉司暗暗地说，"那张床也许是墙壁空洞里的一具棺材，而我所享受的睡眠，大概就是那永不再醒来的长眠。"

首领的话，惊动了他的同伴，他们从大厅四角用枯叶或兽皮铺成的床上仰起身来。那位银行家发出一声呻吟，跟着他的向导走，他既不恳求也未哀叫。他已不具有精力、意志或感觉，不管他们领他到什么地方去，他都会跟着走。他终于发觉自己走到了一道楼梯脚下。他呆板地提起他的脚，向上走了六步。于是他的面前打开了一扇矮门，他低下头，走进一个岩石里挖出来的小房间。这间地窖尽管未加粉饰，但很清洁也很干燥。地窖的一个角落有一张干草做的床，上面铺着羊皮。邓格拉司一看见那张床，脸上顿时发光，觉得那是一种安全的象征。"噢，赞美上帝!"他说，"这是一张真的床!"

"到了!"那向导说，他把邓格拉司推进地窖，随手把门关上。

门闩格拉一响，邓格拉司已变成一个俘虏了，而且，即使没有门闩，他也难以从这警卫森严的圣·西伯斯坦陵墓里逃出去。至于这群强盗的首领，我们的读者一定已知道是那鼎鼎大名的罗杰·范巴。邓格拉司也已认出他。当阿尔培·马瑟夫在巴黎讲到这个强盗的时候，邓格拉司不相信是真的，但现在，他不仅认出他，而且也认出这个曾关过阿尔培的地窖，这个地方大概是特地接待外客的。这些记忆给邓格拉司带来了几分欣喜，使他的心境安静了一些。那些强盗既然没有立刻结束他的性命，他们就不会杀害他。他们捉他来的目的是为了要钱，而既然他身边只带着几块金路易，他们肯定会放他出去。他记得马瑟夫的赎金好像是四千艾居。而因为他自认他比马瑟夫重要得多，他把自己的赎金定为八千艾居。八千艾居相当于四万八千里弗，而他现在却有五百另五万法郎在身边。凭着这笔巨款，他一定可以使自己恢复自由。他从来不曾听说过绑票的赎款有高至五百另五万法郎的，所以，他相信自己不会花很多钱就可以脱离这个地方。他躺在那张床上，在翻了两三次身后，便宁静地睡着了。

第一一五章　罗杰·范巴的菜单

　　除了邓格拉司所害怕的那种睡眠以外，我们每一次睡觉都会醒过来的。他醒了。对于一个睡惯了绸床单，看惯了天鹅绒的壁帷和嗅惯了檀香味的巴黎人，在一个石灰岩的石洞里醒来自然不像是一个快意的梦境。但在这种情形之下，一眨眼的时间已足够使最强烈的怀疑变成确定无疑的现实。"是的，是的，"他对自己说，"我是落在阿尔培·马瑟夫所说的那批强盗手里了。"他的第一个动作是做一次深呼吸，以便知道自己是不是受伤。这种方法他是从《堂吉诃德传》里知道的，他生来并非只读过这一本书，但只有对这一本书他还保留着一些印象。

　　"不，"他大声说，"他们虽没有杀死我或打伤我，但他们可能已抢走了我的东西！"于是他双手去摸口袋。口袋里的东西丝毫未动。他留着在罗马到威尼斯旅费用的那一百路易依旧在他的裤袋里，而在他的外套口袋里，他摸出了那只装着五百另五万法郎支付券的小皮夹。"奇怪的强盗！"他喊道，"他们没动我的钱和皮夹。正如我昨天晚上所说的，他们是存心要我付赎款。啊！我的表还在这儿！让我来看看是什么时间了。"邓格拉司的表是钟表名匠勃里古的杰作，昨天晚上他曾小心地包着藏起来，现在正指在五点半钟上。假如没有这只表，邓格拉司是不会知道时间的，因为阳光是不能到达这间地窖里来的。他是要求强盗谈判呢，还是耐心地等待他们来提问？后面这个办法似乎最稳妥，所以他就等着。他一直等到十二点钟。在这期间，他的门口始终有一个哨兵把守着。八点钟的时候，哨兵换了一次班。邓格拉司忽然觉得有一种强烈的愿望想去看一看监守他的那个人。他注意到从那扇拼得不很严密的门板缝中，有几缕灯光透进来。他靠近一条门缝，正巧看见那个强盗在饮白兰地酒，那种酒，因为装在一只皮囊里，所以发出一种使邓格拉司闻后极不愉快的气味。"啐！"他喊了一声，退回到地窖深处的那个角落里。

　　到十二点钟，这个人又由另一个强盗来换班。邓格拉司想看一看这个新的监护人，便又靠近门去。他是一个身材魁伟、肌肉强健的强盗，大眼睛，厚嘴唇，塌鼻子，红头发像蛇似的披散在他的肩头上。"啊，啊！"邓格拉司喊道，"这个家伙极像是一个吃人的妖魔，但是，我太老了，啃起来太硬，吃起来不会有味。"由此可以看出，邓格拉司依旧还有够多的精力来开玩笑。正当那时，像是要证明那人不是一个吃人的妖魔似的，从他的干粮袋里拿出一些黑面包、黄油和大蒜，开始狼吞虎咽地大嚼起来。

　　"见鬼，"邓格拉司从门缝里注视着强盗的那顿午餐说，——"见鬼，我真不明白这么脏的东西怎么能吃！"于是他退回去坐在他的羊皮上，那羊皮又使他想起了刚才的那种酒味。

自然的秘密是很难理解的。对于一个饥饿的胃,即使最粗糙的食物也包含着某种不可抗拒的吸引力。邓格拉司当时觉得自己的胃口已经倒了,渐渐地,那个人似乎没有那样丑了,面包没有那样黑了,黄油也比较新鲜了。甚至那样庸俗的大蒜——令人讨厌的野蛮人的食物——也使他想起了以前当他吩咐厨子准备鸡汤时一起端上来的精美的小菜。他站起身,敲一敲门,那强盗抬起头来。邓格拉司知道他已听见,便再连续敲门。"干什么?"这强盗问。

　　"来,来,"邓格拉司用手指弹着门说,"我想,这个时候也该弄点东西吃吧!"

　　可是不知道究竟是因为他听不懂话,还是因为他并未接到过关于邓格拉司的营养问题的命令,那巨人没有回答,只是继续吃他的午餐。邓格拉司觉得他的自尊心受到了伤害,他不想再和这个恶人打交道,使自己往羊皮床上一倒,不再说一句话。

　　过了四个钟头,另一个强盗来接那巨人的班。邓格拉司的胃痛得无法忍受,便慢慢地站起来,再把他的眼睛凑在门缝上,认出了他那个聪明的向导的脸。外面的确是庇庇诺,他正在准备以最舒服的方式来完成这项监视任务。他面对门坐着,两脚之间放着一只瓦盆,瓦盆里装的是咸肉煮豌豆,瓦盆旁边还有一小筐韦莱特里葡萄和一瓶奥维多酒。庇庇诺显然是一个比较讲究的人。看到这种种布置,邓格拉司顿时口水直流。"好吧,"他对自己说,"我来看看他是否比那一个好说话一些!"于是他轻轻地拍拍门。

　　"来了!"庇庇诺喊道,他因为时常在派里尼老板的旅馆里进出,所以非常熟悉法国人的习性。

　　邓格拉司立刻认出他就是那个在路上用凶恶的态度对他吆喝"头缩进去!"的那个人。但现在不是报复的时候,所以他尽量装出亲热的态度,带着一个和蔼的微笑说:"对不起,阁下,你们难道不想给我吃东西了吗?"

　　"大人可是有点儿饿了?"

　　"有点儿!那才妙呢,我已经二十四小时没有吃东西啦!"邓格拉司自言自语道。然后他提高了声音说,"是的,阁下,我肚子饿了,——非常饿了!"

　　"那么大人希望——"

　　"马上就有东西吃,如果可能的话。"

　　"那是很容易的事情了,"庇庇诺说,"我们这儿想吃什么都有,但当然得付钱,像在所有诚实的基督徒之间一样。"

　　"当然了!"邓格拉司喊道,"虽然从道理上讲,那些把人们捉来关起的人至少应该喂饱他们的俘房。"

　　"啊,大人!"庇庇诺答道,"我们这儿可没有这种规矩。"

　　"这个理由并不充分,"邓格拉司说,他觉得他的监守者很友好,"可是,我也满意了。来,让他们拿一点东西给我吃吧。"

　　"马上就拿来。大人想吃什么?"于是庇庇诺便把他的瓦盆放在地上,让咸肉煮豌豆的香味直冲进邓格拉司的鼻孔里。"请吩咐吧!"

　　"你们这儿有厨房吗?"

"厨房？当然有，完整得很！"

"厨师呢？"

"头等厨师！"

"喂，鸡、鱼、野禽，什么都行，我都吃的。"

"悉听大人欢喜。您要一只鸡吗，我想。"

"是的，一只鸡。"

庇庇诺转过身去喊道："给大人拿一只鸡来！"

他这句话的回声在甬道里还未消失，一个漂亮、和蔼、赤膊的青年便出来了，他头顶着一只银盘走过来，并不用手去扶，银盘里盛着一只鸡。

"我简直会相信自己是在巴黎咖啡馆里啦！"邓格拉司自言自语地说。

"来了，大人！"庇庇诺一面说，一面从那小强盗的头上取下鸡，把它放在一张蛀得满是斑孔的桌子上。这张桌子，再加上一条长凳和那张羊皮床，便是地窖里的全部家具了。邓格拉司要刀和叉。"喏，大人，"庇庇诺一面说，一面递给他一把钝口的小刀和一只黄杨木做的餐叉。邓格拉司一手拿刀，一手拿叉，准备切那只鸡。

"请原谅我，大人，"庇庇诺按住那银行家的肩膀说，"这儿的规矩是先付后吃的。这也许会使他们不高兴，可是——"

"啊，啊！"邓格拉司心里想道，"这就不像巴黎了，——我刚才倒没有想到他们可能会敲我的竹杠！让我来做得漂亮一些吧。我常听人说意大利的东西不贵，一只鸡在罗马大概值十二个铜板。拿去吧。"他说，抛了一块金路易到地下。

庇庇诺捡起那块金路易。邓格拉司又准备要切那只鸡。"等一等，大人，"庇庇诺抬起身来说，"您的钱还未付够呢。"

"我说他们会敲我竹杠的，"邓格拉司心里想，但他已决心要抵制这种敲诈，便说，"好，你说吧，我在这只鸡上还欠多少钱？"

"大人付了我一块路易的定洋。"

"一块路易吃一只鸡还算定洋！"

"当然，大人现在还欠我四千九百九十九块路易！"

邓格拉司瞪大了他的眼睛听这个大笑话。"啊！怪事，"他惊异地说，"怪事！"

于是他又要去切那只鸡，但庇庇诺用他的左手按住邓格拉司的右手，把他的右手伸到邓格拉司的面前。"拿来。"他说。

"什么！你不是开玩笑吗？"邓格拉司说。

"我们是不会开玩笑的，大人。"庇庇诺说，严肃得像一个教友派教徒一样。

"什么，那只鸡要卖十万法郎？"

"大人，您无法想象在这种倒霉的地洞里养鸡有多么的困难。"

"算了吧，算了吧，"邓格拉司说，"这种玩笑真是太大了，——有趣之极，我承认，因为我的肚子真的饿极了，所以还是请让我吃吧。喏，再拿一块路易给你。"

"那么还欠四千九百九十八块路易。"庇庇诺还是用那种口吻说，"我要一次收足。"

"噢！那个，"邓格拉司对于他这样乱开玩笑非常气恼，——"那个，你是决不会成功的。去见鬼吧！你不知道你的对手是谁！"

庇庇诺一挥手，那青年强盗便急忙拿走那盘鸡。邓格拉司往他的羊皮床上一躺，而庇庇诺则又关上门，重新开始吃他的咸肉煮豌豆。邓格拉司虽然看不见庇庇诺，但后者牙齿的响声告诉了他在做什么事情。他一定是在吃东西，而且吃得很响，像那些没受过教育的人一样。邓格拉司觉得他的胃似乎穿了底了。他不能相信他究竟是否还能再填满它，可是他居然又等待了半个钟头，那半个钟头在他是像一世纪那样的悠久。他再站起身来，走到门口。"来，阁下，"他说，"别让我再挨饿了，老实告诉我吧，他们究竟要我怎么样。"

"不，大人，应该说你要我们怎么样。请您吩咐，我们就可以照办。"

"那么马上开门。"

庇庇诺遵命。

"哼！我要吃东西！——要吃，你听见了吗？"

"你饿了吗？"

"算了吧，你当然知道。"

"大人喜欢吃什么东西呢？"

"既然这个鬼地方的鸡这样贵，就给我来一块干面包吧。"

"面包？好极了。喂，听着！拿块面包来！"他喊道。

小强盗拿来一小段面包。

"多少钱？"邓格拉司问。

"四千九百九十八块路易，"庇庇诺说，"您已经预付过两块了。"

"什么！十万法郎一块面包？"

"十万法郎。"

"一只鸡你才要我十万法郎呀！"

"我们这儿不是按菜论钱而是每餐有定价的。不论您吃多吃少，或是您吃十碟或一碟，价钱总是一样的。"

"什么！还要开这种无聊的玩笑吗？我的好人哪，这可是太蠢，太荒谬啦！你还是说实话吧，你们是不是要饿死我。"

"不，天哪，不，大人，那除非是您想自杀。我们这儿是付钱吃东西。"

"我拿什么来付呢，畜生？"邓格拉司愤怒道。"你以为我会在口袋里装着十万法郎出门吗？"

"大人的口袋里有五百另五万法郎，十万法郎一只的鸡可以吃五十只半。"

邓格拉司打了一个寒战。他现在明白了，他知道那个玩笑并不如他先前所想象的那样愚蠢。"来，"他说，"假如我付了你十万法郎，你可心满意足，肯让我安安逸逸地吃了吗？"

"当然了。"庇庇诺说。

"我怎么付钱呢？"

"噢，那是非常容易的，您在罗马银行街的汤姆生·弗伦奇银行里开有户头，开一张四千九百九十八路易的支票给我，我们就会托我们的人为银行去代收的。"

邓格拉司觉得他还是乖乖地听话为好，所以他就接过庇庇诺给他的笔、墨水和纸，写了支票，签了字。"喏，"他说，——"这是一张凭票即付的支票。"

"而这是您的鸡。"

邓格拉司一面切鸡，一面叹气，付了这笔代价以后，这只鸡看来简直瘦极了。至于庇庇诺，他小心地把支票念了一遍，把它放进口袋里，然后继续吃他的咸肉煮豌豆。

第一一六章　饶恕

第二天,邓格拉司又饿了,那间黑牢的空气一定是很容易激起食欲的。那因徒本来打算他这天可以不花什么钱的,因为,像一个会打经济算盘的人一样,他在地窖的角落里藏起了半只鸡和一块面包。但刚才吃完东西,他就感到口渴了,那可是他以前所没有料到的。他与他的口渴一直奋斗到他的舌头粘住他的上颚,然后,他无法再抗拒了,便大喊起来。守卫的打开门,那是一张新面孔。他觉得还是与他的老相识打交道比较好一些,便要他去叫庇庇诺。

"我来啦,大人,"庇庇诺带着急切的表情说,邓格拉司认为这种急切的表情是对他有利的。"您要什么?"

"要一些喝的东西。"

"大人知道罗马附近的酒可是贵得很。"

"那么给我水吧。"邓格拉司喊道,极力想避开那个打击。

"噢,水可能比酒更珍贵,今年的天气是旱得这样厉害。"

"嗒,"邓格拉司说,"看来我们又要再兜那个老圈子啦。"他的脸上保持着微笑,希望把这件事情当作一次玩笑,但他觉得太阳穴已被汗湿透了。"来,我的朋友,"看到他的话并没有在庇庇诺身上引起多大反应,他又说,"你不会拒绝给我一杯酒的吧?"

"我已经告诉过大人了,"庇庇诺庄重地答道,"我们是不零卖的。"

"嗯,那么,给我一瓶最便宜的吧。"

"价钱都是一样的。"

"要多少?"

"两万五千法郎一瓶。"

"说吧,"邓格拉司用一种极度痛苦的口吻喊道,——"就说你们要抢得我一文不剩,那比这样零零碎碎吃我还会痛快些。"

"头儿的意思可能是这样的。"

"头儿!他是谁?"

"就是前天领您去见的那个人。"

"他在哪儿?"

"就在这儿。"

"我想见见他。"

"当然可以。"

一会儿,罗杰·范巴便出现在邓格拉司的面前了。

"阁下,你就是带我到这儿来的那些人的首领吗?"

"是的,大人。"

"你究竟要我付多少赎金?"

"噢,说实话,就是您带在身边的五百万。"

邓格拉司的心里感到一阵可怕的疼痛。"我以前是有极大的财产,"他说,"现在却只剩下这一笔钱了。假如你把这笔钱也夺了去,就同时要我的命吧。"

"不准我们使您流血。"

"谁不准你们?"

"我们所服从的那个人。"

"那么,你也服从一个人吗?"

"是的,一位首领。"

"我好像听你们说,你就是首领。"

"我只是这些人的首领,在我的上面还有一位首领。"

"而那位首领,——他也听谁指挥吗?"

"是的"。

"听谁的指挥?"

"上帝。"

邓格拉司沉思了一会儿。"我不懂你的意思。"他说。

"那是可能的。"

"是你的上司要你这样对待我的吗?"

"是的。"

"他的目的何在?"

"我一点也不知道。"

"我的钱包会空了呀。"

"大概是的。"

"来,"邓格拉司说,"给你一百万如何?"

"不行。"

"两百万呢? 三百万? 四百万? 四百万呢? 只要你放我走,我就给你啦。"

"值五百万的东西您为什么偏偏给我四百万呢? 这种银行家的重利盘剥我实在不懂。"

"都拿去吧,那么,——都拿去吧,我告诉你,杀了我吧!"

"喏,喏,您心平气和一点儿吧。否则会刺激你的血液循环,而血液循环的加速,会产生一个每天需要一百万才能满足的胃口。还是节省一点儿吧。"

"但到我无钱支付的时候,又该怎么样呢?"邓格拉司绝望地问。

"那时您只有挨饿。"

"挨饿?"邓格拉司说,他的脸色苍白起来。

"多半会的。"范巴冷冷地回答。

"但你不是说你不想杀死我的吗?"

"是的。"

"可是你却要把我饿死？"

"啊，那又是一回事了。"

"嗯，那么，混蛋！"邓格拉司喊道，"我要反抗你们这种可耻的算计！我宁愿马上就死！你们可以拷打我、虐待我、杀死我，但你们再也得不到我的签字了！"

"悉听尊便。"范巴说着就离开了地窖。

邓格拉司狂怒地把自己往羊皮床上一倒。这些家伙是些什么人呢？那个在幕后的首领是谁呢？为什么旁人都可以出了赎金就释放，唯有他却不能这样办呢？噢，是的，这些残酷的敌人既然用这种难以理解的手段来迫害他，那么，一次迅速地突然的死，也是一种报复他们的好方法。但死在邓格拉司的一生中，还是他第一次带着恐惧和希望的杂乱心绪想到的。这时，他的目光滞留在一个毫不留情的幽灵身上，这个幽灵深藏在每个人的心中，而且随着每一次心跳自言自语地说道："你要死了！"

邓格拉司像一头被追赶的胆怯的野兽。野兽在被追逐的时候，最初是飞奔，然后是绝望，最后，凭着绝望所刺激出来的力量，有时也能逃脱。邓格拉司默想一个逃跑的方法，但四壁都是实心岩石，地窖唯一的出口处有一个人坐在那儿看书，那个人的后面还不断地有带枪的人经过。他那不签字的决心坚持了两天。两天以后，他又出了一百万买食物。他们给他送来一顿丰盛的晚餐，拿走了他那一百万法郎的支票。

从这时起，那不幸的囚徒索性听天由命了。他已受了许多的痛苦，他决定不让自己再受苦，什么要求他都可以答应。在像他有钱的时候那样大吃大喝地享受了十二天以后，他算一算账，发觉他只剩五万法郎了。于是就产生了一种奇怪的念头。已经失去了五百万的他，现在又竭力要来拯救他最后的五万法郎了。他宁可再过痛苦的生活，决不肯放弃那笔钱。他有一线濒于疯狂的希望。早就把上帝忘记的他，这时又开始盼望奇迹出现了，教皇的巡官或许会发现这个该死的洞窟，把他营救出去，那时他就可以剩下的五万法郎，保证他此后不致挨饿。他祈祷让他保留这笔钱，他一面祈祷一面哭泣。三天就这样过去了，在这三天里面，即使他的心里并没有上帝，但他的嘴巴上总是挂着上帝的名字。有时他神志昏迷，好像看见一个老人躺在一张破床上，那个老人也已饿得奄奄一息了。

到第四天，他已不再是一个人而是一具活的尸体了。他已捡完了以前进餐时所落下的每一粒面包屑，开始吃那铺在地上的草席。然后他哀求庇庇诺，像哀求一个守护神似的向他要东西吃，他出一千法郎向他买一块面包。但庇庇诺不理他。到第五天，他挣扎着摸到地窖的门口。

"你还是一个基督徒吗？"他跌跪在地上喊道，"你们要谋害一个在上帝面前都是兄弟的人吗？噢，我的朋友，我从前的朋友呀！"他喃喃地说，面孔贴到地上。然后他绝望地站起来，喊道，"首领！首领！"

"我在这儿，"范巴立刻出现说："您要什么？"

"拿去我最后的钱，"邓格拉司递出他的皮夹，可怜巴巴地说，"让我住在这吧。

我不再要求自由,我只要求我能活下去!"

"那么您受了很大的痛苦了吗?"

"噢,是的,是的,痛苦极了!"

"可是,还有人比您受过更大的痛苦。"

"我想不会有的了。"

"有的,就是那些饿死的人。"

邓格拉司想到了昏迷状态时看到的那个躺在床上呻吟的老人。他以头撞地,也呻吟起来。"是的,"他说,"虽然有人比我受过更大的痛苦,但至少还可以算是殉道者。"

"你忏悔了吗?"一个威严低沉的声音问道。邓格拉司听了吓得头发直竖起来。他那衰弱的眼睛竭力想看清外界的事物,在那强盗的后面,他看见一个裹在一件披风里的人站在石柱的阴影里。

"我忏悔什么呢?"邓格拉司结结巴巴地说。

"忏悔你做过的恶事。"那个声音说。

"噢,是的!我忏悔了!我忏悔了!"邓格拉司说,他用他那瘦削的拳头捶着自己的胸部。

"那么我饶恕了你。"那人说着扔掉他的披风,走到了亮处。

"基度山伯爵!"邓格拉司说。恐惧比饥饿和痛苦使他的脸色苍白得更厉害。

"你弄错了,我不是基度山伯爵!"

"那么你是谁呢?"

"我就是那个被你出卖和陷害的人。他的未婚妻被你逼得失节改嫁。他横遭你践踏,被你作为升官发财的垫脚石,他的父亲被你害得饿死。——他本来也已判决你去饿死,可是他饶恕了你,因为他也需要心灵的宽恕。我就是爱德蒙·邓蒂斯。"

邓格拉司大喊一声,倒在地上缩成一团。

"起来,"伯爵说,"你的生命是有保障的。你的同谋犯却没有像你这样走运,一个死了,一个疯了。留着你剩下的那五万法郎吧,我送给你了。至于你从医院里夺走的那五百万,我已让一个无名氏送回给他们了。现在你可以吃喝了。今天晚上你是我的客人。范巴,这个人吃饱以后,给他自由。"

伯爵走开的时候邓格拉司仍然俯伏在地上。当他抬起头来,他只看到一个人影消失在甬道,经过的时候,两旁的强盗都对他鞠躬。范巴遵照伯爵的指示,款待了邓格拉司一顿,给他吃意大利最好的酒和美果,然后,用他的驿车送他离开,放他在路上,让他靠着一棵树干。他在树下呆了一整夜,不知道自己在什么地方。天亮以后,他发现他在一条小溪附近;他口渴了,跟跟跄跄地走到小溪跟前。当他俯下身来喝水的时候,他发觉他的头发已完全白了。

第一一七章　10 月 5 日

这是在晚上六点钟左右,一片猫眼石色的晕雾布洒在蔚蓝的海面上,穿过这片晕雾,秋天的太阳抛出它那金色的光芒。白天的炎热已渐渐退去,海面上刮起一阵微风,像是大自然从午睡醒来后所发出的呼吸一样;一阵爽神的微风沿着地中海的海岸飘散,把掺杂着清新的海水气息的花草香味到处传送。

在这个从直布罗陀到达达尼尔,从突尼斯到威尼斯的浩瀚无垠的大海上,一艘整洁、优美、轻捷的游艇正在黄昏的轻雾中滑行。游艇的姿态像是一只迎风展翅的天鹅,平稳地在水面上滑行。它前进得速度很快,而同时又很优美,在它的后面留下一条发光的水痕。渐渐地,太阳躲到西方的地平线后面去了,但像是要证实神话家的幻想似的,它那没掩藏好的光芒泄露出来逗留在每一个波浪的浪尖上,似乎说明火神要藏在海神安费德丽蒂的怀抱里,后者虽然竭力想把她的爱人掩藏在她那蔚蓝的大毯子底下,却始终掩饰不住。海面上的风虽然还无法吹乱一个少女头上的鬑发,但那艘游艇却行进得很迅速。船头上站着一个身材高大、肤色浅黑的男子,他用一对睁大着的眼睛看他们渐渐接近一片黑压压的陆地,那块陆地成圆锥形地矗立在万顷波涛之中,像是一顶硕大无边的迦太兰人的帽子。

"那就是基度山吗?"那旅客用一种忧伤的口吻问道。这艘游艇是遵照他的指示准时赶来的。

"是的,大人,"船长说,"我们到了!"

"我们到了!"那旅客用一种难以形容的悲哀的腔调把这句话复述了一遍。然后他又低声说,"是的,那是港口。"于是他又带着一个比流泪更伤心的微笑再度陷入一连串的思索里。几分钟以后,陆地上发出一道转瞬即逝的闪光,一声枪响传到游艇上。

"大人,"船长说,"那是陆上的信号,您是否要亲自答复?"

"什么信号?"

船长向这座岛指了一指,岛边升起一缕渐渐向上扩大的轻烟。

"啊,是的,"他说,像是从一场梦中醒来似的,"拿给我。"

船长给他一支实弹的马枪,旅客把枪慢慢地举起来,对空放了一枪。十分钟以后,船上的帆全都收起,他们在小港口外五百呎的地方抛下锚。小艇已经放到水面,艇里有四个船夫和一个舵手。那旅客走进小艇,小艇的船尾上铺着一块蓝色的毡毯供他坐垫,但他没有去坐,却又起两臂站着。船夫们等待着,他们的桨半举在水面外,像是鸟儿在滴干它们的翅膀似的。

"开!"那旅客说。八条桨一齐插入水里,不曾溅起一滴水花,小船迅速地向前滑行。一会儿，他们已到了一个天然的小港里，船底触到沙滩不动了。

"大人请骑在这两个人的肩头上好吗？他们可以送您上岸去。"那青年做了一个不在乎的姿势答复这种邀请，自己跳到水里，水齐及他的腰。

"啊，夫人！"舵手轻声地说，"您不应该这样做，主人会责怪我们的呀。"

那青年继续跟随着那在前面探步的水手向前走。约莫走了三十步以后，他们登上陆地了。那青年在地上猛踩了几下，抖掉身上的水分，然后四面观望，想找一个人为他引路，因为天已经完全黑了。正当他转身的时候，一只手落到他的肩上，一个使他吓了一跳的声音说，——

"晚安，玛西米兰！你很遵守时间，谢谢你！"

"啊！是你吗，伯爵？"那青年用一种满含着欢喜的声音说，双手紧紧地握住基度山的手。

"是的，你瞧，我同样地守约。可你身上还满是海水，我亲爱的朋友，我得像凯丽普索对德勒马克(荷马《奥德赛》中人物)所说的那样对你说，你必须要换换你的衣服了。来，我已为你准备了一个住处，到了那儿，你很快就会忘掉疲劳和寒冷了。"

基度山发现那青年又转过身去了。的确，摩莱尔觉得很惊奇，那些带他来的人竟一言不发，不要报酬地去了。他们已经回到游艇上去了，还可以听到他们的桨声。

"噢，是了，"伯爵说，"你在找那些水手吗？"

"是的，我本该付钱给他们，可是他们已经走了。"

"别再想那件事情了，玛西米兰，"基度山微笑着说，"我和航海业中的人有约定：凡是到我的岛上来的旅客，一切费用都不收。用文明国家里常用的时髦话来说，我与他们之间是有'协定'的。"

摩莱尔很奇怪地看着伯爵。"伯爵，"他说，"你不像是那个在巴黎的你了。"

"为什么呢？"

"因为在这儿，你笑了。"

伯爵的脸色阴暗了。"你说得很对玛西米兰，你唤醒了我面对实际，"他说，"我很高兴又看见你，忘记一切快乐只是暂时的。"

"噢，不，不，伯爵！"玛西米兰抓住伯爵的双手喊道，"请笑吧。你应该快乐，应该用不在乎的态度来告诉我：对这些受苦的人，生命只是一个负担。噢，你是多么慈祥仁爱呀！你硬装出这种高兴的样子来激励我的勇气。"

"你错了，摩莱尔，我刚才是真的高兴。"

"那么你忘了我，——那就更好了。"

"怎么会呢？"

"是的，正如比武的斗士在走进角斗场以前向罗马皇帝所说的那样，我也要对你说：'去赴死的人来向你敬礼了。'"

"你仍没有感到快慰吗？"伯爵带着一种奇怪的神色问道。

"噢！"摩莱尔带着一种深藏着痛苦的眼光喊道，"你相信我能够吗？"

"听着,"伯爵说,"你可懂得我话里的意思？你不能把我看成一个普通人,看作一个只会不停地说些废话的唠叨鬼。当我问你是否已经有些宽慰的时候,我是以一个能察觉心中秘密的人的资格来对你说的。嗯,摩莱尔,让我们共同来检查一下你心底里的情形吧。难道使你遭受打击的痛苦仍然存在？难道你的渴望只有到坟墓里才能熄灭？难道依旧保存那种迫使你舍生求死的悔恨吗？难道是勇气耗尽,愁闷把要照耀的希望之光抑止？难道记忆的丧失使你不能痛哭了？噢,亲爱的朋友,假如是这样的话,假如你不再能哭泣,假如你那冰冻的心已经死掉,假如你把一切交给上帝的话,——那么,玛西米兰,你是得到宽慰了,别再抱怨吧。"

"伯爵,"摩莱尔用坚定而平静的口吻说,"且听我说,我人虽仍在人间,可我的思想却已升到天上。我之所以到你这儿来,是因为希望死在一个朋友的怀抱里。世界上的确还有几个我所爱的人。我爱我的妹妹,我爱她的丈夫。但我所需要的,是两条有力的臂膀,需要一个在我临终的时候还保持着镇静和微笑的人。我的妹妹会满面泪痕地昏倒过去,我不忍心看到她那种痛苦的样子。艾曼纽会夺去我手上的武器,大喊大叫地惊动全家人。你,伯爵,你不是凡人,假如你没有这个肉身的话,我会称你为神,——你完全能够温和亲切地领我到死神的门口,是不是？"

"我的朋友,"伯爵说,"我还存着怀疑,——你是否仍旧这样的软弱,还在以你的痛苦自傲？"

"不,真的,我很平静,"摩莱尔一面说,一面伸出一只手给伯爵,"我的脉搏并不比平常跳得慢或快。不,我觉得我已实现了目标,我不想再向前走了。你要我等待和希望,唉,可怜的忠告者呀,你可知道你的忠告使我付了更大的代价？我已等待了一个月,那就是说,我痛苦了一个月！我曾希望(人是一种可怜的动物)我曾希望——希望什么？我说不清,——一件神奇的事情,一件荒谬的事情,一件奇迹。只有上帝知道那是什么,——因为他把我们称之为希望的那种傻念和我们的理智混杂在一起。是的,我曾等待,是的,我曾希望,伯爵,而在我们这一刻钟的谈话中,我在不知不觉之中刺痛了我的心,——因为你所说的每一个字证明我不再有希望。噢,伯爵！我将宁静地、安然地去迎接死神！"摩莱尔说这几个字的时候是这样的有力,以致伯爵打了一个寒战。"我的朋友。"摩莱尔继续说,"你要求延迟至10月5日,今天是10月5日了。"他摸出他的表。"现在是九点钟,我还有三个小时可以活。"

"就算是这样吧,"伯爵说,"来。"

摩莱尔本能地跟着伯爵走,在他的不知不觉之中,他们已走进岩洞。他觉得他的脚触到了地毯,一扇门开了,各种馥郁的香气包围了他,一片辉煌的灯光耀昏了他的眼睛。摩莱尔犹豫地不敢挪步,他怕目光触到的一切会软化他的意志。基度山轻轻地拉了他一把。"噢,"他说,"古代的罗马人被他们的皇帝尼罗王判死刑的时候,他们就在堆满着鲜花的桌子前面坐下来,吸着玫瑰和紫堇花的香气从容赴死,我们不是也可以像那些罗马人那样来度过最后的三小时吗？"

摩莱尔微笑了一下。"随便你好了,"他说,"死总是死,——没有生命,因此也没有了烦恼,也就是遗忘和安息。"他坐下了,基度山坐在他的对面。他们是在我们以前所描述过的那间神奇的餐厅里,那儿,在石像头上的篮子里,是永远盛满着水果和鲜花的。

摩莱尔茫然地望着四周,大概什么都没有看见。"让我们像男子汉大丈夫似的来谈一谈吧。"他望着伯爵说。

"请说!"

"伯爵!"摩莱尔说,"你是人间所有知识的总汇,你所留给我的印象,好像你是从一个比我们这个世界更聪明和更进步的地方下来的。"

"你说的话有部分对,"伯爵带着那种使他非常漂亮的微笑说,"我是从一个名叫烦恼的星球上下来的。"

"你告诉我的一切,我都相信,并不去追问它的意义。所以,你让我活下去,我就活下来了,你要我希望,我几乎也希望了。所以我斗胆问你——你像是曾经历过死亡——死是痛苦的吗?"

基度山带着难以形容的怜爱看着摩莱尔。"是的,"他说,——"是的,如果你用暴力去打碎那欲求生存的躯壳,那将是痛苦的。如果你用一把匕首插进你的肉里,如果你用一颗愚蠢的乱窜的子弹射穿你那略受震动就会痛苦万分的脑子,——你肯定会痛苦,你将在一种野蛮的方式下脱离生命,但在你痛苦绝望的时候,那种代价比这样昂贵的安息是比较好的。"

"是的,"摩莱尔说,"我明白了,死和生一样,也有它的痛苦和愉快。只是一般人不知道罢了。"

"你说得很对,玛西米兰。死,按照我们对待它的方法的不同,可以成为一个像护士这样轻柔地拍我们入睡的朋友,也可以成为一个粗暴地把灵魂从肉体里拖出来的敌人。将来有一天,当世界的历史更悠久,当人类能够征服大自然的一切毁灭力来造福人群,——当人类,像你刚才所说的那样,已知道了死的秘密的时候,那时,死就会像在你爱人的怀抱里进入梦乡一样的甜蜜和安逸了。"

"假如你想死的时候,你会知道用哪种方式去死的,是不是,伯爵?"

"是的。"

摩莱尔伸出他的手。"现在我懂了。"他说,"现在我懂得你为什么要把我带到大海中的这个孤岛、到这个地下宫殿来的原因了,那是因为你爱我,是吗,伯爵?因为你爱我极深,要给我一次你刚才所说的那种死,——一种没有痛苦的死,一种可以使我合拢双手,听到自己呼唤着凡兰蒂的死。"

"是的,你猜对了,摩莱尔,"伯爵说,"那确是我的意愿。"

"谢谢!想到明天我就可以摆脱痛苦,我的心里感到很甜蜜。"

"那么你什么都不再想了?"

"什么都没有了。"

"甚至对我也不吗?"伯爵非常激动地问道。

摩莱尔那对明亮的眼睛暂时黯淡了一下,然后又恢复了那种不寻常的光泽,一滴大泪珠滚下他的脸颊。

"什么!"伯爵说,"难道当你在这个世界上还有所想念的时候,你竟想要死吗?"

"噢,我求求你!"摩莱尔用一种很轻的声音喊道,"别再说了,伯爵,别再让我痛苦了!"

伯爵以为他在动摇了,这念头使那在伊夫堡一度已经被克服的可怕的怀疑又复活了起来。"我正在极力想使这个人快乐,"我想知道,"我要以此补偿来抵销我所造成的灾祸。现在,假如是我错了,假如这个人的不幸还不够重,还不配享受我即将给他的幸福,唉!那么,只能以善来抵偿恶的我,将何以自处呢?"于是他大声说,"听着,摩莱尔,我看你的确非常烦恼,但你仍然相信上帝,大概是不愿意以你的灵魂解脱去冒险的。"

摩莱尔戚然微笑了一下。"伯爵,"他说,"我向你发誓,我的灵魂已不再是我自己的了。"

"玛西米兰,你知道我在这个世界上没有一个亲戚。我一向把你看成是我的儿子。嗯,为了救我的儿子,我可以献出我的生命,那么,也就更有理由牺牲我的财产。"

"你是什么意思?"

"我的意思是:你之所以想摆脱生命,是因为你不懂得一笔大财产可以获得一切享乐。摩莱乐,我的财产差不多有一万万,我把它给了你。有了这样的一笔财产,你可以实现每一种愿望。你有雄心吗?任何事业你都可以干。翻天覆地,颠倒阴阳,疯狂癫乱,甚至犯罪也没关系——但却要活下去。"

"伯爵,你已经答应过我的了,"摩莱尔冷冷地说,然后,他掏出表来看看说,"已经十一点半了。"

"摩莱尔,你忍心在我的家里,让我亲眼看着你这样做吗?"

"那么让我走吧,"玛西米兰说,"不然,我就会以为你所以爱我,不是为了我的缘故而是为你自己的缘故了。"于是他就站起身来。

"很好,"基度山说,他的脸上立刻现出光彩,"你希望这样,固执不化。是的,正像你自己所说的,你的确痛苦万分,必须有一次奇迹才能治好你。坐下,摩莱尔,再等待一下。"

摩莱尔遵命。伯爵站起身来,用一只挂在他的金链上的钥匙打开一只碗柜,从碗柜里取出一只雕镶得很华丽的银质小箱子,箱子的四角雕塑着四个曲着身子的女人,象征要飞升到天上去的天使。他把这只箱子放在桌子上,接着打开箱子,取出一只小小的金樽,一按密纽,樽盖便自动打开了。这只樽里装着一种半固体的油质的东西,但因为樽上装饰着金子、翡翠、红宝石和蓝宝石,映得樽里五彩斑斓,所以看不清这种东西的颜色。伯爵用一只镀金的匙羹把这种东西取了一点儿,然后递给摩莱尔,并用坚定的目光盯住他。这时他才看出那种东西原来是淡绿色的。

"这就是你所要的东西,"伯爵说,"也就是我所答应给你的东西。"

"我真心地感谢你。"那青年从伯爵手里接过那只匙羹说。

基度山另外又拿了一只匙羹浸到金樽里。

"你要干什么,我的朋友?"摩莱尔抓住他的手问道。

"摩莱尔，"他微笑着说，"我相信——上帝宽恕我——我也和你一样地厌倦了生命，既然有这样一个机会——"

"别这样！"那青年人说。"你，你在这个世界上有所爱也被人所爱，你，你有勇气和希望，——噢，别以我做榜样，在你，这是一种罪。永别了，我的高贵和慷慨的朋友，永别了，我会把你为我所做的一切去告诉凡兰蒂的。"

于是，他一面抓着伯爵的手，一面慢慢地，但却毫不犹豫地吞下了基度山给他的那种神秘的东西。然后他们两个人都不作声了。哑巴阿里小心地拿来烟管和咖啡以后便退了出去。渐渐地，石像手里的那几盏灯暗淡了，摩莱尔觉得房间里的香气似乎也没有以前浓了。基度山坐在他对面的阴影里，摩莱尔只看见伯爵那一对闪光的眼睛。一种强有力的郁闷压向了那青年，他的手渐渐放松，房间里的东西渐渐丧失了它们的形状和色彩，他那迷乱的视线似乎看见墙上出现了门和门帘。

"朋友，"他喊道，"我觉得我是去死了，谢谢！"他最后做了一次努力想伸出他的手，但那只手却无力地垂在他的身边。然后，他似乎感到基度山在那儿微笑，不是平时像能揭穿他心里的秘密的那种奇怪可怕的微笑，而是像一位父亲对一个婴孩所做的那种慈祥的微笑。同时，伯爵的身体似乎在扩大，他几乎比平常高大了一倍，凸出在红色的帷幕上，他那乌黑的头发掠到后面，他笔直地巍然地站在那儿，像是一位在末日审判时惩恶的天使一样。摩莱尔软弱无力地瘫倒在圈椅里，一种奇妙的麻痹感渗透到每一条血管里，他的脑子里呈现出富于变幻的念头，像是万花筒里的图案一样。他软弱无力地、微微一息地失去了对外界事物的知觉。他似乎已进入临死以前那种漠然的昏迷状态里了。他很想再紧握一次伯爵的手，但他自己的手却一点都不能动弹。他希望说一声最后的告别，但他的舌头僵硬地固定在他的口腔里，像是一尊雕像嘴巴里的一块石头一样。他那失神的眼睛不由自主地闭拢了。可是，从他的眼睫毛里望出去，他看见一个熟悉的身影在他周围的一片迷雾中晃动。那是伯爵，他刚打开了一扇门。

隔壁的寝室里——或说得更准确些，是一座豪华的宫殿——立刻有一片灿烂的灯光射进摩莱尔自愿放弃生命的客厅里来。然后他看见一个非常美丽的女人在那隔开两个房间的门槛上出现了。她脸色苍白，带着甜美的微笑，像是一位化成复仇的慈爱天使的一样。"难道是天堂在我的面前打开了吗？"那个垂死的人想道，"那位天使很像是我所失去的那一个。"基度山把那青年女子的注意力引到摩莱尔奄奄待毙的那张圈椅上。她合拢双手，嘴巴上挂着一个微笑向他走过去。

"凡兰蒂！凡兰蒂！"摩莱尔从他灵魂的深处喊道，但他的嘴唇却难以发出声音来。他的全部精力此刻都已集中在那种内心的激动上，他叹息了一声，闭拢了他的眼睛。凡兰蒂向他冲过去，他的嘴唇又动了几动。

"他在喊你，"伯爵说，——"你把你的命运寄托在他的身上，死神本来会把你们分开。但幸而有我在，我打败了死神。从此以后，凡兰蒂，你们在人世间一定永远不能再分离，因为他曾冲进死的领域里去寻找你。没有我，你们都已死了，我使你们两个重新团圆。愿上帝把我挽救的两条性命记在我的账上！"

凡兰蒂抓住伯爵的手，带着一种难以抗拒的欢喜的冲动，把那只手捧到她的嘴唇上。

"噢,再谢谢我吧!"伯爵说,"请你不要嫌烦地告诉我:是我促成了你的幸福,你不知道我多么需要这种感谢的帮助。"

"噢,是的,是的,我真心诚意地感谢你!"凡兰蒂说,"假如你怀疑我这种真诚的谢意,噢,那么,去问海蒂吧!去问问我那亲爱的姊姊海蒂吧,因为自从我们离开法国以来,她便老是和我谈论你,使我平静地等候这个快乐的日子。"

"那么,你爱海蒂吗?"基度山带着一种他极力想掩饰但却终于掩饰不住的激动的情绪问。

"噢,是的! 我一心一意地爱她。"

"噢,那么! 听着,凡兰蒂,"伯爵说,"我对你有一个要求。"

"对我? 噢,我居然有幸能够具备那个资格吗?"

"是的,你刚才称呼海蒂叫姊姊。那就让她真的成为你的姊姊吧,凡兰蒂,把你对我的所有感激赐给她,保护她,因为,"伯爵的声音因感情激动而深沉起来,"从此以后,她在这个世界上只是孤零零的独自一个了。"

"孤零零的独自一个!"伯爵身后的一个声音重复说。"为什么呢?"

基度山扭回身去,海蒂脸色苍白、一动不动地站在那儿,带着一种惊愕奇怪的表情望着伯爵。

"因为明天,海蒂,你就自由了,那时你就可以在社会上得到你应有的地位,——因为我不想让我的命运遮蔽了你。你是一位王子的女儿! 我把你父亲的财富和名誉都送还了你。"

海蒂的脸色更苍白,她把她那两只晶莹的手举向天空,饱含着泪水嘶哑地喊道:"那么你离开我了吗,爷?"

"海蒂! 海蒂! 你年轻美貌,忘掉我的名字,去找快乐吧!"

"很好,"海蒂说,"你的命令我应该服从的,爷。我会忘掉你的名字,去找快乐。"于是她向后退走。

"噢,天哪!"凡兰蒂喊道,她这时已靠在摩莱尔的身旁,让他的头靠在她的肩上,"你看不见她的脸色多么的苍白吗? 你看不见她是多么痛苦吗?"

海蒂带着一种心碎的表情答道:"他为什么需要明白呢,我的妹妹? 他是我的主人,而我是他的奴隶,他有权利可以不注意一切。"

听到这种一直钻到他心底的声音,伯爵忍不住打了一个寒战,他的眼睛碰到了那青年女郎的眼睛,他受不了那一对眼睛的光彩。"噢,天哪!"他喊道,"难道我的怀疑是正确的吗? 海蒂,你不高兴和我分开吗?"

"我还年轻,"海蒂温柔地答道,"我爱那个你赐给我的这样甜蜜的生命,我是不情愿死的。"

"那么,你的意思是,如果我离开你,海蒂——"

"是的,我就会死,爷。"

"那么你爱我吗?"

"噢,凡兰蒂! 他问我是不是爱他。凡兰蒂,告诉他你是否爱玛西米兰。"

伯爵觉得他的心在膨胀和狂跳起来,他张开他的两臂,海蒂大喊一声,冲进他的怀抱。"噢,是的!"她喊道,"我爱你! 我爱你就像爱一位父亲、兄弟和丈夫一样! 我爱你像自己的生命一样,因为你是世界上最好、最高贵的人了!"

"那么,愿一切都使你满意吧,甜蜜的天使呀。上帝在我与敌人搏斗的时候支持我,给我胜利的上帝不愿让我以苦修生活来结束我的胜利。我希望惩罚我自己,但上帝宽恕了我! 那么爱我吧,海蒂! 谁知道呢? 也许你的爱会使我忘记那一切我不想去记住的事情。"

"你是什么意思,我的爷?"

"我的意思是:你的一句话比二十年漫长的经验给了我更多的启示,我在这个世界里目前只有你了,海蒂。因为你,我又将和生命接触,因为你,我又将痛苦,因为你,我又将高兴。"

"你听到他说的话吗? 凡兰蒂?"海蒂喊道,"他说,因为我,他会痛苦,——我,愿意把自己的生命交给他的我!"

伯爵沉思了一会儿。"难道我已发现了真理了吗?"他说,"但无论这究竟是补偿还是惩罚,总之,我接受了我的命运。来,海蒂,来吧!"于是他用手臂挽住那青年女郎的腰,和凡兰蒂握了握手,便进去了。

在此后的一小时内,凡兰蒂焦急而默默地凝视着摩莱尔。终于,她发现他的心跳动了,他的嘴唇吐出一丝微弱的气息,那种宣布生命回来的轻微的颤抖通过那青年的全身骨骼,然后他的眼睛睁开来了。最初,那一对眼睛是呆板和没有表情的,然后视觉恢复了,而随着视觉的恢复,烦恼又来了。"噢!"他用绝望的口吻喊道,"伯爵欺骗了我,我还活着。"于是他把手伸到桌子上,抓起一把小刀。

"最亲爱的!"凡兰蒂带着她那种欢喜的微笑喊道,"醒一醒,看看我呀。"

摩莱尔发出一声大喊,他狂喜地、怀疑地、目眩神迷地、像是看到了天堂美景似的跪了下来。

第二天,在天将破晓的时候,凡兰蒂和摩莱尔手挽着手在海边散步,凡兰蒂向他叙述基度山如何在她的房间里出现;他如何揭露一切;他如何说明那件罪恶的始末;最后,他如何让她以假死来救她的性命。

他们发觉岩洞的门开着,所以从洞里出来。最后的几颗夜星依旧在那淡青色的天幕上烁烁的发光。摩莱尔不久就看到一个人站在岩石堆中。那个人在等待他们招呼,他指着那个人让凡兰蒂看。

"啊,那是贾可布,"她说,"是游艇的船长。"于是她招手叫他走过来。

"你想和我们说话吗?"摩莱尔问道。

"伯爵有一封信要我交给你们。"

"伯爵的信?"他们俩都惊异地说。

"是的,请念吧。"

摩莱尔拆开信念道:——

"我挚爱的玛西米兰,——岛边有一艘小帆船。贾可布会把你们带到里窝那去,那里,诺梯埃先生正在等待他的孙女儿,他希望在他领她到圣坛前去以前,能先为你们祝福。我的朋友,这个岩洞里的全部,我在香榭丽舍大道的房子,还有我在的黎港的别墅,都是爱德蒙·邓蒂斯赠送给他老主人摩莱尔的儿子的结婚礼物。维尔福小姐将与你共享全部财产,因为,她的父亲现在已变为一个疯人,她的弟弟已在九月间和他的母亲一块去世,而我要求她把她从她父亲和她弟弟那儿继承来的那笔财产赠给穷人。摩莱尔,告诉那位与你分享未来命运的天使,请她时时为一个人祈祷,那个人,好比撒旦一般,一度曾自以为可与上帝媲美;可现在,他已带着基督徒的自卑承认只有上帝拥有至高无上的权力和不尽的智慧。或许那些祈祷可以清除掉他心里所感到的悔恨。至于你,摩莱尔,我对你说一句知心话:世界上没有快乐或痛苦,只有一种状况与另一种状况的比较,仅此而已。只有曾身受过最深沉的痛苦的人,才最能体会最大的快乐。摩莱尔,我们必须经历过死的痛苦,才可能体会到生的愉悦。

因此,我可爱的孩子呀,尽享生命的欢快吧!永远要记住,在上帝揭露人的未来之前,人类的所有智慧是包含在这四个字里面的:‘等待’和‘希望’。

——你的朋友基度山伯爵爱德蒙·邓蒂斯。"

这封信使凡兰蒂明白了她父亲的疯和她弟弟的死,在读这封信时,她的脸色苍白异常,她的胸膛发出一声沉重的叹息,那绝非因为沉默而减少其痛苦的眼泪不断地从她的脸颊上滚下来,她的幸福支付了昂贵的代价。

摩莱尔志忑地向四外观望。"可是,"他说,"伯爵太大方啦,凡兰蒂是会为我那微小的财产为满足的。伯爵在哪里,朋友? 我想去见见他。"

贾可布指着地平线上。

"你什么意思?"凡兰蒂问道,"伯爵在哪里? 海蒂在哪里?"

"看!"贾可布说。

他们俩的眼睛都朝向那水手所指的地方,在那分隔天空和地中海的蓝线上,他们看见一片白色的大帆。

"去了!"摩莱尔说,"去了! 再见,我的朋友! 再见,我的父亲!"

"去了!"凡兰蒂也低声地说,"再见,我的朋友! 再见,我的姊姊!"

"谁知道我们将来能不能再见到他们呢?"摩莱尔眼含热泪说。

"我的朋友,"凡兰蒂回答说,"伯爵刚才不是告诉我们了吗? 人类的所有智慧是包含在这四个字里面的:‘等待’和‘希望’。"